语言文学作品与史料选 系列教材

【上册】

外国文学作品与史料选

吴 笛 主编

慈丽妍 任亮娥 副主编

浙江大学出版社

ZHEJIANG UNIVERSITY PRESS

总　序

吴秀明

　　假如将迄今为止种类繁多的中国语言文学"选本"进行分类,我以为大体可分为非专业与专业两种类型。前者,主要针对非中文专业的学生而言,也包括社会上的一般语言文学爱好者,它侧重于作品的诗学价值;后者,则主要针对中文专业的学生而言,它除了诗学价值外,还要兼及史学价值。本丛书属于后者,它带有专业化、专门化的性质和特点,其初衷是为他们提供诗、史兼备,并与现行的"通史"(语言史、文学史)教材相配套的一套"选本",以满足厚基础、宽口径、高素质和创新型专业人才培养的需要。这也是中文核心主干课程的主要教材。按时下的类型划分,不妨称之为研究型教材。

　　众所周知,现有的中文专业学生使用的"选本"尽管在选择的标准、内容、形态、方式等方面各具特色,存在着不少差异,但在基本范式和总体思路上彼此却表现了某种惊人的同构性:那就是选文的对象和范围都锁定在文学作品上,它向我们呈现的几乎都是清一色的、当然也是美轮美奂的经典之作。所谓的"选本",其实就是"文学作品选",它也只向"文学作品"开放,其所内含的"诗学"指向是非常明确的。文学作品作为特定历史阶段文学创作的表征和载体,它凝聚了时代思想艺术的精华,对中文专业的学生来说其重要性自不待言,尤其是近些年因诸多原因导致的审美贫乏症,在往往只记住概念、名词而对作品整体美、内在美不知何物的情况下,更是具有非同寻常的特殊意义。也因这个缘故,我对近些年来各高校一改旧观而普遍重视经典作品的教学理念表示理解和赞赏,并认为将来还有继续强化之必要。不过话又说回来,这仅仅是中文教育的一个方面而不是全部,它也不能包办和取代其他。实践表明,作为一个传统基础系科,中文教育的空间还是很大的,各个专业彼此间的办学目标、层次、规格也不尽相同。特别是一些学术积累比较深厚、师资力量比较雄厚、办学水平比较高的系科,更是已在这方面作出了不少探索,这也是当下中国乃至海外中文教育的客观历史和现实。而对研究型教学来说,到底如何在读好、读懂、读深经典作品的同时增加学生的根源性学养,培育他们良好的研究习惯与学风,为将来继续进行专业深造和可持续发展打下扎实的基础。一句话,到底如何拓宽学生的思维视野和知识结构,培养他们发现问题、提出问题的能力,这是当前中文教育亟须解决的一个问题,也是研究型教材的主旨所在。

浙大中文系推出的这套涵盖文艺学、语言文字学、中国古代文学、中国现当代文学、比较文学与世界文学的 5 个二级学科、总计 12 卷的《中国语言文学核心课程作品与史料选》,就试图在这方面进行探索。我们编选的这套"选本",看似好像只是在"作品"之外增加了一些"史料",但它却反映和体现了我们对教学、研究及人才培育理念上的一些新的思考。

一、这套"选本"强调客观呈现,注重历史还原

这里所说的呈现和还原,当然包括"选本"所选的文学作品在这方面的功能价值——文学作品尤其是现实主义文学作品,诚如经典作家所说的那样,它的"书记官"的功能价值,使它在反映历史和现实生活的毕肖酷似上往往达到连史家都叹服不已的程度;但主要还是指被我们特别引进的这些文献史料:如序跋、诗话、传记、碑文、笔记、书信等,现代以降的如社团、传媒、文件、讲话、批示、社论、纪要、评论等。这些形态各异史料的编选,不仅有效地拓宽了原有"选本"的内涵和外延,使之在整体构成上产生了革命性的扩容,而且还以其物化的形式引领我们穿越时空隧道,返回到彼时彼地的那个时代的语境与场域,与"作品"形成了富有意味的对话关系。史料作为中国语言文学的载体,它原本就是属于历史的,在它身上积淀了丰富的历史信息;而文献史料作为史料的重要组成部分(还有一种史料是实物史料),它凭借语言文字同时兼具能指与所指的双重功能,在还原和营造历史尤其是历史现场感方面还有自己独到的优势。因此它特别适用于文学作品的历史解读,历来备受重视,成为自古至今人们解读文学作品的重要参考和佐证。从某种意义上讲,作品与史料是一对孪生体,它们彼此具有难以切割的血缘联系。如果说作品是悬浮在空中的一种空灵的感性存在,那么史料就是紧紧扎根在大地之上的一种具体切实的物态存在。也正因此,史料的有无、多少以及真实与否,史料意识的自觉与否以及实践运用的程度如何,不仅直接关涉和影响着具体作品的解读,而且也反映乃至决定着整体中文教育的水平和质量。中文教育的睿智与睿智的中文教育,都十分注意作品与史料之间的内在关联,而不是将它们彼此孤离割裂。王国维所谓的治学"三互证法",即"取外来之观念,与固有之材料互相参证","取地下之物与纸上之遗文互相释证","取异族之故书与吾国之旧籍互相补证",①可以说是对此的精辟概括。他的《宋元戏曲考》以及陈寅恪的《元白诗笺证稿》、梁启超的《古书真伪及其年代》、胡适的《中国章回小

---

① 陈寅恪:《王静安先生遗书序》,《金明馆丛稿二编》,上海古籍出版社 1980 年版,第 219—220 页。

说考证》、鲁迅的《中国小说史略》、郑振铎的《中国俗文学史》、俞平伯的《红楼梦研究》、阿英的《晚清小说史》、郭绍虞的《中国文学批评史》、姜亮夫的《楚辞通故》、夏承焘的《唐宋词人年谱》等作,都可以称得上是这方面的典范。在他们那里,史料经过发掘、勘误、订正、转化、处理,不仅具有"独立存在"的价值,而且成为还原历史、破译作品奥秘的一个重要的载体。许多长期以来的语言文学之"司芬克斯之谜",也因之得到了合理解释。

北大中文系教授温儒敏有感于"专业阅读"存在的经典作品与当代读者之间的"历史隔膜",在十年前曾提出了一个很有意思的主张,叫"三步阅读法",其中第二步为"设身处地",就是借助和调动文学史及文化史知识,再融会自己的想象,努力"回到作品产生和传播的历史现场"。[①] 我们之所以在"选本"中增加了史料,其实也就是借助于史料"设身处地"地"回到作品产生和传播的历史现场"。在这里,史料一方面可以很好地起到营造历史氛围的作用,这对因"历史隔膜"造成的各种主观随意或过度阐释无形之中形成一种防范和反弹;另一方面它也引导我们情不自禁地进入到特定的历史规定情境之中,以"了解之同情,……必神游冥想,与立说之古人,处同一境界,……始能批评其学说之是非得失,而无隔阂肤廓之论",[②] 从而对作品作出更加精准到位、也更合乎情理的解读。当然,重视史料之于还原历史以及参证和解读作品的功能,绝非意味它可以取代对作品的艺术分析,用所谓的"史学价值"来代替"诗学价值",那同样是不可取的。在"作品与史料"或者说在"文学与史料"的关系问题上,我还是比较赞赏一位年轻学者的这样一种说法:"勇敢地跨出樊篱,而更丰富地回返自身。"[③] 这可能更合适、更接近温儒敏所说的"专业阅读",也更符合中国语言文学的属性和趣味。

二、这套"选本"倡导研究意识,培养学术兴趣

这也是研究型教学的题中应有之义。它主要体现在选文以及选文的注解上,也体现在对史料的选择上。在这些地方,本"选本"努力倡导研究意识,体现研究理念:一方面用研究的眼光进行选与注,在选什么、怎样选问题上体现史家的眼光,学者的思维和素养,使之超越庸常而具有一定的学术含量;另一方面调动和激发学生的学术兴趣,从选文、注解特别是从史料那里切入探寻问题,进行必要当然也是初步的学术训练。这里所谓的研究,就史料而言,主要有以下两个向度:(一)立足史料,以史料为基点向社会学、历史学、文献学、文化学、政治学、

---

① 温儒敏、赵祖谟主编:《中国现当代文学专题研究》,北京大学出版社 2002 年版,第 26—29 页。

② 陈寅恪:《冯友兰〈中国哲学史〉上册审查报告》,《金明馆丛稿二编》,上海古籍出版社 1980 年版,第 279 页。

③ 金理、杨庆祥、黄平:《以文学为志业——80 后学者三人谈》,《南方文坛》2012 年第 1 期。

心理学辐射出去广泛地涉及彼时彼地的"社会关系总和",从那里寻找质疑和问题的点,在"跨界"的反观中达到对研究对象的新的认知,当然也包括新发现或新引进的地下新史料、域外新史料;以此为基点研求问题,不仅可以开拓一个新的学术领域,而且还能进而演化为一个"时代学术之新潮流"(陈寅恪语)。20世纪上半叶中国四大文献史料甲骨文、敦煌遗书、居延竹简、大内档案发现对中国文学研究产生的重大影响,就充分证明了这一点。(二)通过史料与作品之间的关系,特别是它们彼此之间潜在的矛盾、抵牾和裂缝,从中思考、质疑和发现新的问题,形成问题意识。如南朝梁顾野王所撰《玉篇》中的"今上以为"一词条,以往的一些语言研究者往往将"今上"解读为当时的"梁武帝",认为这是顾野王在引用梁武帝的看法,藉以说明当时对异体字的重视。而最近有学者在对《玉篇》残卷全面校勘和语词及书写分析的基础上,对此作出了全然不同的正确解读——原来此处的"今上以为"实际是"今亦以为"的讹误,①于是最终证否了抄本里唯一的"今上以为"与"梁武帝的看法"有关的猜想。大量事实表明,中国语言文学中的很多问题往往都源于史料,正是对这些本源性的史料的精心收集、整理和研究,特别是对这些史料与作品裂缝的敏锐发现、质疑和把握,人们才从习见的话题中翻出新意。这也可以说是迄今为止浙大中文系不少优秀学生学位论文或学年论文成功的主要原因之一吧。像2005届一位本科生的毕业论文《论明初诗僧姚广孝及其诗文》,就是在老师的指导下在编写《姚广孝年谱》的基础上将其置于元末明初风云变幻的语境下进行考察,令人信服地作出了自己的结论。该文后以《诗僧姚广孝简论》为题刊发于《文学评论》2006年第5期。这就从一个侧面证实研究意识培养的重要和必要。

当然,文学研究是很复杂的,它的如何进入和展开因人因对象而异,有不同的范式和路径,也有一个循序渐进的过程;作为一个"选本",它对学生研究意识的培养主要是引导,而不是刚性的指令,且在本科阶段不可操之过急,对学生提出不切实际的太高要求。但无论如何,强调研究意识的培养,强调对本源性史料尊重的实事求是学风,强调必要的学术训练,对学生来讲不仅十分必要,而且须臾不可或缺。可能是受西方文化和学术思想的影响,也与现行的体制有关,中文教育长期以来重"思想阐释"而轻"史料考据"。尤其是"三古"(即古代文学、古代汉语、古典文献)以外一些新兴或比较新兴学科以及相关课程,这个问题似乎显得更突出,也更严重。这就使中文教育尤其是某些作品的解读无形之中被空壳化了,它似乎变成了某种"思想"的简单符号或工具而失去了自身的主体性。这

---

① 参见姚永铭:《可疑的"今上"——〈原本玉篇残卷〉校读劄记一则》,《汉语与汉语教学研究》第2期,日本樱美林大学孔子学院,东京东方书店2011年7月。

种"思想"在以前是政治学、社会学的,它也被强行纳入政治学、社会学视域中进行解读;现在则被纳入现代主义、后现代主义视域中进行解读,从观念、思维到概念、术语完全是西式的。一切都效法西方,以是否符合刚引进的西方某某主义为取舍标准,而很少顾及作品的"历史语境"和自身的实际情况,更没有很好地考虑与中国固有、迄今仍然富有价值的传统思维理念和研究方法的对接。这样的解读貌似时尚,实则是用虚蹈空洞的所谓"思想"(准确地说是"西方思想")代替具体而微的艺术分析。这样一种不及物的研究,它往往不可避免地对作品进行粗暴图解和肢解,显然是不可能真正发现美、洞察美的。为什么现在不少中文系学生对经典作品反应比较冷漠,感受不到其中妙处,先入为主地用某种所谓的"思想"去套作品,不能不说是一个重要的原因。

需要指出,在时代整体学术风气的影响下,中文教育重"思想阐释"而轻"史料考据"的现象在最近一些年程度不同地有所改正。在文艺学、现当代文学、比较文学与世界文学那里,开始出现了由单一的"思想阐释"向"思想阐释"与"史料考据"的双向互融的方向发展。这是很可喜的,它标志着中国语言文学教学和研究出现了重大的"战略转移"。但这仅仅是开始,我们应该清醒地看到,由于西学在中国的强势存在,也由于学术浮躁风的盛行,上述现象还没从根本上得到改观。据说前几年有人在做"重返80年代"研究时去采访韩少功,曾把新时期的一次重要的文学自觉运动"寻根文学",说成是因为政治"压力之后的不得已而为之"的,弄得韩少功很郁闷很生气。[1] 这里之所出现这样的误读,主要原因在于它不是从"事实"("史料")而是从"思想"出发进行。陈寅恪先生在1936年曾批评"今日中国,旧人有学无术;新人有术无学,识见很好而论断错误,即因所根据之材料不足"。[2] 陈氏所说的"学"指史料,"术"指方法。旧人只有材料而没有好的方法,失之僵滞,固然难有所为,但新人不依据材料简单套用外国理论进行研究也同样不可取。陈氏的批评需要引起我们的高度重视。

三、这套"选本"突出教学性质,明确教材定位

这一点在开头就已作了明确定位,并且在前面也多少有所涉及。落实到编选上,就是突出和强调中国语言文学历时演变的规律和特点,通过其发展流程的客观呈现,与"通史"教材的配套对接,形成彼此互动互补的关系。这不仅在作品选择上打破原有单一的"语言文学经典"取舍标准,而是采用"语言文学经典"与"语言文学史经典"双线兼容的编选原则。这样,一些当年曾产生重要影响而思想艺术诸方面存在明显欠缺或不足的作品就被我们纳入了视野。如刘心武的

---

① 参见:《文学批评的语境与伦理——第二届"今日批评家"论坛纪要》,《南方文坛》2012年第1期。
② 卞僧慧:《陈寅恪先生年谱长编》,中华书局2010年版,第367页。

《班主任》，以今天的眼光来看，它在艺术上当然不免粗糙，还明显打上那个时代的烙印；但从当代中国语言文学史的角度看，却是无法完全绕开的一个代表作。史料也同样如此，为体现历时演变的规律和特点，既注重与文学史的发展流程吻合，特别选取对于文学史发展起到关键作用的"经典史料"，也关注具有原创价值的新出土和域外新传入的"新史料"。如"古代文学卷"中的唐代文学骈文部分，就恰当地利用了大诗人王之涣墓志、韦应物墓志，与边塞诗人岑参密切相关的新疆吐鲁番出土的"马料账"，还有日本正仓院的《王勃诗序》中所收的《滕王阁序》等。这与以前同类教材中的"作品汇评"和"资料长编"式完全不同。现有的中文"选本"往往大同小异而内涵又比较紧仄，这在一定程度上影响了教师的教学，也不利于拓宽学生的知识结构。我们这样做，其意是想选择这样一种"文史互证"、"双线兼容"的新的范式，更好地反映中国语言文学丰富复杂的存在和发展，与"通史"教材对接；同时也为教师和学生进一步的阐释与发掘，留下足够的空间。

　　总之，在选什么、怎样选问题上，包括内容、体例、篇幅，也包括作品与史料以及彼此内在关系和逻辑关联等，都与"通史"教育乃至整个中文教育大系统联系起来予以通盘考虑，服从并服务于教学和人才培养的需要，按照教材编写规律和原则办事。也就是说，一方面要考虑"选本"自身的独立性、新颖性和完整性，努力构建适合专业教育需要的一种新的范式；另一方面又要考虑与"通史"教育相连接，成为"通史"很好的配套教材。也只有与"通史"联系起来进行综合考虑，"选本"所选的有关"作品与史料"才能被有效地激活，充分凸显其意义和价值。从中文教育和教材编写的角度看，"选本"与"通史"应该是相辅相成，它们分则各自成章，合则融合无间，是一个既独立又统一的有机的整体。

　　当然这是就总体而言，具体到各学科、各分卷情况也不完全相同。如语言文字学与文艺学，作品与史料往往就连结在一起，很难区分和切割。就说文学吧，彼此的差异也颇大。如比较文学与世界文学，特别是古代文学，其作品与史料具有较强的经典性、恒定性；它们所选的作品，往往既是"文学经典"又是"文学史经典"，是二个"经典"的合一。而在现当代文学那里，作品与史料则表现出明显的非经典性（或泛经典性）、不稳定性，其所谓的"文学经典"与"文学史经典"经常是分离的，其中有相当一部分只能称之为"文学史经典"而很难说是"文学经典"。这里有学科方面的原因，也与它们彼此的生存和发展的社会文化语境有关。这无疑给我们编选带来了一定的难度。中国语言文学原本就是一个无限丰富复杂的浩瀚世界，为了尊重并还原呈现这种原生态，以满足研究型教学和人才培养之需，我们采取求同存异的原则，即在保持全书基本统一的前提下，尽量尊重各学科的特点和各分卷主编的个性。

　　这套"选本"凝聚了浙大中文系诸多同仁的心血，也融入了他们对教学、研究和人才培养的诸多思考。从 2010 年下半年酝酿、提出并分头编选,最后复又讨论、定稿,在此期间我们各司其职而又通力合作。借此机会谨向同仁们表示由衷的感谢,正是大家敬业、支持和努力,才使这一编写计划得以圆满完成。同时,我还要感谢浙大出版社副总编樊晓燕女士、黄宝忠先生以及责编宋旭华先生,他(她)们自始至终、倾心尽智的参与、谋划和把关,也对本丛书的编选及其按时保质出版起到了重要的推动促进作用。

浙大中文系从 1920 年之江大学国文系"源头"算起,迄今已有近百年历史。与海内外诸多兄弟院系一样,浙大中文系目前既面临良好的发展际遇,又遭遇前所未有的严峻挑战。在这样一个新的历史"拐点"上,如何在继承传统、教书育人的基础上,根据时代社会发展的需要,为国家培养具有较深厚基础和较强创造精神的中国语言文学方面的人才,这是时代赋予我们的光荣使命,也是我们应尽的职责。我们这次推出的这套由集体合作编写的"选本",就是冀望在这方面有所作为。研究型教学和教材编写是近些年议论较多的话题,也是不少同行感兴趣而又众说纷纭的一个话题。作为一个传统老系,我们愿意在这方面进行探索,也很希望听到来自各方面的声音,以期将来重版时把它修订得更好一些。

2012 年 2 月 5 日于浙大中文系

编 选 说 明

优秀的外国文学作品,对于中华民族的现代化进程、中华民族文化的振兴和发展,具有重要的贡献。研读外国文学经典作品,对于汲取为我国文学及文化事业所积累的经验,引进可资借鉴的方法,服务于祖国文化事业,也具有重要的意义。

正是基于这一目的,同时为了适应中国语言文学专业本科教学的需要,我们为本科生开设过《世界文学史》、《世界文学经典传播》、《世界文学名著选读》、《20世纪外国文学研究》等多门外国文学类课程。但是,遗憾的是,一直没有可以配套的作品选读和史料选读类的材料,使得我们的教学活动受到一定的影响,尤其在分析重要文本时,常常感到空泛。为了弥补这一缺陷,我们终于完成了外国文学作品与史料选的编选工作,我们期盼该书能够对相应的外国文学类课程的研读起到一定的支撑作用,对外国文学经典作品的阅读起到一定的导向作用。

本书的基本框架按照世界文学史的发展脉搏而定。《外国文学作品与史料选》(上册)共分八个部分,所选作品兼顾世界文学史各个发展时期的重要作家和思潮流派的代表性作品以及相应的重要史料。《外国文学作品与史料选》(下册)则主要根据重要文学思潮和文学流派进行划分,突出各个重要思潮流派的艺术特质和独特贡献,相应的史料也以重要的文学流派的宣言为主。

就作品选读而言,本书力图选择既在世界文学史上占据重要地位又有艺术鉴赏价值并且在各个发展时期的具有代表性的经典名著。在自公元前3000年到19世纪末漫长的历史进程中,出现了《亡灵书》、荷马史诗、《哈姆莱特》等一系列外国文学经典。而在20世纪的文学中,则出现了与现代哲学思想同步的《追忆似水年华》、《百年孤独》等现代名著。这些文学经典作品是人类文化的珍贵的遗产,对于我们学习先进文化具有重要的启迪意义。

就史料选读而言,本书编者力图与所选作品相呼应,从浩瀚的与文学相关的史料中选择与所选作品或作品所处语境关联较为密切的材料,尤其是对于文学演变、创作主张发生作用或说明缘由的史料,以便于研读者加深对同时期或同流派文学作品的理解,以及对经典作品生成语境的考察。

在编选过程中,既把握重点,有所侧重,又力求全面、客观展现。我们力图从学科发展的高度以及外国文学教学的实际需求来审视问题,突出各个时期的创作成就,还原历史真实,既弘扬五四运动以来外国文学译介的优良传统,又避免盲目和片面,既立足于外国文学发展的史实,又注重中国学者学术立场和主体性,注意体现中国学者在外国文学研究中的独特的声音和学术体系。

在材料取舍方面,对于抒情诗和短篇小说之类的作品,尽可能保持原貌,全文收入;对于史诗、戏剧、中长篇小说等文本,由于受到篇幅的限制,只能采用节选的方式,但编者力图选择原著的精彩之处。有关史料的编选,亦采取同样原则。

由于外国文学作品和史料是从各个语种翻译而来的,因此,译文的选择同样十分重要。在编选过程中,所选外国文学作品译文大多是得到公认的佳译,选自我国各个语种的翻译家从原语种翻译的佳作。为了保持译文的风貌,编者只对少量排印错误或典型错译进行了校订,以保持译作的原有风貌。由于受到本民族语言文化的限定以及译者翻译风格和审美观念的差异,对于译文的优劣,也是仁者见仁,智者见智,因此,所选译文也可供研读者用来与其他优秀译作进行比较研究,探讨同一个源语文本在不同译家翻译过程中的不同处理以及各自不同的审美特性和艺术特质,也是一种值得推荐的研读途径。

所选作品和史料基本上是从现有译本中选择的,只有极少部分是因没有译文而在这次编选中重新翻译的。

本书主要为世界文学类课程教学使用,旨在启发研读者深入探究的兴趣,从而为进一步研读、鉴赏和研究文学经典名著奠定良好的基础,并为进一步深造以及借鉴西方文化而探寻理想的发展方向。由于外国文学经典作品浩如烟海,我们编选时力求服务于本科教学,所以极易挂一漏万,有限的篇幅难以展现全貌,这也是特别说明的。尤其是"史料",涉及经典生成的社会经济文化的方方面面,遴选的标准更是难以掌控,好在这是我们的首次尝试,期待学界同仁和广大师生不吝赐教,批评指正,以期共同努力,使之逐步完善。

编　者

2012 年夏

目　录

文艺复兴时期的文学

17 世纪文学

18 世纪文学

19 世纪欧洲浪漫主义文学

19 世纪欧洲现实主义文学

古代外国文学史料选

古代东方文学

古代希腊罗马文学

中世纪文学

文艺复兴时期的文学

17 世纪文学

18 世纪文学

19 世纪欧洲浪漫主义文学

古代东方文学

亡 灵 书（选译）

牢记本身，勿昧前因

在巨屋中，在火屋中，
在清点年岁的暗夜里，
在清算岁月的暗夜里，
但愿还我我的本名！

当东方天阶上的神圣
赐我静坐在他身旁，
当诸神一一自报大名，
愿我也记起我的本名！

（飞白　译）

亡灵起身，歌颂太阳

向你顶礼，喇神，当你赫然上升！
你上升！你放光！令星空退隐！
你是众神之王，你包容万象，
我们自你而生，因你而成神圣。

你的祭司黎明出迎，以欢笑洗心，
神风用音乐吹拂你的金弦。
日落时他们拥抱你，当你的羽翼
用霞光点燃起每一根云椽。

你驶过天顶,你的心中欢愉,
你的晨舟和晚舟都与好风相遇;
你面前,玛特女神举起命运之羽,
迎着你的火,阿努宫一片喧语。

啊,你唯一完美而永恒的神!
与太阳比翼齐飞的伟大的鹰!
你的容光在绿榕树间上升,
映在明亮的天河里永远年轻。

奥秘莫测的你,光照万人面。
世世代代更新着你生命之源。
时间卷走了它的尘埃,而你不变,
你创造时间,你又超越时间。

你通过大门,而把夜关在门外,
使沉沦的灵魂们笑逐颜开。
诚实者,心静者,起来饮你的光,
你是过去和现在,你是未来!

向你顶礼,喇神,你唤醒了生命!
你上升! 你放光! 现出辉煌容颜!
千年万代已逝去,不可计算;
千年万代将来到,你光照万年!

(飞白　译)

彼岸世界

这里,有喂养你身体的面包,
滋润你喉咙的清凉饮料,
娱悦你鼻子的芬芳气息,
于是,你已经十分满意。

你再没有可能被绊倒
在你自行选择的小径上,
所有出自你心灵的黑暗
与邪恶逐渐脱落下来。

这里，在河流的岸畔上，
饮水并洗濯你的翅膀，
或者抛出你的渔网，于是，
必定有不少游鱼充满其中。

哈比那头神圣的奶牛
将为你挤出它的奶汁，
天神的琼浆将轻易地
成为你每天的饮料。

白色的亚麻布是你的外套，
你的凉鞋有各种金饰闪耀；
你的武器战无不胜，
死神再也不敢前来骚扰。

而今伴随一阵阵旋风，
你追随着你的王子，
而今你已经心旷神怡地
在繁茂的树荫之下憩息。

鼓起翅膀上天顶，
或者在和平的原野上沉睡；
白昼太阳将会看护你，
黑夜看护你的自有星星。

（汪剑钊　译）

宛若莲花

我是纯洁的莲花，
喇神的气息养我
辉煌地发芽。

我从黑暗的地下
升入阳光世界，
在田野开花。

（飞白　译）

以上选自《外国诗歌鉴赏辞典》（古代卷），吴笛主编，上海辞书出版社，2009

梨俱吠陀（选译）

朝 霞

这个光华四射的快活的女人，
从她的姊妹那儿来到我们面前了。
天的女儿啊！

像闪耀着红光的牝马一般的朝霞，
遵循着自然的节令；
是奶牛的母亲，
是双马童(星)的友人。

你又是双马童(星)的朋友，
又是奶牛的母亲，
朝霞啊！你又是财富的主人。

你驱逐了仇敌。
欢乐的女人啊！
我们醒来了，用颂歌迎接你。

像刚放出栏的一群奶牛，
欢乐的光芒到了我们面前。
曙光弥漫着广阔的空间。

光辉远照的女人啊！你布满空间，
你用光明揭破了黑暗。
朝霞啊！照你的习惯赐福吧！

你用光芒遍覆苍穹。
朝霞啊！你用明朗的光辉
照耀着广阔的天空。

雨　云

请用这些颂歌召唤那强大的雨云，
请赞颂他，以敬礼去求他。
公牛吼叫着，赏赐迅速；
他在草木蕴藏中将水种放下。

他摧毁树木，还摧毁罗刹(妖怪)，
全世界都害怕他的强大兵器；
连无罪之人也见他威猛就逃跑，
这时雨云轰鸣着对恶人打击。

如同车夫用鞭子抽打马，
他也这样显示出雨水使者；
远远地兴起了狮子吼声，
这时雨云使大雨从天而下。

风向前吹；电往下落；
草木向上长；天空汹涌；
食物为全世界生出来，
这时雨云以水种扶助大地。

在他的支配下，大地低俯；
在他的支配下，有蹄之兽跳舞；
在他的支配下，草木茂盛；
雨云啊！请赐我们洪福。

摩录多(风)啊！请赐我们天雨；
请让骏马水流奔放；
请偕同这隆隆雷声向这边来，
我们的阿修罗(神圣)父亲使水下降。

咆哮而来吧！轰鸣吧！请放下胎藏；
请带着盛水的车子四处飞奔；
请将打开的皮囊向下拉好；
要使高岗和低谷都一般平。

请提起水桶，向下倾倒。
让放纵的水流向前泻出；
请用酥油润泽天和地。
让牛群得到畅饮之处。

雨云啊！当你吼叫时，
你轰鸣着，对恶人打击；
这一切都如此欢腾，
这大地上的一切。

你下过雨了。请好好收起雨来吧！
你已经使荒漠之地可以通过了。
你又为食物使草木生长了。
你从生物得到了祷告。

夜

夜女神来了，
她用许多眼睛观察各处，
她披戴上一切荣光。

不死的夜女神布满了
广阔区域，低处和高处，
她用光辉将黑暗驱除。

夜女神来了，
引出姊妹黎明；
黑暗也将离去。

你今天向我们来了；
你一来，我们就回到家里了，
如同鸟儿们回树上进窝巢。

村庄人们回去安息，
有足的去安息，有翼的去安息，
连贪婪的鹰隼也安息了。

请赶走母狼和公狼，
请赶走盗贼，夜女神啊！
请让我们容易度过去。

装扮一切的，黑暗，
明显的，黑色，来到我们面前了，
黎明啊！请像除债务一样（除去它）吧。

我向你奉献，如献母牛，
白天的女儿啊！请选中收下
这如同对胜利者的赞歌吧！夜啊！

以上选自《外国诗歌鉴赏辞典》（古代卷），吴笛主编，金克木译，上海辞书出版社，2009

罗摩衍那（节选）

[印度]蚁垤

第二篇

（第二十四章）
罗摩这样对她说了话，
可爱的说话好听的悉多，
衷心爱怜，又有点生气，
对她的丈夫把话来说：

"良人哪！父亲和母亲，
兄弟、儿子和儿媳妇，
都是各人吃各人的功德，
各人享受各人的福。

"人中英豪呀！只有妻子
把丈夫的欢乐和忧愁分享。
因此，我也就算注定要
到森林里去奔波流放。

"不是父亲，也不是儿子，
不是自己、母亲和亲故，
在这个世界和另一个世界里，
只有丈夫才是唯一的庇护。

"罗摩呀！如果你今天
要到那难进的森林里，
那么我就要在你前面，
踏倒杂草还有荆棘。

"要把嫉妒和愤怒都丢掉，
像带着喝剩下的水那样，
英雄呀！安心地带我走吧！
我没有干下什么罪恶勾当。

"我不愿居宫阙中、云车上,
我不愿成神仙升入天庭,
任何时候都要服侍丈夫,
这样才最使我快乐高兴。

"我的父亲和我的母亲,
用各种方式把我教诲。
现在不要再把我责备,
我为什么有这样行为。

"住在森林里一定不会
像住在父亲宫里那样舒服。
三个世界我都不想要,
我只想忠诚于自己丈夫。

"我总是把你的话来听从,
我经常克制自己履行梵行。
在弥漫着蜜香的林子里,
我同你共同欢乐啊,英雄!

"罗摩呀! 在树林子里,
你确实有那种能力,
把其他的人来保护,
郎呀! 何况是我自己。

"我经常吃果子和根茎,
这丝毫也用不着怀疑。
我决不会让你担心,
我们两个住在一起。

"我要到处都看上一看,
河、山、池塘和树林。
有你这聪明的带路人,
我将无所畏惧又安心。

"我将同你这英雄在一起，
满怀喜悦地去瞧一瞧
那些开满繁花的荷花池，
里面游着天鹅和迦兰陀鸟。

"大眼睛的郎呀！我同你
共同享受最高的幸福。
这样享上一百个一千年，
我将永远同你在一处。

"罗摩呀！即使你想
让我到天堂里去住，
虎般的人呀！没有你
我也不会感到舒服。

"我将要走进那一片
难以行走的野林。
那里挤满了小鹿、
猴子和大象成群。

"我将住在树林里，
好像住在父亲家中。
我敬礼你的双足，
我觉得这是光荣。

"在我的思想里，
不爱另一种活法，
如果同你分离，
我就决心自杀。

"请把我带去吧！
请满足我的要求！
对于你自己来说，
我不会成为赘疣。"

她虽然这样恳求，
可是这优秀的人，
他完全忠于达磨，
不愿带她进山林。

他对她说了好多话，
想扭转她的决心，
在野林里面居住
将会有万苦千辛。

选自《罗摩衍那》，季羡林译，人民文学出版社，1984

圣经·雅歌(节选)

第三歌

男：

你是多么美丽，我的爱！

你的眼睛在面纱里流露爱的光辉。

你的秀发飞舞，如一群山羊

跳跃着奔下基列的山岗。

你的牙齿洁白如同绵羊

刚剪过毛，刚洗干净。

整群羊一只也不少；

只只都无比匀称。

你的嘴唇像朱红缎带，

当你启齿时更加秀美。

你的面颊在面纱后燃烧。

你的颈像大卫王的塔

那样又圆又润，

一串项链像一千面盾牌挂在周围。

你的双乳像一对羚羊，

一对双生的小鹿在百合花间吃草。

我要在没药山上留下，

在乳香山上留下，

直到晨风吹拂，

直到黑暗消散。

你是多么美丽，我的爱，

你是多么完美无瑕！

跟我来吧，我的新娘，从黎巴嫩，

从黎巴嫩的群山。

从亚玛拿山顶下来，

从狮子和豹子住的

示尼珥山和黑门山来。

我的爱人我的新娘，
你的眼神、你戴的项链
偷走了我的心，
你的爱使我欢喜，
我的爱侣我的新娘。
你的爱胜过美酒，
任何香料都比不上你芬芳。
你的唇上有蜜的甜味,我亲爱的;
你的舌头对于我就是奶与蜜。
你的衣服啊,有整个黎巴嫩的芳香。

我爱侣我新娘是一座秘密的园,
高墙围住的花园,隐秘的泉;
里面有花草繁茂。
仿佛是一座石榴园
结出了最美好的果实。
这里有的是指甲花、甘松香、
番红花、菖蒲、玉桂,
还有各种乳香木。
这里长着没药和沉香,
又有各种最迷人的香料。
泉水滋润着这座花园,
活水潺潺流动,
溪水喷涌,流下黎巴嫩的群山。

女:
醒来吧! 北风啊。
南风啊,吹拂我的花园;
使空气充满香气
让我的爱人来到属于他的园里
享用最好的果实。

男:
我进入了我的花园,
我的爱人,我的新娘。

我在采集我的香料和没药；
我在啜我的蜂蜜和蜂房；
我在喝我的美酒和乳汁。

众女：
吃吧，天下的有情人，喝吧，
直到在爱情里醉去。

选自《世界诗库》，飞白译，花城出版社，1994

古代希腊罗马文学

伊利昂纪（节选）

[古希腊]荷马

赫克托耳站在那里全神贯注地作着内心的辩论，阿喀琉斯就向他走近来了，戴着他那闪亮的头盔，像个战神的模样，雄赳赳地准备着战斗，在他的右边肩膀上，他摆荡着那支可怕的珀利翁山桦木杆的枪，他身上的铜装闪耀得像一片烈火，或是刚刚上升的太阳。赫克托耳抬起头来一眼看见他，就开始簌簌发抖。他没有勇气再战下去了；他就离开了城门，惶恐万状地逃开去。可是那珀琉斯的儿子凭他的脚力快，一个闪电似的就追上去了。轻得像羽族当中最最快的山鹰打个回旋去追一只胆小的鸽子，一路尖叫着紧紧跟随，偶尔还突然来一个猛扑，那阿喀琉斯也就这样前去紧紧追赶的；那赫克托耳呢，也正像一只鸽子飞在她的敌人的前头，绕着特洛亚的城墙脚下在阿喀琉斯前面用尽他的脚力在逃跑。他们跑过了瞭望台和那迎风摇曳的无花果树，就离开了城墙一段路，沿着那车道跑了，这样就跑到了那两道可爱的泉水，就是那条斯卡曼得洛斯汹涌河流发源的地方。那两道泉水当中，有一道的水是热的，蒸汽从那里面升上来，浮在上头好像烈火上的烟。还有那一道泉水，就连夏天涌上来的时候也冷得像是雹子，或者像是雪，或者像是水结成的冰。紧靠着两道泉水，竖着一些广阔而美丽的石槽，在阿开亚人没有到来的太平日子里，特洛亚人的妻子们和可爱的女儿们一向都在里边洗她们那种有光泽的衣服。就打这地方，经过了那一场追逐；前面逃的是赫克托耳，后面追的是阿喀琉斯——逃的人固然英勇，追的人可比他还强得多。那种步子是像疯狂一般的。这并不是一场平常的赛跑，并不是拿一头献祭的牲口或是一面皮革的盾牌来做奖品的。他们是在争夺那驯马的赫克托耳的性命呢，为了这个他们都撒开飞脚在普里阿摩斯那个城市的周围绕了三匝，正如在替一个战士举行葬仪的竞技场上，两匹赛跑的壮马为着那一个三脚鼎或是一个女人的辉煌奖品绕着那个场子拼命地飞跑一般。

　　所有的神都在看他们，默默地，后来那人与神之父方才叹了一口气向着其他的神说道："我的心里有一块温暖的地方给予现在在我眼前绕着特洛亚的城墙被追逐的这个人。我替赫克托耳伤心。他在那伊得山的崎岖山顶以及特洛亚的高堡垒上头，都曾拿许多头牛的大腿来孝敬过我。可是现在那伟大的阿喀琉斯正在普里阿摩斯的城市周围拼命追逐他。你们想一想，神们，帮助我决定一下，我们去救他的性命呢，或者是就在今天让一个好人去倒在那珀琉斯之子阿喀琉斯的手下。"

　　"父啊！"闪眼的雅典娜嚷道，"你在说什么话呀？难道你，明亮的闪电和黑云之神，打算赦免一个早已判定死刑的凡人的死的痛苦吗？你喜欢这样你就这样做，可是不要想望我们其余的神来赞成你。"

　　"你放心，特里同的女神，我的亲爱的孩子，"那行云之神宙斯说道，"我并不是真的存心要保全他。你可以信赖我对于你的好意。你看怎样适当就怎样办吧，而且立刻就行动起来。"那雅典娜本来就已心痒巴巴地想要干她的一角，现在得到宙斯的鼓励，就从俄林波斯峰顶飞了下去了。

　　这时候，捷足的阿喀琉斯继续对赫克托耳作无情的追逐。比如一头猎犬已经把一只小鹿从它山间的窝里赶了动身，就一直追赶着它，通过了草莽和空谷，即使它到丛林里去藏躲起来，他也要跑上前去，嗅出它的踪迹，找到他的猎物，当时那捷足的阿喀琉斯也正像这样，无论赫克托耳使什么诡计，也不能把他摆脱。不止一次的，赫克托耳想要向达耳达尼亚的城门那边冲过去，希望他挨着那高城墙的脚下走时，城头上的弓箭手会把他的追逐者射开，因而可以保性命，谁知阿喀琉斯一径都占着那条靠城墙的路，赫克托耳每次想要靠边来，他都把他挡回空旷的方面去。然而他始终都追不着赫克托耳，正如赫克托耳始终都摆脱不了他一般。这就像是一个梦魇里的一场追逐，无论追逐的人和被追逐的人都动不得手脚。

　　你也许要问，死神既然紧紧跟在赫克托耳的后边，他又怎么能逃避的呢？他之所以能逃避，只是靠阿波罗的最后的干涉，因为那一位神最后一次到他身边来，重新振作起他的力气，给予他迅速的脚力。而且，阿喀琉斯又曾经用他的头部动作向他的部下发过信号，不许他们向他的猎物放箭，因为他怕有人要着先鞭，一箭把赫克托耳射中了，抢过那个荣誉去。但是，等到他们第四次到达那泉水的时候，天父就把他的金天秤拿出来，在两个秤盘上都放上死刑的判决，一盘给阿喀琉斯，一盘给那驯马的赫克托耳，然后他拿住秤杆的中心把它擎起来。那支秤杆向赫克托耳的方面倾倒下去，表示他被判定了死刑。他是一个死人了。福玻斯·阿波罗就丢开了他，同时闪眼女神雅典娜也到阿喀琉斯的身边去说要紧话。"显赫的阿喀琉斯，宙斯的宠子，"她说道，"咱们的机会已经到来，可以让阿开亚的军队带一个光荣的胜利回船去了。赫克托耳是要一直打到死为止的，可是你我就要去把他杀掉。现在他是无可逃遁了，无论那射王阿波罗怎样出力，怎样趴到他父亲戴法宝的宙斯的脚下去。现在你且站住了歇歇气儿，我到赫克托耳那里去劝他来跟你战斗。”

阿喀琉斯觉得很高兴，就照她的话做了。他挂着他的铜头枪站在那儿，雅典娜为着她的目的借用得伊福玻斯的相貌和不倦的声音，从他身边走到赫克托耳那儿去向他打招呼。“我的亲爱的兄弟，”她对赫克托耳说道，“那捷足的阿喀琉斯那么快地绕着城圈子追赶你，一定把你累乏了。咱们站下来，就在这儿一起跟他对敌吧。”

“得伊福玻斯，”那头盔闪亮的伟大的赫克托耳说道，“在赫卡柏和普里阿摩斯给我的所有兄弟们当中，我一径都是最最爱你的。可是从今以后我要更加觉得你好了，因为其余的人都躲在城里不出来，只有你见我有难敢从城里出来帮助我。”

“亲爱的兄弟，”闪眼的雅典娜说道，“我可以老实告诉你，咱们的父王和母后曾经轮流着劝告我，哀求我，要我待在城里不出来。我的部下也在那里，也这样劝告我——他们大家都怕阿喀琉斯怕得那个样儿的。可是我替你急坏了呢。现在咱们放开胆去向他攻击，咱们枪下不可以容情。咱们马上就可以见分晓，到底是阿喀琉斯杀了咱们两个人，带着咱们的血污铠甲回楼船去呢，还是他自己被你的枪所征服。”雅典娜的巧计成功了，她就引导他走上前去。赫克托耳和阿喀琉斯彼此遭遇了。

那个头盔闪亮的伟大的赫克托耳第一个说话：“我的阿喀琉斯爷，我已经绕着这普里阿摩斯的伟大城市被你追了三匝了，没敢停下来让你近身。可是现在我不再逃跑了。我已经下了决心跟你个对个地打，或是杀了你，或是被你杀。可是咱们先来谈一谈条件，你叫你的神作证，我叫我的神作证——没有哪一种契约能有比这再好的担保人。如果宙斯让我活下去，我把你杀了，那我保证决不在你的身体上头施行习惯所不批准的暴行。我所要做的，阿喀琉斯，就只从你身上把你那套辉煌的铠甲剥下来。然后我就把你的尸体交给阿开亚人去。你对于我也愿意这样做吗？”

那捷足的阿喀琉斯恶狠狠地对他看了一眼，回答道：“赫克托耳，你一定是发疯了，还要来跟我订条约呢。狮子不跟人来讲条件，狼也不跟绵羊分庭抗礼的——他们始终是仇敌。你和我也是这样。友谊在我们之间是不可能的，而且不到我们倒下一个来，拿他的血去让那顽强的战神吃个饱，也决不会有任何方式的休战。所以，鼓起你所能够有的任何勇气来吧。这是你显出你的枪法和胆量的时候了。现在帕拉斯·雅典娜正在等着拿我的枪来打倒你，任何东西都救不

17

得你了。你曾经用你的矛子折了我的那些个朋友，使我伤了那么大的心，这一刻儿你要把这些债一总偿清了。"

阿喀琉斯说完话，就拿稳了他的长杆枪投了出去。但那显赫的赫克托耳是留神着的，居然被他躲开了。他眼睛看着那枝枪，往下面一蹲，那枝枪就飞过他的头顶插进地里去。可是帕拉斯·雅典娜马上去把它抢起，交还给阿喀琉斯。

那大头领赫克托耳并没有看见这个行动，就向那天下无双的珀琉斯之子叫道："神样的阿喀琉斯也出错了呢，似乎是宙斯给你报错我的死期了！你把事情拿得未免太稳些。可是你的嘴能讲，你的舌头巧，竟想吓唬我，把我的力气吓干净。你可吓不跑我的，也不能够向我的背后投枪。你得先躲开我这一枪。上天保佑这支枪上的铜全部陷进你的肉里去！只要你这个头号的瘟神死掉了，这场战争对于特洛亚人就容易办了。"

说完，他就舞起他的长杆枪来投出去。一点没有错，他是投中阿喀琉斯的盾牌中心的，可是他那枝枪给蹦回来了。赫克托耳看见这么好的一枪竟投了个空，不觉心中大怒，可是他只得站在那里发愣，因为他没有第二枝枪了。他大声喊叫那个带白盾牌的得伊福玻斯，问他要一枝长枪。可是得伊福玻斯并不在他的身边，赫克托耳这才知道是怎么回事，就嚷道："啊呀！那么是神们招我来就死的了！我还以为那好心的得伊福玻斯在我的身边，谁知他还在城里，是雅典娜愚弄我的。死已经离开我不远了；他正对我的脸上瞪视着，我是无法躲避他的了。宙斯和他那个当射手的儿子虽然那么好意地对待我，那么的帮助我，可是他们一定早就决心要这样的了。所以现在我要遭遇我的死亡了。让我至少把我这条命卖得贵些，不要去走上一个不光荣的结局，也好传些赫赫的声威到未来世代人的耳朵里。"

当时赫克托耳身边挂着一把锋利的、又长又重的剑。他就把它抽出来，振作起精神，一个回旋扫上去，仿佛一只飞得高高的老鹰从黑云里向地面上来扑一头稚嫩的绵羊或是一只蹲着的兔子一般。那赫克托耳也就像这样地舞着他的利剑向前冲上去。阿喀琉斯也燃起了一股烈火一般的蛮劲跳上去迎他。他拿他那有装饰的盾牌掩护着前面；他的脑袋动一动，那顶装着四片铜牌的闪亮头盔也跟着摇摆起来，并且使得赫淮斯托斯不惜黄金给他装上去的那一部辉煌的盔饰绕着盔顶上跳舞；同时，他右手里平提着那一支枪，一心要杀赫克托耳，正在找他身上最有可能入肉的地方，那尖锐的枪头闪闪地发出光芒，亮得如同天空那颗最最可爱的宝石，那在夜晚时分跟其余的星一同出现的太白星一样。

阿喀琉斯看见赫克托耳的身体全部有他杀死伟大的帕特洛克罗斯之后从他身上脱去的那套精铜的铠甲掩护着，就只那咽喉上，就是锁骨从肩膀上连到脖颈上去的地方，也就是最容易杀死一个人的所在，留着一个孔隙。阿喀琉斯王子趁赫克托耳向他冲上来的当口儿,就拿他的矛子向那一点戳进去,矛尖笔正插进赫克托耳颈上的嫩肉,只是那沉重的铜头并没有把他的气管戳穿,所以他还能够对他的征服者说话。当时赫克托耳倒在尘埃里,伟大的阿喀琉斯就对他夸耀胜利。"赫克托耳,"他说道,"无疑的,当你剥那帕特洛克罗斯身上的时候,你总以为自己是万无一失的了。你始终都没有想到我,因为我跟你离开太远。你是一个傻子。一直在那楼船的旁边,还有一个比帕特洛克罗斯强得多的人储备在那里,这一个人已经把你打倒了。现在狗和食肉鸟就要来毁伤你,扯碎你,我们阿开亚人可要去给帕特洛克罗斯举行葬礼了。"

"我求求你,"那个头盔闪亮的赫克托耳用一种虚弱的声音说道:"凭你的膝盖、凭你自己的生命、凭你的父母在求你,不要把我的身体丢给阿开亚人船边的狗去吃,让他们来赎回我去吧。我的父亲和我的母后将会给你很多的青铜和黄金。放弃我的身体让它带回家去吧,好让特洛亚人和他们的妻子用火葬礼来纪念我的一死。"

那捷足的阿喀琉斯对他怒目而视。"你这狗,"他说道,"不要跟我来谈什么膝盖,也不要在你的求告里提我父母的名字。我为着你那样地对付我,只恨不得自己有这胃口把你一块块地切了生吃下去呢。可是至少这一点是确定的了:决不会有人来替你赶狗,哪怕特洛亚人拿了比你的身价加十倍二十倍的赎款来,并且答应另外还可以有,哪怕那达耳达诺斯之子普里阿摩斯吩咐他们拿你身体一般重的黄金来赎你——哪怕是这样,你的母后也不能够把你放在灵床上头来哭她亲生的儿子,只有狗和食肉鸟来吃掉你的份儿了。"

那头盔闪亮的赫克托耳临断气时还对他说了几句。"我这才看透了你的为人,懂得了你的心肠了!"他说道,"你的心是铁一般硬的——我刚才是白费口气呢。不过,你也得三思而行,免得轮到你在斯开亚门前耀武扬威而被帕里斯和阿波罗打倒的时候,那些愤怒的神要记着你怎样地对待我。"

死把赫克托耳的话截断了,他那脱离躯壳的灵魂张开翅膀飞往哈得斯之宫,一路痛哭着它的命运和它留下来的青春和壮志。但是他虽然死了,那阿喀琉斯王子也还要跟他说话。"死吧!"他说道,"至于我自己的死,那等宙斯和其他的不死神决定之后就让它来好了。"

然后他把他的铜枪从尸体里拔出来,放它在地上。他就动手从赫克托耳身上剥下那套血污的铠甲,同时其他的阿开亚人也跑着围上来了。他们看见赫克托耳那个魁梧的身躯和奇美的相貌,都暗暗觉得惊奇。所有聚在那里看他的人们,没有一个不在他身上留下一点伤痕才走的。每一个人走上前去打那尸体的时候,都回过头来看看他的朋友们,把一句嘲笑的话一路传下去:"现在赫克托耳是比他在船上放火的时候容易对付了呢。"

　　剥光了赫克托耳之后，那捷足而卓越的阿喀琉斯就抬起身子来对阿开亚人演说了。"我的朋友们，"他说道，"阿耳戈斯的将领们和参赞们，现在神既然让我们对于这个人——这个比其余所有的人算在一起都作孽得更厉害的——占到了上风，咱们来绕着城墙作一次武装侦察吧，看看特洛亚人下一步打算怎么样，还是因他们的健将已经倒下，现在就放弃他们的堡垒呢，还是虽然没有赫克托耳的帮助也决心要守下去。可是我在说什么话呀？现在那个死人躺在我船里，还没有埋葬，还没有举哀，我怎么可以想到别的事情上去呢？那帕特洛克罗斯，只要我一天还在活人的当中，还能够在地上走路，我是永远不会忘记他的；我那亲爱的伙伴，即使我在哈得斯宫里，死人忘记了死人，也还会记着他的。所以，阿开亚的军士们，大家来吧，咱们带着这个尸体唱着凯歌回楼船去吧。咱们来唱：'我们已经赢得大大的光荣了。我们已经杀了那个在特洛亚被当作一个神看待的高贵的赫克托耳了。'"

　　阿喀琉斯接下去做的一桩事情就是让那倒在地上的王子受到羞辱的凌虐。他把他两只脚上从脚跟到脚踝的两条筋切开来，穿进了皮带，把它们拴上战车，让那脑袋在地上拖着。然后他把那套著名的铠甲放进他的战车里去，自己也上了战车，拿鞭子轻轻地一点把马赶起步，那两匹马就兴兴头头飞也似的去了。那赫克托耳被拖在他后边，扬起了一阵尘土，他的黑发分披在两面，尘土厚厚地堆上他的脑袋来，那个脑袋本来很姣好，现在宙斯让他的敌人在他自己本国的土地上给污损了。

　　就像这样，赫克托耳的脑袋在尘埃里打滚儿。他的母亲看见他们这样对待她儿子，就扯她自己的头发，大声痛哭着把她那个漂亮的面幕从她脑袋上拉下来丢掉了。他的父亲伤心得不住呻吟，他们周围的人也一齐接声痛哭，整个城市都陷进绝望中了。从它那高峻的城头直到它的最低的街巷，大家都在那里哭，就连伊利翁整个着起火来也没有这么大的哭声的。那位老王在恐怖中奔往达耳达尼亚的城门，意思是要出城去，大家好容易把他拦阻住了，他就爬行到粪堆里，一个个叫着名字向大家哀求。"朋友们，随我去吧，"他说道，"你们照顾得我太过分了。让我独个人出城到阿开亚人的船里去吧。我要去向这个没有人性的怪物求告去，他也许会因赫克托耳年轻而感到羞愧，因我年老而觉得怜悯的。到底他也有个跟我年纪相仿的父亲，就是那个珀琉斯，他养他出来做所有特洛亚人的祸崇，不过谁也没有我在他手里吃的苦多，我那许多儿子都正在年轻力壮的时候被他屠杀了。这许多的儿子我都要痛哭，可是有一个我哭得更加厉害，使我更觉伤心，简直要把我伤心到坟墓里去的，那就是赫克托耳了。啊，我恨不得他死在我的怀抱里呢！要是那么的话，我跟那个不幸把他生出世来的母亲就可以对他号啕痛哭一个痛快了。"

　　这就是那普里阿摩斯痛哭流涕说的一番话。所有特洛亚的公民都加进了他们的哭声,现在赫卡柏也领导着一班特洛亚女人开始一场辛酸的恸哭。"我的孩子啊!"她哭道,"啊,我真苦命啊! 现在你已经死了,我为什么还要活在这里受罪呢? 你在特洛亚,无日无夜地都是我的骄傲,这个城里的每个男人和女人都当你是一个救星,像一位神似的向你致敬。确实的,你在世的时候就是他们的最大光荣。现在死和命运已经把你带走了。"

　　这样地,赫卡柏痛哭噭啕。可是赫克托耳的妻子还没有听到消息。事实上是,连她的丈夫留在城外这一桩事也不曾有人去告诉过她。她正在她那高大房子的一只角落里做活,在织一匹双幅紫色布上的花纹。莫知莫觉地,她刚刚吩咐家里的侍女们去烧上一口大锅,等赫克托耳打仗回家,好洗一个热水澡,作梦也没想到他什么澡也洗不成,已经死在阿喀琉斯和那闪眼的雅典娜手里。但是现在城头上哀哭噭啕的声音传到她耳朵里来了。她浑身发起抖来,把手里的梭子扔在地板上。她又叫她的侍女:"跟我来,你们俩;我得去看看怎么一回事。我听见的是我丈夫那位母后的声音;我自己的心也荡得厉害,我的腿挪不动了。有什么可怕的事情正在威胁普里阿摩斯王族,天保佑我不要听见这样的消息吧,可是我非常害怕,怕那伟大的阿喀琉斯已经在城外头单独遭遇我那英勇的丈夫,把他追进空旷地方去,或许赫克托耳那一腔顽强的傲气也已经被他结束的了。因为赫克托耳从来都不肯落后在群众里边,老是要一马当先,不肯让一个人跟他一样勇敢的。"

　　说完,安德洛玛刻就带着颗惊悸的心像个疯女人似的从她家里冲出去,她的女仆们跟在后边。她们走到城墙脚,有一大群男人聚会在那里,她就爬上了城头,向平原里搜索了一下,看见城墙前面他们正把她的丈夫拖着走——那两匹壮马不慌不忙地款款而行,把他拖在后边向阿开亚人的船舶那边去了。世界在安德洛玛刻眼前变得黑夜一般的漆黑。她就失去了知觉,仰翻在地上,把头上的漂亮头饰全部落下来,女冠,衬帽,结发的绦带,连同那面幕,那是那头盔闪亮的赫克托耳纳过一份优厚的聘金之后到埃厄提翁家里去迎亲的那一天那黄金色的阿佛洛狄忒送给他的。她躺在那里一口气厥过去了,她丈夫的姊妹们和他兄弟的妻子们都围上前来,大家把她搀扶着,过了好久她方才苏醒,就呜呜咽咽地哭了起来,对那些贵妇们开始哀诉。

　　　　　　　　选自荷马《伊利昂纪》,傅东华译,人民文学出版社,1959

奥德修纪（节选）

[古希腊]荷马

足智多谋的奥德修回答道："阿吉诺王，最显耀的人，能够听到这样好的乐师歌颂是很幸运的，他的声音同天神一样；我认为没有比这个更大的享受；现在大家喜气洋洋，顺序坐在堂上饮宴，听着歌曲，面前的餐几摆满麦饼和肴肉，有侍者从碗里倒出酒来，把每人面前的酒杯斟满；我想这是最幸福不过的了。但是你偏要问我为什么心情沉重，这只能使我更加难受。主掌苍穹的天神给了我很多苦难；我先讲什么，后讲什么好呢？我现在先告诉你们我的名字，让你们知道；如果将来我能逃脱不幸的命运，我也许会接待你们的，虽然我住的地方很远。我就是拉埃提之子奥德修，我的名声远达苍穹，世人都称道我的足智多谋。我住在天气清明的伊大嘉岛，岛上有山，俯视一切，林木茂盛，附近有许多海岛，都有人居住，那就是杜利奇岛、萨弥岛和林木茂盛的查昆陀岛；伊大嘉是海中最西边的岛，别的岛都在东边。伊大嘉虽然是山地，但对人的锻炼很有好处；我认为我从来没有见过更可爱的地方。辉煌的女神卡吕蒲索曾把我留在她深深的山洞里，要我做她的丈夫；还有埃亚依的女神刻尔吉也想把我留下，要我做她的丈夫；可是她们都不能让我改变心意。任何东西也不如故乡和自己的父母更可爱，即使一个人离开父母，远在异乡，住在富裕的人家里。现在让我再给你讲讲，在我离开特罗之后，上天在我归家路上给我的种种苦难。

"离开特罗之后，风把我们带到吉康人的地方伊斯马洛；我们攻下那座城，屠杀了当地居民，俘获了城里居民的妻子和许多财宝；我们平分了战利品，不让任何人失掉他应得的一份；那时我叫大家快快逃走，但是他们很糊涂，没有听我的劝告；他们喝了很多酒，在海岸边又宰了许多羊和肥牛；这时吉康人叫来了住在邻近的更多更勇猛的战士；那些吉康人是住在大陆上的，擅长在马上战斗，也能步战；到了清晨他们就来了，像春天出现的花叶一样茂盛；宙斯要让我们饱尝苦难，为我们这些倒霉的人安排了恶劣的命运；我们摆好阵式，在快船旁边开始战斗，用青铜枪矛互攻；从清晨到神圣的白昼增强的时候，我们还能守住阵地，打退比我们人数更多的敌人，可是到了太阳西下，停止驾牛的时候，吉康人终于占了上风，打垮了阿凯人；我们每船损失了六个披甲的伙伴，其余的人逃脱了死亡的命运。

"我们离开那里继续航行，心情沉重，庆幸自己逃脱死亡，但是丢掉一些亲爱的伙伴；我是等到向那些不幸的伙伴呼唤了三次，才允许我们长船离开的，但是他们都在原野上被吉康人杀掉了。那时聚集云雾的宙斯唤起北风,带来狂风暴雨,大地和海洋都隐藏在云雾里,黑夜自天涌下,船被风吹走,船帆给撕成碎片;我们害怕遭到不幸,赶快把船帆放下,靠近陆地;两天两夜,我们躺在船里,疲倦和忧愁折磨着我们;华鬘的曙光带来了第三天;这时我们才又竖起桅杆,扬起白帆,坐到桨位上,让风和舵手引导着我们前进;当时看起来我们就要安全回到故乡了,可是当我们绕过马雷雅的时候,风浪又把船带走,离开鸠塞罗,在海上漂流。一连九天时间,狂风把我们又带到鱼龙起伏的大海上;到了第十天,我们到达了吃荾陀果的种族的地方,那里的人以花果为粮食;我们登陆打了水,然后在快船旁边吃饭;在我们吃完饭喝完酒之后,我决定派遣几个伙伴去打听住在这片土地上吃粮食的人是什么种族;我挑了两个人去,又派了另一个回来报告;他们到了吃荾陀果的种族那里,那里的人并没有杀死他们,只给了他们一些荾陀果吃;他们吃了这种甜蜜果实,就只想同那些人留在一起,吃着果实,不想回来报告,也不想回家了。我强迫他们哭哭啼啼地回到船上,把他们绑在弯船的桨位下面,然后命令别的忠实伙伴赶快登上快船,免得有人吃了这种果实不想回家;他们立刻上了船,在桨位上按次序坐好,用桨打着幽暗的海水。

"我们继续航行,心情沉重;我们又来到狂妄野蛮的独目巨人的地方;这里的人依靠永生天神的帮助,不用手种植也不耕田,所有五谷都不需耕种,而能自己生长;这里有小麦大麦和一串串制酒的葡萄,上天降下的雨使它们成长;这些人没有聚会的会场,没有法律规章;他们都住在高山顶峰深深的石洞里;他们彼此都不关心,只管自己的妻子儿女。距离独目巨人的大陆不远,海湾外面有一片荒岛,上面林木茂盛,无数野羊繁殖在那里,因为没有人的脚步惊走它们,那些爬山越岭穿林过莽的猎人也不到那里去;那里没有牧场也没有耕地,无人播种,无人耕锄,没有居民,只有咩咩的羊群;要是独目巨人们有赤舳的船,或者有能造带排桨的船的工匠,可以像一般航海的人那样,到其他种族和城邦那里去处理事务,他们本来可以把那个岛变成很好的属地的;因为那个岛并不坏,四季都有收成;在幽暗海洋的岸边,有潮润柔软的草地;那里的葡萄永不枯谢;岛上还有平坦的可耕的土地,每季可以得到很好的收成,因为土壤很肥沃;岛上也有可以安全停泊的地方,不必下锚也不必用绳索把船拴住;航海的人可以随意停泊,到了有顺风的时候再离开;从山洞下面流出一股清亮的泉水,流入海湾;山洞旁边生长着茂盛的白杨树;好像有天神在黑暗里导引我们,我们就进入停泊的地方;我们什么也看不见,四面都是很厚的雾;上面也看不见天空和月亮,都被云雾遮盖起来了,在我们有排桨的船靠岸之前,谁也没有看到这个海岛,也没有看到岸边的滚滚巨浪;我们停下船,把帆放下,登上海岸,倒下睡觉,等待灿烂的曙光来临。

"当那初生的有红指甲的曙光刚刚呈现的时候,我们在岛上游荡,观赏风景;

为了让我们饱餐一顿，持盾的宙斯的女儿山林女神们唤起山野的羊群；我们立刻从船上拿来弯弓和长矛，分成三队去射猎；上天立刻让我们得到所希望的猎物；当时有十二只船跟随我，每只船上分到九头羊；我自己分到十头；这一整天，直到日落时分，我们坐着吃喝大量的肉和甜酒；船上的红酒还没有喝完，还有剩余；这是因为当我们打下吉康人的神圣王城时，我们大家又用罐子装了不少酒；我们远望隔岸独目巨人的地方，看到了炊烟也听到人声和羊羔的叫声；太阳落下，夜色降临，我们又躺在海岸上睡觉。

"当那初生的有红指甲的曙光刚刚呈现的时候，我把大家召集起来，对他们说道：'我的忠实伙伴们，你们都留在这里；我要带着我的船和我船上的伙伴去看看那边的人是些什么人，是狂暴野蛮不讲道理的呢，还是尊重客人敬畏天神的人。'

"我说完就上了船，并且吩咐我的伙伴们也上船，解下船缆；他们立刻上船，在桨位上按次序坐好，用桨打着幽暗的海水。我们来到距离不远的对岸，就看到海岸边有一个高大的山洞，上面月桂低垂，有许多山羊绵羊在那里歇息，旁边有石筑的高台、高大的松树和茂盛的栎树；有一个异常巨大的人在那里；他不同别的人在一起，独据一方，单独在那里放牧，无拘无束；他的形象好像是一个庞大的怪物，不像是一个吃粮食的凡人，而是像一个林木繁茂的山峰，高出在众人之上。

"我挑选了十二个最勇敢的伙伴和我同去。吩咐其余的忠实伙伴留在船边，保护船只。我还带去一羊皮口袋的黑色甜酒，那是尤安底之子马罗给我的；马罗是伊斯马洛的保护神阿波龙的祭师，住在佛伯阿波龙的神数里；他送给我这酒，因为我尊敬他，并且保护了他的妻子儿女；他送给我一些贵重礼物，七镒纯金和一个银碗，又给我满满十二罈的不掺水的甜酒；这是一种神奇的酒；他家里的女奴和侍女都不知道有这种酒，只有他自己，他妻子和一个女管家知道；他们喝这种蜜甜的红酒的时候，他每杯都掺上十二倍的水；那时酒碗里发出一种神奇的香味，使得任何人都无法拒绝不喝。我就装了一大皮袋这种酒，又带上一袋干粮；因为虽然我心里毫无恐惧，但也感觉到我们要遇到一个威力极大的对手，一个不讲道理无法无天的野蛮人。

"我们很快就到了洞口；我们发现他带着肥羊放牧去了，不在洞里，我们就进洞观看一切东西；洞里有整筐的干酪，羊圈里挤满幼小绵羊和山羊，早生的、后生的和初生的都分开饲养；一切精制器皿、一切装奶的碗罐里都装满羊奶；我的伙伴们建议拿走这些奶酪，再快快把幼小的山羊绵羊从羊圈里带出来，就离开这里，回到快船上，继续在海上航行；那样做实在要好得多；但是我没有听他们的劝告；我想看一看这个人，看他会不会招待我们，但是他的出现结果对我的伙伴们并不是一件愉快的事。

"我们生起火来，向天神献了祭，然后吃着奶酪，就在洞里等候那独目巨人放牧归来；那巨人带回一大捆木柴来烧饭；他把木柴丢到洞里，发出巨响；我们都畏缩地躲到山洞深处；他又把所有挤奶的母羊赶进深洞，把公羊留在门外的大院子里；他举起一块大石头作为洞门；这块放在门口的石头是那样巨大，就是二十二辆精造的马车也不能把它拖开；他就坐下依次给那些咩咩的绵羊和山羊挤奶，又让母羊喂了每头小羊；然后他把雪白的羊奶分一半作成干酪放在篮子里，另一半留在碗罐里，等到吃晚饭时再喝；他忙完这些事，就来生火；这时他看到我们，就问道：'你们这些外地人是干什么的？你们是什么地方航海到这里来的？你们是有事要办呢，还是随意漫游像海盗那样？那些人冒险到处游荡，给各处居民带来灾祸。'

"他这样说；他的响亮声音和巨大形象把我们吓呆了，使我们胆战心惊，但是我还是回答他说道：'我们是阿凯人，从特罗地方来的，经历了多次风浪，才飘游经过大海的深渊；我们本想回家，但是走了错路，来到这里；这大概是上天的旨意；我们是阿特留之子阿加曼农的藩属；阿加曼农是天下最有威望的大王；他打下了最强大的城镇，屠杀了许多居民；我们既然来到这里，我们就请求你招待我们，按礼节送给我们待客的礼物；最伟大的人也要敬畏天神；我们现在向你求援；宙斯是保护求援者和外乡人的神；敬神的外乡人永远是得到他的帮助的。'

"我这样说；他立刻毫不留情地回答道：'外乡人，你是个糊涂人，也许你是远处来的；你居然认为我应该畏惧天神；告诉你，独目巨人们从来不怕持盾的宙斯或其他极乐天神们，因为我们比他们强大；除非我自己情愿，我是不会为了害怕宙斯动怒而饶了你和你的伙伴的。你告诉找你的精造的船停在哪里；离这里很远呢还是很近？我希望知道哩。'

"他这样说来试探我，但是他的意图瞒不了我，因为我是很有智谋的；我就向他说假话回答道：'摇撼大地之神波塞顿已经打烂了我的船；风从海上直吹过来，把它撞坏在岸边岩石上；只有我们几个人逃掉不幸的死亡。'

"我这样说；这个凶暴的巨人没有回答；他跳起来，伸手抓我的伙伴，一把就抓住两个，拿他们像小狗一样在地上撞；他们的脑浆流出来，沾湿了土地；巨人又弄断他们的肢体，作晚饭吃；就像山野生长的狮子一样，把他们的肠子、肉和骨髓都吃得干干净净，一点也没有留下；我们眼看这种残忍行为，无计可施，只有向上天伸着手哭泣。这个独目巨人吃完人肉，又喝了不掺水的羊奶，填满了肚子，然后就在洞里的羊群中间躺下；这时我很想鼓足勇气向他进攻，从腰旁拔出利剑，用手摸到他肝脏所在地方，再把剑刺进他的胸膛；但是又一个念头阻止了我；因为我们无法用手推开洞口所放的巨石，那样我们也必然要遭到死亡；我们只好叹息着等待灿烂的曙光。

"当那初生的有红指甲的曙光刚刚呈现的时候,巨人生起火,又依次给他的美好羊群挤奶,又让母羊喂了每头小羊;他忙完他的工作之后,又立刻抓起两个人作他的早饭;他吃完了,就轻易地把巨大的门石移开,把肥羊赶到洞外,又把石头放回原处,像人盖上箭袋那样容易;独目巨人然后呼啸着,把他的肥羊赶到山里。我留在洞里,考虑怎样能把他杀死,希望雅典娜能赐给我荣耀,给我复仇的机会;我最后想出我认为是最好的办法:在羊圈旁边有巨人的一根青绿的橄榄木棍,那是他砍下留待干后使用的;看到这根棍子,令人想起渡过汪洋大海有的二十名桨手的黑色载货大船的桅杆;它正是那么长,那么粗;我走过去,砍下大约六尺长的一段,把它交给伙伴们,叫他们把它削光;在他们削光棍子的时候,我在旁边把它一头弄尖,然后拿到熊熊的火上,把它烧硬;洞里堆积了很多羊粪,我就把棍子藏好在粪污下面;我叫伙伴们抓阄,当巨人正作着好梦的时候,看哪几个来同我一起冒险把木根抬起,去刺巨人的眼睛;结果决定的人正是我所希望的人;他们一共四个人,加上我是五个。

"在黄昏时分,巨人赶着毛茸茸的羊群回来;他立刻把肥羊都赶进深洞,没有留一个在外面大院子里,不知道是由于疑心什么,还是天神给了他什么暗示;他又高举那巨大门石,把它放好;然后他又坐下依次给咩咩的绵羊和山羊挤奶,又让母羊喂了每头小羊;他忙完他的工作之后,又抓起两个人作他的晚饭;这时我手捧一个藤根做成的酒杯,盛着黑色的酒,走近独目巨人,对他说道:'巨人,你吃完人肉,请喝酒吧,让你也知道我们船上带来多么好的酒;我本来给你带来这个酒作为献礼;希望你会可怜我,好送我回家;可是你胡作非为,令人无法忍受;你太残暴了;你做事这样不讲道理,旁的地方的人以后还怎么敢到这里来?'

"我这样说;他把酒接过去喝干;尝了甜酒,他非常欢喜,就又向我要酒喝:'快快再给我一些酒,并且立刻告诉我你的名字,那样我就要把你所喜欢的礼物送给你;虽然生长五谷的大地给了我们巨人可以酿酒的葡萄,又有天帝的雨使得葡萄成熟,但是这种酒简直是仙液神浆。'

"他这样说;我又给了他一些灿烂的酒浆;我给他斟上三次,三次他都糊里糊涂地喝干了;当酒的力量已经到了他心里的时候,我就用甜言蜜语向他说道:'独目巨人,你既然要问我显耀的称号,我就告诉你;你可要如你所说的那样,送给我一件礼物;我的名字叫'无人';我的父母和所有伙伴这样称呼我。'

"我这样说,他无情无义地回答道:'我要先吃旁人,把'无人'留到最后再吃;这就是我的礼物。'

"他说完话,就晃晃悠悠地仰面倒下,歪着粗壮的脖子躺在地上,被战胜一切的睡眠所征服;他醉得呕吐起来,嘴里流出酒和嚼碎的人肉。这时我把木棍深深插到炭火里,等它烧热,又用话鼓励伙伴们,免得哪一个害怕退缩;那橄榄木棍子虽然还是青的，但在火里渐渐变红，快要燃着了；我过去把它从火里拿出来；伙伴们站在身边；上天使得我们大胆；伙伴们抓住一头削尖的橄榄木，刺进巨人的眼睛；我在上面用身体重量使木棍转动；正像人用钻子钻船板，旁边又有人抓住皮带两头，使它来回旋转，一直不停，我们就这样把烧热的木棍在他眼里转动；血从炽热的钻子四周流下；当眼珠烧着了的时候，眼皮和眉毛都被火灼焦，眼里的神经在火里爆炸，又像一个铁匠把大斧头或铁锛浸在冷水里淬砺，发出巨大响声，这样铁才会更加紧硬，巨人的眼珠就这样在橄榄木的周围发出响声。巨人大吼一声，声音洪亮可怕，岩石发出回响；我们畏惧退缩；他把木棍从眼里拔出，流了很多血；然后他把木棍扔开，两手乱摇，向着住在附近风撼的山巅上岩洞里的独目巨人们大声呼唤；巨人们听见他的叫喊，从各地集合，到了洞外，问他有什么痛苦。'波吕菲谟，你有什么痛苦？干什么在神圣的黑夜里喊叫，使得我们无法安睡？是有人用强力赶走你的羊吗？还是有人用阴谋或暴力来杀害你？'

"在洞里的有巨大力量的波吕菲谟向他们说道：'唉，朋友们，'无人'用阴谋，不是用暴力，在杀害我哩。'

"他们就认真地回答道：'要是你一个在那里，又无人用暴力对付你，那一定是伟大的宙斯降下了无法逃避的病患了；你向我们的父亲，尊贵的波塞顿祷告吧。'

"他们就这样说着走开了；我心里暗笑，因为我的假名和高明的计策骗了他们。那独目巨人呻吟着，疼得打转，用手摸索着把石头从门口拿开；他坐在门口，伸着手，希望能够捉到一个跟着羊群走出去的人；他以为我是那样糊涂哩。我就计划怎样做最妥当，怎样想一个办法使得伙伴们和我自己能够逃脱死亡；我考虑了各种策略；因为我们面临巨大危险；这是性命攸关的事；最后我想了一个主意，我认为那是最好的；洞里有一些肥壮的长毛公羊，美好而魁伟，毛是紫黑色的；我一声不响，用编好的芦苇把它们绑在一起；那些芦苇是独目巨人，那个无恶不作的怪物，平日用来作床铺的；我把三头羊绑在一起，中间的一头羊绑上一个人，其余的两头在旁边保护我的伙伴；这样就是每三头羊带一个人；至于我自己，我看到有一头公羊是整个羊群里最好的；我抓住羊身，蜷伏在它多毛的肚皮上，脸朝上面，用手抓住厚厚的羊毛，心情镇定；我们就忧心忡忡地等待灿烂的曙光。

"当那初生的有红指甲的曙光刚刚呈现的时候，羊群里的公羊都要去吃草；等着挤奶的母羊在羊圈里咩咩叫着，因为它们的奶房都涨满了。虽然羊群的主人受到痛苦的折磨，当羊来到他面前，他还是用手摸了每头羊的背上；但是这个糊涂家伙并不知道在毛茸茸的羊肚下有人被绑在那里。最后出门的就是那头公羊；它不但毛厚，还有聪明的奥德修这个沉重负担，力大无穷的波吕菲谟抚摸着公羊的背，对它说道：'亲爱的公羊，你为什么是最后一个走出山洞？你以往并不经常留在羊群后面，总是远远头一个大步走去吃青草的嫩芽，头一个到达河水，头一个在黄昏时分转回羊圈的，但是现在你却是最后一个；你一定是为你主人的眼睛悲伤吧；那是一个恶人弄瞎的；他同他可恨的伙伴先用酒灌醉了我；他叫作'无人'；我敢赌咒他还没有逃脱死亡。要是你跟我有同样知觉，能够说话，能告诉我他在哪里躲避我的愤怒，那就好了；那样我就可以打击他，把他的脑浆溅到地上各处，那个可恶的'无人'给我心里带来的痛苦就会减轻一些了。'

"他说完话，就把公羊放出大门。等到我们离开山洞和院子一些距离，我首先把自己从羊身上解放出来，然后把伙伴们放开；我们立刻把那些肥壮长腿的羊群赶走，不断转身观望，一直到我们到达船边。我的亲爱的伙伴们看到我们很高兴，庆幸我们逃脱死亡，但是又为死去的人悲悼；我向他们点头示意，阻止他们发声哭泣，命令他们赶快把这许多长毛的羊放到船上，然后开到苦咸的海上；他们立刻上船，在桨位上按次序坐好，用桨打着幽暗的海水。

"当我们离开海岸大约有一个人呼声所及的距离时，我又用嘲笑的话对独目巨人喊道：'独目巨人，你虽然在你深深的山洞里把我的伙伴残暴地吃掉，看来我也不是一个无用的人；你这个可恶的东西，居然胆敢在家里吃掉你的客人；可是你作的恶事遭到了足够的报应；宙斯和其他天神到底让你偿还了血债。'

"我这样说；独目巨人心里更加恼恨，就弄断一块巨大的山峰，向我们扔过来；那块岩石正落在黑船前面。岩石落处海里掀起一阵波浪，浪落下来把船推向陆地，靠近岸边；我拿起长竿把船推开，同时向伙伴们点头示意，叫他们赶快拿起桨来，离开险地；他们立刻摇动船桨；等到我们离开海岸两倍于方才的距离，我又想对独目巨人讲话；每个伙伴们都好言劝阻我说道：'你这个坏家伙，干什么要向那个野蛮人挑战？方才他往海里投下石头，把我们的船又带到岸边，我们以为真要死在这里了哩。要是他听到我们讲话的声音，他会再扔一块大石头，打烂我们的船和我们的头的；这么远的距离他是扔得到的。'

"他们都这样说，但是我胆子太大，没有听他们的话；我又愤怒地向他喊道：'独目巨人，要是哪一个凡人问你，谁让你遭受耻辱，弄瞎了眼睛，你可以告诉他，这是攻城夺寨的奥德修，拉埃提的儿子干的；他的家在伊大嘉。'

"我这样说；独目巨人叹息着回答道：'唉！过去的预言居然应验了，过去尤吕弥底的儿子提勒摩，一个身材高大仪表堂堂的人，是个非常出色的预言家；他年老时在独目巨人当中作过预言，告诉我将来要应验的种种事情，说我在奥德修的手下将失去视觉。我一直注意看着，生怕有一个魁伟壮美、有巨大气力的人会到这里来；现在却被一个卑微弱小的家伙用酒灌醉，弄瞎了眼睛。可是奥德修，请你回来吧，让我招待招待你，然后请伟大的撼地之神送你回家；他说他是我的父亲，我是他的儿子哩。只要他高兴，我是能够医好我的瞎眼的，其他的极乐天

神和凡人都不行。'

　　"他这样说；我回答他说道：'我真希望我能让你送命，让你到阴间去；那样就连撼地之神也医不好你的眼睛了。'

　　"我这样说；独目巨人向着繁星灿烂的天空伸着手，对大神波塞顿祷告道：'环绕大地的青发神波塞顿，请听我祈求；要是你说你是我的父亲，我真是你的儿子，就请你不要让那个住在伊大嘉的拉埃提的儿子，攻城夺寨的奥德修，回到他的家乡；要是他命中注定可以回到他的故乡和家室，可以看到他的亲人，至少让他遇到重重障碍，失去全部伙伴，乘旁人的船，狼狈回家，而且让他在家里再次遇到灾难。'

　　"他这样作了祷告；青发之神接受了他的请求。这时独目巨人又一次举起一块岩石，比上次还要大得多，把它飞旋着扔过来；岩石来势很猛，仅仅擦过船上的舵，落到黑船后面；波涛涌起，把船前冲，推到海岛旁边；在海岛上我们留下的排桨的船只正集合在一起等待我们回来；伙伴们都坐在那里，哭泣着怀念我们；我们的船到达海岛，停在沙岸上；我们上岸，把从弯船里带出来的独目巨人的羊群分掉，每人都得到他应有的一份；穿戴甲胄的伙伴们在分羊时又把那头公羊例外送给我一个人；我在岸上就供献了这头羊，把羊股肉烧了，献给那乌云之神阆阆之子宙斯，但是宙斯并没有接纳我的祭礼，还是打算要把一切排桨的船和我的忠实伙伴都毁掉。

　　"这一整天，一直到日落时分，我们坐着吃喝大量的肉和甜酒；后来太阳落下，夜色降临，我们就在海岸上睡觉；当那初生的有红指甲的曙光刚刚呈现的时候，我叫起伙伴们，吩咐他们上船，解开船缆；他们立刻上了船，在桨位上按次序坐好，用桨打着幽暗的海水。我们继续航行，心情沉重，庆幸自己逃脱死亡，但是丢掉了一些亲爱的伙伴。"

选自《奥德修纪》，杨宪益译，上海译文出版社，1982

被缚的普罗米修斯(节选)

[古希腊]埃斯库罗斯

二　进场歌

(歌队乘飞车自观众右方进场)

歌队　(第一曲首节)不要害怕;我们这一队姐妹是你的朋友,我们好容易才得到父亲的许可,比赛看谁的翅膀快,飞到这悬崖前面来。是疾驰的风把我吹来的;铁锤叮叮当当的声音传进了石穴深处,惊走了我的娇羞,我来不及穿鞋,就乘着飞车赶来了。(本节完)

普罗米修斯　啊,啊,原来是多子女的忒堤斯的女儿们,是那用滔滔河水环绕大地的俄刻阿诺斯的女儿们;请看我,看我戴着什么样的镣铐,被钉在这峡谷的万丈悬崖上,眼睁睁地在这里守望啊!

歌队　(第一曲次节)我看见了,普罗米修斯;我看见你的身体受伤害,戴着铜镣铐在这崖石上衰弱下去,我眼前便升起了一片充满了眼泪的朦胧的雾。俄林波斯现在归新的舵手们领导;旧日的巨神们已经无影无踪;宙斯滥用新的法令,专制横行。(本节完)

普罗米修斯　但愿他把我扔到地底下,扔到那接待死者的冥府底下,塔耳塔洛斯深渊里,拿解不开的镣铐残忍地把我锁住,免得叫天神或者凡人看见我受苦。可是,现在啊,我这不幸的神任凭天风吹弄;我受苦,我的仇人却幸灾乐祸。

歌队(第二曲首节)哪一位神会这样心狠,拿你的痛苦来取乐?除了宙斯,哪一位神不气愤,不对你的苦难表示同情?宙斯性情暴戾心又狠,他压制乌拉诺斯的儿子们;他决不会松手的,除非等到他心满意足,或者有一位神用诡计夺去了他那难以夺取的权力。(本节完)

普罗米修斯　别看那众神的王现在侮辱我,给我戴上结实的镣铐,他终会需要我来告诉他,一个什么新的企图会使他失去王杖和权力。我不会受他的甜言蜜语欺骗,不会因为害怕他的凶恶恫吓而泄漏那秘密,除非他先解了这残忍的镣铐,愿意赔偿我所受的侮辱。

歌队(第二曲次节)你真有胆量,在这样大的痛苦面前也不肯屈服,说起话来这样放肆。一种强烈的恐惧扰乱了我的心;我担心你的命运,不知你要航到哪一个海港,才能看见你的痛苦终点?克洛诺斯的儿子性情顽固,他的心是劝不动的。(本节完)

普罗米修斯　我知道他是很严厉的,而且法律又操在他手中;可是等他受到那样的打击,我相信他的性情是会变温和的;等他的强烈怒气平息之后,他会同我联盟,同我友好,他热心欢迎我,我也热心欢迎他。

三　第一场

歌队长　请把整个故事讲给我们听,告诉我们,为了什么过失,宙斯把你捉起来,这样不尊重你,狠狠地侮辱你?如果说起来不使你苦恼,就请告诉我们。

普罗米修斯　这故事说起来痛苦,闷在心里也痛苦,总是难受啊!

当初神们动怒,起了内讧:有的想把克洛诺斯推下宝座,让宙斯为王;有的竭力反对,不让宙斯统治众神。我当时曾向提坦们,天和地的儿女,提出最好的意见,但是劝不动他们;良谋巧计他们不听;他们仗恃自己强大,以为可以靠武力轻易取胜。我母亲忒弥斯——又叫该亚,一身兼有许多名称——时常把未来的事预先告诉我,她说这次不是靠膂力或者暴力就可以取胜,而是靠阴谋诡计。我曾把这话向他们详细解释,他们却认为全然不值得一顾。我当时最好的办法,似乎只好和我母亲联合起来,一同帮助宙斯,我自己愿意,也受欢迎。由于我的策略,老克洛诺斯和他的战友们全都被囚在塔耳塔洛斯幽深的牢里。天上这个暴君曾经从我手里得到这样大的帮助,却拿这样重的惩罚来报答我。不相信朋友是暴君的通病。

你问起他为什么侮辱我,我可以这样解答。他一登上他父亲的宝座,立即把各种权利送给了众神,把权力也分配了;但是对于可怜的人类他不但不关心,反而想把他们的种族完全毁灭,另行创造新的。除了我,谁也不挺身出来反对;只有我有胆量拯救人类,使他们不至于完全被毁灭,被打进冥府。为此,我屈服在这样大的苦难之下,忍受着痛苦,看起来可怜!我怜悯人类,自己却得不到怜悯;我在这里受惩罚,没有谁怜悯,这景象真是使宙斯丢脸啊!

歌队长　普罗米修斯,谁对你的苦难不感觉气愤,谁的心是铁打的,石头做的;我不愿意看见你遭受苦难;我一看见心里就悲伤。

普罗米修斯　在朋友们看来,我真是可怜啊!

歌队长　此外,你没有犯别的过错吧?

普罗米修斯　我使人类不再预料着死亡。

歌队长　你找到了什么药来治这个病呢?

普罗米修斯　我把盲目的希望放在他们心里。

歌队长　你给了人类多么大的恩惠啊!

普罗米修斯　此外,我把火给了他们。

歌队长　怎么?朝生暮死的人类也有了熊熊的火了吗?

普罗米修斯　是啊;他们可以用火学会许多技艺。

歌队长 是不是为了这样的罪，宙斯才——

普罗米修斯 才迫害我，不让我摆脱苦难。

歌队长 你的苦难没有止境吗？

普罗米修斯 没有；除非到了他高兴的时候。

歌队长 什么时候他才高兴？你有什么希望？你看不出你有罪吗？可是说你有罪，我说起来没趣味，你听起来也痛苦。还是不提这件事；快想办法摆脱这苦难吧。

普罗米修斯 站在痛苦之外规劝受苦的人，是件很容易的事。

我有罪，我完全知道；我是自愿的，自愿地犯罪的；我并不同你争辩。我帮助人类，自己却遭受痛苦。想不到我会受到这样的惩罚：在这凌空的石头上消耗我的精力，这荒凉的悬岩就是我受罪的地方。

现在，请不要为我眼前的灾难而悲叹，快下地来听我讲我今后的命运，你们好从头到尾知道得清清楚楚。答应我，答应我，同情一个正在受难的神吧！苦难飘来飘去，会轮流落到大家身上。

歌队长 普罗米修斯，你的呼吁我们并不是不愿意听。我现在脚步轻轻，离开那疾驰的车子和洁净的天空——飞鸟的道路——来到这不平的地上；我愿意听你的整个苦难故事。

（歌队下了飞车，进入场中。俄刻阿诺斯乘飞马自观众右方上）

俄刻阿诺斯 普罗米修斯，我骑着这飞得快的马儿——没有用缰辔控制，它就随着我的意思奔驰——到达了这长途的终点，来到了你这里；因为我，你要相信，很同情你的不幸。我认为是血族关系使我同情；即使没有亲属关系，我也特别尊重你。你会知道这是真心话；我从来不假意奉承。告诉我怎样帮助你；你决不会说，你有一个比俄刻阿诺斯更忠实的朋友。

普罗米修斯 啊，怎么回事？你也来探视我的苦难吗？你怎么有胆量离开那由你而得名的河流，离开那石顶棚的天然洞穴，来到这产铁的地方？你是不是来看我的不幸遭遇，对我的苦难表示同情和气愤？请看这景象，请看我，宙斯的朋友，曾经拥护他为王，如今却遭受苦难，被他压服了。

俄刻阿诺斯 我看见了，普罗米修斯；你虽然很精明，我还是要给你最好的忠告。

你要有自知之明，采取新的态度；因为天上已经立了一个新的君王。如果你说出这样尖酸刻薄的话，宙斯也许会听见，他虽是高坐在天上；那样一来，你现在为这些苦难而生的气就如同儿戏了。啊，受苦的神，快平息你现在的愤怒，想法摆脱这灾难吧！我这个忠告也许太陈腐了；但是，普罗米修斯，你的遭遇就是太夸口的报应。你现在还不谦逊，还不向灾难屈服，还想加重这眼前的灾难。你既看见一位严厉的、不受审查的君王当了权，你就得奉我为师，不要伸腿踢刺棍。

　　我现在去试试，看能否解除你的苦难。你要安静，不要太夸口。你聪明绝顶，难道不知道放肆的唇舌会招致惩罚么？

　　普罗米修斯　你有胆量同情我的苦难，又没有受罪之忧，我真羡慕你。现在算了吧，不必麻烦你了；因为他不容易说服，你绝对劝不动他。当心你这一去会给自己惹祸啊！

　　俄刻阿诺斯　你最善于规劝别人，却不善于规劝自己，这是我根据事实，不是根据传闻而得出的结论。我要去，请不必阻拦。我敢说，我敢说宙斯会送我一份人情，解除你的苦难。

　　普罗米修斯　你这样热心，我真是感激，永远感激。但请你不必劳神；即使你愿意，也是白费工夫，对我全没好处。你要安静，免得招惹祸事。我自己不幸，却不愿意大家受苦。不，决不；我的弟兄阿特拉斯的命运已经够我伤心了，他向着西方站着，肩膀顶着天地之间的柱子，重得很，不容易顶啊。当我看见那住在喀利喀亚洞里可怕的百头怪物，凶猛的堤福斯，地神的儿子，被暴力摧毁了的时候，我真是可怜他。他和众神对抗，可怕的嘴里发出恐怖的声音，眼里射出凶恶的光芒，就像要猛力打倒宙斯的统治权；可是宙斯不眨眼的霹雳向着他射来，那猛扑的闪电冒出火焰，在他夸口的时候，使他大吃一惊；他的心受了伤，骨肉化了灰，他的力量被电火摧毁了。到如今他那无用的直挺的残尸还躺在海峡旁边，被压在埃特那山脚底下，赫淮斯托斯坐在那山顶上锻炼熔化了的铁；总有一天，那里会流出火焰的江河，那凶恶的火舌会吞没出产好果子的西西里宽阔田地：那就是堤福斯喷出的怒气化成的可怕冒火热浪，虽然他已经被宙斯的电火烧焦了。

　　你并不是没有阅历，用不着我来教训你。快保全你自己吧，你知道怎么办；我却要把这眼前的命运忍受到底，直到宙斯心中息怒的时候为止。

　　俄刻阿诺斯　难道你不知道，普罗米修斯，语言是医治恶劣心情的良药吗？

　　普罗米修斯　如果话说得很合时宜，不是用来强消臃肿的愤怒，倒可以使心情平和下来。

　　俄刻阿诺斯　我这样热心，这样勇敢，你看有什么害处？告诉我吧。

　　普罗米修斯　那是徒劳，是天真的愚蠢。

　　俄刻阿诺斯　就让我害愚蠢的病吧；最好是大智若愚啊。

　　普罗米修斯　我派你去，就像是我愚蠢。

　　俄刻阿诺斯　你这话分明是打发我回家。

　　普罗米修斯　是的；免得你为我而悲叹，招人仇恨。

　　俄刻阿诺斯　是不是招那刚坐上全能宝座的神仇恨？

　　普罗米修斯　你要当心，别使他恼怒。

俄刻阿诺斯 普罗米修斯,你的灾难是个教训。

普罗米修斯 快走吧,回家去吧,好好保持着你现在的意见。

俄刻阿诺斯 你这样说,我就走了;我这只四脚鸟用它的翅膀拍着天空中平滑的道路;它喜欢在家中的厩舍里弯着膝头休息。

(俄刻阿诺斯乘飞马自观众右方退出)

四 第一合唱歌

歌队 (第一曲首节)普罗米修斯,我为你这不幸的命运而悲叹,泪珠从我眼里大量滴出来,一行行泪水打湿了我的细嫩双颊。真是可怕啊,宙斯凭自己的法律统治,向前朝的神显出一副傲慢的神情。

(第一曲次节)现在整个世界都为你大声痛哭,那些住在西方的人悲叹你的宗族曾经享受的伟大而又古老的权力;那些住在神圣的亚细亚的人也对你的悲惨的苦难表示同情。

(第二曲首节)那些住在科尔喀斯土地上勇于作战的女子和那些住在大地边缘,迈俄提斯湖畔的斯库提亚人也为你痛哭。

(第二曲次节)那驻在高加索附近山城上的敌军,阿拉伯武士之花,在尖锐的戈矛林中呐喊,也对你表示同情。(本节完)

[我先前只见过一位别的提坦神戴着铜镣铐,忍受着同样的痛苦和侮辱,那就是阿特拉斯,他的强大体力不寻常,他背着天的穹隆在那里呻吟]

(末节)海潮下落,发出悲声,海底在鸣咽,下界黑暗的地牢在号啕,澄清的河流也为你的不幸苦难而悲叹。

五 第二场

普罗米修斯 我默默无言,不要认为我傲慢顽固。我眼看自己受这样的迫害,愤怒咬伤了我的心!

是谁把特权完全给了这些新的神? 不是我,是谁? 这件事不说了;因为我要说的,你们早已知道。且听人类所受的苦难,且听他们先前多么愚蠢,我怎样使他们变聪明,使他们有理智。我说这话,并不是责备人类忘恩负义,只不过表明一下我厚赐他们的那番好意。

他们先前视而不见,听而不闻;好像梦中的形影,一生做事七颠八倒;不知道建筑向阳的砖屋,不知道用木材盖屋顶,而是像一群小蚂蚁,住在地底下不见阳光的洞里。他们不知道凭可靠的征象来认识冬日、开花的春季和结果的夏天;做事全没个准则;后来,我才教他们观察那不易辨认的星象的升沉。

我为他们发明了数学,最高的科学;还创造了字母的组合来记载一切事情,那是工艺的主妇，文艺的母亲。我最先把野兽驾在轭下，给它们搭上护肩和驮鞍，使它们替凡人担任最重的劳动；我更把马儿驾在车前，使它们服从缰绳，成为富贵豪华的排场。那为水手们制造有麻布翅膀的车来航海的也正是我，不是别的神。我为人类发明了这样的技艺，我自己，唉，反而没有巧计摆脱这眼前的苦难。

歌队长 你忍受着屈辱和灾难；你失去了智慧，想不出办法，像一个庸碌的医生害了病，想不出药来医治自己，精神很颓丧。

普罗米修斯 等你听见了其余的话，知道我发明了一些什么技艺和方术，你会更称赞我呢。人一害病就没有救，没有药吃，没有药喝，也没有膏药敷，因为没有药医治，就渐渐衰弱了。后来，我教他们配制解痛的药，驱除百病。我还安排了许多占卜的方法，最先为他们圆梦，告诉他们哪一些梦会应验；还有，那些偶尔听见的难以理解的话和路上碰见的预兆，我也向他们解释了；爪子弯曲的鸟的飞行，哪一种天然表示吉兆，哪一种表示凶兆，各种鸟的生活方式，彼此间的爱憎以及起落栖止，我也给他们分别得清清楚楚；它们心肝的大小，肝脏的斑点均匀不均匀，胆囊要是什么颜色才能讨神们喜欢，这些我都告诉了他们；罩上网油的大腿骨和细长的脊椎我都焚烧了，这样把秘密的方术传给了人类；我还使他们看清了火焰的信号，这在从前是朦胧的。这些事说得够详细了。至于地下埋藏的对人类有益的宝藏，金银铜铁，谁能说是他在我之前发现的？谁也不能说——我知道得很清楚——除非他信口胡说。请听我一句话总结：人类的一切技艺都是普罗米修斯传授的。

歌队长 不要太爱护人类而不管自身受苦；我相信你摆脱了镣铐之后会和宙斯一样强大。

普罗米修斯 可是全能的命运并没有注定这件事这样实现；要等我忍受了许多苦难之后，才能摆脱镣铐；因为技艺总是胜不过定数。

歌队长 那么谁是定数的舵手呢？

普罗米修斯 三位命运女神和记仇的报复女神们。

歌队长 难道宙斯没有她们强大吗？

普罗米修斯 他也逃不了注定的命运。

歌队长 宙斯不是命中注定永远为王吗？

普罗米修斯 这个你不能打听；不要再追问了。

歌队长 你一定是保守着什么重大秘密。

普罗米修斯 谈谈别的事吧；这还不是道破的时机，我得好好保守秘密；因为只有这样，才能摆脱这些有伤我体面的镣铐和苦难。

六　第二合唱歌

歌队 （第一曲首节）愿宙斯，最高的主宰，不要用暴力打击我的愿望；愿我永远能在我父亲俄刻阿诺斯的滔滔河流旁边杀牛祭神，献上洁净的肉；愿我不在言语上犯罪：这条规则我要铭刻在心，不要熔化了。

（第一曲次节）假如这一生能常在可靠的希望中度过，这颗心能在欢乐中得到补养，这将是多么甜蜜啊！但是，看见你忍受这许多痛苦，我浑身战栗……普罗米修斯，你不怕宙斯，意志坚强，但是你未免太重视人类了。

（第二曲首节）啊，朋友，你看，你的恩惠没有人感激；告诉我，谁来救你？哪一个朝生暮死的人救得了你？难道你看不出他们像梦中的形影那样软弱，盲目的人类是没有力量的吧？宙斯的安排凡人是无法突破的。

（第二曲次节）普罗米修斯，我看见你这可怕的命运，懂得了那条规则。我现在听见的是不同的声调啊，和那次我给你贺喜，绕着浴室和新床所唱的调子多么不同啊！那时节你带着聘礼求婚，把我的姐妹赫西俄涅接去作同衾的妻子。……

九　退场

普罗米修斯 可是宙斯是会屈服的，不管他的意志多么倔强；因为他打算结一个姻缘，那姻缘会把他从王权和宝座上推下来，把他毁灭；他父亲克洛诺斯被推下那古老的宝座时发出的诅咒，立刻就会完全应验。除了我，没有一位神能给他明白地指出一个办法，使他避免这灾难。这件事将怎样发生，这诅咒将怎样应验，只有我知道。且让他安心坐在那里，手里挥舞着喷火的霹雳，信赖那高空的雷声吧。可是这些东西都不能使他避免那可耻的不堪忍受的失败。他现在要找一个对手，一个无敌的怪物来和他自己作对；这对手会发现一种比闪电更强的火焰和一种比霹雳更大的声音；他还会把海神的武器，那排山倒海的三叉戟打得粉碎。等宙斯碰上了这场灾祸，他就会明白作君王和作奴隶有很大的不同。

歌队长 你这样咒骂宙斯，这不过是你的愿望罢了。

普罗米修斯 我说是事实，也是我的愿望。

歌队长 怎么？我们能指望一位神来控制宙斯吗？

普罗米修斯 他脖子上承受的痛苦将比这些更难受。

歌队长 你说这样的话，不害怕吗？

普罗米修斯 我命中注定死不了，怕什么呢？

歌队长 可是他会给你更大的苦受。

普罗米修斯 随便他吧；一切事我都心中有数。

歌队长 那些向惩戒之神告饶的人才是聪明!

普罗米修斯 那么你就向你的主子致敬,祈祷,永远奉承他吧!我却一点也不把宙斯放在眼里!他打算怎么样就怎么样吧,让他统治这短促的时辰吧;因为他在天上为王的日子不会长久。我看见了宙斯的走狗,新王的小厮,他一定是来宣布什么新的命令的。

(赫耳墨斯自空中下降)

赫耳墨斯 你这个十分狡猾、满肚子怨气的家伙,我是在说你——你得罪了众神,把他们的权利送给了朝生暮死的人,你是个偷火的贼;父亲叫你把你常说的会使他丧失权力的婚姻指出来;告诉你,不要含糊其辞,要详详细细讲出来;普罗米修斯,不要使我再跑一趟;你知道,含含糊糊的话平息不了宙斯的愤怒。

普罗米修斯 你说话多么漂亮,多么傲慢,不愧为众神的小厮。

你们还很年轻,才得势不久,就以为你们可以住在那安乐的卫城上吗?难道我没有看见两个君王从那上面被推翻吗?我还要看见第三个君王,当今的主子,很快就会被不体面地推翻。你以为我会惧怕这些新得势的神,会向他们屈服吗?我才不怕呢,绝对不怕。快顺着原路滚回去吧;因为你问也问不出什么来。

赫耳墨斯 你先前也是由于这样顽固,才进入了这苦难的港口。

普罗米修斯 你要相信,我不肯拿我这不幸的命运来换你的贱役。

赫耳墨斯 我认为你伺候这块石头,比做父亲宙斯的亲信使者强得多。

普罗米修斯 傲慢的使者自然可以说傲慢的话。

赫耳墨斯 你在目前的境况下好像还很得意。

普罗米修斯 我得意吗?愿我看我的仇敌这样得意,我把你也计算在内。

赫耳墨斯 怎么?你受苦,怪得着我吗?

普罗米修斯 一句话告诉你,我憎恨所有受了我的恩惠、恩将仇报、迫害我的神。

赫耳墨斯 听了你这话,知道你的疯病不轻。

普罗米修斯 如果憎恨仇敌也算疯病,我倒是疯了。

赫耳墨斯 你要是逢时得势,别人还受得了!

普罗米修斯 唉!

赫耳墨斯 宙斯从来不认识这个"唉"字。

普罗米修斯 但是越来越老的时间会教他认识。

赫耳墨斯 但是它没有教会你自制自重。

普罗米修斯 它没有教会我;否则,我就不会同你这小厮搭话。

赫耳墨斯 你好像不回答父亲所问的事。

普罗米修斯 我欠了他的情,应当报答!

赫耳墨斯 你把我当孩子讥笑。

普罗米修斯 如果你想从我这里打听什么，你岂不是个孩子，岂不比孩子更傻吗？宙斯无法用苦刑或诡计强迫我道破这秘密，除非他解了这侮辱我的镣铐。

让他扔出燃烧的电火吧，让他用白羽似的雪片和地下响出的雷霆使宇宙紊乱吧；可是这一切都不能强迫我告诉他：谁来推翻他的王权。

赫耳墨斯 你要考虑这样对你是不是有利。

普罗米修斯 我早就考虑过了，而且下了决心。

赫耳墨斯 傻子，面对着眼前的苦难，你尽可能、尽可能放明白一点吧。

普罗米修斯 你白同我纠缠，好像劝说那无情的波浪一样。别以为我会由于害怕宙斯的意志而成为妇人女子，伸出柔弱的手，手心向上，求我最痛恨的仇敌解了我的镣铐；我决不那样做。

赫耳墨斯 这许多话都像是白说了；因为我的请求没有使你的心变温和或软下来。你像一匹新上轭的马驹嚼着嚼铁，桀骜不驯，和缰绳挣扎。你太相信你那不中用的诡计了。一个傻子单靠顽固成不了事。

如果你不听我的话，你要注意，什么样的风暴和灾难的鲸涛鲵浪会落到你身上，逃也逃不掉：首先，父亲将用雷电把这峥嵘的峡谷劈开，把你的身体埋葬，这岩石的手臂依然会拥抱着你。你在那里住满了很长的时间，才能回到阳光里来；那时候宙斯的有翅膀的狗，那凶猛的鹰，会贪婪地把你的肉撕成一长条、一长条的，它是个不速之客，整天地吃，会把你的肝啄得血淋淋的。

不要盼望这种痛苦是有期限的，除非有一位神来替你受害；自愿进入那幽暗的冥土和漆黑的塔耳塔洛斯深坑。

所以，你还是考虑考虑吧；这不是虚假的夸口，而是真实的话；因为宙斯的嘴是不会说假话的；他所说的话都是会实现的。你仔细思考，好生想想吧，不要以为顽固比谨慎好。

歌队长 在我们看来，赫耳墨斯这番话并不是不合时宜；他劝你改掉顽固，采取明哲的谨慎。你听从吧；聪明的神犯了错误，是一件可耻的事。

普罗米修斯 这家伙所说的消息我早已知道。仇敌忍受仇敌的迫害算不得耻辱。让电火的分叉鬈须射到我身上吧，让雷霆和狂风的震动扰乱天空吧；让飓风吹得大地根基动摇，吹得海上的波浪向上猛冲，扰乱了天上星辰的轨道吧，让宙斯用严厉的定数的旋风把我的身体吹起来，使我落进幽暗的塔耳塔洛斯吧；总之，他弄不死我。

赫耳墨斯 只有从疯子那里才能听见这样的语言和意志。他这样祈祷不就是神经错乱吗？这疯病怎样才能减轻呢？

你们这些同情他苦难的女子啊，赶快离开这里吧，免得那无情的霹雳震得你们神志昏迷。

歌队长 请你说别的话，劝我做你能劝我做的事吧；你插进这句话，使我受不了！为什么叫我做这卑鄙的事呢？我愿意和他一起忍受任何注定的苦难；我学会了憎恨叛徒，再也没有什么恶行比出卖朋友更使我恶心。

赫耳墨斯 可是你们记住我发出的警告吧；当你们陷入灾难罗网的时候，不要抱怨你们的命运，不要怪宙斯把你们打进事先不知道的苦难；不，你们要抱怨自己；因为你们早就知道了，你们不是不知不觉，而是由于你们的愚蠢，才被缠在灾难解不开的罗网里的。

（赫耳墨斯自空中退出）

普罗米修斯 看呀，话已成真：大地在动摇，雷声在地底下作响，闪电的火红的鬓须在闪烁，旋风卷起了尘土，各处的狂风在奔腾，彼此冲突，互相斗殴；天和海已经混淆了！这风暴分明是从宙斯那里吹来吓唬我的。我的神圣的母亲啊，推动那阳光普照的天空啊，你们看见我遭受什么样的迫害啊！

（普罗米修斯在雷电中消失，歌队也跟着不见了）

　　选自《罗念生全集》（第 2 卷），《埃斯库罗斯悲剧三种 索福克勒斯悲剧四种》，上海人民出版社，2004

俄狄浦斯王(节选)

[古希腊] 索福克勒斯

五 第二

(克瑞翁自观众右方上)

克瑞翁 公民们,听说俄狄浦斯王说了许多可怕的话,指控我,我忍无可忍,才到这里来了。如果他认为目前的事是我用什么言行伤害了他,我背上这臭名,真不想再活下去了。如果大家都说我是城邦里的坏人,连你和我的朋友们也这样说,那就不单是在一方面中伤我,而是在许多方面。

歌队长 他的指责也许是一时的气话,不是有意说的。

克瑞翁 他是不是说过我劝先知捏造是非?

歌队长 他说过,但不知是什么用意。

克瑞翁 他控告我的时候,头脑、眼睛清醒吗?

歌队长 我不知道;我不明白我们的国王在做什么。他从宫里出来了。

(俄狄浦斯偕众侍从自宫中上)

俄狄浦斯 你这人,你来干什么?你的脸皮这样厚?你分明是想谋害我,夺取我的王位,还有脸到我家来吗?喂,当着众神,你说吧:你是不是把我看成了懦夫和傻子,才打算这样干?你狡猾地向我爬过来,你以为我不会发觉你的诡计,发觉了也不能提防吗?你的企图岂不是太愚蠢了吗?既没有党羽,又没有朋友,还想夺取王位?那要有党羽和金钱才行呀!

克瑞翁 你知道怎么办么?请听我公正地答复你,听明白了再下判断。

俄狄浦斯 你说话很狡猾,我这笨人听不懂;我看你是存心和我为敌。

克瑞翁 现在先听我解释这一点。

俄狄浦斯 别对我说你不是坏人。

克瑞翁 假如你把糊涂顽固当作美德,你就太不聪明了。

俄狄浦斯 假如你认为谋害亲人能不受惩罚,你也算不得聪明。

克瑞翁 我承认你说得对。可是请你告诉我,我哪里伤害了你?

俄狄浦斯 你不是劝我去请那道貌岸然的先知吗?

克瑞翁 我现在也还是这样主张。

俄狄浦斯 已经隔了多久了,自从拉伊俄斯——

克瑞翁 自从他怎么样?我不明白你的意思。

俄狄浦斯 ——遭人暗杀死去后。

克瑞翁 算起来日子已经很长久了！

俄狄浦斯 那时候先知卖弄过他的法术吗？

克瑞翁 那时候他和现在一样聪明，一样受人尊敬。

俄狄浦斯 那时候他提起过我吗？

克瑞翁 我在他身边没听见他提起过。

俄狄浦斯 你们也没有为死者追究过这件案子吗？

克瑞翁 自然追究过，怎么会没有呢？可是没有结果。

俄狄浦斯 那时候这位聪明人为什么不把真情说出来呢？

克瑞翁 不知道；不知道的事我就不开口。

俄狄浦斯 这一点你总是知道的，应该讲出来。

克瑞翁 哪一点？只要我知道，我不会不说。

俄狄浦斯 要不是和你商量过，他不会说拉伊俄斯是我杀死的。

克瑞翁 要是他真这样说，你自己心里该明白；正像你质问我，现在我也有权质问你了。

俄狄浦斯 你尽管质问，反正不能把我判成凶手。

克瑞翁 你难道没有娶我的姐姐吗？

俄狄浦斯 这个问题自然不容我否认。

克瑞翁 你是不是和她一起治理城邦，享有同样权利？

俄狄浦斯 我完全满足了她的心愿。

克瑞翁 我不是和你们俩相差不远，居第三位吗？

俄狄浦斯 正是因为这缘故，你才成了不忠实的朋友。

克瑞翁 假如你也像我这样思考，就会知道事情并不是这样的。首先你想一想：谁会愿意做一个担惊受怕的国王，而不愿又有同样权力又是无忧无虑呢？我天生不想做国王，而只想做国王的事；这也正是每一个聪明人的想法。我现在安安心心地从你手里得到一切；如果做了国王，倒要做许多我不愿意做的事了。

对我说来，王位会比无忧无虑的权势甜蜜吗？我不至于这样傻，不选择有利有益的荣誉。现在人人祝福我，个个欢迎我。有求于你的人也都来找我，从我手里得到一切。我怎么会放弃这个，追求别的呢？头脑清醒的人是不会做叛徒的。而且我也天生不喜欢这种念头，如果有谁谋反，我决不和他一起行动。

为了证明我的话，你可以到皮托去调查，看我告诉你的神示真实不真实。如果你发现我和先知图谋不轨，请用我们两个人的——而不是你一个人的——名义处决我，把我捉来杀死。可是不要根据靠不住的判断、莫须有的证据就给我定下罪名。随随便便把坏人当好人，把好人当坏人都是不对的。我认为，一个人如果抛弃他忠实的朋友，就等于抛弃他最珍惜的生命。这件事，毫无疑问，你终究是会明白的。因为一个正直的人要经过长久的时间才看得出来，一个坏人只要一天就认得出来。

歌队长 主上啊，他怕跌跤，他的话说得很好。急于下判断总是不妥当啊！

俄狄浦斯 那阴谋者已经飞快地来到眼前，我得赶快将计就计。假如我不动，等着他，他会成功，我会失败。

克瑞翁 你打算怎么办？是不是把我放逐出境？

俄狄浦斯 不，我不想把你放逐，我要你死，好叫人看看嫉妒人的下场。

克瑞翁 你的口气看来是不肯让步，不肯相信人？

俄狄浦斯 ⋯⋯

克瑞翁 我看你很糊涂。

俄狄浦斯 我对自己的事并不糊涂。

克瑞翁 那么你对我的事也该这样。

俄狄浦斯 可是你是个坏人。

克瑞翁 要是你很愚蠢呢？

俄狄浦斯 那我也要继续统治。

克瑞翁 统治得不好就不行！

俄狄浦斯 城邦呀城邦！

克瑞翁 这城邦不单单是你的，我也有份。

歌队长 两位主上啊，别说了。我看见伊俄卡斯忒从宫里出来了，她来得恰好，你们这场纠纷由她来调停，一定能很好地解决。

（伊俄卡斯忒偕侍女自宫中上）

伊俄卡斯忒 不幸的人啊，你们为什么这样愚蠢地争吵起来？这地方正在闹瘟疫，你们还引起私人纠纷，不觉得惭愧吗？

（向俄狄浦斯）你还不快进屋去？克瑞翁，你也回家去吧。不要把一点不愉快的小事闹大了！

克瑞翁 姐姐，你丈夫要对我做可怕的事，两件里选一件，或者把我放逐，或者把我捉来杀死。

俄狄浦斯 是呀，夫人，他要害我，对我下毒手。

克瑞翁 我要是做过你告发的事，我该倒霉，我该受诅咒而死。

伊俄卡斯忒 俄狄浦斯呀，看在天神面上，首先为了他已经对神发了誓，其次也看在我和站在你面前的这些长老面上，相信他吧！

歌队（哀歌第一曲首节）主上啊，我恳求你，高高兴兴，清清醒醒地听从吧。

俄狄浦斯 你要我怎么样？

歌队 请你尊重他,他原先就不渺小,如今起了誓,就更显得伟大了。

俄狄浦斯 那么你知道要我怎么样吗?

歌队 知道。

俄狄浦斯 你要说什么快说呀。

歌队 请不要只凭不可靠的话就控告他,侮辱这位发过誓的朋友。

俄狄浦斯 你要知道,你这要求,不是把我害死,就是把我放逐。

歌队 (第二曲首节)我凭众神之中最显赫的赫利俄斯起誓,我绝不是这个意思。我要是存这样的心,我宁愿为人神所共弃,不得好死。我这不幸的人所担心的是土地荒芜,你们所引起的灾难会加重那原有的灾难。(本节完)

俄狄浦斯 那么让他去吧,尽管我命中注定要当场被杀,或被放逐出境。打动了我的心的,不是他的,而是你的可怜的话。他不论在哪里,都会叫人痛恨。

克瑞翁 你盛怒时是那样凶狠,你让步时也是这样阴沉:这样的性情使你最受苦,也正是活该。

俄狄浦斯 你还不快离开我,给我滚?

克瑞翁 我这就走。你不了解我;可是在这些长老看来,我却是个正派的人。

(克瑞翁自观众右方下)

歌队 (第一曲次节)夫人,你为什么迟迟不把他带进宫去。

伊俄卡斯忒 等我问明白发生了什么事。

歌队 这方面盲目地听信谣言,起了疑心;那方面感到不公平。

伊俄卡斯忒 这场争吵是双方引起来的吗?

歌队 是。

伊俄卡斯忒 到底是怎么回事?

歌队 够了,够了,在我们的土地受难的时候,这件事应该停止在打断的地方。

俄狄浦斯 你看你的话说到哪里去了? 你是个忠心的人,却来扑灭我的火气。

歌队 (第二曲次节)主上啊,我说了不止一次了:我要是背弃你,我就是个失去理性的疯人;那是你,在我们可爱的城邦遭难的时候,曾经正确地为它领航,现在也希望你顺利地领航啊。(本节完)

伊俄卡斯忒 主上啊,看在天神面上,告诉我,你为什么这样生气?

俄狄浦斯 我这就告诉你;因为我尊重你胜过尊重那些人;原因就是克瑞翁在谋害我。

伊俄卡斯忒 往下说吧,要是你能说明这场争吵为什么应当由他负责。

俄狄浦斯　他说我是杀害拉伊俄斯的凶手。

伊俄卡斯忒　是他自己知道的，还是听旁人说的？

俄狄浦斯　都不是；是他收买了一个无赖的先知作喉舌；他自己的喉舌倒是清白的。

伊俄卡斯忒　你所说的这件事，你尽可放心；你听我说下去，就会知道，并没有一个凡人能精通预言术。关于这一点，我可以给你个简单的证据。

有一次，拉伊俄斯得了个神示——我不能说那是福玻斯亲自说的，只能说那是他的祭司说出来的——它说厄运会向他突然袭来，叫他死在他和我所生的儿子手中。可是现在我们听说，拉伊俄斯是在三岔路口被一伙外邦强盗杀死的；我们的婴儿，出生不到三天，就被拉伊俄斯钉住左右脚跟，叫人丢在没有人迹的荒山里了。

既然如此，阿波罗就没有叫那婴儿成为杀父亲的凶手，也没有叫拉伊俄斯死在儿子手中——这正是他害怕的事。先知的话结果不过如此，你用不着听信。凡是天神必须做的事，他自会使它实现，那是全不费力的。

俄狄浦斯　夫人，听了你的话，我心神不安，魂飞魄散。

伊俄卡斯忒　什么事使你这样吃惊，说出这样的话？

俄狄浦斯　你好像是说，拉伊俄斯被杀是在一个三岔路口。

伊俄卡斯忒　故事是这样；至今还在流传。

俄狄浦斯　那不幸的事发生在什么地方？

伊俄卡斯忒　那地方叫福喀斯，通往得尔福和道利亚的两条岔路在那里会合。

俄狄浦斯　事情发生了多久了？

伊俄卡斯忒　这消息是你快要做国王的时候向全城公布的。

俄狄浦斯　宙斯啊，你打算把我怎么样呢？

伊俄卡斯忒　俄狄浦斯，这件事怎么使你这样发愁？

俄狄浦斯　你先别问我，倒是先告诉我，拉伊俄斯是什么模样，有多大年纪。

伊俄卡斯忒　他个子很高，头上刚有白头发，模样和你差不多。

俄狄浦斯　哎呀，我刚才像是凶狠地诅咒了自己，可是自己还不知道。

伊俄卡斯忒　你说什么？主上啊，我看着你就发抖啊。

俄狄浦斯　我真怕那先知的眼睛并没有瞎。你再告诉我一件事，事情就更清楚了。

伊俄卡斯忒　我虽然在发抖，你的话我一定会答复的。

俄狄浦斯　他只带了少数侍从，还是像一位国王那样带了许多卫兵？

伊俄卡斯忒　一共五个人，其中一个是传令官，还有一辆马车，是给拉伊俄斯坐的。

俄狄浦斯 哎呀,真相已经很清楚了!夫人啊,这消息是谁告诉你的。

伊俄卡斯忒 是一个仆人,只有他活着回来了。

俄狄浦斯 那仆人现在还在家里吗?

伊俄卡斯忒 不在;他从那地方回来以后,看见你掌握了王权,拉伊俄斯完了,他就拉着我的手,求我把他送到乡下、牧羊的草地上去,远远地离开城市。我把他送去了。他是个好仆人,应当得到更大的奖赏。

俄狄浦斯 我希望他回来,越快越好!

伊俄卡斯忒 这倒容易;可是你为什么希望他回来呢?

俄狄浦斯 夫人,我是怕我的话说得太多了,所以想把他召回来。

伊俄卡斯忒 他会回来的;可是,主上啊,你也该让我知道,你心里到底有什么不安。

俄狄浦斯 你应该知道我是多么忧虑。碰上这样的命运,我还能把话讲给哪一个比你更应该知道的人听?

我父亲是科任托斯人,名叫波吕玻斯,我母亲是多里斯人,名叫墨洛珀。我在那里一直被尊为公民中的第一个人物,直到后来发生了一件意外的事——那虽是奇怪,倒还不值得放在心上。那是在某一次宴会上,有个人喝醉了,说我是我父亲的冒名儿子。当天我非常烦恼,好容易才忍耐住;第二天我去问我的父母,他们因为这辱骂对那乱说话的人很生气。我虽然满意了,但是事情总是使我很烦恼,因为诽谤的话到处都在流传。我就瞒着父母,去到皮托,福玻斯没有答复我去求问的事,就把我打发走了;可是他却说了另外一些预言,十分可怕,十分悲惨,他说我命中注定要玷污我母亲的床榻,生出一些使人不忍看的儿女,而且会成为杀死我的生身父亲的凶手。

我听了这些话,就逃到外地去,免得看见那个会实现神示所说的耻辱地方,从此我就凭了天象测量科任托斯的土地。我在旅途中来到你所说的,国王遇害的地方。夫人,我告诉你真实情况吧。我走近三岔路口的时候,碰见一个传令官和一个坐马车的人,正像你所说的。那领路的和那老年人态度粗暴,要把我赶到路边。我在气愤中打了那个推我的人——那个驾车的;那老年人看见了,等我经过的时候,从车上用双尖头的刺棍朝我头上打过来。可是他付出了一个不相称的代价,立刻挨了我手中的棍子,从车上仰面滚下来了;我就把他们全杀死了。

如果我这客人和拉伊俄斯有了什么亲属关系,谁还比我更可怜?谁还比我更为天神所憎恨?没有一个公民或外邦人能够在家里接待我,没有人能够和我交谈,人人都得把我赶出门外。这诅咒不是别人加在我身上的,而是我自己。我用这双手玷污了死者的床榻,也就是用这双手把他杀死的。我不是个坏人吗?

我不是肮脏不洁吗？我得出外流亡，在流亡中看不见亲人，也回不了祖国；要不然，就得娶我的母亲，杀死那生我养我的父亲波吕玻斯。

如果有人断定这些事是天神给我造成的，不也说得正对吗？你们这些可敬的神圣的神啊，别让我，别让我看见那一天！在我没有看见这罪恶的污点沾到我身上之前，请让我离开尘世。

歌队长 在我们看来，主上啊，这件事是可怕的；但是在你还没有向那证人打听清楚之前，不要失望。

俄狄浦斯 我只有这一点希望了，只好等待那牧人。

伊俄卡斯忒 等他来了，你想打听什么？

俄狄浦斯 告诉你吧：他的话如果和你的相符，我就没有灾难了。

伊俄卡斯忒 你从我这里听出了什么不对头的话呢？

俄狄浦斯 你曾告诉我，那牧人说过杀死拉伊俄斯的是一伙强盗。如果他说的还是同样的人数，那就不是我杀的了；因为一个总不等于许多。如果他只说是一个单身的旅客，这罪行就落在我身上了。

伊俄卡斯忒 你应该相信，他是那样说的；他不能把话收回；因为全城的人都听见了，不单是我一个人。即使他改变了以前的话，主上啊，也不能证明拉伊俄斯的死和神示所说的真正相符；因为罗克西阿斯说的是，他注定要死在我儿子手中，可是那不幸的婴儿没有杀死他的父亲，倒是自己先死了。从那时以后，我就再不因为神示而左顾右盼了。

俄狄浦斯 你的看法对。不过还是派人去把那牧人叫来，不要忘记了。

伊俄卡斯忒 我马上派人去。我们进去吧。凡是你所喜欢的事我都照办。

（俄狄浦斯偕众侍从进宫，伊俄卡斯忒偕侍女随入）

七　第三场

（伊俄卡斯忒偕侍女自宫中上）

伊俄卡斯忒 我邦的长老们啊，我想起了拿着这缠羊毛的树枝和香料到神的庙上；因为俄狄浦斯由于各种忧虑，心里很紧张，他不像一个清醒的人，不会凭旧事推断新事；只要有人说出恐怖的话，他就随他摆布。

我既然劝不了他，只好带着这些象征祈求的礼物来求你，吕刻俄斯·阿波罗啊——因为你离我最近——请给我们一个避免污染的方法。我们看见他受惊，像乘客看见船上舵工受惊一样，大家都害怕。

（报信人自观众左方上）

报信人 啊，客人们，我可以向你们打听俄狄浦斯王的宫殿在哪里吗？最好告诉我他本人在哪里，要是你们知道的话。

歌队　啊，客人，这就是他的家，他本人在里面；这位夫人是他儿女的母亲。

报信人　愿她在幸福的家里永远幸福，既然她是他全福的妻子！

伊俄卡斯忒　啊，客人，愿你也幸福，你说了吉祥话，应当受我回敬。请你告诉我，你来求什么，或者有什么消息见告。

报信人　夫人，对你家和你丈夫是好消息。

伊俄卡斯忒　什么消息？你是从什么人那里来的？

报信人　从科任托斯来的。你听了我要报告的消息一定高兴，怎么会不高兴呢？但也许还会发愁呢。

伊俄卡斯忒　到底是什么消息？怎么会使我高兴又使我发愁。

报信人　人民要立俄狄浦斯为伊斯特摩斯地方的王，那里是这样说的。

伊俄卡斯忒　怎么？老波吕玻斯不是还在掌权吗？

报信人　不掌权了；因为死神已把他关进坟墓了。

伊俄卡斯忒　你说什么？老人家，波吕玻斯死了吗？

报信人　倘若我撒谎，我愿意死。

伊俄卡斯忒　侍女呀，还不快去告诉主人？

（侍女进宫）

啊，天神的预言，你成了什么东西了？俄狄浦斯多年来所害怕，所要躲避的正是这人，他害怕把他杀了；现在他已寿尽而死，不是死在俄狄浦斯手中的。俄狄浦斯偕众侍从自宫中上。

俄狄浦斯　啊，伊俄卡斯忒，最亲爱的夫人，为什么把我从屋里叫来？

伊俄卡斯忒　请听这人说话，你一边听，一边想天神的可怕预言成了什么东西了。

俄狄浦斯　他是谁？有什么消息见告？

俄伊俄卡斯忒　他是从科任托斯来的，来讣告你父亲波吕玻斯不在了，去世了。

斯王俄狄浦斯　你说什么，客人？亲自告诉我吧。

报信人　如果我得先把事情讲明白，我就让你知道，他死了，去世了。

俄狄浦斯　他是死于阴谋，还是死于疾病？

报信人　天平稍微倾斜，一个老年人便长眠不醒。

俄狄浦斯　那不幸的人好像是害病死的。

报信人　并且因为他年高寿尽了。

俄狄浦斯　啊！夫人呀，我们为什么要重视皮托颁布预言的庙宇，或空中啼叫的鸟儿呢？它们曾指出我命中注定要杀我父亲。但是他已经死了，埋进了泥土；我却还在这里，没有动过刀枪。除非说他是因为思念我而死的，那么倒是我害死了他。这似灵不灵的神示已被波吕玻斯随着带着,和他一起躺在冥府里,不值半文钱了。

伊俄卡斯忒 我不是早就这样告诉了你吗?

俄狄浦斯 你倒是这样说过,可是,我因为害怕,迷失了方向。

伊俄卡斯忒 现在别再把这件事放在心上了。

俄狄浦斯 难道我不该害怕玷污我母亲的床榻吗?

伊俄卡斯忒 偶然控制着我们,未来的事又看不清楚,我们为什么惧怕呢?最好尽可能随随便便地生活。别害怕你会玷污你母亲的婚姻;许多人会曾梦中娶过母亲;但是那些不以为意的人却安乐地生活。

俄狄浦斯 要不是我母亲还活着,你这话倒也对;可是她既然健在,即使你说得对,我也应当害怕啊!

伊俄卡斯忒 可是你父亲的死总是个很大的安慰。

俄狄浦斯 我知道是个很大的安慰,可是我害怕那活着的妇人。

报信人 你害怕的妇人是谁呀?

俄狄浦斯 老人家,是波吕玻斯的妻子墨洛珀。

报信人 她哪一点使你害怕?

俄狄浦斯 啊,客人,是因为神送来的可怕预言。

报信人 说得说不得?是不是不可以让人知道?

俄狄浦斯 当然可以。罗克西阿斯曾说我命中注定要娶自己的母亲,亲手杀死自己的父亲。因此多年来我远离着科任托斯。我在此虽然幸福,可是看见父母的容颜是件很大的乐事啊。

报信人 你真的因为害怕这些事,离开了那里?

俄狄浦斯 啊,老人家,还因为我不想成为杀父的凶手。

报信人 主上啊,我怀着好意前来,怎么不能解除你的恐惧呢?

俄狄浦斯 你依然可以从我手里得到很大的应得报酬。

报信人 我是特别为此而来的,等你回去的时候,我可以得到一些好处呢。

俄狄浦斯 但是我决不肯回到我父母家里。

报信人 年轻人!显然你不知道你在做什么。

俄狄浦斯 怎么不知道呢,老人家?看在天神面上,告诉我吧。

报信人 如果你是为了这个缘故不敢回家。

俄狄浦斯 我害怕福玻斯的预言在我身上应验。

报信人 是不是害怕因为杀父娶母而犯罪?

俄狄浦斯 是的,老人家,这件事一直在吓唬我。

报信人 你知道你没有理由害怕么?

俄狄浦斯　怎么没有呢，如果我是他们的儿子？

报信人　因为你和波吕玻斯没有血统关系。

俄狄浦斯　你说什么？难道波吕玻斯不是我的父亲？

报信人　正像我不是你的父亲，他也同样不是。

俄狄浦斯　我的父亲怎能和你这个同我没关系的人同样不是？

报信人　你不是他生的，也不是我生的。

俄狄浦斯　那么他为什么称呼我作他的儿子呢？

报信人　告诉你吧，是因为他从我手中把你当一件礼物接受了下来。

俄狄浦斯　但是他为什么十分疼爱别人送的孩子呢？

报信人　他从前没有儿子，所以才这样爱你。

俄狄浦斯　是你把我买来，还是把我捡来送给他的？

报信人　是我从喀泰戎峡谷里把你捡来送给他的。

俄狄浦斯　你为什么到那一带去呢？

报信人　我在那里放牧山上的羊。

俄狄浦斯　你是个牧人，还是个到处漂泊的佣工。

报信人　年轻人，那时候我是你的救命恩人。

俄狄浦斯　你把我抱在怀里的时候，我有没有什么痛苦？

报信人　你的脚跟可以证实你的痛苦。

俄狄浦斯　哎呀，你为什么提起这个老毛病？

报信人　那时候你的左右脚跟是钉在一起的，我给你解开了。

俄狄浦斯　那是我襁褓时候遭受的莫大耻辱。

报信人　是呀，你是由这不幸而得到你现在的名字的。

俄狄浦斯　看在天神面上，告诉我，这件事是我父亲还是我母亲做的？你说。

报信人　我不知道；那把你送给我的人比我知道得清楚。

俄狄浦斯　怎么？是你从别人那里把我接过来的，不是自己捡来的吗？

报信人　不是自己捡来的，是另一个牧人把你送给我的。

俄狄浦斯　他是谁？你指得出来吗？

报信人　他被称为拉伊俄斯的仆人。

俄狄浦斯　是这地方从前的国王的仆人吗？

报信人　是的，是国王的牧人。

俄狄浦斯　他还活着吗？我可以看见他吗？

报信人　（向歌队）你们这些本地人应当知道得最清楚。

俄狄浦斯　你们这些站在我面前的人里面，有谁在乡下或城里见过他所说的牧人，认识他？赶快说吧！这是水落石出的时机。

歌队长 我认为他所说的不是别人，正是你刚才要找的乡下人这件事伊俄卡斯忒最能够说明。

俄狄浦斯 夫人，你还记得我们刚才想召见的人吗？这人所说的是不是他？

伊俄卡斯忒 为什么问他所说的是谁？不必理会这事。不要记住他的话。

俄狄浦斯 我得到了这样的线索，还不能发现我的血缘，这可不行。

伊俄卡斯忒 看在天神面上，如果你关心自己的性命，就不要再追问了；我自己的苦闷已经够了。

俄狄浦斯 你放心，即使发现我母亲三世为奴，我有三重奴隶身份，你出身也不卑贱。

伊俄卡斯忒 我求你听我的话，不要这样。

俄狄浦斯 我不听你的话，我要把事情弄清楚。

伊俄卡斯忒 我愿你好，好心好意劝你。

俄狄浦斯 你这片好心好意一直在使我苦恼。

伊俄卡斯忒 啊，不幸的人，愿你不知道你的身世。

俄狄浦斯 谁去把牧人带来？让这个女人去赏玩她的高贵门第吧！

伊俄卡斯忒 哎呀，哎呀，不幸的人呀！我只有这句话对你说，从此再没有别的话可说了！

（伊俄卡斯忒冲进宫）

歌队长 俄狄浦斯，王后为什么在这样忧伤的心情下冲了进去？我害怕她这样闭着嘴，会有祸事发生。

俄狄浦斯 要发生就发生吧！即使我的出身卑贱，我也要弄清楚。那女人——女人总是很高傲的——她也许因为我出身卑贱感觉羞耻。但是我认为我是仁慈的幸运宠儿，不至于受辱。幸运是我的母亲；十二个月份是我的弟兄，他们能划出我什么时候渺小，什么时候伟大。这就是我的身世，我决不会被证明是另一个人；因此我一定要追问我的血统。

九 第四场

俄狄浦斯 长老们，如果让我猜想，我以为我看见的是我们一直在寻找的牧人，虽然我没有见过他。他的年纪和这客人一般大；我并且认识那些带路的是自己的仆人。（向歌队长）也许你比我认识得清楚，如果你见过这牧人。

歌队长 告诉你吧，我认识他；他是拉伊俄斯家里的人，作为一个牧人，他和其他的人一样可靠。众仆人带领牧人自观众左方上。

俄狄浦斯 啊，科任托斯客人，我先问你，你指的是不是他？

报信人　我指的正是你看见的人。

俄狄浦斯　喂，老头儿，朝这边看，回答我问你的话。你是拉伊俄斯家里的人吗？

牧人　我是他家养大的奴隶，不是买来的。

俄狄浦斯　你干的什么工作，过的什么生活？

牧人　大半辈子放羊。

俄狄浦斯　你通常在什么地方住羊棚？

牧人　有时候在喀泰戎山上，有时候在那附近。

俄狄浦斯　还记得你在那地方见过这人吗？

牧人　见过什么？你指的是哪个？

俄狄浦斯　我指的是眼前的人；你碰见过他没有？

牧人　我一下子想不起来，不敢说碰见过。

报信人　主上啊，一点也不奇怪。我能使他清清楚楚回想起那些已经忘记了的事。我相信他记得他带着两群羊，我带着一群羊，我们在喀泰戎山上从春天到阿耳克图洛斯初升的时候做过三个半年朋友。到了冬天，我赶着羊回我的羊圈，他赶着羊回拉伊俄斯的羊圈。（向牧人）我说的是不是真事？

牧人　你说的是真事，虽是老早的事了。

报信人　喂，告诉我，还记得那时候你给了我一个婴儿，叫我当自己的儿子养着吗？

牧人　你是什么意思？干吗问这句话？

报信人　好朋友，这就是他，那时候是个婴儿。

牧人　该死的家伙！还不快住嘴！

俄狄浦斯　啊，老头儿，不要骂他，你说这话倒是更该挨骂！

牧人　好主上啊，我有什么错呢？

俄狄浦斯　因为你不回答他问你的关于那个孩子的事。

牧人　他什么都不晓得，却要多嘴，简直是白搭。

俄狄浦斯　你不痛痛快快回答，要挨了打哭才回答！

牧人　看在天神面上，不要拷打一个老头子。

俄狄浦斯　（向侍从）还不快把他的手反绑起来？

牧人　哎呀，为什么呢？你还要打听什么呢？

俄狄浦斯　你是不是把他所问的那孩子给了他？

牧人　我给了他；愿我在那一天就瞪了眼！

俄狄浦斯　你会死的，要是你不说真话。

牧人　我说了真话，更该死了。

俄狄浦斯　这家伙好像还想拖延时间。

牧人　我不想拖延时间，我刚才已经说过我给了他。

俄狄浦斯　哪里来的？是你自己的，还是从别人那里得来的？

牧人　这孩子不是我自己的，是别人给我的。

俄狄浦斯　哪个公民，哪家给你的？

牧人　看在天神面上，不要，主人啊，不要再问了！

俄狄浦斯　如果我再追问，你就活不成了。

牧人　他是拉伊俄斯家里的孩子。

俄狄浦斯　是个奴隶，还是个亲属？

牧人　哎呀，我要讲那怕人的事了！

俄狄浦斯　我要听那怕人的事了！也只好听下去。

牧人　人家说是她的儿子，但是里面的娘娘，主上家的，最能告诉你是怎么回事。

俄狄浦斯　是她交给你的吗？

牧人　是，主上。

俄狄浦斯　是什么用意呢？

牧人　叫我把他弄死。

俄狄浦斯　做母亲的这样狠心吗？

牧人　因为她害怕那不吉利的神示。

俄狄浦斯　什么神示？

牧人　人家说他会杀他父亲。

俄狄浦斯　你为什么又把他送给了这老人呢？

牧人　主上啊，我可怜他，我心想他会把他带到别的地方——他的家里去；哪知他救了他，反而闯了大祸。如果你就是他所说的人，我说，你生来是个受苦的人啊！

俄狄浦斯　哎呀！哎呀！一切都应验了！天光呀，我现在向你看最后一眼！我成了不应当生我的父母的儿子，娶了不应当娶的母亲，杀了不应当杀的父亲。

（俄狄浦斯冲进官，众侍从随入，报信人、牧人和众仆人自观众左方下）

选自《罗念生全集》（第 2 卷），《埃斯库罗斯悲剧三种　索福克勒斯悲剧四种》，上海人民出版社，2004

古希腊罗马抒情诗选

永生的阿芙洛狄忒

[古希腊]萨福

永生的阿芙洛狄忒，宝座上的女神，
宙斯的善用心计的女儿，求求你，
女神啊，别再用痛苦和忧愁
折磨我的心！

求你像从前一样，只要远远
听到我的声音在求告在呼唤，
你就翩然降临，离开你父亲的
金色的宫殿，

为你驾车的是一群金翅之雀，
它们迅捷地飞向黑暗的下界，
扑着无数翅膀下降而穿越
天空的皎洁，

转眼就飞到此地，女神啊，于是你
永远年轻的脸上浮着笑意，
会叫我说出一切烦恼的缘由，
我为何唤你。

我狂热的心在把什么追逐。
你会问："你希望蓓脱女神①把谁说服，
而领入你的情网？告诉我，是谁
委屈了萨福？

"要知道逃避者不久会来追逐你，
拒收礼物者自己会来送礼，

---

① "蓓脱女神"是司劝导的女神。

那位冷漠者不久就会爱的，
不由她不愿意。"

求你再度降临，亲爱的女神，
求你解救我于万般痛苦之中，
保佑我的一切心愿能够实现，——
请和我结盟！

（飞白　译）

我 觉 得

［古希腊］萨福

我觉得，谁能坐在你的面前，
幸福真不亚于任何神仙，
他静静听着你的软语呢喃，
声音那么甜，

啊，你的笑容真叫人爱煞。
每次我看见你，只消一刹那，
心房就在胸口里狂跳不已，
我说不出话。

我舌头好像断了，奇异的火
突然在我皮肉里流动、烧灼，
我因炫目而失明，一片嗡嗡
充塞了耳朵。

冷汗淋漓，把我全身浇湿，
我颤抖着，苍白得赛过草叶，
只觉得我似乎马上要死去，
马上要昏厥

但……我能忍受一切。

（飞白　译）

献给卡玛里那城的普骚米斯的颂歌

[古希腊]品达

（首节）

雷霆的投掷者——脚步不倦的至高宙斯！

你的女儿"时光"在华彩的竖琴中旋舞，

送我来为那最崇高的竞赛作赞歌。

朋友成功后，高尚的人听见甜蜜捷报

立刻就会兴高采烈。

克罗诺斯的儿子，你拥有那习习多风的埃特纳，

你在那山下囚禁过百首的巨怪台风，

请你快来欢迎这位奥林匹亚胜利者，

为美惠女神们而来欢迎这支庆祝队伍。

（次节）

这队伍象征一种强大力量的不朽光辉，

这队伍来庆祝普骚米斯的赛车，他头戴橄榄枝冠，

一心为卡玛里那城争光。愿天神慈悲，

照顾他的祈求，因为我所称颂的人

热心培养骏马，

喜欢接纳四方的宾客，

他纯洁的心集中于热爱城邦的和平。

我要说的话不掺假，

"考验能测验出一个人"。

（末节）

因此，楞诺斯岛的妇女

后来对克吕墨诺斯的儿子

才不再不尊重。

他穿上铠甲赛跑获得胜利，

他戴上花冠对许西庇①说：

"瞧，我跑得最快，心和手都跟得上。

还未到中年，年轻人

时常也会白头。"　　　　（水建馥　译）

---

①　许西庇：楞诺斯岛上托阿斯王的女儿，后来嫁给伊阿宋，在岛上生了两个儿子。

生活吧,我的蕾丝比亚

[古罗马]卡图卢斯

生活吧,我的蕾丝比亚,爱吧,
那些古板的指责一文不值,
对那些闲话我们一笑置之。
太阳一次次沉没又复升起,
而我们短促的光明一旦熄灭,
就将沉入永恒的漫漫长夜!
给我一千个吻吧,再给一百,
然后再添上一千,再添一百,
然后再接着一千,再接一百。
让我们把它凑个千千万万,
就连我们自己也算不清楚,
免得胸怀狭窄的奸邪之徒
知道了吻的数目而心生嫉妒。

(飞白　译)

我将乘着坚强不凡的双翼

[古罗马]贺拉斯

我将乘着坚强不凡的双翼,
以双重形象升上澄澈天际;
诗人不再留恋地面,
而将超脱城市,超脱妒忌。

我听着你呢,亲爱的迈刻纳斯,
我是穷苦家庭出身的孩子,
我不会被冥河之水
囚禁围困,也不会消逝。

就在此刻,我胫上虽留粗皮,
而上部正羽化为一只白鸟;
看哪,从我的臂膀、从指头
萌生出洁白柔软的羽毛。

我要比伊卡洛斯更加著名，
飞向博斯普鲁斯呜咽之岸，
化作唱歌的鸟飞向非洲
莽莽的流沙、极北的草原。

科尔齐人、装作不怕罗马军的
达齐亚人、远方的格洛尼人
都将知道我，西班牙人和
罗讷河人都将研读我的书。

你们误认我死，但勿奏哀歌，
也不需要有失体面的恸哭；
控制浮华的喧嚷吧，
免去作为无谓哀荣的墓。

（飞白 译）

以上选自《外国诗歌鉴赏辞典》（古代卷），吴笛主编，上海辞书出版社，2009

埃涅阿斯纪（节选）

[古罗马]维吉尔

卷六

（1—41行　特洛亚人抵达意大利，在库迈登陆。埃涅阿斯去阿婆罗神庙向西北尔请教。他惊奇地观看着庙门上雕刻的画。西比尔把他叫进庙去）

他这样说，流着眼泪。船像松了缰绳的马一样飞速前进，终于漂近了欧波亚人经营的库迈海岸。人们把船头转向大海；铁锚的尖爪把船身牢牢地固定，弯曲的船只在岸边排得像一条流苏，一队神采奕奕的青年战士跳上了这西土的海岸；有的去寻找燧石，因为在燧石的脉络里埋藏着火种；有的去搜索野兽出没的密林，当他们发现了溪流，就发出信号。但是虔诚的埃涅阿斯却去寻找阿婆罗高踞其中的崇城，和距此不远的可怕的西比尔的密室。那是一个极大的石洞，就在这里，预知一切的阿婆罗神把自己宏伟的意图和意志启示给她，把未来的事展现给她。这时他们已经走近狄阿娜的树丛和她的黄金庙宇。

据传说，代达路斯极有胆略，他造了一对飞翼，蛮有把握地飞上了天，在陌生的征途上飞着，以逃离米诺斯的国土，逃往寒冷的北方，最后轻盈地落到了这欧波亚人的城堡。落地之后，在这土地上，他首先把他那对羽桨奉献给了你，阿婆罗，然后又为你建造了一座高大的庙宇。庙宇有两扇大门，在一扇上他刻下了安德罗格斯之死；下面刻着刻克洛普斯的后代被迫（可怜呀！）每年献出七个男儿作为赔偿；旁边还刻着抽过签的签罐。在对称的另一扇上刻着克诺索斯所在的岛，高高地升出海面；上面刻着那头凶狠发情的牛以及帕希法埃和它的秘密结合；在他们之间刻着米诺涛尔，这是一个半人半牛的杂种和怪物，不正常的爱的见证；还有那迷宫，真是精工巧制，迂回小径，找不到出口；代达路斯曾怜惜那公主（指帕希法埃的女儿阿里阿德涅，她爱上特修斯，代达路斯教她用一根线把特修斯从迷宫中引出来。"他"指特修斯）的深厚爱情，教她用一根线引导着他的迷失了方向的脚步，把他从曲曲折折的陷阱般的迷宫里，解救了出来。还有你，伊卡路斯，如果不是因为你的事迹太悲惨了，也会在这件卓越的作品里占很大一席地的；你父亲代达路斯曾两次想在这扇金门上雕绘出你的坠亡，两次撒手放弃了。这时，如果早先派出去的阿卡特斯不回来，他们还会一幅一幅地仔细品味下去；和阿卡特斯一起到来的还有格劳库斯的女儿代佛贝，她是阿婆罗和狄阿娜的女祭司。她对王子埃涅阿斯这样说道："对你来说，现在不是观光的时候；现在你最好去从没有套过轭的牛群里挑选七头牛，再按照习惯选七头两岁的绵羊，杀来献神。"她这样对埃涅阿斯说。人们急忙执行了这神谕。然后她就召唤特洛亚人进入那巍峨的神庙。

（42—76　西比尔进入洞中，神灵附在她身上，她号召埃涅阿斯向阿婆罗祝祷。埃涅阿斯祈求阿婆罗让他能建立邦国，并许愿给阿婆罗立庙，立庆典，也为这西比尔立龛）

在库迈的崖壁上凿着一个大山洞，有一百条入口，一百条宽阔的隧道通到里面，西比尔的答话也像一百股声音从洞中飘荡出来。人们来到洞口，只听西比尔呼唤道："占卜你们的命运的时刻已经到了。看哪，神，神来了！"她正这样说着的时候，她站到了两扇门前，突然间她的脸色和表情大变，头发披散了下来，胸口起伏不定，她的心像发疯一样狂野地搏动着，她的形体也比以前高大了，她说话的声音不类凡人，因为神已经靠近她，她的心灵里已充满了神力。只听她说道："特洛亚人埃涅阿斯，你怎么还不许愿、祷告？你不这样做，慑于神威的庙宇的大门是不会开的。"她说完之后就缄默不语。特洛亚人只觉一阵寒战，冷彻骨髓，埃涅阿斯从内心深处祝祷道："阿婆罗啊，你一向怜悯我们特洛亚的深重灾难，你曾指点帕里斯用特洛亚的箭射中阿奇琉斯的致命弱点，是你作我的向导使我能渡过包围着大陆的重重大海，深入遥远的马苏里人的部族以及与西尔提斯人毗邻的国土（指迦太基），现在我们终于捕捉到了若即若离的意大利海岸，让我们特洛亚人流浪的命运到此结束吧。所有的神和女神们，凡是把伊利乌姆和达达尼亚的光荣伟大看作是绊脚石的神和女神们，请你们饶恕了我们这些曾占有过特洛亚城堡的民族吧，你们也应该饶恕了。还有你，最神圣的女先知，你能预知未来，请你让我们特洛亚人和随我辗转各地的神祇和随我在海上颠簸的神灵在拉丁姆定居下来吧，我所要求的王国正是我的命运认为是我应得的啊。我还将为阿婆罗和狄阿娜用坚固的大理石建造一座庙宇，用阿婆罗的名义规定节日（指罗马帕拉提乌姆（Palatium）山上公元前 28 年建的阿婆罗庙。阿婆罗节日赛会则早在公元前 212 年就规定举行）。我也要为你在这国土上建立一座宏伟的神龛（在这庙的阿婆罗神像座下，收藏西比尔的秘录），我将在那里把你的神签和你有关我们特洛亚民族命运的秘录珍藏起来，慈爱的女先知，我还将精选一些人作你的祭司。只是请你不要把你的预言写在贝叶上，因为一阵疾风会把它们像玩物一样吹得七零八落，你务必亲口告诉我们。"到此，他结束了这一席话。

（77—97 行　西比尔预言埃涅阿斯前途还有许多考验，但鼓励他勇往直前）

此时女先知还未屈服于阿婆罗的控制，在洞里疯狂地奔跑，希望能挣脱占据在她头脑里的大神。但是神越发地折磨她那桀骜不驯的性子，左右着她的刚强的心，压服她，使她就范。这时，洞府里的一百扇大门自动开启，空中传出女先知的答复："你排除了海上的千难万险，但是陆地上更严重的艰险还在等待你呢。

你的达达尼亚人将到达拉维尼乌姆的国土,这一点你可以不必担心,但是他们到达之后将会后悔。战争,可怕的战争,多少人的血将染红第表河——这就是我所预见的。那里还将出现西摩伊斯河、赞土斯河和希腊人的营垒;又一个阿奇琉斯,也是女神所生的,已经出生在拉丁姆了;对特洛亚人不友好的尤诺仍将无所不在,而你一无所有,将到意大利的各个部落各个城邦卑躬屈膝地乞求援助。你将再度结婚,妻子又将是一个外族女子,是东道主家里的成员,这婚姻将给特洛亚人带来惨重的灾难(特洛亚人娶的第一个外族女子是海伦,引起了特洛亚战争;埃涅阿斯将娶拉提努斯王之女拉维尼亚,她已与鲁图利亚族图尔怒斯王订婚,也将引起一场战争)。但是不要在灾难面前屈服,鼓起更大的勇气来,逆着灾难,沿着你的命运许可的道路走下去。第一条生路——这是你所料想不到的——将在一座希腊人的城市里展现在你面前。"

(98—155 埃涅阿斯回答说,他能体会自己任务的艰巨,请求入冥府去会见亡父。西比尔指出下冥府的险恶,必须首先获得金枝,并洗涤一名死者留下的污玷)

库迈的这位西比尔从她的密室里讲出这番可怕的隐隐约约的话来,晦涩难明,而声音像洪钟一样在洞府中回响着。她就像一匹劣马,阿婆罗在抖动着缰绳,用马刺扎她的心灵深处。待她一阵疯狂过后,嘴也安静了,英雄埃涅阿斯开始说道:"没有哪种我将要遭遇的艰难困苦,神女啊,能算得上是前所未有的或出乎意料的;一切我都想到了,一切我都事先在我心里考虑到了。我只请求一件事:听说冥王宫殿的大门和阿刻隆河注入的黝暗的大洋就在此处,请允许我去当面拜见一下我亲爱的父亲,请你指点道路,把大门打开。当初是我把他从烈火中,在千万敌人持枪追赶之际,用这双肩膀背着,穿过敌阵,抢救了出来;他随伴着我历尽了多少征程,历尽了千洋万海和天候的威胁,可怜他年老体衰,经不起折磨了。是他恳求我,也是命令我,来寻找你,来到你的门前,向你求援。慈祥的女先知,我请求你可怜可怜我们父子二人吧,因为你是一切都能办到的,赫卡特没有白白地任命你看管阿维尔努斯的丛林啊。如果俄尔弗斯能够靠他一张特拉刻凤尾琴和丝弦的妙音召唤出爱妻的幽魂,如果波路克斯能够和弟弟轮流赴死,在生死路上多次往返,我还可以提一提伟大的特修斯和赫库列斯(以上诸神话人物都入过冥界。参看索引),那么我也是至高无上的尤比特的后裔呢。"

埃涅阿斯这样祈求着,手扶着祭坛,这时女先知又开始讲话:"天神的血胤和后裔,安奇塞斯的儿子,下到阿维尔努斯去是容易的,黝黑的冥界的大门是昼夜敞开的。但是你要走回头路,逃回到人间来,这可困难,这可是费力的。只有少数天神的后代才办得到,那是因为公正的尤比特宠爱他们,或者因为他们有超人之勇才得回到人间。这一路上都是拦路的密林,无奈何科奇士斯的黑水盘旋环绕地流着。但是如果你心里真想,真有这样强烈的要求。要往返两次渡过斯提克斯湖,两次看看那漆黑的塔尔塔路斯,如果你真喜欢干这样的蠢事,那么你必须首先完成这样几件事。在一棵枝叶茂密的树里,藏着一条黄金的树枝,它的叶子和权柄也是黄金的,据说它是冥后普洛塞皮娜的圣物。整片森林护卫着它,幽谷的阴影遮盖着它。谁要想下到地府的深处,必须先把这黄金发一般的枝条从树上采撷下来。美丽的普洛塞皮娜规定这金枝摘下之后应当献给她。这金枝摘下之后,第二枝金枝又会长出来,枝上长出的新叶也是黄金的。因此,你必须抬起眼睛,去搜索它,当你按照吩咐把它找到了,就把它摘到手里;如果命运同意你摘,这金枝会很情愿地很容易地让你摘到,否则的话,不论你用多大气力也征服不了它,即使用钢刀,你也不能把它砍下来。还有一件事,可叹你还不知道,就在你留驻在我门前,祈求我给你决疑的时候,你又死了一个朋友,他的尸体尚未掩埋,玷污着你的全部船队。先把他埋葬在坟墓里,让他有个安息之所。再牵出几头黑绵羊,作为第一次的赎罪祭。只有完成了这些事,你才见得到斯提克斯的丛林和生人难到的国土。"她说完,紧闭双唇,一言不发了。

(628—678 行　埃涅阿斯和西比尔离开塔尔塔路斯,进入乐土境界,他们来到福林,打听到安奇塞斯在何处)

阿婆罗的长寿的女先知说完这番话之后,又接着说道:"来,赶快上路,去完成你已经开始的任务;让我们加快速度吧。我已经看见巨人库克洛普斯所铸造的城堡了,那拱门就面对着我们,到了拱门前就有人会命令我们把规定的贡物呈上去。"她说完之后,两人沿着黝暗的路并排前进,走完了这段距离,眼看城门越来越近了。埃涅阿斯到了城市口之后,净水洒身,再把金枝插在门槛上。

这些事都做完了,女神的贡物也献过了,他终于来到了乐土,这是一片绿色的福林,一片欢乐之乡,有福人的家。天宇无比广阔,一片紫光披盖着田野,他们有自己的独特的太阳,自己的独特的星辰。有的在操场的草坪上锻炼拳脚,比赛和游戏,或在黄金色的沙地上摔跤。有的在有节奏地舞蹈,一面跳一面唱歌。特拉刻的诗人祭司俄尔弗斯,身穿长袍,用他的七音凤尾琴伴奏,一会儿他用手指弹拨,一会儿用牙拨子弹拨。这里还有古老的条克尔家族,都是秀美俊彦、心胸博大的英雄人物,出生于赫赫盛世,其中有伊路斯、阿萨拉库斯和特洛亚的奠亚人达达努斯。埃涅阿斯对远远看到他们的甲胄和影子一般的战车感到惊讶。他们的长枪插在地上,他们的马卸了鞍辔,在田野里自由自在地吃草。他们在活着的时候喜欢盔甲啊、战车啊,并精心地喂养战马,使它们毛色光润,想不到在他们入土安息之后,还保持着同样的爱好。接着,埃涅阿斯又看到在他左边和右边的草地上还有些人在举行宴会,他们一齐高唱着欢乐的赞歌,他们都在那芬芳的月桂树荫下,从这里厄利达努斯河充沛的流水蜿蜒穿过丛林,直通上界。在这里住着一伙人,有的是为了祖国在战斗中受过伤的,有的是一生洁白无瑕的祭司,有的是虔诚的诗人,说的都是无愧于阿婆罗的话,有的发明创造了新技艺,丰富了生活,有的给别人做过好事,赢得了别人的怀念。所有这些人头上都缠着雪白的束带。他们把西比尔团团围住,西比尔同他们谈话,主要是和穆赛乌斯说话,因为他站在这一大群人的中央,他的头和肩都高出众人之上,大家都仰望着他。西比尔问道:"有福的灵魂们,还有你最伟大的诗人,请你们告诉我安奇塞斯住在什么地方,住在哪一区?我们渡过冥界的大河到这里来,就是要寻找他。"这位英雄简要地回答说:"我们都是居无定所,我们住在密林深处,有时在河边或溪流旁如茵的草地上栖息。但是如果你们愿意的话,你们可以登上这座小冈,我来指点给你们一条容易走的路。"他说着就迈步前导,站在高处指给他们看前面一片光彩夺目的平野,然后他们就离开了这山冈。

(679—702 行　埃涅阿斯会见了父亲安奇塞斯)

这时,他的父亲安奇塞斯正在仔细地专心地检阅着一些灵魂,这些灵魂深深地隐藏在一条绿色的山谷里,准备着有朝一日投生人世,这时他正在检阅的碰巧是他自己的子孙,为数不少,他在考察他们未来的命运,他们的性格和他们的事业。当他看见埃涅阿斯穿过草地向他走来,他高兴得伸出双手,眼泪顺着双颊流了下来,失声说:"你到底来了!你的虔诚克服了道途的艰险了?这正是做父亲的所期望的啊。我现在真能好好地看看你了吗,孩子?真能听到你那熟悉的声音并和你谈话了吗?我计算着时日,心里的确在忖度这是会实现的,我的盘算没有落空。不过你是经过了多少艰难跋涉,在多少险途上颠簸之后,才来到我跟前啊,孩子!我一度真担心迦太基的王族会加害于你啊!"埃涅阿斯回答说:"父亲,你的愁容经常出现在我眼前,促使我来到这下界;我的船队现在停靠在意大利西岸。父亲啊,让我,让我握一下你的手,不要挣脱我的拥抱吧。"他说着,脸上全被倾泻的泪水沾湿。他三次想用双臂去搂抱他父亲的头颈,他的父亲的鬼影三次闪过他的手,不让他抱住,就像一阵轻风,又像一场梦似的飞去了。

· · · · · · · · · · ·

(752—853 行　安奇塞斯指点给埃涅阿斯看等待投生的罗马名人,其中有阿尔巴诸王、罗木路期、奥古士都、罗马诸王和共和国英雄)

安奇塞斯说完就带领着儿子和西比尔向那一群魂魄中间走去,他们正在彼此交谈,一片嗡嗡之声,他带他们走上一个小岗,从这里可以看见所有的幽魂,他们排成长列展现在眼前,当他们走过来的时候,他们的面庞都清晰可辨。

"来,现在我来把你未来的命运告诉你,讲给你听达达努斯的后人将赢得什么样的荣耀,你在意大利出生的后代将是何等样的人,他们都是光辉的灵魂等候着出生,并将继承我们的姓氏。你看那个青年倚着一根无头长矛(青年战士获得第一次胜利后所得的奖品）；他站在指定的位置上，最靠近天光，他将是第一个升到上界去的，也是第一个身上有意大利血统的人，他就是西尔维乌斯，这将是阿尔巴·隆加王朝的名号，他将是你晚年的儿子，你的未来的妻子拉维尼亚将在山林里将他抚养成人，他将为王，他的子孙也将为王，我们这一族从他开始将统治阿尔巴·隆加。最靠近他的那个是普洛卡斯，特洛亚族的光荣，接着是卡皮斯和努密托尔；还有继承你的名字的西尔维乌斯·埃涅阿斯，他将和你一样在虔诚和武功方面出类拔萃，如果他能继承阿尔巴王位的话（他的王位被人篡夺）。你看，他们多么年富力强，他们是多么了不起的人物，你看他们都戴着执政者的橡冠遮盖到前额！他们将建造诺门士姆、迦比伊和菲代奈城，他们将在高山上建造科拉提亚堡垒和波昧提伊、伊努斯卫所、波拉和科拉。这些地方（都是罗马附近小城市）现在还没有名称，将来却会名扬遐迩。是的，还有战神玛尔斯之子罗木路斯，他的母亲伊丽雅出自阿萨拉库斯的血统，将抚育他，他将与他的外祖父（指上面的努密托尔。他生女伊丽雅，与战神玛尔斯生孪生子罗木路斯（罗马城的建造者）和雷木斯。努密托尔被弟弟推翻，一对孪生子被投入第表河，但得救，并恢复了努密托尔的王位）齐名。你看见他头盔上笔直的两根翎毛没有？这就是他父亲的徽记，表明他将来是与众不同的。孩子，看，罗马将由于他的掌权而闻名于世，罗马的统治将遍布大地，它的威灵将与天为侔，它将用城墙围起七座山寨，建成一座城市，它将幸福地看到子孙昌盛，就像众神之母库别列，头戴峨冠，乘车驰过弗利吉亚的大小城市，众神是她的后代，使她感到骄傲，她抚摩拥抱着成百的子孙，个个都是以天堂为家，个个都住在清虚之府。你再把你的一双眼睛朝这边看，看看你未来的族人，你的罗马人。这就是凯撒（指奥古士都），这里是你的儿子尤路斯那一支，他们的伟业将有朝一日都将与天比高。这千真万确就是他，就是我经常听到要归在你名下的他——奥古士都·凯撒，神之子（凯撒死后封神，所以把作为凯撒的义子奥古士都称为："神之子"），他将在拉丁姆，在尤比特之父萨图努斯一度统治过的国土上重新建立多少个黄金时代，他的权威将越过北非的迦拉曼特和印度，直到星河之外，直到太岁和太阳的轨道之外，直到背负苍天的阿特拉斯神在他肩上转动着繁星万点的天宇的地方。就在目前他还未降世的时候，听到神的预言，里海和迈俄提亚湖周围各国也在发抖，有七条出口的尼罗河也骇怕得慌作一团。是的，甚至赫库列斯也没有走得这么远，即使他射中过铜蹄鹿，给厄吕曼图斯山林带去了平安，射死了莱尔那湖的九头蛇，威震一方；甚至酒神巴库斯也有逊色，即使他用藤蔓编制的缰绳豪迈地牵着他的牲口，驱赶着他的一群猛虎从印度的尼萨山的峰巅走下来。难道我们现在还用得着踌躇而不以我们的行动来表现出我们的勇气吗？还有什么顾虑能阻止我们去到意大利的土地上立足吗？看，那边那个人头戴橄榄枝，手捧圣器，他是谁啊？从他的头发和雪白的胡须,我认出他是努玛,他是罗马王,他出生于小小的库列斯贫瘠的土地,但将被召来掌握大权,是他第一次给罗马城奠定了合法的基础。继承他的将是图鲁斯,他将打破国家的安逸,激发怠惰的人们起来习武,把懒散的军队引向胜利。再下一个君主是安库斯,他喜欢自我夸耀,即使现在他也是过分喜欢听到众人的奉承。你也想见见塔尔昆纽斯王朝的诸王和心地高傲的复仇者布鲁图斯和被他夺回的权杖吗?他将是第一个接受执政职位的人,执掌无情的斧钺,他的几个儿子发动新的战争(指帮助塔尔昆纽斯王复辟),他为了美好的自由,咳,不幸啊,不得不把他们处死,不管后人怎样看待这件事,他的爱国之心和求得美誉的强烈欲望占了上风。看,德奇乌斯父子和那边的德鲁苏斯一族,还有挥舞大斧的凶狠的托尔夸图斯,夺回军旗的卡密鲁斯。你再看那边两个幽魂,都穿着同样煊赫的甲胄,现在他们和谐相处,因为他们现在幽闭在黑夜之中,但是一旦他们见到生命之光,唉!他们彼此就将发动残酷的战争,互相作对,互相厮杀啊!一个是岳父(指凯撒,庞培娶凯撒之女),他将从崔嵬的阿尔卑斯山和摩那哥的堡垒冲下来(指凯撒领兵从高卢越过阿尔卑斯山,渡过卢必冈,进入罗马。),一个是女婿,则率领东方的军队抵挡。我的孩子们(指凯撒和庞培),你们的心可不要这样狠,千万不要把战争当成家常事,不要让祖国的精壮伤了自己的要害。你,我的亲骨肉,神的后裔,你应当首先宽大为怀,把你手里的武器扔掉!那边那个人(指罗马执政门米乌斯),他将征服哥林多,杀死大批希腊人,战功卓著,并胜利地驾着战车登上巍峨的卡匹托神庙。还有那个人(指艾米留斯·保路斯,罗马大将),他将铲平阿尔各斯和阿加门农的米刻奈,并杀死马其顿的佩尔修斯王,所向无敌的阿奇琉斯的后代,这样他就为他的特洛亚先祖和被亵渎的敏涅尔伐女神庙报了仇。还有伟大的卡托,你,和你,科苏斯,我能不顺便提一提么?此外还有格拉库斯兄弟和斯基皮奥父子,这后二者像战神的两道雷霆,将把利比亚消灭;还有执掌大权而两袖清风的法布里求斯,在田垄里播种的列古路斯·色拉努斯。我已经走得很乏了,但还得放快脚步,指给你看看法比乌斯一族,那一个的绰号是'伟大的法比乌斯',声名赫赫,他用拖延战术一手挽救了我们的国家。这里还有其他一些人(指冥界中人希腊人),我相信有的将铸造出充满生机的铜像,造得比我们高明,有的将用大理石雕出宛如真人的头像,有的在法庭上将比我们更加雄辩,有的将擅长用尺绘制出天体的运行图,并预言星宿的升降。但是,罗马人,你记住,你应当用你的权威统治万国,这将是你的专长,你应当确立和平的秩序,对臣服的人要宽大,对傲慢的人,通过战争征服他们。"

(854—901 行   安奇塞斯又提到一个罗马英雄玛尔刻路斯,在他旁边一个青年,也叫玛尔刻路斯,他将注定早死。最后,埃涅阿斯和西比尔离开冥界,找到船队,向北方航去)

安奇塞斯说完之后,看见他们还在惊愕,又接着说道:"看,那边走来的是玛尔凯鲁斯,他佩戴着大奖(罗马大将斩杀敌方大将所得的奖品),何等威武,作为胜利者他无疑是鹤立鸡群。在罗马大动乱的时候,他将率领骑兵平定动乱,他将削平迦太基和叛逆的高卢,他将第三度把掳获的军器悬挂在国父罗木路斯的庙里。"这时埃涅阿斯看到一个青年,俊美超群,穿着光彩夺目的盔甲,和玛尔凯鲁斯一起走着,但是面带愁容,低着头,眼望着地上,因问道:"父亲啊,和玛尔凯鲁斯一起走着的那个是谁? 是他的儿子吗? 还是他的其他的晚辈? 他周围的人都在啧啧称赞,看,他是何等高贵啊! 但是黑夜悲愁的队影却笼罩在他的头上。"他父亲安奇塞斯,眼中涌出热泪,说道:"孩子,你后代的巨大的不幸,你就不要问了;命运只准他在人间作短暂的停留,不准他久驻。天上的神啊,在你们眼中,如果罗马人把你们赐给他们的这件礼物保住不放,罗马的力量将强大无边了吧。他的死将在战神的雄伟的城(指罗马城)外,战神的较场上,引起多少人嚎啕痛哭,第表河畔将出现送葬的行列,第表河流过的地方将新建起一座陵墓。我们特洛亚的后裔中,没有别个比得上他能引起长辈们这样大的希望,罗木路斯的国土将不会再有第二个青年能使它感到如此骄傲。他是多么虔诚正直,他是多么恪守信义的古风,他的两臂是战无不胜的。没有哪个在战斗中遭遇到他能够安然脱身,不管他是徒步来到敌阵,还是骑着奔马,用踢马刺狠踢着马腹。好可怜的孩子,你要能够冲破残酷的命运该是多好啊! 那你就也将是一位玛尔凯鲁斯(指前一个玛尔凯鲁斯。据多那图斯《维吉尔传》,当维吉尔朗读他的诗给屋大维及其妹屋大维娅(即青年玛尔凯鲁斯之母)听的时候,后者听到这里晕厥过去了)了。让我把满把的百合花和大红花洒出去,至少让我用这样的礼物向我的后代的亡灵表表心意,尽我一份责任,尽管没有什么用处。"

就这样,他们游遍了冥土,在那广袤而朦胧的原野上眺望着一切。安奇塞斯领着他的儿子把每件该看的都看到了,在他心里燃起了追求荣耀的欲望,然后告诉他他将来必须经历的几场战争,又对他讲述了拉提努斯治下有哪些部族以及关于拉提努斯的城邦的情况,最后教导他怎样避免、怎样经受种种考验。

说着来到睡眠神的两扇大门前,一扇据说是牛角作的,真正的影子(指真梦)很容易从这扇门出去,另一扇是用光亮的白象牙做的,制作精细,幽灵们把一些假梦从这扇门送往人间。(这一段的解释,各说不一。埃涅阿斯从假梦之门回到人间可以理解为他在冥界的经历——包括他的过去和他的未来——都是虚幻,反映出诗人的犹疑、忧伤以至一切皆空的思想情趣)安奇塞斯说完话,陪着儿子和西比尔一起走到门前,把他们送出了象牙门。埃涅阿斯取道直赴船队,又与同伴们会合。然后他就沿着笔直的海岸驶向卡耶塔港口。铁锚从船抛下,船只停泊在海滩上了。

选自《埃涅阿斯纪》,杨周翰译,人民文学出版社,1984

中世纪文学

贝奥武甫（节选）

［英国］佚名

塞西尔特的海葬（26—52行）

勇敢的塞西尔特气数已尽，
从这尘世投入主的庇护所。
活着时他是塞西尔丁人的朋友而受尊敬
长期治理这方地面；
如今亲密的伙伴按照他生前的嘱咐，
把他的尸体抬到海边。
港口停泊着一只船，它是酋长的财产，
船首装饰珠光宝气，这会正准备起航，
他们将敬爱的贤主——财产的施予者
放进船舱，紧挨着桅杆。
他的身旁放了许多财宝和饰品，
这些都是来之不易的珍玩。
另外还有各种兵器、宝剑、战袍和甲胄，
一只船装饰得如此金光闪耀，
我可闻所未闻。许多奇珍异宝
就放在塞西尔特的身上，
任其一道进入汹涌的海洋。
他还是个孩子时，那边的人
装了许多财宝送他独自过海，
这回人们为他装备的贵重礼品，
一点也不比那次少。

他们接着树起一面金色的旗，
让它高高飘扬在他的头顶，
就这样，他们把他交给了大海，
心里好不悲伤、怀念！
无论宫廷的智者还是天下的英雄，
都不知这船货物落到谁的手中。

格兰道尔的巢穴（1357—1376 行）

他们居住在神秘的处所，狼的老巢，
那里是招风的绝域，险恶的沼泽地，
山涧流水在雾霭中向下奔泻，
进入地下，形成一股洪流。
论路程那里并不遥远，
不久即见一个小湖出现眼前；
湖边长着经霜的灌木、树丛，
扎根坚固而向水面延伸。
每到夜晚，湖上就冒出火光，
那景象真让人胆颤心惊。
芸芸众生中没有任何智者，
能将黑湖深处的奥秘探明。
任何野兽或长角的雄鹿，即便被猎狗追赶，
跑进这片灌木，也会远远逃走，
宁可让性命丧失在沙洲，
也不愿投入湖中寻求庇护。
这里的确不是一个好处所！
湖中浊浪翻腾，黑雾直升云端，
天空变得朦胧阴沉，
整个世界为之恸哭失声！

贝奥武甫的遗言（2792—2820 行）

年迈的国王忍着痛苦，望着财物说：
"为了跟前这些玮宝明珠，
我要感谢那光荣的王，
感谢万物的授予者和永恒的主，

在我临死之前，能为自己的人民
获得这么多的财富！
既然我用自己的残生换来这一切，
你务必拿它去供养百姓。
也许我的生命已经有限，
请你在我火化之后吩咐士兵，
让他们在海岸上为我造一穴墓，
好让我的人民前往悼念。
这墓要建得显眼，高过赫罗斯尼斯，
这样，当航海者迎着大海的浪花
驾驶他们那高大的帆船航行，
就可称之为'贝奥武甫之墓'。"
勇敢的国王然后从脖子上摘下金项圈
把它交给这位高贵的武士，
他还将饰金头盔、戒指和胸甲
全都送给这位年轻人，
并关照他使用好这些东西。
"你是我们威格蒙丁族最后一位，
命运席卷了我的全部宗亲，
无所畏惧的人未能逃脱死亡，
现在我就得跟他们为伴。"
这就是老战士发自内心的最后声音，
不久那葬礼之火——毁灭生命的火焰，
将吞没他，他的灵魂将脱离躯体
踏上正直者归宿的旅程。

选自《英国早期文学经典文本》，陈才宇译，浙江大学出版社，2007

罗兰之歌（节选）

［法国］佚名

八十三

奥利维说："异教徒人数太多了，
我看我们法兰西人数太少。
吹响你的号角吧，伙伴罗兰，
查理一听见它，就会调回兵员。"
罗兰答道："我将被认为愚蠢，
在可爱的法兰西我将丧失声名；
我宁愿拿着杜伦达痛杀一阵，
让剑上的血染满金柄；
邪恶的异教徒到关上来交了厄运，
他们注定要灭亡，我向你保证。"

八十四

"伙伴罗兰，把号角吹响，
查理一听见，就会派回兵将，
大工会带着将军们前来帮忙。"
罗兰回答："那样可不行，
不能让人责备我的亲人，
不能让可爱的法兰西蒙受恶名；
我只能拿着杜伦达奋战，
我这把佩在身边的宝剑，
你将看见它被鲜血染遍；
邪恶的异教徒集合在此将要遭殃，
我向你保证，他们都要死亡。"

八十五

"伙伴罗兰，请吹起你的号角，
查理过关时就会听到；
我向你保证，法兰西人将会回转。"
罗兰回答："那我可不干，
不能让任何世人说道，
我因害怕异教徒才吹响了号角。
我不能让我双亲受人耻笑。
当我投入这一场大战里，
我要大战一千七百次，
你将看见杜伦达被血染赤，
法兰西人是好样的，他们要显示威力。
西班牙人难逃一死。"

八十六

奥利维说："不要责怪我，
我看见西班牙大食人数太多，
山谷和丘陵都已布满.
还有山谷和一切平原。
异族的部队强大可怖，
我们这里只有极少的队伍。"
罗兰答道："我热烈希望战斗，
愿上帝和天使保佑，
不要由于我而使法兰西丧失威名，
我宁可死掉，耻辱决不能容忍，
皇帝爱我们，因我们勇于斗争。"

八十七

罗兰很勇猛，奥利维很谨慎，
两个人都是很出色的贤臣，
当他们骑在马上，兵仗在身，
他们宁死也不逃避斗争。
两位将军都很勇敢，目中无人。
邪恶的异教徒也在得意驰骋。
奥利维说："罗兰，你看那一边，
他们离我们很近，查理却离我们太远，
吹你的号角你又不愿；
大王要是在此，就不会冒这个风险。
你要是看看西班牙关口这边，
就可以看到后卫军处境艰难，
我们这样做将不能生还。"
罗兰回答："不要这样信口乱讲！
如果谁心里害怕，就让谁遭殃！
我们要牢牢守住这个地方，
我们要挥动我们的刀枪。"
…………

一六八

罗兰感到死亡已经临近，
他的脑浆从双耳向外喷迸，
他为将军们向上帝祈祷，
然后又为自己向天使加伯里祷告。
为了不让人责备他，他拿起号角，
另一只手又抓住杜伦达，他的宝刀，
他走到弓弩能射到的距离，
朝着西班牙方向，到了一块荒地，
他登上山巅，在两株美好的树后，
那里有四块白色的石头，
在绿草上面他仰身躺倒，
死亡就要来临，他又晕倒了。

一六九

山峰高耸，树木阴森，
有四块白石亮晶晶，
罗兰晕倒在绿草中心。
这时一个大食人正对他观望，
那人假装死掉，躺在别人身旁，
用血涂满身体和脸上，
现在他站起身来，奔跑匆忙。
这人很勇敢，身躯强壮，
他的骄傲要使他遭到灭亡。
他触动罗兰身体和兵仗；
就说道："查理的外甥已被打败，
这把宝刀我要带回大食地带。"
他拔刀的时候，伯爵又醒了过来。

一七〇

罗兰觉到有人在拔他的宝刀，
他睁开眼，对那人说道：
"我看得出，你同我们不是一道。"
罗兰抓起号角，他不愿把它丢掉，
向着敌人镶着金宝的头盔猛砍，
把铁盔和他的头骨打烂，
从敌人头上迸出他的双眼，
敌人被打死，倒在脚边。
罗兰对他说道："奴才，你怎么敢？
你敢碰我？道理你都不管，
任何人听到都会说你太大胆，
我的号角也被打坏了一边，
上面的黄金和水晶落到地面。"

一七一

罗兰感觉眼睛看不见东西,
他站立起来,用了全部力气,
他的面容变得非常惨白。
在他面前有赭色石头一块,
他悲伤愤怒,拿刀十次猛砍,
刀锋发出响声,但是没有折断;
"啊!"伯爵说道,"圣玛利亚,请你帮忙,
啊! 杜伦达宝刀,你也遭了殃,
我要死了,我不能将你保障,
我曾许多次用你打了胜仗,
用你打下来许多重要地方,
那些都归白须的查理执掌;
我不能让你落在从敌前逃走的人手里,
你曾多年是勇敢的人的武器,
在圣洁的法兰西再没有那样的战士。"

一七二

罗兰拿刀在赭色石头上猛砍,
刀锋作响,但是没有折断,
当他看到不能把刀打烂,
他开始对着自己埋怨:
"啊,杜伦达,你多么雪白明亮好看,
在阳光下你闪耀璀璨;
查理王当时在摩利安山谷进兵,
上帝派天使送来命令,
要他把这宝刀赠给一位将军;
那好国王、伟大的查理就给我这把剑,
我用这剑打下了昂儒和不列坦,
用这剑打下了贝都和麦安,
用它把高贵的诺曼底攻占,
用它打下了普罗旺斯和阿基坦,
还在伦巴第和罗马一带征战,

还有巴伐利亚、佛兰德地面
和布尔戈尼,还把整个阿普利亚跑遍,
使得君士坦丁堡向他贡献,
让撒克逊人听他差遣;
我还为他攻下了苏格兰,
还把英格兰变成他的属县;
我打下了那么多地域,
都交给白须的查理王守护。
为了这剑我悲伤痛苦,
不能让异教徒占有它,我宁愿死去,
天父啊,决不能让法兰西蒙受耻辱。"

一七三

罗兰向一块赭色石头猛砍,
他砍下了那么大的一片,
刀锋发出响声,但是并没有折断,
它反跳出去,直飞上了天,
伯爵看到他不能打断这把剑,
他非常温柔地对自己埋怨:
"啊,杜伦达,你是多么圣洁美好,
你的金柄上镶满神圣珍宝,
有圣巴西的血和圣彼得的牙,
还有我主圣但尼的遗发,
还有衣服属于圣玛利亚。
不能让异教徒占有这把刀,
它应该为基督教人效劳;
行为怯懦的人也不能占有你!
我用你攻下了许多大片土地,
交给花白胡须的查理王治理,
他是一位高贵强大的皇帝。"

一七四

罗兰感到死亡已经不远，

死亡从头上渐渐降到胸间，

他跑到一株松树下面，

他俯身倒向青绿的草原，

在他身下放好他的号角和剑，

向着异教徒的军队转过了脸；

他这样做是因为他要让人明了，

查理和他的全军都将称道，

高贵的伯爵是在胜利时死掉。

他低弱地频频作了祈祷，

请求恕罪，他向上帝举起了手套。

一七五

罗兰感到他的生命已经不长，

他伏在陡险的山坡上，向着西班牙地方，

用一只手，他痛击自己的胸膛，

"上帝，我祈求你，以你的善良，

将我的大小罪过加以原谅，

一切罪过从我出生的时光，

直到我最后遭到了死亡！"

他把右手手套向天高扬，

天使们这时从天上下降。

一七六

罗兰伯爵躺在一株松树下面，

向着西班牙他转过了脸；

许多事情他开始回忆，

这位候爷征服的许多土地，

他的亲人，可爱的法兰西，

抚养他的君王查理大帝，

他不能遏止伤心叹息；

可是他不愿让自己归入沦亡，

他承认罪过，请上帝原谅，
"天父啊，你从来不会说谎，
你挽救拉撒路脱离死亡，
在狮子面前把但以理保障；
请保卫我的灵魂不遭灾祸，
虽然在我一生中我犯了许多罪过。"
他向上帝献出右手手套，
圣加伯里从他手上把它拿掉；
他把头放在手臂当中，
合起双手，一命告终。
上帝派来了天使切鲁宾，
和生米迦勒救苦救难的大神，
　同他们一起还有圣加伯里，
　他们把伯爵的灵魂带到乐园里。
…………

选自《罗兰之歌》，杨宪益译，上海译文出版社，1981

神　曲（节选）

[意大利]但丁

保罗与佛兰采斯加

我扬声说道："疲倦的灵魂啊！①
假使没有人禁止，请来和我们说话。"
如同斑鸠为欲望所召唤，
振起稳定的翅膀穿过天空回到爱巢，
为它们的意志所催促：
就像这样，这两个精灵离开了
黛多②的一群，穿过恶气向我们飞来：

我的有深情的叫声就有这种力量。
"宽宏而仁慈的活人啊！
你走过黑暗的空气，
来访问用血玷污土地的我们；
假使宇宙之王是我们的友人，
我们要为你的平安向他祈祷；
因为你怜悯我们不幸的命运。
当风像现在这样为我们沉寂时，
凡是你乐于听取或说出的，
我们都愿意倾听和述说。
我诞生的城市，③是坐落在
玻河与它的支流一起
灌注下去休息的大海的岸上。
爱，在温柔的心中一触即发的爱，
以我现在被剥夺了的美好的躯体

---

① 指弗兰采斯加和保罗，两人的灵魂居住在地狱第二层，他们紧紧拥抱一起，随风飘荡。
② 黛多，迦太基的皇后。她在她丈夫西丘斯死后矢志守节，可是后来却爱上了伊尼阿。当伊尼阿
离开了她到意大利去时，她投在火葬堆上自杀殉情。
③ 指拉仑那。该城紧靠亚得里亚海，在玻河的入海处。

迷惑了他；那样儿至今还使我痛苦。

爱，不许任何受到爱的人不爱，

这样强烈地使我欢喜他，以致，

像你看到的，就是现在他也不离开我。

爱使我们同归于死；

该隐狱①在等待那个残害我们生命的人。"

他们向我们说了这些话。

我听到这些负伤的灵魂的话以后，

我低下了头，而且一直低着，

直到那诗人说："你在想什么？"

我回答他，开始说道："唉唉！

什么甜蜜的念头，什么恋慕

把他们引到了那可悲的关口！"

于是我又转过身去向他们，

开始说道："弗兰采斯加，你的痛苦

使得我因悲伤和怜悯而流泪。

可是告诉我：在甜蜜地叹息的时候，

爱凭着什么并且怎样地

给你知道那些暧昧的欲望？"

她对我说："在不幸中回忆

幸福的时光，没有比这更大的痛苦了；

这一点你的导师知道。

假使你一定要知道

我们爱情的最初的根源，

我就要像一边流泪一边诉说的人那样追述。

有一天，为了消遣，我们阅读

兰塞罗特②怎样为爱所掳获的故事；

我们只有两人，没有什么猜疑。

---

① "该隐狱"在《神曲》中是杀死亲属的罪人在地狱中受罚的地方。

② 兰塞罗特是圆桌骑士中最著名的一个。在亚塔尔王的朝廷里，他爱上了归内维尔皇后。他是古代法兰西传奇《湖上的兰塞罗特》中的主角。

有几次这阅读使我们眼光相遇，
又使我们的脸孔变了颜色；
但把我们征服的却仅仅是一瞬间。
当我们读到那么样的一个情人
怎样地和那亲切的微笑着的嘴接吻时，
那从此再不会和我分开的他
全身发抖地亲了我的嘴：这本书
和它的作者都是一个'加里俄托'①；
那天我们就不再读下去。"
当这个精灵这样地说时，
另一个那样地哭泣，我竟因怜悯
而昏晕，似乎我将濒于死亡；
我倒下，如同一个尸首倒下一样。

哀意大利

唉，奴隶般的意大利，你哀痛之逆旅，
你这暴风雨中没有舵手的孤舟，
你不再是各省的主妇，而是妓院！
那高贵的灵魂，只是听到人家
提起他故乡的可爱名字，就急于
在那里向他的同乡人备至问候；
而你的活着的人民住在你里面，
没有一天不发生战争，为一座城墙
和一条城壕围住的人却自相残杀。
你这可怜虫啊！你向四下里看看
你国土的海岸，然后再望你的腹地，
有没有一块安享和平幸福的土地。
假如那马鞍空着没有人骑，
查士丁尼重理你的缰绳又有何益？
没有这件事你的羞耻倒要少些。
唉，人们啊！若是你们好好地理会

---

① 加里俄托是《湖上的兰塞罗特》传奇中的另一角色。兰塞罗特和归内维尔皇后的第一次相会，是由他撺掇而成的。故在这里"加里俄托"是用为"淫媒"的同义字。

上帝向你们写下的意旨，你们是
应该服从，让凯撒坐在鞍上的啊！
自从你们把手放上那缰绳以来，
你们看这头畜生变得难骑了，
就因为没有用靴刺来惩罚它。
日耳曼的阿尔柏啊，你遗弃了
那个日益变得放荡不羁的女人，
你应该骑跨在她的鞍子前穹上，
但愿公正的审判从星辰里降临
在你的血上，这审判要奇异彰明，
你的继位者才能从中感到畏惧；
因为你和你的父亲，由于贪恋
阿尔卑斯山彼方的土地乐而忘返，
听任这座帝国的花园荒芜不堪。
你这疏怠的人啊，来看看蒙塔求家
和卡彪雷家，莫那狄家和费彼希家：
前者悲痛不已，后者在胆战心惊。
来吧，残酷无情的人啊，来看看
你的贵族受的迫害，治他们的创伤，
你将看到圣飞尔是如何安全。
来看看你的罗马吧，她是多么
孤苦伶仃，流着泪，在日夜叫号：
"我的凯撒啊，你为什么不陪着我？"
来看看你的人民是多么相亲相爱；
若是你对我们没有丝毫怜悯，
也要来为你的声誉感到羞耻。
在人世为我们被钉上十字架的
至上的虬夫啊，你是否准许我问，
你公正的眼是转向别处去了呢？
抑或是你在深思熟虑之中，
为了某一个我们完全见不到的

仁慈的目的，在做什么准备？
因为在意大利所有的城市中，
到处是暴君，扮演党派角色的人；
莫不变成再生的马塞拉斯。
我的佛罗伦萨啊，听了这一段
与你无关的题外话，你也许高兴，
这要归功于你的有先见的人民。
许多人把正义藏在他们心中，
经过考虑才放上弓弦慢慢射出；
你的人民却永远把它放在口头。
许多人不肯担负公共的重任；
你的人民却不用召唤就挺身而出，
口中叫道："看我们挑起这担子来。"
如今你且高兴吧，因为你极应该这样：
有钱的你，安宁的你，聪明的你啊。
我若说的是真话，事实会替我证明。
制订了古代的法律而以修文偃武
而显得卓越的雅典和拉西提蒙，
在人民的幸福生活上和你相比时，
真是微不足道，你准备的东西
确实精细周到，你在十月里
纺的线甚至引不到十一月中旬。
在你记忆犹及的过去时代里，
你曾有多少次改变了法律，币制，
官职，和风俗，也调换了你的成员！
假如你好好想一下，又仔细地看，
你必将看到自己像一个病妇，
在柔软的床上怎样都不能睡去，
只是翻来覆去以减少她的痛苦。

选自《神曲》，朱维基译，上海译文出版社，1995

但丁抒情诗选

[意大利]但丁

我的恋人如此娴雅

我的恋人如此娴雅如此端庄,
当她向人行礼问候的时刻,
总使人因舌头发颤而沉默,
双眼也不敢正对她的目光。

她走过,在一片赞美的中央,
但她全身却透着谦逊温和,
她似乎不是凡女,而来自天国,
只为显示神迹才降临世上。
她的可爱,使人眼睛一眨不眨,
一股甜蜜通过眼睛流进心里,
你绝不能体会,若不曾尝过它。

从她樱唇间,似乎在微微散发
一种饱含爱情的柔和的灵气,
它叩着你的心扉命令道:"叹息吧!"

(飞白　译)

眸子里荡漾着爱情

我女郎的眸子里荡漾着爱情,
流盼时使一切都显得高洁温文,
她经过时,男士们无不凝眸出神,
她向谁致意,谁的心就跳个不停,

以致他低垂着脸,心神不宁,
并为自己的种种缺陷叹息不已,
在她面前,骄傲愤恨无藏身之地,
帮助我同声把她赞美,女士们。

凡是听见她说话的人，心里
就充满温情，且显得很谦虚，
谁见她一面，谁真幸福无比；

她嫣然一笑，真是千娇百媚，
无法形容，也难以记在心头，
为人们展现新的动人的奇迹。

（钱鸿嘉　译）

以上选自《外国诗歌鉴赏辞典》（古代卷），吴笛主编，上海辞书出版社，2009

阿里巴巴和四十大盗的故事

很久以前,在波斯国的某城市里住着兄弟俩,哥哥叫戈西母,弟弟叫阿里巴巴。父亲去世后,他俩各自分得了有限的一点财产,分家自立,各谋生路。不久银财便花光了,生活日益艰难。为了解决吃穿,糊口度日,兄弟俩不得不日夜奔波,吃苦耐劳。

后来戈西母幸运地与一个富商的女儿结了婚,他继承了岳父的产业,开始走上做生意的道路。由于生意兴隆,发展迅速,戈西母很快就成为远近闻名的大富商了。

阿里巴巴娶了一个穷苦人家的女儿,夫妻俩过着贫苦的生活。全部家当除了一间破屋外,就只有三匹毛驴。阿里巴巴靠卖柴火为生,每天赶着毛驴去丛林中砍柴,再驮到集市去卖,以此维持生活。

有一天,阿里巴巴赶着三匹毛驴,上山砍柴。他将砍下的枯树和干木柴收集起来,捆绑成驮子,让毛驴驮着。砍好柴准备下山的时候,远处突然出现一股烟尘,弥漫着直向上空飞扬,朝他这儿卷过来,而且越来越近。靠近以后,他才看清原来是一支马队,正急速向这个方向冲来。

阿里巴巴心里害怕,因为若是碰到一伙歹徒,那么毛驴会被抢走,而且自身也性命难保。他心里充满恐惧,想拔脚逃跑,但是由于那帮人马越来越近,要想逃出森林,已是不可能的了,他只得把驮着柴火的毛驴赶到丛林的小道里,自己爬到一棵大树上躲避起来。

那棵大树生长在一个巨大险峭的石头旁边。他把身体藏在茂密的枝叶间,从上面可以看清楚下面的一切,而下面的人却看不见他。

这时候,那帮人马已经跑到那棵树旁,勒马停步,在大石头前站定。他们共有四十人,一个个年轻力壮,行动敏捷。阿里巴巴仔细打量,看起来,这是一伙拦路抢劫的强盗,显然是刚刚抢劫了满载货物的商队,到这里来分赃的,或者准备将抢来之物隐藏起来。

阿里巴巴心里这样想着,决心探个究竟。

匪徒们在树下拴好马,取下沉甸甸的鞍袋,里面显然装着金银珠宝。

这时,一个首领模样的人背负沉重的鞍袋,从丛林中一直来到那个大石头跟前,喃喃地说道:"芝麻,开门吧!"随着那个头目的喊声,大石头前突然出现一道宽阔的门路,于是强盗们鱼贯而入。那个首领走在最后。

首领刚进入洞内,那道大门便自动关上了。

由于洞中有强盗,阿里巴巴躲在树上窥探,不敢下树,他怕他们突然从洞中出来，自己落到他们手中，会遭到杀害。最后，他决心偷一匹马并赶着自己的毛驴溜回城去。就在他刚要下树的时候，山洞的门突然开了，强盗头目首先走出洞来，他站在门前，清点他的喽罗，见人已出来完了，便开始念咒语，说道：

"芝麻，关门吧！"

随着他的喊声，洞门自动关了起来。

经过首领的清点、检查后，没有发现问题，喽罗们便各自走到自己的马前，把空了的鞍袋提上马鞍，接着一个个纵身上马，跟随首领，扬长而去。

阿里巴巴待在树上观察他们，直到他们走得无影无踪之后，才从树上下来。当初他之所以不敢贸然从树上下来，是害怕强盗当中会有人突然又返回来。

此刻，他暗自道："我要试验一下这句咒语的作用，看我能否也将这个洞门打开。"于是他大声喊道："芝麻，开门吧！"他的喊声刚落，洞门立刻打开了。

他小心翼翼地走了进去，举目一看，那是一个有穹顶的大洞，从洞顶的通气孔透进的光线，犹如点着一盏灯一样。开始，他以为既然是一个强盗穴，除了一片阴暗外，不会有其他的东西。可是事实出乎他的意料。洞中堆满了财物，让人目瞪口呆。一堆堆的丝绸、锦缎和绣花衣服，一堆堆彩色毡毯，还有多得无法计数的金币银币，有的散堆在地上，有的盛在皮袋中。猛一下看见这么多的金银财富，阿里巴巴深信这肯定是一个强盗们数代经营、掠夺所积累起来的宝窟。

阿里巴巴进入山洞后，洞门又自动关闭了。

他无所顾虑，满不在乎，因为他已掌握了这道门的启动方法，不怕出不了洞。他对洞里的财宝并不感兴趣，他迫切需要金钱。因此，考虑到毛驴的运载能力，他想好，只弄几袋金币，捆在柴火里面，扔上驴子运走。这样，人们不会看见钱袋，只会仍然将他视作砍柴度日的樵夫。

想好了这一切，阿里巴巴才大声说道："芝麻，开门吧！"

随着声音，洞门打开了，阿里巴巴把收来的金币带出洞外，随即说道："芝麻，关门吧！"

洞门应声关闭。

阿里巴巴驮着金钱，赶着毛驴很快返回城中。到家后，他急忙卸下驮子，解开柴捆，把装着金币的袋子搬进房内，摆在老婆面前。他老婆看见袋中装的全是金币，便以为阿里巴巴铤而走险抢了人，所以开口便骂，责怪他不该见利忘义，不该去做坏事。

"难道我是强盗？你应该知道我的品性。我从不做坏事。"阿里巴巴申辩几句，然后把山中的遭遇和这些金币的来历告诉了老婆之后，把金币倒了出来，一股脑儿堆在她的面前。

阿里巴巴的老婆听了，惊喜万分，光灿灿的金币使她眼花缭乱。她一屁股坐下来，忙着去数那些金币。阿里巴巴说："瞧你！这么数下去，什么时候才数得完呢？若是有人闯进来见到这种情况，那就糟糕了。这样把，我们先把这些金币埋藏起来吧。"

"好吧，说干就干。但是我还是要量一量这些金币到底有多少，心里也好有个数。"

"这件事是值得高兴，但你千万要注意，别对任何人说，否则会引来麻烦的。"

阿里巴巴的老婆急忙到戈西母家中借量器。戈西母不在家，她便对他老婆说："嫂嫂，能把你家的量器借我用一下吗？"

"行呀，不过你要借什么量器呢？"

"借给我小升就行了。"

"你稍微等一下，我这就去给你拿。"戈西母的老婆答应了。

戈西母的老婆是个好奇心特别重的人，一心想了解阿里巴巴的老婆借升量什么，于是她在升内的底部，刷上一点蜜蜡，因为她相信无论量什么，总会粘一点在蜜蜡上。她想用这样的方法满足自己的好奇心。

阿里巴巴的老婆不懂这种技巧，她拿着升急忙回到家中，立刻开始用升量起金币来。

阿里巴巴只管挖洞，待她老婆量完金币，他的地洞也挖好了，他们两人一起动手，把金币搬进地洞，小心翼翼地盖上土，埋藏了起来。

升底的蜜蜡上粘着一枚金币，他们却一点也没有察觉。于是当这个好心肠的女人把升送还她嫂子时，戈西母的老婆马上就发现了升内竟粘着一枚金币，顿生羡慕、嫉妒之心，她自言自语说：

"啊呀！原来他们借我的升是去量金币啊。"

她心想，阿里巴巴这样一个穷光蛋，怎么会用升去量金币呢？

这里面一定有什么秘密。

戈西母的老婆左思右想，不得其解。直到日暮，戈西母游罢归来时，她立即迫不及待地对他说："你这个人呀！你一向以为自己是富商巨贾，是最有钱的人了。现在你睁眼看一看吧，你兄弟阿里巴巴表面上穷得叮当响，暗地里却富得如同王公贵族。我敢说他的财富比你多得多，他积蓄的金币多到需要斗量的程度。而你的金币，只是过目一看，便知其数目了。"

"你是从哪儿听说的？"戈西母将信将疑地反问一句。

戈西母的老婆立刻把阿里巴巴的老婆前来借升还升的经过，以及自己发现粘在升内的一枚金币等事，一五一十说了一遍，然后把那枚铸有古帝王姓名、年号等标识的金币拿给他看。

戈西母知道这事后，顿觉惊奇，同时也产生了羡慕、猜疑的心情。这一夜，由于贪婪的念头一直萦绕着他，因而他整夜辗转不眠，次日天刚亮他就急忙起床，前去找阿里巴巴，说道：

"兄弟啊！你表面装得很穷，很可怜，其实你真人不露相。我知道你积蓄了无数的金币，数目之多，已经达到要用斗量才能数清的地步了。"

"你能把放话说清楚些吗？我一点也不明白你在说些什么。"

"你别装糊涂！你非常清楚我在说什么。"戈西母怒气冲冲地把那枚金币拿给他看，"像这样的金币，你有成千上万，这不过是你量金币时，粘在升底被我老婆发现的一枚罢了。"

阿里巴巴恍然大悟，此事已被戈西母和他的老婆知道了，暗想：此事已无法再保守秘密了。既然这样，索性将它全盘托出。虽然明知这会招来不幸和灾难，但处在这样的情况下，他也实在是没有办法，只得被迫把发现强盗们在山洞中收藏财宝的事，毫无保留地讲给他哥哥听了。

戈西母听了，声色俱厉地说："你必须把你看见的一切告诉我，尤其是那个储存金币的山洞的确切地址，还有开、关洞门的那两句魔咒暗语。现在我要警告你，如果你不肯把这一切全部告诉我，我就上官府告发你，他们会没收你的金钱，抓你去坐牢，你会落得人财两空的。"

阿里巴巴在哥哥的威逼下，只好把山洞的所在地和开、关洞门的暗语，一字不漏地讲了一遍。戈西母仔细听着，把一切细节都牢记在心头。

第二天一大早，戈西母赶着雇来的十匹骡子，来到山中。他按照阿里巴巴的讲述，首先找到阿里巴巴藏身的那棵大树，并顺利地找到了那神秘的洞口，眼前的情景和阿里巴巴所说的差不多，他相信自己已经到达目的地，于是高声喊道："芝麻，开门吧！"

随着戈西母的喊声，洞门豁然打开了，戈西母走进山洞，刚站定，洞门便自动关起来。

对此，他没有在意，因为他的注意力完全被堆积如山的财宝吸引住了。面对这么多的金银财宝，他激动万分，有些不知所措。待镇定了一下自己的情绪后，才急忙大肆收集金币，并把它们一一装在袋中，然后一袋一袋挪到门口，预备搬运出洞外，驮回家去。待一切准备妥当后，他才来到那紧闭的洞门前。但由于先前他兴奋过度，竟忘记了那句开门的暗语，却大喊："大麦，开门吧！"洞门依然紧闭。

这一来，他慌了神。一口气喊出属于豆麦谷物的各种名称，唯独"芝麻"这个名称，他怎么也想不起来了。他顿感恐惧，坐立不安，不停地在洞中打转，对摆在门后预备带走的金币也失去兴趣了。

由于戈西母过度地贪婪和嫉妒，招致了意想不到的灾难，致使他已步入上天无路,入地无门的绝望境地。如今性命都难保,当然就更不可能圆他的发财梦了。

这天半夜,强盗们抢劫归来,在月光下,老远便看见成群的牲口在洞口前,他们感到奇怪:这些牲口是怎么到这里来的?

强盗首领带着喽罗来到山洞前,大家从马上下来,说了那句暗语,洞门便应声而开。戈西母在洞中早已听到马蹄的得得声,从远到近,知道强盗们回来了。他感到性命难保,一下子吓瘫了。但他还抱着侥幸的心理,鼓足勇气,趁洞门开启的时候,猛冲出去,期望死里逃生。但强盗们的刀剑把他挡了回来。强盗首领不管三七二十一,一剑把戈西母刺倒,而他身边的一个喽罗立刻抽出宝剑,把戈西母拦腰一剑,砍为两截,结果了他的性命。

强盗们涌入山洞,急忙进行检查。

他们把戈西母的尸首装在袋中,把他预备带走的一袋袋金币放回老地方,并仔细清点了所有物品。强盗们不在乎被阿里巴巴拿走的金币,可是对于外人能闯进山洞这件事,他们都感到震惊、迷惑。因为这是个天险绝地,山高路远,地势峻峭,人很难越过重重险阻攀援到这里,尤其是若不知道开关洞门那句暗语,谁也休想闯进洞来。

想到这里,他们把怒气都出在戈西母的身上,大家七手八脚地肢解了他的尸体,分别挂在门内左右两侧,以此作为警告,让敢于来这里的人,知道其下场。

做完了这一切,他们走出洞来,关闭好洞门,跨马而去。

这天晚上,戈西母没有回家,他老婆预感到事情有些不妙,焦急万分地跑到阿里巴巴家去询问:"兄弟,你哥哥从早上出去,到现在还没有回家来。他的行踪你是知道的,现在我非常担心,只怕他发生什么不测,若真是这样,那我可怎么办呀?"

阿里巴巴也预感到发生了什么不幸的事,不然,戈西母不可能现在还不回家。他越想越觉不安,但他稳住自己的情绪,仍然平静地安慰着嫂嫂:"嫂嫂,大概戈西母害怕外人知道他的行踪,因而绕道回城,以至于到现在还没有回到家吧。我想等会儿他会回来的。"

戈西母的老婆听了后,才稍感慰藉,抱着一线希望回到了家中,耐心地等待丈夫归来。

时至夜半三更,仍不见人影。她终于坐卧不安起来,最终由于紧张、恐怖而忍不住失声痛哭了起来。她悔恨地自语道:"我把阿里巴巴的秘密泄露了给他,引起他的羡慕和嫉妒,这才给他招来了杀身之祸呀。"

戈西母的老婆心烦意乱,如坐针毡,好不容易才熬到天亮,便急急忙忙跑到阿里巴巴家中,恳求他立即出去寻找他哥哥。

　　阿里巴巴安慰了嫂子一番，然后赶着三匹毛驴，前往山洞而去。来到那个洞口附近，一眼就看到了洒在地上的斑斑血迹，他哥哥和十匹骡子却不见踪影，显然凶多吉少，想到此，他不禁不寒而栗。他战战兢兢地来到洞口，说道："芝麻，开门吧！"洞门应声而开。

　　他急忙跨进山洞，一进洞门就看见戈西母的尸首被分成几块，两块挂在左侧，两块挂在右侧。阿里巴巴惊恐万状，但是不得不硬着头皮收拾哥哥的尸首，并用一匹毛驴来驮运。然后他又装了几袋金币，用柴棒小心掩盖起来，绑成两个驮子，用另两匹毛驴驮运。做好这一切后，他念着暗语把洞门关上，赶着毛驴下山了。一路上他拼命克制住紧张的心情，集中精力，把尸首和金币安全地运了家。

　　回家后，他把驮着金币的两匹毛驴牵到自己家，交给老婆，吩咐她藏好，关于戈西母遇害的事，他却只字不提。接着他把运载尸首的那匹毛驴牵往戈西母的家。戈西母的使女马尔基娜前来开门，让阿里巴巴把毛驴赶进庭院。

　　阿里巴巴从驴背上卸下戈西母的尸首，然后对使女说："马尔基娜，赶快为你的老爷准备善后吧。现在我先去给嫂子报告噩耗，然后就来帮你的忙。"这时，戈西母的老婆从窗户里看见阿里巴巴，说道：

　　"阿里巴巴，情况怎么样？有你哥哥的消息吗？看你愁眉苦脸的样子，莫非他遭遇了灾难？"

　　阿里巴巴忙把戈西母的遭遇和怎样把他的尸首偷运回来的经过，从头到尾对嫂子说了一遍。

　　阿里巴巴详细叙述完事情的经过后，接着对嫂嫂说道："嫂子，事情已经发生了，要想改变这一切已是不可能的了。这事件固然惨痛，但是我们应该引以为戒，保守秘密，不然我们的身家性命将没有保障的。"

　　戈西母的老婆知道丈夫已惨遭杀害，现在埋怨也无济于事，因此她泪流满面地对阿里巴巴说："我丈夫的命是前生注定的，我现在也只好认命了。只是为了你的安全和我的将来，我答应为你严格保守秘密，决不向外泄露半点。"

　　"安拉的惩罚是无法抗拒的，现在你安心休息吧。待丧期一过，我便会娶你为妾，一辈子供养你，你会生活得愉快幸福的。至于我的夫人，她心地善良，决不会嫉妒你，这一点你尽管放心好了。"

　　"既然你认为这样做较为妥当，就照你的意思办吧。"她说着又忍不住痛哭起来。

　　阿里巴巴因为哥哥的死感到很伤心，他离开嫂嫂，回到女仆马尔基娜身边，与她商量哥哥的后事，做完这一切后，才牵着毛驴回家了。

　　阿里巴巴一走，马尔基娜立刻来到一家药店，装出若无其事的样子，跟老板交谈起来，打听给垂死的病人吃什么药才有效。

"是谁病入膏肓，要服这种药呢？"老板向马尔基娜反问。

"我家老爷戈西母病得厉害，快要死了。这几天，他既不能说话，也不能吃东西，所以我们对他的生死已不报什么希望了。"

说完，她带着买来的药回家了。

第二天，马尔基娜再上药店去买药，她装着忧愁苦闷的样子，唉声叹气地说："我担心他连药都吃不下去了，这会儿怕是已经咽气了。"

就在马尔基娜买药的同时，阿里巴巴也做好了一切准备。他待在家中，耐心地等待着戈西母家发出悲哀、哭泣的声音，以便装着悲痛的样子去帮忙治丧。

第三天一大早，马尔基娜便戴上面纱，去找高明的老裁缝巴巴穆司塔。她给了裁缝一枚金币，说道："你愿意用一块布蒙住眼睛，然后跟我上我家去一趟吗？"

巴巴穆司塔不愿这样做。马尔基娜又拿出一枚金币塞在他的手里，并再三恳求他去一趟。

巴巴穆司塔是一个贪图小恩小惠的财迷鬼，见到金币，立即答应了这个要求，拿手巾蒙住自己的眼睛，让马尔基娜牵着他，走进了戈西母停尸的那间黑房。这时马尔基娜才解掉蒙在巴巴穆司塔眼睛上的手巾，告诉他："你把这具尸首按原样拼在一起，缝合起来，然后再比着死人身材的长短，给他缝一套寿衣。做完这些事后，我会给你一份丰厚的工钱的。"

巴巴穆司塔按照马尔基娜的吩咐，把尸首缝了起来，寿衣也做成了。马尔基娜感到很满意，又给了巴巴穆司塔一枚金币，再一次蒙住他的眼睛，然后牵着他，把他送回了裁缝铺。

马尔基娜很快回到家中，在阿里巴巴的协助下，用热水洗净了戈西母的尸体，装殓起来，摆在干净的地方，把埋葬前应做的事都准备妥当，然后去清真寺，向教长报丧，说丧者等候他前去送葬，请他给死者祷告。

教长应邀随马尔基娜来到戈西母家中，替死者进行祷告，按惯例举行了仪式，然后由四人抬着装有戈西母尸首的棺材离开家，送往坟地进行安葬。马尔基娜走在送葬行列的前面，披头散发，捶胸顿足，嚎啕痛哭。

阿里巴巴和其他亲友跟在后面，一个个面露悲伤。

埋葬完毕后，各自归去。

戈西母的老婆独自待在家中，悲哀哭泣。

阿里巴巴躲在家中，悄悄地为哥哥服丧，以示哀悼。

由于马尔基娜和阿里巴巴善于应付，考虑周全，所以戈西母死亡的真相，除他二人和戈西母的老婆之外，其余的人都不知底细。

四十天的丧期过了，阿里巴巴拿出部分财产作聘礼，公开娶他的嫂嫂为妾，并要戈西母的大儿子继承他父亲的遗产，把关闭的铺子重新开了起来。戈西母的大儿子曾跟一个富商经营生意，耳濡目染，练就了一些本领，在生意场上显得得心应手。

这一天，强盗们照例返回洞中，发现戈西母的尸首已不在洞中，而且洞中又少了许多金币，这使他们感到非常诧异，不知所措。首领说："这件事必须认真追查清楚，否则，我们长年累月攒下来的积蓄，就会被一点一点偷光。"

匪徒们听了首领的话后，都感到此事不宜迟延，因为他们知道，除了被他们砍死的那个人知道开关洞门的暗语外，那个搬走尸首并盗窃金币的人，也势必懂得这句暗语。所以必须当机立断地追究这事，只有把那人查出来，才能避免财物继续被盗。他们经过周密的计划，决定派一个机警的人，伪装成外地商人，到城中大街小巷去活动，目的在于探听清楚，最近谁家死了人，住在什么地方。这样就找到了线索，也就能找到他们所要捉拿的人。

"让我进城去探听消息吧。"一个匪徒自告奋勇地向首领要求说，"我会很快把情况打听清楚的。如果完不成任务，随你怎样惩罚我。"

首领同意了这个匪徒的要求。

这个匪徒化好装，当天夜里就溜到城里去了。第二天清晨他就开始了活动，见街上的铺子都关闭着，只是裁缝巴巴穆司塔的铺子例外，他正在作针线活。匪徒怀着好奇心向他问好，并问：

"天才蒙蒙亮，你怎么就开始做起针线活来了？"

"我看你是外乡人吧。别看我上了年纪，眼力可是好得很呢。昨天，我还在一间漆黑的房里，缝合好了一具尸首呢。"

匪徒听到这里，暗自高兴，想："只需通过他，我就能达到目的。"他不动声色地对裁缝说："我想你这是同我开玩笑吧。你的意思是说你给一个死人缝了寿衣吧？"

"你打听此事干啥？这件事跟你有多大关系？"

匪徒忙把一枚金币塞给裁缝，说道："我并不想探听什么秘密。我可是一个忠厚老实的人，我只是想知道，昨天你替谁家做零活？你能把那个地方告诉我，或者带我上那儿去一趟吗？"

裁缝接过金币，不好再拒绝，只好照实向他说："其实我并不知道那家人的住址，因为当时我是由一个女仆用手帕蒙住双眼后带去的，到了地方，她才解掉我眼上的手帕。我按要求将一具砍成几块的尸首缝合起来，为他做好寿衣后，再由那女仆蒙上我的双眼，将我送回来。因此，我无法告诉你那儿的确切地址。"

"哦，太遗憾了！不过不要紧，你虽然不能指出那所住宅的具体位置，但我们可以像上次那样，照你所做的那样，我们也来演习一遍，这样，你一定会回忆点什么出来。当然,你若能把这件事办好了,我这儿还有金币给你。"说完匪徒又拿出一枚金币给裁缝。

巴巴穆司塔把两枚金币装在衣袋里,离开铺子,带着匪徒来到马尔基娜给他蒙眼睛的地方,让匪徒拿手帕蒙住他的眼睛,牵着他走。巴巴穆司塔原是头脑清楚、感觉灵敏的人,在匪徒的牵引下,一会儿便进入马尔基娜带他经过的那条胡同里。他边走边揣测,并计算着一步一步向前移动。他走着走着,突然停下脚步,说道:"前次我跟那个女仆好像就走到这儿的。"

这时候巴巴穆司塔和匪徒已经站在戈西母的住宅前,如今这里已是阿里巴巴的住宅了。

匪徒找到戈西母的家后,用白粉笔在大门上画了一个记号,免得下次来报复时找错了门。他满心欢喜,即刻解掉巴巴穆司塔眼上的手帕,说道:"巴巴穆司塔,你帮了我的大忙,我很感激,愿伟大的安拉保佑你。现在请你告诉我,是谁住在这所屋子里?"

"说实在的,我一点也不知道。这一带我不熟悉。"

匪徒知道无法再从裁缝口中打听到更多的消息,于是再三感谢裁缝,叫他回去。他自己也急急忙忙赶回山洞,报告消息。

裁缝和匪徒走后,马尔基娜外出办事,刚跨出大门,便看见了门上的那个白色记号,不禁大吃一惊。她沉思一会,料到这是有人故意做的识别标记,目的何在,尚不清楚,但这样不声不响偷偷摸摸的,肯定不怀好意。于是她就用粉笔在所有邻居的大门上画上了同样的记号。她严守秘密,对谁也没有说,连男主人、女主人也不例外。

匪徒回到山中,向匪首和伙伴们报告了寻找线索的经过,首领和其他匪徒听到消息后,便溜到城中,要对盗窃财物的人进行报复。那个在阿里巴巴家的大门上作过记号的匪徒,直接将首领带到了阿里巴巴的家附近,说:"唉!我们所要寻找的人,就住在这里。"

首领先看了那里的房子,再四下看了看,发现每家的大门上都画着同样的记号,觉得奇怪,问道:"这里的房屋,每家的大门上都有同样的记号,你所说的到底是哪家呢?"

带路的匪徒顿时糊涂起来,不知所措。他发誓说:"我只是在一间房子的大门上作过记号,不知这些门上的记号是从哪儿来的,现在我也不敢肯定哪个记号是我所画的了。"

首领沉思了一会,对匪徒们说:"由于他没有把事情做好,我们要寻找的那所房屋没找到,使得我们白辛苦一场,现在暂且回山,以后再做打算。"

匪徒们乘兴而来,败兴而归地返回山洞后,首领便拿那个带路的匪徒出气,将他痛打一顿后,再命手下把他绑起来,并说:"你们中谁再愿到城中去打探消息? 如能把盗窃财物的人抓到,我就加倍赏赐他。"

听了匪首的话,又有一个匪徒自告奋勇道:"我愿前去探听,并相信我能满足你的要求。"

匪首同意派他去完成这项使命。于是这个匪徒又找到裁缝铺里的巴巴穆司塔,用金币买通裁缝,利用他找到了阿里巴巴的家,在阿里巴巴屋子的门柱上,用红粉笔画了一个记号,这才赶忙返回山洞,向匪首报告。他得意地说道:"报告首领,我已经找到那所房屋,这次我用红粉笔在门柱上打了记号。我可以轻易将其分辨出来。"

马尔基娜出房门时,发现门柱上又有个红色记号,便又在邻近人家的门柱上也画了同样的记号。

匪首派的第二个匪徒很快完成了任务,但情况却与第一次一样。当匪徒们进城去报复时,发现附近每家住宅门柱上都有红色记号,他们感到又被捉弄了,一个个只得垂头丧气地返回山洞。匪首怒不可遏,大发雷霆,又把第二个匪徒绑了起来,叹道:"我的部下都是些酒囊饭袋,看来此事得由我亲自出马,才能解决问题。"

匪首打定主意,单枪匹马来到了城中,照例找到了裁缝巴巴穆司塔。在他的帮助下,顺利地来到阿里巴巴的家门前。他吸取前两个匪徒的教训,不再作任何记号,只是把那住宅的坐落和四周的景象记在心里,然后他马上赶回山洞,对匪徒们说:

"那个地点我已铭刻在心里,下次去找就很容易了。现在你们马上给我买十九匹骡子和一大皮袋菜,以及形状、体积一致的瓦瓮三十八个。再把这些瓮绑在驮子上,用十九匹骡马驮着,每骡驮两瓮。我扮成卖油商人,趁天黑时到那个坏蛋的家门前,求他容我在他家暂住一宿。然后,到晚上我们一起动手,结果他的性命,夺回被盗窃的财物。"

他提出的方案博得了匪徒们的拥护,一个个怀着喜悦的心情,分头前去购买骡子、皮囊、瓦瓮等物。经过三天的奔波,把所需要的东西全部备齐了,还在瓦瓮的外表涂上一些油腻。他们在匪首的指挥下,拿菜油灌满一个大瓮,全副武装的匪徒分别潜伏在三十七个瓮中,用十九匹骡子驮运。匪首扮成商人,赶着骡子,大模大样地运油进城,趁天黑时赶到阿里巴巴的家门外。

阿里巴巴刚吃过晚饭,还在屋前散步。匪首趁机走近他,向他请安问好,说道:"我是从外地进城来贩油的,经常到这里来做生意。今天太晚了,我找不到合适的住处,恳求你发发慈悲,让我在你院中暂住一夜吧,也好减轻一下牲口的负担,当然也麻烦你为它们添些饲料充饥。"

　　阿里巴巴虽然曾见过匪首的面,但由于他伪装得很巧妙,加之天黑,一时竟没有分辨出来,因而同意了匪首的请求,为他安排了一间空闲的柴房,作堆放货物和关牲口之用,并吩咐女仆马尔基娜:

　　"家中来了客人,请给他预备些饲料、水,再为客人做点晚饭,铺好床让他住一夜。"

　　匪首卸下驮子,搬到柴房中,给牲口提水拿饲料,他本人也受到主人的殷勤招待。阿里巴巴叫来马尔基娜,吩咐道:"你要好生招待客人,不要大意,满足客人的需要。明天一早我上澡堂沐浴,你预备一套干净的白衣服,以便沐浴后穿用。此外,在我回来前,为我准备一锅肉汤。"

　　"明白了,一定按老爷说的去做。"

　　阿里巴巴说了之后进寝室休息去了。

　　匪首吃过晚饭,随即上柴房照料牲口。他趁夜深人静、阿里巴巴全家安息时,压低嗓音,告诉躲在瓮中的匪徒们:"今晚半夜,你们当听到我的信号时,就迅速出来。"匪首交代完毕后,走出柴房,由马尔基娜引着,来到为他准备的寝室里。

　　马尔基娜放下手中的油灯,说:"如还需要什么,请吩咐吧。"

　　"谢谢,不需要什么了。"匪首回答说,待马尔基娜走后,才灭灯上床休息。

　　马尔基娜按主人的吩咐,拿出一套干净的衣服,交给另一个男仆阿卜杜拉,以便主人沐后穿用。随后她给主人烧好肉汤。过了一会,她想看一看罐里的肉汤,但油灯已灭,一时又没油可添,阿卜杜拉看着马尔基娜为难的样子,便前来解围,提醒道:

　　"不必为难,柴房中有菜油呀!为何不取些来用?"

　　马尔基娜拿着油壶去柴房中,见到成排的油瓮。她来到第一个瓦瓮前,这时躲在瓮中的匪徒听到脚步声,以为是匪首来叫他们,便轻声问道:"是行动的时候了吗?"

　　马尔基娜突然听见瓦瓮中的说话声,吓得倒退一步,但她本是一个机智勇敢的人,当即应道:"还不到时候呢。"她暗想道:"原来这些瓮中装的不是菜油,而是人。看来这个贩油商人存心不良,也许想打什么坏主意,施展阴谋诡计。慈悲的安拉啊!求您保佑,别让咱们上他的圈套吧。"她挨到第二个瓮前,仍然压低嗓音,把"现在还不到时候呢"这句话重说了一遍。

　　她就这样一个挨一个地顺序从头说到尾。她暗自道:"赞美安拉!我的主人还蒙在鼓里,不知道危险随时可能降临。这个自称卖油的家伙,一定是这伙匪徒的首领,而此时匪徒们正在等待他发出暗号。"此时她已来到最后一个瓮前,发现这个瓮里装的是菜油,便灌了一壶,拿到厨房,给灯添上油,然后再回到柴房中,从那个瓮中舀了一大锅油,架起柴火,把油烧开,这才拿到柴房中,依次给每瓮里浇进一瓢沸油。潜伏在瓮中的匪徒还不知是怎么回事，就一个个被烫死了。

马尔基娜以过人的智慧悄悄做完了这一切，屋里所有的人都还睡得正酣，无人知晓。她自己高兴地回到厨房，关起门来，给阿里巴巴热汤。

大约过了一个小时，匪首从梦中突然醒来，他打开窗户，见室外一片黑暗，寂静无声，便拍手发出了暗号，叫匪徒们立即出来行动。但四周却毫无动静。过了一会，他再次拍手，并出声呼唤，仍无回音。经过第三次拍手、呼唤，还得不到回答后，他才慌了，赶忙走出卧室，奔到柴房中，心想："大概他们一个个都睡熟了，我必须立刻叫醒他们，赶快行动，否则就来不及了。"

他走到第一个油瓮前，立刻嗅到一股熏鼻的油气味，心里非常吃惊，伸手一摸，觉得烫手。他一个个摸过去，发现全部油瓮的情况都是一样。这时候，他明白死亡落到他们这一伙人的头上了，同时对自身的安全也感到担心。他不敢再回到卧室，只得逾墙跳到后花园，怀着恐怖和绝望的心情，逃之夭夭。

马尔基娜待在厨房里，窥探匪首的动静，但不见他从柴房中出来，想是逾墙逃跑了，因为大门是双锁锁着的。不过想到其余的匪徒还一个个静静地躺在瓮中，马尔基娜便安心地睡觉了。

离天亮还有两个小时的时候，阿里巴巴起床去澡堂沐浴。他对当夜家中发生的危险事一无所知，机智的马尔基娜没有惊动他，也没料到事情如此容易应付。原来她认为如果先向主人报告她的计划，然后动手，就可能失去先下手为强的机会，而吃强盗的亏了。

阿里巴巴从澡堂归来已是日上三竿，他见油瓮还原封不动地摆在柴房中，感到惊奇，嘀咕道："这位卖油的客人是怎么搞的！ 这个时候还不把油驮到市上去卖。"

马尔基娜说："老爷啊，万能之神安拉赐福于你，使你昨晚免受了伤害。那个商人企图干罪恶的勾当，被发现后已逃走，昨晚发生的事情，待一会我会慢慢讲给你听。"她引阿里巴巴走进柴房，关了房门，然后指着一个油瓮说："请老爷看吧，到底里面装的是油呢？ 还是别的东西？"

阿里巴巴打开瓮盖一看，里面躺着一个男人，他一下子吓得回头就跑。马尔基娜即刻安慰他："别害怕！ 这人已不可能再危害你，他已经死了。"

阿里巴巴听了才安静下来，说道："马尔基娜，咱们遭了大祸，刚安定下来，怎么这个卑鄙的家伙也会来找咱们的麻烦呢？"

"感谢伟大的安拉！ 事情的经过，我会详细报告老爷的。可是说话要小声，免得被邻居知道，给咱们带来麻烦。现在请老爷查看这些瓮里的东西，从头到尾，每一个都看一看吧。"

阿里巴巴果然依次看了一遍，发现每个瓮中都有一个全副武装的男人，幸亏

都被沸油烫死了。这一惊把他吓得哑巴似的说不出话来。过了一会,他逐渐恢复常态,才问道:

"那个贩油商人哪儿去了?"

"老爷啊,你还不知道,那个家伙其实并不是生意人,而是个为非作歹的匪首。他满口甜言蜜语,骨子里却想要你的命。他的所作所为,我会详细报告的,不过老爷才从澡堂归来,先喝些肉汤再说吧。"

她伺候阿里巴巴回到屋里,立刻送上饮食。

阿里巴巴吃喝起来,对马尔基娜说:"我急于要知道这桩奇案的始末,你说吧,不要让我始终蒙在鼓里,这样我才会定下心来。"

马尔基娜把昨晚发生的事,从煮肉汤、点灯找油起,到发现匪徒,用油烫死匪徒,以及那个匪首逃跑,等等,一五一十详细叙述了一遍。最后她说:

"这便是昨晚发生的事的全部经过。此外,几天以前,我对这件事就已有所感觉。我抑制着自己,不敢报告老爷,怕万一事情传开,叫邻居知道,现在不得不让老爷知道了。情况是这样的:有一天我回家时,见咱家大门上有个白粉笔画的记号,当时我虽然不知道是谁画的,有什么用处,但是我估计到可能是仇人搞的,存心危害老爷,所以我在周围每家大门上,都画上一模一样的记号,使坏人不容易分辨出来。现在看来,画的记号和昨夜的事,必然有联系,肯定是这伙人以此作为报复的标记,避免走错门路。按四十个强盗的数目计算,他们有两人下落不明,这当中的实际情况,我还不知道,因此不得不提防他们。而其余的匪徒,他们的头子逃跑了,人还活着。老爷必须格外注意,加倍提防,否则会遭他们的毒手,他肯定不会轻易放过你的。为此,我当全力保护老爷的生命财产不受损害,这也是我们奴婢的职责所在。"

阿里巴巴听了非常快慰,说道:"你的这个建议,我很满意,你勇敢果断,我这一辈子也忘不了。告诉我吧:我该怎样赏赐你?"

"这是我应尽的义务。我看目前最急迫的事是,赶快把那些死人埋了,不要把秘密泄露出去。"

阿里巴巴按马尔基娜的指点,亲自带仆人阿卜杜拉到后花园,在一棵树侧,挖了一个大坑,卸下尸体上的武器,再把三十七具尸首掩埋起来,把地面弄得跟先前一模一样,同时还把油瓮和其他什物全都收藏起来。接着阿里巴巴又打发阿卜杜拉每次牵两匹骡子往集市卖掉。这件大事算是处理妥了,不过阿里巴巴并未因此安心,因为他知道匪首和两个匪徒还活着,并且一定会再来报仇,所以他格外的小心谨慎,对消灭匪徒的经过和从山洞中获得财物的情况,他守口如瓶,从不透露。

却说匪首从阿里巴巴家狼狈地逃跑后,悄悄回到了山洞,想着损失的财物和人马，以及洞中最终将被盗走的财宝，他就满腔怒火，异常苦恼。他认为只有杀掉阿里巴巴，才能解除心头之恨，他决心一个人再进城去，打着经营的幌子，在城里住下，以便寻找机会收拾掉阿里巴巴，然后再另起炉灶，招兵买马，继续过劫掠生活，也只有这样，才能把祖传下来的杀人越货的事业代代传下去。

匪首打定主意后，倒身睡觉了。

次日，天刚亮他便起床，像前次那样，把自己乔装打扮一番，然后进城在一家客栈住下。他暗自嘀咕："毫无疑问，一下子杀了这么多人的案件，一定会轰动全城，而阿里巴巴免不了被捕受审，他的住处也一定被毁了，财产一定查抄了。"于是他向客栈的门房打听消息："最近城中发生了什么奇怪的事情吗？"

门房把自己的所见所闻，全部告诉了匪首。

匪首听了既奇怪又失望，门房所谈的，没有一件与他有关，他这才明白阿里巴巴是个机警聪明的人，他不但拿走了山洞中的钱财，还害了这么多人的性命，而他自己却安然无恙。

由此匪首联想到自身的安危问题，认为必须充分运用自己的智慧，提高警惕，才不至于落在敌人手中，遭到毁灭。因此他在集市上租了间铺子，从山洞中搬来上好货物，摆设起来，从此待在铺子里，改名盖勒旺吉·哈桑，装模作样做起生意来。

说来凑巧，匪首的铺子对面，正是已故戈西母的铺子所在地，现在由他的儿子，也就是阿里巴巴的侄子继续经营。匪首以盖勒旺吉·哈桑的名字四处活动，很快就跟附近各商号的老板们混熟了。他待人接物既大方又谦恭，尤其对戈西母的儿子格外亲热，常常与这个漂亮、衣着整齐的小伙子套近乎，经常一起谈天，往往一坐就是几个小时。

这天，阿里巴巴到铺子里去看望侄子，这事被在铺子对面的匪首看见了，匪首一见阿里巴巴便认出他。于是，匪首向小伙子打听阿里巴巴的情况："告诉我吧，先前到你铺子中来的那位客人是谁呀？"

"他是我的叔父。"

这之后，匪首对阿里巴巴的侄子更加热情，给他许多好处，表面上和蔼可亲，暗地里实施其阴谋诡计。

又过了一些日子，阿里巴巴的侄子考虑到应礼尚往来，于是想邀请盖勒旺吉·哈桑吃顿饭，但感到自己的住处狭小，接待客人不太方便，尤其是跟盖勒旺吉·哈桑那样考究的排场比起来，未免显得寒酸。于是他便去请教他的叔父阿里巴巴。

阿里巴巴对侄子说："你的想法是对的，应该请那位朋友来作客。明天是礼拜五休息日，各商家都停业休息，你去约盖勒旺吉·哈桑到处走走，呼吸些新鲜空气。等你们回来时,不必告诉盖勒旺吉·哈桑知道,你可以顺便带他到我这儿来。我会吩咐马尔基娜预备一桌丰盛的筵席款待你们,你不用操心,一切由我办理好了。"

第二天,阿里巴巴的侄子按叔父的指示,邀约盖勒旺吉·哈桑一起上公园玩,回家时,就顺便引盖勒旺吉·哈桑走进他叔父住宅所在的那条胡同,一直来到门前。他一边敲门,一边对盖勒旺吉·哈桑说:"我的朋友,告诉你吧:这是我的另一个住宅。你我之间的交往以及你待人接物所表现出的慷慨大方,我叔父都听说了,因此他非常乐意同你见一面。"

匪首听了暗自欢喜,因为有了这种机会,报仇的愿望就能够很快实现。但是他表面却佯装客气的样子,一再表示推辞。这时候,仆人已将大门打开,阿里巴巴的侄子拉着盖勒旺吉·哈桑的手,一起进屋去。主人阿里巴巴谦恭而礼貌地迎接并问候盖勒旺吉·哈桑道:"欢迎! 欢迎! 蒙你平时照顾我的侄子,我感激不尽。我知道你像父亲一样地关心他,爱护他。"

"你的侄子为人不错,他的举止言谈给我留下深刻的印象。我很喜欢他。他年纪虽小,可是禀赋很好,聪明过人,前途无量。"盖勒旺吉·哈桑说了这么一些恭维和应酬的话。

这样,他们宾主就一问一答地攀谈起来,显得既客气又亲切,宾主十分投机。过了一会,盖勒旺吉·哈桑说:"主人啊! 现在该向你告辞了。若是安拉的意愿,过些时候,我会抽空再来拜访你的。"

阿里巴巴起身挽留他说:"我的朋友,你上哪儿去? 我存心招待你,留你吃饭呢。吃过饭再回去吧。我们的饭菜即使不像你家里吃的那样可口,也得请求你接受我的邀请,大家热闹热闹吧。"

"主人啊! 承你厚待,感激不尽。不过我的确有特殊原因,不得不求你原谅。"

"客人啊! 你好像心事重重,感到烦躁,这是为什么呢?"

"是这样,近来我吃药治病,大夫嘱咐我,凡是带盐的菜肴都不可以吃。"

"哦,就为这个呀,那不碍事,我可以得到你赏光的。现在厨娘正预备烹调,我吩咐她做无盐的菜肴招待你好了,请你等一等,我一会儿便来。"阿里巴巴说着去到厨房里,吩咐马尔基娜做菜不要放盐。

马尔基娜正在预备饭菜,突然听到这个吩咐,非常惊奇,问道:"这位要吃无盐菜肴的客人是谁?"

"你问他干吗? 只管照我的话去做就是了。"

"好的,一切照你的意思去办。"马尔基娜对提出这个要求的人,抱着好奇心,很想看他一眼。

菜肴都办齐了,马尔基娜协助男仆阿卜杜拉去摆桌椅,以便端出饭菜招待客人,因此有机会看到盖勒旺吉·哈桑。当她一看到此人时,立刻认出他的本来面目,虽然他的衣着已装扮成外地商人的模样。马尔基娜仔细打量时,发觉他罩袍下面藏着一把短剑,"原来如此啊!"她忍不住暗自嘀咕,"这个恶棍之所以要吃无盐的菜肴,道理就在这里,目的在寻找机会谋害我的主人,因为主人是他的大仇人。我必须当机立断,先发制人,在他逞凶之前找机会除掉他。"

马尔基娜拿出一张白桌布铺在桌上,端上饭菜,趁主人陪客人吃喝之际,从客厅回到厨房,仔细考虑对付匪首的办法。

阿里巴巴和盖勒旺吉·哈桑尽情享受,细嚼慢咽地吃喝完毕,马尔基娜和阿卜杜拉便忙着收拾杯盘碗盏,并端出点心待客。马尔基娜还把鲜果、干果盛在盘中,让阿卜杜拉用托盘端到堂上,她自己拿了一个小三脚茶几放在主人和客人身旁,并把三个酒杯和一瓶醇酒摆在茶几上,供主人和客人自斟自饮。一切布置妥当,马尔基娜和阿卜杜拉才退下,好像吃饭去了。

这时候,匪首觉得机会到了,顿时高兴起来,暗中想道:"这是报仇雪恨的好机会,我只要拿这把短剑狠狠地一刀戳过去,就可以结果这个家伙的性命,然后从后花园溜走。他的侄子是不敢阻止我的,即使他有勇气同我对抗,我只需动一个手指或一个脚趾,就足以致他死命。不过还要稍等一下,等那两个婢仆吃完饭回到房中休息时,再动手也不迟。"

马尔基娜沉住气,暗中监视着匪首的举动,边猜想他的心意,边想道:"决不能让这个恶棍有逞凶的机会。我不仅要挫败他的阴谋诡计,还要借机会结果他的性命。"忠实可靠的马尔基娜脱掉衣服,换上一身舞衣似的服装,头上缠了一块鲜艳的头巾,脸上罩一方昂贵的面纱,腰上束一块织锦围腰,围腰下面挂着一把柄上镶嵌金银宝石的匕首。打扮完之后,她吩咐阿卜杜拉:

"带上手鼓,咱俩一块上客厅去,为尊敬的老爷和客人表演吧。"

阿卜杜拉听从马尔基娜的安排,果然带上手鼓,跟她来到客厅。阿卜杜拉把手鼓一敲,马尔基娜便翩翩起舞。两个婢仆表演了一会,便停下休息,准备集中精神,继续表演。阿里巴巴很感兴趣,任他俩随意发挥,并吩咐道:

"现在你们随意歌舞吧,最好能表演一些更精彩的节目,让客人高兴愉快。"

"哦,我的东道主啊! 承蒙你如此盛情款待,我感到愉快极了。"盖勒旺吉·哈桑表示衷心感谢。

在主人的鼓励和客人的赞赏下,婢仆二人兴致勃勃,劲头越来越大。阿卜杜拉把手鼓一敲,马尔基娜大显身手,她那轻盈的步子和婀娜舞姿,给主人和客人以欢乐的感受。正当他们看得出神的时候,马尔基娜突然抽出匕首,捏在手里,从这边旋转到另一边,作出优美的姿势。这时候,她把锐利的匕首紧贴在胸前,霎时停顿下去，右手把阿卜杜拉的手鼓拿过来，继续旋转着，按喜庆场合的惯例，向在座的人乞讨赏钱。她首先停在主人阿里巴巴面前，主人便扔了一枚金币在手鼓中，他的侄子也同样扔进一枚金币。盖勒旺吉·哈桑眼看马尔基娜舞近时，便掏出钱包，预备给赏钱，这时马尔基娜鼓足勇气，刹那间，把匕首对准盖勒旺吉·哈桑的心窝，猛刺进去，立刻结果了他的性命。

阿里巴巴大吃一惊，吼道："你这是干什么呀？我这一生可叫你毁掉了！"

"不对，"马尔基娜理直气壮地说，"我的主人啊！我刺死这个家伙，是为了救你的性命。如果你不相信，请解开他的外衣，便可发现他包藏的祸心了。"

阿里巴巴忙上前一看，发现他贴身佩着一把锋利的短剑，一时吓得目瞪口呆，哑口无言。

"这个卑鄙的家伙是你的死敌，"马尔基娜说，"你仔细看看吧，他正是那个所谓的贩油商人，也就是那伙强盗的头子。他说不吃盐，这说明他贼心不死，存心谋害你。当你说他不吃有盐的菜肴时，我就起了疑心。而我第一眼看到他时，便知道他不怀好意，是存心要害你的。现在事实证明，我的猜想是正确的。"

阿里巴巴惊奇万分，非常感谢马尔基娜，重重地赏赐她，说道："你已先后两次从匪首手中救了我的命，我应该报答你。"于是他伸手指着马尔基娜的脖子说："现在我恢复你的自由，你从此成为自由民。为了对你表示感谢，我愿为你主持婚事，把你配给我的侄子，使你们成为恩爱夫妻。"

阿里巴巴向马尔基娜表白心愿之后，回头吩咐侄子道："马尔基娜是一个本领高强、聪明机智、诚实可靠的人。如今你看一看躺在地上的这个所谓的盖勒旺吉·哈桑吧，他自称是你的朋友，跟你结交往来，其目的不过是借此寻找机会谋害我，而马尔基娜凭她的智慧和机灵，替我们除了一害，从而使我们转危为安了。"

阿里巴巴高兴地看到侄子接受他的建议，愿与美丽的马尔基娜结为夫妻，于是阿里巴巴带领侄子、马尔基娜和阿卜杜拉，趁着夜色，小心谨慎地把匪首的尸体挪到后花园，挖了个地洞，埋在地下。

此后，他们全都守口如瓶，始终没让外人知道这件事情。

阿里巴巴及其家人在经过精心准备后，选择了吉日，为他的侄子和马尔基娜举行隆重的结婚典礼，他们大摆筵席，盛宴宾客，并安排豪华的仪式，跳各式各样的舞蹈，奏各种流行的乐曲。亲戚、朋友、邻居纷纷前来庆祝，婚礼一片欢乐，热闹空前。

阿里巴巴彻底根除了隐患，从此他安心地经营生意，过着富足的生活。

在这以前，由于顾虑匪徒，也为谨慎起见，阿里巴巴自哥哥戈西母死后，再也没到山洞去过。后来匪首和匪徒一个个伏法被诛，又经过了一段时间，他才在一天清晨，独自骑马进山，来到洞口附近，仔细观察了周围的情况，在证实确实没有人迹，心中有了把握后，他才鼓足勇气，走近山洞，把马拴在树上，来到洞前，说了暗语："芝麻，开门吧！"

同过去一样，洞门随着暗语声而开。阿里巴巴进入山洞，见所有的金银财宝依然存在，原封不动地堆积在那里。由此，他深信所有的强盗都完蛋了。也就是说，现在除了他自己外，没有一个人知道这宝窟的秘密了。于是他又装了一鞍袋金币，运往家中。

后来阿里巴巴把山中宝库的秘密告诉了他的儿子和孙子们，并教他们开关和进出山洞的方法，让他们代代相承，继续享受宝库中的无尽财富。就这样，阿里巴巴及其子孙后代一直过着极其富裕的生活，成为这座城市中最富有的人家。

选自《一千零一夜》，仲跻昆、刘光敏译，长江文艺出版社，2011

鲁 拜 集（节选）

［波斯］海亚姆

7

快斟满此杯，把你后悔的冬衣
扔进春之火中烧毁：
时光之鸟飞的路多么短哪，
而且你看！它正在振翅疾飞。

12

只要在树荫下有一卷诗章，
一壶葡萄酒和面包一方，
还有你，在荒野里伴我歌吟，
荒野呀就是完美的天堂！

14

看周围玫瑰开得何等烂漫，
她说："我欢笑着开向世间，
同时撕开我钱包的丝穗，
倾我囊中所有撒遍花园。"

19

玫瑰开得最鲜红的地方
想必是埋着流血的君王；
装点花园的每枝玉簪
想必都落自美人头上。

20

我俩枕着绿草覆盖的河唇，
苏生的春草啊柔美如茵，——
轻轻地枕吧，有谁知道
它在哪位美人唇边萌生！

24

啊，尽情利用所余的时日

趁我们尚未沉沦成泥，——

土归于土，长眠土下，

无酒浆，无歌声，且永无尽期！

29

我像流水不由自主地来到宇宙，

不知何来，也不知何由；

像荒漠之风不由自主地飘去，

不知何往，也不能停留。

31

我从地心直升到第七重天，

走进天门，坐上土星宝殿，

沿途上我解开了多少难题，

解不开人生命运的亘古疑案。

32

这扇门上挂着无钥之锁，

这幅帷幕我无法看破；

谈我谈你只不过一刹那事，

随后就再不会谈及你我。

35

我把唇俯向这可怜的陶樽，

想把我生命的奥秘探询；

樽口对我低语道："生时饮吧！

一旦死去你将永无回程。"

36

我想这隐约答话的陶樽
一定曾经活过，曾经畅饮；
而我吻着的无生命的樽唇
曾接受和给予过多少热吻！

37

因为我记起曾在路上遇见
陶匠在捶捣黏土一团；
黏土在用湮没了的语言抱怨：
"轻点吧，兄弟，求你轻点！"

38

岂不闻自古有故事流传，
世世代代一直传到今天，
说是造物主当年造人，
用的就是这样的湿泥一团？

47

当你和我通过了帷幕之后，
这世界还将存在很久很久，
它不会留意我们的来去，
就像大海中投一块小小石头。

48

片刻的停歇，从荒漠的泉水，
品尝片刻存在的滋味，
快饮吧！你看幻影的商队
才从无出发，已向无复归。

选自《外国诗歌鉴赏辞典》（古代卷），吴笛主编，飞白译，上海辞书出版社，2009

蕾莉与马杰农（节选）

［波斯］内扎米

马杰农去看蕾莉

天破晓了，晴空像披上薄纱衣裳，
苍穹戴上耳环，东方升起朝阳。
刚才天际还闪烁着群星水晶般的光亮，
转眼间便升起朱砂般鲜红的朝阳。
马杰农受伤的心似水银悸动，
他的两三好友对他深深同情，
他一步一步来到心上人的部落，
祷告声伴着吟唱的情歌。
他内心焦急，急不可待，
凄凄惶惶投奔情人家来。
他惆怅地徘徊在心上人的门楣，
无法撕裂自己的被撕裂的心扉。
他悲啼着跌跌撞撞向前行走，
用拳锤击自己的脸颊和头。
他压抑不住自己内心的激动，
昏沉沉地走过了心上人的帐篷，
心上人按照阿拉伯人的规矩，
此刻正坐在帐篷的门里。
她望见他，心中无限痛苦；
他望见她，不禁失声痛哭。
蕾莉困坐内帷像一颗明星，
马杰农护卫着她像无垠的夜空。
蕾莉抬手把衣服的一角撩开，
马杰农连忙把头伸了过来。
蕾莉似怀抱竖琴低声呻吟，
马杰农似轻掠头发像弹奏着冬不拉琴。
蕾莉？不，她像一片晨光把寰宇映照，

马杰农？不，他是一支蜡烛把自己燃烧。

不是蕾莉，是园林中的园林，

不是马杰农，痛苦得似伤痕上的伤痕。

蕾莉像一轮明月，清辉泻地，

马杰农似一颗嫩草，在月光下摇曳。

蕾莉好似枝头的一朵鲜花，

马杰农悲伤得珠泪遍洒。

她哪是蕾莉，她就是一位天仙，

他哪是马杰农，他就是一团火焰。

蕾莉是未经秋霜摧残的茉莉，

马杰农是遭秋风扫荡的草地。

蕾莉秀丽得胜过晴朗的黎明，

马杰农是黎明前熄灭的孤灯。

··········

秋季到来和蕾莉之死

每逢树叶飘落的时光，

大地就显得萧索凄凉。

犹如从每根枝条之上，

鲜血从细孔中向外流淌。

池塘中的水渐渐变凉，

花园的景象变得凄怆枯黄。

斑驳的枝条萎缩干枯，

树叶儿显得褐黄如土。

水仙急急忙忙脱去衣裳，

从宝座跌落的是那白杨。

茉莉的姿容也已疲惫衰老，

玫瑰花的四周愁云笼罩。

风在草尖上卷起黄土的立柱，

莫不是佐哈克肩头之蛇盘旋起舞？

既然远方吹来阵阵秋风，

叶落片片也属世理常情。

谁要是不被洪水淹没，躲过了漩涡，

他准逃不开狂风的折磨。

园中百草显得忧郁惆怅，
丛丛鲜花陷入阵阵迷惘。
园丁把果树精心侍弄照料，
他修剪葡萄梢上的枝条。
从高墙上爬下光秃秃的藤蔓，
搭到一棵树的枝叶上端。
苹果多像是一个倒挂的下颌，
"你怎么了？"它向石榴一声高喊。
石榴痛苦得五脏迸裂，
受伤的心中淌出滴滴鲜血。
看到阿月浑子把口张开，
远处的红枣感到奇怪。
时光到了这样萧瑟的秋天，
头一个遭难的就是花园。
蕾莉从她美好的青春宝座，
一头跌入万劫不复的深渊。
毒眼毁灭了她的花样的青春，
扑灭她生命之灯的是寒风一阵。
她原来头上蒙的是金丝织锦，
可现在要换上别样的头巾。
她的穿绸着缎的苗条的身躯，
如今瘦弱得如同丝线一缕。
皎月似的姑娘变得月牙般纤弱，
亭亭玉立的少女游魂似的哆嗦。
终于了结了，她心中的情意，
逼到心头了，她头脑中的痴迷。
赤日炎炎把露珠儿蒸干，
狂风肆虐，把郁金香花瓣摧残。
阵阵高烧损耗了她的身体，
片片燎泡在她的嘴边生起。
翠柏般的身体已离不开枕席，
鹧鸪般的面庞伏在卧榻一隅。

栽倒在卧榻，已经无力再站起身，

她的脸上还蒙着一条丝绸头巾。

       选自《外国诗歌鉴赏辞典》（古代卷），吴笛主编，张鸿年译，上海辞书出版社，2009

云　使（节选）

[印度]迦梨陀娑

前　云

有个药叉怠忽职守,受到主人的诅咒,
要忍受远离爱妻的痛苦,被贬谪一年;
他到阴影浓密的罗摩山①树林中居住,
那儿的水曾经悉达沐浴而福德双全。

这位多情人在山中住了几个月,
离别了娇妻,褪落了臂上的金钏;
七月初,他看到一片云②飘上峰顶,
像一头巨象俯身用牙戏触土山。

在这令人生情爱的雨云面前,
他忍住眼泪,勉强站立,意动神驰;
看到云时连幸福的人也会感情激动,
更何况恋缱绻而遭远别的多情种子?

雨季将临,他为了维护爱人的生命,
便想托云带去自己的平安消息;
他满心欢喜,献上野茉莉的鲜花为礼,
向云说一些甜蜜言语,表示欢迎之意。
…………

云啊! 现在请听我告诉你应走的路程,
然后再请听我所托带的悦耳的音讯。
旅途疲倦时你就在山峰顶上歇歇脚,
消瘦时便把江河中的清水来饮一饮。

---

　　① 罗摩是印度大史诗《罗摩衍那》中的主角。悉达是他的妻子。他在被贬谪时曾在中南印度森林中住过。罗摩山大约指现在印度中央省的一座山。古注和后人考证不一致。参看第12节诗。
　　② 印度雨季在七八月开始,这是一片有雨的乌云。印度人对雨季的感情好像我们对春季一样,因为雨季的热带是酷热结束,花草滋长的时节。

小神仙的天真的妻子仰面望你,无限惊奇,
以为是有一阵大风把山峰吹得飞起;
你从这有湿润芦苇的地方升天向北去,
路上要避开那守八方的神象巨鼻攻击。

前面蚁垤①峰头出现了一道彩虹,
仿佛是种种珠光宝气交相辉映;
你的黑色身躯将由它得到无穷美丽,
像牧童装的毗湿奴②戴上闪光的孔雀翎。

不懂挤眉弄眼而眼光充满爱意的农妇
凝神望你,因为庄稼要靠你收成;
请升上玛罗高原刚耕过的芬芳田野,
稍转向西,再以轻快的步伐向北前进。③

你曾以骤雨扑灭过芒果山的森林大火,
它会用峰顶稳稳将你托住,如果你行路疲劳;
低微的人想到从前恩惠时尚且不会拒绝
来求的朋友以容身之地,何况它如此崇高。

你登上峰顶,黝黑得如同润泽的发髻,
遍覆山四周的熟芒果也闪闪发光,
那时山峰定会使神仙伴侣欣赏艳羡,
它中间黑而四面全白,好像大地的乳房。

在那有藤萝亭盖给林中妇女享用的山头,
你稍停片刻,倾出水后,再向前移动;
云啊!你精力充盈,风就不能轻易将你戏弄,
因为一切都是空虚就变轻,丰满就变重。

---

① "蚁垤"是蚂蚁掘土堆成的小山。照彼得堡梵文字典注,"蚁垤峰"是"罗摩山"的一峰名。
② 毗湿奴是印度教的大神。他的化身黑天(克利什那)曾是牧童,青黑色,有孔雀翎毛为饰。因此用他来比虹彩照耀下的乌云。罗摩也被认为是毗湿奴的化身。
③ 因为在田地上下了雨,所以云变得轻了。

看到迦昙波花的半露的黄绿花蕊，
和处处沼泽边野芭蕉的初放的苞蕾，
嗅到了枯焦的森林中大地吐出的香味，
麋鹿就会给你指引道路去轻轻洒水。

············

后   云

············

那儿有像你一样的云被风吹上七层楼，
它们怀着新鲜水滴，立刻玷污了画图；
仿佛受到了惊恐，便巧妙地模仿青烟，
化为零散的丝丝缕缕从窗棂中逃出。

那儿的女人深夜从情郎的怀抱中起来时，
因你的遮拦移去而分外皎洁的明月光辉
就使悬在丝络上的月光宝石点点泻下
晶莹水滴，消去了她们的燕婉后的倦怠。

那儿的多情药叉有无穷无尽的财富，
借着赞颂俱毗罗的歌喉宛转的紧那罗①，
每天与仙妓班头在一起倾心谈笑，
在名为吠婆罗遮的外花园中朝欢暮乐。

那儿，因走动而从发上落下的曼陀罗花，
波多罗的嫩枝片片，从耳边落下的金色莲，
一些珠串，还有碰撞乳房而断了线的花环，
都在日出时显示女人夜间赴幽会的路线。

那儿爱神知道有俱毗罗的友人亲身居住，
常常恐惧得不敢举起以蜜蜂为弦的神弓；②

---

① 紧那罗是半人半兽的小神仙。

② "俱毗罗的友人"指湿婆。爱神的弓弦是一排蜜蜂，箭是花朵。爱神曾用箭射湿婆，为湿婆的眼中神火烧成灰烬。迦黎陀娑在长篇叙事诗《鸠摩罗出世》中描写了爱神与湿婆的这段故事，还写了爱神的妻子哭夫。最后湿婆饶恕了爱神。但爱神从此失去了身体，因此又名"无形"。

只有那些善于弄眉毛送秋波的聪慧女人
对所爱的人以从不落空的调情，使爱神成功。

那儿彩色衣衫和能教人眉目传情的美酒，
带着嫩枝的盛开的花朵，形形色色的首饰，
适合于涂抹莲花一般的脚心的胭脂。
女人的一切妆饰都产生于如愿树枝。

在那儿，俱毗罗仙宫的北面就是我家，
像虹彩一般美丽的大门远远就可认出；
近旁有我妻种的看做养子的小小曼陀罗树，
树上有累累下垂伸手可得的鲜花簇簇。
…………

　　　　选自《外国诗歌鉴赏辞典》（古代卷），吴笛主编，金克木译，上海辞书出版
社，2009

沙恭达罗（节选）

[印度] 迦梨陀娑

第四幕

（两个女朋友上，作摘花状）

阿奴苏耶 毕哩阉婆陀！虽然我们亲爱的朋友沙恭达罗已经用乾闼婆方式得到一个配得上她的男人，她心满意足了，但是我的心总放不下。

毕哩阉婆陀 为什么呢？

阿奴苏耶 那位王仙已经满足了自己的愿意，今天仙人们送走了他，他已经回自己的京城去了。他一走到那成百的后宫佳丽丛中，是否还能想起我们这个人呢？

毕哩阉婆陀 你先放心吧！这样超群出众的品质不会作出违反道德的事情的。目前要想一想：我们的师傅从圣地游礼回来，听到这件事，我不知道，将会发生什么事情。

阿奴苏耶 你问我的这件事，师博一定会同意。

毕哩阉婆陀 为什么呢？

阿奴苏耶 为什么不呢？女孩子一定要嫁给一个配得上的丈夫，他心里首先这样想。命运既然这样安排了，我们师傅一定会满意的。

毕哩阉婆陀 就这样吧！*（看着花瓶）*朋友！祭祀用的花已经摘够了。

阿奴苏耶 沙恭达罗不向那些保护神致敬吗？我们再多采一些吧！

毕哩阉婆陀 对的。*（两个人就摘起花来）*

幕后 就是我，哼！

阿奴苏耶 *（倾听）*朋友！似乎是一个客人在介绍他自己。

毕哩阉婆陀 沙恭达罗不是在茅屋里吗？*（沉思）*噢！她今天大概又是心不在焉。我们的花已经采够了。*（要走）*

又是幕后 啊！你怎么竟敢看不起我这个客人呀！
你心里只有你那个人，别的什么都不想念，
我这样一个有道的高人来到，你竟然看不见。
你那个人决不会再想起你来，即使有人提醒他，正如一个喝醉了的人想不起自己作过的诺言。①

(二人听到,发起愁来)

毕哩阇婆陀 哎呀,糟糕,糟糕!终究出了事了。我们的亲爱的朋友失魂落魄地得罪了一个应该尊敬的人。

阿奴苏耶 (向前看)朋友!她得罪的不是一个普通的什么人,这是最容易生气的大仙人达罗婆娑。他气得连迈步都有点蹒跚,回头走了。

毕哩阇婆陀 除了火以外什么东西还有这样大的燃烧的力量呢?快走过去,跪在他脚下,恳求他回转来!同时我给他准备下献礼和水。

阿奴苏耶 好吧。(下)

毕哩阇婆陀 (在走着的时候,作蹒跚状)哎呀!把花瓶都从手里丢掉了。(作采花状)

阿奴苏耶 (上)朋友!那个人似乎就是愤怒的化身,什么人能够劝服他呢?但他终究发了点慈心。

毕哩阇婆陀 这一点对他说起来已经很多了。请你把经过谈一谈吧!

阿奴苏耶 因为他不想回转来,我就跪在他脚下对他说;尊者!请你考虑到她过去的虔诚,今天她对你那超人的力量没有意识到,因而对你失敬,请你饶恕你这个女儿吧!

毕哩阇婆陀 以后呢?

阿奴苏耶 以后吗,他说:"我的话既然说出去,就不能不算数。但是只要她的情人看到他给她的作为纪念的饰品,我对她的诅咒就会失掉力量。"说完扭头走了。

毕哩阇婆陀 现在可以放心了。王仙临走的时候,曾把一只刻着自己名字的戒指套在沙恭达罗的手指头上,说是作为纪念。希望就寄托在这只戒指上面了。

阿奴苏耶 来!让我们俩去为她祭神吧!(二人在台上绕行)

毕哩阇婆陀 (瞭望)阿奴苏耶呀!你看哪,我们亲爱的朋友坐在那里左手托着脸,像一幅画一样,她想到的只是他,连自己都不管了,她怎么能注意到那个高贵的客人呢?

阿奴苏耶 毕哩阇婆陀呀!刚才发生的那件事情只放在我们两个人心里好了。我们的亲爱的朋友天性柔弱,不要告诉她了。

毕哩阇婆陀 谁会向幼嫩的茉莉花上浇热水呢?

---

① 根据印度古代的迷信,谁要是得罪了有道行的仙人,仙人就诅咒他,而诅咒的话一定会实现。沙恭达罗正害着相思病,大仙人达罗婆娑婆来到,她对他有些轻慢,大仙人就说出了诅咒的话。

（二人下）

插曲终

（干婆的徒弟上,刚睡醒起来）

徒弟　我的师父干婆巡礼圣地婆罗婆娑回来了,他命令我留心白天的降临,我走出来看一看,黑夜还有多久就可以过去了。

好哇,天亮了！因为

在那一边,月亮正落到西山的顶上,

在另一边,太阳以朝霞作前驱正在露面。

日月二光在同一个时候一升一降,

似乎就象征着人世间的升沉变幻。

而且——

月落之后,白色的夜莲不再悦目。

只在回想里残留着它的光艳。

爱人远在天涯,阁中的愁思,

一个柔弱的女子万难承担。

而且——

早晨的霞光照红了迦哩干图树枝上的露珠。

赶走了睡眠的孔雀离开达梨薄草盖成的茅屋。

小鹿蓦地从印满了它的足迹的祭坛那里跑开。

向高处跳了几跳,又伸直了自己的身躯。

而且——

月亮把它的光辉洒上众山之王的须弥山。

驱除了黑夜一直升到毗湿奴①的中殿。

它带着黯淡的光辉从天空里落下来,

大人物无论爬多高,最后还是落下尘寰。

阿奴苏耶　（匆匆忙忙入,独白)像我这样一个与世隔绝的人也遇到这种事,国王对沙恭达罗的举动太不体面了。

徒弟　我要告诉师傅,焚烧祭品的时间到了。（下）

阿奴苏耶　夜已经过去,天快亮了。我醒得很快。虽然醒了,但是究竟做什么呢？我的两只手不大想做早晨要做的事情。现在让爱情满足它的欲望吧,它把我那位心地纯洁的爱友跟一个背情弃义的男人拖在一起。也可能不是那个王仙的错处。一定是达罗婆婆的诅咒发生了效力。不然的话,那位国王海誓山盟,

---

①　毗湿奴,神名。

到现在已经隔了这样长的时间,为什么连一句话也不派人来说呢?(沉思)"我们要把那只作为信物的戒指送给他吗?"净修的人都是冷酷不了解痛苦的,要请谁去吗?我们虽然确信我们的朋友应该负这个责任,但是却不能告诉师傅干婆,沙恭达罗已经跟豆扇陀结了婚而且怀了孕。那么我现在究竟要怎么办呢?

毕哩阇婆陀 (入)阿奴苏耶呀!快点来快点来给沙恭达罗饯行吧!

阿奴苏耶 (吃惊)朋友呀!怎么回事?

毕哩阇婆陀 你听着!我刚才到沙恭达罗那里去,我只想问一问,她睡得好不好——

阿奴苏耶 以后怎么样?

毕哩阇婆陀 以后吗,她正羞得低下了头,我们的父亲干婆拥抱着她,向她祝福:"孩子,我祝福你!祭祀婆罗门的眼睛虽然给烟熏得模糊了,他的祭品却正掉在火里。正如知识已经给一个好学生所掌握,我也不再为你担忧。我今天就要找一些仙人陪着你,把你送到你丈夫那里去。"

阿奴苏耶 朋友!是谁把这件事情告诉父亲干婆的?

毕哩阇婆陀 当他走近燃烧着圣火的地方时,一个无影无形的声音朗诵了一首诗——

阿奴苏耶 (吃惊)怎么样?

毕哩阇婆陀 你听着!(念梵文)

婆罗门呀!你要知道,为了人世间的快乐幸福,

豆扇陀给你女儿种上了光明种子,正如怀火的舍弥树。[①]

阿奴苏耶 (拥抱毕哩阇婆陀)我高兴,我真高兴。但是一想到沙恭达罗今天就被送走,我的高兴又跟忧愁有些相似了。

毕哩阇婆陀 我们总要想法驱掉忧愁。现在要使我们可怜的姊妹高兴!

阿奴苏耶 所以我曾专为这件事把能够经久的计舍罗香末储藏在一个椰子壳里,现在就挂在芒果树枝上。你把这些香末放在荷叶上,同时我去准备一些牛胆黄、圣土和杜罗跋草的幼苗来为她制造吉祥膏。(毕哩阇婆陀照作,阿奴苏耶下)

幕后 乔答弥呀!请告诉舍楞伽罗婆和舍罗堕陀,还有别人,他们要准备好去送我的孩子沙恭达罗!

毕哩阇婆陀 (倾听)阿奴苏耶!快一点,快一点! 到河悉帝那补罗去的仙人们被召唤了。

---

① 这故事出于印度神话。内容是:女神婆罗婆抵有一天欲心大盛,倚在舍弥干树上休息。树身因而产生了高热,后来就爆发成为火焰。

阿奴苏耶 (手里拿着香膏入)朋友! 来,让我们俩走吧!(绕行)

毕哩阁婆陀 (瞭望)沙恭达罗就站在那里,她在太阳上升时刚沐浴过,一群净修的女人正拿着祭献过的野稻向她祝福。我们俩到那里去吧!(向前走)

沙恭达罗偕乔答弥入,正如上面说过的,许多人围绕着她。

沙恭达罗 我向圣女们致敬。

乔答弥 孩子! 你要知道,"皇后"这个头衔,是你丈夫给你的荣誉。

净修女 孩子! 愿你生一个英雄的儿子!(除乔答弥外,全下)

二女友 (走上去)朋友! 你洗得舒服吗?

沙恭达罗 欢迎我亲爱的朋友。到这边来坐下吧!

二女友 (坐下)朋友! 你先坐直一点,我们俩把吉祥膏给你涂上。

沙恭达罗 这虽然是习见的事,我今天却非常重视它,因为今后难得再有让我的亲爱的朋友服侍的机会了。(洒泪)

二女友 朋友! 在喜庆的时候哭是不应该的。(擦眼泪,作装饰状)

毕哩阁婆陀 啊哈! 你天生丽质应该好好地装扮一下,在净修林里容易得到的那些装饰品伤损了她。

一个小徒弟 (手里拿着装饰品,入)这里是全部的装饰品,请小姐上妆吧!

大家都吃惊地看着。

乔答弥 孩子诃哩陀! 这些东西是哪里来的?

诃哩陀 父亲干婆搞出来的。

乔答弥 是他用心力咒出来的吗?

诃哩陀 不是。你听着! 可尊敬的干婆命令我们说:"从树上把花采给沙恭达罗!"于是——

一棵树上飘出一件洁白如月光的幸福象征的麻衣。

另一棵树吐出了可以用来染脚的黑颜色的漆。

从别的树上林中的女神伸出手来托着珠宝,

一直伸到露出手腕,跟幼嫩的枝条比赛着美丽。

毕哩阁婆陀 (看着沙恭达罗)蜜蜂虽然住在树洞里,却希望吃到荷花的蜜。

乔答弥 这个恩惠就表示你会在你丈夫的宫中享受皇家的幸福。(沙恭达罗作羞答答状)

诃哩陀 尊者干婆到摩哩尼河边上去沐浴去了,我要把树神的这一番盛意告诉他。(下)

阿奴苏耶 朋友呀! 我这个人从来没见过这样的装饰品,怎样来打扮你呢?(沉思而且端详)让我们俩利用关于绘画的知识来把这些装饰品安排到你身上去吧!

沙恭达罗 我知道你们的本领。(二女友作打扮状)

(干婆上,刚沐浴回来)

干婆 沙恭达罗今天就要走了,一想到这个我就忧心忡忡。我含泪咽声,说不出话来,愁思迷糊了我的眼睛。我虽然是出家人,但舍不得她,心情竟这样不安。在家人跟自己的女儿分离时竟不知是如何地苦痛?(来回徘徊)

二女友 朋友沙恭达罗呀!你现在打扮好了。请披上那两件漂亮的麻衣吧!(沙恭达罗站起来,作披状)

乔答弥 孩子呀!你师傅站在这里,眼睛里充满了欢乐的泪,仿佛想拥抱你哩。快来向他致敬吧!(沙恭达罗羞答答地鞠躬)

干婆 孩子呀!

愿你的丈夫敬重你,像耶夜底敬重舍罗弥释塔。

愿你像她生补卢一样生一个儿子作大王,统治天下。①

乔答弥 孩子!这愿望一定会实现的,并不只是一个祝福。

干婆 孩子呀!立刻到这边来围着祭祀的火绕行!(大家都绕着走起来)

干婆 孩子呀!

祭坛周围的土已经堆起,

草铺在四周,木头放在火里,

祭品的香味洗涤了罪恶,

愿这些祭火保佑你!

(沙恭达罗右转绕火而行)

干婆 孩子呀!你现在就启程吧!(瞭望)舍楞伽罗婆,舍罗堕陀和其他的人在什么地方?

二徒弟 (入)尊者!我们俩在这里。

干婆 孩子舍楞伽罗婆呀!给你妹妹带路。

徒弟 这里,这里,小姐!(大家绕行)

干婆 喂,喂!净修林里住着树林女神的树啊!

在没有给你们浇水以前,她自己决不先喝!

虽然喜爱打扮,她因为怜惜你们决不折取花朵。

你们初次著花的时候,就是她的快乐的节日。

沙恭达罗要到丈夫家去了,愿你们好好跟她告别!

舍楞伽罗婆 (似乎听到杜鹃的叫声)尊者!

树木也是沙恭达罗的亲属,它们现在送别她,

————————————

① 舍罗弥释塔是魔王的女儿,耶夜底的妻子。耶夜底是豆扇陀的祖先。

杜鹃的甜蜜的叫声就给它们用作自己的回答。

幕后　愿她走过的路上点缀些清绿的荷塘！

愿大树的浓荫掩遮着火热的炎阳！

愿路上的尘土为荷花的花粉所调剂！

愿微风轻轻地吹着，愿她一路吉祥！

（大家都吃惊地听）

乔答弥　孩子呀！净修林里的女神们爱自己的亲属，她们祝你一路平安。那么向女神们磕头致敬吧！

沙恭达罗　（磕头，绕行，向毕哩阇婆陀）毕哩阇婆陀！虽然我很希望看到我的夫君，但是要离开这个净修林，我的双脚想往前走，抬起来，却很难放下。

毕哩阇婆陀　你同净修林分别，伤心的并不只是你一个人。

也注意一下在你离别时净修林的情况吧！

小鹿吐出了满嘴的达梨薄草，孔雀不再舞蹈，

蔓藤甩掉褪了色的叶子，仿佛把自己的肢体甩掉。

沙恭达罗　（回忆）父亲！我想去向我的妹妹春藤告别。

干婆　孩子！我知道你是爱它的。它就在右边。看呀！

沙恭达罗　（走上去，拥抱春藤）蔓藤妹妹呀！用你的枝子，也就是用你的胳臂，拥抱我吧！从今天起我就要远远地离开你了。父亲！你就把这藤蔓当我一般看待吧！

干婆　孩子！

正遂了我早先为你打算的心愿，

你用自己的功德找到了一个郎君匹配凤鸾。

为了你，我现在用不着再去担心，

我想把附近的那棵芒果跟藤蔓结成姻缘。

现在你就上路吧！

沙恭达罗　（走向二女友）朋友呀！蔓藤就交托在你们俩手里了。

二女友　我们这两个人交托给谁呢？（洒泪）

干婆　阿奴苏耶！毕哩阇婆陀！不要再哭了！小姐们要安定沙恭达罗的心情。（大家绕行）

沙恭达罗　父亲呀！什么时候那一只在茅棚周围徘徊的由于怀了孕而走路迟缓的母鹿生了小鹿，请你一定向我报喜。不要忘了啊！

干婆　孩子！我不会忘记的。

沙恭达罗　（作欲行又住状）啊哈！这是什么东西总是跟在我脚后面牵住我的衣边？（转身向周围看）

干婆 每当小鹿的嘴给拘舍草的尖刺扎破,
你就用拘地的治伤的香油来给它涂。
有成把的稷子来喂它,使它成长,
它离不开你的足踪,你的义子,那只小鹿。

沙恭达罗 孩子呀!你为什么还依恋我这个离开我们同居地方的人呢?你初生不久,你母亲死后,我把你抚养大了,现在我们分别后,我的父亲会关心你的。你就回去吧,孩子,你回去吧。(哭)

干婆 孩子呀!不要哭了!要坚定一点!看你眼前的路吧!
你的睫毛往上翻,眼前看不仔细。
要坚定起来,不要让眼泪流个不息。
这条路凹凸不平,不容易看清。
你的脚踏上去一定会忽高忽低。

舍楞伽罗婆 尊者!"送亲人送到水滨",这是经上的规定。这里就是湖边了。请你给我们指示后就回去吧!

干婆 让我们到那棵无花果树荫里去休息一会吧!(大家都作走去状)

干婆 我们应当告诉豆扇陀些什么事情呢?(沉思)

阿奴苏耶 朋友呀!在我们净修林里,没有一个有情的动物今天不为了你的别离而伤心。你看呀!
那野鸭不理藏在荷花丛里叫唤的母鸭,
它只注视着你,藕从它嘴里掉在地上。

干婆 孩子舍楞伽罗婆!你把沙恭达罗带给国王的时候,把我的话告诉他——
要仔细考虑到:我们是克己的隐士,你又出自名家。
她爱你完全是自然流露,绝不是有什么亲眷来作伐。
在你的后宫粉黛群中,再给她一个应得的地位,
此外她的亲眷不再要求什么,一切都由命运安排吧。

徒弟 尊者!我要牢牢地记住这指示。

干婆 (注视着沙恭达罗)孩子呀!我现在还要嘱咐你几句话。我们虽然是林中的隐士,但是我们也是洞达世情的。

徒弟 尊者!圣智的人们没有什么见不到的事情。

干婆 孩子呀!你到了你丈夫家里以后——
要服从长辈,对其他的女人要和蔼可亲!
即使你丈夫虐待你,也不要发怒怀恨在心!
对底下人永远要和气,享受也要有节制,

这才算得是一个主妇，不然就是家庭祸根。

乔答弥以为怎样？

乔答弥 这是给新婚女子的指示。（对沙恭达罗）孩子呀，不要忘掉了啊！

干婆 过来，孩子！拥抱我和你的朋友吧！

沙恭达罗 父亲呀！我的亲爱的朋友也要回去吗？

干婆 孩子呀！她们也要结婚的。她们不应该到那里去。乔答弥会陪你一块儿去的。

沙恭达罗 （抱住父亲的腰）现在离开父亲的身边，正像一棵栴檀树的细条从喜马拉雅山拔掉，我怎能够在陌生的土地上生存下去呢？（哭）

干婆 孩子呀！为什么这样害怕呢？

你现在是一个出自名族的丈夫的当家的妻子，

他位高权重，随时都有重要的事情来烦搅你。

你不久就要生一个圣洁的儿子，像太阳升自东方，

孩子呀！由于离开我而产生的烦恼你将不会在意。

沙恭达罗 （跪在他双脚下）父亲呀，我向你致敬。

干婆 孩子呀！愿我对你的希望都能够实现。

沙恭达罗 （走向二女友）两位朋友呀！你俩一块儿来拥抱我吧！

二女友 （照办）朋友呀！假如那位王仙迟迟疑疑一时想不起你来的话，那么你就把镌刻着他自己的名字的戒指拿给他看。

沙恭达罗 听到你们这样的怀疑，我的心就一跳。

二女友 朋友呀！不要害怕！爱情总是疑神疑鬼的。

舍楞伽罗婆 （瞭望）尊者！太阳已经升到山顶上，小姐应该赶快走了。

沙恭达罗 （再一次抱住父亲的腰）父亲呀！我什么时候再能看到净修林啊？

干婆 孩子呀！

长时间身为大地的皇后，

给豆扇陀生一个儿子，勇武无敌。

把国家的沉重的担子交付给他，

再跟你的丈夫回到这清静的净修林里。

乔答弥 孩子呀！你们启程的时间已经过了。劝你父亲回去吧！不然的话，你会很久不让他回去的。您请回吧。

干婆 孩子呀！我在净修林里的工作给打断了。

沙恭达罗 父亲可以无忧无虑地去做净修林里的事情。我却注定要忧虑满怀。

干婆 啊咦！你怎么这样使我心慌意乱呢？(叹息)

看到你以前采集的生在门前的祭米,

孩子呀,我的忧愁如何能够减低？

走吧！愿你一路平安！

(乔答弥,舍楞伽罗婆,舍罗堕陀,随沙恭达罗下)

二女友 (含情脉脉地瞭望了许久)哎,哎！沙恭达罗给树木遮住了。

干婆 阿奴苏耶！毕哩阁婆陀！你们的朋友走了。抑制住悲痛,随我来吧!

(一齐走)

二女 父亲呀！没有沙恭达罗,我们走进净修林感到非常空虚。

干婆 因为你们爱她,所以才这样想。(若有所思地走来走去)好哇！送走了沙恭达罗,我现在又可以舒服一下了。因为什么呢？

因为女孩子究竟是别人的。

我现在把她送给她的夫婿。

我的心情立刻就轻松愉快,

像归还了一件寄存的东西。

(全体下)

选自《世界经典戏剧全集·印度日本卷》,黄宝生、丛春林编,季羡林译,浙江文艺出版社,1999

源氏物语（节选）

[日本]紫式部

第二回

　　不久大家睡静了。源氏公子试把纸隔扇上的钩子打开，觉得那面没有上钩。他悄悄地把纸隔扇拉开，但见入口处立着帷屏，灯光暗淡，室中零乱地放着些柜子之类的器具。他就从这些器具之间走进室内，走到这女子所在的地方，但见她独自睡着，身材很小巧。他觉得有些不好意思，终于伸手把她盖着的衣服拉开。这空蝉只当是她刚才叫的那个侍女中将回来了，却听见源氏公子说："刚才你叫中将，我正是近卫中将①，想来你了解我私下爱慕你的一片心吧……"空蝉吓了一跳，不知如何是好，疑心自己着了梦魇，惊慌地"呀"地叫了一声。她用衣袖遮着自己的脸，说不出话来。源氏公子对她说道："太唐突了，你道我是浮薄浪子一时冲动，确也难怪。其实我私心倾慕，已历多年；常想和你倾吐衷曲，苦无机会。今宵幸得邂逅，因缘非浅。万望曲谅愚诚，幸赐青睐！"说得婉转温顺，魔鬼听了也会软化，何况他是个容姿秀丽、光彩焕发的美男子。那空蝉神魂恍惚。想喊"这里来了陌生人"，也喊不出口。只觉得心慌意乱，想起了这非礼之事，更是惊恐万状；喘着气低声说道："你认错了人吧？"她那恹恹欲绝的神色，教人又是可怜，又是可爱。源氏公子答道："并不认错人，情之所钟，自然认识。请勿佯装不知。我绝不是轻薄少年，只是想向你谈谈我的心事。"这人身材小巧，公子便抱了她，走向纸隔扇去。恰巧这时候，刚才她叫的那个侍女中将进来了。源氏公子叫道"喂，喂！"这中将弄得莫名其妙，暗中摸索过来，但觉一阵阵的香气，直扑到她脸上，便心知是源氏公子了。中将大吃一惊，不知道这是怎么一回事，说不出话来。她想："若是别人，我便叫喊起来，把人夺回。然而势必弄得尽人皆知，也不是道理。何况这是源氏公子。怎么办呢？"她心中犹豫不决，只管跟着走来。源氏公子却若无其事，一直走进自己房间里去了。拉上纸隔扇时，他对中将说："天亮的时候你来迎接她吧！"

　　空蝉听到这话，心中想道：不知中将作何感想？只此一念，已使她觉得比死更苦，淌了一身冷汗，心中懊恼万状。源氏公子看她很可怜，照例用他那一套不知哪里学得的情话来百般安慰，力求感动她的心。空蝉却越发痛苦了，她说："我觉得这不是事实，竟是做梦。你当我是个卑贱的人，所以这样作践我，教我怎不

---

　　① 此时源氏的官位是近卫中将，正好和那侍女的称呼相同。

恨你?我是有夫之妇,身份已定,无可奈何的了。"她痛恨源氏公子的无理强求,说得他自觉惭愧。公子回答道:"我年幼无知,不懂得什么叫做身份。你把我看做世间一般的轻薄少年,我很伤心。我从来不曾有过无理强求的暧昧行为,你一定也知道的。今天与你邂逅,大概是前世的宿缘了。你如此疏远我,我也怪你不得。今天的事,我自己也觉得不可思议。"他一本正经地说了许多话。然而空蝉对于这位盖世无双的美男子,愈加不愿亲近了。她想:"我不从他,也许他会把我看做不解风情的粗蠢女子。我就装作一个不值得恋爱的愚妇吧。"于是一直采取冷淡的态度。原来空蝉这个人的性情,温柔中含有刚强,好似一枝细竹,看似欲折,却终于不断。此刻她心情愤激,痛恨源氏公子的非礼行为,只管吞声饮泣,样子煞是可怜。源氏公子虽然觉得对这女子不起,但是空空放过机会,又很可惜。他看见空蝉始终没有回心转意,便恨恨地说:"你为什么把我看做如此讨厌的人呢?请你想想:无意之中相逢,必有前生宿缘。你佯装作不解风情之人,真教我痛苦难堪。"空蝉答道:"我这不幸之身,倘在未嫁时和你相逢,结得露水姻缘,也许还可凭仗分外的自豪之心,希望或有永久承宠之机会,借此聊以自慰。如今我乃有夫之妇,和你结了这无凭春梦似的刹那因缘,真教我寸心迷乱,不知所云。现在事已如此,但望切勿将此事泄露于人!"她那忧心忡忡的神色,使人觉得这真是合理之言。源氏公子郑重地向她保证,讲了许多安慰的话。

晨鸡报晓了。随从们都起身,互相告道:"昨夜睡得真好。赶快把车子装起来吧。"纪伊守也出来了,他说:"又不是女眷出门避凶。公子回宫,用不着这么急急地在天色未明时动身!"源氏公子想:"此种机会,不易再得。今后特地相访,怎么可行?传书通信,也是困难之事!"想到这里,不胜痛心。侍女中将也从内室出来了,看见源氏公子还不放还女主人,心中万分焦灼。公子已经许她回去,但又留住了,对她说:"今后我怎么和你互通音信呢?昨夜之事,你那世间无例的痛苦之情,以及我对你的恋慕之心,今后便成了回忆的源泉。世间哪有如此珍奇的事例呢?"说罢,泪下如雨,这光景真是艳丽动人。晨鸡接连地叫出,源氏公子心中慌乱,匆匆吟道:"恨君冷酷心犹痛,何事晨鸡太早鸣?"

空蝉回想自身境遇,觉得和源氏公子太不相称,心中不免惭愧。源氏公子对她如此热爱,她并不觉得欢喜。她心中只是想着平日所讨厌的丈夫伊豫介:"他可曾梦见我昨夜之事?"想起了不胜惶恐。吟道:"忧身未已鸡先唱,和着啼声哭到明。"

天色渐渐明亮,源氏公子送空蝉到纸隔扇边。此时内外人声嘈杂,他告别了空蝉,拉上纸隔扇,回到室内的时候,心情异常寂寥,觉得这一层纸隔扇不啻篷山万重啊!

源氏公子身穿便服,走到南面栏杆旁边,暂且眺望庭中景色。西边房间里的妇女们连忙把格子窗打开，窥看源氏公子。廊下没有屏风，她们只能从屏风上端约略窥见公子的容姿。其中有几个轻狂女子，看了这个美男子，简直铭感五中呢。下弦的残月发出淡淡的光，轮廓还是很清楚，倒觉得这晨景别有风趣。天色本无成见，只因观者心情不同，有的觉得优艳，有的觉得凄凉。心中秘藏恋情的源氏公子，看了这景色只觉得痛心。他想："今后连通信的机会也没有了!"终于难分难舍地离开了这地方。

源氏公子回到邸内，不能立刻就寝。他想："再度相逢是不可能的了。但不知此人现在作何感想?"便觉心中懊丧。又想起那天的雨夜品评，觉得这个人并不特别优越，却也风韵娴雅，无疵可指，该是属于中品的。那个见多识广的左马头的话，确有道理。

第三回

这回小君敲边门，一个小侍女来开了，他就进去。但见众侍女都睡静了。他说："我睡在这纸隔扇口吧，这里通风，凉快些。"他就把席子摊开，躺下了。众侍女都睡在东面的厢房里。刚才替他开门的那小侍女也进去睡了。小君假装睡着，过了一会儿，他拿屏风遮住了灯光，悄悄地引导公子到了这暗影的地方。源氏公子想："不知究竟如何？不要再碰钉子啊!"心中很胆怯。终于由小君引导，撩起了帷屏上的垂布，钻进正房里去了。这时候更深人静，可以分明地听到他的衣服的窸窣声。

空蝉近来看见源氏公子已经将她忘记，心中固然高兴，然而那一晚怪梦似的回忆，始终没有离开心头，使她不能安寝。她白天神思恍惚，夜间悲伤愁叹，不能合眼，今夜也是如此。那个下棋的对手说："今晚我睡在这里吧。"兴高采烈地讲了许多话，便就寝了。这年轻人无心无思，一躺下便酣睡。这时候空蝉觉得有人走近来，并且闻到一股浓烈的香气，知道有些蹊跷，便抬起头来察看。虽然灯光幽暗，但从那挂着衣服的帷屏的隙缝里，分明看到有个人在走近来。事出意外，甚为吃惊，一时不知如何是好。终于迅速起身，披上一件生绢衣衫，悄悄地溜出房间去了。

源氏公子走进室内，看见只有一个人睡着，觉得称心。隔壁厢房地形较低，有两个侍女睡着。源氏公子将盖在这人身上的衣服揭开，挨近身去，觉得这人身材较大，但也并不介意。只是这个人睡得很熟，和那人显然不同，却是奇怪。这时候他才知道认错了人，吃惊之余，不免懊恼。他想："教这女子知道我是认错了人，毕竟太傻;而且她也会觉得奇怪。倘丢开了她，出去找寻我的意中人，则此人既然如此坚决地逃避，势必毫无效果，反而受她奚落。"继而又想："睡在这里的人，倘是黄昏时分灯光之下窥见的那个美人，那么势不得已，将就了吧。"这真是浮薄少年的不良之心啊!

　　轩端荻好容易醒了。她觉得事出意外,吃了一惊,茫然不知所措。既不深加考虑,也不表示亲昵之状。这情窦初开而不知世故的处女,生性爱好风流,并无羞耻或狼狈之色。源氏公子想不把自己姓名告诉她。继而一想,如果这女子事后寻思,察出实情,则在他自己无甚大碍,但那无情的意中人一定恐惧流言,忧伤悲痛,倒是对她不起的。因此捏造缘由,花言巧语地告诉她说:"以前我两次以避凶为借口,来此宿夜,都只为要向你求欢。"若是深通事理的人,定能看破实情。但轩端荻虽然聪明伶俐,毕竟年纪还小,不能判断真伪。源氏公子觉得这女子并无可憎之处,但也不怎么牵惹人情。他心中还是恋慕那个冷酷无情的空蝉。他想:"她现在一定躲藏在什么地方,正在笑我愚蠢呢。这样固执的人真是世间少有的。"他越是这么想,偏生越是想念空蝉。但是现在这个轩端荻,态度毫无顾虑,年纪正值青春,倒也有可爱之处。他终于装作多情,对她私立盟誓。他说:"有道是'洞房花烛虽然好,不及私通趣味浓'。请你相信这句话。我不得不顾虑外间谣传,不便随意行动。你家父兄等人恐怕也不容许你此种行为,那么今后定多痛苦。请你不要忘记我,静待重逢的机会吧。"说得头头是道,若有其事。轩端荻绝不怀疑对方,直率地说道:"教人知道了,怪难为情的,我不能写信给你。"源氏公子道:"不可教普通一般人知道。但教这里的殿上侍童小君送信,是不妨的。你只装作若无其事的样子。"他说罢起身,看见一件单衫,料是空蝉之物,便拿着溜出房间去了。

　　小君睡在附近,源氏公子便催他起身。他因有心事,不曾睡熟,立刻醒了。起来把门打开,忽听见一个老侍女高声问道:"是谁?"小君讨厌她,答道:"是我。"老侍女说:"您半夜三更到哪里去?"她表示关心,跟着走出来。小君越发讨厌她了,问答说:"不到哪里去,就在这里走走。"连忙推源氏公子出去。时候将近天亮,晓月犹自明朗,照遍各处。那老侍女忽然看见另一个人影,又问:"还有一位是谁?"立刻自己回答道:"是民部姑娘吧。身材好高大呀!"民部是一个侍女。这人个子很高,常常被人取笑。这老侍女以为是民部陪着小君出去。"不消多时,小少爷也长得这么高了。"她说着,自己也走出门去。源氏公子狼狈得很,却又不能叫这老侍女进去,就在过廊门口阴暗地方站定了。老侍女走近他身边来,向他诉苦:"你是今天来值班的么?我前天肚子痛得厉害,下去休息了,可是上头说人太少,要我来伺候,昨天又来了。身体还是吃不消呢。"不等对方回答,又叫道:"啊唷,肚子好痛啊!回头见吧。"便回屋子里去。源氏公子好容易脱身而去。他心中想:"这种行径,毕竟是轻率而危险的。"便更加警惕了。

　　源氏公子上车,小君坐在后面陪乘,回到了本邸二条院。两人谈论昨夜之事,公子说:"你毕竟是个孩子,哪有这种办法!"又斥责空蝉的狠心,恨恨不已。

小君觉得对公子不起，默默无言。公子又说："她对我这么深恶痛绝，我自己也讨厌我这个身体了。即使疏远我，不肯和我见面，写一封亲切些的回信来总该是可以的吧。我连伊豫介那个老头子也不如了！"对她的态度大为不满，然而还是把拿来的那件单衫放在自己的衣服底下，然后就寝。他叫小君睡在身旁。对他说了种种怨恨的话，最后板着脸说："你这个人虽然可爱，但你是那个负心人的兄弟，我怕不能永久照顾你呢！"小君听了自然十分伤心。公子躺了一会，终于不能入睡，便又起身，教小君取笔砚来，在一张怀纸①上奋笔疾书，不像是有意赠人的样子：

"蝉衣一袭余香在，睹物怀人亦可怜。"

写好之后，塞入小君怀中，教他明天送去。他又想起那个轩端荻，不知她作何感想，觉得很可怜。然而左思右想了一会，终于决定不写信给她。那件单衫，因为染着那可爱的人儿身上的香气，他始终藏在身边，时时取出来观赏。

次日，小君来到中川的家里，他姐姐等候已久，一见了他，便痛骂一顿："昨夜你真荒唐！我好容易逃脱了，然而外人怀疑是难免的，真是可恶之极！像你这种无知小儿，公子怎么会差遣的？"小君无以为颜。在他看来，公子和姐姐两人都很痛苦，但此时也只得取出那张写上潦草字迹的怀纸来送上。空蝉虽有余怒，还是接受，读了一遍，想道："我脱下的那件单衫怎么办呢？早已穿旧了的，难看死了。"觉得很难为情。她心绪不安，胡思乱想。

轩端荻昨夜遭此意外之事，羞答答地回到自己房中。这件事没人知道，因此无可告诉，只得独自沉思。她看见小君走来走去，心中激动，却又不是替她送信来的。但她并不怨恨源氏公子的非礼行为②，只是生性爱好风流，思前想后，未免寂寞无聊。至于那个无情人呢，虽然心如古井之水，亦深知源氏公子对她的爱绝非一时色情冲动可比。因念倘是当年未嫁之身，又当如何？但今已一去不返，追悔莫及了。心中痛苦不堪，就在那张怀纸上题了一首诗：

"蝉衣凝露重，树密少人知。似我衫常湿，愁思可告谁？"

选自《源氏物语》，丰子恺译，人民文学出版社，1980

---

① 把横二折、竖四折的纸叠成一叠，藏在怀内，用以起草诗歌或拭鼻。此种纸被称为怀纸。

② 当时风习：男女共寝后，次日早晨男的必写信做诗去慰问，女的必写回信或答诗；第二天晚上男的必须再到女的那里宿夜，才合礼貌。

文艺复兴时期的文学

十 日 谈（节选）

[意大利]薄伽丘

第四天故事第一

　　萨莱诺的亲王唐克莱本是一位仁慈宽大的王爷,可是到了晚年,他的双手却沾染了一对情侣的鲜血。他的膝下并无三男两女,只有一个独养的郡主,亲王对她真是百般疼爱,自古以来,父亲爱女儿也不过是这样罢了;谁想到,要是不养这个女儿,他的晚境或许倒会快乐些呢。那亲王既然这么疼爱郡主,所以也不管耽误了女儿的青春,竟一直舍不得把她出嫁;直到后来,再也藏不住了。这才把她嫁给了卡普亚公爵的儿子。不幸婚后不久,丈夫去世,她成了一个寡妇,重又回到她父亲那儿。

　　她正当青春年华,天性活泼,身段容貌,都长得十分俏丽,而且才思敏捷。只可惜做了一个女人。她住在父亲的宫里,养尊处优,过着豪华的生活;后来看见父亲这么爱她,根本不想把她再嫁,自己又不好意思开口,就私下打算找一个中意的男子做他的情人。

　　出入她父亲的宫廷里的,上下三等人都有,她留意观察了许多男人的举止行为,看见父亲跟前有一个年青的侍从,名叫纪斯卡多,虽说出身微贱,但是人品高尚,气宇轩昂,确是比众人高出一等,她非常中意,竟暗中爱上了他,而且朝夕相见,越看越爱。那小伙子并非傻瓜,不久也就觉察了她的心意,也不由得动了情,整天只想念着她,把什么都抛在脑后了。

　　两人这样眉目传情,已非一日,郡主只想找个机会和他幽会,可又不敢把心事托付别人,结果给她想出一个极好的主意。她写了封短简,叫他第二天怎样来和她相会。又把这信藏在一根空心的竹竿里面,交给纪斯卡多,还开玩笑地说道:"把这个拿去当个风箱吧,那么你的女仆今儿晚上可以用这个生火了。"

　　纪斯卡多接过竹竿,觉得郡主决不会无缘无故给他这样东西,而且说出这样的话来。他回到自己房里,检查竹竿,看见中间有一条裂缝,劈开一看,原来里面藏着一封信。他急忙展读,明白了其中的究竟,这时候他真是成了世上最快乐的人儿;于是他就依着信里的话,做好准备,去和郡主幽会。

在亲王的宫室附近有一座山,山上有一个许多年代前开凿的石室,在山腰里,当时又另外凿了一条隧道,透着微光,直通那洞府。那石室久经废弃,所以那隧道的出口处,也荆棘杂草丛生,几乎把洞口都掩蔽了。在那石室里,有一道秘密的石级,直通宫室,石级和宫室之间,隔着一扇沉重的门,把门打开,就是郡主楼下的一间屋子。

因为山洞久已废弃不用,大家早把这道石级忘了。可是什么也逃不过情人的眼睛,所以居然给那位多情的郡主记了起来。

她不愿让任何人知道她的秘密,便找了几样工具,亲自动手来打开这道门,经过好几天的努力,终于把门打开了。她就登上石级,直找到那山洞的出口处,她把隧道的地形、洞口离地大约多高等都写在信上,叫纪斯卡多设法从这隧道潜入她宫里来。

纪斯卡多立即预备了一条绳子,中间打了许多结,绕了许多圈,以便攀上爬下。第二天晚上,他穿了一件皮衣,免得叫荆棘刺伤,就独个儿偷偷来到山脚边,找到了那个洞口,把绳子的一端在一株坚固的树桩上系牢,自己就顺着绳索,降落到洞底,在那里静候郡主。

第二天,郡主假说要午睡,把侍女都打发出去,独自关在房里。于是她打开那扇暗门,沿着石级,走下山洞,果然找到了纪斯卡多,彼此都喜不自胜。郡主就把他领进自己的卧室,两人在房里逗留了大半天,真像神仙般快乐。

分别时,两人约定,一切都要谨慎行事,不能让别人得知他们的私情。于是纪斯卡多回到山洞,郡主锁上暗门,去找她的侍女。等到天黑之后,纪斯卡多攀着绳子上升,从进来的洞口出去,回到自己的住所。自从发现了这条捷径以后,这对情人就时常幽会。

谁知命运之神却不甘心让这对情人长久浸沉在幸福里,竟借着一件意外的事故,把这一对情人满怀的欢乐化作断肠的悲痛。这厄运是这样降临的:

原来唐克莱常常独自一人来到女儿房中,跟她聊一会天,然后离去。

有一天,他吃过早饭,又到他女儿绮思梦达的寝宫里去,看见女儿正带着她那许多宫女在花园里玩儿,他不愿打断她的兴致,就悄悄走进她的卧室,不曾让人看到或是听见。来到房中,他看见窗户紧闭、帐帏低垂,就在床脚边的一张软凳上坐了下来,头靠在床边,拉过帐子来遮掩了自己,好像有意要躲藏起来似的,不觉就这么睡熟了。

也是合该有事,绮思梦达偏偏约好纪斯卡多在这天里幽会,所以她在花园里玩了一会,就让那些宫女继续玩去,自己悄悄溜到房中,把门关上了,却不知道房里还有别人,走去开了那扇暗门,把在隧道里等候着的纪斯卡多放进来。他们俩像平常一样,一同登上了床,寻欢作乐,正在得意忘形的当儿,不想唐克莱醒了。他听到声响,惊醒过来,看见女儿和纪斯卡多两个正在干着好事,气得他直想咆哮起来,可是再一转念,他自有办法对付他们,还是暂且隐忍一时,免得家丑外扬。

那一对情人像往常一样,温存了半天,直到不得不分手的时候,这才走下床来,全不知道唐克莱正躲在他们身边。纪斯卡多从洞里出去,她自己也走出了卧房。

唐克莱也不顾自己年事已高,却从一个窗口跳到花园里去,趁着没有人看见,赶回宫去,几乎气得要死。

当天晚上,到了睡觉时分,纪斯卡多从洞底里爬上来,不想早有两个大汉,奉了唐克莱的命令守候在那里,将他一把抓住;他身上还裹着皮衣,就这么给悄悄押到唐克莱跟前。亲王一看见他,差一点儿掉下泪来,说道:

"纪斯卡多,我平时待你不薄,不想今日里却让我亲眼看见你色胆包天,竟敢败坏我女儿的名节!"

纪斯卡多一句话都没有,只是这样回答他:"爱情的力量不是你我所管束得了的。"

唐克莱下令把他严密看押起来,他当即给禁锢在宫中的一间幽室里。唐克莱左思右想,该怎样发落他的女儿,吃过饭后,就像平日一样,来到女儿房中,把她叫了来。绮思梦达怎么也没想到已经出了岔子,唐克莱把门关上,单剩自己和女儿在房中,于是老泪纵横,对她说道:

"绮思梦达,我一向以为你端庄稳重,想不到竟会干出这种事来:要不是我亲眼看见,而是听别人告诉我,那么别说是你跟你丈夫以外的男人发生关系,就是说你存了这种欲念,我也绝对不会相信的。我已经到了风烛残年,再没有几年可活了,不想碰到这种丑事,叫我从此以后一想起来,就觉得心痛!

"即使你要做出这种无耻的事来,天哪,那也得挑一个身份相称的男人才好!多少王孙公子出入我的宫廷,你却偏偏看中了纪斯卡多——这是一个下贱的奴仆,可以说,从小就靠我们行好,把他收留在宫中,你这种行为真叫我心烦意乱,不知该把你怎样发落才好。

"至于纪斯卡多,昨天晚上他一爬出山洞,我就把他捉住、关了起来,我自有处置他的办法。对于你,天知道,我却一点主意都拿不定。

"一方面,我对你狠不起心来。天下做父亲的爱女儿,总没有像我那样爱你爱得深。另一方面,我想到你这么轻薄,又怎能不怒火直冒? 如果看在父女的份上,那我只好饶了你;如果以事论事,我就顾不得骨肉之情,非要重重惩罚你不可。不过,在我还没拿定主意以前,我且先听听你自己有什么好说的。"

说到这里,他低下头去,嚎啕大哭起来,竟像一个挨了打的孩子一般。

绮思梦达听了父亲的话,知道不但他们的私情已经败露,而且纪斯卡多也已经给关了起来,她心里感到一阵说不出的悲痛,好几次都险些儿要像一般女人那样大哭大叫起来。她知道她的纪斯卡多必死无疑,可是崇高的爱情战胜了那脆弱的感情,她凭着惊人的意志力,强自镇定,并且打定主意,宁可一死也决不说半句求饶的话。

因此,她在父亲面前并不像一个因为犯了过错、受了责备而哭泣的女人,却是无所畏惧,眼无泪痕,面无愁容,坦坦荡荡地回答她父亲说:

"唐克莱,我不准备否认这回事,也不想向你讨饶;因为第一件事对我不会有半点好处,第二件事就是有好处我也不愿意干。我也不想请你看着父女的情分来开脱我,不,我只要把事情的真相讲出来,用充分的理由来为我的名誉辩护,接着就用行动来坚决响应我灵魂的伟大的号召。

"不错,我确是爱上了纪斯卡多,只要我还活着——只怕是活不长久了——我就始终如一地爱他。假使人死后还会爱,那我死了之后还要继续爱他。我堕入情网,与其说是由于女人的意志脆弱,倒不如说,由于你不想再给我找一个丈夫,同时也为了他本人可敬可爱。

"唐克莱,你既然自己是血肉之躯,你应该知道你养出来的女儿,她的心也是血肉做成的,并非铁石心肠。你现在年老力衰了,但是应该还记得那青春的规律,以及它对青年人具有多大的支配力量。虽说你的青春多半是消磨在战场上,你也总该知道饱暖安逸的生活对于一个老头儿会有什么影响,别说对于一个青年人了。

"我是你生养的,是个血肉之躯,在这世界上又没度过多少年头,还很年轻,那么怎怪得我春情荡漾呢? 况且我已结过婚,尝到过其中的滋味,这种欲念就格外迫切了。

"我按捺不住这片青春烈火,我年轻,又是个女人,我情不自禁,私下爱上了一个男人。我凭着热情冲动,做出这事来,但是我也曾费尽心机,免得你我蒙受耻辱。

"多情的爱神和好心的命运,指点了我一条外人不知道的秘密的通路,好让我如愿以偿。这回事,不管是你自己发现的也罢,还是别人报告你的也罢,我决不否认。

"有些女人只要随便找到一个男人,就满足了,我可不是那样;我是经过了一番观察和考虑,才在许多男人中间选中了纪斯卡多,有心去挑逗他的,而我们俩凭着小心行事,确实享受了不少欢乐。

"你方才把我痛骂了一顿,听你的口气,我缔结了一段私情,罪过还轻;只是千不该万不该去跟一个低三下四的男人发生关系,倒好像我要是找一个王孙公子来作情夫,那你就不会生我的气了。这完全是没有道理的世俗成见。你不该责备我,要埋怨,只能去埋怨那命运之神,为什么他老是让那些庸俗无能之辈窃居着显赫尊荣的高位,把那些人间英杰反而埋没在草莽里。

"可是我们暂且不提这些,先来谈一谈一个根本的道理。你应该知道,我们人类的血肉之躯都是用同样的物质造成的,我们的灵魂都是天主赐给的,具备着同等的机能,同样的效用,同样的德性。

"我们人类本是天生一律平等的,只有品德才是区分人类的标准,那发挥大才大德的才当得起一个'贵';否则就只能算是'贱'。这条最基本的法律虽然被世俗的谬见所掩蔽了,可并不是就此给抹煞掉,它还是在人们的天性和举止中间显露出来;所以凡是有品德的人就证明了自己的高贵,如果这样的人被人说是卑贱,那么这不是他的错,而是这样看待他的人的错。

"请你看看满朝的贵人,打量一下他们的品德、他们的举止、他们的行为吧;然后再看看纪斯卡多又是怎么样。只要你不存偏见,下一个判断,那么你准会承认,最高贵的是他,而那班朝贵都只是些鄙夫而已。说到他的品德、他的才能,我不信任别人的判断,只信任你的话和我自己的眼光。

"谁曾像你那样几次三番赞美他,把他当作一个英才?真的,你这许多赞美不是没有理由的。要是我没有看错人,我敢说:你赞美他的话他句句都当之无愧,你以为把他赞美够了,可是他比你所赞美的还要胜三分呢。要是我把他看错了,那么我是上了你的当。

"现在你还要说我结识了一个低三下四的人吗?如果你这么说,那就是违心之论。

"你不妨说,他是个穷人,可是这种话只会给你自己带来羞耻,因为你有了人才不知道提拔,把他埋没在仆人的队伍里。贫穷不会磨灭一个人的高贵的品质,不,反而是富贵叫人丧失了志气。多少帝王,多少公侯将相,都是白手起家的,而现在有许多村夫牧人,从前都是豪富巨族呢。

"那么,你要怎样处置我,用不到再这样踌躇不决了。如果你决心要下毒手——要在你风烛残年干出你年轻的时候从来没干过的事,那么你尽管用残酷的手段对付我吧,我决不向你乞怜求饶,因为如果这算得是罪恶,那我就是罪魁祸首。我还要告诉你,如果你怎样处置了纪斯卡多,或者准备怎样处置他,却不肯用同样的方法来处置我,那我也会自己动手来处置我自己的。

"现在,你可以去了,跟那些娘们儿一块儿去哭吧,哭够之后。就狠起心肠一刀子把我们俩一起杀了吧——要是你认为我们非死不可的话。"

亲王这才知道他的女儿有一颗伟大的灵魂，不过还是不相信她的意志真会像她的言词那样坚决。他走出了郡主的寝宫，决定不用暴力对待她，却打算惩罚她的情人来打击她的热情，叫她死了那颗心。当天晚上，他命令看守纪斯卡多的那两个禁卫，私下把他绞死，挖出心脏，拿来给他。那两个禁卫果然按照他的命令执行了。

第二天，亲王叫人拿出一只精致的大金杯，把纪斯卡多的心脏盛在里面，又吩咐自己的心腹仆人把金杯送给郡主，同时叫他传言道："你的父王因为你用他最心爱的东西来安慰他，所以现在他也把你最心爱的东西送来慰问你。"

再说绮思梦达，等父亲走后，矢志不移，便叫人去采了那恶草毒根，煎成毒汁，准备一旦她的疑虑成为事实，就随时要用到它。

那侍从送来了亲王的礼物，还把亲王的话传述了一遍。她面不改色，接过金杯，揭开一看，里面盛着一颗心脏，就懂得了亲王为什么要说这一番话，同时也明白了这必然是纪斯卡多的心脏无疑；于是她回过头来对那仆人说：

"只有拿黄金做坟墓，才算不委屈了这颗心脏，我父亲这件事做得真得体！"

说着，她举起金杯，凑向唇边，吻着那颗心脏，说着："我父亲对我的慈爱，一向无微不至，如今在我生命的最后一刻里，对我越发慈爱了。为了这么尊贵的礼物，我要最后一次向他表示感谢！"

于是她紧拿着金杯，低下头去，注视着那心脏，说道："唉，你是我的安乐窝，我一切的幸福全都栖息在你身上。最可诅咒的是那个人的狠心的行为——是他叫我现在用这双肉眼注视着你！只要我能够用我那精神上的眼睛时时刻刻注视你，我就满足了。

"你已经走完了你的路程，已经尽了命运指派给你的任务，你已经到了每个人迟早都要来到的终点。你已经解脱了尘世的劳役和苦恼，你的仇敌把你葬在一个跟你身份相称的金杯里。

"你的葬礼，除了还缺少你生前所爱的人儿的眼泪外，可说什么都齐全了。现在，你连这也不会欠缺了，天空感化了我那狠毒的父亲，指使他把你送给我。我本来准备面不改色，从容死去，不掉一滴泪，现在我要为你痛哭一场，哭过之后，我的灵魂立即就要飞去跟你曾经守护的灵魂结合在一起。

"只有你的灵魂使我乐于跟从、倾心追随，一同到那不可知的冥域里去。我相信你的灵魂还在这里徘徊，凭吊着我们的从前的乐园；那么，我相信依然爱着我的灵魂呀，为我深深地爱着的灵魂呀，你等一下我吧！"

说完，她就低下头去，凑在金杯上，泪如雨下，可绝不像娘们儿那样哭哭啼啼，她一面眼泪流个不停，一面只顾跟那颗心脏亲吻，也不知亲了多少回，吻了多少遍，总是没完没结，真把旁边的人看得呆住了。

侍候她的女伴不知道这是谁的心脏，又不明白她说这些话是什么意思，可是都被她深深感动了，陪她伤心掉泪，再三问她伤心的原因，可是任凭怎样问，怎样慰劝，她总是不肯说，她们只得极力安慰她一番。

后来郡主觉得哀悼够了，就抬起头来，揩干了眼泪，说道："最可爱的心儿呀，我对你已经尽了我的本分，现在只剩下最后的一步了，那就是：让我的灵魂来和你的灵魂结个伴儿吧！"

说完，她叫人取出那昨日备下的盛毒液的瓶子来，只见她拿起瓶子就往金杯里倒去，把毒液全倾注在那颗给泪水洗刷过的心脏上；于是她毫无畏惧地举起金杯，送到嘴边，把毒汁一饮而尽。饮罢，她手里依然拿着金杯，登上绣榻，睡得十分端正安详，把情人的心脏按在自己的心上，一言不发，静待死神的降临。

侍候她的女伴，这时虽然还不知道她已经服毒，但是听她的说话、看她的行为有些反常，就急忙派人去把种种情形向唐克莱报告。他恐怕发生什么变故，急匆匆地赶到女儿房中，正好这时候她在床上睡了下来。他想用好话来安慰她，可是已经迟了，这时候她已经命在顷刻了，他不觉失声痛哭起来；谁知郡主却向他说道：

"唐克莱，我看你何必浪费这许多眼泪呢，等碰到比我更糟心的事，再哭不迟呀；我用不到你来哭，因为我不需要你的眼泪。除了你，有谁达到了目的反而哭泣的呢。如果你从前对我的那一片慈爱，还没完全泯灭，请你给我最后的一个恩典——那就是说，虽然你反对我跟纪斯卡多做一对不体面的夫妻，但是请你把我和他的遗体（不管你把他的遗体扔在什么地方）公开合葬在一处吧。"

亲王听得她这么说，心如刀割，一时竟不能作答。年青的郡主觉得她的大限已到，紧握着那心脏，贴在自己的心头。说道："天主保佑你，我要去了。"说罢，她闭上眼睛，随即完全失去知觉，摆脱了这苦恼的人生。

这就是纪斯卡多和绮思梦达这一对苦命的情人的结局。唐克莱哭也无用，悔也太迟，于是把他们二人很隆重地合葬在一处，全萨莱诺的人民听到他们的事迹，无不感到悲恸。

选自《十日谈》，方平、王科一译，上海译文出版社，1990

堂吉诃德（节选）

[西班牙]塞万提斯

（第一部第八章）

骇人的风车奇险；堂吉诃德的英雄身手；
以及其他值得大书特书的事情。

这时候，他们远远望见郊野里有三四十架风车。堂吉诃德一见就对他的侍从说：

"运道的安排，比咱们要求的还好。你瞧，桑丘·潘沙朋友，那边出现了三十多个大得出奇的巨人。我打算去跟他们交手，把他们一个个杀死，咱们得了胜利品，可以发财。这是正义的战争，消灭地球上这种坏东西是为上帝立大功。"

桑丘·潘沙道："什么巨人呀？"

他主人说："那些长胳膊的，你没看见吗？好些巨人的胳膊差不多二哩瓦^{①}长呢。"

桑丘说："您仔细瞧瞧，那不是巨人，是风车；上面胳膊似的东西是风车的翅膀，给风吹动了就能推转石磨。"

堂吉诃德道："你真是外行，不懂冒险。他们确是货真价实的巨人。你要是害怕，就走开些，作你的祷告去，等我一人来和他们大伙儿拼命。"

他一面说，一面踢着坐骑冲出去。他的侍从桑丘大喊说，他前去冲杀的明明是风车，不是巨人；他满不理会，横着念头那是巨人，既没听见桑丘叫喊，跑近了也没看清是什么东西，只顾往前冲，嘴里嚷道：

"你们这伙没胆量的下流东西！不要跑！前来跟你们厮杀的只是个单枪匹马的骑士！"

这时微微刮起一阵风，转动了那些庞大的翅翼。堂吉诃德见了说：

"即使你们挥舞的胳膊比巨人布利亚瑞欧^{②}的还多，我也要和你们见个高下！"

他说罢一片虔诚向他那位杜尔西内娅小姐祷告一番，求她在这个紧要关头保佑自己，然后把盾牌遮稳身体，托定长枪飞马向第一架风车冲杀上去。他一枪

---

① 一哩瓦合 6.4 公里。

② 希腊神话里和神道作战的巨人，有一百条手臂。

刺中了风车的翅膀;翅膀在风里转得正猛,把长枪进作几段,一股劲把堂吉诃德连人带马直扫出去;堂吉诃德滚翻在地,狼狈不堪。桑丘·潘沙趱驴来救,跑近一看,他已经不能动弹,驽骍难得把他摔得太厉害了。

桑丘说:"天啊!我不是跟您说了吗,仔细着点儿,那不过是风车。除非自己的脑袋里有风车打转儿,谁还不知道这是风车呢?"

堂吉诃德答道:"甭说了,桑丘朋友,打仗有胜败最拿不稳。看来把我的书连带书房一起抢走的弗瑞斯冬法师对我冤仇很深,一定是他把巨人变成风车,来剥夺我胜利的光荣。可是到头来,他的邪法毕竟敌不过我这把剑的锋芒。"

桑丘说:"这就要瞧老天爷怎么安排了。"

桑丘扶起堂吉诃德;他重又骑上几乎跌歪了肩膀的驽骍难得。他们谈论着方才的险遇,顺着往拉比塞峡口的大道前去,因为据堂吉诃德说,那地方来往人多①,必定会碰到许多形形色色的奇事。可是他折断了长枪心上老大不痛快,和他的侍从计议说:

"我记得在书上读到一位西班牙骑士名叫狄艾果·贝瑞斯·台·巴尔咖斯,他一次打仗把剑斫断了,就从橡树上劈下一根粗壮的树枝,凭那根树枝,那一天干下许多了不起的事。打闷不知多少摩尔人,因此得到了个绰号,叫做'大棍子'。后来他本人和子孙都称为'大棍子'巴尔咖斯。我跟你讲这番话有个计较:我一路上见到橡树,料想他那根树枝有多粗多壮,照样也折它一枝。我要凭这根树枝大显身手,你亲眼看见了种种说来也不可信的奇事,才会知道跟了我多么运气。"

桑丘说:"这都听老天爷安排吧。您说的我全相信;可是您把身子挪正中些,您好像闪到一边去了,准是摔得身上疼呢。"

堂吉诃德说:"是啊,我吃了痛没作声,因为游侠骑士受了伤,尽管肠子从伤口掉出来,也不得哼痛。②"

桑丘说:"要那样的话,我就没什么说的了。不过天晓得,我宁愿您有痛就哼。我自己呢,说老实话,我要有一丁丁点儿疼就得哼哼,除非游侠骑士的侍从也得遵守这个规矩,不许哼痛。"

堂吉诃德瞧他侍从这么傻,忍不住笑了。他声明说:不论桑丘喜欢怎么哼、或什么时候哼,不论他是忍不住要哼或不哼也可,反正他尽管哼好了,因为他还没读到什么游侠骑士的规则不准侍从哼痛。桑丘提醒主人说,该是吃饭的时候了。他东家说这会子还不想吃,桑丘什么时候想吃就可以吃。桑丘得了这个准

---

① 因为在马德里到赛维利亚的大道上。
② 骑士规则第九条:"骑士不论受到什么伤,不得哼痛。"

许，就在驴背上尽量坐舒服了。把褡裢袋里的东西取出来，慢慢儿跟在主人后面一边走一边吃，还频频抱起酒袋来喝酒，喝得津津有味，玛拉咖最享口福的酒馆主人见了都会羡慕①。他这样喝着酒一路走去，早把东家许他的愿抛在九霄云外，觉得四出冒险尽管担惊受怕，也不是什么苦差，倒是很舒坦的。

长话短说，他们当夜在树林里过了一宿。堂吉诃德折了一根可充枪柄的枯枝，换去断柄把枪头挪上。他曾经读到骑士们在穷林荒野里过夜，想念自己的意中人，好几夜都不睡觉。他要学样，当晚彻夜没睡，只顾想念他的意中人杜尔西内娅。桑丘·潘沙却另是一样。他肚子填得满满的，又没喝什么提神醒睡的饮料，倒头一觉，直睡到天大亮。阳光照射到他脸上，鸟声嘈杂，欢迎又一天来临，他都不理会，要不是东家叫唤，他还沉睡不醒呢。他起身去抚摸一下酒袋，觉得比昨晚越发萎瘪了，不免心上烦恼，因为照他看来，在他们这条路上，无法立刻弥补这项亏空。堂吉诃德还是不肯开斋，上文已经说过，他决计靠甜蜜的相思来滋养自己。他们又走上前往拉比赛峡口的道路；约莫下午三点，山峡已经在望。

堂吉诃德望见山峡，就说："桑丘·潘沙兄弟啊，这时的险境和奇事多得应接不暇，可是你记着，尽管瞧我遭了天大的危险，也不可以拔剑卫护我。如果我对手是下等人，你可以帮忙；如果对手是骑士，按骑士道的规则，你怎么也不可以帮我，那是违法的。你要帮打，得封授了骑士的称号才行。"

桑丘答道："先生，我全都听您的，绝没有错儿。我生来性情和平，最不爱争吵。当然，我如果保卫自己身体，就讲究不了这些规则。无论天定的规则，人定的规则，总容许动手自卫。"

堂吉诃德说："这话我完全同意。不过你如果要帮我跟骑士打架，那你得捺下火气，不能使性。"

桑丘答道："我一定听命，把您这条戒律当礼拜日的安息诫一样认真遵守。"

他们正说着话，路上来了两个圣贝尼多教会的修士。他们好像骑着两匹骆驼似的，因为那两头骡子简直有骆驼那么高大。两人都戴着面罩②，撑着阳伞。随后来一辆马车，有四五骑人马和两个步行的骡夫跟从。原来车上是一位到塞维利亚去的比斯盖贵夫人；她丈夫得了美洲的一个很体面的官职要去上任，正在塞维利亚等待出发。两个修士虽然和她同路，并不是一伙。可是堂吉诃德一看见他们，就对自己的侍从说：

"要是我料得不错，咱们碰上破天荒的奇遇了。前面这几个黑魆魆的家伙想必是魔术家——没什么说的，一定是魔术家；他们用这辆车劫走一位公主。我得

---

① 玛拉咖的酒是著名的。

② 西班牙人旅行用的面罩，上面安着护眼的玻璃，防尘土人目，也防太阳晒脸。

尽力去除暴惩凶。"

桑丘说："这就比风车的事更糟糕了。您瞧啊，先生，那些人是圣贝尼多教会的修士，那辆马车准是过往客人的。您小心，我跟您说，您干事要多多小心，别上了魔鬼的当。"

堂吉诃德说："我早跟你说过，桑丘，你不懂冒险的事。我刚才的话是千真万确的，你这会儿瞧吧。"

他说罢往前几步，迎着两个修士当路站定，等他们走近，估计能听见他答话了，就高声喊道：

"你们这起妖魔鬼怪！快把你们车上抢走的几位贵公主留下！要不，就叫你们当场送命；干了坏事，得受惩罚！"

两个修士带住骡子，对堂吉诃德的那副模样和那套话都很惊讶；他们回答说：

"绅士先生，我们不是妖魔，也并非鬼怪。我们俩是赶路的圣贝尼多会修士。这辆车是不是劫走了公主，我们也不知道。"

堂吉诃德喝道："我不吃这套花言巧语！我看破你们是撒谎的混蛋！"

他不等人家答话，踢动驽骍难得，斜绰着长枪，向前面一个修士直冲上去。他来势非常凶猛，那修士要不是自己滚下骡子，准被撞下地去，不跌死也得身受重伤。第二个修士看见伙伴遭殃，忙踢着他那匹高大的好骡子落荒而走，跑得比风还快。

桑丘瞧修士倒在地下，就迅速下驴，抢到他身边，动手去剥他的衣服。恰好修士的两个骡夫跑来，问他为什么脱人家衣服。桑丘说，这衣服是他东家堂吉诃德打了胜仗赢来的战利品，按理是他份里的。两个骡夫不懂得说笑话，也不懂得什么战利品、什么打仗，他们瞧堂吉诃德已经走远，正和车上的人说话呢，就冲上去推倒桑丘，把他的胡子拔得一根不剩，又踢了他一顿，撇下他直挺挺地躺在地下，气都没了，人也晕过去了。跌倒的修士心惊胆战，面无人色，急忙上骡，踢着骡子向同伴那里跑；逃走的修士正在老远等着，看这番袭击怎么下场。他们不等事情结束，马上就走了，一面只顾在胸前画十字；即使背后有魔鬼追赶，也不必画那么多十字。

上文已经说了，堂吉诃德正在和车上那位夫人谈话呢。他说：

"美丽的夫人啊，您可以随意行动了，我凭这条铁臂，已经把抢劫您的强盗打得威风扫地。您不用打听谁救了您；我省您的事，自己报名吧。我是个冒险的游侠骑士，名叫堂吉诃德·台·拉·曼却；我倾倒的美人是绝世无双的堂娜杜尔西内娅·台尔·托波索。您受了恩不用别的报酬，只需回到托波索去代我拜见那位小姐，把我救您的事告诉她。"

　　有个随车伴送的侍从是比斯盖人，听了堂吉诃德的话，瞧他不让车辆前行，却要他们马上回托波索去，就冲到他面前，一把扭住他的长枪跟他理论，一口话既算不得西班牙语，更算不得比斯盖语，似通非通地说：

　　"走哇！骑士倒霉的！我凭上帝创造我的起誓：不让车走啊你，我比斯盖人杀死你是真！好比你身在此地一样是真！①"

　　这话堂吉诃德全听得懂。他很镇静地答道：

　　"你呀，不是个骑士；你要是个骑士，这样糊涂放肆，我早就惩罚了你，你这奴才！"

　　比斯盖人道：

　　"我不是绅士②？对上帝发誓：你很撒谎！好比我很基督徒一样！如果你长枪放下，拔出来剑，马上可以你瞧瞧，你是把水送到猫儿旁边去呢③！陆地上比斯盖人，海上也绅士！哪里都绅士④！你道个不字。哼，撒谎你就是！"

　　堂吉诃德答道："阿格拉黑斯说的：'你这会儿瞧吧⑤。'"

　　他把长枪往地下一扔，拔出剑，挎着盾牌，直取那比斯盖人，一心要结果他的性命。比斯盖人因为自己的坐骑是雇来的劣骡子，靠不住；他想要下地，可是瞧堂吉诃德这般来势，什么也顾不及，只有拔剑的功夫，幸亏正在马车旁边，就从车上抢了个垫子，权当盾牌使用，两人就像不共戴天的冤家那样打起来。旁人想劝解，可是不行，比斯盖人用他那种支离破碎的话向大家声明：他们要是不让他把这一仗打到底，他就亲手把女主人杀掉，把所有阻挡他的人都杀掉。车上那位太太看到这种情况，又惊又怕，忙叫车夫把车赶远些，就在那边遥遥观看这场恶战。当时比斯盖人伸手越过堂吉诃德的盾牌，在他肩上狠狠地劈了一剑；要不是他身披铠甲，腰以上早劈做两半了。这一剑好不凶猛，堂吉诃德觉得分量不轻，大喊道：

　　"啊！我心上的主子、美人的典范杜尔西内娅！你的骑士为了不负你的十全十美，招得大难临头了！请你快来帮忙呀！"

　　他说着话，一手握剑，一手用盾牌护严身子，直向比斯盖人冲去。说时迟，那

————————

　　①　关于比斯盖人这句话的意义，注释家众说纷纭，这里是根据马林（Francisco Rodriguez Marin）注本的解释翻译的。

　　②　原文双关，又指骑士，又指绅士。堂吉诃德指的是骑士，比斯盖人指的是绅士。

　　③　西班牙谚语："送猫儿下水"指一桩非常难办的事，因为猫儿是不肯下水的。比斯盖人恼怒中把成语说颠倒了。

　　④　西班牙人只要是比斯盖世家子弟，就是贵族。

　　⑤　阿格拉黑斯是《阿马狄斯·台·咖乌拉》里的人物。每当他拔剑在手，总说："你这会儿瞧吧。"这句话变成了成语。

时快，他一股猛劲，要一剑劈去立见输赢。

比斯盖人瞧堂吉诃德这股冲劲，看出对手的勇猛，决计照样跟他拼一拼；可是坐下的骡子已经疲乏不堪，况且天生也不是干这种玩意儿的，所以一步也挪移不动，左旋右转都不听使唤，他只好把坐垫护严身子，站定了等候。上文说过，堂吉诃德举剑直取这机警的比斯盖人，一心要把他劈做两半；比斯盖人也举着剑，把坐垫挡着身子迎候；旁人不知道这两把恶狠狠的剑下会生出什么事来，惴惴不安地等待着；车上那位太太和几个侍女只顾向西班牙所有的神像和礼拜堂千遍万遍地许愿，求上帝保佑这侍从和她们自己逃脱当前这场大难。可是偏偏在这个紧要关头，作者把一场厮杀半中间截断了，推说堂吉诃德生平事迹的记载只有这么一点。当然，这部故事的第二位作者决不信这样一部奇书会被人遗忘，也不信拉·曼却的文人对这位著名骑士的文献会漠不关心，让它散失。因此他并不死心，还想找到这部趣史的结局。靠天保佑，他居然找到了。如要知道怎么找到的，请看本书第二卷。①

选自《堂吉诃德》，杨绛译，人民文学出版社，1978 年

———————————

① 一般骑士小说往往在故事的紧要关头截住，叫读者等"下回分解"。塞万提斯故意模仿这种手法。他原先把第一部分作四卷，但后来改变了这种分法。

哈姆雷特（节选）

[英国]莎士比亚

第三幕

第一场　城堡中一室

（国王、王后、波洛涅斯、奥菲利娅、罗森克兰兹及吉尔登施特恩上）

国王　你们不能用迂回婉转的方法,探出他为什么这样神魂颠倒,让纷乱而危险的疯狂困扰他的平静的生活吗?

罗森克兰兹　他承认他自己有些神经迷惘,可是绝口不肯说为了什么缘故。

吉尔登施特恩　他也不肯接受我们的探问;我们一旦引导他吐露某些事情的真相时,他总是用假作痴呆的神气故意回避。

王后　他对待你们还客气吗?

罗森克兰兹　很有礼貌。

吉尔登施特恩　可是不大自然。

罗森克兰兹　他很吝惜自己的话,可是我们问他话的时候,他回答起来却是毫无拘束。

王后　你们有没有劝诱他找些什么消遣?

罗森克兰兹　王后,我们来的时候遇到一班戏子。我们把这消息告诉了他,他听了好像很高兴。现在他们已经到了宫里,我想他已经吩咐他们今晚为他演出了。

波洛涅斯　一点不错;他还叫我来请两位陛下同去看看他们演得怎样哩。

国王　那好极了;我非常高兴听见他在这方面感兴趣。请你们两位还要更进一步激起他的兴味,把他的心思移转到这种娱乐上面。

罗森克兰兹　是,陛下。（罗森克兰兹、吉尔登施特恩同下）

国王　亲爱的格特鲁德,你也暂时离开我们;因为我们已经暗中差人去唤哈姆莱特到这儿来,让他和奥菲利娅见见面,就像他们偶然相遇一般。她的父亲跟我两人将要权且当一回密探,躲在可以看见他们却不能被他们看见的地方,注意他们会面的情形,从他的行为上判断他的疯病究竟是不是因为恋爱的苦恼。

王后　我愿意服从您的意旨。奥菲利娅,但愿你的美貌果然是哈姆莱特疯狂的原因;更愿你的美德能够帮助他恢复原状,使你们两人都能安享尊荣。

奥菲利娅　娘娘,但愿如此。（王后下）

波洛涅斯　奥菲利娅,你在这儿走走。陛下,我们就去躲起来吧。（向奥菲利娅）你拿这本书去读，他看见你这样用功，就不会疑心你为什么一个人在这儿了。人们往往用至诚的外表和虔敬的行动，掩饰一颗魔鬼般的内心，这样的例子是太多了。

国王（旁白）啊，说得太对了！这话就像鞭子狠狠地抽打了一下我的良心！娼妇的脸涂脂抹粉，不及我的行为更丑恶，尽管我的行为掩藏在虚伪的言辞后面。难堪的重负啊！

波洛涅斯　我听见他来了；我们退下去吧，陛下。（国王及波洛涅斯下）

（哈姆莱特上）

哈姆莱特　生存还是毁灭，这是一个值得考虑的问题；是默然忍受厄运的暴虐的矢石和箭镞，还是挺身反抗人世无涯的苦难，从而彻底作一了断，这两种行为，哪一种更高贵？死了；睡着了；什么都完了；要是在这一种睡眠之中，我们心头的创痛，以及其他无数血肉之躯所不能避免的打击，都可以从此消失，那正是我们求之不得的结局。死了；睡着了；睡着了也许还会做梦；嗯，这就是麻烦所在：因为当我们摆脱了这一具朽腐的皮囊以后，在死亡的睡眠里，究竟会做些什么梦，那不能不使我们踌躇顾虑。人们甘心久困于患难之中，也就是为了这个缘故；谁愿意忍受人世的鞭挞和讥嘲、压迫者的凌辱、傲慢者的冷眼、失意者的悲哀、法律的推诿、官吏的横暴和费尽辛勤所换来的小人的鄙视，要是他只要用一柄小小的刀子，就可以清算他自己的一生？谁愿意负着这样的重担，在烦劳的生命的压迫下呻吟流汗，倘不是因为惧怕不可知的死后，惧怕那从来不曾有一个旅人回来过的神秘之国，是它迷惑了我们的意志，使我们宁愿忍受目前的折磨，而不敢逃到我们所不曾知道的地方？重重的顾虑使我们全变成了懦夫，决心的本来光彩被审慎的思维盖上了一层灰色，伟大的事业会因此偃旗息鼓，失去了行动的意义。且慢！美丽的奥菲利娅！——女神，在你的祈祷之中，不要忘记替我忏悔我的罪孽。

奥菲利娅　我的好殿下，您这许多天来身体安好吗？

哈姆莱特　谢谢你，很好，很好，很好。

奥菲利娅　殿下，我有几件您送给我的纪念品，我早就想把它们还给您；请您现在收回去吧。

哈姆莱特　不，我不要；我从来没有给你什么东西。

奥菲利娅　殿下，我记得很清楚您把它们送给了我，那时候您还向我说了许多甜言蜜语，使这些东西格外显得贵重；现在它们的芳香已经消散，请您拿回去吧，因为在有情人看来，送礼的人要是变了心，礼物虽贵，也会失去价值。拿去吧，殿下。

哈姆莱特　哈哈！你诚实吗？

奥菲利娅　殿下！

哈姆莱特　你美丽吗？

奥菲利娅　殿下是什么意思？

哈姆莱特　要是你既贞洁又美丽，那么你的贞洁应该断绝跟你的美丽来往。

奥菲利娅　殿下，难道美丽除了贞洁以外，还有什么更好的伴侣吗？

哈姆莱特　嗯，真的；因为美丽可以使贞洁变成淫荡，贞洁却未必能使美丽受到它的感化；这句话从前像是怪诞之谈，可是现在时间已经把它证实了。我的确曾经爱过你。

奥菲利娅　真的，殿下，您曾经使我相信您爱我。

哈姆莱特　你当初就不应该相信我，因为美德不能熏陶我们罪恶的本性；我没有爱过你。

奥菲利娅　那么我真是受了骗了。

哈姆莱特　进修道院去吧；为什么你要生一群罪人出来呢？我自己还不算是一个顶坏的人；可是我可以指出我的许多过失，一个人有了那些过失，他的母亲还是不要生下他来的好。我很骄傲，有仇必报，富于野心，我的罪恶是那么多，我都想不出怎么形容我的罪恶，甚至于我都没有充分的时间把我罪恶的企图一一付出行动。像我这样的家伙匍匐于天地之间有什么用处呢？我们都是些十足的坏人；一个也不要相信我们。进修道院去吧。你的父亲呢？

奥菲利娅　在家里，殿下。

哈姆莱特　把他关起来，让他只好在家里发发傻劲。再会！

奥菲利娅　哎哟，天哪！救救他！

哈姆莱特　要是你一定要嫁人，我就把这一个咒诅送给你作嫁妆：尽管你像冰一样坚贞，像雪一样纯洁，你还是逃不过谗人的诽谤。进修道院去吧，去；再会！或者要是你必须嫁人的话，就嫁给一个傻瓜吧；因为聪明人都明白你们会叫他们变成怎样的怪物。进尼姑庵去吧，去；越快越好。再会！

奥菲利娅　天上的神明啊，让他清醒过来吧！

哈姆莱特　我也知道你们会怎样涂脂抹粉；上帝给了你们一张脸，你们又替自己另外造了一张。你们卖弄风骚，你们媚声浪语，你们油腔滑调，替上帝造下的生物乱取名字，让你们的放荡变成了你们的无知。算了吧，我不想再说下去了；这已经使我发了狂。我说，我们以后再不要结什么婚了；已经结过婚的，除了一个人以外，都可以让他们活下去；没有结婚的不准再结婚，进修道院去吧，去。（下）

奥菲利娅　啊，何等高尚的人竟就这样毁了！朝臣的眼睛、学者的辩舌、军人的利剑、国家的期望和花朵；时尚的明镜、人伦的雅范、举世瞩目的对象，这样无可挽回地毁了！我是一切女性中最伤心而不幸的女人,我曾经从他音乐一般的盟誓中吮吸芬芳的甘蜜,现在却眼看着他的高贵无上的理智,像一串美妙的银铃失去了谐和的音调,无与伦比的青春美貌,在疯狂中凋谢！啊！我好苦,谁料过去的繁华变作今朝的泥土!

(国王及波洛涅斯重上)

国王 恋爱！他的精神错乱不像是为了恋爱;他说的话虽然有些颠倒,也不像是疯狂。他有些什么心事盘踞在他的心里,我怕它也许会产生危险的结果。为了防止万一,我已经当机立断,决定了一个办法:他必须立刻到英国去,向他们追索延宕未纳的贡物;也许他到海外各国游历一趟以后,时时变换的环境,可以替他排解去这一桩使他神思恍惚的心事。你看怎么样?

波洛涅斯 那很好;可是我相信他的郁闷根本原因,还是为了恋爱上的失意。啊,奥菲利娅！你不用告诉我们哈姆莱特殿下说些什么话;我们全都听见了。陛下,照您的意思办吧;可是您要是认为可以的话,不妨在戏剧终场以后,让他的母后独自一人跟他在一起,恳求他向她吐露他的心事;她必须坦诚地跟他交谈,我就找一个所在听他们说些什么。要是她也探听不出他的秘密来,您就叫他到英国去,或者凭着您的高见,把他关禁在一个适当的地方。

国王 就这样吧;大人物的疯狂是不能听其自然的。(同下)

第二场　城堡中的厅堂

(哈姆莱特及若干伶人上)

哈姆莱特 请你念这段剧词的时候,要照我刚才读给你听的那样子,一个字一个字从舌尖轻轻吐出;要是你也像多数的伶人们一样,只会拉开了喉咙嘶叫,那么我宁愿叫宣布告示的公差念我这几行词句。也不要老是把你的手这么摇挥;一切动作都要温文尔雅,因为就是在洪水暴风一样的感情激发之中,你也必须有所节制,免得流于过火。啊！我最不愿意听见一个披着假发的家伙在台上乱嚷乱叫,把一段感情片片撕碎,让那些只爱热闹的低级观众听了出神,他们中间的大部分是除了欣赏一些莫名其妙的手势以外,什么都不懂。我可以把这种家伙抓起来抽一顿鞭子,因为他把妥玛刚特形容过分,希律王的凶暴也要对他甘拜下风。请你留心避免才好。

伶甲 我留心就是,殿下。

哈姆莱特 可是不要过于平淡,你应该接受你自己的常识的指导,把动作和言语互相配合起来;特别要注意到这一点,你不能越过自然的常道;因为任何过分的表现都是和演戏的原意相反的,自有戏剧以来,它的目的始终是反映自然,显示善恶的本来面目,展示时代的形形色色和方方面面。要是表演得过火或者过于懈怠,虽然可以博外行的观众一笑,有识之士却要因此而皱眉;你必须看重他们的批评甚于满场观众盲目的毁誉。啊! 我曾经看见有几个伶人演戏,而且也听见有人大肆捧场,说一句比较冒犯神灵的话,他们既不会说基督徒的语言,又不会学着基督徒、异教徒或者一般人的样子走路,瞧他们在台上大摇大摆,使劲叫喊的样子,我心里就想一定是什么造化的雇工把他们造了下来,造得这样拙劣,以至于全然失去了人类的面目。

伶甲　我希望我们在这方面已经有了相当的纠正了。

哈姆莱特　啊! 你们必须彻底纠正这一种弊病。还有你们那些扮演小丑的,除了剧本上专为他们写下的台词以外,不要让他们临时编造一些话加上去。往往有许多小丑爱用自己的笑声,引起台下一些无知的观众哄笑,尽管那时候全场的注意力应当集中于其他更重要的问题上;这种不齿的行为,这样做表现了丑角的可鄙野心。去,准备起来吧。(伶人等同下)

(波洛涅斯、罗森克兰兹及吉尔登施特恩上)

哈姆莱特　啊,大人,国王愿意来听这一本戏吗?

波洛涅斯　他跟王后马上就到。

哈姆莱特　叫那些戏子们赶紧点儿。(波洛涅斯下)你们两人也去帮着催催他们。

罗森克兰兹　是,殿下。

(罗森克兰兹、吉尔登施特恩下)

哈姆莱特　喂! 霍拉修!

(霍拉修上)

霍拉修　有,殿下。

哈姆莱特　霍拉修,你是我所交接的人中最正直的一个人。

霍拉修　啊,殿下! ——

哈姆莱特　不,不要以为我在恭维你;你除了你的善良,身无长物,我恭维了你又有什么好处呢? 为什么要恭维穷人? 不,让蜜糖一样的嘴唇去吮舐愚妄的荣华,在有利可图的所在屈下他们生财有道的膝盖来吧。听着。自从我能够辨别是非、察择贤愚以后,你就是我灵魂里选中的一个人,因为你虽然经历一切的颠沛,却不曾受到一点伤害,命运的虐待和恩宠你都受之泰然;能够把感情和理智调整得那么适当,命运不能把他玩弄于指掌之间,那样的人是有福的。给我一个不为感情所奴役的人,我愿意把他珍藏在我的心坎,我的灵魂的深处,正像我对你一样。这些话现在也不必多说了。今晚我们要在国王面前演一出戏,其中有一场的情节跟我告诉过你的我的父亲的死状颇相仿佛;当那幕戏正在串演的时候,我要请你集中精神,注视我的叔父,要是他在听到了那一段戏词以后,他的隐藏的罪恶不露出一丝痕迹来,那么我们所看见的那个鬼魂一定是个恶魔,我的幻想也就像铁匠的砧石那样黑漆一团了。留心看他;我也要把我的眼睛看定他的脸上;过后我们再把各人观察的结果综合起来,给他下一个判断。

霍拉修 很好,殿下;在演这出戏的时候,要是他在容色举止之间,有什么地方逃过了我们的注意,请您唯我是问。

哈姆莱特 他们来看戏了;我必须装出无所事事的样子。你去拣一个地方坐下。

(奏丹麦进行曲,喇叭奏花腔。国王、王后、波洛涅斯、奥菲利娅、罗森克兰兹、吉尔登施特恩及余人等上)

国王 哈姆莱特贤侄,你过得好吗?

哈姆莱特 很好,好极了;我过的是变色蜥蜴的生活,整天吃空气,肚子塞满了甜言蜜语;你们不能这样饲喂阉鸡。

国王 你这种话真是答非所问,哈姆莱特;我不是那个意思。

哈姆莱特 不,我现在也没有那个意思。(向波洛涅斯)大人,您说您在大学里念书的时候,演过戏吗?

波洛涅斯 是的,殿下,他们都称赞我是一个好演员哩。

哈姆莱特 您扮演什么角色呢?

波洛涅斯 我扮的是裘力斯·凯撒;勃鲁托斯在神庙里把我杀死。

哈姆莱特 他在神庙里杀死了那么好的一头小牛,真太残忍了。那班戏子已经预备好了吗?

罗森克兰兹 是,殿下,他们在等候您的旨意。

王后 过来,我的好哈姆莱特,坐在我的旁边。

哈姆莱特 不,好妈妈,这儿有一个更迷人的东西哩。

波洛温斯 (向国王)啊哈!您看见吗?

哈姆莱特 小姐,我可以睡在您的怀里吗?

奥菲利娅 不,殿下。

哈姆莱特 我的意思是说,我可以把我的头枕在您的膝上吗?

奥菲利娅 嗯,殿下。

哈姆莱特 您以为我在转着下流的念头吗?

奥菲利娅 我没有想到,殿下。

哈姆莱特 睡在小姐大腿的中间倒是妙想天开。

奥菲利娅 什么,殿下?

哈姆莱特 没有什么。

奥菲利娅 您在开玩笑哩,殿下。

哈姆莱特　谁，我吗？

奥菲利娅　嗯，殿下。

哈姆莱特　上帝啊！要说玩笑，那就得属我了。一个人为什么不说说笑笑呢？您看，我的母亲多么高兴，我的父亲才不过死了两个钟头。

奥菲利娅　不，已经四个月了，殿下。

哈姆莱特　这么久了吗？哎哟，那么让魔鬼去穿孝服吧，我可要去做一身貂皮的新衣啦。天啊！死了两个月还没有把他忘记吗？那么也许一个大人物死了以后，他的记忆还可以保持半年之久；可是凭着圣母起誓，他必须造下几所教堂，否则他就要跟那被遗弃的木马一样，没有人再会想念他了。哀悼木马的那句歌词是这样："唉，唉，木马已经被人遗忘！"

（高音笛奏乐。哑剧登场）

（一国王及一王后上，状极亲热，互相拥抱。后跪地，向王作宣誓状，王扶后起，俯首后颈上。王就花坪上睡下；后见王睡熟离去。另一人上，自王头上去冠，吻冠，注毒药于王耳，下。后重上，见王死，作哀恸状。下毒者率其他二三人重上，佯作陪后悲哭状。从者移王尸下。下毒者以礼物赠后，向其乞爱；后先作憎恶不愿状，卒允其请。同下）

奥菲利娅　这是什么意思，殿下？

哈姆莱特　呃，这是阴谋诡计，恶作剧。

奥菲利娅　大概这一场哑剧就是全剧的剧情了。

（致开场词者上）

哈姆莱特　这家伙可以告诉我们一切；戏子不能保守秘密，他们什么话都会说出来。

奥菲利娅　他告诉我们这场哑剧是什么意思？

哈姆莱特　是；你的任何表演他都能给你作出解释；只要你做出来不害臊，他解释起来也决不害臊。

奥菲利娅　你真是淘气，你真是淘气。我还是看戏吧。

开场词

　　　　这悲剧要是演不好，

　　　　要请各位原谅指教，

　　　　恳请你们耐心听来。（致开场词者下）

哈姆莱特　这算开场词呢，还是指环的诗铭？

奥菲利娅　太短了，殿下。

哈姆莱特　正像女人的爱情一样。

（二伶人扮国王、王后上）

伶王

日轮已经盘绕三十春秋

那茫茫海水和滚滚地球，

月亮吐耀着借来的晶光，

三百六十回向大地环航，

自从爱把我们缔结良姻，

许门替我们证下了鸳盟。

伶后

愿日月继续他们的周游，

让我们再厮守三十春秋！

可是唉，你近来这样多病，

郁郁寡欢，失去旧时高兴，

好教我满心里为你忧惧。

可是，我的主，你不必疑虑；

女人的忧伤像爱情一样，

不是太少，就是超过分量；

你知道我爱你是多么深，

所以才会有如此的忧心。

越是相爱，越是挂肚牵胸；

不这样哪显得你我情浓？

伶王

爱人，我不久必须离开你，

我的全身将要失去生机；

留下你在这繁华的世界

安享尊荣，受人们的敬爱：

也许再嫁一位如意郎君——

伶后

啊！我断不是那样薄情人；

我倘忘旧迎新，难邀天恕，

再嫁的除非是杀夫淫妇。

哈姆莱特　（旁白）苦恼，苦恼！

伶后

妇人失节大半贪慕荣华，

多情女子决不另抱琵琶；

我要是与他人共枕同衾，
怎么对得起地下的先灵！

伶王

我相信你的话发自心田，
可是我们往往自食前言。
志愿不过是记忆的奴隶，
总是有始无终，虎头蛇尾，
像未熟的果子密布树梢，
一朝红烂就会离去枝条。
我们对自己所负的债务，
最好把它丢在脑后不顾；
一时的热情中发下誓愿，
心冷了，那意志也随云散。
过分的喜乐，剧烈的哀伤，
反会毁害了感情的本常。
人世间的哀乐变幻无端，
痛哭转瞬早变成了狂欢。
世界也会有毁灭的一天，
何怪爱情要随境遇变迁；
有谁能解答这一个哑谜，
是境由爱造？是爱逐境移？
失财势的伟人举目无亲；
走时运的穷酸仇敌逢迎。
这炎凉的世态古今一辙：
富有的门庭挤满了宾客；
要是你在穷途向人求助，
即使知交也要情同陌路。
把我们的谈话拉回本题，
意志命运往往背道而驰，
决心到最后会全部推倒，
事实的结果总难符预料。
你以为你自己不会再嫁，
只怕我一死你就要变卦。

伶后

地不要养我，天不要亮我！

昼不得游乐，夜不得安卧！

毁灭了我的希望和信心；

铁锁囚门把我监禁终身！

每一种恼人的飞来横逆，

把我一重重的心愿摧折！

我倘死了丈夫再作新人，

让我生前死后永陷沉沦！

哈姆莱特　要是她现在背了誓！

伶王

难为你发这样重的誓愿。

爱人，你且去；我神思昏倦，

想要小睡片刻。（睡）

伶后

愿你安睡；

上天保佑我俩永无灾悔！（下）

哈姆莱特　母亲，您觉得这出戏怎样？

王后　我觉得那女人在表白心迹的时候，说话过火了一些。

哈姆莱特　啊，可是她会守约的。

国王　这本戏是怎么一个情节？里面没有什么要不得的地方吗？

哈姆莱特　不，不，他们不过开玩笑毒死了一个人；没有什么要不得的。

国王　戏名叫什么？

哈姆莱特　《捕鼠机》。呃，怎么？这是一个象征的名字。戏中的故事影射维也纳的一件谋杀案。贡扎古是那公爵的名字；他的妻子叫做巴布蒂斯塔。您看下去就知道是怎么一回事啦。这是个很恶劣的作品，可是那有什么关系？陛下，我们都是良心无愧之人，这与我们毫不相干；背部磨伤的马儿才会战栗，我们的肩头并不曾受伤。

（一伶人扮琉西安纳斯上）

哈姆莱特　这个人叫做琉西安纳斯，是国王的侄子。

奥菲利娅　您很会解释剧情，殿下。

哈姆莱特　要是我看见傀儡戏搬演您跟您爱人的故事，我也会替你们解释的。

奥菲利娅　您的嘴真厉害，殿下，您的嘴真厉害。

哈姆莱特 我要是真厉害起来,你非得哼哼不可。

奥菲利娅 说好就好,说糟就糟。

哈姆莱特 女人嫁人也是一样。动手吧,凶手! 混账东西,别扮鬼脸了,动手吧! 来;哇哇的乌鸦发出复仇的啼声。

琉西安纳斯

黑心快手,遇到妙药良机;

趁着没人看见事不宜迟。

你夜半采来的毒草炼成,

赫卡忒的咒语念上三巡,

赶快发挥你凶恶的魔力,

让他的生命速归于幻灭。(以毒药注入睡者耳中)

哈姆莱特 他为了觊觎权位,在花园里把他毒死。他的名字叫贡扎古;那故事原文还存在,是用很好的意大利文写成的。底下就要讲到凶手怎样得到贡扎古妻子的爱了。

奥菲利娅 国王站起来了!

哈姆莱特 什么! 给一响空枪吓怕了吗?

王后 陛下怎么样啦?

波洛涅斯 不要演下去了!

国王 给我点起火把来! 去!

众人 火把! 火把! 火把!(除哈姆莱特、霍拉修外均下)

哈姆莱特 嗨,让那中箭的母鹿掉泪,

　　　　没有受伤的公鹿自去游玩;

　　　　有的人失眠,有的人酣睡,

　　　　世界就是这样循环轮转。

先生,要是我的命运跟我作起对来,凭着我这念词的本领,头上插上满头的羽毛,开缝的靴子上再缀上两朵绢花,你想我能不能在戏班子里插足?

霍拉修 半股。

哈姆莱特 一股。

因为你知道,亲爱的朋友,

这一个荒凉破碎的国土

原本是乔武统治的雄邦,

而今王位上却坐着——孔雀。

霍拉修 您该押韵才是。

哈姆莱特 啊,好霍拉修! 那鬼魂真的没有骗我。你看见吗?

霍拉修　看见的,殿下。

哈姆莱特　在投毒的时候?

霍拉修　我看得他很清楚。

哈姆莱特　啊哈!来,奏乐!来,那吹笛子的呢?

要是国王不爱这出喜剧,

那么他多半是不大喜欢。

来,奏乐!

（罗森克兰兹及吉尔登施特恩重上）

吉尔登施特恩　殿下,允许我跟您说句话。

哈姆莱特　好,你对我讲全部历史都可以。

吉尔登施特恩　殿下,国王——

哈姆莱特　嗯,国王怎么样?

吉尔登施特恩　他回去以后非常不舒服。

哈姆莱特　喝醉了吗?

吉尔登施特恩　不,殿下,他在发脾气。

哈姆莱特　你应该把这件事告诉他的医生,才算你的聪明;因为叫我去替他诊视,恐怕他反而大发脾气。

吉尔登施特恩　好殿下,请您说话检点些,别这样疯疯癫癫拉扯。

哈姆莱特　好,我是听你的话,你说吧。

吉尔登施特恩　您的母后心里很难过,所以叫我来。

哈姆莱特　欢迎得很。

吉尔登施特恩　不,殿下,这一种礼貌是用不着的。要是您愿意好好回答我,我就把您母亲的意旨向您传达;不然的话,请您原谅我,让我就这么回去,我的事情就算完了。

哈姆莱特　我不能。

吉尔登施特恩　您不能什么,殿下?

哈姆莱特　我不能给你一个好好的回答,因为我的脑子已经坏了;可是我所能够给你的回答,你——我应该说我的母亲——可以要多少有多少。所以别说废话,言归正传吧;你说我的母亲——

罗森克兰兹　她这样说:您的行为使她非常吃惊。

哈姆莱特　啊,好儿子,居然会叫一个母亲吃惊!可是在母亲吃惊的后面还有些什么话呢?说吧。

罗森克兰兹　她请您在就寝以前,到她房间里去跟她谈谈。

哈姆莱特　即使她十次是我的母亲,我也一定服从她。你还有什么别的事情？

罗森克兰兹　殿下，我曾经蒙您错爱。

哈姆莱特　凭着我这双手起誓，我还是欢喜你的。

罗森克兰兹　好殿下，您心里这样不痛快，究竟为了什么原因？要是您不肯把您的心事告诉您的朋友，那恐怕会害您自己失去自由。

哈姆莱特　我不满足我现在的地位。

罗森克兰兹　怎么！国王自己已经亲口把您立为王位的继承者了，您还不能满足吗？

哈姆莱特　嗯，可是"要等草儿青青——"这句老话也有点儿发了霉啦。

（乐工等持笛上）

哈姆莱特　啊！笛子来了；拿一支给我。跟你们退后一步说话；为什么你们总这样千方百计地绕到我下风的一面，好像一定要把我逼进你们的圈套？

吉尔登施特恩　啊！殿下，要是我过于冒昧放肆，那是因为我对于您敬爱太深的缘故。

哈姆莱特　我不大懂得你的话。你愿意吹吹这笛子吗？

吉尔登施特恩　殿下，我不会吹。

哈姆莱特　请你吹一吹。

吉尔登施特恩　我真的不会吹。

哈姆莱特　请你不要客气。

吉尔登施特恩　我真的一点不会，殿下。

哈姆莱特　那是跟说谎一样容易的；你只要用你的手指按着笛孔，把你的嘴放在上面一吹，它就会发出最好听的音乐来。看，这些是音栓。

吉尔登施特恩　可是我不会吹出和谐的曲调来；我没有这样的本事。

哈姆莱特　哼，你把我看成了什么东西！你会玩弄我；你自以为摸得到我的心窍；你想要探出我的内心的秘密；你会从我的最低音试到我的最高音；可是在这支小小的乐器之内，藏着绝妙的音乐，你却不会使它发出声音来。哼，你以为玩弄我比玩弄一支笛子容易吗？无论你把我叫作什么乐器，你也只能撩拨我，不能玩弄我。

（波洛涅斯重上）

哈姆莱特　上帝祝福你，先生！

波洛涅斯　殿下，王后请您立刻就去见她说话。

哈姆莱特　你看见那片像骆驼一样的云吗？

波洛涅斯　嗳哟，它真的像一头骆驼。

哈姆莱特　我想它还是像一头鼬鼠。

波洛涅斯　它拱起了背,正像是一头鼬鼠。

哈姆莱特　还是像一条鲸鱼吧?

波洛涅斯　很像一条鲸鱼。

哈姆莱特　那么等一会儿我就去见我的母亲。(旁白)我给他们愚弄得再也忍不住了。(高声)我等一会儿就来。

波洛涅斯　我就去这么说。(下)

哈姆莱特　说等一会儿是很容易的。离开我,朋友们。(除哈姆莱特外均下)现在是一夜之中最阴森的时候,鬼魂都在此刻从坟墓里出来,地狱也要向人世吐瘴气;现在我可以痛饮热腾腾的鲜血,干那白昼所不敢正视的残忍行为。且慢!我还要到我母亲那儿去一趟。心啊!不要失去你的天性之情,永远不要让尼禄的灵魂潜入我这坚定的胸怀;让我做一个凶徒,可是不要做一个逆子。我要用利剑一样的话语刺痛她的心,可是决不伤害她身体上一根毛发;我的舌头和灵魂这一次要学学伪善者的样子,无论在言语上给她多么严厉的谴责,在行动上却要做得丝毫不让人家指摘。(下)

选自《莎士比亚文集》,朱生豪译,漓江出版社,2004

莎士比亚十四行诗选

[英国]莎士比亚

我怎么能够把你来比作夏天？

我怎么能够把你来比作夏天？
你不独比它可爱也比它温婉：
狂风把五月宠爱的嫩蕊作践，
夏天出赁的期限又未免太短：
天上的眼睛有时照得太酷烈，
它那炳耀的金颜又常遭掩蔽：
被机缘或无常的天道所摧折，
没有芳艳不终于雕残或销毁。
但是你的长夏永远不会凋落，
也不会损失你这皎洁的红芳，
或死神夸口你在他影里漂泊，
当你在不朽的诗里与时同长。
只要一天有人类，或人有眼睛，
这诗将长存，并且赐给你生命。

当我受尽命运和人们的白眼

当我受尽命运和人们的白眼，
暗暗地哀悼自己的身世飘零，
徒用呼吁去干扰聋聩的昊天，
顾盼着身影，诅咒自己的生辰，
愿我和另一个一样富于希望，
面貌相似，又和他一样广交游，
希求这人的渊博，那人的内行，
最赏心的乐事觉得最不对头；
可是，当我正要这样看轻自己，
忽然想起了你，于是我的精神，
便像云雀破晓从阴霾的大地
振翮上升，高唱着圣歌在天门：

一想起你的爱使我那么富有，
和帝王换位我也不屑于屈就。

像波浪滔滔不息地滚向沙滩

像波浪滔滔不息地滚向沙滩：
我们的光阴息息奔赴着终点；
后浪和前浪不断地循环替换，
前推后拥，一个个在奋勇争先。
生辰，一度涌现于光明的金海，
爬行到壮年，然后，既登上极顶，
凶冥的日蚀便遮没它的光彩，
时光又撕毁了它从前的赠品。
时光戳破了青春颊上的光艳，
在美的前额挖下深陷的战壕，
自然的至珍都被它肆意狂啖，
一切挺立的都难逃它的镰刀：
可是我的诗未来将屹立千古，
歌颂你的美德，不管它多残酷！

以上选自《外国诗歌鉴赏辞典》（古代卷），吴笛主编，梁宗岱译，上海辞书出版社，2009

彼特拉克十四行诗选

［意大利］彼特拉克

爱的忠诚

不论我在南方冒着赤日炎炎，
或在阳光无力融化冰雪之处，
或在阳光和煦的温暖国土，
不论与狂人为伍或在哲人之间，

不论我身份是高贵或是低贱，
不论是长夜漫漫或白昼短促，
不论是晴空如洗或乌云密布，
不论是年华正茂或双鬓斑斑；

不论我在人间、地狱或天堂，
在滔滔洪水中，或在高山深谷，
不论患病或健康，快乐或忧伤，

不论住在何处，自由或为奴，
我永属于她；哪怕我的希望
永成泡影，这念头已令我满足。

爱的矛盾

我结束了战争，却找不到和平，
我发烧又发冷，希望混着恐怖，
我乘风飞翔，又离不开泥土，
我占有整个世界，却两手空空；

我并无绳索缠身枷锁套颈，
我却仍是个无法脱逃的囚徒，

我既无生之路，也无死之途，
即便我自寻，也仍求死不能；

我不用眼而看，不用舌头而抱怨，
我愿灭亡，但我仍要求康健，
我爱一个人，却又把自己怨恨；

我在悲哀中食，我在痛苦中笑，
不论生和死都一样叫我苦恼，
我的欢乐啊，正是愁苦的原因。

以上选自《外国诗歌鉴赏辞典》（古代卷），吴笛主编，飞白译，上海辞书出版社，2009

仙　后（节选）

[英国]斯宾塞

第一卷
红十字骑士或虔诚的传奇

第一章[1—45行]

真正"神圣"的保护圣徒，

　击败丑恶的"错误"；

"虚伪"诱使他陷入圈套，

　邀他到家中留宿。

1

有一位高贵的骑士驱马在平原，

　全副武装，银制盾牌手中持①，

　归时的深深创痕残留在盾面，

　那是多次血战的残酷标记；

　但直到这时，他尚未用过这武器：

　怒马咬啮着笼头，口沫喷飞，

　仿佛不甘于屈从马勒的绊羁：

　那骑士英姿飒爽，端坐在马背，

适合于激烈的战斗和骑士的比武大会。

2

他胸前饰有一枚血红的十字，

　这是对殉难之主的亲切纪念，

　为了主，他戴上这枚光辉的标志，

---

① 见《以弗所书》(6：11—17)："穿上神赐的全副武装，坚强地抵御魔鬼的攻击……此外，更要高举信心的盾牌，扑灭恶魔的火箭。"红十字骑士的甲胄象征每个基督徒的甲胄。

159

敬奉主——虽死犹如永活一般①：
同样的红十字也绘在银盾上面，
表明想获得主佑的最高希望：
在言行两方面他都忠心可见，
但一副庄严的神情流露在脸上；
他无所畏惧，却总是令人敬畏异常。

3

他前去从事一项伟大的冒险——
这任务由格罗丽亚娜，那位光荣
伟大的仙国王后，交他来承担——
以赢得自己的荣誉和她的恩宠，
他渴望的人世事物唯有这两重；
他马不停蹄，心中一直渴望
考验自己的力量，通过对敌的英勇
战斗，同时也认识新的力量②，
他将与可怕的仇敌恶龙③大战一场。

5

有一位可爱的女郎④在他的身边，
骑着矮小的白驴，比白雪还白，
然而她更赛粉欺霜，但她的容颜
却被低垂的褶纹面罩遮盖，
一件黑色的披肩，她披覆在外，
像内心充满悲痛：她极度忧伤，
沉郁地坐在驴背上缓缓行来：
仿佛心里有某种隐秘的悲怆，
手中用绳索牵着一只乳白的羔羊。

---

① 见《启示录》(1：18)："我是那永活者；我曾死去，但已经复活了，而且要活到永远。"
② "新的力量"或指他新获之盾牌的力量，或指他使用这盾牌的、未经检验的力量。
③ 见《启示录》(20：2)："那龙，就是那古蛇，也就是魔鬼和撒旦……"
④ 即本卷第 45 节中所说的乌娜(Una，在拉丁文中意为"一")。她代表真理、真正的信仰和真正的教会。她的"矮小的白驴"表明她的谦卑。《约翰福音》(12：14)："耶稣已经找到一匹驴驹，骑着进城。"以及《马太福音》(21：5)："告诉耶路撒冷：她的君王谦卑地骑着驴驹子进城了。"

6

她纯真无邪,就和那羔羊①一样,
　　在生活和一切美德的教导各方面。
　　她出身皇族;远古时代的国王
　　和王后是她的祖先,他们从前
　　使权杖从东方延伸到西方海岸,
　　全世界都受他们的统治和左右;
　　直到地狱的恶魔以喧嚣和骚乱
　　蹂躏他们的国土,把他们赶走:
　　她从远方召唤来这位骑士为她复仇。

选自《外国诗歌鉴赏辞典》(古代卷),吴笛主编,胡家峦译,上海辞书出版社,2009

---

① 羔羊暗示乌娜的纯洁清白以及她的基督教性质。《约翰福音》(1:29):"约翰远远地看见耶稣走过来,就说:'看哪!这就是神的羔羊,……'"

龙萨诗选

[法国]龙萨

给卡桑德雷

爱人,我们去看看蔷薇,
今晨,映着太阳的光辉,
她解开了红色的衣衫,
看看她在这黄昏时分,
可曾丧失红衫的褶纹
以及像你一样的红颜。

爱人,你看看,曾几何时,
唉!她已经是落英委地,
唉,唉,她的花瓣已飘零!
大自然真像一位晚娘,
这样的花也活不久长,
从早晨维持不到黄昏!
因此,假如相信我的话,
爱人,趁你的大好年华,
正在青春烂漫的时光,
采下,采下你青春之花;
别让老年,像这蔷薇花,
使你的玉容黯淡无光。

(钱春绮 译)

但 愿 我

啊!但愿我能发黄而变稠,
化作一场金雨,点点滴滴
落进我的美人卡桑德蕾怀里,
趁睡意滑进她眼皮的时候;

我也愿发白而变一头公牛,
趁她在四月走过柔嫩的草地,

趁她像一朵花儿使群芳入迷，
便施展巧计而把她劫走。

啊，为了把我的痛苦消减，
我愿做那喀索斯，化作清泉，
让我整夜在泉中沉醉，
我还求这一夜化作永恒，
我还求晨曦不要再升，
不再重新点燃白昼的光辉。

当你衰老之时

当你衰老之时，伴着摇曳的灯
晚上纺纱，坐在炉边摇着纺车，
唱着、赞叹着我的诗歌，你会说：
"龙萨赞美过我，当我美貌年轻。"

女仆们已因劳累而睡意蒙眬，
但一听到这件新闻，没有一个
不被我的名字惊醒，精神振作，
祝福你受过不朽赞扬的美名。

那时，我将是一个幽灵，在地底，
在爱神木的树荫下得到安息；
而你呢，一个蹲在火边的婆婆，

后悔曾高傲地蔑视了我的爱。——
听信我：生活吧，别把明天等待，
今天你就该采摘生活的花朵。

以上选自《世界诗库》，飞白主编，飞白译，花城出版社，1994

17 世纪文学

达尔杜弗（节选）

[法国]莫里哀

第三幕

第一场

（大密斯，道丽娜）

大密斯　我要是见了尊长或者官长畏缩不前，我要是豁不出去，来它一下子，雷劈了我，到处把我当作顶要不得的废物看待！

道丽娜　求求你，先别生这么大的气：这门亲事你父亲不过是口头上提了提。话到，不见得做到，还有一大段路呐。

大密斯　我一定要把坏蛋的阴谋揭破，让他听几句好听的。

道丽娜　嘻！慢着！对付他，还有你父亲，都交给你后妈吧。她对达尔杜弗有作用；她一开口，不管说什么，他就笑脸相迎，他心里头就许对她很有意思。但愿真是这样才好！那就妙啦。总之，她为了你们的缘故，要请他过来谈谈。你气不过的亲事，她约他就为试探试探他，听听他的意见，还要让他知道，万一他对这个计划抱着什么希望的话，就会引起不幸的纠纷的。他的听差说他在祷告，我没有能见到他；不过这听差又对我讲，他就要下来。所以，我求你了，出去吧。让我等他好了。

大密斯　我可以参加他们的谈话。

道丽娜　使不得。只好他们两个人。

大密斯　我不对他开口也就是了。

道丽娜　你这是自说自话：谁不晓得你平时脾气急躁，真正坏事的就是这种脾气。出去吧。

大密斯　不，我偏要看，我不动怒就是了。

道丽娜　你可真叫人讨厌！他来啦。走开。

第二场

(达尔杜弗,劳朗,道丽娜)

达尔杜弗 (望见道丽娜)劳朗,把我修行的苦衣和教鞭收好了;祷告上帝,神光永远照亮你的心地。有人来看我,就说我把募来的钱分给囚犯去了。

道丽娜 真会装蒜、吹牛!

达尔杜弗 你有什么事?

道丽娜 告诉您……

达尔杜弗 (从他的衣袋内掏出一条手绢)啊! 我的上帝,我求你了,在说话之前,先拿着这条手绢。

道丽娜 干什么?

达尔杜弗 盖上你的胸脯。我看不下去:像这样的情形,败坏人心,引起有罪的思想。

道丽娜 原来您这样经不起诱惑,肉身子对您起这么大的作用? 说实话,我不知道您心里热烘烘的,在冒什么东西,可是我呀,简直麻木不仁,我可以从头到脚看您光着。您浑身上下的皮,别想动得了我的心。

达尔杜弗 你说话要有一点分寸,不然的话,我马上就走。

道丽娜 不,不,该走的是我,您待下来吧,我就那么一句话对您讲。太太就要到楼底下这间大厅来,希望您赏脸谈谈。

达尔杜弗 哎呀! 欢迎之至。

道丽娜 (向自己)他一下子就软下来啦! 真的,我总觉得我先前的话有道理。

达尔杜弗 她这就来?

道丽娜 我好像听见她来了。是的,是她本人,我留下你们在一起啦。

第三场

(艾耳密尔,达尔杜弗)

达尔杜弗 愿上天体好生之德,保佑您心身永远健康,并俯允最谦恭的信徒的愿望,赐你福寿无疆。

艾耳密尔 十分感谢这种虔诚的祝词。不过我们坐下来吧,这样舒服多了。

达尔杜弗 尊恙见好了吗?

艾耳密尔 好多了! 很快就退烧啦。

达尔杜弗 上天这种恩典,绝不是我的祷告所能为力的;可是我没有一次祈祷,不是恳求上天,恢复您的健康的。

艾耳密尔 您过分为我操心了。

达尔杜弗 珍重您宝贵的健康,就无所谓过分不过分;我宁可牺牲自己的健康,也要恢复您的健康。

艾耳密尔 难得您这样发扬基督的仁爱精神,种种盛德,我简直不知道怎么感谢了。

达尔杜弗 比起我该当为您效劳的,相去还很远。

艾耳密尔 我想跟您单独谈一桩事,我很高兴现在没有人偷听。

达尔杜弗 我也一样喜出望外。夫人,只我一个人和您在一起,我确实心里好过。我求上天赐我这样一个机会,直到如今,才算给了我。

艾耳密尔 我这方面,就希望听您一句话,什么也不隐瞒,以真诚相见。

达尔杜弗 感谢上天的特殊恩典,我也希望,把我全部的心情暴露给您看,并以上天的名义,向您声明:有些人爱慕您的姿色,来府上作客,我虽然责备,但是对您本人,并没有丝毫仇恨的意思,其实只是热情所至,不由自主,动机纯洁……

艾耳密尔 我也这样想,并且相信您是为了我好,才操这份心的。

达尔杜弗 (捏住她的手指尖)是呀,夫人,的确是这样的,我热烈到这种地步……

艾耳密尔 呀! 您把我捏疼啦。

达尔杜弗 因为我过于心热,我没有一点点要您难过的意思,我宁可……
(他把手放在她的膝盖上)

艾耳密尔 您把手放在我这儿干什么?

达尔杜弗 我摸摸您的衣服:料子挺柔软的。

艾耳密尔 啊! 请您拿开手,我顶怕痒痒。
(她往后挪开椅子,达尔杜弗拿椅子往前凑)

达尔杜弗 我的上帝! 花边织的多灵巧! 如今的手艺简直神啦,我从来没有见过这样细巧的东西。

艾耳密尔 的确好。不过我们还是谈谈正经吧。据说,我丈夫打算毁约,把女儿另嫁给您,您说,真有这回事吗?

达尔杜弗 他对我提起来的;不过说实话,夫人,这不是我朝思暮想的幸福;人间极乐,美妙难言,能使我心满意足的,我看还在旁的地方。

艾耳密尔 那是因为您不贪恋红尘的缘故。

达尔杜弗 我胸脯里的心不是石头做的。

艾耳密尔 在我看来,我相信您一心一意礼拜上天,尘世与您无关。

达尔杜弗　我们爱永生事物的美丽,不就因此不爱人间事物的美丽;上天制造完美的作品,我们的心灵就有可能容易入迷。类似您的妇女,个个儿反映上天的美丽,可是上天最珍贵的奇迹,却显示在您一个人身上:上天给了您一副美丽的脸,谁看了也目夺神移,您是完美的造物,我看在眼里,就不能不赞美造物主;您是造物主最美的自画像,我心里不能不感到热烈的爱。起初我怕这种私情是魔鬼的奇袭,甚至于把您看成我修道的障碍,下定决心回避,可是最后,哦!真个销魂的美人,我认识到了这种痴情不就那样要不得,安排妥帖,就能适应廉耻,我也就能随心所欲,成其好事。我敢于把这颗心奉献给您,我承认,冒昧之至;不过我这方面,道行不高,努力也属徒然,我的愿望能不能实现,也就全看您的慈悲。您是我的希望、我的幸福、我的清净。我是受苦受难,还是欢悦无量,大权在您。总之,您要我享福,我就享福,您要我遭殃,我就遭殃,全看您的最后决定。

艾耳密尔　您这番话,非常多情,不过说实话,有一点出人意料。我以为您该刚强自持,稍加检点才是。像您这样一位信士,人人说是……

达尔杜弗　哎呀!我是信士,却也是人;我看见您的仙姿妙容,心荡神驰,不能自持,也就无从检点了。我知道我说这话,未免不伦不类,可是说到最后,夫人,我不是神仙。您要是怪我不该同您谈情说爱,就该责备自己美貌迷人才是。我一看见您这光彩奕奕的绝色仙姿,您就成了我内心的主宰;我未尝不想抗拒,可是您水汪汪的眼睛,投出一道明媚的神光,摧毁抗拒,战胜斋戒、祷告、眼泪、一切我的努力,您的魅力吸去我全部的愿心。我的眼睛和我的呻吟有一千回向您说破我的心事,如今我借重声音再把我的情况向您交待。您对您这不称职的奴才的苦难稍有恻隐之心,愿意慈悲为怀,加以安慰,俯就微末,哦!秀色可餐的奇迹,我将永远奉您,虔心礼拜,没有第二个人可以相比。跟我在一起,您的名声决无挂碍,您也不必害怕从我这方面受到任何羞辱,妇女喜爱那些出入宫廷的风流人物,其实他们个个儿办事粗心,语言轻薄,不断夸耀他们的进展,逢人张扬他们得到的好处。人家相信他们口紧,不料他们舌无留言,竟然玷污他们供奉的圣坛。不过像我们这样的人,谈爱小心谨慎,永远严守秘密,女方大可放心。我们爱惜名声,对所爱的女子先是最好的保证,所以接受我们的心,她们就能从我们这边,得到爱情而不惹是生非,得到欢乐,也不必害怕。

艾耳密尔　我细细听您道来,我觉得您的辞令,对我解释的也相当清楚。难道您就不怕我一时兴起,把这番热烈的情话说给我的丈夫知道?我直截了当把这番情话告诉他,难道您不怕他改变对您的友谊?

达尔杜弗　我知道您居心仁慈,会宽恕我的孟浪行为的,也会想到人的弱点,原谅我情不自禁,出语无状,冒犯了您的;而且,看一眼您的风姿,就会承认我不是瞎子,人是肉体凡胎。

艾耳密尔　别人遇到这事,也许会换一种作法;不过我倒以为还是慎重的好。我不说给我丈夫知道,可是要我这样做,有一件事也要您做到,这就是:老老实实,促成法赖尔和玛丽雅娜的亲事,决不从中作梗,也决不利用不正当的势力,牺牲别人的幸福,满足您的希望……

第四场

(大密斯,艾耳密尔,达尔杜弗)

大密斯　(从他躲进去的套间出来)不行,母亲,不行。这事就该声张出去才是。我方才在那里面,恰好全都听见了。上天有眼,像是有意把我带到里面,打击害我的坏蛋的气焰,给我指出一条对他的虚伪和狂妄报复的道路,掰开父亲的眼睛,看清这和您谈情说爱的恶棍的灵魂。

艾耳密尔　大密斯,不必。只要他学好,努力报答我宽恕他的恩意,也就成了。我已经答应过他的事,你就别叫我改口了吧。锣鼓喧天,不合我的脾胃。做女人的遇到这一类混账事,也就是一笑而已,决不会拿这吵扰丈夫的耳朵的。

大密斯　您这样做,有您的理由;我不这样做,也有我的理由。平白把他放过,成了笑话。他假装虔诚,作威作福,在我们中间,制造了许多纠纷,我太应该生气了,可是我一肚子闷气,就没有地方发泄。这流氓反对我的亲事和法赖尔的亲事,把父亲也控制的太久了。这小子的面目,父亲也该认清了。总算上天有眼,赐了我这么一个方便的办法。这个机会太有利啦,我感谢上天还来不及,白白放过,未免可惜。到手的机会不用,还是上天收回去的好。

艾耳密尔　大密斯……

大密斯　对不住,不成,我得照我的想法办。我如今喜出望外,开心极了。您劝我放弃报仇的快乐,等于白劝。不用再说下去了,我这就去把事办好。父亲来的正合我的心思。

第五场

(奥尔贡,大密斯,达尔杜弗,艾耳密尔)

大密斯　爸爸,方才出了一件新鲜事,您简直意想不到,我们正要讲给您听,您听了也一定开心。您行好得了好报,这位先生加倍报答您的盛情。他方才表示过了莫大的热诚:不是别的,就是玷污您的名声。我发现他伤天害理,在这儿对母亲表白他的私情。母亲心地善良,过于拘谨。一意只要保守秘密;可是我不能纵容这种厚颜无耻的行为,我以为瞒着不叫您知道,就是对您不敬。

艾耳密尔　是的,我认为那些话没有意义,做太太的听到以后,就绝不该学嘴学舌,让丈夫心神不安。好名声也不是靠学嘴学舌得来的。我们知道怎么样保卫自己,这就够了。我是这样想的。大密斯,你要是尊重我的话,也就什么话都不说出来了。

第六场

（奥尔贡,大密斯,达尔杜弗）

奥尔贡 天呀！我方才听到的话是真的吗？

达尔杜弗 是的,道友,我是一个坏人、一个罪人、一个可恨的败类,无法无天,自古以来最大的无赖。我的生命只是一堆罪行和粪污,没有一分一秒不是肮脏的。我看上天有意惩罚我,才借这个机会,考验我一番。别人加我以罪,罪名即使再大,我也不敢高傲自大,有所声辩。相信人家告诉你的话吧,大发雷霆吧,把我当作罪犯,赶出你的家门吧。我应当受到更多的羞辱,这一点点,根本算不了什么。

奥尔贡 （向他的儿子）啊！不孝的忤逆,你竟敢造谣生事,污损他的清德？

大密斯 什么？这家伙虚伪成性,装出一副柔顺的样子,您真就相信……？

奥尔贡 住口,该死的东西。

达尔杜弗 啊！让他说吧:你错怪了他,他那些话,你还是相信的好。既然事实如此,你何苦待我这样好啊？说到最后,我有什么干不出来的,你可知道？道友,你相信我的外表？你根据表面,相信我是好人？使不得,使不得:你这是受了现象的欺骗,哎呀！我比人想的,好不了多少。人人把我看成品德高尚的人;然而实情却是:我不值分文。（转向大密斯）对,我亲爱的孩子,说吧,把我当作背信的东西、无耻的东西、恶人、强盗、凶手看待吧,用还要可憎的字眼儿来骂我吧:我决不反驳;而且正该如此。我愿意跪下来拜领奇耻大辱,因为我平生作恶多端,丢人是应当的。

奥尔贡 （向达尔杜弗）道友,你太过分了。（向他的儿子）不孝的忤逆,你还不认错？

大密斯 什么？您真就相信他这套鬼话……

奥尔贡 住口,死鬼。（向达尔杜弗）道友,哎！起来,求你了！（向他儿子）无耻的东西。

大密斯 他会……

奥尔贡 住口。

大密斯 气死我啦！什么？把我看成……

奥尔贡 你说一句话,我就打断你的胳膊。

达尔杜弗 道友,看在上帝分上,不要动怒。我宁可忍受最可怕的痛苦,也不愿意他为我的缘故,皮肤上拉破一点点小口子。

奥尔贡 (向他儿子)忘恩负义的东西!

达尔杜弗 由他去吧。需要的话,我跪下来,求你饶他……

奥尔贡 (向达尔杜弗)哎呀! 你这是干什么呀? (向他儿子)混账东西! 看人家多好。

大密斯 那么……

奥尔贡 闭住你的嘴。

大密斯 什么? 我……

奥尔贡 听见了没有,闭住你的嘴。我明白你为什么攻击他:你们人人恨他,我今天就看见太太、儿女和听差跟他作对来的;你们厚颜无耻,用尽方法,要把这位虔诚人物从我家里赶走。可是你们越是死命撵他走,我就越要死命留他。为了打击我一家人的气焰,我偏尽快把女儿嫁给他。

大密斯 您想逼她嫁给他?

奥尔贡 对,不孝的忤逆,为了气死你,今天晚上就行礼。哎! 咱们就斗斗看,我要叫你们知道,我是家长,人人应当服从。好啦,把话收回去,捣蛋鬼,赶快跪到他面前,求他宽恕。

大密斯 谁,我? 求这混账东西宽恕? 他仗着他骗人的本事……

奥尔贡 啊! 叫花子,你不听话,还敢骂他? 拿棍子来! 拿棍子来! (向达尔杜弗)别拦我。(向他的儿子)好,马上滚出我的家门,永远不许回来。

大密斯 对,我走;可是……

奥尔贡 快滚。死鬼,我取消你的继承权,还咒你不得好死。

第七场

(奥尔贡,达尔杜弗)

奥尔贡 竟敢这样得罪一位圣人!

达尔杜弗 天啊,宽恕他给我的痛苦! (向奥尔贡)看见有人在道友面前,企图说我的坏话,你晓得我心里怎么样难过,也就好了……

奥尔贡 哎呀!

达尔杜弗 我一想到人会这样恩将仇报,我心上就像有千针万针在扎一样……世上会有这种事……我痛苦万分,话都说不出来了,我相信我不久于人世了。

奥尔贡 (他满脸眼泪,跑到他撵出儿子的门口)混账东西! 我后悔手下留情,没有在一开头的时候就把你立时打死。道友,别难过,生气不得。

达尔杜弗 我们就中止、中止了这场不幸的吵闹吧。我看出我给府上带来多大的纠纷,道友,我相信,我还是离开府上的好。

奥尔贡 什么? 你这叫什么话?

达尔杜弗 他们恨我,我看他们是成心要你疑心我对你不忠诚。

奥尔贡 有什么关系? 你看我理他们来的?

达尔杜弗 他们一定不会就此罢休的;同样坏话,你现在不相信,也许下一回就相信了。

奥尔贡 不会的,道友,决不会的。

达尔杜弗 嘻! 道友,做女人的,轻轻易易,就能把丈夫哄骗过去的。

奥尔贡 不会的,不会的。

达尔杜弗 赶快放我走吧,我一离开府上,他们就没有理由再这样攻击我了。

奥尔贡 不,你留下来;你一定要走,我就活不成了。

达尔杜弗 好吧! 那么,非这样不可,我就再煎熬下去吧。不过,要是你肯的话……

奥尔贡 啊!

达尔杜弗 算啦,不必说啦。可是我晓得我该怎么样做。名誉经不起糟蹋,我作为朋友,就该预防谣言发生,杜绝别人起疑心才是。我今后避开嫂夫人不见,将来你看不见我……

奥尔贡 不,他们爱怎么样就怎么样,你偏和她常在一起。我最大的喜悦就是把他们气死。我要大家时时刻刻看见你和她在一起。这还不算,我要和他们斗到底,除了你以外,谁也别想当我的继承人,我把我的全部财产赠送给人,我马上就去办正式手续。一位善良诚实的朋友当了我的女婿,比起儿子、老婆和父母来,分外亲热。你接受不接受我的建议?

达尔杜弗 愿上天的旨意行于一切。

奥尔贡 可怜的人! 我们快去准备证书。谁看不过,谁就气死好了!

选自《莫里哀喜剧》第二集,李健吾译,湖南人民出版社,1982

失乐园（节选）

[英国]弥尔顿

第四卷（610—656行）

当时亚当对夏娃说："可人的伴侣，
黑夜了，万物如今都就寝休息，
我们也考虑安寝吧，因为神给人
安排劳和逸，犹如昼和夜，此起
彼伏；到时候就来的睡眠的露珠，
如今跟轻柔的睡意同时降临，
浸入了眼帘，别的动物镇日价
嬉游。无所事事，不需要休息：
人，每日都有他规定的身心的
工作，这说明了他的自尊之所在，
也说明天国对他各方面的关注；
而其他的动物晃悠而不知进取，
上帝压根儿不管它们的作为。
明天，一清早不等晨曦在东方
开始闪现，我们就一定起身，
愉快地劳动，重新整理那儿的
花亭，和那儿我们午间常去的
曲径通幽处，正枝叶蔓生狂长，
笑我们不去扶植摆弄，需要
花大劲才能修剪掉过盛的余枝。
还有那朵朵花儿滴滴树脂。
撒满一地，不雅观也不平整；
要清除我们才走来放心大胆；
但顺乎自然，夜晚我们该休息。"
有天仙般丽质装饰着的夏娃对他说：
"我的作者和总管呀，凡是你吩咐的
我百依百顺，这是上帝的规定：
神的话是你的律令，你的话是我的，

不要再求知，女子无才便是德。
跟你交谈我忘怀一切，什么
时间、季节的变换，都一样可人。
早晨的气息很清新，他越来越清新，
带来了晨鸟的歌声；愉悦的太阳
在这欢欣的大地上开始把朝晖
笼罩在香草、林木、果树和花朵上，
露珠儿闪闪发亮，微雨过后
沃土芬芳；温柔舒畅的黄昏的
来临也香甜；接着又夜晚沉静，
随着是庄严的夜莺，和媚人的月色；
以及天国的宝石，她繁星的跟班：
但是不论在晨鸟的歌声中登场的
早晨的气息；或是这欢欣的大地上
升起的旭日；或香草、果树、花朵上
露珠儿闪闪发亮；或雨后的芬芳，
或温柔舒畅的黄昏；或静静的夜晚，
随着的庄严的夜莺；或月下的散步
和闪烁的星光，没有你就都不香甜。”

第九卷（759—790行）

“禁止我们善，禁止我们变聪明！
这样的禁令没约束力。若死亡拿身后的
羁绊来约束我们呢，那我们内在的
自由能有所得益吗？一旦我们
吃这美妙的果子，就注定要死亡！
那蛇怎么不死呢？他吃了，还活着，
能懂事，能说话，能推理，还能辨识，
以前也没有理性。难道死亡
单为我们而发明？还是这智慧的
粮食竟不给我们，却留给兽类？
它看来为敌兽类；但先吃了的那一位
却不妒忌，高高兴兴地得来了
意外的好处，无可怀疑是报信人，

对人友善,绝不是欺骗诡谲。
我还怕什么？对善恶茫无所知,
我怎么能知道该害怕上帝还是
死亡,该害怕律法还是惩罚？
这里长着疗百病的良药,这神圣的
果子,看来悦目,逗人去品尝,
论效能使人变聪明:那么为什么
不让伸手摘来吃,同时补身心？"
这样想着,她匆遽的手臂在不幸的
时刻伸向那果子,她采摘,她吃。
大地感到了创痛,造化也由衷
哀悯,通过万物显露出愁容,
惋惜全落空。那罪大恶极的蛇
溜回到树丛里,那很可能,因为夏娃
心神只贯注于吃果子,其他的事情
没注意;在此以前,这样的甜头,
似乎她从未在果子里尝到过,不论
真实或空想的,都那么殷切地期望
有知识,思想上也总离不开神性。

第十二卷(610—623行)

"我知道你哪里回来,到过何处。
梦睡中也有上帝,他好心送来的
梦境提示了某种伟大的预言性的
好事,因为我悲伤,又心头痛苦,
因困倦而酣眠了。但是现在请带路;
在我没一点踌躇;跟你去等于
待在这儿;没有你,这儿待着
等于抑郁而走向死亡;你对我
是天下的万物,你是我一切的归宿,
你因我任性的罪过给放逐出这儿。
但是我从这儿却带走这可靠的
进一步的慰藉:一切虽因我而丧失,

我不胜荣幸地却蒙受这样的恩宠，
我将生神许诺的后裔来挽回一切。"

选自《失落园》，金发燊译，湖南人民出版社，1987

玄学派诗选

早　安

[英国]多恩

我真不明白；你我相爱之前
在干什么？莫非我们还没断奶，
只知吮吸田园之乐像孩子一般？
或是在七个睡眠者的洞中打鼾？
确实如此，但一切欢乐都是虚拟，
如果我见过，追求并获得过美，
那全都是——且仅仅是——梦见的你。

现在向我们苏醒的灵魂道声早安，
两个灵魂互相信赖，毋须警戒；
因为爱控制了对其他景色的爱，
把小小的房间点化成大千世界。
让航海发现家向新世界远游，
让无数世界的舆图把别人引诱，
我们却自成世界，又互相拥有。

我映在你眼里，你映在我眼里，
两张脸上现出真诚坦荡的心地。
哪儿能找到两个更好的半球啊？
没有严酷的北，没有下沉的西？
凡是死亡，都属调和失当所致，
如果我俩的爱合二为一，或是
爱得如此一致，那就谁也不会死。

（飞白　译）

别离辞：节哀

[英国]多恩

正如德高人逝世很安然，
对灵魂轻轻地说一声走，
悲伤的朋友们聚在旁边，
有的说断气了，有的说没有。

让我们化了，一声也不作，
泪浪也不翻，叹风也不兴；
那是亵渎我们的欢乐——
要是对俗人讲我们的爱情。

地动会带来灾害和惊恐，
人们估计它干什么，要怎样
可是那些天体的震动，
虽然大得多，什么也不伤。

世俗的男女彼此的相好，
（他们的灵魂是官能）就最忌
别离，因为那就会取消
组成爱恋的那一套东西。

我们被爱情提炼得纯净，
自己都不知道存什么念头
互相在心灵上得到了保证，
再不愁碰不到眼睛、嘴和手。

两个灵魂打成了一片，
虽说我得走，却并不变成
破裂，而只是向外伸延，
像金子打到薄薄的一层。

就还算两个吧，两个却这样
和一副两脚规情况相同；
你的灵魂是定脚，并不像
移动，另一脚一移，它也动。

虽然它一直是坐在中心，
可是另一个去天涯海角，
它就侧了身，倾听八垠；
那一个一回家，它马上挺腰。

你对我就会这样子，我一生
像另外那一脚，得侧身打转；
你坚定，我的圆圈才会准，
我才会终结在开始的地点。

(卞之琳　译)

致他娇羞的女友

[英国]马韦尔

我们如有足够的天地和时间，
你这娇羞，小姐，就算不得什么罪愆。
我们可以坐下来，考虑向哪方
去散步，消磨这漫长的恋爱时光。
你可以在印度的恒河岸边
寻找红宝石，我可以在亨柏之畔
望潮哀叹。我可以在洪水
未到之前十年，爱上了你，
你也可以拒绝，如果你高兴，
直到犹太人皈依基督正宗。
我的植物般的爱情可以发展，
发展得比那些帝国还寥廓，还缓慢。
我要用一百个年头来赞美
你的眼睛，凝视你的娥眉；
用二百年来膜拜你的酥胸，
其余部分要用三万个春冬。
每一部分至少要一个时代，
最后的时代才把你的心展开。
只有这样的气派，小姐，才配你，
我的爱的代价也不应比这还低。

但是在我背后我总听到
时间的战车插翅飞奔，逼近了；
而在那前方，在我们面前，却展现
一片永恒的沙漠，寥廓、无限。
在那里，再也找不到你的美，
在你的汉白玉的寝宫里再也不会
回荡着我的歌声；蛆虫们将要
染指于你长期保存的贞操，
你那古怪的荣誉将化作尘埃，
而我的情欲也将变成一堆灰。
坟墓固然是很隐蔽的去处，也很好，
但是我看谁也没在那儿拥抱。

因此啊，趁那青春的光彩还留驻
在你的玉肤，像那清晨的露珠，
趁你的灵魂从你全身的毛孔
还肯于喷吐热情，像烈火的汹涌，
让我们趁此可能的时机戏耍吧，
像一对食肉的猛禽一样嬉狎，
与其受时间慢吞吞地咀嚼而枯凋，
不如把我们的时间立刻吞掉。
让我们把我们全身的气力，把所有
我们的甜蜜的爱情糅成一球，
通过粗暴的厮打把我们的欢乐
从生活的两扇铁门中间扯过。
这样，我们虽不能使我们的太阳
停止不动，却能让它奔忙。

（杨周翰 译）

以上选自《外国诗歌鉴赏辞典》（古代卷），吴笛主编，上海辞书出版社，2009

日本俳句选

露珠照人心

[日本]松尾芭蕉

露珠照人心，
晶莹透澈滴滴清，
洗尽世俗尘。

(陆坚　译)

古　池

[日本]松尾芭蕉

古池碧水深，
青蛙"扑通"跃其身，
突发一清音。

(陆坚　译)

寂　静

[日本]松尾芭蕉

寂静似幽冥，
蝉声尖厉不稍停，
钻透石中鸣。

(陆坚　译)

赏　花

[日本]松尾芭蕉

樱花飘四方，
洒满鲙鱼和酱汤，
树下乐未央。

(陆坚　译)

所　思

[日本]松尾芭蕉

漫漫此大道，
前行寥寥人甚少，
暮秋时节到。

（陆坚　译）

以上选自《外国诗歌鉴赏辞典》（古代卷），吴笛主编，上海辞书出版社，2009

18 世纪文学

鲁宾孙漂流记(节选)

[英国]丹尼尔·笛福

我感到自己前景黯淡。因为,我被凶猛的风暴刮到这荒岛上,远离原定的航线,远离人类正常的贸易航线有数百海里之遥。我想,这完全是出于天意,让我孤苦伶仃,在凄凉中了却余生了。想到这些,我的眼泪不禁夺眶而出。有时我不禁犯疑,苍天为什么要这样作践自己所创造的生灵,害得他如此不幸,如此孤立无援,又如此沮丧寂寞呢! 在这样的环境中,有什么理由要我们认为生活于我们是一种恩赐呢?

可是,每当我这样想的时候,立刻又有另一种思想出现在我的脑海里,并责怪我不应有上述这些念头。特别有一天,当我正带枪在海边漫步时,我思考着自己目前的处境。这时,理智从另一方面劝慰我:"的确,你目前形单影只,孑然一身,这是事实。可是,你不想想,你的那些同伴呢? 他们到哪儿去了? 你们一同上船时,不是有十一个人吗? 那么,其他十个人到哪儿去了呢? 为什么他们死了,唯独留下你一个人还活着呢? 是在这孤岛上强呢,还是到他们那儿去好呢?"说到去他们那儿时,我用手指了指大海——"他们都已葬身大海了! 真是,我怎么不想想祸福相倚和祸不单行的道理呢?"

这时,我又想到,我目前所拥有的一切,殷实充裕,足以维持温饱。要是那只大船不从触礁的地方浮起来漂近海岸,并让我有时间从船上把一切有用的东西取下来,那我现在的处境又会怎样呢? 要知道,像我现在的这种机遇,真是千载难逢的。假如我现在仍像我初上岸时那样一无所有,既没有任何生活必需品,也没有任何可以制造生活必需品的工具,那我现在的情况又会怎么样呢? "尤其是,"我大声对自己说,"如果我没有枪,没有弹药,没有制造东西的工具,没有衣服穿,没有床睡觉,没有帐篷住,甚至没有任何东西可以遮身,我又该怎么办呢?"可是现在,这些东西我都有而且相当充足,即使以后弹药用尽了,不用枪我也能活下去。我相信，我这一生决不会受冻挨饿，因为我早就考虑到各种意外，考虑到将来的日子；不但考虑到弹药用尽之后的情况，甚至想我将来体衰力竭之后的日子。

我得承认，在考虑这些问题时，并未想到火药会被雷电一下子炸毁的危险；因此雷电交加之际，忽然想到这个危险，着实使我惊恐万状。这件事我前面已叙述过了。

现在，我要开始过一种寂寞而又忧郁的生活了。这种生活也许在这世界上是前所未闻的。因此，我决定把我生活的情况从头至尾，按时间顺序一一记录下来。我估计，我是九月三十日踏上这可怕的海岛的，当时刚入秋分，太阳差不多正在我头顶上。所以，据我观察，我在北纬九度二十二分的地方。

上岛后约十一二天，我忽然想到，我没有书、笔和墨水，一定会忘记计算日期，甚至连安息日和工作日都会忘记。为了防止发生这种情况，我便用刀子在一根大柱子上用大写字母刻上以下一句话："我于一六五九年九月三十日在此上岸。"我把柱子做成一个大十字架，立在我第一次上岸的地方。在这方柱的四边，我每天用刀刻一个凹口，每七天刻一个长一倍的凹口，每一月刻一个再长一倍的凹口。就这样，我就有了一个日历，可以计算日月了。

另外，我还应该提一下，我从船上搬下来的东西很多，有些东西价值不大但用处不小，可是前面我忘记交待了。我这里特别要提一下那些纸、笔、墨水，船长、大副、炮手和木匠的一些东西，三四个罗盘啦，一些观察和计算仪器啦，日晷仪啦，望远镜啦，地图啦，以及航海书籍之类的东西。当时我不管有用没用，通通收拾起来带上岸。同时，我又找到了三本很好的《圣经》，是随我的英国货一起运来的。我上船时，把这几本书打在我的行李里面。此外几本葡萄牙文的书籍中有两三本天主教祈祷书和几本别的书籍。所以这些书我都小心地保存起来。我也不应忘记告诉读者，船上还有一条狗和两只猫。关于它们奇异的经历，我以后在适当的时候还要谈到。我把两只猫都带上岸。至于那条狗，我第一次上船搬东西时，它就泅水跟我上岸了，后来许多年中它一直是我忠实的仆人。我什么东西也不缺，不必让它帮我猎取什么动物，也不能做我的同伴帮我干什么事，但求能与它说说话，可就连这一点它都办不到。我前面已经提到，我找到了笔、墨水和纸，但我用得非常节省。你们将会看到，只要我有墨水，我就可以把一切都如实记载下来，但一旦墨水用完，我就记不成了，因为我想不出有什么方法可以制造墨水。

这使我想到，尽管我已收集了这么多东西，我还缺少很多很多东西，墨水就是其中之一。其他的东西像挖土或搬土用的铲子、鹤嘴斧、铁锹，以及针线等等我都没有。至于内衣内裤之类，虽然缺乏，不久我也便习惯了。

由于缺乏适当的工具,一切工作进行得特别吃力。我花了差不多整整一年的时间,才把我的小木栅或围墙建筑好。就拿砍木桩而言,木桩很重,我只能竭尽全力选用我能搬得动的。我花很长时间在树林里把树砍下来削好,至于搬回住处就更费时间了。有时,我得花两天的时间把一根木桩砍下削好再搬回来,第三天再打入地里。作为打桩的工具,我起初找了一块很重的木头,后来才想到了一根起货用的铁棒。可是,就是用铁棒,打桩的工作还是非常艰苦、非常麻烦的。

其实,我有的是时间,工作麻烦一点又何必介意呢?何况筑完围墙,又有什么其他工作可做呢?至少我一时还没有想到要做其他什么事情,无非是在岛上各处走走,寻找食物而已。这是我每天多多少少都要做的一件事。

我开始认真地考虑自己所处的境遇和环境,并把每天的经历用笔详细地记录下来。我这样做,并不是为了留给后人看,因为我相信,在我之后,不会有多少人上这荒岛来;我这样做,只是为了抒发胸中的心事,每日可以浏览,聊以自慰。现在,我已开始振作起来,不再灰心丧气,因此,我尽量自勉自慰。我把当前的祸福利害一一加以比较,以使自己知足安命。我按照商业簿记的格式,分"借方"和"贷方",把我的幸运和不幸、好处和坏处公允地排列出来:

祸与害	福与利
我流落荒岛,摆脱困境已属无望。	唯我独生,船上同伴皆葬身海底。
唯我独存,孤苦伶仃,困苦万状。	在全体船员中,我独免一死;上帝既然以其神力救我一命,也必然会救我脱离目前的困境。
我与世隔绝,仿佛是一个隐士,一个流放者。	小岛虽荒凉,但我尚有粮食,不致饿死。
我没有衣服穿。	我地处热带,即使有衣服也穿不住。
我无法抵御人类或野兽的袭击。	在我所流落的孤岛上,没有我在非洲看到的那些猛兽。假如我在非洲沿岸覆舟,那又会怎样呢?
我没有人可以交谈,也没有人能解救我。	但上帝神奇地把船送到海岸附近,使我可以从船上取下许多有用的东西,让我终身受用不尽。

总而言之,从上述情况看,我目前的悲惨处境在世界上是绝无仅有的。但

是,即使在这样的处境中,也祸福相济,有令人值得庆幸之处。我希望世上的人都能从我不幸的遭遇中取得经验和教训。那就是,在万般不幸之中,可以把祸福利害一一加以比较,找出可以聊以自慰的事情,然后可以归入账目的"贷方金额"这一项。

现在,我对自己的处境稍感宽慰,就不再对着海面望眼欲穿,希求有什么船只经过了。我说,我已把这些事丢在一边,开始筹划度日之计,并尽可能地改善自己的生活。

前面我已描述过自己的住所。那是一个搭在山岩下的帐篷,四周用木桩和缆索做成坚固的木栅环绕着。现在,我可以把木栅叫做围墙了,因为我在木栅外面用草皮堆成了一道两英尺来厚的墙,并在大约一年半的时间里在围墙和岩壁之间搭了一些屋椽,上面盖些树枝或其他可以弄到的东西来挡雨。因为我发现,一年之中总有一段时间大雨如注。

前面我也说过,我把一切东西都搬进了这个围墙,搬进我在帐篷后面打的山洞。现在我必须补充说一下,就是那些东西起初都杂乱无章地堆在那里,以致占满了住所,弄得我连转身的余地都没有。于是我开始扩大和挖深山洞。好在岩石质地是一种很松的沙石,很容易挖。当我觉得围墙已加固得足以防御猛兽的袭击时,我便向岩壁右边挖去,然后再转向右面,直至把岩壁挖穿,通到围墙外面,做成了一个可供出入的门。

这样,我不但有了一个出入口,成了我帐篷和贮藏室的后门,而且有了更多的地方贮藏我的财富。

现在,我开始着手制造日常生活应用的一些必需家具了。譬如说椅子和桌子,没有这两样家具,我连世上一些最起码的生活乐趣都无法享受。没有桌子,我写字吃饭无以为凭,其他不少事也无法做,生活就毫无乐趣可言。

于是,我就开始工作。说到这里,我必须先说明一下。推理乃是数学之本质和原理,因此,如果我们能对一切事物都加以分析比较,精思明断,则人人都可掌握任何工艺。我一生从未使用过任何工具,但久而久之,以我的劳动、勤勉和发明设计的才能,我终于发现,我什么东西都能做,只要有适当的工具。然而,尽管我没有工具,也制造了许多东西,有些东西我制造时,仅用一把手斧和一把斧头。我想没有人会用我的方法制造东西,也没有人会像我这样付出无穷的劳力。譬如说,为了做块木板,我先砍倒一棵树,把树横放在我面前,再用斧头把两面削平,削成一块板的模样,然后再用手斧刮光。确实,用这种方法,一棵树只能做一块木板,但这是没有办法的办法,我唯有用耐心才能完成。只有花费大量的时间和劳力才能做一块板,反正我的时间和劳动力都已不值钱了,怎么用都无所谓。

上面讲了,我先给自己做了一张桌子和一把椅子,这些是用我从船上运回来的几块短木板做材料制成的;后来,我用上面提到的办法,做了一些木板,沿着山洞的岸壁搭了几层一英尺半宽的大木架,把工具,钉子和铁器等东西分门别类地放在上面,以便取用。我又在墙上钉了许多小木钉,用来挂枪和其他可以挂的东西。

假如有人看到我的山洞,一定会以为是一个军火库,里面枪支弹药应有尽有,一应物品,安置得井然有序,取用方便。我看到样样东西都放得井井有条,而且收藏丰富,心里感到无限的宽慰。

现在,我开始记日记了,把每天做的事都记下来。在这之前,我天天匆匆忙忙,辛苦劳累,且心绪不宁。即使记日记,也必定索然无味。例如,我在日记中一定会这样写:"九月三十日,我没被淹死,逃上岸来,吐掉了灌进胃里的大量海水,略略苏醒了过来。这时,我非但不感谢上帝的救命之恩,反而在岸上胡乱狂奔,又是扭手,又是打自己的头和脸,大叫大嚷自己的不幸,不断地叫嚷着'我完了,我完了!'直至自己筋疲力尽,才不得不倒在地上休息,可又不敢入睡,唯恐被野兽吃掉。"

几天之后,甚至在我把船上可以搬动的东西都运上岸之后,我还是每天爬到小山顶上,呆呆地望着海面,希望能看到船只经过。妄想过甚,有时仿佛看到极远处有一片帆影,于是欣喜若狂,以为有了希望。这时,我望眼欲穿,帆影却消失得无影无踪,我便一屁股坐在地上,像小孩似的大哭起来。这种愚蠢的行为,反而增加了我的烦恼。

这个心烦意乱的阶段多少总算过去了,我把住所和一切家什也都安置妥当。后来又做好了桌子和椅子,样样东西安排得井井有条,我便开始记日记了。现在,我把全部日记抄在下面(有些前面提到过的事不得不重复一下)。但后来墨水用光了,我也不得不中止日记了。

选自《鲁宾孙漂流记》,郭建中译,中国对外翻译出版公司,2009

少年维特的烦恼(节选)

[德国]歌德

六月二十一日

日子过得真幸福,简直可以同上帝留给他那些圣徒的相媲美;无论将来我的命运会是怎样,我都不会说,我没有消受过欢乐,没有消受过最纯洁的生之欢乐。——我的瓦尔海姆你是知道的,我就在这儿住下了,此地到绿蒂那儿只消半小时,在那儿我感觉到了我自己,体验了人生的一切幸福。当初我在选择瓦尔海姆为散步的目的地时,何曾想到,它离天堂只有一步之遥!过去我在长距离漫游途中,有时从山上,有时从平原上曾多少次看过河对岸那座猎庄啊,如今它蕴蓄着我的全部心愿!

亲爱的威廉,我思绪万千,想到人有闯荡世界、搞出新发现,以及遨游四方等种种欲望,也想过人由于有了内心的本能冲动,于是便甘心情愿地局限在狭小的天地里,按习惯行事,对周围事物也不再去操那份闲心。

真是妙极了:我来到这里,从山丘上眺望美丽的山谷,周围的景色真让我着迷。——那是小树林!——你当可以到树荫下去小憩!——那是山峦之巅!——你当可以从那里眺望辽阔的原野!——那是连绵不断的山丘和个个可爱的山谷!——但愿我在那里流连忘返!——我急忙赶去,去而复返,我所希冀的,全没有发现。哦,对远方的希冀犹如对未来的憧憬!一个巨大、朦胧的东西在我们的心灵之前,我们的感觉犹如我们的眼睛,在这朦胧的整体里变得模糊一片,啊,我们渴望奉献出整个身心,让那唯一伟大而美好的感情所获得的种种欢乐来充实我们的心灵。——啊,倘若我们急忙赶去,倘若"那儿"变成了"这儿",那么这一切又将依然照旧,我们依然贫穷,依然受着束缚,我们的灵魂依然渴望吸吮那业已弥散的甘露。

于是,连那最不安分的漂泊异乡的浪子最终也重新眷恋故土了,并在自己的小屋里,在妻子的怀里,在孩子们中间,在为维持全家生计的操劳中找到了他在广阔的世界上未曾找到的欢乐。

清晨,我随初升的朝阳去到我的瓦尔海姆,在那儿的菜园里亲手采摘豌豆,坐下来撕豆荚上的筋,这当间再读读我的荷马;然后我在小小的厨房里挑一只锅,挖一块黄油,同豆荚一起放进锅里,盖上锅盖,置于火上煮烧,自己则坐在一边,不时在锅里搅和几下;每当这时,我的脑海里便栩栩如生地浮现出佩涅洛佩的那些忘乎所以的求婚者杀猪宰牛、剔骨煨炖的情景。这时充盈在我心头的那

187

种宁静、真实的感觉正是这种宗法社会的生活特色,我呢,感谢上帝,我可以把这种生活特色自然而然地融进自己的生活方式里去。

我好高兴呀,我的心能感受到一个人将他自己培植的卷心菜端上餐桌时的那份朴素无邪的欢乐,而且不仅仅是卷心菜,得以品味的还有那些美好的日子,他栽种秧苗的那个美丽的清晨,他洒水浇灌的那些可爱的黄昏,——所有这些,他在一瞬间又重新得到享受,因为他曾为其不断生长而感到快乐。

七月十六日

每当我的手指无意间触着她的手指,我们的脚在桌底下相碰的时候,啊,热血便在我全身奔涌! 我像碰了火似的立即缩回,但是一种隐蔽的力量又在拉我往前。——我所有的感官都晕乎乎的,像腾云驾雾一样。——哦,她纯洁无邪,她的灵魂毫不拘谨,全然感觉不到这些细小的亲密举动使我受到多大的折磨。当她谈话时把手搁在我的手上,为谈话方便起见,挪得挨我近些,她嘴里呼出的美妙绝伦的气息可以送到我的唇上,这时我就像挨了电击,身体都要往下塌了。——威廉呀,假如有朝一日我胆大包天,那么这天堂,这真心实意……! 你理解我。不,我的心并不如此堕落! 软弱! 够软弱的! ——这难道不是堕落?

在我心目中,她是神圣的。在她面前,一切欲念都沉寂了。在她身边的时候,我始终弄不明白自己是怎么回事,似乎我已经神魂颠倒了。她有一支曲子,这是她以天使之力在钢琴上弹奏出来的,那么纯朴,那么才气横溢! 这是她心爱的歌,她只要奏出第一个音符,困扰我的一切痛苦、紊乱和郁闷就统统无影无踪了……

十二月六日

她的倩影时时跟随着我,寸步不离! 无论是醒着还是在梦里,她都充满了我整个心灵! 这里,我一闭上眼睛,这里,在我的内视力汇聚的额头里,都有她那双乌黑的眸子显现。就在这里! 我无法向你表述! 我一闭上眼睛,她的明眸就出现了;她的眸子犹如海洋,犹如深渊,羁留在我的眼前,我的心里,装满我额头里的全部感官。

人到底是什么? 这被赞美的半神! 难道在他最需要力量的时候,正好就力不从心? 无论他在欢乐中飞腾或是在痛苦中沉沦,他都未加阻止,为什么正当他渴望消失在无穷的永恒之中的时候,却偏偏恢复了冷漠、冰凉的意识?

夜里十一点以后

现在更深夜静,我的心里也十分平静。我感谢你,上帝,感谢你在这最后一刻赐我温暖和力量。

我走到窗前,我最亲爱的,透过汹涌飞驰的云层,我看到永恒的天空中有星儿点点!不,你们不会陨落!永恒的主,他在心里撑托着你们,撑托着我。我看见了群星中最最可爱的北斗星。每当我夜里离开你,出了你家大门,北斗星座总是挂在我的头顶。我常常如此沉醉地望着它,常常高举双手把它看作我眼下幸福的标志,当作神圣的记忆的标志!还有——哦,绿蒂,什么都让我想起你!你无时不在我周围!我像个孩子,把你神圣的手所触摸过的各种各样小玩意儿毫不知足地全都抢到了自己手里!

这帧可爱的剪影,我把它遗赠给你,绿蒂,请你将它珍惜。我在这帧剪影上所印的吻何止万千,每当出门或回家时,我都要向它频频挥手致意。

我已给你父亲留了一纸便笺,请他保护我的遗体。在教堂墓地后面朝田野的一隅有两棵菩提树,我希望在那儿安息。他能够,他一定会为他的朋友办这件事的。请你也求求他。我并不指望虔诚的基督徒会将他们的遗体摆放在一个可怜的不幸者旁边。呵,我希望你们把我葬在路旁或者寂寞的山谷中,祭司和利未人走过我的墓碑前将为我祝福,撒玛利亚人也将为我洒泪。

绿蒂!在此,我毫不畏缩地握住这冰冷的、可怕的高脚杯,饮下死亡的醇醪!它是你递给我的,那我还有什么畏缩!一切!一切!我生命中的一切愿望和希冀就这样全部得到了满足!我要叩击冥界的铁门了,心情冷静,态度坚毅。

绿蒂呀!我居然有幸去为你死,去为你献身!倘若我能为你重新创造生活的安宁与欢乐,那我就愿意勇敢地、高高兴兴地死。可是,唉,世上只有少数高尚的人,肯为自己的亲人流血献身,并以自己的死激励他们的朋友百倍地生!

我想穿着这套衣服入殓,绿蒂,你接触过这套衣服,并使它变得神圣了;这事我也求了你父亲。我的灵魂将飘荡在灵柩上。请别让人翻我的衣服口袋。这个粉红色的蝴蝶结,就是我第一次在你的弟妹中看到你时,你戴在胸前的那个蝴蝶结——哦,请吻他们一千次,并把他们这位不幸的朋友的遭遇告诉他们。这些可爱的小家伙!他们都围着我呢!呵,我已经紧紧地同你联结在一起了!我对你是一见钟情!——让这个蝴蝶结和我同葬吧。这是我生日那天你送给我的!我是多么贪婪地接受了这一切呵!——唉,没有想到,这条路竟把我引到了这里!——你要镇静!我求你,要镇静!——枪里装上了子弹——时钟正敲十二点!就这么着吧!——绿蒂!绿蒂!永别了!永别了!

选自《少年维特的烦恼》,韩耀成译,译林出版社,2012

浮 士 德（节选）

[德国] 歌德

天上序幕

靡非斯陀

不错！这傻瓜为你服务的方式特别两样，
尘世的饮食他不爱沾尝。
他野心勃勃，老是驰骛远方，
也一半明白到自己的狂妄；
他要索取天上最美丽的星辰，
又要求地上极端的放浪，
不管是在人间或天上，
总不能满足他深深激动的心肠。
…………

天 帝

只要他还活在世上，
我对你不加禁阻，
人在努力追求时总是难免迷误。

靡非斯陀

我感谢你的恩典；
从来我就不高兴和死人纠缠，
我最爱的是脸庞儿饱满又新鲜。
对于死尸我总是避而不见；
就和猫儿不弄死鼠一般。

天 帝

好吧，这也随你自便！
你尽可以使他的精神脱离本源，
只要你将他把握得住，
不妨把他引上你的魔路，
可是你终究会惭愧地服罪认输：
一个善人即使在黑暗的冲动中

也一定会意识到坦坦正途。

……

悲剧第一部
城 门 前

浮 士 德

和煦而使人苏醒的春光
使河水和溪流解冻，
欣欣向荣的气象点缀得山谷青葱；
老迈衰弱的残冬
已向荒山野岭匿迹潜踪。
可是它在逃亡当中，
还从那儿把冰粒化为无力的阵雨播送，
一阵阵洒向绿野芳丛。
但阳光不容许冰雪放纵，
到处鼓舞着造化施工，
把万物粉饰得异彩重重；
可是城区中还缺少鲜花供奉，
它就代以盛装的女绿男红。
试从这高处转身，
再向城市一瞬！
从那黑洞洞的城门，
涌出来喧嚣杂沓的人群。
人人都乐意在今日游春。
他们庆祝基督的复活良辰，
因为他们自己也获得新生。

……

在我的心中啊，盘踞着两种精神，
这一个想和那一个离分！
一个沉溺在强烈的爱欲当中，
以固执的官能贴紧凡尘；
一个则强要脱离尘世，
飞向崇高的先人的灵境。

哦，如果空中真有精灵，
上天入地纵横飞行，
就请从祥云瑞霭中降临，
引我向那新鲜而绚烂的生命！
不错，但愿有魔衣一领，
载我到奇邦异国去远征！
它将是我的无上珍品，
那些珠玑黼黻对我不值一文。
……

葛丽卿的居室

葛 丽 卿

我坐卧不宁，
我心儿烦闷；
再也不得安静，
永远也不能。

当我离开了他，
好比葬身坟墓。
这整个世界呀，
只是叫我厌恶。

我可怜的头儿，
快要变成疯癫，
我可怜的心情，
已经粉碎零乱。

我坐卧不宁，
我心儿烦闷；
再也不得安静，
永远也不能。

只是为了寻他，
我才眺望窗外，

只是为了接他，
我才走出屋外。

他英武的步伐，
他高贵的姿态，
他口角的微笑，
他眼中的神采。

他口若悬河，
说来娓娓动听，
难忘他的握手，
啊,更难忘他的接吻！

我坐卧不宁，
我心儿烦闷；
再也不得安静，
永远也不能。

我的胸脯吃紧，
急欲将他追寻：
唉,若是找着了他，
赶快将他抱定。

让我和他接吻，
千遍万遍不停，
只要和他接吻，
纵死我也甘心！

悲剧第二部
第五幕

宫中宽广的前庭
浮 士 德

（从宫中出来,摸索门柱）
铁锹声多么使我心旷神怡！
这是那些群众在为我服役，
他们保护陆地不使倾圮，

193

对汹涌的波涛加以限制，
用紧密的长带将大海围起。

靡非斯陀

你筑起塘堰和堤防，
无非是为他人作嫁衣裳；
因为你为海神纳普东
已经准备好盛宴一场。
总而言之，你们已经完蛋；——
四大元素和我们连在一边，
一切终归要烟消云散。
⋯⋯

浮 士 德

⋯⋯
这里边是一片人间乐园，
外边纵有海涛冲击陆地的边缘，
并不断侵蚀和毁坏堤岸，
只要人民同心协力即可把缺口填满。
不错！我对这种思想拳拳服膺，
这是智慧的最后结论：
人必须每天每日去争取生活与自由，
才配有自由与生活的享受！
所以在这儿不断出现危险，
使少壮老都过着有为之年。
我愿看见人群熙来攘往，
自由的人民生活在自由的土地上！
我对这一瞬间可以说：
你真美呀，请你暂停！
我有生之年留下的痕迹，
将历千百载而不致湮没无闻——
现在我怀着崇高幸福的预感，
享受这至高无上的瞬间。

选自《浮士德》，董问樵译，浙江文艺出版社，1991

歌德抒情诗选

[德国]歌德

猎人的晚歌

枪膛顶着火，我狂野而寂静，
悄悄潜行在荒野间；
到处都见你可爱的面影
清晰地浮现在我眼前。

此刻，你一定温柔而寂静，
漫步在山谷和田间，
唉，我瞬间就消散的面影
竟没有在你眼前一闪？

你就不想想此人——他漫游世界，
满怀烦闷和悲哀，
他东游西走，漂泊不歇，
只因无缘和你同在。

可是只要我一想起你，
就像是凝望着月亮出神，
不知怎的就出现了奇迹——
我就感到一片宁静和平。

浪游者的夜歌

一切峰顶上
一片宁静，
一切树梢
感不到
一丝微风；
林中鸟群已沉默。
稍等，顷刻，
你也将安静。

精 灵 王

是谁骑马匆匆,深夜风中?
那是父亲带着孩子赶路程。
他把儿子紧紧抱在胸前,
紧紧抱着,好叫孩子温暖。

"孩子,干吗遮着脸发慌?"
"爸爸,你没看见那精灵王——
他头戴王冠,身披王袍?"
"孩子,那只是夜雾缭绕。"

"可爱的小孩,来,跟着我!
我和你游戏,保证你快活;
湖边有许多五彩花朵开放,
我妈妈有许多金色的衣裳。"

"爸爸,爸爸,你听见没有——
精灵王在小声地把我引诱?"
"孩子,别出声,你细细听:
那是风吹枯叶沙沙作声。"

"好小孩,你愿不愿跟我去?
我的女儿们会好好陪伴你,
她们每夜举行夜半舞会,
又跳舞又唱歌摇你入睡。"

"爸爸,爸爸,你可看见那边;
精灵王的女儿们在黑影间?"
"我的孩子,我看得很清楚,
那是些灰色的老杨柳树。"

"我喜欢你,你的漂亮讨我欢喜,
不管愿不愿意,这可由不得你!"
"爸爸,爸爸,他已经捉住我!
精灵王他,精灵王伤害了我!"

父亲在恐怖中策马飞驰，
臂弯中抱着呻吟的孩子。
历尽艰辛终于赶到家里，
在他怀中，孩子已经死去。

以上选自《世界诗库》，飞白主编，飞白译，花城出版社，1994

新爱洛依丝（节选）

[法国]卢梭

（第十七封信）
湖上泛舟
——写给爱德华先生

先生，我想把我们最近经历的一次危险告诉您，幸亏我们虚惊一场，但如今还有点儿疲惫。这件事值得单独写一封信；看了信，您会领会促使我写信给您的原因。

您知道，德·沃尔玛夫人的家离湖①边不远，她爱在湖上泛舟。三天前，她的丈夫离家，我们无所事事，加之夜晚繁星满天，我们便计划第二天泛舟湖上。旭日初升我们便来到岸边；我们坐上了小船，带着渔网，准备捕鱼，有三个桨手，一个仆人，我们还带了一些食品，要在船上进午餐。我带上一杆枪，准备打候鸟；②可是，她责备我打死鸟纯粹是糟蹋，而且唯一的乐趣只是令人难受。因此，我不时用诱鸟笛去召唤湖上各种好吃的鸟，作为消遣；我只向非常远的一只鹏鹏打了一枪，但没有命中。

我们在离岸五百步远的地方捕了一两个钟头的鱼。捕到不少鱼；但除了一条挨了一桨的鳟鱼以外，朱丽叫人把所有的鱼都扔回水里。她说："这些鱼在受罪；把它们放生吧：让我们也享受它们能逃脱危险的快乐。"仆人扔得慢吞吞的，勉为其难，啧有烦言；我不难看出，我们的仆人宁愿尝尝他们逮到的鱼，也不欣赏给鱼放生的理论。

我们随后划向浩渺的湖面；出于年轻男子的冲动——这种冲动到时候会治好的，我开始划起领头那支桨，向湖心前进，不久，我们便离岸边有一法里多。③在那里，我向朱丽讲解我们四周的壮丽天际的各个部分。我向她指点远处的罗讷河河口，湍急的河水在四分之一法里的地方停止奔流，仿佛担心用混浊的河水弄脏湖水蔚蓝色的晶莹。我向她指出山脉的凸角，山脉平行的同位角在分开这些凸角的空间形成一道河床，河水畅流其间。我让她离开我们这边的湖岸，兴致勃勃地让她欣赏沃镇一带瑰丽迷人的湖边，那儿，星罗棋布的城镇，难以计数的

---

① 即日内瓦湖。
② 指日内瓦湖上的候鸟，并不好吃。——原注
③ 怎么会这样？在克拉朗那一边，湖面最多有两法里宽。——原注

居民,处处花木装点、青翠欲滴的山坡,组成一幅令人悦目的图画;那边,处处精耕细作和丰饶的土地给农夫、牧民和葡萄农提供要靠他们辛劳才能得来的果实,贪婪的包税人根本吞噬不了这果实。然后,我向她指点在彼岸的沙布莱①,那是大自然同样宠幸的地方,却只呈现出一派贫穷的景象;我让她明显区分出两个政府对人民的富有、人口数量和幸福带来的不同作用。我对她说:"土地就这样向精耕细作的幸运民族敞开自己富饶的胸怀,并不吝惜自己的财宝:它似乎在向自由的美好景象微笑并显得生气勃勃;它乐于养育人。相反,遍布半荒凉土地上的寒碜的破房子、灌木和荆棘,从远处就表明,统治那里的主人并不在,土地不情愿地向奴隶们提供他们享受不到的微薄的产品。"

正当我们兴高采烈,这样遥望邻近的湖岸时,刮起一阵东北风,将我们从斜里推向彼岸,风力很猛;我们想到要掉转船头返回时,阻力非常大,以致我们不牢固的小船再也无法克服这股阻力。不久,浪涛变得汹涌起伏;必须返回萨伏瓦的岸边,竭力在我们对面的梅伊里村靠岸,这几乎是这带湖岸唯一可以靠岸的地方,那里的沙滩是个合适的靠岸场所。但是已经改变方向的风加强了,使我们的船夫们的努力变得徒劳,狂风让我们沿着一片陡峭的悬崖往下走时偏离了方向,我们再也找不到存身的处所。

我们齐心协力划桨;几乎在同一时刻,我痛苦地看到朱丽一阵恶心,浑身无力,瘫倒在船上。幸好她惯于坐船,这种状态持续得并不久。但我们的努力随着危险而增长;烈日、疲劳和汗水使我们气喘吁吁,筋疲力尽;这时,朱丽重新恢复了全部勇气,用充满同情的友好表示,激励我们的勇气;她毫无例外地给我们每个人的脸擦汗;她担心大家会喝醉,将水倒进酒壶里,轮流给精疲力竭的人喝酒。不,炎热和激动使她的脸色越发泛出红光,任何时候都不如这一刻。您可爱的女友闪烁出这样强烈的光彩;最使她的魅力增色的是,从她动人的神态大家清楚地看到,她所有的关心不是来自对自身的担心,而是来自对我们的同情。一次撞击使我们都湿透了,刹那间两块船板裂开口子,她以为小船撞得粉碎;在这个温柔的母亲的呼喊中,我清晰地听到这几个字:"噢,我的孩子们! 莫非要再也见不到你们吗?"我呢,我的想象总是比灾难走得更远,虽然我确实经历过危难状态,但我以为不时看到小船沉没,这个多么可怜的美人在浪涛中挣扎,死亡的苍白使她面孔的粉红褪了色。

末了,由于奋力划船,我们上溯到梅伊里,在离岸边十步远的地方搏斗了一个多小时,然后我们终于靠了岸。上岸时,所有疲惫都被忘却了。朱丽要感谢每个人对她作出的所有努力;由于在最危险时她只想到我们,上岸后她觉得大家只

①　在日内瓦湖南岸的地区。

救了她一个人。

我们吃饭时胃口好得就像干了累活那样。鳟鱼烧好了。朱丽是酷爱鳟鱼的,却吃得很少;我明白,为了消除船夫们作出这番牺牲的遗憾心情,她并不关心我吃得很多。先生,您说过多少次,无论小事还是大事,这个多情的心灵总是会显露出来的。

饭后,湖水仍然汹涌,小船需要修理,我提议散一圈步。朱丽用风大和太阳毒来反对我,而且考虑到我疲倦了,我有自己的看法,我什么都适应。我对她说:"我从童年起就习惯于艰苦的锻炼;锻炼非但不会损害我的身体,反而使它变得更加结实,我这次远游使我变得更加强壮。至于太阳和风,您有草帽;我们可以到阴凉处和树林里;问题只在于要在悬崖中间攀登;您不喜欢平原,却乐于忍受疲乏。"她按我的意愿去做,我们的人吃饭时,我们就出发了。

您知道,自从我从瓦莱流亡归来后,在梅伊里待了十年,等待准许我回来。正是在那里,我度过非常忧愁而又非常美妙的日子,心中只牵挂着她,正是从那里我给她写了一封信,她看了非常感动。这个偏僻处所曾经是我在冰雪中的栖身之地,在那里我的心乐意同它在世上最珍爱的人进行内心对话,我总是想再看一看这个地方。在一个更加令人愉快的季节,带着我从前与她的画像一起住在那里的女子,去观看这个非常珍贵的地方,这个机会就是我要散步的秘密原因。能向她指点这样持久又这样不幸的激情建造的旧日的纪念场所,对我是一大乐事。

我们在曲折的凉爽的小路上走了一个小时,才到达那里;小路在树木和岩石之间难以觉察地上升,因而除了路途较长,倒没有什么不舒服的。在走近时,由于认出往日的标志,我几乎晕过去;但我克制住自己,隐藏住内心的骚乱,我们终于到达了。这个偏僻的地方构成一个荒野的、不见人迹的隐居地,但是有着各种各样的美,这种美只令敏感的心灵喜欢,而在别的心灵看来则是可怕的。一道融化的雪水形成的急流,在离我们二十步远的地方,奔腾着混浊的水,哗哗地卷着河泥、沙子和石块。在我们背后,一片无法接近的悬崖,将我们所处的空地与人们称之为"冷饮商"的阿尔卑斯山的这一部分分隔开来,因为不断扩大的、巨大的冰峰从世界之初起就覆盖着这条山脉。[①] 黑森森的枞树林在右边阴惨惨地为我们遮阴。一大片橡树林坐落在左边急流之外;在我们脚下,湖泊在阿尔卑斯山的怀抱中形成的这一片广阔的水面,将我们与沃镇一带富饶的湖岸分隔开来,壮丽的汝拉山脉的峰顶俯瞰着这片景致。

---

① 这些大山非常高,太阳下山后半个小时,峰顶仍然被阳光照亮,在白色的山顶上,红光形成非常美丽的玫瑰色,老远就能看到。——原注

在这些巨大而壮美的景物中间,我们所处的这小片地方展示着秀丽的乡间住地的魅力;几条小溪穿过岩石渗透出来,在绿树丛中形成水晶般的网状流淌着;几棵野果树向我们的头顶垂下它们的树冠;湿润而凉爽的土地长满青草和鲜花。这样美好的居住地在周围景物的映衬下,看来该是一对情人双双逃脱大自然的肆虐的安身处所。

我们到达这偏僻的居住地后,观赏了一会儿:"什么!"我以泪汪汪的眼睛望着朱丽,对她说,"看到一个处处存在着您的地方,您的心难道竟一无所感,根本觉不到暗暗的激动吗?"于是,不等她回答,我就把她带往巉岩那边,向她指点,她名字的起首字母被刻在千百个地方,还有几句彼特拉克和塔索的诗,与我刻写时所处的状态有关。久别重逢,我感到这些东西的存在能有力地激发待在它们旁边时引起的强烈感情。我有点激动地对她说:"噢,朱丽!你具有我的心所向往的永恒魅力! 这就是从前对你来说世上最忠实的情人长吁短叹的地方。在这里,你可爱的形象给予他幸福。并准备着使他最终从你这里获得幸福。那时,这里既看不到这些果子,也看不到这些绿荫,绿树和鲜花根本没有覆盖这一块块地方,溪流也根本没有形成这样的分割;这些小鸟也根本没有发出啁啾之声;唯有贪婪的鹰、不祥的乌鸦和阿尔卑斯山可怕的老鹰的叫声回响在这些岩洞间;巨大的冰棱在每个悬崖垂挂而下,冰雪形成的花彩是这些树唯一的装饰品:这里的一切散发出冬天的严寒气息和白霜的可怕气氛;唯有我心中的热情使我能忍受这个地方,我在这里整日思念着你。这块石头我在上面坐过,为了遥望远处你幸福的家;在附近的一块上面我写下感动你的心的那封信;这些锋利的石块给我用作雕刻刀,刻写你的名字的起首字母;这里,我越过冰冷刺骨的急流,去捡回被一股旋风刮走的你的一封信;那里,我过来重阅并千百次亲吻你写给我的最后一封信;在这个悬崖边,我用贪婪而阴郁的目光测度悬崖的深度;最后,正是在这里,我在忧心忡忡地启程之前,过来为病得要死的你哭泣,发誓在你之后不再苟且偷生。被忠贞不渝地爱着的姑娘,噢,我为你而生,我真该同你一起重游旧地,缅怀我在那里为离别你而长吁短叹地度过的时光! ……"我正要说下去,但朱丽看到我走近悬崖边缘,惊慌起来,抓住我的手,捏紧不放,一言不发,带着柔情凝视我,好不容易忍住一声叹息;然后,突然掉转目光,拖着我的手臂:"我们走吧,我的朋友,"她用激动的声音对我说,"这里的空气对我不好。"我叹息着同她一起离去,不过没有回答她的话,我永远离开这个令人忧郁的偏僻处所,就像我要离开朱丽本人那样。

绕了几个圈子慢慢回到港口以后,我们分开了。她想单独待一会儿,而我继续漫无目的地溜达。我回来时,小船还没有修理好,湖水也没有风平浪静,我们忧郁地吃晚饭,垂下眼睛,神态若有所思,吃得很少,说话更少。晚饭后,我们坐在沙滩上，等待出发的时候到来。月亮不知不觉升上夜空，湖水平静了些，朱丽提议动身。我把手伸给她，帮她下船；我坐在她旁边，不再想松开她的手。我们噤若寒蝉。木桨均匀的有节奏的响声引起我的遐思。沙锥①相当快活的啁啾使我回想起往日的欢乐，非但不使我愉快，反而使我忧郁。我逐渐感到折磨着我的愁绪在加剧。宁静的天宇、清新的空气、柔和的月光、我们周围水波闪烁出的银白光辉、最令人愉悦的感受的涌现，甚至这个妙人儿在眼前，什么都不能使我的心摆脱千百种痛苦的思索。

我开始回忆起从前在我们那令人如醉如痴的初恋期间，同她做过的一次类似的散步。那时充溢我心灵的各种美妙情感，重又汇集起来，反而使我心里难受；我们青年时代的所有大事、我们的学习、我们的交谈、我们的通信、我们的约会、我们的欢乐：

E tanta fede, e si dolce memorie,

E silungo costume!②

这连续不断的一幕幕给我描画出过去的幸福；一切都翩然而至，增加我眼前的不幸，在我的回忆中占据位置。我在思忖：一切都完了；这些时光，这些幸福的时光一去不复返了；永远消失了。唉！不再返回了；而我们却活着，又待在一起，偏偏总是心连心！我觉得我会更加耐心地忍受她的死或她的分离，我不像远离她度过的所有时期那样痛苦。当我在远方悲叹时，重见她的希望使我的心轻松一些；我庆幸她只要出现一下便会消除我所有的痛苦；我至少在各种可能性中考虑一种状态，比我的状态痛苦稍减。但待在她身边，看到她，接触到她，跟她说话，爱她，崇拜她，几乎要占有她时，却感到我永远失去她；这就把我置于愤怒和癫狂的迸发之中，逐渐使我激动到绝望的田地。不久，我开始在脑海里反复思考不祥的计划，在我一想起就要颤抖的冲动中，我强烈地想把她推入波涛，与我一起葬身水底，结束我的生命和长期的折磨。这可怕的欲望最后变得非常强烈，我不得不突然松开她的手，走到船头。

在那里，我强烈的激动开始了另一个走向；一种更加温柔的感情逐渐渗入我的心灵，动情克服了绝望，我开始泪如泉涌；这种状态比起我摆脱的状态，并非没有某些乐趣：我痛哭了好久，轻松了许多。待我恢复过来，我回到朱丽身边，又捏住她的手。她拿着手帕；我感到手帕已经湿透。"啊！"我对她悄声说，"我看到我

---

① 日内瓦湖的沙锥绝不是法国人同名称呼的那种鸟。我们的沙锥更热烈、更生气勃勃的鸣啭，给夏夜的湖上带来一种使湖岸格外迷人的清凉和富有生命力的气息。——原注

② 拉丁文，大意为"这多么纯洁的誓言，这甜蜜的回忆，这长期的亲密关系！"引自梅塔斯塔齐奥的剧本。

们的心不断息息相通！"——"不错，"她用变调的声音说，"但愿我们用这种口吻说话是最后一次。"于是我们又开始平静地谈话，划行了一小时之后，我们到达了，没有遇到别的事故。我们回到家里时，我借着亮光看到她双眼通红，而且肿胀得厉害：她大概不会感到我的双眼情况更好。经过这一天的疲劳，她非常需要休息；她抽身走了，我也去睡下。

　　我的朋友，这就是我平生感到最强烈的激动的一天中发生的事。我希望这样的激动将是一种骤变，使我完全恢复原来的我。另外，我要告诉您，这次遭遇比关于人的自由和美德的价值的一切议论，对我更有说服力。有多少人受到诱惑而无力抗拒，最后归于失败啊！对朱丽来说，我的眼睛看到这一点，我的心感到这一点，这一天，她进行了人类心灵所能承受的最大搏斗；而她战胜了。但我做了什么才离她这么远呢？噢，爱德华！你受到情人的吸引，同时战胜你的愿望和她的愿望时，你只有孤身一人吗？没有你，我也许完了。在这遇险的一天，上百次回忆起你的品德使我保持美德。

　　　　　　　　选自《新爱洛依丝》，郑克鲁译，上海译文出版社，1997

彭斯抒情诗选

〔英国〕彭斯

一朵红红的玫瑰

啊，我爱人像一朵红红的玫瑰
它在六月里初开；
啊，我爱人像一支乐曲，
它美妙地演奏起来。

你是那么漂亮，美丽的姑娘，
我爱你是那么深切；
我会一直爱你，亲爱的，
一直到四海枯竭。

一直到四海枯竭，亲爱的，
到太阳把岩石烧化；
我会一直爱你，亲爱的，
只要生命之流不绝。

再见吧，我唯一的爱人，
让我和你小别片刻；
我会回来的，亲爱的，
即使我们万里相隔。

（袁可嘉　译）

不管他怎么说

穷只要穷得正直，有啥不光彩？
干吗抬不起头来，这是为什么？
对这号软骨头，咱们不理睬，
咱们人穷腰杆直，不管怎么说！
不管他这么说，那么说，
说咱们干的是下贱活；
等级不过是金洋上刻的印，
人，才是真金，不管他怎么说。

尽管咱们吃粗粮，喝稀粥。
穿的是灰粗呢，不管怎么说；
叫那些傻瓜去穿绸，坏蛋去喝酒，
咱才是男子汉，不管怎么说，
不管他这么说，那么说，
叫他们穿金戴银去摆阔；
正直的人尽管穷得精光，
却是人中之王，不管他怎么说。

瞧那个浑小子，人管他叫老爷，
吹胡子瞪眼睛非同小可；
尽管几百人唯命是从听他使唤，
他不过是笨伯，不管怎么说。
不管他这么说，那么说，
不管他有勋章、绶带、这个那个，
只要你是个有头脑的人，
瞧这些只值得哈哈一乐。
国王可以给人封爵号，
封个公爵、侯爵、这个那个，
可是正直的人，他却管不着，
国王没这权力，不管他怎么说！

不管他这么说，那么说，
他们的高官显爵算得了什么！
咱道理明白、品德高贵，
比这些头衔要高得多。
好，让咱们祝这一天来临，
它必定会来，不管怎么说；
那道理，那品德，在普天下
一定会得胜，不管怎么说。
不管他这么说，那么说，
这一天会来临，不管怎么说。
那时节全世界上人和人
会成为兄弟，不管他怎么说。

（飞白　译）

205

歌

昨夜我喝了半升酒，
谁也不知道我藏在哪，——
昨夜枕着我的胸口
躺着我金发的安娜！
当犹太人在荒野挨着饿，
欢庆上帝赐给"吗哪"，
福气哪里比得上我，
当我吻着我的安娜！

国王们尽管去东征西讨，
从印度河到萨凡那，
而我只求紧紧拥抱
全身在融化的安娜。
我瞧不上皇宫里的娇娥，
管她是皇后，苏丹娜，
我们得到的是销魂之乐——
安娜给我，我给安娜！

走开，你招摇的日神，
躲开，你苍白的狄安娜！
请每颗星星遮起眼睛，
当我去会我的安娜。
让黑夜披着羽衣飞来！
日月星辰咱都不要它；
只要一支神笔来描写
两情相欢——我和安娜！

（附白）
教会和政府会联合起来
禁止我干这干那——
教会和政府可以去见鬼，
我还是要去见安娜。

在我眼里她就是阳光，
我生活不能没有她；
要是我能有三个愿望，
第一个就是我的安娜。

（飞白　译）

以上选自《外国诗歌鉴赏辞典》（古代卷），吴笛主编，上海辞书出版社，2009

布莱克抒情诗选

[英国]布莱克

毒　树

我对我的朋友发怒，
我和盘说出，怒气消除；
我对我的仇敌发怒，
我一声不响，怒气渐长。

我怀着疑惧，早早晚晚，
用我的泪水把它浇灌；
我又带着诡诈的微笑，
用虚假的阳光把它照耀。

于是它日夜不停地生长，
结了个苹果发红光，
我的仇敌见它那么红，
认出这苹果是我所种。

于是他趁着夜幕遮天，
悄悄地潜入我的花园。
天亮时我看了心中欢喜；
树下倒毙了我的仇敌。

选自《世界诗库》，飞白主编，飞白译，花城出版社，1994

老　虎

老虎！老虎！黑夜的森林中
燃烧着的煌煌的火光，
是怎样的神手或天眼
造出了你这样的威武堂堂？

你炯炯的两眼中的火
燃烧在多远的天空或深渊？
他乘着怎样的翅膀搏击？

用怎样的手夺来火焰？

又是怎样的膂力，怎样的技巧，
把你的心脏的筋肉捏成？
当你的心脏开始搏动时，
使用怎样猛的手腕和脚胫？

是怎样的槌？怎样的链子？
在怎样的熔炉中炼成你的脑筋？
是怎样的铁砧？怎样的铁臂
敢于捉着这可怖的凶神？

群星投下了他们的投枪，
用它们的眼泪润湿了穹苍。
他是否微笑着欣赏他的作品？
他创造了你，也创造了羔羊？

老虎！老虎！黑夜的森林中
燃烧着的煌煌的火光，
是怎样的神手或天眼
造出了你这样的威武堂堂？

选自《英国诗选》，王佐良主编，郭沫若译，上海译文出版社，1988

19 世纪欧洲浪漫主义文学

华兹华斯抒情诗选

[英国]华兹华斯

我孤独地漫游,像一朵云

我孤独地漫游,像一朵云
在山丘和谷地上飘荡,
忽然间我看见一群
金色的水仙花迎春开放,
在树荫下,在湖水边,
迎着微风起舞翩翩。

连绵不绝,如繁星灿烂,
在银河里闪闪发光,
他们沿着湖湾的边缘
延伸成无穷无尽的一行:
我一眼看见了一万朵,
在欢舞之中起伏颠簸。

粼粼波光也在跳着舞,
水仙的欢欣却胜过水波;
与这样快活的伴侣为伍,
诗人怎能不满心欢乐!
我久久凝望,却想象不到
这奇景赋予我多少财宝,——

每当我躺在床上不眠,
或心神空茫,或默默沉思,

它们常在心灵中闪现，
那是孤独之中的福祉；
于是我的心便涨满幸福，
和水仙一同翩翩起舞。

选自《诗海——世界诗歌史纲》，飞白译，漓江出版社，1989

我们是七个

我碰见一个乡村小姑娘：
她说才八岁开外；
浓密的发丝一卷卷从四方
包裹着她的小脑袋。

她带了山林野地的风味，
衣着也带了土气：
她的眼睛很美，非常美；
她的美叫我欢喜。

"小姑娘，你们一共是几个，
你们姊妹弟兄？"
"几个？一共是七个。"她说，
看着我像有点不懂。

"他们在哪儿？请给我讲讲。"
"我们是七个，"她回答，
"两个老远的跑去了海上，
两个在康威住家。

"还有我的小姐姐、小弟弟，
两个都躺在坟园，
我就位在坟园的小屋里，
跟母亲，离他们不远。"

"你既说两个跑去了海上，
两个在康威住家，
可还说是七个！——请给我讲讲，
好姑娘，这怎么说法。"

"我们一共是七个女和男，"
小姑娘马上就回答，
"里头有两个躺在坟园
在那棵坟树底下。"

"你跑来跑去，我的小姑娘，
你的手脚都灵活；
既然有两个埋进了坟坑，
你们就只剩了五个。"

小姑娘回答说："他们的坟头
看得见一片青青，
十二步就到母亲的门口，
他们俩靠得更近。

"我常到那儿去织我的毛袜，
给我的手绢缝边；
我常到那儿的地上去坐下，
唱歌给他们消遣。

"到太阳落山了，刚近黄昏，
要是天气好，黑得晚，
我常把小汤碗带上一份，
上那儿吃我的晚饭。

"先走的一个是金妮姐姐，
她躺在床上哭叫，
老天爷把她的痛苦解了结，
她就悄悄地走掉。

"所以她就在坟园里安顿；
我们要出去游戏，
草不湿，就绕着她的坟墩——
我和约翰小弟弟。

"地上盖满了白雪的时候，
我可以滑溜坡面，

约翰小弟弟可又得一走，
他就躺到了她旁边。"

我就说，"既然他们俩升了天，
你们剩几个了，那么？"
小姑娘马上又回答一遍：
"先生，我们是七个。"

选自《卞之琳译文集》，卞之琳译，安徽教育出版社，2003

拜伦诗选

［英国］拜伦

唐　璜
（哀希腊）

希腊群岛啊，希腊群岛！
从前有火热的萨福唱情歌，
从前长文治武功的花草，
涌出过狄洛斯，跳出过阿波罗！
夏天来镀金，还长久灿烂——
除了太阳，什么都落了山！

开俄斯、岱奥斯①两路诗才，
英雄的竖琴，情人的琵琶，
埋名在近处却扬名四海：
只有他们的出生地不回答，
让名声远播，在西方响遍，
远过了你们祖宗的"极乐天"②。

千山万山朝着马拉松，
马拉松朝着大海的洪流；
独自在那里默想了一点钟，
我心想希腊还可以自由；
我既然脚踏着波斯人坟地，
就不能设想我是个奴隶。

俯瞰萨拉密斯③海岛的石崖，
曾经有一位国王来坐下；

---

① 开俄斯，爱琴海巾的一个大岛，传说是荷马的诞生地。岱奥斯，小亚细亚海岸上的希腊城市，传说是抒情诗人阿那克里翁的诞生地。

② 照字面译是"极乐岛"，但"极乐天"意更相近。古希腊人相信灵魂所去的极乐世界远在西方。

③ 萨拉密斯（又译萨拉米）是译音，这一海岛离雅典不远，入侵的波斯舰队与希腊海军在附近进行决战，结果大败。波斯王赛尔克塞斯当时曾在岸边石崖上亲自观战。

成千条战船，人山人海，
排开在下面；——全都属于他！
天刚亮，他还数不清呢——
太阳刚落山，他们的踪影呢？

他们呢？你呢，祖国的灵魂？
如今啊，在你无声的国土上，
英雄的歌曲唱不出调门——
英雄的胸脯停止了跳荡！
难道你一向非凡的诗琴
非落到我这种手里不行？

在戴了枷锁的民族里坚持，
博不到名声，也大有意义。
只要能感到志士的羞耻，
歌唱中，烧红了我的脸皮；
为什么诗人留这里受罪？
给希腊人一点羞，给希腊一滴泪。

难道我们该只哭悼往日？
只脸红吗？——我们的祖先是流血。
大地啊！请把斯巴达勇士①
从你的怀抱里送回来一些！
勇士三百里我们只要三，
来把守一次新火门山峡！

什么，还是不响？都不响？
啊！不；死人的声音
听来像遥远的瀑布一样，
回答说："只要有一个活魂灵
起来，我们就来，就来！"
只是活人却闷声发呆。

① 波斯王塞尔克塞斯入侵大军，进至火门山峡的时候，斯巴达王率三百勇士死守峡口，抵住了敌人，终因奸人引导波斯军间道包抄，全部壮烈牺牲。

白费,白费:把调门换一换；
倒满一大杯萨摩斯①美酒！
战争让土耳其蛮子去管,②
热血让开俄斯③葡萄去流！
听啊！一听到下流的号召,
每一个勇敢的醉鬼都叫好！

你们仍然有庇里克舞蹈④,
只是不见了庇里克骑阵！
这样两课中,为什么忘掉
高贵而威武堂堂的一门？
你们有卡德漠斯⑤带来的字母——
难道他想教奴隶来读书？

倒满一大碗萨摩斯美酒！
我们想这些事,毫无意思！
阿纳开雍⑥是酒助仙喉；
他侍候——可侍候朴利开提斯⑥——
一个暴君；我们的主人
那时候却至少是本国出身。

寇尔索尼斯的那位暴君⑦
对自由是最为勇敢的好朋友,
密尔介提斯⑧是他的大名！
噢！但愿今天我们有

---

① 萨摩斯是爱琴海中的一个主要海岛,在暴君朴利开提斯统治时代,武力与文化都盛极一时。
② 拜伦作此诗时,希腊正在土耳其奴役下。
③ 开俄斯也以产酒出名。
④ 庇里克舞蹈是一种模拟战斗的舞蹈。古希腊骑阵出名,马其顿骑阵尤为突出,武功煊赫的庇鲁斯曾两度在马其顿称王。"庇里克"这个形容词来源应是庇鲁斯。
⑤ 传说卡德漠斯把字母从腓尼基介绍到希腊。
⑥ 阿纳开雍(又译阿那克里翁)的诗都是歌唱醇酒妇人的,他到萨摩斯居住,备受当时的统治者朴利开提斯优待。
⑦ 寇尔索尼斯即现在达达尼尔海峡加里波利半岛。密尔介提斯曾经在那里统治过。他后来回到雅典。波斯大军压境的时候,他为雅典十将之一,坚持一战,终在马拉松率队大败波斯军。
⑧ 见注⑦。

同样的暴君，同样的强豪！
他那种铁链一定扎得牢。①

倒满一大碗萨摩斯美酒！
苏里的山石上，巴加的海岸上②，
还活着一支种族的遗留，
倒还像斯巴达母亲的儿郎；
那里也许是播下了种子，
海勾勒③血统会认作后嗣。
争自由别信任西方各国——
他们的国土讲买进卖出；
希望有勇气，只能靠托
本国的刀枪，本国的队伍：
土耳其武力，拉丁族腐败，
可别叫折断了你们的盾牌。

倒满一大碗萨摩斯美酒！
树荫里跳舞着我们的女娃，
一对对闪耀着黑黑的明眸；
看个个少女都容光焕发，
想起来热泪就烫我的眼皮：
这样的乳房都得喂奴隶！

让我登苏纽姆④大理石悬崖，
那里就只有海浪与我
听得见我们展开了对白；
让我去歌唱而死亡，像天鹅：
奴隶国不能是我的家乡——
摔掉那一杯萨摩斯佳酿！

选自《英国诗选》，卞之琳译，湖南人民出版社，1983

---

①　意思是说他倒至少有魄力驱使大家团结御侮。
②　苏里是希腊与阿尔巴尼亚间的险要山区。巴加是那里的海港。那里居住的这族人民在拜伦后来参加的反土耳其斗争中起了重大作用。
③　海勾勒(又译赫丘利)是希腊传说中最著名的英雄，海勾勒血统指斯巴达种族。
④　苏纽姆是雅典半岛极南角的海神。

拜伦诗选

她走在美的光彩中

一

她走在美的光彩中，像夜晚
　　皎洁无云而且繁星满天。①
明与暗的最美妙的色泽
　　在她的仪容和秋夜里呈现，
仿佛是晨露映出的阳光，
　　但比那光亮柔和而幽暗。②

二

增加或减少一份色泽
　　就会损害这难言的美。③
美波动在她乌黑的发上
　　或者散布淡淡的光辉
在那脸庞，恬静的思绪
　　指明它的来处纯洁而珍贵。④

三

呵，那额际，那鲜艳的面颊，
　　如此温和，平静，而又脉脉含情，
那迷人的微笑，那明眸的顾盼，
　　都在说明一个善良的生命：
她的头脑安于世间的一切，
　　她的心流溢着真纯的爱情！

选自《外国名诗三百首》，陆嘉玉选编，梁真译，长江文艺出版社，1988

---

① "夜晚"、"繁星"，形容黑色丧服上闪亮的金箔。
② 这两行参照了马尔夏克的俄译，与原文字面有出入。——译者原注
③ 这同我国宋玉赋中所写"著粉则太白，施朱则太赤"意思相近。
④ "来处"，指肉身。

雪莱抒情诗选

[英国]雪莱

致……

有一个字眼被人亵渎得太多，
我岂能再来辱没，
有一种情感被人贬低得太狠，
你岂能再添鄙薄；
有一种希望太像绝望，
无须谨小慎微，对它防备，
可是从你身上得来的怜悯，
也比别人的更加珍贵。

我不能奉献所谓的爱情，
只有崇拜升腾在心头，
就连上苍也不忍拒绝，
难道你不愿接受？
这是飞蛾对星辰的向往，
这是黑夜对黎明的企盼，
这是从我们悲哀的星球
把一片赤诚倾注远方。

西 风 颂

一

剽悍的西风啊，你是暮秋的呼吸，
因你无形的存在，枯叶四处逃窜，
如同魔鬼见到了巫师，纷纷躲避；

那些枯叶，有黑有白，有红有黄，
像遭受了瘟疫的群体，哦，你呀，
西风，你让种籽展开翱翔的翅膀，

飞落到黑暗的冬床，冰冷地躺下，
像一具具尸体深葬于坟墓，直到
你那蔚蓝色的阳春姐妹凯旋归家，

向睡梦中的大地吹响了她的号角，
催促蓓蕾，有如驱使吃草的群羊，
让漫山遍野注满生命的芳香色调；

剽悍的精灵，你的身影遍及四方，
哦，听吧，你既在毁坏，又在保藏！

二

在你的湍流中，在高空的骚动中，
纷乱的云块就像飘零飞坠的叶子，
你从天空和海洋相互交错的树丛

抖落出传送雷雨以及闪电的天使；
在你的气体波涛的蔚蓝色的表面，
恰似酒神女祭司的头上竖起缕缕

亮闪闪的青丝，从朦胧的地平线
一直到苍天的顶端，全都披散着
即将来临的一场暴风骤雨的发卷，

你就是唱给垂死岁月的一曲挽歌，
四合的夜幕，是巨大墓陵的拱顶，
它建构于由你所集聚而成的气魄，

可是从你坚固的气势中将会喷迸
黑雨、电火以及冰雹；哦，请听！

三

你啊，把蓝色的地中海从夏梦中
唤醒，它曾被清澈的水催送入眠，
就一直躺在那个地方，酣睡沉沉，

睡在拜伊海湾的一个石岛的旁边，
在睡梦中看到古老的宫殿和楼台

在烈日之下的海波中轻轻地震颤，

它们全都开满鲜花，又生满青苔，
散发而出的醉人的芳香难以描述！
见到你，大西洋的水波豁然裂开，

为你让出道路，而在海底的深处，
枝叶里面没有浆汁的淤泥的丛林
和无数的海花、珊瑚，一旦听出

你的声音，一个个顿时胆战心惊，
战栗着，像遭了劫掠，哦，请听！

四

假如我是一片任你吹卷的枯叶，
假若我是一朵随你飘飞的云彩，
或是在你威力之下喘息的水波，

分享你强健的搏动，悠闲自在，
不羁的风啊，哪怕不及你自由，
或者，假若我能像童年的时代，

陪伴着你在那天国里任意遨游，
即使比你飞得更快也并非幻想——
那么我决不向你这般苦苦哀求：

啊，卷起我吧！如同翻卷波浪、
或像横扫落叶、或像驱赶浮云！
我跃进人生的荆棘，鲜血直淌！

岁月的重负缚住了我这颗灵魂，
它太像你了：敏捷、高傲、不驯。

五

拿我当琴吧，就像那一片树林，
哪怕我周身的叶儿也同样飘落！
你以非凡和谐中的狂放的激情

让我和树林都奏出雄浑的秋乐，
悲凉而又甜美。狂暴的精灵哟，

但愿你我迅猛的灵魂能够契合！

把我僵死的思想撒向整个宇宙，
像枯叶被驱赶去催促新的生命！
而且，依凭我这首诗中的符咒，

把我的话语传给天下所有的人，
就像从未熄的炉中拨放出火花！
让那预言的号角通过我的嘴唇

向昏沉的大地吹奏！哦，风啊，
如果冬天来了，春天还会远吗？

以上选自《雪莱抒情诗全集》，吴笛译，浙江文艺出版社，1994

普希金抒情诗选

[俄国] 普希金

致 凯 恩

我记得那神奇的一瞬：
在我的眼前出现了你，
犹如瞬息即逝的幻影，
又如纯洁美丽的天使。

当我遭受难遣忧愁的煎熬，
当我在喧嚣世事中忙乱不堪，
你温柔的话语在我耳边萦绕，
你可爱的面容在我梦中显现。

岁月流逝着。一阵阵暴风骤雨
驱散了我从前的美好的梦。
于是我忘记了你温柔的话语，
忘记了你天仙般的面容。

囚禁于阴暗的穷乡僻壤，
我默默地挨过漫长的年岁。
没有灵感，没有崇拜的物件，
没有生活，也没有爱情和眼泪。

心灵复苏的时刻终于来临，
我的眼前再次出现了你，
犹如瞬息即逝的幻影，
又像纯洁美丽的天使。

于是心儿陶醉，跳得欢畅，
一切都为它而重新苏醒，
有了崇拜的物件，有了灵感，
有了生活，也有了眼泪和爱情。

选自《世界诗库》（第5卷），飞白主编，吴笛译，花城出版社，1994

致西伯利亚的囚徒

在西伯利亚矿坑的深处，
望你们坚持着高傲的忍耐的榜样，
你们的悲壮的工作和思想的崇高志向，
决不会就那样徒然消亡。

灾难的忠实的姊妹——希望，
正在阴暗的地底潜藏，
她会唤起你们的勇气和欢乐，
大家期望的时辰不久将会光降。

爱情和友谊会穿过阴暗的牢门
来到你们的身旁，
正像我的自由的歌声
会传进你们苦役的洞窟一样。

沉重的枷锁会掉下，
阴暗的牢狱就会覆亡，
自由会在门口欢欣迎接你们，
弟兄们会把利剑送到你们手上。

选自《戈宝权译文集》，戈宝权译，北京出版社，1987

叶甫盖尼·奥涅金（节选）

[俄国] 普希金

达吉雅娜给奥涅金的信

我在给您写信——难道还不够？
我还能再说一些什么话？
现在，我知道，您完全有理由
用轻蔑来对我加以惩罚。
可是您，对我这不幸的命运
如果还有点滴的怜惜，
我求您不要把我抛弃。
最初我并不想对您明讲；
请相信：那样您就永无可能
知道我多么难以为情，
如果说我还可以有个希望
在村里见到您，哪怕很少见，
哪怕一礼拜只见您一次面，
只要能让我听听您的声音，
跟您讲句话，然后专心去想，
想啊想，直到下次再跟您遇上，
日日夜夜只惦着这一桩事情。
可是人家说，您不愿跟人交往；
这穷乡僻壤到处都惹您厌烦，
而我们……没什么可夸耀的地方，
只是对您真心实意地喜欢。

为什么您要来拜访我们？
在这个被人们遗忘的荒村，
如果我不知道有您这个人，
我就不会尝到这绞心的苦痛。
我幼稚心灵的一时激动
会渐渐平息（也说不定？），

我会找到个称心的伴侣,
会成为一个忠实的贤妻,
也会成为一个善良的母亲。

别人!……不,我的这颗心
不会再向世界上任何人奉献!
我是你的:这是命中注定,
这是老天爷他的意愿……
我现在所以还需要活着,
就是为了保证能和你相逢;
我知道,是上帝把你派来给我,
做个保护人,直到坟墓之中……
你的身影曾在我的梦中显露,
我虽没看清你,已感到你的可亲,
你奇妙的目光让我心神不宁,
你的声音早已响彻我灵魂深处…
不啊,这不是一场梦幻!
你刚一进门,我马上看出,
我全身燃烧,全身麻木,
心里暗暗说:这就是他,看!
不是吗,我听见过你的声音:
是你在悄悄地跟我倾谈,
当我在周济那些穷人,
或者当我在祈求神灵
宽慰我激动的心的熬煎?
在眼前这个短短的一瞬,
不就是你吗,亲爱的幻影,
在透明的暗夜里闪闪发光,
轻轻地贴近了我的枕边?
不是你吗,带着抚慰和爱怜
悄悄地对我显示着希望?
你是谁? 是保护我的天神,
还是一个来诱惑我的奸诈的人?
你定要解除我的疑难。

或许，这一切全是泡影，
全是幼稚的心灵的欺骗！
命定的完全是另一回事情……
然而，就算它是这样！
我也从此把命运向你托付，
我在你的面前，泪珠挂在脸上，
我恳求得到你的保护……
请你想想：我在家里孤孤零零，
没有一个人能够了解我，
我的日子过得浑浑噩噩，
我只有默默地了此一生。
我在等你：请用唯一的你的眼
把我心头的希望复活，
或是把这场沉重的梦捅破，
唉，用我应该受到的责难！

写完了！我真怕重读一遍……
我在发呆，感到羞惭和惧怕……
而您高贵的品格是我的靠山，
我大胆地把自己托付给它……

选自《叶甫盖尼·奥涅金》，智量译，人民文学出版社，2004

悲惨世界（节选）

[法国]雨果

得逞的后果

她是在冬末被辞退的；夏天过去了，但冬天又来了。白天短，活儿干得少。冬天没有热力，没有阳光，没有中午，晚上连着早上，多雾，总像黄昏，窗户灰暗，看不清外面的东西。天空是一个通风窗。整个白天是一个地窖。太阳像一个穷人。可怕的季节！冬天把天上的水和人心变成石头。债主纠缠着她。

芳汀挣不了几个钱。她的债越来越多。泰纳迪埃夫妇收到的钱少，不断写信给她，信的内容使她感到忧虑，要汇钱去她承受不了。一天，他们写信告诉她，她的小柯赛特要赤裸裸地过冬了，她需要一条呢裙子，至少做母亲的要寄十法郎来。她收到了信，整天在手里揉着信。晚上，她走进街角的一家理发店，解下梳子。她柔美的金发一直垂落到腰间。

"多美的头发啊！"理发师嚷道。

"您要下来出多少价钱呢？"她说。

"十法郎。"

"剪掉吧。"

她买了一条针织的裙子，寄给了泰纳迪埃夫妇。

这条裙子让泰纳迪埃夫妇气坏了。他们要的是钱。他们让爱波尼娜穿这条裙子。可怜的云雀继续冻得发抖。

芳汀想："我的孩子不再感到冷了。我给她穿上我的头发。"她自己戴上小圆帽，遮住光头，这样子她仍然很漂亮。

芳汀心里越想越难以排解阴郁的心情。她看到自己再也不能梳头，便开始仇恨自己周围的一切。长期以来，她同大家一样尊敬马德兰老爹；但是，由于她心里一再重复，是他把自己赶走的，他造成了自己的不幸，她终于也憎恨他，尤其是他。她等在工厂门口，候着工人经过那里时，装出又笑又唱。

有一次，一个老女工看到她这样又唱又笑，说道："这个姑娘结局不妙啊。"

她随便找了一个情人，她并不爱这个汉子，只是心里气不过，想装装门面。这是一个穷光蛋，靠奏曲乞讨，是个游手好闲的无赖，还要打她，像她当初随便找到他那样，倒胃口就离开她。

她爱的是自己的孩子。

她越是沉沦下去，周围的一切就越是变得黑暗，那个温柔的小天使就越是在她心灵深处闪闪发光。她常常说:"待我发了财,柯赛特就会和我在一起。"于是她笑了。她的咳嗽没有停止过,她背上出虚汗。

一天,她收到泰纳迪埃夫妇的一封信,信是这样写的:"柯赛特病了,得的是一种地方病,大家叫粟粒热。要吃贵重的药。这要让我们破产,我们再也付不起。如果一星期之内您不给我们寄来四十法郎,小姑娘就会死掉。"

她放声大笑,对邻居老太婆说:

"啊!他们多好!四十法郎!就这些!等于两个拿破仑金币!叫我到哪儿去弄到呢?这些乡下人,真是愚蠢!"

然而她走到楼梯,在天窗附近再看一遍信。

然后她下楼,跑跑跳跳,始终笑着,出了大门。

有人遇到她,对她说:

"您这样快乐,究竟怎么回事?"

她回答:

"乡下人刚给我写来一封信,说了一番蠢话。他们问我要四十法郎。乡下人,得了!"

她经过广场时,看到许多人围住一辆形状古怪的马车,一个穿红衣服的男人站在车顶上哇里哇啦。这是一个走江湖的牙医,向围观者兜售整副假牙、牙膏、牙粉和药酒。芳汀挤进人群,开始像其他人一样边听边笑起来;那个牙医的话既有坏人的切口,又有体面人的隐语。那个拔牙的看到这个漂亮的姑娘在笑,突然叫道:

"您有一口漂亮的牙齿,那边在笑的姑娘。如果您愿意把您的两片小桨给我,我可以给您每一片一个拿破仑金币。"

"我的小桨是什么?"芳汀问。

"小桨,"牙医接着说,"就是门牙,两颗上门牙。"

"吓死人了!"芳汀叫道。

"两个拿破仑金币!"有一个缺牙的老女人嘟哝着说。"这个女人真运气!"

芳汀逃走了,用手捂住耳朵,不听那个人向她呼喊的沙哑声:"考虑一下吧,美人儿!两个拿破仑金币,能派用场呢。如果您想清楚了,今晚到'银甲板'旅店来找我吧。"

芳汀回到家,她气愤难平,把事情讲给好心的女邻居玛格丽特听:"您明白吗?难道他不是一个可恶透顶的人吗?怎能让这种人在当地晃来晃去呢?拔掉我的两只门牙!我会非常难看!头发会再长出来,但是牙齿呢!啊!魔鬼!我宁愿头冲下从六层楼摔到马路上!他对我说,他今晚会在'银甲板'旅店。"

"他给什么条件?"

"两个拿破仑金币。"

"等于四十法郎。"

"是的，"芳汀说，"等于四十法郎。"

她若有所思，开始做活儿。过了一刻钟，她撂下活计，到楼梯上再看一遍泰纳迪埃夫妇的信。

回到屋里时，她对在旁边干活的玛格丽特说：

"粟粒热究竟是怎么回事？您知道吗?"

"知道，"老姑娘回答，"这是一种病。"

"需要吃很多药吗?"

"噢！多得要命。"

"这病怎么得的?"

"随随便便就会得。"

"孩子会染上吗?"

"尤其是孩子。"

"得这病会死吗?"

"很可能。"玛格丽特说。

芳汀走出房门，再一次到楼梯上去看信。

晚上，她下楼去，有人看见她朝旅店集中的巴黎街走去。

第二天早上，玛格丽特在天亮前走进芳汀的房间，因为她们俩总是一起干活，这样，两人只点一根蜡烛照明。她看见芳汀坐在床上，脸色苍白，浑身冰凉。她没有睡过觉。她的帽子落在膝盖上。蜡烛点了一整夜，几乎完全燃尽了。

玛格丽特在门口站住了，因这杂乱无章的景象而惊呆，叫道：

"主啊！蜡烛都烧光了！出了大事了!"

然后她望着芳汀，芳汀把光秃秃的头转向她。

从昨夜以来，芳汀老了十岁。

"耶稣啊!"玛格丽特说，"您怎么啦，芳汀?"

"我没有什么，"芳汀回答，"正相反。我的孩子不会死于这种可怕的病了，不治就没命。我很高兴。"

这样说着。她向老姑娘指了指在桌上闪闪发光的两枚拿破仑金币。

"啊！耶稣天主啊!"玛格丽特说，"这是一大笔钱！您从哪儿弄到这些金路易?"

"金路易是属于我的。"芳汀回答。

与此同时她笑了。蜡烛照亮了她的脸。这是血淋淋的笑。一道殷红的唾沫弄脏了她的嘴角，她的嘴里有一个黑洞。

两颗牙齿被拔掉了。

她将四十法郎寄到蒙费梅。

这是泰纳迪埃夫妇弄钱的一个诡计。柯赛特没有生病。

芳汀把她的镜子扔到窗外去了。她早就从三楼的小房间搬到屋顶下用插销关门的阁楼;这类陋室的天花板和地板构成斜角,时刻都会撞上你的头。穷人只能越来越弯腰,才能走到房间的尽头,就像走到命运的尽头那样。她已经没有床,只剩下一块破布,她称之为被子,还有一张铺在地下的褥子和一把露出麦秸的椅子。一小盆玫瑰,遗忘在角落里干枯了。在另一个角落,有一只盛水的黄油钵,冬天水结了冰,一层层水迹由一圈圈冰碴久而久之显示出来。她早已失去了羞耻心,现在又失去了爱俏。这是最后的标志。她戴着脏兮兮的帽子出门。要么没有时间,要么毫不在意,她不再缝补衣服。随着袜子跟磨破,她就抽一点上来。这从一些竖纹就可以看出来。她用几块白布缝补又旧又破的胸衣,稍一动作,胸衣就会扯破。她的债主跟她"大吵大闹",绝不让她安宁。她在街上遇到他们,又在楼梯上遇到他们。她整夜整夜哭泣和沉思凝想。她的眼睛非常明亮,但她感到肩上有一个固定的痛点,就在左肩胛骨的上方。她咳嗽不止。她对马德兰老爹深恶痛绝,却从来不抱怨。她一天缝纫一十七个小时;可是一个监狱的包工头压低了女囚犯的工钱,使得个体女工每天收入减低到九苏。每天十七个小时干活,却只有九苏! 她的债主们比以前更加无情。旧货商几乎拿走了所有的家具,不停地对她说:"你什么时候付清欠我的钱,婊子?"好天主,人家要把她逼到什么田地呢? 她感到受到围歼,于是在她身上某种猛兽的本性发展起来。大约在同一时间,泰纳迪埃给她写信,说是他仁至义尽,等得够久了,他马上需要一百法郎;否则,他要把小柯赛特赶出门去,管她变成什么,小姑娘饿死随她便。"一百法郎,"芳汀想,"可是,哪儿有工作,一天能挣一百苏呢?"

"得了!"她说,"剩下的全卖了吧。"

苦命人做了妓女。

孤苦伶仃的小姑娘

由于泰纳迪埃旅店在村里的位置靠近教堂,柯赛特就该到舍尔那边树林的泉水去打水。

她不再看商贩的陈列商品。只要走在面包铺的小巷和教堂附近,摊棚的灯光还能照亮道路,但不久,最后一个棚铺的余光消失了。可怜的孩子待在黑暗里。她往黑暗里走。不过,由于她有点激动,一面走,她一面尽可能晃动水桶把手,发出声音,为自己作伴。

她越往前走,黑暗越浓重。街上没有人影。但她遇到一个女人,看见她走过时回过一身来,一动不动,牙缝里叽咕着说:"这个孩子到哪儿去呢?难道是个狼孩?"随后那个女人认出了柯赛特。"啊,"她说,"是云雀!"

柯赛特就这样穿过舍尔那边的蒙费梅村尽头,那一带是空寂无人、弯弯曲曲街道组成的迷宫。只要路的两边有房子,甚至只有墙壁,她就大胆地往前走。她不时看到透过窗板缝隙的烛光,有光、有生活,就有人,这使她放心。但随着她往前走,她仿佛下意识地放慢了步子,转过了最后一幢房子的墙角后,柯赛特站住了。越过最后一个棚铺,这已经够她受的了;走得更远就办不到了。她把水桶放在地上,手插入头发,慢慢地搔起头来,这是孩子恐惧和游移不定时所固有的动作。这不再是蒙费梅,这是田野。她面前是空旷漆黑的空间。她绝望地注视着这黑暗,黑暗中没有人影,却有动物,也许有鬼魂。她看得真切,听到动物在草上行走的声音,而且她清晰地看到鬼魂在树丛间走动。于是她又抓住水桶,恐惧倒给了她勇气。"啊!"她说"我对她说没有水了!"她决意回到蒙费梅。

她几乎还没有走到一百步,便止住脚步,又搔起头来。现在是泰纳迪埃的女人出现在她眼前;这丑陋的女人嘴像鬣狗,眼里闪出怒火。孩子凄切地向前向后瞥了一眼。怎么办?怎么对付?到哪儿去?她面前是泰纳迪埃的女人的幽灵;背后是黑夜和树林的所有幽灵。眼下她要退到泰纳迪埃的女人面前。她又返回去泉水的道路,跑了起来。她跑出了村子,跑进了树林,什么也看不见,什么也听不见。直至上气不接下气才不跑了,但她没有中止往前走。她茫然无措地向前走。

她一面跑一面想哭。

森林夜间的簌簌声笼罩她全身。她什么也不想,什么也不看。这个小姑娘面对无边的夜。一边是全部黑暗;另一边是一个林子。

从树林边沿到泉水边有七八分钟的路。柯赛特白天常走,熟悉这条路。奇怪的是,她不迷路。剩下的一点本能朦胧地指引着她。她的眼睛不朝右也不朝左看,生怕在树枝之间和灌木丛里看到东西。她这样来到泉水边。

这是一个天然的窄池子,是水在黏土中冲出来的,深约两尺,四周长满苔藓和高高的蜂窝状的草,俗称亨利四世绉领,池边垫上几块大石头,一道小溪汩汩地奔涌而出。

柯赛特没有时间喘气。一片漆黑,但她习惯到这泉边。她用左手在黑暗中摸到一棵弯向水边的小橡树,橡树平时用作她的支撑点,她碰到一根树枝,便攀住了,俯下身去,将水桶浸到水中。在这关键时刻,她的力气增加了三倍。正当她这样俯下身去时,她没有注意到她的罩衫的小口袋在水里漂空了。十五苏硬币掉在水里。柯赛特既没有看到也没有听到钱币掉下来的声音。她把几乎装满的水桶提起来,放在草地上。

做完以后,她发觉自己精疲力竭了。她本想马上回去;但装满水用尽了力气,她连一步也走不动。她不得不坐下来。她跌倒在草地上,蹲在那里。

她闭上眼睛,然后又睁开,却不知为什么,但不能做别的。

在她身边,桶里晃动的水划出一圈圈,活像白色的火蛇。

她头顶上,天空布满大块乌云,仿佛一片片烟雾。黑暗的悲惨的面具似乎朦胧地俯向这个孩子。

木星睡在深处。

孩子用茫然的目光望着这颗大星星,她不认识它,它使她害怕。这个星球确实这时非常接近地平线,穿过厚厚一层雾,雾使它具有可怕的红色。雾阴森森地染成红色,把这个星球变大了,仿佛这是一个发光的伤口。

一阵冷风从原野吹来。树林黑黝黝的,没有一点树叶的沙沙声,没有一点夏天朦胧而纯净的亮光。巨大的枝干骇人地挺立着。细弱的奇形怪状的灌木在林间空地嗖嗖地响。高高的草丛在北风中像鳗鱼一样麇集在一起。荆棘扭曲,像有爪子的长手臂竭力抓住捕获物;几棵干枯的欧石南被风吹走,很快掠过,好像担心大难临头,仓皇逃窜。四面八方都是阴森可怖的旷野。

黑暗使人头昏脑涨。人需要亮光。谁陷入白天的对立面,就会感到心里揪紧。目光看到黑暗时,精神就看到混乱。在日蚀和月蚀时,在黑夜中,在一片漆黑中,会产生忧虑不安,甚至对最强有力的人也是如此。黑夜,单独在森林里走路的人,没有不颤抖的。暗影和树,是可怕的双重厚度。在不可分辨的深处,显现虚幻的现实。难以想象的东西在离你几步远的地方,像鬼怪一样清晰地显形。在空中或者在自己的脑海里,只见难以形容的朦胧而不可捉摸的东西在飘荡,仿佛梦见沉睡的花朵。天际呈现咄咄逼人的姿态,可以呼吸到黑暗那广大的虚无的气息。人们既害怕又想朝后看。黑夜的寥廓,变得凶恶的景物,一走近就消失的无声侧影,黑乎乎的乱枝,丛生的怒草,发白的水洼,像办丧事的阴森,墓地般无边的寂静,不为人知却可能有的东西,树枝的神秘下垂,形状可怕的树干,一丛丛颤动的草,对这一切,人们毫无防卫能力。再大胆的人也要战栗,感到不安就在身边。可以觉得某种丑恶的东西,就像灵魂和黑暗混合。这种黑暗的穿透力,在一个孩子身上,是难以表达的可怖。

森林是可怕的;一个小灵魂的鼓翅,在森林可怖的弯顶下,发出垂危时的声音。

柯赛特没有意识到自己的感受,觉得被大自然这种无边黑暗慑住了。不单是恐惧攫住了她,这是比恐惧更可怕的东西。她瑟瑟发抖。这种使她凉到心里的战栗,用文字难以表述。她的目光变得惊恐不安。她似乎觉得,第二天在同一时刻,她也许不得不再来。

于是,出于本能,为了摆脱她不理解,却使她恐惧的古怪状态,她开始高声数一、二、三、四,直到十,她数完以后,重新开始。这使她真正感觉到周围的事物。她感到手冷,她在打水时弄湿了手。她站了起来。恐惧又回到她身上,这是自然而然的、不可克服的恐惧。她只有一个想法,就是逃走;撒腿逃走,越过树林,越过田野,直到村里的房子、窗口、点燃蜡烛的地方。她的目光落在面前的水桶上。泰纳迪埃的女人使她产生了恐惧,没拎上水桶,她不敢逃走。她用双手抓住了把手,好不容易才提起了水桶。

她这样走了十来步路,水桶装得满满的,非常沉,她不得不放回地上。她歇了一会儿,然后重新拎起把手,又走了起来,这回,路走得长一点。但还需要停下。休息了几秒钟,她重新往前走。她俯身向前,头低垂着,好似一个老妇人;沉重的桶拉直和绷紧她瘦削的双臂;铁把手使她湿漉漉的小手麻木和冻僵了;她只好不时停下,而每次停下,冷水就要从桶里漫出来,洒到她的光腿上。这发生在冬夜,树林深处,远离一切人的目光;这是一个八岁的孩子。此刻,只有天主看到这件可悲的事。

无疑还有她的母亲,唉!

因为有的东西能使坟墓中的死人睁开眼睛。

她在喘气,还带着一种痛苦的声音;呜咽哽住了她的喉咙,但她不敢哭出来,她多么害怕泰纳迪埃的女人啊,即使远离她也罢。总是想象出泰纳迪埃的女人在眼前,这是她的习惯。

可是她不能这样走长路,她走得很慢。她减少停下的时间,但两次之间走尽可能长的路也没有用。她不安地想,她要走一个多小时才能回到蒙费梅,泰纳迪埃的女人要打她。这种不安掺杂了黑夜独自待在树林里的恐怖。她精疲力竭了,可是还没有走出森林。来到她熟悉的老栗子树附近时,她最后一次停下,比以前歇得更长,然后她集中全部力气,又拎起桶,勇敢地走了起来。可怜的小姑娘绝望了,禁不住喊道:

"噢,我的天! 我的天!"

这当儿,她突然感到水桶没有分量了。一只手,她觉得很大,刚抓住把手,有力地提了起来。她抬起头来。一个黑衣大汉,笔直站着,在黑暗中挨着她往前走。这个人从她身后来到,她没有听见。这个人不发一言,捏住她提着的水桶柄。

人对各种际遇,都有本能的反应。孩子不害怕了。

选自《悲惨世界》,郑克鲁译,上海译文出版社,2003

19 世纪欧洲现实主义文学

红 与 黑（节选）

[法国]司汤达

第四十四章

他一走，于连便大哭，为了死亡而哭，渐渐地他对自己说，如果德·莱纳夫人在贝藏松，他定会向她承认他的软弱……

正当他因心爱的女人不在而最感惋惜的时候，他听见了玛蒂尔德的脚步声。

"监狱里最大的不幸，"他想，"就是不能把门关上。"不管玛蒂尔德说什么，都只是让他生气。

她对他说，审判那天，德·瓦勒诺先生口袋里已装着省长任命书，所以他才敢把德·福利莱先生不放在眼里，乐得判他死刑。

"'您的朋友是怎么想的，'德·福利莱先生刚才对我说，'居然去唤醒和攻击这个资产阶级贵族的虚荣心！为什么要谈社会等级？他告诉了他们为维护他们的政治利益应该做什么，这些傻瓜根本没想到，并且已准备流泪了，这种社会等级的利益蒙住了他们的眼睛，他们就看不见死刑的恐怖了。应该承认，索莱尔先生处理事情还太嫩。如果我们请求特赦还不能救他，他的死就无异于自杀了……'"

玛蒂尔德当然不会把她还没有料到的事情告诉于连，原来德·福利莱神甫看见于连完了，不禁动了念头，以为若能接替于连，必对他实现野心有好处。

于连干生气，又有抵触情绪，弄得几乎不能自制，就对玛蒂尔德说："去为我做一回弥撒吧，让我安静一会儿。"玛蒂尔德本来已很嫉妒德·莱纳夫人来探望，又刚刚知道她已离城，便明白了于连为什么发脾气，不禁大哭起来。

她的痛苦是真实的，于连看得出，就更感到恼火。他迫切地需要孤独，可如何做得到？

最后，玛蒂尔德试图让他缓和下来，讲了种种道理，也就走了，然而几乎同时，富凯来了。

"我需要一个人待着，"他对这位忠实的朋友说……见他迟疑，就又说，"我正在写一篇回忆录，供请求特赦用……还有……求求你，别再跟我谈死的事了，如果那天我有什么特别的需要，让我首先跟你说吧。"

于连终于独处，感到比以前更疲惫懦弱了。这颗已被折磨得虚弱不堪的心灵仅余的一点儿力量，又为了向德·拉莫尔小姐和富凯掩饰他的情绪而消耗殆尽。

傍晚，一个想法使他得到安慰：

"如果今天早晨，当死亡在我看来是那样丑恶的时候，有人通知我执行死刑，公众的眼睛就会刺激我的光荣感，也许我的步态会有些不自然，像个胆怯的花花公子进入客厅那样。这些外省人中若有几位眼光敏锐的，会猜出我的软弱……然而没有人会看得见。"

他于是觉得摆脱了几分不幸。"我此刻是个懦夫，"他一边唱一边反复地说，"但谁也不知道。"

第二天还有一件几乎更令人不快的事等着他呢。很长时间以来，他父亲就说来看他；这一天，于连还没醒，白发苍苍的老木匠就来到了他的牢房。

于连感到虚弱，料到会有最令人难堪的责备。他那痛苦的感觉就差这一点儿了，这天早上，他竟深深地懊悔不爱他父亲。

"命运让我们在这世界上彼此挨在一起，"看守略略打扫牢房时于连暗想道，"我们几乎是尽可能地伤害对方。他在我死的时候来给我最后的一击。"

就剩下他们两个的时候，老人开始了严厉的指责。

于连忍不住，眼泪下来了。"这软弱真丢人！"于连愤怒地对自己说。"他会到处夸大我的缺乏勇气，对瓦勒诺们、对维里埃那些平庸的伪君子们来说，这是怎样的胜利啊！他们在法国势力很大，占尽了种种社会利益。至此我至少可以对自己说：他们得到了金钱，的确，一切荣誉都堆在他们身上，而我，我有的是心灵的高尚。"

"而现在有了一个人人都相信的见证，他将向全维里埃证明我在死亡面前是软弱的，并且加以夸大！我在这个人人都明白的考验中可能成为一懦夫！"

于连濒临绝望。他不知道如何打发走父亲。装假来欺骗这个目光如此锐利的老人，此刻完全是他力所不能及的。

他迅速想遍一切可能的办法。

"我攒了些钱！"他突然高声说。

这句话真灵，立刻改变了老人的表情和于连的地位。

"我该如何处置呢?"于连继续说，平静多了，那句话的效果使他摆脱了一切自卑感。

老木匠心急火燎，生怕这笔钱溜掉，于连似乎想留一部分给两个哥哥。他兴致勃勃地谈了许久。于连可以挖苦他了。

"好吧！关于我的遗嘱，天主已经给了我启示。我给两个哥哥每人一千法郎，剩下的归您。"

"好极了，"老人说，"剩下的归我；既然上帝降福感动了您的心，如果您想死得像个好基督徒，您最好是把您的债还上。还有我预先支付的您的伙食费和教育费，您还没想到呢……"

"这就是父爱呀！"于连终于一个人了，他伤心地反复说道。很快，看守来了。

"先生，父母来访之后，我总是要送一瓶好香槟酒来，价钱略贵一点，六法郎一瓶，不过它让人心情舒畅。"

"拿三个杯子来，"于连孩子般急切地说，"我听见走廊里有两个犯人走动，让他们进来。"

看守带来两个苦役犯，他们是惯犯，正准备回苦役犯监狱。这是两个快活的恶棍，精明，勇敢，冷静，确实非同寻常。

"您给我二十法郎，"其中一个对于连说，"我就把我的经历细细地讲给您听。那可是精品啊。"

"您要是撒谎呢？"

"不会，"他说，"我的朋友在这儿，他看着我的二十法郎眼红，我要是说假话，他会拆穿我的。"

他的故事令人厌恶：然而它揭示了一颗勇敢的心，那里面只有一种激情，即金钱的激情。

他们走后，于连变了一个人。他对自己的一切怒气都消失了。剧烈的痛苦，因胆怯而激化，自德·莱纳夫人走后一直折磨着他，现在一变而为忧郁了。

"如果我能不受表象的欺骗，"他对自己说，"我就能看出，巴黎的客厅里充斥着我父亲那样的正人君子，或者这两个苦役犯那样的狡猾的坏蛋。他们说得对，客厅里的那些人早晨起床时绝不会有这样令人伤心的想法：今天怎么吃饭呢？他们却夸耀他们的廉洁！他们当了陪审官，就得意洋洋地判一个因感到饿得发晕而偷了一套银餐具的人有罪。"

"但是在一个宫廷上，事关失去或得到一部长职位，我们那些客厅里的正人君子就会去犯罪，和吃饭的需要逼迫这两个苦役犯所犯的罪一模一样……"

"根本没有什么自然法，这个词儿不过是过了时的胡说八道而已，和那一天对我穷追不舍的代理检察长倒很相配，他的祖先靠路易十四的一次财产没收发了财。只是在有了一条法律禁止做某件事而违者受到惩罚的时候，才有了法。在有法律之前，只有狮子的力气，饥饿寒冷的生物的需要才是自然的，一句话，需要……不，受人敬重的那些人，不过是些犯罪时侥幸未被当场捉住的坏蛋罢了。社会派来控告我的那个人是靠一桩卑鄙可耻的事发家的……我犯了杀人罪，我被公正地判决，但是，除了这个行动以外，判我死刑的瓦勒诺百倍地有害于社会。"

"好吧！"于连补充说，他心情忧郁，但并不愤怒，"尽管贪婪，我的父亲要比所有这些人强。他从未爱过我。我用一种不名誉的死让他丢脸，真太过分了。人们把害怕缺钱、夸大人的邪恶称作贪婪，这种贪婪使他在我可能留给他的三、四百路易的一笔钱里看到了安慰和安全的奇妙理由。礼拜天吃过晚饭，他会把他的金子拿给维里埃那些羡慕他的人看。他的目光会对他们说：以这样的代价，你们当中谁不乐意有一个上断头台的儿子呢？"

这种哲学可能是正确的，但是它能让人希望死。漫长的五天就这样过去了。他对玛蒂尔德礼貌而温和，他看得出来，最强烈的嫉妒使她十分恼火。一天晚上，于连认真地考虑自杀。德·莱纳夫人的离去把他投入深深的不幸之中，精神变得软弱不堪。不论在现实生活中，还是在想象中，什么都不能使他高兴起来。缺少活动使他的健康开始受到损害，性格也变得像一个德国大学生那样脆弱而容易激动。那种用一句有力的粗话赶走萦绕在不幸者头脑中的某些不适当念头的男性高傲，他正在失去。

"我爱过真理……现在它在哪里？……到处都是伪善，至少也是招摇撞骗，甚至那些最有德的人，最伟大的人，也是如此；"他的嘴唇厌恶地撇了撇……"不，人不能相信人。"

"德·某某夫人为可怜的孤儿们募捐，对我说某亲王刚刚捐了十个路易，瞎说。可是我说什么？圣赫勒拿岛上的拿破仑呢！……为罗马王发表的文告，纯粹是招摇撞骗。"

"伟大的天主！如果这样一个人，而且还是在灾难理应要他严格尽责的时候，居然也堕落到招摇撞骗的地步，对其他人还能期待什么呢？……"

"真理在哪儿？在宗教里……是的。"他说，极其轻蔑地苦苦一笑，"在马斯隆们、福利莱们、卡斯塔奈德们的嘴里……也许在真正的基督教里？在那里教士并不比使徒们得到更多的酬报。但是圣保罗却得到了发号施令、夸夸其谈和让别人谈论他的快乐……"

"啊！如果有一种真正的宗教……我真傻！我看见一座哥特式大教堂，一些令人肃然起敬的彩绘玻璃窗；我那软弱的心想象着玻璃窗上的教士……我的心会理解他，我的灵魂需要他……然而我找到的只是个蓬头垢面的自命不凡的家伙……除了没有那些可爱之处外，简直就是一个德·博瓦西骑士。"

"然而真正的教士，马西庸，费奈隆……马西庸曾为杜瓦祝圣。《圣西蒙回忆录》破坏了我心目中费奈隆的形象；总之，一个真正的教士……那时候，温柔的灵魂在世纪上就会有一个汇合点……我们将不再孤独……这善良的教士将跟我们谈天主。但是什么样的天主呢？不是《圣经》里的那个天主，残忍的、渴望报复的小暴君……而是伏尔泰的天主，公正，善良，无限……"

他回忆起他烂熟于心的那部《圣经》，非常激动……然而，自从成为三位一体，在我们的教士可怕的滥用之后，怎么还能相信天主这个伟大的名字呢？

"孤独地生活！……怎样的痛苦啊！……"

"我疯了，不公正了，"于连心想，用手拍了拍脑门。"我在这牢里是孤独的，可我在世上并不曾孤独地生活，我有过强有力的责任观念。或错或对，我为我自己规定的责任仿佛一株结实的大树的树干，暴风雨中我靠着它；我摇晃过，经受过撼动。说到底，我不过是个凡人罢了……但是，我没有被卷走。"

"是牢房潮湿的空气让我想到了孤独……"

"为什么一边诅咒虚伪一边还要虚伪呢？不是死亡，不是黑牢，也不是潮湿的空气，而是德·莱纳夫人的不在压垮了我。如果在维里埃，为了看到她我不得不躲在她家的地窖里，我还会抱怨吗？"

"同时代人的影响占了上风，"他高声说，苦苦一笑，"跟我自己说话，与死亡仅两步之隔，我还要虚伪……十九世纪啊！"

"……一个猎人在林中放了一枪，猎物掉下来，他冲上去抓住。他的靴子碰到一个两尺高的蚁巢，毁了蚂蚁的住处，蚂蚁和它们的卵散得远远的……蚂蚁中最有智慧的，也永远理解不了猎人靴子这个黑色的、巨大的、可怕的东西，它以难以置信地迅速闯进它们的住处，还伴以一束发红的火光……"

"……因此，死生，永恒，对于其器官大到足以理解它们的人类来说，都是些很简单的事物……"

"盛夏，一只蜉蝣早晨九点钟生，傍晚五点钟死，它如何理解夜这个字呢？"

"让它再活五个钟头，它就看见和理解什么是夜了。"

"我就是这样，死于二十二岁。再给我五年的生命，让我和德·莱纳夫人一起生活。"

他像靡非斯特那样地笑了。"讨论这些重大的问题真是发疯！"

"第一，我是虚伪的，就好像有什么人在那儿听似的。"

"第二，我剩下的日子这样少了，我却忘了生活和爱……唉！德·莱纳夫人不在；可能她丈夫不让她再来贝藏松了，不让她继续丢脸了。"

"正是这使我感到孤独，而不是因为缺少一位公正、善良、全能、不凶恶、不渴望报复的天主。"

"啊！如果他存在……唉！我会跪倒在他脚下。我对他说：我该当一死；然而,伟大的天主,善良的天主,宽容的天主啊,把我的女人还给我吧!"

这时夜已很深。他平静地睡了一两个钟头以后,富凯来了。

于连觉得自己既坚强又果断,像一个洞察自己的灵魂的人一样。

选自《红与黑》,张冠尧译,人民文学出版社,2002

高 老 头（节选）

[法国]巴尔扎克

　　"啊！原来是她的父亲，"大学生作了个不胜厌恶的姿势。

　　"可不是！这家伙有两个女儿，他都喜欢得要命，可是两个女儿差不多已经不认他了。"

　　"那小的一个，"子爵夫人望着特·朗日太太说，"不是嫁给一个姓名像德国人的银行家，叫做特·纽沁根男爵吗？她名字叫但斐纳，头发淡黄，在歌剧院有个侧面的包厢，也喜上剧院，常常高声大笑引人家注意，是不是？"

　　公爵夫人笑道："嗳，亲爱的，真佩服你。干吗你对那些人这样留神呢？真要像特·雷斯多一样爱得发疯，才会跟阿娜斯大齐在面粉里打滚。嘿！他可没有学会生意经。他太太落在特·脱拉伊手里，早晚要倒霉的。"

　　"她们不认父亲！"欧也纳重复了一句。

　　"嗳！是啊，"子爵夫人接着说，"不承认她们的亲爸爸，好爸爸。听说他给了每个女儿五六十万，让她们攀一门好亲事，舒舒服服地过日子。他自己只留下八千到一万法郎的进款，以为女儿永远是女儿，一朝嫁了人，他等于有了两个家，可以受到敬重，奉承。哪知不到两年，两个女婿把他赶出他们的圈子，当他是个要不得的下流东西……"

　　欧也纳冒出几颗眼泪。他最近还在家中体味到骨肉之爱，天伦之乐；他还没有失掉青年人的信仰，而且在巴黎文明的战场上还是第一天登台。真实的感情是极有感染力的：三个人都一声不出，愣了一会。

　　"唉！天哪，"特·朗日太太说，"这一类的事真是该死，可是我们天天看得到。……我完全明白那老面条商的遭遇，记得这个福里奥……"

　　"是高里奥，太太。"

　　"是啊，这高里奥在大革命时代当过他本区的区长；那次有名的饥荒，他完全知道底细；当时面粉的售价比进价高出十倍，他从此发了财。那时他囤足面粉；光是我祖母的总管就卖给他一大批。当然，高里奥像所有那些人一样，是跟公安委员会分肥的。……他把大女儿高高地供在特·雷斯多家里，把老二接种接在特·纽沁根男爵身上，纽沁根是个加入保王党的有钱的银行家。……我相信，亲爱的，凡是真实的感情都有眼睛，都有聪明，所以那个大革命时代的可怜虫伤心死了。他看出女儿们觉得他丢了她们的脸；也看出要是她们爱丈夫，他却妨害了女婿，非牺牲不可。他便自己牺牲了，因为他是父亲，他自动退了出来。看到女儿因此高兴,他明白他做得很对。……这个父亲把什么都给了。二十年间他给了他的心血,他的慈爱;又在一天之间给了他的财产。柠檬榨干了,那些女儿把剩下的皮扔在街上。"

"社会真卑鄙,"子爵夫人低着眼睛,拉着披肩上的经纬。特·朗日太太讲这个故事的时候,有些话刺了她的心。

"不是卑鄙!"公爵夫人回答,"社会就是那么一套。我这句话不过表示我看透了社会。实际我也跟你一般想法,"她紧紧握着子爵夫人的手,"社会是一个泥坑,我们得站在高地上。"

她起身亲了一下特·鲍赛昂太太的前额,说:

"亲爱的,你这一下真漂亮。气色好极了。"

然后她对欧也纳略微点点头,走了。

欧也纳想起那夜高老头扭绞镀金盘子的情形,说道:"高老头真伟大!"

特·鲍赛昂太太没有听见,她想得出神了。两人半天没有出声,可怜的大学生愣在那儿,既不敢走,又不敢留,也不敢开口。

"社会又卑鄙又残忍,"子爵夫人终于说。"只要我们碰到一桩灾难,总有一个朋友来告诉我们,拿把短刀掏我们的心窝,教我们欣赏刀柄。冷一句热一句,挖苦,奚落,一齐来了。啊!我可是要抵抗的。"

她抬起头来,那种庄严的姿势恰好显出她贵妇人的身份,高傲的眼睛射出闪电似的光芒。——"啊!"她一眼瞧见了欧也纳,"你在这里!"

"是的,还没有走",他不胜惶恐的回答。

"嗳,拉斯蒂涅先生,你得以牙还牙对付这个社会。你想成功吗?我帮你。你可以测量出来,女人堕落到什么田地,男人虚荣到什么田地。虽然人生这部书我已经读得烂熟,可是还有一些篇章不曾寓目。现在我全明白了。你越没有心肝,越高升得快。你得不留情的打击人家,叫人家怕你。只能把男男女女当做驿马,把它们骑得筋疲力尽,到了站上丢下来;这样你就能达到欲望的最高峰。不是吗,你要没有一个女人关切,你在这儿便一文不值。这女人还得年轻,有钱,漂亮。倘使你有什么真情,必须像宝贝一样藏起,永远别给人家猜到,要不就完啦,你不但做不成刽子手,反过来要给人家开刀了。有朝一日你动了爱情,千万要守秘密!没有弄清楚对方的底细,决不能掏出你的心来。你现在还没有得到爱情;可是为保住将来的爱情,先得学会提防人家……"

选自《高老头》,傅雷译,人民文学出版社,1987

项　链

［法国］莫泊桑

　　世上有一些漂亮迷人的女子,仿佛是命运安排错了,生长在职员的家庭里;她便是其中的一个。她没有陪嫁费,希望渺茫,压根儿没法让一个既有钱又有地位的男子认识她,了解她,爱上她和娶了她;她只好听之任之,嫁给了教育部的一个小科员。

　　她打扮不起,只得穿着从简,但感到非常不幸,就像抱怨自己阶级地位下降的女子那样;因为女子原没有一定的阶层和种族,她们的美貌、娇艳和风韵就作为她们的出身门第。天生的敏锐,高雅的本能,脑筋的灵活,只有这些才分出她们的等级,使平民的姑娘和最高贵的命运并驾齐驱。

　　她总觉得自己生来就配享受各种精美豪华的生活,因而感到连绵不绝的痛苦。住房寒伧,四壁空空,凳椅破旧,衣衫丑陋,都叫她苦不堪言。所有这些都折磨着她,使她气愤难平,而换了她那个阶层的另一个妇人的话,甚至会一无所感。看着那个替她料理家务的小个儿布列塔尼女人,她心中便抑郁不乐,想入非非。她幻想挂着东方料子的墙布,被青铜高脚灯照亮了的寂静的前厅;幻想那两个穿着短裤的高大男仆,被暖气管发出的闷热催起睡意,在宽大的靠背椅里酣睡着。她幻想墙上罩着古老丝绸的大客厅,里面有陈设着奇珍古玩的精致家具;幻想香气扑鼻的、风雅的内客厅,那是专为下午五点娓娓清谈的地方,来客有最亲密的男友,还有知名之士,难得的稀客,那是所有妇女都欣羡不已,渴望得到他们青睐的。

　　每当她坐到那张铺着三天未洗的桌布的圆桌前吃饭,坐在对面的丈夫揭开盆盖,欣喜地说:"啊! 多好的炖肉! 世上哪有比这更好的东西……"那时候她便幻想那些精美的筵席,亮闪闪的银餐具,挂满四壁的壁毯,上面织着古代人物和仙境森林中的异鸟珍禽;她幻想盛在华美的盘碟里的美馔佳肴,幻想一边嚼着粉红的鲈鱼肉或者松鸡翅,一边带着深不可测的微笑倾听窃窃情话的景象。

　　她没有华丽衣装,没有珠宝首饰,统统没有。而她偏偏就爱这些;她觉得自己生来就应该享受这些东西。她多么希望讨人喜欢,惹人嫉羡,风流诱人,被人追求呀。

　　她有一个有钱的女友,那是教会学校的同学,现在她再也不愿去看她了,因为每次看望回来她感到非常痛苦。

　　可是有一天傍晚,她的丈夫回家时满脸得意洋洋,手里拿着一个大信封。

"嗨，"他说，"这玩意儿是给你的。"

她赶快撕开信封，从里面抽出一份请柬，上面印着这几行字：

兹订于一月十八日(星期一)在本府举行晚会，敬请罗瓦赛尔夫妇莅临为荷。

教育部长乔治·朗波诺先生暨夫人谨上

她不但没有欢天喜地，像她丈夫所期待的那样，反面怨气冲天地把请柬往桌上一扔，嘟囔着说：

"你不想想，我要这个干吗？"

"可是，我亲爱的，我原以为你会很高兴的。你从来也不出个门儿，这可是一个机会，真是难得的机会！我费了多少周折才弄到这张请柬。人人都想要，很不易到手，给职员的不多。在那儿，大小官员你都可以看到。"

她瞪着他，眼都要冒出火来，按捺不住脱口而出：

"你可叫我穿什么上那儿去呢？"

这个，他却从未想到。他咕哝着说：

"你上剧场穿的那件袍子呢？照我看，那件好像够好的……"

他戛然而止，看见妻子哭起来了，他又是惊讶又是惶乱。两大滴眼泪从他妻子的眼角慢慢顺着嘴角流下来。他结结巴巴地问：

"你怎么啦？你怎么啦？"

她下了狠劲儿，把难言的苦衷压了下去，一面拭着沾湿的双颊，一面用镇静的嗓门回答：

"没有什么。只是我没有衣服，这次盛会我就去不成了。你有哪位同事，他的太太的衣衫总比我强的，你就把请柬送给他吧。"

他感到不是味儿。他于是开口说：

"玛蒂尔德，咱们来算一下。一套合适的衣服，你在别的场合还可以穿的，简简单单的，得花多少钱？"

她想了一想，算了一笔账，也考虑了一下数目，她可以提出来，而不会招致节俭的科员立即回绝和吓得叫起来。

末了，她犹犹豫豫地回答：

"我不知道准数，不过有四百法郎，我大概也就可以办妥了。"

他的脸色有点煞白，因为他正好备下这样一笔钱，要买一支枪，来年夏天好和几个朋友一道打猎作乐，星期日到南代尔平原去打云雀。

可是他还是说：

"好吧。我就给你四百法郎。不过得设法做一件漂亮的袍子。"

晚会那天临近了，而罗瓦赛尔太太却显得抑郁不安，忧虑重重。她的衣服可是已经做好了。她的丈夫有天晚上问她：

"你怎么啦？瞧你这三天，阴阳怪气的。"

她回答：

"我没有首饰，没有宝石，身上什么也戴不出来，真叫我心烦意乱。那样我就会显出一副十足的寒酸气。我简直宁愿不赴会了。"

他接口说：

"你可以戴几朵鲜花呀。眼下这个季节，这是很雅致的。花上十个法郎，你就有两三朵美丽鲜艳的玫瑰花了。"

她一点儿没有被说服。

"不行……在阔太太中显出一副穷酸相，没有什么比这更丢脸的了。"

她的丈夫嚷了起来：

"你真是糊涂！你去找你的朋友福莱斯蒂埃太太，问她借几件首饰嘛。你跟她交情够好的，准行。"

她高兴得叫了出来：

"这倒是真的。我竟一点儿也没想到。"

第二天她就上朋友家，给她诉说自己的苦恼。

福莱斯蒂埃太太起身走到镶镜大柜跟前，取出一个大首饰匣，拿到罗瓦赛尔太太面前打开，对她说：

"挑吧！亲爱的。"

她先看见几只手镯，再便是一串珠子项链，然后是一个威尼斯出品的十字架，镶嵌着黄金宝石，工巧精致。她戴上这些首饰，对着镜子试来试去，游移不决，舍不得摘下来放回去。她一个劲儿地问：

"你再没有别的了？"

"有啊。你自个儿找吧。我不知道你喜欢什么样儿的。"

突然，她在一个黑缎子的盒里发现一长串钻石项链，光彩夺目。一种过于强烈的欲望使她怦然心跳。她的手攥着它的时候直打哆嗦。她戴在脖子上，衬在袍子外面，对着镜子自我欣赏得出了神。

然后她欲言又止地、十分胆怯地问：

"你可以借给我这个吗？就借这一样。"

"当然可以啦。"

她扑过去搂住了朋友的脖子，激动地吻着她，随后带着宝贝一溜烟跑了。

晚会那天到了。罗瓦赛尔太太十分成功。她比所有女人都漂亮，又优雅又妩媚，笑容满面，快活得发狂。所有的男子都尽瞧着她，打听她的名字，设法能被介绍。办公厅的随员全都想跟她跳华尔兹舞。部长也注意到她。

她忘怀地、尽情地跳着，被乐趣陶醉了，什么也不想，沉浸在她的美丽的凯旋中，她的成功的荣光里，一片幸福的彩云中，那是所有这些献媚、赞美、挑起的欲望、妇女心中认为十全十美的胜利所组成的。

她在清晨将近四点时才离开。她的丈夫从半夜起就在一间空空落落的小客厅里睡着了；客厅里还躺着另外三位先生，他们的太太也在尽情欢乐。

他怕她出门受寒，把事先带来的衣服披在她的肩上，那是平日穿的普通便服，那种寒伦和舞装的雅致很不调和。她感觉到了，便想溜走，不让其他裹在锦裘里的太太们注意到。

罗瓦赛尔一把拉住她：

"等一等，到外边你要着凉的。我去叫一辆马车。"

可是她一点儿也不听他的，便迅速下了楼梯。等他们来到街上，却找不到马车。他们东寻西找，远远看见马车走过，就追着车夫呼喊。

他们走在通向塞纳河的下坡路上，垂头丧气，冻得发抖。临了，他们在岸边找到了一辆逛夜的旧马车，这种马车在巴黎只有夜里才看得见，仿佛白天它们会耻于外表的寒伦。

马车把他们一直送到殉教者街，他们的家门口。他们没精打采地上了楼，回到家里。对她说来，一切已经结束。而他呢，他在想着十点就该到部里去办公。

她脱下裹在肩上的衣服，站在镜前，想再一次看看自己满载光荣的情景。但她突然大叫一声。原来她颈上的项链不见了！

她的丈夫衣服已经脱了一半，他问：

"你怎么啦？"

她转身对着他，吓得发狂了似的：

"我……我……我把福莱斯蒂埃太太的项链丢了。"

他兀地站了起来，惊惶万分：

"什么！……怎么！……这不可能吧！"

于是他们在袍子的皱褶里，大衣的皱褶里，口袋里，到处都搜寻一遍。哪儿也找不到。

他问：

"你拿得稳离开舞会时，项链还戴在身上吗？"

"没错，在部里的衣帽室里，我还摸过它呢。"

"不过，要是丢在街上，我们会听见掉下来的声音的。准是掉在车里了。"

"对，这很可能。你注意过车号吗？"

"没注意。你呢，你也没有留意吧？"

"没有。"

他们相互对视,都变得痴呆了。末了,罗瓦赛尔又把衣服穿上,他说:

"刚才我们步行的那段路,我再去走一遍,看看是否能够找到。"

于是他出去了。她仍旧穿着晚会的服装,连上床去睡的气力都没有了,颓然倒在一张椅子上,既不生火,也毫无主意。

快七点时她丈夫回来了。他什么也没找到。

他又到警察厅和各报馆,请他们悬赏找寻,他还到租小马车的各个车行,总之凡是有一点希望的地方他都去了。

她整天都在等候着,面对这可怕的灾难,一直处在惶然若失的状态中。

罗瓦赛尔傍晚才回来,脸庞陷了进去,颜色苍白;他一无所获。他说:

"只好给你的朋友写封信,告诉她你把项链的搭扣弄断了,现在正让人修理。这样我们就可以有回旋的时间。"

在他口授下,她写了一封信。

一星期过去了,他们失去了一切希望。罗瓦赛尔仿佛老了五岁,他最后说:

"该考虑赔偿这件首饰了。"

第二天,他们拿着装项链的那只盒子,按照里面印着的字号,到了那家珠宝店。珠宝商查过账后说:

"太太,这串项链不是本店卖出的;只有盒子是本店给配的。"

于是他们从这家珠宝店跑到那家珠宝店,凭记忆要找一串一模一样的项链,两个人连愁带急眼看就要病倒。

他们在王宫附近一家店里找到一串钻石项链,看来跟他们寻找的完全一样。项链原价四万法郎。店里答应可以三万六千法郎让给他们。

他们请店商三天之内先不要卖出。他们还谈妥了,要是在二月底前找到原件,店里以三万四千法郎折价收回首饰。

罗瓦赛尔存有他父亲留给他的一万八千法郎。其余的便须去借了。

他向这个借一千法郎,向那个借五百,这儿借五个路易,那儿借三个。他签署借约,同意作足以败家的抵押,和高利贷者以及形形色色放债生利的人打交道。他整个晚年要大受影响,不管能不能偿还,他就冒险签押。对未来的忧患,即将压到身上的赤贫,瞻望到各种物质上的缺乏和种种精神上的折磨,就这样,他怀着惶惶不安,把三万六千法郎放到那个商人的柜台上,取来了那串新项链。

等罗瓦赛尔太太把首饰送还福莱斯蒂埃太太时,这位太太满脸不高兴地对她说:

"你本该早点儿还我,因为我说不定用得着呢。"

福莱斯蒂埃太太没有打开盒子,她的朋友害怕的正是这个。要是她发觉掉换了一件，她会怎么想？她会怎么说？不会把她看成偷窃吗？

　　罗瓦赛尔太太尝到了穷人那种可怕的生活。然而她勇气十足地横下了一条心。必须还清这笔骇人的债。她一定要还清。家里辞退了女仆，换了房子，租了一间屋顶下面的阁楼。

　　家庭里的粗活，厨下腻人的活计，她都尝遍了。碗碟锅盆都得自己洗刷，她粉红的指甲在油污的盆盆盖盖和锅子底儿上磕磕碰碰磨坏了。脏衣服、衬衫、抹布，也得自己搓洗，在绳上晾干；每天清早她把垃圾搬到楼下，送到街上，还要提水上楼，每一层都得停下来喘喘气。她穿着同下层妇女一样，挎着篮子上水果店、杂货店、猪肉店，讨价还价，挨骂受气，一个铜子一个铜子地保护她那一点儿可怜巴巴的钱。

　　每月都要偿付几笔债券，其余的则要续期，延长时间。

　　丈夫每天傍晚要替一个商人誊清账目，夜里常常干五个铜子一页的抄写活儿。

　　这样的生活过了十年。

　　十年之后，他们一切都还清了，不但高利贷的利息，连利滚利的利息也全都还清了。

　　罗瓦赛尔太太如今看来变得苍老了。她成了穷人家健壮有力的女人，又硬直，又粗犷。头发乱糟糟，裙子歪歪斜斜，两手通红，说话粗声大气，刷地板大冲大洗。不过有时候她丈夫还在办公，她坐到窗前，就想起从前那一次晚会，在舞会上她是那么美丽，真是出够了风头。

　　如果她没有丢失这串项链，那又会怎么样呢？谁知道？谁知道？生活是多么奇异，多么变化莫测啊！真是一丁点事儿就能断送你或者拯救你！

　　且说有一个星期天，她到香榭丽舍去溜溜，消除一星期干活的劳累。突然之间，她瞥见一个妇人带着一个孩子在散步。这是福莱斯蒂埃太太，她还是那么年轻、那么美丽、那么动人。

　　罗瓦赛尔太太感到很激动。要去跟她说话吗？当然要去。如今既已把债还清，她可以把一切都告诉她了。为什么不可以去说呢？

　　她走了过去。

　　"你好，让娜。"

　　那一个一点儿认不出她了，心里很诧异，这个小市民模样的女人怎么这样亲密地称呼她，她嘟嘟囔囔地说：

　　"可是……太太！……我不知道……您大概认错了人吧。"

　　"没有。我是玛蒂尔德·罗瓦赛尔。"

她的朋友喊了起来：

"哎呀！……我可怜的玛蒂尔德，你可是大变样啦！……"

"是呀，自从那一次和你见面之后，我过的日子可艰难啦；真是千辛万苦……而这都是因为你！……"

"因为我……那是怎么回事呀？"

"你还记得你借给我赴部里晚会去的那串钻石项链吧。"

"记得。那又怎样呢？"

"那又怎样！我把它丢了。"

"怎么会呢！你不是已经给我送回来了嘛。"

"我给你送回的是一模一样的另一串。这件首饰我们整整还了十年。你知道，对我们来说这可不是容易的事，我们是什么也没有呀……现在总算了结了，我是说不出的高兴。"

福莱斯蒂埃停住了脚步。

"你是说，你曾买了一串钻石项链来赔我那一串吗？"

"是的。你一直没有发觉吧，是不是？ 两串真是一式一样。"

她感到一种足以自豪的、发自本心的快乐，于是露出微笑来。

福莱斯蒂埃太太非常激动，抓住了她的两只手：

"哎呀！ 我可怜的玛蒂尔德！ 我那串可是假的呀。顶多也就值五百法郎！……"

选自《世界著名短篇小说精选》，徐如麟编，郑克鲁译，新疆人民出版社，1995

双城记(节选)

[英国]狄更斯

第二十二章

憔悴的圣安东尼不过高兴了一个星期,在这一星期里他所仅有的少许苦硬面包由于亲热拥抱和庆贺的滋味而柔软到可能的限度,这时,得伐石太太照常坐在她的柜台后面,照料顾客们。得伐石太太已经不戴玫瑰花,因为,甚至在这短促的一星期之内,侦探们的特别光顾已经变为极其小心地向圣安东尼效忠致敬了。街道上的挂灯对于他们有一种不祥之兆的弹性摇摆。

得伐石太太双手交叉在胸前,在晴明而炎热的上午,坐着默察酒铺和街道。在这两处,都有成群结队的流浪人,肮脏而且穷苦,但是在他们的不幸上面显然有一种权力优异之感。歪戴在最贫贱的人的头上的最破的小帽显出这样刁滑的意义:"我知道要维持我自己的生活是何等困难;但是你知道我要毁坏你的生活是何等容易吗?"每一只瘦削的赤裸手臂,那是久已无工可做了的,现在都随时准备着一种工作,因为它能够打击。编织的妇女的手指是恶毒的,因为它们有能够撕破东西的经验。圣安东尼的外貌有了一种变化,这变形是锻炼了几百年最近才完成而分明表现出来的。

得伐石太太坐着观察这变化,暗自加以赞赏,志愿要作圣安东尼的妇女的领袖。这些妇女中的一个就在她旁边编织着。这矮而有些胖的女人是一个饥饿的小贩的妻,两个同样饥饿的孩子的妈,算是得伐石太太的副官,已经得到复仇这美名。

"听呀!"复仇说,"听着! 谁来了?"

好像从圣安东尼区的边缘一直到酒铺门前所埋藏着的一连串火药忽然继续爆炸起来似的,一阵轰声飞快地弥漫而来。

"那是得伐石,"太太说,"安静,爱国的人们!"

得伐石喘息地走进来了,脱掉他的红小帽,向周围看看。"大家听着!"太太又说。"听他说呀!"得伐石站着,喘吁吁地,背对着门外的那一堆急切的眼睛和张开的嘴巴;酒铺里面的人们已经全跳起来了。

"说呀,我的丈夫。什么事?"

"阴间来的消息!"

"什么?"太太轻蔑地叫喊,"阴间?"

"大家都记得老孚龙①吗？他曾经说过人民饿了可以吃草。他不是死了吗，到地狱去了吗？"

"都记得的!"从一切喉咙里发出来。

"有一个关于他的消息。他还活着咧。"

"活着!"又从一切喉咙里发出来。"死了吧？"

"并没有死! 他很害怕我们——而且害怕得很有理由——所以他假装死，曾经办过一次虚假的大出丧。但是，他们发现他还活着，躲藏在乡下，而且把他送来了。我刚才看见他在被押解到市政厅去的路上。我说过他有理由害怕我们。大家说呀! 他有理由吗？"

倘若那 70 多岁的可怜的老罪人从来不曾知道那理由，只要他能听见这里的大声回答，他就会满心承认的。

接着是一阵深沉的静默。得伐石夫妇互相凝视着。复仇弯下腰去，就有鼓响的声音，因为她移动了柜台后面她的脚跟前的一面鼓。

"爱国的人们，"得伐石用坚决的声音叫喊，"我们都准备了吧？"

得伐石太太立刻挂起她的短刀；鼓也在街上响起来了，好像鼓和鼓手是由一种魔术招致而飞出来的；复仇，怪声叫喊，而且挥舞着她的武器，好像 40 个凶神在一处一样，从一家急奔到一家，唤起妇女们。

男人们是凶恶的，杀气腾腾地从窗子里看一看，就拿起他们所有的武器，汹涌地跑到街上；但是妇女们却是使最勇者也一见寒心的。她们放下她们的赤贫的家务，放下她们的孩子，放下饥寒的老弱和病人，披头散发，互相催促，发疯地跑出来，狂呼乱跳。混蛋孚龙捉住了，姐姐! 老孚龙捉住了，妈妈! 恶棍孚龙捉住了，姑娘! 然后，另一群跑进这一群里来，拍拍胸膛，拉拉头发，叫道，孚龙还活着咧! 说饥饿的人民可以吃草的孚龙呀! 当我没有面包给我的老父亲的时候，孚龙说可以吃草呀! 当我饿得没有奶给我的小儿吃的时候，孚龙说可以吃草呀! 噢，圣母，这孚龙! 噢，天呀，我们苦够了! 听我说，我的死去的小儿和衰老的爸爸：我要跪在这些石头上发誓，替你们向孚龙报仇! 丈夫们，兄弟们，年轻的男人们，给我们孚龙的血，给我们孚龙的头，给我们孚龙的心，给我们孚龙的肉体和灵魂，把孚龙撕成碎片，把他埋进土里，或许会从他身上长出草来! 带着这种叫喊，许多妇女，糊里糊涂，在她们的亲友之中旋转，冲来撞去，一直到陷于兴奋过度的昏迷状态，全靠她们旁边的男人们的援助才不至于被踩倒。

然而，一步不停，一步不停! 那孚龙在市政厅里咧，而且恐怕会被释放的吧。

---

① 孚龙(Foullon, Joseph Francois, 1717—1789)，1771 年任财政大臣，以贪污、富有、残酷著称，于 1789 年 7 月 22 日被民众处死，其经过情形如本书所述。

绝不会的,倘若圣安东尼记得他自己的苦痛、羞辱、灾祸! 武装着的男人女人这样迅速地奔出这一区,而且这样富有吸力,连最微末的人渣都吸引去了。所以,在一刻钟之内,圣安东尼的胸怀中就没有一个叫做人的生物了,除了少数老家伙和哭泣的小东西而外。

没有了。他们全都塞满在审问那丑恶老人的大厅里,和泛滥在邻近的空场上和街道上。得伐石夫妇,复仇和雅克三挤在最前头,站在大厅里距离孚龙不很远的地方。

"看!"太太叫喊,用她的短刀指示着,"看用绳子绑着的这老混蛋。他的背上还系着一把草,好的。哈,哈! 做得好。现在让他吃草!"太太把短刀挟在腋下,拍起掌来,好像正在看戏似的。

在得伐石太太后面的人们立刻把她高兴的原因解释给再后面的人们,再后面的人们又解释给另一些人,另一些人又解释给另外一些人,于是掌声就响彻了邻近的街道。同样,在那问长问短的唠唠叨叨的两三小时之间,得伐石太太的屡次不耐烦的表示也被非常迅速地传达到远处了:消息更加灵通,因为某些异常矫捷的汉子已经爬在大厅外部的窗子上向里窥看,这些汉子很认识得伐石太太,于是就作了她和外面群众之间的电报线。

后来太阳升得这样高,以至它放射了一条似乎是希望或保护的祥光,正照在那老罪人头上。这一光顾使人觉得太难忍受;那站得太久的垃圾围屏立刻崩碎,圣安东尼抓住了他!

这立刻传达到最外围的群众。得伐石刚刚来得及跳过一道栏杆和一张桌子。死紧地抱住那大祸临头的可怜人——得伐石太太刚刚来得及跟着去抓住绑着他的一条绳子——复仇和雅克三还赶不上他们,而高踞在窗上的人们也来不及像食肉鸟似的猛扑进厅里——这时似乎有一阵呼声,布满全城,"把他拖出来! 把他拖到灯柱上!"

拖下拖上,头碰在台阶上;一会跪着;一会站着;一会躺着;拉呀,打呀,千百双手把干草湿草塞到他的脸上和嘴上;被撕破,被打伤,哮喘着,流着血,还时常乞求怜悯;一会,在猛烈的推荡之中,人们互相引退,在他周围让出一片空隙,以便看清他;一会,那人就像一根僵死的木头似的从如林的大腿中被抽出来;他被拖到最近的街角里,这里悬着的一盏命运的灯正在摇动,这里得伐石太太让他过去——就像猫对于耗子那样——而且默默地,镇静地看着他们准备一切,同时他向她乞求。女人们随时都在尖声乱叫,男人们严厉主张要用草塞在他的嘴里塞死他。他被高吊起来,绳子断了,他们嚷着叫着抓住他;他又被高吊起来,绳子又断了,他们又嚷着叫着抓住他;然后,那绳子才发慈悲,吊牢了他,而且不久之后他的头就在一根长矛尖上,嘴里塞满了草,圣安东尼全体看着这光景跳舞了。

这天的破坏工作并未就此完结,因为圣安东尼又在怒血沸腾中跳着叫着了,在日暮时候,听说那刚被搞掉的人的女婿,①另一人民公敌,已经由 500 骑兵押送到巴黎来了。圣安东尼把这公敌的罪状写在皇皇布告上,捉住他——或许是把他从军队中抢出来,送去陪伴孚龙——把他的头和他的心戳在长矛尖上,于是这豺狼般的行列抬着当日的这三件胜利品经过那些街道。

一直到黑夜,男人女人才回到那些哭着要面包的孩子面前。这时,那些简陋的小面包店被他们排成的长列围绕了,忍耐地等候着买坏面包;一面带着空肚子等待,一面为了当日的胜利而互相拥抱来消磨时光,而且谈论那些成功。这些衣服褴褛的冗长行列逐渐缩短以至消散;然后可怜的灯光开始闪耀在楼窗上,细小的火炉燃烧在街沿上,煮着可以吃的东西。接着是站在门前吃晚饭。

稀薄的晚饭,没有肉味,也没有调味品加在粗陋的面包上。可是,人间友情把某种养料注入这些坚硬的食物里,而且使它们迸出喜悦的火花。父亲们和母亲们,日间充分参加了最坏的工作,现在正在和他们的瘦弱的孩子们玩耍,爱人们,看着有这样一个世界在他们周围和在他们前面,正在相爱之中和希望之中。

几乎半夜了吧,得伐石酒铺里才走出最后一批顾客,得伐石先生一面关门,一面用沙哑的声音对他的妻说道:

"它到底来了,我的亲爱的!"

"是呀!"太太回答。"差不多!"

圣安东尼睡了,得伐石夫妇睡了;甚至复仇也和她的饥饿的小贩睡了,那鼓也休息了。在圣安东尼唯有鼓声是流血和忙乱所不曾改变的声音。只有复仇,鼓的监守者,才能够唤醒圣安东尼,而且使他说出像在巴士底狱陷落之前的,或在老孚龙被捉住之前的同样言词;圣安东尼怀中的(一般)男人女人的粗厉声调却不能如此。

选自《双城记》,罗稷南译,上海译文出版社,1983

---

① 这人的名字叫做伯狄尔(Bertnier)。

简·爱（节选）

[英国]夏洛蒂·勃朗特

第二章

我一路反抗，这在我是件新鲜的事，可这一来大大增强了白茜和阿葆特小姐对我的恶感。事实上，我有点儿失常，或者像法国人所说的，有点儿超出我自己的常规。我意识到，片刻的反抗已经难免会给我招来异想天开的惩罚，于是，我像任何一个反抗的奴隶一样，在绝望中下了个决心，要反抗到底。

"抓住她的胳臂，阿葆特小姐。她简直像一只疯猫。"

"真不要脸！真不要脸！"那使女说，"多吓人的举动，爱小姐，居然打起年轻的绅士，打起你恩人的儿子来了！居然打你的小主人。"

"主人，他怎么是我的主人？难道我是用人？"

"不，你还比不上用人呢，你靠人家养活，却什么事也不干。哪，坐下，好好想想你的臭脾气。"

这时候她们已经把我拖进了里德太太指定的那间屋子，把我按在一张凳子上。我一心要像个弹簧似的蹦起来。她们的两双手立即把我抓住。

"你要不乖乖地坐着，就得把你绑起来，"白茜说，"阿葆特小姐，把你的吊袜带借给我；我的那根给她一挣就会挣断的。"

阿葆特小姐着手把要用的带子从肥胖的腿上解下来。她们做的这个捆绑的准备，以及这里面包含的新添加的耻辱，使我的激愤心情稍稍平静了一些。

"别解了，"我叫道，"我不动就是了。"

我双手紧紧抓住凳子，作为保证。

"记住别动。"白茜说；她肯定我真的屈服了，才松开手，不再抓住我。于是，她和阿葆特小姐都抱着胳臂站在那儿，恶狠狠地不放心地瞧着我的脸，好像还不相信我没发疯似的。

"她以前从没这样过。"临了，白茜回过头去对使女说。

"可是她一直存着这个念头。"这是回答。"我常常跟太太说起我对这孩子的看法，太太同意我。她是个贼头贼脑的小家伙。我从没见过，像她这样年纪的小姑娘居然会这么狡猾。"

白茜没有接口；但是不久她就冲着我说道：

"你该放明白些，小姐，你受着里德太太的恩惠；是她在养活你；她要是把你撵出去，那你只好进贫民院了。"

听了这些话，我无话可说；这些话对我说来并不新鲜；我最早的生活回忆中就包含着这样的暗示。这种指责我靠人养活的话，在我耳朵里已经形成了意义含糊的陈词滥调了，叫人非常痛苦，非常难受，但又只是使人似懂非懂。阿葆特小姐也附和道：

"太太好心好意把你和两位里德小姐、里德少爷一块儿抚养长大，你可不该因此就以为自己和他们地位相等。他们将来都会有不少钱，而你连一个子儿也不会有。你就得低声下气，顺着他们。"

"我们跟你说这些话，是为你好，"白茜补了一句说，声调并不粗暴，"你该学得有用一些，学得乖巧一些，那样的话，你也许还能把这儿作为家住下去；不过，要是你再发脾气，再粗暴无礼，我敢说，太太准会把你撵出去。"

"再说，"阿葆特小姐说，"上帝会惩罚她，叫她在发脾气的时候突然死去；那时候，看她能上哪儿去？来吧，白茜，咱们走吧，别管她；我绝不会得到她的好感。爱小姐，等剩下你一个人的时候，作作祷告吧。你要是不忏悔，准会有样什么邪恶的东西从烟囱里下来，把你抓走。"

她们走了，关上了门，随手上了锁。

红屋子是备用的屋子，难得有人在里边过夜；真的，我可以说从来没有人睡，除非是偶尔有大批客人拥到盖兹海德府，才有必要利用里边所有的设备。然而，它却是整所房子里最宽敞最堂皇的一间屋子，里边摆着一张有粗大的桃花心木架子的床，挂着绛红色锦缎帐子，像一个帐篷似的立在屋子中央。两扇巨大的窗户，窗帘永远垂下，也用同样料子做的花彩和窗帘半掩着。地毯是红的。床脚边的桌子上铺着一块鲜红的桌布。墙是淡淡的黄褐色，稍微带点儿粉红色。大柜、梳妆台、椅子都是乌黑油亮的老桃花心木做的。在周围这些深色的陈设中，床上的褥垫和枕头堆得高高的，蒙着马赛出品的雪白床罩，白得刺眼。同样醒目的是床头边一张铺着坐垫的大安乐椅，也是白色的，前面还放着一张脚凳，我想，它看上去就像一个苍白的宝座。

屋子里很冷，因为里边难得生火；它也很静，因为离婴儿室和厨房都很远；很庄严，因为大家知道很少有人进来。只有使女在星期六来擦擦镜子，抹抹家具，除去一星期来的积尘。里德太太自己要隔好久才来一次，查看一下大柜里某一个秘密抽屉里的东西。她在那个抽屉里收藏着各种羊皮纸契据，她的首饰盒，还有她那亡夫的一张小像。这间红屋子的秘密就在于她的亡夫身上。这秘密是一种魔力，正是它使这间屋子尽管堂皇却显得那么凄凉。

里德先生故世已经有九年了。他是在这间屋子里断气的，也是在这里入殓的；殡仪馆的人就是从这里把他的棺材抬走的。从那一天起，屋子就由一种哀伤的神圣感保护着，以至于不常有人闯进来。

简·爱(节选)

白茜和恶毒的阿葆特小姐让我一动不动坐在上面的那个座位,是一张软垫矮凳,就搁在大理石壁炉架附近。床就耸立在我面前。右手边是高高的、黑糊糊的大柜,黯淡的、不完整的映像使嵌板的光泽有点儿变化。左边是遮蔽起来的窗户,两扇窗户之间,有一方大镜子,重现了大床和屋子的空虚肃穆的景象。我不很肯定,她们是不是把门锁上了;等我敢走动了,我就起来,走过去瞧瞧。天啊!真锁上了,从来没有哪个牢房比这儿关得更紧了。我走回原来的地方,不得不经过那方大镜子,我的眼光被它吸引住了,不由自主地向它显示的深处探索。在这空幻之中,一切都显得比现实更冷酷、更阴暗;里面那个瞪眼盯着我的古怪小家伙,在黑暗里显出苍白的脸庞和胳膊,在那一切都静止不动的地方转动着明亮的恐惧的双眼,看来就像一个真正的幽灵。我想,这小家伙就像那些半神半妖的小鬼中的一个,白茜在晚上讲故事的时候说过,这些小鬼会从沼地上荒草萋萋的幽谷里爬出来,在走夜路的人面前现形。我回到了我的矮凳上。

我那忽儿很迷信,但是迷信还没到它完全胜利的时刻;我的血液还很激奋,反抗的奴隶的心情还在气势汹汹的激励着我;我得先和激流般的回忆搏斗一下,才会在可怕的现实面前屈服。

约翰·里德的种种暴虐专横,他姐妹的种种骄傲冷漠,他母亲的种种憎恶,用人们的种种偏心,一股脑儿都像积聚在浑浊的井里的污泥沉渣一样,在我混乱的脑海里翻腾起来。我为什么老受折磨,老受欺侮,老挨骂,一辈子也翻不了身呢?我为什么会从来得不到别人的欢心呢?为什么我竭力讨人喜欢也没有用呢?伊丽莎又任性又自私,却受人尊敬。乔奇安娜脾气给惯坏了,凶狠毒辣,吹毛求疵,蛮横无理,大家却都纵容她。她的美丽、她的红喷喷的脸蛋和金黄色的鬈发,似乎叫看着她的人都感到愉快,都能因此而原谅她的每一个缺点。至于约翰,谁也不会去违拗他,更不会去惩罚他,虽然他扭断鸽子的脖子,弄死小孔雀,放狗去咬羊,摘掉暖房里葡萄藤上的葡萄,采下花房里最珍贵的植物的苞蕾;他还管他妈妈叫"老姑娘";有时候还辱骂他母亲那和他一模一样的黑皮肤;对她的吩咐公然不理不睬;还时常撕破和毁坏她的绸衣服;而他却仍然是她的"心肝宝贝"。我不敢做错事,我竭力把该做的事情都做好;而从早上到中午,从中午到晚上,整天都有人骂我淘气、讨厌、阴险、鬼头鬼脑。

我被他打倒,头还在痛,血还在流;约翰粗暴地打了我,没有人责备他;而我,为了叫他以后不再干出这种荒唐的暴行,却受到了众人的许多责难。

"不公平!——不公平啊!"我的理智说。令人痛苦的刺激逼得我的理智一时早熟地发挥了威力;"决心"也同样被鼓舞起来,催促着我采取什么奇妙的方法,从这难以忍受的压迫下逃跑——譬如像出走,或者,万一走不了的话,就永远不再吃不再喝,听任自己饿死。

　　在那一个悲惨的下午,我的灵魂是多么惶恐不安啊!我整个脑海里是多么混乱啊,我整个的心又多么想反抗啊!然而,这一场精神上的搏斗,是在怎样的黑暗、怎样的愚昧中进行的啊!我无法回答内心的这个不断提出的问题:为什么我这样受苦;而如今,隔了——我不愿说隔了多少年——我却看得明明白白了。

　　我在盖兹海德府,是个和大伙儿合不来的人;我跟那儿的谁也不相像;我跟里德太太,或者跟她的孩子们,或者跟她宠爱的下人,都没有一点一致的地方。如果说他们不爱我,那么老实说,我也一样不爱他们。我是个异种人,在脾气、能力、爱好上,都和他们相反;我是个没用的人,不会迎合他们的趣味,或者增加他们的快乐;我是个有害的人,对他们的虐待越来越气愤,我对他们的见解越来越鄙视;对这样一个和他们之间谁也没有共同感情的人,他们没有必要怀着热爱来对待。我知道,如果我是个聪明美丽、快乐活泼、无忧无虑而又爱纠缠人的孩子——哪怕我还是一样地要靠人养活,一样的没有朋友——里德太太见了我一定会高兴一些;她的孩子们一定会像伙伴那样对我真诚一些;用人们也就不会那么动不动就叫我在婴儿室里代人受过。

　　阳光开始从红屋子里消逝;已经过了四点了,阴沉沉的下午渐渐转为凄凉的黄昏。我听见雨还在不断地抽打着楼梯上的窗户,风还在宅子后面的树林子里呼啸;我一点一点地变得像块石头一样冷,接着,勇气也消失了。我往常的自卑心情、自我怀疑、无可奈何的沮丧,像冰一样浇在我那行将熄灭的怒火上。人人都说我坏,也许我真的是坏;刚才我打的是什么主意啊,想把自己饿死?那一定是个罪过。我配死吗?盖兹海德教堂圣坛下的墓穴是不是个诱人的处所?我听说,里德先生就葬在这样的墓穴里;这个念头又引得我想起他来,我越想越害怕。我记不得他了;但是我知道他是我的亲舅舅——我母亲的哥哥——他把我这个父母双亡的孤儿带到家里,临终时还一定要里德太太答应,把我当做亲生女儿一样地扶养成人。里德太太也许以为自己遵守了诺言;在她的天性许可的范围内,也许她算是遵守了;可是,我毕竟不是她自己家的人,自从她丈夫去世以后,和她再也沾不上什么亲属关系,只不过是一个碍手碍脚的外来人罢了,她又怎么会真正地喜欢我呢?由一个勉强许下的诺言束缚着,不得不做一个自己无法喜爱的陌生孩子的母亲,眼看着一家人永远要受到一个合不来的陌生人的妨碍,这一定是最令人厌恶的事。

　　我突然有了一个奇怪的想法。我不怀疑——也从没怀疑过——如果里德先生在世,他一定会待我很好。如今,我坐在这儿,瞧着白色的床单和昏暗的墙壁——偶尔还迷恋地望一望微微发亮的镜子——我开始想起了我听到过的关于死人的传说,死人见活人违反了他们的遗嘱,在坟墓里也不会安宁,便重回人间,惩罚不遵守誓言的人,为被虐待的人报仇。我想,里德先生的灵魂,为外甥女受到的虐待所骚扰，说不定会离开它的住处——不管是在教堂的墓地里，还是在死人居住的什么不可知的冥府——而在这间屋子里，出现在我的面前。我拭去眼泪，忍住啜泣，生怕任何一种极度悲伤的表示，会引起一个超自然的声音来安慰我，或者是从黑暗中引起一张光轮围绕的脸，以怪异的怜悯俯视着我。这个想法，在理论上能给人以安慰，可是我觉得，如果真的实现了，那就未免太可怕了。我拼命打消这个想法，竭力要镇定下来。我把下垂在眼睛上的头发甩开去，抬起头，试着大胆向周围看一看这间黑暗的屋子；这时候墙上闪耀起一丝亮光。我暗自纳闷，是月光从窗帘上的哪个隙缝里透进来吧？不像；月光不会动，而这个亮光却会动。我正瞧着，它忽然溜到了天花板上，在我头顶上跳动。要是换了现在，我一下子就能猜出，这多半是有人穿过草坪时提的灯发出的亮光；可是在当时，我脑子里只想到恐惧的事，又害怕得神经极其脆弱，还以为这一道迅速滑动的亮光是从另一个世界来的鬼魂的先驱。我的心怦怦地乱跳，我的头发烫，耳朵里充满了一种声音，我以为是翅膀扑动的声音；似乎有样什么东西在我身边，我感到压抑，感到窒息；再也忍受不住；我冲到门边，不顾死活地使劲摇锁。外边过道里有人奔跑过来；钥匙一转，白茜和阿葆特进来了。

"爱小姐，你病了吗？"白茜说。

"多可怕的声音！一直刺到了我的心里！"阿葆特嚷道。

"把我带出去！让我到婴儿室去！"我嚷道。

"干什么！你受伤了吗！你有没有看见什么？"白茜再一次问我。

"哦！我看见一个亮光，我想一定有鬼要出现了。"这时候我抓住白茜的手，她没有把手缩回去。

"她是故意叫嚷的！"阿葆特带几分嫌恶断言道。"是什么样的叫声啊！她要是疼得要命，那倒还情有可原，可是，她不过是要把我们都叫到这儿来。我看透了她那套鬼把戏。"

"这都是怎么回事？"又有一个声音严厉地问道；里德太太从过道上走来，松开的帽子在飘动，衣服沙沙地响得厉害。"阿葆特，白茜，我相信我吩咐过你们，把简·爱关在红屋子里，一直到我自己来看她。"

"简小姐叫得太响了，太太。"白茜辩白道。

"让她去。"这就是唯一的回答。"别抓住白茜的手，小东西；你放心吧，用这些方法你还是出不来的。我最恨作假，尤其是小孩子；我有责任让你知道，耍花招也没用；你现在得在这儿再待一个钟头，而且那时候，你还得完全屈服，一声不响，才会放你出来。"

"哦，舅妈，可怜可怜我！饶了我吧！我受不了——用别的方法惩罚我吧！我真要吓死了，如果——"

"闭嘴！这样穷凶极恶，真太讨厌了。"毫无疑问，她心里准是这么想的。我在她眼里，是个早熟的演员；她当真把我看成一个脾气恶毒、心灵卑鄙、狡诈阴险的混合物。

白茜和阿葆特退了出去。里德太太见我当时发疯似的沉溺在痛苦中一味啜泣，很不耐烦，不再和我继续谈判，就猛地把我推回去，锁在屋子里。我听见她急急忙忙地走开；她走后不久，我想我大概经历了一次昏厥。这一场就以失去知觉作为结束。

第二十三章

我在铺道上散了一会儿步；可是一阵淡淡的、熟悉的香味——雪茄烟味——从一扇窗子里飘了出来。我看见图书室的窗打开了有一手宽光景；我知道可能有人从那儿窥视，所以我就走开，到果园去。庭园里再没有哪个角落比这儿更隐蔽，更像伊甸园。这儿树木葱茏，鲜花盛开，一边由一堵高墙把它和院子隔开，另一边由山毛榉林阴道像屏障似的把它和草坪分开。尽头是一道坍塌的篱笆，这是唯一把它和孤寂的田野分开的东西；一条蜿蜒的小路通向篱笆，路两边是月桂树，路的那一头是一棵大七叶树，树的根部有一圈座位。在这儿，可以漫步而不让人看见。在这样密露降落、这样万籁俱寂、这样暮色渐浓的时候，我觉得我仿佛可以永远在这树阴下徘徊下去；但是初升的月亮把月光倾泻在比较开阔的地方，我受了引诱，正穿过园里较高的花丛和果林的时候，我的脚步却被阻止了——不是被声音，不是被景象，而是再一次被一阵警告性的香味阻止了。

香蔷薇、青蒿、茉莉、石竹、玫瑰都早已把芳香作为晚间祭品奉献出来了；这股新的香味既不是灌木香又不是花香，而是——我很熟悉——罗切斯特先生的雪茄的香味。我回过头来听听。我看见果实正在成熟的树木。我听见夜莺在半英里以外的树林子里歌唱。看不见什么走动的人影，也听不见任何走近的脚步；可是那香味却越来越浓；我得赶紧逃走。我向通灌木丛的小门走去，却看见罗切斯特先生正在走进来。我往旁边一闪，躲到常青藤的隐蔽处，他不会待久，他会很快就回去，只要我坐着不动，他绝不会看见我。

可是不——黄昏对他来说跟对我来说一样可爱，而这个古老的花园也是一样迷人。他信步往前走去，一忽儿拉起醋栗树枝，看看大得像梅子似的累累果实；一忽儿从墙上摘下一颗熟了的樱桃；一忽儿又朝花簇弯下身去，不是去闻闻它的香味，就是去欣赏花瓣上的露珠。一只大飞蛾嗡嗡地从我身边飞过，停在罗切斯特先生脚边的植物上，他看见了它，弯下腰去仔细看看。

"现在他背朝着我，"我想，"他又专心看着；我轻轻地走，也许可以溜掉，不让他发现。"

我踩着小径边上的草丛走，免得沙砾的沙沙声坏了我的事。他就站在离我将经过的地方一两码远的花坛间；飞蛾显然把他吸引住了。"我可以很安全地走过去了。"我心里想。月亮还没有升得很高，正把他的影子长长地投在地上。我刚跨过他的影子，他就头也不回地悄悄地说：

"简，来看看这个家伙。"

我没弄出声音；他背后又不长眼睛，难道他的影子有感觉吗？我一开始吓了一跳，然后就朝他走过去。

"看看它的翅膀，"他说，"它有点叫我回想起西印度的昆虫；在英国不大看见这么大、这么鲜艳的夜游神；哪！它飞了。"

飞蛾飞走了。我也羞怯地往后退；可是罗切斯特先生跟着我，我们走到小门跟前的时候，他说：

"回来，这么可爱的夜晚，坐在屋里真太可惜了；在这种日落紧接月出的时刻，肯定没有人会想去睡觉。"

这是我的一个缺点：虽然我的舌头有时候能很快答话，可是有时候它却可悲地让我找不到借口；这种失职总是发生在紧要关头，在特别需要一句脱口而出的话或者一个理由充足的借口来摆脱痛苦僵局的时候。我不想在这样一个时刻单独跟罗切斯特先生一起在幽暗的果园里散步；可是我又找不出一个理由让我提出要离开他。我拖着脚步跟在后面，苦苦思索着，要想出一个脱身的办法；但是他本人，看上去却那么泰然自若，而且还那么严肃，我反而因为自己感到慌乱而变得害羞了；如果有现存的或者未来的罪过，那罪过似乎只是在我这一边；他的心灵没有意识到，而且很平静。

"简，"我们走上月桂小径，慢慢地朝坍塌的篱笆和七叶树的方向闲荡过去，他说，"桑菲尔德在夏天是个可爱的地方，是不是？"

"是的，先生。"

"你一定相当依恋这所房子了吧！——你这个善于欣赏大自然的美、而且依恋器官特别发达的人？"

"我的确依恋它。"

"虽然我不理解是怎么回事，但是我看得出，你还对那个笨孩子阿黛勒，甚至对头脑简单的太太菲尔费克斯，都相当关心吧？"

"是的，先生；两个人我都爱；只是方式不同。"

"离开她们你会感到难受吧？"

"是的。"

"可惜！"他说，叹了口气，停了一会儿。"在尘世间，事情就是这样，"他立刻又接着说，"刚在一个可爱的休息处安定下来，就有一个声音把你叫起来，要你再往前走,因为休息的时间已经过了。"

"我得往前走吗,先生?"我问,"我得离开桑菲尔德吗?"

"我相信你得离开,简。我很抱歉,简妮特,可是我真的相信你得离开。"

…… ……

我一边听一边抽抽搭搭地哭了起来;我再也抑制不住我忍住的感情;我不得不屈服;剧烈的痛苦使我从头到脚都在哆嗦。等我说出话来,那也只是表示一个强烈的愿望,说我但愿我从没被生出来,但愿我从没来到桑菲尔德。

"就因为你离开它觉得难受吗?"

由我心里的痛苦和爱情激起的剧烈感情,正在要求成为主宰,正在挣扎着要支配一切;主张有权占优势,要克服、生存、上升、最后统治;是的——还要说话。

"离开桑菲尔德我感到痛苦,我爱桑菲尔德——我爱它,因为我在那里过着丰富、愉快的生活,至少过了短短的一个时期。我没有受到践踏。我没有被弄得僵化。我没有被埋在低劣的心灵中,没被排斥在同光明、活力、崇高的一切交往之外。我曾经面对面地同我所尊敬的人,同我所喜爱的人——同一个独特、活跃、宽广的心灵交谈过。我已经认识了你,罗切斯特先生;感到自己非从你这儿被永远拉走不可,真叫我害怕和痛苦。我看到非走不可这个必要性,就像看到非死不可这个必要性一样。"

"你在哪儿看到了必要性?"他突然问。

"哪儿? 先生,是你把它放在我面前的。"

"什么形状的?"

"英格拉姆小姐的形状;一个高贵和美丽的女人——你的新娘。"

"我的新娘! 什么新娘? 我没有新娘啊!"

"可是你会有的。"

"对——我会有! ——我会有!"他咬紧牙齿。

"那么我得走了——你自己亲口说的。"

"不,你得留下! 我发誓——这个誓言会被遵守的。"

"真的,我得走!"我有点恼火了,反驳说,"你以为我会留下来,成为你觉得无足轻重的人吗? 你以为我是一架自动机器吗? 一架没有感情的机器吗? 能让我的一口面包从我嘴里抢走,让我的一滴活水从我杯子里泼掉吗? 你以为,因为我穷、低微、不美、矮小,我就没有灵魂没有心吗? 你想错了! ——我的灵魂跟你的一样,我的心也跟你的完全一样! 要是上帝赐予我一点美和一点财富,我就要让你感到难以离开我,就像我现在难以离开你一样。我现在跟你说话,并不是通过习俗、惯例,甚至不是通过凡人的肉体——而是我的精神在同你的精神说话;就像两个都经过了坟墓,我们站在上帝脚跟前,是平等的——因为我们是平等的!"

"因为我们是平等的！"罗切斯特先生重复了一遍——"就这样，"他又说，一把抱住我，把我搂在怀里，把他的嘴唇贴在我的嘴唇上，"就这样，简！"

"是的，就这样，先生，"我接着说，"然而不能这样，因为你是个结了婚的人——或者说等于结了婚，娶了一个低于你的，你并不同情的，我不相信你真正爱的女人，因为我看到过和听到过你嘲笑她。我瞧不起这种结合；所以我比你好——让我走！"

"去哪儿，简？去爱尔兰吗？"

"对——去爱尔兰。我已经把我心里的话说出来了，现在上哪儿都行。"

"简，安静点，别这么挣扎，像个在绝望中撕碎自己羽毛的疯狂的野鸟似的。"

"我不是鸟；没有罗网捕捉我；我是个有独立意志的自由人；我现在就要运用我的独立意志离开你。"

我再作一次努力就自由了，我笔直地站在他面前。

"你的意志将决定你的命运，"他说，"我把我的手、我的心和我的一切财产的分享权都奉献给你。"

"你在演一出滑稽戏，我看了只会发笑。"

"我要你一辈子都在我身边——做我的第二个自己和最好的人间伴侣。"

"对于那种命运，你已经作出了你的选择，那就得遵守。"

"简，安静一会儿；你太激动了；我也要安静一下。"

一股风顺着月桂小径吹来，哆嗦着从七叶树的树枝间穿过去，刮走了——刮到渺茫的远方——消失了。夜莺的歌是这一时刻唯一的声音；我听着听着又哭了起来。罗切斯特先生一声不响地坐着，温柔而认真地看着我。他沉默了一会儿，最后说：

"到我身边来，简，让我们作些解释，彼此谅解吧。"

"我永远也不会再到你身边去；现在我已经给拉走，不能回来了。"

"可是，简，我是把你作为我的妻子叫你过来的；我打算娶的只是你。"

我不吭声，我想他是在取笑我。

"来吧，简——过来。"

"你的新娘拦在我们中间。"

他站起来，一步就走到我面前。

"我的新娘在这儿，"他说，又把我拉向他，"因为和我平等的人，和我相似的人在这儿。简，你愿意嫁给我吗？"

我还是没有回答，还是在挣脱他，因为我还不相信。

"你怀疑我吗，简？"

"完全怀疑。"

"你不信任我？"

"一点也不信任。"

"在你的眼睛里，我是个撒谎者吗？"他热切地说，"小怀疑论者，你会相信的。我对英格拉姆小姐有什么爱情呢？没有，这你是知道的。她对我有什么爱情呢？没有，正如我煞费苦心证实了的。我让一个谣言传到她耳朵里，说我的财产连人家猜想的三分之一都不到，在这以后，我就去看看效果怎么样；她和她的母亲都很冷淡。我不愿——我不能——娶英格拉姆小姐。你——你这奇怪的——你这几乎不是人间的东西！——我爱你就像爱自己的肉一样。你——尽管你穷、低微、矮小、不美——我还是要请求你接受我作为你的丈夫。"

"什么，我！"我禁不住叫了起来；看到他的认真——特别是他的鲁莽——我开始相信他的真诚，"在世界上除了你以外——如果你是我的朋友的话——没有一个朋友的我，除了你给我的以外没有一个先令的我？"

"你，简。我必须使你成为我自己的——完全是我自己的。你愿意成为我的吗？说愿意，快。"

"罗切斯特先生，让我看看你的脸；朝着月光。"

"干吗？"

"因为我想看看你的脸。转身！"

"哪，你会发现它不见得比一张涂满了字、揉皱了的纸更容易看懂。看吧，不过要快，因为我难受。"

他的脸非常激动也非常红，五官露出强烈的表情，眼睛里闪出奇异的光芒。

"哦，简，你在折磨我！"他嚷道，"你用那搜索的、但是忠诚而宽大的眼神在折磨我！"

"我怎么会折磨你呢？如果你是诚挚的，你的求婚是真的话，那我对你的感情只能是感激和忠诚——它们绝不会折磨人。"

"感激！"他嚷了起来；然后又发疯似的补充说——"简，快答应我。说爱德华——叫我的名字'爱德华'——我愿意嫁给你。"

"你当真吗？——你真的爱我吗？——你是真心实意地希望我做你的妻子吗？"

"是的；要是必须有一个誓言才能满足你，那我就起誓。"

"好吧，先生，我愿意嫁给你。"

"嫁给爱德华——我的小妻子！"

"亲爱的爱德华！"

"上我这儿来——现在完全上我这儿来吧。"他说；于是把他的脸颊贴在我的脸颊上，在我的耳旁用他那最深沉的声调补充说："使我幸福吧——我将使你幸福。"

"上帝饶恕我!"不一会他又接着说,"不要让别人来干涉我。我得到她了,我要守住她。"

"没有人来干涉,先生。我没有亲戚来阻挠。"

"没有——那最好了。"他说。如果我爱他不是这样深的话,我会认为他的狂喜的语调和神情是野蛮的;但是坐在他的身旁,从离别的噩梦中醒来——被唤入结合的乐园中——我想到的只是源源而来任我畅饮的幸福。他一再问我,"你快活吗,简?"我一再回答,"是的。"随后他低声说道,"是会赎罪的——这是会赎罪的。我不是发现她没有朋友,既冷清又没有安慰吗?我不是要保卫她,爱护她和安慰她吗?难道我的心里没有爱情,我的决心中没有坚贞吗?那是会在上帝的法庭上赎罪的。我知道我的创造者是同意我这样做的。至于世间的评判——我可以不管。人们的意见——我可以蔑视。"

但是那个夜晚变得怎样了呢?月亮还没有落下,我们就已经完全在阴影里了;虽然我和我的主人离得很近,我却几乎看不见他的脸。七叶树在折腾着,呻吟着,是什么使它这么痛苦呢?狂风在月桂树的小径上呼啸,急速地从我们头上吹过。

"我们该进去了,"罗切斯特先生说,"天气变了。不然,我可以和你一直坐到天亮,简。"

"我也可以和你一直坐到天亮。"我心里想,我也许会这样说出来,但是一道强烈的青色电光从我注视着的云里闪出来,接着是一阵劈啪的爆裂声和近处的一阵隆隆雷声,我只想着把我那双给照得眼花缭乱的眼睛靠在罗切斯特先生的肩头上藏起来。

大雨倾泻下来。他催我走上小径,穿过庭园,到房子里去;但是在跨过门槛以前,我们就已经淋得透湿了。罗切斯特先生在大厅里给我卸下披巾,把我松散的头发上的水抖掉。这时候,菲尔费克斯太太从她的房间里出来。开始我并没有看见她,罗切斯特先生也没有看见。灯正点着,时钟敲了十二下。

"赶快脱下你的湿衣服,"他说,"在你走以前,晚安——晚安,我亲爱的!"

他不断吻我。我离开他的怀抱,往上看的时候,看到那寡妇站着,脸色苍白,严肃而且吃惊。我只是对她笑了笑,就跑上楼去。"以后再解释吧。"我想。然而,在走到我的卧室的时候,我却想,她会暂时误解她所见到的这件事,我心头不由得感到一阵剧痛。但是,欢乐马上就抹掉了其他一切感觉。在两小时的暴风雨中,尽管风在呼啸,雷声又近又沉,电光猛烈地闪个不停,雨像瀑布般地倾注,我却并不感到害怕,也不感到恐惧。在这期间,罗切斯特先生到我门前来过三次,问我是否平安,是否安宁;这就是安慰,这就是足以应付一切事情的力量。

选自《简·爱》,祝庆英译,上海译文出版社,1980

呼啸山庄（节选）

［英国］埃米丽·勃朗特

第十五章

又是一个星期过去了，在这么多天里我又向健康和春天挨近了一些儿。我那位女管家，只要放得下她手头的正经事，就抽工夫到我床边来坐坐；她来伴过我几次，现在我把我那位邻居的故事从头到尾听完了。我就用她亲口讲的话把故事继续下去，只是稍微压缩些。大致说来，她是一位讲故事的能手，自有她的风格，我并不认为我能够给她把这种风格再改进一些儿。

那天晚上——我到山庄去探望过的那天晚上，我知道——就像我看到了似的——希克厉先生正在我们这儿附近。我有意不走出去，因为我的口袋里依然藏着他那封信，而我可不想再受人家的威逼，或是让人来厮缠我。我打定主意等我的东家出门去后再把信交出去，因为我捉摸不透卡瑟琳读了这封信到底会有怎样的反应。结果三天过去了，信还没有到她手里。

第四天是礼拜天，这一家人上礼拜堂去之后，我把信带进了她的房间。家里留下一个男仆和我看家；我们一向的做法，总是在做礼拜的那几个钟头里，把前后门锁了起来；不过这一天，天气那么暖和可爱，我把门都敞开了，为了履行已经答应人家的话（因为我知道谁要来了），我对我的同伴说，太太一心想吃橘子，他快跑到村子里去买一些来，第二天再付钱。他出发了，我上楼去。

林敦夫人穿着一件宽松的白袍子，披一条轻薄的肩巾，像往常一般，独坐在向外伸出的开着的窗子边。她那一头浓密的长发，在她刚生病的时期，有一部分盘到后头去了，现在她顺着那发丝的天然鬈曲，随随便便编成了两条辫子，从她的鬓角边挂到了脖子上。她的人样儿已改变了，这是我已对希克厉讲过了的，但是在她平静的当儿，只见她的改变显出一种不是人间所有的美。

她那对本来炯炯闪亮的眸子，现在蒙上了一层迷梦般凄楚的温柔，你只觉得她不是在注视她身边的事物，而似乎老是在凝视着远方，那遥遥的远方——你也许可以说，她那视线落到了人世之外呢。她那苍白的脸色、憔悴的模样儿已经消失了，她的肌肤现在逐渐在丰腴了。她的心境让她流露出一种异常的神态，叫人看了不由得痛心地想起她得这场病的缘故，同时又格外地惹人怜惜，因为照我（或者是随便哪个见到过她的人）看来，尽管眼前她正在逐渐复原，她那种茫茫然的神态，却已打上了命运的烙印，终究难免要香消玉殒了。

她面前的窗台上有一本书打开着，偶尔吹来一阵几乎感觉不到的微风把书页翻动着。我相信那是林敦搁在那儿的，因为她从来不想翻一下书，或是找一些旁的事儿给自己消遣消遣。他看到这种情景，知道她一向喜爱的是什么，总是花不少时间去引起她对这方面重新感到一点儿兴趣。她也明白他的用心，在她心境好的当儿，耐烦地听任他来跟她厮缠，只是有时候压抑不住地发出一声疲乏的叹息，表示他的心思是白费了；到最后，终于用最凄凉的苦笑和亲吻打断了他。在另外一些场合，她却使气地把身子扭了过去，把脸儿掩在她的手心里，甚至暴躁地把他推开去；那时候他明知自己无能为力了，只得撇下她一个儿，悄悄地退了出去。

吉牟屯礼拜堂的钟声还在敲着；那涨了水的小溪舒畅地流过山谷，传来了悦耳的淙淙声。那可以算得一种过渡性的可爱的音乐，因为一到夏天，树叶浓密，发出一片低语般的沙沙声，便要淹没田庄附近的溪流声了。在呼啸山庄，在解冻或是久雨之后，逢到无风的日子，就总能听到那淙淙的流水声。这会儿，卡瑟琳在倾听着，心里想的正是呼啸山庄——那是说，假使她是说得上在听，或是在想的话。可是她的双眼只管茫然地向远方望着（方才我已讲过了），看来她分明没有意识到存在于世上的任何物质性的东西，不管是凭她的耳朵还是凭她的眼睛。

"有你的一封信，林敦太太，"我说道，把信轻轻地塞进她那搁在膝上的一只手里。"你得马上就读，因为在等回音呢。我要不要打开封印？"

"好吧，"她回答道，她的眼光并没有挪动一下。

我拆开了信，信很短；我接着说道："现在，你读吧。"

她把手抽回去，信掉下来了，她也不管。我把信捡起来，重又放在她膝上，站在那儿等候她低垂下眼光来看一看，但是好久不见她有一点动静，我终于又开口了：

"得我来念吗，太太？是希克厉先生写来的信呀。"

她吃了一惊，有一丝困惑的回忆闪过她的脸上，还透露出一种神情：竭力想把自己的意识理出个头绪来。她拿起信纸，好像在念信；等她看到署名时，她叹了一口气。可是我发觉她还是没有领会信里的意思。我向她讨一个回音，她却只是指着署名，急切地望着我，带着一种哀怨而焦急的询问的神气。

"唉，他想见见你呀，"我说，猜出她需要有人给她解释一下。"这时候他正在花园里，急于想知道我会给他带去一个什么样回音呢。"

正这么说着，我瞧见底下照耀着阳光的草坪上，躺着一条大狗，它竖起了两耳，像是要吠叫的样子，接着却又把耳朵贴伏下去，摇一摇尾巴，算是宣告有什么人走近来了，而那个人它并不认为是陌生人。

林敦夫人向前探身，屏住气息，用心倾听。一会儿只听得有脚步声穿过走道。看到大门洞开着，那种诱惑力对于希克厉是太大了，他怎么也没法不跨进宅子来。多半是他还道我有意要逃避实践我的诺言，因此决定仗着自己的胆子闯一下。

卡瑟琳焦灼不安地只是望着房门口。他并没有一下子就撞着她的卧房。她向我作手势，要我去接他进来，可是我还没走到房门口，他已经找到了。他迈开一两个大步，就来到她的身边，紧紧地把她搂在怀里了。

约摸有五分钟光景，他一句话也没有说，只是紧紧搂住她不放。在那一段时间里，我敢说，他接连吻她的次数，比他过去一生中所吻过的次数还要多。不过呢，还是我家女主人第一个先吻他。我看得很清楚，他心痛得简直没法正对着她的脸儿瞧。

他一眼看到她，就像我一样，千真万确地知道，她这病是好不了啦，没有指望了，她是难逃一死了。

"哎哟，卡茜哪！哎哟，我的生命哪！叫我怎么受得了哟！"他一开口就嚷出了这一串话，那种呼嚷的声气一点不想隐瞒他内心的绝望。现在他又直瞪瞪地对着她瞧，那股一眼不眨的猛劲儿我还道会叫他的眼睛流出泪水，谁知他的两眼燃烧着痛苦的火焰，却并不溶解。

"现在又怎么啦？"卡瑟琳说，向后靠去，顿时眉心紧皱，来回报他的盯视。她的脾气就是跟着她那喜怒无常的性子转的风标罢了。"你和埃德加两个把我的心都揉碎了，希克厉！而你们两个又都为了这事儿到我跟前来啼啼哭哭，好像该得到怜悯的人倒是你们！我可不怜悯你，我才不呢。你害死了我——日子可就好过了，我想。你是多么坚强呀！我死了之后你准备再活多少年哪？"

希克厉跪下一条腿，搂着她。他想站起身来，可是她扯住了他的头发，不让他起立。

"我但愿我能一直揪住你，"她辛酸地接着说，"直到我们两个都死了为止！我可不管你受着什么样的罪。我才不管你受的罪呢。为什么你就不该受罪呢。我是在受罪呀！你会把我忘掉吗？将来我埋在泥土里之后，你还会快乐吗？二十年之后，你会这么说吗？——'那就是卡瑟琳·欧肖的坟墓啊。从前我爱过她，我失去了她心都碎了。但这都是过去的事啦。这以后我又爱过不少人。如今我的孩子，比从前的她，对于我更亲呢。有一天我也死了，我不会感到高兴：因为要去跟她会面了，我只会因为不得不把孩子们丢下了而感到难过。'—你会说这些话吗，希克厉？"

"不要把我折磨得像你一样疯吧！"他嚷道，把他的头挣脱出来，紧咬着牙关。

这两人，在冷眼旁观的人看来，构成了奇怪又可怕的景象。卡瑟琳大可以把天堂看作对于她是一块流放的异域，除非她丢下她在尘世的肉体时，也抛弃了她那在尘世的性格。只见她这时容色惨白，嘴唇没有一丝血色，两眼闪闪发光，露出一副狂野的、要报仇雪恨的神气。她那攥得紧紧的拳头里依然握着一撮给她拉下来的头发。

她的伴侣呢,他一只手支撑着自己站起来,另一只手握住她的臂膀。她病成这个样子,他可一点不懂得应该格外温柔些才好,他松手的时候,只见在她那没有血色的皮肤上留下了四个紫青的印痕。

"难道你有恶魔附在身上吗?"他蛮横地说下去道,"在你临死的当儿说这样的话? 你不想一想,你这些话句句都要像烙印般印在我的记忆里,一旦你抛下我之后,这几句话在我的脑子里会咬得更深,直到永恒。你说我把你害死了,你知道那是在说瞎话。卡瑟琳呀,你明白,若是我忘得了你,那等于我也忘得了我自个儿的存在! 这还不够满足你的狠毒的自私吗? ——当你安息的时候,我却在受着地狱般的折磨,痛苦得直打滚!"

"我是再不会得到安息了,"卡瑟琳呻吟着说,这时她只觉得一阵子难过;情绪上的剧烈冲动,使她的心怦怦乱跳得厉害,胸脯起伏不停。她不再把话说下去,等到这一阵发作过了之后,才接着说道,语气已缓和了些:

"我并不要你忍受比我还大的痛苦,希克厉。我只愿我们俩永不分离;若是我有什么话使你往后感到痛心,要知道我在地下也感到同样的痛苦呢;那你就为了我的缘故,原谅我吧! 你过来,再跪下。你一生中从没伤害过我。不行,要是你把一股怒气憋在心里,那日后回忆起来,比我那尖刻的话可还糟哪。你肯过来吗? 来吧!"

希克厉走到她的椅子背后,俯下身去,但并不太低,不让她看到他的脸儿——他的脸色这时激动得发青。她回过头来瞧他。他可不肯让她瞧见。他一下子转过身去,走向壁炉,站在那儿,背对着我们,一言不发。

林敦夫人猜疑地用眼光跟着他。每一个动作在她心里都唤醒一股新的情绪。停了一阵,她盯着他看了半天之后,她又开口了,带着气苦、失望的口气,跟我说道:

"哎哟,你瞧,纳莉,他不肯软一下心肠,为了好把我在坟墓外边多留住一会儿。人家就是这样爱我的! 好吧,没关系。那可不是我的希克厉呀。我仍然爱着我那一个,还要把他一起带着走;他就在我的灵魂里呀。再说呢,"她沉思着说下去道,"让我最讨厌的东西,说到底,就是这一个支离破碎的牢笼。① 我给关禁在这儿已经关腻啦,我盼望得不耐烦了,要逃到那极乐世界去,从此就永远留在那儿了——不是泪眼模糊地张望一眼,也不是隔着我那颗疼痛的心窝的高墙向往而已;而是的的确确到得那儿,待在那儿。纳莉,你自以为你比我强,比我幸

---

① 牢笼,卡瑟琳在这里指囚禁自己灵魂的肉体而言。

福,身强力壮。你替我难过——很快这情形就要转变过来了。是我将要替你难受。是我将要高高在上,你们哪一个都没法跟我比。我不懂,是不是他不肯到我跟前来啦!"她跟自个儿说下去道。"我看他是存心那样的。好希克厉,你现在不该再生气啦。快到我这儿来吧,希克厉。"

她迫不及待地竟站了起来,撑在椅子的扶手上。听到她这迫切的恳求,他转过身来朝着她,完全是一副绝望的神情。他睁大着一双湿漉漉的眼睛,终于把目光狠狠地向她闪射过去,只见他的胸膛痉挛地起伏着。

起先,他们两个分开着站了一会儿,接着怎样合在一处的,我没能看得清。只见卡瑟琳向前扑出去一步,于是他把她捉住了,他们两个就紧紧拥抱在一起;我只怕等到把我的女主人从这一阵子拥抱中放开时,她早已活不成了——真的,照我看来,她似乎当场就昏了过去。

他倒入了最靠近的一个座位上。我急忙赶去看看她究竟昏迷了没有;谁知他竟像一头疯狗似的,对我咬牙切齿,喷着口水,还带着贪婪的妒忌,把她搂得更紧了。我只觉得我并不是跟我同样的人待在一起,即使我跟他说话,看来他也不会懂得,所以我只好站开去,不作一声,不知道该怎么办才好。

一会儿,卡瑟琳动弹了一下,多少叫我松了一口气。只见她抬起一只手臂,勾住他的脖子,让他托住着身子,把她的脸颊紧贴在他的脸上;而他呢,没性没命地爱抚她,算是回报,狂野地说道:

"你现在才叫我明白,你本来是多么残酷呀——又残酷又不真心!为什么你从前要看不起我?为什么你要欺骗你自己的良心,卡茜?我一句安慰的话也不给你。这也是你活该。你自己害死了你自己。可不,你尽可以一边吻我,一边哭,逼出了我的吻和眼泪,可我的接吻、眼泪只能害苦你——只能诅咒你。你曾经爱过我;那你有什么权力丢开我呀?你有什么权力——回答我吧——可怜巴巴地看中了林敦呢?贫贱,耻辱,死亡——不管上帝还是恶魔能够怎样折磨人,可别想把我们俩拆开!而你,你却甘心做下这种事来。我并没有弄碎你的心——是你自个儿把心揉碎了,揉碎了你的心,把我的心也给揉碎了。我是强者,因此格外地苦!我想活下去吗?这叫什么生活呢,当你——啊,天哪!——难道你愿意活着吗,当你的灵魂已进了坟墓?"

"别来逼我吧!别来逼我吧!"卡瑟琳抽泣着说道。"要是我做下了错事,那我为此而付出了生命。这就够啦!你也曾把我抛开过,可是我并不想怪你。我宽恕你,你也宽恕我吧!"

"瞧着那一双眼睛,摸着这一双消瘦的手,要宽恕你,真难啊,"他回答道。"再吻我吧,别让我瞧见你那眼睛。你对我的所作所为我就宽恕了。我爱我的谋杀者——可是害死你的那个人!怎么能叫我爱他呢?"

他们沉默了——他们的脸儿紧贴着，他们的泪水彼此冲洗着对方的脸儿。至少，我想两人一起在哭泣；逢到这么令人肠断魂销的当儿，看来希克厉也不免要掉泪了。

当时我非常不安；再说，下午的时间过得好快，我打发去买橘子的人已回来了，在山谷那边，西照的夕阳中，我能望见吉牟屯教堂的门廊里涌出了越来越密的人群。

"礼拜作完了，"我报告道。"再过半个钟点，东家要回来了。"

希克厉哼出了一声咒骂，把卡瑟琳挟得更紧些。她没有动弹一下。

不多一会儿，只见大路上有一群仆人走来，往厨房那一侧走去，林敦先生就在后面不多远。他给自个儿开了大门，很悠闲从容地走近来，也许他是在享受那个风和日暖，像夏天般可爱的下午吧。

"现在他回来啦，"我嚷道。"看老天面上，赶紧下去吧！打前面的楼梯下去，你不会碰到人的。赶快些吧，先在林子里待一下，等到他走进了宅子你再出来。"

"我一定要走啦，卡茜，"希克厉说，想要从他的伴侣的怀抱中摆脱出来。"只要我还活着，我要在你睡熟之前再来看你一次。我不从你的窗口走开五码。"

"一定不许你走！"她回答道，用尽她那点儿气力，把他紧紧抱住。"我不放你走，我跟你说。"

"走开一个钟点。"他迫切地恳求道。

"一分钟也不成。"她回答道。

"我非走不可啦——林敦马上要上楼来啦！"这个惊慌的闯入者坚持着。

他想站起身来，好摆脱她握紧的手指——她搂得更紧了，喘着气，她的脸上透露出一股疯狂的决心。

"不行！"她尖叫道。"哎哟！别，别走呀。这是最后一次啦！埃德加不会伤害我们，希克厉，我要死啦！我要死啦！"

"该死的蠢货！他来啦！"希克厉嚷道，又倒进了他的座位。"别闹，我的心肝儿！嘘，嘘，卡瑟琳！我不走了。如果他开枪打我，那让我嘴唇上带着一个祝福死去吧。"

他们两个又紧紧搂在一起了。

我听到东家上楼来了。我的脑门上冷汗直冒，我吓坏了。

"你就听她的胡话吗？"我发狠地说道。"她自己也不知道在说些什么呀。她已经糊涂啦，不识得利害好歹啦，你因此要把她毁了吗？站起来吧！你一下子就可以挣脱出来啦。你干出了最可恶最可恨的勾当。我们全都完蛋啦——东家，主妇和女仆。"

我急得直绞着手，大声叫嚷；林敦听得房内有闹声，加快了步子。正当我惊惶失措的时候,我看到卡瑟琳的手忽然无力地滑落下来,她的头也垂倒了,我衷心感到高兴。

"她晕过去了,要不,死啦,"我想道,"这也好。与其这么拖延着,成了她周围的人一个负担,给大家增添苦恼,倒还不如死了强得多。"

埃德加直向那个擅自闯入的来客扑去,心里又惊慌又气愤,脸色都发了白。他打算拿希克厉怎么办,我可说不准。不料对方把一个没有一点生气的躯体往他怀里一送,一下子就制住了一场大吵大闹。

"瞧吧!"他说。"除非你是一个恶魔,要不然,先救她要紧,然后你再跟我说话!"

他踱进客厅,坐了下来。林敦先生把我叫过去,我们费了好大的劲,用尽了种种办法,才算使她醒过来。可是她神志完全不清楚了,只是一声声地叹气呻吟,却不认得人。

埃德加看到她那个光景,急得什么似的,早把她那个可恨的朋友忘了。我可没有忘掉。我一找到机会就走过去叫他快离开,告诉他卡瑟琳已经好些了,明天早晨他再听我的消息:这一夜她过得怎么样。

"我并不拒绝走出这个门,"他回答道,"可是我要守在花园里。纳莉,记住,你说的话明天要做到呀。我在落叶松底下等候你。记住! 要不然的话,我才不管林敦在不在家,又要闯进来啦。"

内室的门半开着,他匆忙地往里瞥了一眼,看到我跟他说的显然是实话,这个倒霉的人这才算离开了宅子。

选自《呼啸山庄》,方平译,上海译文出版社,1986

<h1 style="text-align:center">苔　丝(节选)</h1>

[英国]托马斯·哈代

第二十章

季节不断地发展、成熟。花草、树叶、夜莺、鹈鸟、燕雀以及诸如此类的短命的有生之物,又一次出现了。仅仅一年之前,它们还只不过是胚芽或微小的无机体,可现在,却各自在自然界中占据一席之地。朝阳射出一束一束的光线,使幼芽生长,伸成长茎,让液汁在无声的溪流中涌动;使花瓣绽放,让芬芳在无形的气流中散发。

克里克老板牛奶场里的男男女女,生活得舒适、平静,甚至愉快。他们的处境,在社会各阶层中,也许是最幸福的,既不像社会底层人们那样饥寒交迫,也不必像上层人物那样,为了体面而束缚自然的情感,附庸庸俗的时髦而不能知足常乐。

日子就在绿荫渐浓中过去了,这时节,户外的一切注意力,仿佛都集中于往枝干上猛长的茂盛的枝叶。苔丝和克莱尔无意识地相互捉摸,总是站在情感的边缘上摇摇欲坠,却显然没有堕入情感的深渊。他们仿佛在不可抗拒的法则下,始终往一起聚集,恰如一条山谷里的两道溪流。

近几年来,苔丝从没有像现在这般幸福,也许,这种幸福以后也难以再现了。一方面,她在身体和精神上都非常适合这一新的环境,她好比一棵树苗,原先生长在有毒汁的地层里,现在却被移植到深厚的土壤里了。另一方面,她和克莱尔正处在喜欢和爱恋之间的悬而未决的境界,还没有达到柔情缱绻的程度,也没有产生瞻前顾后的思虑,不至于尴尬不安地探究:"这番爱潮将把我推向何方? 它对我的前途有何影响? 它对我的过去意味着什么?"

对安琪·克莱尔来说,苔丝还纯粹是偶然出现的现象,是刚刚在他意识中获得存留地位的玫瑰色温暖的幻影。所以,他允许自己的心灵被她所占据,认为自己全神贯注的分析只不过是哲学家对一个极其清新、出类拔萃、妩媚动人的女性所作的观赏。

他俩不断地见面,这是情不自禁的。他们每天相会在奇特庄严的时刻——紫罗兰色或粉红色的黎明,相会在朦胧的晨曦之中,因为在这儿,他们很早很早就得起床。不仅要准时挤牛奶,而且在挤牛奶之前还得撇奶油,这事儿在清晨三点过一会儿就得动手。通常是指定某一个人准备好闹钟。自己被闹醒之后,再唤醒其余的人。苔丝既然是新来的,而且大家很快发现,她最信得过,不会像其他人那样睡过头，所以，这门差事就常常落到她的头上。钟刚闹过三点，她就离开自己的屋子，跑到老板的门口，接着又登上梯子去叫克莱尔，然后再唤醒她同室的女伴。待到苔丝穿好衣服的时候，克莱尔已经下了楼，来到外面潮湿的空气中，其余的女工以及老板总是要在枕头上再翻一个身，一刻钟之后才会露面。

黎明时分的半明半暗的朦胧色调，有别于黄昏时分的半明半暗的朦胧色调，尽管它们的阴暗程度也许差不多。在黎明的朦胧中，似乎光明是活跃的，黑暗是被动的，而在黄昏的朦胧中，黑暗显得活跃，渐渐增强，光明则相反，显得昏昏欲睡了。

苔丝和克莱尔如此经常地成为牛奶场上最先起床的两个人（这大概并非每次都是偶然的），他们自己则觉得，他们是全世界起得最早的人。苔丝由于刚来这儿不久，不撇奶油，起床之后，就立刻来到外面，而克莱尔总是在那儿等她了。扑朔迷离、影影绰绰的光芒弥漫在茫茫的草地上，使他们产生了一种幽独的感觉，仿佛他俩就是亚当和夏娃。在新的一天开始的朦胧时分，克莱尔觉得苔丝在气质和体貌两方面都表现出一种尊贵的端庄，俨然是个皇后。这或许是因为克莱尔觉得，在这种超自然的时光里，像苔丝这样被赋予美姿的任何女性，都不大可能行走在他视野之内的露天之下，这在整个英国都极其少见。在仲夏的黎明，漂亮的女人都还睡得正香呢。现在只有苔丝在他身边，别的一个也看不见。

在光明和昏暗混合一体的奇异的朦胧中，他俩一起走向母牛卧伏的地方，这一情景，常使他想起耶稣复活的时刻。他绝少想到抹大拉女人会在他的身边。当一切景物都笼罩在一片灰蒙之中的时候，他同伴的脸庞便成了他注目的中心，这张脸升腾在一层雾气之上，仿佛抹上了一层磷光。她看上去像是幽渺的幻影，仿佛只是一个自由游荡的幽灵。其实并非如此，只不过是东北方向的清冷的晨光映到了她的脸上，而他的脸庞呢，尽管自己毫无察觉，可对苔丝产生的也是同样的印象。

正如方才所说，只有在这种时候，她留给他的印象才最为深刻。她不再是挤奶女工了，而是一个空幻的女性的精华——是从全体女性中提炼出来的一个典型形态。他半开玩笑地把她称作阿耳忒弥斯、得墨忒耳以及别的想象出来的名字，不过她不喜欢，因为她并不理解。

"叫我苔丝吧。"她斜着眼说，他也就照办了。

接着，天色更亮了，她的相貌一下子就成了纯粹的女人的相貌了，从赐予福祉的神变为祈求福祉的人。

在这种超然尘世的时刻，他们能够走到离水鸟很近的地方。苍鹭发出一阵如同打开门窗的嘎嘎的叫声，从草场旁边栖身的树丛中飞了出来；如果早已飞出来了，那么，它们就继续站在水里，平伸着脖子，仿佛是由发条驱动的玩偶，慢慢地、不动声色地移动着脑袋,观看着他俩从旁边走过。

随后,他们能够看到一层一层的夏天的薄雾,模糊而又均匀地平铺着,显然还没有床罩那么厚,一小簇一小簇地铺展在草地上。在沾满白露的草地上,有着奶牛伏着过夜而留下的痕迹——在一片露水的海洋里,有着许多和奶牛身躯相等的由于爽青草构成的深绿色的岛屿。从每一个岛屿中延伸出一道蜿蜒的踪迹,这是奶牛起身之后到别处吃草时而留下的,顺着这条踪迹,追到尽头处,准能把牛找到,那时,当牛认出他们的时候,准会从鼻孔里呼哧呼哧地喷出一股股热气,在弥漫四处的雾气中,构成一团团更浓的雾气。于是他俩就把牛赶回到场院里,或者根据具体情况,就在原地坐下来挤奶。

有时,当夏雾更为弥漫的时候,草场就好像是一个苍茫的大海,从雾里露出来的零零落落的树木犹如耸立的礁石。鸟儿穿过迷雾,飞到上层的亮光中,展开翅膀,悬在空中晒着太阳,要么就落到把草场分成几份的潮湿的栏杆上,现在那栏杆已经亮得像玻璃棒似的。由雾气变成的细小的钻石也挂到了苔丝的眼睫毛上,或者像小小的珍珠一般落在她的头发上。当白昼之光变得强烈而又平常的时候,这些东西便从她身上消失了,这样,苔丝也就失去了奇特、飘渺的美丽;她的牙齿、嘴唇、眼睛又在阳光中闪烁,她又成了纯粹的挤奶女工,尽管漂亮得令人眼花缭乱,可是却不得不与世上别的女人努力奋争。

大约在这个时候,他们会听到克里克老板的声音,责怪那些不住在场内的挤奶工人来得太晚,又斥骂老黛博拉没有洗手。

“看在上帝的份上,快把你的手放在水龙头下洗一洗吧,黛博拉!我敢起誓,伦敦城里的人要是知道了你这副邋遢相,他们喝起牛奶吃起黄油来,不小心谨慎才怪呢。我跟你说过好多回了。”

苔丝、克莱尔以及其余的人开始挤奶。一直挤到大家都能听到老板娘在厨房里把沉重的饭桌从靠墙的地方拉了出来。这是每顿饭前的固定不变的声音。饭后,待到桌子收拾干净了,又伴随着同样难听的声音,桌子被推回原处。

选自《苔丝》,吴笛译,浙江文艺出版社,1991

罪 与 罚(节选)

[俄国]陀思妥耶夫斯基

第一章第七节

和上次一样,门又闪开了一条缝,又是两道尖利的猜疑的目光从黑暗里向他射来。这当儿,拉斯柯尔尼科夫惊慌失措了,差点犯一个严重的错误。

他怕老太婆由于只有他们两个人而惊慌起来,他也不希望他的神色引起她的猜疑,所以他拉住了门,尽力往自己一边拉,不让老太婆再把门关上。看到这个情形,老太婆并没有把门往自己一边拉回去,但也不放开门锁的把手,因而他差点儿把她连门带人拉到楼梯上来。因为她站在门口不让他进去,他就向她直奔过去。老太婆惊愕地往一边跳开了,想要说话,可是舌头仿佛不听使唤,圆睁着眼睛直瞅着他。

"您好,阿廖娜·伊凡诺夫娜。"他尽力用随便的口吻说起话来,可是声音却违背了他的意志,结结巴巴地发抖了,"我给您……带来了一件东西……咱们最好到这边……有亮光的地方去……"他撇下她,未经邀请,就走进屋子里去了。老太婆连忙跟着他跑进去。她终于开口了:

"天哪!您要干什么啊?……您是谁?您有什么事?"

"您怎么啦,阿廖娜·伊凡诺夫娜……我是您的熟人呀……拉斯柯尔尼科夫……瞧,我带来了一件押品,我前两天谈起过的……"他把押品递给了她。

老太婆本想把押品看一下,但立刻凝神地看起这个不速之客的眼睛来。她聚精会神地、凶恶而怀疑地看着。一分钟过去了,他甚至觉得她的眼神好像是含讽带讥的,仿佛她已经猜度到了他的来意。他觉得心慌了,几乎害怕起来,如果她再一言不发,这么看他半分钟,他就会害怕得撇下她跑掉。

"您干吗这样看我,好像不认识?"他突然也愤怒地说,"您肯抵押就拿去,如果不肯,我到别的地方去,我可没有工夫。"

他并没有想说这样的话,可是他突然这样说了出来。

老太婆醒悟过来了,客人的坚决语气显然鼓励了她。

"先生,您为什么这样突然……这是什么东西?"她打量着押品,问。

"一只银烟盒嘛。上次我谈起过的。"

她伸过手来。

"您脸色为什么苍白得这样难看?您的两手在发抖!洗过澡吗,先生?"

"发热嘛,"他断断续续地说,"要是没有吃的,脸色自然难看……"他好容易说出这么一句话来补充。他又觉得没有力气了。可是他回答得合情合理,老太婆就拿了押品。

"这是什么东西?"她问,又凝神地打量了一下拉斯柯尔尼科夫,一边在手里掂着这件押品。

"一件东西……一只烟盒嘛……银制的……您看看吧。"

"这个东西好像不是银制的……你扎得这么结实。"

她向窗前亮处掉转身去,一个劲儿解着绳子。虽然屋子里很闷热,但全部窗子都关着。有一会工夫,她完全撇下了他,背对他站着。他解开外套的扣子,从环圈里拿出斧头,但还没有全拿出来,只用右手在外套里拿着。他两手发软了;他觉得他的双手越来越麻木,越来越僵硬。他生怕斧头会从手里掉下……他突然感到一阵昏晕。

"他为什么把它扎成这个样儿!"老太婆恼怒地叫起来,一边慢慢地朝他走来。

再不能错失时机啦。他把斧头拿了出来,用双手高高举起,几乎不由己地、几乎不用力气地、几乎机械地用斧背向她的头上直砍下去。他似乎没有力气了。可是他拿斧头一砍下去,他的力气就来了。

老太婆和往常一样没有扎头巾。她那带几根银丝的、稀疏的、浅色的头发照常用发油搽得油光光的,编成了一条鼠尾似的辫子,并用一把破牛角梳子盘成了一个发髻。这把梳子突出在后脑勺上。因为她个子矮,斧头恰好砍在她的头顶上。她惨叫一声,但声音很微弱,突然往地板上沉下去了,虽然她还是赶紧举起双手去抱住头。"押品"还拿在一只手里。于是他使出浑身力气又用斧背在她头顶上猛击了一两下。血如泉涌,像从打翻了的玻璃杯里倒出来一样,她仰面倒下了。他倒退一步,让她倒下,并立刻弯下腰去看她的脸;她已经呜呼哀哉。两眼突出,仿佛要跳出来似的,而脑门和脸都皱起来,抽搐得变了样。

他把斧头放在死人身边地板上,立刻去摸她的口袋,极力不让自己沾上涌出来的鲜血,——她上次就是从右边的口袋里掏出钥匙的。他头脑十分清醒,神志不清和头昏都已经消失了,可是两手还在嗦嗦发抖。接着他想了起来,甚至非常谨慎小心,不让一切东西沾上血……他立刻掏出钥匙;和那时一样,钥匙都串在一个钢圈上。他拿了那串钥匙立刻就往卧室跑去。这是一个不大的房间,在一边墙上有一个很大的圣像龛。靠另一边墙摆着一张大床,收拾得很整洁,铺着一条绸面的、用零头布拼成的棉被。靠第三边墙摆着一口五斗橱。奇怪得很,他刚拿钥匙去开五斗橱,一听见钥匙哗啦一声,仿佛浑身起了一阵痉挛。他又想扔下一切东西跑掉。但立刻就打消了这个主意,要走已经迟了。当另一个惶恐不安的念头闯进他的头脑里的时候,他甚至觉得自己很可笑,他忽然觉得好像老太婆还活着，还会苏醒过来。他就撇下钥匙和五斗橱，跑回到尸体跟前，拿起斧头，又向着老太婆举起来，但没有砍下去。毫无疑问，她已经死了。他弯下腰去，凑得更近地又把她察看了一遍。他清楚地看出，脑壳已经碎裂了，甚至稍微向另一边歪斜。他想用指头去摸一下，但他把手缩回了；不必用手去摸了，已经可以看得很清楚。血已经流了一大摊。他突然发觉她的脖子上挂着一条带子，他把带子扯了一下，可是带子很结实，扯不断，而且浸透了血。他试着从怀里把它拉出来，可是被一个什么东西给钩住了，拉不出来。他急不可耐地又举起斧头，要在尸体上砍掉那条带子，可是他勇气不够，他忙碌了两分钟光景，不让斧头碰着尸体，好容易把带子割断了，取了下来，他的手和斧头都沾满了鲜血。他没有猜错——这是一个钱袋。带子上挂着两个十字架：一个是柏木的，另一个是铜的，除了这两个十字架，还有一个珐琅圣像；同这些东西一起，还挂着一只带个钢圈和一个圆扣的油污斑斑的不大的麂皮袋。钱袋装得鼓鼓的，拉斯柯尔尼科夫看也不看一眼，就塞入了口袋里，把十字架扔到老太婆的胸上，这会儿他带着斧头跑回到卧室里去了。

他异常慌张，抓起钥匙又去试开五斗橱。可是不知怎的又没有成功：这些钥匙都不合锁眼。这不是因为他的手抖得厉害，而是因为他自己做得不对：比方说，他发觉钥匙不对头，不合适，但他还是往锁眼里插。他突然记起来，心里明白了，这把同一些小钥匙串在一起的带齿的大钥匙，一定不是开五斗橱的（上次他也这样想过），而是开一只什么小箱子的钥匙，大概在这只箱子里藏着一切财物。他撇下五斗橱，立刻爬入床底下，因为他知道小箱子平常是放在老太婆床底下的。果然不错：有一只颇大的箱子，一尺多长，箱盖是拱形的，包着红山羊皮，钉着一枚枚钢钉。那把带齿的钥匙恰好合适，箱子打开了。上面铺着一条白被单，下面是一件兔皮袄，用一块红锦缎盖着；皮袄下面是一件绸连衫裙，再下面是一条围巾，箱底里好像是一堆旧衣服。他首先把自己那双染满鲜血的手在红锦缎上擦了擦。"这是红锦缎，鲜血揩在红锦缎上是不大显眼的，"他断定说，忽然醒悟过来了，"天哪！我疯了吗？"他惊骇地想道。

可是他一翻动这堆旧衣服，突然从皮袄下面滑出来一只黄灿灿的金表。他急忙把所有东西翻了一遍。在那堆旧衣服里面果然藏着金饰：串珠啊、表链啊，还有耳环和胸针，等等，大概这些东西都是押品，赎回的或者不来赎的。有些装在盒子里，另一些只用报纸包着，但是珍惜地整整齐齐地包了两层报纸，并用带子捆着。他急忙把这些东西塞入裤袋和外套袋里，那些一包包的东西和盒子他都没有仔细地看过，也没有打开过，而东西那么多，他来不及拿……

从老太婆躺着的房间里突然传来一阵脚步声。他立刻住手，像死人般地一动不动了。可是毫无动静，那么这是他的幻觉。忽然清楚地传来一阵轻微的叫喊声,或者似乎有人在轻轻地断断续续地哼叫,又沉寂了。于是又是一片死一般的寂静。寂静持续了一两分钟光景。他蹲在箱子旁边,等待着,好容易松了口气;可是他霍地站起来了,拿起斧头,又从卧室里直奔出去。

丽扎韦塔站在房间中央,两手捧着一个大包裹,木然望着被杀害了的姐姐,脸色惨白,像块亚麻布,仿佛没有力气叫喊了。看见他跑出来,她哆嗦起来,像片树叶般地轻微地哆嗦起来,她的脸抽搐了一阵;她举起了一只手,嘴张得很大,但还是喊不出声。她开始避开他,缓慢地往角落里退去,两眼呆定地直瞅着他,但还是喊不出声,仿佛由于气不足而喊不出声似的。他拿着斧头向她直奔过来:她的嘴唇悲哀地牵动着,就像受惊的小孩儿凝视着吓破了他们的胆的东西,想要叫喊一样。这个不幸的丽扎韦塔是那么老实,她被吓呆了,完全被吓昏了,连手也没有举起来去遮脸,虽然在这样的时刻,这是最必要的而且是一种很自然的姿势,因为斧头已经照准她的脸直劈下来。她只稍微举起空着的左手,不是去遮脸,而是慢慢地向他伸去,仿佛要推开他似的。斧尖直劈在她的脑袋上,脑门上部一下子被劈成了两半,几乎劈到头顶。她突然倒下了。拉斯柯尔尼科夫慌得厉害,夺下了她的包裹,又把它扔下,往前室跑去。

他越来越恐惧,特别是在完全出乎意外地杀死了第二个人以后。他想快些离开这儿。要是在那个时刻,他能够更准确地观察和判断一下,要是他能够了解自己处境的困难,能够知道自己的一筹莫展、荒唐和愚蠢,知道他要从这儿逃回家去,还得克服许多困难,也许还得杀人,那么他很可能扔掉一切,立刻去自首。这甚至不是由于他害怕,而只是由于他自己所干的事太惨了,太令人厌恶了。他那厌恶的心情特别强烈,并且时刻增强着。现在他决不走到箱子跟前去,连房间里也不去了。

但他渐渐地感到神思恍惚,甚至仿佛陷入了沉思中。有一会儿工夫,他仿佛把一切都抛到九霄云外了,或者,不如说,他忘记了主要的事情,而念念不忘一些鸡毛蒜皮的小事。但他往厨房里张望了一下,看见板凳上放着一只水桶,水桶里有半桶水,想把手和斧头洗干净。他的双手因沾满鲜血而发粘了。他把斧刃浸入水里,将放在小窗台上破碟子里的一块肥皂拿来,在水桶里洗起手来。他洗净了手,拿出斧头,把它的铁的部分洗净,洗了很久,约摸有三分钟,然后洗木柄,木柄染上了血,他甚至用肥皂试试能不能洗去血。然后用晾在厨房里绳子上的内衣擦干,接着又站在窗前久久地仔细地把斧头检查了一遍。一点痕迹也没有了,只有木柄还是潮湿的。他仔细地把斧头挂在外套里面的环圈里。然后,在厨房里阴暗的光线下,检查了一下外套、裤子和靴子。从外表上乍一看,仿佛看不出什么痕迹,只是靴子上有点污迹。他拿块破布浸湿,擦净了靴子。但他知道,检查得还不够仔细,也许还有惹人注目的地方,但他却没有看出来。他站在房间当中踌躇不决。他心里出现了一个令人痛苦和烦恼的念头——是这样的念头：他疯了，在这个时刻竟然丧失了思考力，无力保护自己，也许他根本不应该干现在所干的事……"天哪！该跑啦，该跑啦！"他嘟嘟囔囔说着，就往前室跑去。可是在这儿他受了一场惊吓，不用说，他从来没有经受过这样的惊吓。

他站住一看，不相信自己的眼睛了：门，那道外门，从前室通楼梯的门，就是他刚才拉了铃进来的门却开着，甚至开得可以伸入一个手掌：原来在这段时间里门一直没有锁上，也没有扣住门钩！说不定老太婆为谨慎起见，在他进来后没有把门扣住，可是，天哪！他后来不是看见了丽扎韦塔么！他怎么会，怎么会想不到她从哪儿进来！她可不会从墙壁里钻进来的。

他连忙跑到门跟前，扣住了门。

"不行，又错了！该走啦，该走啦……"

他拔出门钩，打开了门，倾听起楼梯上的动静来。

他听了很久。在下边很远的什么地方，大概在大门口，有两个人的声音响亮而刺耳地叫嚷着，他们在争吵和对骂。"他们干什么？……"他耐心地等着。末了，一下子静寂下来，好像戛然而止；他们走散了。他已经想要走，忽然下一层的通楼梯的门哗啦一声打开了，有人下楼去了，嘴里哼着一支什么曲调。"他们为什么这么吵闹！"他心里想。他又把身后的门掩上，等待着。末了，一片寂静，没有人了。他已经踏上楼梯，突然又传来一阵什么人的脚步声。

这阵脚步声听起来还很远，刚上楼来，但他清楚地记得，一听见这阵声音，不知为什么他就猜疑起来：这一定是上这儿来的，到四楼老太婆家里来的。为什么？脚步声很特别，不是值得注意吗？脚步是沉重的、匀调的、从容不迫的。他已经走上了第一层，还在往上走；声音越来越清楚！传来了上楼来的人沉重的喘息声。他已经开始上第三层——往这儿来了！他忽然觉得，仿佛身子僵硬了，仿佛在做梦，梦见有人在他后面追来，逼近了，想杀死他，可是他仿佛在那个地方扎了根，两手动也不能动了。

这个客人终于上四楼来了，他突然一怔，机警地赶快从过道溜回到屋子里去了，并掩上了门。于是他拿门钩轻轻地无声地扣入了铁环。本能帮助了他。扣住了门钩，他就屏息敛气地躲起来，此刻他站在门后。那个不速之客站在门外。他们现在对峙着，就像不久前他跟老太婆对峙着一样；那时门把他们隔开着，他侧耳谛听着。

客人好几次沉重地喘着气。"大概是个大胖子。"拉斯柯尔尼科夫紧握着斧头，在心里寻思。真的，像在作梦。客人拉起铃来，拉得很响。

白铁门铃叮叮当当地响了起来，他突然觉得好像房间里的东西都颤动起来。他甚至认真地谛听了一阵子。陌生人又拉了一下门铃，又等待着，突然，急不可耐地使出平生力气拉门上的把手。拉斯柯尔尼科夫恐惧地望着在铁环里跳动着的门钩，他不知所措地恐惧地等待着：门钩马上就要跳出来了。这当真是可能的：拉得多么猛啊。他想用手去按住门钩，可是那个人会发觉的。他又觉得一阵头昏。"我马上要昏倒了！"他脑海里闪过了这么一个念头。可是有个陌生人说起话来，他立刻惊醒过来了。

"她们在干什么啊，睡不醒呢，还是谁把他们掐死了？该死！"他像在桶里一样瓮声瓮气地叫起来，"嗳，阿廖娜·伊凡诺夫娜，这个老妖怪！丽扎韦塔·伊凡诺夫娜，我的最漂亮的美人儿！开门！哼，该死的，她们在睡觉吗？"

他又勃然大怒，接连拉了十来次铃，用了很大的劲儿。不用说，这是个有权势的、跟这家关系密切的人。

这当儿，突然从不远的楼梯上传来了一阵细微急促的脚步声。又有一个人来了。拉斯柯尔尼科夫开头没有听清楚。

"怎么没有人？"那个来人声音响亮地高兴地问第一个客人，后者又拉起门铃来。"您好，柯赫！""从声音里听出来，大概是个很年轻的人。"拉斯柯尔尼科夫突然想。

"谁知道她们，我差不多要把门锁拉坏了，"柯赫回答道，"您认识我吗？"

"啊，对了！前天，我在'加姆布里努斯'连赢了您三盘台球。"

"啊——啊——啊……"

"那么，她们不在家吗？奇怪。不过糊涂极了。老太婆会上哪儿去？我有事呢。"

"老兄，我也有事呢！"

"哎！怎么办？那么，回去吧。哎！我想弄些钱！"那个青年突然大声地说。

"当然只好回去，她干吗约我来？这个老妖怪，她自己约我这个时候来的。我还是特地跑来的。见鬼，我真不明白，她上哪儿去了？这个老妖怪一年到头待在家里，精神萎靡，脚痛，这会儿却忽然出去溜达了！"

"不去问问看门人吗？"

"问什么？"

"她上哪儿去了，什么时候回来？"

"哼……见鬼……去问……她什么地方也不会去的……"他又拉了一下门把手。"见鬼，没有办法，走吧！"

"等一等！"那个青年突然叫喊起来，"您可要注意：拉起门来的时候，您可看见门在动吗？"

"真的吗？"

"这样看来，门没有锁上，只扣住了门钩！您听见门钩的响声吗？"

"真的吗？"

"您怎么不懂？这样看来，她们有一个在家里。如果她们都出去了，那就会在外面锁上门，而不会在里面扣住门钩。您可听见，门钩在轧啦轧啦地响？人在家里，才能在里面扣住门钩，您懂吗？这样看来，她们都在家里，但不开门！"

"对啊！真是这样！"柯赫感到惊讶，叫道，"她们在里面干什么！"他又发狂地拉起门来。

"等一等！"那个青年又叫起来，"您别拉了！恐怕出乱子了……您已经拉过铃，拉过门——她们不开；这样看来，她们两姐妹不是晕厥了，就是……"

"什么？"

"这样吧：我们去叫看门人来，让他来叫醒她们。"

"对！"两个人都下楼去了。

"别忙！您留在这儿，我跑下去找看门人。"

"我为什么留在这儿？"

"这有什么关系呢？……"

"好吧……"

"我将来要当侦察员！显然，显——而——易见，这儿出了乱子！"青年发急地叫着跑下楼去。

柯赫留下了，他又轻轻地拉了一下门铃，门铃叮叮当当地响了一阵。过后仿佛思索着和检查着，他轻轻地扭动了一下门把手，把它拉了一下，又放开了，想再次证实，门是不是只用门钩扣住了。接着，他气喘吁吁地弯下腰，朝锁眼里张望；可是钥匙插在里面的锁眼里，所以什么也看不见。

拉斯柯尔尼科夫紧紧地握住斧头站着，他仿佛在作梦。等到他们进去，他甚至准备跟他们厮打。他们敲门和商量着的时候，他好几次忽然想从门里面喊他们，立刻把这件事结束。有时他想跟他们对骂，戏弄他们，直到门打开为止。"但愿快些！"这个念头在他的脑海里闪过。

"但是他，见鬼……"

时间一分钟一分钟地消逝着，没有人来。柯赫着急起来。

"咳，见鬼！……"他等得不耐烦了，突然叫喊起来。他离开岗位也下楼去了，他急急地跑下楼去，靴子在楼梯上橐橐地响。脚步声沉寂了。

"天哪，怎么办？"

拉斯柯尔尼科夫拔出门钩，稍微打开门，什么声音也没有了，他突然不假思索便走了出来，尽可能紧紧地掩上了身后的门，下楼去了。

他已经走下三层楼梯，下面突然响起一阵喧闹声，——往哪儿躲啊！没有地方可躲了。他正要往回跑，再躲进房间里去。

"哎，妖魔，鬼东西！捉住他！"

有个人叫嚷着，从房间里奔出来，跑下楼去了。他不是在奔跑，而是好像从楼梯上滚下去，一边放开喉咙大声叫喊：

"米季卡！米季卡！米季卡！米季卡！去他妈的！"

这阵叫喊声以一阵尖叫声结束了；最后一阵声音是从院子里传来的；一片寂静。但是就在那一瞬间，有几个人高声地你一句我一句谈着，喧闹地上楼来了。他们有三四个人。他听见了那个年轻人的响亮的声音。"他们来了！"

他一筹莫展地迎着他们走去：听天由命！他们把他拦住，那就完了；他们让他过去，也完了：他们会记住他。他们已经逼近了；他们只相隔一条楼梯了，可是忽然出现了救星！在只跟他相隔几级楼梯的右首是一套空房间，门洞开着，这就是二楼上那套有几个工人在油漆的房间，可是现在他们都仿佛有意地走开了。大概是他们刚才叫嚷着下楼去。地板刚油漆过，房间中央放着一只木桶和一块瓦片，那块瓦片里盛着油漆，放着一把刷子。他一溜烟似的溜进开着的门里去了，躲在壁后，适巧他们也已经走到了楼梯的平台上。他们拐个弯又往上跑，打门前经过，高声地谈着话，上四楼去了。他等了一会儿，蹑着脚走出来，就往下跑。

楼梯上一个人也没有！在大门口也不见人影。他慌忙地跨过门槛，往左拐弯，来到了大街上。

他很清楚地、十分清楚地知道，这个时候，他们已经走进了房间，看到门没有扣上，一定会感到很惊讶的。因为刚才门是扣上的；他们已经在看尸体，他们立刻就猜度到，并且恍然明白了，原来凶手刚才是在这儿，及时往什么地方躲起来了，然后打他们跟前溜过，逃跑了；他们大概也会猜想到，当他们上楼来的时候，他躲在那套空房间里。但他无论如何不敢走得很快，虽然离头一个拐弯处只有百来步路了。"要不要溜进一道大门里去，在那不熟识的楼梯上待一会儿？不，真糟！要不要把斧头扔掉？要不要叫一辆马车？真糟呀！真糟呀！"他终于走到了一条胡同口；他折入了胡同，吓得半死不活；他到了这儿，已经有一半获救了，这点他是明白的。因为在这儿他不大会引起怀疑，而且这儿来往的人很多，他好比一粒沙子混在他们里面。但这些烦恼已经把他弄得精疲力竭了，他勉强地走着，汗如雨下，脖颈被汗湿了。"瞧，这个人喝醉了！"当他向河边走去的时候，有人向他叫道。

他现在神志不清，越往前走，神志越糊涂。但他记得，当他向河边走去的时候，突然害怕起来；这儿行人稀少，更惹人注意，他想退回到胡同里去。虽然他快要倒下了，但还是绕道而行，从另一个方向走回家去。

他糊里糊涂地走进了他所住的那幢房子的大门；他已经走上了楼梯，这才想起了斧头。他还有一桩重要的事儿要做呢：把斧头放回原处，并且要尽可能少惹人注意。不用说，他已经没有思考能力了，他不把斧头放回原处，以后把它扔入人家的院子里，这或许要好得多。

但是一切都很顺当。看门人的屋子的门已经掩上了，但没有锁上，这样看来，看门人大概在屋子里。但他丧失了思考力，一径走到看门人的屋子跟前，打开了门。如果看门人问他："有什么事？"他也许会把斧头直接交给他。但是看门人又不在屋子里，他赶快把斧头放在长凳下面原来的地方，甚至拿木柴照原来的样子把它遮住。以后，他一直走到自己家里，没有碰见过一个人；女房东的门已经关上了。他走进自己的屋子，和衣往沙发榻上倒下了。他睡不着，但头昏昏沉沉的。如果那时候有个人走进他的屋子里，他准会霍地站起来大声叫喊。一些不连贯的思想片断在他的脑海里翻腾；但他不知道自己在想什么，甚至不管他怎样努力，也不能把思想集中于一点……

选自《罪与罚》，岳麟译，上海译文出版社，1979

安娜·卡列尼娜（节选）

[俄国]列夫·托尔斯泰

第七部

三十

"哦，又是那个姑娘！我什么都明白了。"马车刚走动，安娜就自言自语。马车在石子路上摇摇晃晃，发出辘辘的响声，一个个印象又接二连三地涌上她的脑海。

"嗯，我刚才想到一件什么有趣的事啦？"她竭力回想。"是理发大师邱金吗？不，不是那个。噢，有了，就是雅希文说的：生存竞争和互相仇恨是人与人之间的唯一关系……哼，你们出去兜风也没意思，"她在心里对一群乘驷马车到城外游玩的人说，"你们带着狗出去也没用。你们逃避不了自己的良心。"她随着彼得转身的方向望去，看见一个喝得烂醉的工人，摇晃着脑袋，正被一个警察带走。"哦，他这倒是个办法，"她想，"我同伏伦斯基伯爵就没有这样开心过，尽管我们很想过这种开心的日子。"安娜这是第一次明白她同他的关系，这一点她以前总是避免去想的。"他在我身上追求的是什么呀？与其说爱情，不如说是满足他的虚荣心。"她回想起他们结合初期他说过的话和他那副很像驯顺的猎狗似的神态。现在一切都证实了她的看法。"是的，他流露出虚荣心得到满足的自豪。当然也有爱情，但多半是取得胜利时的得意。他原以得到我为荣。如今都已过去了，没有什么值得得意的了。没有得意，只有羞耻。他从我身上得到了一切能得到的东西，如今再也不需要我了。他把我看作包袱，但又竭力装作没有忘恩负义。昨天他说溜了嘴，要我先离婚再结婚。他这是破釜沉舟，不让自己有别的出路。他爱我，但爱得怎样？热情冷却了①……那个人想出风头，那么得意洋洋的，"她望着那个骑一匹赛跑马的面色红润的店员想，"唉，我已没有迷住他的风韵了。我要是离开他，他会打从心眼里高兴的。"

这倒不是推测，她看清了人生的意义和人与人之间的关系。

"我在爱情上越来越热烈，越来越自私，他却越来越冷淡，这就是我们分手的原因，"她继续想，"真是无可奈何。我把一切都寄托在他身上，我要求他也更多地为我献身。他却越来越疏远我。我们结合前心心相印，难舍难分；结合后却分道扬镳，各奔西东。这种局面又无法改变。他说我无缘无故吃醋，我自己也说我

---

① 原文为英语。

无缘无故吃醋，但这不是事实。我不是吃醋，而是感到不满足。可是……"突然一个念头涌上心来，她激动得张开了嘴，在马车上挪动了一下身子。"我真不该那么死心塌地做他的情妇，可我又没有办法，我克制不了自己。我对他的热情使他反感，他却弄得我生气，但是又毫无办法。难道我不知道他不会欺骗我，他对索罗金娜没有意思，他不爱吉娣，他不会对我变心吗？这一切我全知道，但我并不因此觉得轻松。要是他并不爱我，只是出于责任心才对我曲意温存，却没有我所渴望的爱情，那就比仇恨更坏一千倍！这简直是地狱！事情就是这样。他早就不爱我了。爱情一结束，仇恨就开始……这些街道我全不认识了。还有一座座小山，到处是房子，房子……房子里全是人，数不清的人，个个都是冤家……嗳，让我想想，怎样才能幸福？好，只要准许离婚，卡列宁把谢辽查让给我，我就同伏伦斯基结婚。"一想到卡列宁，她的眼前立刻鲜明地浮现出他的形象，他那双毫无生气的驯顺而迟钝的眼睛，他那皮肤白净、青筋毕露的手，他说话的腔调，他扳手指的声音。她又想到了他们之间也被称为爱情的感情，不禁嫌恶得打了个寒噤。"好吧，就算准许离婚，正式成了伏伦斯基的妻子。那么，吉娣就不会像今天这样看我吗？不。谢辽查就不会再问到或者想到我有两个丈夫吗？在我和伏伦斯基之间又会出现什么感情呢？我不要什么幸福，只要能摆脱痛苦就行了。有没有这样的可能呢？不，不！"她毫不迟疑地回答自己。"绝对不可能！生活迫使我们分手，我使他不幸，他使我不幸；他不能改变，我也不能改变。一切办法都试过了，螺丝坏了，拧不紧了……啊，那个抱着婴儿的女叫花子，她以为人家会可怜她。殊不知道我们投身尘世就是为了相互仇恨、折磨自己、折磨别人吗？有几个中学生走过来，他们在笑。那么谢辽查呢？"她想了起来。"我也以为我很爱他，并且被自己对他的爱所感动。可我没有他还不是照样生活，我拿他去换取别人的爱，在爱情得到满足的时候，我对这样的交换并不感到后悔。"她嫌恶地回顾那种所谓爱情。如今她把自己的生活和别人的生活看得一清二楚，她感到高兴。"我也罢，彼得也罢，车夫菲多尔也罢，那个商人也罢，凡是受广告吸引到伏尔加河两岸旅行的人，到处都是这样，永远都是这样。"当她的马车驶近下城车站的低矮建筑物，几个挑夫跑来迎接时，她这样想。

"票买到奥比拉洛夫卡吗？"彼得问。

她完全不记得她要到哪里去，去做什么，费了好大劲才听懂他这个问题。

"是的。"她把钱包交给他说，手里拿了一个红色小提包，下了马车。

她穿过人群往头等车候车室走去，渐渐地想起了她处境的细节和她犹豫不决的计划。于是，忽而希望，忽而绝望，又交替刺痛她那颗受尽折磨扑扑乱跳的心。她坐在星形沙发上等待火车，嫌恶地望着进进出出的人（她觉得他们都很讨厌），忽而幻想她到了那个车站以后给他写一封信，信里写些什么，忽而幻想他不了解她的痛苦,反而向母亲诉说他处境的苦恼,就在这当儿她走进屋子里,对他说些什么话。忽而她想,生活还是会幸福的,她是多么爱他,又多么恨他呀,还有,她的心跳得好厉害呀。

三十一

铃声响了。有几个年轻人匆匆走过。他们相貌难看,态度蛮横,却装出一副煞有介事的样子。彼得穿着制服和半统皮靴,他那张畜生般的脸现出呆笨的神情,也穿过候车室,来送她上车。她走过站台,旁边几个大声说笑的男人安静下来,其中一个低声议论着她,说着下流话。她登上火车高高的踏级,独自坐到车厢里套有肮脏白套子的软座上。手提包在弹簧座上晃了晃,不动了。彼得露出一脸傻笑,在车窗外掀了掀镶金线的制帽,向她告别。一个态度粗暴的列车员砰的一声关上车门,上了闩。一位穿特大撑裙的畸形女人(安娜想象着她不穿裙子的残废身子的模样,不禁毛骨悚然)和一个装出笑脸的女孩子,跑下车去。

“卡吉琳娜·安德列夫娜什么都有了,她什么都有了,姨妈!”那女孩子大声说。

“连这样的孩子都装腔作势,变得不自然了。”安娜想。为了避免看见人,她迅速地站起来,坐到面对空车厢的窗口旁边。一个肮脏难看、帽子下露出蓬乱头发的乡下人在窗外走过,俯下身去察看火车轮子。“这个难看的乡下人好面熟。”安娜想。她忽然记起那个噩梦,吓得浑身发抖,连忙向对面门口走去。列车员打开车门,放一对夫妇进来。

“您要出去吗,夫人?”

安娜没有回答。列车员和上来的夫妇没有发觉她面纱下惊惶的神色。她回到原来的角落坐下来。那对夫妇从对面偷偷地仔细打量她的衣着。安娜觉得这对夫妻都很讨厌。那个男的问她可不可以吸烟,显然不是真正为了要吸烟,而是找机会同她攀谈。他取得了她的许可,就同妻子说起法国话来,他谈的事显然比吸烟更乏味。他们装腔作势地谈着一些蠢话,存心要让她听见。安娜看得很清楚,他们彼此厌恶,彼此憎恨。是的,像这样一对丑恶的可怜虫不能不叫人嫌恶。

铃响第二遍了,紧接着传来搬动行李的声音、喧闹、叫喊和笑声。安娜明白谁也没有什么值得高兴的事,因此这笑声使她恶心,她真想堵住耳朵。最后,铃响第三遍,传来了汽笛声、机车放汽的尖叫声,挂钩链子猛地一牵动,做丈夫的慌忙画了个十字。“倒想问问他为什么要这样做。”安娜恶狠狠地盯了他一眼,想。她越过女人的头部从窗口望出去,看见站台上送行的人仿佛都在往后滑。安娜坐的那节车厢,遇到铁轨接合处有节奏地震动着,在站台、石墙、信号塔和其他车厢旁边开过;车轮在铁轨上越滚越平稳,越滚越流畅;车窗上映着灿烂的夕阳,窗帘被微风轻轻吹拂着。安娜忘记了同车的旅客，在列车的轻微晃动中吸着新鲜空气，又想起心事来。

"啊，我刚才想到哪儿了？对了，在生活中我想不出哪种处境没有痛苦，人人生下来都免不了吃苦受难，这一层大家都知道，可大家都千方百计哄骗自己。不过，一旦看清真相又怎么办？"

"天赋人类理智就是为了摆脱烦恼嘛。"那个女人装腔作势地用法语说，对这句话显然很得意。

这句话仿佛解答了安娜心头的问题。

"为了摆脱烦恼。"安娜模仿那个女人说。她瞟了一眼面孔红红的丈夫和身子消瘦的妻子，明白这个病恹恹的妻子自以为是个谜样的女人，丈夫对她不忠实，使她起了这种念头。安娜打量着他们，仿佛看穿了他们的关系和他们内心的全部秘密。不过这种事太无聊，她继续想她的心事。

"是的，我很烦恼，但天赋理智就是为了摆脱烦恼；因此一定要摆脱。既然再没有什么可看，既然什么都叫人讨厌，为什么不把蜡烛灭掉呢？可是怎么灭掉？列车员沿着栏杆跑去做什么？后面那节车厢里的青年为什么嚷嚷啊？他们为什么又说又笑哇？一切都是虚假，一切都是谎言，一切都是欺骗，一切都是罪恶！……"

火车进站了，安娜夹在一群旅客中间下车，又像躲避麻风病人一样躲开他们。她站在站台上，竭力思索她为什么到这里来，打算做什么。以前她认为很容易办的事，如今却觉得很难应付，尤其是处在这群不让她安宁的喧闹讨厌的人中间。一会儿，挑夫们奔过来抢着为她效劳；一会儿，几个年轻人在站台上把靴子后跟踩得咯咯直响，一面高声说话，一面回头向她张望；一会儿，对面过来的人笨拙地给她让路。她想起要是没有回信，准备再乘车往前走，她就拦住一个挑夫，向他打听有没有一个从伏伦斯基伯爵那里带来信的车夫。

"伏伦斯基伯爵吗？刚刚有人从他那里来。他们是接索罗金娜伯爵夫人和女儿来的。那个车夫长得怎么样？"

她正同挑夫说话的时候，那个脸色红润、喜气洋洋的车夫米哈伊尔，穿着一件腰部打折的漂亮外套，上面挂着一条表链，显然因为那么出色地完成使命而十分得意，走到她面前，交给她一封信。她拆开信，还没有看，她的心就揪紧了。

"真遗憾，我没有接到那封信。我十点钟回来。"伏伦斯基潦草地写道。

"哼！不出所料！"她带着恶意的微笑自言自语。

"好，你回家去吧。"她对米哈伊尔低声说。她说话的声音很低，因为剧烈的心跳使她喘不过气来。"不，我不再让你折磨我了。"她心里想，既不是威胁他，也不是威胁自己，而是威胁那个使她受罪的人。她沿着站台，经过车站向前走去。

站台上走着的两个侍女，回过头来打量她，评论她的服装真正是上等货。——她们在说她身上的花边。几个年轻人不让她安宁。他们又盯住她的脸，怪声怪气地又笑又叫，在她旁边走过。站长走过来，问她乘车不乘车。一个卖汽水的男孩目不转睛地望着她。"天哪，我这是到哪里去呀？"她一面想，一面沿着站台越走越远。她在站台尽头站住了。几个女人和孩子来接一个戴眼镜的绅士，他们高声地有说有笑。当她在他们旁边走过时，他们住了口，回过头来打量她。她加快脚步，离开他们，走到站台边上。一辆货车开近了，站台被震得摇晃起来，她觉得她仿佛又在车上了。

她突然想起她同伏伦斯基初次相逢那天被火车碾死的人，她明白了她应该怎么办。她敏捷地从水塔那里沿着台阶走到铁轨边，在擦身而过的火车旁站住了。她察看着车厢的底部、螺旋推进器、链条和慢慢滚过来的第一节车厢的巨大铁轮，竭力用肉眼测出前后轮之间的中心点，估计中心对住她的时间。

"那里！"她自言自语，望望车厢的阴影，望望撒在枕木上的沙土和煤灰，"那里，倒在正中心，我要惩罚他，摆脱一切人，也摆脱我自己！"

她想倒在开到她身边的第一节车厢的中心。可是她从臂上取下红色手提包时耽搁了一下，来不及了，车厢中心过去了。只好等下一节车厢。一种仿佛投身到河里游泳的感觉攫住了她，她画了十字。这种画十字的习惯动作，在她心里唤起了一系列少女时代和童年时代的回忆，周围笼罩着的一片黑暗突然打破了，生命带着它种种灿烂欢乐的往事刹那间又呈现在她面前，但她的目光没有离开第二节车厢滚近拢来的车轮。就在前后车轮之间的中心对准她的一瞬间，她丢下红色手提包，头缩在肩膀里，两手着地扑到车厢下面，微微动了动，仿佛立刻想站起来，但又扑通一声跪了下去。就在这一刹那，她对自己的行动大吃一惊。"我这是在哪里？我这是在做什么？为了什么呀？"她想站起来，闪开身子，可是一个冷酷无情的庞然大物撞到她的脑袋上，从她背上辗过。"上帝呀，饶恕我的一切吧！"她说，觉得无力挣扎。一个矮小的乡下人嘴里嘟囔着什么，在铁轨上干活。那支她曾经用来照着阅读那本充满忧虑、欺诈、悲哀和罪恶之书的蜡烛，闪出空前未有的光辉，把原来笼罩在黑暗中的一切都给她照个透亮，接着烛光发出轻微的哔剥声，昏暗下去，终于永远熄灭了。

选自《安娜·卡列尼娜》，草婴译，上海译文出版社，1982

玩偶之家（节选）

［挪威］易卜生

第三幕

海尔茂　你这坏东西——干得好事情！

娜拉　让我走——你别拦着我！我做的坏事不用你担当！

海尔茂　不用装腔作势给我看。（把出去的门锁上）我要你老老实实把事情招出来，不许走。你知道不知道自己干的什么事？快说！你知道吗？

娜拉　（眼睛盯着他，态度越来越冷静）嗯，现在我才完全明白了。

海尔茂　（走来走去）嘿！好像做了一场噩梦醒过来！这八年工夫——我最得意、最喜欢的女人——没想到是个伪君子，是个撒谎的人——比这还坏——是个犯罪的人。真是可恶极了！哼！哼！（娜拉不作声，只用眼睛盯着他）其实我早就该知道。我早该料到这一步。你父亲的坏德性——（娜拉正要说话）少说话！你父亲的坏德性你全都沾上了——不信宗教，不讲道德，没有责任心。当初我给他遮盖，如今遭了这么个报应！我帮你父亲都是为了你，没想到现在你这么报答我！

娜拉　不错，这么报答你。

海尔茂　你把我一生幸福全都葬送了。我的前途也让你断送了。喔，想起来真可怕！现在我让一个坏蛋抓在手心里。他要我怎么样我就得怎么样，他要我干什么我就得干什么。他可以随便摆布我，我不能不依他。我这场大祸都是一个下贱女人惹出来的！

娜拉　我死了你就没事了。

海尔茂　哼，少说骗人的话。你父亲从前也老有那么一大套。照你说，就是你死了，我有什么好处？一点儿好处都没有。他还是可以把事情宣布出去，人家甚至还会疑惑我是跟你串通一气的，疑惑是我出主意撺掇你干的。这些事情我都得谢谢你——结婚以来我疼了你这些年，想不到你这么报答我。现在你明白你给我惹的是什么祸吗？

娜拉　（冷静安详）我明白。

海尔茂　这件事真是想不到，我简直摸不着头脑。可是咱们好歹得商量个办法。把披肩摘下来。摘下来，听见没有！我先得想个办法稳住他，这件事无论如何不能让人家知道。咱们俩，表面上照样过日子——不要改样子，你明白不明白我的话？当然你还得在这儿住下去。可是孩子不能再交在你手里，我不敢再把他们交给你——唉，我对你说这么一句话心里真难受，因为你是我一向最心爱并且现在还——可是现在情形已经改变了。从今以后再说不上什么幸福不幸福，只有想法子怎么挽救、怎么遮盖、怎么维持这个残破的局面——（门铃响起来，海尔茂吓了一跳）什么事？三更半夜的！难道事情发作了？难道他——娜拉，你快藏起来，只推托有病。（娜拉站着不动。海尔茂走过去开门）

爱伦　（披着衣服在门厅里）太太，您有封信。

海尔茂　给我。（把信抢过来，关上门）果然是他的。你别看。我念给你听。

娜拉　快念！

海尔茂　（凑着灯光）我几乎不敢看这封信。说不定咱们俩都会完蛋。也罢，反正总得看。（慌忙拆信，看了几行之后发现信里夹着一张纸，马上快活得叫起来）娜拉！（娜拉莫名其妙地瞧着他）

海尔茂　娜拉！喔，别忙！让我再看一遍！不错，不错！我没事了！娜拉，我没事了！

娜拉　我呢？

海尔茂　当然你也没事了，咱们俩都没事了。你看，他把借据还你了。他在信里说，这件事非常抱歉，要请你原谅，他又说他现在交了运——喔，管他还写些什么。娜拉，咱们没事了！现在没人能害你了。喔，娜拉，娜拉——咱们先把这害人的东西消灭了再说。让我再看看——（朝着借据瞧了一眼）喔，我不想再看它，只当是做了一场梦。（把借据和柯洛克斯泰的两封信一齐都撕掉，扔在火炉里，看它们烧）好！烧掉了！他说自从 24 号起——喔，娜拉，这三天你一定很难过。

娜拉　这三天我真不好过。

海尔茂　你心里难过，想不出好办法，只能——喔，现在别再想那可怕的事情了。我们只应该高高兴兴多说几遍"现在没事了，现在没事了"！听见没有，娜拉！你好像不明白。我告诉你，现在没事了。你为什么绷着脸不说话？喔，我的可怜的娜拉，我明白了，你以为我还没饶恕你。娜拉，我赌咒，我已经饶恕你了。我知道你干那件事都是因为爱我。

娜拉　这倒是实话。

海尔茂　你正像做老婆的应该爱丈夫那样地爱我。只是你没有经验，用错了方法。可是难道因为你自己没主意，我就不爱你吗？我决不会。你只要一心一意依赖我，我会指点你，教导你。正因为你自己没办法，所以我格外爱你，要不然我还算什么男子汉大丈夫？刚才我觉得好像天要塌下来，心里一害怕，就说了几句不好听的话，你千万别放在心上。娜拉，我已经饶恕你了。我赌咒不再埋怨你。

娜拉　谢谢你饶恕我。（从右边走出去）

海尔茂　别走！（向门洞里张望）你要干什么？

娜拉　（在里屋）我去脱掉跳舞的服装。

海尔茂　（在门洞里）好，去吧。受惊的小鸟儿，别害怕，定定神，把心静下来。你放心，一切事情都有我。我的翅膀宽，可以保护你。（在门口走来走去）喔！娜拉，咱们的家多可爱，多舒服！你在这儿很安全，我可以保护你，像保护一只从鹰爪子底下救出来的小鸽子一样。我不久就能让你那颗扑扑跳的心定下来，娜拉，你放心。到了明天，事情就不一样了，一切都会恢复老样子。我不用再说我已经饶恕你，你心里自然会明白我不是说假话。难道我舍得把你撵出去？别说撵出去，就说是责备，难道我舍得责备你？娜拉，你不懂得男子汉的好心肠。要是男人饶恕了他老婆——真正饶恕了她，从心坎儿里饶恕了她——他心里会有一股没法子形容的好滋味。从此以后他老婆越发是他私有的财产。做老婆的就像重新投了胎，不但是她丈夫的老婆，并且还是她丈夫的孩子。从今以后，你就是我的孩子，我的吓坏了的可怜的小宝贝。别着急，娜拉，只要你老老实实对待我，你的事情都有我做主，都有我指点。（娜拉换了家常衣服走进来）怎么，你还不睡觉？又换衣服干什么？

娜拉　不错，我把衣服换掉了。

海尔茂　这么晚还换衣服干什么？

娜拉　今晚我不睡觉。

海尔茂　可是，娜拉——

娜拉　（看自己的表）时候还不算晚。托伐，坐下，咱们有好些话要谈一谈。（她在桌子一头坐下）

海尔茂　娜拉，这是什么意思？你的脸色冰冷铁板的——

娜拉　坐下。一下子说不完。我有好些话跟你谈。

海尔茂　（在桌子那一头坐下）娜拉，你把我吓了一大跳。我不了解你。

娜拉　这话说得对，你不了解我，我也到今天晚上才了解你。别打岔。听我说下去。托伐，咱们必须把总账算一算。

海尔茂　这话怎么讲？

娜拉　（顿了一顿）现在咱们面对面坐着，你心里有什么感想？

海尔茂　我有什么感想？

娜拉　咱们结婚已经八年了。你觉得不觉得，这是头一次咱们夫妻正正经经谈谈话？

海尔茂　正正经经！这四个字怎么讲？

娜拉　这整整的八年——要是从咱们认识的时候算起，其实还不止八年——咱们从来没在正经事情上头谈过一句正经话。

海尔茂 难道要我经常把你不能帮我解决的事情麻烦你?

娜拉 我不是指着你的业务说。我说的是,咱们从来没坐下来正正经经细谈过一件事。

海尔茂 我的好娜拉,正经事跟你有什么相干?

娜拉 咱们的问题就在这儿!你从来就没了解过我。我受尽了委屈,先在我父亲手里,后来又在你手里。

海尔茂 这是什么话!你父亲和我这么爱你,你还说受了我们的委屈!

娜拉 (摇头)你们何尝真爱过我,你们爱我只是拿我当消遣。

海尔茂 娜拉,这是什么话!

娜拉 托伐,这是老实话。我在家跟父亲过日子的时候,他把他的意见告诉我,我就跟着他的意见走。要是我的意见跟他不一样,我也不让他知道,因为他知道了会不高兴。他叫我"泥娃娃孩子",把我当做一件玩意儿,就像我小时候玩我的泥娃娃一样。后来我到你家来住着——

海尔茂 用这种字眼形容咱们的夫妻生活简直不像话!

娜拉 (满不在乎)我是说,我从父亲手里转移到了你手里。跟你在一块儿,事情都归你安排。你爱什么我也爱什么,或者假装爱什么——我不知道是真还是假——也许有时候真,有时候假。现在我回头想一想,这些年我在这儿简直像个要饭的叫花子,要一口,吃一口。托伐,我靠着给你耍把戏过日子。可是你喜欢我这么做。你和我父亲把我害苦了。我现在这么没出息都要怪你们。

海尔茂 娜拉,你真不讲理,真不知好歹!你在这儿过的日子难道不快活?

娜拉 不快活。过去我以为快活,其实不快活。

海尔茂 什么!不快活!

娜拉 说不上快活,不过说说笑笑凑个热闹罢了。你一向待我很好。可是咱们的家只是一个玩儿的地方,从来不谈正经事。在这儿我是你的"泥娃娃老婆",正像我在家里是我父亲的"泥娃娃女儿"一样。我的孩子又是我的泥娃娃。你逗着我玩儿,我觉得有意思,正像我逗孩子们,孩子们也觉得有意思。托伐,这就是咱们的夫妻生活。

海尔茂 你这段话虽然说得太过火,倒也有点儿道理。可是以后的情形就不一样了。玩儿的时候过去了,现在是受教育的时候了。

娜拉 谁的教育?我的教育还是孩子们的教育?

海尔茂 两方面的,我的好娜拉。

娜拉 托伐,你不配教育我怎样做个好老婆。

海尔茂 你怎么说这句话?

娜拉　我配教育我的孩子吗?

海尔茂　娜拉!

娜拉　刚才你不是说不敢再把孩子交给我吗?

海尔茂　那是气头儿上的话,你老提它干什么?

娜拉　其实你的话没说错。我不配教育孩子。要想教育孩子,先得教育我自己。你没资格帮我的忙。我一定得自己干。所以现在我要离开你。

海尔茂　(跳起来)你说什么?

娜拉　要想了解我自己和我的环境,我得一个人过日子,所以我不能再跟你待下去。

海尔茂　娜拉! 娜拉!

娜拉　我马上就走。克立斯替纳一定会留我过夜。

海尔茂　你疯了! 我不让你走! 你不许走!

娜拉　你不许我走也没用。我只带自己的东西。你的东西我一件都不要,现在不要,以后也不要。

海尔茂　你怎么疯到这步田地!

娜拉　明天我要回家去——回到从前的老家去。在那儿找点事情做也许不太难。

海尔茂　喔,像你这么没经验——

娜拉　我会努力去吸取。

海尔茂　丢了你的家,丢了你丈夫,丢了你儿女! 不怕人家说什么话!

娜拉　人家说什么不在我心上。我只知道我应该这么做。

海尔茂　这话真荒唐! 你就这么把你最神圣的责任扔下不管了?

娜拉　你说什么是我最神圣的责任?

海尔茂　那还用我说? 你最神圣的责任是你对丈夫和儿女的责任。

娜拉　我还有别的同样神圣的责任。

海尔茂　没有的事! 你说的是什么责任?

娜拉　我说的是我对自己的责任。

海尔茂　别的不用说,首先你是一个老婆,一个母亲。

娜拉　这些话现在我都不信了。现在我只信,首先我是一个人,跟你一样的一个人——至少我要学做一个人。托伐,我知道大多数人赞成你的话,并且书本儿里也是这么说。可是从今以后我不能一味相信大多数人说的话,也不能一味相信书本儿里说的话。什么事情我都要用自己脑子想一想,把事情的道理弄明白。

海尔茂　难道你不明白你在自己家庭的地位? 难道在这些问题上没有颠扑不破的道理指导你? 难道你不信仰宗教?

娜拉 托伐,不瞒你说,我真不知道宗教是什么。

海尔茂 你这话怎么讲?

娜拉 除了行坚信礼的时候牧师对我说的那套话,我什么都不知道。牧师告诉过我,宗教是这个,宗教是那个。等我离开这儿一个人过日子的时候我也要把宗教问题仔细想一想,我要仔细想一想牧师告诉我的话究竟对不对,对我合用不合用。

海尔茂 喔,从来没听说过这种话!并且还是从这么个年轻女人嘴里说出来的!要是宗教不能带你走正路,让我唤醒你的良心来帮助你——你大概还有点道德观念吧?要是没有,你就干脆说没有。

娜拉 托伐,这个问题不容易回答。我实在不明白。这些事情我摸不清。我只知道我的想法跟你的想法完全不一样。我也听说,国家的法律跟我心里想的不一样,可是我不信那些法律是正确的。父亲病得快死了,法律不许女儿给他省烦恼。丈夫病得快死了,法律不许老婆想法子救他的性命!我不信世界上有这种不讲理的法律。

海尔茂 你说这些话像个小孩子。你不了解咱们的社会。

娜拉 我真不了解。现在我要去学习。我一定要弄清楚,究竟是社会正确,还是我正确。

海尔茂 娜拉,你病了,你在发烧说胡话。我看你像精神错乱了。

娜拉 我的脑子从来没像今天晚上这么清醒、这么有把握。

海尔茂 你清醒得、有把握得要丢掉丈夫和儿女?

娜拉 一点不错。

海尔茂 这么说,只有一句话讲得通。

娜拉 什么话?

海尔茂 那就是你不爱我了。

娜拉 不错、我不爱你了。

海尔茂 娜拉!你忍心说这话!

娜拉 托伐,我说这话心里也难受,因为你一向待我很不错。可是我不能不说这句话。现在我不爱你了。

海尔茂 (勉强管住自己)这也是你清醒的、有把握的话?

娜拉 一点不错。所以我不能再在这儿待下去。

海尔茂 你能不能说明白你究竟做了什么事使你不爱我?

娜拉 能。就因为今天晚上奇迹没出现,我才知道你不是我理想中的那等人。

海尔茂 这话我不懂,你再说清楚点。

娜拉　我耐着性子整整等了八年,我当然知道奇迹不会天天有。后来大祸临头的时候,我曾经满怀信心地跟自己说:"奇迹来了!"柯洛克斯泰把信扔在信箱里以后,我绝没想到你会接受他的条件。我满心以为你一定会对他说:"尽管宣布吧!"而且你说了这句话之后,还一定会——

海尔茂　一定会怎么样?叫我自己的老婆出丑丢脸,让人家笑骂?

娜拉　我满心以为你说了那句话之后,还一定会挺身出来,把全部责任担在自己肩膀上,对大家说:"事情都是我干的。"

海尔茂　娜拉——

娜拉　你以为我会让你替我担当罪名吗?不,当然不会。可是我的话怎么比得上你的话那么容易叫人家信?这正是我盼望它发生又怕它发生的奇迹。为了不让奇迹发生,我已经准备自杀。

海尔茂　娜拉,我愿意为你日夜工作,我愿意为你受穷受苦。可是男人不能为他爱的女人牺牲自己的名誉。

娜拉　千千万万的女人都为男人牺牲过名誉。

海尔茂　喔,你心里想的嘴里说的都像个傻孩子。

娜拉　也许是吧。可是你想的和说的也不像我可以跟他过日子的男人。后来危险过去了——你不是怕我有危险,是怕你自己有危险——不用害怕了,你又装作没事人儿了。你又叫我跟从前一样乖乖地做你的小鸟儿,做你的泥娃娃,说什么以后要格外小心保护我,因为我那么脆弱不中用。(站起来)托伐,就在那当口,我好像忽然从梦里醒过来,我简直跟一个生人同居了八年,给他生了三个孩子。喔,想起来真难受!我恨透了自己没出息!

海尔茂　(伤心)我明白了,我明白了,在咱们中间出现了一道深沟。可是,娜拉,难道咱们不能把它填平吗?

娜拉　照我现在这样子,我不能跟你做夫妻。

海尔茂　我有勇气重新再做人。

娜拉　在你的泥娃娃离开你之后——也许有。

海尔茂　要我跟你分手!不,娜拉,不行!这是不能设想的事情。

娜拉　(走进右边屋子)要是你不能设想,咱们更应该分开。(拿着外套、帽子和旅行小提包又走出来,把东西搁在桌子旁边椅子上)

海尔茂　娜拉,娜拉,现在别走。明天再走。

娜拉　(穿外套)我不能在生人家里过夜。

海尔茂　难道咱们不能像哥哥妹妹那么过日子?

娜拉　(戴帽子)你知道那种日子长不了。(围披肩)托伐,再见。我不去看孩子了。我知道现在照管他们的人比我强得多。照我现在这样子,我对他们一点儿用处都没有。

海尔茂 可是,娜拉,将来总有一天——

娜拉 那就难说了。我不知道我以后会怎么样。

海尔茂 无论怎么样,你还是我的老婆。

娜拉 托伐,我告诉你。我听人说,要是一个女人像我这样从她丈夫家里走出去,按法律说,她就解除了丈夫对她的一切义务。不管法律是不是这样,我现在把你对我的义务全部解除。你不受我拘束,我也不受你拘束。双方都有绝对的自由。拿去,这是你的戒指。把我的也还我。

海尔茂 连戒指都要还?

娜拉 要还。

海尔茂 拿去。

娜拉 好。现在事情完了。我把钥匙都搁在这儿。家里的事用人都知道——她们比我更熟悉。明天我动身之后,克立斯替纳会来给我收拾我从家里带来的东西。我会叫她把东西寄给我。

海尔茂 完了!完了!娜拉,你永远不会再想我了吧?

娜拉 喔,我会时常想到你,想到孩子们,想到这个家。

海尔茂 我可以给你写信吗?

娜拉 不,千万别写信。

海尔茂 可是我总得给你寄点儿——

娜拉 什么都不用寄。

海尔茂 你手头不方便的时候我得帮点忙。

娜拉 不必,我不接受生人的帮助。

海尔茂 娜拉,难道我永远只是个生人?

娜拉 (拿起手提包)托伐,那就要等奇迹中的奇迹发生了。

海尔茂 什么叫奇迹中的奇迹?

娜拉 那就是说,咱们俩都得改变到——喔,托伐,我现在不信世界上有奇迹了。

海尔茂 可是我信。你说下去!咱们俩都得改变到什么样子?

娜拉 改变到咱们在一块儿过日子真正像夫妻。再见。(她从门厅走出去)

海尔茂 (倒在靠门的一张椅子里,双手蒙着脸)娜拉!娜拉!(四面望望,站起身来)屋子空了。她走了。(心里闪出一个新希望)啊!奇迹中的奇迹——楼下砰的一响传来关大门的声音。

选自《玩偶之家》,潘家洵译,人民文学出版社,1978

古代东方文学

古埃及的宗教

[美国]伯恩斯　拉尔夫

　　宗教在古代埃及的生活中起着支配的作用,几乎每件事物都有它的烙印。艺术是宗教象征的一种表现。文学和哲学中充满了宗教的说教。古王国政府在很大程度上是神权政治,就连好战的帝国法老也声称自己是代表神明来进行统治的。财力和物质被大量挥霍于修建豪华的陵墓和维持靡费的宗教体系。

早期的宗教演变

　　古代埃及人的宗教经过了各个发展阶段,从简单的多神教演化到富于哲理性的一神教。起初,每个城市或地区似乎都有其本地的神,这是地方的保护神或自然力的体现。由于在古王国治下埃及归于统一,不仅土地合成一体,而且宗教观念也渐趋融合。所有保护神合并为伟大的太阳神赖神或拉神。至较晚时期,随着管理政府的底比斯王朝的建立,这个神按照底比斯主神的名字被统称为阿芒神或阿芒—赖神。体现自然繁殖力的诸种融合为俄赛利斯神,这也是尼罗河神。在整个埃及历史上,赖神和俄赛里斯神这两种主宰宇宙的伟大力量互相交替地占据至尊地位。其他的神,如下文所述,虽然也被承认,但都是处在明显的从属地位。

太阳崇拜

　　在古王国时期,体现为敬奉赖神的太阳崇拜是主要的宗教体系。这是一种法定的宗教,它的主要作用是保护国家和整个民族永存不灭。法老是这种信仰在地上的活的代表,通过他的统治来维持赖神的统治。但是赖神不仅仅是一个保护神。他还是公道、正义、诚实和维持普天下道德规范的神。他在精神上甚至在物质上都不给任何个人以保佑或恩赐。太阳崇拜不是民众的这种宗教,除非他们的福利符合国家的福利。

对俄赛里斯神的崇拜

　　至于对俄赛里斯神的敬奉,如上所述,起初它是一种自然崇拜。这个神体现植物的生长和尼罗河的繁殖力。俄赛利里神的经历包含在一则有趣的传说里。据说在远古时代，他是一个仁慈的统治者，教民农耕及其他手艺，并授之以法。后来他遭到他邪恶的兄弟塞托的暗害，他的尸体被剁成肉块。他的妻子埃西斯（也是他的姊妹）出来寻找这些肉块，把它们拼合起来，神奇地复活了他的尸体。生还的俄赛里斯神夺回了他的王国，继续维持了一段时间的仁政，但终于到了地狱，成为死人的审判官。他的遗腹子荷拉斯后来长成勇士，为父亲之死报仇，杀了塞托。

俄赛里斯传说的意义

原先这个传说近似于一则自然神话。俄赛里斯的死亡和复活体现了秋天尼罗河水的降落和春天洪水的到来。但是后来，俄赛里斯的传说终于有了更深的含义。传说里神祇的人格——俄赛里斯对其臣民们慈父般的关怀，他的妻子和儿子的一片忠诚——激起了普通埃及人的感情，埃及人现在已经能够看到这些神祇的生活反映了他们自己的苦难和胜利。尤其重要的是，人们开始认为俄赛里斯的死亡和复活说明活人也能指望永存不灭。既然俄赛里斯战胜了死亡，那么一个人只要笃信这个神明，也就能够得到长生不死的恩典。最后，荷拉斯对塞托的胜利，仿佛预示着善必克恶。

埃及人的来世观念

埃及人的来世观念在稍晚的中王国历史上得到充分的发展。因此，必须千方百计来防止死者阳间遗体的消灭。不仅尸体要制成木乃伊，而且富人死后还遗留下大量资财，让别人给他们的木乃伊备办食物和其他必需品。然而，随着宗教日趋成熟，关于来世的观念也就不很质朴了。人们开始相信死者要到俄赛里斯跟前，按其生前行为接受评判。

报偿和惩罚

凡是通过了这种评判制度所规定的检验的死者，都可进入使人身心欢乐的天国。在那百合、荷花争妍竞放的天地里，他们可以连连得手、无休无止地猎取野鹅和鹌鹑，也可以在果实甘美、采撷不尽的果园中建造房屋。他们可以往百合湖上泛舟览胜，可以到喷水池沐浴尽兴，也可以在成荫的丛林中谛听鸟声婉转，欣赏驯良动物的千姿百态。而那些从其心脏看出其一生行恶的倒霉的牺牲者，则被打入黑暗之地永世挨饿受渴，永远看不到赖神的灿烂光辉。

埃及宗教的顶峰

大约在中王国之末、帝国之初，埃及的宗教发展到了最高峰。这时，对太阳的崇拜和对俄赛里斯的信仰已经浑然一体，保留了二者最突出的特点。主宰活人、主张阳间善行的赖神的职权同赐予人们长生不死、裁判死者的俄赛里斯的作用几乎等量齐观了。这种宗教已经具有明显的伦理性质。人们一再公开声明他们渴望正道处世,因为这种行为合乎伟大太阳神的心意。

僧侣权术与迷信

帝国建立之后不久,上述宗教就大大衰落下来。它的伦理意义大部分遭到毁灭,它的迷信和巫术性质占据了优势。主要原因看来是,驱逐希克索斯人的长期艰苦的战争助长了非理性的态度,也相应地降低了学识的价值。结果,僧侣的权力显著增长,他们利用民众的恐惧心理来牟取自己的利益。他们贪婪地出卖据说能使死者心脏不致暴露其实际性质的符咒。他们也出卖写在纸草卷上故人墓里、据说能够引渡死者进入天国的符箓。这些符箓的汇集便是所谓死者书。与通常的印象相反,死者书不是埃及圣经,只不过是随葬文书集。

埃及宗教被僧侣们弄成巫术,这种堕落终于导致大规模的变革,或称之宗教改革。这次运动的领导者是阿门荷太普四世,他于公元前 1375 年前后即位,约在十五年以后逝世或被谋杀。在试图矫正最大弊端的某些措施遭到失败之后,他决定废除整个体系。他把僧侣赶出神庙,凿掉公共石碑上传统神祇的名字,命令全体人民崇拜新神,他把这个神称为"阿顿",这是自然界太阳的古称。他还把自己的名字阿门荷太普("阿门的倍赖者")改为阿肯那顿(意为"阿顿的奉事者")。阿肯那顿是他通常见于史书的名字。

除这些有形的改变之外,更为重要的是这位从事改革的法老所宣布的一整套新教义。据著名的权威性典籍所说,他首先提出了普遍独尊一种的宗教;他宣称阿顿是唯一存在的神,不仅是埃及的神,而且也是全世界的神。然而,他对国教的伦理性质的恢复,充其量也不过是坚决主张阿顿是全世界道德规范的制订者,是心地诚实而纯洁的人们的赐福者。他把这个新神设想为人类利益的永恒创造者和维护者,设想为以慈善之心关注其一切创造物的天父。至于神主张团结、正直和仁慈的观念,那是直到大约六百年以后的希伯来先知时代才得到恢复的。

阿肯那顿改革的结果

阿肯那顿的改革没有取得持久的成效。由于向古代神话和巫术行为挑战,它不能受到民众的欢迎。不仅如此,阿肯那顿之后的几代法老都不热心于这种专一的唯心主义。因此,阿肯那顿在位之前的那种旧迷信得以复萌并愈演愈烈。对全国的广大民众来说,宗教的伦理意义是一去不复返了,他们重新被投入愚昧无知、僧侣贪婪的处境。不过在受过教育的阶层中,阿肯那顿的训诲在一段时间内还有其影响。虽然阿顿神已不再被承认,但他所体现的品格却仍然受到高度尊敬。不同的是阿顿的特性这时被少数受过教育的人移植到阿芒一赖神身上。这个传统的太阳神被宣布为难一的神和公道、正义、诚实的体现者。不仅如此,他还被尊为仁爱的神,"怜惜信徒,济助贫穷,解救困厄"。

衰落的重现

　　然而,有知识的少数人信仰这些崇高的思想是不足以挽救埃及宗教于完全衰落,迷信的流传、巫术的盛行以及堕落的僧侣阶层对人严紧的控制等,这些事的致命后果远不是崇高的教义所能克服的。终于,整个信仰和崇拜体系变成徒具形式,完全被愚昧无知、物神崇拜(崇拜巫术对象)、动物崇拜和其他拙劣巫术所吞没。僧侣商业化空前严重,宗教机构的主要职能变为出卖各种可以昧着良心和哄骗神祇赐予永恒救世之术的符箓。悲剧的另一个表现是,随着宗教的衰落,文化的其他方面也受到恶劣影响。哲学、艺术和政治同宗教的关系是如此密切,以致这些部门也一起凋败下来了。

　　　　　　　　　　　选自《世界文明史》(第 1 卷),罗经国等译,商务印书馆,1987

古埃及神灵

穆金

古埃及神灵众多,四十二个"诺姆"(州)都有自己的神灵和神话。随着某些"诺姆"地位的提高,当地神灵也被擢升,融合其他地区的神灵,从而成为全国性的大神。下面介绍的神灵都曾被古埃及人普遍信仰,也是《亡灵书》中所涉及的主要神灵。

最初的神灵

在最初的年代,天上地下,整个宇宙之中充斥着一片无边无际、深不见底的圣水,其名字叫"努"。但这"努圣水"并不是毫无生气,其中孕育着一切生灵的胚种,被人们称为"众神之父"。

埃及最为悠远的的神灵——特姆(或阿特姆)就孕育在这"努圣水"之中,他独自一个人在那里住了不知多少年,感觉无限寂寞。于是他冥思苦想,最终在他头脑中想象出了天地万物。然后他将这些构思编成咒语并念诵出来,这样,世间万物、各种神灵、生灵便都形成了。为纪念特姆的伟大功绩,祭司们让他当上了众神的首领,但是不久,其地位便被他所创造的太阳神——拉所取代。在古埃及的经文中,特姆在夜晚或傍晚便以太阳神的面目出现,与其他神灵一样主持仪式。古埃及人认为,特姆是自然之躯永不耗减的几位大神之一。

最受崇拜的"九柱神"家族

大神特姆在"努圣水"中创造的第一个神灵就是太阳神拉。在古埃及,拉是宇宙中最伟大的神灵,人们每日都要为他准备祭品,而他的祭祀中心就位于神圣的赫里奥波里斯,即今天的开罗城。太阳神拉每天都要乘坐两艘船划过天空,为阳间万物带来光明和生气。到了傍晚,他会变形进入冥界,为冥界的亡灵带去空气、光明和食物。有些地方认为,拉和特姆是一体的,特姆就是傍晚时的太阳。

太阳神拉用自己的精液或分泌物创造了男神舒和女神特芙努特。舒就是空气之神、风神,一般以人形显像,头戴羽毛,手握权杖。他的胞妹特芙努特就是潮气之神、雨水之神,她的形象为女身狮首,狮首上还带着圆盘。

舒和特芙努特兄妹结合又生了男神克卜和女神努特。克卜就是地球之神,他以人形显像,有时头顶皇冠,手握权杖,有时却头顶一只鹅(鸭)或以鹅(鸭)显像,其女伊西斯有时被称为"鸭之卵"。克卜的妹妹努特是天空之神,她的身躯就是天空的穹顶,她的双手双脚支撑在克卜身上,也就是大地之上。有些地方认为,每天傍晚太阳神拉都会进入努特的口中,次日清晨又从她的阴门中重生,同时她也反复地吞咽和再生着其他星辰。

大约就在这个时候，太阳首次从"努圣水"中升起，普照整个世界，产生了白昼，一开始克卜和努特在拥抱中紧紧结合，但阳光却让他们分开，这些光线就是舒的化身，只要有阳光存在，努特就远离地面，但太阳一旦落下，她就逐渐降落到克卜身上。这样夜晚的拥抱使努特一胎生下五位神灵，他们分别是男神奥西里斯、荷鲁斯、赛特和女神伊西斯、靳菲斯。其中奥西里斯和伊西斯在尚未出生的时候就结婚生子，生下了儿子荷鲁斯；而赛特和靳菲斯也在出生前结了婚，出生后生下了儿子阿努比斯，也有的传说认为阿努比斯是奥西里斯与伊西斯或靳菲斯所生。

关于奥西里斯等神灵的出生还有另外一个版本。传说太阳神拉唯恐自己的权力被剥夺，便对天空女神努特施以诅咒，使她只能在当时埃及年历的 360 天之外的 5 天里分娩，努特就在这五天之中生下了奥西里斯、赛特、伊西斯、靳菲斯等神灵。所以这五天被称为"神的生日"，成为古埃及人的传统节日。

在克卜和努特的子女中，长子奥西里斯就是埃及《亡灵书》中的主神，他统治阳世 28 年，后来被自己的弟弟黑暗之神赛特所害，尸体被撕碎，他的妻子伊西斯和妹妹靳菲斯缝合了他的遗体，他的儿子荷鲁斯也替父报仇，打败了赛特，并在众神的帮助下继承了父亲的宝座，成为埃及之王。此后，众神又让奥西里斯复活，并奉他成为冥界的主宰。

以上太阳神拉（或特姆）、空气神舒、雨神特芙努特、地神克卜、天神努特，以及奥西里斯、赛特、伊西斯、靳菲斯 9 位神灵，就是太阳神崇拜中心赫里奥波里斯的"九柱神"，是古埃及人心目中最重要的九位神祇。

其他神祇

除了以上九位大神和特姆之外，古埃及还存在着诸多神灵，关系着埃及人生活的方方面面，其中比较重要的有如下几位。

自然神灵除了太阳神拉之外，还有月神雅赫。有的地方传说他是拉的哥哥，但总是欺负弟弟拉，并将其赶走，占得父亲的全部遗产。后来拉回来，夺回自己应得的一切，成为众神之王，并将其兄长流放到遥远的地方守夜。

科荷普拉是一位古老的自创神灵，其原型是一只甲虫，他和世界的开创以及太阳神也有着密切的关联，被奉为清晨的太阳神。埃及人相信甲虫就是科荷普拉的血肉之躯，只要绘制出甲虫形象，就能得到大神科荷普拉的保佑。古埃及人也将甲虫放入死者的躯体之下，以护佑亡灵获得再生。

普塔也是一位自创神灵，他是生命的主宰，有些地方相信他就是宇宙的创造者，与特姆和拉享有同等的神位。普塔神的功德主要在冶铸、建筑、雕刻等方面，在亡灵追求永生的旅途中，普塔主持的"启口"是十分重要的一项仪式。

托特是另一位自创神灵，他代表着超凡的智慧，只要念诵咒语，一切想到的东西就会变为现实。埃及人将他看成是智慧之神、科学和艺术之神，并相信指导亡灵得永生的《亡灵书》就是他所撰写的。

科荷勒姆也是埃及的一位重要神灵，他是尼罗河"第一瀑布三神"之一（另外两神是塞提和安特克），后来被抬高尊为尼罗河神。尼罗河太重要了，因此科荷勒姆也受到了特别的尊崇。

选自《图解埃及生死书》，南海出版公司，2008

印度教中的吠陀诸神

〔英国〕韦罗尼卡·艾恩斯

正如我们已知的,许多吠陀神话的情节和吠陀大神的职能,在印度教中转移到梵天、毗湿奴和湿婆身上。不过,他们中最大的神仍然是崇仰的对象,特别是因陀罗、阎摩、伐楼那、阿耆尼、苏利耶、伐由和苏摩。他们与第八个神新的财神俱比罗一起被称作"世界守护神"。随着权力移交给新的三神组合,旧神的职能在性质上发生了变化。旧神中较次要的角色在重要性上也遇到新神的竞争,新神有卡尔蒂凯亚和达摩,成为大神的配偶并以多种形式出现的女神,动物诸神与自然现象特别是与河流有关的诸神,仙人即利希,以及祖先——祖先灵魂或比特利。

因陀罗

因陀罗仍然是天神之王,尽管他当然无力支配或影响三神组合。他的职能与吠陀时代的职能大体相同,虽然他的性格的许多方面更受到强调,尤其是那些不可取的方面,诸如他对苏摩的嗜好,他杀婆罗门的罪孽,他的轻佻,以及他在仙人诅咒面前的无能,这些诅咒有时使他被魔鬼打败。

作为风暴之神,因陀罗仍是恐怖的形象,投掷着闪电和霹雳,用彩虹作弓。但他已不再完全是战神,作为空界的统治者和世界东方的守护神,他以更尊贵的方式行使他的权力。他坐骑巨大的白象埃拉瓦塔,代替了乘战车或骑神马乌切斯拉瓦斯。他的力量依靠王权而不是武力。甚至有时据说因陀罗只是一个称号而不是一个单独的神,这一称号每 3600 年授予功德最大的神或凡人。不过"功德"可以包括仅仅是举行过 100 次祭祀,根据这一点来说,现在的因陀罗的地位是通过欺诈而得到的。据说他从一些举行必不可少的祭祀的凡人那里夺走了供品,还派妖艳的仙女去迷惑那些通过苦修而积累功德的凡人。

因陀罗赫赫炎炎地居住在他位于梅卢山上的天国,都城名叫阿马拉瓦蒂。他的天国依旧是壮丽的住所,尽管现在因陀罗和他的妻子因陀罗尼只能支配一些小神和那些已受到暂时摆脱尘世的再生轮回的奖赏的有德之人的灵魂。

这位天神之王仍然不断进行反对魔鬼的战争,但并不能总是取胜——这部分是因为根据新的信仰,力量并不是通过饮用苏摩获得的,魔鬼总是被拒绝饮用苏摩,而是通过举行祭祀或苦行来讨好三位最高的神获得力量,魔鬼精于此道;部分是因为因陀罗受他杀婆罗门的旧罪名(杀死沃利特罗现在也被认为是罪孽)的牵累,这种罪名以人格化的金达拉的形式纠缠着他。为逃避他的罪名因陀罗不得不躲藏起来,最后只是由于他孜孜不倦地修炼苦行才摆脱了罪名。

在这段时间里因陀罗任人摆布。有一个国王那胡沙取得了对三界的霸权，他打算诱拐因陀罗尼；只是因为阿伽斯蒂亚的诅咒他才没有得手，挽救了因陀罗的名誉。阿伽斯蒂亚是一千位仙人之一，他驾驭着这个国王的车子驶向因陀罗的天国，因为那胡沙偶然碰了他的脚而惹他生气。阿伽斯蒂亚向那胡沙发出了诅咒，使他又变成一条蛇跌落尘世。

另一个国王巴里也是通过讨好大神而获得对三界的控制权，他打败了因陀罗并把他驱逐出他的天国，如果没有化身为侏儒的毗湿奴的干预，巴里就不会被赶出天界和地界。

楞伽的魔王罗婆那由于婆罗门的出身和宗教修炼而获得强大的力量，他也曾使因陀罗威风扫地。当罗婆那的军队向因陀罗的天国进攻时，这位众神之王发现自己绝对保卫不了天国。他自己被罗婆那之子、曾获得湿婆恩赐隐形的梅卡那达俘虏。梅卡那达把因陀罗绑起带到楞伽扣作人质。因陀罗与其他被俘的诸神被迫充当奴仆服侍他。阿耆尼被迫为罗婆那烧饭，伐楼拿为他打水，俱比罗为他提供钱财，伐由打扫他的宫殿。梵天不得不带领其他所有的神去楞伽请求释放他们，梵天赐给梅卡那达"因陀罗耆"即"因陀罗的征服者"称号。这个魔鬼接受了这一称号，此后他以此闻名，但是又提出更高的赎金：他要求永生不死。由于因陀罗的可怜处境，梵天最后不得不同意付出这一高昂的代价。

还有一次，因陀罗把仙人杜尔瓦萨斯献给他的一个花环送给了一头小象，这位仙人是湿婆的一种衍生物，正是他导致了罗什曼那之死。由于这种轻蔑，因陀罗遭到了诅咒：他对三界的最高统治将被颠覆，当因陀罗和其他神变得软弱不堪，被戴蒂亚的同伙拉吉率领的戴蒂亚战胜的时候，诅咒实现了。因陀罗被驱逐出他的天国，沦落到可悲的境地，这位曾经能够支配一百次祭祀的供品的神，不得不轮流向其他神乞讨一点祭祀的酥油。然而，由于戴蒂亚自己的过错，他们只享受了短命的狂欢。他们在得意之际忽视了履行他们的责任；世界走向没落，任何甘露也不复存在。因此在毗湿奴的劝告下，因陀罗向戴蒂亚建议众神与魔鬼齐心协力来补救这一点。他们同意了，于是产生了有名的搅动乳海，在搅动乳海期间，魔鬼被骗去了他们商定的那份甘露，因此丧失了抵抗重新强壮起来的众神的力量。就这样因陀罗只有用诡计才恢复了他的天国。

据同一故事的不同说法，在神与魔之间不间断的战争中，梵天赐予拉吉指挥一支胜利之师的能力。起初魔鬼寻求他的帮助，但由于他们不愿许诺立他为王而遭到拒绝。众神对自己的领袖缺乏信赖，如果拉吉能够带领他们打胜就同意接受他。于是魔鬼被打败之后因陀罗被迫走下宝座。不过拉吉并没有留在天国，他让因陀罗留在那里做他的摄政王。因陀罗又凭借诡计重建他的统治；拉吉死后因陀罗拒绝承认他的五百个儿子的继承权。这些儿子们企图夺取继承权，但被波利哈斯帕蒂挫败了，他使他们混乱并使他们覆灭。

因陀罗的耽于酒色在后来的时代讲述得非常详细。他嗜好苏摩——在吠陀时代曾被公认为力量的源泉——导致他身体虚弱，品行放荡，因为现在酒类饮料对普通凡人来说是受非议和禁止的。因陀罗的性道德态度的例子常常被引证为其他人的过失辩护。据说他选中因陀罗尼为妻，是因为她肉感的魅力，而且他是犯下双重罪行才赢得她的。她是魔鬼布楼曼的女儿，当布楼曼发现因陀罗强奸了他的女儿时，他正要对他发出诅咒，而因陀罗先发制人杀死了他。虽然因陀罗尼仍是他的主要王后，但因陀罗早已开始了无数风流韵事，通常是与已婚女人。

那些最有名的风流韵事之一，涉及他的老师乔达摩仙人的妻子阿哈利耶。阿哈利耶是梵天制造的第一个女人，她美貌超群。一天当乔达摩离开他的隐居处时，因陀罗进来并开始表示他对她的热恋。阿哈利耶被他的甜言蜜语打动，在她就要屈从之际，她的丈夫回到家中，发现了这对男女在一起。他立即诅咒因陀罗由于他的淫荡要给他打上烙印，在他身上留下一千个优尼（女阴）的标记。不过，后来认识到因陀罗的犯罪只是一种意图而不是已犯，他便宽容了，把那"一千个耻辱的标记"变成了一千只眼睛。然而，因陀罗无法克制他占有阿哈利耶的欲望。在变成一只公鸡半夜啼叫的月神纵容下，因陀罗设法把乔达摩引出屋子去作晨祷。然后他变成这位仙人的模样，在阿哈利耶身边取而代之。这一次乔达摩回来得太晚了，他诅咒了他的妻子和因陀罗。阿哈利耶被变成了一块石头，只有等到毗湿奴化身为罗摩时踢她一脚之后，才能恢复她的原型。因陀罗被诅咒变成阉人，但是由于众神的干预摆脱了这种枯燥乏味状态，在举行了一次祭祀之后他得到宽恕。不过，因陀罗还是遭到了惩罚，他在罗婆那和因陀罗耆手下蒙受了耻辱。

阎摩

在印度教信仰中，阎摩不再是迎接死者进入天国的仁慈的角色。他不再管辖祖先灵魂或比特利的乐土，而是管辖惩罚之所地狱。他的阴森的宫殿迦梨奇位于世界南方的阴间，他是南方的统治者。所有的灵魂都要在迦梨奇他的宝座前接受审判，在那里他的判官旃陀罗笈多宣读一本大簿子上记载的死者一生的功过。阎摩根据这个登记簿通过审判，他可能把亡灵打入他的某一层地狱，或送到比特利的住地，或遣返人间托生。

阎摩还保存着另一本登记簿——记录着每个人的规定寿命的大生死簿。当生死簿上注明某个人该死时，阎摩就派遣他的差役前去捉拿。他偶尔也亲自出马，他的绿色皮肤在血红色袍子衬托下更显得幽暗，在他那狰狞的面孔上一双铜色的眼睛凝视不动。他骑着一头水牛，手持一根沉重的钉头锤和一根套索，他用这根套索套住他的猎物的脖子拽回他的住所。

人们找到了许多办法逃避阎摩，最有效的方式就是讨好三神组合中的一位。由于讨好可以采取背诵该神的名字的形式，许多罪人用这种方法欺骗了他。例如，有一个名叫阿贾米拉的恶人，他一生无视自己的责任，对神也不敬重。他有一儿子名叫那罗衍那（毗湿奴的名字之一），在他垂死之际呼唤儿子。毗湿奴听见自己的名字必定派他的侍从去答复呼唤，侍从发现阎摩的差役已经到场。于是说服阎摩召回了差役，阿贾米拉得免一死。但是他悔恨自己罪恶的一生，成为一个隐士，修习苦行，得到了解脱的善报。

另一个恶人也以同样方式被湿婆解救。他是一个强盗，当他从事犯罪活动时无意之中叫出了湿婆的名字之一"诃罗"，因为他经常喊叫"阿诃罗"（抢）和"普拉诃罗"（打）。虽然他叫这位大神的名字是出于无意，但他仍然被宣判无罪，获准再生为国王。

还有一个故事讲述一个湿婆的真正崇拜者。这个男人马尔坎德亚是一个狂热的林伽信徒，日夜礼拜林伽。但是他在生死簿上注明的寿命只有十六年。到期满之时，阎摩派他的差役去捕捉马尔坎德亚。可是他们发现他们的猎物紧紧依靠着林伽，便不敢碰他。阎摩毫不留情，亲自出马，企图把马尔坎德亚与林伽分开。这样做不成，他就用他的套索把马尔坎德亚与林伽套在一起，开始把他们拖向地狱。湿婆本人立即显现，他对凌辱他本人的这种行为大发雷霆，踢死了阎摩——因此所有的生灵都变成永生不死的了。但是不久就发现这对陷入苦难的世界来说将是一场大灾难，于是在众神的请求之下又让阎摩复活了。

伐楼拿

早在吠陀时代，伐楼拿就已从他作为最高神的地位下降了。在印度教信仰中，他的地位又进一步低落，在他先前的天神的身份中，他只保留了世界西方的统治者的称号。在神话中对这种地位下降的解释是众神与魔鬼之间发生了一场大战，战斗结束之后每个神都被划分了一块明确的势力范围，以避免再发生类似的战争。

从这时起，因陀罗仍旧是空界的战神，而伐楼拿被剥夺了天界之海的守护神的职权，他曾在天界之海降雨，代之以给他地界之海的统治权，他在那里负责监视海洋深处的各种魔鬼。

为了降服这些魔鬼，伐楼拿仍然手持套索；但由于他的宫殿此时位于海底的名叫布什帕吉利的山上，他不得不戴上用眼镜蛇的头兜制成的罩子来防水。伐楼拿乘着称作摩卡罗的鹿头羚羊腿的怪鱼巡视他的领地。他的扈从们包括河神、蛇神和水怪，还常常有一千匹白马的队伍环绕着他。

虽然他的领地是海洋，但是在神魔之间的战争期间伐楼拿也加入了共同的冲突——这背离了他早期的身份，当时他仅仅凭借他的意志力行使他的权力。

伐楼拿现在的道德水平也降低了。他与密特罗(或者有时说是苏利耶)曾被仙女乌尔瓦西的美色激动,以至于他们的精液流到了地上。这精液被收集在一个水罐里,从中诞生了阿伽斯蒂亚,他最初的形状是一条光彩夺目的鱼,后来变成了一位具有苦行大德的仙人。除了他在《罗摩衍那》中的重要作用即他征服了南印度所有的罗刹以外,阿伽斯蒂亚还以吸干了他父亲领地中的海水而闻名,因为大海把那些企图逃避众神公正惩罚的魔鬼藏到了海底,触怒了他。

阿耆尼

在印度教时代,阿耆尼取代了伐楼拿的比特利即祖先之王的角色。他担任这一角色是凭借早先并不属于他的出身,根据这种出身,他是安吉拉斯的儿子,安吉拉斯是七位仙人之一,也是十个普拉贾帕蒂即人类的始祖之一。作为普拉贾帕蒂,安吉拉斯成了比特利之王,阿耆尼到时候承袭了这一称号。阿耆尼同样也把他早先的属性转移到他的父亲身上,安斯也被认为是众神的祭司和祭祀之主。

阿耆尼现在很少被当作火神而更多被当作祭品的净化者来崇拜,因此他光临所有庄重的典礼,诸如婚丧仪式之类。他的七条舌头不停地舔食用于祭祀仪式的酥油;正如因陀罗嗜好苏摩贪得无厌,阿耆尼狼吞虎咽大量祭品,他也像因陀罗那样由于贪婪而身体衰弱。据《摩诃婆罗多》说,他吃的祭品太多,以至于筋疲力尽。他打算吞噬一片森林来恢复体力,在他就要毁灭森林之时,却遭到因陀罗的阻挠;后来,他在克利希那和因陀罗之子阿周那的帮助下还是完成了他的计划。在他作为火神的角色中,阿耆尼一般仍被表现为红肤色的男人,长着三颗燃烧着火焰的头,骑着或带着一只公羊。

作为比特利之王,阿耆尼仅仅是扩大了清扫祭祀之路,把亡灵的净化的方面送到他的住所的旧职能。

在阿耆尼的本性上的混淆首先从他与因陀罗的联系引起,因陀罗剥夺了他的某些权力,但又把一个空界之神的某些方面转移给他;其次是他与湿婆的联系,因为湿婆与鲁陀罗有关,鲁陀罗剥夺了他的其他属性,诸如杀病魔者之类。此外,作为比特利之王和祭祀的享用者,阿耆尼有时被认为是一个仙人,有时又被看作一颗星宿,但经常被说成是一个摩鲁特。在最后这种身份时,他被表现为一个四臂的男人,穿着黑衣,烟雾形成他的旗帜和头巾。他手持一支燃烧的标枪,乘着一辆红马拉着的战车,车轮是七股风。在另外一些时候,他又被看做年老的鲁陀罗,他的四十九个儿子被认为是摩鲁特。

苏利耶

在印度教时代,太阳神吸收了苏利耶本身、萨维德利和维瓦斯瓦特三个吠陀太阳神的特征。印度教的苏利耶不再被说成是迪奥斯的儿子之一,而是像萨维德利和维瓦斯瓦特一样，被认为是阿迪蒂和仙人卡斯亚帕的儿子，卡斯亚帕是梵天的孙子和人类的祖先。有时苏利耶又被说成是梵天自己的儿子。

苏利耶保留了他在吠陀时代的前身的许多特征，尽管他已不再被描绘成一个英俊的金肤色青年，而成了一个三眼四臂的黑红肤色的男人。像吠陀时代的苏利耶一样，他乘着一辆七匹马拉着的金色战车，每匹马代表一星期中的一天；但他不再亲自驾车，因为他得到了一个无腿的御者名叫阿伦，阿伦是象征着黎明的伽鲁达的兄弟。有时他的御者被说成是维瓦斯瓦特，此神本身被描绘成铜肤色、红眼睛的侏儒。

苏利耶被公认为人类的恩人。他的象征斯瓦斯蒂卡（卍字）是慷慨的一种标志。他被歌颂为杀鬼者；有一次可怕的罗刹们企图吞食他，但他用他的光芒消灭了他们。

他的私生子很多，其中包括贡蒂之子和《摩诃婆罗多》中俱卢族的领袖之一迦尔纳，还有在《罗摩衍那》中成为罗摩的同盟的猴王苏格里瓦。他的儿子之一成为日族的祖先。不过，他最有名的后裔是他的妻子桑杰那所生的孩子。桑杰那与苏利耶的故事同萨兰尤与维瓦斯瓦特的神话大体相仿。

桑杰那是维希瓦卡尔马（《吠陀》中的特瓦什特利）的女儿。在他们结婚后的早些年间，她为苏利耶生了三个孩子。他们是摩奴、韦瓦斯瓦塔和孪生兄妹阎摩与阎蜜，阎摩与阎蜜成为最初的男人和女人，后来又成为神——阎摩成为死者之王，阎蜜被等同于朱木拿河女神叶木那。但是随着时间的流逝，桑杰那发现她丈夫出现时的光芒难以忍受，她便逃走了，留下她的侍女恰亚（"阴影"）代替她。桑杰那变成一匹母马在森林里隐居，专心致志于宗教修行。过了一段时间，她正在田野里吃草时苏利耶发现了她；他变成一匹公马亲近她。这次结合生下了一对孪生的马人阿斯文兄弟和另一个不太显眼的儿子名叫莱万塔。阿斯文兄弟的性质与吠陀时代的概念几乎没有什么不同，尽管他们作为天光之神的角色也许不如众神的医生的角色突出。

苏利耶和桑杰那作为马一起生活了一段时间，但最后他们厌倦了动物的生活，又变回人形。苏利耶现在把他的妻子带回家里，为了防止她再次逃逸，他同意让他的岳父维希瓦卡尔马把他放在车床上，除了双脚之外把他浑身上下的光芒刮掉了八分之一。从此以后这一对夫妻便幸福地生活在一起了。即使是从苏利耶身上刮掉的碎片也具有强度和可用性，维希瓦卡尔马用它们制造了毗湿奴的轮宝、湿婆的三叉戟、卡尔蒂凯耶的长矛以及俱比罗和所有其他神的武器。

伐由

在印度教信仰中这位风神已从他作为吠陀三神组合之一的显赫地位猛跌下来。他成了一个性情放纵而狂暴的破坏之神，他在天界和地界到处游荡，虽然他的住所在西北方,他是西北方的统治者。据说他也是住在梅卢山麓的乾达婆之王,不过这一事实并没有减弱伐由袭击这座山的摩天绝顶的凶猛。他受仙人那拉达(有时也被认为是乾达婆的首领)煽动去折断梅卢山顶峰。伐由竭尽全力冲击这座山整整一年,但伽鲁达英勇防护着大山,他展开双翅挡住大风的冲击。然而到了年底,伽鲁达短期不在,伐由从那拉达那里得知这一机会,又一次冲击成功了。他把折断的山顶抛进大海,在海里,山顶变成了楞伽(锡兰)岛。

伐由的淫欲似乎也同样不加节制。虽然他娶了维希瓦卡尔马的一个女儿,但还有许多私生子被认为是他的儿子,其中的猴将军哈奴曼从父亲那里继承了会飞的本领。另外一个儿子是毗摩,《摩诃婆罗多》中般度族的英雄之一,一个脾气暴烈和胃口极大的人,也是一个伟大的杀魔者。毗摩成为伐由的儿子比哈奴曼更体面,因为是他的母亲贡蒂向伐由祈祷之后而怀上他的。伐由企图全部诱奸库萨那巴王的一百个女儿,当她们抗拒时他把她们都变成了驼背。

某些教派减少了伐由的狂暴性格,把他视为一种神圣的精灵和毗湿奴与拉克希米的侍从。他有时也被称为"传播香气者"。

苏摩

苏摩,亦称旃陀罗,在印度教信仰中完全等同于月亮——尽管对他的来源的一种解释仍旧把他看作甘露,因为这种解释主张他是从搅动乳海中产生的。关于他的世系更通常的说法是把他看作达摩的儿子;或者说他是伐楼拿的儿子,伐楼拿是海洋之主,月亮从海中升起。还有一种说法把苏摩与苏利耶联系在一起,虽然不清楚苏利耶是否是苏摩的父亲;还有把苏利耶当成女性的,说是苏摩娶了苏利耶。更肯定的说法是当苏摩被许多以他的本身为食的生灵消耗殆尽的时候,苏利耶用海中之水滋养了这个月亮。在半个月中,36300个神灵以苏摩为食,从而保障他们的不朽,而在剩下的半个月中,比特利则以苏摩为食;苏摩还养育着人类、动物和昆虫;月亮不仅带给他们快乐,而且月光如水的甘露还维持着世间造物以之为食的蔬菜的生命。这种说法巧妙地把苏摩的两个方面结合起来了:一方面是众神从中汲取力量的甘露;另一方面是本身按照历法出现盈亏的月亮。

苏摩娶了仙人达克沙的二十七个女儿,她们是月亮周围星群的化身。但是达克沙与这个女婿就像与他的另一个女婿湿婆一样发生了纠纷。苏摩对他的妻子之一罗希尼(毕星团)如此偏爱,引起了其他妻子的疯狂嫉妒,她们便去找父亲抱怨。达克沙的规劝毫无效用,于是这位仙人向苏摩发出了诅咒,让他遭受消灭和无嗣之苦。达克沙的女儿们尽管早先恼怒,但很快又觉得对不起她们的丈夫,又回到她们的父亲那里说情。达克沙不能完全收回他的诅咒,但他把诅咒改变了一下,因此苏摩只是定期地遭受消灭之苦,每次十五天。

苏摩很快就证实他自己摆脱了无嗣的诅咒。他举行了盛大的马祭,这既表明了又获得了宇宙的统治权和生殖力。倚仗这次马祭的影响,苏摩变得骄横而大胆,一天诱拐了通常与木星相联系的仙人和众神的教师波利哈斯帕蒂的妻子塔拉。尽管波利哈斯帕蒂神通广大,但他对此事却无能为力。无论是他的恳求还是其他仙人的规劝都不能影响苏摩,苏摩自恃宇宙的统治权,无所顾忌。波利哈斯帕蒂向梵天上诉,但即使是梵天也未能说服苏摩归还塔拉。接着波利哈斯帕蒂又向因陀罗求援,因陀罗认为夺回塔拉的唯一办法只有诉诸武力。但苏摩听说了这些计策,他迅速与阿修罗结成了联盟。他还受到与波利哈斯帕蒂有多年世仇的仙人乌萨那斯的支持。波利哈斯帕蒂获得了以因陀罗为首的大多数其他神的支持。尽管这场战争经过多次激烈的交锋,苏摩在一次交锋中被湿婆的三叉戟劈成两半,但仍然胜负未定。

于是梵天又呼吁说理,再次要求归还塔拉。到这时苏摩已厌倦了塔拉,出乎意料地同意把她送回到波利哈斯帕蒂身边。他把她归还给她的丈夫,但当时可以看出她已怀孕了。波利哈斯帕蒂拒绝接受她回来,除非她生下孩子。梵天为了结束此事,就让孩子立刻生下。当众神看见这个婴儿时,那种超凡之美使他们眩惑,苏摩与波利哈斯帕蒂马上自称是孩子的父亲。只有塔拉能够说出谁是真正的父亲,但是她又不愿讲明。经过大量劝说,她终于承认孩子是苏摩的。他取名布达,将成为月族的祖先。

波利哈斯帕蒂自然对他的妻子勃然大怒,诅咒她化成了灰烬,但梵天觉得这种惩罚太严厉,就让塔拉复活并使她净化,又说服波利哈斯帕蒂领她回去。伐楼拿惩罚了苏摩的行为,剥夺了他的继承权。但拉克希米却决定代表他游说,因为她也生自乳海,是苏摩的姐姐。他来到帕尔瓦蒂那里,请她谋求湿婆的帮助。湿婆同意了,为了使苏摩增光,他在自己的前额上佩戴了新月。但是群神再次聚会时,波利哈斯帕蒂瞥见湿婆这样打扮,他认为湿婆用这种打扮侮辱全体众神。他们之间展开了一场激烈的争执,不得不交由梵天裁决。梵天宣称支持波利哈斯帕蒂。因此苏摩被驱逐到外空,并禁止进入天界(这也可以被看作解释如何禁酒的其他神话)。

当苏摩巡视空界时,他被描述成一个铜肤色的男人,在他的由一只花斑羚羊或十四白马拉着的三轮战车后面飘扬着一面红色三角旗。

选自《印度神话》,孙士海、王镛译,经济日报出版社,2001

古代希腊罗马文学

世界的起源与神祇的来历

[俄国]库恩

关于神祇及其与巨灵、提坦神的战争的神话,主要根据赫西俄德的长诗《神谱》转述。另有一些故事则援引荷马史诗《伊利亚特》、《奥德修纪》和罗马诗人奥维德的长诗《变形记》的内容。

天地未辟之前,世界只是一片无边无际、永远黑暗的混沌。世上一切生命的源泉就包容在这片混沌之中。整个世界和永生的神祇都起源于这无边无际的混沌。混沌中先诞生了地神盖亚。她广阔无边,威力无穷,她给予后来在她身上生活和生长的一切以生命。在深不可测的大地底下,在那像缥缈的光明的天空离开我们那样遥远的地方,诞生了阴森森的塔尔塔罗斯——永远黑暗的可怕的深渊。后来从生命的源泉——混沌之中又诞生了力量强大、能使一切充满活力的爱神厄洛斯。世界由此创建了。在茫茫的混沌之中还诞生了永久黑暗之神埃瑞波斯和夜神尼克斯,他俩生下永久光明之神埃忒耳和快乐的白昼之神赫墨拉。从此世界上充满光明,也出现了黑夜与白昼的交替。丰饶强大的地神又生出蔚蓝的、无边无际的天神乌拉诺斯,于是天空笼罩在大地之上。地神所生的一座座高山高傲地耸入天空,广阔的大海永不平静地喧闹。天空、高山和大海都是地神这位母亲所生,可是它们都没有父亲。

天神乌拉诺斯统治着世界。他将美丽的地神盖亚娶为妻子。乌拉诺斯和盖亚生了六个儿子和六个女儿,他们是力大无穷、性格暴躁的提坦神。其中一个儿子是大洋神俄刻阿诺斯,他像茫茫无涯的大河环绕着大地流动。他和女神忒堤斯生下了世上所有的大江大河和一群大洋神女,那条条江河推着波浪注入大海。提坦神许珀里翁和提坦女神忒亚又为世界生了几个子女,他们是太阳神赫里阿斯,月神塞勒涅,晨光女神厄俄斯。阿斯特赖俄斯和厄俄斯生下了所有在黑暗的夜空闪烁的星辰及四个风神:暴虐的北风神玻瑞阿斯,东风神欧洛斯,湿润的南风神诺托斯,能带来大片雨云的、温和的西风神仄费洛斯。

除了十二个提坦神之外，地神盖亚还生了三个额上只长一只眼睛的独目巨人和三个高大如山、各有五十个脑袋和一百只手的百臂巨人。这六个巨人个个力大无穷，任何力量都不能与之匹敌。乌拉诺斯仇视自己六个巨人儿子，他将他们关在地神腹内的黑暗中不许他们见天日。母亲地神十分痛苦，腹内沉重的负担使她不堪忍受。她把六个儿子叫到面前，劝他们起来反对乌拉诺斯，可是他们都不敢同父亲争斗。只有狡猾的小儿子克罗诺斯用计谋推翻了父亲，夺取了权力。

为了惩罚克罗诺斯，夜神又生了一大群可怕的神：死神塔那托斯，纷争女神厄里斯，欺骗之神阿帕忒，毁灭之神刻瑞斯，睡神许普诺斯和噩梦神，残酷无情的报复女神涅墨西斯，以及其他许多神。这些神给占据着父亲宝座的克罗诺斯统治下的世界带来了惨祸，纷争，欺骗，争斗和不幸。

选自《希腊神话》，朱志顺译，上海译文出版社，2006

希腊和罗马神系

[德国]古斯塔夫·施瓦布

天空诸神

宙斯,拉丁语称朱庇特。

宙斯在希腊众神中占有最高的地位。诗人荷马把他称作"凡人和神的父亲","最高的主宰","最高而又最好的神"。在单神教时期,他是古老的天空之神。随着时间的推移,他获得各种不同的容貌。因此,他成了气象神.给人间降雨下雪,送去雷电。于是,荷马称他的别名为"雷霆之主","掷送闪电的神","聚集云彩的神","乌云神"。

作为众神之王,他管辖世界,监守人间的风俗和社会秩序。人间国王和权力来自他的主宰。他是公平和忠诚的佑护神;胆敢违法的人,就会害怕他的雷霆之怒。他保护人间宅第,保佑家居安宁。他是陌生人和寻求保护人的佑护神。

作为战争的主管,他决定任何战争的胜负。他在一架金制天平上权衡死亡的运签,借以探知命运的愿望,知道战斗中的哪一方应该取胜.哪一方应该阵亡。

宙斯也是预言神,各类神谕和启示都由他而生。

虽然他是风俗秩序和凡人家庭的保护天神,可是他自己的婚姻也并不是无懈可击的。他跟他的妹妹赫拉婚配,而婚姻生活并不始终一致和平静。赫拉生下战神阿瑞斯、火神赫菲斯托斯、青春女神赫柏和众位生育女神。宙斯还跟不少女神一起生活,形如夫妇。从这类结合中产生了一系列的神。他让女神得墨忒耳成为珀耳塞福涅的母亲,提坦巨人的女儿勒托给宙斯生下阿波罗和阿尔忒弥斯,他跟亚加狄亚女神迈亚的爱情产生的甜蜜果实是神的使者赫耳墨斯,他跟提坦巨人的女儿狄俄涅生下了女儿阿佛洛狄忒。

宙斯还以多种形象接近凡间女子,让她们成为不少著名半仙和英雄的母亲。这一切都引起了赫拉的嫉妒,她让那些妇女感到自己的怒意,并且利用各种机会窥测和跟踪她们。

最古老的纪念宙斯的地点在古希腊西北部伊庇鲁斯的多度那。除了阿波罗在特尔斐的神庙以外,多度那也是希腊最古老的神庙所在。人们常来神庙向宙斯请示处理种种事务的办法,祭祀根据庙中一棵神栎树的沙沙声向人们详示神意。在厄利斯的奥林比亚圣谷有一座宙斯的神庙。为了纪念宙斯,人们每隔四年都在那里举办一次大型体育运动会,即奥林匹克运动会。在奥林比亚的宙斯神庙里有最著名的雕刻,那是雕刻家菲狄亚斯的黄金象牙雕刻作品。雕刻反映了诗人荷马所描绘的光辉时刻，即宙斯恩准了阿喀琉斯母亲的请求："我答应你，克洛诺斯的儿子长着乌黑的睫毛，神似的头发直到额前，他会登上奥林匹斯山。"

在罗马，与宙斯相对应的神名叫朱庇特。他的最有名的庙在罗马的古城堡。取得战争胜利的首领们在这里隆重集会，向朱庇特浇奠祭礼，庆祝战争的胜利，并把战争中的缴获物祭供神。

赫拉，拉丁语称朱诺。

作为宙斯的妻子和妹妹，赫拉是最高的天堂女神，是宙斯的女参谋。她是维系婚姻和风俗的保护者，是妇女的佑护神。

罗马人把她称为朱诺女神，名叫朱诺·莫纳塔的女神在罗马古堡朱庇特庙旁有一座神庙。莫纳塔意为"警告人"。在朱诺神庙附近是一家官府造币厂。后来，人们把它也称作莫纳塔，竟致于把单独的钱币也叫作莫纳塔。在拉丁语中，Moneten（莫纳腾）是钱币的意思。因此，人们常把这一组名字放在一起逗趣玩乐。朱诺的圣鸟是鹅。相传在古堡朱诺庙里的群鹅因为发现高卢人偷袭罗马而大声叫唤，从而保护了罗马城。从此以后，朱诺彼遵奉为"女警告人"，那是提醒人们的意思。

雅典娜，拉丁语称密涅瓦。

雅典娜，又名帕拉斯·雅典娜，本是雅典的城市女神。诗人荷马把她称作智慧女神。这在希腊人关于女神出生的故事中便可寻得佐证。宙斯跟识别女神墨提斯结合，根据命运预定，女神将生下一位权力胜过父亲的儿子。为了防止这样的后果，宙斯趁她生第一个孩子前就把她吞食腹内，可是自己却头痛难熬。宙斯不得已命令火神赫菲斯托斯用斧头把头劈开。等到宙斯的脑袋劈开时，雅典娜手执长矛从中跳了出来。她就犹如思想一般来源于神最英明的思考之处，而长矛意味着战争。当然，雅典娜并不是扇动战火的女神，而是运用计谋进行战争的神。她保佑聪明而又勇敢的男人，奥德修斯最受她的佑护。

雅典娜是智慧女神，又是和平和艺术的保护女神，尤其侧重保护妇女们的手艺。于是，她教会妇女们纺纱、缝制和织布。好胜心很强的阿拉喀涅是一名紫袍燃料工的女儿，想胜过雅典娜的艺术。雅典娜变作一位老婆婆，劝说阿拉喀涅戒掉这份傲气，可阿拉喀涅不听劝告。雅典娜露出真面貌，决定跟她比赛。她们每人织造一块壁毯，壁毯上织进了许多艺术的图案。雅典娜以高超的艺术成为胜者。阿拉喀涅感到受了侮辱，不肯承认女神的荣誉，于是生气地自缢在一根绳索旁。为了惩罚她的虚荣心，雅典娜把她变成了一只蜘蛛。

雅典娜也是发明船的女神。在她的指导下，人们造出了第一条大船，大船载着阿耳戈英雄前往科尔喀斯，英雄们取到了金羊毛。此外，雅典娜还发明了喇叭和笛子。可是她很快又掷掉了这些乐器，因为她从平滑如镜的水面上看到自己吹奏时的面貌非常不文雅。

作为城市和国家的保护神,雅典娜曾经跟波塞冬为阿提喀的归属发生纠纷。宙斯作出决定,能够向他的居民赠送最贵重礼物的人可以获得这块土地。波塞冬赠送马,而雅典娜赠送橄榄树,结果雅典娜获得胜利。种植橄榄树使得阿提喀成为一块最最富裕的地方,因为油在古代起着重要的作用,它不仅可用于照明,还可用于保养身体。

罗马人从希腊接受了雅典娜神像以后,把她视作当地的女神密涅瓦。

阿波罗和阿耳忒弥斯,拉丁语称阿波罗和狄安娜。

提坦巨人科俄斯和福柏的女儿勒托和宙斯相爱。当勒托(拉丁语中称拉托那)感到已有身孕的时候,赫拉对她十分嫉妒,千方百计地想要迫害她。勒托无处藏身,只得在地府中漂泊流浪。没有人愿意接纳这位可怜的女子。波塞冬愤愤不平,怜悯勒托,把特洛斯岛供她栖身。特洛斯原是一座在海洋中的漂岛,波塞冬让它固定下来。勒托在岛上生下孪生儿女阿波罗和阿耳忒弥斯。本来他们是两位死亡神。阿波罗手执银弓,射出飞箭,致男人们以死地;阿耳忒弥斯杀害女人。据荷马时代的人们传说,杀人的箭又分为温和的和残暴的两种。因此,世上出现多种死相,有自然而死、疾病而死、惨遭横死等。人们信奉阿耳忒弥斯为美丽的女猎手,她率领众位女仙穿山越岭,徜徉自然,深受喜爱。后来,阿耳忒弥斯成为野外女神和狩猎女神。

阿波罗,又名福玻斯·阿波罗,也被信奉为智慧之神。他的最著名的神庙在特尔斐。他通过女祭司司皮迪亚向一切求卦的人施发神谕。预言的人从他那里获得预言的本领。他还传授歌唱和音乐的艺术。阿波罗本人也是艺术大师。后来,他位居众位掌管艺术、科学的缪斯之上,被奉为缪斯之祖,列作歌唱神、诗艺神和轮舞神。他的儿子阿斯卡勒庇俄斯是医药神。因此,阿波罗也被看作治愈降福神。此外,阿波罗还被信奉为农艺耕作和饲养牲畜的佑护神。如同他的妹妹阿耳忒弥斯一样,他也被称为狩猎神。在荷马时代,阿波罗逐渐取代了古老的太阳神赫利俄斯。他大约在公元前五世纪时被人们与赫利俄斯相提并论。

他追求美丽的仙女达佛涅引起了一个古老的风俗。达佛涅拒绝他的追求,从他面前飞走了。阿波罗紧追在后,达佛涅眼看着要被抓住,便急忙请河神父亲珀纳埃俄斯把她变成月桂树。从此以后,月桂就成了阿波罗的圣物。古时候,头戴桂冠成为艺术竞赛取得胜利的奖励。

阿波罗与太阳神赫利俄斯相提并论,阿耳忒弥斯跟古老的月神塞勒涅也融为一身,塞勒涅是赫利俄斯的妹妹。人们侍奉她为魔术女神和贞洁女神,她严守贞操,一丝不苟。有一位美丽而又年轻的猎人名叫阿克特翁,他曾经看到阿耳忒弥斯与众仙女一起沐浴。阿耳忒弥斯把他变作一头野鹿,最后被他自己的猎狗撕碎。

阿瑞斯，拉丁语称玛斯。

阿瑞斯是宙斯和赫拉的儿子。他跟雅典娜相反，是摧毁破坏和鲜血淋漓的战神。为此，他导致众神的仇恨。只有爱情女神阿佛洛狄忒才成功地使其陶醉。他们结合生下爱神厄洛斯。阿瑞斯尤其受到好战而又野蛮民族的敬奉。他的随从有恐惧使者得埃摩斯、威胁使者福玻斯和他的妹妹，争斗女神厄里斯。

阿瑞斯也是为被人谋杀者报仇雪恨的神。在雅典，人们把古老的刑事法庭所在地，即阿瑞斯山坡祭献给他。阿瑞斯山坡又有避居之地的意思。

罗马人慢慢地把他混淆为古老的玛斯战神。从前，玛斯不仅是战神，又是降福神。为纪念玛斯，他的祭司们，即萨利安僧侣，在祭祀给他的三月初，都会拿着武器跳着舞穿过罗马城的许多街道。因此，萨利安僧伯又有"跳跃人"的意思。玛斯则成了罗马城的特别佑护神。

赫菲斯托斯，拉丁语称伏尔甘。

赫菲斯托斯是宙斯和赫拉的儿子，生得面貌丑陋又跛腿，于是被赫拉从奥林匹斯山推入大海。海中女神忒提斯同情地收留下他，把他抚养大。等他长大后，他很快学得一门非凡的手艺。他为母亲赫拉锻造了一张黄金靠椅，送给母亲作为礼物。赫拉不知情由，便高兴地坐了上去，结果却再也站不起来。赫拉被艺术的枷锁扣住身子，没有人知道解锁的秘密。有人前来寻找赫菲斯托斯，赫菲斯托斯却不愿过去帮助她。

只有酒神狄俄尼索斯才成功地把他骗了过去。他让赫菲斯托斯喝酒，把他喝得酩酊大醉。赫菲斯托斯酒后壮胆，决定回到奥林匹斯山去，他成了火神、艺术神和工匠神。一切在工作中使用火，尤其是铸铜件的人，都敬仰他。他在奥林匹斯山上建造神的宫殿，给宙斯赶制象征权力的王杖和其他种种艺术品。他给自己打造了金女佣。由于整天蹲坐炉灶，赫菲斯托斯看上去愈加煤灰染身。他虽然跛着腿走路，却娶了个漂亮的女神阿佛洛狄忒为妻。妻子并不忠实于他。有一回，赫菲斯托斯看到女神跟阿瑞斯热恋如火，就用一张金网罩住他们两人，而他们两人却全然不知。火神把两人举到众神面前，众神乐不可支，传为一时笑谈。

他的工场就在奥林匹斯神山。据后来的传说，他就在挨得纳火山下跟他的伙伴库克罗普斯一起劳动，为宙斯特制闪电。

罗马人把他看作古老的火神伏尔甘，他的任务是保护房屋和城市，免受火灾威胁。

阿佛洛狄忒，拉丁语称维纳斯。

阿佛洛狄忒就是宙斯和提坦巨人的女儿狄俄涅生下的孩子。据另一个传说介绍,残疾的乌拉诺斯让自己的血流入大海,形成具有生命的泡沫。阿佛洛狄忒就是由泡沫生育而来的。她被尊奉为爱情女神和美丽女神。女神的魅力就在她的腰带上。一次,赫拉也向她商借腰带,用于迷惑她的丈夫宙斯。

阿佛洛狄忒也被信奉为春天女神、花园女神和花卉女神。她曾经深深地爱上美貌少年阿杜尼斯王子。女神担忧他的生命危险,于是恳请他再也别去狩猎。阿杜尼斯没有听从意见,有一回在打猎途中被野猪伤害,那是阿瑞斯出于妒意唆使而来的野猪。阿佛洛狄忒到处寻找王子的尸体。她在多刺的灌木丛中走动时划破了几处伤口,鲜血滴落在地上,从中长出了玫瑰花。她让王子阿杜尼斯的血液中冒出了银莲花。她的悲诉感动了宙斯,宙斯恩准阿杜尼斯的每年只有部分时间蹲踞在阴间,其余时间可以在地面上生活,享受她的爱情。

阿杜尼斯原来是众多的东方神明中的神,那是死而复生的神。后来,人们把这类传说看作是大自然枯萎和复苏的象征。

阿佛洛狄忒还被看作海洋女神和海上交通的女神。人们祭奉她,期望保佑海途平安。

她的众位女佣就是司美女神,一群妩媚的女神。

罗马人把维纳斯女神跟阿佛洛狄忒相提并论。维纳斯被看作尤利乌斯·凯撒族第的始祖。

赫耳墨斯,拉丁语称墨丘利。

赫耳墨斯是宙斯和亚加狄亚女神迈亚的儿子。他作为神的使者给人间送去财富,尤其给人们送上一群群牲畜。后来,人们把他推崇为道路神、马路神和交通神。赫耳墨斯是商人的保护神,可是又是偷儿和骗子的佑护神。他在孩提时代就是一个机智伶俐的人。有一回,他趁着兄长阿波罗给神放牧牛群的时候悄悄地偷下五十头牛。他把牛藏匿起来,连阿波罗也无法找到。赫耳墨斯用树叶和树枝包裹着牛蹄,让雪地上的牛蹄印变得模糊不清。最后,他又把五十头牛倒拉着引进山洞。牛蹄印一律朝外,谁也不敢相信牛群就在山洞里。阿波罗寻找好久才终于找到被偷的牛。赫耳墨斯把自己创制的古琴送给阿波罗,兄弟俩这才尽释前嫌,和好如初。他曾经找到一只龟,用龟壳做成小音箱,然后又杀掉偷来的牛,取出牛的小肠,做成七股弦,绷在龟壳的音箱上,成了一把漂亮的古琴。赫耳墨斯又是催眠神。他用一根金杖开闭人的眼睛。他陪伴着死者的灵魂走进地府。

人们在造型艺术中常把赫耳墨斯塑造成一位美貌少年。他头戴旅行帽,脚穿金草鞋,手上拎着一根拐杖。后来,人们又把帽子、草鞋和拐杖上装配起灵巧的翅膀。

跟希腊的赫耳墨斯神相仿的罗马神是墨丘利,两个都是商业神。而墨丘利

（Mercurius）从其名字中便可知道，他是由拉丁字"merx"（商品、货物）引申而出的一个神明。

赫斯提，拉丁语称维斯太。

赫斯提是宙斯的妹妹，是家庭的灶膛火神。祭祀赫斯提女神的地方就是家中的灶。位于雅典市参事大楼里的国灶燃烧着永恒的火焰。希腊城如果派出殖民队伍外出，殖民的人都从赫斯提的圣灶中接取火苗，带进异国他乡，置放在新建立的城市的灶膛内，这是不忘祖先和传统的意思。

这一类习俗在罗马也存在。那里的灶火女神名叫维斯太。罗马城内有一座维斯太神庙。庙内的女祭司们看守着永远燃烧的火焰，那堆火焰绝不能止熄。担任女祭司的人选必须堪称杰出的姑娘，在孩子时就被认定，然后连续服务三十年。女祭司们服务期间必须保持姑娘的童贞。如果女祭司，又称维斯太女子在服务期间失去了姑娘的贞洁，就会遭到活埋的惩罚。她们如果不慎让永明的火焰熄灭，顿时会被祭祀用皮鞭抽打。然后，人们再用钻木取火或者利用太阳光聚焦在镜面上生火的办法重新生出永远燃烧的火焰。

水域诸神

波塞冬，拉丁语称尼普顿。

波塞冬是宙斯的弟弟。划分世界权力时，他分得了海洋的主管权。波塞冬用巨大的三叉戟把大海搅得波浪滔天。他乘坐金车，让金鬃马拉动战车在狂风暴雨中破浪前进。他还用三叉戟摇动大地，希望搅得地动山摇。于是，诗人荷马称他为"摇撼大地的人"。可是，他不仅兴风作浪，沉船落难，还给人们送上顺水顺风。他在跟雅典娜比赛时曾给阿提喀国送去一匹骏马，骏马成为他的圣物。因此，波塞冬又成为奔马的驯手，被奉为骑士之神。为了纪念波塞冬，人们在科林斯的狭隘地带，即在地峡上举办地峡运动会。赛车常常是运动会的高潮。

罗马人的海神是尼普顿。

其他的水域神

除了波塞冬的妻子安菲特里特和他们的儿子特里同，除了海洋老者涅柔斯和他的五十个女儿，即涅柔斯女子以外，希腊人还有其他一些水域神仙。在埃及海岸外的法罗斯岛上，普洛透斯保护着安菲特里特的海豹。普洛透斯具有预言的本领。不过，他只在迫不得已的情况下才动用本领，预言祸福。为了逃避遭受迫不得已的狼狈局面，他常常变作各种模样。因此，他的名字对能变化的人来说直到现在还是不绝于口的。

海神格劳科斯又有别名叫波弟俄斯，是一位能够预言的神。据说他原是俾俄喜阿地区的一个渔夫，由于魔草的作用而精神失常，以至于跳入大海，变成一位神。

属于水域神的还有许多河神和水中仙女。在古代的民间意识里,每条河都是一名男性神。仙女们是宙斯的女儿,她们不仅住在水溪、泉源、河流以及孤岛上,还生活在丛林、森林和许多的山洞里。因此,仙女们有纳亚登、德律亚登和俄瑞阿登之分。纳亚登指水域仙女,德律亚登指树木仙女,俄瑞阿登是山岭仙女,等等。在人们的想象中,她们都是美貌的姑娘,寿命很长,可是却不列入神的概念之中,不能与天地同寿。

陆地诸神

得墨忒耳,拉丁语称刻瑞斯。

得墨忒耳是果实女神,尤其是农艺果实女神。她给宙斯生下女儿珀耳塞福涅。冥府神哈得斯趁珀耳塞福涅在西西里岛的草地上跟俄刻阿诺斯的女儿玩耍时悄悄地劫持了她,把她带入地府,并且娶了她为妻。母亲得墨忒耳无限悲伤,在地球上到处转悠,漂泊了九天九夜,寻找她丢失的孩子。到了第十天,眼观八路的太阳神赫利俄斯向她透露了珀耳塞福涅的下落。得墨忒耳听到后悲伤万分。她躲开了众神,变作一个寻常的妇女,穿着破旧的衣衫来到人间,到处流浪。她在雅典附近的挨琉西斯被人认出真实身份,受到热情的接待。人们给她建造一座庙宇,供她栖身居住。

得墨忒耳对宙斯很生气,因为他同意让人劫持自己的女儿。于是,女神剥夺了大地上的任何果实,让田地里颗粒无收,人类面临着饿死绝种的威胁。宙斯感到事态严重,答应珀耳塞福涅每年三分之二的时间留在母亲身旁,另外三分之一时间留在地府跟丈夫一起度过。从此以后,每当女儿跟她在一起时,得墨忒耳就让大地披红戴绿,鲜花怒放,果实累累;每当女儿离开她时,得墨忒耳就让冬天笼罩大地。

得墨忒耳为感谢挨琉西斯人对她的热情接待,便教会那里的王子学习农艺。挨琉西斯人尤其推崇得墨忒耳和珀耳塞福涅两位女神,每年举办庆祝会,即挨琉西斯神秘剧。

狄俄尼索斯,拉丁语称巴克科斯。

狄俄尼索斯是茂盛作物神,尤其是葡萄酒神。荷马诗里还没有提到他的大名。对他的推崇是后人由色雷斯移到希腊去的。他是宙斯跟公主,即大地女神塞墨勒所生的儿子。宙斯变作凡人的模样去接近公主。后来,宙斯应公主的愿望显示了神的原形,原来是一道闪电。可惜公主难以忍受闪电的火热,结果惨遭危难。她的儿子由仙女们抚养长大。

狄俄尼索斯长大以后,带着一大群仙女和森林精灵萨蒂尔在世界上到处走动。森林精灵萨蒂尔长着山羊耳朵、山羊尾巴和山羊腿。他们在各地传播葡萄作物和狄俄尼索斯的礼拜仪式。

罗马人是在庆祝巴克科斯的名义下敬奉酒神狄俄尼索斯的。

潘，拉丁语称法乌诺斯。

潘是山岭和森林妖魔，是小动物的保护使者，是牧人和猎人的佑护。他的造型往往是满脸大胡子，一头蓬乱的散发，山羊蹄似的脚，头上长着多个触角。他在白天跟仙女们走遍群山和深谷，中午睡觉，被称为农神时刻。等到晚上，他在山洞前吹奏牧笛。这种牧笛由他自己制造，通常有七个或九个芦笛按照大小排列而成，再用一根带子捆扎一道。人们把寂静中出现突如其来的响声从而使人惊恐的现象主要归咎于他。因此，语言中把惊慌失措的恐惧称为潘式害怕。

罗马人把农神潘看作生育神法乌诺斯。法乌诺斯既是畜牧神，又是农艺神。

阴司诸神

哈得斯，拉丁语称沃耳库斯。

哈得斯是宙斯和波塞冬的兄弟。他跟妻子珀耳塞福涅一起主宰死者王国。作为一切生命的敌人，他受到神和凡人的痛恨。在诗人荷马以后的时代里，人们又转意死者灵魂居住的地方为哈得斯。

罗马的冥府神源于哈得斯，他的名字叫沃耳库斯。

赫卡忒，赫卡忒是农艺女神，希腊人把她看作灵魂生命的女神。她在深夜时飞到街头，主要在十字路口和坟墓旁与死者亡灵和各式各样的幽灵飞舞戏要，一起变幻许多魔术，在欧洲民间风俗中留下许多浓重的烙印。

厄里倪厄斯，拉丁语称复仇女神。

厄里倪厄斯是服务于地府诸神的复仇女神。她们不仅在阴间，也在阳间惩罚一切冤屈和过错。人们想象她们的头发上盘旋着条条毒蛇，她们龇牙咧嘴，用毒蛇当作腰带，手上举着火把和皮鞭。为了不刺激她们，人们用美丽的名字称呼她们，称她们为"友好亲善的女人"。

罗马人称她们为复仇女神。

原来的死亡神名叫塔纳托斯，是睡神许普诺斯的孪生兄弟，厄瑞玻斯和夜女神的儿子。开伦是一群暴死女神。

选自《希腊古典神话》，曹乃云译，译林出版社，1996

中世纪文学

论英雄史诗

[意大利]塔索

卷一

诗有许多种,一种是史诗,另外几种是悲剧,喜剧,和用竖琴,风笛或其他牧歌乐器伴奏的诗;这诸种诗相同的地方,在于模仿。我们由此可以毫不含糊地断言,诗就是模仿。但是,绘画、雕塑和许多其他艺术形式也是模仿,需要找出把诗跟其他模仿艺术区分开来的差别。它们的差别并不在于它们模仿的事物的差别,因为同样是特洛亚战争或者俄底修斯奇遇的题材,画家和诗人都能够予以表现;情节上的差异不足以把画家和诗人区分开来。画家用色彩来模仿事物,诗人则用自由的或跟某种韵律相联系的语言来模仿事物。这就是说,诗是用韵文来模仿的艺术。那么它的模仿对象是什么呢?斯多葛派学者认为,诗是对人的行为和神的行为的模仿。因此,不描叙人的行为或神的行为,便不成其为诗人。根据这种观点,荷马在描写青蛙和老鼠之间的战斗时,[①]自然不是诗人;维吉尔在描写蜂群的生活、习性和战斗时,[②]同样也不是诗人。而另一方面,举凡描写神的行为者,便都是诗人。恩培多克勒[③]在论述爱和冲突怎样破坏感情的世界,产生理想的世界时,他是诗人;或者,柏拉图在通过《提迈俄斯篇》[④]叙述,上帝如何一面召唤其他水神,一面创造世界的时候,也成了诗人。

然而,如果这种观点是站得住脚的,那么可以断言,举凡描叙自然的行为者,

---

① 指荷马的《鼠蛙交战记》。
② 指维吉尔的《农事诗》第四卷。
③ 古希腊唯物主义哲学家,用诗体写的论自然和宗教的两部著作。
④ 柏拉图阐述他的哲学思想的对话录之一。

也应当是诗人,因为自然的一切行为全是借助天意进行的。① ……由此,诗不只可以模仿禽兽的行为,像独角兽跟巨象,或天鹅跟苍鹰的搏斗,②而且可以模仿自然的行为,像海上风暴、瘟疫、洪水、火灾、地震,等等。……根据前面所述,诗是为了使生活有所裨益而对于人的行为的模仿。……诚然,这种模仿带来极大的快感,但不能说它具有双重的目的,一种是娱乐,另一种是教诲,像贺拉斯在诗中所说:

> 诗人的目的在给人教益,或供人娱乐,……③

因为一种艺术不能有两种目的,而其中的一种目的不从属于另一种目的。这样,或者遵照伊索克拉托斯④的说法,应当把指导和教诲撇在一边,以荷马和悲剧家为榜样,把全部精力集中于给人乐趣;或者为了给人教诲,应当把娱乐纳入这一范畴。看来,娱乐确实是诗的目的,然而这是隶属于教诲的目的。

因此,诗人不应当像厄拉托斯忒斯⑤主张的那样,把娱乐当作目的,而应当把教诲当作目的。斯特拉博⑥在驳斥厄拉托斯忒斯的观点,为荷马辩护的时候曾论述:按照古人的意见,诗是最初的哲学,我们从孩提的时候起就在生活方式和理智方面接受它的教益。但后人又把诗人视为大贤大智者。⑦ 至少说,应该认为,不是任意一种娱乐都是诗的目的,而只有跟正直相联系的娱乐才是诗的目的,因为丑恶的、污秽的情节产生的乐趣,跟优秀的诗人是不相称的,只有跟正直相联系,给人许多教益的娱乐,才是诗人的目的。

…………

我们可以说,英雄史诗是对于光辉的、伟大的和完美的行为的模仿;它采用卓绝的韵文描叙情节;借助惊奇来激动人的心灵;从而以这种方式来给人教益。

英雄史诗如同其他任何完整的诗一样,具有自己的因素;这些可以叫做特点的因素无疑是四个。第一个因素是情节,根据亚里士多德的定义,它是行为的模

---

① 皮科罗米尼(1405—1464)、卡斯特尔维特罗、马佐尼、马吉(? —1564)等在他们的著作中认为,诗只是对于人的行为的模仿,塔索则进了一步,指出诗不只是对于人的行为的模仿,也是对自然的行为和神的行为的模仿。

② 马佐尼在《神曲的辩护》中谈到,古典诗作中描述的这些情节不是真实可信的。

③ 见贺拉斯的《诗艺》。

④ 伊索克拉托斯(公元前436－338),古希腊作家,演说家。他认为作品应提供快感,讲究和谐,避免教诲。

⑤ 厄拉托斯忒斯(公元前280－195),古希腊文艺理论家、科学家,著有《谈古曲喜剧》十二卷,《地理学》三卷,他强调诗的唯一目的是给人娱乐。

⑥ 斯特拉博(公元前64－公元24),希腊文艺理论家、历史学家、科学家,著有《地理学》,他指出诗人的目的在于给人教育,荷马的史诗真实可信,寓教诲于娱乐。

⑦ 塔索此处暗喻普罗提诺(204－270)等新柏拉图主义者。

仿,而格外重要的是对于表达这些行为的人物的模仿。亚里士多德把情节称作诗的根源和灵魂。第二个因素,是情节叙述的人物的特征。第三个因素是思想。第四个因素是修辞。

选自《西方古今文论选》,伍蠡甫主编,吕同六译,复旦大学出版社,1984

中世纪人们眼中的世界

[英国]埃文斯

万物图解:宇宙

与罗马帝国的希腊语地区一样,中世纪西方的信仰寻求一种超越现世的永恒。天堂的观念对那些在现世地位低下且命运不济的人们来说显得特别真切,给他们以极大的精神安慰。在人们无望改变现状的情况下,这种"天堂意识"发挥着重要的作用,成为贯穿中世纪大部分时期的一根主线。基督教教导普通大众接受并顺从权威,并将其视为通往天堂的必备品质,可以在天堂中享有更加美好的生活。富人和有权有势的人则应学会运用他们手中的财富和权力来帮助孤寡贫穷的人。热衷于改造社会的信徒只是一些持不同政见者,他们是韦尔多派(Waldensians)和罗拉得派(Lollards)。我们在以后的章节中会谈到他们。他们关注的只是挑战"现有体制",而不是用一个更加平等的社会来取代它。

圣经描绘了人类居住的"地方",它是上帝希望他的创造物生活的地方。在《创世纪》开篇,这个地方是伊甸园。上帝创造亚当和夏娃,让他们与其他的造物生活在"伊甸园"中。总的来说,这是一个井然有序的地方。人类的始祖在不违背上帝意愿的条件下享有充分的自由。他们不受蚊虫的叮咬和荆棘的刺伤。(那些纷扰都是后来的事,在亚当和夏娃违背上帝的旨意犯下罪过之后《创世纪3:14—24》)

亚当和夏娃在犯了第一次,也是关键性的罪过之后,他们被逐出了伊甸园。这开创了基督教关于放逐和流放的传统主题,基督徒将其一生设想为寻找伊甸园的过程,他们试图有所作为,以便将来有资格重返家园。

这当然也是犹太教的遗产,因为犹太人也将《创世纪》奉为圣典。但是,与基督教相比,犹太人对亚当和夏娃的堕落抱有不同的看法。就基督徒而言,对这一主题的理解是至关重要的,因为它解释了为什么上帝派他的儿子来到人间,并为人类献身于十字架上。犹太教的传统则倾向于期盼一位救世主的到来,他将统治一个更加美好的世界。这个世界富足和平,没有战争,每个人都遵纪守法,正直不阿。

三种天堂

坎特伯雷的安瑟伦在 11 世纪后期完成《论证》(*Proslogion*)。该书的最后几章对中世纪的天堂概念进行了汇编整理,具有特殊的意义。这本书包括安瑟伦关于上帝存在的著名论证,以基督徒之旅的结束这样的主题作为结局。安瑟伦向读者再次强调,他们可以一直享受现世生活中单纯的快乐而又不失永恒。

比如,假如他们在现世喜欢快跑,那么在天堂中他们可以跑得更快,这阐释了身体在来世扮演的角色。基督教笃信,人类不仅有精神,而且是肉体和精神的统一,肉体以某种形式会得到再生,因此他们可以作为"完整无缺的人"获得永生。

安瑟伦在《论证》中对天堂进行了另外一种具有启发意义的描述,即天堂里充满了乐趣。这一观点是对另外一种看法的反驳,即认为天堂听上去不错,却单调乏味。安瑟伦相信,天堂不仅仅是休息的地方,更是一个充满乐趣的地方。这虽然是他的个人观点,却反映出一个更为世俗的景象,正如罗马作家品达(Pindar)所描写的:天堂被赏心悦目的东西所环绕,那里有游戏、音乐和好的伙伴——在穆斯林的《古兰经》中,也可以找到类似的描述。天堂还被描绘成"天国耶路撒冷",这更易于让普通人"想象",有时它明显地与现实中的圣地耶路撒冷混淆在一起。

以上两种天堂描述浅显而引人入胜,其内涵也更加严谨和理性,具有更为深刻的精神意义。"有福的生活"的构成要素有些是从古老的哲学中派生出来。追求幸福这一主题激发人们展开讨论,探讨什么是真正的幸福生活。希波的奥古斯丁皈依后不久,在其著作《论有福的生活》(*On the Blessed Life*)中也论述了这一主题。当时,他在意大利北部科莫湖畔的加西齐亚根与几个朋友一起过着隐居生活,思考如何能够依照自己的新信仰来改造旧观念。

奥古斯丁的天堂是一个理性的天堂,天堂的快乐在于跟伙伴们一起探讨精神上的东西,对真、善、美进行深入的思考。更为重要的是,关注上帝的旨意给他们带来快乐,与上帝进行个人之间的交流可以在永恒的喜悦中获得提升。中世纪有些基督徒声称,他们曾经短暂地预先体验过这种神秘经历带来的喜悦,当时的情形就像是从肉体中脱离出来,超越了世俗的生活。

波伊修斯(Boethius)在其 5 世纪的《哲学的慰藉》(*Consolation of Philosophy*)中,写到一个人面临生活的最终危机。他遭软禁在家,被他的政敌宣判了死刑。在等待末日来临时,他虚构了与哲学的对话,将哲学拟人化为一位女神。作为一位基督徒(他写过几本有关基督教主题的小书),这种写法实在是令人吃惊。他的对话大量涉及命运、财富和天道。对于哲学家和基督徒来说,在宇宙中是否存在一种力量控制着事物的最终结果,这是一个具有吸引力的问题。基督徒相信他们的上帝是万能慈悲的,他会使所有的事情获得完满的结局。

对这些事物的思考使波伊修斯专注于对永恒生活的展望,他将永恒描述为"完整而没有止境的生活"。他解释道,这种生活与有限的生活大不相同,在永恒之中,我们身处今天,没有昨天和明天。上帝不可能因为来自永恒而比永恒更"古老",因为永恒是没有时间限制的。从某种意义上说,上帝在其本质的"简单性"上"先"于永恒。也就是说,上帝的创造物都是多种多样并容易犯错的,只有上帝是单一而不变的。

中世纪对永恒生活的"哲学"思考注重基督徒与上帝的关系。在 12 世纪,这种思考也同样出现在修士桑迪雅里的威廉(William of St Thierry)的著作中。威廉的上帝具有很强的位格性,但同时也具有抽象和哲学上的属性。修士的生活被描绘成天堂的生活,为了追求永恒,他终其一生祈祷上帝,献身上帝。修道院的单人房是天堂的缩影,他可以在瞬间的喜悦中预先感知天堂,此刻,他似乎脱离了肉体,升入天堂,来到了上帝的面前。

所有这些围绕天堂的观点都与"黄金时代"这一概念密切相关。古典时期的异教思想家同样抱有类似的观点。对基督徒来说,黄金时代就是天堂,人们回归在上帝创造亚当和夏娃的欣喜之中,永远享用着上帝的慈爱和其他造物的陪伴。

地狱

"天堂意识"涉及的是一个普遍的设想,即上帝创造宇宙并将它分成等级,天堂的下面还有地狱。在新约中,乞讨者拉撒路的故事告诉我们,他死后被天使带入了天堂。他被描绘成"被天使带去放在天堂中亚伯拉罕的怀里"(路加福音16:19—31),在那里,他与亚伯拉罕看着财主在地狱里受苦。那财主在世间已经享有财富,现在该轮到天堂中的拉撒路了。在天堂与地狱之间没有通道,财主只能永远待在地狱里,永世不得翻身。

这个故事反映了中世纪的一种流行观点,即未来的天堂生活比现世的地位改变更加重要(那财主本来应该帮助拉撒路的),它还将天堂与地狱塑造成处于宇宙等级中的两个地方。希波的奥古斯丁在《上帝之城》的结尾部分也提到了天堂和地狱,他表达了生活在天堂中的快乐,这里的人默默注视那些在地狱中受苦的人,他们将感谢上帝对他们的格外宽容,将他们从罪人应得的惩罚中拯救出来。

天使

在中世纪,天使被公认是上帝特别创造的纯灵界的理性存在。圣经中没有提到天使的创造,只在《创世纪》中"穿插"提到光明从黑暗中分离出来。圣经中有几个地方提到了天使和天使长,《以赛亚书》6 章描写了撒拉弗,他们是六翼天使,两翼遮挡脸庞,两翼覆盖身体,两翼用以飞翔。

早在 5 世纪,雅典最高法院法官狄奥尼修斯(Dionysius)在其著作中将天使分为九等,希腊文的"天使"(angelos)意为"信使"(messenger),普通天使在等级的最下层——对人类来说他们只是信使,天使长在他们之上,负责传递更为重要的信息。比如,天使长加百列给圣母玛利亚传递信息,告诉她将成为上帝之子的母亲。天使长米迦勒出现在《犹大书》9 节。最高等级的天使为六翼天使,他们永久守卫在上帝的宝座之前,喜欢沉思默祷。在他们之下的是智天使。(中世纪的智天使不仅仅是文艺复兴绘画中胖乎乎的小孩子,他们还具有高贵的精神)介于最高等级和最低等级之间的另外五类天使,他们分别为能天使、主天使、座天使、力天使和权天使。

在 12 世纪的著作中,有人试图将天使的九个等级与人类的等级等同起来。修士和修女因尽其一生沉思默祷上帝,他们在来世可以"排在"天堂中的默想天使旁边,国王可以与座天使与权天使待在一起,等等。

天使的堕落

人类与天使是上帝的理性创造物,他们之间的关系将涉及天使"堕落"之后,上帝会如何处置。天使的堕落与亚当和夏娃的堕落不同。与天使的创造一样,天使的堕落在圣经中也没有提到,它要求对圣经中的一些因素加以合理的解释。上帝不可能是恶的创造者,但恶却是一股非常强大的力量。之后我们会看到,一些异教的观点试图解释这一问题。如果假设一个最高等级的天使背叛了上帝,为自己争权,那么,将他视为世间恶的代表便不难理解了。坎特伯雷的安瑟伦说,"背叛"在于想得到好东西,想跟上帝一样,但是,这个欲望对一般的造物来讲过分且不适当。于是便产生了这样的说法:堕落天使路西弗或撒旦试图去诱惑其他的灵界存在,把人类从他们的造物主手中夺走。恶的特征之一是它扭曲了人类,使他们以非理性和破坏性的方式行事。

上帝是全能的,撒旦和他的追随者的堕落不可能破坏上帝对宇宙的计划。中世纪信徒的期望是:上帝愿意天堂中拥有数量相当的得到祝福的灵魂。这种期望解释了上帝为何创造人类来填补天堂的空缺,也解释了为什么撒旦诱惑亚当和夏娃,急于破坏上帝的拯救。顺着这个思路,我们便得到一副天堂的图画,其中受到祝福的人像是有生命的石头(彼得前书 2:5),与好天使一起构成了"天堂之殿"的一部分。

中世纪造物的等级从灵的排列到物质。天使是纯粹的灵界存在,可以进行理性的思考。人类也有理性的头脑,但是他们的灵魂受到肉体的限制。动物没有理性,但是他们有生命,可以四处走动。植物有生命,却不能移动。岩石只是简单的存在。这些有关世界的事实对中世纪的人来说是牢不可破的,出于现实和神圣的目的来安排等级是不容置疑的。

选自《中世纪的信仰》,茆卫彤译,北京大学出版社,2005

但丁与贝雅特丽奇

[英国]约翰·德林瓦特

但丁1265年生于佛罗伦萨。9岁时与同龄的贝雅特丽奇相遇。两个孩子当时没有说话,但这位诗人宣布"从那天起爱情就占据了我的心"。贝雅特丽奇永远是"我心中光彩照人的女士"。多年以后,他回忆说,在他生命中最美妙的那一天,她穿"一件色彩最高贵的"衣服,"柔和漂亮的绯红色衣服,扎着腰带,饰物也非常适合她那娇嫩的年龄"。九年后,诗人再次与贝雅特丽奇相遇,这次她身穿白色衣服,在佛罗伦萨大街上陪着两位老夫人散步。他们还是没有说话,但"她把目光转向了我,我红着脸痛苦地站在那里,她以无以言表的礼貌向我示意,那姿势如此之美以至于我在当时当地感到了幸福的极限"。他们仅见过一次面。贝雅特丽奇从不知道她曾在意大利最伟大的心灵里激起了如此大的浪花,这是一种在至高的文学杰作中变为不朽的激情,这多么令人伤感,多么具有讽刺意味呀。

贝雅特丽奇结婚了,但25岁就逝世了。她死后但丁写道:"当我失去灵魂的第一次愉悦(也就是贝雅特丽奇)时,悲伤深深地刺痛了我,以至于我再也找不到慰藉了。"他在他的第一部意大利文著作《新生》——一部穿插着十四行诗的哲学论著——中描写了他的这份激情。下面是罗塞蒂翻译的这些十四行诗中最美的一首,诗中,但丁解释了这位女士早逝的原因:

> 那超凡的荣光进入天国
> 唤起永恒天父为之惊叹,
> 直到一种甜蜜的欲望
> 带着绝伦之美进入心田,
> 所以只许自己把她欣赏;
> 看看这个萎靡邪恶的尘世
> 怎值得惊动如此的美轮美奂。(罗塞蒂译)

《新生》之后,除了一系列抒情诗外,但丁在开始《神曲》之前没有用本族语写作,在此期间的拉丁文作品不是我们所关心的。他一生中的伟大作品都献给了他钟爱的女人。但丁的《神曲》也是写给已故的贝雅特丽奇的,在《新生》的最后一章,他写道:

但丁与贝雅特丽奇

　　如果乐意给万物以生命的上帝再让我的生命持续几年，我希望能用以前从未用过的方式描写她。此后愿上帝保佑我的灵魂进入天国去欣赏她的美，去写贝雅特丽奇。

　　贝雅特丽奇去世两年后，诗人和一个贵族出身的女人结了婚，她那忠诚和刚烈的性格在动乱年代里反倒变成了暴躁的脾气，导致了一种悲剧般的、令人失望的生活。据说在《地狱篇》第 16 首诗章中，诗人写的就是他的妻子格玛：

> 我，我的妻子
> 不仅仅由于那野性的脾气，
> 把我带到这罪恶之地。

　　选自《世界文学史》（上卷），陈永国、尹晶译，北京大学出版社，2011

文艺复兴时期的文学

人的发现

［瑞士］布克哈特

文艺复兴于发现外部世界之外，由于它首先认识和揭示了丰满的完整的人性而取得了一项尤为伟大的成就。

如我们所已经看到的，这个时期首先给了个性以最高度的发展，其次并引导个人以一切形式和在一切条件下对自己作最热诚的和最彻底的研究。的确，人格的发展主要在于对一个人自己的和别人的人格的承认上。本书曾谈到古代文学对这两大过程的影响，因为对于个人和一般人性的理解和表现的方法是受到这种影响感染和得到刻画的。但是这种理解和表现的能力仍是那个时代和那个人民所具有的。

本文将加以引证的事实不多。在这个讨论的过程中，如果说作者感到他在什么地方是立足在危险的猜想的基础之上的，那就是在这个问题上。在他看来是 14 世纪和 15 世纪的精神运动中间的一个明显的（即使是微妙的和渐进的）过渡，而在别人看来也许不是那么同样的清楚。一个民族的精神的逐渐觉醒这一现象对于每一个旁观者产生的印象可以因人而异。时间将判断哪一个印象是最可靠的。

幸而关于人性的精神方面的研究不是从研究理论心理学出发——为了这个目的，研究亚里士多德就足够了——而是从努力观察和叙述去着手的。这种心理学的不可缺少的理论基础是限于当时流行的、常常和迷信星宿的力量相结合的四种气质的学说。这些概念可能在个人的心理上是难于根除的，但并不妨碍时代一般的进步。当人性的最深奥的本质及其一切典型的表现不仅由于准确的观察已为我们所知，而且被不朽的诗歌和艺术作品所表现的时候，如果我们还能碰到这些概念，那自然会给我们留下独特的印象的。听来可笑，有一个本来应是有能力的观察者认为克莱门七世具有一种忧郁的性格，但由于医生们认为这个教皇具有一种多血质和胆汁质的天性，他就屈服于医生的诊断。还有，同一个加斯敦·德·弗瓦,这位拉文纳的胜利者,乔治昂给他画过像,本巴亚给他雕过像,而一切历史学家也都描写过他,当我们读到他是一个具有沉淀质的人时,也会觉得是可笑的。无疑地,那些使用这些名词的人是有他们的一定含意的;但是他们用来表明他们的意思的那些术语在 16 世纪的意大利已是非常陈腐的了。

我们将首先谈谈 14 世纪的伟大诗人的诗作,他们是无拘束地描写人类精神的范例。

如果我们从前两个世纪期间的所有西方国家的宫廷诗和骑士诗里边收集精华,我们将得到大批对于内心生活有奇妙观测和独到描绘的作品;这些作品初看起来似乎是可以与意大利人的诗歌相匹敌的。姑置抒情诗不谈,斯特拉斯堡的哥德弗雷在他的《特利斯特拉姆和伊索尔特》中表现了人类的激情,所具有的某些特色是不朽的。但是这类作品有如沧海遗珠,散处在矫揉造作的老生常谈的作品中间,而它们完全是与描写人类内心及其丰富的精神面貌的纯客观的描写很不相同的一些东西。

在 13 世纪里,意大利也通过"抒情诗人"而在宫廷诗和骑士诗中占有它的一份。主要由于这些抒情诗而产生了"短歌",这种短歌的构造和任何北方抒情诗人的歌曲构造一样的费力和不自然。无论那个诗人是平民或是学者,它们的主题和思想内容都不外是表达宫廷中歌功颂德的俗套。

但是最后出现了两条新的道路,沿着这两条道路,意大利诗歌能够走向另一个具有特征的将来。它们并不因为只是涉及诗歌艺术的形式和外部方面而就不大重要。

但丁的老师布鲁纳托·拉蒂尼在他的"短歌"里边采取了"抒情诗人"的惯常写法;第一首著名的"无韵诗",或者说十一音节的无韵诗是他写的,这种诗虽显然不注重形式,但却于无意中表现了一种真实的情感。我们可以在以后一些年代里的壁画中看到,并可以在更晚一些年代里的各种绘画中看到,同样的由于对内心构思力量有信心而有意识地放弃外部的效果。这些绘画开始不再依靠色彩来产生效果,而只是采用一种较淡的或较浓的阴影。对于一个非常重视诗歌的人为的形式的时代来说,布鲁纳托的这些诗标志着一个新纪元的开始。

约在同时,或甚至在 13 世纪的前半期,当时在欧洲大量出现的,许多严格对称的韵律形式之一的十四行诗,在意大利成了一种标准的和为人所承认的诗律。诗韵的押法,乃至诗行的数目在整个一世纪中都是有变化的,一直到佩脱拉克才把它们永久固定下来。一切较高的抒情或冥想的主题,以及较晚时期的各种各样描述的主题都是以这种形式来处理的,而那些情歌、六重唱以至"短歌"都被降到了从属的地位。以后的意大利作家半诙谐半愤慨地抱怨这个必须使用的诗型,这个削足适履的普罗克鲁斯特斯的床,因为他们被迫使他们的思想感情适应这种形式。其他的人则无论过去和现在都对于这种特殊的诗歌形式非常满意，他们自由地运用它来表现任何个人对于往事的追怀，或写些没有必要性或严肃目的的无聊的拙劣诗歌。因此，在十四行诗中，拙劣而没有价值的诗比好诗多。

尽管如此，我们必须认为，十四行诗对意大利诗歌来说是难以用言语形容的天赐之福。它的层次分明结构美丽，后半首更为流畅的风格使人意气风发，以及它的容易成诵，甚至最伟大的大师们都非常予以重视。事实上，如果不是他们深刻地认识到十四行诗的独特的价值，他们也不会继续运用它一直到我们自己这个世纪。这些大师们是能够用其他完全不同的形式来表达同样的思想的。但是，他们一旦使十四行诗成为抒情诗的通常形式，许多其他即使不是具有最高才能也是具有伟大才能的作家就不能不把他们的感情集中到这种形式里边来，以免迷失于散漫无羁的汪洋大海之中。对于意大利文学，十四行诗成了一种思想感情的集中表现形式，这是任何其他近代民族诗歌中所不具有的。

因此，意大利的感情世界以一系列清晰、扼要和最简洁有力的描绘呈现在我们面前。如果其他民族也具有这种同样的表现形式，我们对于他们的内部精神生活也许会了解得多些；我们可能有很多描写人们内部生活和外部生活——反映民族特征和民族气质——的作品而不必再依赖 14 世纪和 15 世纪的所谓抒情诗人来取得这些知识，这些诗人的作品是从来不会使人以认真的欣赏的心情来阅读的。在意大利，我们能够从十四行诗开始存在的时候起看到一种确实无疑的发展。在 13 世纪的后半期，如他们最近所称的"过渡时期的抒情诗人"标志着从抒情诗人向诗人——亦即向在古代文学影响下写作的诗人——的过渡。他们的质朴、充沛的感情，活泼有力的叙述，准确的表达，以及他们的十四行诗和其他诗篇的圆满纯熟，都预报着像但丁这样的诗人的到来。圭尔夫派和吉伯林派的某些政治性的十四行诗(1260—1270 年)就已具有但丁的热情的格调，其他的人的作品使我们想起了他的最美妙的抒情格调。

关于但丁自己的十四行诗的理论观点，我们不幸是无所知的，因为他准备用来论述短歌和十四行诗的著作《俗语论》的最后几卷，不是没有写成就是已经散失。但是，事实上他在他的十四行诗和"短歌"里给我们留下了一个内心生活体验的宝库。他把它们组织得多么好呀！他在《新生》一书中用来说明每一篇诗的缘起的散文的美妙不亚于那些诗本身，并且和那些诗形成了一个热情洋溢的统一的整体。他以大胆的坦率和真诚来流露他的种种欢乐和悲哀，并毅然把它们熔铸在最严格的艺术形式里。仔细地读这些十四行诗和"短歌"，以及他那散在它们中间的青年时代的日记的那些美好的片段，我们就会想到：整个中世纪，诗人们都是在有意识地避开自己，而他是第一个探索自己的灵魂的人。在他那个时代以前，我们看到了许多艺术诗篇，但他是第一个真正的艺术家——第一个有意识地把不朽的内容放在不朽的形式里。主观的感受在这里有其充分客观的真实和伟大,而它的大部分都是这样表达出来的,因而可以使一切时代和一切人民把它看作为是他们自己的东西。当他用一种纯客观的精神来写作,并让人们只是从某些外部事实来猜测他的感情的力量时,像在他的辉煌的十四行诗《多么可爱》等篇和《仔细地看吧!》等篇里那样,他似乎就感觉到有请求原谅的必要。这些诗篇中最美丽的《且行且沉思的巡礼者们》一篇实际就是属于这一类的。

即使没有《神曲》,但丁也会以这些青年时代的诗篇划出中古精神和近代精神的界限。人类精神在向意识到它自己的内在生活方面迈进了一大步。

包含在《神曲》内容里的关于这方面的一些启示简直是数不胜数的。为了从这一观点上来对它作出正确的估价,我们就需要一篇接着一篇地来检阅全诗。幸而我们不需要这样做,因为《神曲》很久以来就是一切西方国家每天的精神食粮了。它的布局和它的立意是属于中世纪的,并且只能在历史方面引起我们的兴趣;但是,由于它对于人性的每一种类型和表现都作了有力而丰富的描写,所以它仍不失为是一切近代诗歌的滥觞。从这个时代以来,诗歌大概经历了各种不同的命运,可能约有半个世纪之久呈现了一种所谓退步的现象。但是,它的更高的和更重要的原则却永远被保全下来了。在 14、15 世纪和 16 世纪初,无论什么时候,一个有创造力的作家,只要他忠实于这个原则,他和意大利以外的任何诗人(假设他们首先有同等的天赋才能)——这自然未必容易得到满意的解决——相比,就代表着一个更为进步的阶段。

在这方面,文学——诗歌是属于其中的一种——像在意大利的其他事物中一样,是走在造型艺术前边的,而且事实上给它们以主要的刺激。过了一百多年,绘画和雕刻的精神要素才在任何方面得到了可以和《神曲》相比的表现力量。这一条规律对于其他国家的艺术发展适合到什么程度,和这一整个问题有什么重要性,这与本书无关。对于意大利文明来说,它却有决定性的重要意义。

在这一方面应该给予佩脱拉克以什么样的地位,必须由这位诗人的许多读者来决定。有的人以检察官的精神来研究他,并汲汲于发现他作为"诗人"和作为"人"之间的冲突,以及他对于爱情的不忠实,和他的性格的其他一些弱点。这样全力以赴之后,结局可能对他的诗歌完全失去了兴趣。那么,我们可以取得一些关于这个人的"整体"的了解来替代艺术欣赏了。可惜的是佩脱拉克从阿维尼翁写的书信里很少有可以被我们抓住的闲话,而他的熟人和他的熟人的朋友们的书信也不是已经散失就是从来就没有过。当我们不是被迫去追问一个诗人怎样和通过什么样的斗争,从他自己的可怜的生活和命运中挽救了一些不朽的东西时,有的人却不是为此去感谢上帝,而是从这些所谓的"遗稿"中为佩脱拉克组织成一篇读起来像起诉书一样的传记。但是,诗人可以自慰。如果要像在英国和德国已经开始做的那样，把名人书信的印刷和编纂再延长半个世纪，他将有许多有名的同伴和他一起坐在悔罪席上。

虽然我们在他的诗歌中看到一些勉强的、不自然的东西，这仅仅是作者在有意地重复自己的格调和按照老调来歌唱，但我们仍不能不叹赏那些灵魂深处的许多美妙的图画——刹那之间的欢乐和悲哀的描写。这些一定都完全是他自己的，因为在他以前，没有一个人作过任何这种描写，而他对于他的国家和全世界的重要意义就在于此。他的诗并不是在所有的地方都同样地浅显易懂；伴随着他的最美丽的思想，有时也出现一些牵强的比喻或者逻辑学上一些诡辩的把戏，这些都是不合于我们现在的口味的。但是比较起来，这些诗歌还是优点居多。

薄伽丘在他的不大为人所知的十四行诗里，有时也成功地对他的感受作了最有力的和最有效的描绘。"回到被爱净化了的地方"（第二十二首）、"春的忧郁"（第三十三首）、"诗人老去的悲哀"（第六十五首），他都写得很好。在《爱弥多》里，他描写了爱情使人性趋于高贵和纯净的力量，那种风格几乎使人想不到它是出自《十日谈》作者的手笔。在《费亚梅塔》中，我们看到了另外一幅充满了最敏锐的观察力的关于人类灵魂的伟大而细致的描写，虽然它美中不足，由于缺少一致性，和有些部分因为爱用响亮动听的词句，以及不幸地把神话比喻和经典引文混杂在一起而受到了损害。如果我们没有看错的话，则《费亚梅塔》可以说是但丁的《新生》的一种姊妹作，或者无论如何，它是导源于《新生》的。

毫无疑问，古代诗人，特别是挽歌作者和维吉尔在他的《艾尼伊德》第四卷里，对于这一世代和下一世代的意大利人并不是没有影响的；但是意大利人内心的感情的源泉是强有力和独特的。如果我们在这一方面把他们和其他国家的同时代人相比，我们将发现他们本身是最早充分表达近代欧洲感情的。不要忘记：问题不是要知道其他民族的优秀人物是不是和他们有同样深刻而崇高的感受，而是谁首先以作品证明他们具有人类心灵活动的最广泛的知识。

选自《意大利文艺复兴时期的文化》，何新译，商务印书馆，1979

笔　记

[意大利]达·芬奇

卷一

能创造发明的和在自然与人类之间作翻译的人，比起那些只会背诵旁人的书本而大肆吹嘘的人，就如同一件对着镜子的东西比起它在镜子里所生的印象，一个本身是一件实在的东西，而另一个只是空幻的。那些人从自然那里得到的好处很少，只是碰巧具有人形，如果不是因为这一点，他们就可以列在畜生一类。

许多人认为他们有理由责备我，说我的证明和某些人的权威是对立的，而这些人之得到尊敬却是出于他们缺乏经验根据的判断。他们从来不考虑到我是由简单明白的经验得到我的结论的，而经验才是真正的教师。

爱好者受到所爱好的对象的吸引，正如感官受到所感觉的对象的吸引，两者结合，就变成一体。这种结合的头一胎婴儿便是作品。如果所爱好的对象是卑鄙的，它的爱好者也就变成卑鄙的。

如果结合的双方和谐一致，结果就是喜悦，畅快和心满意足。当爱好者和所爱好的对象结合为一体时，他就在那对象上得到安息，好比在哪里放下重担，就在哪里得到安息。这种对象是凭我们的智力认识出来的。

我们的一切知识都发源于感觉。

欣赏——这就是为着一件事物本身而爱好它，不为旁的理由。……

对作品进行简化的人，对知识和爱好都有害处，因为对一件东西的爱好是由知识产生的，知识愈准确，爱好也就愈强烈。要达到这准确，就须对所应爱好的事物全体所由组成的每一个部分都有透彻的知识。

卷二

眼睛叫做心灵的窗子，它是知解力用来最完满最大量地欣赏自然的无限的作品的主要工具；耳朵处在其次，它就眼睛所见到的东西来听一通，它的重要性也就在此。你们历史学家，诗人或是数学家如果没有用眼睛去看过事物，你们就很难描写它们。诗人啊，如果你用笔去描述一个故事，画家用画笔把它画出来，就会更能令人满意而且也不那么难懂，你如果把绘画叫做"哑巴诗"，画家也就可以把诗人的艺术叫做"瞎子画"。究竟哪个更倒霉，是瞎子还是聋子呢？虽然在选材上诗人也有和画家的一样广阔的范围，诗人的作品却比不上绘画那样使人满意，因为诗企图用文字来再现形状，动作和景致，画家却直接用这些事物的准确的形象来再造它们,试想一想,究竟哪一个对人是更基本的,他的名字还是他的形象呢? 名字随国家而变迁,形象是除死亡之后不会变迁的。

如果诗人通过耳朵来服务于知解力,画家就是通过眼睛来服务于知解力,而眼睛是更高贵的感官。

举个例来说明这一点:如果一个有才能的画家和一个诗人都用一场激烈的战斗作题材,试把这两位的作品向公众展览出,且看谁的作品吸引最多的观众,引起最多的讨论,博得最高的赞赏,产生更大的快感。毫无疑问,绘画在效用和美方面都远远胜过诗,在所产生的快感方面也是如此。试把上帝的名字写在一个地方,把他的图像就放在对面,你就会看出是名字还是图像引起更高的虔敬!①

在艺术里我们可以说是上帝的孙子。如果诗所处理的是精神哲学,绘画所处理的就是自然哲学;如果诗描述心的活动,绘画就是研究身体的运动对心所生的影响,如果诗借地狱的虚构来使人惊惧,绘画就是展示同样事物在行动中,来使人惊惧。假定诗人要和画家竞赛描绘美,恐惧,穷凶极恶或是怪物的形象,假定他可以在他的范围之内任意改变事物的形状,结果更圆满的还不是画家么? 难道我们没有见过一些绘画酷肖实人实物,以至人和兽都说信以为真吗?

如果你会描写各种形状的外表,画家却会使这些形状在光和影配合之下显得活灵活现,光和影把面孔的表情都渲染出来了。在这一点上你就不能用笔去达到画家用画笔所达到的效果。

画家的心应该像一面镜子,永远把它所反映事物的色彩摄进来,前面摆着多少事物,就摄取多少形象。明知除非你有运用你的艺术对自然所造出的一切形状都能揽绘(如果你不看它们,不把它们记在心里,你就办不到这一点)的那种全能,就不配作一个好画师,所以你就应谨记在心,每逢到田野里去,需用心去看各种事物,细心看完这一件再去看另一体,把比较有价值的事物选择出来,把这些不同的事物捆在一起。……

画家应该研究普遍的自然,就眼睛所看到的东西多加思索,要运用组成每一事物的类型的那些优美的部分。用这种办法,他的心就会像一面镜子真实地反映面前的一切,就会变成好像是第二自然。……

画家如果拿旁人的作品作自己的标准或典范,他画出来的画就没有什么价值;如果努力从自然事物学习,他就会得到很好的结果。罗马时代以后画家的情况就是如此,他们继续不断地在互相模仿,他们的艺术就迅速地衰颓下去,一代

---

① 当时各种艺术互争地位的高低,作者在《绘画论》里提出一些理由论证绘画是最高的艺术,"论画优于诗"的一章特别重要,因为它涉及诗画界限与表现媒介差异的问题。

不如一代。

接着佛罗伦萨人觉陀①起来了。他是在只有山羊和其他野兽居住的寂静的山区里生长起来的,直接从自然转向艺术,开始在岩石上画他所看管的山羊的运动,画乡间可以见到的一切动物的形状,经过辛苦钻研,他不仅超过了当代的画师,并且超过了前几百年所有的画师。乔托之后,艺术又衰颓下去,因为大家全都模仿现成的作品。艺术继续衰颓了一二百年,一直到佛罗伦萨人托马索②出来用他的完美的艺术证明了这个事实:凡是抛开自然,这个一切大画师的最高向导,而到另外地方去找标准或典范的人们都是在白费心血。对于这些数学上的问题,③我也要照样说,凡是只研究权威而不研究自然作品的人在艺术上都只配作自然的孙子,不配作自然的儿子,因为自然是一切可靠权威的最好向导。

那些指责向自然学习,而不指责也是向自然学习的那些权威的人是极端愚蠢的。……

我说画家第一步就应该研究四肢和四肢是如何运用的,完成这种知识的学习以后,他第二步就应该研究人们在所处的不同情境中的动作;第三步就是作人物构图,这种构图的研究应该根据所遇情境中的自然的动作,他在街道上广场上或是田野里应该到处留心,当场用快速的线条代表身体各部,作出一些简略的画稿,例如头可以用圆圈,胳膊可以用直线或曲线来代表,身躯和两腿可以由此类推。等回到家里以后,就根据这些记录加工,作出完整的图样。

反对我的人说,为着得到经验,为着学会怎样说要画就动手画,学习的第一阶段最好是用来临摹各家大师在纸上或墙壁上所画的作品,这样才能学会画得快,并且学到好的方法。对这种反驳可以这样回答:方法要是好,它就须根据勤勉的画师的构图很好的作品;而这种画师是不多见的,所以较稳妥的办法是直接去请教自然的作品,而不去请教那些本身也是模仿自然蓝本但比蓝本却大为逊色的作品,如果采取后一条路径,就会学到一种坏方法。谁能到泉源去吸水,谁就不会从水罐里取点水喝。

选自《笔记》,朱光潜译,《世界文学》,1961 年 8、9 月号。

---

① 觉陀(1267—1337),文艺复兴早期意大利最伟大的画家,牧童出身,从他起,意大利绘画接近自然,着重鲜明色彩。

② 托马索即萨契阿,15 世纪初意大利画家。

③ 指的是透视配光配色和比例等技巧问题。

文艺复兴时期的英国戏剧

[加拿大]保罗·格伦德勒

文艺复兴时期,戏剧艺术在英国发展并繁盛起来。这个时期产生了戏剧史上最为杰出的人物,其中包括威廉·莎士比亚,克里斯托夫·马洛,以及本·琼森。直至今天,无论在英国还是在别处,他们的作品依然为学者们提供资料,为观众提供娱乐。

学者们通常把 16 世纪末 17 世纪初的英国戏剧称为伊丽莎白时代戏剧或者英国文艺复兴戏剧。然而,这两个名称都不是十分准确。这里的伊丽莎白指的是伊丽莎白一世,她的统治时期始于 1558 年。然而,直到 16 世纪 80 年代英国才出现系统正规的戏剧表演。而且,尽管伊丽莎白逝世于 1603 年,英国戏剧却持续繁盛,直至 1642 年。

文艺复兴一词也同样值得商榷。诚然,这个时期的英国戏剧反映了从欧洲其他地区传至英国的文艺复兴的新艺术观念。然而,"文艺复兴"艺术通常产生于恢复古希腊罗马文化的渴望。而英国戏剧却多半是一种生意,目的在于吸引钱财和受教育程度不高的大众的掌声。

总的来说,对于伊丽莎白统治时期创作的戏剧,用伊丽莎白时代一词要比文艺复兴更为恰当一些。然而,这两个词放到一起反映出了这个时期英国戏剧的一种紧张状态,事实上,也是整个英国社会的一种紧张状态。

作者们在为新思想争取一席之地的同时,还有表示对于英国传统的尊重。伊丽莎白时代的戏剧反映了爱上帝,爱国家,爱社会的普通社会观点。然而同时它又要依赖于令宗教人士和政府官员们惊恐不已的新颖脱俗的形象。一些权威人士把戏院看成对社会的一种威胁,三番两次地想要将它们关闭。

伦敦的剧院

伊丽莎白时代,伦敦有两种不同类型的剧院。巨大的露天剧场,如环球剧院、红牛剧院和玫瑰剧院出现于 16 世纪晚期。这些剧院吸引了各个阶层的各类观众。富有的顾客坐在高级区域,而低级阶层的观众则站在舞台的前面。这些大剧场必须努力使戏剧具有宏阔而醒目的效果才能吸引低级阶层的观众。

优雅的上层观众们逐渐把大剧院同大声而过火的表演,耸人听闻的剧本和吵闹的观众联系起来。在 17 世纪初期,富人们不再光顾大剧院。他们开始青睐那些更为昂贵的小型剧院,那里为每一位观众提供座位,像凤凰剧院和黑衣修士剧院。17 世纪晚期的历史学家们回顾了伊丽莎白时代的剧院场景,指出室内剧院代表着受人尊重的戏剧传统,而大型露天剧场只适合"低级阶层的人们"的口味。

私人剧院类似于伊丽莎白统治初期宫廷里的剧院。那时候,许多唱诗班的12到16岁的孩子们表演专门为女王写的戏剧。然而,他们彩排的时候,也可以让付钱的公众观看。1590年的时候,女王关闭了这些剧院,可能是由于表演公司的一些政治错误。当这些剧院十年后重新开业时,他们必须设法在更为商业化的世界上存活下去。他们开始上演更为高雅的戏剧以吸引年轻的绅士,诸如伦敦律师协会的法科学生。然而,年轻男孩依然扮演各种角色。

雇佣成年演员的公司(伊丽莎白时代的舞台上还没有女演员)必须与这些少年演员竞争。渐渐地,成人演员公司获得了宫廷的青睐。1608年,成人演员表演的最受尊重,经济上最获成功的戏剧《国王的臣民》取代少年演员的戏剧,占领了黑衣修士剧院。

剧作家的职业

在伊丽莎白时代的英国,戏院是一种商业,就像现代的电影业一样。富有的投资商为商业剧场提供资金,演员在此表演,编剧为公众提供新的剧本。然而,观众很少知道他们所看的戏剧的作者的名字。那时候的大部分人并不认为戏剧是文学的一种形式。事实上,社会看不起那些为了赚钱而写剧本的人,认为他们按大众的口味去剪裁自己的艺术视角。

尽管很少有人尊重剧作家的职业,它却还是吸引了许多受到良好教育的作家。戏院为他们提供了展示自己宽广的知识面和语言技巧的机会,也为他们提供了比布道、教书等许多其他职业更高的薪酬。

为了吸引数以千计的观众,表演公司在一周的每天下午都必须表演不同的戏剧,并且每两周出一部新戏。因此,剧作家的写作速度必须非常快,经常需要集体创作。他们要根据表演公司来调整自己的作品,创作出能够表现演员长处的剧本。他们还要十分注重观众的口味。与现代的公众一样,伊丽莎白时代的观众喜爱表现巨大不幸和灾难的故事。剧作家所创作的剧本的许多情节都借鉴于当地的丑闻和案件。在许多方面,伊丽莎白时代编剧的工作都与现代的新闻记者相似。

总的来说,当时最受欢迎的戏剧并非是最受学者们推崇的那些。然而,学者们更倾向于把戏剧看作文本,而伊丽莎白时代的观众却把它们看成事件。戏剧在当时要和其他的娱乐形式竞争,诸如击剑,杂技和逗熊——一种纵犬与链条锁住的熊相斗的体育比赛。像这些壮观的场面一样,戏剧也必须提供一种活力的展示。演员与观众之间的联系在伊丽莎白时代的剧场起着十分重要的作用。

历史剧

英国剧作家以许多全欧洲都熟悉的戏剧形式来进行创作,如喜剧和悲剧。

然而，他们还创造了一种仅限于英格兰的一种戏剧形式：历史剧。在这些戏剧中，剧作家借助过去的事件来表现他们自己的那个时代。

早期的历史剧能够吸引许多观众是因为他们描述了英国战胜外敌，取得光荣的胜利。一位不出名的作者在 16 世纪 80 年代所写的戏剧《亨利五世的著名胜利》就是这种坚决的爱国主义的典范之作。它讲述了 1413 至 1422 年间英国国王亨利五世的冒险故事，他击败法国，将其纳入英国的统治之下。剧作家既把这位年轻的国王描写成一位战争英雄又把他描述成一位个人的捍卫者。

后来的剧作家在他们的剧本中沿用类似的主题，但是他们把这个问题深化了。例如，莎士比亚关于亨利五世的三部戏剧就是围绕着国王攻打法国的道德伦理问题进行了深入的探究。莎士比亚关于英格兰统治者的历史剧提出了关于政治与道德冲突的难题：一个好的国王一定是个好人吗？一个国家的目标是反映了这个国家的利益还是只反映了国家领导者的自我意识和野心？这些复杂的历史观点将戏剧从单纯的娱乐变成了思想的食粮。

随着时间的推移，历史剧逐渐地从关注国王的军事征讨转向了更加关注统治者的个人生活。马洛 1591 年创作的《爱德华二世》集中描述了国王对于两个出身卑微的男性朝臣的爱。他要与他们分享权力的愿望违反了他的国家所固有的社会结构并最终导致了他的下台。

最后一部关于真正的政治问题的伊丽莎白时代的戏剧大概就是约翰·福特的《波金·沃贝克的编年史：一个奇怪的真理》，这部戏描写了沃贝克这个人物，他是一个想从亨利七世手中夺取英国王权的江湖骗子。这位假冒的国王，舞台上生动而活跃的主角与这个国家那个沉闷而胜任的统治者形成了鲜明的对比。福特的戏剧使人们对在舞台上庆祝王权的荣耀的观点产生了怀疑。许多学者把这部作品看成是历史剧流派的终结。

问题剧

学者们把许多英国文艺复兴时期的流行剧叫做"问题剧"。他们的问题之一就是他们不太符合悲剧或者喜剧的规范。他们经常把幽默与令人不安的因素结合在一起。他们的道德立场也经常模糊不清。有时候，剧中人物会因为在伦理道德方面有问题的行为而受到奖励。甚至当这些戏剧都已经有了欢喜的结局的时候，关于是否一切都向着好的方面发展的一些疑虑却还依然存在。

许多问题剧都描写人们熟悉的故事，例如"浪子回头"的故事，描写年轻人离开家庭，挥霍了所有的钱财之后，很落魄地回到家里，并且得到谅解。剧作家们创作了这个基本主题的几种变形，表现了抗婚的儿子，对妻子不忠的丈夫，成为圆滑的城市商人的牺牲品的愚蠢的乡绅。然而，剧作家还在基本情节上添加些曲折。反叛家庭的年轻人通常体现了伊丽莎白时代社会所倾慕的某种男子汉气概。这些戏剧迫使观众们质疑自己的准则。

一些莎士比亚戏剧,包括《标准的标准》和《皆大欢喜》都属于问题剧。一个人们所不太熟悉的例子是《托马斯·斯蒂克利上尉》(1596),是一位不出名的作者所写,描写一个需要钱去投军的人。斯蒂克利的野心使他说服他最好的朋友解除婚约,并且让斯蒂克利娶了他的未婚妻。这位"英雄"接着就带着她的嫁妆逃跑了。斯蒂克利对于荣耀的执着追求最终使他来到了北非,在那里,他死于两伙穆斯林的争斗。这部戏让观众不知道是该赞颂这个人物的野心还是该谴责他的道德品行。

在表现伦敦不断变化的经济与社会结构的"城市喜剧"中也存在这种道德不确定性的观点。在这种艰辛的环境下,英雄的成功并非是善对于恶的胜利,而是体现了适者生存。主要人物通常是被抛弃了传统道德的坏人骗去了应得的遗产的贵族情人或者士兵,他可以击败其敌人的唯一办法就是以其人之道还治其人之身。最终他赢得了自己的爱情,追回了自己的损失,但是他所用的卑劣手段却给他的品质留下了污点。城市喜剧提出了关于社会价值观以及经济成功和高尚行为的冲突等问题。

选自《文艺复兴百科全书》(第 2 卷),慈丽妍译,美国纽约斯克里布纳出版社,2004

17 世纪文学

17 世纪社会中的演员

[法国]乔治·蒙格雷迪安

教会和演员

演员们在社会中组成一个特殊的小群体,理由如下:演戏这一行当需要面对大众,面对观众的热情、批评、评判;戏剧艺术享有很高的声誉;观众对他们相互竞争、勾心斗角的好奇心以及现代社会中跟他们的职业生涯和私生活形影不离的、狂热的甚至招人非议的广告的作用。

17 世纪,演员的社会地位主要取决于一个条件,那就是教会对他们的态度,幸运的是这一条件今天已经不存在了。在一个基督教社会里,教会的态度决定了公众舆论。不少文章反复提到,演员是"被开除教籍的人"。① 确切地说,事情并不那么简单明了。

把有罪的人从忠于上帝的人群中开除出去,叫做开除教籍,是针对本人的一种惩罚,要根据教会的规章,由一定级别的成员,如主教、大主教或是教皇,向顽固不化的罪人宣布。如果受罚之人能悔过自新、皈依教规的话,也只有同一级别的神职人员能够解除对他的惩罚。可是,并没有哪个人因为当演员而受到过类似的惩罚。

但是,开除教籍也可能是一般性的措施,可能在教规中有这么一条。在 17 世纪,教会对演员的态度很不好,这一点不假。要理解教会对演员的态度,就要上溯到遥远的过去。在古希腊,喜剧也好,悲剧也好,都是穿插在宗教庆祝活动中的。演员们很受尊重,很光荣。在泰伦斯、塞内卡涅、洛泊脱时代②都是如此。

---

① 17 世纪时的法国是个传统的基督教国家,民众生活离不开教会。男婚女嫁、小孩出生、老人去世都要举行宗教仪式。

② 三人都是古罗马的作家。泰伦斯(公元前 190—前 159)喜剧作家;塞内卡涅(公元前? —前 65)最重要的悲剧作家;洛泊脱(公元前? —前 184)喜剧作家,写了 100 多部喜剧。

到了罗马帝国时代,内容猥亵、动作多、说白少的闹剧,蹩脚演员的自我夸耀,满是淫词秽语的丑角表现,淫荡下流的舞蹈、杂耍、角斗、人兽斗代替了悲喜剧。这就不难理解,教会为什么会认为有职责加以干涉,并认为演员是可耻的,要反对演戏了。世俗的势力也跟着教会走。所以,在罗马的法律中,演员被认为是下流无耻的,是有罪的。

照我们的观点看来,自从罗马皇帝康斯坦丁大帝登基以后,教会势力与帝国的世俗势力已经合而为一了。

由于在圣经中没有指责演员的内容,圣依齐多、圣普里安、德尔图良、圣尚克律斯托马等第一批教会圣师很自然地设法建立一套理论来谴责戏剧和演员。他们只有指责戏剧内容轻佻、下流、残忍,并指责其中的偶像崇拜,因为不少戏是以神话和世俗神仙为主题的。在教会的眼中,剧场是教唆亵渎宗教的公共场所,因为有人在那里连篇累牍地说些不敬上帝的话,拿圣事和基督徒的殉难乱开玩笑。305年,第一次主教会议就有决议要求演员必须先放弃演戏,然后才能被基督徒社区所接纳。直到在特兰托的第19次主教会议上,他们仍然坚持教会人员不得去看戏这一规定。

上述那些粗俗的演出,随着蛮族的入侵而消亡。戏剧的新生却是在基督教的教堂里的。节目以神话剧为主,夹杂有耶稣受难的场面以及其他插科打诨、舞蹈、杂耍等。在教堂里依然能看到反映类似题材的一些浮雕,正好证明我们的祖先对这种节目并不反感。类似的演出在修道院里也过。

1398年,法王查理六世赞同建立耶稣受难会来演出神话剧。新的教会圣师阿勒贝尔·勒格朗、圣托马、圣鲍内万托允许演戏,只要演的是正派戏,他们也不谴责演员这种职业。圣托马公开表示"娱乐活动有助于保持人的活力"。[①] 但是,到了16世纪,教会的行政管理者依旧墨守以前主教会议的规定,禁演神话剧,但是允许上演"正派、合法"的非宗教的戏剧。

在17世纪初,由教皇保罗五世制定的罗马教规不再有谴责戏剧和演员的内容。此外,梵蒂冈也很早就有自己的剧团。但是法国的教会组织,至少在某些教区内,却仍声称坚持过去的教规。尚·杜布先生对法国宗教法规的详细研究,使得我们能更清楚地看到这一点。奥尔良的教规(1642年)规定演员不能算做虔诚的教徒。罗马的教规规定不准奸夫淫妇、高利贷者、玩杂耍的人受洗礼、当教父或教母、死后不准进公墓。某些教区,例如贡蒂为主教的巴黎教区(1654年)的教规中,却把演员也包括在内,但这不涉及开除教籍。只有本教区的神父才是判断罪人是有悔过之心的唯一的评判者。

① 原文为拉丁文。——译者注

　　米兰市主教圣夏尔·波罗梅的堂兄弟、红衣主教费雷德里克·波罗梅所制定的米兰市教会法规的出版，标志着旧教规的回潮。1664年圣夏尔·波罗梅的反对舞蹈和戏剧的法规被翻译出版。该译文是献给孔代亲王夫人的。很快我们就将发现她的丈夫也参与到反对戏剧的合谋中。这篇所谓的翻译，歪曲了原作的思想，挑起了一场笔战，把教会封的圣人跟在日内瓦过着舒心日子的、对舞蹈和戏剧态度较宽容的费朗索瓦·德沙勒主教对立了起来。本来圣夏尔·波罗梅的原文只是反对舞蹈，结果一翻译就加进反对戏剧的内容。于是在教会中就形成了两派，有人站在态度较为宽松的圣托马一边，其他人则赞同态度严厉的费雷德里克。

　　就在此时，一些主教仿效巴黎主教的样子，在他们的教规中加入开除演员教籍的内容。圣体会成员、阿勒特的主教尼古拉·巴维庸在他制定的教规中加进了谴责戏剧的条款，称之为"第八种罪孽的滋生地"，而且不准演员、街头艺人领圣体。但这一条款未能被罗马教廷所采纳。第二年，有26位主教一致提出要求采纳这一条款，但遭到其他主教的拒绝，所以在兰斯（1677年）、朗格勒（1679年）、佩里戈尔（1680年）、库汤斯（1682年）、亚眠（1687年）、阿让（1688年）、夏特勒（1689年）等地的教规中都没有提到演员。可见，对演员的谴责远远没有在法国普及。但是，稍晚一些时候，梅茨（1713年）的教规中却"把所有参与演戏的人，不管是在剧场舞台上，或者其他地方"都算在要受惩罚的人之内。

　　而在圣体会的教规中，不但演员不准领圣体，连所有参与戏剧演出的人，如机械师、服装师、领座员、假发师、作曲者直到招贴画的人都不准领圣体！

　　围绕着冉森派和圣体会某些高级神职人员对演员的态度，引起一场激烈的笔墨官司，新教的教徒也投身其中。笔战延续了17世纪的大部分时间。在后面我们还会描述这场笔战的波澜起伏。但是需要强调的是，所谓对高乃依、拉辛或莫里哀的戏剧作品，以及对勃艮第剧团、珀莱-瓦亚尔剧团的演员们进行谴责的依据都是被歪曲了的，过去用来针对街头艺人和古罗马角斗士的那些教规，都用到了演员身上。

　　许多主教在制定教规时，把演员跟其他公认的罪犯混为一谈，坚持谴责演员。我们认为有必要以这一点为出发点来分析教会对演员的态度。

　　在1602—1625年期间，法国开始出现了泰奥菲尔-德维奥、梅雷、杜里埃、斯库德里、罗特鲁的第一批剧作，这是戏剧文学的真正振兴，并随着《熙德》的胜利演出于1636年达到顶峰，顶峰时期一直延续到1680年左右。那时看戏成了一种社会现象，迷恋戏剧成为一种时尚。当权者支持戏剧活动的发展，对戏剧着迷的红衣主教黎塞留于1630年在主教宫内建造了剧场，在那里演了《米拉美》和他供养的五位作家的剧作。那场声势浩大的争论就是他挑起的，他要法兰西学士院来评判高乃依的《熙德》。在他以后的另一位教会领袖、红衣主教马扎林,花巨资改建舞台,制作机关布景,把意大利歌剧引进法国。接下来是热爱戏剧和芭蕾的年轻国王路易十四,他亲自上台跳舞,并且供养了好几个剧团。在王宫的剧场里看到专为主教而设的板凳,没人感到奇怪,博须埃也曾神情自若地坐下看戏。亲王和有钱人也会把国王的剧团请到家中来演戏以提高他们举办的节目的档次。观众们雀跃着朝勃艮第剧场、马雷剧场、帕莱-瓦亚尔剧场奔去。

世俗的势力也参与了对演员的"恢复名誉"。在公众眼里,演员变成了艺术家,跟该世纪初的粗俗的闹剧演员毫无共同之处。报纸上"连篇累牍"地赞扬着他们的成就。1641年,黎塞留还让路易十三签署了有关演员职业的诏书,禁止演不正经的戏,禁止使用淫秽的词语或是会伤及公众名誉的双关语,否则就要处以罚款或是流放。随着我们在上文已分析过的戏剧文学的复兴,当权者也想要净化舞台,让剧场变得"正正经经",让越来越多的观众来看戏,而不必害怕被下流的台词或是动作所冒犯。

这一被法院记录下来的诏书,肯定了在一定条件下的演员职业的尊严,"只要上述演员规范他们的演艺,在台上不说淫词秽语,让民众远离不良娱乐,得到消遣。我们的目的是让他们明白,为了避免授人以柄,他们必须在舞台上和日常生活中约束自己。要是他们违背了诏书中的规定,就随时会受到惩罚"。所以,作为演员的莫里哀只要不违背上述规定,既可保留国王陈设商这一职务,又可以去当珀莱-瓦亚尔剧团的班主;弗罗里多可以摆摆贵族老爷的谱;吕利也可以获得贵族头衔。从1680年起,法兰西喜剧院的内部事务,从演员的契约、酬金的分配一直到角色的分配都是王妃本人亲自过问的。不难理解,当教会发现世俗势力并没有跟自己一样仇视演员,而且自己又无力扭转局势时,就先忍气吞声按兵不动了。王家舞蹈和音乐学院的缔造者路易十四亲自跟奥尔良公爵夫人参加了意大利剧团名丑角多米尼克·比昂高里的儿子和法兰西歌剧院的创立者、演员吕利的儿子的洗礼。虔诚的安娜·奥利王太后对法国和意大利戏剧都很着迷,而且也不在乎让世人知道。圣日耳曼-奥克塞瓦的神父曾因此而指责她。出于顾忌,她向巴黎大学的教授请教。六名博士联名答复她:"如果戏剧的内容没有任何伤风败俗的地方,看看戏也无伤大雅,因为现在的教规已经没有前几个世纪那么严厉了。"

此外尽管有些演员生活放荡,有时会传出丑闻,但更多演员就像谢布佐指出的那样,还是"过着基督徒的生活"。他还举出莫里哀作为他们的榜样,说他是个"正派人,彻头彻尾的正派人"。

所以,在那个阶段,教会尽管掌握敌视演员的教规,却不敢随便找演员的麻烦。因为演员上有上层人物的大力庇护,下有观众的热烈捧场。教规中那些反对演员的条款也就被束之高阁了。

在某些场合,我们甚至可以看到神职人员和演员们和睦相处的情景。例如1660年,为了庆祝比利牛斯山和约①的签署,勃艮第剧团的演员在圣沙弗尔参加了弥撒。仪式结束后,报纸上是这样报道的:

> 本堂神父、司铎、主教大人,
>
> 歌手、演员和我们大家,
>
> 齐声高呼国王万岁!
>
> 然后,歌手们被带到酒吧,
>
> 在那里,演员先生按角色不同,
>
> 每人都有比斯托儿②进账。
>
> 大家欢饮三天,
>
> 用来庆祝节日!

神职人员和演员们真是相安无事啊!

对过去的所有教区内的身份登记进行研究后,我们知道乡下的演员在旅途中不仅能毫无困难为他们的子女进行洗礼,而且教父或教母也往往是本剧团的演员。演员可以在教堂中举行婚礼,死后也能葬于公墓内。往往是整个戏班都在文件中签名,因此教士们不可能不清楚他们的职业。新婚夫妇或是死者的职业经常是清清楚楚地登录在婚约或是死亡证书中。有些胆小怕事的神父最多也就是用"王家官吏"这较模糊的称呼来代替"王家演员"。我们甚至可以把演员波瓦勒儿子的洗礼当做有趣的例证。洗礼于1667年7月3日在雷恩市举行。教父是教士,教母是演员费朗德尔的妻子,也是个演员。此外,教会方面并不认为他们从门票收入中提取的"帮贫款"有什么不干净的。

当教会显得很宽容时,外省市镇的法院有时却对演员非常苛刻,甚至敌视演员,当然这是个奇特的现象。例如,布列塔尼省法院曾在1606年和1619年两次派人把演员们从雷恩市赶走。不过我们也发现了1662年在第戎市发生的一件真实的事。布列塔尼省法院庇护了本来要被第戎市市长和市财政局长赶走的演员们。因为那是孔代亲王剧团的演员,而亲王又是第戎市所在省的总督……

在这一时期中,我们所知道的唯一一次教会跟演员对立的事件是围绕着莫

---

① 比利牛斯山和约:1657年法国与西班牙之战以法国战胜而告终,西班牙国王菲利浦被迫停战,双方在一小岛上签署和约,史称比利牛斯山和约。

② 西班牙古金币。

里哀去世而展开的。大家知道这位珀莱-瓦亚尔剧团团长于1673年2月17日，艰难地演完了《没病找病》后，大约在晚上10点左右，在他位于黎塞留街的家中去世。在场的有他的妻子阿曼德·贝雅尔、演员巴龙和两名修女。虽然他死前没来得及悔改，也没有按惯例宣布放弃演员这一职业，可那并非他的错。他的遗孀在他死后的第二天写给主教的请求信中证实，"死者生前愿意"为他过去犯的错误作忏悔，愿意以合格的基督教徒的身份死去。正因为有了这种愿望，他才坚持要请神父来为他办临终圣事，并且派了好几个仆人和女佣到教区的圣欧斯达施教堂去请神父。仆人和女佣再三恳求朗方和勒沙两位神父跟她们走，都遭到拒绝。最后是尚-奥贝利先生亲自出马，这才把已躺在床上的贝依尚神父硬拉了起来。由于多次无功而返，一个半小时白白过去了。当贝依尚神父到达时，莫里哀刚刚咽气。由于莫里哀生前没有忏悔，没有做临终圣事，再加上他又是当时整个戏剧界的代表人物，所以圣欧斯达施教堂的神父就不准他入葬在公墓里。莫里哀在前一年的复活节已经领了圣体，临终前又迫切要忏悔，那两位神父却置若罔闻不肯前往。应该怎样来评判他们呢？这难道就是基督教所谓的仁慈吗？后来巴龙向路易十四求情。路易十四就通知主教让他处理好这件事，避免引起事端。于是莫格尔主教就让"圣欧斯达施教堂的神父在教区公墓里为莫里哀办落葬圣事。但是不准有送葬的队伍，在教堂内外不能举行任何其他仪式。落葬仪式只能由两名教士主持，只能在晚上举行。只有这样才不会违背我们必须完全遵守的本教区的教规"。

于是，覆盖了王家陈设商徽章布料的、《厌世者》的作者的遗体，在夜里，几乎是秘密地，在火炬光的照明下，草草落葬于蒙马特街的圣瑟才夫公墓的十字架下。既没有送葬的歌声，也没有送葬的人群。没有一个亲戚、没有一个朋友接到去教堂的死亡书上签名的通知。在莫里哀去世后的几天里，许多尖刻的打油诗如雨点般朝死者袭去，把可怜的莫里哀写成异教徒、无神论者。引来教会雷霆之火的主要原因，并非因为他是演员，而是因为他是《达尔杜弗》和《唐璜》的作者，补充说明这一点是有必要的。

今天看来，这一闹得沸沸扬扬的事件的出现就是教会的态度将有深刻变化的前兆。因为整个大气候正在起变化。路易十四为了瓦里埃尔小姐和孟德斯邦夫人而组织插有戏剧和芭蕾的大型游艺会的时代已经一去不复返了。从1680年起，路易十四受到严厉的芒德农王后的控制，她自以为有责任把国王拉回到上帝的身边。从那以后，路易十四实际已不再参加大型游艺会，甚至连宫里的演出也不看了。剧团之间产生了纷争，具体情况在下文再表述，但需要说明的是神职人员也卷了进去。教会决定对戏剧活动进行打击。为此，他们将重新执行敌视演员的教规。而以前的半个世纪中，尽管有冉森派和神学家的再三呼吁，这些条款都被束之高阁，并未真正实行过。

圣絮尔皮斯教堂的神父就是这样竭力鼓吹反对戏剧仇视演员的人。演员布雷库是这样答复他的：

> 用严厉的说教来约束我们的牧师啊！
> 智者说得好，祈祷有祈祷的时间！
> 笑有笑的时间，哭有哭的时间。
> 干吗要管得那么死板？
>
> 你的说教全是白费唾沫，
> 在剧场里大家时不时开怀大笑，
> 在教堂里却只能低声呻吟，拜倒在地。
> 前者是欢乐的场所，后者令人望而生畏。
>
> 然而在神圣的殿堂近处，
> 扮小丑、演闹剧，这是我们的职业，
> 请大度地抛弃所谓的亵渎神圣罪吧！
> 就连以前镇压这些行为的救世主，
> 也不再干涉市场中的这些演出，
> 他要驱逐的只是玷污神庙的人。

从那时起，教区的神父就接到命令要严格执行教规。演员在临终前，要先写下放弃演员职业的书面材料，然后才能举行临终圣事。

盖内果剧团的杜潘小姐小心翼翼地隐瞒了自己的身份，在雅克·杜奥巴教堂的洗礼中，当了孩子的教母。神父接到一位"好心人"的告密信后，写了封措词严厉的信给杜潘小姐："前天，当您来到教堂为孩子洗礼时，竟然隐瞒了您的职业。小姐，而我却无法隐瞒我在上帝面前感受到的深深痛苦以及直达我灵魂深处的惊讶之情。我承认我对您的神情举止有所怀疑。但是因为害怕出错，再加上您的小心遮掩，我没刨根问底。一个世纪以来妇女服饰的混乱，使得所有妇女的外表都差不多，而我又不愿冒认错人的风险。像您这样登台扮演种种奇奇怪怪角色的人，是不配领圣体的。而且我们也有规定，为了我们子女的利益，不允许您这样的人当教父教母……我只是想借此机会，让您自我反省。小姐啊！我但愿您能睁开双眼看清楚教会对你的职业是坚决反对的。如果您不肯痛改前非，严守教规的话，您在上帝眼中的形象就永远改变不了。"

而杜潘小姐的回信，充满了机智："您既然一开口就是为了上帝的利益，那么我的答复也是为了上帝的利益。而且,恕我直言,先生,我之所以感到非常气愤是因为我认为您只是半心半意为上帝服务。要是您真有满腔热忱的话,您就该费心来到我家说服我。而且,就算您认为我是妖魔缠身的话,您也不该有任何胆怯,因为您身披襟带,手捧圣水,完全可以借上帝之威驱逐任何妖魔。您信上的话,既不能为上帝服务,也不是您自己的感受。您没能为上帝服务,因为您的来信缺乏说服力,无法使我改变主意,您的感受不准,因为孩子们仍然受了洗礼。我本来以为投身于上帝的教堂里的人都是不紧不慢、对自己的作为要掂量再三的人。作为要引导许多信徒的带路人,您的步子太快了⋯⋯我活到现在,当然犯有许多错误,但就是看不出我的职业有什么毛病。可能您降临尘世就是为了帮我解开这个谜的吧!而且您对基督教的满腔热忱不会因此而有所减弱吧!"最后的签名是"招致您产生恶感、其实品质优良的谦卑的仆人路易丝·雅各·杜潘"。

1685年,莫里哀以前的同事布雷库快死了。圣絮尔皮斯教堂的克鲁特·鲍杜神父却要求他当着三位教士的面签署下面的声明:"本人布雷库承认以前当过演员。现在宣布放弃此项职业并真心地许诺,即使恢复了健康也决不再当演员,决不重上舞台。在场作证的人有巴黎大学神学博士、圣絮尔皮斯教堂的神父以及在后面签字的人。"布雷库签了名,在天主教的罗马教廷教堂中告别人世。其实他在世的时候,生活放荡不羁,不足为训。

两年后罗齐蒙突然死亡。圣絮尔皮斯教堂的神父百般刁难,不让遗体葬入公墓。"只是因为另一名神父证明罗齐蒙生前已作了忏悔,决意放弃演员这一职业,教会才同意让罗齐蒙入葬公墓。葬礼在夜里举行,既没有十字架,也没有圣水和蜡烛,连棺罩都没有,只有戴着帽子穿着长袍的两名神父。"其实罗齐蒙还写过一本书,书名叫《一年中每天必读的圣徒生活》。1680年8月16日,一名丑角演员在阿朗松去世,当地的主教拒绝为他举行葬礼仪式。十年后,演员谢梅斯莱夫人临终前,神职人员费了好大的劲才从她嘴中抠出了已成定规的那个声明。"她临终时的举止,还算不错,不过却很痛苦。"到了18世纪,著名演员阿特里埃娜·勒库弗尔死后,遗体也是被警察在夜里埋在塞纳河边的一个洞里,连棺材都没有。

然而,不少演员包括玛德兰娜·贝雅尔和一些其他人在内,在他们的遗嘱中除了交待对穷人的馈赠外,还有对教会、慈善机构的馈赠,以求得灵魂的安宁。

此外,从格朗日的记录中还可看出剧团除了交纳帮贫款外,还定期向巴黎的各类修道院捐钱、捐物。我们甚至还发现了法兰西剧院附近的一些修道院,如方济各会修道院、奥古斯汀派修道院写给剧团的请求信,低声下气地"要求把他们归入受赈的穷教士之内",并同时许诺作为回报,"多向上帝祈祷,让上帝保佑你们事业兴旺"。

　　与此同时，跟拥护戏剧的卡法罗为敌的博须埃在他的《对戏剧的箴言和思考》中矛头直指演员。博须埃回想起30年前罗莱神父在他印发的小册子里把《达尔杜弗》的作者描述成是"有着凡人肉身、穿着凡人服饰的魔鬼"，博须埃也对莫里哀恨之入骨，才有了那句："看你现在笑的样子，你就要倒霉了，因为你哭的日子就在后头。"

　　在写给卡法罗的信中，博须埃一本正经地宣布女演员的罪行："教士先生，你说从来没有从演员的忏悔中看出戏剧有什么不名誉的地方，也看不出戏剧是犯罪的根源，那是因为你忽视了女演员的罪行，忽视了女歌手还有她们的情夫的罪行。任凭基督教的信徒们去参加公开的有伤风化，甚至比嫖妓还下流的活动，难道是件小事吗？哪一位母亲，且不说信基督教的母亲，只要有点羞耻心的母亲不都是宁可让自己的女儿进坟墓也不愿让她走上舞台吗？我如此温柔体贴、小心翼翼地把女儿扶养成人，难道就是为了让她去当众受辱的吗？我日日夜夜用我的双翅小心地护卫我的女儿，难道就是为了让她去当众出丑的吗？如果这些女孩子依旧从事有悖洗礼誓言的职业，又有谁不会把她们当作毫无廉耻、任人践踏的奴隶呢？"

　　在同一时刻，拉辛在他的遗嘱中自责过去的荒唐日子，并不许自己的儿子去看戏。巴黎所有的神职人员都跟着博须埃鹦鹉学舌，攻击戏剧。戏剧的生存受到了威胁。1694年12月23日，巴拉蒂娜公主在一封信中写道："我们正面临没戏可看的局面。为了讨好国王，巴黎神学院也准备禁止演戏。但是，巴黎的主教和拉歇兹神父可能跟国王讲过，要是连堂堂正正的娱乐活动都要禁止的话，反而会把年轻人推向更可恶的堕落行为。……至于我嘛，只要有剧场没有关门，我就继续去看戏。……半个月前，有人鼓吹反对演戏，说什么看戏会煽起情欲，国王转过身对我说：'他们不反对我，因为我不再去看戏了。他们反对的是你们这些喜欢并且去看戏的人。'我答道：'尽管我喜欢戏剧，而且常去看戏。不过马斯卡隆神父反对的不是我，因为他指的是那些被煽起情欲的人，而不是我。我看戏只是为了消遣，而寻找消遣又没什么坏处。'国王也没说什么……"

　　每逢星期天，巴黎的神父们继续在讲经台上谴责演员，鼓吹严守教规。一些神父有时拒绝为演员办圣事。演员们感到自己的职业受到威胁，有的甚至感到内心受到威胁。演员们就乘1696年大赦年之机向教皇提出申诉，反对在整个欧洲只有法国才有的迫害演员的教规。教皇依瑠桑十二世把申诉提交主教会议讨论。但是主教们态度暧昧，不肯表态。因为他们心中明白，法国教会不承认罗马教廷有干涉他们规章的权利，法国的主教会抗拒教皇的命令。主教大会只是把演员的申诉转交给法国教会并添上一段意见：除了演坏戏的人以外，不应该把全体演员都当做被开除教籍的人。

然而,在这一点上,法国的基督教会却跟冉森派以及自以为是公众道德捍卫者的乡下圣体会的骨干分子出奇的一致。他们并不想去区别对待,而是一股脑儿反对所有的戏剧,当然也要谴责所有的演员。他们忘记了在中世纪,神学家是允许演神话剧的,却以古时候的基督教时代曾查禁过下流、淫秽的演出作为反对戏剧的理由。而实际上,古典主义的戏剧跟这些下流、淫秽的剧作毫无联系。

这就是我们看到的戏剧文学在半个世纪的沧桑中所穿越过的黎塞留、马扎林和年轻的国王的三个时代。让我们借用生性豪爽、敢说真话的巴拉蒂娜公主的一段话作结。1702年11月2日,她在一封信中写道:"对可怜的演员们来说,倒霉就倒霉在国王不想再看戏了。只要国王去剧场,演戏就不是件坏事。就连主教大人每天都去也算不了什么。主教大人在剧场有专座,而且从来不会空着,博须埃大人也是常客。自从国王不去看戏后,登台演出就成了犯罪活动。"

公众舆论和演员

研讨了教会对演员的态度及其在17世纪内的变更,现在可以来剖析公众对演员的看法了。公众的看法也在这100年内有所变化,不过跟教会态度的转变恰恰相反,因为主要是戏剧文学水平的不断提高和演出中技术条件的不断改善影响了公众,跟教会所受到的影响因素完全不同。

在17世纪初,巴黎尚未有固定的剧团前,演出场地根本不受重视。在巴黎只停留几星期的流动剧团不是在勃艮第府邸的大厅里,就是在网球场上,甚至于某旅馆的院子里演出。演员都是些衣衫褴褛的穷光蛋,布景既简陋又难看。剧团的领班亲自在入口处收门票。

节目主要是些俗里俗气的闹剧,大胖子纪尧姆鼻子上涂着白粉,蒂尔潘戴着有名的长翼帽在台上乱蹦,布雷斯·冈比尔把台词瞎背一气。在雷欧德·戴尔芒看来,那时的演员都是为了混口饭吃。少数登台的女子都是演员的妻子,姿色平庸,属于临时凑数的,不管从道德的角度还是从美学的角度来看,都找不到一点闪光的地方。

在17世纪初的时候,优秀演员瓦勒昂·勒孔特曾试图变革戏剧。他竭尽全力想创建一个有文学趣味的剧团,专门演出亚历山大·阿尔迪的剧本。阿尔迪是个多产的作家,他好像写过600个剧本。瓦勒昂·勒孔特认为应该推出阿尔迪写的悲剧、悲喜剧和喜剧来取代约旦尔和罗伯特·加尔尼埃的那些旧节目,他为此而抗争了多年,可是失败了,破产了。他不得不于1612年黯然离开法国另谋发展。

勃艮第府邸的舞台成了滑稽演员的专用舞台,最有名的是戈蒂埃、蒂尔潘以及大胖子纪尧姆。他们演出的内容跟大巴灵、蒙多利或是勒巴龙·格拉泰拉等被叫作玩把戏的或江湖艺人在巴黎新桥用来逗乐行人,然后卖膏药或是祖传秘方的表演没有什么两样。我们保存有当时的一些闹剧脚本和歌曲，这些作品虽然不乏想象力和激情，但是内容粗俗，一旦搬上舞台更会显得俗不可耐。

这类节目只能迎合平民的口味。贵族们认为只有宫廷里的芭蕾才算得上是舞台的艺术。有产者也不去勃艮第剧场。商店的伙计、士兵、跟班、无业游民、学生是剧场的常客，混迹其中的还有小偷、盗贼。观众的组成虽然多样，但总体上却缺乏修养，没有品味，纯粹是来凑热闹的。他们自由散漫、大声喧闹、对着演员大叫大嚷、随意打断演出。因争吵而导致斗殴、打得头破血流也是常事。没有一个正经妇女敢于冒险走进这样的观众之中。

很明显，这种演出不可能把观众的注意力引导到演员的表演才能上，上流社会、有产阶层或是贵族对这种节目一无所知。

但是这种现象即将迅速而且彻底地得到改变。那要归功于我们在上文提到过的，从1625年起崛起的新一代剧作家。这一代人中有罗特鲁、梅雷、斯库德里、杜里埃、特里斯当、马雷夏尔，还有高乃依。这些诗人写出了大量的悲剧、悲喜剧和喜剧。其中梅雷的《索福尼斯白》、特里斯当的《玛丽亚娜》均获得巨大的成功。我们已经进入先于古典主义的文学顶峰，高质量的文学作品成批涌现。三一律的建立有助于作者把故事情节浓缩在同一时间和同一空间中。

把这些剧作搬上舞台的是新一代的演员，他们有修养、懂得欣赏美丽的诗文。领导勃艮第剧团的是俏玫瑰；领导马雷剧团的是蒙多利，他发现了年轻的高乃依并把他介绍给巴黎人。就在那时，黎塞留造了珀莱-瓦亚尔剧场以便上演《米拉美》；就在那时，首先是贵族，紧跟着是资产阶级在韩布依侯爵夫人的沙龙里以及在巴黎几乎到处都有的妇女社交圈里，学习优雅的举止、提高文学的品位。马雷剧团已在韩布依夫人的府里演过高乃依的《维尔吉尼》，高乃依又来这里高声朗诵他的新作《波里厄克特》。

总而言之，戏剧在文学和道德两方面都升华了。悲剧推崇的是高尚的情感，喜剧摒弃了粗俗下流的插科打诨，而代之以对陈规陋习的针砭。1641年国王正式宣布为演员恢复名誉。而平民观众则倾向于去多费纳广场和圣劳伦市场看江湖艺人、杂耍艺人的表演。

当然了，仍然有些神职人员继续攻击演艺界。加缪在1632年依然这样写道："之所以在法国、在意大利，在差不多所有的国家，都把演员、江湖艺人看作是伤风败俗的，是有道理的。法律有许多理由判决他们有罪，这些理由是人人皆知的。"新教的一位名叫安德鲁·雷凡的牧师，跟加缪一唱一和，在他写的书《基督教对公众演出的训诫》中，他甚至连以圣经为题材的宗教剧都不肯放过，"让卑贱的戏子来模仿圣人的举止是不合适的"。但是，牧师和神父的说教已变成沙漠中的讲演，无人响应。观众品味到戏剧的妙处，有了自己喜欢的演员，不会跟着教

会走了。如同斯库德里在《戏剧颂》(1639 年)里指出的那样,观众更相信持下述
观点的部分人,这部分人认为过去导致教会人士攻击艺人的理由现在已不存在
了。在有钱人子弟上学的耶稣会教会学校中,学生们依然在排演戏剧。法兰西
学士院院士巴尔查克在他的一封私人信件中,称赞蒙多利"洗涤了舞台上的污
泥,把情欲和美德调和在一起"。随着一连串在当时看来是大胆的举措的推行,
一个彬彬有礼、品位高雅的观众群体逐渐形成。他们去新的马雷剧团享受正当、
纯洁的娱乐活动。一些理论家例如拉·美纳梯埃尔在他的《诗歌集》以及萨拉赞
在他的《悲剧论》中开创了戏剧评论的先河,随后出版的有高乃依的《言谈集》、奥
比尼亚克的《论文集》。一位书店的老板证实道(1633 年):

> "现在读剧本已经成为一种时尚。"

这一时尚离不开女人们的推波助澜,因为当时已没有任何理由可以剥夺她
们看戏的乐趣,她们确信,看戏无损于她们的品行。还有,她们还带有面具,万一
台词中有过分的地方,引得她们脸红心跳,就可以用面具一遮了事。早在 1630
年,贝雷堂区著名的主教加缪就写过:"即使是非常看重名声的太太们,也不会因
为要坐到观众席中看戏而感到丝毫为难。"梅雷在他的《奥少纳公爵的风流韵事》
(1636 年)中也加以回应:"现在,最一本正经的太太也认为去勃艮第剧场看戏如
同去卢森堡公园一样,是件无伤大雅的事。"1634 年出版的被誉为"平民开心集"
的《吉约高于颂》中有这么一句话:"太太们在剧场里庄重万分,大胖子纪尧姆只
得使出浑身解数来引她们发笑。"

当红衣主教黎塞留忌妒高乃依的成功,想让刚成立的法兰西学士院来批判
《熙德》时,激起了太太夫人们对后者的声援:

> "全巴黎都有了罗得里克对施曼娜
> 那含情脉脉的眼神。"①

高乃依的所有的英雄剧本在戏剧改革中起了重要作用,在拜倒于英雄壮举、
"光辉业绩"的太太夫人中有很大影响。而大郡主、谢弗勒兹公爵夫人、投石党
人②的女英雄龙格维尔公爵夫人都是高乃依心目中的女中豪杰,可在施曼娜、嘉
米叶、埃米莉的身上看到她们的身影。多年后,当轮到拉辛大放异彩时,塞维捏

---

① 罗得里克和施曼娜是高乃依悲剧《熙德》的男女主角,罗得里克爱上了施曼娜。
② 1649 年发生投石党人叛乱,以部分大贵族为首,反对国王。

夫人还在高喊："我们的老高乃依万岁！"

路易十三王后本人作出了示范，冯劳松的一幅木刻中就有她和国王以及国王的兄弟奥尔良的加斯东同在剧院看戏的情景。

1644年，在路易十三去世后的第二天，她依旧去剧场看戏。毛特维尔德夫人可作旁证："她到剧场后，让我们坐进她的包厢，以便挡住外人的视线。她不想让公众看到她出现在本不该露脸的地方。"后来，受到虔诚的信徒迫害的莫里哀也是请求好心的王太后加以庇护，并把《太太学堂批评》献给了她。

在观众迷上剧本、迷上戏剧的同时，为新戏创作作出贡献的演员们收获也不小，他们对票房收入的增加当然高兴，对观众的掌声更不会无动于衷。观众们开始认识演员、尊重演员并爱上演员，他们对教士们的训诫置之不理，关心演员，跟演员交朋友。俏玫瑰、美丽城堡、维里埃小姐等演员成了一些风雅人士圈内的日常话题。人们讨论演技、台词、扮相、服饰和布景，演员终于从粗俗剧的阴影中走了出来。罗纳多主编的半官方的杂志《羚羊》为之大唱赞歌："自从把所有一切有可能玷污最敏感的耳朵的脏话从戏剧中清除掉以后，看戏成了上流社会最纯洁、最舒适的娱乐活动。"杂志只是反映了观众的心声，他们步履匆匆地朝勃艮第剧场和马雷剧场赶去。稍后，在投石党动乱时期，在戏剧文学和诗歌中旧有的粗俗之风也只是稍有回潮。

我们有许多实例证明演员们享受到了许多未曾有过的实惠。

我们发现几乎在同时突然冒出来两部短剧，标题都是《演员们的喜剧生涯》，跟稍后出版的莫里哀的《凡尔赛即兴》一样，都是以演员生活为主题的。顺便提一笔，从时间上推算，这是剧团间互相争斗的最早的产物，以后我们还能找到许多例证。

古日诺的剧本（1633年）最早写到俏玫瑰、美丽城堡及他的妻子、戈蒂埃-加古叶、蒂尔潘、瓦里奥和波珀莱小姐等演员。其次是斯库德里的剧本（1635年），描述了马雷剧团的演员，其中名叫勃朗蒂玛的原型就是蒙多利，剧本以斯库德里写的田园诗结束。平心而论，我们不得不承认，这两部作品都是平庸之作，除了一些奉承拍马的话外，没有任何有关演员的有趣细节。也不知道这两出戏是否真的上演过。唯一有保留价值的并不是剧本的文字本身，而是斯库德里那本书卷首的版画，画作真实地描绘了那个时代的剧场大门，还有正在击鼓的看门人。但是，我们发现不止一家书店都印了这两部不知是否上演过的剧本，这倒是相当有趣。书店之所以要出这两本书是想借公众对演员的好奇心来发点小财。演员则巴不得观众常去为他们捧场，记住他们，对他们评头论足，传递种种流言绯闻。在看戏成为一种时尚时，演员们当然走红了。

高乃依在《可笑的幻觉》（1635年）中写道，由于大家都迷上了戏剧，剧作者和演员们都从中受益。

如今的剧院身价高贵，
人人都对它顶礼膜拜。
过去备受蔑视的场所，
如今成了智者的宠儿。
看戏成了巴黎人的话题，
外省人的热点，
王室人员最温柔的消遣，
民众的欢乐，大人物的乐趣，
想消磨时光，第一就去看戏！
考虑着百姓大事的智者，
也能在动人的戏剧温柔乡中，
得以卸下重任，放松放松。
甚至连头戴桂冠、猛如霹雳、
威名远扬的伟大君王，
也要观赏、倾听法兰西戏剧！

特里斯当在他的《诗歌集》（1641 年）中有一首献给一名女演员的诗，表达了作者、读者、观众对戏剧舞台的感激之情：

你还不想干这曾被
认为是伤风败俗的职业吗？
今天它已与光荣为伴了。
自从君王对戏剧关怀有加，
害怕登上舞台，
已经不再是理智的想法。
自从把舞台用来上演纯洁的节目，
所有的污垢不都已一扫而光了吗？
今天的戏剧已经不再藏污纳垢，
所有的平民尽可来欣赏，
而不必担心会被毒害。
五彩的光泽再也不会因思想的解放而黯然失色。
表演的是罪恶受到惩罚，
而高尚的品行受到嘉奖。

德马雷·德圣索林在他的《想入非非者》(1637年)中,描述了几个疯疯癫癫的妇女,莫里哀也在《女才子》中写到这类赶新潮迷上戏剧的人。

从那时起,看戏被看成一种社会现象。虽然有了三一律的约束,戏剧文学还是得到长足的发展。不管是理论家,还是爱教训人的教士都对此无可奈何。观众们对他们的唠叨嗤之以鼻,只管自己去看戏。

然而,信教的和反对宗教的两派继续着支持和反对戏剧的论争。整整一百年不休止的论争吸引着公众,刺激着公众的好奇心。演员们自然也卷了进去,被推到了前台,更增添了演艺生涯的光彩。也有的演员抓住机遇,主动投身到争论中去。

争论起源于1637年,导火线是《熙德》。黎塞留主教为了对文学界发号施令,而创立了法兰西学士院。他自以为是个戏剧行家,忌妒高乃依的成就,他指挥自己豢养的"五人帮"借用学士院的名义来制裁《熙德》。高乃依的对头梅雷、克拉凡雷及其他人也趁火打劫。这一公开的论争,长篇大论的抨击文章使得戏剧文学爱好者们热血沸腾,或支持或反对,纷纷投身其中。法兰西学士院发表了由夏普兰执笔的《法兰西学士院关于〈熙德〉的感想》一本小册子。文章中把赞扬和谩骂的两个对立面巧妙地描写成各执一词,互有胜负的双方。两年后,斯库德里在他的《戏剧颂》(1639年)回击了安德烈·雷凡牧师的《基督教对公众演出的训诫》。奥比尼亚克修道院院长在他身边聚集了几个思想活跃对新生事物很敏感的有识之士,他在黎塞留的示意下写出了《戏剧实践》,该书直到1652年才出版。该书对戏剧持赞同态度,是第一部探讨戏剧艺术、戏剧规律的著作。出版后,影响强烈而持久,表达了教会理论界对这一争论已久的问题的普遍看法。

但是那些死硬派却并不肯就此罢休。圣体会的成员继续对戏剧活动讨伐。在圣苏比斯教区里,奥里埃大人依然要赶走演员。他手下的尚·杜费里埃神父,在来巴黎前已经在那尔波纳迫害过演员,每当有流动剧团来那尔波纳时,他就停止讲经和其他一切宗教活动,以此要挟民众,让民众去威胁演员,吓得演员们落荒而逃。尚·杜费里埃来到圣苏比斯教区后,就准备继承奥里埃的衣钵。在他的《回忆录》中有这样一件很能说明问题的事。受奥尔良公爵庇护的一个剧团,在圣苏比斯教堂近处的日耳曼市场上安顿下来。一名演员得了重病来到教堂求助,教士就请示杜费里埃,杜费里埃是这样写的:"我告诉来禀报的教士,如果那艺人有悔过的表示,可以饶恕他,但是他仍旧不能领临终圣体。教士照我说的去做了,那人病情加重。他的同伴看到他奄奄一息,就举着火把连夜来到教堂,要求领临终圣体。我接见了他们。他们都是些毫无怜悯之心、愚不可及的戏子和江湖艺人。我所讲的反对演戏的话,不但没能说服他们反而引得他们发火了。最后,我断然拒绝接受临终者的忏悔。他们中竟然有人出口骂人,还有人威胁我。大部分的人则说些讨好的话,想让我让步。"杜费里埃当然没有让步。后来,班主来找他,当然是神父得胜了。神父说服了班主,让垂危者宣布放弃演戏,皈依教会。

那篇文章最后一段的总结,反映了他的真实思想。"当我看到某些教士竟然接受戏子和埃及人(吉卜赛人)的忏悔时,我的惊讶,真是难以言表。他们这样做,即使算不上亵渎上帝至少也是愚蠢之极。那些为猪狗举行忏悔仪式的人本该受到他们的上司助理主教的惩罚。"杜费里埃大人倒是心直口快。

冉森派的会员们也随声附和,尼古拉发表了《论戏剧》,全面攻击戏剧,连正剧也不放过。因为戏剧中的言辞都是"感情的语言",会不可避免地唤醒人性中的淫欲、自大、野心、自恋等恶念。他在《关于想象中的异端的通讯录》(1664年)中写道:"写小说的文人和写戏剧的诗人是公开的投毒者,他们毒害的不是信徒的躯体,而是信徒的灵魂。他们必须自认有罪,犯的是数不清的精神谋杀罪。"当拉辛向对手妥协,离开珀莱-瓦亚尔剧团后,他的姑母圣泰格尔修道院院长却依旧对他不依不饶,大加鞭挞。在写给拉辛的导师尼古拉的信中,断然声明只要他继续跟"在稍虔诚之心的人看来是一些声名狼藉的人来往",就不想再见到他。

戈多在当万斯的主教前,曾是朱利·堂吉纳教堂的神父,他态度中庸,并且承认并不是所有的演员都是放荡不羁的人。1662年,他写下了下面一段关于剧院的教化作用的文字:

> 要想用看戏来教化民众,
> 不是空忙就是骗人,
> 好处不一定有,坏处却确凿无疑,
> 说是良药难有效,其实是毒药更诱人,
> 看戏当然可以让人改变他的偶像崇拜。
> 要移风易俗,提高境界,
> 却只能靠教堂而不是剧场。

支持者和反对者在各个公共场所唇枪舌剑,打笔墨官司。在剧场里时不时发生的事件更是往对立双方火上加油。勃艮第剧团的演员们对莫里哀《可笑的女才子》的成功演出很恼火。他们匆匆排出了不怎么成功的《莎美兹》与之抗争。几年后,莫里哀的《太太学堂》再次轰动巴黎。对立派的演员和教徒们同流合污竭力反对。教徒们在阿尔诺耳弗[①]"说教"时,在台下狂叫亵渎神灵。一些反对莫里哀的剧本,如布尔沙写的《画家之像》、道诺·德·维才的《泽林德或是侯爵

---

① 阿尔诺耳弗:莫里哀剧作《太太学堂》中的男主角。他收养孤女阿涅丝,想把她培养成愚昧驯顺的妻子。

复仇记》等很受勃艮第剧团的欢迎。莫里哀则以《太太学堂的批评》和《凡尔赛即兴》作出反击，把勃艮第剧团的演员们丑化了一番，引得观众哄堂大笑。演员蒙福莱里的儿子演出了《孔代府邸即兴》来反击莫里哀。本是局外人的马雷剧团乘机排出谢瓦利埃的《卡劳旦的爱情》，把莫里哀也搬上了舞台。在巴黎大大小小的沙龙里，人们都在谈论这场纷争，支持者和反对者各持己见，争论不休。法国的戏剧界从未有过如此激烈的论争，观众们情绪激昂纷纷投身其中。

两年后，一件影响更大的事情发生了，那就是《达尔杜弗》事件。莫里哀像是为了反驳对《太太学堂》的批评才写出了《达尔杜弗》。得到消息的圣体会成员千方百计要阻挠《达尔杜弗》的上演。尚未最后润色的《达尔杜弗》于1664年春季在凡尔赛宫的游园会上首次上演，这第一次也是唯一的演出后，国王就下令禁止公演该剧。五年后，经过莫里哀和他朋友的不懈努力，《达尔杜弗》才得以"复出"。《羚羊》杂志对莫里哀作品被禁幸灾乐祸，称之所以禁演是"因为该剧恶意谩骂教会，会导致危险的后果"。

在禁演期间，有关剧本的议论却没有停止过。罗莱神父咒骂认为"从古到今，从未有过如此大胆、如此严重亵渎宗教的事。现在就该把这跑在前头冲向地狱的家伙架到火上去烤"。莫里哀只能寄希望于对他有所支持的路易十四。他在写给国王的第一份申诉书中表示抗议。圣体会的成员竭力阻拦别人发表评议，即使是批判《达尔杜弗》的，认为"最好不是去指责它，而是忘掉它，因为你一指责，作者就要辩解"。莫里哀并没有停止去大人物的家里演出，从亲王府邸一直演到维利埃-科莱特城堡、尚蒂依城堡。

对那些公开的敌人，那些"貌若虔诚的阴谋家"，他在《唐璜》的第五幕中，无情地揭露了他们的丑恶嘴脸，这等于是重揭伤疤，在强烈的反对下，戏被从海报上撤下，还招致自称洛斯蒙的"严厉斥责"，这位洛斯蒙可能就是冉森派的巴比埃·多古尔。他不但批判剧本，还攻击作为演员的莫里哀本人。他写道："必须承认，莫里哀才是个不折不扣的达尔杜弗，真正的伪君子。他跟塞内克谴责的戏子是一路货。他们借口改变风俗而实际上在败坏风气；打着揭露罪恶的幌子而阴险地把罪恶播向人间。作为哲学家塞内克还把演员称作国家的瘟疫，活该尝尝各种酷刑的味道。如果说戏剧的目的是寓教于乐的话，那么莫里哀的目的就是让人心在笑声中堕落。他剧本中的阿涅丝那伪装的天真比最淫秽的文学更能腐蚀纯洁少女的心灵。他的《疑心自己当王八的人》是凭空捏造出来的，目的是让更多的丈夫当上真王八。那位自夸听过他的课后再没有良家妇女、后来被赶出雅典城的哲学家所毁掉的妇女固然不少，可跟在莫里哀的学堂中学坏的妇女人数相比就差多了。"

这就是以冉森派为首的一批教士眼中的莫里哀。正如亚贝尔·勒法朗所指出的那样，"他们把攻击的矛头都集中在莫里哀身上"。洛斯蒙的这篇短文遭到好几篇文章的反驳，莫里哀当然不可能与此无关。

一些人不无道理地认为，莫里哀把小孔代的放荡、不信宗教、虚伪等特征加到了唐璜的身上。大孔代的弟弟小孔代十年前在朗格道克当省长时曾庇护过莫里哀的剧团，在那时，小孔代的生活相当放荡。但他后来放弃了对戏剧的爱好，公开加入了圣体会并成为其中最凶狠的一员。

他写的《从教会的传统出发论戏剧》在他去世后出版了（1666 年）。在选录了第一批教主对戏剧的种种指责后，文章基本上全部采用了尼古拉的论证，对所有的戏剧，连宗教剧在内作出了如下的判语："以煽动情欲为目的的戏剧与以平息、压制、消灭情欲为目的的基督教绝对是势不两立的。"

当时著名的戏剧批评和理论家奥比尼亚克神父写了《驳论戏剧》来反驳。小孔代的同伙、也有可能是那篇论戏剧的真正作者 J. 瓦赞再次提出驳斥，于 1671年写了《孔代亲王论文辩》。而善于讨好人的比尔神父写出了《古今戏剧概述》为戏剧大唱颂歌。

莫里哀去世后不久，皈新教的作家萨米埃尔·谢布佐，可能在拉·格日的鼓动下，出版了他写的《法国戏剧》。这本书在今天非常珍贵，因为该书向我们提供了许多流动剧团以及固定在巴黎的剧团的生活情景。大好人萨米埃尔·谢布佐是位乐观主义者，他认为只要允许演戏，情况就会越变越好。他带着过分天真的情绪，毫无保留地赞扬演员，并且为演员端正的品行、有恻隐之心、坚持按时祭祀、严守斋月规矩作担保。他还特别强调，演员中没有任何人"触犯过法律"，这当然是完全正确的。他认为戏剧，所有的戏剧，喜剧也好，悲剧也好，现在已经"变纯洁了，已经不再有任何淫词秽语和邪恶的思想了"。硬要把这些词语强加到莫里哀及其作品的头上，是对前辈教主文章的曲解，是对时代的误解。在对孔代亲王和瓦赞神父的批驳中，他澄清了一些事实。当时戏剧的敌人们"把戏剧跟古代所有的演出活动混为一谈，而且不能容忍别人来加以区别，是完全错误的。现在舞台上的戏已经丝毫没有古代竞技场上互相残杀的那种血腥气了"。

有关宗教、道德、文学方面的争论年复一年地继续着，拥护者和反对者互相攻击，在读者中引起了相当热烈的讨论。形式新颖、场面华丽的歌剧的胜出，在很大程度上促使了悲剧的衰落，证明了观众对舞台表现多样化的永恒的追求。

17 世纪末，卡法罗和博须埃之间曾发生过一场论争，前者是德亚底安修士会一名默默无闻的修士，他于 1694 年出版了布尔沙《论戏剧》的新版本，加了篇《著名理论家的一封信》的序言，其中重复了已经详尽阐述过的赞扬戏剧的理由，这位卡法罗认为第一批教主对戏剧的指责现在已经过时，因为眼下的戏剧剧本在道德方面已经淡化了。这是教会中首次有人公开发表类似的观念，他汇入了支持戏剧的世俗大潮中。

自以为责无旁贷的博须埃提笔发难，在写给卡法罗的私人信函中，把矛头直指已去世的莫里哀。认为若如卡法罗所说："那不就等于把充斥莫里哀喜剧中诋毁宗教、亵渎神灵的内容看成是美德嘉行吗？或者是把这个家伙写的粗俗不堪只会弄脏基督徒耳朵的剧作不算做当代的戏曲？有些话我不想再重复。只要想一想，面对苍天，你是否还敢为这种戏叫好。在这些戏中，美德和怜悯总是被丑化；腐败总是讨人喜欢、得到庇护；贞德总被伤害或是因为怕被玷污而时刻胆战心惊。我的意思是说面对最无耻的手段，贞德却只有薄薄的一层保护层……

"但愿上帝饶恕你，你至少同意让基督徒远离卖淫和通奸吧！而在意大利的戏剧中、在你以为相当净化了的当今舞台上、在莫里哀新出炉的剧作里却比比皆是。莫里哀自诩为女雅士的规矩、容貌、言谈的把关人，却在光天化日之下推崇受辱却宽宏大量的丈夫的优点，鼓动妻子去报复有忌妒心的丈夫。我想你一定会反对他的言行的。"

最后，博须埃要求卡法罗对基督教的教规有正确的看法，并且补充说，如有必要，他本人将以主教的名义发表讲话。电闪雷鸣之下，卡法罗只好低头认罪，他向博须埃保证他从未读过莫里哀的剧本，又说书中的序言不是他写的，他并不同意其中的观点。

没隔多久，博须埃又在他的《戏剧准则及思考》中旧调重弹。后来，劳伦·彼居里埃在他的《驳斥新理论家有关喜剧的胡言乱语》中跟着博须埃依样画葫芦，攻击《达尔杜弗》和《唐璜》。P. 勒勃安的《喜剧论》也持同一观点。《达尔杜弗》和《唐璜》的作者成了剧本审查者的靶子，莫里哀的突然去世变得有价值，使他既成了同行的榜样，又成了他们的前车之鉴。彼埃尔·库斯退尔的《教会和教皇对戏剧和演员的看法及对策》及 L. 苏加尼的拉丁文书简《戏剧为害论》都持同一观点，书简的标题就完全说明了问题。

嘉贡在他的《本色诗》中再次回应他们挑战，莱布尼茨也用简朴的诗句反驳那些理论家：

> 民众严厉的导师啊！
> 可知道在我们的时代里，
> 莫里哀一个人的成就，
> 抵得你们所有人的教诲。
> 为了法国得以改革，
> 不去提倡戏剧，
> 难道要靠泼妇骂街！

在敌对双方连篇累牍地论争的同时,巴黎的戏剧在不断地发展。17世纪末,当高乃依、拉辛、莫里哀在法兰西剧院以及吕利在歌剧院天天演这些古典主义的作品时,一批新的剧作家已开始接班了。列尼亚尔、杜弗莱尼、巴龙、唐古尔虽然比不上莫里哀的气魄,但他们还是继承了戏剧的传统,而且在文字表达方式上比《厌世者》的作者更为自由。

巴龙或是谢梅斯莱的成就令人回想起他们的先辈弗罗里多、莫里哀或巴克。观众一直忠于他们喜爱的演员而懒得搭理那些理论家、道德家的骂声。

17世纪末的许多演员有扎实的文化根底和较高的品味。巴龙去世后,留下了四千多册书、非常漂亮的纪念邮票和油画。由于看戏的潮流长盛不衰,使得演员的物质条件大为改善,演戏这一职业受到了众人的尊重。拉布吕耶尔曾恼恨地写道:"演员躺在马车里,泥水溅到正在步行的高乃依的脸上。"作为伦理学家、敏锐的社会观察家,拉布吕耶尔写的这句话反映了社会上人们自相矛盾的心理,反映了那些自以为代表着社会精英、领导着社会的那些人的态度。"在古罗马,演员的地位低下;在古希腊,演员是受尊重的。而在我们这里呢?大家想的跟古罗马一样,做的却跟古希腊一样。还有比这更奇怪的事吗?一群基督教徒簇拥着一帮被开除教籍的家伙,只是因为后者给我们带来了快乐,我认为要么关掉剧场,要么别再对演员们说三道四。"

观众热爱戏剧,需要在看戏中得到解脱,获得梦幻。反对者的肆意漫骂、喋喋不休的说教、连篇累牍的抨击文章都无法从观众心中赶走这种爱好,这种渴望。因为看戏可以帮助他们更好地肩负起日常重担或是暂时地忘却忧愁;在某种时机还能帮助他们去跟罪恶作斗争,或是至少可以乐观地笑对罪恶;有时甚至能使他们的灵魂得到升华。仇视戏剧的理论家、落伍的神学家们的所作所为以彻底的失败而告终。就在卡法罗和博须埃争论不休时,安托万·阿尔诺于1694年5月16日无奈地写道:"孔代亲王大人和尼古拉先生写的反对戏剧的文章都是白忙一场,因为文章发表后,去剧场的人并不见少。"法兰西剧院的票房收入有据可查,那就是最有力的证明。

选自《莫里哀时代演员的生活》,谭常轲译,山东画报出版社,2005

清教徒的全盛期

[美国]威尔·杜兰

　　清教徒的胜利涉及一项宗教革命。英格兰教会于 1643 年因废止主教统辖制（episcopacy）而被破坏。新教徒中的长老会派——其聚会系由听命于总会的地区宗教会议所管辖的牧师主持——于 1646 年曾被定为正式国教，但是两年后，普赖德派把长老会派从国会中整肃出去时，长老会的独占优势就结束了。有一段时候宗教似乎不受政府管制或津贴。但是克伦威尔（他竟与被他杀害的英王几乎事事意见相同）认为由国会资助的教会是教育和道德上所不可缺者。1654 年他任命一个"甄试委员会"（Commission of Triers）以试验教士们是否合于接受圣职和薪俸。只有独立派（清教徒）、浸信会派（Baptist）、长老会派合于规定。每个教区皆可在组织上的长老会形式和聚会形式（每一聚会皆自行管理主持）中作一选择。清教徒采纳聚会形式，在苏格兰颇为盛行长老会制度。在英格兰却大部局限在伦敦和兰开夏（Lancashire）。一度大权在握的国教会牧师却被逐出其生计，只能和天主教神父一样，在秘密场合向信徒传教，伊夫林因参加国教会礼拜而被捕。天主教依然非法。1650 年及 1654 年，各有一位神父因"诱惑人民"而被处纹刑；1657 年，清教徒国会在克伦威尔同意下，通过一项法案，依其规定，凡年满 16 岁而尚未否认其天主教信仰者，其财产 2/3 充公。1650 年时，宗教和社会阶层的衡量相近：穷人倾向不从国教的各派——浸信会、教友派、第五王政派等——或天主教；中产阶级绝大多数是清教徒；贵族和大部分士绅（未有爵衔的地主）则皈依被解散的英格兰国教会。

　　不宽容的态度并非放松，反倒扭转过来。现在不再是国教会压迫天主教、不从国教派和清教徒，反过来从前一再大声疾呼要求宽容的清教徒，得胜之后却压迫起天主教、不从国教派和国教会。他们严禁使用《公共祈祷书》（*Book of Common Prayer*），即使在私宅也不许。清教徒国会限制对接受三位一体说、改革论、圣经系上帝的辞书，以及拒绝主教的英国人予以宽容。苏塞纳斯派教徒（Socinians）或唯一神派教徒（Unitarians）因此亦不在宽容之列。法令规定批评加尔文教派的教义或仪式者，应受严厉制裁。克伦威尔比他的国会较为宽大慈悲。他默许若干国教会仪式，也允许一小批犹太人定居于伦敦，甚至可以建筑一所犹太教教堂。两个再洗礼拜教徒诋毁他是"启示录之兽"（the Beast of the Apocalypse），他竟耐心地容忍他们。他利用其影响力纠正法国对境内预格诺派教徒、及皮德蒙特对境内华尔多教派（Waldenses）的压迫；但是当法国首相马扎兰请他在英格兰宽容天主教徒时，克伦威尔却借词他无法控制清教徒的狂热而作答。

　　清教徒日常生活中巨细靡遗,无不受宗教信仰影响,这种情形或许只有犹太人差可比拟;事实上,清教徒信仰除了基督的神性这一点以外,也和犹太教教义几乎处处相同。他们鼓励识字习文,以便人人能诵读《圣经》。《旧约》特别受重视偏好,因为它提供了一种宗教主宰的模范社会。生命的主要事业是逃避地狱的炼火;魔鬼真正存在,而且无所不在,只有上帝的慈悲才能使少数选民获救。《圣经》上的字句和比喻深入清教徒日常言辞中;上帝和基督(但是绝不会是马利亚)的思想和观点,使他们心灵愉悦和畏惧。他们的衣物平实、俭朴,而未华饰;他们的言辞严肃而缓慢。他们也期望戒绝一切亵渎神圣的娱乐及感官上的享乐。1642年因战争爆发而关闭的剧院,直到1656年都还因为清教徒责难而大门紧闭。赛马、斗鸡、角力、蓄熊、玩牛,皆受禁止;为了确使伦敦的熊不再被人逗弄作乐,清教徒的纽森上校(Colonel Newson)竟把它们全杀了。所有的五月柱(mayploe,译按:庆祝五朔节时饰有花及彩条的柱子)都被拆倒。美女受嫌弃。女人以贤妻良母而受尊敬;否则她们会被清教徒视为荡妇而声名狼藉,并且被认为是男性不能进入天堂的原因。除了圣诗,音乐不受欢迎。教堂中的艺术全都摧毁,除了塞缪尔·库珀(Samuel Cooper)和荷兰画家莱利一些精美的肖像以外,别无其他作品。

　　清教徒企图制定的道德律法,可能是自摩西律法(Mosaic Law)以来最彻底者。民事婚礼(非举行宗教仪式,而由政府官员证婚的婚姻)被承认为有效,也准许离婚,但是通奸可处以极刑;不过有两人因通奸罪被斩首后,再没有陪审团判此为有罪。立誓要受罚款,按照阶级递增办法罚之;他们规定公爵的罚款,为男爵的2倍,为乡绅的3倍,为平民的10倍;有个人诅咒说"上帝是我的见证人"也被罚款。每星期三人人都需斋戒不吃肉,即使凑巧遇上圣诞节也不例外,而且士兵有权可进入民宅检查是否遵守斋戒。星期日商店不许开门营业,当天亦不许运动、竞赛,不准做世俗工作,若非必要亦不得出门远行;甚至当天还严禁"无效用且亵渎上帝的散步"。尽管查理二世后来复辟,英国的道德也恢复旧观,可是英国人的星期日迄今仍很"忧郁"。

　　许多这种法律禁忌和社会禁忌,显示出对人类天性过于严格。据说,克伦威尔时代大部分人民变成伪君子,和平常一样犯罪,追逐金钱、女色、权力,可是表面上又道貌岸然,老是拉长脸孔、鼻子咻咻作响,装腔作势,嘴里猛念宗教词语。然而,大部分清教徒还是以虔诚、勇气,坚信其《福音书》。我们应该看到2000名清教徒传道士在王政复辟之下,宁肯赤贫潦倒,而不放弃其理想原则。清教徒制度固然使人心智狭隘,却增强了意志和品格,它使英国人有自治能力。如果说整个国家因为畏惧地狱和清教徒敕令而阴暗无光,平民的家庭生活却获得秩序和纯洁,而且在查理二世统治时上层阶级虽然败德,平民的这份纯洁仍保存下来,最可贵的是，清教徒政府的可能影响使得道德优美醇厚——18 世纪时美以美教派（Methodism）又予以革新和加强——或许英国民族今天道德水准相当高，也要归功于他们。

选自《世界文明史》，东方出版社，1998

18 世纪文学

启蒙运动的社会机构

[美国]彼得·赖尔　艾伦·威尔逊

　　启蒙运动的社会机构(social institutions of the enlightenment)是朋友和熟人得以共同分享启蒙运动思想的各种场所和社会组织。虽然启蒙运动主要是一场知识分子运动，但是各国的启蒙运动都拥有强大的社会支持，这使得启蒙运动有别于以往的时代。投身启蒙运动事业的人们往往聚在一起讨论社会活动中形成的思想。这类讨论活动形成的社会关系网成为欧洲和北美传播启蒙思想的主要途径。因此，启蒙运动的社会机构决定了这个时代的特征表现为知识在全社会的迅速传播。

　　沙龙和咖啡馆是最常见的会晤场所，在那里贵族可以公开地与受过良好教育的平民打成一片。沙龙在私人住宅里举行，富有而有权势、受过良好教育的妇女往往充当女主人。沙龙为知识分子提供了从善如流而又百般挑剔的听众。沙龙还是重大交际的场所。巴黎沙龙的女主人曾为数位启蒙哲学家出面争取学术要职或其他显赫的地位。在欧洲，巴黎的沙龙最为著名，意大利半岛、神圣罗马帝国、英格兰也有无数的沙龙。

　　欧洲的启蒙沙龙不胜枚举，在此只能略举数例。巴黎的著名沙龙有：朗贝尔夫人、德·唐森夫人、若弗兰夫人、德芳夫人、莱斯皮纳斯小姐、霍尔巴赫男爵的沙龙，瑞士费尔内伏尔泰的住宅以及夏特莱夫人的公馆西雷，也定期举行聚会。在德意志地区，18 世纪晚期的柏林有亨里埃特·赫茨和拉切尔·法恩哈根的沙龙，萨克森-魏玛女公爵安娜·阿梅莉在魏玛的住所里招待客人。英格兰的社会名流和知识精英，则在约翰逊、查尔斯·伯尼和他的女儿范妮·伯尼、玛丽·W. 蒙塔古、蒲柏的家中聚会，一个称为"蓝袜社"的上流妇女团体也在她们的公馆里举行聚会。

　　咖啡馆是 18 世纪嗜好咖啡因的人们所喜好的地方，也为秉持启蒙信念的人们提供了公共聚会的场所。17 世纪中叶，伦敦出现了第一家咖啡馆，却因妨碍公共安宁而遭起诉。不过，到 1715 年，伦敦的咖啡馆数量已经超过 3000 家。艾迪生是巴顿咖啡馆的常客，他认为咖啡馆是使中产阶级养成美德和进行愉快、见识广博的谈话的场所。蒲柏喜欢去维尔咖啡馆，塞缪尔·约翰逊著名的文学俱乐部则在另一家咖啡馆聚会。在巴黎，伏尔泰常去普罗柯普咖啡馆。米兰的意大利启蒙运动者不是在佩德罗·韦里的家中聚会，就在咖啡馆聚会。他们甚至把自己那短命的进步杂志命名为《咖啡馆》，使咖啡与启蒙运动一道名垂青史。

读书俱乐部和借阅图书馆在欧洲各地大量涌现。成员们在这些会所里一起阅读和讨论启蒙书籍，私下传阅各种手抄本。这些会所是私人机构，使人们有机会了解各种启蒙观点，即使阐述这些观点的书籍遭到官方审查和删改。

这些非正式聚会常常会发展为正式的组织，致力于某种活动或目标，如政治改革、识字、农业、音乐、绘画、戏剧、公共卫生、废奴以及科学。其他一些团体，如各种秘密友谊社团和大量的用餐俱乐部，则有更为明确的社会目的。这些团体有：巴黎的政治社团"夹层俱乐部"、瑞士文化社团"赫尔维第协会"、巴黎的废奴团体"黑人之友协会"、爱丁堡普通知识分子的社团"精英俱乐部"、伦教的"古代音乐之友"、致力于公共卫生事业的"人道协会"、大学优秀学生的社团"联谊会"、以及费城的辩论组织"共读会"。在 18 世纪的欧洲，几乎每一个大城市和城镇都有数百个这样的组织。

除上述这些团体外，欧洲还有各种追求人类知识的正式互助组织。这些团体中最重要的是共济会、巴伐利亚光照会、玫瑰十字会。有些共济会和光照会分会积极投身于启蒙运动的激进的政治和社会理想。不过，玫瑰十字会和共济会的苏格兰圣餐礼拜分会大体上倾向于较为保守的政治纲领。

启蒙运动的其他重要的正式机构还有为数众多的科学院。这类机构中最有影响的是柏林科学院、伦敦皇家学会、法兰西科学院。除了在苏格兰、某些德意志地区和意大利半岛外，大学所起到的作用不那么突出。

这些不同机构的涌现在很大程度上要归因于 18 世纪时的一个普遍信念：人类的进步需要交流思想。组成社团的行为（这意味着个人组成团体）不仅在传播进步所必需的知识上起到关键性的作用，还极大地促进了人际交往和公民道德等公正社会的基石。因此，在这个启蒙世纪的各种戏剧性事件中，这些启蒙运动的社会机构扮演了主要角色。

选自《启蒙运动百科全书》，刘北成、王皖强译，上海人民出版社，2004

启蒙运动时期的出版

[美国]彼得·赖尔　艾伦·威尔逊

出版(press)　从事出版、传播书籍或其他印刷品的行业。启蒙运动时期，虽然面临官方审查制度的种种禁令，欧洲的出版活动还是有了长足的发展。阅读的新风尚以及新的识字人群的扩大刺激了对书籍、杂志、报纸和小册子刊物的需求。出版业具有重要的意义，成为欧洲传播启蒙思想和理想的工具。

欧洲各国的出版业都很活跃，但面对审查制度的障碍，一些地区的出版业在启蒙运动中发挥了更为突出的作用。在绝对君主制的国家和罗马大主教控制的地区，出版往往受到最为严格的限制。世俗和宗教当局严格控制出版，天主教会公布了一份受谴责书籍的《禁书目录》。在允许宗教裁判所存在的国家(西班牙、葡萄牙、意大利)，书籍要由宗教裁判所的法庭检查，以判断其可接受的程度。在法国，巴黎大学索邦神学院承担类似的职能。遭到查禁的书籍往往被收集起来公开焚毁，作者一旦被辨认出来或被捕，就会遭受种种迫害。

君主专制的世俗当局也行使各种审查职能。例如，法国的高等法院和御前会议有权审查书刊内容、下令烧毁书籍、处罚作者。更有甚者，法国建立起一种复杂的正式出版前的审查体制，责令作者和印刷商必须获得王室的许可方能出版。各种著作必须事先送交审查当局检查。

这些控制措施阻碍了西班牙、意大利半岛、葡萄牙、法国出版业的发展，却根本无法阻止书刊的秘密传播。人们用种种手段来规避管制。作者要么将自己的著作匿名出版，要么在评论时局时加以掩饰，伪装成对外国局势的评论。巴黎和其他地方的出版商公然挑战当局，在有问题的书中印上假的出版许可(即出版商和城市的资料)。审查官完全忽略了对某些书的审查，默许它们出版和传播，各种手稿则在私下里四处流传。

要是上述所有的办法都行不通，作者还可以转而去找那些热衷于出版新的煽动性著作的外国出版商。

事实上，法国启蒙运动的书籍大多是在法国之外的尼德兰联省共和国或瑞士出版的。作者一旦在本国面临危险，不仅可以到瑞士和尼德兰寻求避难，还可以前往英格兰或普鲁士。

对启蒙运动助益最大的出版社都设在那些新教城市，如伦敦、阿姆斯特丹、鹿特丹、海牙、日内瓦。这些出版社比巴黎、马德里、里斯本、罗马和其他意大利城市的同行享有更大的自由。例如，在尼德兰，只要不批评尼德兰内政政策，出版社几乎可以出版任何书刊。但是，即使在这些自由的地区，出版依然受到种种限制。拉美特利及其出版商埃利·吕扎克在 18 世纪 40 年代就面临这样的情况。即便是荷兰当局，也会被那些过分宣扬唯物主义和无神论的书籍所激怒。

不论是从现实角度还是象征意义上说，出版都在启蒙运动中发挥了举足轻重的作用。文学以前所未有的规模传播开来。越来越多的民众购买图书（我们不知道他们是否真的读过），各种借阅图书馆和书友会则使人们无需购买也可获得印刷的书刊。杂志和报纸不仅通过借阅图书馆流通，还摆在咖啡馆里供顾客仔细阅读。

对于启蒙知识分子来说，出版自由具有最重要的象征意义。人类进步的信念是某些启蒙运动形式的核心，而进步的取得有赖于知识的获取，人们认为自由交流思想有助于这种进步。人们读到或得知一个观念，就会运用批判理性来加以评判，有效地在自身的言行中表达这个观念。

学术界近来非常关注出版在激发导致法国革命爆发的不满情绪方面所起到的作用。人们认识到，革命期间，小册子和短论等印刷品的数量有了惊人的增加，这些印刷品几乎涉及每一个主题。大体上说，随着君主制和教会的衰落，法国的审查制度就已经名存实亡了，到 18 世纪 80 年代，法国的出版商几乎可以出版他们想出的任何读物。不过，出版与大革命之间的因果关系问题仍有待解决，很难通过历史方法证明阅读确实改变了人们的观念。

不论在这个问题上得出什么结论，毋庸置疑的是，启蒙运动导致了或见证了旨在向广大公众传播思想的印刷品的激增。这一时期出版的杂志有数百种之多，著名的有艾迪生和斯蒂尔出版的《闲谈者》和《旁观者》，德斯方丹的《文学新闻》、《博学之士公报》、《哥廷根报导》，培尔主编的《文坛报导》、《莱顿杂志》、《知识分子杂志》、《瑞士杂志》以及纳沙泰尔印刷协会的出版物。出版商和书商还创立了为数众多的法语评论杂志，如《通用历史文库》、《古代与现代文库》、《公平文库》、《英国文库》、《德国文库》、《系列文库》、《法国文库》。法语在 18 世纪是知识分子的国际性语言，这些评论杂志的读者遍布多个国家。

出版业不仅确保重要的著作能翻译成其他文字，还为作者提供工作，维持了复杂的代理商网络。这些代理商能把禁书传入审查制度较为严格的国家，所有这些都促进了启蒙事业的发展。

启蒙运动时期的大出版商有：鹿特丹的亨利·德斯伯德斯、巴黎的安德列·勒·勃雷东（《百科全书》的出版商）、埃利·吕扎克（拉美特利的出版商）、让·埃利·贝特朗和弗里德里希·萨姆埃尔·奥斯特瓦尔德（霍尔巴赫的出版商）、阿姆斯特丹的普罗斯佩·马尔尚（达尔让的出版商）、日内瓦的克拉默兄弟（伏尔泰的出版商）和阿姆斯特丹的马克·米歇尔·雷（卢梭、霍尔巴赫、来拉波、马拉的出版商）。

　　除这些大出版商之外,巴黎、伦敦和其他图书贸易城市还有为数众多的小书商和出版商。伦敦格拉布街的出版社给很多年轻的启蒙作家以起步的机会,虽然他们所付的工资极其微薄。出版业在 18 世纪的环境里繁荣起来。作家逐渐脱离由贵族或宫廷庇护的传统体制。法国也有类似的出版社。虽然启蒙哲学家大都有一定的正式职业,并通过写作来摆脱贫困。

　　要想全面了解启蒙运动,就应该了解当时支持着知识活动的出版体制。在那个时代的人看来,自由运作的出版业对于以获取知识的方式来实现进步的目标至关重要。因此,他们开始呼吁推行保障出版自由的改革。在开始于美国革命、结束于法国革命的革命时代,这些呼吁大多在法律中得到落实,废除陈旧审查体制的改革也迈出了蹒跚的步伐。虽然改革并不是在所有的国家中都得以维系,但是它们毕竟见证了人们对人类知识的力量和益处所怀有的启蒙信念,并因此而载入史册。

　　　　　　选自《启蒙运动百科全书》,刘北成、王皖强译,上海人民出版社,2004

19 世纪欧洲浪漫主义文学

《抒情歌谣集》序

［英国］威廉·华兹华斯

这些诗在第一版中已经给大家读过了。当时印行出来，是当作一种试验，希望可以看出，把感觉锐敏的人们的真正的语言选择出来给以韵文的安排，究竟能否表达出诗人所合理地力求表达的那种愉快，并且能够表达出多少。

这些诗可能产生的效果，我曾经给予相当准确的估计。我以为，凡是喜欢这些诗的人，读起来一定会非常高兴；相反地，我也很知道，凡是不喜欢这些诗的人，读起来一定会非常不高兴。结果与我的期望只有一点不同，即是感到高兴的人比我当初敢于希望的还要多些。①

有几位朋友渴望这些诗成功，他们相信，如果写这些诗时所依据的观点真能实现，那就会产生出一种诗，这种诗能使人们永久感觉趣味，而且从它的道德关系的性质和种类讲来，也十分重要。因此，他们劝我在诗集前面加上一篇序言，替写这些诗所根据的理论作一个系统的辩护。但是我不愿担任这一工作，我知道这样一来，读者会漠视我的理论，怀疑我主要是受着自私而又愚蠢的希望的指使，想以道理说服他们来赞成我这些特别的诗。我更不愿担任这一工作，因为要把意见充分表达出来，要使论据十分有力量，就需要很长的篇幅，这是与序言完全不相称的。要把问题尽可能讲得很明白，很有条理，就必须把现今我国公众的趣味充分叙述出来，并且确定这种趣味健康或腐败到什么程度。要确定这点，又必须指出语言和思想怎样互相作用和反作用，不仅追溯文学的变革，而且还要追溯社会本身的变革。因此，我总不愿作正式的辩护；但是我也知道，不写几句话来介绍，就突然把这些与

---

① 为了多样化起见，并且又意识到自己的弱点，我就向一个朋友要求帮助，他于是给了我这几首诗：《古舟子咏》《养母故事》《夜莺》《地牢》《爱》。不过，如果我不相信我的朋友的诗作在很大程度上和我的诗作具有同样的倾向，我们的风格虽然有一些差别，却没有什么不协调，那也就不会请求他的这种帮助了。我们关于诗歌题材的意见几乎是完全一致的。1800—1805 年版是这样，但是 1800—1805 年版删去了《地牢》。——俄译本注

现在一般人所赞许的诗根本不同的东西要公众接受,那未免有一点儿不礼貌了。

大家以为作家写诗,就正式订约要对某种已知的联想习惯加以满足。他不仅告知读者他的作品里有某些种类的思想和词句,并且还告知读者他的作品里没有其他种类的思想和词句。韵文语言的这种标志或表征,必然在各个文学时代引起各种不同的期望:例如,在卡提拉斯、达仑斯和鲁克里提亚斯的时代,在斯达夏斯和克罗定的时代,以及在我们自己国家里,在莎士比亚、波蒙和弗雷希的时代,在约翰·邓和考里的时代,在德莱顿或蒲柏的时代。我在这里并不是要确定现在一个作家作诗所答应给予读者的东西应该是什么;在许多人看来,我还未曾实现我自愿订下的约言的各个条款。凡是习惯于近代许多作家的浮华而且空洞的用语的人,如果坚持把这本作品读完,他们一定常常觉得古怪和粗拙而感到不舒服;他们会在作品中各处寻找诗,他们就会询问,无论怎样客气,怎能让这些东西称为诗呢? 因此,我希望读者不要责备我把自己计划要作的东西叙述出来,不要责备我把自己为什么要这样做的一些主要理由(只要一篇序文的篇幅许可)加以说明,使得他们至少不会有任何失望的不快之感,而我自己也可以避免一个作家所能遇到的最可耻的责难,即是,责难作家懒惰,不努力确定他当作的事情,或决定了当作的事情而又不能实行。

这些诗的主要目的,是在选择日常生活里的事件和情节,自始至终竭力采用人们真正使用的语言来加以叙述或描写,同时在这些事件和情节上加上一种想象的光彩,使日常的东西在不平常的状态下呈现在心灵面前;最重要的是从这些事件和情节中真实地而非虚浮地探索我们的天性的根本规律——主要是关于我们在心情振奋的时候如何把各个观念联系起来的方式,这样就使这些事件和情节显得富有趣味。我通常都选择微贱的田园生活作题材,因为在这种生活里,人们心中主要的热情找着了更好的土壤,能够达到成熟境地,少受一些拘束,并且说出一种更纯朴和有力的语言;因为在这种生活里,我们的各种基本情感共同存在于一种更单纯的状态之下,因此能让我们更确切地对它们加以思考,更有力地把它们表达出来,因为田园生活的各种习俗是从这些基本情感萌芽的,并且由于田园工作的必要性,这些习俗更容易为人了解,更能持久,最后,因为在这种生活里,人们的热情是与自然的美而永久的形式合而为一的。我又采用这些人所使用的语言(实际上去掉了它的真正缺点,去掉了一切可能经常引起不快或反感的因素),因为这些人时时刻刻是与最好的外界东西相通的,而最好的语言本来就是从这些最好的外界东西得来的,因为他们在社会上处于那样的地位,他们的交际范围狭小而又没有变化,很少受到社会上虚荣心的影响,他们表达情感和思想都很单纯而不矫揉造作。因此,这样的语言从屡次的经验和正常的情感产生出来,比起一般诗人通常用来代替它的语言,是更永久、更富有哲学意味的。一般诗人认为自己愈是远离人们的同情,沉溺于武断和任性的表现方法,以满足自己所制造的反复无常的趣味和欲望，就愈能给自己和自己的艺术带来光荣。①

　　但是，我也知道，现在有几个作家偶尔在自己的诗中采用了一些琐屑又鄙陋的思想和语言，因而遭到了一致的反对；我也承认，这种缺点只要存在，比起矫揉造作或生硬改革，更使作家丧失名誉，可是同时我认为，这种缺点就全部看来并不是那样有害。这本集子里的诗至少有一点和这些诗不同，即是，这本集子里每一首诗都有一个有价值的目的。这不是说，我通常作诗开始就正式地有一个清楚目的在脑子里；可是我相信，这是沉思的习惯加强了和调整了我的情感，因而当我描写那些强烈地激起我的情感的东西的时候，作品本身自然就带有着一个目的。如果这个意见是错误的，那我就没有权利享受诗人的称号了。一切好诗都是强烈情感的自然流露。这个说法虽然是正确的，可是凡有价值的诗，不论题材如何不同，都是由于作者具有非常的感受性，而且又深思了很久。因为我们的思想改变着和指导着我们的情感的不断流注，我们的思想事实上是我们以往一切情感的代表；我们思考这些代表的相互关系，我们就发现什么是人们真正重要的东西，如果我们重复和继续这种动作，我们的情感就会和重要的题材联系起来。久而久之，如果我们本来具有强烈的感受性，我们就会养成这样的心理习惯，只要盲目地和机械地服从这种习惯的引导，我们的描写事物和表露情感在性质上和彼此联系上都必定会使读者的理解力有某种程度的提高，他的情感也必定会因之增强和纯化。

　　我也说过这本集子里的诗每首都有一个目的。另外我还须说明，这些诗与现在一般流行的诗有一个不同之点，即是，在这些诗中，是情感给予动作和情节以重要性，而不是动作和情节给予情感以重要性。②

----

　　①　这里值得注意的是，乔叟的动人的诗篇差不多都是使用纯粹的语言，甚至到今天普遍都能懂得。——作者原注

　　②　这一段见 1845 年版。1800—1832 年版是这样：我曾经说过，这本集子里的诗每首都有一个目的。我也曾告诉读者，这个目的主要是什么，就是说明我们的情感和思想在兴奋状态下互相结合的方式。但是，用不大普通的语言（1802—1836 年版是：用稍微更加适当的语言）来说，这是跟随我们的心灵在被天性中的伟大和朴素的情感所激动的时候的一起一落。这个目的我在这些短文里曾经竭力用各种办法去实现，而这些办法就是：通过母爱的许多更加微妙的曲折地方去探索这种情感，如在《小白痴》和《一个发狂的母亲》两首诗中；伴随一个濒于死亡但还孤独地依恋着生命和社会的人的最后挣扎，如在《一个被遗弃的印第安人》这首诗中；表明童年时期我们关于死亡的观念所常有的混乱和模糊，或者是我们之完全没有能力接受这种观念，如在《我们是七个》这首诗中；显示出在早期同大自然的伟大和优美的对象结合的时候那种友爱的依恋的力量，或者说得更哲学些，那种道德的依恋的力量，如在《兄弟们》这首诗中；或者使我的读者从普通的道德感中获得另一种比我们所习惯于获得的更加有益的印象，如从西蒙·李的事件中所获得的那样。在我的总的目的当中，有一部分是力图描画一些受到不很热烈的情感的影响的人物，如在《一个旅行的老人》和《两个贼人》中那样，这些人物的成分是单纯的，是属于大自然而不是属于习俗的，这些成分现在存在着，将来也会永远存在，这些成分由于自己的构成是可以明确地和有益地加以思考的。我不想滥用读者的宽容，再多谈这个问题；但是我应该提到另一个情况……情感。读者只要看一看《可怜的苏桑》和《没有孩子的父亲》这两首诗，尤其是第二首诗的最后一节，我的意思他就可以完全理解。1836 年版也是如此，但是用第三人称代替了第一人称。——俄译本注

我决不为着虚伪的客气而不说出,我要读者注意这个显著的特点,与其说是为了这本集子里的诗,还远不如说是为了题材的一般重要性。题材的确非常重要!因为人的心灵,不用巨大猛烈的刺激,也能够兴奋起来;如果一个人不知道这一点,如果他进而不知道一个人愈具有这种能力,就愈比另一个人优越,那么他一定不能充分体会人的心灵的优美和高贵。因此,在我看来,竭力使这种能力产生或增大,是各个时代的作家所能从事的一个最好的任务,这种任务,虽然在任何时期都很重大,可是现在特别是这样。许多的原因,从前是没有的,现在则联合在一起,把人们分辨的能力弄得迟钝起来,使人的头脑不能运用自如,蜕化到野蛮人的麻木状态。这些原因中间影响最大的,就是日常发生的国家事件,以及城市里人口的增加。在城市里,工作的千篇一律,使人渴望非常的事件。这种渴望,只有迅速传达的新闻能时时刻刻给以满足。这种生活和习俗的趋势,我国的文学和戏剧曾力求与之适应。所以,以往作家的非常珍贵的作品(我指的几乎就是莎士比亚和弥尔顿的作品)已经被抛弃了,代替它们的是许多疯狂的小说,许多病态而又愚蠢的德国悲剧,以及像洪水一样泛滥的用韵文写的夸张而无价值的故事。当我想到这种对于狂暴刺激的下流追求,我就不好意思说到我想在这些诗里反对这种坏处的微弱努力。当我想到这种普遍存在的坏处的严重情况,我就几乎被一种并非可耻的忧郁所压倒,好在我还深深觉得人的心灵具有一些天生的不可毁灭的品质,一切影响人的心灵的伟大和永久的事物具有一些天生的不能消灭的力量,好在除此之外我又相信,这样的时代快到了,能力更强大的人们会一致起来系统地反对这种坏处,并且会得到更显著的成功。

关于这些诗的题材和目的,我已说了这么多,现在我请求读者让我告诉他一些有关这些诗的风格的情形,免得他格外地责备我不曾做我决不想做的事情。读者会看出,①这本集子里很少把抽象观念比拟作人,这种用以增高风格而使之高于散文的拟人法,我完全加以摒弃。我的目的是模仿,并且在可能范围内,采用人们常用的语言;拟人法的确不是这种语言的自然的或常有的部分。拟人法事实上只是偶尔由于热情的激发而产生的词藻,我曾经把它当作这样的词藻来使用;但是我反对把它当作某种风格的人为的手法,或者把它当作韵文作家按照某种特权所享有的一种自己的语言。我希望读者得到有血有肉的作品作为伴侣,使他相信我这样做,会使他感兴趣。别的人走着不同的途径,也同样会使读

---

① 这段话在 1800 年版中是这样:除了很少的几个地方,读者在这本集子里将发现不到我把抽象观念比作人。这并不是出于我有意责难这种拟人法;拟人法也许适合于某些种类的作品。但是,在这本集子里我是想模仿并且尽可能地采用人们常用的语言。我不认为这种拟人法是这种语言的任何正式部分或自然部分。——俄译本注

者感兴趣;我决不干涉他们的主张,但是我希望提出我自己的主张。在这本集子里,也很少看见通常所称为的诗的词汇;我费了很多力气避免这种词汇,正如普通作者费很多力气去制造这种词汇,我之这样做,理由已经在上面讲过了,因为我想使我的语言接近人们的语言,并且我要表达的愉快又与许多人认为是诗的正当目的的那种愉快十分不同。既然不能分外仔细,我就无法让读者对于我所要创造的风格有着更确切的了解,我只能告诉他我时常都是全神贯注地考察我的题材;所以,我希望这些诗里没有虚假的描写,而且我表现思想都是使用适合于它们各自的重要性的文字。这样的尝试必然会获得一些东西,因为这样做有利于一切好诗的一个共同点,就是合情合理。然而要这样做,我就必须丢掉许多历来认为是诗人们应该继承的词句和词藻。我又认为最好是把自己进一步拘束起来,禁止使用许多的词句,虽然它们本身是很适合而且优美的,可是被劣等诗人愚蠢地滥用以后,使人十分讨厌,任何联想的艺术都无法压倒它们。

如果在一首诗里,有一串句子,或者甚至单独一个句子,其中文字安排得很自然,但据严格的韵律的法则看来,与散文没有什么区别,于是许多批评家,一看到这种他们所谓散文化的东西,便以为有了很大的发现,极力奚落这个诗人,以为他对自己的职业简直一窍不通。这些批评家会创立一种批评标准,读者如果喜欢这些诗,结果一定会完全加以否认。我以为很容易向读者证明,不仅每首好诗的很大部分,甚至那种最高贵的诗的很大部分,除了韵律之外,它们与好散文的语言是没有什么区别的,而且最好的诗中最有趣味的部分的语言也完全是那写得很好的散文的语言。这个说法是千真万确的,差不多可以用一切诗篇以至弥尔顿的诗作中的无数段落来证明。为了一般地说明这个问题,让我在这里引用格雷的一首短诗。格雷是这样一些人的首领,他们竭力想以他们的推论来扩大散文和韵文的区别,而他比其余任何人更惨淡经营地制造自己诗的词汇。

In vain to me the smiling mornings shine,
And reddening Phoebus lifts his golden fire;
The birds in vain their amorous descant join,
Or cheerful fields resume their green attire.
These ears, alas! for other notes repine;
A different object do these eyes require;
My lonely anguish melts no heart but mine;
And in my breast the imperfect joys expire;
Yet morning smiles the busy race to cheer,
And new—born pleasure brings to happier men;

The fields to all their wonted tribute bear;
To warm their little loves the birds complain.
I fruitless mourn to him that cannot hear,
And weep the more because I weep in vain. [1]

我们很容易看得出,这首十四行诗唯一有价值的部分,就是用斜体字排印的那部分。我们也同样看得出,这几行诗除了有韵脚,除了把 Fruitless 当作 Fruitlessly 使用算是一种毛病以外,它们的语言没有一个地方不是与散文的语言相同的。

从上面引用的诗里,我们可以看出,散文的语言也可以用在诗里;我在上面也曾说过,每首好诗里的大部分语言是与好散文的语言没有什么区别的。现在我们可以更进一步。我们可以毫无错误地说,散文的语言和韵文的语言并没有也不能有任何本质上的区别。我们喜欢探索诗和绘画的相似之点,因而把它们叫作两姊妹。但是对于韵文和散文,我们从哪里找到充分紧密的联系,足以说明两者是一致的特征呢?韵文和散文都是用同一器官说话,而且都向着同一器官说话,两者的本体可以说是同一个东西,感动力也很相似,差不多是同样的,甚至于毫无差别;诗[2]的眼泪,"并不是天使的眼泪"[3],而是人们自然的眼泪;诗并不

---

[1] 这首诗大意如下:
　　没有用呵,微笑的清晨向我闪耀,
　　赤红的太阳神举起黄金般的火光;
　　没有用呵,雀鸟们合唱相爱的恋歌,
　　快乐的田野披上绿色的衣裳。
　　啊,我两耳埋怨没有另外的歌声,
　　我的眼睛渴望那不同的景象;
　　我孤独的苦痛溶化了我的心;
　　不完美的欢乐也在我怀中消亡;
　　然而清晨的微笑鼓舞起忙碌的人们,
　　又给更快乐的人们带来新生的欢畅;
　　田野带着非常的礼物给一切人,
　　雀鸟们向心爱的小鸟儿娓娓歌唱。
　　我无望地向那不能听我的人们悲泣,
　　因为我哭也无用,我就愈更悲伤。

[2] 我在这里使用诗这个名词(虽然违反了我的意思),是把它看作与散文对立的,而且是与韵文同义的。但是,不把诗和事实或科学看作在哲学上更加对立的,而把诗和散文看作对立的,这曾经给批评界带来许多混乱。唯一与散文严格对立的是韵律,不过事实上这不是严格的对立,因为在写散文当中,自然而然出现一些含有韵律的句子和段落,即使想避免它们,可是差不多是不可能的。——作者原注

[3] 《失乐园》,第一卷,第 619 行。——俄译本注

拥有天上的流动于诸神血管中的灵液，足以使自己的生命汁液与散文的判然不同；人们的同样的血液在两者的血管里循环着。

如果认为韵脚和韵律是一种特点，可以推翻刚才所讲的散文和韵文是一致的说法，并且又引起人的头脑所乐于承认的其他种种人为的^①特点，那么我只有回答说，^②这本集子里的诗所用的语言，是尽可能地从人们真正使用的语言中选择出来的。这种选择，只要是出于真正的兴趣和情感，自身就形成一种最初想象不到的特点，并且会使文章完全免掉日常生活的庸俗和鄙陋。即使再加上音节，我相信所产生的不同之处也不至于使头脑清楚的人感到不满意。我们究竟还有别的什么特点呢？这些特点是从什么地方来的呢？又存在于什么地方呢？不，就是在诗人通过他的人物讲话的地方，也没有别的特点。就是为着文体的高贵，或者为着它的任何拟定的装饰，别的特点也是不必要的。只要诗人把题材选得很恰当，在适当的时候他自然就会有热情，而由热情产生的语言，只要选择得很正确和恰当，也必定很高贵而且丰富多彩，由于隐喻和比喻而充满生气。假如诗人把自己所制造的一套外加的华丽与热情所自然激发的优美杂糅在一起，那么这种不协调一定会使明智的读者感到震惊，这里我就不仔细谈了。我只需说这种杂糅是不必要的。的确，大概有一些诗行，适当地充满着隐喻和比喻，但是当热情不那样强烈，文体也相应地平和下来，它们就会达到应有的效果。

但是，因为这本集子里的诗所能给予的愉快完全是对于这个见解的正确了解，因为这个见解对于我们的鉴赏力和道德感非常重要，所以我不能只说了这些离题稍远的话就算完事。如果有人从我所要讲的话中看出我的努力是不必要的，而且认为我是无的放矢，那么他应当记着，不管人们对于我有怎样的说法，我对自己的意见是十分信任的，这种信任差不多是从来没有过的。如果人们承认我的结论，而且承认之后又竭力加以贯彻，那么我们对于古今最伟大诗人的作品的评价，就一定与现在迥然不同，不论我们是称赞或者责难。我们的道德感，影响到这些评价或者被这些评价所影响的，我相信将会得到纠正和净化。

从一般的立场来研究这个问题，让我问问，诗人这个字眼是什么意思呢？诗人是什么呢？他是向谁讲话呢？我们从他那里得到什么语言呢？——诗人是以一个人的身份向人们讲话。他是一个人，比一般人具有更锐敏的感受性，具有更多的热忱和温情，他更了解人的本性，而且有着更开阔的灵魂；他喜欢自己的热情和意志，内在的活力使他比别人快乐得多，他高兴观察宇宙现象中的相似的热情和意志，并且习惯于在没有找到它们的地方自己去创造。除了这些特点以外，

① 1800 年版没有"人为的"这个字眼。——俄译本注
② 从"我只有回答说"到往下第九段中的"读者要记住"，都是在 1802 年版中加上的。——俄译本注

他还有一种气质,比别人更容易被不在眼前的事物所感动,仿佛它们都在他的面前似的;他有一种能力,能从自己心中唤起热情,这种热情与现实事件所激起的很不一样,但是(特别是在令人高兴和愉快的一般同情心范围内),比起别人只由于心灵活动而感到的热情,则更像现实事件所激起的热情。他由于经常这样实践,就获得一种能力,能更敏捷地表达自己的思想和感情,特别是那样的一些思想和感情,它们的发生并非由于直接的外在刺激,而是出于他的选择,或者是他的心灵的构造。

不论我们以为最伟大的诗人具有多少这种能力,我们总不能不承认这种能力给诗人所提示的语言在生动上和真实上总常常比不过实际生活中的人们的语言,实际生活中的人们是处于热情的实际紧压之下,而诗人则在自己心中只是创造了或自以为创造了这些热情的影子。

不管我们怎样赞美诗人的禀赋,我们总看得出,当他描写或模仿热情的时候,他的工作比起人们实在的动作和感受中所有的自由和力量,总是多少有一些机械。所以,诗人希望把他的情感接近他所描写的人们的情感,并且暂时完全陷入一种幻觉,竭力把他的情感和那些人的情感混在一起,并且合而为一;因为想到他的描写有一个特殊的目的,即使人愉快的目的,有时才把这样得来的语言稍为改动一下。于是,他就实行我所主张的选择原则了。他依据这种选择原则,抛弃热情中使人厌恶不快的东西,他觉得无须去装饰自然或增高自然,他愈加积极地实行这个原则,他就愈加深刻地相信,他的从想象或幻想得来的文字是不能同从现实和真实里产生的文字相比的。

但是,那些不反对这些话的总的精神的人们也许会说,诗人既然不能时常创造十分适合于热情的语言,像从真实的热情里得来的语言一样,那么他就可以把自己当作一个翻译者,可以随便把另一种优点来代替那种他不能得到的优点;他有时竭力想超过他原来的优点,以便补偿他觉得自己不能不犯的一般缺点。但是这种说法却会赞助懒惰,鼓励懦怯的失望。还有,这些人说出这种话,都是因为他们不懂得他们谈论的东西,他们把诗当作取乐和消遣的东西来谈论,他们十分严肃地向我们说他们爱好诗,而实际上他们就像他们爱好跳绳或喝酒一样,把这当作是无关利害的事情。我记得亚里士多德曾经说过,诗是一切文章中最富有哲学意味的。的确是这样。诗的目的是在真理,不是个别的和局部的真理,而是普遍的和有效的真理;这种真理不是以外在的证据作依靠,而是凭借热情深入人心;[①]这种真理就是它自身的证据,给予它所呈诉的法庭以承认和信赖,而又

---

① 参看达维兰的在《刚底贝尔》中当作序言的信:"叙述的和过去的真理是历史学家们的偶像(他们崇拜死的东西);行动的和由于效果而不断活着的真理,是诗人们的主妇。"——俄译本注

从这个法庭得到承认和信赖。诗是人和自然的表象，传记家和历史学家都必须忠于事实而且要顾到实际用处，他们所遇到的困难，比起诗人所遇到的就大得不知多少，因为诗人了解他自己的艺术的高贵性。诗人作诗只有一个限制，即是，他必须直接给一个人以愉快，这个人只需具有一个人的知识就够了，用不着具有律师、医生、航海家、天文学家或自然哲学家的知识。除了这一个限制以外，诗人与事物表象之间就没有什么障碍；而在事物表象与传记家和历史学家之间却有成千上万的障碍。

不要把这种直接给人愉快当作是诗人艺术的一种退化。事实上绝不是如此。这是对于宇宙间美的一种承认，一种虽非正式的却是间接的更诚实的承认；对于以爱来观看世界的人，这是一种轻而易举的工作；还有，这是对于人的本有的庄严性的一种顶礼，是对于人们借以理解、感觉、生活和运动的快乐的伟大基本原则的一种顶礼；只有愉快所激发的东西，才能引起我们的同情。我希望我不会被人误解，不论在什么地方，只要我们对苦痛表示同情，我们就会发现同情是和快感微妙地结合在一起而产生和展开的。没有一种知识，即是，没有任何的一般原理是从思考个别事实中得来的，而只有由快乐建立起来，只是凭借快乐而存在于我们的心中。科学家、化学家、数学家，不管他们经过多少困难和不愉快，他们总知道这点，感觉到这点。不管解剖学家研究的东西如何给人苦楚，他总感觉到他的知识是一种愉快；他没有愉快，也就没有知识。那么，诗人作的是什么呢？他以人与周围的事物的相互作用和反作用，因而生出无限复杂的痛苦和愉快；他依据人自己的本性和他的日常生活来看人，认为人以一定数量的直接知识，以一定的信念、直觉、推断（由于习惯而获得直觉的性质）来思考这种现象，他以人看到思想和感觉的这种复杂的现象，觉得到处都有事物在心中激起同情，这些同情，因为他天性使然，都带有一些愉快。

诗人主要注意的，就是人们都具有的这种知识，以及除了日常生活经验我们不需要别的训练就能喜欢的这些同情。他以为人与自然根本互相适应，人的心灵能照映出自然中最美最有趣味的东西。因此，诗人被他在全部探索过程中的这种快感所激发，他和普遍的自然交谈着，怀着一种喜爱，就像科学家在长期的努力后，由于和自然的某些特殊部分（他的研究对象）交谈而发生的喜爱一样。诗人和哲学家的知识都是愉快；只是一个的知识是我们的生存所必需的东西，我们天然的不能分离的祖先遗产；一个的知识是个人的个别的收获，我们很慢才得到，并且不是以平素的直接的同情把我们与我们的同胞联系起来。科学家追求真理，仿佛是一个遥远的不知名的慈善家；他在孤独寂寞中珍惜真理，爱护真理。诗人唱的歌全人类都跟他合唱，他在真理面前感觉高兴，仿佛真理是我们看得见的朋友，是我们时刻不离的伴侣。诗是一切知识的菁华，它是整个科学面部上的强烈的表情。真的,我们可以像莎士比亚谈到人一样,说诗人是"瞻视往古,远看未来"①。诗人是捍卫人类天性的磐石,是随处都带着友谊和爱情的支持者和保护者。不管地域和气候的差别,不管语言和习俗的不同,不管法律和习惯的各异,不管事物会从人心里悄悄消逝,不管事物会遭到强暴的破坏,诗人总以热情和知识团结着布满全球和包括古今的人类社会的伟大王国。诗人的思想对象随处都是;虽然他也喜用眼睛和感官作向导,然而他不论什么地方,只要发现动人观听的气氛可以展开他的翅膀,他就跟踪前去。诗是一切知识的起源和终结,——它像人的心灵一样不朽。如果科学家在我们的生活情况里和日常印象里造成任何直接或间接的重大变革,诗人就会立刻振奋起来。他不仅在那些一般的间接影响中紧跟着科学家,而且将与科学家并肩携手,深入科学本身的对象中间去。如果化学家、植物学家、矿物学家的极稀罕地发现有一天为我们所熟习,其中的关系在我们这些喜怒哀乐的人看来显然是十分重要,那么诗人就会把这些发现当作与任何写诗的题材一样合适的题材来写诗。如果有一天现在所谓科学的东西这样地为人们所熟习,大家都仿佛觉得它有血有肉,那么诗人也会以自己神圣的心灵注入其中,帮助它化成有生命者,并且欢迎这位如此产生的人物成为人们家庭中亲爱的、真正的一员。既然这样,我们就不能想象,凡是对于诗抱有我所企图说明的这样崇高观念的人,会以转瞬即逝的装饰来损害他所描写的东西的真实性和神圣性,会竭力用各种技巧来博得喝彩,而使用这些技巧不过是由于假定他的题材卑下的缘故。

直到这里,我所说的一切都是对于一般的诗而言的,特别是对于诗人通过自己人物说话的那一部分而言的。谈到这点,我们仿佛可以下一个结论,只要是有理性的人都会认为,诗中戏剧性部分的缺点的大小,完全在于它脱离真正的自然语言的程度,以及是否染上了诗人自己的词汇的色彩。这种词汇或者是诗人当作个人所特有的,或者是一般诗人所共同有的。这些人由于写诗的关系,自然就使用一种特别的语言。

所以,我们不仅在诗的戏剧性部分里可以寻找语言上的这种差别,而且就是在诗人现身说话的地方,我们也一定可以看到语言上的这种差别。关于这点,我请读者看一看我在上面对于诗人的描写。在主要有助于形成诗人的这些特质之中,没有一点在种类上与别人不同,不过在程度上有差别而已。总括说来,诗人和别人不同的地方,主要是在诗人没有外界直接的刺激也能比别人更敏捷地思考和感受,并且又比别人更有能力把他内心中那样地产生的这些思想和情感表现出来。但是这些热情、思想和感觉都是一般人的热情、思想和感觉。这些热

---

① 《哈姆雷特》,第四幕,第四场,第 37 页。——俄译本注

情、思想和感觉到底与什么相联系呢？无疑地，它们与我们伦理上的情操、生理上的感觉，以及激起这些东西的事物相联系；它们与原子的运行、宇宙的现象相联系；它们与风暴、阳光、四季的轮换、冷热、丧亡亲友、伤害和愤懑、感德和希望、恐惧和悲痛相联系。这些以及类似的东西是别人的感觉和使他们发生兴趣的对象，所以是诗人所描写的感觉和对象。诗人以人的热情去思考和感受。那么他用的语言怎能与感觉敏锐、头脑清楚的其他一切人所用的语言有很大差别呢？我们可以证明这是不可能的。假如不是这样，诗人就可以在表达情感以娱乐自己或他这样的人的时候使用一种特别的语言了。不过，诗人绝不是单单为诗人而写诗，他是为人们而写诗。除非我们提倡盲目崇拜，或者把无知当作快乐，否则诗人必须从这个假想的高处走下，而且为了能引起合理的同情，必须像别人表现自己一样地表现自己。除此以外，诗人只是从人们真正使用的语言里进行选择，换句话说：他正确地依据这样选择原则去作诗，自然就踏上稳固的基地，我们就知道从他那里会得到什么。关于韵律，我们的感觉是一样的；读者要记住，韵律的特点是整齐、一致，不像通常所谓诗的词汇所有的韵律是硬造的，随意可以改变的，这些改变是数也数不清的。在一种情况下，读者就完全受诗人的摆布，听任他高兴用什么意象和词汇来表达热情；在另一种情形下，韵律遵守着一定的法则，这些法则是诗人和读者都乐于服从的，因为它们是千真万确的，一点也不干涉热情，只是像历来所一致证实的那样提高和改进这种与热情共同存在的愉快。

现在我可以回答这个明显的问题，即是，我既然有了这些意见，为什么我还用韵文写作呢？除了上面所答复的以外，我还可以回答，第一，因为不管我怎样限制自己，在我面前还有许多不论用韵文或散文都显然可以写作的最有价值的东西，还有人类伟大的普遍的热情，人类最一般的和有意思的工作，以及整个自然的世界，——它们可以供给我多种多样的形式和意象。我们现在暂且认为这些有趣的对象可以用散文描写得很生动，可是我在这样的描写上面加上举世公认的韵律所具有的妙处，就为什么要受责难呢？对于这点，一些不相信的人还会回答，以为诗给予人们的愉快很小一部分是靠着韵律，以为没有风格上其他人为的技巧同韵律结合在一起，用韵文写作是不妥当的，以为这样越出正轨，读者的联想因震惊而失去的愉快会比从韵律的一般力量所得到的愉快还要多些。这些人还以为韵律一定要伴随以风格的相当的色彩，才能达到它的相当的目的，其实在我看来，他们把韵律本身的力量估计得太小了。对于这些人，我就这本集子里的诗就足以回答说，凡是历代不断给人愉快的诗，现在都还存在，都是描写比较平常的题材，并且都用的是比较朴素和单纯的风格。如果朴素和单纯是一种坏处，我们就可以依据这里所谈的事实作强有力的假设，以为不太朴素和单纯的诗现在能够给人愉快。我目前主要的努力是在证明我根据这种主张作诗是正确的。

我们可以指出各种不同的原因来说明,如果文体豪壮,题材重要,那么依照韵律安排的文字就会长久给予人们以愉快,这种愉快是作者自己感到而极想表达出来的。诗的目的是在引起兴奋以获得很多的愉快,不过大家以为这种兴奋是一种稀罕的和不正常心境,在这种心境下,思想和感情不会依照平常的次序互相接替。如果引起兴奋的东西很强有力,或者意象和感情带有过度的苦痛,那么这种兴奋就有超出正当范围的危险。把正常的东西摆在一起,把心灵在各种情境下或较不兴奋的状况下所习以为常的东西摆在一起,就很能把平常的情感和与热情不十分关联的情感交织起来,使热情稍为缓和而且有限制。这是千真万确的;虽然韵律力求在一定程度上剥夺语言的实际含义,在全篇文章上面加上一种半意识的虚幻的东西,初看起来这种意见显得似是而非,可是我们承认,那些比较悲惨的情节和情感,即那些带有比较大的苦痛的情节和情感,在韵文里,特别在有韵脚的诗里,比在散文里总使人觉得不那样难受。古歌谣里的韵律是很朴质的,然而其中有许多段落可以证实这个意见。我相信,读者如果仔细读这本集子里的诗,也会找出同样的例子。读者对于重读《克拉里莎·哈罗》或《赌徒》①的悲惨部分所表示的勉强态度,可以进一步证实这个意见;至于莎士比亚的作品,甚至那些最悲惨的场面,也决不超出愉快的范围而使我们觉得十分悲惨——这种结果最初想象不到会有这么大,是由于韵律所产生的微小的然而继续不断和有规则的愉快的冲动所造成的。另一方面(必须承认这会更加常常发生),如果诗人的文字跟热情不相适应,不能使读者得到一种可喜悦的激动,那么(除非诗人选用的韵律太不合适)我们在读者习惯于从一般韵律所得到的愉快的感觉里,以及在他习惯于从特别的韵律所得到的愉快或忧郁的感觉里,可以看到一种东西大大地能够把热情赋予文字,并且使诗人的复杂的目的得以实现出来。

如果我把这里所说的理论加以系统的辩护,我就得把韵文产生愉快的各种原因展示出来。在这些主要的原因中间有一个原则,那些把任何一种艺术仔细思考过的人都很知道的,可以算作是这些原因中间主要的一种原因,即是,人的头脑能从不同之中看出相同而感到愉快。这个原则是我们心灵活动的伟大源泉,是我们的心灵的主要鼓舞者。从这种原则才产生我们的性欲以及与之相关联的一切热情;这是我们通常彼此谈话的生命,我们的鉴别力和道德感都是依靠从不同中看出相同以及从相同中看出不同的这种准确性。依据这种原则来研究

---

① 《赌徒》是爱德华·穆尔所写的家庭悲剧,1753年由哈里克第一次演出,他给剧本增加了一些段落。——俄译本注

韵律,证明韵律能给予很多愉快,指出这种愉快在什么方式下产生出来,这倒不是没有用处的事情。但是,我所有的篇幅不允许我这样做,我只要作一个概述就行了。

我曾经说过,诗是强烈情感的自然流露。它起源于在平静中回忆起来的情感。诗人沉思这种情感直到一种反应使平静逐渐消逝,就有一种与诗人所沉思的情感相似的情感逐渐发生,确实存在于诗人的心中。一篇成功的诗作一般都从这种情形开始,而且在相似的情形下向前展开;然而不管是什么一种情绪,不管这种情绪达到什么程度,它既然从各种原因产生,总带有各种的愉快;所以我们不管描写什么情绪,只要我们自愿地描写,我们的心灵总是在一种享受的状态中。如果大自然特别使从事这种工作的人获得享受,那么诗人就应该听取这种教训,就应该特别注意,不管把什么热情传达给读者,只要读者的头脑是健全的,这些热情就应当带有一种愉快。和谐的韵文语言的音乐性,克服了困难之后的感觉,以往从同样的韵文作品里所得到的快感的任意联想,对这种语言(它与实际生活的语言十分相似而在韵律上却又差别很大)的一再的模糊的知觉——所有这一切很微妙地构成了一种复杂的快乐感觉,它在缓和那总是与更深热情的强烈描写掺杂在一起的痛苦感觉方面是非常有用的。在打动人心和充满激情的诗中,总是有这种效果;至于在轻快的诗篇里,诗人在安排韵律上的轻巧和优美就是使读者感到满意的主要源泉。关于这个问题所必须说的一切,还可以用下面这个事实来证明:很少有人否认,用诗和散文描写热情、习俗或性格,假使两者都描写得同样好,结果人们读诗的描写会读一百次,而读散文的描写只读一次。[①]

关于我为什么要写诗,为什么选用日常生活的题材,为什么竭力使我的语言与人们真正的语言接近,我已经把我的理由说明一些了。虽然我在替自己的主张辩护上太详细了,可是同时我讨论的还是一般感觉兴趣的问题。因此,关于这本集子里的一些诗以及它们可能有的缺点,我要还说几句话。我知道,我自己的联想有时候是特殊的,而不是一般的,因此会把不重要的东西看得太重要,有时候会写一些值不得写的题材;但是因为这样,我就不那样害怕我的语言常常会把

[①] 在1800—1836年版中紧跟着有下面这一段:我们看到,蒲柏单是借助诗句的力量,曾经设法使最普通的常识变得很有趣味,甚至常常使这种常识具有热情的外表。由于这些信念,我于是用诗写了勃来克老妇和哈里·基尔的故事,这是这本集子里最粗糙的作品之一。我本是想使读者注意这一真理:人的想象力甚至在我们的天然本性中也足以产生看起来几乎是不可思议的种种变化。这个真理是一个重要的真理;事实(因为这是一个事实)是对这个真理的珍贵的例证。我获悉这个故事曾经传达给成千上万的人,自己感到很满意。如果这个故事不是作为歌谣叙述出来,而且用的韵律比歌谣通常用的更令人感动,这些人是决不会听到它的。——俄译本注

情感和思想同一些特别的词句生硬地结合起来,因为这是人们不能完全避免的毛病。所以我很相信,在这本集子里有些诗中,甚至滑稽可笑的人的情感,也可以通过我认为柔和而动人的词句传达给读者。这些有毛病的词句,如果我确信它们现在有毛病,将来也一定如此,那我会费尽心力去加以改正的。不过只因为几个人的说法,甚至于某一类人的说法,就去加以改正,那未免有点危险。如果作者还未信服,他的情感还未改变,他就这样去做,那会对他有很大害处的;因为作者自己的情感是他的靠山和支柱;如果有一次把情感抛丢一边,他就会重复这个行动,直到他的心灵对于自身丧失全部信任,这样完全衰弱下去。除此以外,我还可以说,批评家①决不应该忘记他自己也容易犯诗人一样的错误,而且也许更厉害些。关于大多数读者,可以不揣冒昧地说,他们对于文字的各层不同的意义以及各个思想的相互关系的恒定性或变化性是不会像诗人那样熟习的,并且他们既然对这个问题不发生多大兴趣,也许就会随便轻易地作出决定。

既然耽搁了读者这么多时间,我希望容许我请他留心,有一些诗的语言很像生活和自然的语言,可是这些诗本身却很不好,有一种批评反而很称赞,这实在是错误的批评。这样的诗在滑稽诗文里曾经得到很大的成功,下面所引的一节约翰逊博士的诗就是最好的例子——

> I put my hat upon my head
> And walked into the strand,
> And there I met another man
> Whose hat was in his hand. ②

在这些诗句之后,让我们把《树林中的孩子们》真正最值得人们称颂的诗句摘引一段在这里。

> These pretty babes with hand in hand,
> Went wandering up and down;
> But never more they saw the man,

---

① 1836年版为"批评家";1800—32年版为"读者"。——俄译本注
② 这四行诗的大意是:
　我把帽子戴在头上,
　独自向海边走去,
　在那里碰见一个人
　把帽子拿在手里。——中译者注

Approaching from the town.①

　　在这两节诗里，文字以及文字的安排，没有一点与普通的谈话不同。这两节诗有些文字，例如"the strand"（海边）和"the town"（城市）都是与最平常的思想联系着，然而有一节我们认为是值得称赞的，另一节我们认为是最鄙陋不过的。这个差别是从什么地方来的呢？这个差别不是由于韵律，不是由于语言，不是由于文字的安排，而是因为约翰逊那节诗里所表现的内容是鄙陋的。约翰逊那节诗是简单而又平凡的韵文，处置这种韵文的妥当方法，不是在说它是一种坏诗或不是诗，而是在说它缺少意义，它本身既没有趣味，也不能引起任何有趣味的东西；它的意象不是起源于从思想所产生的健全的情感，也不能激起读者的思想或情感。我想这是处置这种诗的唯一合理的方法。一个生物，你已知道它归于那一属，为什么还要费力去探求它归于那一类呢？明明白白知道猿猴不是人，为什么还要费力去证明它不是牛顿呢？②

　　我必须向读者提出一个要求，即是，当他评价这本集子里的诗的时候，最好依据他自己真实的感觉，千万不要想到别人的评价大概怎样。我们常常听人说："我自己并不反对这种风格，不反对这种或那种表现，不过在某一类人看来，这是鄙陋或滑稽的啊！"这种批评方法，对于一切健全的真正的判断力非常有害，可是这差不多是普遍的现象。我们请读者独立地依据他自己的感觉来判断，如果他受了别人的影响，我们就请他不要用这种推测来干涉他的愉快。

　　如果一个作家以单独一篇文章给我们一个他有才能的印象，那么，当我们觉得他另外的作品不好的时候，我们就可以推测他不会写得那样坏或那样荒谬可笑，我们可以因为相信他那篇作品，去把我们认为不好的东西重读一遍，特别比平常仔细。这不仅是一种公平的举动，而且特别在我们评价诗的时候，可以把我们自己的鉴别力大大地改进。约瑟·雷诺德爵士曾经说过，在评价诗和其他一切艺术方面，准确的鉴别力是一种后天学来的才能，它只有通过思想以及长期与典范作品接触才可以养成。我提到这点，并不带有这样荒谬的目的，想阻止没有经验的读者不自己去评价（我已经说过，我希望他们自己去评价），我只是想缓和一下轻率批评的风气，认为如果我们没有费很多时间去研究诗，那么我们对于诗

────────────

　①　这四行诗的大意是：
　　　可爱的小孩子们，手牵着手，
　　　不停地走上又走下；
　　　他们再瞧不见那个人
　　　打从城市里走来。——中译者注
　②　参看蒲柏的《人论》第二部，第34行。——俄译者注

的评价也许就会错误，而且在许多场合下，一定就是如此。

我知道，最能实际帮助推进我的目的的，是指出韵文作品（与我在这里竭力推荐的根本不同）给予人们的愉快是哪一种愉快，这种愉快是怎样发生的。因为读者会说，那样的作品他读后十分愉快，他还能要求别的什么呢？任何一种艺术的力量是有限的；读者会感到疑虑，如果他要结交新朋友，就只有舍弃旧朋友方能办到。此外，我也曾经说过，读者自己明白他从那种作品中、从他特别称为诗的作品中所得到的愉快，一切的人对于那些长久不断地使他们愉快的东西，通常都抱有一种感激的心情，一种光荣的迷信。我们不仅要得到愉快，并且要从我们所习惯的那种方式得到愉快。就是这些情感已经足够拒绝大批的论据了，而且我又不能战胜它们，我愿意承认，要完全享受我所推荐的东西，就非丢掉通常所享受的东西不可。但是，如果我的篇幅容许我说明这种愉快是怎样产生的，那就可以去掉许多的障碍，可以帮助读者看出语言的力量不是像他们所设想的那样有限，看出诗能给予人们另外更纯粹、更持久、而且更美妙的享受。关于这一部分问题，我也不曾完全忽视，不过我现在的目的并不是在证明其他种类的诗所引起的愉快不是那样活泼生动，不是那样值得心灵高贵的力量去追求；我现在的目的是在说出一些理由，我怎样以为只要我的目的实现了，就会产生一种诗、一种真正的诗，本质上很能使人们永久感兴趣，而在道德关系的性质上和种类上也是十分重要的。

从上面所说的一切，以及把这本集子里的诗读过之后，读者就会清楚地看出我所追求的目的，他会判断我的目的的达到了什么程度，并且更重要得多的，他会断定这个目的是否值得追求。真的，我要求公众对我的诗作的赞许，就在于这两个问题如何解决。

选自《英国作家论文学》，王元春、钱中文主编，曹葆华译，生活·读书·新知三联书店出版，1985

素朴的诗和感伤的诗（节选）

[德国] 席勒

诗的精神是不朽的，它也不会从人性之中消失。除非人性本身消失了，或者人作为人的能力消失了，诗的精神才会消失。实际上，人虽然由于想象和理解的自由，而离开了素朴，离开了真理，离开了自然的必然性，然而，不仅有一条经常敞开着的路，让他回到自然，并且有一种强有力而又不可摧毁的本能，道德的本能，不断地把他拉回自然；正是诗的能力以最亲密的关系和这一本能结合在一起。因此，人一经告别了自然，并不就丧失诗的能力，而只不过是这种能力向着另一方向活动罢了。

即使在现在，自然仍然是燃烧和温暖诗人灵魂的唯一火焰。唯有从自然，它才得到它全部的力量；也唯有向着自然，它才在人为地追求文化的人当中发出声音。任何其他表现诗的活动的形式，都是和诗的精神相距甚远的。……

只要当人还处在纯粹的自然（我是说纯粹的自然，而不是说生糙的自然）的状态时，他整个的人活动着，有如一个素朴的感谢统一体，有如一个和谐的整体。感性和理性，感受能力和自发的主动能力，都还没用从各自的功能上被分割开来，更不用说，它们之间还没用相互的矛盾。这时，人的感觉不是偶然性的那种无定形的游戏，人的思想也不是想象力的一种空洞的游戏，毫无意义。他的感觉出发于必然的规律，他的思想出发于现实。但是，当人进入了文明状态，人工已经把他加以陶冶，存在于他内部的这种感觉上的和谐就没有了，并且从此以后，他只能够把自己显示为一种道德上的统一，也就是说，向往着统一。前一种状态中事实上所存在的和谐，思想和感觉的和谐，现在只能存在于一种理想的状态中了，它不再内在于他，而是外在于他；它只是作为一个思想的概念而存在，他必须开始在他的自身里面去实现它；它不再是事实，不再是他生活中的现实了。现在，让文明谈一下诗的观念，那无非是尽可能完善地表现人性。将这一观念应用到前面所说的两种状态，我们就会被引向这样的推论：一方面，在自然的素朴状态中，由于人的全部能力作为一个和谐的统一体发生作用，结果，人的全部天性就在现实的本身中表现出来，诗人的任务必然是尽可能完善地模仿现实。反之，在文明的状态中，由于人的天性这种和谐的竞争只不过是一个观念，诗人的任务就必然是把现实提高到理想，或者是表现理想。实际上，一般说来，诗的天才也只有通过这两条道路，才能显示它自己。它们之间的重大差别是十分明显的，然而，纵使它们及其相反，却有一个较高的观念包蕴了它们二者，如果这个观念是与人性那个观念相一致的话，这也不足为怪。

··········

因为素朴的诗人满足于素朴的自然和感觉,满足于模仿现实世界,所以就他的主题而论,他只能有一种单一的关系;在处理主题的方式上,他没有选择的余地。如果素朴的诗产生不同的印象,——当然,我所说的不是与主题的性质相关联的印象,而只是依存于诗歌手法的那些印象——这种不同印象的全部差别也只在程度方面。这里,只有一种感觉的方式,而差异只在于感觉的由多到少;甚至外部形式的多样变化,也并不改变审美印象的实质。无论形式是抒情诗或史诗的,戏剧的或描述的,我们所得到的印象可以较强或较弱,但是,如果我们撇开主题的性质不谈,我们的感受都将是一样的。我们所敬仰到的感情是绝对统一的:它完全从一个单一的和统一的因素出发,以致我们很难加以区分。甚至语言的差异和时代的差异,在这里都不会产生任何分歧,因为素朴诗的一个特点,正在于它的起源和效果都具有严格的一致性。

感伤诗就完全不同了。感伤诗人沉思客观事物对他所产生的印象;只有在这一沉思的基础上,方才奠定了他的诗歌的力量。结果是感伤诗人都要关心两种相反的力量,有表现客观事物和感受它们的两种方式;也就是,现实的或有限的,以及理性的或无限的;它所包含的混杂感情,将证明这一来源的二重性。因此,感伤诗由于容许了一个以上的原则,就需要知道谁将在诗人身上占主导地位;在他的感情中,以及在他所表现的客观事物方面,谁将占主导地位。这样,就可能采取不同的处理方式。于是,一个新的课题被提出来了:诗人是把他自己附丽于现实呢?还是附丽于理想?是把现实作为反感和嫌恶的对象而附丽呢?还是把理想作为向往的对象而附丽?因此,每个诗人在处理同一主题时,他或者是讽刺的,或者是哀伤的——这只是大概而言,以后将详论。在这两种感情方式中,每一个感伤诗人都必然会附丽于这一种或那一种。

··········

自然给予素朴诗人一种恩惠,他经常都是以一个不可分割的统一体去行动,随时都是同一的、完满的,并把人性最高的价值在现实世界中予以再现。反之,自然给予感伤诗人的却是一种强大的能力,或者毋宁说自然把一种热烈的感情印在他身上:这就是要代替抽象给他摧毁了的那种初次的统一,要在他身上完成人性,要从一个有限的状态走入一个无限的状态。素朴诗人和感伤诗人都企图充分表现人性,否则他们就不是诗人;但是比起感伤诗人来,素朴诗人经常具有感觉的真实这一优越性,从而把感伤诗人所只能向往的东西,当作一个现实的事实。这一点,每个人读素朴的诗而感到快乐时,都会体验到。这里,我们感到人的各种能力都被投入活动中区,不感到空虚;我们有了统一的感觉,对我们所经验的事物,并不加以区分;我们既享受到我们的精神活动,也享受到我们的感谢生活的丰富性。感伤诗人所引起的心情，却十分不同了，在这里，我们只是感到一种活跃的向往之情，要在我们身上产生一种在素朴的情况下所有的意识和现实之间的和谐；使我们自己成为一个单一而又统一的整体；把人性的观念在我们自身全部实现出来。因此，在这里，精神完全处在运动中、紧张中、徘徊于相反的感情中；至于在此以前，则是宁静而平息的、自身和谐的、得到充分满足的。

然而，如果素朴诗人在现实性方面优越于感伤诗人，如果使感伤诗人只对之引起强烈冲动的事物，乃是生存于现实之中，那么，作为弥补，感伤诗人却有大大胜过素朴诗人的地方。他处在这样一种地位，能给这一种冲动提供一个比他的对手所能提供的更为伟大的目的，而且这也是他所能够提供的唯一目的。我们都知道，所有的现实都要低于理想，所有存在的事物都有种种限制，而思想却是无限的。处于感觉的现实中的每一种事物都要受到这一限制，因此对朴素诗人来说，这一限制是一种不利。至于理想方面那种绝对的、无条件的自由，对于感伤诗人来说，却是有利的。没有疑问，欠着完成他的目的，但这一目的是有限的；后者，我承认，没有全部完成他的目的，但他的目的是无限的。此地，我想诉之于经验。素朴诗人把我们安排在一种心境当中，从那里我们愉快地走向现实生活和现实事物。可是，另一方面，感伤诗人除少数时刻外，却经常会使我们讨厌现实生活。这就是因为无限的特性在一定程度上把我们的心灵扩大到它的自然限度之外，以致它在感观世界中找不到任何事物可以充分发挥它的能力。我们宁可回到对于自身的冥想中，在这里，我们会给这个觉醒了的、向往理想世界的冲动，找到营养。至于在素朴诗人那里，我们则要努力从我们自身向外流露，并引向这一方面；素朴的诗则为生活的景象所激动，它把我们带回到生活中去。

选自《西方文论选》（上册），伍蠡甫主编，蒋孔阳译，上海文艺出版社，1979

19 世纪欧洲现实主义文学

论《红与黑》

［法国］司汤达

……法国小城市的社会风气是非常纯洁的；每一个妇女监视着她的邻居，天晓得还有比这更好的警察制度。一个男人要是到一个家庭里去上六次，而那个家庭里又有一个长得模样还不错的妇女，那就没有不引起邻居们纷纷议论的，警惕心如此高的警察所给予的惩罚是十分可怕的。……

这些就是路易十八和查理十世的政府所带给法国外省的社会风气。这两位君主（尤其是路易十八，虽然由于生理上的缺陷，他不适于讨女人的喜欢）都很温雅，喜欢女性，善于和她们交谈，而且毫没有那种愚蠢的假正经的作风，这种假正经使他们治下的法兰西显得抑郁寡欢，使法兰西失去了在革命前当之无愧的快乐的名声。可以说这种令人扫兴的假正经是拿破仑为了实行专制独裁而建立起来的，而是由修道会①把它传播到外省的社会风气中去的。修道会到处布置了密告和暗探。它的首脑们想要知道法国每一份人家在阅读的报刊的名字，他们做到了。他们想要知道每一份人家每天来往的客人，这他们也做到了，而所有这一切的得来，无须破费分文，完全依靠一些善良的人们充当了义务密探。

《红》②的作者司（汤达）先生所要描写的正是在法国新出现的这种社会风气。……

法国所有妇女都读小说，但她们并不都受过同等程度的教育，这就产生了有为女仆读的小说（我很抱歉用了这个刺眼的字，我想这是书店创造出来的）和有为沙龙读的小说之间的区别。

---

① 当时法国的一个反动的、披着宗教外衣的秘密组织，爪牙遍全国，司汤达在《红与黑》中曾予以有力的揭露。

② 司汤达为谨慎起见最初在原稿中既未用《红与黑》这部作品的名字，也未提到作者的笔名。原文是："《诱惑与忏悔》的作者勒·巴尔比埃先生所要描写的……"

·············

在女仆小说中，可以不管情节有多么荒谬，主要是把主人公表现得非常出色，一言以蔽之，也就是人们嘲讽地称之为传奇式的笔法。

外省的小资产阶级要求作者的，就是那些使他们感动得落泪的非常离奇的场面；至于用什么手段来达到这个目的，那还是次要的。巴黎阅读八开本小说的女太太们恰好相反，她们对待非常离奇的事件，态度就很苛刻了。只要一个情节在某一点上写来像是专为表扬主人公的，她们就把书一丢，从此这个作者在她们眼中是只配受嘲笑的了。

正由于存在着这两种相反的要求，要写一部既为外省小市民妇女又为巴黎沙龙所能阅读的小说，实在是非常困难的。

这是 1830 年法国读者对待小说的态度。瓦尔特·司各特的天才曾使写中世纪的题材风行一时；……司（汤达）先生厌倦于这种中世纪的一切，诸如哥特式的尖顶以及 15 世纪的服装，他竟敢叙述发生于 1830 年的一桩故事，而毫不对读者交代德·瑞那夫人和德·拉·木尔小姐①的服装的格式。这就是小说中的两位女主人公，因为这部小说中女主人公竟有两个，这也是完全违背了至今沿用的惯例的。

作者还有更大胆的创举，他竟敢描写巴黎女人的这种性格：她爱自己的情人只是当她认为天天早晨都有失掉这个情人的可能的时候。

这就是无比的虚荣所产生的后果，这种虚荣几乎已经成了这个具有如许智慧的城市中独一无二的热情了。……

举止和言行的自然是司（汤达）先生在他小说的每一个重要场面中所坚持的理想，……这正是司（汤达）先生的长处。

·············

外国并不知道这个重视道德的法国，所以为什么在谈司（汤达）先生的小说之前，必须说明：没有再比耶稣会教士、修道会和 1814 至 1830 年的布旁王朝所留给我们的这个严肃的、尊重道德的、愁眉苦脸的法国了，更不同于 1715 至 1789 年作为欧洲典范的、快乐的、多趣的、多少带点放荡不羁的法国了。由于在小说中要如实写生而不抄袭书本是一桩极其困难的事情，所以在司（汤达）先生之前，还没人敢尝试来描绘这些很不吸引人的社会风气，然而鉴于欧洲的驯服精神，这些风气虽然不吸引人，却迟早会传播到从那不勒斯直到圣彼得堡的广大地区。

请注意我们在外国并不一定能想到的这种困难：作者在描绘 1829 年（也即

_____

① 原稿中未用这两个女主人公的名字，而代之以德斯巴涅夫人和圣安琪。

这部小说写作的年代)的社会风貌时,是冒了得罪这些丑脸人物的危险的,因为他刻画了他们的肖像,而这些在当时具有莫大权势的丑脸人物满可以把他交付法院审讯,并像马加隆和丰汤一样,被送到波瓦西罚处十三个月的苦役。

下面是这部极有趣味的小说的故事:
. . . .

作品中的维丽叶尔是一个假想的地名,作者选了这个小城作为外省城市的典型。
. . . .

我吁请你们片刻也不要放过这两个人物:德·瑞那先生和瓦列诺先生。这两个人物足以代表法国 1825 年之际富裕者中半数人的肖像。……
. . . .

年青的于连生活在这个污浊的富丽堂皇的环境里,这个小城市的新富者的铜臭味的家庭里,不自觉地在他稚弱的心灵深处,对市长先生豪华排场的全部丑恶,产生了莫大的厌恶,作者在刻画于连的这种性格时,写得朴素、真实而动人。作者丝毫没有把于连写成女仆小说中的英雄人物,相反,他指出他所有的缺点,他全部不正当的心理活动,其中首先是他的自私自利,但他所以自私自利是因为他很柔弱。因为一切生物,从昆虫到英雄人物,第一条原则就是要保护自己。于连正是这样一个受屈辱的、孤独的、无知的和好奇的农民子弟,他有高度的自尊心,因为他的心灵是高贵的,他蔑视这个为了金钱什么都干得出来的富有的德·瑞那先生的卑劣行为,这一点使他自己也很吃惊。于连觉得自己的周围都是敌人。……

我们前面所谈的是一些刻画得很真实而并不可爱的人物。自 1800 年以来侵入的这种十分沉闷而又充满了猜疑的新生活中,却产生了一个令人喜爱的女性典型,这样的女性在 1715 到 1790 年占统治地位的那种放浪的社会风气下,是决计不会有的。我要提到的是德·瑞那夫人。德·瑞那夫人是一个可爱的女性,这样的人,在外省还是很多的。
. . . .

这部描绘当时社会风气的小说最精彩的部分,是写于连住在神学院的那些章节。……

选自《古典文艺理论译丛》,盛澄华译,人民文学出版社,1962 年第 4 辑

查理·狄更斯

［英国］G.K.切斯特顿

　　狄更斯的荣誉早已超越了其文学禀赋备受嘲弄的时代。然而，时至今日，仍有很多人对狄更斯采取极其高傲的态度。不喜欢狄更斯的根据是这样一种奇怪的看法，即文学似乎必须是现实的翻版。在时髦的现实主义达到登峰造极的时候，要证明生活中没有一个人比奎尔普更可鄙，比史拿格拉斯更傲慢，比拉尔夫·尼克尔贝更卑劣，比小耐儿更悲惨，那并非难事。但是，对现实主义已感到厌倦的我们蓦然醒悟过来：艺术同翻版毫无共同之处。不管多么奇怪，奥伯利·比尔兹利①所掀起的那场运动本身却使狄更斯的似将衰落的声誉得以复苏。使狄更斯受到损害的人莫过于他的崇拜者。他们不恰当地渲染他会写得"像在生活中一样"，而狄更斯真正的长处并不是会写得"像在生活中一样"，而是伟大的绘画才能。当有人指责狄更斯夸张时，往往会有人这样为他辩护："我自己就认识一个同皮克尼弗一模一样的人。"老实说，要在生活中碰到一个皮克尼弗，一如要碰到一个卡里班一样，绝非易事。况且，如果世界上真有一个人酷似皮克尼弗的话，那么，这一事实本身就足以证明，狄更斯只是一个平庸的作家。正像现实中不存在两个绝对一样的人那样，文学作品也不可能塑造出一个同生活中完全一样的人物。文学作品中的人物同生活中的人物总是有区别的。文学人物的追求、感情、激动和意念应该用他自己的色阶在生活的调色板上创造出新的色彩。如果，正像我所确信的那样，全世界过去和将来都不存在同密考伯夫人一模一样的人，那就是说，密考伯夫人是真正文学的产物。因此，我们才说，狄更斯笔下的人物如同生活本身一样生动。

　　因此，通常所谓伟大的艺术"类似生活"这一说法，含有比初看起来远为深刻的涵义。是的，伟大的文学是模仿生活的，但不是因为它精雕细刻地描绘细微枝节或绚丽多彩的情景，不是因为文学人物的谈吐举止如同在生活中一样；伟大的文学类似生活是因为它与生活一样具有不可遏抑的灵感，必然会产生自己的影响。它和一切有生物一样，具有希望、回忆和坚信自己不朽的特性。也就是说，伟大的文学类似生活是因为它本身具有生命。由此可见，任何一个狄更斯天才的崇拜者都不必为狄更斯的夸张作掩饰。狄更斯的夸张，正如生机盎然的大自然本身那样，小鸟唧唧喳喳喧闹，小猫追逐自己的尾巴。生活的欢乐是他全部创

---

　　①　奥伯利·文森特·比尔兹利(1872—1898)，英国画家、作家。曾任著名唯美主义刊物《黄皮书》(1894—1897年)和《萨伏依》(1896年)的美术编辑。——俄译本注

作激情的源泉,而艺术夸张则是反映生活欢乐的伟大文学的必然属性。

对狄更斯产生误解是由于他的评论者忘记了欢乐的文学如同世界一样历史悠久。从某一个时期起,我们开始觉得文学是性格软弱、耽溺于幻想和隐瞒缺点的避难所;文学应该优先创造郁悒、动摇、徘徊和省醒的情绪。我们忘记了文学给人带来欢乐的伟大使命,忘记了深邃的享受的源泉,这一源泉的涓涓流水正是文学在最传统意义上的最高表现。

狄更斯之所以使我们觉得庸俗、缺乏趣味和过时,原因很简单,因为对我们来说,他是一剂过分烈性的饮料。

他创造的琳琅满目的肖像画廊,他塑造的主人公的离奇经历、连续不断的谈话和议论,他的永不枯竭的现实主义和清醒的幻想——所有这些都是他那熠熠闪光和无限丰富的想象力的各种不同表现,而这些正是我们所缺少的。狄更斯是最后一个伟大的喜剧家,自他去世以后,"伟大"和"喜剧"已不再是同义词。我们忘记了,阿里斯托芬和拉伯雷不比埃斯库罗斯和但丁逊色,他们的轻率比我们的英明更睿智、更有理,他们的淫词秽语胜过了成百的哲学理论。狄更斯夸张,但这不是缺点,而是优点。他的夸张与那位伟大的法国幽默家的巨人追求相近似——这位法国幽默大师以豁达开朗的胸怀创造了一个摘下巴黎圣母院圆顶作笼头的快活巨人。狄更斯像拉伯雷一样表现喜剧性的狂放和有时颇似魔鬼般的恣情欢乐。

在狄更斯描绘的丑恶现实背后和慷慨激昂背后,可以看出对生活永恒的欢乐感,正如,在萨克雷的淡荡冷漠背后隐藏着他的冲动和敏感,在霍桑热炽激烈背后躲闪着宿命论和在劫难逃的思想。

还有一点也可以证明狄更斯热爱生活:他最得心应手的正是那些既无名誉又无财富的人物,他们从不灰心颓丧,总是随遇而安,不为来日贫困发愁。

他那些装腔作势的男主人公或矫揉造作的女主人公,没有一个能与威廉·密考伯同日而语。只有狄克·司威维列尔可以与之相媲美。这两个人物实际上属于一个类型,他们都假冒斯文,终日唠叨,他们唯一的本领是迅速作出决断和海阔天空地回忆。他们共同的特点是变幻莫测,极度贫困,沉湎于廉价读物,一生坎坷,却有顽强的生命力。这两个憨呆狡黠的人,他们不是依靠社会,而是依靠自己的心灵生活,从心灵中汲取无穷的生趣。

有趣的是,在描写同他自己精神相通的人物时,狄更斯更是一个现实主义者而非幻想家。夸夸其谈的喜剧性的家神皮克尼弗纯粹是一个滑稽人物,人间还没有见过这样的伪君子。面目可憎的斯夸尔斯则相反,是一个十足的怪诞人物,但同样不是活人。然而,在密考伯和司威维列尔(特别是后者)的形象上,狄更斯是忠于生活的:他们相信自己的聪明才智,从不以自己崇高的精神地位来换取鼓鼓囊囊的钱包。狄更斯在刻画这些人物方面达到了空前的文学高度,他触及了如同世界一般古老,如同人的内心世界一般复杂的各种问题。这两个人物对爱尔兰的可怕的悲剧难道没有发生过一些影响吗?爱尔兰在历经沧桑之后,如今也充满了狂欢的笑声。但是,狄更斯触及的主要问题是贫穷的问题,是他所热爱的穷人的生存问题。他比千百个统计学家、慈善经济学家们看得更远。看来,世界上没有比他更坚决的急进者了。他比任何人都清楚,一切统计、核算都是过眼云烟,而人将与世长存。

　　选自《英国作家论文学》,王元春、钱中文主编,陈行慧译,生活·读书·新知三联书店,1985

《呼啸山庄》新版编者前言

[英国]夏洛蒂·勃朗特

我刚刚重读了《呼啸山庄》，第一次明确地认识到什么算是（也可能，就是）它的缺点，以及别人——那些对小说的作者一无所知的人、对事件展开的地方毫不知晓的人，以及对于西部地区遥远的山丘与河谷的居民、风俗和自然特征，对于约克郡全然陌生和不熟悉的人——是如何看待这些缺点的。在这些读者看来，小说《呼啸山庄》是一部粗野的、异乎寻常的作品。他们可能对于长满石南[①]的英国北方毫无兴趣；可能对于方言、习惯、居民本身，以及分布在山丘或河谷里的农庄主的日常生活毫不理解，正是由于不理解，所以感到讨厌。生就性情冷淡、情感平和、理智冷静，从幼年时起就被教育成崇尚自我控制、言谈举止安安静静的男人和女人们，未必能够理解没有受过教育的约克郡的农民，以及，除了像他们自己一样粗野的教师而外，没有受过任何人教育与约束的，身穿厚厚的方格呢衣服的约克郡地主的不能自制地、狂暴地表露出来的情欲、无法抑制的憎恨和抑制不住的好感。许多读者还会感到不快，因为在小说的篇幅里有不少完整的词汇，而同时，常常是只印出头几个和最后几个字母，中间却代之以划线。

我可以立即表明，在这种情况下，毋需向读者致歉，因为所有的字都是对的，并未删节。用一两个字母来暗示那种强有力的表达方式（那是凡夫俗子和缺乏自制力的人用它来修饰自己的语言的）的习惯之所以使我不快，是因为尽管这种尝试是精心安排的，然而是徒劳无益的、不必要的。我不能说这种习惯是道德的，因而值得为它珍惜感情或掩饰过错。谈到《呼啸山庄》中描写农村之粗糙，我同意这种指责，同时我认为作为小说，这正是它的长处。是的，小说是粗糙的。书中有某种北方旷野的东西，它就像石南的根一样疙疙瘩瘩。如果是别样的，反而倒奇怪了，因为小说的作者是这里土生土长的人，她本人就是在布满石南的山丘上长大的。当然，假如她是城里人，如果她的作品就这样出版，便会带有完全不同的性质。假如偶然性或倾向性使她选择同类的叙述对象，她就要用其他方法处理了。不论艾里斯·倍尔[②]是一位夫人还是一位常常被称为"先生"的男士，她对远离文学和文学所不知晓的领域的态度，就像对待它们的居民一样，是同在家庭环境和穷乡僻壤里教育出来的姑娘不同的。此外，她的作品的题材更为广泛、鲜明，然而它同时是否具有独创性和真实性，我是没有信心的。此外，她

---

① 石南是一种灌木。——中译者注
② 艾里斯·倍尔是爱米丽·勃朗特的笔名。——俄译本注

也未必会以同样的同情去描写当地的景物和风俗。

艾里斯·倍尔不是一个描写只是看上去或写起来令人愉快的作品的人。她生活的地方,对她来说不单是景物,而是家乡,她就住在那里,就好像住在那里的飞鸟,或佃农,或在这块土地上生长着的石南一样。这就是为什么她对这地方的描写那么恰如其分,因为它包罗万象。至于人的性格又当别论。我应当承认,我的妹妹对于她身边的乡下人所知道的,并不比偶尔跨出修道院门槛的修女所知道的教民更多。我妹妹的性格天生不擅交际。生活条件促使她趋向于离群索居,愈来愈厉害。她常常离开家,到教堂去或在山丘间漫步。虽然她感觉到周围的人是善良的,但是她从不与人交际,很少和人来往。她还是知道他们的举止、言谈、家庭传说的,她蛮有兴趣地听他们讲话,准确而详细地想象他们的生活琐事,但是很少与他们本人交谈。结果她的意识便从他们的实际生活中挑选出主要是同悲剧性的、可怕的、深藏在秘密的家庭纪事中有关的东西,是有时在记忆中留下不可磨灭的印迹的东西。她的想象力(按其本性来说,与其说它是光明的,不如说它是阴暗的;与其说它是柔弱的,不如说它是坚强的)因此找到了创造像希斯克利夫、恩萧和嘉瑟琳那类人物的悲惨可怕的基础。在塑造他们的形象时,她并不理解这就是创作。假如听众在读手稿时,由于听到那种盛怒而残忍的天性、听到那些有罪而堕落的人,因而引起病态的印象而战栗,如果有人对作者抱怨说,只要一读某些描写得栩栩如生的、可怕的场景便会吓走夜梦,艾里斯·倍尔不会理解这些怨言,并猜疑抱怨的人不真诚。假如妹妹活得较长,她的理智就会像大树一样成长起来,变得更温顺、匀称、宽广,它成熟期的果实就会因太阳的温暖而汁多、红润,但是只有时间和经验才能影响她的理智,因为她是难于接受别人的智力的影响的。

我承认小说大部分笼罩着"大量的恐怖",小说中充满了雷电气氛,有时打闪;请允许我指出,那书里还是可以感觉到阴天的光亮,有暗淡的太阳,这就是丁耐莉的真挚的好意和有些粗鲁的忠实;这就是埃德加·林惇所固有的始终不渝的柔情。某些人因此会说,在男人身上体现出的这些美德,不如用它来装点女人更为鲜明,然而,艾里斯·倍尔是永远也不会理解这种推理的;什么也不会比杜撰更使妹妹生气的了,好像忠实和仁慈、备尝辛酸和爱情的亲切,这些被高度评价为夏娃的女儿们的特权,却成了亚当的儿子们的缺点。她认为怜悯和宽恕是创造了男人和女人的最高存在的最优特点,而用永恒的荣耀荫庇着男人的东西,并不能玷辱转瞬即逝的人类世代中的任何人。其次,这是老仆人约瑟夫表现出有分寸的幽默,使小凯蒂高兴的温顺愉快的特点。不但如此,同名的女主人公狂热的感情从未失去它奇异的魅力,从未失去与她狂乱的热情或热情的狂乱共存的独特的忠实。不要认为只有希斯克利夫是无罪的。他像箭一样地飞,在哪里也不会脱离自己的轨道，一直朝着诅咒和死亡，从他还是"小小的、黑发的、黝黑的、宛如魔鬼的产物"，人家把他从被子里掏出来放到厨房的地板上时起，直到丁耐莉发现他，还是阴郁而强大的，然而却是在用雕花的护墙板同房间隔开来的床上直挺挺地已经咽了气为止，他的眼睛睁得大大的，像在"取笑她打算把它合上，他那半张开的嘴，还有锐利洁白的牙也像是在取笑"。

在希斯克利夫身上只有一种人的感情，这绝不是对嘉瑟琳的爱，因为他的爱情是盛怒的、惨无人道的。这种热情足以狂暴地吞没某个恶魔的灵魂，这是形同地狱阎王熔炼那些被判作永远受苦的人的火焰，而这个灼热的火焰之永不熄灭本身和无限的盛怒，正是对希斯克利夫有形的审判，因为不论走到哪里，他都随身带着地狱之火；不，把希斯克利夫和别人结合起来的唯一环节，就是他粗鲁地承认哈里顿·恩萧——他把他弄得非常不幸的那个青年的优点，还有对丁耐莉不大自觉的尊重。这都不是人性的特点，可以认为他不是印度人或吉卜赛人的苗裔，而是装成人样的恶魔，是魔鬼，是面目可憎可怕的人。

创造这类形象是无罪的、是好的吗？未必。但是我清楚地知道，一个具有创作才能的作家，未必总能驾驭得了它；这个才能无论多么奇怪，有时它坚持自己的主张，径自行动。它能推翻规则和原则，这些规则和原则，可能，作家已经遵循了很长的时间，而突然，没有任何未来变革的预兆，便来到这一瞬间，这时这一创造力不再符合于"把田地辛勤地挖成朴素的长条条"，这时它不再理睬"众人齐声的审判，也不听取农夫的吆喝"，这时断然拒绝烧制陶盆，却开始用大理石去雕塑偶像，这样你们就看到了普路同①或朱庇特②，提西福涅③或普绪喀④，水中女妖或圣母像，犹如命运或灵感吩咐的那样。无论作品是什么样的——阴郁的或快乐的、充满恐怖或十分美满的，我们除了恭顺地接受而外，没有其他选择。署名的创作者本人和你们又有什么关系，你们的参与是武断专横的消极工作，这种武断专横是无法摆脱的，是不能怀疑或劝阻的，是无法按照自己的裁夺加以克制或改变的。假如劳动的成果是招人喜爱的，社会可能称赞了不该称赞的人；如果是令人厌恶的，社会可能谴责了不那么该受谴责的人。

小说《呼啸山庄》是在废弃的采石场上，用普通工具，把信手拣来的材料削制出来的。雕刻家在长满石南的荒野里找到了一大块花岗岩，并且在那未经雕琢过的石头上看到了残忍的、愚昧的、凶险的人物的特点，不过还没有失去它独特

---

① 罗马神话中的冥王。——中译者注
② 罗马神话中的天神。——中译者注
③ 希腊神话中复仇三女神之一。——中译者注
④ 希腊神话中的美女，"灵魂"的化身。——中译者注

的庄严与力量。雕刻家是用粗刀刻制的,在他面前没有活的模特儿,只有一个幻象。时间流过了,雕刻家劳动完了,就从那未经加工的巨石上出现了一个人,他就站在我们面前,是一个巨大的、忧郁的、愁眉不展的半身石雕像。作为艺术作品,它是可怕的、凶恶的;作为自然的一部分,它几乎是美丽的,它是深灰色的,一种柔和的颜色,布满了青苔,盛开着的甜蜜蜜的石南,在小小的风铃草中间,含情脉脉地紧贴在巨人的双脚上。

    选自《英国作家论文学》,王元春、钱中文主编,王全福译,生活·读书·新知三联书店,1985

列夫·托尔斯泰

[英国]J.阿尔德里奇

事情是这样的,当人们把纪念托尔斯泰的调查表放在我桌上的那个时候,我正在读赫斯克特·皮尔森写的萧伯纳的传记,而书打开的那一页上,正有两处提到托尔斯泰,最重要的一段涉及萧伯纳和托尔斯泰关于上帝的争论。萧伯纳寄给托尔斯泰一本自己写的长篇小说《布兰科·波斯涅的暴露》,附带还极为详细地叙述了自己关于上帝的见解。一次,托尔斯泰抱怨说萧伯纳在剧本《人与超人》中,不够严肃地谈论上帝。而萧伯纳讥讽地指出:"怎么样,如果世界充其量不过是上帝的儿戏之一……"

有趣的是,每当我读托尔斯泰的书时,每一次我都有那样的感觉,即他把人的事看成是某种神的儿戏——不是基督教的神,而是多神教的神的儿戏,如果他们愿意在十分起劲地在他们面前表演的人类悲剧中扮演某个角色的话,他们就会不断干涉人的事,并惯于降临大地。我不是说,托尔斯泰的主人公本身是半神半人。而不过是想说,托尔斯泰似乎是和多神教的神——宇宙的创造者们有联系,因为他善于那样描写,那样鲜明地描绘人们的品行,好像是他,也只有他一人,具有深入人们的思想和行为的某些惊人的才能。

作为一个人,托尔斯泰是道德家和有神论者,而在自己的创作活动中,他是广义的人道主义者,对这个词的理解可以延及他个人禁欲主义的生活理想之外。当他一提笔要创作艺术作品时,他成了真的托尔斯泰,另一个托尔斯泰只不过是他真正本质的影子而已。

托尔斯泰的世界是那些碰到了复杂的和表现为互相没有联系的道德的、社会的和隐秘的问题的男人们和女人们的世界,这些问题在日常生活中,也在整个世界范围内被揭示出来。正是这个不仅描写人的最普通的感情和状态,而且指出他在宇宙中位置的特殊本领,使托尔斯泰成为一名真正的文化巨匠——其余所有的人都在过去和现在向他学习。托尔斯泰对他在创作中仍旧相信的世界有自己独特的见解,而没有人能比他更善于把历史写成普通人创造的事业了,这些人有时在事件的罗网中牺牲,而有时则在其中扮演一个有意挑选的角色。

托尔斯泰的世界充实着他的每个读者。妇女们感到非常惊讶的是,他是多么轻易和准确地觉察到年轻的、已婚的、有不良行为的、无罪的、最后是普通的女人们的感情。同样可以说,任何读托尔斯泰作品的男人也是一样,迟早你会在托尔斯泰的某一个人物中发觉自己的一系列情感和内心活动。无论是普通农民还是公爵都感觉到这一点。这就是托尔斯泰的思维超出了阶级的甚至是民族的局限而包罗万象。在《战争与和平》一书中，托尔斯泰笔下的法兰西人就像他的俄罗斯人一样有说服力，普通士兵被他描写得像他们的将军一样完美。

托尔斯泰既懂得幸福又懂得痛苦，但当他描写某种感情的时候，他总是指出，在生活中存在着比人的痛苦和喜悦更大的力量。他说，痛苦、爱情、义务、勇敢精神、荣誉、怯懦、羞耻——所有这些都还不够。实际上他是说，在这些感情之外，有某种生命力在影响着我们，并且正像萧伯纳一样，他以自己的全部生命相信这个力量。这就是为什么你总带着那么一种仿佛亲身经历了现实生活中的某种东西那样的感觉去读托尔斯泰的任何一部作品。这生活变得比书还大，它成了你的经验的一部分。

托尔斯泰是不需要墓志铭或者纪念碑作为永远纪念的为数不多的作家之一的，他的文学创作就是他的墓志铭和纪念碑。只要人们还有能力读，只要男人们和女人们还能够爱、笑、哭、受折磨和非常愿意互相了解，那么，托尔斯泰现在就仍然活着，像过去曾经活着和将来也会活着一样。

选自《英国作家论文学》，王元春、钱中文主编，刘保静译，生活·读书·新知三联书店，1985

莫泊桑论小说

[法国]莫泊桑

我们必须以同样的兴趣承认这些形形色色的艺术理论,而对根据这些理论写出来的作品,必须先接受产生这些理论的一般思想,完全从艺术价值的角度来加以评判。

不承认一个作家有权写一部诗意的作品或者有权写一部现实主义的作品,这就是企图强迫他改变他的气质,否定他的独创性,不许他使用自然赐给他的眼睛和智慧。

责备他把事情看美了或者看丑了、看小了或者看大了、看幽雅了或者看凶险了,就是责备他按照了这种方式或者按照了那种方式,而竟然缺乏一种和我们一致的视觉。

只要他是一个艺术家,他爱怎么样去理解、观察和构思,就由他自由自在地去理解、观察和构思吧。批评一个理想主义者,我们就该有诗意的激情,而后证明他的梦想是平庸的、普通的、还不够奔放或瑰丽。不过,如果我们批评一个自然主义者,就要向他指出在某一点上他的作品中的真实不符合生活的真实。

完全不同的流派必然要运用绝对相反的写作方法,这是很明显的事。

小说家把固定、粗糙和不动人的现实加工塑造,创造成一个特殊而动人的奇遇,他不应该过分考虑逼真的问题,而要随心所欲地处理这些事件,把它们加以筹划、安排,以便使读者喜欢、激动或者感动。他的小说的布局只是一连串巧妙地导向结局的匠心组合。其中的事件是朝着高潮和结局的效果来加以安排、发展的,而结局则是一个带有基本性和决定性的事件,用以满足作品开端所引起的一切好奇心,使读者的兴趣告一段落,并且把所叙述的故事完全结束,使人不再希望知道最令人依恋的人物的下文。

反之,企图把生活的准确形象描绘给我们的小说家,就应该小心避免一切显得特殊的事态发展。他的目的绝不是给我们述说某个故事,娱乐我们或者感动我们,而是要强迫我们来思索、来理解蕴含在事件中的深刻意义。经过观察和思维,他以一种本人所特有的、而又是从他深刻慎重的观察中综合出来的方式来观看宇宙、万物、事件和人。他努力在书里通过再现传达给我们的,正是这种充满个性的世界幻景。为了激动我们,正如他自己被生活的景象所激动一样,他就该把它惟妙惟肖地再现在我们的眼前。然而,他写他的作品应该使用一种十分巧妙、不着痕迹、看上去又十分简单的手法,使人看不出也指不出作品中的构思,发现不了他的意图。

他不创造奇遇，也不让自己从头到尾都在趣味盎然之中铺张，而是把他的人物或者人物们置于其生涯的某一时期，通过自然的转换手法，把他们带到下一个时期。他就这样时而表现人物的心灵在环境影响之下怎么样改变，时而表现感情和欲望怎么样发展，他们怎么样相爱、怎么样相恨、怎么样在社会环境里相争，资产者的利益、金钱的利益、家庭的利益、政治的利益又怎么样冲突。

他的布局的巧妙绝不在于有激动力或者令人可爱，绝不在于引人入胜的开端或者惊心动魄的情节，而在于把那些可信的小事巧妙组合在一起以表现作品确定的含义。如果他要把十年的生活写在三百页的书里，指出它在环境之中所具有的独特的意义是什么，那么，他就必须懂得在无数日常琐事中，把对他没有用的东西统统删掉，并且以一种特殊的方式突出表现那些被迟钝的观察者所忽视的、然而对作品却有重要意义和整体价值的一切。

人们明白，这样一种创作方法和过去有目共睹的方法完全不同，常使批评家陷入迷途。某些现代艺术家不用那种叫作"情节"的唯一线路，而用十分纤细、十分隐蔽、几乎看不见的线索，可是这些批评家偏偏就都发现不到。

总之，如果昨日的小说家是选择和描述生活的巨变、灵魂和感情的激烈状态，今天的小说家则是描写处于常态的感情、灵魂和理智的发展。为了得到他所追求的效果、也就是说以单纯的真实来感动人心，为了表现他希望得到的艺术上的教育意义，也就是说表现当代人的真实情况，因此他使用的事件就只应该具有一种不可否认的永恒真实性。

但是，即使从这些现实主义艺术家的观点来看，我们还是应该对他们的理论加以商榷和反驳，他们的理论似乎可以这样概括起来："只讲真实，只讲全部真实。"

他们的意图既然是要表现某些永久和日常的事件的哲理，他们就该常常修改事实，这样做，一方面固然有损于真实，但另一方面却有利于逼真，因为：真实有时可能并不逼真。[①]

一个现实主义者，如果他是艺术家的话，就不会把生活的平凡的照相表现给我们，而会把比现实本身更完全、更动人、更确切的图景表现给我们。

把一切都叙述出来是不可能的，因为那样做，每天就至少需要一本书来罗列我们生活中那些无数毫无意义的琐事。

所以势必选择，——这就是对"全部真实"的理论的当头一击。

并且，生活是由最相异，最意外，最相矛盾，最不调和的事物组成的；它是粗糙的，没有次序，没有连贯，充满了不可理解的变故，这些变故不合理、相互矛盾，

---

① 引自波瓦洛《诗学》第三章第48行。

应该归并在"杂项"这一类中去。

因此,艺术家选定了主题之后,就只能在这充满了偶然的、琐碎的事件的生活里,采用对他的题材有用的、具有特征的细节,而把其余的都抛在一边。

例证无数,仅举其一:

世界上每天死于不测之祸的人数量极为可观。但是,在一篇小说里,我们难道可以借口要加进某一意外的情节而让一块瓦片落在某个主要人物的头上,或者把他抛在车轮底下?

生活中的一切都是自然地进行,有的事情急转直下,有的则老是停滞不前。艺术则不同,它要事物进行得有板有眼,要善于运用聪明而不露痕迹的转换手法,要利用那最恰当的结构上的巧妙,把主要的事件突出地表现出来,而对其他的事件则根据各自的重要性把它们作成深浅程度适当的浮雕,以便造成作者所要表现出来的特定真实所具有的深刻感染力。

因此,写真实就要根据事物的普遍逻辑给人关于"真实"的完整的意象,而不是把层出不穷的混杂的事实拘泥地照写下来。

所以我认为有才能的现实主义者倒是应该叫作意象制造者才是。

············

特别有两种理论经常被人加以讨论,人们没有把它们兼容并蓄而是将它们相互对立:一种是纯粹分析小说的理论,一种是客观小说的理论。分析理论的拥护者要求作家去表现一个人精神世界最细微的变化和决定我们行动的最隐秘的动机,同时对于事实本身只赋予过于次要的重要性。事实是终点,是一块简单的界石,是小说的托词。依照他们的意见,就得写出一些精确而又富有幻想的作品,其中想象和观察交融在一起;就得用一个哲学家写一本心理学书籍的方式,从最远的根源开始,把一切的原因都陈列出来,就得说出一切愿望的所以然;并分辨出激动的灵魂在利害、情欲、或本能的刺激下所产生的反应。

反之,拥护客观(多么讨厌的字眼!)的人主张把生活中发生过的一切都精确地表现给我们,要小心翼翼地避免一切复杂的解释和一切关于动机的议论,而限于使人物和事件在我们眼前通过。

在他们看来,心理分析应该在书里隐藏起来,就如同它在生活中实际上是隐藏在事件里一样。

用这种方式所孕育的小说就能够获得趣味、色彩、有声有色的叙述以及栩栩如生的活力。

因此,客观的作家从不啰嗦地解释一个人物的精神状态,而要寻求这种心理状态在一定的环境里使得这个人必定完成的行为和举止。作家在整个作品中使他的人物行动都按照这种方式,以致人物所有的行为和动作都是其内在本性、思想、意志或犹疑的反映。作家并不把心理分析铺展出来而是加以隐藏，他们将它作为作品的支架，就如同看不见的骨骼是人身体的支架一样。画家替我们画像，就不会把我们的骨骼也画出来。

我觉得用这种方法写成的小说获得了忠实性。首先它是更逼真的，因为我们所看见的在我们周围行动着的人们，他们并不向我们说明支配他们行动的动机。

其次还应当充分估计到，如果对人物进行了充分的观察，我们就能够相当准确地确定他们的性格，以便能预见他们在各种不同情况下的行动方式，如果我们能够说："一个具有这样性格的人，在这样的情况下会做出这样的事"，但决不能由此认为：我们能够一一确定人物自己的、非我们所有的思想中的一切最隐秘的活动，一一确定他那些与我们不同的本能所产生的一切神秘的希求，他那器官、神经、血液、肌肤都与我们殊异的体质所决定的暧昧的冲动。

一个体质羸弱，性格温和，清心寡欲，只爱好科学和工作的人，不论他的天才是怎样的伟大，即使他完全能够预见并叙述某个肥壮的、淫佚的、强暴的、为一切欲望甚至是一切恶习所煽惑的壮汉的生活中所有的行动，但他也不能把自己完全移植到这个人物的心灵和肉体里去，以求了解和指明这个和自己如此不同的个体里最内在的冲动和感觉。

总之，从事纯粹心理分析的人只能够在他自己给人物安排的种种环境中代替他的人物，因为他无法改变他自己的官能，而官能是外界生活和我们之间的唯一的中介人，它使我们不得不接受它的感觉，并且决定我们的感性，在我们身上必然创造出一个和我们周围的灵魂完全不同的灵魂。我们的幻觉，我们借助于官能而得到的对世界的认识，我们关于生活的思想，所有这些都只能部分地灌输到我们要展示其内在的陌生的本质的人物身上。所以，无论在一个国王、一个凶手、一个小偷或者一个正直的人的身上，在一个娼妓、一个女修士、一个少女或者一个菜市女商人的身上，我们所表现的，终究是我们自己，因为我们不得不向自己这样提问题："如果我是国王、凶手、小偷、娼妓、女修士、少女或菜市女商人，我会干些什么，我会想些什么，我会怎样地行动？"我们要使人物个个不同，就只有改变他们的年龄，性别，社会地位和我们"自我"的生活情况，这"自我"是大自然用不可逾越的器官的限制所构成的。

要使得读者在我们用来隐藏"自我"的各种面具下不能把这"自我"辨认出来，这才是巧妙的手法。

…………

在七年之中，我写过诗歌，短篇小说，中篇小说，甚至还写过一本叫人讨厌的剧本，这些都没有留下来。我的老师都读了，每当读后，第二个星期日，在吃午饭

外国文学作品与史料选(上册)

莫泊桑论小说

的时候,他开展他的批评,这样渐渐地在我的身上灌输了两三个原则,这是他详尽而耐心的教导的概括。他说:"如果一个作家有他的独创性,首先就应该表现出来;如果没有,就应该去获得。"

"才能就是持久的耐性。对你所要表现的东西,要长时间很注意去观察它,以便能发现别人没有发现过和没有写过的特点。任何事物里,都有未曾被发现的东西,因为人们用眼观看事物的时候,只习惯于回忆起前人对这事物的想法。最细微的事物里也会有一点点未被认识过的东西。让我们去发掘它。为了要描写一堆篝火和平原上的一株树木,我们要面对着这堆火和这株树,一直到我们发现了它们和其他的树其他的火有所不同的时候。"

这就是作家获得独创性的方法。

并且,他还告诉我这样的真理:全世界上,没有两粒沙,两个苍蝇,两只手或两只鼻子是绝对相同的,所以他一定要我用几句话就把一个人或一件事表现得特点分明,并和同种类的其他人、其他事有所不同。

他说:"当你走过一位坐在自家门前的杂货商的面前,走过一位吸着烟斗的守门人的面前,走过一个马车站的面前的时候,请你给我画出这杂货商和这守门人的姿态,用形象化的手法描绘出他们的包藏着道德本性的形体外貌,要使得我不会把他们和其他杂货商其他守门人混同起来,还请你只用一句话就让我知道马车站有一匹马和它前前后后五十来匹马有什么不同。"

我在旁的地方已经阐述过他对文体的意见,这些意见和我以上所转述的观察理论有很大的关系。

不论人们所要描写的东西是什么,只有一个词最能够表示它,只有一个动词能使它最生动,只有一个形容词使它性质最鲜明。因此就得去寻找,直到找到了这个词、这个动词和这个形容词,而决不要满足于"差不多",决不要利用蒙混的手法,即使是高明的蒙混手法,决不要借助于语言的戏法来回避困难。

选自《欧美古典作家论现实主义和浪漫主义》(二),柳鸣九译,中国社会科学出版社,1980

图书在版编目(CIP)数据

外国文学作品与史料选 / 吴笛主编. —杭州:浙
江大学出版社,2012.12(2020.7 重印)
ISBN 978-7-308-10837-9

Ⅰ.①外… Ⅱ.①吴… Ⅲ.①外国文学－作品－高等
学校－教材②外国文学－文学史－史料－高等学校－教材
Ⅳ.①Ⅰ11②Ⅰ109

中国版本图书馆 CIP 数据核字(2012)第 277005 号

外国文学作品与史料选

吴　笛　主　编

慈丽妍　任亮娥　副主编

责任编辑	宋旭华
文字编辑	卢　川
出版发行	浙江大学出版社
	(杭州市天目山路 148 号　邮政编码 310007)
	(网址:http://www.zjupress.com)
排　　版	浙江时代出版服务有限公司
印　　刷	临安市曙光印务有限公司
开　　本	710mm×1000mm　1/16
印　　张	52.25
字　　数	966 千
版 印 次	2012 年 12 月第 1 版　2020 年 7 月第 2 次印刷
书　　号	ISBN 978-7-308-10837-9
定　　价	98.00 元

浙江大学出版社市场运营中心联系方式:(0571) 88925591;http://zjdxcbs.tmall.com

"中国语言文学作品与史料选"系列教材

【下册】

外国文学作品与史料选

吴　笛　主编

任亮娥　慈丽妍　副主编

浙江大学出版社
ZHEJIANG UNIVERSITY PRESS

目　录

东方文学

现代外国文学史料选

象征主义文学

　　象征主义文学是起源于 19 世纪中叶的法国，并于 20 世纪初期扩及欧美各国的一个文学流派，是象征主义思潮在文学上的体现，也是现代主义文学的一个核心分支，主要涵盖诗歌和戏剧两大领域，其影响力一直持续到今天。西方主流学术界认为象征主义文学的诞生是古典文学和现代文学的分水岭。

　　19 世纪 80 年代中期在法国正式打出旗号的象征主义是对以孔德为代表的实证主义哲学和以左拉为代表的自然主义文学的反拨。在象征主义者看来，实证主义只知机械地论证实际事物之间的因果关系，自然主义则侧重遗传和环境对人性形成的影响，这些都无法揭露艺术的本质。象征主义者们主张发掘隐匿在自然界背后的理念世界，凭个人的敏感和想象力来创造超自然的艺术。尼采、弗洛伊德和柏格森的思想可以看作是象征主义的哲学基础。

　　象征主义者在题材上侧重描写个人幻影和内心感受，极少涉及广阔的社会题材；在艺术方法上否定空泛的修辞和生硬的说教，强调用有质感的形象和暗示、烘托、对比、联想的方法来创作。此外，象征主义文学重视音乐性和韵律感。

　　作为一个国际性的文学思潮，象征主义在各个国家、地区的发展特征不尽相同，这涉及各个国家民族气质、文化传统以及作家个人气质等复杂因素。法国的象征主义比较精纯，而英美的象征主义则显得比较驳杂。象征主义文学在诗歌领域内的成就最高，诸多 20 世纪最伟大的诗人都可被归于象征主义诗人之列。此外象征主义在戏剧领域也取得了一定的成就。

　　法国诗人夏尔·波德莱尔是象征主义的先驱，在诗集《恶之花》中，波德莱尔用肉感的笔调描写病态的性爱，歌颂"心灵与官能的热狂"，但也表达对光明和理想的追求。在文学史上，《恶之花》可以看作是浪漫主义和象征主义之间的过渡作品，仍然袭用传统的诗歌韵律，仍然依靠修辞的作用。但这却是第一部以城市和社会中的人性之丑恶作为审美对象的诗作，表达了现代人在社会丑恶中焦虑、烦躁的状态。

　　继波德莱尔之后，前期象征主义主要有魏尔伦、兰波、马拉美等法国诗人，后期象征主义主要有法国诗人瓦雷里、奥地利诗人里尔克、英国诗人叶芝、俄国诗人勃洛克等。

　　魏尔伦发扬了象征主义者强调诗歌音乐性的一面。魏尔伦在其《诗的艺术》中主张:诗歌应该首先具有音乐性,那是流动的、朦胧的、清灵的;选词上要求模糊和精确相结合;要色晕而不要色彩;不要格言警句、插科打诨类的东西。总之,诗歌要追求一种弥漫渗透的气氛。这一主张对法国以及俄国象征主义都有较深的影响。

契　合

[法国]波德莱尔

自然是一庙堂,圆柱皆有灵性,
从中发出隐隐约约说话的音响。
人漫步行经这片象征之林,
它们凝视着人,流露熟识的目光,

仿佛空谷回音来自遥远的天边,
混成一片冥冥的深邃的幽暗,
漫漫如同黑夜,茫茫如同光明,
香味、色彩、声音都相通相感。

有的香味像孩子的肌肤般新鲜,
像笛音般甜美,像草原般青翠,
有的香味却腐烂、昂扬而丰沛,

如同无限的物在弥漫、在扩展,
琥珀、麝香、安息香、乳香共竞芳菲,
歌唱着心灵的欢欣,感觉的陶醉。

泪水流在我的心底

[法国]魏尔伦

泪水流在我的心底,
恰似那满城秋雨。
一股无名的愁绪
浸透到我的心底。

嘈杂而柔和的雨
在地上、在瓦上絮语！
啊，为一颗惆怅的心
而轻轻吟唱的雨！

泪水流得不合情理，
这颗心啊厌烦自己。
怎么？并没有人负心？
这悲哀说不出情理。

这是最沉重的痛苦，
当你不知它的缘故。
既没有爱，也没有恨，
我心中有这么多痛苦！

月　光

［法国］魏尔伦

你的心灵是一幅绝妙的风景画：
村野的假面舞令人陶醉忘情，
舞蹈者跳啊，唱啊，弹着琵琶，
奇幻的面具下透出一丝凄清。

当欢舞者用"小调"的音符，
歌唱爱的凯旋和生的吉祥，
他们似乎不相信自己的幸福，
当他们的歌声溶入了月光——

月光啊，忧伤、美丽、静寂，
照得小鸟在树丛中沉沉入梦，
照得那纤瘦的喷泉狂喜悲泣，
在大理石雕像之间腾向半空。

以上选自《世界诗库》（第3卷），飞白主编，飞白译，花城出版社，1994

元音字母

[法国]兰波

A 黑,E 白,I 红,U 绿,O 蓝:元音们,
有一天我要说出你们隐秘的本意:
A,闪光苍蝇毛茸茸的黑紧身衣,
它们绕着恶臭发出嗡嗡叫声,

又是幽暗海湾;E,蒸汽和帐篷的朴实,
高傲冰川的长矛,白衣国王,伞形花在轻振;
I 是紫红,咯出的血,美丽的嘴唇
在愤怒或忏悔的迷醉中露出笑意;

U 是周期,碧海神圣的振幅,
牲口满布的牧场的安详,炼金术
在勤奋饱满的额角皱纹中刻下的安详;

O,崇高的喇叭,充满古怪尖音,
又是星体和天使穿越的宁静:
——噢,奥美加,是她的双眼的紫光!

选自《新编外国现代作品选》(第 1 编),郑克鲁、董衡巽主编,郑克鲁译,上海学林出版社,2008

秋　日

[奥地利]里尔克

主啊!是时候了。夏日曾经很盛大。
把你的阴影落在日晷上,
让秋风刮过田野。

让最后的果实长得丰满,
再给它们两天南方的气候,

迫使它们成熟，
把最后的甘甜酿入浓酒。

谁这时没有房屋，就不必建筑，
谁这时孤独，就永远孤独，
就醒着，读着，写着长信，
在林荫道上来回
不安地游荡，当着落叶纷飞。

豹
——在巴黎动物园

[奥地利]里尔克

它的目光被那走不完的铁栏
缠得这般疲倦，什么也不能收留。
它好像只有千条的铁栏杆，
千条的铁栏后便没有宇宙。

强韧的脚步迈着柔软的步容，
步容在这极小的圈中旋转，
仿佛力之舞围绕着一个中心，
在中心一个伟大的意志昏眩。

只有时眼帘无声地撩起。——
于是有一幅图像浸入，
通过四肢紧张的静寂——
在心中化为乌有。

以上选自《外国现代派作品选》（第 1 册），袁可嘉等选编，冯至译，上海文艺
出版社，1980

当你老了

[英国]叶芝

当你老了,青丝成灰,昏倦欲睡,
在炉旁打着盹儿,且取下这卷诗文,
慢慢阅读,回想你昔日柔和的目光,
追忆你眼睛的浓重的黑晕;

有多少人爱你欢畅娇艳的时刻,
有多少人真真假假爱你的美丽,
但有个男人爱你圣洁的灵魂,
爱你衰老着的脸上的悲戚;

在灼亮的炉栅旁弯下身躯,
微微伤感地喃喃诉怨:
爱情怎会迅速溜到了山巅,
在群星中隐藏起自己的脸。

(吴笛　译)

茵纳斯弗利岛①

[英国]叶芝

我就要动身走了,去茵纳斯弗利岛,
搭起一个小屋子,筑起泥巴房;
支起九行芸豆架,一排蜜蜂巢,
独个儿住着,树荫下听蜂群歌唱。

我就会得到安宁,它徐徐下降,
从朝雾落到蟋蟀歌唱的地方;
午夜是一片闪亮,正午是一片紫光,
傍晚到处飞舞着红雀的翅膀。

---

① 爱尔兰民间传说中的一个湖中小岛。作于1892年,是叶芝逃避现实倾向的著名代表作。

我就要动身走了，因为我听到
那水声日日夜夜轻拍着湖滨；
不管我站在车行道或灰暗的人行道，
都在我心灵的深处听见这声音。

（袁可嘉　译）

驶向拜占庭①

［英国］叶芝

一

那地方可不是老年人待的。青年人
互相拥抱着，树上的鸟类
——那些垂死的世代——在歌吟。
有鲑鱼的瀑布，有鲭鱼的大海，
鱼肉禽整个夏天都赞扬个不停
一切被养育、降生和死亡者。
他们都迷恋于种种肉感的音乐，
忽视了不朽的理性的杰作。

二

一个老年人不过是卑微的物品，
披在一根拐杖上的破农裳，
除非是他那颗心灵拍手来歌吟，
为人世衣衫的破烂②而大唱，
世界上没什么音乐院校不诵吟
自己的辉煌的里程碑作品，
因此上我驶过汪洋和大海万顷，
来到了这一个圣城拜占庭。

---

① 作于1928年。叶芝认为公元6世纪查士丁尼皇帝治下的拜占庭王朝（527—565）是贵族文化的代表，那时精神与物质，文艺与政教，个人与社会得到了和谐的统一。本诗表达他对情欲、现代物质文明的厌恶和对理性和古代贵族文明的向往。

② 指短暂而痛苦的人间生活。

三

啊，上帝圣火中站立的圣徒们，
如墙上金色的镶嵌砖所显示，[①]
请走出圣火来，参加那旋体[②]的运行，
成为教我灵魂歌唱的老师。
销毁掉我的心，它执迷于六欲七情，
捆绑在垂死的动物身上而不知
它自己的本性；请求你把我收进
那永恒不朽的手工艺精品。[③]

四

一旦我超脱了自然，我再也不要
从任何自然物取得体形，
而是要古希腊时代金匠所铸造
镀金或锻金那样的体型，
使那个昏昏欲睡的皇帝清醒；
或把我放在那金枝上唱吟，
歌唱那过去和未来或者是当今，
唱给拜占庭的老爷太太听。

（袁可嘉　译）

丽达与天鹅

［英国］叶芝

突然袭击：在踉跄的少女身上，
一双巨翅还在乱扑，一双黑蹼
抚弄她的大腿，鹅喙衔着她的颈项，
他的胸脯紧压她无计脱身的胸脯。

---

① 教堂墙上镶嵌砖有圣徒受圣火煎烤的图案。
② 叶芝在《幻景》一书中认为人类历史是由正旋体和反旋体构成的，"旋体"即指历史。
③ 叶芝认为人工的东西（如工艺品）、理性的东西（如哲学、诗歌）是不朽的，自然生长之物（如生物）则是暂存的。

手指啊，被惊呆了，哪还有能力
从松开的腿间推开那白羽的荣耀？
身体呀，翻倒在雪白的灯心草里，
感到的唯有其中那奇异的心跳！

腰股内一阵战栗，竟从中生出
断垣残壁、城楼上的浓烟烈焰
和阿伽门农之死。
当她被占有之时，
当她如此被天空的野蛮热血制服
直到那冷漠的喙把她放开之前，
她是否获取了他的威力，他的知识？

选自《欧美现代十大流派诗选》，袁可嘉主编，飞白译，上海文艺出版社，1991

我与你相会在日落时分

[俄国]勃洛克

我与你相会在日落时分，
你用桨荡开了河湾的寂静，
我舍弃了精妙的幻想，
爱上你白色的衣裙。

无言的相会多么奇妙，
前面——在那小沙洲上
傍晚的烛火正在燃烧，
有人思念白色的女郎。

蔚蓝的寂静可不接纳——
移近、靠拢，以及焚燃……
我们相会在暮霭之下，
在涟漪轻漾的河岸。

没有忧郁,没有抱怨,没有爱情,
一切皆黯淡,消逝,去向远方……
白色的身躯,祭祷的声音,
你那金色的船桨。

(剑钊 译)

青 鸟(节选)

[比利时]梅特林克

第三幕
第五场 森林

一座森林。黑夜。月光。各种各样的老树,特别有一棵橡树,一棵山毛榉,一棵榆树,一棵白杨,一棵枞树,一棵柏树,一棵菩提树,一棵栗树。

(猫上场)

猫 (一一向树鞠躬致意)向各位致意!……

树叶声 向你致意!……

猫 今天是个重大的日子!……我们的仇敌要来释放你们的能量,他是自投罗网……他叫蒂蒂尔,是那个叫你们受够了苦的槛夫的儿子……他要寻找青鸟,正是你们自从开天辟地以来对人隐藏至今的那只鸟,只有这只青鸟知道我们的秘密……(树叶细语声)您说什么?……哦,是白杨在说话……是的,他有一颗钻石,能把我们的灵魂暂时释放出来;他能强迫我们交出青鸟,到时候我们就得最终受人摆布了……(树叶细语声)谁在说话?……哦,是橡树……您身体好吗?……(橡树叶沙沙声)总是感冒?……甘草不再照看您了吗?……老是风湿痛?……请相信我的话,这是因为苔藓的缘故;您的脚上苔藓太多了……青鸟一直在您身上吗?……(橡树叶沙沙声)您说什么?……对,如今没有犹豫的余地,必须利用这个机会,把他干掉……(树叶细语声)能行吗?……行,他同妹妹一起来;她也得死去……(树叶细语声)是的,狗陪伴着他俩;没有办法把狗调开……(树叶细语声)您说什么?……腐蚀狗?……这办不到……我什么法子都试过了……(树叶细语声)啊!枞树,是你说话吗?……是的,准备好四块板……是的,还有火、糖、水、面包……他们都是我们的人,除开面包,他很靠不住……只有光全站在人一边;不过光不会来……我哄那两个孩子,等光睡着的时候偷偷跑出来……机会只有这一次……(树叶细语声)哦!这是山毛榉的声音!……是的,您说得很对;要事先通知群兽……兔子的鼓还在吗?……兔子在您这儿?……好,叫他马上打鼓……他们来了!……

　　　　(兔子的鼓声渐渐远去)

　　　　(蒂蒂尔、米蒂尔和狗上场)

　　蒂蒂尔　是在这儿吗?……

　　猫　(奉迎、甜蜜、殷勤地,跑过去迎接孩子们)啊!您来了,我的小主人!……您气色真好,今儿晚上您多漂亮!……我比您先到一步,宣布您要到这儿来……一切如意。这一回我们会逮着青鸟了,我拿得稳……我刚派兔子去打鼓,把当地主要的野兽都召集起来……可以听到他们踩踏落叶的声音了……您听一听!……他们有点儿胆怯,不敢走过来……(各种兽类的声音,如母牛、猪、马、驴等,猫把蒂蒂尔拉到一旁说话)您干吗要把狗带来?……我早对您说过,狗同所有的人,甚至同树木都要闹别扭……我真担心他在这里讨人厌,把什么都弄糟了……

　　蒂蒂尔　我摆脱不了他……(威胁狗)滚开,畜生!……

　　狗　说谁?……说我吗?……为什么?……我怎么啦?……

　　蒂蒂尔　我对你说滚开!……非常简单,你在这儿没用……最后还要碍事!……

　　狗　我一句话也不说……我远远跟着……别人看不见我……你要我用后腿站起来耍把戏吗?……

　　猫　(低声对蒂蒂尔)您能容忍这样的不听话吗?给他的鼻子几棍子,真是叫人忍无可忍!……

　　蒂蒂尔　(打狗)叫你学学服从得快些!……

　　狗　(哀叫)嗳!嗳!嗳!……

　　蒂蒂尔　你还有什么话说?……

　　狗　既然你打了我,我就得跟你亲热亲热!……

　　　　(狗抱着蒂蒂尔,一个劲地抚摸他)。

　　蒂蒂尔　得了……行了……够了……走开吧!……

　　米蒂尔　不,不,我要他留下……他不在我什么都害怕……

　　狗　(扑过去,几乎把米蒂尔撞倒,急促地、热烈地抚摸她)噢!好心的小姑娘!……她多漂亮,她多善良!……她多漂亮,她多和气!……我得抱吻她,再吻一下,再吻一下,再吻一下!……

　　猫　多傻呀!……说实话,我们等会儿瞧吧……别浪费时间了……快转动钻石……

　　蒂蒂尔　我该站在哪儿?

　　猫　站在这片月光里;您可以看得更清楚……就在这儿!轻轻转一下……

（蒂蒂尔转动钻石，马上响起一阵树枝和树叶的颤动声。最壮观的古树干从中裂开，让包在里面的灵魂走出来。可以看到，这些灵魂按他们所代表的树的外表特性而个个不同。比如，榆树的灵魂是一个大腹便便的侏儒，性急暴躁；菩提树的灵魂和善、亲热、快活；山毛榉的灵魂高雅灵活；桦树的灵魂白皙，矜持，惴惴不安；柳树的灵魂瘦弱，长发，凄楚动人；枞树的灵魂修长瘦削，沉默寡言；柏树的灵魂神情悲怆；栗树的灵魂自命不凡，打扮时髦；白杨的灵魂活泼，饱满，叽叽喳喳。有的灵魂从树身徐步而出，手脚麻木，仿佛经过长年幽禁或百年沉睡，要伸伸懒腰。还有的灵魂轻快急速地蹦跳而出。所有灵魂都环绕在两个孩子周围，而又尽可能靠近自身那棵树）

白杨　（第一个跑出来，高声喊着）是人！……是小人儿！……可以同他们说话了！……沉默结束了！……结束了！……他们打哪儿来？……他们是谁？……他们是什么样的人？……（菩提树沉静地抽着烟斗走过来；对菩提树）菩提树老爹，您认识他俩吗？……

菩提树　我想不起见过他俩……

白杨　见过的，嗨，见过的！……您认识所有的人，您总在人的屋子四周散步……菩提树（端详孩子们）没有见过，我要对您实说……我不认识他俩……他俩年纪还太小……我只认得在月光下来看我的情人，或者在我的树枝下碰杯的酒鬼……

栗树　（冷冰冰地戴上单眼镜）这是什么人？……是乡下的穷人吗？……

白杨　噢！是您，栗树先生，您早就只光顾大城市的林荫道……

柳树　（穿着木头鞋，唉声叹气地走过来）我的上帝，我的上帝！……他们又来砍掉我的头和胳臂去当柴烧了！……

白杨　别说了！……瞧，橡树从他的宫殿里出来了！……今儿晚上他好像心里不好受……你们不觉得他变老了吗？……他有多大年纪了！……枞树说他有四千岁；但我拿得准，他夸大了……注意，他要对我们说什么了……

（橡树缓步向前。他像寓言中那样老态龙钟，头戴寄生槲，身穿苔藓镶边的绿长袍。他是瞎子，白胡须迎风飘拂。一只手拄着根虬结的拐棍，另一只手扶着一个年轻的小橡树，那是他的引路人。青鸟栖息在他的肩上。当他走近时，排列整齐的各种树都鞠躬致意。）

蒂蒂尔　青鸟在他身上！……快！快！……这边走！……把鸟给我！……

群树　别说话！……

猫　（对蒂蒂尔）把帽脱了，这是橡树！……

橡树　（对蒂蒂尔）你是谁？……

蒂蒂尔　我是蒂蒂尔，先生……我多咱能得到青鸟？……

橡树　蒂蒂尔，是樵夫的儿子吧？……

蒂蒂尔　是的，先生……

橡树　你的父亲给我们那么多伤害……单是我一家，他就弄死我六百个儿子，四百七十五个叔伯姑姑，一千二百个堂表兄弟姐妹，三百八十个媳妇，一万二千个曾孙！……

蒂蒂尔　我不知道这些事，先生……他不是故意这样做的……

橡树　你到这儿来干吗？你为什么让我们的灵魂都走出住屋？……

蒂蒂尔　先生，请原谅打扰了您……是猫告诉我，您要对我们说出青鸟在哪儿？……

橡树　是呀，我知道你在寻找青鸟，就是说，寻找一切事物和幸福的秘密，好让人类使我们的奴隶地位变得更加难熬……

蒂蒂尔　不是这样的，先生；那是为了贝丽吕娜仙女的小姑娘才来寻找青鸟的，她病得很重……

橡树　（不让他说下去）够了！……我没有听到群兽的声音……他们在哪儿？……这件事既关系到我们，也同样关系到他们……不该只由我们来承担这样重大措施的责任……有朝一日人类知道了我们要干什么事，那就要下毒手的……我们应该取得一致，免得以后彼此责怪……

枞树　（越过群树的头上望着）群兽来了……跟在兔子后面……瞧，有马的灵魂，公牛的灵魂，阉牛的灵魂，母牛的灵魂，狼的灵魂，绵羊的灵魂，猪的灵魂，公鸡的灵魂，山羊的灵魂，驴的灵魂和熊的灵魂……

（群兽的灵魂依次上场，枞树每数一个，就走上前去，坐在群树中间，只有山羊的灵魂在走来走去，猪的灵魂在寻找草根）

橡树　大家都到齐了吗？……

兔子　母鸡不能丢下她的蛋，野兔要奔跑，鹿的角犯痛，狐狸身子不舒服——这是医生的证明——鹅怎么说也不明白，火鸡发火了……

橡树　这样弃权实在令人遗憾……然而，我们已够法定人数……我的兄弟们，你们知道我们要商量什么事。就是这个孩子，从大地的威力那儿偷到一道符咒，靠它能夺走我们的青鸟，我们从生命起源之日起保持至今的秘密就会这样被夺去……我们很熟悉人类，不用说，只要人类拥有了这个秘密，等待着我们的命运是可想而知的。因此，我以为一切犹豫既很愚蠢，也是犯罪……现在是紧要关头；必须及早干掉这个孩子……

蒂蒂尔　他在说什么？……

狗　（绕着橡树打转，向橡树龇牙咧嘴）你这个老不死的，你看见我的牙齿吗？……

山毛榉 (恼怒)他侮辱橡树！……

橡树 是狗吗？……撵他出去！我们这儿不能容忍一个叛逆分子！……

猫 (低声对蒂蒂尔)把狗赶到远处去……这是一个误会……让我来干,我会把事儿安排好……不过要尽快把狗赶到一边去……

蒂蒂尔 (对狗)你快滚开！……

狗 让我来撕破这个患风湿痛的老家伙的苔藓拖鞋！……出出他的洋相！……

蒂蒂尔 住口！……快滚开！……快滚开呀,畜生！……

狗 好,好,马上就滚……你用得着我的时候,我再回来……

猫 (低声对蒂蒂尔)最好把他锁起来,否则他要干蠢事;那时群树会发火,就没有好结果了……

蒂蒂尔 怎么办呢？……我把牵狗的皮带丢了……

猫 可巧常春藤带着结实的绳子来了……

狗 (低沉地嗥叫)我要回来的,我要回来的！……患痛风症的家伙,患支气管炎的家伙！……这堆长得歪七扭八的老家伙,这堆老树根！……是猫在那里操纵一切！……我要报复她一下！……你这样咬耳朵要干什么,你这个犹大,老虎,巴泽纳①！……汪！汪！汪！……

猫 您瞧,他侮辱所有的人……

蒂蒂尔 不假,狗真叫人讨厌,没有什么好商量的了……常春藤先生,您愿意把狗拴起来吗？……

常春藤 (怯生生地走近狗)他不会咬人吧？……

狗 (低沉地嗥)不会！不会！……他会好好拥抱你呢！……等会儿你就会瞧见的！……走近点,走近点嘛,你这堆老藤条！……

蒂蒂尔 (用棍威胁狗)蒂洛！……

狗 (摇着尾巴爬到蒂蒂尔脚边)我该怎么样,我的小神仙？……

蒂蒂尔 趴下！……你要听从常春藤的摆弄……让他把你捆上,否则……

狗 (常春藤捆绑他的时候低沉地嗥叫)细藤条！……上吊的绳！……牵牛的绳！……拴猪的绳！……我的小神仙,你瞧呀……他扭我的爪子……他要把我憋死了！……

蒂蒂尔 活该！……你自己招来的！……住嘴,别吱声,你真叫人讨厌！……

狗 无论如何你是做错了……他们不怀好意……我的小神仙,要小心提防

---

① 巴泽纳(1811—1888)法国元帅,1870年曾任法军洛林地区的统帅,被普军打败。

呀！……他封住了我的嘴！……我不能说话了！……

常春藤 （像捆包裹一样把狗捆结实）该把狗放到哪儿？……我捆了个结实……他说不了话了……橡树把他牢牢地绑在我后面那个大树根上……待会儿我们再来看该怎么对待他……（常春藤在白杨树的帮助下，把狗背到橡树后面）绑好了吗？……好，现在我们摆脱了这个碍事的目击者，这个叛逆分子，我们就按照我们的正义和真理来讨论一下……我一点儿不向你们隐瞒，我非常激动，到了难受的地步……这是破天荒头一遭我们能够审判人，让人感到我们的威力……我认为，人给我们那么多伤害，我们惨遭骇人听闻的不义对待，所以人该受什么判决，那是毫无疑问的……

群树与群兽 毫无疑问！……毫无疑问！……绞刑！……死刑！……太伤天害理了！……太无法无天了！……时间太长了！……砸死他！吃了他！马上动手！……马上动手！……

蒂蒂尔 （对猫）他们怎么啦？……他们不高兴？……

猫 别担心……他们有点生气，是因为春天来迟了……让我来干，我会把一切都安排好……

橡树 全体一致是势所必然的……现在问题是要知道，为避免报复，采取哪一种刑罚最切实可行，最合适，最简便，最稳妥，而且当人们在森林里找到小尸体时，最无迹可寻……

蒂蒂尔 说这些干什么？……他要干吗？……我已经听够了……既然青鸟在他那儿，他给我就是了……

公牛 （向前）最切实可行和最稳妥的刑罚就是对准他心窝用角狠狠顶一下——我顶过去行吗？……

橡树 谁这样说话？……

猫 是公牛。

母牛 你最好安静地待着……我呀，我可不插手……你看那边月光底下的一片草地，我都得啃光……够我对付的了……

阉牛 我也是够忙的。不过，我预先什么都赞成……

山毛榉 我呀，我提供我最高处的树枝用来吊他俩……

常春藤 我提供活结……

枞树 我呢，我拿出造小棺材的四块板……

柏树 我提供永久墓地……

柳树 最简单的办法莫过于把他俩淹死在我的一条河里……这事交给我办……

菩提树 （和解地）得了，得了……难道非要走极端吗？他俩年纪还很小……干脆把他俩关在一块空地上,我负责围上四周,这样就可以不让他俩为害……

橡树 谁这样说话?……我好像听出是菩提树优美的嗓音……

枞树 确实是菩提树……

橡树 那么我们中间也像群兽中一样有一个叛逆了?……至今我们只怅惜果树的背叛,但果树不是真正的树……

猪 (滚动着贪馋的小眼睛)我呀,我想应该先吃掉小姑娘……她一定很嫩……

蒂蒂尔 这家伙在说什么?……等一等……

猫 我不知道他们在干吗;不过,苗头有点不对……

橡树 别说话!……现在要决定我们当中最先动手的荣誉归谁所有,因为他要使我们免去自有人类以来我们所经历的最大的危险……

枞树 这个荣誉当然属于您,我们的林木之王和众木之长……

橡树 是枞树在说话吗?……唉!我太老了!我是个瞎子,是个有残疾的人,我的手臂麻木了,不再听使唤……而您呢,我的兄弟,您四季常青,永远笔挺,这儿的树大半您都看到怎样生长,现在我不行了。解救我们这个高尚行动的荣耀应该落到您的身上……

枞树 谢谢您,可尊敬的家长……但是,埋葬这两个牺牲品的荣誉如果落在我身上,我担心要引起我的同伴有理由的嫉妒;我认为,除开我们俩,年纪最大、最有资格、拥有最好的大棒的,要数山毛榉……

山毛榉 您要知道,我被虫蛀了,我的大棒已很不可靠……而榆树和柏树拥有强大的武器……

榆树 我当然求之不得,但我连站都几乎站不直……昨晚有只鼹鼠扭了我的大脚趾……

柏树 我呢,我已经准备好了……不过,正像我的兄弟枞树一样,我虽没有埋葬他俩的特权,但至少总可以优先在他俩的坟上哭一场……我兼职太多怕不合适……还是请白杨去吧……

白杨 让我去?……您想到哪儿去啦?……可我的木质比小孩的肉还嫩呢!……再说,我不知道自己怎么了……我身上烧得发抖……瞧瞧我的叶子吧……一定是今儿早上日出时受凉了……

橡树 (勃然大怒)你们是怕人呀!……这两个孤立无援、手无寸铁的小孩子也竟然引起你们神秘的恐惧,正是这种恐惧才使我们一直做奴隶的呀!……也罢!……机会难得,既然如此,我虽然年迈体衰,肢体麻木,巍巍颤颤,双目失明,也只能单身前往,去对付我们的世仇!……他在哪儿?……

(他用拐棍探路,走向蒂蒂尔)

蒂蒂尔 (从口袋掏出小刀)这个挂着大拐棍的老家伙,是对着我来的吗?……

(群树见刀,吓得惊叫起来,因为刀是人神秘的、不可抵御的武器;群树上前劝阻,拉住橡树)

群树 刀!……小心!……刀!……

橡树 (要挣脱)放开我!……我无所谓!……管它是刀是斧!……谁拉住我?怎么?你们都在这儿?……怎么?你们想怎么样?……(扔掉拐棍)那就好吧!……让咱们丢脸吧!……让群兽来解救我们吧!……

公牛 就等这句话!……让我来干!……只要用角顶一下!……

阉牛和母牛 (拖住他的尾巴)你干吗插手?……别干蠢事!……这不是件好事!没有好收场的……我们会倒霉的……随它去吧……这是野兽们的事儿……

公牛 不,不!……这关我的事!……等着看吧……要不拖住我,我就要给他好看!……

蒂蒂尔 (对吓得尖叫的米蒂尔)别害怕!……躲在我背后……我有刀……

公鸡 这小家伙挺有胆量的!……

蒂蒂尔 这么看来,是肯定对着我来了?……

驴 还用说,我的小不点儿,你看了那么多时间,也该看出来了!……

猪 你可以作祷告了,嘿,你的末日来临了。可别挡住那小姑娘……我要把她看看够……我要先吃她……

蒂蒂尔 我得罪你们什么了?……

绵羊 什么也没有,我的小不点儿……吃掉我的小兄弟,我的两个姊妹,我的三个叔叔,我的姑母,我的爷爷和奶奶……等着瞧,等着瞧,你躺倒在地,就会看到我也是有牙齿的……

驴 我是有蹄子的!……

马 (傲然昂蹄)有你好看的!……你情愿我用牙齿撕碎你呢,还是用蹄把你踢死?……(马神气十足地向蒂蒂尔走去,蒂蒂尔对马扬起刀子。马骤然吃惊,转身奔逃)啊!不成!……这不公道!……这不合规则!……他要自卫!……

公鸡 (流露出赞赏)说实在的,小家伙一点儿不胆怯!……

猪 (对熊和狼)我们一起冲上去……我来殿后……把他们俩撞倒,小姑娘一倒地,我们就分吃了她……

狼 你们在这面逗引他俩……我来绕到背后去……

(他绕到蒂蒂尔背后,把蒂蒂尔撞个半倒)

蒂蒂尔 你这犹大!……(一只腿跪着,挥动刀子竭力保护他的妹妹,米蒂尔急叫着。群兽和群树看到蒂蒂尔半倒在地,都围了拢来,企图攻击他。舞台突然转暗。蒂蒂尔没命地喊救)救人呀! 救人呀! ……蒂洛! 蒂洛! ……猫在哪儿?……蒂洛! ……蒂莱特! 蒂莱特! ……快来呀! 快来呀! ……

猫 (伪善地待在一边)我帮不了……我的爪子刚扭伤了……

蒂蒂尔 (挡住攻击,竭力自卫)救人哪! ……蒂洛! 蒂洛! ……我顶不住啦! ……他们人太多! ……有熊、猪、狼、驴、枞树、山毛榉! ……蒂洛! 蒂洛! 蒂洛! ……

(狗拖着挣断的绳索,从橡树树身后面跳出来,挤进群树和群兽之中,扑到蒂蒂尔面前,奋力保护蒂蒂尔)

狗 (四处乱咬)我来了! 我来了! 我的小神仙! ……别害怕! 加把劲! ……我咬起来可厉害着呢! ……熊呀,这口咬在你的大屁股上! ……嗨,还有谁要来一口! ……猪,给你一口,马,给你一口,牛尾巴也来一口! 瞧! 我撕破了山毛榉的短裤和橡树的围裙! ……枞树溜号了! ……天实在太热了! ……

蒂蒂尔 (支持不住)我顶不住了! ……柏树在我头上狠狠打了一下。

狗 嗳! 柳树打了我一下! ……他打折了我的爪子! ……

蒂蒂尔 他们又冲上来了! 都涌过来了! ……这回是狼领头!……

狗 等着瞧,让我给他一口! ……

狼 傻瓜! ……我们的兄弟! ……他的父母亲淹死过你的孩子呀! ……

狗 他们做得很好! ……好极了! ……他们很像你们! ……

群树和群兽 叛逆! ……白痴! ……叛徒! 变节者! 傻子! 犹大! ……让他去吧! 这是死神! 和我们在一起吧!

狗 不! 不! ……我独个儿也要反对你们大家! ……不,不! ……我要忠于天神! 忠于最优秀的人! 忠于最伟大的人! ……(对蒂蒂尔)小心,熊来了! ……提防公牛……我要扑向他们的咽喉……嗳! ……我挨了一脚……驴踢断我两只牙齿……

蒂蒂尔 我顶不住了,蒂洛! ……嗳! ……我挨了榆树一下……瞧,我的手流血了……不是狼,就是猪……

狗 等一下,我的小神仙……让我亲亲你。这儿,我好好舔舔你……舔了你会舒服些……好好躲在我的背后……他们再不敢靠近了……不对! ……他们又来了! ……啊! 我挨了一下,这下可厉害了! ……咱们要顶住! ……

蒂蒂尔 (倒在地上)不行,我支持不住了……

狗 有人来了! ……我听见了,我嗅到了! ……

蒂蒂尔 在哪儿？……谁来了？……

狗 那边！那边！……是光来了！……她找到我们了！……我的小国王，我们得救了！……亲亲我吧！……我们得救了！……瞧！……他们都慌了！……他们散开了！……他们害怕了！

蒂蒂尔 光！……光！……快来呀！……快一点儿！……他们造反了！……他们攻打我们！……

（光上场；随着她向前，曙光升起在森林的上空，森林明亮起来。）

光 怎么回事？……发生什么事啦？……可怜的孩子！你怎么这样糊涂呢？……转一下钻石嘛！他们就会返回静寂和黑暗之中；你也不会看到他们的各种情态了……

（蒂蒂尔转动钻石。群树的灵魂纷纷奔回树干，树身随即合拢。群兽的灵魂也消失了；远处可以看到有头母牛和一头绵羊在悠闲地吃草。森林重又变得静谧无邪。蒂蒂尔十分惊讶，环顾四周）

蒂蒂尔 他们都到哪儿去啦？……是怎么一回事？……他们发疯了吗？……

光 没有，他们就是这样的；因为平时人们看不到，所以不知道会这样……我早就告诉过你：我不在，唤醒他们是很危险的……

蒂蒂尔 （擦他的刀子）说实在的，要没有狗和这把小刀，真不知会怎么样……我真没想到他们会这样凶恶！……

光 你要明白，人在这世界上是单独对付一切的……

狗 你没有受多少伤吧，我的小神仙？……

蒂蒂尔 没事……他们没有碰着米蒂尔……而你呢，我的好蒂洛？……你嘴上流血，爪子折断了吧？……

狗 算不了什么……明儿就没有伤痕了……这可是一场恶战呀！

猫 （从矮树丛跛行而出）可不是！……阉牛给了我肚子一角……虽然看不出伤痕，却痛死我了……橡树把我的爪子也打折了……

狗 我想知道是哪一只……

米蒂尔 （抚摸猫）我可怜的蒂莱特，当真？……你待在哪儿？……我怎么没看到你……

猫 （伪善）好姑娘，那头丑猪想吃你时，我去攻打他，马上受了伤……就是在这时橡树重重地打了我一下，打得我晕头转向……

狗 （细声对猫）你呀，要知道，我有几句话要对你说……不会叫你白等的！……

猫 （对米蒂尔抱屈）好姑娘，他欺侮我……他要伤害我……

米蒂尔 （对狗）你能让她安心吗,畜生……

（众人下场）

（幕落）

选自《新编外国现代作品选》(第1编),郑克鲁、董衡巽主编,郑克鲁译,上海学林出版社,2008

意象主义诗歌

　　意象主义是 20 世纪初期英美诗歌界掀起的一场运动,最初产生于 1908—1909 年间的英国。1908 年前后,英国批评家托·休姆在伦敦搞了个诗人俱乐部,鼓吹"新古典主义",要求诗"绝对精确地呈现,不要冗词赘语",重视鲜明准确的意象,反对机械固定的诗律。1909 年 4 月,年方 24 岁的庞德到达伦敦,与休姆等人结识。庞德深受中国文化和古典诗歌以及日本诗的启发,逐步形成意象派的理论。他于 1912 年底将希尔达·杜利特尔和阿尔丁顿的 6 首诗送芝加哥《诗刊》发表,在希·杜的诗下署名"意象派希·杜";同年庞德把休姆的 5 首诗收入自己的诗集《回击》,在序中用了"意象派"一词。1913 年休姆、庞德和弗林特等在伦敦《诗刊》上发表著名的意象派三点宣言:要求直接表现主客观事物,删除一切无助于"表现"的词语,以口语节奏代替传统格律。同年,庞德发表《意象主义者的几个"不"》,界定"意象是在一瞬间理智和情绪的复合物"。1914 年庞德出版了第一本《意象派诗选》。后因与埃米·罗厄尔意见分歧,另起炉灶,搞"漩涡主义",倡导有力量、有运动感的意象和节奏。此后,由罗厄尔主编了 3 本《意象派年集》,希·杜夫妇在 1930 年出的意象派选集则是最后一本了。

　　意象主义诗歌的主要特点是清晰、精确、浓缩、具体,不宣泄感情,不宣讲道理。它重在表现诗人的直观形象,但作者的直观感受并不直接表露,只是通过意象来暗示。意象诗一般只有四五行,最多也不过十几行。意象派是在象征主义影响下产生的,但又区别于象征主义。象征主义重视飘忽的音乐性,意象派则重视近坚实的雕塑性;象征主义常用隐晦的象征或神秘的梦幻来暗示某种心理状态,意象派则用鲜明、质感、凝练的意象来与诗人的情思融为一体。

　　首先,意象主义诗歌体现了具体、直接、客观、"只展现而不加评论"的特征,特别是运用"意象并置"的这一基本技巧。所谓"意象并置"就是把类同的意象直接连接起来,无需主观性的联系,也不使用抽象的和无用的词藻,不涉及情感与漫谈。最典型的例子是庞德的一首诗《在地铁车站》。

　　其次,语言清晰简练。意象派诗歌强调客观呈现,不加任何主观色彩的渲染,即使是个人的内心情感,也应以准确具体的意象来折射,而非主观、抽象或一般性的形容词来表达。他们认为物体就是物体,这种观点透露出当代前卫艺术的发展,尤其是后来的立体派。

其三,诗律的革新。意象派诗人认为19世纪的诗歌不仅词汇堆砌、语言过时、重复累赘,而且格式复杂,尤其是传统的章节和音步。他们尝试打破传统格律,倡导自由诗体,强调回归到比较古典的风格,注重内在节奏,坚持诗韵应该有乐感。如庞德主张以跨行来增添"节奏波"等,他曾言"凡是用流行了20年的方式写的诗绝非好诗"。

在地铁车站

[美国]庞德

这几张脸在人群中幻景般闪现;
湿漉漉的黑树枝上花瓣数点。

少　女

[美国]庞德

树进入了我的双手,
树液升上我的双臂。
树生长在我的胸中——
往下长,
树枝从我身上长出,宛如臂膀。

你是树,
你是青苔,
你是风中紫罗兰。

你是个孩子——这么高——
而在世界看来这全是蠢话。

（以上飞白　译）

树

[美国]庞德

我是丛林中的一棵树,静静地挺立着,

知道前所未有的事物的真谛；

知道月桂女神和桂花环，

还知道那时宴请诸神的老夫妇，

他们在高原上种植榆树和橡树。

直到众神被真诚地恳求

并被迎进他们心灵的深处，

他们才显示这番奇迹；

尽管我是丛林中的一棵树，

却懂得许多新鲜事物，

以前我心目中一直认为是荒诞的。

（申奥 译）

山林女神

［美国］杜利特尔

翻腾吧，大海——

翻腾起你那尖尖的松针，

把你巨大的松针

倾泻在我们的岩石上，

把你的绿色扔在我们身上，

用你池水似的杉覆盖我们。

（赵毅衡 译）

绿

［英国］劳伦斯

黎明是一片苹果绿，

天空是举起在太阳下的绿酒，

月亮是两者间的金色花瓣。

她睁开眼睛，射出

绿色光彩，纯净灵秀，

像初绽的鲜花，此刻被人发现。

一朵白花

[英国]劳伦斯

月儿娇小玲珑、白皙皎洁，像一朵孤单的茉莉花。
她孑然一身，悬挂在我窗口，偎倚在冬夜的家；
明亮清澈，似菩提之花；柔和晶莹，如清泉或细雨，
她，我青春的白色的初恋，没有激情，枉然地把银辉抛洒。

以上选自《劳伦斯诗选》，吴笛译，漓江出版社，1988

天 鹅

[英国]弗林特

百合投下阴凉，
金雀花和丁香
把一片金黄
碧蓝与紫红
倾注到水面，
下方，鱼影闪动。

一片片冷丝丝的绿叶，
映衬颈和喙的
涟漪荡漾似的白银
和色泽暗淡的古铜，
上方，悠然地游着天鹅，
游向桥拱下的
黑暗幽邃的水里。

天鹅游进桥拱的阴影，
往我满腔悲哀的漆黑深处
衔入一朵白玫瑰，如一团火焰。

选自《野天鹅——20世纪外国抒情诗100首》，吴笛译，黑龙江人民出版
社，1988

意　象

[英国]理查德·阿尔丁顿

1

像一船翠香的水果
沿着威尼斯黑暗的运河漂流，
你呀，优美的你，
漂进了我荒芜的城。

2

青色的烟升腾起来
像消散而又盘旋的鸟群之云。
我的爱情也像这样升向你，
不断消散又不断获得再生。

3

当落日散出暗淡的朱砂色，
一个玫瑰黄的月亮在苍白的天上，
在树枝桠间的薄雾上，
这就是我看到的你。

4

像林边一棵年轻的山毛榉
在黄昏中静静伫立，
接着全身树叶又在轻风中颤抖，
仿佛是害怕星星们——
你也是这样安静，你也是这样战栗。

5

赤鹿们在高高的山上，
跑到了最远的松林以外。
我的愿望啊已跟着它们奔去。

6

被风摇过的花朵
不久又重新承满了雨滴；
我的心也渐渐承满了泪，
直等到你重回。　　　　（飞白　译）

红色手推车

[美国]威廉·卡洛斯·威廉斯

很多事情
全靠

一辆红色
小车

被雨淋得
晶亮

傍着几只
白鸡

（飞白　译）

海边的花

[美国]威廉·卡洛斯·威廉斯

繁花鲜丽的草地近旁，
神秘的，那咸味的大海

莽然升起——各种花朵
一松一紧，它们看起来不仅是花

而且是色彩和运动，也可能
是变化的表现形式，

而大海却旋转着，安详地
在茎上摇曳，像花一样。

（赵毅衡　译）

境　遇

[美国]艾米·罗厄尔

在枫叶上
露珠红红地闪烁，
但在荷花上
露珠有着泪滴似苍白的透明。

秋　雾

[美国]艾米·罗厄尔

是一只蜻蜓,还是一片枫叶
轻柔地栖息在水面上？

以上选自《欧美现代十大流派诗选》,袁可嘉主编,裘小龙译,上海文艺出版社,1991

我辞别了我出生的屋子

[俄罗斯]叶赛宁

我辞别了我出生的屋子,
离开了天蓝的俄罗斯。
白桦林像三颗星临照水池,
温暖着老母亲的愁思。

月亮像一只金色的蛙,
扁扁地趴在安静的水面。
恰似那流云般的苹果花——
老父的胡须已花白一片。

我的归来呀,遥遥无期,
风雪将久久地歌唱不止,
唯有老枫树单脚独立,
守护着天蓝色的俄罗斯。

凡是爱吻落叶之雨的人，
见到那棵树肯定喜欢，
就因为那棵老枫树啊 ——
它的容颜像我的容颜。

（顾蕴璞　译）

表现主义文学

表现主义一词源自拉丁文"expressus",具有"抛掷出来"、"挤压出来"的意思。表现主义思潮最先出现在绘画领域,1901 年在巴黎举办的画展上,朱利安·奥古斯特·埃尔维的一组油画题名为《表现主义》,其后波及文学界。"表现主义"作为一个文学流派,最早确立于 1913 年。

表现主义文学首先崛起于德国,并在 20 世纪 20 年代初达到高潮。1911年,希勒尔在德国《暴风》杂志上用这个词称呼柏林的先锋派作家,表现主义由此得名。其时的德国正经历近代历史上比较动荡的一段时期。工业的腾飞和发达导致知识分子对机械文明的憎恨,第一次世界大战的失败也加剧了德国社会固有的矛盾。表现主义文学最早以诗歌的形式出现,后转至戏剧、电影和小说。它主要流行于德国和奥地利,后传至其他国家。在哲学上,此时康德、尼采、叔本华的唯心哲学和直觉主义美学大行其道,这对表现主义文学的兴起也产生了巨大影响。

表现主义文学重视主观世界,特别是精神、情绪、思想的赤裸的强烈的呈露。他们不重视对外在客观事物的忠实描绘,而要求突破事物的表象而表现事物内在的实质。在诗歌领域,表现主义文学与同时发展着的后期象征主义文学有很大程度的相似。但和象征主义不同,表现主义者对社会现实和人类前途有很大的关注,显现出一股干预生活的热情;而象征主义者则往往对宏大的社会题材表示冷漠。在技巧上,表现主义文学相对粗野豪放,不似象征主义文学精雕细琢。表现主义戏剧可以看作是对以易卜生为代表的欧洲自然主义、现实主义戏剧的继承和反拨。表现主义戏剧经常采用内心独白、梦境、假面具、潜台词等手法来表现人物的思想感情。

表现主义诗歌在规模和范围上不及法国的象征主义诗歌,其发展的范围基本局限于德语国家。但在 20 世纪 20 年代,表现主义戏剧却传入美国,出现了以尤金·奥尼尔为代表的一批表现主义剧作家,其影响力一直持续到 20 世纪 40年代。

夫妻经过癌病房

[德国]贝恩

丈夫：

这一段是溃烂的腰股，
这一段是溃烂的胸部，
床挨床都发着恶臭。护士每小时轮换。

过来，轻轻地把盖布揭开，
看，这一团脂肪和腐烂的脓汁——
过去谁不曾景仰他的伟大，
谁不曾为他而陶醉称他为祖国。

过来看看胸口上这段瘢痕。
你摸到了吗，那软瘤周围桃红色的环？
静静地摸过去。肉是软的而且不痛。

这女人流了足有三十个躯体那么多血。
没有一个人能有这么多血。
刚刚给她开过刀，
从长满癌的腹中取出孩子。

让他们睡吧，不分昼夜。——新来者
被告之：在这儿多睡有益，只有逢星期日
为了探视才让他们稍微清醒一下。

仍将少量给食。他们的背部
都睡烂了。你瞧瞧这些苍蝇。有时
护士给他们洗洗，就像擦洗板凳。

这儿的土地已在每张床周围隆起。
肉体行将入土。灰烬渐渐冷却。
液汁快要流出。泥土已在呼唤。

选自《诗海——世界诗歌史纲》，飞白译，漓江出版社，1989

从深处

[奥地利]特拉克尔

这是一块麦茬地，被黑雨淋过。
这是一棵褐色树，孤单地立着。
这是一阵嘘叫的风，绕着空茅屋转。
多么悲伤啊，这个傍晚。

在村子旁边，
温柔的孤女还在拾稀少的落穗，
她的双眼在晚霞中大睁着发亮，
她的怀抱等待天上的新郎。

放牧归来时，
牧人们发现她甜美的身体
腐烂在荆棘丛里。

我是远离阴森村庄的影子。
我从林中的泉里
痛饮上帝的沉默。

冰冷的金属踩着我的额。
蜘蛛们搜寻着我的心。
一道光线，在我的嘴里熄灭。

黑夜我留在荒野，
身上盖满了星星垃圾、星星尘。
在榛子树丛里
又响起了天使们水晶般的声音。

选自《诗海——世界诗歌史纲》，飞白译，漓江出版社，1989

变 形 记①

[奥地利]卡夫卡

一

一天早晨,格里高尔·萨姆沙从不安的睡梦中醒来,发现自己躺在床上变成了一只巨大的甲虫。他仰卧着,那坚硬得像铁甲一般的背贴着床,他稍稍抬了抬头,便看见自己那穹顶似的棕色肚子分成了好多块弧形的硬片,被子几乎盖不住肚子尖,都快滑下来了。比起偌大的身躯来,他那许多只腿真是细得可怜,都在他眼前无可奈何地舞动着。

"我出了什么事啦?"他想。这可不是梦。他的房间,虽是嫌小了些,的确是普普通通人住的房间,仍然安静地躺在四堵熟悉的墙壁当中。在摊放着打开的衣料样品——萨姆沙是个旅行推销员——的桌子上面,还是挂着那幅画,这是他最近从一本画报上剪下来装在漂亮的金色镜框里的。画的是一位戴皮帽子围皮围巾的贵妇人,她挺直身子坐着,把一只套没了整个前臂的厚重的皮手筒递给看画的人。

格里高尔的眼睛接着又朝窗口望去,天空很阴暗——可以听到雨点敲打在窗槛上的声音——他的心情也变得忧郁了。"要是再睡一会儿,把这一切晦气事统统忘掉那该多好。"他想。但是完全办不到,平时他习惯于侧向右边睡,可是在目前的情况下,再也不能采取那样的姿态了。无论怎样用力向右转,他仍旧滚了回来,肚子朝天。他试了至少一百次,还闭上眼睛免得看到那些拼命挣扎的腿,到后来他的腰部感到一种从未体味过的隐痛,才不得不罢休。

"啊,天哪,"他想,"我怎么单单挑上这么一个累人的差使呢!长年累月到处奔波,比坐办公室辛苦多了。再加上还有经常出门的烦恼,担心各次火车的倒换,不定时而且低劣的饮食,而萍水相逢的人也总是些泛泛之交,不可能有深厚的交情,永远不会变成知己朋友。让这一切都见鬼去吧!"他觉得肚子上有点痒,就慢慢地挪动身子,靠近床头,好让自己头抬起来更容易些;他看清了发痒的地方,那儿布满着白色的小斑点,他不明白这是怎么回事,想用一条腿去搔一搔,可是马上又缩了回来,因为这一碰使他浑身起了一阵寒战。

他又滑下来恢复到原来的姿势。"起床这么早,"他想,"会使人变傻的。人

---

① 小说原从英文译出(纽约《现代文库》1952 年版《卡夫卡短篇小说选》,英译者为威拉·缪尔与艾德温·缪尔),并由张佩芬根据德文原文(莱比锡勒克拉姆出版社 1978 年版《卡夫卡小说集》)校订。

是需要睡觉的。别的推销员生活得像贵妇人。比如,我有一天上午赶回旅馆登记取回订货单时,别的人才坐下来吃早餐。我若是跟我的老板也来这一手,准定当场就给开除。也许开除了倒更好一些,谁说得准呢。如果不是为了父母亲而总是谨小慎微,我早就辞职不干了,我早就会跑到老板面前,把肚子里的气出个痛快。那个家伙准会从写字桌后面直蹦起来!他的工作方式也真奇怪,总是那样居高临下坐在桌子上面对职员发号施令,再加上他的耳朵又偏偏重听,大家不得不走到他跟前去。但是事情也未必毫无转机;只要等我攒够了钱还清父母欠他的债——也许还得五六年——可是我一定能做到。到那时我就会时来运转了。不过眼下我还是起床为妙,因为火车五点钟就要开了。”

他看了看柜子上滴滴答答响着的闹钟。天哪!他想道。已经六点半了,而时针还在悠悠然向前移动,连六点半也过了,马上就要七点差一刻了。闹钟难道没有响过吗?从床上可以看到闹钟明明是拨到四点钟的;显然它已经响过了。是的,不过在那震耳欲聋的响声里,难道真的能安宁地睡着吗?嗯,他睡得并不安宁,可是却正说明他还是睡得不坏。那么他现在该干什么呢?下一班车七点钟开;要搭这一班车他得发疯似的赶才行,可是他的样品都还没有包好,他也觉得自己的精神不甚佳。而且即使他赶上这班车,还是逃不过上司的一顿申斥,因为公司的听差一定是在等候五点钟那班火车,这时早已回去报告他没有赶上了。那听差是老板的心腹,既无骨气又愚蠢不堪。那么,说自己病了行不行呢?不过这将是最最不愉快的事,而且也显得很可疑,因为他服务五年以来没有害过一次病。老板一定会亲自带了医药顾问一起来,一定会责怪他的父母怎么养出这样懒惰的儿子,他还会引证医药顾问的话,粗暴地把所有的理由都驳掉,在那个大夫看来,世界上除了健康之至的假病号,再也没有第二种人了。再说今天这种情况,大夫的话是不是真的不对呢?格里高尔觉得身体挺不错,只除了有些困乏,这在如此长久的一次睡眠以后实在有些多余,另外,他甚至觉得特别饿。

这一切都飞快地在他脑子里闪过,他还是没有下决心起床——闹钟敲六点三刻了——这时,他床头后面的门上传来了轻轻的一下叩门声。“格里高尔,”一个声音说——这是他母亲的声音——“已经七点差一刻了。你不是还要赶火车吗?”好温和的声音!格里高尔听到自己的回答声时不免大吃一惊。没错,这分明是他自己的声音,可是却有另一种可怕的叽叽喳喳的尖叫声同时发了出来,仿佛是陪音似的,使他的话只有最初几个字才是清清楚楚的,接着马上就受到了干扰,弄得意义含混,使人家说不上到底听清楚没有。格里高尔本想回答得详细些,好把一切解释清楚,可是在这样的情形下他只得简单地说:“是的,是的,谢谢你,妈妈,我这会儿正在起床呢。”隔着木门,外面一定听不到格里高尔声音的变化,因为他母亲听到这些话也满意了,就拖着步子走了开去。然而这场简短的对话使家里人都知道格里高尔还在屋子里，这是出乎他们意料之外的，于是在侧边的一扇门上立刻就响起了他父亲的叩门声，很轻，不过用的却是拳头。"格里高尔，格里高尔，"他喊道，"你怎么啦？"过了一小会儿他又用更低沉的声音催促道："格里高尔！格里高尔！"在另一侧的门上他的妹妹也用轻轻的悲哀的声音问："格里高尔，你不舒服吗？要不要什么东西？"他同时回答了他们两个人："我马上就好了。"他把声音发得更清晰，说完一个字过一会儿才说另一个字，竭力使他的声音显得正常。于是他父亲走回去吃他的早饭了，他妹妹却低声地说："格里高尔，开开门吧，求求你。"可是他并不想开门，所以暗自庆幸自己由于时常旅行，他养成了晚上锁住所有门的习惯，即使回到家里也是这样。

首先他要静悄悄地不受打扰地起床，穿好衣服，最要紧的是吃饱早饭，再考虑下一步该怎么办，因为他非常明白，躺在床上瞎想一气是想不出什么名堂来的。他还记得过去也许是因为睡觉姿势不好，躺在床上时往往会觉得这儿那儿隐隐作痛，及至起来，就知道纯属心理作用，所以他殷切地盼望今天早晨的幻觉会逐渐消逝。他也深信，他之所以变声音不是因为别的而仅仅是重感冒的征兆，这是旅行推销员的职业病。

要掀掉被子很容易，他只需把身子稍稍一抬被子就自己滑下来了。可是下一个动作就非常之困难，特别是因为他的身子宽得出奇。他得要有手和胳膊才能让自己坐起来；可是他有的只是无数细小的腿，它们一刻不停地向四面八方挥动，而他自己却完全无法控制。他想屈起其中的一条腿，可是它偏偏伸得笔直；等他终于让它听从自己的指挥时，所有别的腿却莫名其妙地乱动不已。"总是待在床上有什么意思呢？"格里高尔自言自语地说。

他想，下身先下去一定可以使自己离床，可是他还没有见过自己的下身，脑子里根本没有概念，不知道要移动下身真是难上加难，挪动起来是那样的迟缓；所以到最后，他烦死了，就用尽全力鲁莽地把身子一甩，不料方向算错，重重地撞在床脚上，一阵彻骨的痛楚使他明白，如今他身上最敏感的地方也许正是他的下身。

于是他就打算先让上身离床，他小心翼翼地把头部一点点挪向床沿。这却毫不困难，他的身躯虽然又宽又大，也终于跟着头部移动了。可是，等到头部终于悬在床边上，他又害怕起来，不敢再前进了，因为，老实说，如果他就这样让自己掉下去，不摔坏脑袋才怪呢。他现在最要紧的是保持清醒，特别是现在；他宁愿继续待在床上。

可是重复了几遍同样的努力以后，他深深地叹了一口气，还是恢复了原来的姿势躺着，一面瞧他那些细腿在难以置信地更疯狂地挣扎；格里高尔不知道如何才能摆脱这种荒唐的混乱处境，他就再一次告诉自己，待在床上是不行的，最最合理的做法还是冒一切危险来实现离床这个极渺茫的希望。可是同时他也没有忘记提醒自己，冷静地、极其冷静地考虑到最最微小的可能性还是比不顾一切地蛮干强得多。这时际，他竭力集中眼光望向窗外，可是不幸得很，早晨的浓雾把狭街对面的房子也都裹上了，看来天气一时不会好转，这就使他更加得不到鼓励和安慰。"已经七点钟了，"闹钟再度敲响时，他对自己说，"已经七点钟了，可是雾还这么重。"有片刻工夫，他静静地躺着，轻轻地呼吸着，仿佛这样一养神什么都会恢复正常似的。

可是接着他又对自己说："七点一刻前我无论如何非得离开床不可。到那时一定会有人从公司里来找我，因为不到七点公司就开门了。"于是他开始有节奏地来回晃动自己的整个身子，想把自己甩出床去。倘若他这样翻下床去，可以昂起脑袋，头部不至于受伤。他的背似乎很硬，看来跌在地毯上并不打紧。他最担心的还是自己控制不了的巨大响声，这声音一定会在所有的房间里引起焦虑，即使不是恐惧。可是，他还是得冒这个险。

当他已经半个身子探到床外的时候——这个新方法与其说是苦事，不如说是游戏，因为他只需来回晃动，逐渐挪过去就行了——他忽然想起如果有人帮忙，这件事该是多么简单。两个身强力壮的人——他想到了他的父亲和那个使女——就足够了；他们只需把胳臂伸到他那圆鼓鼓的背后，抬他下床，放下他们的负担，然后耐心地等他在地板上翻过身来就行了，一碰到地板他的腿自然会发挥作用的。那么，姑且不管所有的门都是锁着的，他是否真的应该叫人帮忙呢？尽管处境非常困难，想到这一层，他却禁不住透出一丝微笑。

他使劲地摇动着，身子已经探出不少，快要失去平衡了，他非得鼓足勇气采取决定性的步骤了，因为再过五分钟就是七点一刻——正在这时，前门的门铃响了起来。"是公司里派什么人来了。"他这么想，身子就随之而发僵，可是那些细小的腿却动弹得更快了。一时之间周围一片静默。"他们不愿开门。"格里高尔怀着不合常情的希望自言自语道。可是使女当然还是跟往常一样踏着沉重的步子去开门了。格里高尔听到客人的第一声招呼就马上知道这是谁——是秘书主任亲自出马了。真不知自己生就什么命，竟落到给这样一家公司当差，只要有一点小小的差池，马上就会招来最大的怀疑！在这一个所有的职员全是无赖的公司里，岂不是只有他一个人忠心耿耿吗？他早晨只占用公司两三个小时，不是给良心折磨得几乎要发疯，真的下不了床吗？如果确有必要来？打听他出了什么事，派个学徒来不也够了吗——难道秘书主任非得亲自出马，以便向全家人、完全无辜的一家人表示，这个可疑的情况只有他自己那样的内行来调查才行吗？与其说格里高尔下了决心，倒不如说他因为想到这些事非常激动，因而用尽全力把自己甩出了床外。砰的一声很响，但总算没有响得吓人。地毯把他坠落的声音减弱了几分，他的背也不如他所想象的那么毫无弹性，所以声音很闷，不惊动人。只是他不够小心，头翘得不够高，还是在地板上撞了一下；他扭了扭脑袋，痛苦而愤懑地把头挨在地板上磨蹭着。

"那里有什么东西掉下来了。"秘书主任在左面房间里说。格里高尔试图设想，今天他身上发生的事有一天也让秘书主任碰上了；谁也不敢担保不会出这样的事。可是仿佛给他的设想一个粗暴的回答似的，秘书主任在隔壁房间里坚定地走了几步，他那漆皮鞋子发出了吱嘎吱嘎的声音。从右面的房间里，他妹妹用耳语向他通报消息："格里高尔，秘书主任来了。""我知道了。"格里高尔低声嘟哝道；但是没有勇气提高嗓门让妹妹听到他的声音。

"格里高尔，"这时候，父亲在左边房间里说话了，"秘书主任来了，他要知道为什么你没能赶上早晨的火车。我们也不知道怎么跟他说。另外，他还要亲自和你谈话。所以，请你开门吧。他度量大，对你房间里的凌乱不会见怪的。""早上好，萨姆沙先生。"与此同时，秘书主任和蔼地招呼道。"他不舒服呢，"母亲对客人说，这时他父亲继续隔着门在说话，"他不舒服，先生，相信我吧。他还能为了什么原因误车呢！这孩子只知道操心公事。他晚上从来不出去，连我瞧着都要生气了；这几天来他没有出差，可他天天晚上都守在家里。他只是安安静静地坐在桌子旁边，看看报，或是把火车时刻表翻来覆去地看。他唯一的消遣就是做木工活儿。比如说，他花了两三个晚上刻了一个小镜框；你看到它那么漂亮一定会感到惊奇；这镜框挂在他房间里，再过一分钟等格里高尔打开门你就会看到了。你的光临真叫我高兴，先生；我们怎么也没法使他开门，他真是固执；我敢说他一定是病了，虽然他早晨硬说没病。"——"我马上来了。"格里高尔慢吞吞地小心翼翼地说，可是却寸步也没有移动，生怕漏过他们谈话中的每一个字。"我也想不出有什么别的原因，太太，"秘书主任说，"我希望不是什么大病。虽然另一方面我不得不说，不知该算福气呢还是晦气，我们这些做买卖的往往就得不把这些小毛小病当作一回事，因为买卖嘛总是要做的。"——"喂，秘书主任现在能进来了吗？"格里高尔的父亲不耐烦地问，又敲起门来了。"不行。"格里高尔回答。这声拒绝以后，在左面房间里是一阵令人痛苦的寂静；右面房间里他妹妹啜泣起来了。

他妹妹为什么不和别的人在一起呢？她也许是刚刚起床，还没有穿衣服吧。那么，她为什么哭呢？是因为他不起床让秘书主任进来吗，是因为他有丢掉差使的危险吗，是因为老板又要开口向他的父母讨还旧债吗？这些显然都是眼前不用担心的事情。格里高尔仍旧在家里，丝毫没有弃家出走的念头。的确，他现在暂时还躺在地毯上，知道他的处境的人当然不会盼望他让秘书主任走进来。可是这点小小的失礼以后尽可以用几句漂亮的辞令解释过去，格里高尔不见得会马上就给辞退。格里高尔觉得，就目前来说，他们与其对他抹鼻子流泪苦苦哀求，还不如别打扰他的好。可是，当然啦，他们的不明情况使他们大惑不解，也说明了他们为什么有这样的举动。

"萨姆沙先生，"秘书主任现在提高了嗓门说，"你这是怎么回事？你这样把自己关在房间里，光是回答'是'和'不是'，毫无必要地引起你父母极大的忧虑，又极严重地疏忽了——这我只不过顺便提一句——疏忽了公事方面的职责。我现在以你父母和你经理的名义和你说话，我正式要求你立刻给我一个明确的解释。我真没想到，我真没想到。我原来还认为你是个安分守己、稳妥可靠的人，可你现在却突然决心想让自己丢丑。经理今天早晨还对我暗示你不露面的原因可能是什么——他提到了最近交给你管的现款——我还几乎要以自己的名誉向他担保这根本不可能呢。可是现在我才知道你真是执拗得可以，从现在起，我丝毫也不想袒护你了。你在公司里的地位并不是那么稳固的。这些话我本来想私下里对你说的，可是既然你这样白白糟蹋我的时间，我就不懂为什么你的父母不应该听到这些话了。近来你的工作叫人很不满意；当然，目前买卖并不是旺季，这我们也承认，可是一年里整整一个季度一点买卖也不做，这是不行的，萨姆沙先生，这是完全不应该的。"

"可是，先生，"格里高尔喊道，他控制不住了，激动得忘记了一切，"我这会儿正要来开门。一点小小的不舒服，一阵头晕使我起不了床。我现在还躺在床上呢。不过我已经好了。我现在正要下床。再等我一两分钟吧！我不像自己所想的那样健康。不过我已经好了，真的。这种小毛病难道就能打垮我不成！我昨天晚上还好好儿的，这我父亲母亲也可以告诉你，不，应该说我昨天晚上就感觉到了一些预兆。我的样子想必已经不对劲了。你要问为什么我不向办公室报告！可是人总以为一点点不舒服一定能顶过去，用不着请假在家休息。哦，先生，别伤我父母的心吧！你刚才怪罪于我的事都是没有根据的；从来没有谁这样说过我。也许你还没有看到我最近兜来的订单吧。至少，我还能赶上八点钟的火车呢，休息了这几个钟点我已经好多了。千万不要因为我而把你耽搁在这儿，先生；我马上就会开始工作的，这有劳你转告经理，在他面前还得请你多替我美言几句呢！"

格里高尔一口气说着，自己也搞不清楚自己说了些什么，也许是因为有了床上的那些锻炼，格里高尔没费多大气力就来到柜子旁边，打算依靠柜子使自己直立起来。他的确是想开门的，的确是想出去和秘书主任谈话的；他很想知道，大家这么坚持以后，看到了他又会说些什么。要是他们都大吃一惊，那么责任就再也不在他身上，他可以得到安静了。如果他们完全不在意，那么他也根本不必不安，只要真的赶紧上车站去搭八点钟的车就行了。起先，他好几次从光滑的柜面上滑下来，可是最后，在一使劲之后，他终于站直了；现在他也不管下身疼得像火烧一般了。接着他让自己靠向附近一张椅子的背部，用他那些细小的腿抓住了椅背的边。这使他得以控制自己的身体，他不再说话，因为这时候他听见秘书主任又开口了。

"你们听得懂哪个字吗？"秘书主任问，"他不见得在开我们的玩笑吧？""哦，天哪，"他母亲声泪俱下地喊道，"也许他病害得不轻，倒是我们在折磨他呢。葛蕾特！葛蕾特！"接着她嚷道。"什么事，妈妈？"他妹妹打那一边的房间里喊道。她们就这样隔着格里高尔的房间对嚷起来。"你得马上去请医生。格里高尔病了。去请医生，快点儿。你没听见他说话的声音吗？""这不是人的声音。"秘书主任说，跟母亲的尖叫声一比他的嗓音显得格外低沉。"安娜！安娜！"他父亲从客厅向厨房里喊道，一面还拍着手，"马上去找个锁匠来！"于是两个姑娘奔跑得裙子飕飕响地穿过了客厅——他妹妹怎能这么快就穿好衣服的呢？——接着又猛然打开了前门。没有听见门重新关上的声音；她们显然听任它敞着，什么人家出了不幸的事情就总是这样。

格里高尔现在倒镇静多了。显然，他发出来的声音人家再也听不懂了，虽然他自己听来很清楚，甚至比以前更清楚，这也许是因为他的耳朵变得能适应这种声音了。不过至少现在大家相信他有什么地方不太妙，都准备来帮助他了。这些初步措施将带来的积极效果使他感到安慰。他觉得自己又重新进入人类的圈子，对大夫和锁匠都寄予了莫大的希望，却没有怎样分清两者之间的区别。为了使自己在即将到来的重要谈话中声音尽可能清晰些，他稍微嗽了嗽嗓子，他当然尽量压低声音，因为就连他自己听起来，这声音也不像人的咳嗽。这时候，隔壁房间里一片寂静。也许他的父母正陪了秘书主任坐在桌旁，在低声商谈，也许他们都靠在门上细细谛听呢。

格里高尔慢慢地把椅子推向门边，接着便放开椅子，抓住了门来支撑自己——他那些细腿的脚底上倒是颇有黏性的——他在门上靠了一会儿，喘过一口气来。接着他开始用嘴巴来转动插在锁孔里的钥匙。不幸的是，他并没有什么牙齿——他得用什么来咬住钥匙呢？——不过他的下颚倒好像非常结实；靠着这下颚他总算转动了钥匙，他准是不小心弄伤了什么地方，因为有一股棕色的液体从他嘴里流出来，淌过钥匙，滴到地上。"你们听，"门后的秘书主任说，"他在转动钥匙了。"这对格里高尔是个很大的鼓励；不过他们应该都来给他打气，他的父亲母亲都应该喊："加油，格里高尔。"他们应该大声喊道，"坚持下去，咬紧钥匙！"他相信他们都在全神贯注地关心自己的努力，就集中全力死命咬住钥匙。钥匙需要转动时，他便用嘴巴衔着它，自己也绕着锁孔转了一圈，好把钥匙扭过去，或者不如说，用全身的重量使它转动。终于屈服的锁发出响亮的咔嗒一声，使格里高尔大为高兴。他深深地舒了一口气，对自己说："这样一来我就不用锁匠了。"接着就把头搁在门柄上，想把门整个打开。

门是向他自己这边拉的，所以虽然已经打开，人家还是瞧不见他。他得慢慢地从对开的那半扇门后面把身子挪出来，而且得非常小心，以免背脊直挺挺地跌倒在房间里。他正在困难地挪动自己，顾不上作任何观察，却听到秘书主任"哦！"的一声大叫——发出来的声音像一股猛风——现在他可以看见那个人了，他站得最靠近门口，一只手遮在张大的嘴上，慢慢地往后退去，仿佛有什么无形的强大压力在驱逐他似的。格里高尔的母亲——虽然秘书主任在场，她的头发仍然没有梳好，还是乱七八糟地竖着——她先是双手合掌瞧瞧他父亲，接着向格里高尔走了两步，随即倒在地上，裙子摊了开来，脸垂到胸前，完全看不见了。他父亲握紧拳头，一副恶狠狠的样子，仿佛要把格里高尔打回到房间里去，接着他又犹豫不定地向起居室扫了一眼，然后把双手遮住眼睛，哭泣起来，连他那宽阔的胸膛都在起伏不定。

格里高尔没有接着往起居室走去，却靠在那半扇关紧的门的后面，所以他只有半个身子露在外面，还侧着探在外面的头去看别人。这时候天更亮了，可以清清楚楚地看到街对面一幢长得没有尽头的深灰色的建筑——这是一所医院——上面惹眼地开着一排排呆板的窗子；雨还在下，不过已成为一滴滴看得清的大颗粒了。大大小小的早餐盆碟摆了一桌子，对于格里高尔的父亲，早餐是一天里最重要的一顿饭，他一边看各式各样的报纸，一边吃，要吃上好几个钟点。在格里高尔正对面的墙上挂着一幅他服兵役时的照片，当时他是中尉，他的手按在剑上，脸上挂着无忧无虑的笑容，分明要人家尊敬他的军人风度和制服。前厅的门开着，大门也开着，可以一直看到住宅前的院子和最下面的几级楼梯。

"好吧，"格里高尔说，他完全明白自己是唯一多少保持着镇静的人，"我立刻穿上衣服，等包好样品就动身。您是否还容许我去呢？您瞧，先生，我并不是冥顽不化的人，我很愿意工作；出差是很辛苦的，但我不出差就活不下去。您上哪儿去，先生？去办公室？是吗？我这些情形您能如实地反映上去吗？人总有暂时不能胜任工作的时候，不过这时正需要想起他过去的成绩，而且还要想到以后他又恢复了工作能力的时候，他一定会干得更勤恳更用心。我一心想忠诚地为老板做事，这您也很清楚。何况，我还要供养我的父母和妹妹。我现在景况十分困难，不过我会重新挣脱出来的。请您千万不要火上加油。在公司里请一定帮我说几句好话。旅行推销员在公司里不讨人喜欢，这我知道。大家以为他们赚的是大钱，过的是逍遥自在的日子。这种成见也犯不着特地去纠正。可是您呢，先生，比公司里所有的人看得都全面，是的，让我私下里告诉你，您比老板本人还全面，他是东家，当然可以凭自己的好恶随便不喜欢哪个职员。您知道得最清楚,旅行推销员几乎长年不在办公室,他们自然很容易成为闲话、怪罪和飞短流长的目标,可他自己却几乎完全不知道,所以防不胜防。直待他精疲力竭地转完一个圈子回到家里,这才亲身体验到连原因都无法找寻的恶果落到了自己的身上。先生,先生,您不能不说我一句好话就走啊,请表明您觉得我至少还有几分是对的呀!"

可是格里高尔才说头几个字,秘书主任就已经在踉跄倒退,只是张着嘴唇,侧过颤抖的肩膀直勾勾地瞪着他。格里高尔说话时,他片刻也没有站定,却偷偷地向门口踅去,眼睛始终盯紧了格里高尔,只是每次只移动一寸,仿佛存在某项不准离开房间的禁令一般。好不容易退入了前厅,他最后一步跨出起居室时动作好猛,真像是他的脚跟刚给火烧着了。他一到前厅就伸出右手向楼梯跑去,好似那边有什么神秘的救星在等待他。

格里高尔明白,如果要保住他在公司里的职位,不想砸掉饭碗,那就决不能让秘书主任抱着这样的心情回去。他的父母对这一点还不太了然;多年以来,他们已经深信格里高尔在这家公司里要待上一辈子的,再说,他们的心思已经完全放在当前的不幸事件上,根本无法考虑将来的事。可是格里高尔却考虑到了。一定得留住秘书主任,安慰他,劝告他,最后还要说服他;格里高尔和他一家人的前途全系在这上面呢!要是妹妹在场就好了!她很聪明;当格里高尔还安静地仰在床上的时候她就已经哭了。总是那么偏袒女性的秘书主任一定会乖乖地听她的话;她会关上大门,在前厅里把他说得不再惧怕。可是她偏偏不在,格里高尔只得自己来应付当前的局面。他没有想到自己的身体究竟有什么活动能力,也没有想一想他的话人家仍旧很可能听不懂,而且简直根本听不懂,就放开了那扇门,挤过门口,迈步向秘书主任走去,而后者正可笑地用两只手抱住楼梯的栏杆;格里高尔刚要摸索可以支撑的东西,忽然轻轻喊了一声,身子趴了下来,他那许多只腿着了地。还没等全部落地,他的身子已经获得了安稳的感觉,从早晨以来,这还是第一次;他脚底下现在是结结实实的地板了;他高兴地注意到,他的腿完全听从指挥;它们甚至努力地把他朝他心里所想的任何方向带去;他简直要相信,他所有的痛苦总解脱的时候终于快来了。可是就在这一刹那间,当他摇摇摆摆一心想动弹的时候,离他不远,事实上就躺在他前面地板上的母亲,本来似乎已经完全瘫痪,这时却霍地跳了起来,伸直两臂,张开了所有的手指,喊道:"救命啊,老天爷,救命啊!"一面又低下头来,仿佛想把格里高尔看得更清楚些,同时又偏偏身不由己地一直往后退,根本没顾到她后面有张摆满了食物的桌子;她撞上桌子,又糊里糊涂慌慌地坐了上去,似乎全然没有注意她旁边那把大咖啡壶已经打翻,咖啡也汩汩地流到了地毯上。

"妈妈,妈妈。"格里高尔低声地说道,抬起头来看着她。这时他已经完全把秘书主任撇在脑后；他的嘴却忍不住咂巴起来，因为他看到了淌出来的咖啡。这使他母亲再一次尖叫起来。她从桌子旁边逃开，倒在急忙来扶她的父亲的怀抱里。可是格里高尔现在顾不得他的父母；秘书主任已经在走下楼梯了，他的下巴探在栏杆上扭过头来最后回顾了一眼。格里高尔急走几步，想尽可能追上他；可是秘书主任一定是看出了他的意图，因为他往下蹦了几级，随即消失了；可是还在不断地叫喊"噢！"回声传遍了整个楼梯。

　　不幸得很，秘书主任的逃走仿佛使一直比较镇定的父亲也慌乱万分，因为他非但自己不去追赶那人，反而阻拦格里高尔去追逐，他右手操起秘书主任连同帽子和大衣一起留在一张椅子上的手杖，左手从桌子上抓起一张大报纸，一面顿脚，一面挥动手杖和报纸，要把格里高尔赶回到房间里去。格里高尔的恳求全然无效，事实上别人根本不理解；不管他怎样谦恭地低下头去，他父亲反而把脚顿得更响。另一边，他母亲不顾天气寒冷，打了一扇窗子，双手掩住脸，尽量把身子往外探。一阵劲风从街上刮到楼梯，窗帘掀了起来，桌上的报纸吹得啪嗒啪嗒乱响，有几张吹落在地板上。格里高尔的父亲无情地把他往后赶，一面嘘嘘叫着，简直像个野人。可是格里高尔还不熟悉怎么往后退，所以走得很慢。如果有机会掉过头，他能很快回进房间的，但是他怕转身的迟缓会使他父亲更加生气，他父亲手中的手杖随时会照准他的背上或头上给以狠狠的一击的。到后来，他竟不知怎么办才好，因为他绝望地注意到，倒退着走连方向都掌握不了；因此，他一面始终不安地侧过头瞅着父亲，一面开始掉转身子，他想尽量快些，事实上却非常迟缓。也许父亲发觉了他的良好意图，因此并不干涉他，只是在他挪动时远远地用手杖尖拨拨他。只要父亲不再发出那种无法忍受的嘘嘘声就好了。这简直要使格里高尔发狂。他已经完全转过去了，只是因为给嘘声弄得心烦意乱，甚至转得过了头。最后他总算对准了门口，可是他的身体又偏巧宽得过不去。但是在目前精神状态下的父亲，当然不会想到去打开另外半扇门好让格里高尔得以通过。他父亲脑子里只有一件事，尽快把格里高尔赶回房间。让格里高尔直立起来，侧身进入房间，就要作许多麻烦的准备，父亲是绝不会答应的。他现在发出的声音更加响亮，他拼命催促格里高尔往前走，好像他前面没有什么障碍似的；格里高尔听来他后面响着的声音不再像是父亲一个人的了；现在更不是闹着玩的了，所以格里高尔不顾一切狠命向门口挤去。他身子的一边拱了起来，倾斜地卡在门口，腰部挤伤了，在洁白的门上留下了可憎的斑点，不一会儿他就给夹住了，不管怎么挣扎，还是丝毫动弹不得，他一边的腿在空中颤抖地舞动，另一边的腿却在地上给压得十分疼痛。这时，他父亲从后面使劲地推了他一把，实际上这倒是支援，使他一直跌进了房间中央，汩汩地流着血。在他后面，门砰的一声用手杖关上了，屋子里终于回复了寂静。

二

　　直到薄暮时分格里高尔才从沉睡中苏醒过来,这与其说是沉睡还不如说是昏厥。其实再过一会儿他自己也会醒的,因为他觉得睡得很长久,已经睡够了,可是他仍觉得仿佛有一阵疾走的脚步声和轻轻关上通向前厅房门的声音惊醒了他。街上的电灯,在天花板和家具的上半部投下一重淡淡的光晕,可是在低处他躺着的地方,却是一片漆黑。他缓慢而笨拙地试了试他的触觉,只是到了这时,他才初次学会运用这个器官,接着便向门口爬去,想知道那儿发生了什么事。他觉得有一条长长的、绷得紧紧的不舒服的伤疤,他的两排腿事实上只能瘸着走了。而且有一条细小的腿在早晨的事件里受了重伤,现在是毫无用处地曳在身后——仅仅坏了一条腿,这倒真是个奇迹。

　　他来到门边,这才发现把他吸引过来的事实上是什么:食物的香味。因为那儿放了一只盆子,盛满了甜牛奶,上面还浮着切碎的白面包。他险些儿要高兴得笑出声来,因为他现在比早晨更加饿了,他立刻把头浸到牛奶里去,几乎把眼睛也浸没了。可是很快他又失望地缩了回来;他发现不仅吃东西很困难,因为柔软的左侧受了伤——他要全身抽搐地配合着才能把食物吃到口中——而且他也不喜欢牛奶了,虽然牛奶一直是他喜爱的饮料,他妹妹准是因此才给他准备的;事实上,他几乎是怀着厌恶的心情把头从盆子边上扭开,爬回到房间中央去的。

　　他从门缝里看到起居室的煤气灯已经点亮了,在平日,到这时候,他父亲总要大声地把晚报读给母亲听,有时也读给妹妹听,可是现在却没有丝毫声息。也许是父亲新近抛弃大声读报的习惯了吧,他妹妹在谈话和写信中经常提到这件事。可是到处都那么寂静,虽然家里显然不是没有人。"我们这一家日子过得多么平静啊。"格里高尔自言自语道,他一动不动地瞪视着黑暗,心里感到很自豪,因为他能够让他的父母和妹妹在这样一套挺好的房间里过着蛮不错的日子。可是如果这一切的平静、舒适与满足都要恐怖地告一结束,那可怎么办呢?为了使自己不致陷入这样的思想,格里高尔活动起来了,他在房间里不断地爬来爬去。

　　在这个漫长的夜晚,有一次一边的门打开了一道缝,但马上又关上了,后来另一边的门上也发生了这样的事;显然是有人打算进来但是又犹豫不决。格里高尔现在紧紧地伏在起居室的门边,打算劝那个踌躇的人进来,至少也想知道那人是谁;可是门再也没有开过,他白白地等待着。清晨那会儿,门锁着,他们全都想进来;可是如今他打开了一扇门,另一扇门显然白天也是开着的,却又谁都不进来了,而且连钥匙都插到外面去了。

　　一直到深夜,起居室的煤气灯才熄灭,格里高尔很容易就推想到,他的父母和妹妹久久清醒地坐在那儿,因为他清晰地听见他们蹑手蹑脚走开的声音。没有人会来看他了，至少天亮以前是不会了，这是肯定的，因此他有充裕的时间从容不迫地考虑他该怎样重新安排生活。可是他匍匐在地板上的这间高大空旷的房间使他充满了一种不可言喻的恐惧，虽然这就是他自己住了五年的房间——他自己还不大清楚是怎么回事，就已经毫不害臊地急急钻到沙发底下去了，他马上就感到这儿非常舒服，虽然他的背稍有点被压住，他的头也抬不起来。他唯一感到遗憾的是身子太宽，不能整个藏进沙发底下。

他在那里待了整整一夜，一部分的时间消磨在假寐上，腹中的饥饿时时刻刻使他惊醒，而另一部分时间里，他一直浸沉在担忧和渺茫的希望中，但他想来想去，总是只有一个结论：那就是目前他必须静静地躺着，用忍耐和极度的体谅来协助家庭克服他在目前的情况下必然会给他们造成的不方便。

拂晓时分，其实还简直是夜里，格里高尔就有机会考验他的新决心是否坚定了，因为他的妹妹衣服还没有完全穿好就打开了通往客厅的门，表情紧张地向里面张望。她没有立刻看见他，可是一等她看到他躲在沙发底下——说到究竟，他总得待在什么地方，他又不能飞走，是不是？——她大吃一惊，不由自主就把门砰地重新关上。可是仿佛是后悔自己方才的举动似的，她马上又打开了门，踮起脚尖走了进来，似乎她来看望的是一个重病人，甚至是陌生人。格里高尔把头探出沙发的边缘看着她。她会不会注意到他并非因为不饿而留着牛奶没喝，她会不会拿别的更合他的口味的东西来呢？除非她自动注意到这一层，他情愿挨饿也不愿唤起她的注意，虽然他有一股强烈的愿望，想从沙发底下冲出来，伏在她脚下，求她拿点食物来。可是妹妹马上就注意到了，她很惊讶，发现除了泼了些出来以外，盆子还是满满的，她立即把盆子端了起来，虽然不是直接用手，而是用手里拿着的布，她把盆子端走了。格里高尔好奇得要命，想知道她会换些什么来，而且还作了种种猜测。然而心地善良的妹妹实际上所做的却是他怎么也想象不到的。为了弄清楚他的嗜好，她给他带来了许多种食物，全都放在一张旧报纸上。这里有不新鲜的一半腐烂的蔬菜，有昨天晚饭剩下来的肉骨头，上面还蒙着已经变稠硬结的白酱油；还有些葡萄干和杏仁；一块两天前格里高尔准会说吃不得的乳酪；一块陈面包，一块抹了黄油的面包，一块洒了盐的黄油面包。除了这一切，她又放下了那只盆子，往里倒了些清水，这盆子显然算是他专用的了。她考虑得非常周到，生怕格里高尔不愿当她的面吃东西，所以马上就退了出去，甚至还锁上了门，让他明白他可以安心地随意进食。格里高尔所有的腿都嗖地向食物奔过去。而他的伤口也准是已经完全愈合了，因为他并没有感到不方便，这使他颇为吃惊，也令他回忆起，一个月以前，他用刀稍稍割伤了一只手指，直到前天还觉得疼痛。"难道现在我感觉迟钝些了？"他想，紧接着便对着乳酪狼吞虎咽起来，在所有的食物里，这一种立刻强烈地吸引了他。他眼中含着满意的泪水,逐一地把乳酪、蔬菜和酱油都吃掉;可是新鲜的食物却一点也不给他以好感,他甚至都忍受不了那种气味,事实上他是把可吃的东西都叼到远一点的地方去吃的。他吃饱了,正懒洋洋地躺在原处,这时他妹妹慢慢地转动钥匙,仿佛是给他一个暗示,让他退走。他立刻惊醒了过来,虽然他差不多睡着了,就急急地重新钻到沙发底下去。可是藏在沙发底下需要相当的自我克制力量,即使只是妹妹在房间里这短短的片刻,因为这顿饱餐使他的身子有些膨胀,他只觉得地方狭仄,连呼吸也很困难。他因为透不过气,眼珠也略略鼓了起来,他望着没有察觉任何情况的妹妹在用扫帚扫去不光是他吃剩的食物,甚至也包括他根本没碰的那些,仿佛这些东西现在根本没人要了,扫完后又急匆匆地全都倒进了一只桶里,把木盖盖上就提走了。她刚扭过身去,格里高尔就打沙发底下爬出来舒展身子,呼哧呼哧喘了几口气。

格里高尔就是这样由他妹妹喂养着,一次在清晨他父母和使女还睡着的时候,另一次是在他们吃过午饭,他父母睡午觉而妹妹把使女打发出去随便干点杂事的时候。他们当然不会存心叫他挨饿,不过也许是他们除了听妹妹说一声以外对于他吃东西的情形根本不忍心知道吧,也许是他妹妹也想让他们尽量少操心吧,因为眼下他们心里已经够烦的了。

至于第一天上午大夫和锁匠是用什么借口打发走的,格里高尔就永远不得而知了,因为他说的话人家既然听不懂,他们——甚至连妹妹在内——就不会想到他能听懂大家的话,所以每逢妹妹来到他的房间里,他听到她不时发出的几声叹息,和向圣者作的喁喁祈祷,也就满足了。后来,她对这种情形略微有点习惯了——当然,完全习惯是绝对不可能的——这时,她间或也会让格里高尔听到这样好心的或者可以作这样理解的话。"嗯,他喜欢今天的饭食。"要是格里高尔把东西吃得一干二净,她会这样说。但是近来下面的情形越来越多了,她总是有点忧郁地说:"又是什么都没有吃。"

虽然格里高尔无法直接得到任何消息,他却从隔壁房间里偷听到一些,只要听到一点点声音,他就急忙跑到那个房间的门后,把整个身子贴在门上。特别是在头几天,几乎没有什么谈话不牵涉到他,即使是悄悄话。整整两天,一到吃饭时候,全家人就商量该怎么办;就是不在吃饭时候,也老是谈这个题目,那阵子家里至少总有两个人,因为谁也不愿孤单单地留在家里,至于全都出去那更是不可想象的事。就在第一天,女仆——她对这件事到底知道几分还弄不太清楚——来到母亲跟前,跪下来哀求让她辞退工作,当她一刻钟之后离开时,居然眼泪盈眶感激不尽,仿佛得到了什么大恩典似的,而且谁也没有逼她,她就立下重誓,说这件事她一个字也永远不对外人说。

女仆一走,妹妹就得帮着母亲做饭了;其实这事也并不太麻烦,因为事实上大家都简直不吃什么。格里高尔常常听到家里一个人白费力气地劝另一个人多吃一些，可是回答总不外是："谢谢，我吃不下了。"或是诸如此类的话。现在似乎连酒也不喝了。他妹妹总是一次又一次地问父亲要不要喝啤酒，并且好心好意地说要亲自去买，她见父亲没有回答，便建议让看门的女人去买，免得父亲觉得过意不去，这时父亲断然地说一个"不"字，大家就再也不提这事了。

在头几天里，格里高尔的父亲便向母亲和妹妹解释了家庭的经济现状和远景。他常常从桌子旁边站起来，去取一些文件和账目，这都放在一只小小的保险箱里，这是五年前他的公司破产时保存下来的。他打开那把复杂的锁、窸窸窣窣地取出纸张又重新锁上的声音都听得清清楚楚。他父亲的叙述是格里高尔幽禁以来所听到的第一个愉快的消息。他本来还以为父亲的买卖什么也没有留下呢，至少父亲没有说过相反的话；当然，他也没有直接问过。那时，格里高尔唯一的愿望就是竭尽全力，让家里人尽快忘掉父亲事业崩溃使全家沦于绝望的那场大灾难。所以，他以不寻常的热情投入工作，很快就不再是个小办事员，而成为一个旅行推销员，赚钱的机会当然更多，他的成功马上就转化为亮晃晃圆滚滚的硬币，好让他当着惊诧而又快乐的一家人的面放在桌子上。那真是美好的时刻啊，这种时刻以后就没有再出现过，至少是再也没有那种光荣感了，虽然后来格里高尔挣的钱已经够维持一家的生活，事实上家庭也的确是他在负担。大家都习惯了，不论是家里人还是格里高尔，收钱的人固然很感激，给的人也很乐意，可是再也没有那种特殊的温暖感觉了。只有妹妹和他最亲近，他心里有个秘密的计划，想让她明年进音乐学院，她跟他不一般，爱好音乐，小提琴拉得很动人，进音乐学院费用当然不会小，这笔钱一定得另行设法筹措。他逗留在家的短暂期间，音乐学院这一话题在他和妹妹之间经常提起，不过总把它当作一个永远无法实现的美梦；只要听到关于这件事的天真议论，他的父母就感到沮丧；然而格里高尔已经痛下决心，准备在圣诞节之夜隆重地宣布这件事。

这就是他贴紧门站着倾听时涌进脑海的一些想法，这在目前当然都是毫无意义的空想了。有时他实在疲倦了，便不再倾听，而是懒懒地把头靠在门上，不过总是立即又得抬起来，因为他弄出的最轻微的声音隔壁都听得见，谈话也因此完全停顿下来。"他现在又在干什么呢？"片刻之后他父亲会这样问，而且显然把头转向了门，这以后，被打断的谈话才会逐渐恢复。

由于他父亲很久没有接触经济方面的事，他母亲也总是不能一下子就弄清楚，所以他父亲老是一遍又一遍地反复解释，使格里高尔了解得非常详细：他的家庭虽然破产，却有一笔投资保存了下来——款子当然很小——而且因为红利没有动用，钱数还有些增加。另外，格里高尔每个月给的家用——他自己只留下几个零用钱——没有完全花掉，所以到如今也积成了一笔小数目。格里高尔在门背后拼命点头，为这种他没料到的节约和谨慎而高兴。当然，本来他也可以用这些多余的款子把父亲欠老板的债再还掉些，使自己可以少替老板卖几天命，可是无疑还是父亲的做法更为妥当。

不过，如果光是靠利息维持家用，这笔钱还远远不够；这项款子可以使他们生活一年，至多两年，不能再多了。这笔钱根本就不能动用，要留着以备不时之需；日常的生活费用得另行设法。他父亲身体虽然还算健壮，但已经老了，他已有五年没做事，也很难期望他能有什么作为了；在他劳累的却从未成功过的一生里，他还是第一次过安逸的日子，在这五年里，他发胖了，连行动都不方便了。而格里高尔的老母亲患有气喘病，在家里走动都很困难，隔一天就得躺在打开的窗户边的沙发上喘得气都透不过来，又怎能叫她去挣钱养家呢？妹妹还只是个十七岁的孩子，她的生活直到现在为止还是一片欢乐，关心的只是怎样穿得漂亮些，睡个懒觉，在家务上帮帮忙，出去找些不太花钱的娱乐，此外最重要的就是拉小提琴，又怎能叫她去给自己挣面包呢？只要话题转到挣钱养家的问题，最初格里高尔总是放开了门，扑倒在门旁冰凉的皮沙发上，羞愧与焦虑得心中如焚。

他往往躺在沙发上，通夜不眠，一连好几个小时在皮面子上蹭来蹭去。他有时也集中全身力量，将扶手椅推到窗前，然后爬上窗台，身体靠着椅子，把头贴到玻璃窗上，他显然是企图回忆过去临窗眺望时所感到的那种自由。因为事实上，随着日子一天天过去，稍稍远一些的东西他就看不清了；从前，他常常诅咒街对面的医院，因为它老是逼近在他眼面前，可是如今他却看不见了，倘若他不知道自己住在虽然僻静，却完全是市区的夏洛蒂街，他真要以为自己的窗子外面是灰色的天空与灰色的土地浑然成为一体的荒漠世界了。他那细心的妹妹只看见扶手椅两回都靠在窗前，就明白了；此后她每次打扫房间总把椅子推回到窗前，甚至还让里面那层窗子开着。

如果他能开口说话，感激妹妹为他所做的一切，他也许还能多少忍受她的怜悯，可现在他却受不住。她工作中不太愉快的那些方面，她显然想尽量避免；日子一天天过去，她的确逐渐达到了目的，可是格里高尔也渐渐地越来越明白了。她走进房间的样子就使他痛苦。她一进房间就冲到窗前，连房门也顾不上关，虽然她往常总是小心翼翼不让旁人看到格里高尔的房间。她仿佛快要窒息了，用双手匆匆推开窗子，甚至在严寒中也要当风站着作深呼吸。她这种吵闹急促的步子一天总有两次使得格里高尔心神不定；在这整段时间里，他都得蹲在沙发底下，打着哆嗦。他很清楚，她和他待在一起时，若是不打开窗子也还能忍受，她是绝对不会如此打扰他的。

有一次，大概在格里高尔变形一个月以后，其实这时她已经没有理由见到他再吃惊了，她比平时进来得早了一些，发现他正在一动不动地向着窗外眺望，所以模样更像妖魔了。要是她光是不进来格里高尔倒也不会感到意外,因为既然他在窗口,她当然不能立刻开窗了,可是她不仅退出去,而且仿佛是大吃一惊似的跳了回去,并且还砰地关上了门;陌生人还以为他是故意等在那儿要扑过去咬她呢。格里高尔当然立刻就躲到了沙发底下,可是他一直等到中午她才重新进来,看上去比平时更显得惴惴不安。这使他明白,妹妹看见他依旧那么恶心,而且以后也势必一直如此。她看到他身体的一小部分露出在沙发底下而不逃走,该是作出了多大的努力呀。为了使她不致如此,有一天他花了四个小时的劳动,用背把一张被单拖到沙发上,铺得使它可以完全遮住自己的身体,这样,即使她弯下身子也不会看到他了。如果她认为被单放在那儿根本没有必要,她当然会把它拿走,因为格里高尔这样把自己遮住又蒙上自然不会舒服。可是她并没有拿走被单,当格里高尔小心翼翼地用头把被单拱起一些看她怎样对待新情况的时候,他甚至仿佛看到妹妹眼睛里闪出了一丝感激的光辉。

在最初的两个星期里,他的父母亲鼓不起勇气进他的房间,他常常听到他们对妹妹的行为表示感激,而以前他们是常常骂她的,说她是个不中用的女儿。可是现在呢,在妹妹替他收拾房间的时候,老两口往往在门外等着,她一出来就问她房间里的情形,格里高尔吃了什么,他这一次行为怎么样,是否有些好转的迹象。过了不多久,母亲想要来看他了,起先父亲和妹妹都用种种理由劝阻她,格里高尔留神地听着,暗暗也都同意。后来,他们不得不用强力拖住她了,而她却拼命嚷道:"让我进去瞧瞧格里高尔,他是我可怜的儿子!你们就不明白我非进去不可吗?"听到这里,格里高尔想也许还是让她进来的好,当然不是每天都来,每星期一次也就差不多了;她毕竟比妹妹更周到些,妹妹虽然勇敢,总还是个孩子,再说她之所以担当这件苦差事恐怕还是因为年轻稚气,少不更事罢了。

格里高尔想见见他母亲的愿望很快就实现了。在大白天,考虑到父母的脸面,他不愿趴在窗子上让人家看见,可是他在几平方米的地板上没什么好爬的,漫漫的长夜里他也不能始终安静地躺着不动,此外他很快就失去了对于食物的任何兴趣,因此,为了锻炼身体,他养成了在墙壁和天花板上纵横交错地爬来爬去的习惯。他特别喜欢倒挂在天花板上,这比躺在地板上强多了,呼吸起来也轻松多了,而且身体也可以轻轻地晃来晃去;倒悬的滋味使他乐而忘形,他忘乎所以地松了腿,直挺挺地掉在地板上。可是如今他对自己身体的控制能力比以前大有进步,所以即使摔得这么重,也没有受到损害。他的妹妹马上就注意到了格里高尔新发现的娱乐——他的脚总要在爬过的地方留下一种黏液——于是她想到应该让他有更多地方可以活动,得把碍路的家具搬出去,首先要搬的是五斗橱和写字台。可是一个人干不了;她不敢叫父亲来帮忙;家里的用人又只有一个十六岁的使女,女仆走后她虽说有勇气留下来,但是她求主人赐给她一个特殊的恩惠,让她把厨房门锁着,只有在人家特意叫她时才打开,所以她也是不能帮忙的;这样,除了趁父亲出去时求母亲帮忙之外,也没有别的法子可想了。老太太真的来了,一边还兴奋地叫喊着,可是这股劲头没等她来到格里高尔房门口就烟消云散了。格里高尔的妹妹当然先进房间,她来看看是否一切都很稳妥,然后再招呼母亲。格里高尔赶紧把被单拉低些,并且把它弄得皱折更多些,让人看了以为这是随随便便扔在沙发上的。这一回他也不打沙发底下往外张望了;他放弃了见到母亲的快乐,她终于来了,这就已经使他喜出望外了。"进来吧,他躲起来了。"妹妹说,显然是搀着母亲的手在领她进来。此后,格里高尔听到了两个荏弱的女人使劲把那口旧柜子从原来的地方拖出来的声音,他妹妹只管挑重活儿干,根本不听母亲叫她当心累坏身子的劝告。她们搬了很久。在拖了至少一刻钟之后,母亲提出相反的意见,说这口橱还是放在原处的好,因为首先它太重了,在父亲回来之前是绝对搬不走的;而这样立在房间的中央当然只会更加妨碍格里高尔的行动,况且把家具搬出去是否就合格里高尔的意,这可谁也说不上来。她甚至还觉得恰恰相反呢;她看到墙壁光秃秃,只觉得心里堵得慌,为什么格里高尔就没有同感呢,既然好久以来他就用惯了这些家具,一旦没有,当然会觉得很凄凉。最后她又压低了声音说——事实上自始至终她都几乎是用耳语在说话,她仿佛连声音都不想让格里高尔听到——他到底藏在哪儿她并不清楚——因为她相信他已经听不懂她的话了——"再说,我们搬走家具,岂不等于向他表示,我们放弃了他好转的希望,硬着心肠由他去了吗?我想还是让他房间保持原状的好,这样,等格里高尔回到我们中间,他就会发现一切如故,也就能更容易忘掉这期间发生的事了。"

听到了母亲这番话,格里高尔明白两个月不与人交谈以及单调的家庭生活,已经把他的头脑弄糊涂了,否则他就无法解释,为什么会把房间里的家具清出去看成一件严肃认真的事。难道他真的要把那么舒适的放满祖传家具的温暖的房间变成光秃秃的洞窟,好让自己不受阻碍地往四面八方乱爬,同时还要把做人的时候的回忆忘得干干净净作为代价吗?他的确已经濒于忘却一切,只是靠了好久没有听到的母亲的声音,才把他拉了回来。什么都不能从他房间里搬出去;一切都得保持原状;他不能丧失这些家具对他精神状态的良好影响;即使在他无意识地到处乱爬的时候家具的确挡住他的路,这也绝不是什么妨碍,而是大大的好事。

不幸的是,妹妹却有不同的看法;她已经惯于把自己看成是格里高尔事务的专家了,自然认为自己要比父母高明,这当然也有点道理,所以母亲的劝说只能使她决心不仅仅搬走柜子和书桌,这只是她的初步计划,而且还要搬走一切,只剩那张不可缺少的沙发。她作出这个决定当然不仅仅是出于孩子气的倔强和她近来自己也没料到的，花了艰苦代价而获得的自信心；她的确觉得格里高尔需要许多地方爬动，另一方面，他又根本用不着这些家具，这也是不言而喻的。另一个原因也可能是她这种年龄的少女的热烈气质，她们无论做什么事总要迷在里面，这个原因使得葛蕾特夸大哥哥环境的可怕，这样，她就能给他做更多的事了。对于一间由格里高尔一个人主宰的光有四堵空墙的房间，除了葛蕾特是不会有别人敢于进去的。

因此，她不因为母亲的一番话而动摇自己的决心，母亲在格里高尔的房间里越来越不舒服，所以也拿不稳主意，旋即不做声了，只是竭力帮她女儿把柜子推出去。如果不得已，格里高尔也可以不要柜子，可是写字台是非留下不可的。这两个女人哼哼着刚把柜子推出房间，格里高尔就从沙发底下探出头来，想看看该怎样尽可能温和妥善地干预一下。可是真倒霉，是他母亲先回进房间来的，她让葛蕾特独自在隔壁房间攥住柜子摇晃着往外拖，柜子当然是一动也不动。母亲没有看惯他的模样；为了怕她看了吓出病来，格里高尔马上退到沙发另一头去，可是还是使被单在前面晃动了一下。这就已经使她大吃一惊了。她愣住了，站了一会儿，这才往葛蕾特那儿跑去。

虽然格里高尔不断地安慰自己，说根本没有出什么大不了的事，只是挪动了几件家具，但他很快就不得不承认，这两个女人跑过来跑过去，她们的轻声叫喊以及家具在地板上的拖动，这一切给了他很大影响，仿佛动乱从四面八方同时袭来，尽管他拼命把头和腿都踡成一团贴紧在地板上，他也不得不承认他忍受不了多久了。她们在搬清他房间里的东西，把他所喜欢的一切都拿走；安放他的钢丝锯和各种工具的柜子已经给拖走了；她们这会儿正在把几乎陷进地板去的写字台抬起来，他在商学院念书时所有的作业就是在这张桌子上做的，更早的还有中学的作业，还有，对了，小学的作业——他再也顾不上体会这两个女人的良好动机了，他几乎已经忘了她们的存在，因为她们太累了，干活时连声音也发不出来，除了她们沉重的脚步声以外，旁的什么也听不见。

因此他冲出去了——两个女人在隔壁房间正靠着写字台略事休息——他换了四次方向，因为他真的不知道应该先拯救什么；接着，他看见了对面的那面墙，靠墙的东西已给搬得七零八落了，墙上那幅穿皮大衣的女士的像吸引了他，格里高尔急忙爬上去，紧紧地贴在镜面玻璃上，这地方倒挺不错，他那火热的肚子顿时觉得惬意多了。至少，这张完全藏在他身子底下的画是谁也不许搬走的。他把头转向起居室，以便两个女人重新进来的时候可以看到她们。

她们休息了没多久就已经往里走来了；葛蕾特用胳膊围住她母亲，简直是在抱着她。"那么，我们现在再搬什么呢？"葛蕾特说，向周围扫了一眼，她的眼睛遇上了格里高尔从墙上射来的眼光。大概因为母亲也在场的缘故，她保持住了镇静,她向母亲低下头去,免得母亲的眼睛抬起来,说道:"走吧,我们要不要再回起居室去待一会儿?"她的意图格里高尔非常清楚;她是想把母亲安置到安全的地方,然后再来把他从墙上赶下来。好吧,让她来试试看吧! 他抓紧了他的图片绝不退让。他还想对准葛蕾特的脸飞扑过去呢。

可是葛蕾特的话却已经使母亲感到不安了,她向旁边跨了一步,看到了印花墙纸上那一大团棕色的东西,她还没有真的理会到她看见的正是格里高尔,就用嘶哑的声音大叫起来:"啊,上帝,啊,上帝!"接着就双手一摊倒在沙发上,仿佛听天由命似的,一动也不动了。"唉,格里高尔!"他妹妹喊道,对他又是挥拳又是瞪眼。自从变形以来这还是她第一次直接对他说话。她跑到隔壁房间去拿什么香精来使母亲从昏厥中苏醒过来。格里高尔也想帮忙——要救那张图片以后还有时间——可是他已经紧紧地粘在玻璃上,不得不使点劲儿才让身子能够移动;接着他就跟在妹妹后面奔进房间,好像他像过去一样,真能给她什么帮助似的;可是他马上就发现,自己只能无可奈何地站在她后面;妹妹正在许许多多小瓶子堆里找来找去,等她回过身来一看到他,真的又吃了一惊;一只瓶子掉到地板上,打碎了;一块玻璃片划破了格里高尔的脸,不知什么腐蚀性的药水溅到了他身上;葛蕾特才愣住一小会儿,就马上抱起所有拿得了的瓶子跑到母亲那儿去了;她用脚砰地把门关上。格里高尔如今和母亲隔开了,她就是因为他,也许快要死了;他不敢开门,生怕吓跑了不得不留下来照顾母亲的妹妹;目前,除了等待,他没有别的事可做;他被自我谴责和忧虑折磨着,就在墙壁、家具和天花板上到处乱爬起来,最后,在绝望中,他觉得整个房间竟在他四周旋转,就掉了下来,跌落在大桌子的正中央。

过了一小会儿。格里高尔依旧软弱无力地躺着,周围寂静无声;这也许是个吉兆吧。接着门铃响了。使女当然是锁在她的厨房里的,只能由葛蕾特去开门。进来的是他的父亲。"出了什么事?"他一开口就问;准是葛蕾特的神色把一切都告诉他了。葛蕾特显然把头埋在父亲胸口上,因为她的回答听上去闷声闷气的:"妈妈刚才晕过去了,不过这会儿已经好点了。格里高尔逃了出来。""果然不出我的所料,"他父亲说,"我不是告诉过你们吗,可是你们这些女人根本不听。"格里高尔清楚地感觉到他父亲把葛蕾特过于简单的解释想到最坏的方面去了,他大概以为格里高尔做了什么凶狠的事呢。格里高尔现在必须设法使父亲息怒,因为他既来不及也无法替自己解释。因此他赶忙爬到自己房间的门口,蹲在门前,好让父亲从客厅里一进来便可以看见自己的儿子乖得很,一心想立即回自己房间,根本不需要赶,要是门开着,他马上就会进去的。

可是父亲目前的情绪完全无法体会他那细腻的感情。"啊!"他一露面就喊道,声音里既有狂怒,同时又包含了喜悦。格里高尔把头从门上缩回来,抬起来瞧他的父亲。啊,这简直不是他想象中的父亲了;显然,最近他太热衷于爬天花板这一新的消遣,对家里别的房间里的情形就不像以前那样感兴趣了,他真应该预料到某些新的变化才行。不过,不过,这难道真是他父亲吗? 从前,每逢格里高尔动身出差,他父亲总是疲惫不堪地躺在床上;格里高尔回来过夜总看见他穿着睡衣靠在一张长椅子里,他连站都站不起来,把手举一举就算是欢迎。一年里有那么一两个星期天,还得是盛大的节日,他也偶尔和家里人一起出去,总是走在格里高尔和母亲的当中,他们走得已经够慢的了,可是他还要慢,他裹在那件旧大衣里,靠了那把弯柄的手杖的帮助艰难地向前移动,每走一步都先要把手杖小心翼翼地支好,逢到他想说句话,往往要停下脚步,让卫护的人靠拢来。难道那个人就是他吗? 现在他身子笔直地站着,穿一件有金色纽扣的漂亮的蓝制服,这通常是银行的杂役穿的;他那厚实的双下巴鼓出在上衣坚硬的高领子外面;从他浓密的睫毛下面,那双黑眼睛射出了神气十足咄咄逼人的光芒;他那头本来乱蓬蓬的头发如今从当中整整齐齐一丝不苟地分了开来,两边都梳得又光又平。他把那顶绣有金字——肯定是哪家银行的标记——的帽子远远地往房间那头的沙发上一扔,把大衣的下摆往后一甩,双手插在裤袋里,板着严峻的脸朝格里高尔冲来。他大概自己也不清楚要干什么;但是他却把脚举得老高,格里高尔一看到他那大得惊人的鞋后跟简直吓呆了。不过格里高尔不敢冒险听任父亲摆弄,他知道从自己新生活的第一天起,父亲就是主张对他采取严厉措施的。因此他就在父亲的前头跑了起来,父亲停住他也停住,父亲稍稍一动他又急急地奔跑。就这样,他们绕着房间转了好几圈,并没有真出什么事;事实上这简直都不太像是追逐,因为他们都走得很慢。所以格里高尔也没有离开地板,生怕父亲把他的爬墙和上天花板看成是一种特别恶劣的行为。可是,即使就这样跑他也支持不了多久,因为他父亲迈一步,他就得动好多下。他已经感到气喘不过来了,他从前做人的时候肺也不太强。他跌跌撞撞地向前冲,因为要把精力全部集中在奔走上,连眼睛都几乎不睁开来;在昏乱的状态中,除了向前冲以外,他根本没有想到还有别的出路;他几乎忘记自己是可以随便上墙的,而且在这个房间里,靠墙放着精雕细镂的家具,凸出来和凹进去的地方多的是——正在这时,突然有一样扔得不太有力的东西飞了过来,落在他紧后面,又滚到他前面去。这是一只苹果;紧接着第二只苹果又扔了过来;格里高尔惊慌地站住了;再跑也没有用了,因为他父亲决心要轰炸他了。他把碗橱上盘子里的水果装满了衣袋,也没有好好地瞄准,只是把苹果一只接一只地扔出来。这些小小的红苹果,地板上滚来滚去,仿佛有吸引力似的,都在互相碰撞。一只扔得不太用力的苹果轻轻擦过格里高尔的背,没有带给他什么损害就飞走了。可是紧跟着马上飞来了另一只,正好打中了他的背并且还陷了进去;格里高尔挣扎着往前爬,仿佛能把这种可惊的莫名其妙的痛苦留在身后似的；可是他觉得自己好像被钉住在原处，就六神无主地瘫倒在地上。在清醒的最后一刹那，他瞥见他的房门猛然打开，母亲抢在尖叫着的妹妹前头跑了过来，身上只穿着内衣，她女儿为了让她呼吸舒畅好缓过气来，已经把她衣服都解开了，格里高尔看见母亲向父亲扑过去，解松了的裙子一条接着一条都掉在地板上，她绊着裙子径直向父亲奔去，抱住他，紧紧地搂住他，双手围在父亲的脖子上，求他别伤害儿子的生命——可是这时，格里高尔的眼光已经逐渐暗淡了。

三

格里高尔所受的重创使他有一个月不能行动——那只苹果还一直留在他身上，没人敢去取下来，仿佛这是一个公开的纪念品似的——他的受伤好像使父亲也想起了他是家庭的一员，尽管他现在很不幸，外形使人看了恶心，但是也不应把他看成是敌人，相反，家庭的责任正需要大家把厌恶的心情压下去，而用耐心来对待，只能是耐心，别的都无济于事。

虽然他的创伤损害了，而且也许是永久地损害了他行动的能力，目前，他从房间的一端爬到另一端也得花好多好多分钟，活像个老弱的病人——说到上墙在目前更是谈也不用谈——可是，在他自己看来，他的受伤还是得到了足够的补偿，因为每到晚上——他早在一两个小时以前就一心一意等待着这个时刻了，起居室的门总是大大地打开，这样他就可以躺在自己房间的暗处，家里人看不见他，他却可以看到三个人坐在点上灯的桌子旁边，可以听到他们的谈话，这大概是他们全都同意的。比起早先的偷听，这可要强多了。

的确，他们的关系中缺少了先前那种活跃的气氛。过去，当他投宿在客栈狭小的寝室里，疲惫不堪，要往潮滋滋的床铺上倒下去的时候，他总是以一种渴望的心情怀念这种气氛的。他们现在往往很沉默。晚饭吃完不久，父亲就在扶手椅里打起瞌睡来；母亲和妹妹就互相提醒谁都别说话；母亲把头低低地俯在灯下，在给一家时装店做精细的针线活；他妹妹已经当了售货员，为了将来找更好的工作，在利用晚上的时间学习速记和法文。有时父亲醒了过来，仿佛根本不知道自己已经睡了一觉，还对母亲说："你今天干了这么多针线活呀！"话才说完又睡着了，于是娘儿俩又交换一下疲倦的笑容。

父亲脾气真执拗，连在家里也一定要穿上那件制服，他的睡衣一无用处地挂在钩子上，他穿得整整齐齐，坐着坐着就睡着了，好像随时要去应差，即使在家里也要对上司唯命是从似的。这样下来，虽则有母亲和妹妹的悉心保护，他那件本来就不是簇新的制服已经开始显得脏了，格里高尔常常整夜整夜地望着纽扣老是擦得金光闪闪的外套上的一摊摊油迹，老人就穿着这件外套极不舒服却又是极安宁地坐在那里沉入了睡乡。

一等钟敲十下，母亲就设法用婉言款语把父亲唤醒，劝他上床去睡，因为坐着睡休息不好，可他最需要的就是休息，因为他六点钟就得去上班。可是自从他在银行里当了杂役以来，不知怎的得了犟脾气，他总想在桌子旁边再坐上一会儿，可是又总是重新睡着，到后来得花九牛二虎之力才能把他从扶手椅弄到床上去。不管格里高尔的母亲和妹妹怎样不断用温和的话一个劲儿地催促他，他总要闭着眼睛，慢慢地摇头，摇上一刻钟，就是不肯站起来。母亲拉着他的袖管，对着他的耳朵轻声说些甜蜜的话，他妹妹也扔下了功课跑来帮助母亲。可是格里高尔的父亲还是不上钩。他一味往椅子深处退去。直到两个女人抓住他的胳肢窝把他拉了起来，他才睁开眼睛，看看这个，又看看那个，而且总要说："我过的是什么日子呀，这就算是我安宁、平静的晚年了吗？"于是就由两个人搀扶着挣扎站起来，好不费力，仿佛自己对自己都是一个沉重的负担，还要她们一直扶到门口，这才挥挥手叫她们回去，独自往前走，可是母亲还是放下了针线活，妹妹也放下笔，追上去再搀他一把。

在这个操劳过度疲倦不堪的家庭里，除了做绝对必须的事情以外，谁还有时间替格里高尔操心呢？家计日益窘迫，使女也给辞退了，一个蓬着满头白发高大瘦削的老妈子一早一晚来替他们做些粗活，其他的一切家务事就落在格里高尔母亲的身上。此外，她还得做一大堆一大堆的针线活。连母亲和妹妹以往每逢参加晚会和喜庆日子总要骄傲地戴上的那些首饰，也不得不变卖了，一天晚上，家里人都在讨论卖得的价钱，格里高尔才发现了这件事。可是最使他们悲哀的就是没法从与目前的景况不相称的住所里迁出去，因为他们想不出有什么法子搬动格里高尔。可是格里高尔很明白，对他的考虑并不是妨碍搬家的主要原因，因为他们满可以把他装在一只大小合适的盒子里，只要留几个通气的孔眼就行了；他们彻底绝望了，还相信他们是注定了要交上这种所有亲友都没交过的厄运，这才是使他们没有迁往他处的真正原因。世界上要求穷人的一切，他们都已尽力做了：父亲在银行里给小职员买早点，母亲把自己的精力耗费在替陌生人缝内衣上，妹妹听顾客的命令在柜台后面急急地跑来跑去，超过这个界限就是他们力所不及的了。把父亲送上了床，母亲和妹妹就重新回进房间，她们总是放下手头的工作，靠得紧紧地坐着，脸挨着脸，接着母亲指指格里高尔的房门说："把这扇门关上吧，葛蕾特。"于是他重新被关入黑暗中，而隔壁的两个女人就涕泗交流起来，或是眼眶干枯地瞪着桌子；逢到这样的时候，格里高尔背上的创伤总要又一次地使他感到疼痛难忍。

不管是夜晚还是白天，格里高尔都几乎不睡觉。有一个想法老是折磨着他：下一次门再打开时他就要像过去那样重新挑起一家的担子了；隔了这么久以后，他脑子里重又出现了老板、秘书主任、那些旅行推销员和练习生的影子,他仿佛还看见了那个奇蠢无比的听差、两三个在别的公司里做事的朋友,一个乡村客栈里的侍女,这是个一闪即逝的甜蜜的回忆;还有一个女帽店里的出纳,格里高尔殷勤地向她求过爱,但是让人家捷足先登了——他们都出现了,另外还有些陌生的或他几乎已经忘却的人,但是他们非但不帮他和他家庭的忙,却一个个都那么冷冰冰,格里高尔看到他们从眼前消失,心里只有感到高兴。另外,有的时候,他没有心思为家庭担忧,却因为家人那样忽视自己而积了一肚子的火,他自己也弄不清楚到底爱吃什么,却打算闯进食物储藏室去把本该属于他份内的食物叼走。他妹妹再也不考虑拿什么他可能最爱吃的东西来喂他了,只是在早晨和中午上班以前匆匆忙忙地用脚把食物推进来,手头有什么就给他吃什么,到了晚上只是用扫帚一下子再把东西扫出去,也不管他是尝了几口呢,还是——这是最经常的情况——连动也没有动。她现在总是在晚上给他打扫房间,她的打扫不能再草率了。墙上尽是一缕缕灰尘,到处都是成团的尘土和脏东西。起初格里高尔在妹妹要来的时候总待在特别肮脏的角落里,他的用意也算是以此责难她。可是即使他再蹲上几个星期也无法使她有所改进;她跟他一样完全看得见这些尘土,可就是决心不管。不但如此,她新近脾气还特别暴躁,这也不知怎的传染给了全家人,这种脾气使她认定自己是格里高尔房间唯一的管理人。他的母亲有一回把他的房间彻底扫除了一番,其实不过是用了几桶水罢了——房间的潮湿当然使得格里高尔大为狼狈,他摊开身子阴郁地一动不动地躺在沙发上——可是母亲为这事也受了罪。那天晚上,妹妹刚察觉到他房间所发生的变化,就怒不可遏地冲进起居室,而且不顾母亲举起双手苦苦哀求,竟嚎啕大哭起来,她的父母——父亲当然早就从椅子里惊醒站立起来了——最初只是无可奈何地愕然看着,接着也卷了进来;父亲先是责怪右边的母亲,说打扫格里高尔的房间本来是女儿的事,她真是多管闲事;接着又尖声地对左边的女儿嚷叫,说以后再也不让她去打扫格里高尔的房间了;而母亲呢,却想把父亲拖到卧室里去,因为他已经激动得不能控制自己了;妹妹哭得浑身发抖,只管用她那小拳头擂打桌子;格里高尔也气得发出很响的嘶嘶声,因为没有人想起关上门,省得他看到这一场好戏,听到这么些吵闹。

可是,即使妹妹因为一天工作下来疲惫不堪,已经懒得像先前那样去照顾格里高尔了,母亲也没有自己去管的必要,而格里高尔也根本不会给忽视,因为现在有那个老妈子了。这个老寡妇的结实精瘦的身体使她经受了漫长的一生中所有最最厉害的打击,她根本不怕格里高尔。她有一次完全不是因为好奇,而纯粹是偶然地打开了他的房门,看到了格里高尔,格里高尔吃了一惊,便四处奔跑起来,其实老妈子根本没有追他,只是叉着手站在那儿罢了。

从那时起，一早一晚，她总不忘记花上几分钟把他的房门打开一些来看看他。起先她还用自以为亲热的话招呼他，比如："来呀，嗨，你这只老屎蜣螂！"或者是："瞧这老屎蜣螂哪，赫！"对于这样的攀谈格里高尔置之不理，只是一动不动地待在原处，就当那扇门根本没有开。与其容许她兴致一来就这样无聊地滋扰自己，还不如命令她天天打扫他的房间呢，这粗老妈子！有一次，是在清晨——急骤的雨点敲打着窗玻璃，这大概是春天快来临的征兆吧——她又来啰唆了，格里高尔好不恼怒，就向她冲去，仿佛要咬她似的，虽然他的行动既缓慢又软弱无力。可是那个老妈子非但不害怕，反而把刚好放在门旁的一张椅子高高举起，她的嘴张得老大，显然是要等椅子往格里高尔的背上砸下去才会闭上。"你又不过来了吗？"看到格里高尔掉过头去，她一面问，一面镇静地把椅子放回墙角。

格里高尔现在简直不吃东西了。只有在他正好经过食物时才会咬上一口，作为消遣，每次都在嘴里嚼上一个小时，然后又重新吐掉。起初他还以为他不想吃是因为房间里凌乱不堪，使他心烦，可是他很快也就习惯了房间里的种种变化。家里人已经养成习惯，把别处放不下的东西都塞到这儿来，这些东西现在多得很，因为家里有一间房间租给了三个房客。这些一本正经的先生——他们三个全都蓄着大胡子，这是格里高尔有一次从门缝里看到的——什么都要井井有条，不光是他们的房间理得整齐，因为他们既然已经是这个家庭的一员了，他们就要求整个屋子所有的一切都得如此，特别是厨房。他们无法容忍多余的东西，更不要说脏东西了。此外，他们自己用得着的东西几乎都带来了。因此就有许多东西多了出来，卖出去既不值钱，扔掉也舍不得。这一切都千流归大海，来到了格里高尔的房间。同样，连煤灰箱和垃圾箱也来了。凡是暂时不用的东西都干脆给那老妈子扔了进来，她做什么事都那么毛手毛脚；幸亏格里高尔往往只看见一只手扔进来一样东西，也不管那是什么。她也许是想等到什么时机再把东西拿走吧，也许是想先堆起来再一起扔掉吧，可是实际上东西都是她扔在哪儿就在哪儿，除非格里高尔有时嫌碍路，把它推开一些，这样做最初是出于必须，因为他无处可爬了，可是后来却从中得到越来越多的乐趣，虽则在这样的长途跋涉之后，由于悒郁和极度疲劳，他总要一动不动地一连躺上好几个小时。

由于房客们常常要在家里公用的起居室里吃晚饭，有许多个夜晚房门都得关上，不过格里高尔很容易也就习惯了，因为晚上即使门开着他也根本不感兴趣，只是躺在自己房间最黑暗的地方，家里人谁也不注意他。不过有一次老妈子把门开了一道缝，门始终微开着，连房客们进来吃饭点亮了灯的时候也是如此。他们大模大样地坐在桌子的上首，在过去，这是父亲、母亲和格里高尔吃饭时坐的地方，三个人摊开餐巾，拿起了刀叉。立刻，母亲出现在对面的门口，手里端了一盘肉，紧跟着她的是妹妹，拿的是一盘堆得高高的土豆。食物散发着浓密的水蒸气。房客们把头俯在他们前面的盘子上,仿佛在就餐之前要细细察看一番似的,真的,坐在当中像是权威人士的那一位,等肉放到碟子里就割了一块下来,显然是想看看够不够嫩,是否应该退给厨房。他作出满意的样子,焦急地在一旁看着的母亲和妹妹这才舒畅地松了口气,笑了起来。

家里的人现在都到厨房去吃饭了。尽管如此,格里高尔的父亲到厨房去以前总要先到起居室来,手里拿着帽子,深深地鞠一躬,绕着桌子转上一圈。房客们都站起来,胡子里含含糊糊地哼出一些声音。父亲走后,他们就简直不发一声地吃他们的饭。格里高尔有个特殊的本事,他竟能从饭桌上各种不同的声音中分辨出他们牙齿的咀嚼声,这声音仿佛在向格里高尔示威:要吃东西就不能没有牙齿,即使是最坚强的牙床,只要没有牙齿,也算不了什么。"我饿坏了,"格里高尔悲哀地自言自语道,"可是又不能吃这种东西。这些房客拼命往自己肚子里塞,可是我却快要饿死了!"

就在这天晚上,厨房里传来了小提琴的声音——格里高尔蛰居以来,就不记得听到过这种声音。房客们已经用完晚餐了,坐在当中的那个拿出一份报纸,给另外那两个人一人一页,这时他们都舒舒服服往后一靠,一面看报一面抽烟。小提琴一响他们就竖起耳朵,站起身来,蹑手蹑脚地走到前厅的门口,三个人挤成一堆,厨房里准是听到了他们的动作声,因为格里高尔的父亲喊道:"拉小提琴妨碍你们吗,先生们? 可以马上不拉的。""没有的事,"当中那个房客说,"能不能请小姐到我们这儿来,在这个房间里拉,这儿不是方便得多舒服得多吗?""噢,当然可以。"格里高尔的父亲喊道,仿佛拉小提琴的是他似的。于是房客们就回进起居室去等了。很快,格里高尔的父亲端了琴架,母亲拿了乐谱,妹妹挟着小提琴进来了。妹妹静静地做着一切准备;他的父母从来没有出租过房间,因此过分看重了对房客的礼貌,都不敢在自己的椅子上坐下来了;父亲靠在门上,右手插在号衣两颗纽扣之间,纽扣全扣得整整齐齐的;有一位房客端了一把椅子请母亲坐,她也没敢挪动椅子,就在椅子角上坐了下来。

格里高尔的妹妹开始拉琴了;在她两边的父亲和母亲用心地瞧着她双手的动作。格里高尔受到吸引,也大胆地向前爬了几步,他的头实际上都已探进了起居室。他对自己越来越不为别人着想几乎已经习以为常了;有一度他是很以自己的知趣而自豪的。这样的时候他实在更应该把自己藏起来才是,因为他房间里灰尘积得老厚,稍稍一动就会飞扬起来,所以他身上也蒙满灰尘,背部和两侧都沾满了绒毛、发丝和食物的渣脚,走到哪里就带到哪里;他现在对一切都无动于衷,已经不屑于像过去有个时期那样,一天翻过身来在地毯上擦上几次了。尽管现在这么邋遢,他却老着脸皮地走前几步,来到起居室一尘不染的地板上。

显然,谁也没有注意到他。家里人完全沉浸在小提琴的音乐声中;房客们呢,他们起先双手插在口袋里,站得离乐谱那么近,以致都能看清乐谱了,这显然对他妹妹是有所妨碍的,可是过不了多久他们就退到窗子旁边,低着头窃窃私语起来,使父亲向他们投来不安的眼光。的确,他们表示得不能再露骨了,他们对于原以为是优美悦耳的小提琴演奏已经失望,他们已经听够了,只是出于礼貌才让自己的宁静受到打扰。从他们不断把烟从鼻子和嘴里喷向空中的模样,就可以看出他们的不耐烦。可是格里高尔的妹妹琴拉得真美。她的脸侧向一边,眼睛专注而悲哀地追循着乐谱上的音符。格里高尔又往前爬了几步,而且把头低垂到地板上,希望自己的眼光也许能遇上妹妹的视线。音乐对他有这么大的魔力,难道因为他是动物吗?他觉得自己一直渴望着某种营养,而现在他已经找到这种营养了。他决心再往前爬,一直来到妹妹的跟前,好拉拉她的裙子让她知道,她应该带了小提琴到他房间里去,因为这儿谁也不像他那样欣赏她的演奏。他永远也不让她离开他的房间,至少,只要他还活着;他那可怕的形状将第一次对自己有用;他要同时守望着房间里所有的门,谁闯进来就啐谁一口;他妹妹当然不受任何约束,她愿不愿和他待在一起那要随她的便;她将和他并排坐在沙发上,俯下头来听他吐露他早就下定的要送她进音乐学院的决心,要不是他遭到不幸,去年圣诞节——圣诞节准是早就过了吧?——他就要向所有人宣布了,而且他是完全不容许任何反对意见的。在听了这样的倾诉以后,妹妹一定会感动得热泪纵横,这时格里高尔就要爬上她的肩膀去吻她的脖子,由于出去做事,她脖子上现在已经不系丝带,也没有高领子。

"萨姆沙先生!"当中的那个房客向格里高尔的父亲喊道,一面不多说一句话地指着正在慢慢往前爬的格里高尔。小提琴声戛然而止,当中的那个房客先是摇着头对他的朋友笑了笑,接着又瞧起格里高尔来。父亲并没有来赶格里高尔,却认为更要紧的是安慰房客,虽然他们根本没有激动,而且显然觉得格里高尔比小提琴演奏更为有趣。他急忙向他们走去,张开胳膊,想劝他们回到自己房间去,同时也是挡住他们,不让他们看见格里高尔。他们现在倒真的有点儿恼火了,也说不上来到底是因为老人的行为呢还是因为他们如今才发现住在他们隔壁的竟是格里高尔这样的邻居。他们要求父亲解释清楚,也跟他一样挥动着胳膊,不安地拉着自己的胡子,万般不情愿地向自己的房间退去。格里高尔的妹妹从演奏给突然打断后就呆若木鸡,她拿了小提琴和弓垂着手不安地站着,眼睛瞪着乐谱,这时也清醒了过来。她立刻打起精神,把小提琴往坐在椅子上喘得透不过气来的母亲的怀里一塞,就冲进了房客们的房间,这时,父亲像赶羊似地把他们赶得更急了。可以看见被褥和枕头在她熟练的手底下在床上飞来飞去,不一会儿就铺得整整齐齐。三个房客尚未进门她就铺好了床溜出来了。

老人好像又一次让自己的犟脾气占了上风,竟完全忘了对房客应该尊敬。

他不断地赶他们，最后来到卧室门口，那个当中的房客都用脚重重地顿地板了，这才使他停下来。那个房客举起一只手，一边也对格里高尔的母亲和妹妹扫了一眼，他说："我要求宣布，由于这个住所和这家人家的可憎的状况，"——说到这里他斩钉截铁地往地板上啐了一口——"我当场通知退租。我住进来这些天的房钱当然一个也不给；不但如此，我还打算向你提出对你不利的控告，所依据的理由请你放心好了——也是证据确凿的。"他停了下来，瞪着前面，仿佛在等待什么似的。这时，他的两个朋友也就立刻冲上来助威，说道："我们也当场通知退租。"说完为首的那个就抓住把手砰的一声带上了门。

格里高尔的父亲用双手摸索着跟跟跄跄地往前走了几步，跌进了他的椅子；看上去仿佛打算摊开身子像平时晚间那样打个瞌睡，可是他的头分明在颤抖，好像自己也控制不了，这证明他根本没有睡着。在这些事情发生前后，格里高尔还是一直安静地待在房客发现他的原处。计划失败带来的失望，也许还有极度饥饿造成的衰弱，使他无法动弹。他很害怕，心里算准这样极度紧张的局势随时都会导致对他发起总攻击，于是他就躺在那儿等待着。就连听到小提琴从母亲膝上、从颤抖的手指里掉到地上，发出了共鸣的声音，他还是毫无反应。

"亲爱的爸爸、妈妈，"妹妹说话了，一面用手在桌子上拍了拍，算是引子，"事情不能再这样拖下去了。你们也许不明白，我可明白。对着这个怪物，我没法开口叫他哥哥，所以我的意思是：我们一定得把他弄走。我们照顾过他，对他也算是仁至义尽了，我想谁也不能责怪我们有半分不是了。"

"她说得对极了。"格里高尔的父亲自言自语地说。母亲仍旧因为喘不过气来憋得难受，这时候又一手捂着嘴干咳起来，眼睛里露出疯狂的神色。

他妹妹奔到母亲跟前，抱住了她的头。父亲的头脑似乎因为葛蕾特的话而茫然不知所从了；他直挺挺地坐着，手指抚弄着他那顶放在房客吃过饭还未撤下去的盆碟之间的制帽，还不时看看格里高尔一动不动的身影。

"我们一定要把他弄走，"妹妹又一次明确地对父亲说，因为母亲正咳得厉害，根本连一个字也听不见，"他会把你们拖垮的，我知道准会这样。咱们三个人都已经拼了命工作，再也受不了家里这样的折磨了。至少我是再也无法忍受了。"说到这里她痛哭起来，眼泪都落在母亲脸上，于是她又机械地替母亲把泪水擦干。

"我的孩子，"老人同情地说，心里显然非常明白，"不过我们该怎么办呢？"

格里高尔的妹妹只是耸耸肩膀，表示虽然她刚才很有自信心，可是哭过一场以后，又觉得无可奈何了。

"如果他能懂得我们的意思。"父亲半带疑问地说；还在哭泣的葛蕾特猛烈地挥了一下手，表示这是不可思议的。

"如果他能懂得我们的意思，"老人重复说，一面闭上眼睛，考虑女儿的反面意见，"我们倒也许可以和他谈妥。不过事实上——"

"他一定得走，"格里高尔的妹妹喊道，"这是唯一的办法，父亲。你们一定要抛开这个念头，认为这就是格里高尔。我们好久以来都这样相信，这就是我们一切不幸的根源。这怎么会是格里高尔呢？ 如果这是格里高尔，他早就会明白人是不能跟这样的动物一起生活的，他就会自动地走开。这样，我虽然没有了哥哥，可是我们就能生活下去，并且会尊敬地纪念着他。可现在呢，这个东西把我们害得好苦，赶走我们的房客，显然想独霸所有的房间，让我们都睡到沟壑里去。瞧呀，父亲，"她立刻又尖声叫起来，"他又来了！"在格里高尔所不能理解的惊慌失措中她竟抛弃了自己的母亲，事实上她还把母亲坐着的椅子往外推了推，仿佛是为了离格里高尔远些，她情愿牺牲母亲似的。接着她又跑到父亲背后，父亲被她的激动弄得不知如何是好，也站了起来张开手臂仿佛要保护她似的。

可是格里高尔根本没有想吓唬任何人，更不要说自己的妹妹了。他只不过是开始转身，好爬回自己的房间去，不过他的动作瞧着一定很可怕，因为在身体不灵活的情况下，他只有昂起头来一次又一次地支着地板，才能完成困难的向后转的动作。他的良好的意图似乎给看出来了；他们的惊慌只是暂时性的。现在他们都阴郁而默不作声地望着他。母亲躺在椅子里，两条腿僵僵地伸直着，并紧在一起，她的眼睛因为疲惫已经几乎全闭上了；父亲和妹妹彼此紧靠地坐着，妹妹的胳膊还围在父亲的脖子上。

也许我现在又有气力转过身去了吧，格里高尔想，又开始使劲起来。他不得不时时停下来喘口气。谁也没有催他；他们完全听任他自己活动。一等他调转了身子，他马上就径直爬回去。房间和他之间的距离使他惊讶不已，他不明白自己身体这么衰弱，刚才是怎么不知不觉就爬过来的。他一心一意地拼命快爬，几乎没有注意家里人连一句话或是一下喊声都没有发出，以免妨碍他的前进。只是在爬到门口时他才扭过头来，也没有完全扭过来，因为他颈部的肌肉越来越发僵了，可是也足以看到谁也没有动，只有妹妹站了起来。他最后的一瞥是落在母亲身上的，她已经完全睡着了。

还不等他完全进入房间，门就给仓促地推上，闩了起来，还上了锁。后面突如其来的响声使他大吃一惊，身子下面那些细小的腿都吓得发软了。这么急急忙忙的是他的妹妹。她早已站起身来等着，而且还轻快地往前跳了几步，格里高尔甚至都没有听见她走近的声音，她拧了拧钥匙把门锁上以后就对父母亲喊道："总算锁上了！"

"现在又该怎么办呢？"格里高尔自言自语地说，向四周围的黑暗扫了一眼。他很快就发现自己已经完全不能动弹了。这并没有使他吃惊，相反，他依靠这些又细又弱的腿爬了这么多路，这倒真是不可思议。其他也没有什么不舒服的地方了。的确，他整个身子都觉得酸疼，不过也好像正在逐渐减轻，以后一定会完全不疼的。他背上的烂苹果和周围发炎的地方都蒙上了柔软的尘土，早就不太难过了。他怀着温柔和爱意想着自己的一家人。他消灭自己的决心比妹妹还强烈呢，只要这件事真能办得到。他陷在这样空虚而安谧的沉思中，一直到钟楼上打响了半夜三点。从窗外的世界透进来的第一道光线又一次地唤醒了他的知觉，接着他的头无力地颓然垂下，他的鼻孔里也呼出了最后一丝摇曳不定的气息。

清晨，老妈子来了——一半因为力气大，一半因为性子急躁，她总把所有的门都弄得乒乒乓乓，也不管别人怎么经常求她声音轻些，别让整个屋子的人在她一来以后就睡不成觉——她照例向格里高尔的房间张望一下，也没发现什么异常之处。她以为他故意一动不动地躺着装模作样；她对他作了种种不同的猜测。她手里正好有一把长柄扫帚，所以就从门口用它来撩格里高尔。这还不起作用，她恼火了，就更使劲地捅，但是只能把他从地板上推开去，却没有遇到任何抵抗，到了这时她才起了疑窦。很快她就明白了事情的真相，于是睁大眼睛，吹了一下口哨，她不多逗留，马上就去拉开萨姆沙夫妇卧室的门，用足气力向黑暗中嚷道："你们快去瞧，它死了；它躺在那蹬腿儿了。一点气儿也没有了！"

萨姆沙先生和太太从双人床上坐起身体，呆若木鸡，直到弄清楚老妈子的消息到底是什么意思，才慢慢地镇定下来。接着他们很快就爬下了床，一个人爬一边，萨姆沙先生拉过一条毯子往肩膀上一披，萨姆沙太太光穿着睡衣；他们就这么打扮着进入了格里高尔的房间。同时，起居室的房门也打开了，自从收了房客以后葛蕾特就睡在这里；她衣服穿得整整齐齐，仿佛根本没有上过床，她那苍白的脸色更是证明了这一点。"死了吗？"萨姆沙太太说，怀疑地望着老妈子，其实她满可以自己去看个明白，但是这件事即使不看也是明摆着的。"当然是死了。"老妈子说，一面用扫帚柄把格里高尔的尸体远远地拨到一边去，以此证明自己的话没错。萨姆沙太太动了一动，仿佛要阻止她，可是又忍住了。"那么，"萨姆沙先生说，"让我们感谢上帝吧。"他在身上划了个十字，那三个女人也照样做了。葛蕾特的眼睛始终没离开那个尸体，她说："瞧他多瘦呀。他已经有很久什么也不吃了。东西放进去，出来还是原封不动。"的确，格里高尔的身体已经完全干瘪了，现在他的身体再也不由那些腿脚支撑着，所以可以不受妨碍地看得一清二楚了。

"葛蕾特，到我们房里来一下。"萨姆沙太太带着忧伤的笑容说道，于是葛蕾特也不回过头来看看尸体，就跟着父母到他们的卧室里去了。老妈子关上门，把窗户大大地打开。虽然时间还很早，但新鲜的空气里也可以察觉一丝暖意。毕竟已经是三月底了。

三个房客走出他们的房间，看到早餐还没有摆出来觉得很惊讶；人家把他们忘了。"我们的早饭呢？"当中的那个房客恼怒地对老妈子说。可是她把手指放在嘴唇上，一言不发很快地作了个手势，叫他们上格里高尔的房间去看看。他们照着做了，双手插在不太体面的上衣的口袋里，围住格里高尔的尸体站着，这时房间里已经大亮了。

卧室的门打开了。萨姆沙先生穿着制服走出来，一只手挽着太太，另一只手挽着女儿。他们看上去有点像哭过似的，葛蕾特时时把她的脸偎在父亲的怀里。

"马上离开我的屋子！"萨姆沙先生说，一面指着门口，却没有放开两边的妇女。"你这是什么意思？"当中的房客说，往后退了一步，脸上挂着谄媚的笑容。另外那两个把手放在背后，不断地搓着，仿佛在愉快地期待着一场必操胜券的恶狠狠的殴斗。"我的意思刚才已经说得很明白了。"萨姆沙先生答道，同时挽着两个妇女笔直地向房客走去。那个房客起先静静地坚守着自己的岗位，低了头望着地板，好像他脑子里正在产生一种新的思想体系。"那么咱们就一定走。"他终于说道，同时抬起头来看看萨姆沙先生，仿佛他既然这么谦卑，对方也应对自己的决定作出新的考虑才是。但是萨姆沙先生仅仅睁大眼睛很快地点点头。这样一来，那个房客真的跨着大步走到门厅里去了，好几分钟以来，那两个朋友就一直在旁边听着，也不再摩拳擦掌，这时就赶紧跟着他走出去，仿佛害怕萨姆沙先生会赶在他们前面进入门厅，把他们和他们的领袖截断似的。在门厅里他们三人从衣钩上拿起帽子，从伞架上拿起手杖，默不作声地鞠了个躬，就离开了这套房间。萨姆沙先生和两个女人因为不相信——但这种怀疑马上就证明是多余的——便跟着他们走到楼梯口，靠在栏杆上瞧着这三个人慢慢地然而确实地走下长长的楼梯，每一层楼梯一拐弯他们就消失了，但是过了一会又出现了；他们越走越远，萨姆沙一家人对他们的兴趣也越来越小，当一个头上顶着一盘东西的得意洋洋的肉铺小伙计在楼梯上碰到他们随着又走过他们身旁以后，萨姆沙先生和两个女人立刻离开楼梯口，回进自己的家，仿佛卸掉了一个负担似的。

他们决定这一天完全用来休息和闲逛；他们干活干得这么辛苦，本来就应该有些调剂，再说他们现在也完全有这样的需要。于是他们在桌子旁边坐了下来，写三封请假信，萨姆沙先生写给银行的管理处，萨姆沙太太给她的东家，葛蕾特给她公司的老板。他们正写到一半，老妈子走进来说她要走了，因为早上的活儿都干完了。起先他们只是点点头，并没有抬起眼睛，可是她老在旁边转来转去，于是他们不耐烦地瞅起她来了。"怎么啦？"萨姆沙先生说。老妈子站在门口笑个不住，仿佛有什么好消息要告诉他们，但是人家不寻根究底地问，她就一个字也不说，她帽子上那根笔直竖着的小小的鸵鸟毛，此刻居然轻浮地四面摇摆着，自从雇了她,萨姆沙先生看见这根羽毛就心烦。"那么,到底是怎么回事?"萨姆沙太太问了,只有她在老妈子的眼里还有几分威望。"哦,"老妈子说,简直乐不可支,都没法把话顺顺当当地说下去,"这么回事,你们不必操心怎么弄走隔壁房里的东西了。我已收拾好了。"萨姆沙太太和葛蕾特重新低下头去,仿佛是在专心地写信;萨姆沙先生看到她一心想一五一十地说个明白,就果断地举起一只手阻住了她。既然不让说,老妈子就想起自己也忙得紧呢,她满肚子不高兴地嚷道:"回头见,东家。"急急地转身就走,临走又把一扇扇的门弄得乒乒乓乓直响。

"今天晚上就告诉她以后不用来了。"萨姆沙先生说,可是妻子和女儿都没有理他,因为那个老妈子似乎重新驱走了她们刚刚获得的安宁。她们站起身来,走到窗户前,站在那儿,紧紧地抱在一起。萨姆沙先生坐在椅子里转过身来瞧着她们,静静地把她们观察了好一会儿。接着他嚷道:"来吧,喂,让过去的都过去吧,你们也想想我好不好。"两个女人马上答应了,她们赶紧走到他跟前,安慰他,而且很快就写完了信。

于是他们三个一起离开公寓,已有好几个月没有这样的情形了,他们乘电车出城到郊外去。车厢里充满温暖的阳光,只有他们这几个乘客。他们舒服地靠在椅背上谈起了将来的前途,仔细一研究,前途也并不太坏,因为他们过去从未真正谈过彼此的工作,现在一看,工作都蛮不错,而且还很有发展前途。目前最能改善他们情况的当然是搬一个家,他们想找一所小一些、便宜一些、地址更适中也更易于收拾的公寓,要比格里高尔选的目前这所更加实用。正当他们这样聊着,萨姆沙先生和他太太在逐渐注意到女儿的心情越来越快活以后,老两口几乎同时突然发现,虽然最近女儿经历了那么多的忧患,脸色苍白,但是她已经成长为一个身材丰满的美丽的少女了。他们变得沉默起来,而且不自觉地交换了个互相会意的眼光,他们心里下定主意,快该给她找个好女婿了。仿佛要证实他们新的梦想和美好的打算似的,在旅途终结时,他们的女儿第一个跳起来,舒展了几下她那充满青春活力的身体。

选自《外国现代派作品选》(第1册),袁可嘉等选编,李文俊译,上海文艺出版社,1980

未来主义文学

　　未来主义文学是 20 世纪初期兴起于意大利的一个文学流派，是未来主义艺术在文学领域的体现。未来主义文学的成就不如未来主义绘画高，在横向上也并没有如法国象征主义文学和德国表现主义文学一样发展成国际性的文学运动。未来主义文学的发展主要局限于意大利一国，在晚期也波及邻国法国和刚刚成立不久的苏联。

　　"未来主义"一词是意大利青年诗人菲利波·托马索·马里内蒂于 1908 年提出的。1909 年 2 月 20 日，马里内蒂在法国《费加罗报》发表《未来主义宣言》，号召全面反对传统，颂扬机器、技术、速度、暴力和竞争，宣告未来主义诞生，翌年，马里内蒂又发表《未来主义文学宣言》，进一步提出这一流派的理论主张。在以后七年中，《未来主义画家宣言》《未来主义音乐家宣言》等分别问世。至 1916 年 9 月，未来主义理念在意大利文艺界全面铺开，正式成为一个强大的流派。

　　需要注意的是，意大利的未来主义并不是一个统一的流派。从 1913 年起，就分化为左翼和右翼，以马里内蒂为首的右翼是主导力量。右翼的未来主义者与法西斯政党合作，坚持反对一切传统，走极端的语言实验道路。而以帕拉泽斯基、卢齐尼为代表的左翼未来主义者则批判民族沙文主义和军国主义，反对法西斯，认为马里内蒂盲目地拒绝过去，势必导致盲目地否定未来。1915 年，两派彻底决裂，左翼退出未来主义阵营。

　　未来主义在法国也有反应。诗人阿波利奈尔从 1911 年起就与意大利的未来主义者交往。他将其时法国盛行的立体主义艺术与意大利的未来主义结合起来，提出"立体未来主义"，使用楼梯式的诗歌格式，并将其融入自己的诗歌创作中，扩大了艺术的表现能力，对马雅可夫斯基起了良好的影响。

　　除意大利外，未来主义最主要的阵地是苏联。主要代表有立体未来主义诗人马雅可夫斯基和赫列勃尼科夫，以及自我未来主义诗人谢维尔亚宁。未来主义文学的创作主张和刚刚成立的苏联的共产主义理念之间有很多相似之处，因此十月革命之后苏联涌现出一大批未来主义诗人。1913 年，诗人马雅可夫斯基发表《给社会趣味一个耳光》，兼收散文和诗歌。声称"把普希金，陀思妥耶夫斯基,托尔斯泰等人从现代人的轮船上抛出去"。其中否定遗产,批判象征派,要求从形式上、语言上革新文学。但马雅可夫斯基在十月社会主义革命的推动下,成为革命的歌手,受到列宁的重视,产生了重大的国际影响。未来主义文学在苏联的发展持续至20年代中期才逐渐衰落,被超现实主义文学取代。

在艺术特征上,未来主义承认艺术是认识和反映生活的一种手段,作了种种新奇的试验,在扩大表现手法上有所贡献;但由于这个流派的诗人从主观唯心主义的立场出发,把某些表现手法予以极端的、无限的夸大,往往使它们达到荒谬的地步。未来主义诗歌、戏剧强调直觉,用凌乱的想象、神秘的意识,反映不可理解的事物,表现病态、梦境、黑夜,甚至歌颂死亡。这又正是未来主义同其他现代派文学艺术相通之处。西方有些评论家们认为,在西欧早期的象征主义中,已可见出未来主义的萌芽,而在其后的现代派文艺中,从皮蓝德娄的怪诞剧,到法国的荒诞派戏剧,又可看到未来主义的影子。

他们来了

[意大利]马里内蒂

豪华的客厅。

晚上。

巨大的吊灯放射着耀眼的光亮。

舞台的左方,是敞开的门、窗,通向花园;靠近墙壁,摆着一张巨大的长方形桌子,上面铺着桌布。舞台的右方,也有一扇敞开的门;靠近墙壁,摆着一张异常高大的安乐椅,安乐椅的两边,一字儿摆开八张座椅,左边四张,右边四张。

（总管和两名身穿燕尾服的仆人,从左边的门上）

总管 他们来了。赶紧准备。（下）

〔仆人们忙乱起来,把八张座椅围绕安乐椅摆成马蹄形。安乐椅和长方形桌子仍在原处不动。

〔仆人们走到门口张望,背向观众。

〔长久的等待。

〔总管气喘吁吁地从花园上。

总管 新的命令。他们非常困乏。……赶紧准备一批枕头、凳子……（下）

〔仆人们从右边的门下,然后带枕头、凳子上。他们把安乐椅搬到客厅正中,在安乐椅的两边,各摆四张座椅,椅背朝着安乐椅。安乐椅和每张座椅上,放着一个枕头;安乐椅和每张座椅前面,放一张凳子。

〔仆人们又走到门口张望,背向观众。

〔长久的等待。

〔总管气喘吁吁地从花园上。

总管 新的命令。他们肚子饿了。准备开饭。(下)

〔仆人们把长方桌抬到客厅正中,围绕桌子摆好八张座椅,安乐椅摆在上座,匆匆下。然后从右门上,布置餐桌。在第一个座席前,放一瓶鲜花;第二个座席前,放八瓶酒;其他座席前,仅仅放一副餐具。

〔有一张座椅应该靠在餐桌上,座椅的两条后腿立起,像餐馆中通常用来表示"保留座位"那样。

〔仆人们收拾完毕,又走到门口张望,背向观众。

〔长久的等待。

〔总管奔跑急上。

总管 Briccatirakamekame(下)

〔仆人们立即把准备好的餐桌重新搬回幕启时的位置。然后,把安乐椅斜放在通向花园的门的前面;八张座椅尾随安乐椅一字长蛇阵地摆开,形成一条对角线,穿过舞台。

〔仆人们熄灭吊灯,舞台上一片昏暗。月光穿过通向花园的门,洒在舞台上。

〔一盏瞧不见的聚光灯,把安乐椅和八张座椅的影子照射在地板上。随着聚光灯的移动,这些影子也分明变得越来越长,朝着通向花园的门移动。

〔仆人们龟缩在舞台的一个角落里,浑身颤抖,极其痛苦地等待着安乐椅和座椅缓慢地走出客厅。

——剧终

说明:

在《他们来了》一剧中,我试图创造一种富有生命的物体的合成。一切感觉敏锐和富于想象力的人,自然都已不止一次地发现,在没有人的屋子里,那些桌椅,尤其是安乐椅和座椅,呈现出给人以深刻印象的态势,充满神秘的启示。

我正是以这一观察为基础,创造我的这一合成。

巨大的安乐椅和八张座椅,为着迎接所等待的客人们,不断地变换它们的位置,渐渐地具有一种奇特的、幻觉般的生命。最终,随着它们的影子的拉长,朝着门口移动,观众应该感觉,座椅果真具有生命,它们自个儿移动,走出门去。

选自《新编外国现代作品选》(第2编),郑克鲁、董衡巽主编,吕同六译,上海学林出版社,2008

时间与空间

[意大利]马里内蒂

啊，时间！
我要向你发起攻击，
斩断你的翅翼，
窒息你的时针哮喘的声音！
你向空间
这个步履艰难的老朽求援吧。

时间，空间，
你们是世界的唯一主宰，
我向你们宣战，
向你们反叛！

啊，空间！
你用这布满
山峦、田野和城市的
弯曲不定的地平线，
像绞索一般
套住我的脖颈，
从绞索
到颤动的脖颈的空隙，
就是你赐给我的全部自由！
我命令你，空间，
立即松开绞索，
松开，再松开
直到它断裂！

你，可诅咒的时间，
同样松开，
罪恶的绞索，
停止
扼杀我的行动，
抛弃

想控制和窒息我的勾当。

时间！空间！
如果我在十秒的瞬间
横越这辽阔的地球，
哈哈，你们必定脸色蜡黄，
你们千年强权统治的基石
将在你们脚下
发出索索颤抖的哭泣。

你们，听着，
我的发动机
有着惊人的速度，
你们理应知道，
所有的公里
并不是一般长，
有的公里三百公尺，
有的只有八百公尺……
有的钟点迅如闪电，
有的钟点酣睡沉沉。

一切都缺乏秩序和精确！
我，一个强者，
能够使一个钟点
具有一个星期的生命，
或者，把钟点
像柠檬一般
紧捏在坚硬的手心里，
挤出一刻钟的
乳汁！

时间！空间！
你们将被力量所突破！
让时间、空间
向隅而泣吧！

选自《欧美现代十大流派诗选》，袁可嘉主编，吕同六译，上海文艺出版社，1991

米拉波桥①

［法国］阿波利奈尔

米拉波桥下塞纳河流过
　　我该缅怀
　我们的爱情么
痛苦之后来的总是欢乐

黑夜降临钟声传来
时光消逝伊人不在

我们两手相执两面相对
　　两臂相交
　好似桥拱下垂
永恒目光像恹恹的流水

　黑夜降临钟声传来
　时光消逝伊人不在

爱情消逝像这流水一般
　　爱情消逝
　像生活般缓慢
又似希望一样无法阻挡

黑夜降临钟声传来
时光消逝伊人不在

但见光阴荏苒岁月蹉跎
　　逝去韶光
　爱情再难复活
米拉波桥下塞纳河流过

---

　　① 这是阿波利奈最著名的一首诗。塞纳河成了诗人倾诉的对象，流水和桥显示了生活和爱情不可逆转的运动。爱情失意的诗人（1908年至1912年，他与玛丽·洛朗散交往，最后恋爱破裂）在河中看到自己命运的形象，对塞纳河的凝望导致对自身命运的思索。原诗无标点，排列呈楼梯式。每节一、三、四句押韵。全诗受到中世纪织布歌《盖叶特和奥莉娥》的影响。

黑夜降临钟声传来
时光消逝伊人不在

选自《新编外国现代作品选》(第 2 编),郑克鲁、董衡巽主编,郑克鲁译,上海学林出版社,2008

照　片

[法国] 阿波利奈尔

你的微笑吸引着我如同
　一朵花儿吸引我一样
　　她的美
　　是一座森林
照片你便是这森林里栗色的菌
　　　在宁静的花园里
充满奋激的喷泉和着了魔的园丁
　　月儿出现了
　　白茫茫一片
　　她的美
　　是一团烈火
照片你便是这烈火的烟
　　在你那儿
　　照片
　　有着困倦的音调
　　谱出
　　感人的歌曲
　　她的美
　　是一轮红日
照片你便是这红日的影子

（选自《醇酒集》）

多病的秋天

［法国］阿波利奈尔

多病的受人膜拜的秋天
当玫瑰花园里吹起狂风
果园里飘着雪花的时候
你就死去了

可怜的秋天
你的死亡迎来了一片茫茫的白色
和熟透了的丰硕的果实
在天空深处
巨鹰翱翔
俯瞰披着绿发的矮小而天真的水神
她们是从未和爱情见过面的

在遥远的森林的边缘上
有群鹿的哀鸣
我是多么爱你呵节候
我是多么爱你那声音
你那无需采摘而自动坠落的果子
呻吟着的风呻吟着的树
它们在秋天一滴一滴滴尽它们所
有的泪珠
脚践踏着的
树叶
滚动在铁轨上的
车轮
流逝的
生命

（选自《意识的图象》）

以上选自《外国现代派作品选》（第1册），袁可嘉等选编，闻家驷译，上海文
艺出版社，1980

我 是 谁

[意大利] 阿尔多·帕拉采斯基

我,或许是一名诗人?
不,当然不是。
我的心灵之笔
仅仅描写一个奇怪的字眼——
"疯狂"。

我,也许是一名画家?
不,也不是。
我的心灵的画布
仅仅反映一种色彩——
"忧愁"。

那么,我是一名音乐家?
同样不是。
我的心灵的键盘
仅仅弹奏一个音符——
"悲哀"。

我……究竟是谁?
我把一片放大镜
置于我的心灵前,
请世人把它细细地
察看。

我是谁?
——我的心灵驱使的小丑。

选自《外国现代派作品选》(第 1 册),袁可嘉等选编,吕同六译,上海文艺出
版社,1980

穿男装的云①

[俄罗斯]马雅可夫斯基

你们的思想
正躺在软化的大脑上做着好梦，
好比油污的沙发上躺着个吃胖的奴仆。
我却偏用血淋淋的心的红布挑逗它，
辛辣地嘲讽，刻薄地挖苦。

我的灵魂没有一丝白发，
也没有老头儿的温情和想入非非。
我声如炸雷，震撼世界，
我来了——挺拔而俊美，
二十二岁。

粗鲁的人用铜鼓演奏爱情，
温柔的人用的是小提琴。
可是你们都不能像我这样
把自己从里到外翻个过——
把全身都变成嘴唇！

来学习学习吧——
穿着纱裙走出客厅来，
天使同盟中雍容尔雅的官太太！

她冷静地翻阅这么多嘴唇，
宛如厨娘翻阅烹饪教材。

随你的便吧——我可以变成嗜肉的狂人，
像天空一样变幻，忽晴忽阴；
随你的便吧——
我可以温柔得让你挑不出毛病，

---

① 作者在 1918 年版的序言中对此诗作过如下解释"《穿男装的云》(原题《第十三名使徒》被检查机关划掉了。不再恢复。习惯了)，我看作是对今日艺术的基本信念；'打倒你们的爱情'，'打倒你们的艺术'，'打倒你们的制度'，'打倒你们的宗教'——这就是四部曲的四个呐喊。"

不是男人，而是一朵穿男装的云！

我不相信尼斯海滨繁花如雨。
我再次赞美这样的男男女女：
男的——睡坏了的，如同病床，
女的——用滥了的，如同谚语。

…………

赞美我吧！
我和伟人格格不入。
对过去造成的一切
我都批上："不算数。"

任何时候
我什么也不想读。
书？
什么书！

我先前以为——
做书，大概是这样：
诗人走过来，
嘴巴一张，
这个灵感附体的笨伯
马上就出口成章！

实际如何呢？——
在张口歌唱之前，
踱来踱去，磨起了老茧；
那愚蠢的想象之鱼
在心的泥潭中扭动得多么可怜！
直到用吱喳乱叫的韵脚烧开了锅，
把爱情和夜莺煮成了一锅粥；
没有舌头的大街却在痛苦地痉挛，
想喊不能喊，想说没法说。

未
来
主
义
文
学

看来是我们骄傲自大，
把城市的巴比伦之塔①
重新修建；
于是上帝
把城市
夷为平地，
变乱了人们的语言。

大街默默无言，肩扛着苦痛。
一声呐喊，梗塞在喉咙。
肥胖的卧车、枯瘦的马车
卡住了嗓门，水泄不通。
无数徒步者的脚步踏扁了胸部，
比痨病还凶。
城市用黑暗把道路密封。

…………

我
金口玉言，
吐出每个字
能给灵魂新生，
能给肉体欢庆；
可是我告诉你们：
最微小的一粒活的微尘
也比我已做的和将做的一切更贵重！

听吧！
现代拜火教的先知
奔走呼号，
正在布道！
我们
嘴唇像夺拉着的灯台，

---

① 据《圣经》传说，古代天下人言语一样，他们决定建巴比伦之塔，塔顶通天。上帝大惊，遂变乱人们的口音，使他们言语彼此不通，分散各地。

面孔像睡皱了的床单，

我们是

麻风城里的苦役犯，

这儿,黄金和污泥到处传染麻风,

可是我们比大海和太阳洗净的

威尼斯的蓝天还洁净！

翻遍荷马和奥维德的诗章，

找不出我们这号满脸煤烟的人物形象。

那也无妨。

我知道：

一见到我们的灵魂的金矿，

太阳也会黯然无光。

我们决不祈求时间开恩！

肌肉和筋——比祷告有用。

我们——

每个人

把世界的传动皮带

紧握在自己掌中！

选自《马雅可夫斯基诗选》,飞白译,上海译文出版社,1981

把未来揪出来！

[俄罗斯]马雅可夫斯基

未来

　　并不会自行到来，

咱们必须

　　采取些办法。

共青团，

　　抓住它的鳃！

少先队，

　　揪它的尾巴！

公社

　　　　　并非童话里的公主，
让人们夜夜为她
　　　　害相思病。
计算好，
　　　考虑妥，
　　　　　　看准了，
　　　　　　　　就前进，
哪怕是小事
　　　也要抓紧。
共产主义
　　　不仅仅存在于
田地
　　　和工厂的汗水里。
在家庭饭桌边，
　　　相互关系里，
　　　　　　亲属间，
日常生活中
　　　也有共产主义。
谁要是
　　　骂起娘来
　　　　　整天没个完，
比那不上油的大车
　　　　　吵得还厉害，
谁要是
　　　在三弦琴的尖声中
　　　　　懒洋洋地瘫痪，
这种人
　　　没资格
　　　　　迎接未来。
前线上
　　　机枪
　　　　　扫射个不停，——
战争
　　　不止是

这一种类型！
家庭
　　　和宿舍里的侵袭
对我们的
　　　威胁
　　　　　并不更轻。
谁顶不住
　　　家里的压力，
躺倒在
　　　纸玫瑰丛中
　　　　　酣卧，——
这种人
　　　目前
　　　　　还没资格
迎接未来的
　　　强有力的生活。
光阴
　　　就像一件皮大褂，
生活的蛀虫
　　　会蛀食它。
共青团员们，
　　　把我们积压的日月
像衣服似的
　　　翻出来拍打拍打！

选自《马雅可夫斯基诗选》，飞白译，上海译文出版社，1981

我见过一位先知少年郎

[俄罗斯]赫列勃尼科夫

我见过一位先知少年郎，
俯首在林间瀑布水晶般的发丛上，
那里有满身青苔的古树在幽暗中隐身，
雄姿英发，如一个个老人，

他们手中拨弄着爬行植物那一棵棵念珠。

瀑布幻化出的

玻璃般的母亲和女儿们如一串串玉珠，

水晶脐带般地飞进深山中。

水母和孩子们

在那儿把位置交换。

谷底有一条小河在潺潺。

树丛，伸出枝干，如蜡烛一般

填满空旷的山涧、山岩，

如数百年的字母一样伟岸。

巨石如林间少女的酥胸

躲在泛着白沫的波涛间，煞像一位神父在海底把裸女搜寻。

而他曾以拉辛的名义起誓要做一个相反的人。

莫不是又一位公爵女儿被他丢进海中？

反拉辛此刻妙想丛生。

不！不！高大的树就是见证！

我们这位少年

用冰冷的浪花遮盖着自身，

学会了寒冷、生动的彼岸的、冰凉肢体的

语言和理性，他在歌唱：

"我被永世注定

与佐尔汉姆的美人鱼私订终身，

连波浪也带上了人性。

是那人令波浪成了少女的身。"

树木在把百年的话语絮叨。

（张冰　译）

瞬间奏鸣曲

[俄罗斯]谢维尔亚宁

亲爱的，我何等忧愁！亲爱的，我何等悲伤！

我多想见你，蔚蓝的悲哀的姑娘……

我多想听到你的声音，我忧愁的姑娘，

我多想触到你的身体，我珍贵的恋人！

我感觉到，我怎样消逝，沉默怎样临近；
我感觉到，我很快就要结束自己的苦难……

但是，天哪！我将何等悲哀地忘记自己的折磨！
但是，天哪！我将何等痛苦地承认自己的遗忘！

我觉得，即使是无望地抱着希望，也远远地胜于
在没有幻想中冷冷静静脆脆弱弱地死亡……

啊，希望的幻影——奇特的甜蜜，强烈的痛苦，
啊，清澈的希望，切莫把心灵炽热的幻想家遗弃一旁！

我不必见到你的倩影，我珍贵的恋人……
我不必听你的声音，我忧愁的姑娘……

唉，我害怕会面驱走我希冀的痛苦，——
一旦见面，奇幻就烟消云散：期待中才有奇幻……

但是，真实的会面仍然妙于对它永恒的企盼，
但是，瞬间的碰撞仍然美于永世的遗忘！……

　　选自《外国诗歌百年精华》，世界文学编辑部编，吴笛译，人民文学出版社，2002

意识流小说

意识流文学泛指注重描绘人物意识流动状态的文学作品,既包括清醒的意识,更包括无意识、梦幻意识和语言前意识。"意识流"一词是心理学词汇,是在1918年梅·辛克莱评论英国陶罗赛·瑞恰生的小说《旅程》时引入文学界的。意识流文学是现代主义文学的重要分支,主要成就局限在小说领域,在戏剧、诗歌中也有表现。

"意识流"原是西方心理学上的术语,最初见于美国心理学家威廉·詹姆斯(1842—1910)的论文《论内省心理学所忽略的几个问题》(1884)。他认为人类的意识活动是一种连续不断的流程。意识并不是片断的衔接,而是流动的。他说:"意识在它自己看来并非是许多截成一段一段的碎片。乍看起来,似乎可以用'链条'或'系列'之类的字眼来描述它,其实这是不恰当的。意识并不是一节一节地拼起来的。用'河'或者'流'这样的比喻来描述它才说得上是恰如其分。此后再谈到它的时候,我'就称它为思维流、意识流或主观生活之流吧'。"他还论述了人的心理活动是不可分割的流动过程。这是"意识流"这一概念在心理学上第一次被正式提出。

意识流小说产生于20世纪10年代,以普鲁斯特的《追忆似水年华》为标志,随后扩展到英美。20世纪初,法国哲学家亨利·柏格森的"绵延论"强调生命冲动的连绵性、多变性。他的关于"心理时间"与"空间时间"的区分、关于直觉的重要性以及奥地利精神分析学家弗洛伊德的无意识结构和梦与艺术关系的理论,都对意识流文学的发展有过重大影响。

学术界一般认为意识流是象征主义文学在小说领域的体现。但是由于其技巧独特、成就很高,因此通常把意识流文学当成一个独立的文学流派来处理。能归入这一流派的作家并不多,但意识流手法却广为传播,不仅为现代主义作家所广泛运用,而且被现实主义作家所吸取。

在理论上,意识流小说家主张让人物主观感受到的"真实"客观地、自发地再现于纸面上,反对传统小说出面介绍人物的身世籍贯、外界环境、间或挺身而出评头论足的写法,要求作者"退出小说"。这个主张最初是由美国作家亨利·詹姆斯提出的,后来艾略特的"非人格化"理论也表达了类似的主张。

意识流文学的代表人物詹姆斯·乔伊斯就把消灭了作者人格的戏剧看作最高的美学形式，并力图在小说中达到这一目标。乔伊斯认为作品是与外界事物绝缘的独立自主的有机结构。作为现成的艺术品，它不仅与社会、历史无关，甚至与作者本人也无关。因为社会历史因素和作者的思想感情只是创作的素材，它们进入作品以后就被"艺术化"、"形式化"了，早已不是原来的模样。

在艺术技巧方面，意识流与传统的心理描写的主要区别在于：在意识流作家那里，人物的内心真正成为与外部世界并列的另一个世界，意识流作家的任务是倾其全力去表现这个内心世界。现实主义作家，即使如描写人物变态心理的陀思妥耶夫斯基和写出心灵辩证法的托尔斯泰，对现实世界的描写仍占据他们描写的重心。意识流小说家写的是"复调心理"，细分起来，包括内心独白、内心分析、自由联想、时序颠倒、时间和空间蒙太奇、诗化和音乐化、细微的情绪感受等。

追忆似水年华（节选）

[法国]普鲁斯特

就这样，长期以来，我夜里醒来时，就回想起贡布雷，但我只看到它那发亮的一角，在漆黑一片中显现出来，犹如孟加拉烟火或电灯光照亮了一座建筑物的一个部分，而其他部分仍沉浸在黑夜之中：这明亮部分下宽上窄，下面有小客厅、餐厅，有花园中阴暗小径的前面一段，在无意中使我忧郁的斯万先生将从这里走来，有门厅，我在那里朝第一级楼梯走去，而走上这第一级是何等痛苦，楼梯是这个（明亮的）不规则棱锥体狭窄的锥干，顶部则是我们的卧室，还有带玻璃门的走廊，妈妈从玻璃门进入其内；总之，这明亮部分总是在同一时间见到，它同周围可能有的事物分隔开来，孤零零地在黑暗中显现出来，这布景极其简单（就像在外省演出的那些老戏开场时所提示的那样），演出的是我脱衣睡觉的悲剧，仿佛贡布雷只是由用一道狭窄的楼梯连接起来的楼下和楼上这两层构成的，仿佛只存在晚上七点这个时间。老实说，如果有人问我，我会回答说，贡布雷还包括别的东西，还存在于其他时间。但是，由于我将回想起来的事只是由有意识记忆即智力记忆来提供，由于这种记忆提供的有关过去的情况，对过去本身不作丝毫的保存，因此，我一直不愿去想贡布雷的其余部分。事实上，对于我来说，这一切已经消亡。

永远消亡？有这种可能。

在这方面不乏偶然情况，第二种偶然情况，即我们偶然死亡，往往不允许我们长期等待第一种偶然情况的惠顾。

　　我觉得克尔特人①的信仰很有道理，他们认为，我们失去的亲人的灵魂，会被某种低等的存在物截获，如一头野兽、一株植物或某种无生命物体，他们的灵魂对我们来说确实已经消亡，直至有一天——对许多人来说，这一天永远不会来临——，我们碰巧在树旁经过，占有囚禁灵魂的物体。于是，灵魂开始活动，叫唤我们，一旦我们认出了它们，魔法随之破除。被我们解救之后，它们战胜了死亡，又和我们一起生活。

　　我们的过去也是如此。我们想要回忆过去，那是白费力气，我们智力的努力全都无济于事。它处于智力的范围之外，在智力无法达到的地方，藏匿在我们意想不到的某个物体之中（在这个物体给予我们的感觉之中）。这个物体，我们在死亡前可能会碰巧遇到，但也可能永远不会遇到。

　　好多年前，除了我睡觉的地方和睡前伤心的情景之外，我对贡布雷已经全然忘怀；当时正值隆冬，有一天我回到家里，我母亲见我冷，就让我破例喝点茶。我先是不要喝，后来不知怎么改变了主意。母亲吩咐下人端上一个称之为小马德莱娜的圆鼓鼓的蛋糕，蛋糕仿佛是用扇贝壳模子做出来的。我对阴郁的今天和烦恼的明天感到心灰意懒，就下意识地舀了一勺茶水，把一块马德莱娜蛋糕泡在茶水里，送到嘴里。这口带蛋糕屑的茶水刚触及我的上颚，我立刻浑身一震，发觉我身上产生非同寻常的感觉。一种舒适的快感传遍了我的全身，使我感到超脱，却不知其原因所在。这快感立刻使我对人世的沧桑感到淡漠，对人生的挫折泰然自若，把生命的短暂看作虚幻的错觉，它的作用如同爱情，使我充满一种宝贵的本质：确切地说，这种本质不在我身上，而是我本人。我不再感到自己碌碌无为、可有可无、生命短促。我这种强烈的快感从何而来？我感到它同茶水和蛋糕的味道有关，但又远远超出这种味道，两者的性质想必不同。这快感从何而来？它意味着什么？到何处去体验这种快感？我喝了第二口，感觉并不比第一口来得强烈，接着又喝了第三口，感觉比第二口有所减弱。我该停下来了，茶水的效力似乎在减弱。显然，我所寻求的真相并不在茶水之中，而是在我身上。茶水唤起了我身上的真相，但还不认识它，只能无限地、越来越弱地重现同样的见证，而我也无法对它进行解释，只希望能再次见到它，完整无缺地得到它，以便最终能弄个水落石出。我放下茶杯，转向我的思想。只有它才能找到真相。但怎么找？每当思想感到无能为力，就会毫无把握；至于这寻找者，它既是它应在其中寻找的阴暗地方，又是它有力无法施展的地方。寻找？不仅如此，而且是创

---

　　① 克尔特人是公元前 2000 年左右产生于德国西南部、后分布在欧洲莱茵河、塞纳河、卢瓦尔河流域和多瑙河上游的部落集团，公元前 3 至 1 世纪相继受日耳曼人和罗马人攻击，大部分居地并入罗马版图。

造。它面对的是某种尚未存在的东西,只有它才能将其变为实在之物,然后把这种实在之物弄得一清二楚。

我又开始思忖:这陌生的状况会是什么样的?它没有提供任何合乎逻辑的证据,但使人清楚地感到它那使其他东西黯然失色的欢欣和实在。我想要让它再次出现。我回想起我喝第一口茶的时刻。我再现了同样的状况,但没有新的发现。我要自己的思想再作一次努力,让消失的感觉重现。为了使思想重新抓住这感觉的努力不受任何事物的影响,我排除了一切障碍和所有无关的想法,不让自己的耳朵和注意力被隔壁房间里的噪音所吸引。但是,我感到我思想的努力并没有成功,就反其道而行之,迫使它一心二用,即去做我刚才不准它做的事,去想别的事情,让它在作最后的尝试之前恢复元气。然后,我第二次使它前面一片空白,在它面前再次放置第一口茶那仍然新鲜的味道,我感到我身上有某种东西在颤动,那东西在移动,想要往上升,像是有人让这东西脱离深深的底部;我不知道这是什么东西,但这东西在慢慢上升;我感到上升的阻力,听到上升时发出的嘈杂声。

当然,在我内心深处这样颤动的东西,应该是形象,是视觉的回忆,它同味道有关,想要跟随其后来到我的面前。但是,它挣扎的地方过于遥远,也过于模糊;我勉强看到它暗淡的反光,其中混杂着色彩斑驳、难以捉摸的旋涡;但是,我无法看清其形状,不能请唯一能够作出解释的它来向我作出与它同时出现、形影不离的伙伴——味道的见证,不能请它告诉我,这是过去的何种特殊情况,又是发生在哪个时代。

相同的时刻唤醒了埋藏在我内心深处的回忆,吸引并激发它,使它微微升起,这回忆,这往日的时刻,是否能上升到我清醒的意识之中? 我不知道。现在我不再有任何感觉,它停了下来,也许又落了下去;谁知道它是否会再次从黑暗中升起呢? 我又试了十次,对它全神贯注。但每试一次,我都感到胆怯,就像我们遇到困难的任务或重要的工作时那样,觉得还是放弃为好,喝自己的茶,只去考虑今日的烦恼,并毫不费力地思索明日的愿望。

突然,往事浮现在我的眼前。这味道,就是马德莱娜小蛋糕的味道,那是在贡布雷时,在礼拜天上午(因为礼拜天我在望弥撒前是不出门的),我到莱奥妮姑妈的房间里去请安时,她就把蛋糕浸泡在茶水或椴花茶里给我吃。我看到小马德莱娜蛋糕,但没有尝到它的味道,就不能想起任何往事;这也许是因为我后来经常在糕点铺的货架上看到这种蛋糕,但没有尝过,它们的形象已脱离贡布雷的那些时日,同另一些更近的时日联系在一起;也可能是这些往事早已被记忆忘怀,无丝毫残存物,全都分崩离析;它们的形状——包括扇贝状小蛋糕的形状,它丰腴、性感,但褶纹却显得严肃、虔诚——已经消失,或者说处于昏睡的状态并失去了扩张能力，无法进入意识之中。然而，当人亡物丧、过去的一切荡然无存之时，只有气味和滋味长存，它们如同灵魂，虽然比较脆弱，却更有活力，更加虚幻，更能持久，更为忠实，它们在回忆、等待、期望，在其他一切事物的废墟上，在它们几乎不可触知的小水珠上，不屈不挠地负载着记忆的宏伟大厦。

一旦我得知这是我姑妈在椴花茶里浸泡后给我吃的马德莱娜蛋糕的味道（这件往事为什么使我如此高兴，我当时还不知道，而要等到很久之后才会发现），她房间所在的那幢临街的灰屋，立刻像舞台布景那样同一幢前面是花园的小楼合在一起，小楼是为我父母建造的，位于灰屋的后面（在此之前，我回想起的只有这幢孤零零的小楼）；同灰屋一起出现的，还有从早到晚、在各种天气下的城市景观，午饭前家人叫我去玩的那个广场，我奔走的各条街道，以及天好时散步的条条小道。这就像日本人玩的游戏，他们把小纸片放进盛满水的瓷碗里，这些小纸片在放进去前并无区别，但浸入水中之后立刻伸展开来，呈现不同的形状和色彩，变成花朵、房屋和人物，实实在在，形状可辨；同时，现在出现了我们花园里的所有花朵和斯万先生花园里的花朵，还有维冯纳河里的睡莲、善良的村民及其小屋，以及教堂和整个贡布雷及其周围地区，这一切逼真地展现出来，城市和花园，都出自我的那杯茶。

选自《新编外国现代作品选》（第 1 编），郑克鲁、董衡巽主编，徐和谨译，上海学林出版社，2008

墙上的斑点

［英国］伍尔夫

大约是在今年一月中旬，我抬起头来，第一次看见了墙上的那个斑点。为了要确定是在哪一天，就得回忆当时我看见了些什么。现在我记起了炉子里的火，一片黄色的火光一动不动地照射在我的书页上；壁炉上圆形玻璃缸里插着三朵菊花。对啦，一定是冬天，我们刚喝完茶，因为我记得当时我正在吸烟，我抬起头来，第一次看见了墙上那个斑点。我透过香烟的烟雾望过去，眼光在火红的炭块上停留了一下，过去关于在城堡塔楼上飘扬着一面鲜红的旗帜的幻觉又浮现在我脑际，我想到无数红色骑士潮水般地骑马跃上黑色岩壁的侧坡。这个斑点打断了这个幻觉，使我觉得松了一口气，因为这是过去的幻觉，是一种无意识的幻觉，可能是在孩童时期产生的。墙上的斑点是一块圆形的小迹印，在雪白的墙壁上呈暗黑色，在壁炉上方大约六七英寸的地方。

我们的思绪是多么容易一哄而上，簇拥着一件新鲜事物，像一群蚂蚁狂热地抬一根稻草一样,抬了一会,又把它扔在那里……如果这个斑点是一只钉子留下的痕迹,那一定不是为了挂一幅油画,而是为了挂一幅小肖像画——一幅鬈发上扑着白粉、脸上抹着脂粉、嘴唇像红石竹花的贵妇人肖像。它当然是一件赝品,这所房子以前的房客只会选那一类的画——老房得有老式画像来配它。他们就是这种人家——很有意思的人家,我常常想到他们,都是在一些奇怪的地方,因为谁都不会再见到他们,也不会知道他们后来的遭遇了。据他说,那家人搬出这所房子是因为他们想换一套别种式样的家具,他正在说,按他的想法,艺术品背后应该包含着思想的时候,我们两人就一下子分了手,这种情形就像坐火车一样,我们在火车里看见路旁郊外别墅里有个老太太正准备倒茶,有个年轻人正举起球拍打网球,火车一晃而过,我们就和老太太以及年轻人分了手,把他们抛在火车后面。

但是,我还是弄不清那个斑点到底是什么;我又想,它不像是钉子留下的痕迹。它太大、太圆了。我本来可以站起来,但是,即使我站起身来瞧瞧它,十之八九我也说不出它到底是什么;因为一旦一件事发生以后,就没有人能知道它是怎么发生的了。唉!天哪,生命是多么神秘;思想是多么不准确!人类是多么无知!为了证明我们对自己的私有物品是多么无法加以控制——和我们的文明相比,人的生活带有多少偶然性啊——我只要列举少数几件我们一生中遗失的物件就够了。就从三只装着订书工具的浅蓝色罐子说起吧,这永远是遗失的东西当中丢失得最神秘的几件——哪只猫会去咬它们,哪只老鼠会去啃它们呢?再数下去,还有那几个鸟笼子、铁裙箍、钢滑冰鞋、安女王时代的煤斗子、弹子戏球台、手摇风琴——全都丢失了,还有一些珠宝,也遗失了。有乳白宝石、绿宝石,它们都散失在芜菁的根部旁边。它们是花了多少心血节衣缩食积蓄起来的啊!此刻我四周全是挺有分量的家具,身上还穿着几件衣服,简直是奇迹。要是拿什么来和生活相比的话,就只能比作一个人以一小时五十英里的速度被射出地下铁道,从地道口出来的时候头发上一根发针也不剩。光着身子被射到上帝脚下!头朝下脚朝天地摔倒在开满水仙花的草原上,就像一捆捆棕色纸袋被扔进邮局的输物管道一样!头发飞扬,就像一匹赛马会的跑马尾巴。对了,这些比拟可以表达生活的飞快速度,表达那永不休止的消耗和修理;一切都那么偶然,那么碰巧。

那么来世呢?粗大的绿色茎条慢慢地被拉得弯曲下来,杯盖形的花倾翻了,它那紫色和红色的光芒笼罩着人们。到底为什么人要投生在这里,而不投生到那里,不会行动、不会说话、无法集中目光,在青草脚下,在巨人的脚趾间摸索呢?至于什么是树,什么是男人和女人,或者是不是存在这样的东西,人们再过五十年也是无法说清楚的。别的什么都不会有,只有充塞着光亮和黑暗的空间,中间隔着一条条粗大的茎干,也许在更高处还有一些色彩不很清晰的——淡淡的粉红色或蓝色的——玫瑰花形状的斑块,随着时光的流逝,它会越来越清楚、越——我也不知道怎样……

可是墙上的斑点不是一个小孔。它很可能是什么暗黑色的圆形物体,比如说,一片夏天残留下来的玫瑰花瓣造成的,因为我不是一个警惕心很高的管家——只要瞧瞧壁炉上的尘土就知道了,据说就是这样的尘土把特洛伊城严严实实地埋了三层,只有一些罐子的碎片是它们没法毁灭的,这一点完全能叫人相信。

窗外树枝轻柔地敲打着玻璃……我希望能静静地、安稳地、从容不迫地思考,没有谁来打扰,一点也用不着从椅子里站起来:可以轻松地从这件事想到那件事,不感觉敌意,也不觉得有阻碍。我希望深深地、更深地沉下去,离开表面,离开表面的生硬的个别事实。让我稳住自己,抓住第一个一瞬即逝的念头……莎士比亚……对啦,不管是他还是别人,都行。这个人稳稳地坐在扶手椅里,凝视着炉火,就这样——一阵骤雨似的念头源源不断地从某个非常高的天国倾泻而下,进入他的头脑。他把前额倚在自己的手上,于是人们站在敞开的大门外面向里张望——我们假设这个景象发生在夏天的傍晚——可是,所有这一切历史的虚构是多么沉闷啊!它丝毫引不起我的兴趣。我希望能碰上一条使人愉快的思路,同时这条思路也能间接地给我增添几分光彩,这样的想法是最令人愉快的了。连那些真诚地相信自己不爱听别人赞扬的谦虚而灰色的人们头脑里,也经常会产生这种想法。它们不是直接恭维自己,妙就妙在这里;这些想法是这样的:

"于是我走进屋子。他们在谈植物学。我说我曾经看见金斯威一座老房子的地基上的尘土堆里开了一朵花。我说那粒花籽多半是查理一世在位的时候种下的。查理一世在位的时候人们种些什么花呢?"我问道——(但是我不记得回答是什么)也许是高大的、带着紫色花穗的花吧。于是就这样想下去。同时,我一直在头脑里把自己的形象打扮起来,是爱抚地、偷偷地,而不是公开地崇拜自己的形象。因为,我如果当真公开地这么干了,就会马上被自己抓住,我就会马上伸出手去拿过一本书来掩盖自己。说来也真奇怪,人们总是本能地保护自己的形象,不让偶像崇拜或是什么别的处理方式使它显得可笑,或者使它变得和原型太不相像以至于人们不相信它。但是,这个事实也可能并不那么奇怪?这个问题极其重要。假定镜子打碎了,形象消失了,那个浪漫的形象和周围一片绿色的茂密森林也不复存在,只有其他的人看见的那个人的外壳——世界会变得多么闷人,多么浮浅、多么光秃、多么凸出啊!在这样的世界里是不能生活的。当我们面对面坐在公共汽车和地下铁道里的时候,我们就是在照镜子;这就说明为什么我们的眼神都那么呆滞而朦胧。未来的小说家们会越来越认识到这些想法的重要性，因为这不只是一个想法，而是无限多的想法；它们探索深处、追逐幻影，越来越把现实的描绘排除在他们的故事之外，认为这类知识是天生具有的，希腊人就是这样想的，或许莎士比亚也是这样想的——但是这种概括毫无价值。只要听听概括这个词的音调就够了。它使人想起社论，想起内阁大臣——想起一整套事物，人们在儿童时期就认为这些事物是正统，是标准的、真正的事物，人人都必须遵循，否则就得冒打入十八层地狱的危险。提起概括，不知怎么使人想起伦敦的星期日，星期日午后的散步，星期日的午餐，也使人想起已经去世的人的说话方式、衣着打扮、习惯——例如大家一起坐在一间屋子里直到某一个钟点的习惯，尽管谁都不喜欢这么做。每件事都有一定的规矩。在那个特定时期，桌布的规矩就是一定要用花毯做成，上面印着黄色的小方格子，就像你在照片里看见的皇宫走廊里铺的地毯那样。另外一种花样的桌布就不能算真正的桌布。当我们发现这些真实的事物、星期天的午餐、星期天的散步、庄园宅第和桌布等并不全是真实的，确实带着些幻影的味道，而不相信它们的人所得到的处罚只不过是一种非法的自由感时，事情是多么使人惊奇，又是多么奇妙啊！我奇怪现在到底是什么代替了它们，代替了那些真正的、标准的东西？也许是人，如果你是个女人的话；男性的观点支配着我们的生活，是它制定了标准，订出惠特克①的尊卑序列表；据我猜想，大战后它对于许多男人和女人已经带上幻影的味道，并且我们希望很快它就会像幻影、红木碗橱、兰西尔版画、上帝、魔鬼和地狱之类东西一样遭到讥笑，被送进垃圾箱，给我们大家留下一种令人陶醉的非法的自由感——如果真存在自由的话……

在某种光线下面看墙上那个斑点，它竟像是凸出在墙上的。它也不完全是圆形的。我不敢肯定，不过它似乎投下一点淡淡的影子，使我觉得如果我用手指顺着墙壁摸过去，在某一点上会摸着一个起伏的小小的古冢，一个平滑的古冢，就像南部丘陵草原地带上的那些古冢，据说，它们不是坟墓，就是宿营地。在两者之中，我倒宁愿它是坟墓，我像多数英国人一样偏爱忧伤，并且认为在散步结束时想到草地下埋着白骨是很自然的事情……一定有一部书写到过它。一定有哪位古物收藏家把这些白骨发掘出来，给它们起了名字……我想知道古物收藏家会是什么样的人？多半准是些退役的上校，领着一伙上了年纪的工人爬到这儿的顶上，检查泥块和石头，和附近的牧师互相通信。牧师在早餐的时候拆开信件来看，觉得自己颇为重要。为了比较不同的箭镞，还需要作多次乡间旅行，

① 约瑟夫·惠特克（1820—1895），英国出版商，创办过《书商》杂志，于1868年开始编纂惠特克年鉴。

到本州的首府去,这种旅行对于牧师和他们的老伴都是一种愉快的职责,他们的老伴正想做樱桃酱,或者正想收拾一下书房。他们完全有理由希望那个关于营地或者坟墓的重大问题长期悬而不决。而上校本人对于就这个问题的两方面能否搜集到证据却感到愉快而达观。的确,他最后终于倾向于营地说;由于受到反对,他便写了一篇文章,准备拿到当地会社的季度例会上宣读,恰好在这时他中风病倒,他的最后一个清醒的念头不是想到妻子和儿女,而是想到营地和箭镞,这个箭镞已经被收藏进当地博物馆的橱柜,和一只中国女杀人犯的脚、一把伊丽莎白时代的铁钉、一大堆都铎王朝时代的土制烟斗、一件罗马时代的陶器,以及纳尔逊用来喝酒的酒杯放在一起——我真的不知道它到底证明了什么。

不,不,什么也没有证明,什么也没有发现。假如我在此时此刻站起身来,弄明白墙上的斑点果真是——我们怎么说才好呢?——一只巨大的旧钉子的钉头,钉进墙里已经有两百年,直到现在,由于一代又一代女仆耐心地擦拭,钉子的顶端得以露出到油漆外面,正在一间墙壁雪白、炉火熊熊的房间里第一次看见现代的生活,我这样做又能得到些什么呢?——知识吗?还是可供进一步思考的题材?不论是静坐着还是站起来我都一样能思考。什么是知识?我们的学者除了是蹲在洞穴和森林里熬药草、盘问地老鼠、记载星辰的语言的巫婆和隐士们的后代,还能是什么呢?我们的迷信逐渐消失,我们对美和健康的思想越来越尊重,我们也就不那么崇敬他们了……是的,人们能够想象出一个十分可爱的世界。这个世界安宁而广阔,在旷野里盛开着鲜红和湛蓝色的花朵。这个世界里没有教授、没有专家、没有警察面孔的管家,在这里人们可以像鱼儿用鳍翅划开水面一般,用自己的思想划开世界,轻轻地掠过荷花的梗条,在装满白色的海鸟卵的鸟窠上空盘旋……在世界的中心扎下根,透过灰暗的海水和水里瞬间的闪光以及倒影向上看去,这里是多么宁静啊——假如没有惠特克年鉴——假如没有尊卑序列表!

我一定要跳起来亲眼看看墙上的斑点到底是什么?——是只钉子?一片玫瑰花瓣?还是木块上的裂纹?

大自然又在这里玩弄她保存自己的老把戏了。她认为这条思路至多不过白白浪费一些精力,或许会和现实发生一点冲突,因为谁又能对惠特克的尊卑序列表妄加非议呢?排在坎特伯里大主教后面的是大法官,而大法官后面又是约克大主教。每一个人都必须排在某人的后面,这是惠特克的哲学。最要紧的是知道谁该排在谁的后面。惠特克是知道的。大自然忠告你说,不要为此感到恼怒,而要从中得到安慰;假如你无法得到安慰,假如你一定要破坏这一小时的平静,那就去想想墙上的斑点吧。

我懂得大自然要的什么把戏——她在暗中怂恿我们采取行动以便结束那些

容易令人兴奋或痛苦的思想。我想，正因如此，我们对实干家总不免稍有一点轻视——我们认为这类人不爱思索。不过，我们也不妨注视墙上的斑点，来打断那些不愉快的思想。

真的，现在我越加仔细地看着它，就越发觉得好似在大海中抓住了一块木板。我体会到一种令人心满意足的现实感，把那两位大主教和那位大法官统统逐入了虚无的幻境。这里，是一件具体的东西，是一件真实的东西。我们半夜从一场噩梦中惊醒，也往往这样，急忙扭亮电灯，静静地躺一会儿，赞赏着衣柜，赞赏着实在的物体，赞赏着现实，赞赏着身外的世界，它证明除了我们自身以外还存在着其他的事物。我们想弄清楚的也就是这个问题。木头是一件值得加以思索的愉快的事物。它产生于一棵树；树木会生长，我们并不知道它们是怎么样生长起来的。它们长在草地上、森林里、小河边——这些全是我们喜欢去想的事物——它们长着、长着，长了许多年，一点也没有注意到我们。炎热的午后，母牛在树下挥动着尾巴；树木把小河点染得这样翠绿一片，以至于使我们觉得当一只雌的红松鸡一头扎进水里去的时候，它应该带着绿色的羽毛冒出水面来。我喜欢去想那些像被风吹得鼓起来的旗帜一样逆流而上的鱼群；我还喜欢去想那些在河床上一点点地垒起一座座圆顶土堆的水甲虫。我喜欢想象那棵树本身的情景：首先是它自身木质的紧密干燥的感觉。然后感受到雷雨的摧残；接下去就感到树液缓慢地、舒畅地一滴滴流出来。我还喜欢去想这棵树怎样在冬天的夜晚独自屹立在空旷的田野上，树叶紧紧地合拢起来，对着月亮射出的铁弹，什么弱点也不暴露，像一根空荡荡的桅杆竖立在整夜不停地滚动着的大地上。六月里鸟儿的鸣啭听起来一定很震耳，很不习惯；小昆虫在树皮的褶皱上吃力地爬过去，或者在树叶搭成的薄薄的绿色天篷上面晒太阳，它们红宝石般的眼睛直盯着前方，这时候它们的脚会感觉多么寒冷啊……大地的寒气凛冽逼人，压得树木的纤维一根根地断裂开来。最后的一场暴风雨袭来，树倒了下去，树梢的枝条重新深深地陷进泥土。即使到了这种地步，生命也并没有结束。这棵树还有一百万条坚毅而清醒的生命分散在世界上。有的在卧室里，有的在船上，有的在人行道上，还有的变成了房间的护壁板，男人和女人们在喝过茶以后就坐在这间屋里抽烟。这棵树勾起了许许多多平静的、幸福的联想。我很愿意挨个儿去思索它们——可是遇到了阻碍……我想到什么地方啦？是怎么样想到这里的呢？一棵树？一条河？丘陵草原地带？惠特克年鉴？盛开水仙花的原野？我什么也记不起啦。一切在转动、在下沉、在滑开去、在消失……事物陷进了大动荡之中。有人正在俯身对我说：

"我要出去买份报纸。"

"是吗？"

"不过买报纸也没有什么意思……什么新闻都没有。该死的战争;让这次战争见鬼去吧!……然而不论怎么说,我认为我们也不应该让一只蜗牛爬在墙壁上。"

哦,墙上的斑点!那是一只蜗牛。

选自《外国现代派作品选》(第2册),袁可嘉等选编,文美惠译,上海文艺出版社,1981。

纪念爱米丽的一朵玫瑰花

[美国]威廉·福克纳

爱米丽·格里尔生小姐过世了,全镇的人都去送丧:男子们是出于敬慕之情,因为一个纪念碑倒下了;妇女们呢,则大多数出于好奇心,想看看她屋子的内部。除了一个花匠兼厨师的老仆人之外,至少已有十年光景谁也没进去看看这幢房子了。

那是一幢过去漆成白色的四方形大木屋,坐落在当年一条最考究的街道上,还装点着有19世纪70年代风味的圆形屋顶、尖塔和涡形花纹的阳台,带有浓厚的轻盈气息。可是汽车间和轧棉机之类的东西侵犯了这一带庄严的名字,把它们涂抹得一干二净。只有爱米丽小姐的屋子岿然独存,四周簇拥着棉花车和汽油泵。房子虽已破败,却还是执拗不驯,装模作样,真是丑中之丑。现在爱米丽小姐已经加入了那些名字庄严的代表人物的行列,他们沉睡在雪松环绕的墓园之中,那里尽是一排排在南北战争时期杰斐逊战役中阵亡的南方和北方的无名军人墓。

爱米丽小姐在世时,始终是一个传统的化身,是义务的象征,也是人们关注的对象。打1874年某日镇长沙多里斯上校——也就是他下了一道黑人妇女不系围裙不得上街的命令——豁免了她一切应纳的税款起,期限从她父亲去世之日开始,一直到她去世为止,这是全镇沿袭下来对她的一种义务。这也并非说爱米丽甘愿接受施舍,原来是沙多里斯上校编造了一大套无中生有的话,说是爱米丽的父亲曾经贷款给镇政府,因此,镇政府作为一种交易,宁愿以这种方式偿还。这一套话,只有沙多里斯一代的人以及像沙多里斯一样头脑的人才能编得出来,也只有妇道人家才会相信。

等到思想更为开明的第二代人当了镇长和参议员时,这项安排引起了一些小小的不满。那年元旦,他们便给她寄去了一张纳税通知单。二月份到了,还是杳无音信。他们发去一封公函,要她便中到司法长官办公处去一趟。一周之后,镇长亲自写信给爱米丽，表示愿意登门访问，或派车迎接她，而所得回信却是一张便条，写在古色古香的信笺上，书法流利，字迹细小，但墨水已不鲜艳，信的大意是说她已根本不外出。纳税通知附还，没有表示意见。

参议员们开了个特别会议，派出一个代表团对她进行了访问。他们敲敲门，自从八年或者十年前她停止开授瓷器彩绘课以来，谁也没有从这大门出入过。那个上了年纪的黑人男仆把他们接待进阴暗的门厅，从那里再由楼梯上去，光线就更暗了。一股尘封的气味扑鼻而来，空气阴湿而又不透气，这屋子长久没有人住了。黑人领他们到客厅里，里面摆设的笨重家具全都包着皮套子。黑人打开了一扇百叶窗，这时，便更可看出皮套子已经坼裂；等他们坐了下来，大腿两边就有一阵灰尘冉冉上升，尘粒在那一缕阳光中缓缓旋转。壁炉前已经失去金色光泽的画架上面放着爱米丽父亲的炭笔画像。

她一进屋，他们全都站了起来。一个小模小样，腰圆体胖的女人，穿了一身黑服，一条细细的金表链拖到腰部，落到腰带里去了，一根乌木拐杖支撑着她的身体，拐杖头的镶金已经失去光泽。她的身架矮小，也许正因为这个缘故，在别的女人身上显得不过是丰满，而她却给人以肥大的感觉。她看上去像长久泡在死水中的一具死尸，肿胀发白。当客人说明来意时，她那双凹陷在一脸隆起的肥肉之中，活像揉在一团生面中的两个小煤球似的眼睛不住地移动着，时而瞧瞧这张面孔，时而打量那张面孔。

她没有请他们坐下来。她只是站在门口，静静地听着，直到发言的代表结结巴巴地说完，他们这时才听到那块隐在金链子那一端的挂表嘀嗒作响。

她的声调冷酷无情。"我在杰斐逊无税可纳。沙多里斯上校早就向我交代过了。或许你们有谁可以去查一查镇政府档案，就可以把事情弄清楚。"

"我们已经查过档案，爱米丽小姐，我们就是政府当局。难道你没有收到过司法长官亲手签署的通知吗？"

"不错，我收到过一份通知，"爱米丽小姐说道，"也许他自封为司法长官……可是我在杰斐逊无税可交。"

"可是纳税册上并没有如此说明，你明白吧。我们应根据……"

"你们去找沙多里斯上校。我在杰斐逊无税可交。"

"可是，爱米丽小姐——"

"你们去找沙多里斯上校（沙多里斯上校死了将近十年了），我在杰斐逊无税可纳。托比！黑人应声而来。"把这些先生们请出去。"

二

她就这样把他们"连人带马"地打败了，正如三十年前为了那股气味的事战胜了他们的父辈一样。那是她父亲死后两年,也就是在她的心上人——我们都相信一定会和她结婚的那个人——抛弃她不久的时候。父亲死后,她很少外出;心上人离去之后,人们简直就看不到她了。有少数几位妇女竟冒冒失失地去访问过她,但都吃了闭门羹。她居处周围唯一的生命迹象就是那个黑人男子拎着一个篮子出出进进,当年他还是个青年。

"好像只要是一个男子,随便什么样的男子,都可以把厨房收拾得井井有条似的。"妇女们都这样说。因此,那种气味越来越厉害时,她们也不感到惊异,那是芸芸众生的世界与高贵有势的格里尔生家之间的另一联系。

邻家一位妇女向年已八十的法官斯蒂芬斯镇长抱怨。

"可是太太,你叫我对这件事又有什么办法呢?"他说。

"哼,通知她把气味弄掉,"那位妇女说,"法律不是有明文规定吗?"

"我认为这倒不必要,"法官斯蒂芬斯说。"可能是她用的那个黑鬼在院子里打死了一条蛇或一只老鼠。我去跟他说说这件事。"

第二天,他又接到两起申诉,一起来自一个男的,用温和的语气提出意见。"法官,我们对这件事实在不能不过问了。我是最不愿意打扰爱米丽小姐的人,可是我们总得想个办法。"那天晚上全体参议员——三位老人和一位年纪较轻的新一代成员在一起开了个会。

"这件事很简单,"年轻人说。"通知她把屋子打扫干净,限期搞好,不然的话……"

"先生,这怎么行?"法官斯蒂芬斯说,"你能当着一位贵妇人的面说她那里有难闻的气味吗?"

于是,第二天午夜之后,有四个人穿过了爱米丽小姐家的草坪,像夜盗一样绕着屋子潜行,沿着墙角一带以及在地窖通风处拼命闻嗅,而其中一个人则用手从挎在肩上的袋子中掏出什么东西,不断做着播种的动作。他们打开了地窖门,在那里和所有的外屋里都撒上了石灰。等到他们回头又穿过草坪时,原来暗黑的一扇窗户亮起了灯:爱米丽小姐坐在那里,灯在她身后,她那挺直的身躯一动不动像是一尊偶像一样。他们蹑手蹑脚地走过草坪,进入街道两旁洋槐树树荫之中。一两个星期之后,气味就闻不到了。

而这时人们才开始真正为她感到难过。镇上的人想起爱米丽小姐的姑奶奶韦亚特老太太终于变成了十足疯子的事,都相信格里尔生一家人自视过高,不了解自己所处的地位。爱米丽小姐和像她一类的女子对什么年轻男子都看不上眼。长久以来,我们把这家人一直看作一幅画中的人物:身段苗条、穿着白衣的爱米丽小姐立在背后,她父亲叉开双脚的侧影在前面,背对爱米丽,手执一根马鞭,一扇向后开的前门恰好嵌住了他们俩的身影。因此当她年近三十,尚未婚配时,我们实在没有喜幸的心理,只是觉得先前的看法得到了证实。即令她家有着疯癫的血液吧,如果真有一切机会摆在她面前,她也不至于断然放过。

父亲死后,传说留给她的全部财产就是那座房子;人们倒也感到有点高兴。到头来,他们可以对爱米丽表示怜悯之情了。单身独处,贫苦无告,她变得懂人情了。如今她也体会到多一便士就激动喜悦、少一便士便痛苦失望的那种人皆有之的心情了。

她父亲死后的第二天,所有的妇女们都准备到她家拜望,表示哀悼和愿意接济的心意,这是我们的习俗。爱米丽小姐在家门口接待她们,衣着和平日一样,脸上没有一丝哀愁。她告诉她们,她的父亲并未死。一连三天她都是这样,不论是教会牧师访问她也好,还是医生想劝她让他们把尸体处理掉也好。正当他们要诉诸法律和武力时,她垮下来了,于是他们很快地埋葬了她的父亲。

当时我们还没有说她发疯。我们相信她这样做是控制不了自己。我们还记得她父亲赶走了所有的青年男子,我们也知道她现在已经一无所有,只好像人们常常所做的一样,死死拖住抢走了她一切的那个人。

三

她病了好长一个时期。再见到她时,她的头发已经剪短,看上去像个姑娘,和教堂里彩色玻璃窗上的天使像不无相似之处——有几分悲怆肃穆。

行政当局已订好合同,要铺设人行道,就在她父亲去世的那年夏天开始动工,建筑公司带着一批黑人、骡子和机器来了,工头是个北方佬,名叫荷默·伯隆,个子高大,皮肤黝黑,精明强干,声音洪亮,双眼比脸色浅淡。一群群孩子跟在他身后听他用不堪入耳的话责骂黑人,而黑人则随着铁镐的上下起落有节奏地哼着劳动号子。没有多少时候,全镇的人他都认识了。随便什么时候人们要是在广场上的什么地方听见呵呵大笑的声音,荷默·伯隆肯定是在人群的中心。过了不久,逢到礼拜天的下午我们就看到他和爱米丽小姐一齐驾着轻便马车出游了。那辆黄轮车配上从马房中挑出的栗色辕马,十分相称。

起初我们都高兴地看到爱米丽小姐多少有了一点寄托,因为妇女们都说:"格里尔生家的人绝对不会真的看中一个北方佬,一个拿日工资的人。"不过也有别人,一些年纪大的人说就是悲伤也不会叫一个真正高贵的妇女忘记"贵人举止",尽管口头上不把它叫作"贵人举止"。他们只是说:"可怜的爱米丽,她的亲属应该来到她的身边。"她有亲属在亚拉巴马;但多年以前,她的父亲为了疯婆子韦亚特老太太的产权问题跟他们闹翻了,以后两家就没有来往。他们连丧礼也没派人参加。

老人们一说到"可怜的爱米丽",就交头接耳开了。他们彼此说:"你当真认为是那么回事吗?""当然是啰。还能是别的什么事?……"而这句话他们是用手捂住嘴轻轻地说的;轻快的马蹄得得驶去的时候,关上了遮挡星期日午后骄阳的百叶窗,还可听出绸缎的窸窣声:"可怜的爱米丽。"

她把头抬得高高——甚至当我们深信她已经堕落了的时候也是如此,仿佛她比历来都更要求人们承认她作为格里尔生家族末代人物的尊严;仿佛她的尊严就需要同世俗的接触来重新肯定她那不受任何影响的性格。比如说,她那次买老鼠药、砒霜的情况。那是在人们已开始说"可怜的爱米丽"之后一年多,她的两个堂姐妹也正在那时来看望她。

"我要买点毒药。"她跟药剂师说。她当时已三十出头,依然是个削肩细腰的女人,只是比往常更加清瘦了,一双黑眼冷酷高傲,脸上的肉在两边的太阳穴和眼窝处绷得很紧,那副面部表情是你想象中的灯塔守望人所应有的。"我要买点毒药。"她说道。

"知道了,爱米丽小姐。要买哪一种?是毒老鼠之类的吗?那么我介——"

"我要你们店里最有效的毒药,种类我不管。"

药剂师一口说出好几种。"它们什么都毒得死,哪怕是大象。可是你要的是——"

"砒霜,"爱米丽小姐说。"砒霜灵不灵?"

"是……砒霜?知道了,小姐。可是你要的是……"

"我要的是砒霜。"

药剂师朝下望了她一眼。她回看他一眼,身子挺直,面孔像一面拉紧了的旗子。"噢噢,当然有,"药剂师说。"如果你要的是这种毒药。不过,法律规定你得说明作什么用途。"

爱米丽小姐只是瞪着他,头向后仰了仰,以便双眼好正视他的双眼,一直看到他把目光移开了,走进去拿砒霜包好。黑人送货员把那包药送出来给她;药剂师却没有再露面。她回家打开药包,盒子上骷髅骨标记下注明:"毒鼠用药。"

四

于是,第二天我们大家都说:"她要自杀了。"我们也都说这是再好没有的事。我们第一次看到她和荷默·伯隆在一块儿时,我们都说:"她要嫁给他了。"后来又说:"她还得说服他呢。"因为荷默自己说他喜欢和男人来往,大家知道他和年轻人在麋鹿俱乐部一道喝酒,他本人说过,他是无意于成家的人。以后每逢礼拜天下午他们乘着漂亮的轻便马车驰过:爱米丽小姐昂着头,荷默歪戴着帽子,嘴里叼着雪茄烟,戴着黄手套的手握着马缰和马鞭。我们在百叶窗背后都不禁要说一声:"可怜的爱米丽。"

后来有些妇女开始说,这是全镇的羞辱,也是青年的坏榜样。男子汉不想干涉,但妇女们终于迫使浸礼会牧师——爱米丽小姐一家人都是属于圣公会的——去拜访她。访问经过他从未透露,但他再也不愿去第二趟了。下个礼拜天他们又驾着马车出现在街上,于是第二天牧师夫人就写信告知爱米丽住在亚拉巴马的亲属。

原来她家里还有近亲,于是我们坐待事态的发展。起先没有动静,随后我们得到确讯,他们即将结婚。我们还听说爱米丽小姐去过首饰店,订购了一套银质男人盥洗用具,每件上面刻着"荷·伯"。两天之后人家又告诉我们她买了全套男人服装,包括睡衣在内,因此我们说:"他们已经结婚了。"我们着实高兴。我们高兴的是两位堂姐妹比起爱米丽小姐来,更有格里尔生家族的风度。

因此当荷默·伯隆离开本城——街道铺路工程已经竣工好一阵子了——时,我们一点也不感到惊异。我们倒因为缺少一番送行告别的热闹,不无失望之感。不过我们都相信他此去是为了迎接爱米丽小姐做一番准备,或者是让她有个机会打发走两个堂姐妹。(这时已经形成了一个秘密小集团,我们都站爱米丽小姐一边,帮她踢开这一对堂姐妹)一点也不差,一星期后她们就走了。而且,正如我们一直所期待的那样,荷默·伯隆又回到镇上来了。一位邻居亲眼看见那个黑人在一天黄昏时分打开厨房门让他进去了。

这就是我们最后一次看到荷默·伯隆。至于爱米丽小姐呢,我们则有一段时间没有见到过她。黑人拿着购货篮进进出出,可是前门却总是关着。偶尔可以看到她的身影在窗口晃过,就像人们在撒石灰那天夜晚曾经见到过的那样,但却有整整六个月的时间,她没有出现在大街上。我们明白这也并非出乎意料;她父亲的性格三番五次地使她那作为女性的一生平添波折,而这种性格仿佛大恶毒,太狂暴,还不肯消失似的。

等到我们再见到爱米丽小姐时,她已经发胖了,头发也已灰白了。以后数年中,头发越变越灰,变得像胡椒盐似的铁灰色,颜色就不再变了。直到她七十四岁去世之日为止,还是保持着那旺盛的铁灰色,像是一个活跃的男子的头发。

打那时起,她的前门就一直关闭着,除了她四十左右的那段约有六七年的时间之外。在那段时期,她开授瓷器彩绘课。在楼下的一间房里,她临时布置了一个画室,沙多里斯上校的同时代人全都把女儿、孙女儿送到她那里学画,那样的按时按刻,那样的认真精神,简直同礼拜天把她们送到教堂去,还给她们二角五分钱的硬币准备放在捐献盆子里的情况一模一样。这时,她的捐税已经被豁免了。

后来,新的一代成了全镇的骨干和精神,学画的学生们也长大成人,渐次离开了,她们没有让她们自己的女孩子带着颜色盒、令人生厌的画笔和从妇女杂志上剪下来的画片到爱米丽小姐那里去学画。最后一个学生离开后，前门关上了，而且永远关上了。全镇实行免费邮递制度之后，只有爱米丽小姐一人拒绝在她门口钉上金属门牌号，附设一个邮件箱。她怎样也不理睬他们。

日复一日，月复一月，年复一年，我们眼看着那黑人的头发变白了，背也驼了，还照旧提着购货篮进进出出。每年十二月我们都寄给她一张纳税通知单，但一星期后又由邮局退还了，无人收信。不时我们在楼底下的一个窗口——她显然是把楼上封闭起来了——见到她的身影，像神龛中的一个偶像的雕塑躯干，我们说不上她是不是在看着我们。她就这样度过了一代又一代——高贵，宁静，无法逃避，无法接近，怪僻乖张。

她就这样与世长辞了。在一栋尘埃遍地、鬼影憧憧的屋子里得了病，侍候她的只有一个老态龙钟的黑人。我们甚至连她病了也不知道，也早已不想从黑人那里去打听什么消息。他跟谁也不说话，恐怕对她也是如此，他的嗓子似乎由于长久不用变得嘶哑了。

她死在楼下一间屋子里，笨重的胡桃木床上还挂着床帷，她那长满铁灰头发的头枕着的枕头由于用了多年而又不见阳光，已经黄得发霉了。

五

黑人在前门口迎接第一批妇女，把她们请进来，她们话音低沉，发出咝咝声响，以好奇的目光迅速扫视着一切。黑人随即不见了，他穿过屋子，走出后门，从此就不见踪影了。

两位堂姐妹也随即赶到，她们第二天就举行了丧礼，全镇的人都跑来看看覆盖着鲜花的爱米丽小姐的尸体。停尸架上方悬挂着她父亲的炭笔画像，一脸深刻沉思的表情，妇女们唧唧喳喳地谈论着死亡，而老年男子呢——有些人还穿上了刷得很干净的南方同盟军制服——则在走廊上、草坪上纷纷谈论着爱米丽小姐的一生，仿佛她是他们的同时代人，而且还相信和她跳过舞，甚至向她求过爱，他们把按数学级数向前推进的时间给搅乱了。这是老年人常有的情形。在他们看来，过去的岁月不是一条越来越窄的路，而是一片广袤的连冬天也对它无所影响的大草地，只是近十年来才像窄小的瓶口一样，把他们同过去隔断了。

我们已经知道，楼上那块地方有一个房间，四十年来从没有人见到过，要进去得把门撬开。他们等到爱米丽小姐安葬之后，才设法去开门。

门猛烈地打开，震得屋里灰尘弥漫。这间布置得像新房的屋子，仿佛到处都笼罩着墓室一般的淡淡的阴惨惨的氛围：败了色的玫瑰色窗帘，玫瑰色的灯罩，梳妆台，一排精细的水晶制品和白银作底的男人盥洗用具，但白银已毫无光泽，连刻制的姓名字母图案都已无法辨认了。杂物中有一条硬领和领带，仿佛刚从身上取下来似的,把它们拿起来时,在台面上堆积的尘埃中留下淡淡的月牙痕。椅子上放着一套衣服,折叠得好好的;椅子底下有两只寂寞无声的鞋和一双扔了不要的袜子。

那男人躺在床上。

我们在那里立了好久,俯视着那没有肉的脸上令人莫测的龇牙咧嘴的样子。那尸体躺在那里,显出一度是拥抱的姿势,但那比爱情更能持久、那战胜了爱情的熬煎的永恒的长眠已经使他驯服了。他所遗留下来的肉体已在破烂的睡衣下腐烂,跟他躺着的木床粘在一起,难分难解了。在他身上和他身旁的枕上,均匀地覆盖着一层长年累月积下来的灰尘。

后来我们才注意到旁边那只枕头上有人头压过的痕迹。我们当中有一个人从那上面拿起了什么东西,大家凑近一看——这时一股淡淡的干燥发臭的气味钻进了鼻孔——原来是一绺长长的铁灰色头发。

选自《20世纪外国小说读本》,宋兆霖主编,杨岂深译,浙江文艺出版社,2002

超现实主义文学

　　超现实主义文学是继象征主义、未来主义、表现主义之后,现代主义文学的又一个有广泛国际影响的重要流派。超现实主义文学诞生于 1924 年的法国,从 1924 到 20 世纪 60 年代历时半个世纪,扩及欧美 24 个国家。这一流派有明确的政治、社会和文学理论以及一套实验性的艺术方法,但情况极为复杂。作为一场广泛的文艺运动的超现实主义思潮影响极为广泛,但单就文学领域而言,实际成就仅局限于诗歌领域。

　　从许多方面看,超现实主义是兰波文学主张的直接继承。兰波是法国象征主义诗人,他在《第二种疯癫:字的炼金术》(《地狱一季》)中倡导"凭着幻觉、错觉来写诗",可以说是第一次指明了超现实主义的方向。20 世纪初的未来主义者在极端反传统的态度上和对未来的渴望上也对超现实主义者有影响,阿波利奈尔把他的剧本《蒂蕾西亚的乳房》(1917)称为"超现实主义戏剧",更是这一称谓的滥觞。

　　但对超现实主义形成影响更大的则是第一次世界大战给青年知识分子带来的幻灭感、对现状的不满、对传统价值体系的反叛,以及随之而来的非理性主义思潮。超现实主义的前身是盛行于 1916—1923 年之间的达达主义运动,其参与者大部分都参加过大战。达达主义者反对一切体系,号称要摧毁一切偶像,乃至艺术本身。它提出了随意组合的写作方法,对语言的结构、对意识的连贯提出了疑问,从而启发了超现实主义者按照尼采的观点,艺术家要摧毁已有的形式,去创造新的手法,这是达达主义、也是超现实主义的出发点,以此反对已有艺术形式的束缚。他们以笛卡尔的名言"我甚至不想知道我在我之前是否有过人"为座右铭。由于过于极端,达达主义并没有发展成为一个稳定的文艺流派,但其价值在于为其后文艺的发展扫清了道路。许多超现实主义者都曾参与过这一运动,包括诗人布勒东、阿拉贡、艾吕雅和画家达利等。

　　此外,亨利·柏格森关于理性只能认识外表,只有直觉才能认清本质的理论,弗洛伊德关于无意识是精神的真正实际,梦幻和艺术同源,艺术工作等于做梦等理论都对超现实主义产生重大的指导性影响。

　　超现实主义的主将和理论家安德烈·布勒东(1896—1966)本来是个达达主

义者。1919 年 3 月,他和路易·阿拉贡和菲利普·苏波在巴黎创办《文学》杂志,旨在摧毁数百年来建立在感觉的合理分类和思想条理化基础上的传统文学观念,并成了达达的机关报。后来,因不满足于达达只破不立的虚无主义,这些人和达达分道扬镳。从 1922 年起,布勒东等人开始提出自己的理论,1924 年把《文学》杂志改为《超现实主义革命》杂志,寻找新的创作道路,他发表第一篇《超现实主义宣言》,举起了新的文学运动的大纛。1924 年正式成立超现实主义小组,发表第一篇宣言。由此至 1930 年为超现实主义极盛时期。超现实主义随后扩展到绘画、音乐、电影等领域。第二次世界大战期间,超现实主义中心移往纽约,战后又重新回到巴黎。1969 年 10 月 4 日,让·许斯特在《世界报》发表最后宣言《第四章》,超现实主义运动宣告结束。

布勒东是超现实主义文学的理论家,先后发表三次超现实主义宣言(1924、1929、1942)。后人将这些宣言编辑成书(《超现实主义宣言》,密歇根大学出版社,1972 年英文版)。布勒东的理论颇多自相矛盾之处,但总体上具有稳定性,这很有可能是其潜意识(私我)与前意识相斗争的结果(弗洛伊德认为前意识充当潜意识与意识之间的卫兵,使人类兽性的欲望被抑制),致使其思想不断受到不同意识的控制而来回颠倒,从而表现为前后矛盾(同时这也可以认为是控制下的精神分裂症)。

为了在这里生活

[法国]保尔·艾吕雅

蓝天撇下了我,我点起一堆火,
点起火,以便做火的朋友,
点起火,好进入沉沉的冬夜,
点起火,为了更好地生活。

白天给予我的一切我都给了火:
森林,灌木,麦田,葡萄园,
鸟巢和巢里的鸟,房屋和屋的钥匙,
昆虫,花朵,皮裘,欢乐。

我只听见火焰噼啪的声音,
闻到它的芬芳,感到它的温暖;
我像一条小船在深闭的水面下沉,

我像个死人，只有孑然一身。

选自《外国现代派作品选》（第 2 册），袁可嘉等选编，张冠尧译，上海文艺出版社，1981

稍稍改变的面孔

［法国］保尔·艾吕雅

再见忧愁
你好忧愁
你刻在天花板的线条中
你刻在我热爱的眼睛中
你不完全是悲惨
因为最可怜的嘴唇
透露出你是通过一个微笑
你好忧愁
可爱的躯体之爱
爱情多有威力
它的美妙显现时
似无形的魔鬼
失望的头
忧愁美丽的面孔

自　由

［法国］保尔·艾吕雅

在我的练习本上
在我课桌和树上
在沙上在白雪上
我写上你的名字

在所有念过的书
所有的洁白篇页
石血纸或灰烬上
我写上你的名字

在金色的画像上
在战士的武器上
在国王的冠冕上
我写上你的名字

在丛林和沙漠上
在鸟巢染料木上
在我童年回音上
我写上你的名字

在黑夜的奇迹上
在白天的白面包
和问候的四季上
我写上你的名字

在我所见蓝天上
在阳光发霉池塘
和月光荡漾湖面
我写上你的名字

在田野在地平线
在飞鸟的翅膀上
在暗影的磨房上
我写上你的名字

在晨光熹微之上
在大海和舟楫上
在发狂的火山上
我写上你的名字

在云彩的泡沫上
在雷雨的汗水上
在密而暗的雨上
我写上你的名字

在闪光的形体上
在颜色的大钟上
在自然和真理上

我写上你的名字

在有生气的小径
在平展展的大道
和拥挤的广场上
我写上你的名字

在燃亮的灯泡上
在熄灭的灯泡上
在我聚集的房上
我写上你的名字

在镜子和我房间
一切为二的水果
及我的空壳床上
我写上你的名字

在我温顺的馋狗
在它耸起的双耳
它笨拙的爪子上
我写上你的名字

在我房门的跳板
在家常的器物上
在祝福过的大火
我写上你的名字

在献身的肉体上
在我朋友的额上
在每只伸出的手
我写上你的名字

在惊讶的玻璃上
在亲切的嘴唇上
在远离静寂之上
我写上你的名字

在被毁的藏身处
在我倒坍的灯塔

在我烦恼的墙上
我写上你的名字

在无欲的分离上
在不掩饰的孤独
在死亡的台阶上
我写上你的名字

在恢复的健康上
在消除的危险上
在无记忆的希望
我写上你的名字

因一个词的力量
我重新开始生活
我生来就认识你
要把你称作

自由。

以上选自《新编外国现代作品选》（第2编），郑克鲁、董衡巽主编，郑克鲁译，
上海学林出版社，2008

巴黎的土包子（节选）

[法国] 路易·阿拉贡

世界上存在着不可思议的混乱。但离奇的是，人们却总要透过混乱的表面去探寻神秘的秩序。在他们看来，这种秩序是自然而然的，其实只不过是他们的一厢意愿；在这种秩序得到赏识之前，在把这种秩序和某种观念联系起来或用某种观念加以解释之前，他们就将它引进了事物内部。正是这样，他们的一切都是天意；他们阐明一种能够作为他们的现实的明证的现象，这种现象是通过一个他们满意的假设而在他们和杨树发芽一类的事情之间建立起来的关系；他们崇拜神的原则，因为它赋予种子棉花般的轻盈，只要有足够的气流就能向四面八方扩散、繁殖。

人的精神不能忍受混乱，因为他没有想到过、或者说不会首先想到混乱。每一种观念都只能在与其相对立的观念形成的同一个地方产生，这也许是一个尚未经受检验的真理。混乱只能相对秩序而言，然后，秩序也只能相对混乱而言。

仅仅是"然后"而已。词的构成本身也证明了这一点。① 由于赋予了秩序以神性,因而人们所理解的只是从抽象观念到具体价值的过渡,而混乱是不存在这种过渡的。秩序的概念无须以不可更改的混乱的概念来补充,它靠的是神的解释。

人坚持这一点。那么,在一个观念和另一个观念之间也就不存在任何差别了。所有的观念都可以从抽象过渡到具体,都可以实现它最独特的发展过程,而不再成为庸人们所满足的空核桃。由于需要,由于我思想的逻辑进程,我可以不再坚持我曾提出过的想法。我感到,对有些人来说,混乱是可以向具体状态过渡的。例如,有的人,尽管人们对他思想的每一瞬间都进行检验,以这一瞬间与在此之前的各个瞬间的比较来进行检验(这种对过去而非对未来的偏爱究竟意味着什么? 理由又何在?),他也不会因不断延宕就模糊了自己理想的观察力;也有的人,他能像理解一种纯正的句法关系一样理解各个词之间的区别,也能理解一个封闭的瓶子里何以能容纳各种气体,而每一种气体所占据的空间又恰是为所有气体提供的空间。

很清楚,这并不是一种简单的感觉。只有在我曾经提及的意图中,秩序和混乱才同样被看作是辩证法的概念;同时,我也举出这种辩证法的例子说明人们是以同样平庸的方法构想出神对宇宙万物的解释的,这种解释使一切真正的哲学产生反感。我首先想到的是精神批判。仅只有限制在绝对范围内的观念确是不可思议的,存在着一种不受其他限制的精神的定义。假如说,混乱是不可思议的,或者,就其具体形式来说是不可思议的,那么,混乱的具体形式就成了精神的绝对界限了。许多人都为上帝设想出一副特殊的形象。他们还有着一套套与常识相违的思想体系。我没看出来上帝的形象和这些思想体系之间是怎样协调起来的。在我思考的第一阶段,我之所以认为混乱是不可思议的,那是因为第一阶段是低级认识阶段,此时出现的首先是我的各种直觉。

上帝的观念,至少是被引入辩证法的上帝的观念,不啻是精神惰性的反映。上帝观念的出现,最初就是为了遏制真正的辩证法;而后,它又迂回曲折地不断再现,这就很容易使人们在混乱之后将秩序神圣化,或是在这些概念的发展进程中把它们集结于上帝的名下。在这个阶段,超验的唯心主义终止了,而对于精神来说,它给予上帝观念的地位要比以往人们所给予的地位更加令人满意。但是,当我在绝对的中介人的同一观念中发现唯心主义者的神学里存在着同样的精神怯懦和同样的精神困乏时,我便起而反对他们,精神也反对他们,他们所提出的判决本身也成了神学的对立物。通过上述精神发展的三个阶段,通过它的三种形态,我检验了上帝观念的出现,才发现这种出现的机械论。这样,我才能预料

---

① 法语中的混乱(Desorder)一词是在秩序(Order)一词前加上否定意义的词冠 Des 而构成的。

我为什么会屈从这一观念,而当这种潜在的昏庸在我身上出现时,我又能事先进行自我谴责。通过我在它出现时所发现的始终如一的机械论,我对这一观念的特征进行了概括。上帝的观念①是心理机械论。在任何情况下它都不是形而上学的本源。它能衡量出精神的无能,但却不能成为精神功能的本源。

对于平庸的精神来说,只需由此再迈出一步,就能作出形而上学是不能成立的结论。这就使得有些人常常并没有经历我所经历过的中介阶段,仅凭对这一问题的直觉,就作出形而上学是不能成立的判断。对于他们,上帝就是形而上学的研究对象。他们表面上很走运,但如果人们通过形而上学不能达到它作为对象的那种观念,那么这种精神也就会自行终止了,天真无知令人难以置信地铸成了谬误。它除了把形而上学同与其毫不相干的对象拉扯在一起外,还把受人耻笑的下意识的实用主义作为依据。在近一个世纪以来,有人就把这种构成真正的精神自杀的观念看作是唯一合理的观念。整个推论都建立在同一个模式上,而这一似乎并非以单纯的精神为依据的推论显得有点可怕,也不大负责,它好像还要人们把那些打算恢复传统的实证主义方法的人统统看作是疯子。实证主义绝非新的诡辩。唯心主义者在他们的时代遇上了实证主义,并战胜了它。一段小小的曲折就足以使早已解决的难题重新成为问题,一种脆弱的思维形态所表现出的这种虚假的气势常常会令人感到是颇有分量的。整个现代哲学,包括和实证主义直接对立的哲学思想,都是如此,而且深受其害。哲学精神走投无路,只得把现代哲学纳入错误的最明显的形式之中,纳入为亚里士多德哲学所批判过的三段论里,并且不再多加推敲。

如果说,神性的问题并不像人们偶然提出的那样,是形而上学的对象;如果说,形而上学本身并非在逻辑上就是不能成立的,那么,形而上学的对象又是什么呢?唯心主义者曾发现,形而上学并不是哲学的终极,而是哲学的基础,它与逻辑学毫无区别。后一点,将二者视为同义词的说法是不能接受的。如果说,逻辑学就是认识法则的科学;如果说,离开形而上学,这些法则就是无法理解的了,那么,我又该赞成哪种说法呢?这并未能说明那些法则就是形而上学。但很明显,因为形而上学是有关认识对象的科学,只有通过它,逻辑学才能得以施展并发展它的规律。我要使人们更清楚地懂得,逻辑学以抽象认识为研究对象,而形而上学则以具体认识为研究对象。由此可见,倘若用唯心主义的语言来说、并在这一体系中清理出错误的方法,那么就既不会有概念的逻辑学,也不会有存在的形而上学了。仅仅是由于这些观念,或被唯心主义者抨击过的那些错误的延续,把黑格尔引进了他称之为"本质学"的结构,这是一种从逻辑学过渡到形而上学

---

① 原注:令人讨厌的庸俗观念。

的毫无意义的媒介，它当初还曾将二者混为一谈。至少要保持住这二者各自的特性。

逻辑学是存在的科学，形而上学是概念的科学。要是我们能直接进入形而上学的观念，逻辑学对我们的精神就毫无必要了。逻辑学仅仅是把我们提高到形而上学的途径。它不应当忘记这一点。一旦它终止了这种作用，徒劳无益地展开，它就会丧失其全部价值。我们是通过逻辑学的道路进入形而上学的，但形而上学包容着逻辑学，同时又保持着与逻辑学的区别。

因此，概念，或者具体的认识，是形而上学研究的对象，精神活动正趋向于对具体的发现。人们无法想象某种不以形而上学为其归宿的精神，无论这是最平常的精神，还是被一般见识弄得模糊不清的精神。这就是精神的追求，至于它所得非所求，那并不重要。一种哲学是不会成功的。它自身的重要性取决于其研究对象的重要性，即使失败，也仍保留着这种重要性。因此，在我看到先验的唯心主义的失败时，仍然对这一人们所梦想过的最崇高的壮举表示我的敬意，因为它是精神发展的一个必要阶段。在走向具体的进程中，它并没有因为暂时赞同过某个体系而受到阻碍。对西绪福斯来说没有休息可言，不过他的石头没有再滚落下来，它在向上，不停地向上。①

悬在你绳索上的掘井人，下到你的思想里，停留在你的思想深处。起初，这还只是一条线，一个圆，现在，它果真受到了限制。我到处摸到的都不是它：我顺着它摸到的是它的否定物，世界在地平面上消失了。我的思想，我的思想为千百条锁链所禁锢。漫长的历史，它的满目疮痍令我深深感动，我俯身亲吻它脚上的伤处。

可怕而又可爱的妓女，那些把她们搂在怀里的人开始这样概括她们。这副变化的面孔使我感到难堪，他们却为此而感到如痴如醉，因为他们在这里重新发现了把她们聚集在一起的理由，发现了可能回到真正的爱情上去的因素。我更喜欢她们的亲吻，更喜欢每一个亲吻，我能分辨出每一个亲吻。我久久地怀念着它，我永远不会把它遗忘。我听到过男人们的抱怨，说他们的情妇缺少女人本应具有的特点，但却沉迷在女人本应回避的弱点之中。按照通常的规律，抚摸肌肤所引起的战栗能使人迷狂，他们却为体味不到这种快感而苦恼。不过，我可不这样，我赞赏你，是的，这个可爱的尤物，身体的任何一部分，表情的任何一点变化，都绝非另有所属。人家不会把你放在你的手铐上。你混淆了法律，也宣扬了法律。法律所忽视的一大自由，应和着你的脚步表现出来。我逃脱了一个女人，又

---

① 西绪福斯是希腊神话中的暴君，死后被判罚在地狱里往山上推一块巨石，当巨石快到山顶时会自行滚落下来，他又得重新再推，周而复始，循环不已。

遇上一个女人,真是不可思议。令人晕眩的街市,这是思想的化身。我身在其中,我无法构想出比这更神秘的事物了。昨天,我在空洞的抽象概念中摸索。今天,一个人主宰了我,我爱她,她不在场使我难以忍受,而她的出现……我无法理解她的出现。在她身上,在她的权势里,没有什么是自然的。态度。话语。裙裾的摆动。噢,还有肉体旁手镯的摇来晃去。

我在思想的某一点上停住了,就像一个人再也弄不清是什么在带引着他,他正身处何方,也看不见前进的道路。不幸的命运使我思想上的诉讼也可能就成为我一生中的诉讼。我的朋友们在我身上发现了某种异常状态,我知道他们还为此感到不安。可他们从来没想到正是形而上学的黯淡前景使我在这一点上困惑彷徨。我无可无不可地胡乱涂鸦,每当想起那些作品我就感到羞愧。当人们忆及孩提时代和家庭生活时常会有那样一种羞涩的情感。任何逻辑的方法似乎都不能使我逃离逻辑的牢房,而只能引起某种忧伤。这时,在不知不觉中我的命运发生了根本的变化,它使我的信条先了新的一圈,而我的思想反过来又超越了这些信条。我变得多情了。这句话之外的含意是无法想象的。

当爱的观念、确切地说是这种爱的观念在我的意识中萌生的时候,我既能、又不能作出恰当的反应。这一情况把我和我试图逃避的、特别是我本能地要求逃避的这种观念分割开了。在我对女人的愤怒之中包含着某种傲慢。我愤怒,因为我有过许多悔恨,因为长期以来我都认为女人最好也会仇视我,也因为那种可怕的失败感总把我拖向永久黑暗的边缘。譬如,这个女人,我曾禁止自己去爱她,我以显而易见的恐惧来转移她记忆中同样的悔恨。我的各种情感也支配着我的行为。但是,尤须确定梦幻的特征,我已揣摩出我内心的深刻变化,爱情这根奇异的金线已经在我心中出现。我相信自己控制情绪的一般能力,可在真正的放荡之中我又遇上了另一个女人。今天,我愿意向她承认此事,让一切都过去吧,但愿她会原谅我。当时,我曾尽我所能地爱过她,但没想到她的形象竟会和另一个形象混淆起来;我曾真诚地爱过她,这种爱只有和爱情本身相比才会相形见绌。而她很清楚,她给我带来了不幸。她给我设置了许多最终都归于破产的障碍,无疑爱情正是从中汲取了生命,我丝毫没有损伤过这种爱情。但是,请听我说,我的朋友,我在自己身上又找到了我曾否定过的东西。你曾是我唯一的一道防线,可你已经远走高飞了。这时,我对另一个人来说是个不幸者,我不认为她对此一无所知。我毫不费力地就接近了她。我说过,另有种种感情要把我和她分开。此后,我为自己体验到的软弱感到震惊。我担心,如果她侮辱我一次,生活就会变得难以忍受。她干这类事情十分出色,她把我叫到她那里,而我,也就去了。纷纷扰扰的夜,半明半昧的夜,熊熊的火光照亮了我们,望着她的眼睛,深邃而平静的眼睛,我接受了、接受了那种我思考过又否定过的爱的观念。它突然间在我的思想上明朗起来了，唾手可得，而又感到有点荒唐。我并不着急。在吐露爱情的慢坡上，事情持续了好多个小时。在冷漠的爱恋之间，并不存在着鸿沟。终于，门打开了，由此而显露出迷人的景象。

情欲会使精神迷惘，人们都轻易地相信这一点。其实，它只会改变精神的平庸和过分专注。恋人们的纵情享乐和学者们的纵情享乐都同样会不断引人发笑。它们的价值是相等的，它们都仅仅表明了对一个十分伟大的对象的顺从。在爱情中，通过爱情的结构本身，我发现了在缺少爱情时所无法发现的东西。这个女人形象之外的一切可以重新组合，再现她的形象，并由此而展示出一个独特的世界，情趣；我对这种情趣知之颇深，它使我迷乱，并再次提醒我：我正在进入一个对过往行人是关闭着的具体的世界。对于我来说，形而上学精神是在爱情中获得新生的。爱情是它的源泉，我再也不愿意走出这片诱人的树林。

概念的范畴就像是大海的海底。由于思维本身的变化，它在不断地丰富发展，其底层也在不断增高，就像海底的沙洲上不断堆积起各种财宝、船只、骨骼，各种误入歧途的欲望和外来者的意志。这是一条奇特的路，后面是在夜色中由一只白手托出的大纪念章。这条路，一端是在浓雾和音乐中闪光的商店，另一端却是金色的沉积物，周围有水母和某个称号不详的大型舰队的残骸。概念，同样是法则的遇难，是对法则的破坏力。我追踪到那里，它立即就逃之夭夭。我好不容易达到了个别。我在个别中前进。我在个别中迷误。这一迷误的标志就是一切真正的认识，一切降临我头上的真正的认识。

我曾寻找过的这种贵重金属，是我唯一希望得到的财产，是我思想的唯一变异。我把它捧在手上端详，我能在它消失前确定它的轨迹，这种金属，我能识别它。我在一只高脚杯里有时已经得到过这种映象。我喝过这种理想的香槟酒。没有注意我的精神的行程，没有经过沉思的弯路，这样的反复，这样的结局。迅速的一瞥，就出现了一种幻觉。我没想到应当为我生活在其中的幻想负责。幻想，或是奇迹。正是在这个领域内，我的认识真正成了概念。通过意象这道暗梯我步入其中。抽象的研究曾使我把意象看作是粗俗的幻想，而现在我感到，概念这个词，在它的具体形式中，连同它众多的特征，与意象这一受到轻视的认识方式似乎不再有什么不同。意象，这是诗歌的认识，而所谓科学或逻辑学认识的通常形式，也不过是由意象这个燃烧着的丛林奇迹般地点燃起的意识阶段。

我知道这样一个观念会冒犯什么，我也知道这个观念包容着什么样的异议。某种真实的感情。纯粹的感情。因为，哪里有人会认为具体就是真实呢？恰恰相反，难道不是存在于真实之外的一切才是具体吗？真实不是抽象的判断吗？在辩证法里，具体不是首先以真实为前提吗？而意象呢，作为一种辩证法，不正是运用它而形成的现实？不正是认识的替代物？毫无疑问，意象并非具体，而只是对具体可能产生的意识、可能产生的最重要的意识。此外，无论人们为反对精神的这种观点而提出什么样的异议，都无关紧要。这种异议本身就是一种意象。根本不存在一种不是意象的思维方法。只不过大部分意象都难以捕捉，即使在运用意象的精神之中，它也不包含对现实的任何判断。因而，意象保留着抽象的品格，这种品格使意象显得贫乏无力。与本质的——应当相信这个平庸的修饰语——意象相反的诗歌的意象的特点包含着物质化的品格。这一品格对人会产生巨大的作用，并以它的逻辑使人相信逻辑的不可能性。诗歌的意象以事实的形式出现，具有事实所必需的一切。然而，从来没有人想到过要怀疑事实，即使是黑格尔，他甚至也没有赋予事实以具有决定意义的重要性。事实并不存在于客体之中，而是在主体之中：事实的存在只决定于时间，也就是说只决定于说话。事实只是一个范畴。可是，意象仅仅借用了事实的形式，因为精神可以在事实之外对它进行观察。因此，各个发展阶段的意象在精神中显现时都能保证精神所需要的各种认识方式。意象是抽象范畴内的法则，事实是事态范畴内的法则，认识是具体范畴内的法则。由此，人们可以进行判断，并可以直截了当地宣布，意象是一切认识的途径。于是，我们完全有理由把意象看作是整个精神发展的结果，可以对非意象的东西忽略不计，可以只醉心于诗歌创作而对其他一切活动弃之不顾。

住口，你们不理解我：这里说的不是你们的诗作。

人以诗歌为目的。

只有在个别中才有认识。

只有在具体中才有诗歌。

疯狂，就是抽象和一般压倒了具体和诗歌。

疯子不是失去理智的人：疯子是失去一切、唯独没有失去理智的人。（G. K. 谢斯特顿[①]）

疯狂只是一种关系，正像合理是一种真实。这是一种现实，一种理智。

我感到科学活动有点疯狂，但从人的观点来看它是无可辩驳的。

逻辑学的安慰。从来没有一个人这样说过：**逻辑学对人民是必需的**。这不是我感兴趣的事。这也许是可以肯定的。我感兴趣的事是形而上学。而不是疯狂。也不是理智。有没有道理，对我来说无关紧要。我寻找具体。所以我说话。我不同意人们讨论谈话的条件，或者表达的条件。具体没有其他的表达方式，只有诗歌。我不同意人们讨论诗歌的条件。

① 谢斯特顿(1874—1936)，英国作家、评论家。

有一种人，既是迫害者又是被迫害者，人们称之为**评论家**。

我不赞成评论。

我不把时间花费在评论上。我的日子属于诗歌。欢笑的人啊，请相信，我过的是诗的生活。

诗的生活，请你们深入开掘这个词组的含意。

我不同意别人重提我说过的话，并用这些话来反对我。这不是和平协定的条款。在你们和我之间，是战争。

一九二五年，《费加罗报》的文学增刊曾提出，是否必须取消诗句中的哑 e①，是否应当交叉使用韵脚。对于我的思想，你们永远不会有超出我预料的其他表现。你们就由此对我的生命作出你们的判断吧。

我的生命，她不再属于我。

这话我已经说过。

我不登台。而对我来说，单数第一人称表示人的整个具体。

整个形而上学都是单数第一人称的。整个诗歌也是如此。

第二人称，也还是第一人称。

今天，国王不存在了，说话的是学者：我们需要。善良的人们。

他们以为他们用了多数。他们不了解他们的敌人。

我没有迷路，我把握着自己。在一片景色中，映入眼帘的总是荒诞的东西多于本质的东西。我的观点是要有美的发现。

态度明确，我不赞成评论。

我在天堂里。谁也不能阻止我待在天堂里。

他们把天堂挪到别的地方去了。在想象着星星的时候，他们忘记了我的眼睛。

对于精神来说，究竟地狱是什么呢？

在我的各种希望中，最根深蒂固的是绝望。地狱：你们看到，我的道德并没有和我的乐观主义联结在一起。我从来就不懂得安慰。

天堂对我也爱莫能助。

真是奇怪，他们竟然需要道德上的安慰。

不是鲜花，也不是王冠。

在这边是慷慨，在那边是吝啬：他们只肯把生命借出几天，他们情愿回到死亡中去。

他们喜欢天堂更甚于诗歌。趣味问题。

---

① 法语中有一部分单词，字母 e 是不发音的，称为哑音。

甚至在形而上学里,人们一般也认为诗歌不能使人填饱肚子。

究竟何为伤感?

抛开一切伤感。感情不是语言问题,是形形色色的骗子。抛开感情来观察世界。天空多么晴朗。

现实是表面上不存在矛盾。

奇迹,就是真实中出现的矛盾。

爱情是真实和奇迹相混淆的状态。在这种状态中,存在的矛盾出现了,这是存在的**真正**的基本矛盾。

幻想,冥间,梦境,幸存,天堂,地狱,诗歌,有多少词汇可以用来说明具体。

只有在具体中才有爱情。

既然他们一定要写,他们就只能写爱情的形而上学。

为了回答对唯名论的诘难,只能迫使人们去注意人民开始打瞌睡时的情形。起初,人自言自语,而在不知不觉之中他的话像是自己在往外冒、自己在进行着;最后,当他追求到具体的价值时,便成了人们所说的睡梦者了。

具体,是无法描述的:即使知道地球是不是圆的,你想,这对我又有什么意义呢?

至于思想,它有一种高尚的风格。

这是心理学家们所否认的。

心理学家们,或对灵魂感兴趣的人们,都是感情的追随者。我认识不少这样的人。

"以貌取人者"一词的发明者。

那些把上帝称作是世界上最出色的理智的人。

我的嘴里很少说到上帝。

那些能在精神中分辨出各种功能的人。

那些谈论真理的人(我很不喜欢谎言,因而谈论真理)。

先生们,对于你们来说已经太晚了,因为人们已经结束了他们在地球上的时代。

请把人们破坏的观念推到极限,并超越它。

选自《新编外国现代作品选》(第2编),郑克鲁、董衡巽主编,黄晋凯译,上海学林出版社,2008

不要温和地走进那个良夜①

[英国]狄兰·托马斯

不要温和地走进那个良夜，
老年应当在日暮时燃烧咆哮；
怒斥，怒斥光明的消逝。

虽然智慧的人临终时懂得黑暗有理，
因为他们的话没有迸发出闪电，他们也并不温和地走进那个良夜。

善良的人，当最后一浪过去，高呼他们脆弱的善行
可能曾会多么光辉地在绿色的海湾里舞蹈，
怒斥，怒斥光明的消逝。

狂暴的人抓住并歌唱过翱翔的太阳，
懂得，但为时太晚，他们使太阳在途中悲伤，
也并不温和地走进那个良夜。

严肃的人，接近死亡，用炫目的视觉看出
失明的眼睛可以像流星一样闪耀欢欣，
怒斥，怒斥光明的消逝。

您啊，我的父亲，在那悲哀的高处，
现在用您的热泪诅咒我，祝福我吧，我求您。
不要温和地走进那个良夜。
怒斥，怒斥光明的消逝。

---

① 此诗作于诗人的父亲逝世前病危期。

死亡也一定不会战胜①

[英国]狄兰·托马斯

死亡也一定不会战胜。
赤条条的死人一定会
和风中的人西天的月合为一体；
等他们的骨头被剔净而干净的骨头又消灭，
他们的臂肘和脚下一定会有星星；
他们虽然发疯却一定会清醒，
他们虽然沉沦沧海却一定会复生，
虽然情人会泯灭爱情却一定长存；
死亡也一定不会战胜。

死亡也一定不会战胜。
在大海的曲折迂回下面久卧，
他们决不会像风一样消逝；
当筋疲腱松时在拉肢刑架上挣扎，
虽然绑在刑车上，他们却一定不会屈服；
信仰在他们手中一定会折断，
双角兽般的邪恶也一定会把他们穿刺；
纵使四分五裂他们也决不会屈服；
死亡也一定不会战胜。

死亡也一定不会战胜。
海鸥不会再在他们耳边啼，
波涛也不会再在海岸上喧哗冲击；
花朵开处也不会再有
一朵花迎着风雨招展；
虽然他们又疯又僵死，
人物的头角将从雏菊中崭露；
在太阳中碎裂直到太阳崩溃，
死亡也一定不会战胜。

---

① 语见《新约·罗马书》，原意是说人若信仰基督，肉体虽死，灵魂可获永生，这首诗说人虽不免一死，但通过与大自然融为一体却可永远战胜死亡。

通过绿色的茎管催动花朵的力

[英国]狄兰·托马斯

通过绿色的茎管催动花朵的力
也催动我绿色的年华;使树根枯死的力
也是我的毁灭者。
我也无言可告佝偻的玫瑰
我的青春也为同样的寒冬热病所压弯。

催动着水穿透岩石的力
也催动我红色的血液;使喧哗的水流干涸的力
也使我的血流凝结。
我也无言可告我的血管
在高山的水泉也是同一张嘴在喝吸。

搅动池塘里的水的那只手
也搅动流沙;拉着风前进的手
也拖曳着我的衾布船帆。
我也无言可告那绞死的人
绞刑吏的石灰是用我的泥土制成。

时间的嘴唇像水蛭紧贴泉源;
爱情滴下又积聚,但是流下的血
一定会抚慰她的伤痛。
我也无言可告一个天气的风
时间已经在群星的周围记下一个天堂。

我也无言可告情人的坟墓
我的衾枕上也爬动着同样的蛆虫。

以上选自《外国现代派作品选》(第 2 册),袁可嘉等选编,巫宁坤译,上海文艺出版社,1981

存在主义文学

存在主义文学是 20 世纪流行于欧美的一种文艺思潮流派,它是存在主义哲学在文学上的反映。存在主义(existentialism)这一名词最早由法国有神论的存在主义者马塞尔提出。存在主义是一个很广泛的哲学流派,主要包括有神论的存在主义、无神论的存在主义和存在主义的马克思主义三大类,它可以指任何以孤立个人的非理性意识活动当作最真实存在的人本主义学说。存在主义以人为中心、尊重人的个性和自由,认为人是在无意义的宇宙中生活,人的存在本身也没有意义,但人可以在存在的基础上自我造就,活得精彩。

其最突出的命题是:世界没有终极的目标;人们发现自己处于一个隐隐约约而有敌意的世界中;人们选择而且无法避免选择他们的品格、目标和观点;不选择就是一种选择,即是选择了"不选择";世界和我们的处境的真相最清楚地反映在茫然时的心理不安或恐惧的瞬间。

存在主义超出了单纯的哲学范围,波及西方社会精神生活的各个方面,影响了文学、精神分析学和神学。在文学艺术方面的影响尤为突出。

其最著名和最明确的倡议是萨特的格言:"存在先于本质。"他的意思是说,除了人的生存之外没有天经地义的道德或灵魂。道德和灵魂都是人在生存中创造出来的。人没有义务遵守某个道德标准或宗教信仰,却有选择的自由。要评价一个人,要评价他的所作所为,而不是评价他是个什么人物,因为一个人是由他的行动来定义的。

存在主义文学的代表作家是萨特、加缪、西蒙娜・德・波娃。首先树起存在主义文学旗帜的是萨特。继 1936 年发表《想象》这部哲学著作后,1938 年他发表了小说《厌恶》,通过艺术形象对人生和"存在"提出了一系列看法,实际上已经包括了存在主义的基本观点。次年出版的中短篇小说集《墙》继续这种哲理的探索。这两部作品引起了人们的注意。1943 年萨特在哲学论著《存在与虚无》中系统地阐述了他的存在主义观点。与此同时,加缪的小说《局外人》于 1942 年问世,引起很大反响。这部小说与萨特的创作倾向相同。评论界认为一个新的文学流派——存在主义文学诞生了。

二次大战后,存在主义在法国思想界占据重要地位,确立了基督教存在主义。一些作家,通过文学创作进行宣传,扩大了存在主义的影响。60年代后,存在主义思潮被其他新的流派所代替,荒诞派戏剧、"黑色幽默"就是存在主义文学的变种。

存在主义文学主张哲理探索和文学创作相结合,以表现存在主义的哲学观点为己任。这些作品大多数处理的是重大的哲理、道德和政治题材,重思想,轻形式,强调逻辑思维和哲学思辨。

存在主义文学在艺术上力求打破传统手法,包括以往现代派的手法。它寓高度哲理性于文学作品之中,不讲究小说情节的复杂性、曲折性,而是对主人公的精神状态展开哲理性的议论分析,并往往采用寓意或隐喻的笔法。如果说这两种形式较为深奥难懂,那么在语言上则运用简约明白、口语式的句子,不用重彩铺饰,却力图达到警句式的效果。叙述的口吻是客观的、冷漠的,与所描述的对象相互一致。

存在主义作家反对按照人物类型和性格去描写人和人的命运。他们认为,人并无先天本质,只有生活在具体的环境中,依靠个人的行为来造就自我,演绎自己的本质。小说家的主要任务是提供新鲜多样的环境,让人物去超越自己生存的环境,选择做什么样的人。因此,人物的典型化被退居次要的地位。

在文学创作中,存在主义作家提倡作者、人物和读者的三位一体观。认为作家不能撇开读者来写小说,作者的观点不应该是先验的,还必须通过读者去检验;只有当小说展现在读者面前时,在小说人物的活动过程中,作者和读者才共同发现人物的真面貌。这种三位一体的观点,对欧美青年一代作家影响很大,后来,也为其他文艺思潮流派所运用。

墙
——献给奥尔加·柯扎吉耶维奇①

[法国]让-保尔·萨特

他们把我们赶到一个白色的大厅里,我的眼睛开始眯起来,因为光线刺得眼睛疼。然后我看到一张桌子和桌子后面四个穿便服的家伙,他们在看材料。他们把其他俘房聚集在大厅尽头,我们必须穿过整个大厅,同这些俘房会合。有几个俘房是我认识的,其他俘房大概是外国人。我前面的两个人是金黄头发,圆脑袋;他俩长得很像:我想是法国人。年轻的那个不时提裤子:显得神经质。

---

① 1935年,在西蒙娜·德·波伏瓦的介绍下,萨特认识了奥尔加·柯扎吉耶维奇;她是俄国移民之女,住在诺曼底。他们三人形成三角关系,奥尔加作为原型在《女宾》和《自由之路》中出现过。

这样子延续了近三个小时;我变得头脑迟钝,一片空白;但是大厅里暖洋洋的,确切地说我觉得很惬意:二十四小时以来,我们冻得不断地瑟瑟发抖。看守把俘虏一个接一个带到桌子前。那四个家伙讯问他们的姓名和职业。大多数情况下他们不再深入地问下去——他们东提一个问题,西提一个问题,要么是:"你参加过对军火的破坏活动吗?"要么是:"九号早上你在哪儿,在干什么?"他们不听回答,或者至少他们好像不听:他们沉吟一下,直视前面,随后开始写起来。

他们问汤姆是不是在国际纵队①干过:由于在他的外衣找到了有关证件,汤姆无法否认。他们什么也没问儒昂。可是,在他说出自己的姓名后,他们写了很久。

"我的哥哥若塞是无政府主义者,"儒昂说,"你们清楚,他已经不在这儿。我呢,我是无党派,我从来不参加政治活动。"

他们没有什么反应。儒昂继续说:

"我啥也没做。我不愿意替别人卖命。"

他的嘴唇在颤抖。一个看守叫他住口,把他带走。接着轮到了我:

"你叫巴勃罗·伊比埃塔?"

我说是的。

一个家伙看着他的材料,问我说:

"拉蒙·格里斯在哪儿?"

"我不知道。"

"从六号到十九号,你把他藏在你家里了?"

"没有。"

他们写了一会儿,看守把我带走了。走廊里,汤姆和儒昂站在两个看守之间等待着。我们开始往前走。汤姆问其中一个看守:

"他们要怎么样?"

"什么?"看守说。

"刚才是讯问还是审判?"

"是审判。"看守说。

"那么,他们要拿我们怎么样?"

看守干巴巴地回答:

"你们待在牢房里,会通知你们判决的。"

实际上,用作我们牢房的,是医院的一间地窖。由于通风气流畅通,里面冷得要命。

---

① 国际纵队在 1936 年 8 月建立。

整夜我们冷得瑟瑟发抖，白天也好不了多少。前五天我是在总主教府的一个单人囚室里度过的，这是一间大约建于中世纪的地牢：由于俘虏很多，人满为患，便把他们到处安插。我并不留恋这间单人囚室；我在里面并没有挨冻受冷，但我是孤零零一个人；时间长了令人受不了。在地窖里我有伴了。儒昂不太说话：他心里害怕，再说他太年轻，说不上话。而汤姆十分健谈，他的西班牙文说得呱呱叫。

地窖里有一张长凳和四个草垫。他们把我们带回去后，我们坐了下来，默默地等候。过了一会儿，汤姆说：

"我们玩儿完了。"

"我也这么想，"我说，"但我认为他们对小家伙不会怎么样。"

"他们没有什么要拿他问罪的，"汤姆说，"他是一个战士的弟弟，如此而已。"

我望着儒昂：他的样子不像在听。汤姆又说：

"你知道他们在萨拉戈萨①所干的事吗？他们让俘虏躺在公路上，开着卡车从俘虏身上碾过去。这是一个摩洛哥逃兵告诉我的。他们说是为了节省弹药。"

"这并不节省汽油。"我说。我对汤姆有气，他不该说这些。

"有几个军官在公路溜达，"他继续说，"他们双手插在衣袋里，叼着香烟，监视这个场面。你以为他们会叫俘虏马上送命吗？才不呢！他们让俘虏喊爹叫娘。有时持续一个小时。那个摩洛哥人说，第一次他差点呕吐起来。"

"我不相信他们在这儿干这种事，"我说，"除非他们确实缺少弹药。"

光线从四个气窗和开在左边天花板上的一个朝天圆洞射进来。圆洞平时用一块活动翻板盖住，以前往地窖卸煤就通过这个洞。洞的正下方有一大堆煤屑；以前煤是用来给医院供暖的；但从战争开始，病人都转移了，煤还留在那儿，派不上用场；有时甚至雨水从上面落下来，因为忘了关上活动翻板。

汤姆开始打哆嗦：

"他妈的，我在打哆嗦，"他说，"又开始冷得受不了啦。"

他站起来，开始做体操。每做一个动作，他的衬衫便露出了白皙而毛茸茸的胸脯。他躺在地上，举起双腿，做交叉动作：我看到他的大屁股在颤动。汤姆很强壮，但是他的脂肪太多了。我想，枪弹或者刺刀不久就要戳进这堆嫩肉里，仿佛钻进一块黄油里。如果他很瘦，就不会让我产生同样的感受。

我并非真的感到冷，可是我的双肩和双臂却麻木了。我不时感到我缺了点什么，我开始在我周围寻找外衣，我突然想起他们没有把外衣还给我。这真是令人受不了。他们拿走我们的衣服，给他们的士兵，只给我们留下衬衫——还有这

---

① 萨拉戈萨：西班牙城市，当时落在法西斯军队手中。

些住院病人在盛夏穿的布裤。过了一会儿,汤姆重新站起来,气喘吁吁地坐在我身旁。

"你身上暖和了吗?"

"他妈的,没有。但是我已经喘不过气来。"

晚上八点左右,一个军官带着两个长枪党徒走了进来。他手里拿着一张纸。他问看守:"这三个人叫什么名字?"

"斯丹卜克、伊比埃塔和米巴尔。"看守说。

军官戴上夹鼻眼镜,看着名单:

"斯坦卜克……斯坦卜克……在这儿。你被判处死刑。明天早上被枪决。"

他又看名单:

"另外两个也一样。"

"不可能。"儒昂说,"不会有我。"

军官用惊讶的神态望着他:

"你叫什么名字?"

"儒昂·米巴尔。"

"你的名字可是在这儿,"军官说,"你被判了死刑。"

"我啥也没干呀。"儒昂说。

军官耸耸肩,转身对着汤姆和我。

"你们是巴斯克人吗?"

"没有人是巴斯克人。"

他的神态被激怒了。

"他们对我说,有三个巴斯克人。我不会为寻找他们而浪费时间。那么,你们自然不想要神甫喽?"

我们连一声也不吭。他说:

"有个比利时医生一会儿要来。他得到准许,和你们度过这一夜。"

他行了一个军礼,出去了。

"我对你说什么来着,"汤姆说。"我们可惨了。"

"是呀,"我说,"小家伙可倒霉了。"

我这样说是平心而论,但我并不喜欢小家伙。他的脸太娇气了,恐惧和痛苦使他的脸变形,他的脸容整个儿扭曲了。三天前他还是一个调皮的娃娃,这能讨人喜欢;但是如今他的模样像一只用旧了的苍蝇拍,我想,即使他们把他释放了,他也不会再变得年轻。给他一点怜悯倒也不坏,但是怜悯令我厌恶,更确切地说,他令我讨厌。他闷声不响,变得十分阴沉:他的脸和他的手是灰不溜秋的。他坐了下来,两只圆眼睛盯着地面。汤姆是个好心人,他想攥住小家伙的手臂,但小家伙做了个鬼脸，猛然挣脱了。

"让他去吧，"我低声说，"你看嘛，他快哭鼻子了。"

汤姆勉强地顺从了；他本想安慰小家伙；这样可以使小家伙忙别的事，不会禁不住考虑自己。但是，这样做激怒我：我从来没有想过死，因为这种场合没有出现过，而现在它出现了，除了想到死，没有别的事可做。

汤姆又说话了：

"你打死过人吗?"他问我。

我没有吭声。他开始向我解释，从八月初以来，他打死了六个人；他没有意识到眼下的处境，我看得很清楚，他并不想意识到。我呢，我还没有完全明白过来，我寻思会不会很痛苦，我想到枪弹，我设想炽热的弹雨穿透我的身体。这一切都与真正的问题所在无关；但我很坦然：我们有一整夜可以弄明白。过了一会儿，汤姆停止说话，我从眼角瞟了他一眼；我看到，他也变得阴沉沉的，模样很悲惨，我思忖："开始难熬了。"天几乎黑下来，一注微光透过通气窗射进来，煤堆在地上形成偌大的一点；通过天花板的圆洞，我已经看到一颗星星：黑夜该是清澈而寒冷的。

门打开了。两个看守走了进来。他们后面跟着一个头发金黄、穿着浅褐色军服的人。他向我们打招呼：

"我是医生，"他说。"我得到允许，在这艰难的时刻来帮助你们。"

他的嗓音悦耳、优雅。

我对他说："你来这儿干吗?"

"我为你们效劳。我会竭尽所能，让你们这几小时过得好受些。"

"干吗你到我们这儿来? 还有别的人呢，医院都挤满了。"

"他们把我派到这儿，"他含含糊糊地回答。

"啊！你们喜欢抽烟吧，嗯?"他急忙补充了一句。"我有香烟，甚至有雪茄。"

他把英国香烟和小雪茄递给我们，但是我们拒绝了。我凝视着他的眼睛，他看来很窘。我对他说：

"你并不是出于同情才来这儿的。再说，我认识你。在抓我来那一天，我看到你在兵营的院子里同法西斯分子待在一起。"

我正要说下去，但是突然发生了令我吃惊的事：这个医生的骤然出现不再引起我的兴趣。通常在我跟踪追击一个人的时候，我是穷追不舍的。可是，想说话的兴致离开了我；我耸了耸肩，掉转了目光。半晌，我抬起了头：他带着好奇的神态在观察我。那两个看守坐在一张草垫上。瘦高个儿佩德罗两只拇指对绕着，另一个看守不时晃动脑袋，不让自己睡着。

"你要点灯吗?"佩德罗突然问医生。医生点头表示要。我想，他几乎就像劈柴一样呆头呆脑,不过,也许他并不凶狠。看着他那双冷漠的蓝色大眼睛,我觉得他尤其是因为缺乏想象力才犯过错的。佩德罗出去了,拿了一盏煤油灯回来,放在长凳的角上。灯光暗淡,但聊胜于无:昨夜,他们让我们在黑暗中度过。半晌,我瞧着煤油灯投在天花板上的圆光。我被吸引住了。随后,我陡地回过神来,圆光消失了,我感到被巨大的重负压垮了。这不是想到死,也不是恐惧:这是不可名状的东西。我的双颊发烫,感到头痛。

我振作起来,望着我的两个狱友。汤姆两手捧着头,我只看到他肥胖而白皙的颈背。小儒昂的情况最糟糕,他的嘴巴张开,嘴唇颤抖。医生走近他,将手搭在他的肩上,仿佛给他鼓气:但他的目光仍然是冷漠的。然后我看到比利时人的手沿着儒昂的手臂偷偷地滑到他的手腕上。儒昂漠然地听之任之。比利时人带着漫不经心的神情,用三只手指捏住他的手腕,同时,他后退一点,调整好位置,把背对着我。但是,我往后一仰,看到他掏出表来,不松开小家伙的手腕,诊断了一会儿。又过半晌,他放下那只木然的手,回去背靠墙坐下,接着,他仿佛猛然想起一件非常重要,必须马上记下来的事儿,从口袋里掏出一个记事本,写上几行字。"坏蛋,"我愤怒地想,"他可别来把我的脉,我会一拳揍在那张令人作呕的脸上。"

他没有过来,但是我感到他在注视我。我抬起头,回敬了他一眼。他用冷漠的声调对我说:

"你不觉得这里冷得让人发抖吗?"

他的神态像感到冷,脸色发紫。

"我不冷。"我回答他说。

他不断地用冷峻的目光望着我。

蓦地,我明白了,我把双手放在脸上:我的脸被汗沾湿了。在这个地窖里,又是隆冬,通风气流呼呼地吹过,我却出汗。我将手插进头发,头发由于出汗而粘起来了;同时我发觉,我的衬衫汗湿了,粘在我的皮肤上:至少一小时以来,我汗流浃背,而我一无所感。但是这些没有逃过这头比利时猪猡;他看到汗珠淌到我的脸颊上,认为这几乎是病理上的恐惧状态的表现;而他的自我感觉很正常,为此而感到自豪,因为他觉得冷。我想站起来,过去把他的脸揍扁,可是我刚动一下,羞耻和愤怒便烟消云散;我重新无动于衷地坐在长凳上。

我仅仅用手帕擦头颈,因为眼下我感到汗水从头发滴到颈背上,很不舒服。不久,我也就不再擦了,这无济于事:我的手帕湿得可以拧得出水来,我一直在出汗。我的臀部也出汗,湿透的裤子都粘在长凳上了。小儒昂突然说话:

"你是医生吗?"

"是的。"比利时人说。

"要痛苦…很长时间吗？"

"噢！什么时候……"比利时人用慈父的声音说，"很快就结束。"

他的神态像在安慰一个要付钱就诊的病人。

"但是我……别人对我说……常常要开两次枪呢。"

"有时是这样，"比利时人点头说。"第一次排射有可能根本没有命中要害。"

"那么，他们需要再装子弹，重新瞄准喽？"

他沉吟一下，用嘶哑的嗓音又说：

"这要有一段时间！"

他对忍受痛苦怕得要命，一味想着这个：他这个年龄就会这样。我呢，我不太再想了，并非害怕忍受痛苦才使我出汗。

我站起来，一直走到煤屑堆那儿。汤姆吓了一跳，向我投以仇恨的目光：我激怒了他，因为我的鞋囊囊地响。我寻思，我的脸是不是同他一样发灰：我看到他也出汗。天空星斗灿烂，却没有一丝亮光射进这幽暗的角落，我只消抬起头，便望见大熊星座。不过，这同以前不一样了：前天，我从总主教府的单人囚室可以看到一大片天空，白天每一小时都勾起不同的回忆。早晨，当天空呈现不太柔和的淡蓝色时，我想到大西洋的海滩；中午，我看到太阳，我回想起塞维利亚的一间酒吧，我在那里一面喝着芒扎尼亚酒①，一面吃着鳗鱼和橄榄；下午，我待在阴影里，想到古罗马的圆形剧场一半笼罩在浓重的阴影里，另一半在阳光下闪闪发光：看到整个大地都反映在天空中，令人真不好受。但眼下，我可以随意仰望，天空再也勾不起我的任何回忆。我更喜欢这样。我回来坐在汤姆旁边。好长时间过去了。

汤姆开始低声说话。他必须说个不停，否则，他不明白心里在想什么。我想，他是在向我说话，可是他没有看我。他大概担心看到我这个样子，脸色发灰，汗流满面：我们两个都一样难看，互相对看比照镜子还不堪入目。他望着那个能活着的人——比利时人。

"你呢，你明白吗？"他说。"我呀，我不明白。"

我也开始低声说话。我望着比利时人。

"什么事，怎么了？"

"我们这儿要发生一些我无法明白的事。"

汤姆周围有一股怪味。我觉得我对气味比平时更敏感。我冷笑一下：

"你待会儿就会明白。"

"事情并不清楚，"他固执地说。"我很想鼓起勇气，可是我至少应该知道

---

① 西班牙名酒，西班牙文为芒扎纳，意为苹果。

……你听,他们就要把我们带到院子里。好呀。那些家伙就要在我们面前排成一行。他们会是多少人?"

"我不知道。五到八个人吧。不会再多了。"

"得,就算是八个人。对他们下令'瞄准'时,我会看到八支枪对准我。我想,那时我会真想钻进墙里去,我会全力用背去顶墙,墙屹立不动,像在噩梦里一样。这一切我都能想象出来。啊!你要是知道我能想象出这一切,会作何感想?"

"得了!"我对他说,"我也想象得到。""这大概痛得要命。你知道,他们瞄准眼睛和嘴巴,使人面目全非,"他咬牙切齿地又说。"我已经感到伤口在痛;我的脑袋和脖子已经痛了一小时。不是真痛;还要更糟:我预先感到明天早上的疼痛。以后呢?"

我很清楚他想说什么,但是我不想流露出来。至于疼痛,我呢,我身上也隐隐作痛,仿佛有许多小刀伤似的。我不能适应,但是我同他一样,我并不重视。

"以后嘛,"我没好气地说,"你就入土啦。"

他开始自言自语:他死盯住比利时人。比利时人样子不像在听。我知道他是来干什么的;我们所想的引不起他的兴趣;他是来看看我们的身体,活生生地作垂死挣扎的身体。

"这就像作一场噩梦,"汤姆说,"我想考虑一件事,一直有印象真相大白了,快弄明白了,它却溜了,跑掉了,回复原样。我心想,以后啥也没有了。但是我不明白这意味着什么。有时我几乎想明白了……然后又回复原样,我重新开始想疼痛、子弹、枪声。我向你发誓,我是唯物主义者;我不会发疯。但是有点东西不对头。我看到我的尸体:这并不困难,看到尸体的是我,亲眼看到的。我必须做到设想……设想我什么也看不到了,什么也听不到了,世界继续为别人存在。人生来不是想这些事的,巴勃罗。你可以相信我:我以前有过等待什么而彻夜不眠。但这种事不同了:它从背后逮住我们,巴勃罗,我们会意料不到。"

"住嘴,"我对他说,"你要我叫一个听忏悔的神父吗?"

他不吱声。我已经注意到他倾向于要当预言家,并且用平淡的语气管我叫巴勃罗。我很不喜欢这样;但是看来所有的爱尔兰人都是这样。我朦胧地感到他身上有尿味。说白了,我对汤姆没有什么好感,我不知道什么缘故,即使我们要一起去死,我本该对他有更多好感。有的人情况不同。比如拉蒙·格里斯。而处在汤姆和儒昂之间,我感到孤独。再说,我更喜欢这样。同拉蒙在一起,我也许会感到心肠变软。但是,此时此刻我冷酷得可怕,我是故意心肠硬的。

他继续咕哝着,像在散散心。他说话准定是为了不让自己思索。他像老年前列腺病患者一样,身上的尿味冲鼻子。当然我同意他的见解,他所说的话,我全都能说:死不是合情理的。从我要死的时候起,我觉得再没有什么是合情理的,不管是这堆煤屑,这张长凳,还是佩德罗这张不堪入目的脸。只不过,跟汤姆想同样的东西,这使人不愉快。我很清楚,整整一宵,出入不到五分钟,我们会继续同时想同样的东西,出汗或者同时颤抖。我从侧面看他,他第一次在我看来显得很古怪:他的脸罩上了死亡的气息。我的自尊心受到伤害:我在汤姆身边生活了二十四小时,我听他说话,我对他说话,我知道我们丝毫没有共同之处。而眼下我们宛若孪生兄弟那样相似,只因为我们要一起死掉。汤姆捏住我的手,没有看我:

"巴勃罗,我寻思……我寻思,我们是不是要化为乌有。"

我抽回我的手,对他说:

"瞧瞧你的双脚之间,浑小子。"

他的双脚之间有一摊尿,而且尿还从他的裤腿滴下来。

"这是什么?"他惊慌地说。

"你尿裤了。"我对他说。

"不对,"他气恼地说,"我没有小便,我什么也没有感觉到。"

比利时人走了过来。他假装关心地问道:

"你感到不舒服吗?"

汤姆没有回答。比利时人望着那摊尿,一言不发。

"我不知道这是什么玩意儿,"汤姆粗野地说,"但是我没有胆怯。我向你发誓,我没有胆怯。"

比利时人一声不吭。汤姆站起来,走到一个角落去小便。他回来时一面扣裤钮,重新坐下,闷声不响。比利时人在作记录。

我们望着他;小儒昂也望着他:我们三个都望着他,因为他能活下去。他有一个能活下去的人的动作,一个能活下去的人的思虑;他在这个地窖里冷得抖索索,像能活下去的人那样发抖;他有一个营养良好、听从自己指挥的身体。我们这几个人,我们再也不大有身体的感觉——无论如何不再有同样的感受方式。我真想摸一下自己的裤裆,但是我不敢;我望着比利时人,他盘腿弯腰,控制着自己的肌肉——他可以想明天的事。我们这三个人在那里,是三个失去了血的亡灵;我们望着他,就像吸血鬼一样吮吸着他的生命。

他终于走近小儒昂。他是出于职业的动机,想摸一下孩子的颈背呢,还是要服从仁慈心的驱使呢? 倘若是出于仁慈心,那么这是一整夜绝无仅有的一次。他抚摸着小儒昂的脑袋和头颈。小家伙听之任之,两眼盯住他,蓦地,他抓住比利时人的手,带着古怪的神情望着他。小家伙两手捧着比利时人的一只手,这双手绝不令人怜爱,如同两只灰色的钳子夹住一只红润的、胖乎乎的手。我已经料到要发生的事,汤姆大概也疑心到了:但是比利时人什么也不明白,他慈父般地微笑着。过了一会儿,小家伙把那只红润的胖爪子送到嘴上,想咬它。比利时人急忙摆脱开,跟跟跄跄一直退到墙边。他憎恨地睃了我们一眼,他大约倏然明白我们跟他不是一路的人。我笑了起来,一名看守惊醒了。另一个还在睡觉,他的眼睛睁大了,只露出眼白。

我感到既疲惫又过度兴奋。我不愿再想到黎明时要发生的事和死亡。这毫无意义,我想到的只是一些字词或者一片空白。但是,一旦我力图想别的事,我就看到枪管瞄准了我。我体验到自己被处决也许不下一二十次;有一次我甚至以为果真完了:我大概睡着一分钟。他们把我拖向墙边,我挣扎着;我向他们求饶。我惊醒过来,望着比利时人:我担心睡着时喊叫过。但他在抚平髭须,他什么也没有注意到。只要我愿意,我相信我可以睡着一会儿:四十八小时以来我没有合眼,我精疲力竭了。但是我不愿浪费两小时生命:他们会在黎明时分叫醒我,我会睡眼惺忪地跟着他们,不哼一声就命归黄泉;我不愿意这样接受,我不愿像一头畜生那样死去,我要死得明白。再说,我怕作噩梦。我站起身来,来回踱步,为了换一换想法,我开始想往事。往事纷至沓来。有好有坏——至少以前我是这样认为的。一张张面孔,一件件故事。我又看到一个年轻斗牛士的面孔,他在瓦伦西亚的"菲里亚"节日期间被牛角撞伤;我又看到一个叔叔的面孔和拉蒙·格里斯的面孔。我记起1926年我怎样有三个月失业,怎样差一点饿死。我回忆起有一夜,我在格拉纳达的一张长凳上度过:我三天没吃饭了,我发狂了,我不愿意饿死。这些事使我露出微笑。我追求幸福、追求女人、追求自由,真是困难重重。为了什么呢?我曾想解放西班牙,我赞赏皮·伊·马加尔①,我参加过无政府主义运动,我在公众集会上讲话:我认真对待一切,仿佛我是长生不老的。

此时此刻,我觉得我的一生展现在面前,我想:"真是见鬼的幻象。"既然我的生命完结了,它就毫无价值了。我想,我怎么会同姑娘们一起散步和耍笑。如果我想到过我会这样死去,我就懒得动了。我的一生展现在我面前,像只口袋一样扎紧、封闭了,可是里面的一切却没有完结。一时间我试图对它作出评骘。我很想告诉自己:这是美好的一生。但是,我不能对它作出判断,这仅是一个开始;我度过自己的时间是为了通向永生,我什么也没有弄懂。我没有什么可留恋的:我本来有一大堆东西要留恋,如品味曼萨尼亚酒,或者夏天在加的斯附近的一个小海湾里洗清水浴;可是,死亡使一切失去了魅力。

比利时人突然有一个绝妙的主意。

"朋友们,"他对我们说,"只要军事当局许可,我可以负责给你们的亲人转个口信或纪念品……"

---

① 皮·伊·马加尔(1824—1901),西班牙政治家,倾向自由、革命。

汤姆嗫嚅地说：

"我没有亲人。"

我缄默不语。汤姆等了片刻，然后好奇地注视我：

"你不给贡莎捎句话吗？"

"不。"

我讨厌这种好言好语的合谋：这是我的错儿，昨晚我提到了贡莎，我本该约束住自己。我和贡莎在一起有一年了。前一天，为了同她相见五分钟，我会用斧头砍断自己的手臂。正因如此，我才谈到她，我是情不自禁。眼下我再也不想见到她，我没有什么要对她说的。我甚至不想把她抱在怀里：我厌恶自己的身体，因为它变得阴郁，而且出汗——我没把握不讨厌她的身体。当贡莎知道我的死讯时，她会哭泣；她会好几个月不再有生之乐趣。但是即将死去的毕竟是我。我想念她美丽温柔的眼睛。当她注视着我时，有种东西从她身上传到我身上。但我想到这一切已经结束了：如果现在她看着我，她的目光会停留在她的眼睛里，不会传到我身上。我是孤寂的。

汤姆也很孤寂，不过方式不同。骑坐在长凳上，他开始带着微笑打量凳子，一脸惊讶。他伸出手，小心翼翼地抚摸木头，仿佛担心弄碎什么东西，然后急促地把手缩回，哆嗦起来。如果我是汤姆，我不会有兴趣去摸长凳；这仍然是爱尔兰人的把戏，但是我也感到，周围事物的样子很古怪：它们比平时更加朦胧，更加松散。我只消看一看长凳、煤油灯、那堆煤屑，便会感到我快要死了。自然，我不能清晰地想出自己的死，可是我在周围的东西和它们就像在垂死者枕边低声说话的人一样会退后，谨慎地隔开一段距离的呈现方式上面，到处看到我的死。汤姆在长凳上刚刚触摸到的是他的死。

我在这种状态中，要是有人来宣布我可以安心地回家，饶过我一命，我会无动于衷：当你对永生丧失了幻想时，等待几小时或者等待几年都是一样的。我已经无所牵挂，在某种意义上，我是平静的。不过这是一种可怕的平静——由于我的身体的缘故：我用它的眼睛观看，用它的耳朵倾听，但这已不再是我了；它在出汗，整个儿发抖，我已再也认不出它。我不得不触摸它，注视它，想知道它变成什么模样，仿佛它是另一个人的身体。我不时还感觉到它，我感到一种滑动、往下滚落，如同待在一架俯冲的飞机里，或者我感到心在怦然乱跳。但这没有使我安下心来：来自我身上的一切都可疑得要命。大部分时间里，我的身体蜷缩着，保持缄默，只感到有一种东西往下沉，有一种不利于我的卑劣的存在物；我有被一条巨大的寄生虫缠住的感觉。这时我摸了摸裤子，感到它湿了；我不知道是汗湿还是尿湿的，为了谨慎起见，我走到煤屑那里撒尿。

比利时人掏出表来瞧了瞧。他说：

"三点半。"

混蛋！他一准是故意这样做的。汤姆一蹦而起：我们还没有发觉时间的流逝；黑夜像巨大无形的一片混沌包围着我们，我甚至记不起黑夜是什么时候开始的。

小儒昂喊了起来：他扭着自己的双手，哀求道：

"我不想死，我不想死。"

他举起双臂，穿过地窖奔跑着，随后，他扑倒在一张草垫上，呜咽起来。汤姆以阴沉的目光望着他，甚至不想安慰他。实际上也没有必要：小家伙发出的声音比我们大，但是他受到的伤害要轻些：他如同一个以发烧抗拒病痛的病人。当他连发烧都没有的时候，情况就严重得多了。

他在哭泣：我看得很清楚，他可怜自己的命运；他没有想到死。一刹那，仅仅一刹那，我也想哭泣，因可怜自己的命运而哭泣。但结果恰恰相反：我瞥了一眼小家伙，我看到他的双肩因哭泣而抽动，我感到自己太不近人情：我既不能怜悯别人，也不能怜悯自己。我在想："我想死得清清白白。"

汤姆站了起来，他刚好走到圆窗洞下面，开始观察天色。我呢，我很固执，我想清清白白地死，一味想着这个。可是，自从医生告诉我们时间以来，我心底里感到时间在流逝，一滴一滴地逝去。

天还是黢黑的，这时我听见汤姆的声音：

"你听到他们的脚步声吗？"

"听到了。"

有几个人在院子里走动。

"他们来干吗？"

过了一会儿，我们什么也听不到了。我对汤姆说：

"天亮了。"

佩德罗打着哈欠站起来，过去吹灭煤油灯。他对同伙说：

"冷得够呛。"

地窖变得灰蒙蒙的。我们听见远处的枪声。

"开始了，"我对汤姆说，"他们大概在后院进行。"

汤姆问医生要一支烟。我呢，我不想要；我既不要烟，也不要酒。从这时起，他们不停地开枪。

"你觉察到什么？"汤姆说。

他想再说点什么，但是住了嘴，他望着门。门打开了，一个中尉带着四个士兵走了进来。汤姆的烟掉到地上。

"斯坦卜克？"

汤姆没有应声。佩德罗指了指他。

"儒昂·米巴尔?"

"就是草垫上那个人。"

"站起来。"中尉说。

儒昂一动不动。两个士兵抓住他的腋窝,把他提了起来。但是,他们一松手,他又倒了下去。

士兵犹豫起来。

"撑不住的人,他又不是第一个,"中尉说,"你们两个,只消把他抬走;在那边自有安排。"

他转向汤姆:

"喂,走吧。"

汤姆夹在两个士兵中间走了出去。另外两个士兵跟随在后,他们一个抓住腋窝,一个抓住腿弯,把小家伙抬走。他没有昏厥;他的眼睛睁大,泪水沿着双颊淌下来。我想出去时,中尉止住了我:

"伊比埃塔是你吗?"

"是的。"

"你要等在这儿,待会儿会来找你的。"

他们出去了。比利时人和两个看守也出去了。我不明白我所发生的事,我宁愿他们立马干完。我听到几乎有规律的间隔的排枪声;每听到一阵枪声,我就哆嗦起来。我想喊叫,想揪自己的头发。我咬紧牙齿,双手插在口袋里,因为我想保持清白。

过了一个小时,他们来找我,把我带到二楼一个小房间,里面有一股雪茄味,我觉得热得透不过气来。有两个军官在抽烟,坐在扶手椅里,膝盖上放着一些材料。

"你叫伊比埃塔吗?"

"是的。"

"拉蒙·格里斯在哪儿?"

"我不知道。"

审问我的人是个矮胖子。在他的夹鼻眼镜后面,是一双冷酷的眼睛。他对我说:

"走近一点。"

我走了过去。他站起来,抓住我的手臂,盯着看我,我真想钻到地下。与此同时,他使尽全力卡我的二头肌。这不是想弄痛我,而是耍花招:他想制服我。他也认为有必要喷我一脸他的满嘴臭气,半晌,我们保持这种状态,我呢,这真要令我发笑。要吓唬一个即将死去的人，可得使用更多的招数：这一套不奏效。他使劲推开了我，重新坐下。他说：

"拿他的命来换你的命。如果你说出他在哪儿，我们就放你一条生路。"

这两个手执马鞭，脚踩靴子，俗里俗气的家伙，是仍然免不了一死的。比我稍晚一点，但是不会晚很久。他们忙于在文件里寻找名字，追查其他人，把他们关起来，或者消灭他们；他们对西班牙的未来和其他问题都有自己的看法。他们使好弄刁的活动，在我看来令人反感，而且十分可笑：我再也做不到设身处地去考虑他们的想法，我觉得他们在发神经。

矮胖子一直盯着我，用马鞭抽打着他的靴子。他的一切动作都算计过，以便显出凶猛活跃的野兽体态。"怎么样？明白吗？"

"我不知道格里斯在哪儿，"我回答。"我一直以为他在马德里。"

另一个军官懒洋洋地举起他苍白的手。这种懒洋洋也是算计好的。我看出他们所有的小花招，我吃惊的是，世上竟有人以此为乐。

"你有一刻钟时间考虑，"他慢吞吞地说。"把他带到衣物存放间，过一刻钟再把他领回来。如果他坚持不说，那就立即枪决。"

他们知道自己所做的事：我在等待中度过一夜；然后，在他们枪决汤姆和儒昂的时候，他们又让我在地窖里等上一小时，现在他们把我关在衣物存放间；他们大概在昨天策划好这个花招。他们琢磨，时间长了神经会支持不住，他们期待让我这样就擒。

他们打错了算盘。我坐在衣物存放间的一张木凳上，因为我感到十分虚弱，我开始思索起来。但不是思索他们的建议。我当然知道格里斯在哪儿：他躲在离城四公里的表兄弟家里。我也知道，我不会透露他的藏身之地，除非他们对我用刑（但看来他们没有考虑这样做）。这一切已经完全解决了，确定下来了，我根本提不起兴趣。只不过，我想弄清我为什么要这样做。我宁愿一命呜呼也不愿出卖格里斯。为什么？我不再喜欢拉蒙·格里斯。我对他的友谊，与我对贡莎的爱情以及生的欲望，在黎明前夕已经同时消逝。无疑，我一直尊敬他；他是条硬汉子。但是并非因为这个原因，我同意替他去死；他的生命不比我的生命更有价值；任何生命在这种时候都没有价值了。他们让一个人紧贴墙壁，向他开枪，直到他饮弹而毙：不管是我，是格里斯，还是别人，都是一样的。我很清楚，他比我对西班牙事业更有用，可是，西班牙和无政府主义，都去它的：什么都无关紧要。我就在这里，我可以出卖格里斯来拯救自己的生命，而我拒绝这样做。我感到这样真是可笑：这是固执己见。我想：

"就该固执吗？……"一种古怪的快意油然而生。他们来找我，把我带到那两个军官那里。一只老鼠从我们脚下穿过，我觉得有趣。我转向一个长枪党徒，对他说:"你看到了老鼠吗?"

他没有回答。他面色阴沉,一副严肃的样子。我呢,我很想笑,但是我忍住了,因为我担心,一旦笑出来,就再也止不住了。长枪党徒留着髭须。我又对他说:"应该把你的胡子剃掉,傻瓜。"

我感到可笑的是,他活着时就让须毛侵占他的面孔。他不太认真地踢了我一脚,我住嘴了。

"怎么样,"胖军官说,"你考虑好了吗?"

我好奇地望着他们,仿佛在看非常罕见的昆虫。我对他们说:

"我知道他在哪儿。他藏在公墓里。在一个墓穴或者在掘墓人的小屋里。"

这是为了捉弄他们一下。我想看到他们站起来,束好腰带,急忙下命令。

他们跳了起来。

"走。莫勒,去跟洛佩兹中尉要十五个人。你呢,"矮胖子对我说,"如果你说的是真的,那么我说的话是算数的。但如果你捉弄我们,你要付出昂贵的代价。"

他们在一片喧闹声中出发了,我在长枪党徒的看守下平静地等待着。我不时微笑,因为我想到他们大发雷霆的样子。我感到自己既愚蠢又狡猾。我想象他们掀起墓石,一个接一个打开墓穴的门。我设想这种情况,仿佛我是另一个人:这个执著地要显出英雄气概的俘虏,这些留着髭须的长枪党徒,这些在坟墓之间跑来跑去的军人;这一切令人忍俊不禁。

过了半小时,矮胖子一个人回来了。我想,他是来下令枪决我的。其他人大概留在公墓里。

军官望着我。他一点没有尴尬的样子。

"把他带到大院和其他人待在一起,"他说。"军事行动结束后,一个合法的法庭将决定他的命运。"

我想,我不明白他的意思。我问他:

"那么你们不……你们不枪决我了?……"

"无论如何现在不。以后么,就不关我的事喽。"我还是不明白。我对他说:

"为什么?"

他耸了耸肩,没有回答。士兵把我带走了。在大院里,有一百来个俘虏、妇女孩子和几个老头。我在中间的草坪绕圈走起来,感到莫名其妙。中午,他们让我们在食堂吃饭。有两三个人和我打招呼。我应该认识他们,但是我没有答理:我甚至不知道自己身在何处。

将近傍晚,又推进来十来个新俘虏。我认出面包师加尔西亚。他对我说:

"真走运啊!我没想到能看到你活着。"

"他们判处了我死刑,"我说,"然后他们改变了主意。我不知道为什么。"

"他们是两点钟逮捕我的。"加尔西亚说。

"为什么？"

加尔西亚不参加政治活动。

"我不知道，"他说。"他们把所有和他们持不同想法的人都抓起来了。"

他压低了声音。"他们抓住了格里斯。"

我颤抖起来。

"什么时候？"

"今天早上。他干了蠢事。星期二他离开了表兄弟家，因为他们说了些闲话。他不缺少人家让他躲藏，但是他不再想欠别人的人情。他说：'我本来可以躲到伊比埃塔家，可是，既然他们抓住了他，我还是藏到公墓去。'"

"藏到公墓去？"

"是的。真蠢。他们今天早上肯定到那儿去过，大概是这么回事。他们在掘墓人的小屋找到了他。他向他们开枪，他们把他打死了。"

"在公墓里！"

我感到天旋地转，跌坐在地上：我笑得那么厉害，连眼泪都流出来了。

选自《新编外国现代作品选》（第 2 编），郑克鲁、董衡巽主编，郑克鲁译，上海学林出版社，2008

局 外 人（节选）

［法国］阿尔贝·加缪

第一部

星期天，我好不容易醒过来，玛丽必须叫我，推我。我们没有吃饭，因为我们想早点游泳。我感到腹内空空，有点儿头痛。烟有苦味。玛丽嘲笑我，说我有"送葬的脸"。她穿了一条白色连衣裙，披散着头发。我说她很漂亮，她高兴得笑了。

下楼时，我们敲了敲雷蒙的门。他回答我们，说是他就下楼。在街上，由于我很疲乏，又因为我们没有打开百叶窗，不知道外面浴满阳光，照在我脸上，像打了我一记耳光。玛丽高兴得跳跳蹦蹦，一迭连声地说天气真好。我感到好受些，发觉饿了。我对玛丽说了，她让我看她的漆布手提包，里面放上我们的游泳衣和一条浴巾。我只能等一下，我们听到雷蒙关上房门的声音。他穿了一条蓝长裤和一件短袖白衬衫。但是他戴了一顶扁平的窄边草帽，使玛丽觉得好笑，他的前臂长着黑毛,皮肤倒是十分白皙。我觉得令人讨厌。他下楼时吹着口哨,神情十分愉快。他对我说:"你好,老兄。"他称玛丽"小姐"。

前一天,我们上警察局,我证明那个女人"对不住"雷蒙。他受到警告,算是没事了。他们没有核对我的证词。在门口,我们和雷蒙商量一下,然后我们决定坐公共汽车。海滩不太远,但我们坐车去更快些。雷蒙认为他的朋友看到我们早到会高兴的。我们正要动身,雷蒙笑着向我示意看对面。我看到一群阿拉伯人靠在烟草店的橱窗上。他们默默地望着我们,不过以他们那种方式,恰好就像我们是石头或者枯树那样。雷蒙对我说,左边第二个就是那个家伙,他看来心事重重。他还说,不过,现在事情已经了结。玛丽不太明白,就问我们怎么回事。我对她说,这些阿拉伯人和雷蒙有过节。她希望立马出发。雷蒙振作起来,笑着说,该抓紧时间。

我们朝汽车站走去,汽车站有点远,雷蒙对我说,阿拉伯人没有跟着我们。我回过身来。他们始终在老地方,还是那样冷漠地看着我们刚离开的地方。我们坐上公共汽车。雷蒙似乎顿时松了口气,不停地跟玛丽开玩笑。我感到她讨他喜欢,但是她几乎不理睬他。她不时笑着看一看他。

我们在阿尔及尔郊区下车。海滩离汽车站不远。但是必须穿过一个小高地,高地俯视大海,一直倾斜到海滩。满地是土黄色的石头和雪白的阿福花,而天空是耀眼的蓝色。玛丽抢起漆布手提包,将花瓣打落在地,感到乐趣。我们穿过一排排有绿白两色栅栏的小别墅,其中几幢有游廊,隐没在柽柳丛中,另外几幢处在石头中间,没有树木掩映。在到达高地边之前,已经可以看到大海波平浪静,更远处是一个海角,蜷伏不动,巍然耸立在明净的海水中。一阵轻微的马达声穿过宁静的空气,传到我们这里。我们在很远的地方遥望到一条小拖网渔船,几乎觉察不到地在亮闪闪的海上驶行。玛丽从岩石上采摘了几朵蓝蝴蝶花。从通向大海的斜坡上,我们看到已经有几个游泳的人了。

雷蒙的朋友住在海滩尽头的一幢小木屋里。房子背靠悬崖,前面支撑房子的木桩已浸在水里。雷蒙给我们作介绍。他的朋友叫马松。他身材高大、魁梧、宽肩,而他的妻子又矮又胖,和蔼可亲,巴黎口音。他随即对我们说不要拘谨,他做了炸鱼,鱼是他当天早上钓到的。我对他说,我感到他的房子很漂亮。他告诉我,每逢星期六、星期天和假日,他都到这儿来度过。他又说:"同我的妻子好相处。"正好他的妻子同玛丽说说笑笑。我也许是第一次真正想到要结婚。

马松想游泳,可是他的妻子和雷蒙不想去。我们三个人下到海滩,玛丽立刻跳进水里。马松和我,我们等了一会儿。他说话慢吞吞的,我注意到他习惯先要补充一句"我要多说一句",其实,对他所说的话,他丝毫没有添加什么意思。谈到玛丽,他对我说:"她好极了,我要多说一句,很迷人。"后来我不再注意这句口头禅，因为我一心去感受阳光给我的舒服。脚下的沙子开始发烫。我真想下水，但我又拖了一会儿，我终于对马松说："下水吧?"我跳了下去。他慢慢地走进水里，直到站不住了，才游起来。他游蛙泳，游得相当差，我便撇下他，去追赶玛丽。水很凉，游起来很舒服。我和玛丽游得很远，我们觉得，我们在动作和心情愉悦上都协调一致。

到了宽阔的海面，我们改成仰游，太阳照在我朝天的脸上，撩开流进我嘴里的最后几层水幕。我们看到，马松回到沙滩，躺在太阳下。从远处看，他显得体形庞大。玛丽想让我们贴在一起游。我游到她后面，搂住她的腰，她在前面用胳膊划水，我在后面用脚打水协助她。拍打水的噼啪声一直跟着我们，直到我感到累了。于是我撇下玛丽，往回游了，恢复正常的姿势，呼吸也畅快了。我趴在马松身边，躺在海滩上，脸贴着沙子。我对他说"这样舒服"，他同意。不久，玛丽回来了。我翻过身来，看她走近。她浑身是海水，头发甩在后面。她紧挨着我躺下，她身上的温热和太阳的热量烘得我有点睡着了。

玛丽推醒我，对我说，马松回去了。我马上站起来，因为我饿了，但玛丽对我说，从早晨以来，我没有吻过她。不错，而且我想吻她。她对我说："你到水里来。"我们跑过去，躺在卷过来的细浪中。我们划了几下，她贴在我身上。我感到她的腿夹住我的腿，我对她产生了欲望。

我们回来时，马松已经来叫我们。我说我非常饿，他马上对妻子说，他喜欢我。面包很好，我几口就吃掉我那份炸鱼。然后有肉和炸土豆。我们默默无言地吃着。马松不时喝酒，也不断给我斟酒。喝咖啡时，我的头有点昏沉沉，我抽了很多烟。马松、雷蒙和我，我们考虑八月份一起在海滨度过，费用平摊。玛丽突然对我们说："你们知道现在几点？十一点半。"我们都很惊讶，但是马松说，我们饭是吃得很早，这很自然，因为什么时候饿，就什么时候吃午饭。我不知道为什么这使玛丽发笑。我认为她喝得有点太多了。马松问我，是不是愿意陪他到海滩上散步。"我妻子饭后总要午睡。我呢，我不喜欢这个。我需要走路。我总是对她说，这对身体更好。但这毕竟是她的权利。"玛丽表示她留下来帮马松太太洗盘子。小个巴黎女人说，干这些事，要把男人赶出去。我们三个下了楼。

太阳几乎直射在沙子上，海上的闪光令人难以忍受。海滩上不见人影。从高地边上俯瞰着大海的木屋，传来刀叉杯盘的声音。石头的热气从地面升上来，热得人难以呼吸。雷蒙和马松开始谈起一些我不清楚的人和事。我明白了，他们相识已久，甚至有个时期住在一起。我们朝海水走去，沿着海边走。有时，一股细浪卷得更高，打湿了我们的布鞋。我什么也不想，因为我没戴帽子，太阳晒得我昏昏欲睡。

这时，雷蒙对马松说了句什么，我没有听清。与此同时，我看见在海滩尽头，离我们很远的地方,有两个穿蓝色司炉工装的阿拉伯人,正向我们的方向走来。我看了看雷蒙,他对我说:"是他。"我们继续走。马松问,他们怎么会一直跟到这里。我想,他们大概看到我们带着去海滩用的提包,但是我什么也没说。

阿拉伯人慢慢地往前走,离我们已经近多了。我们没有改变步伐,雷蒙说:"要是打起来,马松,你对付第二个。我呢,我来收拾我那个家伙。你呢,默尔索,如果又来一个,就归你了。"我说:"好的。"马松把手插在兜里。我觉得烫人的沙子现在都晒红了。我们迈着均匀的步伐,向阿拉伯人走去。我们之间的距离逐渐缩小。当彼此离开只有几步路时,阿拉伯人站住了。马松和我,我们放慢了脚步。雷蒙笔直向他那个家伙走去。我听不清他说的话,但是那一个摆出向他挑衅的样子。雷蒙先给了他一拳,马上招呼马松过来。马松冲向给他指定的那一个,用全身力气打了两拳。阿拉伯人倒在水里,脸触到水底,他待在那里有好几秒钟,脑袋周围冒出水泡,在水面上破裂了,另一个满脸是血。雷蒙回过身对我说:"看好他要掏出什么东西。"我朝他喊:"小心,他有刀!"可是,雷蒙的手臂已被划破了,嘴上也划开了口子。

马松向前一跳。但是另一个阿拉伯人爬了起来,站到拿刀那人的身后。我们不敢动手。他们慢慢后退,不断盯住我们,用刀镇住我们。当他们看到有段距离时,便飞快地逃走了,而我们站在太阳底下,像钉在那里,雷蒙用手捏紧滴着血的手臂。

马松马上说,有一位大夫到高地来过星期天。雷蒙想立即就去。每当他说话的时候,伤口的血就从嘴里冒出泡泡来。我们扶着他,尽可能快地回到木屋。雷蒙说,他的伤口只划破点皮,他可以去看大夫。他和马松一起去,我留下来向两个女人解释发生的事。马松太太哭起来,玛丽脸色惨白。我呢,给她们解释我心里也不好受。最后我住口不说了。我一面抽烟,一面望着大海。

将近一点半,雷蒙和马松回来了。他的手臂包扎好了,嘴角贴着橡皮膏。大夫对他说不要紧,但雷蒙脸色十分阴沉。马松想逗他笑。可是他一直不说话。后来,他说要到海滩去,我问他去哪儿。马松和我说,我们陪他去。他发起火来,还骂我们。马松说不要惹他不高兴。我呢,我还是跟随着他。

我们在海滩上走了很久。太阳现在火辣辣的,散成碎块,落在沙子和大海上。我觉得雷蒙知道自己到哪儿去,但这无疑是错误的印象。在海滩尽头,我们终于来到一个小泉水边,泉水在一大块岩石后面的沙子中流淌。我们在那里看到那两个阿拉伯人。他们穿着肮脏的蓝色司炉工装,躺在那里。他们好像完全平静下来了,而且几乎显得很高兴。我们的来到,丝毫没有改变什么。伤了雷蒙的那个人一声不吭地望着他。另一个吹着一根小芦苇,从眼角瞟着我们,不断地重复用芦苇吹出来的三个音符。

这会儿，只有阳光、寂静、泉水的淙淙声和三个笛音。雷蒙把手伸到放手枪的口袋里，但那个阿拉伯人没有动弹，他们俩一直对视着。我注意到，那个吹芦笛的人脚趾分得很开。雷蒙的目光没有离开他的对手，一面问我："我干掉他？"我想，如果我说不，他会冲动起来，准定开枪。我只对他说："他还没有同你说话。这样开枪不光彩。"在寂静和酷热中，依然听到轻轻的泉水声和芦笛声。雷蒙说："那么，我先骂他，他一还口，我就干掉他。"我回答："好。但是，他不掏出刀来，你不能开枪。"雷蒙开始有点激动。那一个一直在吹芦笛，他们两人观察着雷蒙的每一个动作。我对雷蒙说："不行。还是一个对一个。把你的手枪给我。如果那一个插手，或者他拔出刀来，我就干掉他。"

雷蒙把手枪递给我，阳光照在上面一闪烁。但我们仍然一动不动，仿佛周围的一切把我们封住了。我们目不转睛地对视着，在大海、沙子、阳光之间，一切都凝然不动，芦笛和泉水也寂然无声。这时我在想，可以开枪，也可以不开枪。但突然间，两个阿拉伯人倒退着溜到岩石后面。于是，雷蒙和我往回走。他显得精神好些，谈起回程的公共汽车。

我陪他一直走到木屋，他上楼梯时，我在第一级楼梯前站住，脑袋被太阳晒得嗡嗡响，想到要费劲爬楼梯，还要和两个女人相处，便感到泄气。可是，天气炎热难当，站在从天而降的耀眼的光雨之下，也是无法忍受的。待在这里还是离开，都是殊途同归。过了一会儿，我朝海滩转过身去，走了起来。

就像漫天红光爆炸。大海憋得急速地喘气，把细浪抛掷到沙滩上。我缓慢地朝岩石走去，我感到额头在阳光下膨胀起来。全部热气压在我身上，阻止我往前走。每当我感到热风吹到脸上时，我咬紧牙，在裤袋里捏紧拳头，全身绷紧，战胜太阳，战胜它向我倾泻的昏沉沉的醉意。从沙子、泛白的贝壳或者碎玻璃闪射过来的光，像利剑一样，每一闪，我的下巴便收缩一下。

我走了很长时间。我从远处看到那一小堆黑黝黝的岩石，阳光和海上的微尘给它罩上炫目的光环。我想到岩石后面清凉的泉水。我渴望再听到汩汩的涌泉声，渴望躲避太阳、使劲地走和女人的哭声，渴望终于找到阴凉和休息。但是当我走近时，我看到雷蒙的对头又回来了。他是一个人。他仰面躺着，双手枕在脑后，脸罩在岩石的阴影里，身体却在太阳下。他的蓝色司炉工装晒得冒热气。我有点吃惊。对我来说，这件事已经完结了，我到这儿来并没想这件事。

他一看到我，身子稍微抬起一点，将手放进口袋里。我呢，很自然地捏紧了上衣口袋里雷蒙的手枪。他重新躺下，但是没有将手从口袋里抽出来。我离他相当远，有十来米。我隐约看见他半闭的眼皮之间不时闪动的目光。然而，最经常的却是他的模样在我眼前火热的空气中跳荡。浪涛声比中午更加绵软无力，更加微弱。这是同一个太阳，伸展到这里的同样的沙滩上同样的光芒。白日已经有两小时停滞不前,已经有两小时在沸腾的金属海洋里抛锚。天际有一艘小轮船经过,我从眼角隐约看到它的小黑点,因为我不停地望着阿拉伯人。

我想,我只要一转身,事情就结束了。但在烈日下颤动的整个海滩在我身后催逼着。我朝泉水走了几步。阿拉伯人没有动弹。尽管如此,他还是离开相当远。也许由于罩在他脸上的阴影,他好像在笑。我等待着。热辣辣的阳光照到我的脸颊上面,我感到汗珠聚集在眉毛上。这是我埋葬妈妈那天同样的太阳,尤其是脑袋也像那天一样难受,皮肤下面所有的血管一齐跳动。由于我热得受不了,我往前走了一步。我知道这是愚蠢的,我挪一步摆脱不了阳光。但是,我还是迈了一步,仅仅往前迈了一步。这回,阿拉伯人虽然没有抬起身,却抽出他的刀,迎着阳光对着我。刀锋闪闪发亮,仿佛一把寒光四射的长剑刺中我的额头。这时,聚在我眉毛上的汗珠一下子流到眼皮上,蒙上一层温热的厚幕。我的眼睛在这种眼泪和盐织成的幕布后面看不见东西。我只感到太阳像铙钹似的罩在我额头上,闪烁的刀刃总是朦胧地对着我。这发烫的刀戳着我的睫毛,搅动我疼痛的眼睛。这时一切摇摇晃晃。大海吹来浓重而火热的气息。我觉得天宇敞开,将火雨直泻下来。我全身绷紧,手指在枪上一抽缩。扳机动了一下,我触摸到光滑的枪柄,这时,伴随着清脆而震耳的响声,一切开始了。我抖落汗水和阳光。我明白,我打破了这一天的平衡,打破了海滩不寻常的寂静,而我在那里是惬意的。我又朝着一动不动的尸体开了四枪,子弹打进去,没入其中。我就像在不幸之门上短促地叩了四下。

第二部

我第三次拒绝接待指导神父。我没有什么要对他说的,我不想说话,我很快又会再见到他。眼下令我感兴趣的,是要避开机械的一套,是想知道不可避免的事能不能有转机。他们给我换了牢房。在这个牢房里,我躺下时能看到天空,而且只看到天空。我整天望着天上从白昼转向黑夜逐渐减弱的天色,消磨时间。躺下时,我双手枕着头在等待。我不知道有多少次寻思,是不是有死囚逃脱无情的结局的例子,在行刑之前消失,挣脱警察的绳子。于是我自责早先没有好好注意写死刑的故事。本应始终关注这些问题。人们无法预料会发生什么事。像大家一样,我看过报纸的报道。但准定有专门的作品,我从来没有兴趣去阅读。在这些作品中,我也许会找到越狱的故事。我就会知道,至少在某种情况下,绞架的滑轮停住了,在这种不可抗拒的预想中,偶然和运气,仅仅一次,就可以改变事物。一次!在某种意义上,我认为对我这已足够了。我的心会做其余的事。报纸常常谈到对社会的欠债。按照报纸的见解,必须偿还这笔债。但在想象中,这是谈不上的。重要的是有无越狱的可能性,能不能摆脱死刑的场面,拼命奔逃,前面希望多多。当然，希望也就是在街角大步逃跑时被一颗子弹击倒。左思右想之后，什么都不能让我作这非分之想，一切都不让我这样做，无情的结局重新抓住了我。

尽管我有良好的意愿，我不能接受这种使人受不了的想法。因为说到底，在确立这种想法的判决和从宣判时起不可动摇的进程之间，有着可笑的不成比例。判决在二十点而不是在十七点宣布，判决可能是完全不同的结论，它由穿不同衣服的人作出，它要获得法国人的信任，而法国人（或者德国人和中国人）是一个不确切的概念，我觉得这一切使这个判决大大失去了严肃性。然而，我不得不承认，一旦采取了这个决定，它的效果就变得像我的身体紧靠的这堵墙的存在一样确实，一样严肃。

这些时候我想起一个故事，是妈妈在谈到我的父亲时对我讲的。我没有见过他。关于这个人，我所确知的一切，也许就是妈妈那时告诉我的事：他去看一个杀人犯行刑。想到要去那里，他就不舒服。但他仍然去看了，回来后上午呕吐了一段时间。那时我对父亲有点儿厌恶。现在我明白了，这种事是非常自然的。我怎么没有看到，没有什么事比起执行死刑更为重要的了，总之，这是唯一真正令一个人感兴趣的事！一旦我从这个监狱出去，凡是死刑我都要去看。我想我不该考虑这种可能性。因为想到一天清晨自己自由了，站在警察的绳子后面，可以说站在另一边，想到成为看客，来看热闹，然后会呕吐，一种恶毒的快乐便涌上心头。但这是不理智的。我不该任凭脑子里有这些假设，因为不久，我冷得要命，便蜷缩在毯子里，牙齿格格地响，还是支撑不住。

当然，始终理智是做不到的。比如，还有几次，我设计了法律草案。我改革了刑法。我早就注意到，主要是给囚犯一个机会。只要有千分之一的机会，就足以安排许多事。因此，我觉得可以找到一种化学物，服用后有十分之九的可能性杀死受刑者（我想的是受刑者）。他本人要知道，这是条件。因为我经过深思熟虑，平静地思索再三，我看到，断头斧的缺点就是没有任何机会，绝对没有任何机会。总之，受刑者的死是一锤定音了。这是一个了结的案件，一个确定的手段，一个谈妥的协议，不会回过头来再考虑。万一没有砍准，就重新再来。因此，令人烦恼的是，犯人只得希望机器运转良好。我说的是有缺陷的一面。在某种意义上，这是不错的。但是，从另一种意义上来说，我不得不承认，组织良好的全部秘密就在于此。总之，犯人只得在精神上合作。他所关心的是一切不发生意外。

我还不得不看到，至今，关于这些问题，我有过的想法是不正确的。我长期以为——我不知道为什么——要登上断头台，就必须一级级爬上一个架子。我以为这是由于一七八九年革命的缘故，我想说，关于这些问题，人们教给我或者让我看到的就是这样。但是有一天早上，我想起报纸刊登一次轰动一时的行刑的照片。实际上，断头机放在平地上，再简单也没有了。它比我想象的狭小得多。我早先没有觉察到是很奇怪的。照片上的这架断头机，看来是一部准确、完善、闪光的工具，给我强烈印象。人们对不了解的东西总是有夸大的想法。相反，我却看到，一切都很简单：机器和朝它走去的人在同一平面上。他走向机器，就像去迎接一个人。这也很令人讨厌。登上断头台，升天，想象力会紧紧抓住这些。而现在，无情的结局压垮了一切：不引人注目地处死人，有一点耻辱，却非常准确。

还有两件事是我整天都在考虑的：那就是黎明和我向最高法院上诉。但我受理智控制，竭力不去想它。我躺下，望着天空，力图对天空发生兴趣。天空变成绿色，这是傍晚。我又使劲改变思路。我听到自己的心跳。我不能想象，长期以来陪伴我的这种声音会一朝停止。我从来没有真正的想象力。但我尽量设想某种时刻，那时心跳不再传到我脑子里。但是徒劳。还是想黎明或者向最高法院上诉。最后我寻思，最理智的是不要勉强自己。

我知道，他们是在黎明时分到来的。总之，我一夜又一夜，一心一意等待黎明。我从来不喜欢措手不及。要发生什么事，我喜欢有所准备。因此，我最后只在白天睡一会儿，整夜我都在耐心等待曙光出现在天窗上。最难熬的是那个不确定的时辰，我知道他们习惯在这时行动。过了半夜，我就等待和窥视。我的耳朵从来没有听出那么多的响声，分辨出那么细微的声音。再有，我可以说，在这整段时间里，我总算还有机会，因为我从来没有听到脚步声。妈妈常常说，人不会永远痛苦万分。在监狱里，当天空出现彩霞，新的一天潜入我的牢房里的时候，我赞成她的说法。因为我本来会听到脚步声，我的心会爆裂开来。即使一点儿滑动的声音都会让我扑到门口，即使我将耳朵贴在门板上，狂热地等待着，直到我听见自己的呼吸声，觉得暗哑，活像狗的喘气，不免害怕起来。总之，我的心并没有爆炸，我又争取到二十四小时。

整个白天，我考虑向最高法院上诉。我认为我已从这个想法中得到莫大的好处。我琢磨有什么效果，从思考中取得最好的收获。我总是作着最好的设想：我的上诉被驳回了。"那么，我就死吧。"比别人更早死，这是显而易见的。但大家都知道，生活不应该虚度。说实在的，我不是不知道，在三十岁或者在七十岁过世并不重要。因为在这两种情况下，别的男人和别的女人自然还会活着，几千年来就是这样。总之，这是再清楚不过的了。无论是现在还是在二十年后，反正总是我死。眼下，我在推理中感到为难的，是我想到未来的二十年时，内心感到的可怕飞跃。但是，想到二十年后我还是要走到这一步，自己会有何种想法，我便把这种为难心理压抑下去。既然要死，怎么死和什么时候死都无关紧要，这是毋庸置疑的。因此（困难的是不要视而不见这个"因此"所代表的一切推理结果），因此，我应该接受驳回我的上诉。

眼下，只是在眼下，我才可以说有了权利，我几乎允许自己接触第二个假设：我获得赦免。使人苦恼的是，不要让我的血液和肉体的冲动那么激烈，因失去理智的快乐而刺激我的眼睛。我必须尽力压制这喊声，变得理智。我甚至必须在这种假设中合乎情理，使我忍受第一种假设更说得过去。我成功的话，我便得到一小时的安宁。这毕竟是要考虑的。

就在这时，我再一次拒绝接待指导神父。我躺下了，我琢磨到夏夜来临，天空是一片金黄色。我刚刚放弃向最高法院上诉，我可以感到我的血液在我身上正常地循环。我不需要接待指导神父。很久以来我第一次想起玛丽。已经有好长日子她不再给我写信。这天晚上，我思索良久，我想，她作为一个死囚的情妇，也许是疲倦了。我还想到，她兴许生病或者死了。这是合乎事理的。既然我们两人现今已经分开，什么也不再联结我们，彼此不再想念，舍此我还能做什么呢？再说，从这时起，我对玛丽的回忆已经淡漠了。她死了，我就不再关心她了。我感到这很正常，正如我十分理解，人们在我死后会忘却我。他们和我再也没有什么关系。我甚至不能说，这样想是冷酷无情的。

就在这时，指导神父进来了。我看见他时，轻轻颤抖了一下。他觉察了，对我说不要害怕。我告诉他，他一般是在另外一个时刻到来的。他回答我，这是一次非常友好的拜访，和我的上诉没有任何关系，他对上诉的事一无所知。他坐在我的床上，请我坐在他旁边。我拒绝了。我觉得他的神态毕竟很和蔼。

他坐了一会儿，前臂放在膝上，低着头，望着双手。他的手细巧而有力，使我想起两只灵巧的野兽。他缓缓地搓着手。这样待着，始终低垂着头，时间那么长，我有感觉，一时我把他忘了。

但是他突然抬起头，正视着我说："为什么您拒绝我来访？"我回答，我不信仰天主。他想知道我是不是确实如此，我说，我不需要考虑这一点；我觉得这是一个无关紧要的问题。于是他身子朝后一仰，背靠在墙上，双手平放在大腿上。他几乎不像在对我说话，指出有时人会自以为是，实际上并不是这样。我不吭声。他望着我，问我："您是怎么想的？"我回答，这不可能。无论如何也许我不能肯定，是什么真正令我感兴趣，但是，我完全能肯定，什么我不感兴趣。他对我说的事正巧我不感兴趣。

他掉转目光，始终不改变姿势，问我是不是出于绝望才这样说话。我向他解释，我并不绝望。我仅仅害怕，这是很自然的。"那么天主会帮助您，"他指出，"在您所处的情况下，我认识的所有人都转向天主。"我承认，这是他们的权利。这也证明了，他们有的是时间。至于我，我不愿意别人帮助我，我正好缺少时间，无法关心我所不感兴趣的事。

这当儿,他的手作了一个恼火的动作,可是他挺起身来,理顺袍子的皱褶。理完后,他称呼我为"我的朋友",对我说:他对我这样说话,并非我是个死囚;据他看来,我们都是死囚。但我打断他,对他说,这不是一回事,况且,无论如何,这也不能算是一种安慰。他赞成说:"当然,但是,如果您今日不死,以后也会死,那时会提出同样的问题。您怎么接受这个可怕的考验呢?"我回答,我会像眼下这样接受它。

听到这句话,他站了起来,直盯着我的眼睛。我非常熟悉这种把戏。我时常和艾玛纽埃尔或者塞莱斯特闹着玩,一般说,他们掉转目光。指导神父也很熟悉这种把戏,我马上明白了:他的目光不颤抖。他对我说话时声音也不颤抖:"您就不抱任何希望吗? 您活着时就想到即将彻底死去吗?"我回答:"是的。"

于是,他低下头来,重新坐下。他对我说,他为我抱屈。他认为一个人不可能这样硬撑着。我呢,我仅仅感到他开始令我讨厌了。轮到我转过身去,我走到天窗下面。我的肩膀顶住墙。我没有仔细听他讲话,我听到他又开始询问我。他用不安而急迫的声音说话。我明白他很激动,我听得更仔细些。

他对我说,他相信我的上诉会被接受的,但是我承担着罪孽的重负,我必须摆脱它。据他看来,人的司法不算什么,而天主的司法是一切。我指出,是人的司法判我的罪。他回答我,人的司法并没有洗刷掉我的罪孽。我对他说,我不知道罪孽是什么。人家仅仅告诉我,我是一个罪犯。我是有罪,我付出代价,不能再多要求我什么。这时,他又站起来,我想在这如此狭窄的牢房里,即使他想活动,他也没有多少选择。他只能坐下或者站起来。

我的眼睛盯住地。他朝我走了一步,站定了,仿佛他不敢往前。他越过铁栅望着天空。"您欺骗了我,我的孩子,"他对我说,"我们可以对您有更多的要求。也许以后会对您提出来。""要求什么?""可以要求您看。""看什么?"

神父环顾四周,用一种我突然感到疲乏的声音回答:"我知道,所有这些石块都渗透出痛苦。我望着它们总是忧虑不安。可是,我从心底里知道,你们当中最悲苦的人也看到了从石头的一片黑暗中浮现出一张神圣的脸。我正是要您看这张脸。"

我有点激动。我说,我看着这些墙壁已经有几个月了。我比世人更了解,既没有什么东西,也没有任何人。也许很久以前,我从中寻找过一张面孔。但这张面孔有着太阳的色彩和欲望的火焰:这是玛丽的面孔。我徒劳地寻找它。如今完结了。无论如何,我从石头渗出的水中没有看到任何东西浮现出来。

指导神父带着一种悲哀的神情望着我。如今我完全靠在墙上,阳光流泻到我的脸上。他说了几个字,我没听清说什么,他又很快地问我,我是不是允许他拥抱我,我回答:"不。"他回转身,走到墙边,慢慢地向墙壁伸出手,喃喃地说:"您就是这样爱这个世界吗?"我没有回答。

他很久背对着我。他在我面前压抑着我,使我恼火。我正要请他出去,让我清静,这时,他突然朝我转过身来,爆发似的叫道:"不,我无法相信您的话。我深信您一定希望过另一种生活。"我回答他,那是自然,可是,这同希望富有、希望游得很快或者希望嘴巴长得更好看没有什么两样。这是同一回事。但他止住了我,他想知道我怎么看待这另一种生活。于是,我对他大声说:"这种生活能让我回忆起现在的生活。"我随即告诉他,我受够了。他还想对我谈谈天主,但是我走近他,我想最后一次向他解释,我剩下的时间不多了。我不愿意浪费时间和他谈天主。他想改变话题,问我为什么称他"先生",而不是"神父"。这把我惹火了,我回答他,他不是我的父亲①,这是他和别人的关系。

"不,我的孩子,"他将手放在我的肩上说,"我同您是这种关系。但您不能明白,因为您的心是盲目的。我要为您祈祷。"

这时,我不知道怎么回事,有样东西在我身上爆裂开来。我扯着喉咙大叫,我侮辱他,告诉他不要祈祷。我抓住他袍子的领子,把我内心深处的话,连同喜与怒混杂的冲动,向他发泄出来。他的神态不是充满自信吗?可是,他的任何一点自信都比不上女人的一根头发。他甚至不能确定是活着,因为他像一个活尸。我呢,我好像两手空空。但是我对自己有把握,对一切有把握,比他更有把握,对我的生活和即将来临的死有把握。是的,我只有这一点把握,不过,至少我抓住了这个事实,正如它抓住我一样。我从前有理,我现在还有理,我始终有理。我以这种方式生活过,我可以用另一种方式生活。我做了这件事,我没有做那件事。我做了另一件事,而没有做这件事。以后呢?仿佛我一直都在等待这一分钟和被证明无罪的黎明。无论什么,无论什么都不重要,我知道是什么原因。他也知道是什么原因。在我所度过的整个荒诞生活期间,从我未来的深处,一股阴暗的气息越过还没有到来的岁月向我涌来,这气息在所过之处,与别人在不比我现今所过得更真实的年代向我建议的一切相等。别人的死,对母亲的爱,别人所选择的生活,别人所选择的命运,这些与我何干?因为只有一种命运选中我,而和我一起的千百万幸运儿像他一样,自称是我的兄弟。他明白吗,他明白吗?大家都是幸运儿。世上只有幸运儿。其他人也一样,有朝一日要被判决死期到来。他也一样,要受到判决。如果他被控杀人,就因为在他母亲下葬时没有哭泣而被处决,这有什么关系呢?萨拉马诺的狗比得上他的妻子。那个木头似的小女人跟马松所娶的巴黎女人和想嫁给我的玛丽一样有罪。雷蒙和比胜过他的塞莱斯特一样是我的哥们,这有什么关系?玛丽今日把嘴伸向另一个默尔索,这有什么

---

① 神父一词用的是 mon pere 有"我的父亲"之意。

关系？这个被判决的人,他明白吗？从我未来的深处……我喊出这一切,喊得喘不过气来。已经有人从我手里夺走指导神父,看守们威胁我,但他让他们平静下来,默默地望着我一会儿。他眼里噙满泪水。他转过身走了。

他一走,我重新平静下来。我精疲力竭,我相信我睡着了,因为我醒来时星星照在我的脸上。田野里的响声一直传到我这里。夜晚、大地和盐的气息使我的太阳穴感到清凉。沉睡的夏夜美妙的宁静像海潮一样涌进我心中。这时,黑夜将尽,汽笛鸣叫,宣告启碇,要开到如今与我永远无关的地方去。长久以来,我第一次想起妈妈。我觉得我明白了为什么她在生命将尽时找了一个"未婚夫",为什么她要玩重新开始的游戏。那边,那边也一样,在生命一个个消失的养老院周围,夜晚仿佛令人忧郁地暂时憩息。妈妈在行将就木时大概感到解脱了,准备重新感受一切。谁也,谁也没有权利哭悼她。我呢,我也感到准备好重新感受一切。似乎狂怒清除了我的罪恶,掏空了我的希望,面对这充满信息和繁星的黑夜,我第一次向世界柔和的冷漠敞开心扉。我体验到这个世界是如此像我,说到底如此博爱,感到我曾经很幸福,现在依然幸福。为了让一切做得完善,让我不那么孤单,我只希望处决我那天有很多看客,希望他们以愤怒的喊声来迎接我。

(郑克鲁 译)

荒诞派戏剧

  荒诞派戏剧在20世纪50年代最早出现在法国,后来风行于法国、英国、美国,60年代统治了西方戏剧领域,成为二次世界大战后西方最重要的戏剧流派之一。荒诞派戏剧全面反对传统戏剧的创作程式,这一派戏剧以存在主义哲学为理论基础,在创作上吸取了表现主义、象征主义和超现实主义的表现手法加以融会,从思想内容和艺术表现方法上独辟蹊径,进行了大胆的试验和创新,创作出了一批离奇怪诞、迥异于传统戏剧的作品,因此被戏剧评论家们称为"先锋派"、"反戏剧派"。

  荒诞派戏剧是对西方现代派文学中的"荒诞文学"的发展。荒诞最有概括性的含义是:人与世界处于一种敌对状态,人的存在方式是荒诞的,人被一种无可名状的异己力量所左右,他无力改变自己的处境,人与人、人与世界无法沟通,人在一个毫无意义的世界上存在着。这种"荒诞"观集中体现了西方世界带普遍性的精神危机和悲观情绪。这种普遍存在的危机和悲观情绪是西方荒诞文学产生的土壤。在20世纪20年代,西方现代派文学中就出现了以跟一"翩"观的文学。卡夫卡是这种荒诞文学的代表。他的《审判》、《城堡》、《变形记》、《地洞》等可以说是荒诞小说的代表。30、40年代,存在主义哲学的兴起,萨特、加缪等存在主义哲学家以文学来宣传"世界是荒诞的"、"人的存在是荒诞的"这些存在主义哲学的基本主张,创作出了《恶心》、《局外人》等一批著名荒诞作品。荒诞派戏剧接受了存在主义哲学的基本主张和超现实主义等流派文学观念及表现手法,并加以融会,从而形成自己的独特风格,把荒诞文学推向高峰。应该说荒诞派戏剧与萨特、加谬为首的存在主义文学思想内容的总体倾向上是基本一致的,不同的是荒诞派戏剧选择了独特的表现形式,这是他们能够作为一个独立的戏剧流派存在的主要原因。荒诞派戏剧是用荒诞的形式来表现荒诞的内容,如怪诞、模糊、病态、丑陋的人物,若有若无的剧情,背离常理的舞台设置,颠三倒四、胡言乱语式的戏剧对白等。这种怪诞的手法贴切地表现了荒诞的主题,也使这个流派以其"反戏剧"、"反文学"、"先锋派"的面貌出现在世界文学之林,成为了一个风格独异,影响巨大的戏剧流派。

  最早对荒诞派作出理论上的概括的是英国的戏剧评论家马丁·艾思林

荒诞派戏剧

(Martin Esslin)。他在 1961 年所写的《荒诞派戏剧》中对这派戏剧作了专门的研究,认为这些剧作家的作品是加缪在《西绪福斯神话》中提出的哲学观念——"人生本来就是没有任何意义的"的文学表达。这些戏剧的共同特点是:类似杂耍,包含可怖的或悲剧的形象,人物处于无望境地、被迫重复无意义的举动,对白充满陈词滥调、文字游戏和废话,情节重复出现、或荒谬地展开,对现实主义的滑稽模仿或消解。基于它们的思想特征和艺术特征,把它们正式命名为"荒诞派戏剧",从此,荒诞派戏剧就在西方的舞台上传播开来,逐渐达到了成熟和全盛的阶段。

荒诞派戏剧最主要的代表作家是尤金·尤奈斯库和贝克特。尤金·尤奈斯库是荒诞派戏剧的创始人。

荒诞派戏剧在表现形式和手法上完全不同于传统戏剧和存在主义戏剧。荒诞派作家采用了一套与传统戏剧截然不同的荒诞手法,概括起来有知下几点:

第一,这类戏一般没有故事,没有情节,更谈不到戏剧结构,戏剧冲突。例如:《等待戈多》全剧自始至终写的就是两个流浪汉等待戈多的情景,他们在难耐的等待中只是做些猥琐的动作,讲些无聊的话而已。

第二,这类戏没有活生生的人物形象。戏中人多是干瘪、枯萎的木偶式的角色。如:《快乐的日子》(贝克特)中一个半截埋入土中的老妇每天所做的一切完全是受本能与习惯的支配,她简直就是一具活的僵尸。

第三,这类戏常带有梦幻和噩梦的性质,大量使用象征手法。例如,《小爱丽丝》(涡比)就笼罩了一层神秘的梦幻色彩。女主人公所住的房内那个所谓的"世界奇迹的房子模型",层层相套,似乎没有穷尽,令人恍惚不解,正象征了在一个混乱不堪的世界上其实与虚假之间的界限无法分辨这样一个事实。不少剧中出现的盲、聋、哑的形象都有人与世界、人与人无法沟通的象征意味。

第四,在荒诞派看来,既然世界和人的存在都毫无意义,那么作为人们之间交往的工具——语言本身也就失去了意义。因此,这类戏没有连贯的语言,更无所谓机警的对话和发人深省的隽语。它的道白常常是枯燥无味的陈词滥调,不断重复的唠叨絮语,思维混乱、语无伦次的杂凑,不合语法结构的句子。如《哑剧》中展现在观众眼前的就是一片毫无生气的沙漠,《最后的一局》中外面是一个"一片灰暗"充满死尸臭味的"零"的世界。人与这样的世界处于一个冷淡、隔绝的状态,因此,弗拉基米尔和艾斯特拉贡无论怎样等待,也等不来那缥缈的希望——戈多。外部世界在人的心目中是变幻莫测、无法确定的。于是,第一天晚上还是干枯的柳枝上在第二天晚上竟长出几片新叶(《等待戈多》)、钟刚敲了一点半又敲二十九下(《秃头歌女》)。这样一个不可理喻的世界给人们带来的是恐怖和威胁。在品特的剧作中,《一间屋》的外面总是一个弥漫着威胁与恐怖,使人惶惶不可终日的世界。

　　总之,荒诞派戏剧通过离奇、荒诞的形式和手法反映了西方世界"一种本质上的荒诞控制了人们的生活"这一现实。它在打破传统格式上所作的"探索"与它颓废没落的思想内容密不可分。

犀　牛（节选）

[法国] 欧仁·尤涅斯库

第二幕　第一场

　　〔这是一个管理部门,或是一家私人企业,比如说是一所大的司法出版机构的办公室。舞台后方,正中是一个对开的弹簧大门,门上贴着"科长室"的招牌。后方左边,在科长室的门边摆着苔丝的小桌子,上面放着一架打字机。另一张桌子靠着左方的墙,摆在朝楼梯开着的一扇门和苔丝的小桌子之间,桌上放着签到卡,职员们一到就应在上面签到。然后,在左方,在二道幕前的是朝楼梯开着的门。可以看到这楼梯最上面的几个梯级,扶手栏杆的上端及一个楼梯头上小平台。在前景,有一张桌子,两把椅子。桌上摆着印刷厂送来的校样,一个墨水瓶,一些蘸水钢笔,这就是博塔尔和贞兰吉的办公桌;后者将坐在左边的椅子上,前者坐在右边的椅子上。靠近右方墙边有另一张更大些的长方桌,桌上亦被纸张、校样等覆盖着。这张桌边也有两把椅子(更漂亮,更"气派"些),它们面对面地摆着。这是狄达尔和勃夫先生的办公桌。狄达尔坐在靠墙的椅子上,面对着所有其他雇员。他的职务是副科长。如果剧院有乐池的话,最为理想的则是在前景(或台口)正对观众处摆一个窗框。在右边角落有一个衣架,上面挂着几件灰色工作服或旧上衣。有时亦可把衣架摆在舞台前方,靠近右墙。

　　〔靠墙摆满了满是灰尘的书籍和案卷。在舞台后方左边书架上插着标签:《法学》、《法规》;在右边可能稍稍倾斜的墙边上的标签写着:《官方报刊》、《收税法》。在科长室的门上方有一具钟,时间是九点零三分。

　　〔幕启,狄达尔站在他办公桌的椅子旁边,右侧身对着池座;博塔尔站在办公桌对面,左侧身对着池座;科长站在他们两人中间,他也靠在办公桌边,面对观众;苔丝站在科长的左边,稍稍靠后一点。她手里拿着速记纸。在三个人围着的桌子上,一大张报纸摊开放在校样上面。

　　〔幕启,在几秒钟之内,台上的人物静止不动,和第一次的舞台说明指出的姿势一样。这应是一幅活生生的画面。在第一幕开始时,亦应如是。

　　〔科长,五十上下,服饰整洁:一套海军蓝色服装,勋级会的彩带结,浆过的假领,黑领带,棕色的大胡子。他名叫巴比雍先生。

〔狄达尔,三十五岁。灰色服装,带着黑色丝织袖套保护上衣。他个头相当高,是有希望的职员(干部)。如果科长擢升为副主任,将由他取而代之当科长;博塔尔不喜欢他。

〔博塔尔,退休的小学教员;神情高傲,蓄着小白胡子;他有六十上下,生性严厉(他什么都知道,什么都明白)。他头戴一顶巴斯克贝雷帽;罩上一件长长的灰色工作服,在他那大得相当可观的鼻子上架着一副眼镜;耳朵上夹着一支铅笔,袖子上也带了丝织袖套。

〔苔丝,年轻,金发。

〔稍晚一些,勃夫太太:四十到五十之间的胖女人,泪流满面,气喘咻咻。

〔幕启时,人物在台上围着右方桌子静止地站立,科长伸着手,食指指着报纸。狄达尔的手伸向博塔尔的方向,似乎在对他说:"然而您也看见啦!"博塔尔的手插在工作服衣袋里,嘴唇上挂着一抹持怀疑状的微笑,似乎在说:"跟我来这套可是没用。"苔丝手里拿着速记纸,她的目光是在支持狄达尔。短短的几秒钟过去之后,博塔尔进攻了。

博塔尔　编出来的,编出来的故事罢了,听了让人发困!

苔丝　我看见了呀,我看见犀牛了呀!

狄达尔　这是明白无误地登在报上的,这您可否认不了。

博塔尔　(极为蔑视的神情)去一边的吧!

狄达尔　这是发表了的,因为这是发表了的;瞧这儿,红色标题,猫被踩死!科长先生,您读读新闻吧!

巴比雍先生　"昨天,星期日,喝开胃酒的时间,在本城教堂场,一只猫被一头厚皮动物踩死。"

苔丝　不是正好在教堂广场!

巴比雍先生　全文完。没有写明其他细节。

博塔尔　去一边的吧!

狄达尔　这就够了,很清楚啦。

博塔尔　我不相信那些新闻记者。新闻记者全是些骗子,我知道我该怎么办,我只相信我亲眼看见的事情。早先我当小学教师那会儿,我喜欢明确的东西,那是得到科学印证的,我是个讲究方法、一丝不苟的人。

狄达尔　讲究方法在这儿有什么用?

苔丝　(对博塔尔)博塔尔先生,我觉得这条新闻是很准确的。

博塔尔　您把这称为准确?让咱们来瞧瞧。那是一头什么样的厚皮动物?

编写红色标题关于踩死猫的这条消息的编辑，他明白什么是一头原皮动物吗？他没对我们说。还有，他明白猫是什么吗？

狄达尔　所有的人都知道什么是猫。

博塔尔　那么，涉及的是一只郎猫，还是一只女猫？还有是什么颜色的？是什么种的？我不是种族主义者，我甚至是反种族主义的。

巴比雍先生　瞧瞧，博塔尔先生，问题不在这里，种族主义和这有什么相干？

博塔尔　科长先生，我请您原谅。您不能否认，种族主义是这个世纪的重大错误之一。

狄达尔　当然，这我们都同意，不过，问题不在这里……

博塔尔　狄达尔先生，不能轻率地对待此事。历史事件业已向我们证明了种族主义……

狄达尔　我对您说的问题不在这里。

博塔尔　那可说不准。

巴比雍先生　这里不存在种族主义的问题。

博塔尔　不应放过任何机会去指控它。

苔丝　然而已经告诉您谁也不是种族主义者啦。您把问题给转移啦，那只不过是涉及一只猫被一头厚皮动物踩死的事，在这种情况下，它是一头犀牛。

博塔尔　我呀，我可不是南方人。南方人太善于幻想。这也许只不过是一只跳蚤给一只老鼠踩死啦。这么点儿事就给吹成一座大山。

巴比雍先生　（对狄达尔）咱们试试把这一切来说说清楚。您是否亲眼看见犀牛在城里的街头上懒洋洋地散步？

苔丝　它不是懒洋洋的，它奔跑来着。

狄达尔　就我个人而言，我没看见它。然而，一些可尊敬的值得信赖的人……

博塔尔　（打断他）你们这就明白了，这不过是一些无稽之谈，你们信任一些没的可编造的新闻记者，他们这样做是为了出售他们那不值得一提的报纸，为了给他们的老板效劳，他们情愿当奴仆！您居然相信这个，狄达尔先生，您，一位法学家，一位法学学士。请允许我大笑吧！哈！哈！哈！

苔丝　可是我，我看见它了，我看见犀牛来着。我起誓。

博塔尔　别胡说啦！我还以为您是位严肃正经的姑娘呢。

苔丝　博塔尔先生，我可没说瞎话！而且当时不仅只有我一个人，我身边还有别的人也看见啦。

博塔尔　去一边的吧！他们肯定是在看别的东西哪！……是些懒汉，是些无事可干，不做工，游手好闲的人。

狄达尔　　那是昨天，那是星期天。

博塔尔　　我呀，星期天我也工作。我才不听那些骗你们去教堂的神甫们的鬼话呢，他们是为了阻拦你们干活儿和靠出力流汗挣面包！

巴比雍先生　　（愤慨地）噢！

博塔尔　　请原谅，我不想使您激怒。这并非由于我蔑视宗教而可以使得旁人去说我不尊重宗教。（对苔丝）首先，您知道什么是一头犀牛吗？

苔丝　　这是一头……这是一头很大的动物，很难看！

博塔尔　　你还自诩为有着明确的思想的人呢！小姐，犀牛……

巴比雍先生　　您不必在这里给我们上一堂关于犀牛的课。我们不是在小学里。

博塔尔　　十分遗憾。（在进行着最后的几句交锋时，可以看见贝兰吉小心翼翼地登上楼梯的最后几级阶梯；他轻手轻脚推开办公室的门，这时可以看见开着的门上挂着的招牌上写道："法律出版社"）

巴比雍先生　　（对苔丝）好啦！过九点啦，小姐，把签到卡拿开吧。迟到的可就活该倒霉啦！（苔丝向左边上面放着签到卡的小桌走去，正在此时，贝兰吉进来）

贝兰吉　　（进来，其他的人还在继续讨论；对苔丝）早安，苔丝小姐。我没迟到吧？

博塔尔　　（对狄达尔和巴比雍先生）不论我在哪里发现无知，我就向它斗争！

苔丝　　（对贝兰吉）贝兰吉先生，快点儿。

博塔尔　　……不论是在宫廷，还是在茅屋！

苔丝　　（对贝兰吉）快点在签到卡上签名！

贝兰吉　　噢，谢谢您！科长已经来啦？

苔丝　　（对贝兰吉，一个手指按着嘴唇）嘘，是的，他来了。

贝兰吉　　已经来了？这么早？（他急急忙忙走过去在签到卡上签名）

博塔尔　　（继续）不论在什么地方！就是在出版机构也不论。

巴比雍先生　　（对博塔尔）博塔尔先生，我觉得……

贝兰吉　　（在卡上签字；对苔丝）可是，还没到九点十分呢……

巴比雍先生　　（对博塔尔）我觉得您已经越过了礼貌所允许的界限啦。

狄达尔　　（对巴比雍先生）先生，我也有同感。

巴比雍先生　　（对博塔尔）您总不能说，我的合作者，您的同事，法学学士、出色的职员狄达尔先生是个无知的人啊。

博塔尔　　自然啰，我不会去断言这样一件事，那就是，不管怎么说，学院和大学还不如公立学校。

巴比雍先生　（对苔丝）喂，签到卡呢！

苔丝　（对巴比雍先生）在这里，先生。（她递给他）

巴比雍先生　（对贝兰吉）哟，贝兰吉先生来啦！

博塔尔　（对狄达尔）大学教授们所缺少的，就是明确的思想，观察的精神，实践的能力。

狄达尔　（对博塔尔）这是哪里的话！

贝兰吉　（对巴比雍先生）早安，巴比雍先生。（贝兰吉正朝科长的背面走去，绕过这三个人物走向衣架，他取下他的工作服和旧上衣，把他出门穿的上衣换下挂在原处；现在，他在衣架旁边脱下他的上衣，换上另一件，然后走到他的办公桌边，他在抽屉里找出他的黑色丝织袖套，等等。他打招呼）早安，巴比雍先生！请原谅，我差点儿迟到。早安，狄达尔！早安，博塔尔先生！

巴比雍先生　贝兰吉，您说说，您也看见犀牛了吗？

博塔尔　（对狄达尔）大学教授是一些空想家，他们一点也不了解生活。

狄达尔　（对博塔尔）胡说！

贝兰吉　（为了工作继续整理他的什物，故意做得很快，想以此来弥补他的迟到；以自然的音调对巴比雍先生）可不是吗，当然啦，我看见它啦！

博塔尔　（转过身来）去一边的吧！

苔丝　啊！您瞧，我没发疯吧。

博塔尔　（讥讽地）噢，贝兰吉先生这样说纯粹是为了献殷勤，这是因为他想讨好您，尽管瞧上去他没那股子劲儿。

狄达尔　这么说，谁要说看见一头犀牛就成了献殷勤啦？

博塔尔　当然。特别是这样说是为了支持苔丝小姐的充满幻想的保证。所有的人都在向苔丝小姐献殷勤，这是可以理解的。

巴比雍先生　博塔尔先生，别那么恶意伤人，贝兰吉先生没参加争论。他刚到。

贝兰吉　（对苔丝）可不是您看见它来着？我们都看见了。

博塔尔　去一边的吧！很可能，贝兰吉先生想象他见到了一头犀牛。（他在贝兰吉背后做个动作，以示贝兰吉贪杯）他是那样地富有想象力！和他在一起，什么都是可能的。

贝兰吉　当我看见犀牛的时候，我可不是独自一人！还没准儿看见的是两头犀牛呢。

博塔尔　他连他一共看见了几头都闹不清！

贝兰吉　当时我在我的朋友让的身边！……还有别的人。

博塔尔　（对贝兰吉）说真的，我说，您在瞎扯。

苔丝　　那是一头独角犀。

博塔尔　　去一边的吧！这俩是串通好了来耍弄我们的！

狄达尔　　（对苔丝）根据我耳闻，我想它更有可能有两只角！

博塔尔　　那么说，在这一点上，还得求得一致啰。

巴比雍先生　　（看钟）结束啦，先生们，时候不早了。

博塔尔　　贝兰吉先生，您，您瞧见的是一头犀牛还是两头犀牛啊？

贝兰吉　　哎！这是说……

博塔尔　　您是不知道。苔丝小姐看见的是独角犀。而您的犀牛，贝兰吉先生，如果说有犀牛的话，那么它是独角的还是双角的呢？

贝兰吉　　您明白吗，问题恰恰就在这里。

博塔尔　　所有这一切可太使人腻烦啦。

苔丝　　噢！

博塔尔　　我不想使您不快。但是我就是不信您的这个故事！在咱们这一带，从来也没见过什么犀牛啊！

狄达尔　　可有一次也就够瞧的啦！

博塔尔　　从来没见过！除了在小学教科书里看见过画上的罢了。您的犀牛是只能在大妈大婶们的脑子里开花繁殖的。

风兰吉　　用"开花"这个词来形容犀牛，在我看来颇为不当。

狄达尔　　这话说得对。

博塔尔　　（继续）您的犀牛只是一个传说罢了！

苔丝　　是个传说？

巴比雍先生　　先生们，我认为该办公啦。

博塔尔　　（对苔丝）是一个传说，就像关于空中飞碟的一模一样！

狄达尔　　不管怎么说，有一头被踩死的猫，这是不能否认的！

贝兰吉　　我可以作证。

狄达尔　　（指着贝兰吉）还有见证人！

博塔尔　　这样儿的证人！

巴比雍先生　　先生们，先生们！

博塔尔　　（对狄达尔）集团性精神病，狄达尔先生，集团性精神病！这就如同宗教是老百姓的鸦片一样！

苔丝　　可是，我相信，我呀是相信有空中飞碟的！

博塔尔　　去一边的吧！

巴比雍先生　　（坚决地）这可实在够了，太过分啦。闲聊得够啦！有犀牛还是没有，有空中飞碟还是没有，工作总得做呀！出版社付钱给你们可不是为了让你们浪费时间去议论什么真假动物的!

博塔尔 假的!

狄达尔 真的!

苔丝 非常真实。

巴比雍先生 先生们,我再一次提醒你们注意,现在是你们诸位应该办公的时间。请允许我直接打断这场徒劳无用的舌战……

博塔尔 (自尊心被伤害,挖苦地)同意,巴比雍先生。您是科长。既然您下命令,我们当然该服从啰。

巴比雍先生 先生们,快点吧。我不愿意使我自己处于被迫从你们的收入中扣除罚款的不幸处境!狄达尔先生,您的那项关于反对酒精取缔法令的注释进展到什么地步啦?

狄达尔 我正在进行修订,科长先生。

巴比雍先生 请尽快把这项工作做好。时间很紧迫。你们,贝兰吉先生和博塔尔先生,你们校改完毕被称为"酒类名称管理"规章的校样了吗?

贝兰吉 还没有,巴比雍先生。但是已经开始了。

巴比雍先生 请一起做完校改工作。工厂等着。您,小姐,您到我的办公室来,我好在信件上签名。请快点把它们打出来。

苔丝 明白了,巴比雍先生。(苔丝走到她的小桌前打字。狄达尔坐在他的办公桌旁开始办公。贝兰吉和博塔尔坐在他们的小桌旁,两人侧身对着大厅;博塔尔背对通往楼梯的门口。博塔尔一脸的不高兴;贝兰吉神思恍惚、闷闷不乐;贝兰吉把校样摊在桌上,把原稿递给博塔尔;博塔尔唠唠叨叨地坐下,同时,巴比雍先生砰门走出)

巴比雍先生 先生们,一会儿见!(他走出)

贝兰吉 (读着并改着,博塔尔同时手拿铅笔看着原稿)关于土产酒产地之"名称"规章……(他校改)名称,两个L。(他校改)管理……一个L,管理……波尔多地区酒类名称管理,山坡高地的山谷地区……

博塔尔 (对狄达尔)我这儿没有啊!跳了一行。

贝兰吉 我重复一遍:酒类名称管理……

狄达尔 (对贝兰吉和博塔尔)请你们小声点。光听见你们二位啦,你们妨碍我集中精神办我的公啦。

博塔尔 (越过贝兰吉的头,对狄达尔重提适才争论的话题;同时,贝兰吉独自一人校改了一会儿;他嘴唇嚅动,不出声地念着)这是故弄玄虚!

狄达尔 什么故弄玄虚呀?

博塔尔 老天,还不是你们的关于犀牛的故事呗!就是你们的宣传造成的满城风雨!

狄达尔 （停止自己的工作）什么宣传?

贝兰吉 （介入）这不是什么宣传……

苔丝 （停止打字）既然我向您重复说我看见了……我看见了……人家看见了。

狄达尔 （对博塔尔）您让我好笑! ……是宣传! 目的何在呀?

博塔尔 （对狄达尔）得了吧! ……您比我清楚。别装傻充愣啦。

狄达尔 （生气）不管怎么说,博塔尔先生,我可没拿彭泰涅格兰人①的钱。

博塔尔 （勃然大怒,满脸通红,用拳头捶桌子）这是侮辱。我不能容忍……
（博塔尔站起）

贝兰吉 （央告着）博塔尔先生,得啦……

苔丝 狄达尔先生,得啦……

博塔尔 我说这是一种侮辱……（科长办公室的门突然打开,博塔尔和狄达尔很快坐下;科长手里拿着签到卡;他一出现,突然静了下来）

巴比雍先生 勃夫先生今天没来吧?

贝兰吉 （环视）真的,他缺席。

巴比雍先生 正巧我要找他!（对苔丝）他通知是生病了还是有事情了吗?

苔丝 他什么也没有对我说。

巴比雍先生 （把门完全打开并走了进来）这种情况如果继续发生,我将要辞退他。这已不是他头一回这么干啦。到现在为止,我一直装作不知道,但不能这样下去啦……你们哪位有他办公桌的抽屉钥匙?（正在此时,勃夫太太走进来。在说上面这段台词时,可以看见她以她所能够的最快的速度迈上最高几级梯级,她猛地把门推开。她气喘咻咻,神情惶恐）

贝兰吉 哟,勃夫太太。

苔丝 早安,勃夫太太。

勃夫太太 早安,巴比雍先生! 早安,先生们女士们。

巴比雍先生 那么,您的丈夫呢? 他出什么事啦,怎么都不想挪窝啦?

勃夫太太 （喘着粗气）我请求您原谅他,原谅我丈夫……他回他家过周末去了。他患了轻度流行性感冒。

巴比雍先生 哦! 他得轻度流感啦!

勃夫太太 （递一张纸给科长）您看,这是他在电报中讲的。他希望能在星

---

① 彭泰涅格兰系尤涅斯库搞的文字游戏,是把南斯拉夫的门的内哥罗的第一个字母 M 讹为 P 造出的一个字,意即子虚乌有。

期三回来……(几乎垮了)请给我一杯水……一把椅子……(贝兰吉把他自己的椅子端到舞台正中,她倒在上面)

巴比雍先生 (对苔丝)给她一杯水。

苔丝 马上就来!(在进行下面几段对话时,苔丝拿一杯水给她,举着给她喝)

狄达尔 (对科长)她心脏有毛病吧。

巴比雍先生 真不巧,勃夫先生缺勤不能来。但是这也不至于把您吓成这个样子啊!

勃夫太太 (困难地)这是……这是因为……我从走出家门口就给一头犀牛跟上了,一直跟到这里……

贝兰吉 是独角犀还是有两只角的?

博塔尔 (纵声大笑)您这是在开玩笑!

狄达尔 (被激怒)让她说话嘛!

勃夫太太 (竭力想把事情说明白,用手指指着楼梯的方向)它在那儿,在楼下,在门口。它的样子好像是想要上楼梯。(同时,听到声音。看见楼梯的梯级在极重的重负之下被压塌。听到来自楼下的惶恐不安的噪叫声。楼梯倒塌,尘土飞扬,尘埃消散之后,看到楼梯头上的小平台悬挂在空中)

苔丝 上帝啊!……

勃夫太太 (坐在椅子上,用手捂住心口)噢!啊哟!(贝兰吉在勃夫太太身边忙个不停,轻轻拍打她的面颊,给她水喝)

贝兰吉 请您静一静!(这时,巴比雍先生、狄达尔和博塔尔都急忙赶到左方,挤着去把门打开,然后走到满是尘土的楼梯头上小平台上,继续听到噪叫声)

苔丝 (对勃夫太太)您好些了吗,勃夫太太?

巴比雍先生 (在楼梯口平台上)瞧见啦。在底下呢!是一头犀牛!

博塔尔 我什么也没瞧见。这是幻觉。

狄达尔 是在底下,在那儿呢,它转圈儿呢。

巴比雍先生 先生们,这可没的怀疑的。它在转圈儿。

狄达尔 它上不来啦。没有楼梯啦。

博塔尔 这可真奇怪。这是什么意思呢?

狄达尔 (转向贝兰吉)您过来看看,您过来看看,这是您的犀牛。

贝兰吉 我来了。(贝兰吉急匆匆地朝楼梯口平台走去,苔丝跟着他过来,把勃夫太太一人撂在那里)

巴比雍先生 (对贝兰吉)您过来,您这位犀牛专家,您过来瞧瞧。

贝兰吉 我不是什么犀牛专家……

苔丝　噢……瞧呀……它是在怎么样儿地转圈儿啊。看来它好像很痛苦……它要什么呢？

狄达尔　它好像在找什么人。（对博塔尔）现在，您看见了吗？

博塔尔　（生气）我确实看见它了。

苔丝　（对巴比雍先生）难道说，我们全部眼花了吗？您也是……

博塔尔　我从来也不眼花。但是这里面有点什么名堂……

狄达尔　（对博塔尔）什么，什么名堂！

巴比雍先生　（对贝兰吉）这确实是一头犀牛，不是吗？这是您看见过的那头吗？（对苔丝）还有您？

苔丝　肯定的。

贝兰吉　它有两只角。这是一头非洲种的，还不如说是亚洲种的。咳！我也搞不清楚非洲犀牛到底有一只角还是有两只角啦。巴比雍先生它把咱们的楼梯给压塌啦。活该如此，这样的事迟早要发生的！自从我向总局请求为我们建造一个水泥楼梯代替这摇摇欲坠的破旧楼梯以来……

狄达尔　科长先生，上个礼拜我还为这事打过一次报告。

巴比雍先生　早晚要出事的，早晚要出事的。这是应该预见到的。我是有道理的。

苔丝　（嘲讽地对巴比雍先生）还是那副样子。

贝兰吉　（对狄达尔和巴比雍先生）说真的，说真的，双角究竟是亚洲犀还是非洲犀的特征？独角是非洲犀还是亚洲犀的特征……

苔丝　可怜的畜生，它不停地噪叫和就地打圈子。它要什么呀？噢，它看着咱们哪。（朝着犀牛）猫咪，猫咪，猫咪……

狄达尔　您可不能抚摸它，它肯定是没被驯养的……

巴比雍先生　不管怎么说，它不会给咱们带来危险。（犀牛噪叫得令人生厌）

苔丝　可怜的畜生！

贝兰吉　（继续原来的话题，对博塔尔）您的学识那么渊博，您的想法是否正相反，即双角是……

巴比雍先生　您这是胡思乱想，我亲爱的贝兰吉先生，您还头脑昏昏沉沉的。博塔尔先生讲得在理。

博塔尔　怎么可能，在一个有文化教养的国家……

苔丝　（对博塔尔）同意。然而，它到底是存在还是不存在呢？

博塔尔　这是一个卑鄙可耻的阴谋！（作出一个站在讲坛上的讲演者的姿势，手指直指狄达尔，怒目逼视着他）这是您的错。

狄达尔　为什么是我的，而不是您的？

博塔尔　（愤怒）我的错？好哇,看来永远是小人物活该倒霉。如果这仅仅涉及我的话……

巴比雍先生　我们的处境不妙啊,没楼梯啦。

苔丝　（对博塔尔和狄达尔）安静下来吧,这可不是争吵的时候,先生们!

巴比雍先生　这可是总局的错儿。

苔丝　也许。可是我们怎么下楼呢?

巴比雍先生　（情意缠绵地开着玩笑,用手抚摸着女打字员的脸蛋）我抱着您,然后再一块儿跳下去!

苔丝　（推开科长的手）别用您的粗手来碰我的脸,厚脸皮,不要脸的!

巴比雍先生　我在开玩笑!（这时,当犀牛尚未停止噪叫之际,勃夫太太站了起来,走到人们中间。她全神凝视着在下面不停打转的犀牛,看了好一会儿;突然她发出一声骇人听闻的喊声）

勃夫太太　我的上帝!这是可能的吗!

贝兰吉　（对勃夫太太)您怎么啦?

勃夫太太　这是我的丈夫啊!勃夫,我可怜的勃夫,你出了什么事啦?

苔丝　（对勃夫太太)您确信是他吗?

勃夫太太　我认出他啦,我认出他来啦。（犀牛以粗野而又温柔的一声噪叫回答她）

巴比雍先生　有这等事!这回,我可真要请他走人啦!

狄达尔　他保险了没有?

博塔尔　（在一旁)我全明白啦……

苔丝　在这种情况下,如何付保险金呢?

勃夫太太　（在贝兰吉的手臂里晕倒)啊!我的上帝!

贝兰吉　噢!

苔丝　把她抬过来吧。（贝兰吉在狄达尔和苔丝的帮助之下,把勃夫太太拖回到她的椅子上,让她坐下）

狄达尔　（在抬她的时候)勃夫太太,您不要难过。

勃夫太太　啊!噢!

苔丝　也许有办法挽救……

巴比雍先生　（对狄达尔)从司法角度上看,该怎么办呢?

狄达尔　要向诉讼事务所提出询问。

博塔尔　（跟着行列走过来,把双臂举向天空)这纯属疯狂!这是个什么样的社会啊!（人们围绕着勃夫太太忙着,拍打着她的双颊,她睁开眼睛,"啊!"一声又闭上眼睛,再次拍打她的双颊,与此同时,博塔尔讲话)请你们相信,无论如何,我会把这一切都告诉我的行动委员会。我不会在一个同事遇到困难的时候袖手旁观。人们会知道的。

勃夫太太　（醒过来）我不幸的亲亲,我不能让他这样待着,我不幸的亲亲。（听到噪叫）他在喊我。（温柔地）他在喊我。

苔丝　勃夫太太,好些了吗?

狄达尔　她明白过来啦。

博塔尔　（对勃夫太太）请相信,我们的代表团会支持您。您是否愿意成为我们委员会的成员?

巴比雍先生　工作又要耽误啦。苔丝小姐,信件!……

苔丝　首先,我们应该知道我们怎么才能从这儿出去。

巴比雍先生　这是个问题。从窗户出去。（除了瘫倒在椅子上的勃夫太太和站在舞台正中的博塔尔,他们全都走向窗户）

博塔尔　我知道发生这事的原因了。

苔丝　（在窗口）太高啦。

巴比雍先生　苔丝小姐,到我办公室去给消防队打个电话。（巴比雍先生意欲随她走去）

苔丝　（从后面出去,听到她拿耳机和说:"哈罗,哈罗,消防队吗?"以及含混不清的电话讲话声）

勃夫太太　（暮地起身）我不能让他处于这样的状况,我不能让他处于这样的状况!

巴比雍先生　您假如想离婚的话……那您现在就有一个很好的理由啦。

狄达尔　这肯定是由于他的过错所致。

勃夫太太　不! 不幸的人! 这不是时候,我不能在我丈夫遭遇这样变故时对他弃之不管。

博塔尔　您是一位勇敢的妇女。

狄达尔　（对勃夫太太）那您怎么办呢?（勃夫太太朝左方跑去,她急匆匆地朝楼梯口平台奔去）

贝兰吉　小心点!

勃夫太太　我不能抛弃他,我不能抛弃他。

狄达尔　拉住她。

勃夫太太　我把他领回家去!

巴比雍先生　她要干什么?

勃夫太太　（在楼梯口小平台边上做要跳下去的准备）我来了,我亲爱的,我来了。

贝兰吉 她要跳下去。

博塔尔 这是她的义务。

狄达尔 她不能跳。(除去还在打电话的苔丝,所有的人都来到楼梯口小平台上勃夫太太身边;勃夫太太跳;不管怎样想拦住她的贝兰吉两手只揪到了她的裙子)

贝兰吉 我没能拦住她。(可以听到从下面传来犀牛温柔的噪声)

勃夫太太 我来了,亲爱的,我来了。

狄达尔 她恰巧落在它身上,骑着它。

博塔尔 是个女骑手啊。

勃夫太太的声音 回家,亲爱的,咱们回家去。

狄达尔 他们一溜小跑走啦。(狄达尔、贝兰吉、博塔尔、巴比雍先生回到舞台上,走到窗边)

贝兰吉 他们跑得好快。

狄达尔 (向巴比雍先生)您学过骑术吗?

巴比雍先生 从前……学过一点……(转向舞台后方的门,对狄达尔)她还没打完电话!……

贝兰吉 (目光追随着犀牛)他们走远了。看不见他们了。

苔丝 (走出)我费了好大劲才接通消防队!……

博塔尔 (有如在给一个内心独白作结束语)这可糟啦!

苔丝 ……我费了好大劲才接通消防队。

巴比雍先生 难道说,到处都在起火?

贝兰吉 我同意博塔尔先生的意见。勃夫太太的举动实在令人感动,她是个善良的女人。

巴比雍先生 我的雇员少了一名,我还得补上。

贝兰吉 您真的认为他对我们不再有用了吗?

苔丝 不是,没有起火,消防队员们都因为其他的犀牛给叫走啦。

贝兰吉 因为其他的犀牛?

狄达尔 怎么,因为其他的犀牛?

苔丝 是的,因为其他的犀牛。全城四处都在找他们。今天早上有七起,现在这会儿已经有十七起啦。

博塔尔 我刚才跟你们说什么来着!

苔丝 (继续)他们已经接到三十二起通知。这还不是官方消息,但是可以肯定是要被证实的。

博塔尔 (不太信服)去一边的吧!这是夸张。

巴比雍先生　他们会不会把我们从这里弄出去呢?

贝兰吉　我呀,我饿啦!……

苔丝　是的,他们要来的,消防队员们已经出发了。

巴比雍先生　还有公事可怎么办呢?

狄达尔　我觉得这是个遇到一股不可抗拒的力量的情况。

巴比雍先生　那么得把损失掉的工时补上。

狄达尔　博塔尔先生,这么说,您是否仍然否认犀牛的事实呢?

博塔尔　我们的代表团抗议你们不预先通知就辞退勃夫先生的做法。

巴比雍先生　这并不是由我决定的,我们都看到了调查的结论。

塔尔博　狄达尔先生,不,我不否认犀牛的事实。我从来也没有否认过。

狄达尔　您这是不怀好意,心术不正。

苔丝　啊是的!您就是居心不良。

博塔尔　我重复一遍,我从来没有否认过。我只不过是坚持要看看事态毕竟要发展到什么地步。然而我呢,我是知道我该怎么办的。我不仅是简单地考查这一现象。我明白它是怎么一回事,我还要进行解释。起码,我是能够解释的,如果……

狄达尔　那就向我们解释它吧。

苔丝　博塔尔先生,解释吧。

巴比雍先生　既然您的同事请求您,您就解释吧。

博塔尔　我将向你们解释……

狄达尔　　大伙在听您说呢。

苔丝　我很好奇。

博塔尔　有朝一日……我将向你们解释……

狄达尔　为什么不马上讲呢?

博塔尔　(威胁地对巴比雍先生)咱们很快就要在咱们俩之间解释清楚。(对全体)我了解事情的起因,故事的内情……

苔丝　什么内情?

贝兰吉　什么内情?

狄达尔　我很想了解这些内情……

博塔尔　(耸人听闻地继续说道)而且我也知道所有有责任的人的名字。叛徒的名字。我可不是个轻易上当的傻瓜。我将要让你们了解掀起这场挑衅的目的和意义!我也要戳穿这些制造事端的人的伪装。

贝兰吉　谁会对这样的事感兴趣?……

狄达尔　(对博塔尔)您这是信口开河、胡说八道,博塔尔先生。

巴比雍先生　不要瞎说一气。

博塔尔　什么,我,我瞎说,我胡编?

苔丝　方才,您还指控说我们都见到幻象了呢。

博塔尔　方才,是这样的。现在,幻觉变成了煽动。

狄达尔　依您所见,这个过渡是怎样演变而成的呢?

博塔尔　先生们,这就是公开的秘密!只有孩子们才什么也弄不明白。只有伪君子才假装不明白。(可以听见消防车车响和警铃声来到。听到消防车刹车声,猛地停在窗户下面)

苔丝　消防队员来了!

博塔尔　情况必须改变,不能这样继续下去。

狄达尔　博塔尔先生,说这些没有任何意义。确有犀牛存在,就是这么一回事。这不说明任何其他问题。

苔丝　(在窗口,朝下看)从这儿上来,消防队员先生们。

(一消防队员声音,安装梯子)

博塔尔　(对狄达尔)我掌握这些事件的关键,那是一套有效的解释方法。

巴比雍先生　无论如何,今天下午还得回公事房。(可以看到消防队用的梯子已经靠在窗边)

博塔尔　巴比雍先生,让公事见鬼去吧!

巴比雍先生　总局会说什么呢?

狄达尔　这是特殊情况。

博塔尔　(指着窗户)不能强迫我们还走这条路啊。得等楼梯修好才成。

狄达尔　如果谁跌断了一条腿,那不就要给上司找麻烦了吗?

巴比雍先生　这话说得对。(看见出现一顶消防队员的帽子,接着消防队员出现)

贝兰吉　(指着窗口,对苔丝)苔丝小姐,您先下去。

消防队员　来吧,小姐。(消防队员抱起翻过窗口的苔丝小姐,一起消失了)

狄达尔　再见,苔丝小姐。再见。

苔丝　(在消失着)再见,先生们!

巴比雍先生　(在窗口)小姐,明天早上请给我打电话。您到我家来打信件。(对贝兰吉)贝兰吉先生,我提醒您注意,我们并没有放假,一旦有可能,即将恢复工作。(对另外两位)先生们,你们听见我说的了吗?

狄达尔　同意,巴比雍先生。

博塔尔　明摆着,这是要把我们榨到血流干了为止啊!

消防队员　(重新在窗口出现)该谁啦?

巴比雍先生 （对另外三位）下去吧。

狄达尔 巴比雍先生,您先下去。

贝兰吉 科长先生,您先下去。

博塔尔 当然是您先下去啰。

巴比雍先生 （对贝兰吉）请把苔丝小姐的信件拿给我。在那儿,在桌上。

（贝兰吉去找信件并交给巴比雍先生）

消防队员 快点,你们赶紧点。人家没那么多工夫。还有别人叫我们呢。

博塔尔 我跟你们说什么来着?（巴比雍先生挟着信件跨出窗口）

巴比雍先生 （对消防队员）别碰了卷宗。（转身对狄达尔、博塔尔和贝兰吉）再见了,先生们。

狄达尔 再见,巴比雍先生。

贝兰吉 再见,巴比雍先生。

巴比雍先生 （消失了,还听到他的声音）别碰着文件!

巴比雍先生的声音 狄达尔,锁上办公桌!

狄达尔 （喊道）放心吧,巴比雍先生。（对博塔尔）您先下,博塔尔先生。

博塔尔 先生们,我下去。我要立即找官方权威人士并取得联系。我非要弄清楚这葫芦里卖的是什么假药。（他走向窗口准备跨出去）

狄达尔 （对博塔尔）我还以为您已经明白了哪!

博塔尔 （跨窗口）我才不在乎您的冷嘲热讽呢。我所要做的,是向您出示证据,证明;是的,就是关于您变节不忠的证据。

狄达尔 真是荒唐……博塔尔您的攻击……

狄达尔 （打断他）是您在攻击我……

博塔尔 （在消失中）我没有攻击。我是在证明。

消防队员的声音 来,来……

狄达尔 （对贝兰吉）今天下午您做什么呢?去喝一杯好不。

贝兰吉 对不起。我要利用下午这半天自由时间去看望我的朋友让。无论如何,我得跟他言归于好。我们闹意见来着。我是有不对的地方。

（消防队员的头又在窗口出现）

消防队员 来吧,来吧……

贝兰吉 （指着窗口）您先下去。

狄达尔 （对贝兰吉）您先下去。

贝兰吉 （对狄达尔）哦,不,您先下去。

狄达尔 （对贝兰吉）不行不行,您先下去。

贝兰吉 （对狄达尔）我求求您,您先下,您先下去。

消防队员　快点,快点。

狄达尔　（对贝兰吉）您先下,您先下去。

贝兰吉　（对狄达尔）您先下,您先下去。（他们同时跨窗户。消防队员帮助他们下去,同时闭幕）

选自《荒诞派戏剧选》,萧曼译,外国文学出版社,1983

等待戈多（节选）

[法国]萨缪尔·贝克特

爱斯特拉冈:咱们这会儿干什么呢?

弗拉季米尔:在等着的时候?

爱:在等着的时候。

[沉默。

弗:咱们可以做咱们的体操。

爱:咱们的运动。

弗:咱们的升高。

爱:咱们的娱乐。

弗:咱们的延长。

爱:咱们的娱乐。

弗:使咱们暖和起来。

爱:使咱们平静下来。

弗:咱们马上开始吧。

[弗拉季米尔更换着两脚跳动。爱斯特拉冈学他的样。

爱:（停止）够啦。我累啦。

弗:（停止）咱们的健康情况不好。来点儿深呼吸怎样?

爱:我都呼吸得腻烦啦。

弗:你说得对。（略停）咱们做一下树吧,保持身体的平衡。

爱:树?

〔弗拉季米尔做树的样子，用一只脚跟跄着。

弗：（停止）该你做了。

〔爱斯特拉冈做树的样子，跄跄。

爱：你以为上帝看见了我吗？
弗：你应该闭上眼睛。

〔爱斯特拉冈闭上眼睛，跄跄得更厉害了。

爱：（停止，挥着两只拳头，用最高的嗓门）上帝可怜我！
弗：（着急）还有我呢？
爱：（如前）我！我！可怜！我！

〔波卓（这时已经成瞎子）和幸运儿上。幸运儿像过去一样两手提着东西，并像过去一样拴着绳子，只是绳子短多了，这样波卓跟着他走就更方便。幸运儿戴着另一顶帽子。他看见弗拉季米尔和爱斯特拉冈，就停住脚步。波卓继续往前走，一下子撞在他身上。

弗：戈戈！
波：（紧紧攥住幸运儿，幸运儿晃了几下）这是什么？这是谁？

〔幸运儿摔倒，手里的东西全都掉在地上，连波卓也跟着他摔倒。他们一动不动，直挺挺地躺在散了一地的行李中间。

爱：是戈多吗？
弗：终于来啦！（他向那一堆人和东西走去）救兵终于来啦！
波：救命！
爱：是戈多吗？
弗：咱们已经有点支持不住啦。现在咱们肯定能度过这一晚了。
波：救命！
爱：你听见了没有？
弗：咱们不再孤独啦，等待着夜，等待着戈多，等待着……等待。咱们已经奋斗了一个晚上,没有人帮助。现在这一切都已经过去啦。咱们已经到明天啦。

波:救命!

弗:时间已经逝去。太阳将要落下,月亮将要升起,我们也将要离开……
这儿。

波:可怜我!

弗:可怜的波卓!

爱:我早就知道是他。

弗:谁?

爱:戈多。

弗:可他不是戈多。

爱:他不是戈多?

弗:他不是戈多。

爱:那么他是谁?

弗:他是波卓。

波:快来!快来!搀我起来!

弗:他起不来了。

爱:咱们走吧。

弗:咱们不能。

爱:为什么不能?

弗:咱们在等待戈多。

爱:啊!

弗:他也许还能给你一根骨头哩。

爱:骨头?

弗:鸡骨头。你记不得了?

爱:是他吗?

弗:是的。

爱:问他一声。

弗:也许咱们应该先帮助他一下。

爱:帮助他什么?

弗:扶他起来。

爱:他起不来?

弗:他想要起来。

爱:那么就让他起来好了。

弗:他不能。

爱：干吗不能？

弗：我不知道。

〔波卓扭动着，呻吟着，用拳头拍打地面。

爱：咱们应该先跟他要骨头。他要是不肯给，咱们就让他躺在那儿不管他。

弗：你是说他已经听我们摆布了？

爱：是的。

弗：所以我们要是给他做什么好事，就可以跟他讲条件，要代价？

爱：是的。

弗：这倒是很聪明的做法。可是有一件事我害怕。

波：救命！

爱：什么事？

弗：就是幸运儿也许会突然行动起来。那时候咱们就会着了他的道儿。

爱：幸运儿？

弗：昨天让你吃苦头的就是他。

爱：我跟你说，他们一共有十个人哩。

弗：不，在那以前；那个踢你的。

爱：他在这儿吗？

弗：那不是吗！（朝幸运儿作了个手势）这会儿他一动不动。不过他随时都可能跳起来。

波：救命！

爱：咱们过去狠狠揍他一顿好不好，咱们两个人？

弗：你是说咱们趁他睡着的时候扑上去揍他？

爱：是的。

弗：不错，这听上去是个挺好的主意。可是咱们能不能这样做呢？他是不是真正睡着了？（略停）不，最好的办法还是利用波卓求救的机会。

波：救命！

弗：过去帮助他……

爱：我们帮助他？

弗：换取一些马上可以兑现的报酬。

爱：可是万一他……

弗：咱们别再说空话浪费时间啦！（略停。激烈地）咱们趁这个机会做点儿什么吧！并不是天天都有人需要我们的。的确，并不是天天都有人需要我们个人的帮助的。别的人也能同样适应需要，要不是比我们更强的话。这些尚在我们耳边震响的求救的呼声，它们原是向全人类发出的！可是在这地方，在现在这一刻时间，全人类就是咱们，不管咱们喜欢不喜欢。趁现在时间还不太晚，让咱们尽量利用这个机会吧！残酷的命运既然注定了咱们成为这罪恶的一窝，咱们就至少在这一次好好当一下他们的代表吧！你说呢？（爱斯特拉冈什么也没说）确实，当咱们交叉着两臂衡量着得失的时候，咱们真不愧是咱们同类的光荣。老虎会一下子跳过去援助它们的同类，决不会动一下脑子；要不然它就会溜进丛林深处。可是问题不在这里。咱们在这儿做些什么，问题是在这里。而我们也十分荣幸，居然知道这问题的答案。是的，在这场大混乱里，只有一样东西是清楚的。咱们在等待戈多的到来……

爱：啊！

波：救命！

弗：或者说等待夜的到来。（略停）咱们已经守了约，咱们尽了自己的职责。咱们不是圣人，可是咱们已经守了约。有多少人能吹这个牛？

爱：千千万万。

弗：你这样想吗？

爱：我不知道。

弗：你也许对。

波：救命！

弗：可以肯定的是，在这种情况下，时间过得很慢，咱们不得不想出些花招来消磨时间，这些花招……我该怎么说呢……最初看来好像有些道理，可是到头来终于成了习惯。你也可以说这样可以使咱们的理智免于泯灭。毫无疑问。可是在深似地狱的没结没完的夜里，是不是会迷失方向呢？这是我有时纳闷儿的问题。你听得懂我说的道理吗？

爱：（像说警句似的）我们生来都是疯子。有的人始终是疯子。

波：救命！我会给你们钱的！

爱：多少？

波：两个先令！

爱：这点儿钱不够。

弗：我觉得你有点儿太过火了。

爱：你以为这点儿钱够了？

弗：不，我是说我不认为我自己出世的时候头脑就有毛病。可是问题不在这里。

波：五个先令！

弗:我们等待。我们腻烦。(他举起两手)不,不,别反驳,我们腻烦得要死,这是没法否认的事实。好,一个消遣来了,我们怎么办?我们让它随便浪费掉了。来,咱们干起来吧!(他向那堆人和东西走去,刚迈步就煞住了脚步)在一刹那间一切都会消失,我们又会变得孤独,生活在空虚之中!

〔他沉思起来。

波:五个先令!

弗:我们来啦!

〔他想把波卓拉起来,没成功,又尝试一下,踉跄着倒了下去,想爬起来,没成功。

爱:你们全都怎么啦?

弗:救命!

爱:我走啦。

弗:别离开我! 他们会杀死我的!

波:我在哪儿?

弗:戈戈!

波:救命!

弗:救命!

爱:我走啦。

弗:先攘我起来。咱俩一起走。

爱:你答应了?

弗:我发誓!

爱:咱们再也不回来了?

弗:永远不回来了!

爱:咱们要到庇里尼山脉去。

弗:你爱去哪儿就去哪儿。

波:十个先令……一镑!

爱:我一直向往着到庇里尼山脉去漫游一次。

弗:你可以到那儿去漫游。

爱:(退缩)谁打嗝儿啦?

弗:波卓。

波：快来！快来！可怜我！

爱：让人作呕！

弗：快！搀我一把。

爱：我走啦。（略停。更响一些）我走啦。

弗：呃，我揣摩我最后还得靠我自己的力量爬起来。（他试了一下，失败了）反正有的是时间。

爱：你怎么啦？

弗：去你妈的。

爱：你打算待在那儿吗？

弗：就在这一会儿。

爱：喂，起来。你要着凉的。

弗：别为我担心。

爱：来吧，狄狄，别这么顽固。

〔他伸出一只手去，弗拉季米尔迫不及待地把它握住。

弗：拉！

〔爱斯特拉冈拉了一下，踉跄着倒下了。长时间沉默。

波：救命！

弗：我们来啦。

波：你们是谁？

弗：我们是人。

〔沉默。

爱：可爱的母亲大地！

弗：你起得来吗？

爱：我不知道。

弗：试试看。

爱：这会儿不成，这会儿不成。

〔沉默。

167

波:出了什么事啦?

弗:(恶狠狠地)你给我住嘴,你!瘟疫!他只想到他自己!

爱:打个小小的盹儿怎么样?

弗:你听见他的话没有?他想要知道出了什么事!

爱:别理他。睡吧。

〔沉默。

波:可怜我!可怜我!

爱:(一惊)这是什么?

弗:你睡着了吗?

爱:我准是睡着了。

弗:是这个杂种波卓又在哼哼唧唧啦。

爱:叫他闭嘴。踢他的小肚皮。

弗:(搡波卓)你给我住嘴!毛虱!(波卓呼痛,挣脱身爬开。他不时停下来,盲目地挥动手臂求救。弗拉季米尔用胳膊肘支撑着身子,看着他退走)他走啦!(波卓倒在地上)他倒下啦!

爱:咱们这会儿干什么呢?

弗:也许我可以爬到他那儿去。

爱:别离开我!

弗:要不然我可以喊他。

爱:好的,喊他吧。

弗:波卓!(沉默)波卓!(沉默)没回答。

爱:一起喊。

爱 & 弗:波卓!波卓!

弗:他动啦。

爱:你肯定他的名字叫波卓吗?

弗:(惊惶)波卓先生!回来!我们不会再碰你啦!

〔沉默。

爱:咱们可以用别的名字喊他试试。

弗:我怕他快要死啦。

168

爱：那一定很好玩。

弗：什么很好玩？

爱：用别的名字喊他，挨着个儿尝试。这样可以消磨时间。而且咱们迟早会喊到他真正的名字。

弗：我跟你说，他的名字叫波卓。

爱：咱们马上就会知道了。（他想了想）亚倍尔！亚倍尔！

波：救命！

爱：一下子就喊对啦！

弗：我开始对这玩意儿感到腻烦啦。

爱：也许另外那个叫该隐。（他呼喊）该隐！该隐！

波：救命！

爱：他是全人类。（沉默）瞧这一朵小云。

弗：（抬起头来）哪儿？

爱：那儿。在天边。

弗：嗯？（略停）那有什么了不起的？

［沉默。

爱：咱们这会儿换个题目谈谈好不好？

弗：我正要向你建议哩。

爱：可是谈什么呢？

弗：啊！

［沉默。

爱：咱们站起来以后再谈怎样？

弗：试一试没害处。

［他们站起来。

爱：孩子的玩意儿。

弗：一个简单的意志力问题。

爱：这会儿怎么办呢？

波：救命！

爱：咱们走吧。

弗：咱们不能。

爱：为什么不能？

弗：咱们在等待戈多。

爱：啊！（略停。绝望的样子）咱们干什么呢，咱们干什么呢！

波：救命！

弗：咱们过去救他一下怎样？

爱：他要干吗？

弗：他要站起来。

爱：那么他干吗不站起来呢？

弗：他要咱们搀他起来。

爱：那么咱们干吗不去呢？咱们还在等待什么？

〔他们搀着波卓站起来，跟着就松了手。波卓又摔倒。

弗：咱们得攥住他。（他们又把他搀起来。波卓用两只胳膊搂住他们的脖子，身子不住地往下沉）必须让他习惯于重新站直才成。（向波卓）觉得好点儿吗？

波：你们是谁？

弗：你不认识我们了吗？

波：我的眼睛瞎啦。

〔沉默。

爱：也许他能看见未来。

弗：（向波卓）打什么时候开始的？

波：我的视力一向非常好……可你们是不是朋友？

爱：（笑得很响）他想要知道咱俩是不是朋友！

弗：不，他的意思是说是不是他的朋友。

爱：嗯？

弗：我们已经用帮助他的实际行动证明我们是他的朋友啦。

爱：一点不错。我们要不是他的朋友，怎么会去帮助他？

弗：可能。

爱：不错。

弗：咱们别再瞎扯这个啦。

波：你们不是强盗吧？

爱：强盗！我们的模样儿像强盗吗？

弗：他妈的，你难道没看见这个人是瞎子。

爱：他妈的，他的确是瞎子。（略停）至少他自己是这么说的。

波：别离开我！

弗：这不成问题。

爱：至少在目前。

波：现在是什么时候？

弗：（看天色）七点钟……八点钟……

爱：这得看现在是什么季节。

波：是晚上吗？

〔沉默。弗拉季米尔和爱斯特拉冈仔细察看落日。

爱：看上去好像太阳在往下落。

弗：不可能。

爱：也许是黎明。

弗：别傻瓜啦。那儿是西边。

爱：你怎么知道？

波：（痛苦的样子）是晚上吗？

弗：不管怎样，它没动。

爱：我跟你说这是日出。

波：你们干吗不回答我？

爱：给我们一个机会！

弗：（重新有了把握）是晚上，先生，是晚上，夜就要降临了。我这位朋友想要我怀疑这不是晚上，我也必须招认，他的确让我动摇了一下。可是今天这漫长的一天我不是白白度过的，我可以向你保证这一天已经到了它的尾声了。（略停）你这会儿觉得怎么样啦？

爱：我们还要扶他多久？（他们略一松手，他就倒了下去，他们赶紧重新把他攥住）我们可不是柱子！

弗：你刚才说你的视力一向很好，要是我没听错的话。

波：好极了！好极了！好极了的视力！

〔沉默。

爱：（没好气地）说下去！说下去！

弗：别打扰他。你看不出他是在回忆过去的快乐日子？（略停）Memoria praeteritorum bonorum——那准是不愉快的事。

爱：我们很难知道。

弗：（向波卓）而且你是一下子瞎的？

波：真是好极了！

弗：我在问你是不是一下子瞎的。

波：在一个明朗的日子我一觉醒来，发现我自己瞎得像命运之神一样了。（略停）有时候我不由得怀疑我是不是依旧睡着。

弗：那是什么时候？

波：我不知道。

弗：可是总不会在昨天之前……

波：别问我。瞎子没时间观念。属于时间的一切东西他们也都看不见。

弗：嗯，想一想他的话！我本来都可能发誓说情况正好跟这相反。

爱：我走啦。

波：咱们在哪儿？

弗：我没法告诉你。

波：这地方是不是可能就叫做董事会？

弗：从来没听说过。

波：什么样的景色？

弗：（举目四望）很难描写。什么也不像。什么也没有。只有那棵树。

波：那么说来，这儿不是董事会了。

爱：（身子往下沉）来点儿消遣！

波：我的仆人呢？

弗：他就在这儿附近。

波：我喊他他干吗不答应？

弗：我不知道。他好像在睡觉。也许他已经死了。

波：到底出了什么事？

爱：到底！

弗：你们两个滑了一跤。（略停）摔倒了。

波：去看看他受伤没有。

弗：可是我们不能离开你。

波:你们用不着两个都去。

弗:(向爱斯特拉冈)你去吧。

爱:在他那样对待我以后?决不!

波:好的,好的,让你的朋友去吧,他臭得厉害。(沉默)他还在等待什么?

弗:你还在等待什么?

爱:我在等待戈多。

［沉默。

弗:他到底该怎么做?

波:嗯,开始时他应该拉绳子,可以使劲拉,只要不把他勒死就成。通常他是会有反应的。要是没反应,就应该让他尝尝靴子的滋味,最好是在脸上或者在心窝上。

弗:(向爱斯特拉冈)你瞧,你没什么可害怕的。这甚至还可以说是给你一个复仇的机会。

爱:他要是起来自卫怎么办?

波:不,不,他从来不起来自卫。

弗:我会马上奔过来援助你。

爱:你得始终看着我。

［他向幸运儿走去。

弗:在你动手之前,要弄清楚他是不是还活着。他要是死了,你就没必要再白费力气啦。

爱:(弯腰看幸运儿)他在呼吸。

弗:那么就给他点厉害看。

［爱斯特拉冈突然暴怒起来,拿脚使劲踢幸运儿,一边踢一边骂。可是他把自己的脚踢疼了,就一瘸一拐地呻吟着走开。幸运儿动了一下。

爱:哦,畜生!

［他在土墩上坐下,想要脱掉靴子。但他不久就放弃了这个打算,把两只胳膊搁在膝盖上,把头枕在胳膊上,准备睡觉。

波:又出了什么事啦?

弗:我的朋友把自己的脚踢疼了。

波:幸运儿呢?

弗:原来是他?

波:什么?

弗:是幸运儿?

波:我不明白。

弗:原来你是波卓?

波:我当然是波卓。

弗:就跟昨天一样?

波:昨天?

弗:咱们昨天见过面。(沉默)你不记得了吗?

波:我不记得昨天遇见过什么人了。可是到明天,我也不会记得今天遇见过什么人。因此别指望我来打开你的闷葫芦。

弗:可是……

波:够啦。起来,猪!

弗:你当时正赶他上集市去,要把他卖掉。你跟我们讲了话。他跳了舞。他思想过。你的视力还很好。

波:你爱怎么说就怎么说吧。放我走。(弗拉季米尔闪到一边)起来!

〔幸运儿站起来,拾起散在地上的东西。

弗:你离开这儿以后,打算去哪儿?

波:我对这不感兴趣。走!(幸运儿拿好东西,在波卓前面站好)鞭子!(幸运儿把手里的东西全都放下,寻找鞭子,找着后把鞭子搁在波卓手里,重新拿起那些东西)绳子!

〔幸运儿把手里的东西全都放下,把绳子的一端搁在波卓手里,重新拿起那些东西。

弗:那只口袋里面装的什么?

波:沙土。(他抖动绳子)开步走!

弗:暂且别走!

波:我走啦。

弗:你们要是在无人相助的地方摔倒了,那怎么办呢?

波:我们就等着,一直等到能够爬起来为止。随后我们重新上路。走!

弗:你叫他唱个歌再走!

波:谁?

弗:幸运儿。

波:唱歌?

弗:是的。或者思想。或者朗诵。

波:可他是个哑巴。

弗:哑巴!

波:哑巴。他连呻吟都不会。

弗:哑巴!从什么时候开始的?

波:(勃然大怒)你干吗老是要用你那混账的时间来折磨我?这是十分卑鄙的。什么时候!什么时候!有一天,难道这还不能满足你的要求?有一天,任何一天。有一天他成了哑巴,有一天我成了瞎子,有一天我们会变成聋子,有一天我们诞生,有一天我们死去,同样的一天,同样的一秒钟,难道这还不能满足你的要求?(平静一些)他们让新的生命诞生在坟墓上,光明只闪现了一刹那,跟着又是黑夜。(他抖动绳子)走!

[幸运儿和波卓下。弗拉季米尔跟着他们走到舞台边缘,望着他们的后影。有人倒地的声音,弗拉季米尔学了下这声音,随后就向已经睡着了的爱斯特拉冈走去,告诉他说他们又摔倒了。沉默。弗拉季米尔端详了他一会儿,跟着就把他摇醒了。

爱:(狂暴的手势,含糊的字句。最后)你干吗老不让我睡觉?

弗:我觉得孤独。

爱:我梦见我很快乐。

弗:这倒能消磨时间。

爱:我梦见……

弗:别告诉我!(沉默)我有点儿怀疑他是不是真的成了瞎子。

爱:瞎子?谁?

弗:波卓。

爱:瞎子?

弗:他告诉我们说,他已经成了瞎子了。

爱:嗯,那又怎么样呢?

弗:我好像觉得他看见了我们。

爱:你在作梦。(略停)咱们走吧。咱们不能。啊!(略停)你能肯定不是他吗?

弗:谁?

爱:戈多。

弗:可是谁呢?

爱:波卓。

弗:绝不是!绝不是!(略停)绝不是!

爱:我想我还是站起来好。(他痛苦地站起身来)唷!狄狄!

弗:我不知道该怎么想才好。

爱:我的脚!(他坐下,想要脱掉靴子)帮助我!

弗:别人受痛苦的时候,我是不是在睡觉?我现在是不是在睡觉?明天,当我醒来的时候,或者当我自以为已经醒来的时候,我对今天怎么说好呢?说我跟我的朋友爱斯特拉冈一起在这地方等待戈多,一直等到天黑?或者说波卓跟他的仆人经过这儿,而且跟我们谈话来着?很可能这样说。可是在这些话里有什么是真情实况呢?(爱斯特拉冈脱了半天靴子没脱掉,这会儿又朦胧睡去了。弗拉季米尔瞪着他瞧)他什么也不会知道。他只会告诉我说他挨了揍,我呢,会给他一个萝卜。(略停)双脚跨在坟墓上难产。掘墓人慢腾腾地把箝子放进洞穴。我们有时间变老。空气里充满了我们的喊声。(他倾听)可是习惯最容易叫人的感觉麻木。(他重新瞧着爱斯特拉冈)这会儿照样也有人在瞧着我,也有人在这样谈到我:他在睡觉,他什么也不知道,让他继续睡吧。(略停)我没法往下说啦!(略停)我刚才说什么来着?

　　〔他疯狂地走来走去,最后在极左边刹住脚步,沉思。
　　〔孩子从右边上。他刹住脚步。
　　〔沉默。

孩:劳驾啦,先生……(弗拉季米尔转身)亚尔伯特先生?……

弗:又来啦。(略停)你不认识我?

孩:不认识,先生。

弗:昨天来的不是你?

孩:不是,先生。

弗:这是你头一次来?

孩：是的，先生。

［沉默。

弗：你给戈多先生捎了个信来。
孩：是的，先生。
弗：他今天晚上不来啦。
孩：不错，先生。
弗：可是他明天会来。
孩：是的，先生。
弗：决不失约。
孩：是的，先生。

［沉默。

弗：你遇见什么人没有？
孩：没有，先生。
弗：另外两个……（他犹豫一下）……人？
孩：我没看见什么人，先生。

［沉默。

弗：他干些什么，戈多先生？（沉默）你听见我的话没有？
孩：听见了，先生。
弗：嗯？
孩：他什么也不干，先生。

［沉默。

弗：你弟弟好吗？
孩：他病了，先生。
弗：昨天来的也许是他。
孩：我不知道，先生。

[沉默。

弗:(轻声)他有胡子吗,戈多先生?

孩:有的,先生。

弗:金色的还是……(他犹豫一下)……还是黑色的?

孩:我想是白色的,先生。

[沉默。

弗:耶稣保佑我们!

[沉默。

孩:我怎么跟戈多先生说呢?

弗:跟他说……(他犹豫一下)……跟他说你看见了我,跟他说……(他犹豫一下)……说你看见了我。(略停。弗拉季米尔迈了一步,孩子退后一步。弗拉季米尔停住脚步,孩子也停住脚步)你肯定你看见我了吗,嗳,你不会明天见了我,又说你从来不曾见过我?

[沉默。弗拉季米尔突然往前一纵身,孩子闪身躲过,奔跑着下。弗拉季米尔一动不动地站在那儿,低下头。爱斯特拉冈醒来,脱掉靴子,两手提着靴子站起来,走到舞台前方的中央把靴子放下,向弗拉季米尔走去,拿眼瞧着他。

爱:你怎么啦?

弗:没什么。

爱:我走啦。

弗:我也走啦。

爱:我睡的时间长吗?

弗:我不知道。

[沉默。

爱:咱们到哪儿去?

弗:离这儿不远。

爱:哦不,让咱们离这儿远一点吧。

弗:咱们不能。

爱:干吗不能?

弗:咱们明天还得回来。

爱:回来干吗?

弗:等待戈多。

爱:啊!(略停)他没来?

弗:没来。

爱:现在已经太晚啦。

弗:不错,现在已经是夜里啦。

爱:咱们要是不理会他呢?(略停)咱们要是不理会他呢?

弗:他会惩罚咱们的。(沉默。他望着那棵树)一切的一切全都死啦,除了这棵树。

爱:(望着那棵树)这是什么?

弗:是树。

爱:不错,可是什么树?

弗:我不知道。一棵柳树。

[爱斯特拉冈拖着弗拉季米尔向那棵树走去。他们一动不动地站在树前。沉默。

爱:咱们干吗不上吊呢?

弗:用什么?

爱:你身上没带绳子?

弗:没有。

爱:那么咱们没法上吊了。

弗:咱们走吧。

爱:等一等,我这儿有裤带。

弗:太短啦。

爱:你可以拉住我的腿。

弗:可是谁来拉住我的腿呢?

爱:不错。

弗:拿出来我看看。(爱斯特拉冈解下那根系住他裤子的绳索,可是那条裤子过于肥大,一下子掉到了齐膝盖的地方。他们望着那根绳索)拿它应急倒也可以。可是它够不够结实?

　　爱:咱们马上就会知道了。攥住。

[他们每人攥住绳子的一头使劲拉。绳子断了。他们差点儿摔了一跤。

　　弗:连个屁都不值。

[沉默。

　　爱:你说咱们明天还得回到这儿来?
　　弗:不错。
　　爱:那么咱们可以带一条好一点的绳子来。
　　弗:不错。

[沉默。

　　爱:狄狄。
　　弗:嗯。
　　爱:我不能再这样下去啦。
　　弗:这是你的想法。
　　爱:咱俩要是分手呢? 也许对咱俩都要好一些。
　　弗:咱们明天上吊吧。(略停)除非戈多来了。
　　爱:他要是来了呢?
　　弗:咱们就得救啦。

[弗拉季米尔脱下帽子(幸运儿的),往帽内窥视,往里面摸了摸,抖了抖帽子,拍了拍帽顶,重新把帽子戴上。

　　爱:嗯? 咱们走不走?
　　弗:把你的裤子拉上来。
　　爱:什么?
　　弗:把你的裤子拉上来。
　　爱:你要我把裤子脱下来?
　　弗:把你的裤子拉上来。

爱：（觉察到他的裤子已经掉下）不错。

〔他拉上裤子。沉默。

弗：嗯？咱们走不走？
爱：好的，咱们走吧。
〔他们站着不动。
〔幕落。

选自《外国现代派作品选》（第 3 册），袁可嘉等选编，施咸荣译，上海文艺出版社，1984

新 小 说

  新小说(Le Nouveau Roman)是20世纪50至60年代盛行于法国文学界的一种小说创作思潮,在哲学上则深受弗洛伊德心理分析、柏格森生命力学说和直觉主义以及胡塞尔的现象学的影响。虽然严格说来新小说派的作家们并不承认自己是一个创作团体而只是有一种创作倾向,但评论界还是根据其间存在着一些共同的理念和特征,将某些作家归为新小说派。

  新小说作为一种创新的文学实验,早在20世纪30年代就已出现在法国著名作家娜·萨罗特的笔下,只是到50年代,它才形成一个颇有名气的文学流派。这个流派的代表作家有贝克特、罗布-格里耶等。

  新小说派的作家,虽然创作方式各有特点,但具有共同的根本观点。首先,他们认为小说艺术从19世纪中叶以来,一直在现实主义的统治下,由于墨守成规,从表现方式到语言都已呈"僵化"现象。新小说派反对以巴尔扎克为代表的现实主义小说的写作方法,认为它不能反映事物的"真实"面貌。在这一派看来,现实主义作家往往通过人物的塑造、情节的安排、内心分析、情景描述、带有感情色彩的语言等手段,诱导读者进入作者事先安排的虚构境界,结果人们只能通过作者或作者塑造的人物的眼睛去看外在的事物,这样实际上是使读者进入一个"谎言的世界",忘记了自己所面临的现实。新小说派反对传统小说以人物为核心,以写"人物在其间活动并生存的故事"为主要的任务;把人作为世界的中心,一切从人物出发,使事物从属于人,由人赋予事物意义,从而使客观世界的一切都带上了人的主观感情的色彩,结果混淆了物与人的界限,抹杀了物的地位,忽视了物的作用和影响。他们认为,如果说巴尔扎克的《人间喜剧》代表着小说发展的高峰,那么巴尔扎克以后的小说家只能在形式上逐渐变化。新的时代需要新的表现方法。巴尔扎克的小说是资产阶级获得胜利的时代的产物,20世纪中叶不同于19世纪,今天的时代变化迅速,人们的精神面貌已迥异于以往。因此,写作方法必须变革:"一百五十年来,周围一切都在发展,而且相当迅速,小说写法怎么可能停滞不前、凝固不变呢?""新小说派"的基本观点认为,20世纪以来小说艺术已处于严重的停滞状态,其根源在于传统小说观念的束缚,墨守过时的创作方法。因此,他们主张摒弃以巴尔扎克为代表的现实主义小说的写作方法,从情节、人物、主题、时间顺序等方面进行改革。像福克纳、卡夫卡这样一些作家，他们笔下的人物可以变换名字，或者一个名字代表几个人，或者人物干脆只有代号。在今天的小说中，人物不再注重性格的刻画，而具有更多抽象的含义。相反，物应在小说中占据重要位置，甚至排挤掉人的地位。新小说派作家主张情节不再是"小说的中心"，不要去追求表现社会、政治、经济、道德方面的内容。他们认为形式是最根本的，现实就在形式之中，内容和作品的意义也在形式本身之中。作家所最关心的应是语言，通过语言去表达真实。至于倾向性，"对于作家来说，不应是政治性的，而是充分意识到他的语言的当前问题，对这些问题的极端重要性抱有信心，下决心从内部解决它们"。由此看来，新小说派同时认为传统现实小说中惯用的语言也必须彻底改革，因为这些语言由于长期重复使用已变为"陈套"或"僵化"，失去了表达现代人复杂多变的生活的能力。

马龙之死（节选）

[法国]萨缪尔·贝克特

然而我很快就要完全彻底地死去了。也许下个月。那么该是四月或五月喽：因为千百种迹象表明了，岁时才刚起头。或许我会阴差阳错地活到圣约翰日①，甚至自由之节7月14日②。怎么说呢，我也可能一直活到耶稣变容节③，我会认识自己的面容，也许到圣母升天节④。但是我不认为，我不认为会看不到今年这些欢乐的节庆，我这么说是不会错的。我有这么一种情感，我怀着它已有好几天了，我信任它。然而，它与那些自打我存在以来就一直愚弄着我的情感又有什么区别呢？不，对我而言，这已不成为问题了，我不再需要如画的美景了。假如愿意的话，我甚至会在今天死去，只需要稍微推动一下就行，若是我能愿意，若是我能推动。不过，还是让我自然地死去，不要影响到别的事物。肯定有什么东西变了。我不再愿意在天平上称了，左边不行，右边也不行。我将变得平淡无性，死气沉沉。这对我很容易。只消注意不受惊吓就成，再说了，从我到这里以来，我受惊吓少多了。时不时地我显然还有一些不耐烦的动作。眼下的半个月里，三星期里，我该提防的正是它们。不要过分夸大什么，这是无疑的，哭也好笑也好都要平平稳稳，不要太兴奋。对了，我终归要变得自然，我将非常痛苦，随

---

① 6月24日，施洗者约翰的本名日。

② 法国国庆节。

③ 8月6日。

④ 8月15日。

后,少一点,从中得不出什么结论,我更少地听我自己,我不再冷不再热,我将温乎乎的,我将毫无热情地温吞吞地死去。我不会看着我死去,那将扭曲一切。那我是不是看着我活了?我从来没有抱怨过吗?那么,为什么现在要欢欣喜悦呢?我高兴,那是当然的,但还未到鼓掌以庆的地步。我总是高兴,知道我会得到偿还。我的债务人,他现在正在那儿。这是一个欢迎他的理由吗?我不再回答问题。我也试图不再对自己提问题。人们将把我葬入土中,人们将不再在地上看到我。从现在开始到那时,我要给自己讲故事,假若我还能够讲的话。这可不是过去的那种故事,就是这么回事。这是一些既不漂亮又不丑陋的平平淡淡的故事,里面既无丑,亦无美,也无狂热,它们如同艺术家几乎没有生命。我都说了些什么?这没关系。我保证给自己以满足,某一种满足。我满足,瞧,我成了,人家还我钱,我不再需要什么,请允许我首先说一句,我不宽恕任何人。我祝愿所有人过一种残酷的生活,然后便是地狱的烈焰与冰山,愿未来的万恶的后代怀有可称誉的回忆。今晚说得足够了。

　　这次我知道往哪儿去了。这不再是往昔的、过去的夜晚。这是眼前的游戏,我要玩。直到现在,我还不知道玩。我有过愿望,但我知道那是不可能的。然而,我经常很上心。我到处惹火,我打量四周,我看到什么就拿来玩。人也好物也好都只要求玩,某些动物也是。开始时不错,它们都来到我周围,很高兴有人愿意跟它们玩。假如我说,我现在需要一个驼背,马上就会来一个,以漂亮的隆凸物为自豪,表演他的节目。他不会想到我可能要求他脱衣服。但是不久我就在一片黑暗中孤单一身,所以我总会把残疾人、结巴子当作自家人,总是拒绝去玩那些无奇的猜测、摸瞎子、伸臂走长路、捉迷藏等游戏。差不多一个多世纪以来我可以说从未放弃过做这样一个严肃的人。而现在我要变了,除了玩我不想做别的事。不,我不愿一开始就夸口。但是,从此以后,我要花好大一部分时间来玩,假如我能够,要花大部分的时间。不过,我恐怕比不过以前了。我也许会像过去那样被孤孤单单地遗弃在一边,没有玩具,没有光明。那么,我会独自一人玩,我会像自己看着自己那样玩。想到还能够设计一个这么妙的计划,我不禁勇气倍增。

　　我一定在夜里思考了我的作息计划。我想我可以给自己讲四个故事,每个故事的主题都不同。第一个讲一个男人,另一个讲一个女人,第三个讲一样东西,最后一个讲一个动物,也许一只鸟。我想我什么都没遗漏。这样就好。也许,我会把男人和女人放在同一个故事里,一个男人与一个女人的区别是那么的小,我是说在我的人物中。也许我没有足够的时间来结束。从另一方面讲,我也许又会结束得太早。我又陷入了自己悬而未决的疑难之中。但这是逻辑疑难吗?真的吗?我不知道。就算结束不了,也不要紧。但要是我结束得太早呢?

那同样也不要紧。因为那时我将讲一讲仍占着我脑子的事，那是一个很老很老的计划。这将是一次清仓盘货。无论如何，我应该把这个留到生命的最后一息，只要我不搞错的话。再说，无论发生什么情况，这件事我非做不可。至多，我为它留一刻钟。也就是说，假如我真的愿意，我本可以留更长的时间。不过，要是在最后一刻时间不够了，我只需短短的一刻钟来拉我的存货清单。我愿从此后我心里清清楚楚，而不古怪成癖，这是在我的计划中的。我清楚我随时随刻都有可能油尽灯灭。那么，不等不待地讲讲脑子里的事情不是更好吗？这难道不是更谨慎可靠吗？即便在最后的一分钟，只要情况需要，不是还可以作些修改吗？这就是理性给我的建议。可是现在，理性对我的控制还不那么牢靠。一切都促使我放大胆子。要真是死了而没有留下清单，我能忍受得了这一可能性吗？这不，我又重新吹毛求疵起来了。既然我要去冒一冒险，必须假定我会忍受。我一生都忍着不去制订这一计划，我对自己说：太早，还太早。那么现在呢，现在仍然还太早。我一生都在梦想这一最终时刻的到来，赶在失掉一切之前，确定它，画出线条，求出总和。这一时刻仿佛迫在眉睫。我却不会因此而失却冷静。就这样，我的故事得先讲，如果一切正常，那么最后的便是我的清单。我将以男人和女人的故事开始，只是为了以后不再见到他们。这将是第一个故事，没有材料分成两个故事讲。那么，现在总共有三个故事了，我刚说明的那个，然后是动物的那个，然后是物件的那个，或许是一块石头。这一切十分清楚。随后，我再处理脑子里的存物。假如这一切完了之后我还活着的话，就将做必需之事，只要我不搞错的话。就这么决定了。换言之，我不知道我要去哪里，但我知道我将到达，我知道长途的盲目跋涉终将完成。何等的差不离哟，我的天！很好。现在该玩了。我很难习惯这个想法。旧的流水账在叫唤我。现在，该说的是相反的话了。因为标得清清楚楚的这条路，我感到我也许走不到头。但是我满怀希望。我问自己我现在是不是正在失去时间或者反过来是不是正在赢得时间。我同时决定，在开始我的那几个故事之前，要简单地回顾一下我的现状。我想我是错了。这是一个弱点。不过，我会超越它。到后来，我将怀着满腔的热情来玩。再说了，这将与清单相对称。无论如何，这样做是符合美学的，一种确确实实的美学。因为，我还必须重新变得严肃认真，好再讲一讲我脑子里的存货。就这样，我剩下的时间分成了五份。哪五份？我不知道。我猜想，到时候一切都会自然而然地分割的。假如我再要考虑考虑，那我就会赶不上我的死。我必须说，这一前景还真有一些迷人之处。不过，我可是有所警惕的。几天以来，我发现什么事儿都有它的魅力。还是回过头来说说那五份吧。先是现状，再是三个故事，最后是清单，就这样。这里也不排除某些小插曲。这是一整套编排好的节目。只有万不得已之时，我才会把话题岔开去。就这么定了。我感到我犯了一个巨大的错误。

这没有任何关系。

现在的状况。这个房间似乎是我的。除此，我对我被留在这里没有别的解释。已经很长时间了。除非有着某种权势一定坚持要这样。而这又是不太可信的。为什么权势会对我改变初衷呢？最好还是采纳一种最最简单的解释，哪怕它没多少理由，哪怕它解释不了什么东西。耀眼的光芒不是必需的，一曳微光，一曳微小的忠实的光线则能使人在稀奇古怪中活着。我也许是在房间的前一个主人死的时候从他那里继承了这间房子。无论如何，我不往更远的过去追根溯源。这不是一间医院的或者精神病院的病房，这完全能够闻出来。我整日里竖起耳朵探听着，从早到晚始终没有听到什么可疑的、罕见的响动，我所耳闻的总是自由自在的人的宁静的微声：起床，睡下，吃饭，走来走去，哭，笑，再就是寂静无声。当我透过窗户向外望去时，我从某些迹象看出来，我不是在一家疗养院里。不是的，这是在一幢表面上平平常常的房子里的一间普普通通的单人卧室。我已经记不清楚我是怎样进来的。也许是一辆救护车，反正肯定是一辆什么汽车送来的。某一天，我发现自己躺在这里的一张床上。我想必是在什么地方失去了知觉，只是后来才在这儿恢复了理智，这样，在我的记忆中肯定出现了一大段空白。至于到底是什么事件导致了昏厥，我原本不该不省人事的那时节究竟出了什么事，现在在我的头脑中没有留下任何清晰可辨的痕迹。然而，谁又没有这一类的遗忘呢？醉酒后的次日，人们通常都有类似的感觉。这些事件，我闲着无聊时经常把它们想象出来。不过，我总是没能真正做到以此解闷。我甚至也无法确确实实地认定直到在这儿苏醒之前我最后的记忆，我找不到它作为一个出发点。我肯定在行走，我一生中总是在走着，当然除了诞生之初的几个月以及自从我来到这里以后。不过在这一日之暮的黄昏时分，我真的不知道我那时是在哪里，也不知道我当时在想些什么。我还能够回忆起什么东西呢？从何回忆起呢？我回忆起一种氛围。我的青年时代更为绚丽多彩，就像我时不时地重新发现的那样。那时候，我还不懂得怎样才能在世上混出个样子。我生活在一种昏迷状态中。丧失知觉，对我来说，只是丧失一点小小的东西。不过，也许有人把我打昏了，比如说在一片森林里，对，既然我说到森林，我就模模糊糊地想到了一片森林。这一切都是过去了。在报仇雪恨之前，我必须确定下来的应该是现在。这是一个普普通通的房间。我熟悉的房间不算太多，不过这一间在我看来似乎确实是普普通通的。其实，如果说我没有感到自己要死去，我却可以以为自己已经死了，正在咽气或者已经到了天国的一间房子里。但是，最后我终于感到自己剩下的时日已屈指可数了。仅仅六个月之前，我倒反而有更强烈的命归黄泉的感觉。假如有人向我预告：有一天我会感到自己是在以这种方式活着，我会一笑了之。这个也许不会发生，但是我，我会知道我会一笑了之的。我清清楚楚地记得这些最后的日子,它们给我留下的记忆比以往三万来个日子留下的还要多得多。相反的说法或许会不那么令人吃惊。当我要开列清单时,假如那时我的死期仍未来临,我将写下我的回忆录。瞧,我说了一句玩笑话。这很好,这很好。这里有一个大柜子,我从来没有瞧一眼里面都有些什么。我的东西乱七八糟地堆在一个角落里。我可以用我的长棍子拨弄它们,把它们钩到我跟前,再把它们打发到原来的位置。我的床紧挨着窗户。绝大部分时间里,我总是面向着窗户。我看到一些屋顶,我看到天,假如我再使一大把劲,我还可以看到小街的一角。我看不到田野也看不到山岭。然而它们都在近处。除了这些,我还知道什么呢?我同样也见不到大海,不过每当风大浪高时,我能听到汹涌的波涛声。我可以看到对面房子的一个房间。有时候那里会发生一些稀奇古怪的事情。人们真是稀奇古怪。也许那是一些不正常的人和事。他们同样能看到我,看到我紧挨着窗玻璃的乱蓬蓬的大脑袋,我从来没有过像现在这么浓密、像现在这么长的头发,我这么说根本不怕别人会反驳我。不过在夜里他们看不见我,因为我晚上从来不开灯。我对这儿的星星有那么一点小小的兴趣。但是,我从来没能够理清头绪。一天夜里,看着看着星星,我突然看到自己在伦敦。难道我可能一直行进到了伦敦吗?群星又与这个城市有什么相干?幸好,月亮还是那个熟悉的月亮。现在,我已经对月亮的运行轨迹和出落方位了解得清清楚楚,什么时辰我可以在天空找到它,哪几个夜晚它不出来,我都算得个差不离。还有什么呢?云彩。它们真正是变化多端,真正是千变万化。还有各种各样的鸟儿。它们飞到我的窗台上,叽叽喳喳地乞食吃!这实在是一幅感人的画图。它们用尖尖的喙敲打着窗玻璃。我从来就没有给过它们一点东西。但是它们总是飞到这里来。它们等待着什么呢?它们并不是可怕的大老雕。人们不仅仅把我留在这儿,人们还照顾我!现在就请看是怎么一回事。门打开了一小半,一只手伸进来把一份饭菜放在一张早就摆在那儿的专门用作放饭菜的小桌子上,同时拿走头一天剩下的饭菜,门又重新关上。每一天,很可能还是同一时候,人们为我做这一切。当我想吃喝一通时,我用我的棍子钩住小桌子,一直把它拉到身边。桌子是有轮子的,它向我滑滚过来时发出一阵尖利的吱咛吱咛声,好像一边的轮子要向左去,另一边的轮子要向右去。当我不再需要它时,我再把它推到门边上。这一次是菜羹。他们想必知道我已经没有了牙齿。一般情况下我只吃一半,或者只吃三分之一。当我的夜壶满了时,我把它搁在桌子上饭菜的旁边。那时候,我就整整 24 小时没有夜壶。不,我有两个夜壶。一切都预备得好好的。我赤裸裸地躺在床上,只有被单盖身,我根据季节的变化增添或减少被单的数目。我从来不受热,也从来不挨冻。我不梳洗,但我也不变脏。假如我觉得自己什么地方脏了,我就用手指头蘸上点儿唾沫搓揉一番。如果你想把命维持下去,关键在于进食

和排泄。尿壶和饭盒,这就是两极。一开始,事情不是这个样子的。一个妇女来
到房间里,在我身边忙这忙那,探询我的需要和我的意愿。我费尽力气总算让她
明白了什么是我的需要,什么是我的意愿。我说得很累。她听不懂。直到有一
天,我找到了适合于她听力的词汇和语调。所有这一切应该有一半是想象之中
的。是她为我弄来了这根长棍。棍上安了一个钩子。全靠这根棍,我可以控制
这个小房间的任何一个地方,哪怕是最远的角落。我对木棍欠下的债真是大得
难以说清。我几乎忘记了它们帮我转达了多少意愿。那是一个老年妇人。我不
知道为什么她对我那么好。对,我们不妨把它称为善良吧,这用不着挑剔词儿。
对她来说,肯定是善良。我猜想她的年龄恐怕比我还要大。但实际上只不过是
她保养得不太好吧,尽管她经常活动。也许她在某种程度上属于房间的一部分。
在这种情况下,她的所作所为的动机也就用不着我们到别处去考察了。不过,也
不能排除另一种情况,即她是出于仁慈,或是出于一种对我个人的不那么普遍的
怜悯与同情的感情。一切都是可能的,我最终也将相信这一点。但是,为了贪图
省事,我们不妨假设她是和这个房间一起从法律上转归到我的名下的。我不再
见到她了,除了一只瘦骨嶙峋的手和一段袖子。甚至连这一点也没有,甚至什么
都没有。她也许已经死了,先我而逝了,现在也许是另一只手在置备和打扫我的
小桌子。我不知道我来这儿已经有多长时间了,我好像已经说过了。我只知道
在我来到这儿以前我已经很老了。我说我已是九旬老翁了,不过我无法证实。
我也许只有五十多岁,或者八十多岁。自从我不再计算,我是说计算我的年龄,
已经有无穷无尽的年月了。我知道我出生的年份,这个我没有忘记,不过我不知
道我来到这里时是哪一年。但是我认为我来到这里已经有相当一段时间了。因
为我清楚地知道,一个又一个消逝的春秋对我这个围在墙内的人来说能会是什
么东西。这个不是一年两年就能够学会的。一整天一整天的工夫在我看来仿佛
能够停留在两次眨眼之间的瞬间中。还剩下什么东西要补充吗?或许再说几句
关于我自己的话吧。我的身体按照一般的说法也许稍稍有些残疾。除此之外,
也就没有什么可说的了。有那么几次,我甚至都拖不动我自己了。我的胳膊一
旦举到一定位置,还是能够有力地运动的,但要将它们运用自如,那可就要费老
大劲了。这兴许是红细胞核变白的缘故。我有时身子会颤抖起来,但仅仅是有
一点而已。对床的抱怨是我生命的一部分,我是不愿意让这抱怨停止的,我是说
我不愿意让它减轻多少。我觉得躺得最舒服的姿势就是脊背着床,也就是说俯
卧,不对,是仰卧,只有这样我才不那么硌得慌。我仰着睡脊背着床,不过我的脸
颊贴着枕头。我只需睁开眼睛就能让天空与人间的烟火重又进入眼帘。我的视
力和听力都不怎么行了。大海只是由于反光而被照亮,我的感觉针对的是我自
身。沉默、黑暗与无味的我不是为了感觉的。我远离着血流与呼吸的悄然之声。

我将不会谈论我的痛苦。我沉浸在痛苦的最深处，我无所感觉，正是在这里面我不为我那麻木的肌肤所知地走向死亡。人们所见的，那发出的叫声与作出的动作都是其次的东西。它们不认识自身。在这奢乱之中的某个地方，思想在激烈地活动着，与人们的估计大不一样。思想也在寻找着我，一如既往，在我不在的地方寻找着我。它也不懂得安静安静。我受够了。愿它把它的垂死者的狂怒转移到别人头上去吧。这期间我将安安稳稳地处于静谧之中。这似乎就是我现在的状况。

（余中先　译）

密　室
——献给古斯塔夫·莫罗

[法国]阿兰·罗布-格里耶

首先，是红色的一点，一种鲜艳的、透亮的红色，但在几乎黑色的阴影中又发暗。它构成一个不规则的玫瑰花饰，边缘清晰，在好几条边上展开成长短不一的宽宽的轮廓，随后，又分开来，变得细小，直到成为蜿蜒曲折的简单细流。它的整体鼓起在一个昏暗的、光滑而又圆润、既无光泽又像闪耀着珠光的平面上，一个半圆球，由柔和的弧线连接在一个同样色泽微暗——被这地点的阴暗减弱了的白色：囚室、地下室，或者大教堂——的平面上，在阴暗中闪耀着一道模模糊糊的光亮。

在这之外，空间中排列着众多圆形的大柱子，向远处延伸开去，逐渐变得蒙眬，远处隐约可辨认出一座宽大的石楼梯，稍稍旋转着向上，随着上升，变得越来越窄，直到消失在高高的穹顶中。这整个的背景是空的，楼梯也好，柱子也好。只有，在近景，微微闪亮着一个摊展着的躯体，上面散布着红色的点点——一个白色的躯体，可以猜想，那肌肤是丰满而柔和的，无疑也很脆弱，易受伤害。在血淋淋的半圆球的边上，是另一个同样的圆，这一个未被触动，在一个稍稍有些不同的角度下展现在目光中；但是，位于它顶上的红晕的尖点，色泽更为深重，在这里是完全能够认出来的，而第一个红点则几乎被毁损了，或者至少被创伤所遮盖。

在深处，有一个黑色的身影正远离而去，奔向楼梯的上面，一个裹在一件长长的随风飘动的斗篷中的男人，正踏着最后几级阶梯，连头都不回一下，他的任务宣告完成。一缕轻烟从摆在闪耀着银光的高脚铁台上的某个香炉中飘出，旋转着升腾。附近，躺着乳白色的躯体，很宽的血流从左边的乳房上流出，沿着侧肋，流到腰肢上。

这是一个女人的躯体，体态丰满，但却不显臃肿，一丝不挂，仰天而卧，上身被一些扔在地上的厚厚的垫子略略托起着，地面上铺着一些有东方图案的地毯。腰肢很窄，脖子又细又长，弯向一侧，脑袋朝后仰起，朝着一个更为昏暗的区域，然而，还能分辨出脸部的线条，嘴巴半张着，大大的眼睛睁开着，闪耀着一道固定的光，又长又黑的秀发呈波浪形披散下来，故意很乱地撒落在一块皱褶很深的布料上，或许是一块法兰绒，胳膊和肩膀也同样放在这块布上。

这是一整块绒布，深紫色，或者，在这种光线下看起来，像是这种颜色。但是，紫色、褐色、蓝色，看来同样是垫子——法兰绒布只遮盖了其中的一小部分，它们在地面上，从上身底下和腰肢底下大大地露出来——的主要色调，也是地上铺的地毯的主要色调。更远处，这些同样的颜色又出现在石头地板和石头柱子上，在穹顶上，在楼梯上，在大厅尽头处那更为模糊的表面上。

很难准确地说出这大厅有多大的面积；牺牲的年轻女子乍看起来，似乎占据了一个很重要的位子，但是，一直伸延到她身边的楼梯的宽大规模，也许会表明，这还远不是整个大厅，大厅那巨大的面积实际上应该向四面八方延伸开去，向左边和右边，伸向排列着柱子的那褐色和蓝色的远处，伸向所有的方向，或许还伸向别的沙发，厚厚的挂毯，一堆堆的垫子和布料，其他受折磨的躯体，其他的香炉。

同样，很难说出光线是从哪里来的。没有任何迹象，无论是柱子上，还是地面上，表明光线来自什么方向。此外，也看不见任何窗户，任何火炬。仿佛是乳白色的躯体本身照亮了场景，乳房高耸的胸脯，曲线柔和的胯部，腹部，丰满的大腿，岔得大大的伸展的小腿，还有裸露着的性器官上的黑色阴毛，都那么诱人，那么显眼，从此不再有用。

男人已经走开了好几步。他现在已经站到了最头里的几级阶梯上，准备上楼。靠下面的阶梯又长又宽，仿佛引向某个大型建筑的台阶、庙宇或剧院；接着，随着慢慢地上升，它们渐渐地变得窄小，同时开始一种宽阔的螺旋运动，但旋得如此的微弱，以至于等到楼梯简化为一个狭窄的、陡峭的、没有栏杆的过道，向着穹顶的高处消失，在越来越浓密的黑暗中变得模模糊糊时，这整个楼梯都还没有完成半个旋转。

但是，男人不朝这一边看，尽管他的脚步把他带向那里；他的左脚还在第二级阶梯上，右脚却已经踏在了第三级上，弯着膝盖，转过身子，最后一次观望着这个场面。他匆匆忙忙地扔在肩膀上，并用一只手在腰部高度上拽住的飘动着的长斗篷，在身体迅速的转动下拖在了身后，下摆的一角舞动在空中，仿佛被风吹拂起了一般，他转得那么快，人脑袋和上身已经处在了与前进方向相对立的方向上；卷动着的斗篷角呈现出 S 形的皱褶，露出了绣着金线的红色丝绸的衬里。

男人的脸部线条是木然的，但却坚毅，仿佛在等待——或者害怕——某种突然的事件，或者不如说，以最后的一瞥，监视着整个纹丝不动的场面。尽管他这样地向后看着,他的整个身体却微微地朝前俯倾,似乎还在继续着他的登楼。右胳膊——没有拽着斗篷的那条胳膊——向左边半伸着,伸向空间中的一点,那里本来应该是栏杆的所在,假如这座楼梯包含有栏杆的话,动作中断了,几乎令人难以理解,只有一点是明显的,即这是一种直觉的反应,为的是在没有倚靠的时候稳住自己。

至于目光的方向,它明确地指向着躺在垫子上的牺牲者的躯体,那女人伸展开,四肢摊成十字形,胸部微微隆起,脑袋向后仰着。但是,她的脸也许被立在楼梯下的一条柱子挡住了,没有落入男人的视线中。这年轻女子的右手碰到了柱子脚下的地面。一个厚厚的铁手铐箍紧了脆弱的手腕。胳膊几乎处在阴影中,只有手接受着足够的光线,这样,一个个彼此分开的纤细的手指头,在那圆鼓鼓的石柱子根部的映衬下,可以看得清清楚楚。一根黑色的金属链在柱子上绕了一圈,并穿到手铐的一个圆环上,就这样,把手腕跟柱子紧紧地锁在一起。

胳膊的另一端,是一个滚圆的肩膀,被垫子托起着,它也一样,被照亮着,同样被照亮着的,还有脖子、胸脯、另一侧的肩膀、长着腋毛的腋窝、同样朝后伸着的左胳膊、以同样方式被固定在靠近前景的另一根柱子底部的手腕;这里,铁的手铐和链子显而易见,以一种完美的清晰,勾勒出最细微的细部。

同样的,近景的另一侧,是一条相似的链子,尽管稍稍又细了一点,直接地锁住了脚踝,又缠了两圈,并固定于埋在地面上的一个结实的圆环上。往后大约一米左右,或者稍稍再远一点,右脚也以一模一样的方式被铐着。但是,被表现得最最清晰的,还是左脚和它的链条。

脚很小,玲珑,细巧。链子弄破了好几处皮肉,在不大的表面上勒出明显的凹陷。链子上的环节是椭圆形的,很厚,像一只眼睛那么大。圆环很像是拴马用的那种;几乎平躺在石板地上,地面上有一个硕大的螺钉把它固定住。一块地毯的边缘就在几厘米远的地方;它因一道皱褶而在这里微微隆起,无疑是被牺牲者挣扎时的什么痉挛性动作——尽管它很有限——弄皱了。

男人仍还在俯身看她,站在一米远的距离外。他观察着她后仰的脸,被眼膏弄得又大又黑的眼睛,大张着仿佛正在号叫的嘴巴。男人的姿势使他自己的脸只露出一个侧面,但是,尽管他举止僵硬,沉默无语,纹丝不动,人们还是能猜想出,他被一种强烈的狂热所攫住。背稍稍有些弓。左手,唯一可见的那一只手,离身体有相当的距离,拽着一块布料,某一件深颜色的衣服,它长长地拖在地毯上,可能是衬里绣着金丝的长斗篷。

这一巨大的身影把赤裸的肌肤遮住了一大部分,红色的斑点流淌在圆形的乳房上,长长地一道道地流下来,越流越细,越流分支越多,流到苍白的胸膛底部以及周围。其中的一道流到了腋窝下,沿着胳膊划出一条几乎笔直的细道道;另外几道则朝着腰身流下,在肚子的一侧、胯部、大腿的上部,画出一个更为偶然的、已经凝固的细流之网。三四条小细脉一直伸向了腹股沟的凹处,汇聚为一条蜿蜒曲折的道道,最后到达由张开的两腿构成的 V 形的尖端,消失在黑色的阴毛中。

瞧,现在,肌肤还没有被动过:黑色的阴毛和白色的肚腹,胯部柔美的曲线,窄窄的细腰,还有更高处,珍珠色的乳房,因急促的呼吸而一起一伏,而现在,呼吸的节奏更快了。男人,紧靠在她旁边,单膝跪地,身子俯得更厉害了。只有长着长长的鬈发的脑袋,还保留着某种运动的自由,它动弹,挣扎;最后,姑娘的嘴巴张开了,抽搐起来,肌肤随之动了一下,血液又从紧绷而又柔软的皮肤上流了出来,眼膏涂得很精巧的黑眼睛变得异常的大,嘴巴张得更开了,脑袋猛烈地左右乱摇,最后一下后,更轻柔地向后仰去,一动不动地落到披散在法兰绒上的黑色秀发中。

在石头楼梯的高处,小小的门开着,射入一道黄色的但却强烈的光线,逆光中,勾勒出裹在长斗篷中的男人那阴暗的身影。他只剩下几级阶梯要登,马上就要到那道门槛了。

然后,整个布景是空的,巨大的大厅笼罩在紫色的阴影中,四周排列着一排排的石头柱子,不带栏杆的楼梯雄伟壮美,旋转着上升,随着它慢慢地升向暗处,它也变得越来越狭窄,越来越模糊,最后消失在高高的穹顶中。

在伤口的血已经凝固、鲜亮的血色变得昏暗的躯体旁,香炉中飘出缭绕的轻烟,在宁静的空气中画出复杂的旋涡:一开始,是一个向左倾斜的螺旋,随后渐渐上升,升到一定的高度,然后,返回到它出发点的轴线,甚至在右缘还超出一点点,接着重新朝另一方面飘去,然后再返回,这样,勾画出一条不规则的曲线,越来越淡弱,垂直地升向幕布的高处。

以上选自《新编外国现代作品选》(第 3 编),郑克鲁、董衡巽主编,余中先译,上海学林出版社,2008

情 人(节选)

[法国]玛格丽特·杜拉斯

我已经老了,有一天,在一处公共场所的大厅里,有一个男人向我走来。他主动介绍自己,他对我说:"我认识你,永远记得你。那时候,你还很年轻,人人都说你美,现在,我是特为来告诉你,对我来说,我觉得现在你比年轻的时候更美,那时你是年轻女人，与你那时的面貌相比，我更爱你现在备受摧残的面容。"

这个形象，我是时常想到的，这个形象，只有我一个人能看到，这个形象，我却从来不曾说起。它就在那里，在无声无息之中，永远使人为之惊叹。在所有的形象之中，只有它让我感到自悦自喜，只有在它那里，我才认识自己，感到心醉神迷。

太晚了，太晚了，在我这一生中，这未免来得太早，也过于匆匆。才18岁，就已经是太迟了。在18岁和25岁之间，我原来的面貌早已不知去向。我在18岁的时候就变老了。我不知道是不是所有的人都这样，我从来不曾问过什么人。好像有谁对我讲过时间转瞬即逝，在一生最年轻的岁月、最可赞叹的年华，在这样的时候，那时间来去匆匆，有时会突然让你感到震惊。衰老的过程是冷酷无情的。我眼看着衰老在我颜面上步步紧逼，一点点侵蚀，我的面容各有关部位也发生了变化，两眼变得越来越大，目光变得凄切无神，嘴变得更加固定僵化，额上刻满了深深的裂痕。我倒并没有被这一切吓倒，相反，我注意看那衰老如何在我的颜面上肆虐践踏，就好像我很有兴趣读一本书一样。我没有搞错，我知道；我知道衰老有一天也会减缓下来，按它通常的步伐徐徐前进。在我17岁回到法国时认识我的人，两年后在我19岁又见到我，一定会大为惊奇。这样的面貌，虽然已经成了新的模样，但我毕竟还是把它保持下来了。它毕竟曾经是我的面貌。它已经变老了，肯定是老了，不过，比起它本来应该变成的样子，相对来说，毕竟也没有变得老到那种地步。我的面容已经被深深的干枯的皱纹撕得四分五裂，皮肤也支离破碎了。它不像某些娟秀纤细的容颜那样，从此便毁去，它原有的轮廓依然存在，不过，实质已经被摧毁了。我的容颜是被摧毁了。

对你说什么好呢，我那时才15岁半。

那是在湄公河的轮渡上。

在整个渡河过程中，那形象一直持续着。

我才15岁半，在那个国土上，没有四季之分，我们就生活在唯一一个季节之中，同样的炎热，同样的单调，我们生活在世界上一个狭长的炎热地带，既没有春天，也没有季节的更替嬗变。

我那时住在西贡公立寄宿学校。食宿都在那里，在那个供食宿的寄宿学校，不过上课是在校外，在法国中学。我的母亲是小学教师，她希望她的小女儿进中学。你嘛，你应该进中学。对她来说，她是受过充分教育的，对她的小女儿来说，那就不够了。先读完中学，然后再正式通过中学数学教师资格会考。自从进了小学，开头几年，这样的老生常谈就不绝于耳。我从来不曾幻想我竟可以逃脱数学教师资格会考这一关，让她心里总怀着那样一份希望，我倒是暗自庆幸的。我看我母亲每时每刻都在为她的儿女、为她自己的前途奔走操劳。终于有一天，她不需再为她的两个儿子的远大前程奔走了，他们成不了什么大气候，她也只好另谋出路，为他们谋求某些微不足道的未来生计，不过说起来，他们也算是尽到了他们的责任，他们把摆在他们面前的时机都一一给堵死了。我记得我的小哥哥学过会计课程。在函授学校，反正任何年龄任何年级都是可以学的。我母亲说，补课呀，追上去呀。只有三天热度，第四天就不行了。不干了。换了住地，函授学校的课程也只好放弃，于是另换学校，再从头开始。就像这样，我母亲坚持了整整 10 年，一事无成。我的小哥哥总算在西贡成了一个小小的会计。那时在殖民地机电学校是没有的，所以我们必须把大哥送回法国。他好几年留在法国机电学校读书。其实他并没有入学。我的母亲是不会受骗的。不过她也毫无选择余地，不得不让这个儿子和另外两个孩子分开。所以，几年之内，他并不在家中。正是他不在家的这几年时间，母亲购置下那块租让地。真是可怕的经历啊。①不过，对我们这些留下没有出去的孩子来说，总比半夜面对虐杀小孩的凶手要好得多，不那么可怕。那真像是猎手之夜那样可怕。②

　　人们常常说我是在烈日下长大，我的童年是在骄阳下度过的，我不那么看。人们还常常对我说，贫困促使小孩多思。不不，不是这样。长期生活在地区性饥馑中的"少年－老人"③，他们是那样，我们不是那样，我们没有挨过饿，我们是白人的孩子，我们有羞耻心，我们也卖过我们的动产家具之类，但是我们没有挨过饿，我们还雇着一个仆役，我们有时也吃些乌七八糟的东西，水禽呀，小鳄鱼肉呀，确实如此，不过，就是这些东西也是由一个仆役烧的，是他侍候我们吃饭，不过，有的时候，我们不去吃它，我们也要摆摆架子，乌七八糟的东西不吃。当我到了 18 岁，就是这个 18 岁叫我这样的面貌出现了；是啊，是有什么事情发生了。这种情况想必是在夜间发生的。我怕我自己，我怕上帝，我怕。若是在白天，我怕得好一些，就是死亡出现，也不那么怕，怕得也不那么厉害。死总是缠着我不放。我想杀人，我那个大哥，我真想杀死他，我想要制服他，哪怕仅仅一次，一次也行，我想亲眼看着他死。目的是要当着我母亲的面把她所爱的对象搞掉，把她的儿子搞掉，为了惩罚她对他的爱；这种爱是那么强烈，又那么邪恶，尤其是为了拯救我的小哥哥，我相信我的小哥哥，我的孩子，大哥的生命却把他的生命死死地压在下面，他那条命非搞掉不可，非把这遮住光明的黑幕布搞掉不可，非把那

---

　　① 作者早期作品《太平洋大堤》(1950)，写一位到印度支那的法国母亲向殖民地当局地籍管理局租用印度支那南方太平洋海边一块租让地，因没有行贿，租到的竟是一块不可耕种的盐碱地，还有被太平洋大潮随时吞没的危险。后来她带着一子一女，历尽千辛万苦，与当地人合筑大堤，最后大堤还是被潮水冲决。这部作品所写内容与作者的个人经历有关，在许多方面与《情人》相通。
　　② 法国影片《猎手之夜》写凶犯深夜捕杀儿童。"猎手之夜"几乎成为幼儿黑夜恐怖害怕的同义语。
　　③ 意指未老先衰的小老头。

个由他、由一个人代表、规定的法权搞掉不可,这是一条禽兽的律令,我这个小哥哥的一生每日每时都在担惊受怕,生活在恐惧之中,这种恐惧一旦袭入他的内心,就会将他置于死地,害他死去。

关于我家里这些人,我已经写得不少,我下笔写他们的时候,母亲和兄弟还活在人世,不过我写的是他们周围的事,是围绕这些事下笔的,并没有直接写到这些事本身。

我的生命的历史并不存在。那是不存在的,没有的。并没有什么中心。也没有什么道路、线索。只有某些广阔的场地、处所,人们总是要你相信在那些地方曾经有过怎样一个人,不,不是那样,什么人也没有。我青年时代的某一小段历史,我过去在书中或多或少曾经写到过,总之,我是想说,从那段历史我也隐约看到了这件事,在这里,我要讲的正是这样一段往事,就是关于渡河的那段故事。这里讲的有所不同,不过,也还是一样。以前我讲的是关于青年时代某些明确的、已经显示出来的时期。这里讲的是同一个青年时代一些还隐蔽着不曾外露的时期,这里讲的某些事实、感情、事件也许是我原先有意将之深深埋葬不愿让它表露于外的。那时我是在硬要我顾及羞耻心的情况下拿起笔来写作的。写作对于他们来说仍然是属于道德范围内的事。现在,写作似乎已经成为无所谓的事了,事情往往就是这样。有的时候,我也知道,不把各种事物混为一谈,不是去满足虚荣心,不是随风倒,写作就什么也不是了。我知道,每次不把各种事物混成一团,归结为唯一的极坏的本质性的东西,那么写作除了可以是广告以外,就什么也不是了,不过,在多数场合下,我也并无主见,我不过是看到所有的领域无不是门户洞开,不再受到限制,写作简直不知到哪里去躲藏,在什么地方成形,又在何处被人阅读,写作所遇到的这种根本性的举措失当再也不可能博得人们的尊重,不过,关于这一点,我不想再作进一步的思考了。

现在,我看我在很年轻的时候,在 18 岁,15 岁,就已经有了以后我中年时期因饮酒过度而有的那副面孔的先兆了。烈酒可以完成上帝也不具备的那种功能,也有把我杀死、杀人的效力。在酗酒之前我就有了这样一副酗酒面孔。酒精跑来证明了这一点。我身上本来就有烈酒的地位,对它我早有所知,就像对其他情况有所知一样,不过,说来奇怪,它竟先期而至。同样,我身上本来也具有欲念的地位。我在 15 岁就有了一副耽于逸乐的面目,尽管我还不懂什么叫逸乐。这样一副面貌是十分触目的。就是我的母亲,她一定也看到了。我的两个哥哥是看到的。对我来说,一切一切就是这样开始的,都是从这光艳夺目又疲惫憔悴的面容开始的,从这一双过早就围上黑眼圈的眼睛开始的,这就是亲身体验。

我才 15 岁半。就是那一次渡河。我从外面旅行回来,回西贡,主要是乘汽车回来。那天早上,我从沙沥①乘汽车回西贡,那时我母亲在沙沥主持一所女子学校。学校的假期已经结束,是什么假期我记不得了。我是到我母亲任职的学校一处小小住所去度假的。那天就是从那里回西贡,回到我在西贡的寄宿学校。这趟本地人搭乘的汽车从沙沥市场的广场开出。像往常一样,母亲亲自送我到车站,把我托付给司机,让他照料我,她一向是托西贡汽车司机带我回来,唯恐路上发生意外,火警,强奸,土匪抢劫,渡船抛锚事故。也像往常一样,司机仍然把我安置在前座他身边专门留给白人乘客坐的位子上。

这个形象本来也许就是在这次旅行中清晰地留下来的,也许应该就在河口的沙滩上拍摄下来。这个形象本来可能是存在的,这样一张照片本来也可能拍摄下来,就像别的照片在其他场合被摄下一样。但是这一形象并没有留下。对象是太微不足道了,不可能引出拍照的事。又有谁会想到这样的事呢?除非有谁能预见这次渡河在我一生中的重要性,否则,那个形象是不可能被摄取下来的。所以,即使这个形象被拍下来了,也仍然无人知道有这样一个形象存在。只有上帝知道这个形象。所以这样一个形象并不存在,只能是这样,不能不是这样。它是被忽略、被抹杀了。它被遗忘了。它没有被清晰地留下来,没有在河口的沙滩上被摄取下来。这个再现某种绝对存在的形象,恰恰也是形成那一切的起因的形象,这一形象之所以有这样的功效,正因为它没有形成。

这就是那次渡河过程中发生的事。那次渡河是在交趾支那②南部遍布泥泞、盛产稻米的大平原,即乌瓦洲平原永隆③和沙沥之间从湄公河支流上乘渡船过去的。

我从汽车上走下来。我走到渡船的舷墙前面。我看着这条长河。我的母亲有时对我说,我这一生还从来没有见过像湄公河这样美、这样雄伟、这样凶猛的大河,湄公河和它的支流就在这里汹涌流过,注入海洋,这一片汪洋大水就在这里流入海洋深陷之处消失不见。这几条大河在一望无际的平地上流速极快,一泻如注,仿佛大地也倾斜了似的。

汽车开到渡船上,我总是走下车来,即使在夜晚我也下车,因为我总是害怕,怕钢缆断开,我们都被冲到大海里去。我怕在可怕的湍流之中看着我生命最后一刻到来。激流是那样凶猛有力,可以把一切冲走,甚至一些岩石、一座大教堂、一座城市都可以冲走。在河水之下,正有一场风暴在狂吼。风在呼啸。

---

① 沙沥在湄公河(前江)南岸,距西贡约一百公里。

② 前法属殖民地印度支那分为三个部分,即北部的东京地区、中部的安南地区和南部的交趾支那。交趾支那包括湄公河柬埔寨洞里萨湖以下,兼有老挝部分地区,西贡为其首府。

③ 永隆在湄公河(前江)南岸,与沙沥相去不远。

　　我身上穿的是真丝的裙衫，是一件旧衣衫，磨损得几乎快透明了。那本来是我母亲穿过的衣衫，有一天，她不要穿了，因为她觉得这件裙衫色泽太鲜，于是就把它给我了。这件衣衫不带袖子，开领很低。是真丝通常有的那种茶褐色。这件衣衫我还记得很清楚。我觉得我穿起来很相宜，很好。我在腰上扎起一条皮带，也许是我哪一个哥哥的一条皮带。那几年我穿什么样的鞋子我记不清了，只记得几件常穿的衣服。多数时间我赤脚穿一双帆布凉鞋。我这是指上西贡中学之前那段时间。自此以后，我肯定一直是正式穿皮鞋的。那天我一定是穿的那双有镶金条带的高跟鞋。那时我穿的就是那样一双鞋子，我看那天我只能是穿那双鞋。是我母亲给我买的削价处理品。我是为了上中学才穿上这样一双带镶金条带的鞋的。我上中学就穿这样一双晚上穿的带镶金条带的鞋。我本意就是这样。只有这双鞋，我觉得合意，就是现在，也是这样，我愿意穿这样的鞋，这种高跟鞋还是我有生以来第一次穿，它好看，美丽，以前我穿那种平跟白帆布跑鞋、运动鞋，和这双高跟鞋相比都显得相形见绌，不好看。

　　在那天，这样一个小姑娘，在穿着上显得很不寻常，十分奇特，倒不在这一双鞋上。那天，值得注意的是小姑娘头上戴的帽子，一顶平檐男帽，玫瑰木色的，有黑色宽饰带的呢帽。

　　她戴了这样的帽子，那形象确乎暧昧不明，模棱两可。

　　这顶帽子怎么会来到我的手里，我已经记不清了。我看不会是谁送给我的。我相信一定是我母亲给我买的，而且是我要我母亲给我买的。唯一可以确定的是：削价出售的货色。买这样一顶帽子，怎么解释呢？在那个时期，在殖民地，女人、少女都不戴这种男式呢帽。这种呢帽，本地女人也不戴。事情大概是这样的，为了取笑好玩，我拿它戴上试了一试，就这样，我还在商人那面镜子里照了一照，我发现，在男人戴的帽子下，形体上那种讨厌的纤弱柔细，童年时期带来的缺陷，就换了一个模样。那种来自本性的原形，命中注定的资质也退去不见了。正好相反，它变成这样一个女人有拂人意的选择，一种很有个性的选择。就这样，突然之间，人家就是愿意要它。突然之间，我看我自己也换了一个人，就像是看到了另一个女人，外表上能被所有的人接受，随便什么眼光都能看得进去，在城里大马路上兜风，任凭什么欲念也能适应。我戴了这顶帽子以后，就和它分不开了。我有了帽子，这顶帽子把我整个地归属于它，仅仅属于它，我再也和它分不开了。那双鞋，情况应该也差不多，不过，和帽子相比，鞋倒在其次。这鞋和这帽子本来是不相称的，就像帽子同纤弱的体形不相称一样，正因为这样，我反而觉得好，我觉得对我合适。所以这鞋，这帽子，每次外出，不论什么时间，不论在什么场合，我到城里去，我到处都穿它戴它，和我再也分不开了。

　　我儿子20岁时拍的照片又找到了。那是他在加利福尼亚和他的女朋友埃丽卡和伊丽莎白·林那德合拍的。他人很瘦,瘦得像一个乌干达白人似的。我发现他面孔上有一种妄自尊大的笑容,又有点自嘲的神色。他有意让自己有这样一种流浪青年弯腰曲背的形象。他喜欢这样,他喜欢这种贫穷,这种穷相,青年人瘦骨嶙峋这种怪模样。这张照片拍的与渡船上那个少女不曾拍下的照片最为相像。

　　买这顶平檐黑色宽饰带浅红色呢帽的人,也就是有一张照片上拍下来的那个女人,那就是我的母亲。她那时拍的照片和她最近拍的照片相比,我对她认识得更清楚,了解得更深了。那是在河内小湖边上一处房子的院子里拍的。她和我们,她的孩子,在一起合拍的。我是4岁。照片当中是母亲。我还看得出,她站得很不得力,很不稳,她也没有笑,只求照片拍下就是。她板着面孔,衣服穿得乱糟糟,神色恍惚,一看就知道天气炎热,她疲惫无力,心情烦闷。我们作为她的孩子,衣服穿成那种样子,那种倒霉的样子,从这里我也可以看出我母亲当时那种处境,而且,就是在拍照片的时候,即使我们年纪还小,我们也看出了一些征兆,真的,从她那种神态显然可以看出,她已经无力给我们梳洗,给我们买衣穿衣,有时甚至无法给我们吃饱了。没有勇气活下去,我母亲每天都挣扎在灰心失望之中。有些时候,这种绝望的心情连绵不断,有些时候,随着黑夜到来,这绝望心情方才消失。有一个绝望的母亲,真可说是我的幸运,绝望是那么彻底,向往生活的幸福尽管那么强烈,也不可能完全分散她的这种绝望。使她这样日深一日和我们越来越疏远的具体事实究竟属于哪一类,我不明白,始终不知道。难道就是她做这件蠢事这一次,就是她刚刚买下的那处房子——就是照片上照的那处房子——我们根本不需要,偏偏又是父亲病重,病得快要死了,几个月以后他就死了,偏偏是在这个时候,难道就是这一次。或者说,她已经知道也该轮到她,也得了他为之送命的那种病?死期竟是一个偶合,同时发生。这许多事实究竟是什么性质,我不知道,大概她也不知道,这些事实的性质她是有所感的,并且使她显得灰心丧气。难道我父亲的死或死期已经近在眼前?难道他们的婚姻成了问题?这个丈夫也成了问题?几个孩子也是问题?或者说,这一切总起来难道都成了问题?

　　天天都是如此。这一点我可以肯定。这一切肯定是来势凶猛,猝不及防的。每天在一定的时间,这种绝望情绪就要发作。继之而来的是一切都告停顿,或者进入睡眠,有时若无其事,有时相反,如跑去买房子、搬家,或者,仍然是情绪恶劣,意志消沉,虚弱,或者,有的时候,不论你要求她什么,不论你给她什么,她就像是一个王后,要怎么就怎么,小湖边上那幢房子就是在这样的情况下买下来的,什么道理也没有,我父亲已经气息奄奄快要死了,还有这平檐呢帽,还有前面讲到的那双有镶金条带的鞋,就因为这些东西她小女儿那么想要,就买下来了。或者,平静无事,或者睡去,及至死掉。

　　有印第安女人出现的电影我没有看过,印第安女人戴这种平檐呢帽,梳着两条辫子垂在前胸。那天我也梳着两条辫子,我没有像惯常那样把辫子盘起来,不过尽管这样,那毕竟是不同的。我也是两条长辫子垂在前身,就像我没有看见过的电影里的印第安女人那样,不过,我那是两条小孩的发辫。自从有了那顶帽子,为了能把它戴到头上,我就不把头发盘到头上了。有一段时间,我总是拼命梳头,把头发往后拢,我想让头发平平的,尽量不让人看见。每天晚上我都梳头,按我母亲教我的那样,每天晚上睡前都把辫子重新编一编。我的头发沉沉的,松软而又怕痛,红铜似的一大把,一直垂到我的腰上。人家常说,我这头发最美,这话由我听来,我觉得那意思是说我不美。我这引人注意的长发,我 23 岁在巴黎叫人给剪掉了,那是在我离开我母亲五年之后。我说:剪掉。就一刀剪掉了。全部发辫一刀两断,随后大致修了修,剪刀碰在颈后皮肤上冰凉冰凉的。头发落满一地。有人问我要不要把头发留下,用发辫可以编一个小盒子。我说不要。以后,没有人说我有美丽的头发了,我的意思是说,人家再也不那么说了,就像以前,在头发剪去之前,人家说我那样。从此以后,人家宁可说:她的眼睛美。笑起来还可以,也很美。

　　看看我在渡船上是怎么样吧,两条辫子仍然挂在身前。才 15 岁半。那时我已经敷粉了。我用的是托卡隆香脂,我想把眼睛下面双颊上的那些雀斑掩盖起来。我用托卡隆香脂打底再敷粉,敷肉色的,乌比冈牌子的香粉。这粉是我母亲的,她上总督府参加晚会的时候才搽粉。那天,我还涂了暗红色的口红,就像当时的樱桃的那种颜色。口红我不知道是怎么搞到的,也许是海伦·拉戈奈尔从她母亲那里给我偷来的,我记不得了。我没有香水,我母亲那里只有古龙香水和棕榄香皂。

　　在渡船上,在那部大汽车旁边,还有一辆黑色的利穆新轿车①,司机穿着白布制服。是啊,这就是我写的书里写过的那种大型灵车啊。就是那部莫里斯,莱昂-博来②。那时驻加尔各答法国大使馆的那部郎西雅牌黑轿车③还没有写进文学作品呢。

　　在汽车司机和车主之间,有滑动玻璃窗前后隔开。在车厢里面还有可以拉

---

　　①　20 世纪 30 年代法国流行的一种小汽车,车体较大,司机座露天,与后座隔开。

　　②　法国汽车制造商莱昂-博来(1870—1913)出产的一种轻型车。

　　③　郎西雅轿车是意大利菲亚特公司当时的新产品。这里提到法国驻加尔各答大使馆暗示作者所写小说《副领事》(1965),以及电影剧本《印度之歌》(1973)。

下来的折叠式坐椅。车厢大得就像一个小房间似的。

　　在那部利穆新汽车里,一个风度翩翩的男人正在看我。他不是白人。他的衣着是欧洲式的,穿一身西贡银行界人士穿的那种浅色柞绸西装。他在看我。看我,这在我已经是习以为常的了。在殖民地,人们总是盯着白种女人看,甚至12岁的白人小女孩也看。近三年来,白种男人在马路上也总是看我,我母亲的朋友总是很客气地要我到他们家里去吃午茶,他们的女人在下午都到体育俱乐部打网球去了。

　　我也可能自欺自误,以为我就像那些美妇人、那些招引人盯着看的女人那样美,因为,的确,别人总是盯着我看。我么,我知道那不是什么美不美的问题,是另一回事,是的,比如说,是另一回事,比如说,是个性的问题。我想怎么表现就怎么表现,你愿意我美,那就美吧,或者说漂亮也行,比如说,在家里,觉得我漂亮,就漂亮吧,仅仅限于在家里,也行,反正希望我怎样我就怎样就是了。不妨就相信好了。那就相信我是很迷人的吧。我只要信以为真,对那个看到我的人来说,就是真的,他想让我符合他的意趣,我也能行。所以,尽管我心里总是想着杀死我的哥哥,这种想法怎么也摆脱不掉,但是,我仍然可以心安理得地觉得我是迷人的、可爱的。说到死这一点,只有一个唯一的同谋者,就是我的母亲。我说迷人这两个字,同别人总盯着我、围着一些小孩说迷人可爱一样,没有什么不同。

　　我早已注意到,早已有所察觉。我知道其中总有一点什么。我知道,女人美不美,不在衣装服饰,不在美容修饰,不因为施用的香脂价钱贵不贵,穿戴珍奇宝物、高价的首饰之类。我知道问题不在这里。问题究竟何在,我也不知道。反正我知道一般女人以为问题是在那里,我认为不是。我注意看西贡街上的女人,偏僻地区的女人。其中有一些女人,十分美丽,非常白净,在这里她们极其注意保养她们姿容姣美,特别是住在边远僻静地区的那些女人,她们什么也不做,只求好好保养,洁身自守,目的是为了那些情人,为了去欧洲,为了到意大利去度假,为了每三年有六个月的长假,到那个时候,她们就可以大谈在这里的生活状况,殖民地非同一般的生活环境,这里这些人、这些仆役的工作,都是那样完美无缺,以及这里的花草树木,舞会,白色的别墅,别墅大得可以让人在里面迷路,边远地区的官员们就住在这样的别墅里。她们在等待。她们穿衣打扮,毫无目的。她们彼此相看,你看我,我看你。她们在别墅的阴影下彼此怅怅相望,一直到时间很晚,她们以为自己生活在小说世界之中,她们已经有了长长的挂满衣服的壁橱,挂满衣衫罗裙不知怎么穿才好,按时收藏各种衣物,接下来便是长久等待的时日。在她们中间,有些女人发了疯。有些被当作不说话的女仆那样抛弃了。被遗弃的女人。人们听到这样的字眼落到她们身上,人们在传布这样的流言,人们在制造这种污辱性的谣传。有些女人就这样自尽,死了。

这些女人自作、自受、自误，我始终觉得这是一大错误。

就是因为没有把欲念激发起来。欲念就在把它引发出来的人身上，要么根本就不存在。只要那么看一眼，它就会出现，要么是它根本不存在。它是性关系的直接媒介，要么就什么也不是。这一点，在亲身体验之前，我就知道了。

只有海伦·拉戈奈尔在这个法则上没有犯过错误。她还滞留在童年时期。

很久以来我都没有自己合身的连衫裙。我的连衫裙像是一些口袋，它们是我母亲的旧连衫裙改的，它们本来就像是一些口袋。我母亲让阿杜给我做的不在此列。阿杜是和我母亲形影不离的女管家，即便母亲回到法国，即便我的大哥在沙沥母亲工作的住处企图强奸她，即便不给她发工钱，她也是不肯离开我的母亲的。阿杜是在修女嬷嬷那里长大成人的，她会刺绣，还会在衣衫上打褶，手工针线活几个世纪以来已经没有人去做了，但是她依然拿着头发丝那样细的针做得一手好针线。她因为会刺绣，我母亲就叫她在床单上绣花。她会打褶，我母亲就让我穿她做的打褶连衫裙，有皱边的连衫裙，我穿起来就像穿上布袋子一样，早就不时兴了，像小孩穿的衣服，前身两排褶子，娃娃领口，要么把裙子拼幅缝成喇叭形，要么有镶斜边的飘带，做成像"时装"那样。我穿这种像口袋似的连衫裙总要系上腰带，让它变化出一个样子来，所以这种衣服就永远穿下去了。

才 15 岁半。体形纤弱修长，几乎是瘦弱的，胸部平得和小孩的前胸一样，搽着浅红色脂粉，涂着口红。加上这种装束，简直让人看了可笑。当然没有人笑过。我看，就是这样一副模样，是很齐备了。就是这样了，不过戏还没有开场，我睁着眼睛看，把这一切都看在眼里。我想写作。这一点我那时已经对我母亲讲了：我想做的就是这个，写文章，写作。第一次没有反应，不回答。后来她问：写什么？我说写几本书，写小说。她冷冷地说：数学教师资格会考考上以后，你愿意，你就去写，那我就不管了。她是反对的，她认为写作没有什么价值，不是工作，她认为那是胡扯淡——她后来对我说，那是一种小孩子的想法。

这样一个戴呢帽的小姑娘，伫立在泥泞的河水的闪光之中，在渡船的甲板上孤零零一个人，臂肘支在船舷上。那顶浅红色的男帽形成这里的全部景色。是这里唯一仅有的色彩。在河上雾蒙蒙的阳光下，烈日炎炎，河两岸仿佛隐没不见，大河像是与远天相接。河水滚滚向前，寂无声息，如同血液在人体里周流。在河水之上，没有风吹动。渡船的马达是这片景色中发出的唯一一声响，是连杆损坏的赤膊旧马达发出的噪音。还有各种不同的声音从远处阵阵传送过来。其次是犬吠声，从隐蔽在薄霭后面的村庄传出来的。小姑娘自幼就认识这渡船的艄公。艄公向她笑着致意，向她打听校长夫人、她的母亲的消息。他说他经常看见她在晚上搭船渡河，说她常常到柬埔寨租让地去。小姑娘回答说母亲很好。渡船四周的河水齐着船沿，汹涌地向前流去，水流穿过沿河稻田中停滞的水面，河水与稻田里的静水不相混淆。河水从洞里萨、柬埔寨森林顺流而下,水流所至,不论遇到什么都被卷去。不论遇到什么,都让它冲走了,茅屋,丛林,熄灭的火烧余烬,死鸟,死狗,淹在水里的虎、水牛,溺水的人,捕鱼的饵料,长满水风信子的泥丘,都被大水裹挟而去,冲向太平洋,连流动的时间也没有,一切都被深不可测、令人昏眩的旋转激流卷走了,但一切仍浮在河流冲力的表面。

　　我曾经回答她说,我在做其他一切事情之前首先想做的就是写书,此外什么都不做,什么都不做。她,她是妒忌的。她不回答,就那么看了我一眼,视线立刻转开,微微耸耸肩膀,她那种样子我是忘不了的。我可能第一个离家出走。我和她分开,她失去我,失去这个女儿,失去这个孩子,那是在几年之后,还要等几年。对那两个儿子,没有什么可忧虑的。但这个女儿,她知道,总有一天,她是要走的,总有一天,时间一到,就非走不可。她法文考第一名。校长告诉她说:太太,你的女儿法文考第一名。我母亲什么也没有说,一句话也没有说,她并不满意,因为法文考第一的不是她的儿子,我的母亲,我所爱的母亲啊,卑鄙卑鄙,她问:数学呢? 回答说:还不行,不过,会行的。我母亲又问:什么时候会行呢? 回答说:太太,她什么时候想要什么时候就会行的。

　　我所爱的母亲,她那一身装束简直不可思议,穿着阿杜补过的线袜,即使在热带她也认为身为学校校长就非穿袜子不可,她的衣衫看上去真可怜,不像样,阿杜补了又补,她娘家在庇卡底①乡下,家里姐姐妹妹很多,她从家乡直接来到这里,带来的东西都用尽了,她认为她这身打扮是理所当然的,是符合她的身份的,她的鞋,鞋都穿坏了,走起路来歪着两只脚,真伤脑筋,她头发紧紧地梳成一个中国女人的发髻,她那副样子看了真叫我们丢脸,她走过我们中学前面的大街,真叫我难为情,当她乘 B12 路在中学门前下车时,所有的人都为之侧目,她呢,她一无所知,都看不见,真该把她关起来,狠狠地揍,杀掉。她眼睛看着我,她说:你是不是要逃走呀。打定主意,下定决心,不分日夜,就是这个意念。不要求取得什么,只求从当前的处境中脱身而去。

　　当我的母亲从绝望的心境摆脱出来,恢复常态,她就注意到那顶男人戴的呢帽和有镶金条带的高跟鞋了。她问我这行不行。我说无所谓。她两眼看着我,她喜欢这么办,脸上有了笑容。她说挺好的,你穿这双鞋、戴这顶帽子挺好,变了一个模样了。她不问是不是她去买,她知道反正她买就是了。她知道她买得起,她知道有时她也是能够买的,逢到这样的时机我就说话了,我想要什么都可以从她那里搞到手,她不会不同意。我对她说:放心吧,一点不贵。她问在哪里卖。

---

　　① 庇卡底,法国旧省,在法国北部地区。

我说在卡蒂纳大街，大拍卖。她好意地望着我。她大概觉得小女儿这种奇怪的想法、变出花样来打扮自己，倒是一个令人鼓舞的征象。别看她那种寡妇似的处境，一身上下灰溜溜的，活像一个还俗的出家人，她不仅接受我这种奇形怪状、不合体统的打扮，而且这种标新立异她自己也喜欢。

戴上一顶男人戴的帽子，贫穷仍然把你紧紧捆住并没有放松，因为家里总需有钱收进，无论如何，没有钱是不行的。包围这一家人的是大沙漠，两个儿子也是沙漠，他们什么也不干，那块盐碱地也是沙漠，钱是没有指望的，什么也没有，完了。这个小姑娘，她也渐渐长大了，她今后也许可能懂得这样一家人怎样才会有钱收进。正是这个原因，母亲才允许她的孩子出门打扮得像个小娼妇似的，尽管这一点她并不自知。也正是这个缘故，孩子居然已经懂得怎么去干了，她知道怎样叫注意她的人去注意她所注意的钱。这样倒使得母亲脸上也现出了笑容。

后来她出去搞钱，母亲不加干预。孩子也许会说：我向他要五百皮阿斯特准备回法国。母亲说：那好，在巴黎住下来需要这个，她说：五百皮阿斯特可以了。她的孩子，她知道自己在干什么，她知道如果她真敢那么做，如果她有力量，如果思想引起的痛苦不是每天都把人折磨得死去活来，母亲一定也会选择她的孩子走的这条路。

在我写的关于我的童年的书里，什么避开不讲，什么是我讲了的，一下我也说不清，我相信对于我们母亲的爱一定是讲过的，但对她的恨，以及家里人彼此之间的爱讲过没有我就不知道了。不过，在这讲述这共同的关于毁灭和死亡的故事里，不论是在什么情况下，不论是在爱或是在恨的情况下，都是一样的，总之，就是关于这一家人的故事，其中也有恨，这恨可怕极了，对这恨，我不懂，至今我也不能理解，这恨就隐藏在我的血肉深处，就像刚刚出世只有一天的婴儿那样盲目。恨之所在，就是沉默据以开始的门槛。只有沉默可以从中通过，对我这一生来说，这是绵绵久远的苦役。我至今依然如故，面对这么多受苦受难的孩子，我始终保持着同样的神秘的距离。我自以为我在写作，但事实上我从来就不曾写过，我以为在爱，但我从来也不曾爱过，我什么也没有做，不过是站在那紧闭的门前等待罢了。

我在湄公河上搭渡船过河的那天，也就是遇到那部黑色利穆新小汽车的那天，为拦海修堤买的那块租让地我母亲那时还没有决定放弃。那时，像过去一样，我们三个人常常是黑夜出发，一同上路，到海堤那里去住几天。在那里，我们在般加庐①的游廊上住宿，前面就是暹罗山。然后，我们又离开那里，回家去。母亲在那里分明没有什么事情可做，但还是一去再去。我的小哥哥和我，同她一

————————

① 般加庐（bungalow），一种带游廊的平房，在印度一带常见。

起住在前廊里,空空张望着面前的森林。现在我们已经长大,再也不到水渠里去洗澡了,也不到河口沼泽地去猎黑豹了,森林也不去了,种胡椒的小村子也不去了。我们周围的一切也长大了。小孩都看不见了,骑在水牛背上或别处的小孩都看不到了。人们身上似乎都沾染了某种古怪的特征,我们也是这样,我母亲身上那种疏懒迟钝,在我们身上也出现了。在这个地方,人们什么都不知道,只是张望着森林,空空等待,哭泣。低洼地肯定是没有指望了,雇工只能到高处小块土地上耕种,种出的稻谷归他们所有,他们人还留在那里,拿不到工资,我母亲叫人盖起茅屋,用来作为他们栖身之地。他们看重我们,仿佛我们也是他们家族中的成员,他们能够做的就是看管那里的般加庐,现在仍然由他们看管。尽管贫穷,碗里倒不缺什么。屋顶长年累月被雨水侵蚀朽坏,逐渐消失了。但屋里的家具擦洗得干干净净。带游廊的平屋外形仍在,清晰得像是一幅画,从大路走过就可以看见。屋门每天都敞开着,让风吹进室内,使房屋内外的木料保持干燥。傍晚关门闭户,以防野狗、山里的私贩子闯入。

所以,你看,我遇到坐在黑色小汽车里的那个有钱的男人,不是像我过去写过的那样在云壤①的餐厅里,而是在我们放弃那块租地之后,在两或三年之后,我是说在那一天,是在渡船上,是在烟雾蒙蒙、炎热无比的光线之下。

我的母亲就是在这次相遇之后一年半带我们回法国的。她把她所有家具用物全部卖掉了。最后她又到大堤去了一次,最后一次。她坐在游廊下面,面对着夕照,再一次张望暹罗那一侧,这是最后一次,以后就没有再去,尽管她后来改变想法,又离开法国,再次回到印度支那,在西贡退休,此后她就没有再到那里去过,再去看那里的群山,那里大森林上空黄黄绿绿的天宇。

是的,就让我说出来吧,在她这一生之中,即使让她再从头开始,那也是太晚了,迟了。她是办过一所专教法语的专科学校,叫作新法语学校,这样可以让她拿出一部分钱来供给我读书,维持她的大儿子的生活,一直到她死去。

我的小哥哥得了支气管肺炎,病了三天,因心力不支死去。正是在这个时候,我离开了我的母亲。那是在日本占领时期。由此开始,一切都已告结束。关于我们这些孩子的童年生活,关于她自己,我从来没有问过她。小哥哥一死,对我来说,她应该也是死了。同样,我的大哥,也可以说是死了。这一来,他们加之于我的恐惧感,我始终没有能克服。他们对于我从此不再有什么重大关系了。从此以后,对于他们我也无所知了。她究竟是怎样还清她欠印度商人的债务的,我一直不知道。反正有那么一天,他们不再来了,此后也没有再来讨债。我见过他们。他们坐在沙沥我家的小客堂间,穿的白布缠腰,他们坐在那里不说什么,

---

① 云壤在今柬埔寨磅逊湾,与磅逊相近。此处所写可能指殖民地滨海城市休闲享乐的去处。

几个月、几年时间，一直是这样。只见母亲又是哭，又是闹，骂他们，她躲在她的房间里，她不愿意出来，她吼叫着，叫他们走，放开她，他们只当什么也没有听到，面带笑容，安安静静，坐在那里不动。后来，有一天，他们都不见了，不来了。现在，母亲和两个哥哥，都已不在人世。即使回首往事，也嫌迟了。现在，我对他们已经无所爱。我根本不知道我是不是爱过他们。我已经离开他们。在我头脑里，她的皮肤的气味，早已没有、不存在了，在我的眼里，她眼睛的颜色也早已无影无踪。那声音，我也记不得了，有时，我还能想起傍晚那种带有倦意的温煦。那笑声，是再也听不到了，笑声，哭声，都听不到了。完了，完了，都忘了，都记不起来了。所以，我现在写她是这么容易，写得这么长，可以一直写下去，她已经变成文从字顺的流畅文字了。

从 1932 到 1949 年，这个女人大概一直是住在西贡。我的小哥哥是在 1942 年 12 月死的。那时，不论什么地方她都不能去了。她滞留在那边，已经接近坟墓，半截入土了，这是她说的。后来，她终于又回到法国来。我们相见的时候，我的儿子才 2 岁。说是重逢，也未免来得太迟。只要看上一眼，就可以了然。重逢已经没有任何意义了。除去那个大儿子，其他一切都已经完结。她在卢瓦尔-歇尔省①住在一处伪造的路易十四城堡中生活了一个时期，后来死在那里。她和阿杜住在一起。在夜里她仍然是什么都怕。她还买了一条枪。阿杜在城堡最高层顶楼房间里警戒。她还为她的大儿子在昂布瓦斯②附近买了一处产业。他在那里还有一片树林。他叫人把林木伐下。他在巴黎一个俱乐部赌牌。一夜之间就把这一片树林输掉了。讲到这个地方，我的回忆有一个转折，也许正是在这里我这个哥哥让我不禁为之流泪了，那是卖去木材的钱都输光以后的事。我记得有人在蒙帕纳斯圆顶咖啡馆门前发现他倒在他的汽车里，这时他已别无他想，只求一死。以后，关于他，我就无所知了。母亲做的事当然永远都是为了这个大儿子，这个 50 岁的大孩子，依然不事生计，不会挣钱，说起来，她所做的一切，简直不可想象，她居然利用她的古堡设法赚钱。她买了几部电热孵化器，安装在古堡底层的大客厅里。一下就孵养雏鸡 600 只，40 平方米养 600 只小雏鸡。电热红外线操纵她搞得不得法，孵出的小鸡都不能进食。600 只小鸡嘴合不拢，闭不上，都饿死了，她只好罢手，没有再试。我来到古堡的时候，正当鸡雏破壳孵化出来，那真是一个盛大的节日。接着，死雏发出臭气，鸡食发出臭气，臭气熏天，我在我母亲的古堡里一吃饭就恶心呕吐。

在她死前最后几个冬天，她把绵羊放到她住的二楼大房间里过夜，在结冰

---

① 在法国中部，巴黎之南。
② 在与卢瓦尔-歇尔省相邻的安德尔-卢瓦尔省境内。

期,让四头到六头绵羊围在她床四周。她把这些绵羊叫作她的孩子。她就是在阿杜和她的这些孩子中间死去的。

就在那个地方,她最后住过的那座大房子,就是在卢瓦尔的那个假古堡,这个家庭各种事情已经到了终点,她不停地去去来来到处奔波,这时已告结束,就在这个时候,我才第一次真正弄清楚那种疯狂。我看到我的母亲真是疯了。我看阿杜和我的哥哥也一直在发病,也是这种疯病。我么,我没有病,从来不曾看到有这种病。我并没有亲眼看到我母亲处于疯狂状态。但她确实是一个疯人。生来就是疯人。血液里面就有这种疯狂。她并没有因疯狂而成为病人,她是疯狂地活着,就像过着健康生活一样。她是同阿杜和大儿子一起生活过来的。只有在他们之间,他们是知己,互相了解。过去她有很多朋友,这种友谊关系保持多年,并且从到这个偏远地区来的人中间,还结识了一些新朋友,大多是年轻的朋友,后来在都兰①的人中间也认识了一些人,他们中间有的是从法属殖民地回来的退休人员。她能把这些人吸引在自己身边,什么年龄的人都有,据他们说,就是因为她为人聪明,又那么机敏,又十分愉快,就因为这种不会让人感到厌倦的无与伦比的天性。

那张表现绝望情境的照片是谁拍的,我不知道。就是在河内住处庭院里拍的那张照片。也许是我父亲拍的,是他最后一次拍照也说不定。因为健康的原因,他本来再过几个月就要回国,回到法国去。在此之前,他的工作有调动,派他到金边去任职。他在那里只住了几个星期。后来,不到一年,他就死了。我母亲不同意和他一起回国,就在那里留下来了,她就留在那里没有走。在金边,那是湄公河畔一座很好的住宅,原是柬埔寨国王的故宫,坐落在花园的中心,花园方圆有若干公顷,看上去是怕人的,我母亲住在里面感到害怕。那座大宅子,在夜里,是让我们害怕。我们四个人睡在同一张床上。在夜里,她说她怕。我母亲就是在这个大宅子里面得到父亲的死讯的。在接到电报之前,她已经知道父亲死了,前一天夜晚已经见到征兆,只有她一个人看到,只有她一个人能听到,是一只飞鸟半夜三更失去控制狂飞乱叫,飞到王宫北向那间大办公室里消失不见了,那原是我父亲办公事的地方。在她的丈夫过世几天之后,仍然是在这个地方,也是在半夜,我母亲又面对面看到了她的父亲,她自己的生身之父。她把灯点上。他依然还在。他站在桌子的一侧,在王宫八角大厅里。他望着她。我记得我听到一声尖叫,一声呼救。她把我们都吵醒了,她给我们讲了这个故事,讲他穿什么衣服,穿的是星期日穿的服装,灰色的,又讲他是怎么站的,还有他那种眼神,怎样直直地望着她。她说:我叫他了,就像我小时候叫他那样。她说:我不怕。那

---

① 都兰旧省区,大体包括今安德尔-卢瓦尔省与卢瓦尔-歇尔省。

个人影后来渐渐隐没，她急忙追上去。两个人都死于飞鸟出现、人影显现的那个日期和时间。由此，对于母亲的预知能力，对万事万物以及死亡都能预见，我们当然是十分敬服的。

那个风度翩翩的男人从小汽车上走下来，吸着英国纸烟。他注意着这个戴着男式呢帽和穿镶金条带的鞋的少女。他慢慢地往她这边走过来。可以看得出来，他是胆怯的。开头他脸上没有笑容。一开始他就拿出一支烟请她吸。他的手直打颤。这里有种族的差异，他不是白人，他必须克服这种差异，所以他直打颤。她告诉他说她不吸烟，不要客气，谢谢。她没有对他说别的，她没有对他说不要啰唆，走开。因此他的畏惧之心有所减轻。所以他对她说，他以为自己是在作梦。她没有答话。也不需要答话，回答什么呢。她就那么等着。这时他问她：那么你是从哪儿来？她说她是沙沥女子小学校校长的女儿。他想了一想，他说他听人谈起过校长夫人，她的母亲，讲到她在柬埔寨买的租地上运气不佳，事情不顺利，是不是这样？是的，是这样。

他一再说在这渡船上见到她真是不寻常。一大清早，一个像她这样的美丽的年轻姑娘，就请想想看，一个白人姑娘，竟坐在本地人的汽车上，真想不到。

他对她说她戴的这顶帽子很合适，十分相宜，是……别出心裁……一顶男帽，为什么不可以？她是这么美，随她怎样，都是可以的。

她看看他。她问他，他是谁。他说他从巴黎回来，他在巴黎读书，他也住在沙沥，正好在河岸上，有一幢大宅，还有蓝瓷栏杆的平台。她问他，他是什么人。他说他是中国人，他家原在中国北方抚顺。你是不是愿意让我送你到西贡，送你回家？她同意了。他叫司机把姑娘的几件行李从汽车上拿下来，放到那部黑色小汽车里去。

中国人。他属于控制殖民地广大居民不动产的少数中国血统金融集团中一员。他那天过湄公河去西贡。

她上了黑色的小汽车。车门关上。恍惚间，一种悲戚之感，一种倦怠无力突然出现，河面上光色也暗了下来，光线稍稍有点发暗。还略略有一种听不到声音的感觉，还有一片雾气正在弥漫开来。

从此以后我就再也不需搭乘本地人的汽车出门了。从此以后我就算是有了一部小汽车，坐车去学校上课，坐车回寄宿学校了。以后我就要到城里最讲究的地方吃饭用餐。从此以后，我所做的事，对我所做的这一切，我就要终生抱憾，惋惜不已了；我还要为我留下的一切，为我所取得的一切，不论是好是坏，还有汽车，汽车司机，和他一起说笑，还有本地人乘的汽车车座后面那些嚼槟榔的老女人，还有坐在车子行李架上的小孩，在沙沥的家，对沙沥那个家族的憎恶、恐惧，还有他那很是独特的无言沉默，我也要抱憾终生，只有惋惜了。

他在讲话。他说他对于巴黎，对非常可爱的巴黎女人，对于结婚，丢炸弹事件，嗳呀呀，①还有圆顶咖啡馆，圆厅咖啡馆，都厌倦了，他说，我么，我宁可喜欢圆厅，还有夜总会，这种"了不起"的生活，这样的日子，他过了整整两年。她听着，注意听他那长篇大论里面道出的种种阔绰的情况，听他这样讲，大概可以看出那个开销是难以计数的。他继续讲着。他的生母已经过世。他是独养儿子。他只有父亲，他的父亲是很有钱的。他的父亲住在沿河宅子里已有十年之久，鸦片烟灯一刻不离，全凭他躺在床上经营他那份财产，这你是可以了解的。她说她明白。

后来，他不允许他的儿子同这个住在沙沥的白人小娼妇结婚。

那样的形象早在他走近站在船舷前面白人女孩子之前就已经开始形成，当时，他从黑色小汽车走下来，开始往她这边走过来，走近她，当时，她就已经知道他心有所惧，有点怕，这，她是知道的。

从一开始，她就知道这里面总有着什么，就像这样，总有什么事发生了，也就是说，他已经落到她的掌握之中。所以，如果机遇相同，不是他，换一个人，他的命运同样也要落在她的手中。同时，她又想到另一件事，就是说，以后，那个时间一定会到来，到时对自己担负的某些责任她也是决不可规避的。她明白，这件事决不可让母亲知道，两个哥哥也决不能知道，这一点在那一天她就已经考虑到了。她上了那部黑色的小汽车，她心里很清楚，这是她第一次避开她家做的事，由此开始，这也就成了永远的回避。从此以后，她发生什么事，他们是再也不会知道了。有人要她，从他们那里把她抢走，伤害她，糟蹋她，他们是再也不会知道了。不论是母亲，或是两个哥哥，都不会知道了。他们的命运从此以后也是注定了。坐在这部黑色小汽车里真该大哭一场。

现在，这个孩子，只好和这个男人相处了，第一个遇到的男人，在渡船上出现的这个男人。

这一天，是星期四，事情来得未免太快。以后，他天天都到学校来找她，送她回宿舍。后来，有一次，星期四下午，他到宿舍来了。他带她坐车走了。

到了堤岸②。这里与联结中国人居住的城区和西贡中心地带的大马路的方向相反，这些美国式的大马路上电车、人力车、汽车川流不息。下午，时间还早。住在寄宿学校的女学生规定下午休息散步，她逃脱了。

那是城内南部市区的一个单间房间。这个地方是现代化的，室内陈设可说

---

① 这是巴黎人说话的口气。

② 堤岸，距西贡有两公里，中国人聚居区。

是速成式的,家具都是现代式样。他说:我没有去选一些好的家具。房间里光线暗暗的,她也没有要他打开百叶窗。她有点茫然,心情如何也不怎么明确,既没有什么憎恶,也没有什么反感,欲念这时无疑已在。对此她并不知道。昨天晚上,他要求她来,她同意了。到这里来,不得体,已经来了,也是势所必然。她微微感到有点害怕。事实上这一切似乎不仅与她期望的相一致,而且恰恰同她的处境势必发生的情势也相对应。她很注意这里事物的外部情况,光线,城市的喧嚣嘈杂,这个房间正好沉浸在城市之中。他,他在颤抖着。起初他注意看着她,好像在等她说话,但是她没有说话。于是他僵在那里再也不动了,他没有去脱她的衣服,只顾说爱她,疯了似的爱她,他说话的声音低低的。随后他就不出声了。她没有回答他。她本来可以回答说她不爱他。她什么也没有说。突然之间,她明白了,就在一刹那之间,她知道:他并不认识她,永远不会认识她,他也无法了解这是何等的邪恶。为了诱骗她,转弯抹角弄出多少花样,他,他还是不行,他没有办法。独有她懂得。她行,她知道。由于他那方面的无知,她一下明白了:在渡船上,她就已经喜欢他了。他讨她欢喜,所以事情只好由她决定了。

她对他说:我宁可让你不要爱我。即便是爱我,我也希望你像和那些女人习惯做的那样做起来。他看着她,仿佛被吓坏了,他问:你愿意这样? 她说是的。说到这里,他痛苦不堪,在这个房间,作为第一次,在这一点上,他不能说谎。他对她说他已经知道她不会爱他。她听他说下去。开始,她说她不知道。后来,她不说话,让他说下去。

他说他是孤独一个人,就孤零零一个人,再就是对她的爱,这真是冷酷无情的事。她对他说:她也是孤独一个人。还有什么,她没有讲。他说:你跟我到这里来,就像是跟任何一个人来一样。她回答说,她无法知道,她说她还从来没有跟什么人到过一个房间里。她对他说,她不希望他只是和她说话,她说她要的是他带女人到他公寓来习惯上怎么办就怎么办。她要他照那样去做。

他把她的连衫裙扯下来,丢到一边去,他把她白布三角裤拉下,就这样把她赤身抱到床上。然后,他转过身去,退到床的另一头,哭起来了。她不慌不忙,既耐心又坚决,把他拉到身前,伸手给他脱衣服。她这么做着,两眼闭起来不去看。不慌不忙。他有意伸出手想帮她一下。她求他不要动。让我来。她说她要自己来,让她来。她这样做着。她把他的衣服都脱下来了。这时,她要他,他在床上移动身体,但是轻轻地,微微地,像是怕惊醒她。

肌肤有一种五色缤纷的温馨。肉体。那身体是瘦瘦的,绵软无力,没有肌肉,或许他有病初愈,正在调养中,他没有唇髭,缺乏阳刚之气,只有那东西是强有力的,人很柔弱,看来经受不起那种使人痛苦的折辱。她没有看他的脸,她没

新
小
说

有看他。她不去看他。她触摸他。她抚弄那柔软的生殖器，抚摩那柔软的皮肤，摩挲那黄金一样的色彩，不曾认知的新奇。他呻吟着，他在哭泣。他沉浸在一种糟透了的爱情之中。

他一面哭，一面做着那件事。开始是痛苦的。痛苦过后，转入沉迷，她为之一变，渐渐被紧紧吸住，慢慢地被抓紧，被引向极乐之境，沉浸在快乐之中。

大海是无形的，无可比拟的，简单极了。

选自《新编外国现代作品选》（第 3 编），郑克鲁、董衡巽主编，王道乾译，上海学林出版社，2008

垮掉派文学

　　垮掉的一代(Beat Generation)是第二次世界大战之后出现于美国的一群松散结合在一起的年轻诗人和作家的集合体。这一名称最早是由作家杰克·克鲁亚克于1948年前后提出的。这个流派发源于加利福尼亚州的旧金山。而杰克·克鲁亚克赋予其新的含义"欢腾"或"幸福"，是指"爵士音乐的节拍和宗教境界"和音乐中"节拍"的概念联结在一起。之所以将这样一群作家当作"一代"，是因为这个人群对二战之后美国后现代主义文化的形成具有举足轻重的作用。在西方文学领域，"垮掉的一代"被视为后现代主义文学的一个重要分支，也是美国文学历史上的重要流派之一。

　　垮掉的一代的作家们创作的作品通常广受争议，原因是这些作品通常不遵守传统创作的常规，结构和形式上也往往杂乱无章，语言粗糙甚至粗鄙。

　　尽管垮掉的一派基本上是一个纯粹的文学流派，但这一流派对整个西方文化的影响却是强大而深远，其影响力不仅仅体现在几个作家或作品上。

　　从很多角度上看，垮掉的一代都可被视为美国文化史上的第一支"亚文化"。在现实生活中，垮掉的一代对20世纪六七十年代的美国青年有影响。后来的年轻人不满于侵越战争，不满于压制民主，采取反叛行动。垮掉派文人是二战之后质疑和否定传统文化价值观的最重要的力量，他们对主流文化的态度和观点影响了后世的人们对文化的理解。

嚎　叫(节选)

[美国]艾伦·金斯伯格

我看到这一代精英毁于疯狂，
他们饥饿，歇斯底里，赤裸着身子，
在黎明时拖着沉重的身躯，
穿过黑人区街巷，寻找疯狂地吸毒机会。
一群嬉皮士嗜毒者渴望在夜间体验到
那古老的经验：和星际相通。

垮掉派文学

他们贫穷,褴褛,眼眶下陷,吸毒致醉,

在只有冷水的寓所,坐在鬼蜮般的黑暗中,

吸毒,飘过城市的上空,默想着爵士节奏。

在城市空中铁轨之下,他向苍天申诉;

看见回教的天使在发光的屋顶上蹒跚。

他们眼神冷峻发光,穿过高等学府,

在学者们的论战中看到阿肯色斯①和布莱克式的悲剧;

他们被逐出学府,因为疯狂和在骷髅窗口发表猥亵的颂歌。

他们蹲在乱七八糟的房间里,穿着短裤,

在字纸篓里烧纸币,并且听着墙外的恐怖,

经过洛雷多回到纽约,腰间揣着大麻叶,

耻骨被踢。

他们在低级旅馆内吞火,

或在天堂巷饮松节油,死;

或者夜夜让躯壳经受炼狱火烧,

都为的是追求梦幻,毒品,醒着的噩梦,

酒精,性,无穷的寻欢作乐。

头脑中充满阴云恐怖,电闪雷鸣的死胡同,

奔驰往返于加拿大和彼德森的两极之间,

照亮了其间不会移动的时间之国,

过道塞满毒品,后院的绿树,墓园的黎明,

酒醉在屋顶,吸毒后驰车狂奔过闹市,

霓虹灯眨眼,交通灯,太阳和月亮,

布鲁克林的冬季迟暮,狂风撼树,

垃圾箱乱响,头脑昏庸的好国王,

他们将自己锁在地铁中,

不断地自巴特瑞驰向布朗克斯,

不停地吸毒,直到车轮和儿童的声音,

将他们赶下车,哆嗦着,咧着嘴,

脑子空白,黯然无光。

他们整夜浸沉在毕克福德漂浮店水下的幽光中,

---

① 美国州名。

整个下午在荒凉的富加西店里痛饮陈旧的啤酒，

听着氢气的音乐盒演唱世界末日的到来。

他们连续七十小时不停地讲话，

从公园到房间，到酒吧间，到林荫道，

一群迷途的柏拉图式清谈家，

跳下太平梯，窗门，

帝国大厦，月亮，

说呵，说呵，嘶喊，呕吐，喃喃低语着：

事实，往事，轶事，眼珠被踢，

电刺激疗法，监狱，战争。

七天七夜，全身心浸入回忆，双目炯炯，吐出这一切，

就像把犹太教圣坛上的祭肉扔在马路边。

他们消失在新泽西的禅宗里，留下印有

大西洋市政府大厦的一堆暧昧的明信片。

在纽渥克荒凉的带家具的公寓里吸毒，

忍受着东方的大汗淋漓，坦泽尔①磨骨头的苦痛和

中国的偏头痛。

他们半夜里在停车场流浪，流浪，

不知走向何方，走了，也没有人惜别。

他们点起香烟，在车厢中，车厢中，车厢隆隆穿过雪原，

在祖父般的黑夜里，驰向寂寞的农场。

他们研究普罗泰纳斯②，波③，圣约翰④心灵感应，神秘爵士节奏，

因为在肯萨斯⑤宇宙本能地在他们脚下颤抖。

他们在爱达荷大街上闲荡，寻找过去能看见幻境的印第安天使，

真的印第安天使。

他们认为当巴尔的摩⑥浸沉在神奇的光彩里，人们是发疯了。

他们在冬季小镇的雨夜，一时冲动跳上小汽车，与俄克拉荷马的

中国人同行。

---

① 摩洛哥地名。

② 古罗马新柏拉图派哲学家。

③ 美国 19 世纪诗人。

④ 耶稣的门徒之一。

⑤ 美国州名。

⑥ 美国城市。

他们饥饿而又寂寞,穿过休斯顿①寻找爵士乐、性和菜汤;追随那
杰出的西班牙人谈论着美国和永恒,一个没有希望的任务,
因此乘船去非洲。

他们消失在墨西哥的火山中,没有留下什么,只剩下蓝工裤的
影子,熔岩,和芝加哥壁炉中的诗稿的灰烬。

他们又出现在西岸,对联邦调查局进行调查,

他们蓄长须,穿短裤,和善的大眼睛,皮肤黝黑而富性感,散发无法
看懂的传单。

他们用香烟蒂焚烧苍白的手臂,对资本主义喷吐有麻醉毒品的
烟雾表示抗议。

他们在工会广场散发超共产主义的小册子,

哭着剥去衣服,洛斯,阿拉莫斯②的警车尖叫声穿过他们,穿过
华尔街,史塔顿岛渡轮也在尖叫。

他们在白人体育馆里嚎啕大哭,在别的骷髅机器前赤身裸体,发
着抖,

他们咬侦探的脖子,在囚车里高兴地尖叫,

因为他们除了自己造成的吸毒及同性恋之外没有犯罪。

（郑敏 译）

在 路 上（节选）

［美国］杰克·凯鲁亚克

第一部

　　我第一次遇见狄恩,是在我老婆刚跟我散伙不久以后。我那会儿刚刚生过
一场大病,这事儿本身当然没什么可谈的,不过,这场病跟那令人难堪的散伙事
件以及我当时仿佛认为一切都已经归于死亡的感觉却也多少有些关系。狄恩·
马瑞阿迪的来临让我开始了我的一种新的、可以称之为"在路上"的生活。在那
以前我常常梦想着到西部去游历一番,可一直只是一个模模糊糊的计划,始终也
没有成行。路上的生活对狄恩可是再合适没有了,因为他实际就是在路上出生
的,1926 年他的父母路过盐湖城,前往洛杉矶的时候,他就在一辆破汽车里诞生

---

① 美国城市。
② 美国地名。

了。最初告诉我关于他的一些情况的是查德·金,他给我看了狄恩从新墨西哥一所感化院里寄来的几封信。那些信真使我感到有趣极了,因为在那些信里他是那么热情,又那么天真地要求查德尽自己所知告诉他关于尼采的一些知识以及使他神往的知识界的一切情况。有一个时期,卡洛也跟我谈论过这些信,我们常常念叨着不知将来有没有机会见到这个奇怪的狄恩·马瑞阿迪。我说的这些已都是很久很久以前的事了,那会儿狄恩还完全不像他今天这种样子,那会儿他还是一个神秘的经常出入监狱的年轻孩子。后来,有人传来消息说狄恩已经从感化院出来,准备到纽约来看看;同时还有人谈起,说他跟一个名叫玛丽露的姑娘结了婚。

有一天,我在广场附近闲逛的时候,查德和提姆·格雷告诉我,狄恩已经在东哈莱姆区,西班牙语的哈莱姆区里一所下等公寓里住下了。就在先一天晚上,狄恩同着他的漂亮、机智的小姑娘玛丽露,第一次来到了纽约;他们在五十号路一下轮船公司的汽车,过街角就急急忙忙寻找吃饭的地方,因而就一直走进了海克特尔自助餐馆,而从那以后,狄恩就把海克特尔自助餐馆看成了纽约的巨大象征。他们花费许多钱专门去买那些漂亮的、闪着光的大块糕饼和奶油卷。

这时候,狄恩对玛丽露讲的老是这样一些话:"呐,亲爱的,咱们这会儿已经到了纽约,虽然在咱们穿过密苏里,特别是当咱们走过布恩威尔感化院,让我想起我自己坐牢的问题的时候,我一直都没怎么告诉你,我那会儿心里正想着的许许多多的事情,可这会儿却仍然十分必要推延有关咱们的爱情问题的一些迟迟未了的事件,马上着手来想一想如何开始一种特殊的工作生活的计划……"这正是他从前常用的一套语调。

我同那两个年轻人一起到那家下等公寓里去,狄恩穿着短裤到门口来迎接我们。玛丽露一见我们马上从长椅上跳了下来;狄恩早已把管房子的人派到厨房里去,也许是让他去做咖啡,而他自己就开始进行他的爱情活动,因为,虽然他不得不一边骂着街,一边劳苦地工作着来挣一碗饭吃,可他却认为性爱是人生中唯一神圣的重要事件。这情况你从他的神态中也可以看得出来,他总是站在那里摇头晃脑,永远朝下看着,时而点点头,好像一个正接受训练的年轻拳斗师,满口不止一千个"是的,是的","你说得对",让你相信他正聚精会神地在听你讲话。我对狄恩的第一个印象是他好像一个年轻的吉尼·奥特瑞——长挑身子,小屁股,蓝眼睛,真正奥克拉荷马的口音——一位西部冰雪地区的大胡子英雄。事实上在他娶下玛丽露到东部来以前,他一直是在一家畜牧场里工作,那是科罗拉多州艾德·华尔畜牧场。玛丽露是一个漂亮的白白净净的姑娘,满头鬈曲的头发简直像一片金色的流苏;她坐在那张长椅的边沿上,把两手放在膝盖中间,蓝茵茵的带着农村气息的眼睛痴痴地向前望着,因为她现在待的地方正是她早在西部的时候就听到说起过的一所纽约的充满罪恶的公寓……再说，一方面她虽然是一个很可爱的小姑娘，可另一方面她却是异乎寻常的沉静，而且什么可怕的事都干得出来。那天夜晚，我们大家在一起喝啤酒、较手劲儿、闲聊天，一直闹到天亮，到了早晨，当我们大家在那阴沉的灰暗的光线下沉默地围着桌子坐着，从烟灰缸里捞起烟屁股来抽着的时候，狄恩却神情紧张地站起来，来回走着，思索着，最后决定一定得让玛丽露去做早饭和收拾房子。"换句话说，亲爱的，咱们一定得不怕多受点儿累，我的意思是说，要不然的话，咱们的计划就会总也不能决定，咱们就会对自己的计划缺乏真正的知识，无法使计划成形。"接着我也就走了。

到了下一个星期，他对查德·金说，他说什么也得跟他学习写作；查德告诉他我是一个作家，劝他来找我求教。那时候狄恩已经在一处停车场找到一个工作，而且跟玛丽露在他们的哈坡坑寓所里——天知道他们怎么会又搬到那儿去了——大吵了一架。她气得要死，决心报复，她胡编了一套令人难以想象的荒唐的罪名跑到警察局去报告，结果弄得狄恩不得不从哈坡坑溜了出来。所以他现在已经没有地方可住。于是他就直接来到了新泽西州的贝特逊。那会儿我和我姨母正住在那里，因此，有一天晚上在我正看书的时候，门外忽然有人敲门，那就是狄恩，他在那黑暗的大厅里客气万分地又是鞠躬又是行礼，嘴里说，"嗨，你还记得我吗——狄恩·马瑞阿迪？我是来求你教我写作的。"

"玛丽露在哪儿呀？"我问他。狄恩却回答说，她好像是当了几天婊子弄到几块钱又回到丹佛市去了——"那个臭婊子！"于是我们就一道出去喝啤酒，因为那会儿我姨母正坐在起居室里看报，在她的面前我们是不便随心所欲地谈讲的。她只对狄恩看了一眼，就肯定他是个疯子。

在酒吧间里我对狄恩说："操你的，伙计，我明白你来找我可不单是为了变成个什么作家，再说对这个我哪儿又知道些什么；唯一的办法就只是，你得像对斑泥毒有瘾的人一样，一个劲儿死拽着不放。"他一听就说："是啊，当然，我完全明白你的意思，事实上这些问题我也都想到过，可我需要的只是如何实现那种必须依赖叔本华的二分法以实现内在要求的那些因素……"以及类似的一些话。这些话我是完全不懂，而他自己也并不明白。那时候，他的确常常自己也不知道在说些什么；也就是说，他那时原是一个经常出入监牢的年轻小子，可一心一意只想着自己如何可能变成一个真正的知识分子，因此他总喜欢东拉西扯按照他所听到的"真正知识分子"的腔调来讲话，使用他们常用的词句。当然，我们也得明白他在别的许多事情上可也并不是那么天真，比方他和卡洛·玛克司在一起只不过几个月的时间，就对他那一套术语和行话完全变成"内行"了。不管怎样吧，基于对疯狂的另一种理解，我们彼此是非常了解的，我同意在他找着工作以前，可以一直住在我家里，而且我们说好等将来有机会一同到西部去跑跑。这是

1947年冬天的事。

有一天晚上狄恩在我家吃晚饭——他那会儿已经在纽约的一个停车场找到了工作——在我正噼噼啪啪打着字的时候，他倚在我的肩上说："得了，伙计，你快些吧，那些姑娘会等得不耐烦的。"

我说："再等一分钟，我写完这一章马上就跟你走。"那是那本书里最精彩的一章。然后我穿上衣服，我们就一道儿赶到纽约去见那些姑娘。当我们坐着公共汽车，穿过磷光闪闪、阴森可怖的空落落的林肯隧道的时候，我们俩一直紧贴着身子手舞足蹈、大喊大叫，谈得非常热烈，我已经像狄恩一样慢慢染上那股疯癫了。实在说，他不过是一个对生活感到无限兴趣的青年，虽然他是一个骗子，但他所以行骗，也只不过是因为他一心要活下去，急于想和一些原来对他全不理会的人生活在一起。他那会儿正在骗我，这个我很明白（骗到吃住的地方以及"如何写作"等等），而且他也知道我很明白（这曾经是我们之间的友谊关系的基础），可我并不在乎，我们在一起过得非常好——无忧无虑，不愁吃不愁喝；我们像两个正遇上伤心事的新朋友，彼此谁也怕触犯了谁。我开始从他学到许多东西，也许正和他从我学到的差不多。一谈到我的工作的时候，他总说："干下去吧，你不论干什么事都了不得。"他站在我的肩后看我写小说，总满嘴嚷嚷着，"好！正是这样儿！真了不得！伙计！"或者"太差劲儿！"然后又拿手巾擦擦自己的脸。"可是伙计，咱们要做的事情太多了，要写的东西也太多了！咱们怎么能够动手把它们全写下来，而不受到一定限度的限制，不受到文学艺术上的戒律和文法恐惧的阻挠……"

"你说得对，伙计，你这话可算说对了。"同时由于他一时非常激动并且满怀希望，我马上看到一种神圣的光彩在他脸上闪过，加上他自己一谈到他的未来就是那么唧唧喳喳没完没了，全车站人马上都转过头来望着这个"举止失常的狂人"。在西部的时候，他把自己的时间三分之一花在赌场里，三分之一花在监牢里，三分之一花在公共图书馆里。有人常看到他，光着头，抱着大堆的书，走过严寒的街道，急匆匆地赶向赌场，或者爬上一棵大树钻进某一个朋友的阁棚，整天躲在里面读书，或者说是借以逃避法网。

我们一同到了纽约我忘了当时是什么情况，也许是去见两个黑人姑娘——反正什么姑娘也没见着；她们本来说要陪他一道儿吃晚饭的，可结果根本没有露面。接着，我们跑到他的停车场去，他那会儿有些事情要办——在一面破损的镜子后面换好衣服，又转到镜子前面对着它打扮一番，然后我们就又出来了。就在那天晚上，狄恩遇上了卡洛·玛克司。狄恩和卡洛·玛克司的相遇可真是一件了不得的事。他们两人具有同样敏锐的头脑，彼此真是一见倾心。一对光芒四射的眼睛透入了另一对光芒四射的眼睛——一个是胸襟开阔的神圣的骗子，一个是心情阴暗的、带着诗意的悲愁的骗子，那就是卡洛·玛克司。从那时以后我就很少再见到狄恩，而我多少也感到有些难过。他们两人都有无比的活力，相形之下，我简直像个废物，我没有办法跟他们并驾齐驱。那不久即将席卷一切的疯狂的旋风就是从这时开始的；这个旋风将把我所有的朋友以及我家仅有的一些人全部搅和在一起，使他们变成美国之夜上空的一团巨大的尘雾。卡洛和他谈到了铁牛李①、耶尔麦·哈塞尔和琴；李在得克萨斯种植毒品，哈塞尔跑上了里克尔岛，琴因为中了斑泥毒疯狂地在泰晤士广场一带游荡，手里抱着自己的小女儿，最后走进了丽人街。狄恩也向卡洛谈到一些一般人不大知道的西部人物，比方像汤米·斯纳克，那位平脚板儿的出入赌场的轮盘赌光棍、纸牌能手和奇异的圣者。他还和他谈到罗伊·约翰逊、大块头埃德·邓克尔，谈到他的那些儿时的朋友，街道上的伙伴，谈到他的无数女人，他所参加的各种性爱集会，谈到他的春宫图片，他的男英雄、女英雄以及许多冒险活动。他们一起在大街上四处乱窜，按照他们早年的方式，对任何事物都要摸摸底。这情况虽然由于后来一眼就可以看透一切的空虚无聊而显得颇为可悲，可那时候，他们却像一对无忧公子欢欣鼓舞地走过大街，让我跌跌撞撞地追随在他们的身后。我一生一直也就是这样追随着那些使我感兴趣的人们，因为我唯一喜爱的正是那些发疯的人，是那些疯狂地渴望生活、疯狂地热爱谈讲、疯狂地希望得救，在同一个时候希望把一切全都得到的人，是那些从来不打一个哈欠、不讲一句废话，而只是像神话中的黄色的、古老的蜡烛不停地燃烧、燃烧、燃烧，像在无数星星之间结网的蜘蛛一样到处探索的人们。和这些人在一起，你会看到，如果有一天那蓝色的顶灯忽然爆炸了，每个人也不过只会大叫一声"啊——"在歌德的德国，他们管这种年轻人叫什么来着？狄恩，你们大家都知道的，一心一意想学着能跟卡洛一样进行写作，他一直用一种只有一个骗子才会有的热爱的心情在跟他结交。"呐，卡洛，你听我说说——我要说的是这个……"我有差不多两个星期一直没见到他们，而在那一段时间里，他们两人的关系已变得像魔鬼一样亲密，整天整夜在一起谈讲不休。

接着，旅行的最好季节——春天来到了，这一帮四处分居的人们全都准备到这里或那里去旅行一番。我那时正忙着写我的小说，在我已经写完一半，而且同我姨母到南部去对我的一个弟兄罗可作了一次拜访之后，我也准备第一次到西部去走走。

那时狄恩已经走了。卡洛和我还到三十四号路的轮船公司汽车站给他送行的。在车站的楼上有一个地方可以花二毛五分钱照一张相。卡洛取掉了眼镜儿，那样子简直像个罪犯。狄恩偷偷摸摸地四处乱望，只照出了一张侧影。我倒

---

① 即威廉·李，垮掉的一代中著名作家之一，著有《嗜毒者》一书，专门宣扬毒品对人生的"意义"。

是照了一张规规矩矩的正面像,可照得颇像一个 30 岁的意大利人,能把随便哪个骂他妈妈的人给宰了。这张照片被卡洛和狄恩拿一个刀片从中一破两半,各人拿一半塞在自己的皮包里了。为了这次回到丹佛市去的伟大的旅行,狄恩穿上了一身真正西部生意人的服装;他已经结束了对纽约城的第一次观光。我说观光,可他实际只不过是像一只狗似的在停车场上干了一阵活儿罢了。他真是世界上最荒唐的车场助理员,他可以用每小时四十英里的速度把车倒进一块非常狭窄的地方,贴墙刹住,然后跳出车来,迅速地在许多车辆的踏板之间跑过去,跳进另一辆车子,在极小的一块空地上,以五十英里的时速把它掉过头来,迅速地倒进拥挤的车行,咔嚓,在非常危急的情况下把车刹住,以至于在他跳出车来以后,你看到那车子还在那里跳动;然后他像一个表演田径赛的选手一直向票棚冲去,交过去一张存车票,紧接着在一辆新到的车子的主人还没完全走出来之前,他马上就钻了进去,简直真是在车主人跨出的同时从他腿空里钻进去的,他马上就让车门扑扇着开动车子,冲向另一块可以利用的空地,急转弯、倒进去、急刹车、跳出来、快步跑;就这样一刻不停地每晚工作八小时,包括黄昏时候以及戏院散戏时最匆忙的时刻。而他身上穿的始终是一条满是油腻和酒渍的长裤,一件磨光的皮里的夹克和一双破旧的张着大嘴的皮鞋。现在他特别买了一身新衣服好穿着回去;蓝地的衣料上印着灰色的条纹,坎肩等一应俱全——这是他花十一块钱在三马路买来的;此外他还带着怀表和一根长表链,还有一架手提打字机,因为他准备在丹佛市一找到职业,就要在一所租来的住房里用它进行写作。我们在七马路里克尔酒馆吃了一餐以香肠和豆饼为主的钱别饭,然后狄恩就跨上了开往芝加哥的公共汽车,向暗夜中驶去。我们的这位好汉就这样离开了。我在心里对自己说,等明年真正到大地回春的时候我也一定要沿着他走的路走去。

我的整个路上生活的经历也的确就从这里开始了,往后发生的一切是那么出人意料之外,真使我感到不能不在这里谈一谈。

实在说,我所以急于想对狄恩有更进一步的了解,绝不仅仅因为我是一个作者,需要得到新的经验,也不是因为在我那小天地中的那种泡蘑菇的生活我已经受够了,实在感到腻味了,而是因为,不知怎么着,尽管在性格方面我们俩极不相同,他却总让我感到他是我的一个失散多年的弟兄;一看到他那生着长长的连腮胡子、为痛苦所折磨的瘦脸和他那强劲的随时流着汗的脖子,我总马上记起了我在贝特逊和巴西克河附近那些染塘,水池和河边度过的童年。他的脏污的工作服是那么合身,仿佛你绝不可能从一家成衣铺里买到这种衣服,而只能是,像狄恩似的,以自己所经受的无边痛苦,向充满自然欢乐的自然衣匠那里换来这一身服装。在他那激动的谈话声中，我仿佛又一次听到了旧日和我一起在大桥下面、在摩托车的四周、在架满晾衣绳的邻近的空地上、在午后的宁静的台阶上游玩的伙伴们的声音，那时候年纪小的孩子们弹着吉他，而他们的大哥哥们却都到工厂上工去了。在这时和我来往的别的一些朋友全都是"知识分子"——尼采主义的人类学者查德，声音低沉、语调无比严肃、半疯半癫的超现实主义的卡洛·玛克司，一天叽叽着反对一切的老铁牛李——要不就是一些藏头露尾的犯罪分子，像常把屁股一撅表示轻蔑的耶尔麦·哈塞尔，和趴在铺着东方褥垫的长躺椅上、对《纽约客》嗤之以鼻的琴·李。可是狄恩的每一点滴的智慧都是那么严肃、完整、充满了光彩，绝没有那种令人作呕的知识分子气息。而且他的"犯罪行径"决不使人感到厌烦或可鄙；这只是对美国欢乐的一种疯狂的赞许；这是西部气味的东西，是西方的风，是从那边的草原上吹来的颂歌，是一种早就有人预言过但迟迟没有来到的新的精神（他偷车子只是为了作欢乐的狂驰）。再说，所有我的纽约朋友们全都站在一种消极的、如在噩梦中的地位鄙视整个社会，并为此提出他们的，或者书呆子气的、或者政治上的、或者心理分析上的理由，但是狄恩却是在社会之中竭力奔走，渴望得到面包和爱情；此外他什么都不在乎，"只要我能得到那个小丫头伙计"，以及"只要咱们能有东西吃，孩子，你听见没有？我饿，我快饿死了，让咱们现在就吃！"——于是咱们马上就跑出去吃，我们吃的东西，正像圣书上说的："这是你在太阳之下应得的一份口粮。"

狄恩可真是太阳在西部的一位戚友。尽管我姨母警告我说，他准会给我招惹许多麻烦，可我仍然听到一种新的召唤，看到了一个新的天地，而且在我那年岁，我真不禁为之神往；一点小小的麻烦或甚至狄恩，真像后来那样，终于不再把我看成是他的朋友，把我抛弃在饥饿的人行道边和病床上——那又有什么关系？我是一个年轻的作者，我要飞翔。

我知道在那条路线上的某些地方有姑娘，有美妙的梦，有一切；在那条路线上的某个地方我一定能探得最大的宝珠。

（黄雨石、施咸荣　译）

黑色幽默

　　黑色幽默是 20 世纪 60 至 70 年代主要流行于美国的一个重要的现代主义文学流派，由于它人数众多的作家和丰富多彩的小说作品，成为现代主义中非常有影响的一支流派。现时黑色幽默已不局限于文学，在艺术、电影等范畴，黑色幽默都成为了一种非常重要的流派。

　　黑色幽默产生发展于 60 年代，繁荣于 70 年代，是有其特定的时代背景的。当时美国在朝鲜战争结束后，一方面社会矛盾，劳资矛盾频繁，另一方面麦卡锡主义使整个社会形成了压抑窒息的氛围；1960 年代初期，美国卷入越南战争，战事的失利和美军惨痛的伤亡，更使全国反战情绪高涨，局势比较动荡，社会状况比较混乱。西方民主的思想在现实面前受到一些人的怀疑，传统的道德观念遭到抛弃，生活与思想的真理受到了怀疑。在这种情况下，美国中小资产阶级出于对共产主义革命的先天恐惧心理，在无所适从的社会背景下，于是产生了对现实采取嘲笑和抨击，揭露和讽刺，幻想和否定结合在一起的"黑色"的"幽默"。

　　黑色幽默作为一种美学形式，属于喜剧范畴，但又是一种带有悲剧色彩的变态的喜剧。黑色幽默（Black Humor）这个术语在 60 年代中期以后才广为流行。1965 年 3 月，美国作家布鲁斯·杰伊·弗里德曼编选了一本作品选，收集了 11 名美国当代重要作家和一个法国作家的作品的片断。他把这个选本定名为《黑色幽默》，因为他认为黑色幽默是这些思想与艺术风格颇不相同的作品中共同的东西。此后，越来越多的评论家采用了这一术语，于是这一文学流派便以黑色幽默的名称广泛传开了。黑色幽默这个词儿，在英语中包含有"阴郁的心情"之类的意思。这一类小说的主人公，无论遇到多么痛苦的事情，往往抱着一种像是满不在乎、实则无可奈何的态度，一笑置之。这种笑，只能是一种苦笑、冷笑或狞笑，而绝不是欢笑。因此，黑色幽默又被称作"变态的幽默"，"绞刑架下的幽默"，"大祸临头时的幽默"，"黑色喜剧"，"阴郁的喜剧"，"病态幽默"，等等。它强调的是：在绝境中通过幽默保持镇定。专门评介黑色幽默的《荒原以外——20 世纪 60 年代美国小说研究》一书的作者赖蒙德·奥尔德曼说，黑色幽默的目的"就在于保持清醒和心情平静；它的实际社会价值也就在于它对我们的清醒和平静所能起的作用"。

黑色幽默派的代表作家有约瑟夫·海勒、库特·冯尼格、托马斯·品钦、约翰·巴思、詹姆斯·珀迪以及法国的维昂。这一流派影响最大的三部作品是海勒的《第二十二条军规》、冯尼格的《第五号屠场》以及托马斯·品钦的《万有引力之虹》。

第二十二条军规(节选)

[美国] 约瑟夫·海勒

(第四十节)

当然,这里面有个圈套。

"第二十二条军规?"尤索林问。

"当然。"科恩中校轻轻挥了挥手,又略带轻蔑的神情点了点头,便把那帮押送尤索林的膀大腰圆的宪兵赶了出去。随后,他愉快地回答了尤索林的问话——和往常一样,他最轻松的时候也就是他最刻薄的时候。"毕竟,我们不能因为你拒绝执行更多的飞行任务就把你送回国去,而让其余的人留在这儿,对吧? 那样对他们很难说是公平的。"

"你说得太正确了!"卡思卡特上校突然说道。他像一头气喘吁吁的公牛那样来来回回走着,生气地板着面孔,不停地喘粗气。"我真想每回执行任务时都把他手脚捆起来扔到机舱里去。这就是我想做的事。"

科恩中校示意卡思卡特上校保持沉默,然后又对尤索林笑了笑。"你知道,你把事情弄成这个样子,的确使卡思卡特上校感到十分难办,"他漫不经心地说,好像这件事一点也不惹他生气似的,"官兵们都很不乐意,士气越来越低落。这全都是你的过错。"

"这是你们的过错,"尤索林争辩道,"因为你们一再增加飞行任务的次数。"

"不,这是你的过错,因为你拒绝执行飞行任务,"科恩中校反驳道,"以前,当他们觉得自己别无选择的时候,不管我们要求他们执行多少次飞行任务,他们都心甘情愿地执行了。可现在,你使他们有了选择的希望,他们就开始不乐意了。所以,这全都怪你。"

"难道他不知道眼下正在进行战争吗?"卡思卡特上校愤愤地质问道。他仍然跺着脚来回地走动着,看也不看尤索林一眼。

"我敢肯定他是知道的,"科恩中校回答说,"也许这就是他拒绝执行飞行任务的原因。"

"难道那对他有什么影响吗?"

"知道现在正在进行战争会动摇你拒绝参战的决定吗?"科恩中校嘲弄地模

仿着卡思卡特上校的口吻，严肃而讥讽地问道。

"不会的，长官。"尤索林回答道。他差点冲着科恩中校笑起来。

"我也担心这个。"科恩中校字斟句酌地说。他悠闲地抬起双手搁到他那光滑闪亮的褐色秃顶上，把十个手指头对插到一起。"你当然明白，公平地讲，我们待你还算不错，对吧？我们供给你吃的，并且按时发给你军饷。我们奖给你一枚勋章，甚至还提拔你当了上尉。"

"我根本就不该提拔他当上尉，"卡思卡特上校抱怨地大声说，"那次执行轰炸弗拉拉的任务时，他竟然飞了两圈，结果把事情搞得一团糟。我真应该送他上军事法庭的。"

"我告诉过你不要提拔他，"科恩中校说，"可你不肯听我的。"

"不，你没说。是你叫我提拔他的，不是吗？"

"我告诉你不要提拔他，可你就是不肯听。"

"我真应该听你的。"

"你从来也不听我的，"科恩中校意味深长地坚持道，"就因为这个，我们才落到这步田地。"

"唉，行了，别磨牙了，好吗？"卡思卡特上校把两个拳头深深地插进衣袋里，懒洋洋地转过身去。"别老找我的碴了，你为什么不好好考虑一下我们该拿他怎么办呢？"

"恐怕我们只能送他回国了。"科恩中校一边得意洋洋地窃笑道，一边从卡思卡特上校那边转过脸来对着尤索林。"尤索林，对你来说战争已经结束了。我们将要送你回国。你当然知道，你实在是不配被送回国的，可这正是我乐意送你回国的原因之一。既然眼下没有什么别的好办法可供我们一试，我们只好决定把你送回合众国去。我们已经盘算好了这笔交易——"

"什么样的交易？"尤索林满腹狐疑，挑衅地质问道。

科恩中校仰面大笑。"噢，是一笔不折不扣的卑鄙交易，这一点毫无疑问。绝对令人恶心。不过，你很快就会接受下来的。"

"别那么有把握。"

"即使这笔交易臭气熏天，你也会接受的，对此我没有丝毫的怀疑。哦，顺便问一句，你还没有告诉任何人你拒绝执行更多的飞行任务，是吗？"

"没有，长官。"尤索林毫不迟疑地回答道。

科恩中校赞许地点点头。"这很好，我喜欢你这种说谎的方式。如果你有几分雄心壮志的话，你在这个世界上一定会飞黄腾达的。"

"难道他不知道眼下正在进行战争吗？"卡思卡特上校突然大叫起来，接着又满脸疑虑地对着烟嘴吹了一口气。

"我敢肯定他是知道的，"科恩中校尖刻地回答道，"因为你刚才已经向他提出过这一问题了。"科恩中校不耐烦地皱起眉头帮尤索林讲话，他的黑眼睛里闪烁着狡黠而放肆的嘲弄目光。他用双手抓住卡思卡特上校的桌子边，抬起他那软绵绵的屁股从桌角往里坐去，只剩下两条短短的小腿悬垂着自由摆动。他用鞋跟轻轻踢着黄色的橡木桌子。他的脚上穿着土褐色的袜子，因为没系吊袜带，袜筒一圈一圈直褪落到异常苍白小巧的脚踝下面。"你知道，尤索林，"他和颜悦色地沉思片刻，流露出一种漫不经心的神情，看上去既像是嘲笑又显得非常真诚，"我真的有点佩服你。你是个道德高尚的聪明人，你采取了一种极为勇敢的立场。而我却是个毫无道德观念的人，因此，我正好处在评价你的道德品格的理想位置上。"

"现在是关键时刻。"站在办公室一个角落里的卡思卡特上校气呼呼地插话说。他看也没看科恩中校一眼。

"的确是关键时刻。"科恩中校心平气和地点点头表示同意。"我们刚刚换了指挥官。要是出现某种局面，使我们在沙伊斯科普夫将军或者佩克姆将军面前出丑的话，那我们可受不了。你是这个意思吧，上校？"

"他难道就没有一点爱国精神吗？"

"难道你不愿意为你的祖国而战吗？"科恩中校模仿着卡思卡特上校自以为是的刺耳腔调质问道，"难道你不愿意为卡思卡特上校和我而献出你的生命吗？"

听到科恩中校这最后一句话，尤索林十分惊讶，不由得紧张起来。"这是什么意思？"他大叫道，"你和卡思卡特上校跟我的祖国有什么关系？你们完全是另一回事。"

"你怎么能把我们和祖国分开呢？"科恩中校神色安详，讥讽地反问道。

"对啊，"卡思卡特上校使劲地喊道，"你要么为我们而战，要么对抗你的祖国，这两条路你只能选一条。"

"恐怕这下子他把你难住了，"科恩中校加上一句，"你要么为我们而战，要么对抗你的祖国，事情就是这么简单。"

"噢，得啦，中校，我可不吃这一套。"

科恩中校依然很沉着。"坦率地说，我也不信这一套，可别人都会相信的。你瞧，事情就是这么简单。"

"你真给这身军装丢脸！"卡思卡特上校怒气冲冲地喊叫着。他猛地转过身来，头一回正面对着尤索林。"我倒很想知道你究竟是怎么当上上尉的。"

"是你提拔他的。"科恩中校强忍住笑，亲切地提醒道。

"唉，我真不应该提拔他。"

"我告诉过你别这么做，"科恩中校说，"可你就是不肯听我的。"

"得啦,你别再跟我磨牙了,行吗?"卡思卡特上校叫了起来。他皱起眉头,怀疑地眯起眼睛盯着科恩中校,把两只握紧的拳头抵在后腰上,"你说,你究竟站在哪一边?"

"站在你这一边呀,上校。我还能站在哪一边呢?"

"那就别再老是找我的碴了,行吗? 别再拿我开心了,行吗?"

"我是站在你这一边的,上校。我满怀爱国热情。"

"那么,你要保证不忘记这一点。"卡思卡特上校仍然没有完全放下心来。他停了一下才犹犹豫豫地转过身去,双手揉搓着长长的香烟烟嘴,重又开始踱起步来。他用一个大拇指朝尤索林猛地一指,说道:"让我们跟他了结了吧。我知道我应该怎么处置他。我想把他拉到外面去枪毙。我就打算这么处置他。德里德尔将军也准会这么处置他。"

"可是德里德尔将军已经不再指挥我们了,"科恩中校说,"所以我们不能把他拉到外面去枪毙。"此时,科恩中校和卡思卡特上校之间的紧张时刻已经过去,他又变得轻松愉快起来,又开始拿脚轻轻踢着卡思卡特上校的桌子。"所以,我们不打算枪毙你而是打算送你回国。这事费了我们不少脑筋,可我们最后还是想出了这个小小的、糟透了的计划。这样一来,你的回国就不会在那些被你撇在身后的朋友当中引起太大的怨言。这难道不使你开心吗?"

"这是个什么样的计划? 我不能肯定我会喜欢它。"

"我知道,你不会喜欢它的。"科恩中校哈哈一笑,重又心满意足地把双手举到头顶,手指对插到一起。"你会憎恨这个计划的。它的确令人作呕,而且肯定会使你良心不安。但是,你很快就会同意这个计划。你会同意的,不但因为这计划会在两周之内把你安全送回国去,而且因为你别无选择。你要么接受这个计划,要么接受军法审判。你可以接受,也可以不接受。"

尤索林哼了一声。"别吓唬我了,中校。你们不会用在敌人面前临阵脱逃的罪名对我进行军法审判的。那样一来,你们的面子不好看,而且你们大概也没有办法证明我有罪。"

"可是我们可以指控你擅离职守,根据这个罪名对你进行军法审判,因为你没有通行证就跑到罗马去了。我们可以使这一罪名成立。你只要稍微想一想就会明白的,你逼得我们没有别的路可走了。我们不能就这么眼睁睁地看着你违抗命令到处乱跑而不对你加以惩罚。要是那样,其他所有的人也都会拒绝执行飞行任务的。这样是不行的,这一点你相信我的话好啦。你要是拒绝我们提出的这笔交易,我们就要对你进行军法审判,哪怕这样一来会引起许多问题,会叫卡思卡特上校当众出丑,我们也顾不上了。"

听到"出丑"这两个字,卡思卡特上校吓得一哆嗦。随后,他似乎想也没想便气势汹汹地把他那个镶有条纹玛瑙和象牙的细长烟嘴往办公桌的木制桌面上猛地一摔。"耶稣基督啊！"他出人意料地叫了一声。"我恨透了这个该死的烟嘴！"烟嘴在桌面上蹦了两下，弹到了墙壁上，接着又飞过窗台，落到地上，最后滚到卡思卡特上校的脚边上不动了。卡思卡特上校恶狠狠地低头怒视着烟嘴说："我不知道这对我是不是真的有好处。"

"这在佩克姆将军看来是你的荣耀，而在沙伊斯科普夫将军看来却是你的丑事。"科恩中校装出一副天真无邪的调皮模样对他说。

"那么，我应该讨哪一个人的欢心呢？"

"应该同时讨他们两个人的欢心。"

"我怎么能够同时讨他们两个人的欢心呢？他们互相憎恨。我要怎么做才能既从沙伊斯科普夫将军那里获取荣耀，又不至于在佩克姆将军面前丢人现眼呢？"

"操练。"

"对啦，操练。这是唯一能讨他欢心的方法。操练，操练。"卡思卡特上校愠怒地做了个鬼脸。"那些将军！他们真给那身军装丢脸。要是像这两个家伙这样的人都能当上将军的话，我看不出为什么我就当不上。"

"你会飞黄腾达的。"科恩中校以一种毫无把握的语调安慰他说，说完就转脸对着尤索林格格笑了起来。当尤索林流露出敌视、怀疑的固执表情时，他越发轻蔑地开怀大笑起来。"现在你知道问题的关键了吧。卡思卡特上校想当将军，我想当上校，这就是我们必须送你回国的原因。"

"他为什么想当将军呢？"

"为什么？这跟我想当上校的原因是一样的。我们还能做什么呢？人人都教导我们要有更高的追求。将军比上校的地位高，上校又比中校的地位高，所以，我俩都在往上爬。你知道，尤索林，我们的这种追求对你来说是件幸运的事情。你的时机选择得再恰当不过了，可我觉得，你事前策划时就把这一因素考虑进去了。"

"我根本没策划什么。"尤索林反驳道。

"是的，我的确欣赏你这种说谎的方式，"科恩中校说，"当你的指挥官被提拔为将军——当你知道你所在的部队平均每人完成的战斗飞行任务比任何别的部队都多时——难道你不为此而感到骄傲吗？难道你不愿意获得更多的通令嘉奖和更多的橡叶簇铜质奖章①吗？你的集体主义精神哪儿去了？难道你不愿意执行更多的飞行任务以对这一伟大的记录作出自己的贡献吗？说'愿意'吧，这是

---

① 美国空军和陆军的一种奖章。

你的最后一次机会了。"

"不。"

"要是这样的话,你可就逼得我们走投无路了——"科恩中校客客气气地说。"他应该为自己而感到惭愧!"

"——我们只好送你回国啦。只是,你要为我们做几件小事情,而且——"

"做什么事情?"尤索林以怀疑和敌对的态度打断了他的话。

"噢,很小的事情,无关紧要的事情。真的,我们跟你做的这笔交易十分慷慨。我们将发布送你回国的命令——真的,我们会的——而作为报答,你得做的不过是…"

"是什么,我得做什么?"

科恩中校假惺惺地笑了笑。"喜欢我们。"

尤索林惊愕地眨了眨眼睛。"喜欢你们?"

"喜欢我们。"

"喜欢你们?"

"不错,"科恩中校点点头说。尤索林那副不加掩饰的惊奇神态和那种手足无措的样子使他十分得意。"喜欢我们,加入到我们中来,做我们的伙伴。不论是在这里,还是回国以后,都要替我们说好话,成为我们中的一员。怎么样,这个要求不算过分,是吧?"

"你们只是要我喜欢你们? 就这些吗?""就这些。""就这些?"

"只要你从心眼里喜欢我们。"

尤索林终于明白了,科恩中校讲的是实话。他大为惊奇,真想自信地放声大笑一通。"这并不是太容易。"他冷笑着说。

"噢,这比你想象的要容易多了。"科恩中校反唇相讥道。尤索林这句带刺的话并没有使他灰心丧气。"你只要开了头,准会吃惊地发现喜欢我们是件多么容易的事情。"科恩中校往上扯了扯他那宽松的裤腰。他露出一个讨人嫌的嘲讽笑容,他那方下巴和两颧骨之间的深深的黑色纹路又一次弯曲了起来。"你瞧,尤索林,我们打算让你过舒服日子,我们打算提拔你当少校,我们甚至打算再发给你一枚勋章。弗卢姆上尉正在构思几篇热情洋溢的通讯,打算把你在弗拉拉大桥上空的英勇事迹,你对自己部队的深厚持久的忠诚,以及你恪尽职责的崇高献身精神大大描绘一番。顺便说一句,这些都是通讯里的原话。我们打算表彰你,把你作为英雄送回国去。我们就说是五角大楼为了鼓舞士气和协调与公众的关系而把你召回国的。你将像个百万富翁那样生活。你将成为所有人的宠儿。人们将列队欢迎你,你将发表演说号召大家筹款购买战争债券。只要你成为我们的伙伴,一个奢侈豪华的崭新世界就将出现在你的面前。这难道不迷人吗?"

尤索林发现自己正聚精会神地倾听着这一番详尽而动听的长篇大论。"我可拿不准我想不想发表演说。"

"那么我们就不提演说的事啦。重要的是你对这儿的人讲些什么。"科恩中校收敛笑容,满脸诚恳地往前探了探身体。"我们不想让大队里任何人知道,我们送你回国是因为你拒绝执行更多的飞行任务。我们也不想让佩克姆将军或者沙伊斯科普夫将军听到风声说,我们之间不和。就是为了这个,我们才打算跟你结成好伙伴的。"

"要是有人问我为什么拒绝执行更多的飞行任务,我对他们说什么呢?"

"告诉他们,有人已经私下向你透露就要送你回国了,所以你不愿意为了一两次飞行任务而去冒生命危险。只不过是好伙伴之间的一个小小分歧,就这么回事。"

"他们会相信吗?"

"等到他们看到我们成了多么亲密的朋友,读到那些通讯,读到那些你吹捧我和卡思卡特上校的话时,他们自然就会相信了。别为这些人操心。你走了以后,他们是很容易管教和控制的。只有当你仍然待在这里时,他们才会惹是生非。你知道,一只坏苹果能毁了其他所有苹果。"科恩中校故意用讽刺的口气结束了他的这番话。"你知道——这办法真是太棒了——你也许能成为激励他们执行更多飞行任务的动力呢。"

"要是我回国以后谴责你们呢?"

"在你接受了我们的勋章、提拔和全部的吹捧之后吗?没有人会相信你的话的,军方不会允许你这样做。再说,你倒是为了什么竟想这样做呢?你将成为我们中的一员,记住了吗?你将过上富裕、豪华的生活,你将得到奖赏和特权。如果你仅仅为了某条道德准则而抛弃这一切的话,那你就是个大傻瓜,可你不是个傻瓜。成交吗?"

"我不知道。"

"要么接受这笔交易,要么接受军法审判。"

"这样一来我就对中队里的弟兄们玩弄了一个极为卑鄙的骗局,不是吗?"

"令人作呕的骗局。"科恩中校和蔼可亲地表示同意。他眼中闪烁着暗自高兴的微光,耐心地望着尤索林,等待着他的答复。

"见鬼去吧!"尤索林大叫道,"如果他们不想执行更多的飞行任务,那就叫他们像我这样站出来采取行动,对吗?"

"当然对。"科恩中校说。

"我没有理由为了他们去冒生命危险,对吗?"

"当然没有。"

尤索林迅速地咧嘴一笑,作出了决定。"成交了!"他喜气洋洋地宣布。

"好极了。"科恩中校说。他表现得并没有像尤索林指望的那么热情。他从卡思卡特上校的办公桌上滑下来站到地板上,先扯了扯裤子和衬裤裆部的皱褶,随后才伸出一只软绵绵的手来让尤索林握住。"欢迎你入伙。"

"谢谢,中校。我——"

"叫我布莱基,约翰。我们现在是伙伴了。"

"当然啦,布莱基。我的朋友叫我约一约。布莱基,我——"

"他的朋友叫他约一约,"科恩中校大声对卡思卡特上校说,"约一约迈出了多么明智的一步,你为什么不祝贺他呢?"

"你迈出的这一步的确非常明智,约一约,"卡思卡特上校边说边笨拙而热情地使劲握住尤索林的手。"谢谢你,上校。我——"

"叫他查克。"科恩中校说。

"当然啦,叫我查克,"卡思卡特上校热诚而局促地哈哈一笑,"我们现在是伙伴了。"

"当然啦,查克。"

"笑着出门吧。"科恩中校说着把两只手分别搭在了他们两个人的肩膀上,三个人一起朝门口走去。

"哪天晚上过来跟我们一块吃顿饭吧,约一约,"卡思卡特上校殷勤地邀请道,"今天晚上怎么样? 就在大队部的餐厅里。"

"我非常乐意,长官。"

"叫查克。"科恩中校责备地纠正道。

"对不起,布莱基,查克。我还没有叫习惯。"

"这没关系,伙计。"

"当然啦,伙计。"

"谢谢,伙计。"

"别客气,伙计。"

"再见,伙计。"

尤索林亲亲热热地挥手向他的新伙伴告别,溜达着朝楼厅走廊走过去。等到剩下他一个人时,他差一点高声唱了起来。他自由了,可以回国了;他达到了目的;他的反抗成功了;他平安无事了。再说,他并没有做任何对不起别人的事情。他逍遥自在、兴高采烈地朝楼梯走去。一个身穿绿色工作制服的士兵朝他行了个礼,尤索林快活地还了一个礼。出于好奇,他看了那个士兵一眼。他感到奇怪,这个士兵看上去十分面熟。就在尤索林还礼时,这个身穿绿色工作制服的士兵突然变成了内特利的妓女。她手里拿着一把骨柄厨刀凶神恶煞般地朝他劈了下来，一刀砍在他扬起的那只胳膊下面的腰上。尤索林尖叫一声，倒在了地上。他看到那女人又举刀朝他砍下来，便惊骇地闭上了眼睛。就在这时，科恩中校和卡思卡特上校从办公室里冲了出来，把那个女人吓跑了，这才救了他的命。不过，他已经失去了知觉。

（杨恝、程爱民、邹惠玲　译）

万有引力之虹（节选）

［美国］托马斯·品钦

第一部　零之外（1）

在玫瑰园舞厅楼上的男厕所里，他一阵晕眩，跪倒在一个抽水马桶上，狂吐起来：啤酒、汉堡、家常炸薯片、法国作料的特大色拉、半瓶摩克恵、晚饭后吃的薄荷糖、克拉克糖块、一磅咸花生，还有一个拉德克利夫女孩古典鸡尾酒里的那颗樱桃。眼里的泪水流成了串。就在这时，只听"扑通"一声，口琴突然掉进了，啊哟，掉进了讨厌的马桶里！小水泡立刻沿着口琴亮闪闪的两侧涌上来，涌到褐色的木质琴面上。琴面上的漆有些地方还在，有些地方被嘴唇磨掉了。口琴沉入雪白的桶颈，沉入黑夜的深处，这些细小的银色泡沫也随之漂散开去……后来，美国军方给他发的衬衣，口袋就能扣住了，可是战前这些日子里，他自己穿着雪白的箭牌衬衣，只能靠浆粉使口袋贴住，以防东西……哦，不，不，傻瓜，口琴已经掉下去了，不记得啦？低音簧片在碰到磁壁时响了一阵儿（雨打在某处的一扇窗户上，打在外面屋顶上一个薄金属板做的通风管上：波士顿的冷雨），然后沉寂于水中。他最后呕出的褐色胆汁状污物在水里盘旋成条纹形冲走了。口琴是叫不回来了。要么就让口琴丢掉，抛掉欢歌的良缘，要么就得跟下去。

跟下去？擦皮鞋的黑人小伙"红发"坐在他满是灰尘的皮椅上等生意。在荒芜的罗克斯伯里，所有的黑人都在等待什么。跟下去？"切罗基人"幽怨的歌声从下面的舞池中传来，盖过了踩钹和低音弦乐，盖过了千百双舞动的脚步。那边展示在玫瑰色灯光下的，不是白脸的哈佛男生和女伴，而是很多精心打扮的红皮子印第安人，演唱的歌曲则是对白人罪行的又一谎言。不过，多数乐手都在"切诺基人"的曲调中若即若离地晃悠，并没有坚持从头演奏到尾。那些长长的、长长的音符……那么，他们在那些可以做点事情的时间里都干了什么呢？是有意在体现印第安风格吗？在纽约，把车开快点，也许还能赶上最后一组曲子——今晚，在第七大街 139 号和 140 号之间，"囚犯"帕克发现一种方法，可以利用这些和弦的高声部，将旋律变成 32 分音符（天哪这是什么是机枪还是什么玩意伙计他肯定疯了),从丹·沃尔的"红辣椒歌舞厅"里传到街上——如果你能听懂那就用《绿野仙踪》里小矮人那样的声音快速(用 32 分音符)说出"三十二分音符"这个词吧——我操,那种音乐竟然传到了所有的街上(帕克的音乐之旅早在 1939 年之前就开始了:那时候在他最具乐观色彩的独奏曲中,他娘的就已经隐隐响起了死神先生咚哒咚的节奏,听来疲懒而快活),从电波里传出来,走进上流圈子的演奏会,甚至有朝一日进入城里的电梯和所有的市场,从隐置扬声器里流渗出来——他小鸟式的歌声,否定了那些催眠曲似的东西,颠覆了软弱无力的音乐潮流——那些音乐家录的东西过多,弦乐显得毫无生气。所以,这段时间,在这样的地方,在雨中的马萨诸塞大街上,未来的信号已开始在"切诺基人"中出现——听,此刻楼下的萨克斯变得哦他娘的怪诞不经……

第一部　零之外(2)

斯洛索普要跟着口琴从马桶里下去,那就得头朝下。这样不太好,因为这样一来屁股就无助地露在了外面,周围又是些黑人。谁都不愿意出现这种情况。不过别无选择。他脸朝下,进入了恶臭无比的无名黑暗中。突然,沉稳有力的黑色手指开始解他的皮带和裤口,强有力的手扳开他的双腿,同时,拳击短裤连同上面那些五彩缤纷的鲈鱼饵、鲑鱼饵一起被褪下来,屁股上感到了冰凉的空气,来苏尔味的——他挣扎着想朝马桶洞里钻深些,这时从恶臭的水上隐约传来喧闹声,一大帮可怕的黑人欢叫着走进了白人男厕所。他们一齐来到可怜的斯洛索普扭动的身体旁,开始摇摆、歌唱:"马尔科姆,把滑石粉递过来!"听声音,答话者竟是擦皮鞋的小伙"红发",曾为斯洛索普擦过那双高级黑皮鞋,好多次还跪下来,用拉郭(那个)抹布扑打,很四(是)卖力……"红发"是个黑人小伙子,瘦瘦高高、鼻头超大,以擦鞋为业,因为长了一头红发,哈佛学生一直叫他"红发"——"哎,红发,抽屉里还有没有那种'酋长'?""红发,你那儿还有没有叫人转运的电话号码?"——这时候,斯洛索普半截身子在马桶里,才听到他的真名——他的真名叫马尔科姆,那些黑兄黑弟都知道他叫马尔科姆,早就知道。一根粗壮的手指,粘着一团很滑的胶状或乳状物,沿着腿缝朝他的屁股眼伸过来,一路劈开体毛,就像一队威尼斯平底渔船在河谷里行进——不可思议的是,红发马尔科姆竟是个虚无主义者:"我的老天! 他整个儿不就是个屁眼吗?"天呀,斯洛索普,你看你这姿势! 其实他现在已经下去了不少,只剩两条腿露在外面,两个屁股蛋正好被水淹住,像两座苍白的圆形冰屋顶,在下面扭动浮沉。水花溅到白色的马桶壁上,冰凉如屋外的冷雨。"抓住他,要让他跑了!""好咪!"很远的上方,一些手在拉他的小腿、脚踝,扯他的袜带,拽他菱形彩纹的袜子——都是妈妈在他上哈佛之前织的——好在这些东西防护性能很好——要么就是他已充分深入马桶,反正他对那些手几乎没什么感觉了……

接着,他摆脱了那些手,把抓摸他的黑人们彻底甩在上面,获得了自由。他滑如游鱼,屁眼也保住了贞操。这时候有些人可能会说:唷,感谢上帝;还有些人会长叹一声:喔,我操。但斯洛索普没说什么,他本就没觉着什么。还没有口琴的踪影。这里光线暗灰,十分微弱。有一阵儿他感到周围有一些大便,天长日久,在这磁质(现在应该叫"铁质")管道的两边结成硬壳:那些大便什么东西也冲不走,和硬水里的矿物质混合,恰似专门为他造就了一条藤壶般的棕色通道,有含义丰富的图案,有马桶世界的"缅甸"公司告示牌,黏糊糊,腻兮兮,隐幽幽,斧凿凿——他沿着阴暗、悠长的便道一路下滑,这些造型便一一展现,再涌到身后。"切诺基人"的音乐声还在上方隐隐律动,为他奔向海洋伴奏着。他发现自己能辨认某些大便的特点,可以具体确定便主是哪个熟人。有些大便一定是黑人的,看上去面目雷同。嘿,这是"饕餮"比德尔那家伙的,肯定是我们在剑桥的"傅傻子"那里吃杂碎的那天晚上拉的,因为跟前有豆芽,甚至还有那种野李子酱的蛛丝马迹……你瞧,有些感官好像会变敏锐呢……哇……倒霉鬼们哎,傅傻子可是几个月以前的事了。这——这是邓普斯特尔·维拉德,他那晚不是便秘吗——粪便是黑色的,很劣质,像最终只能净化成深色琥珀的树脂,贴在管壁上,与管壁的吸附力唱着反调,生硬、刁难地阻擦着他。这时,他的感官变得对大便无限敏感,可以根据这些情况破译可怜的邓普斯特尔当时的内心痛苦。他上学期自杀过,因为那些不愿为他制造光荣的微分方程,因为戴低檐帽、穿长丝袜的妈妈在悉尼"大黄栅"把身子凑到桌对面斯洛索普的杯子里喝完了他的加拿大麦芽酒,因为那些拉德克利夫姑娘总是躲着他,因为马尔科姆介绍给他的那些黑人专业——她们根据美元的数量,对他进行色情折磨,直到他的忍耐极限——要是妈妈的支票来迟了,就到他的支付极限。浮雕般的邓普斯特尔留在身后上方,消失在灰暗的光里。斯洛索普又遭遇了维尔·斯托尼布娄克、J.彼得·皮特,还有大使的儿子杰克·肯尼迪——咦,那个杰克今晚究竟去哪儿了?如果有人能找到那把口琴,这个人肯定就是杰克。斯洛索普远远地景仰着他——他擅长运动、待人和蔼,是斯洛索普他们班上最讨人喜欢的人物。斯洛索普对那段历史自然很留恋喽。杰克……杰克有办法干预引力作用、让口琴别掉下去吗?此刻,在这通往大西洋的管道中,盐分、杂草、腐物的味道如碎浪之声,微弱地冲刷着他——是的,好像杰克能行的。为了要演奏的曲子,为了千百万行布鲁斯音乐,为了官方频道里加了花的音符——那些加花还不够有斯洛索普特色,还吹奏不了……现在不行不过有一天……唔,至少,如果什么时候他找到了口琴,那时口琴受了足够的熏陶,吹起来就会容易多了。有了这个想法,沿马桶追下去就有了希望。

看，我在爬马桶，
这样做多么愚蠢！
希望没人撒尿，
滴滴答答里格龙……

　　就在这节骨眼上，上游下来了一阵极端可怕的激流，响声如波涛骤起，波涛前端是乍离闸门的大便、呕吐物、手纸和红果莓，组成动人心魄的图案，直冲向惊惶失措的斯洛索普，恰似都市运输局的地铁压到了一个倒霉蛋身上。无处可躲。他浑身瘫软，回头向肩膀方向凝望。一面挂满长条手纸的墙壁从后面逼过来，浪涛打到了他身上——哇呀呀！最后一刻，他青蛙般无力地蹬了蹬腿，紧接着柱形的屎尿便扑到全身，黑乎乎、冷冰冰的明胶状牛肉从脊背上流过，手纸甩起来，裹住了他的嘴唇、鼻孔。然后一切过去，只余屎臭，他不停地眨眼，想把屎渣子从睫毛上弄下来。挨小日本的鱼雷也比这个好受！浑浊的液体涌流向前，冲得他六神无主……他觉得像是撅着屁股在茶壶上翻筋斗——虽然他是在暗无天日的屎流中，感觉不一定准确，也无法目击……他不停地从灌木丛或毛茸茸的小树旁擦过。他突然想到，自己从开始翻跟斗（如果他是在翻跟斗的话）到现在还没有碰到过任何硬壁。

张文宇等译，译林出版社，2008

魔幻现实主义

　　魔幻现实主义文学是 20 世纪 50 年代前后在拉丁美洲兴盛起来的一种文学流派。它不是文学集团的产物,而是文学创作中的一种共同倾向,主要表现在小说领域,限于拉美地区。

　　魔幻现实主义产生于拉丁美洲,在第二次世界大战后兴起,至 20 世纪六七十年代发展至盛期。魔幻现实主义这个名词,最早出现在 20 世纪 30 年代的欧洲。1925 年,德国文艺评论家弗朗茨·罗发表一本评论后期表现派绘画的专著,书名即为:《魔幻现实主义,后期表现派,当前欧洲绘画的若干问题》,认为魔幻现实主义是表现主义的一种。1938 年,意大利文艺评论家马西莫·邦滕佩利也在美术评论著作中使用这个名词(他称为"奇妙的现实主义"),认为是超现实主义之后当代美术界出现的一种新流派。

　　此后,古巴作家阿莱霍·卡彭铁尔又从小说创作的角度,进一步对魔幻现实主义作了理论阐述,他在长篇小说《这个世界的王国》(1949)的序言中指出:"神奇乃是现实突变的必然产物(奇迹),是对现实的特殊表现,是对丰富的现实进行非凡的、别具匠心的揭示,是对现实状态和规模的夸大。这种现实(神奇现实)的发现都是在一种精神状态达到极点和激奋的情况下才被强烈地感觉到的!"他认为魔幻现实主义文学是用丰富的想象和艺术夸张的手法,对现实生活进行"特殊表现",把现实变成一种"神奇现实"。被应用于拉丁美洲文学评论,则始于哥伦比亚作家加夫列尔·加西亚·马尔克斯于 1967 年出版的长篇小说《百年孤独》。这部小说以虚构的小镇马孔多以及居住在马孔多的布恩迪亚一家 100 年间的变迁,反映哥伦比亚的历史。其中充满离奇怪诞的情节和人物,带有浓烈的神话色彩和象征意味。这种独特的风格,引起读书界和评论界强烈的兴趣,认为是现代小说创作中一种新流派的代表,因此借用美术上与此近似的新流派的名词,称之为魔幻现实主义。

　　魔幻现实主义文学在体裁上以小说为主。这些作品大多以神奇、魔幻的手法反映拉丁美洲各国的现实生活,"把神奇和怪诞的人物和情节,以及各种超自然的现象插入反映现实的叙事和描写中,使拉丁美洲现实的政治社会变成了一种现代神话,既有离奇幻想的意境,又有现实主义的情节和场面,人鬼难分,幻觉和现实相混"。从而创造出一种魔幻和现实融为一体、"魔幻"而不失其真实的独特风格。因此，人们把这种手法称之为"魔幻现实主义"。从本质上说，魔幻现实主义所要表现的，并不是魔幻，而是现实。"魔幻"只是手法，反映"现实"才是目的。正如阿根廷著名文学评论家安徒生·因贝特所指出的："在魔幻现实主义中，作者的根本目的是借助魔幻表现现实，而不是把魔幻当成现实来表现。"

魔幻现实主义作为拉丁美洲所特有的文学样式，具有与众不同的鲜明而独特的基本特征。

第一，用魔幻的手法反映拉丁美洲的社会现实生活。在魔幻现实主义作家的笔下，拉丁美洲的社会现实与传统现实主义定义中的"现实"，有着根本的区别。魔幻现实主义中所表现的是一种拉丁美洲充满着光怪陆离、虚幻恍惚的现实，也就是卡彭铁尔所说的"神奇现实"。在这种现实中，生死不辨，人鬼不分，幻觉和真实相混，神话和现实并存。在所有魔幻现实主义作品中，这种令人不可思议的"神奇现实"比比皆是，这一点，正是魔幻现实主义的重要标志。

第二，魔幻现实主义创作原则是"变现实为幻想而不失其真实"。这里，最根本的核心是"真实"二字，所有魔幻现实主义作家的创作都以此作为基本立足点。不管作品采用什么样的"魔幻"、"神奇"手段，它的最终目的还是为了反映和揭露拉丁美洲黑暗如磐的现实。

第三，"魔幻"表现手法的成功运用。魔幻现实主义和传统现实主义小说最根本的区别，就在于表现手法的"魔幻"性，这是魔幻现实主义的又一显著特征。首先，这种"魔幻"性带有浓厚的拉丁美洲本土色彩。所谓本土色彩，是指拉丁美洲土著的传统文化和传统观念。其次，这种"魔幻"性还深受西方现代主义诸多表现手法的影响。由于魔幻现实主义作家受教育和生活环境的特殊性，决定了他们对于象征主义、表现主义、超现实主义、意识流小说等西方现代主义手法，采取兼收并蓄的积极态度，并在他们的作品中留下了深深的痕迹。这主要表现在以下几方面。（1）象征。象征手法是象征主义乃至整个西方现代主义文学的最重要的表现手法之一，也是魔幻现实主义里使用得最多、最得心应手的表现方法。（2）荒诞。荒诞手法是贯穿西方现代主义文学的另一重要表现手法。在魔幻现实主义作家的创作中，为了展现拉丁美洲的"神奇现实"，主要也是借用这种非理性的、极度夸张的荒诞手法。（3）意识流手法。魔幻现实主义作家在叙事中大量运用内心独白、自由联想、意识流动和时空倒错的手法，也明显来自于西方现代主义的影响。

百年孤独(节选)

[哥伦比亚]加西亚·马尔克斯

第二章

在 16 世纪,当海盗弗朗西斯·德雷克袭击里奥阿查的时候,乌苏拉·伊瓜朗的曾祖母被警报声和炮弹的轰鸣声吓破了胆,神经失去控制,一屁股坐到了烧旺的火炉上。因为烧伤,她成了一个终身无用的妻子。她无法端坐,只能垫上垫子侧坐。走路的样子大概也有点怪,所以从此再没有在人前行走过。她总以为自己身上有股焦臭味,执意拒绝参加一切社交活动。晚上她不敢睡觉,老是待在院子里等待天明,因为她梦见那些英国人带着咬人的恶犬翻窗户钻进她的卧室,用烧红的烙铁给她上可耻的刑罚。她丈夫是一个阿拉贡商人,跟她生过两个儿子。为了想方设法排解她的恐惧,他把半爿店铺花在医病和娱乐上了,最后终于倾家荡产,带了家眷来到了远离海边的地方。他在一个坐落在山脉侧冈上的平和的印第安人居住的村子里住了下来,在那里为妻子造了一间没有窗户的卧室,这样,她噩梦中的海盗就无处可入了。

在这偏僻的村子里,很久以来就住着一个种植烟草的克里奥尔人①,叫堂霍塞·阿卡迪奥·布恩地亚。乌苏拉的曾祖父跟他合伙经营很成功,没过几年就赚了一大笔钱。

过了几个世纪,克里奥尔人的玄孙同阿拉贡人的玄孙女结了婚。因此,每当乌苏拉对丈夫的狂想忍不住发火时,就会越过 300 年间发生的种种偶然事件,去诅咒弗朗西斯·德雷克,说他不该袭击里奥阿查。这只是一种出气办法罢了,因为事实上,他俩一直到死都被一条比爱情更坚实的纽带系结在一起:那是一种共同的良心谴责。他们俩是表兄妹,是在那个古老的村子里一起长大的。由于双方祖先的勤劳和良好的习惯,那个村子成了全省最好的村子之一。虽然他们的结合从他们降生时就可以预见到,但是当他们表示出结婚的愿望时,他们的亲属企图阻止。他们担心,几百年来互相联姻的两个家族的这一对健康的根苗,会遭遇生养蜥蜴的耻辱。曾经有过一个可怕的先例,乌苏拉的一个姑母跟霍塞·阿卡迪奥·布恩地亚的一个叔父结婚,生了一个儿子,这个儿子一辈子都穿宽大的肥腿裤,在最纯洁的童贞状态中度过了 42 年,最后因流血不止而去世了。因为他从出生到长大,身上都带着一条拔塞器似的软骨尾巴,尾巴梢上还有一撮毛。

---

① 克里奥尔人:是出生在拉丁美洲的欧洲人后裔。

这条猪尾巴他从未给任何女人看过。当一个做屠夫的朋友用肉斧给他砍掉时，这条尾巴使他付出了生命的代价。霍塞·阿卡迪奥·布恩地亚那时才 19 岁，他以年轻人的轻率态度，一句话就解决了问题："生下猪崽也没关系，只要会说话就成了。"于是，他们俩就成了亲，奏乐放炮庆祝了三天。要不是乌苏拉的母亲用有关他们的后代的种种不祥预言来吓唬她，使她甚至不愿发生夫妇关系的话，本来他们从此会很幸福。乌苏拉担心身材魁梧、生性放纵的丈夫在她熟睡时强行非礼，所以在睡前总要穿上她母亲给她做的帆布套裤，裤子上还用纵横交错的绳子加固，前面用粗铁扣扣住。这样过了几个月。白天，丈夫养斗鸡，她跟母亲一起在绣架旁绣花。晚上，他俩成几个小时地拼命扭打，好像以此来代替性生活。后来人们的直觉也觉察到，发生了什么不正常的情况，于是，传出谣言说，乌苏拉结婚一年还是个处女，因为她丈夫没有能耐。

霍塞·阿卡迪奥·布恩地亚是最后一个听到谣言的人。

"你知道，乌苏拉，人家都在说什么！"他平心静气地对妻子说。

"随他们去说吧，"她说，"我们反正知道不是那么回事。"

这样又过了六个月，情况一切照旧，直到那个不幸的星期天，霍塞·阿卡迪奥·布恩地亚在斗鸡时赢了普罗登肖·阿基拉尔。后者见自己的鸡鲜血淋漓，又光火又激动，他走到离霍塞·阿卡迪奥·布恩地亚远一点的地方，想让整个斗鸡场都听清他要对他说的话。

"祝贺你啊，"他喊道，"看这只公鸡能不能讨好你老婆。"

霍塞·阿卡迪奥·布恩地亚沉着地收起了鸡，对大家说了声："我回头就来。"然后，冲着普罗登肖·阿基拉尔说：

"你呀，快回家去武装一下吧，因为我要宰了你。"

十分钟以后，他提着他祖父那支杀过野兽的标枪回来了。普罗登肖·阿基拉尔在斗鸡场门口等着他，那里已经围了半个村子的人。普罗登肖·阿基拉尔没来得及招架，霍塞·阿卡迪奥·布恩地亚就以公牛般的力气和第一个奥雷良诺·布恩地亚消灭这地区的老虎时的准确性，投枪捅穿了对手的喉咙。那天晚上，当人们在斗鸡场守灵的时候，霍塞·阿卡迪奥·布恩地亚走进自己的卧室。这时他妻子正在穿那条贞节裤，他朝她挥舞着标枪命令道："把这个脱掉。"乌苏拉对她丈夫的决定不敢含糊，只嘀咕了一声："出了事你负责。"霍塞·阿卡迪奥·布恩地亚把标枪往地下一插。

"要是你该生蜥蜴，我们就养蜥蜴，"他说，"可就是不能因为你的过错叫村里再死人。"

这是六月的一个美好的夜晚，天气凉爽，明月高照，他们俩在床上整夜未睡。凉风吹进卧室，传来普罗登肖·阿基拉尔的亲人们的哀号声，但他们俩却毫不理会。

这件事虽然被看作君子决斗,可是他们俩心中却感到内疚。一天晚上,乌苏拉睡不着,到院子里去喝水,在水瓮边上遇见普罗登肖·阿基拉尔。他浑身发紫,神情哀伤,正在设法用芦草堵住喉头的伤口。她并不觉得害怕,相反有些同情他。回到房中,她把看到的事告诉了丈夫,但他不以为然。"死人是不会出来的,"他说,"问题是我们忍受不了良心的责备。"过了两个晚上,乌苏拉在浴室里又见到普罗登肖·阿基拉尔在用芦草擦洗脖子上的血迹。又有一个晚上,她看到普罗登肖·阿基拉尔在雨中徘徊。霍塞·阿卡迪奥·布恩地亚对妻子的幻觉感到心烦,但当他拿起标枪走出门口的时候,却看到死者哭丧着脸站在那里。

"滚开!"霍塞·阿卡迪奥·布恩地亚喝道,"要不,你回来几次我就杀你几次。"

普罗登肖·阿基拉尔没有走开,霍塞·阿卡迪奥·布恩地亚也不敢扔标枪。从此以后他就睡不安宁。死者在雨中看着他时的无限忧伤的表情、对活着的人们的眷念以及在屋子里找水弄湿塞伤口的芦草时那焦虑的样子,这一切都在折磨着霍塞·阿卡迪奥·布恩地亚。"他大概挺难受的,"霍塞·阿卡迪奥·布恩地亚对乌苏拉说,"瞧他多么孤单啊!"乌苏拉非常感动,当她再次看到死者在掀灶上的锅盖时,就明白他要找什么了。从此以后,她在屋里到处放了盛满水的盆子。一天晚上,霍塞·阿卡迪奥·布恩地亚在自己房里看到他在洗伤口,于是再也不能忍受了。

"好吧,普罗登肖,"他说,"我们离开这个村子,尽量走得远些,而且永远不再回来,现在你可以安心走了。"

就这样,他们开始翻山越岭。霍塞·阿卡迪奥·布恩地亚的一些和他同样年轻的朋友,因为向往冒险生活,也丢下了房屋,带着妻儿,朝着那块谁也没有许诺给他们过的土地进发。临行之前,霍塞·阿卡迪奥·布恩地亚把标枪埋在院子里,把那些漂亮的斗鸡一只一只都宰了,他相信这样能叫普罗登肖·阿基拉尔多少安心一点。乌苏拉只带了一只放新娘服装的箱子、一些家用器具和她父亲传给她的一小盒金币。他们没有一条确定的迁移路线,只知道朝着里奥阿查的相反方向走,以免留下任何踪迹或遇到任何熟人。这是一次荒唐的旅行。到了第十四个月,因为吃猴肉喝蛇汤,乌苏拉的肠胃也搞坏了,但却生下了一个男孩,身体各部分都长得跟正常人一样。有一半路程,她是躺在一张系在杠棒上的吊床里,由两个男人抬着走过来的,因为她的两条腿肿得不成样子,静脉曲张的地方像隆起的水泡。孩子们虽然食不果腹,眼睛无精打采,让人看起来觉得可怜,但是他们比父母更能忍受旅途的劳顿,大部分时间里他们都觉得好玩。经过了差不多两年的旅程,一天早晨,他们成了第一批看到山脉西麓的人。从云雾笼罩的山巅，人们看到大沼泽一望无际的水域，一直延伸到世界的另一头。但是，他们始终没有找到大海。他们在泥沼地里漫无目标地走了几个月之后，一天晚上，在离开遇见最后几个土著居民的地点很远的一条砾石累累的小河边安了营，那小河的河水像一股冰凉的水晶的激流。若干年以后，在第二次国内战争期间，奥雷良诺·布恩地亚上校试图沿这条路线去奇袭里奥阿查，可是走到第六天，他明白那是一种狂想。那天晚上在河边上安营时，他父亲的那支队伍就像一批走投无路的遇难者，不过，他们的人数在旅途中有了增加，而且所有的人都指望享其天年（后来都如愿以偿了）。那天晚上，霍塞·阿卡迪奥·布恩地亚作了一个梦，梦见这地方建起了一座喧闹的城市，城里的房屋都用镜子作墙壁。他问那是什么城市，人家告诉他一个从未听到过的、毫无意思的、但在梦中听来却很神奇的名字：马贡多。翌日，他说服了大伙儿，使大家相信他们永远也找不到大海了。他命令大家把河边最凉快的地方的树木砍掉，开出一片空地，在那里建起了村子。

霍塞·阿卡迪奥·布恩地亚始终未能揭开梦里用镜子作墙的房子这个谜，直到那天他认识了冰块，才自以为懂得了这个谜的深刻意义。他设想在不久的将来，可以用水这种日常所见的材料，大规模制作冰块，并用它们来建造村里的新住宅。马贡多将不再是一个炎热的地方（这儿的铰链和插销都热得弯曲了），而变成一个四季如冬的城市。如果说他没有坚持尝试建造制冰厂，那是因为当时他对教育儿子们十分起劲，尤其是教育奥雷良诺，后者从一开始就表现出对炼金术有一种罕见的直觉。炼金试验室的积灰已被清除干净。父子俩重读了一遍墨尔基阿德斯的笔记，这一次阅读是冷静的，他们不再因为内容的新奇而激动。然后，又进行了长时间的耐心的试验，以便设法把乌苏拉的金子从粘在锅底的锅巴中分离出来。年轻的霍塞·阿卡迪奥几乎没有参加。当他父亲把整个身心都扑在水管上的时候，这位任性的长子——跟年龄相比，他的体格一直显得过分高大——长成了一个魁梧的小伙子，嘴唇边布满了初生的茸毛。有天晚上，他脱衣服准备睡觉，正巧乌苏拉走进房间看到了。她觉得心里有一种又惭愧又怜悯的感觉：除了她丈夫外，这是她看到的第一个光身子的男人。他已经发育得如此齐全，以至在乌苏拉看来不太正常。乌苏拉正怀着第三个孩子，这时又体验到当新娘时的那种恐惧。

那个时候，有一个满嘴脏话、举止轻佻的快活女人经常到家里来帮忙料理家务，她还会用纸牌给人算命。乌苏拉跟她谈起儿子的事，说他的发育与年龄不相称，这跟她表兄的猪尾巴一样，是违反自然的。那女人听后放声大笑，笑声像玻璃声一样清脆，在整个屋子里回荡。"刚好相反，"她说，"这是他的造化。"几天后，为了证实她的预言，她带了一副纸牌来，跟霍塞·阿卡迪奥一起反锁在紧靠厨房的一间谷仓里。她非常平静地在一张破旧的木匠桌上摊开了牌，嘴里东拉西扯地说着话；小伙子在一旁等待着，心里与其说好奇不如说厌烦。突然，她伸手摸了他一下。"长得多棒啊！"她真的害怕了，只挤出这么一句话。霍塞·阿卡迪奥感到骨头里充满了泡沫，感到一种懒洋洋的恐惧，他非常想哭一场。那女人没有对他作任何暗示，可是当天晚上，霍塞·阿卡迪奥整夜在寻找着她胳肢窝里散发出来的、埋藏在她皮肤底下的那股烟味。他渴望时刻和她在一起，希望她就是他的母亲。希望他们俩永远不离开谷仓，让她说他"多棒啊"。希望她再摸摸他，说他"多棒"。一天，他忍不住了，便登门去找她。他作了一次正经而令人费解的拜访，坐在客厅里一言不发。这时候他不再想她，他觉得她变了，跟她那股烟气在他心中产生的形象毫无共同之处，仿佛成了另一个人。于是，他喝完了咖啡就快快不乐地离开了她家。当天晚上，在失眠的恐怖之中，他又一次以强烈的渴望想念她，但想念的却不是谷仓里的她，而是那天下午的她。

又过了几天，女人突然叫他上她家去，家里只有她和她母亲。她推说要教他玩一套纸牌戏法，把他带进了卧室。女人放肆地抚摸他，使他在最初一阵震颤后失望了，他感到害怕胜于快感。她要他当晚去找她。他敷衍着答应了，心里知道他不能去。可是，那天晚上，在热得发烫的床上他明白了，即使他没有能力也还得去找她。黑暗中他听到弟弟平静的呼吸声、隔壁房里他父亲的干咳声、院子里母鸡的喘息和蚊子的嗡嗡声，还听到了自己怦怦的心跳以及这时才发现的周围世界混乱的喧嚣声。他摸黑穿起衣服，来到了沉睡的大街上。他真心希望那女人家的大门是闩上的，而不是像她许诺的那样虚掩着，可是事实上门却开着。他用指尖一推，铰链发出一阵忧伤的、断断续续的呻吟，这响声在他心中引起了冰冷的回响。他侧过身子，尽量不发出声音。一走进屋里，就闻到了那股烟味。这时他还在客厅里，女人的三个兄弟的吊床就挂在那里。他不知道吊床挂的位置，黑暗中又无法辨认，因此他要摸索着穿过客厅，然后去推开卧室的门，还得认准方向，不能摸错了床。他达到了目的，但还是碰到了吊床上的几个小伙子，因为吊床挂得比他想象中低。一个在打鼾的人在睡梦中翻了个身，用失望的语气说了声："那是星期三。"当他推开卧室的门时，因为地面高低不平，他无法避免房门擦着地板的声响。在一片漆黑之中，他忽然明白自己完全迷失了方向，但已经后悔莫及了。在这间狭窄的屋子里睡着她的母亲、另一个女儿和她丈夫以及两个孩子，还有那个也许根本不在等他的女人。要不是那烟味充斥整个房子的话，他本可以循着气味找去。那气味是那样骗人，又像一直藏在她皮肤底下那样清晰可辨。他一动也不动地站了好大一会儿，正当他惊恐地怀疑自己怎么会落到这孤独无援的绝境时，突然，一只伸开五指在黑暗中摸索的手触到了他的脸上。他并不感到惊讶，因为尽管他不知道，那女人却在等他。于是，他随着那只手跟了过去,在一种可怕的筋疲力尽的状态中被带到了一个无从捉摸的地方。在这奥秘莫测的黑暗之中,他的手臂也成了多余的东西。那里闻到的不是女人的气味,而是阿摩尼亚臭味。他试图回忆那女人的面容,可看到的是乌苏拉的脸。他模模糊糊地知道,他正在干一桩渴望已久但从未想到真能如愿的事;可是却不知道如何在进行,因为他弄不清脚在何处头又在何处,也不明白究竟是谁的脚是谁的头。他觉得再也受不了腰里冰冷的寒气和肚子里的空气,受不了那种恐惧,也受不了那既想逃走又想永远留在那恼人的寂静和可怕的孤独之中的、缺乏理智的渴望。

　　女人叫庇拉·特内拉,她是最后建立了马贡多的移民中的一个。她家里人把她带来是为了使她离开一个男人,那人在她 14 岁时强奸了她,尔后又一直爱着她,直到她 22 岁。可是他从未下决心公开他们之间的关系,因为他是外乡人。他答应跟随她直到天涯海角,但后来,等他办完他的事情,她却早已等得不耐烦了。她把男人们全当成是他,不管是高个子还是矮个子,金发的还是黑发的,也不管是陆路来的还是海路来的,只要是纸牌许诺给她的,她就跟他们混上三天、三个月或者三年。在长期的等待中,她失去了粗壮的大腿、结实的乳房和娇柔的脾性,但狂乱的内心却依然如故。霍塞·阿卡迪奥被这个奇妙的玩物弄得神魂颠倒,天天晚上要穿过她家的迷宫去寻找她的踪迹。有一回她家的门给闩上了,他敲了几次,心想,有胆量敲第一次,就应该一直敲到底。他等了很久很久,她才给他开了门。白天,他躺着睡大觉,悄悄地在那里回味前一夜的情况。但是,当她兴致勃勃、若无其事地到家里来说笑的时候,他也能毫不费事地掩饰自己的紧张情绪,因为这个突然爆发出来的笑声能吓跑鸽子的女人,跟她在教他向里吸气、教他憋住心跳、使他懂得人为什么害怕死神时的那种无形力量似乎是毫不相干的。他那样神魂不定,以至当他父亲和弟弟熔开金属锅巴并分离出乌苏拉的金子这一消息轰动全家的时候,他还不知道大家为何这般高兴。

　　事实上,通过复杂而艰巨的工作,他们获得了成功。乌苏拉很快活,她甚至感谢上帝创造了炼金术。村子里的人挤满了炼金试验室,主人们拿出番石榴果酱和小面包,庆祝这一奇迹。霍塞·阿卡迪奥·布恩地亚让他们看坩埚和回收的金子,仿佛是他刚刚造出来似的。他挨个儿给人看,最后来到大儿子面前。大儿子这几天几乎没有在炼金试验室露面,霍塞·阿卡迪奥·布恩地亚把那块黄澄澄的干碴放到儿子眼前问他:"你看这是什么?"霍塞·阿卡迪奥坦率地回答:

"狗屎。"

　　他父亲反手在他嘴上狠狠打了一巴掌,打得他鲜血和眼泪一起流了出来。那天晚上,庇拉·特内拉在黑暗中拿了药瓶和棉花,用野菊汁给他敷肿,还为他做了一切他所希望的事而不用他费神,爱抚着他又不使他受到伤害。他们俩亲热着,过了一会儿竟不知不觉地窃窃私语起来。

"我要单独跟你在一起,"他说,"总有一天我要把这事告诉所有的人,再也不用偷偷摸摸的了。"

她没给他泼冷水。

"那敢情好,"她说,"要是只有我们俩在一块儿,就把灯亮着,互相看得清楚些,而且,我爱说什么就嚷什么,谁也管不着,你呢,想到什么下流话就在我耳朵边讲。"

这一次对话、对父亲的切齿痛恨以及立即不顾一切地相爱的可能性,使他产生了一种执著的勇气。他不假思索、不做任何准备就把一切都告诉了他的弟弟。

小奥雷良诺一开始只觉得危险,只知道他哥哥的大胆包藏着巨大的危险,却体会不到这类事情的使人心醉神迷之处。慢慢地他受到欲望的感染,他要哥哥讲述种种细枝末节,跟哥哥苦乐与共,一起担惊受怕,一起体验欢乐。他常常不睡觉,一个人躺在床上好像躺在一张火炭席上,等他哥哥等到天亮,接着又毫无倦意地谈论到起床。这样,两兄弟很快都得了萎靡症。他们对父亲的炼金术和学识才智都不屑一顾,两人一起躲进了孤独之中。"这两个孩子整天呆头呆脑,"乌苏拉说,"大概肚里有虫吧。"她用捣烂的土荆芥给他们熬了一剂泻药,兄弟俩以出人意料的坚韧精神喝了下去。于是,两人在一天中 11 次同时坐到便盆上,拉出了几条粉红色的蛔虫。他们俩欢天喜地到处端给人看,因为这样就可以引开乌苏拉的注意力,使她不再追究他们心不在焉和萎靡不振的原因。那时,奥雷良诺不但能够理解而且能够体会哥哥的经验如同身受,因为有一次当霍塞·阿卡迪奥详细地讲述爱情的奥妙时,他打断了对方的话问道:"有什么感觉呢?"霍塞·阿卡迪奥立即回答说:

"就像一次地震。"

一月的某个星期四的凌晨两点,阿玛兰塔出生了。乌苏拉在别人走进房间之前,先仔细地察看了孩子。孩子轻巧的、湿漉漉的身体像条小蜥蜴,但各部分却都是正常的。奥雷良诺直到看见家里挤满了人时才知道了这件新闻。他趁人多混乱溜出去找哥哥,他哥哥 11 点钟就不在床上了。因为这个决定作得太突然,他甚至来不及考虑如何才能把哥哥从庇拉·特内拉的卧室里叫出来。他在庇拉家周围徘徊了好几个小时,吹口哨打暗号,直到天快放亮时才不得不回家。在他母亲的房间里,他看到霍塞·阿卡迪奥一脸天真相,正在逗弄刚刚坠地的妹妹。

乌苏拉刚坐完 40 天的月子,吉卜赛人又来了。还是那批带来过冰块的走江湖玩把戏的人。他们跟墨尔基阿德斯的部落不同,不久就显露出他们不是人类进步的使者,而是娱乐消遣的贩子。就连那次带来的冰块,也只是作为马戏团里的一件奇物,而不是作为对人们的生活有用处的东西兜售的。这一次,除了别的一些奇巧玩意外,还带来了一张飞毯,但不是当作发展交通的一项重大贡献,而是作为一种供消遣的东西介绍给大家。当然,村里人挖出了他们的最后几小块金子,用来享受一次越过村舍的短暂飞行。嘈杂的人声掩护了霍塞·阿卡迪奥和庇拉,使他俩避开了惩罚,逍遥自在地在一起度过了几个钟头。在人群中,他们是一对幸福的情侣。他们甚至怀疑,爱情可以是一种比他们夜间幽会时放纵不羁但瞬息即逝的幸福更平静、更深沉的感情。可是,庇拉却打破了这种美景,她看到霍塞·阿卡迪奥有她陪伴着兴致很高,便不拘方式、不看场合一下子把什么都告诉了他。"现在你真成男子汉了。"她说。因为他没听懂她要说的意思,她又给他一字一顿地说道:"你就要有儿子了。"

听了这话,霍塞·阿卡迪奥接连几天不敢走出家门。只要一听到庇拉在厨房的格格笑声,他就跑去躲在炼金试验室里。那时,因为得到乌苏拉的赞许,试验室的炼金装置重新启用了。霍塞·阿卡迪奥·布恩地亚见儿子改邪归正,欣然接纳了他,教他做那终于开始了的寻觅炼金石的工作。一天下午,孩子们望着风驰电掣般掠过试验室窗户的飞毯,只见驾飞毯的吉卜赛人和本村的几个小孩正在飞毯上洋洋得意地招手,他们喜欢极了。霍塞·阿卡迪奥·布恩地亚却连看也没看一眼。"让他们去作梦吧,"他说,"将来我们要乘比这条破床罩更科学的工具,比他们飞得更好。"霍塞·阿卡迪奥虽然装得很专心,但始终不知道哲人之蛋的威力,在他看来,那只是一只做坏了的试管而已。他仍然无法排解心中的烦恼。他吃不下睡不安,愁眉不展,跟他父亲做事失败时一个模样。他这样神魂颠倒,霍塞·阿卡迪奥·布恩地亚还以为是他对炼金术过分专注所致,所以亲自接替了他在实验室的工作。奥雷良诺明白,他哥哥的烦闷不是寻求炼金石引起的,但无法掏出他心中的秘密。他哥哥已经不像以往那样随便,过去他们是同谋,他对他无话不说,现在却变得守口如瓶,对他怀有敌意。霍塞·阿卡迪奥痛恨这个世界,渴望孤身独处。一天晚上,他像往常一样离开了床,但没有去庇拉·特内拉家,却混进了看热闹的人群。他在各种机巧玩具中间踱来踱去,没有一架使他感兴趣。他的眼光落在游艺场那面的一个人身上:那是一个非常年轻的吉卜赛女郎。她几乎还是个孩子,身上挂着一串玻璃珠,低着头。这是霍塞·阿卡迪有有生以来见到的最美的女子。她在人群中观看着一个人因为不听父母的话而变成蛇的悲惨情景。

霍塞·阿卡迪奥对这场面毫不留意。那边对人蛇的凄惨的审问还在进行,这边霍塞·阿卡迪奥拨开人群,移步来到吉卜赛女郎所在的第一排,在她的后面站定了。他挨着她的背后。姑娘想让开,但霍塞·阿卡迪奥却更加用力地紧贴在她背脊上。于是她觉察了,但一动也不动地依偎着他,又惊又怕地打着哆嗦,因为她无法相信如此明白的事实。最后,她脸上带着颤抖的微笑回头看了他一眼。这时,两个吉卜赛人把人蛇塞进笼子,把笼子搬进了帐篷。主持这个节目的吉卜赛人又宣布说:

"女士们、先生们,现在,我们要请诸位看一个女人的可怕的节目,因为她偷看了不该看的东西受到惩罚,每天晚上这个时候要砍一次头,一直要砍150年。"

霍塞·阿卡迪奥和那个姑娘没有观看斩首的场面。他们走进姑娘的帐篷,一面脱衣服一面迫不及待地亲吻起来。这是一只瘦弱的小青蛙,两条瘦腿还不及霍塞·阿卡迪奥的胳膊粗,但她的热情却补偿了体态的单薄。然而,霍塞·阿卡迪奥无法承她的情,因为他俩是在一顶公用帐篷中,吉卜赛人进进出出在搬着马戏道具,干着他们的事情,有时还在床边待上一会玩玩骰子游戏。悬挂在中间撑柱上的灯火照亮着整个帐篷。在他们俩抚爱亲热的间歇,霍塞·阿卡迪奥躺在床上不知如何是好,姑娘就在他旁边。不一会儿,进来一个体态丰盈的吉卜赛女人。一个男人陪着她,那人既不参加演出,也不是本村人。那女人也不招呼一声,就盯着霍塞·阿卡迪奥看,她不胜羡慕地看着这头憩息着的绝妙的公兽。

"小伙子,"她叫了起来,"愿主保佑你健壮!"

霍塞·阿卡迪奥的女伴要求他们让他俩安静些,于是,那对男女就在离床很近的地上躺下了。别人的热恋激发了霍塞·阿卡迪奥的欲火。姑娘眼眶里噙着泪水,周身发出忧伤的叹息和一种模糊的泥浆味。但她以惊人的坚强和勇气忍受了这次打击。此刻,霍塞·阿卡迪奥只觉得飘飘然进了仙境,在那里,他的心融入一股柔情的淫荡之泉,泉水涌进姑娘的耳朵,又从她的口中流出,变成了她的语言。那天是星期四。星期六的晚上,霍塞·阿卡迪奥用红布把头一裹,跟着这批吉卜赛人走了。

乌苏拉发现儿子失踪,就在村子里到处寻找。吉卜赛人遗弃的营地里只剩下一堆堆垃圾,混杂在从熄了火的炉子里倒出来的还在冒烟的灰烬之中。有人在那里来回走动,在垃圾堆里捡玻璃珠。那人告诉乌苏拉说,前一天晚上看到她儿子混在一群喜剧演员中,推着一辆载人蛇的小车走了。乌苏拉回家告诉丈夫:"他去当吉卜赛人啦!"丈夫对儿子的失踪毫无惊奇的表示。

"但愿这是真的,"霍塞·阿卡迪奥·布恩地亚一边说,一边在碾石臼,石臼里的东西被碾碎了又烧结成块,反复过一千次了,"这样他才能学会做个男子汉。"

乌苏拉出门打听吉卜赛人的去向,一路走一路问,总以为还赶得上他们。她愈走愈远,到发觉走得太远了时,已经不想往回走了。霍塞·阿卡迪奥·布恩地亚直到晚上八点钟才发现妻子失踪。他把捣碎了的物质放在粪床上加热,想去看看小阿玛兰塔怎么会哭哑嗓门的,这才发现乌苏拉不见了。几小时以后,他召集了一批男人,打点整齐,把阿玛兰塔托付给一位自愿给孩子喂奶的妇女,就沿着看不见的小道去追乌苏拉了。奥雷良诺也跟了去。黎明的时候,几个语言不通的土著渔民打着手势告诉他们,没有人从那里经过。他们徒劳地找寻了三天,回到了村子里。

霍塞·阿卡迪奥·布恩地亚垂头丧气地过了几个星期。他像慈母般地照料着阿玛兰塔,为她浴洗更衣,一日四次送她去喂奶,晚上还为她唱乌苏拉也从未唱过的歌。有一次,庇拉·特内拉自告奋勇在乌苏拉回来之前帮助料理家务。奥雷良诺凭他神秘的直觉早已感知了那些不幸事件。他见庇拉进来,只觉得头脑里闪过一道亮光,于是他明白了,他哥哥的出逃和随之而来的母亲的失踪,都是这女人用某种难以理解的方式一手酿成的。他怀着默默的、但毫不容情的敌意瞪着那女人;使她再也没有踏进他家的大门。

时光的流逝使一切又恢复了常态。霍塞·阿卡迪奥·布恩地亚父子不知从何时起又回到试验室里,他们摇曳粉末,加热试管,从粪床上取下躺了几个月的物质,又一次耐心地操作起来。连睡在藤摇篮里的阿玛兰塔,也好奇地望着父亲和哥哥在水银蒸汽缭绕的小屋里专心致志地工作。乌苏拉出走后几个月,有一次试验室里发生了几桩怪事。一只放在柜子上久已被人遗忘的试管,突然变得重得无法搬动。工作台上的一锅水,不经加热就沸腾起来,半小时后蒸发得一干二净。父子俩看着这些现象又惊又喜。他们不能解释这些现象,于是把这说成是新物质出现的预兆。一天,阿玛兰塔的小摇篮竟不胫而走,在房间里兜了一圈。奥雷良诺大吃一惊,赶紧过去抓住。但是,父亲却一点不惊慌,他把摇篮放回原处,把它缚在桌子脚上,心想,盼望已久的事即将来临了。这时,奥雷良诺听到他说:

"你不害怕上帝,也得害怕金属呀!"

突然,失踪了近五个月的乌苏拉回来了。她兴高采烈,青春焕发,穿着村子里从未见过的款式新颖的衣服回到家中。霍塞·阿卡迪奥·布恩地亚对此喜不自禁。"果真如此!"他喊道,"我早就知道会发生的。"他真的料到了,因为在闭门不出的漫长日子里,他一面操作,一面在心中祈求着,希望即将出现的奇迹不是发现点金石,不是发现吹一口就能使金属变活的灵气,也不是发现使家中的铰链门锁变黄金的神力,而是现在已经发生的事情:乌苏拉回家。然而,乌苏拉却没有分享他的喜悦。她同他接了一个平常的吻,仿佛他们只分别了一个小时似的。她对他说:

"你到门外去看看。"

霍塞·阿卡迪奥·布恩地亚走到街上,看到一大群人,他过了好大一会儿才从惊讶中恢复过来。这些不是吉卜赛人,是和他们一样头发平直、肤色棕褐的男男女女,跟他们讲同样的语言,感受同样的痛痒。他们带来了载着食物的骡子和装满供出售的家具、日用器具、烟卷和轻便瓦器的牛车,但他们没有生活中常见的小贩们的噱头。他们都来自沼泽地的那一边,离村子两天的路程。那里的村镇每月都收到邮件,那里看得到造福于人类的机器。原来,乌苏拉没有追上那批吉卜赛人,但却找到了她丈夫在失败的远征中没有找到的那条通向伟大发明的道路。

(黄锦炎、沈国正、陈泉　译)

返本归源

[古巴]阿莱霍·卡彭铁尔

一

"你想干吗,老头儿?"

好几次,脚手架上的人向他投来这个问题。

然而,老头儿根本不加理睬。他走来走去,东张张、西探探,嗓子里不时吐出一串串自言自语,谁也听不懂他到底在唠叨什么。

屋顶上的瓦已统统揭掉,落在早已凋零不堪的花坛上,被埋在碎砾丛中。上面,铁镐飞舞,敲下块块石头,夹着纷纷扬扬的石灰和尘土,沿着木槽翻滚滑下。从渐渐拆成断垣残壁的堞口望去——犹如剥去神秘的外衣——可以瞥见椭圆形的或四方形的天穹、飞檐,以及各色各样的花环饰、齿状饰、半圆饰,还有那些活像蜕下的老蛇皮从墙上剥落下来的上胶纸,一尊谷神像矗立在后院缀着怪面饰的喷水池,因年深日久,这些饰纹业已模糊不清。谷神像的鼻子断裂,披肩颜色暗淡,饰有各种谷物的头冠弄得黑一条白一搭,站在那里,目睹着墙毁房拆。池水里的灰色鱼群在阴影里待长了,被阳光一照,在布满苔藓的浊水里懒洋洋地打着哈欠,用鼓鼓的眼睛瞅着那些映衬在晴空下的黑油油的工人,一点一点地在削平那座具有百年历史的老房子。

老头儿坐在谷神像座下,下巴支在拐杖上,眼睁睁望着脚手架里那些吊桶上上下下搬运着被拆下的、尚稍具价值的东西。从街上传来隐隐约约的嘈杂声;房上,在铁和石块的撞击声中,还夹杂着滑轮吱吱嘎嘎的转动声,仿佛就像那些令人讨厌的突胸鸟发出的啼鸣。

钟敲5点。飞檐和屋架上已空无人影。只留下几座手梯,等待着来日的进袭。空气显得凉爽多了:闻不到汗臭味,也听不到粗言恶语声、绳缆的吱吱扭扭声、需加油润滑的车轴的吱吱格格声以及在渗汗冒油的胸脯上噼噼啪啪的拍掌声。似乎黄昏对这座被拆毁的屋子光顾得更早些。以往这个时候，那排现在已经倒塌的最上一层的栏杆，还常常将落日的余晖投给正墙，如今却已蒙上阴影。谷神像紧闭着嘴唇。屋里的房间还是第一次在没有百叶窗、无掩遮地面朝大堆破砖乱瓦的情况下度过夜晚。

几个倒塌的塔尖违心地躺在乱草丛中，萝芳花叶将它们烘衬点缀得仿佛也成了植物一般。一株牵牛草误被它们貌似本家的外表所惑，居然将自己的藤蔓向它们那爱奥尼亚式螺旋饰伸去。夜幕垂临，那座削矮不少的屋子离地显得近些了。一座门框依然残立在高处，两扇黑糊糊的门板依然挂在七零八落的铰链上。

二

此时，那个黑老头儿依然待在那里没动弹。他掉转拐杖指向那瓦砾堆，脸上露出奇异的表情。

顿时，只见黑色的、白色的大理石方砖飞将起来，落到各层地面，照原样铺好；一块块房石也跳将起来，准确地落到墙上，将缺口和裂缝填上；带饰钉的胡桃木门扇重新嵌入门框，螺钉飞快地旋入铰链孔；掉在荒凉凋零的花坛上的碎瓦，借助花的力量，顶将起来，拼成整块，轰隆隆风卷着拔地而起，雨点般地降到屋面上。整幢房子蓦地升高，恢复原来模样：纯洁、端庄。谷神像也不像先前那样灰溜溜。喷水池里的鱼也增多不少。水的淙淙低语唤醒了被遗弃的秋海棠。

老头儿将一把钥匙插进大门的锁眼，进门后将窗户统统敞开。他的鞋跟磕在地上，在屋里传出空谷般的回声。他点亮烛灯，黄色的烛光映在家人的油画像上，忽闪忽闪，悠悠晃晃；所有的过道、回廊里挤满穿着黑衣服的人群，在搅拌咖啡的匙杯撞击声的陪伴下，低声地交谈着。

唐马西亚·卡贝利亚尼亚侯爵躺在灵床上，胸前缀满光熠熠的勋章，周围燃着四枝巨烛，挂着长长的烛泪。

三

烛泪消失，巨烛渐渐增高，直至恢复到点燃前的模样。这时，一盏灯忽地点亮，盖过巨烛的弱光。巨烛被移至一旁，烛芯冒着烟，慢慢恢复到未燃前的白色。客人散尽，马车在黑夜中纷纷离去。唐马西亚按下一只无形的按钮，睁开了双眼。

房顶的梁木似乎杂乱无章地返回原来的位置；药瓶、锦缎流苏、沙发靠巾、银版照片，以及铁窗栏杆等一切东西都仿佛从黑暗中显露出来，看得清清楚楚。医生虽然怀着职业性的忧伤摇摇脑袋，但病人却觉着好多了。他睡了几个小时，醒来时，只见阿纳斯塔西奥神父一对乌黑的浓眉大眼正盯着他。他没有坦率、详尽、如实地忏悔自己的罪愆，而是吞吞吐吐、不痛不痒、躲躲闪闪。事实上，那个白袍僧有什么权利来干涉他的生活呀！

突然之间，唐马西亚又没有躺在病床上了。他现在躺在卧室中央，太阳穴如释重负，他出奇迅速地站起身来。那个赤身裸体的女人躺在花缎似锦的床上伸着懒腰，然后寻找一阵衬裙、紧身背心；不一会儿，一阵窸窸窣窣的丝绸摩擦声带走了扑鼻的芳香。楼下，一辆车门紧闭的车子里，一只装满沉甸甸金币的信封搁在座位上，遮住车座上的饰钉。

唐马西亚觉着不舒服。对着壁架上的镜子整理领带时，他发觉自己的脸部充血了。他下楼来到办公室，见执法官、律师、书记们正等他安排拍卖房产的事。一切都是徒劳；他的家产最终将随着一声击桌的木槌声，落到出价最高的投标人手中。客人们一阵道别，遂将他独自一人留在室内。他想着那些写在用黑色丝带维系起来的隐纹纸上的字句所包含的神秘意义：保证、誓言、条约、证词、声明，以及姓名、职衔、日期，还有地产、森林、矿山，等等，都维系在这些黑色线带上。那是一团出自染缸的乱丝，绊住人们的脚，免得走上国法不容的邪道；那是一条套在脖子上的绳索，一俟听到随心所欲、胡言乱语的可怕声音，便会勒紧它的制动钮。如欲寻衅找麻烦，打起笔墨官司，自己签下的名字早就将他背叛。一旦缚上这条绳索，一具血肉之躯也就变成纸人。

黎明了。可餐厅里的钟才敲过下午六点钟。

四

居丧已数月，日盛一日的悔恨如阴影一般笼罩着这些日子。最初，带一个女人到这卧室里来的想法，在他看来，简直是天经地义的。然而，渐渐地，对新的肉体的渴望被日益增长的顾忌所替代，这些顾忌最后竟成了折磨人的鞭子。一天夜里，唐马西亚用这根皮鞭将自己抽得皮开肉绽，然而，欲望却更加强烈，虽然比较短暂。

突然，一天下午，早已仙逝的侯爵夫人仿佛从阿尔门达莱斯河畔散步回来。敞篷马车的马匹鬃毛上除沾着汗水外，并没带来任何别的湿气。在那天余下的时间里，那些马一个劲儿地刨蹶子。使劲踢着马厩的挡板，似乎为那低垂的云彩纹丝不动所激怒。

黄昏时分，侯爵夫人浴室里盛满水的浴缸被打破。随后，五月的雨水灌满水池。那个黑老婆子在院子里边走边喃喃低语："要小心河水啊，孩子；凡流动着的绿色玩意儿都要小心啊！"没有一天在水池边见不到这老女仆的人影。然而有一天，她在池边的形象终于消逝，原因无非是侯爵夫人从总督举办的一年一度的舞会上回来后，她将一杯咖啡泼在了夫人从巴黎带来的衣服上。

许多亲戚仿佛重又露面，不少朋友也仿佛重又出现。吊挂的株形烛台将大客厅照得通明。正面墙上的裂缝渐渐弥合。那架钢琴换成了翼琴。棕榈树还没有那么多环圈,藤蔓也松开它最先攀附的飞檐。谷神像的黑眼圈恢复原来的洁白色,屋顶的塔尖焕然一新,似乎刚雕琢的一般。那时节,唐马西亚情爱如灼,时常搂着侯爵夫人的纤腰度过整个下午。那时节,他还没有什么鱼尾纹、额头纹和颈皱;全身皮肉结结实实,不像现在那么松弛。一天,屋里飘起一股新鲜油漆的气味。

五

腼腆害羞在当时还是显而易见的。每天夜里,屏风只略略打开一条缝隙;内衣、裙子搭在光线最暗的角落里,又垒起一堵花边的路障。最后,侯爵夫人吹熄了灯,只有他一个人还独自在黑暗里说着话。

一大队马车浩浩荡荡向甘蔗园出发。在阳光映照下,枣红色的马臀、银白色的马嚼子以及车厢的漆面熠熠闪烁。在那些将住宅内柱廊装点得红艳艳的圣诞花的花荫下,他俩才发觉彼此刚刚相识。唐马西亚吩咐奏乐跳舞,在这个散发飘逸着各种香味的日子里消遣娱乐一番。在这些香味中,有花露水的幽香、安息香浴水的芳香、蓬散柔发的清香,以及刚从柜子里取出来的床单的馨香,这些床单一打开,就会从里面掉出来一束束须芝草。甘蔗酒香随着弥撒钟声在微风中回荡。微风在低空徘徊,预示着沥沥渐渐的梅雨的来临;已经有几大滴雨点噼噼啪啪掉在干得好似铜音叉一般的瓦上,随即被吸吮得一干二净。经过紧紧拥抱的漫漫长夜,两人情投意合,如胶似漆,双双回到城里。侯爵夫人脱下旅行装,换上新娘服;按照习惯,夫妇俩到教堂去接受对他们的婚姻的认可。对至亲好友们都一一还了礼。然后,铜饰耀眼,马具闪烁,亲朋们各自驾车回家。但是唐马西亚一个时期里仍继续去拜访玛丽亚·德拉斯梅尔塞斯,直到将戒指送到首饰工场去熔铸那天为止。

唐马西亚的生活又往后翻过新的一页。在那座窗栏高高的房子里,谷神像被先前的一座意大利维纳斯像所取而代之,喷水池的怪面饰在熹微晨辉和室内烛光的交映下,几乎神不知鬼不觉地恢复了它的往昔凹凸分明的浮雕轮廓。

六

一天晚上,唐马西亚喝得醉醺醺的,被朋友们留下的烟气熏得晕乎乎的。他仿佛有种奇异的感觉,似乎家里的钟先敲五点、然后依次敲四点半、四点、三点半……这就好似感觉到其他不合情理的可能性一般;好似一个人彻夜不眠,神志恍惚之际,想象可以沿着无垠的苍穹在天际信步遨游,或可以在稳稳地安置在房梁之间的家具间踱步消遣一般。但,这些仅仅是昙花一现、瞬息即逝的印象,在他那尚未堕入沉思的心灵中并没留下丝毫的痕迹。

回溯到他未成年的一天,在家里的音乐厅里举行过一个规模庞大的舞会。想到那时他的签名不具有任何合法价值,想到那些账册文书之类,连同飞蛾、蠹虫从他的生活中销声匿迹,心中一阵喜悦。对于他们这些不被法律看重的人来说,法院也不成其为可怕的东西。小伙子们畅怀豪饮,喝得醉眼蒙眬,从墙上摘下一把镶嵌着珍珠母的吉他、一把古弦琴和一枝蛇形号来。有个小伙子给那座会奏《埃斯各西亚湖小调》的八音钟上了弦,而另一个小伙子则拿过一把猎号吹起来,那把铜制乐器原先同一支从阿郎胡埃斯带来的横笛一起躺在一口玻璃橱里的毡垫上。唐马西亚当时正无所顾忌地向坎波弗洛里多献媚,他煞有介事地摆弄起琴键,弹起《特里彼里-特拉帕拉》,加入这片喧闹声中。突然间,大伙儿一拥而上,爬进阁楼,原来他们记起,在那阁楼里,原先贮存着卡贝利亚尼亚家的各色衣服,在弥漫着樟脑味的柜子里,藏着几件礼服、一把公使佩剑、几件上了胶的战袍、一件某个英国王子的披风,以及几件饰有锦缎扣的宫廷制服,在衣服的褶皱里散发出阵阵潮气。顿时,在半明半暗的光线下,飞舞起红色的缎带、黄色的裙撑、黯灰的长袍以及各色丝绒花朵。有一件曾在狂欢节假面舞会上用过的带流苏的花花公子服,博得大伙儿一阵掌声。坎波弗洛里多在自己落满尘土的肩头披上一件克里奥约色的坎肩。那件坎肩,昔日某个祖母曾在对家族关系重大的夜晚,穿上它去煽起某个姓克拉里萨斯的富豪那业已泯灭的欲火。

年轻人装扮停当,重又回到音乐厅。唐马西亚头戴市政议员的三角帽,用手杖在地板上跺了三下,下令开始跳华尔兹舞。母亲们见女儿让小伙子把手搭在按照《时装花园》的老板最新裁制的胸衣的鲸须上,搂着腰,觉得老大不顺眼。门口黑压压地站着一大帮家人、马夫、女仆,他(她)们打老远的房间和憋气的阁楼来到这儿就为欣赏这种热闹的节日场面。跳完舞,姑娘和小伙子们又玩起捉迷藏来。唐马西亚拉起坎波弗洛里多藏到一架中国屏风背后,在她的脖颈上印上一个吻。她回赠他一方香气扑鼻的手绢,在它那布鲁塞尔式的花边上还保留着她酥胸的微温。

当姑娘们在晨曦的弱光里,走向灰黑的剪影映在海上的望楼和塔楼时,小伙子们则纷纷拥向酒吧舞厅;在那里,那些黑白混血女人戴着大镯子,穿着高跟鞋,跳着瓜拉恰舞,身体优美地扭动着。当时正是狂欢季节,所以“阿拉拉”黑人团体的人在一座石榴树荫覆盖的院子里,在间墙的后面敲起雷鸣般的鼓声。唐马西亚和他的那伙朋友,坐在桌子上、椅背上,不住口地恭维一个黑女人优美的舞姿。那女人虽然已头发灰白,但当她带着矜持的挑逗神情,一边跳着舞,一边侧着脸斜视时,她便变得漂亮起来,而且简直无与伦比的漂亮。

七

卡贝利亚尼亚家的公证人和遗嘱执行人唐阿蓬蒂奥来访日勤。他常常神情庄重地坐在唐马西亚的床头边,用他那硬木手杖敲敲地板,故意提前将唐马西亚吵醒。唐马西亚睁开惺忪的睡眼,一眼就瞧见公证人那件沾满头屑的羊驼毛长礼服,那礼服上两只袖子因专门经手地契、年金之类文件,已磨得油光可鉴。这时唐马西亚手头留下的只剩下一笔年金,数量不大不小,大致使他在任何方面都难以挥霍。于是,唐马西亚决心进圣克鲁斯皇家神学院。

经过各项勉强及格的考试,他开始经常进入讲堂听课,不过,拉丁文教师的课他是愈听懂得愈少。思想的世界在他乃空空如也;他头脑中原来的那个穿披肩、紧身衣、皱褶领、戴假发的辩论家、诡辩士云集的世界宗教会议,如今只不过成了塞满一堆毫无生气的蜡制形象的博物馆。唐马西亚现在就光满足对宗教教义经院式的解释,任何一本书上讲的,他都一概奉为金科玉律。《狮》、《鸵鸟》、《鲸须》、《美洲豹》,在铜版雕刻的自然历史上可以读到;而"亚里士多德"、"圣托马斯"①、"培根"、"笛卡儿"②等人名则以同样的印刷术印在黑字密密麻麻的书页前。在这些书里,在每个黑体标题下,都不厌其烦地分门别类列出对天地万物的看法。渐渐地,唐马西亚就抛开书本,如释重负。他的头脑轻松愉快,只接受对事物的本能的看法。既然冬天明亮的日光能照见港口的堡垒,又何必去想什么棱镜呢?一个苹果从树上掉下来,无非只对牙齿产生某种吸引力而已。一只脚踩在水塘里,无非是只踩在水塘里的脚而已。他一离开神学院,就把书本忘了个精光。日晕又复成为妖精,光谱依旧是种幻觉,至于奥克坦德罗则不过是背上带刺的甲壳虫。

不少次,他行色匆匆,心绪不宁,去寻访那些在墙脚下,在蓝色的门后窃窃私语的女人。其中有个女人穿一双绣花鞋,耳朵上佩着罗勒花叶,在炎热的下午,她的形象,犹如牙痛一般,始终紧追他不舍。然而,一天,一位听忏悔的牧师对他大发雷霆,提出警告,他害怕得哭泣起来。最后,他后悔不迭,发誓要从此断绝到偏僻的街巷去寻花访艳的念头,再也不受这番屈辱。这种受辱的感觉使他气呼呼地朝家走去,见到僻巷头也不回,低着脑袋径直走回家去——那僻巷在往日就是个信号,转进去就可以踩进吐艳飘香的门槛。

如今,他处于神秘的转折点,生活中充满着和缓平静,以及复活节的羊羔、瓷的鸽子、披着天蓝坎肩的圣女、金纸剪成的金星、东方三圣、长着天鹅翅膀的天

---

① 圣托马斯,基督的十二使徒之一。
② 笛卡尔(1596—1650),法国著名哲学家和学者。

使,还有驴神、牛神,和令人敬畏的圣徒、酒神蒂奥尼亚奥。唐马西亚梦见他缩肩弓背,一摇一晃地走着,仿佛在寻找失物一般。酒神一下撞在床上,唐马西亚惊魂不定地醒来,忙不迭拿起念珠默默祈祷。油灯里的灯芯发出惨淡的微光,照在那些已恢复原来色彩的物件上。

八

在童年的唐马西亚眼里,家具渐渐长高了。唐马西亚将前肘搁在餐桌边上愈见困难,带檐板的柜子似乎也宽大些了。楼梯上那些摩尔人像也仿佛显得高大些了,他们手中擎着的火炬离开楼梯平台的栏杆柱仿佛也显得近些了。扶手椅显得深了些,晃椅则老是要往后倒。他当时躺在饰有大理石环的澡盆里也无须团起腿来。

一天上午,唐马西亚正在看本内容放荡的书,突然间,心血来潮,想起要拿出久眠木盒里的铅制娃娃兵来玩。于是他将书藏到浴盆底下,打开蛛网密封的抽屉。写字桌太小,搁不下那么多铅娃娃。唐马西亚干脆一屁股坐在地上玩起来。他先将投弹兵八个一排摆开,然后布置好骑兵,护卫着旗手。后面是枪炮刷、点火杆。殿后是高音笛手和定音鼓手,最后跟着一群小鼓手。那些玩具迫击炮装有弹簧,可以把玻璃小球射出一米远。

"砰! ……砰! ……砰! ……"

马倒下了,鼓倒下了。黑奴埃里西奥唤了三次,他才答应着洗手下楼去吃饭。

打那天之后,唐马西亚养成了这个坐在瓷砖上的习惯。一经发觉这个习惯的好处,他纳闷自己怎么以前就没有想到这层。大人们宁愿汗流浃背,就喜欢坐在天鹅绒坐垫上。有几个坐垫就透出公证人——如唐阿蓬蒂奥——的汗臭味,他们就不知道把身子躺在始终那么冰凉的大理石上那个惬意劲。再说,只有坐在地上,才能一览无遗地看到房间里的每个角落和各种情景:如木头的美丽纹路、虫子的神奇的道路、阴影的角落,等等,这些是大人们所不知道的。下雨时,唐马西亚就躲到翼琴底下。每响雷声,都使共鸣箱颤抖起来,发出各种音符声。闪电从天上划下来,形成活像是风琴声、松涛声、曼陀铃琴声等音符延长号的拱顶。

九

那天上午,他被关在自己的房间里。他只听见家里人声嘈杂。给他送来的午饭比整整一天的饭还丰盛,有六个阿拉梅达点心店制作的馅饼——就是星期天做完弥撒后也只能吃到两个哩。他一直在看旅行画片玩,一直到愈来愈高的嗡嗡喧闹声从门下传进来，他才透过百叶窗朝外张望：只见来了一群人，上下一身黑，抬着一只带铜把手的大匣子。他正想大哭一场啊。可偏在这时，马车夫梅尔奇尔穿着走起来噔噔响的大马靴，嘴边挂着笑走了进来。他俩便玩起象棋来：梅尔奇尔扮马，唐马西亚扮国王，拿地上的瓷砖当做棋盘格。他可以一格一格走，而梅尔奇尔却只能这么走：往前跳一格，接着朝旁边跳两格，或者相反。他俩就这样一直玩到日落黄昏。

他起床后，就去吻他那躺在病榻上的父亲的手。老侯爵感到身体好些了。他装出一本正经的样子，跟儿子唠叨不少老生常谈的话。唐马西亚一边数着念珠，一边唯唯诺诺，一口一声"是，爸爸"、"不，爸爸"，仿佛牧师作弥撒时，助手在一旁帮腔似的。唐马西亚尊重老侯爵父亲，个中原因却谁也猜不透。他之所以尊重老侯爵，是因为后者身体敦实魁伟，夜晚出去跳舞时，胸前缀满光闪闪的勋章；是因为羡慕他那把指挥刀以及军官制服上的金银丝绣；是因为在圣诞节，他居然能吞下填满杏仁和葡萄干的一整只火鸡，打赌成功；是因为有一次，无疑是为了以示惩处，他抓住一个打扫清洁的黑白混血女仆，将她抱进卧室。唐马西亚躲在一幅幔帷背后，见那女人不久从里面出来，泪水汪汪，衣服狼藉，但对这场惩处反倒面露喜色，因为从此以后，总是由她把送回食品橱的装糖水水果的大盘子撤空。

父亲是个既宽宏豁达又令人敬畏的人；除上帝之外，父亲显然是他首先应当爱的人。对唐马西亚来说，父亲简直比上帝还上帝哩，因为前者的美德可是天天领教，实实在在的呀。然而，他还是宁愿接近天庭的上帝，因为上帝毕竟没有父亲那么令人俗不可耐。

＋

在唐马西亚眼里，家具又长高了些。这时的唐马西亚比谁都清楚，在床底下、柜子底下，以及在其他描金家具底下藏着些什么。他对任何人都秘而不宣这么个奥妙：要是缺了马夫梅尔奇尔，生活就不再有什么魅力。无论是上帝、他父亲，还是圣体节迎神会上金袍披身的主教，都不如梅尔奇尔那样在他心目中占有重要地位。

梅尔奇尔来自遥远的国度。他原是被人征服的君主的后代。在他们的王国里，有大象、河马、猛虎、长颈鹿。那里的人，可不像唐阿蓬蒂奥那样成天钻在光线黯淡、堆满卷宗的房间里埋首伏案。他们比任何动物都来得伶俐狡黠。譬如说吧，他们当中有人曾用 12 只烧雁穿成一串，然后用它们把扎枪伪装起来，用这种办法从蔚蓝的湖里逮到一条大鳄鱼。梅尔奇尔会唱许许多多的歌，这些歌一学就会，因为歌子的歌词没什么意思，而且来回重复。梅尔奇尔会在厨房里偷甜食；还会在夜里从马厩里逃出来；有一次，他还居然用石块袭击警察，然后消失在阿马古拉街的迷蒙夜色中。

下雨天,他便脱下马靴放在厨房的炉子旁烘烤。唐马西亚时常暗自思忖,要是他也有这么双靴子穿在脚上该有多棒。他把右边那只鞋叫卡拉宾,管左边那只鞋叫卡拉班。那个家伙啊,只要将两个手指伸在两片厚嘴唇中间打个呼哨,就能把未驯服的野马制得服服帖帖。这个身穿丝绒号衣,脚蹬马刺,头戴高礼帽的先生,也知道夏天大理石砖地凉爽可人,并常常在家具底下藏上个把从送往客厅的托盘里偷来的水果和馅饼。唐马西亚和梅尔奇尔两人共有一个秘密的仓库,里面藏有糖球和杏仁,他俩分别把它们称作"乌里,乌拉",说完,两人便会心地哈哈一笑。他俩把家里上上下下侦察个遍,只有他们知道在马厩下面有个小土窖,里面堆满了荷兰香水瓶;而在仆人房间上面那个废弃不用的阁楼里,一打盖满灰尘的蝴蝶刚刚被摘掉翅膀,关进破玻璃盒里。

十一

追溯到唐马西亚才学会摔东西时,他还不认识梅尔奇尔,那时,他所亲近的只是些狗。他家当时养着好几只狗:大虎犬、拖着奶头的小猎兔犬、老得连玩都玩不动的猎犬,还有那只绒毛狗,这只狗啊,有的时候别的狗老是追逐它,仆人们就不得不将它关起来。

唐马西亚喜爱那只叫卡内洛的狗,因为它会从卧室里叼来鞋子,或从院子里衔来玫瑰。这条狗哪,老是弄得一身煤灰,或是满身沾上红土;狼吞虎咽别的狗的食物;莫名其妙地吠叫一阵;把偷、抢来的骨头藏在喷水池脚下。有时它把刚下的鸡蛋弄碎掏空,用嘴猛地将母鸡拱到半空中。谁见了卡内洛都要踢上几脚才解气。然而,当卡内洛被人带走时,唐马西亚却急出病来了。卡内洛被抛到离卡贝利亚尼亚家老远老远的地方,占据了一个其他有狩猎和看家本领的狗所从来不会占据的位置。不过,它最后还是摇着尾巴,胜利地回到老家来。

卡内洛和唐马西亚撒尿经常在一块儿。有时他俩选中客厅里的波斯地毯,在上面泼上棕褐色的流体云状图案,慢慢地展延开去。这常常招来一顿打。但是挨几下揍并不像大人们所想象的那般疼痛。相反,倒使他们有个绝妙的借口,乘机扯起嗓子号叫一番,博取左邻右舍的同情。当那小瓦房里的斜眼老婆子称他父亲为"野蛮人"时,唐马西亚含着笑朝卡内洛瞧瞧。他们依然继续干号一阵,为的是捞到一块饼干。等饼干到手,一切便雨霁天晴,忘个精光。他俩趴在泥地玩土,在太阳底下打滚,在养鱼池里喝水,在罗勒花丛中探芳觅阴。炎热的时候,湿润的花坛那儿挤满了人。那儿还有那个灰鹅,罗圈腿中间悬着个垂囊;屁股光秃秃的老幺鸡;那条玫瑰红的舌头一伸一缩,哼着"乌里、乌拉"的小蜥蜴;用一枚爬藤的种子遮住洞口的小耗子。

一天，人们把那条狗指给唐马西亚看。

"汪！汪！"唐马西亚叫道。

他用它的话对它说着话，他获得了最大的自由，试图用自己小小的双手去获得在他双手所及范围之外的东西。

十二

饥、渴、热、痛、冷。唐马西亚那时对付外部世界的感觉还仅仅限于这些基本的现实。至于对光的感觉，已退居到次要地位。当时他还不知道叫什么名字。洗礼归来时，他嘴里还带着难受的盐味。那时，他几乎还没有嗅觉、听觉，甚至还没有视觉。他的小手惬意地抚摸着周围的东西。他还仅仅是个完完全全凭借触觉的敏感的生灵。宇宙万物统统透过他身上的每个毛孔才进入他小小的心灵。于是，他闭上那双只能影影绰绰看见模模糊糊的一些巨人模样的眼睛，钻进一个温暖、湿润、充满黑暗、濒临死亡的肉体。这个肉体一经感到这个小小的生灵被自己的血肉所包裹，生命遂又获得复苏。

然而，现在时间跑得飞快，使他的最后几个钟头变得短暂急促；一分钟一分钟嗖嗖地一闪而过，仿佛扑克牌在玩牌人的大拇指下刷刷飞出一般。

鸟儿们纷纷抖搂羽毛返回卵里。鱼儿们在池底脱掉鳞片，又凝成鱼卵。棕榈树收起厚叶，仿佛折起的扇子，消逝于地下。茎枝收回嫩叶，地面将一切属它所有的东西统统拽回地底。雷声在走廊里回响。皮手套上的毛又长了起来，羊毛毯自行拆线，羊毛重又长到那些原来生长在四面八方的羊身上。柜子、描金家具、床、十字架、桌子、百叶窗等一夜间统统飞离而去，到丛林中去寻找自己早年的根源。一切用钉子固定的东西也统统自行拆毁。一艘不知停泊何处的横帆船急匆匆地将铺在地上和砌在池底的大理石统统运回意大利原籍。所有的甲胄、铁器、锁头、铜锅、马笼头统统销熔，汇成一条金属的河流，沿着拆去屋顶的走廊流向地底下。一切物体统统返本归源，回复到最初的形态。泥土返回泥土，遗下的乃是一片荒土。

十三

次日，当工人们前来继续拆房时，发觉房子已经夷平，有人已经将谷神像拆走，卖给了一名古董商。工人们向工会埋怨一通，纷纷坐到市政公园的长凳上。这时，有个人向大家讲述起卡贝利亚尼亚侯爵夫人那已记忆模糊的历史。然而，无人听他饶舌，因为太阳在从东向西移，而要把时钟往右拨动，便会因为闲散无聊，时间显得分外的长，长得简直要把人拖向死亡一般。

（沈根发　译）

现实主义文学

20世纪的欧洲文学与19世纪及其以前的文学不同,不再由某一种思潮流派控制文坛,而是由几种文学思潮、方法并行发展,它们之间既有相互对立的一面,也有相互影响的一面。这也是由复杂的历史背景和急遽社会变革所形成的。

20世纪,尽管现代主义文学思潮席卷全球,现实主义文学虽不像19世纪那样处于主潮地位,但是在20世纪各个阶段,传统的现实主义文学依然占据重要位置,在欧美各国都涌现出一批又一批坚持并发展现实主义传统的作家,其中有不少都获得了世界性的声誉。法国的罗曼·罗兰和安德烈·纪德,德国的托马斯·曼、黑尔曼·海塞和雷马克,英国的劳伦斯、萧伯纳和约翰·高尔斯华绥,美国的杰克·伦敦、德莱塞、辛克莱和斯坦贝克,以及高尔基、肖洛霍夫等苏联的社会主义现实主义作家群等,都是20世纪传统现实主义作家的优秀代表。他们的创作在思想上以及在艺术方面与19世纪批判现实主义文学有着一脉相承之处,同时,对整个20世纪现实主义文学的发展,也具有一定的奠基作用。

尤其是苏联的社会主义现实主义文学,提出了社会主义现实主义为苏联文学创作和文学批评的基本方法,指出社会主义现实主义"要求艺术家从现实的革命发展中真实地、历史具体地去描写现实;同时,艺术描写的真实性和历史具体性必须与用社会主义精神从思想上改造和教育劳动人民的任务结合起来"。"社会主义现实主义保证艺术创作有特殊的可能性去发挥创造的主动性,去选择各种各样的形式、风格和体裁。"50年代以后,认为社会主义现实主义是开放体系的观念,又引发了"解冻文学"思潮,出现了一批比较真实地反映现实的作品。这些主张在当年对苏联文学的发展曾起了一定的指导作用,而且极大地影响了中国现当代的文学进程。

约翰·克利斯朵夫(节选)

[法国]罗曼·罗兰

克利斯朵夫虽然自己不求名,却也在高恩和古耶带他去的巴黎交际场中有了点小名片。他的奇特的相貌——老是跟他两位朋友之中的一个在新戏初演的晚上和音乐会中出现——极有个性的那种丑陋，人品与服装的可笑，举止的粗鲁，笨拙，无意中流露出来的怪论，琢磨得不够的，可是方面很广很结实的聪明，再加高恩把他和警察冲突而亡命法国的经过到处宣传，说得像小说一样，使他在这个国际旅馆的大客厅中，在这一堆巴黎名流中，成为那般无事忙的人注目的对象。只要他沉默寡言，冷眼旁观，听着人家，在没有弄清楚以前不表示意见，只要他的作品和他真正的思想不给人知道，他是可以得到人家相当的好感的。他没法待在德国是法国人挺高兴的事。特别是克利斯朵夫对于德国音乐的过激的批评，使法国音乐家大为感动，仿佛那是对他们法国音乐家表示敬意——（其实他的批判是几年以前的，多半的意见现在已经改变了：那是他从前在一份德国杂志上发表的几篇文章，被高恩把其中的怪论加意渲染而逢人便说的）——大家觉得克利斯朵夫很有意思，并不妨碍别人，又不抢谁的位置。只要他愿意，他马上可以成为文艺小圈子里的大人物。他只要不写作品，或是尽量少写，尤其不要让人听到他的作品，而只吸收一些古耶和古耶一流的人的思想。他们都信守着一句有名的箴言，当然是略微修正了一下：

"我的杯子并不大……可是我……在别人的杯子里喝。"

一个坚强的性格，它的光芒特别能吸引青年，因为青年是只仅仅于感觉而不喜欢行动的。克利斯朵夫周围就不少这等人：普通都是些有闲的青年，没有意志，没有目的，没有生存的意义，怕工作，怕孤独，永远埋在安乐椅里，出了咖啡馆，就得上戏院，想尽方法不要回家，免得面对面看到自己。他们跑来，坐定了，几个钟点的瞎扯，尽说些无聊的话，结果把自己搅得胃胀，恶心，又像饱闷，又像饥饿，对那些谈话觉得讨厌极了，同时又需要继续下去。他们包围着克利斯朵夫，有如歌德身边的哈巴狗，也有如"等待机会的幼虫"，想抓住一颗灵魂，使自己不至于跟生命完全脱节。

换了一个爱虚荣的糊涂蛋，受到这些寄生虫式的小喽啰捧场也许会很喜欢。可是克利斯朵夫不愿意做人家的偶像。并且这些崇拜的人自作聪明，把他的行为看做含有古怪的用意，什么勒南派，尼采派，神秘派，两性派，等等，使克利斯朵夫听了大为气愤。他把他们一起撵走了。他的性格不是做被动的角色的。他一切都以行动为目标：为了了解而观察，为了行动而了解。他摆脱了成见，什么都想知道，在音乐方面研究别的国家别的时代的一切思想的形式和表情的方法。只要他认为是真实的，他都拿下来。他所研究的法国艺术家都是心思灵巧的发明新形式的人，殚精竭虑，继续不断地做着发明工作，却把自己的发明丢在半路上。克利斯朵夫的作风可大不相同：他的努力并不在于创造新的音乐语言，而在于把音乐语言说得更有力量。他不求新奇，只求自己坚强。这种富于热情的刚毅的精神，和法国人细腻而讲中庸之道的天才恰好相反。他瞧不起为风格而求风格。法国最优秀的艺术家，在他眼里不过是高等的巧匠。在巴黎最完美的诗人中间，有一个曾经立过一张"当代法国诗坛的工作表，详列各人的货物，出起或薪饷"；上面写的有"水晶烛台，东方绸帛，金质纪念章，古铜纪念章，有钱的寡妇用的花边，上色的塑像，印花的珐琅……"同时指出哪一件是哪一个同业的出品。他替自己的写照是"蹲在广大的文艺工场的一隅，缀补着古代的地毯，或擦着久无用处的古枪"。——把艺术家看作只求技术完满的良工巧匠的观念，不能说不美，但不能使克利斯朵夫满足。他一方面承认他职业的尊严，但对于这种尊严所掩饰的贫弱的生活非常瞧不起。他不能想象一个人能为写作而写作。他不能徒托空言而要言之有物。

"我说的是事实，你说的是空话……"

克利斯朵夫有个时期只管把新天地中的一切尽量吸收，然后精神突然活跃起来，觉得需要创作了。他和巴黎的格格不入，对他的个性有种刺激的作用，使他的力量加增了好几倍。在胸中泛滥的热情非表现出来不可，各式各种的热情都同样迫切的要求发泄。他得锻炼一些作品，把充塞心头的爱与恨一起灌注在内；还有意志，还有舍弃，一切在他内心相击相撞而具有同等生存权利的妖魔，都得给它们一条出路。他写好一件作品把某一股热情舒解——（有时他竟没有耐性完成作品）——又立刻被另外一股相反的热情卷了去。但这矛盾不过是表面的：虽然他时时刻刻在变化，精神是始终如一。他所有的作品都是走向同一个目标的不同的路。他的灵魂好比一座山：他取着所有的山道爬上去；有的是浓荫掩蔽，迂回曲折的；有的是烈日当空，陡峭险峻的；结果都走向那高踞山巅的神明。爱，憎，意志，舍弃，人类一切的力兴奋到了极点之后，就和"永恒"接近了，交融了。所谓"永恒"是每个人心中都有的：不论是教徒，是无神论者，是无处不见生命的人，是处处否定生命的人，是怀疑一切，怀疑生亦怀疑死的人，或者同时具有这些矛盾像克利斯朵夫一般的人。所有的矛盾都在永恒的"力"中间融和了。克利斯朵夫所认为重要的，是在自己心中和别人心中唤醒这个力，是抱薪投火，燃起"永恒"的烈焰。在这妖艳的巴黎的黑夜中，一朵巨大的火花已经在他心头吐放。他自以为超出了一切的信仰，不知他整个儿就是一个信仰的火把。

然而这是最容易受法国人嘲笑的资料。一个风雅的社会最难宽恕的莫过于信仰；因为它自己已经丧失信仰。大半的人对青年的梦想暗中抱着敌视或讪笑的心思，其实大部分是懊丧的表现，因为他们也有过这种雄心而没有能实现。凡是否认自己的灵魂，凡是心中孕育过一件作品而没有能完成的人，总是想：

"既然我不能实现我的理想，为什么他们就能够呢？不行，我不愿意他们成功。"

像埃达·迦勃勒①一流的，世界上不知有多少！他们暗中抱着何等的恶意，想消灭新兴的自由的力量；用的是何等巧妙的手段，或是不理不睬，或是冷嘲热讽，或是使人疲劳，或是使人灰心，或是在适当的时间来一套勾引诱惑的玩意……

这种角色是不分国界的。克利斯朵夫因为在德国碰到过，所以早已认识了。对付这一类的人，他是准备有素的。防御的方法很简单，就是先下手为强；只要他们来亲近他，他就宣战，把这些危险的朋友逼成仇敌。这种坦白的手段，为保卫他的人格固然很有效，但对于他艺术家的前程决不能有什么帮助。克利斯朵夫又拿出他在德国时候的那套老办法。他简直不由自主地要这么做。只有一点跟从前不同：他的心情已经变得满不在乎，非常轻松。

只要有人肯听他说话，他就肆无忌惮地发表他对法国艺术界的激烈的批评，因之得罪了许多人。他根本不想留个退步，像一般有心人那样去笼络一批徒党做自己的依傍。他可以毫不费力地得到别的艺术家的钦佩，只消他也钦佩他们。有些竟可以先来钦佩他，唯一的条件是大家有来有往。他们把恭维这回事看做放债一样，到了必要的时候可以向他们的债务人，受过他们恭维的人，要求偿还。那是很安全的投资，但放给克利斯朵夫的款子可变了倒账。他非但分文不还，还没皮没脸地把恭维过他作品的人的作品认为平庸简陋。这样，他们嘴里不说，心里却怀着怨恨，决意一有机会便如法炮制，回敬他一下。

在克利斯朵夫做的许多冒失事中间，有一桩是跟吕西安·雷维-葛作战。他到处遇到他，而对于这个性情柔和的，有礼的，表面上完全与人无损，反显得比他更善良，至少比他更有分寸的家伙，克利斯朵夫没法藏其他过于夸张的反感。他逗吕西安讨论，不管题目如何平淡，克利斯朵夫老是会把谈锋突然之间变得尖锐起来，使旁听的人大吃一惊。似乎克利斯朵夫想出种种借口要跟吕西安拼个你死我活；但他始终伤不到他的敌人。吕西安机灵之极，即使在必败无疑的时候，也会扮一个占上风的角色；他对付得那么客气，格外显出克利斯朵夫的有失体统。克利斯朵夫的法语说得很坏，夹着俗话，甚至还有相当粗野的字眼，像所有的外国人一样早就学会而用得不恰当的，自然攻不破吕西安的战术了。他只是愤怒非凡地跟这个冷嘲热讽的软绵绵的性格对抗。大家都为他理屈：因为他们并看不出克利斯朵夫所隐隐约约感觉到的情形：就是说吕西安那种和善的面目是虚伪的，因为遇到了一股压不倒的力量而想无声无息地使它窒息。吕西安并不急，跟克利斯朵夫一样等着机会：不过他是等机会破坏，克利斯朵夫是等机会建设。他毫不费力地使高恩和古耶对克利斯朵夫疏远了，好似前此使克利斯朵

---

① 易卜生戏剧《埃达·迦勃勒》中的主角，怀有高远的理想而终流于庸俗浅薄。

夫慢慢地跟史丹芬家疏远一样。他使他完全孤立。

其实克利斯朵夫自己也在努力往孤立的路上走。他叫谁都对他不满意,因为他不属于任何党派,并且还进一步反对所有的人。他不喜欢犹太人,但更不喜欢反犹太的人。这般懦怯的多数民族反对强有力的少数民族,并非因为这少数民族恶劣,而是因为它强有力;这种妒忌与仇恨的卑鄙的本能使克利斯朵夫深恶痛绝。结果是犹太人把他当作反犹太的,而反犹太的把他当作犹太人。艺术家则又认为他是个敌人。克利斯朵夫在艺术方面不知不觉把自己的德国曲谱表现得特别过火。和某种只求感官的效果而绝不动心的巴黎乐派相反,他所加意铺张的是强烈的意志,是一种阳刚的,健全的悲观气息。表现欢乐的时候又不讲究格调的雅俗,只显出平民的狂乱与冲动,使提倡平民艺术的贵族老板大片反感。他所用的形式是粗糙的,同时也是繁重的。他甚至矫枉过正,有意在表面上忽视风格,不求外形的独创,而那是法国音乐家特别敏感的。所以他拿作品送给某些音乐家看的时候,他们也不细读,就认为它是德国最后一批的瓦格纳派而表示瞧不起,因为他们是一向讨厌瓦格纳派的。克利斯朵夫却毫不介意,只是暗中好笑,仿着法国文艺复兴期某个很有风趣的音乐家的诗句,反复念道:

......
得了罢,你不必慌,如果有人说:
这克利斯朵夫没有某宗某派的对位,
没有同样的和声。
须知我有些别人没有的东西。

可是等到他想把作品在音乐会中演奏的时候,就发现大门紧闭了。人们为了演奏——或不演奏——法国青年音乐家的作品已经够忙了,哪还有位置来安插一个无名的德国人?

克利斯朵夫绝对不去钻营。他关起门来继续工作。巴黎人听不听他的作品,他觉得无关紧要。他是为了自己的乐趣而写作,并非为求名而写作。真正的艺术家绝不顾虑作品的前途。他像文艺复兴期的那些画家,高高兴兴地在屋子外面的墙上作画,虽然明知道十年之后就会荡然无存。所以克利斯朵夫是安安静静地工作着,等着时机好转;不料人家给了他一个意想不到的帮助。

选自《约翰·克利斯朵夫》,傅雷译,人民文学出版社,1957

美国的悲剧(节选)

[美国]德莱塞

第四十七章

当晚他们计划停当,第二天早上分别乘坐两节车厢到草湖去。可是一到以后,发现草湖的居民比他当初预料的要多,这使他很诧异。这里的一派活跃景象使他很不安,很害怕。因为在他的想象中,以为这里跟大卑顿都是非常荒凉的。可是,一到这里,他们两人都可以看得明明白白,这里是夏季游览胜地,而且是一个小小的宗教组织或是宗教团体——宾夕法尼亚州的怀恩勃莱纳教派聚会的地方。而且还发现有教堂,从车站一直到湖边还有很多村落。罗伯塔立刻叫起来:

"啊,看啊,还不是很美么?为什么不能请那边那座教堂的牧师给我们证婚呢?"

克莱德给这个突然发生、很不如意的情况弄得又窘,又怕,马上说:"啊,当然喽,等一会儿我过去看看。"可是他心里正忙着想种种主意欺骗她。他要先去办好登记,然后带她坐船出游,而且要待很久。再不然,要是能发现一个特别僻静、不引人注意的地方……可是不成,这里人太多了。这湖就不够大,也许湖水也不够深。湖是黑色的,甚至是黑漆漆的,像柏油。东、北两面是一行行又高又黑的松树,据他看,仿佛像无数全副盔甲、非常警惕的巨人,甚至像恶魔,手持密林似的剑戟,这里的一切使他心境非常阴沉、多疑、而且感到莫名其妙的离奇古怪。可是人还是太多,湖上有数十人之多。

命运的不可思议啊。

这场灾难啊。

可是耳边轻轻响起一个声音:要从这里穿过树林到三里湾是不行的。啊,不成。这里往南,总共有三十英里呢。再说,这湖也不够荒凉,说不定这个教派里的教友们老在望着呢。啊,不,他必须说……他必须说……不过,他能说什么呢?说他问过了,这里弄不到证明书?还是说牧师不在,还是说要有身份证明,可是他没有,或是……或是,啊,随便说什么,只要能叫罗伯塔安下心来,到明天早上那个时刻为止。到那时,从南面开来的车就从这里开往大卑顿和夏隆,在那里,他们当然可以结婚。

为什么她要这么坚持呢?要不是因为她那么愚蠢地逼着他,他是不会耐着性子跟她这儿走走,那儿跑跑。每小时、每分钟都是上绞架,真是永远没完没了地叫良心背十字架。要是他能摆脱掉她,那多好啊!啊,桑德拉,桑德拉,要是你能从你那高高在上的宝座俯身助我一臂之力,那该多好啊。那就可以不用再撒谎了! 可以不用再受罪了! 可以不用再受各种磨难了!

可是,相反,还得说更多的谎话。毫无目的、烦死人地找荷花找了很久。加上他那不安宁的神情,弄得罗伯塔也跟他一样厌烦起来。他们划着船的时候,她心想,为什么对结婚这件事他会如此冷淡呢。本来可以事先安排好,那么,这次旅行便可以像梦境一般美,而且也本应这样的,只要……只要他能在乌的加把一切都安排好,像她所希望的那样。可是,这样等待,这样躲躲闪闪,活像克莱德这个人,那样摇摆不定、犹豫不决、拿不定主意。实在说,她现在已经又开始怀疑他的用意了,到底他是不是像他所应允的真心要跟她结婚呢。到明天或是至多后天,就可以明白了。既然这样,那现在又何必去担什么心呢?

跟着,在第二天中午到达肯洛奇和大卑顿。克莱德在肯洛奇下了车,陪罗伯塔到停候的公共汽车那里。还跟她说,既然他们要原路回来,她的提箱最好还是放在这里。至于他,因为照相机呀、草湖上买的午饭点心呀,都塞在他的手提箱里,所以他要带在身边,因为他们要在湖上吃午饭。可是到了公共汽车旁,他发现司机正是上次他在大卑顿听他说过话的那个向导,这一下他可真惶恐了。万一这个向导见过他,记得他呢! 他不是至少会联想到芬琪雷家那辆漂亮的汽车么? 贝蒂娜、斯图尔特坐在前面,他自己、桑德拉坐在后面,格兰特,还有那个哈利·巴谷特在外面跟他说话。

几周来,足以表明他慌乱害怕心理的冷汗,这时立刻从他脸上和手上冒出来。他究竟在想些什么啊? 譬如说,从莱科格斯到乌的加,他就忘了带便帽,或是至少在买新草帽以前,就把这顶帽子从手提箱里取了出来;再如他在到乌的加去以前就没有能把草帽先买好。

可是,谢天谢地,那个向导并不记得他! 相反,他只是相当好奇地问他,而且把他看作完全陌生的人:"到大卑顿去么? 是头一回去?"克莱德大大地放了心,但还是用颤抖的声音回答他说,"是的。"接着,他慌乱紧张地问:"那边今天人很多么?"他一说出口,就觉得这样问简直是发疯了。问题多的是,为什么单单问这个呢? 啊,天啊,他这种可笑、自我毁灭的错误,难道永远无尽无休么?

他实在不安极了,连向导回答他的话几乎都没有听见;即便听见,也好像只是从老远的地方传来的声音。"不很多。我看,不过七八个人。四号那天,有三十来人,不过多数昨天走了。"他们一路驶过潮湿的、黄色的道路,两旁的松树真是寂静无声。多么荫凉,多么静谧。虽然时当正午,可是松林里阴森森,松林深处一片紫色、灰色。要是在夜间或是在白天溜掉,在这一带哪里会碰到什么人?从森林深处传来一只樱鸟刺耳的尖叫,一只田雀在远处的嫩枝上颤声歌唱,银色的阴影里回荡着它美妙的歌声。这辆笨重的带篷公共汽车驶过小河、小川,驶过一座座粗糙的木桥时,罗伯塔谈到清澈的湖水:"那儿不是很迷人么? 你听到银铃似的水声么,克莱德? 啊,这空气多么新鲜啊!"

可是她马上得死了!

天啊!

可是万一这时在大卑顿,就是有房子和出租游艇的地方,有很多人,那怎么办呢? 或是万一那边的人分散在湖上,都是些打鱼的人,分散在各处打鱼,他们分散开来,单独一个人,到处找不到隐蔽、荒凉的地方,那怎么办? 他没有想到过这一层,这多么奇怪。这片湖说不定并不像他想象中那么荒凉,也许今天并不住了。见鬼,老是转这些念头,那他宁可去死。他究竟怎么会想到通过这样荒唐、残酷的阴谋给自己打一条出路的啊。先害死人,然后自己逃掉,也可以说是先害死人,然后装得好像他跟她都淹死了。

而他,真正的凶手,却溜之大吉,去追求生活,追求幸福去了。多么可怕的计划啊! 可是,不然又怎么办呢? 怎么办呢? 他老远来,不就是为了这件事么? 难道他现在就向后转么?

这时他身边的罗伯塔老以为自己就要结婚了,明天早上当然是结婚而绝不是别的什么;如今欣赏一下他老是讲起的这个湖,不过是附带的乐趣罢了。他老是讲起它,仿佛这比他们俩一生中任何事更重要、更有趣似的。

可是向导又说话,而且是对他说的:"我看您打算在这里留宿,是吧。我看见您把这位小姐的提箱留在那边了。"他朝肯洛奇点点头。

"不,我们今天晚上就走,搭八点十分的车。您送客人到那里去么?""啊,当然。""听说您送的,草湖那边的人说的。"可是为什么他要加这么一句关于草湖的话呢? 这说明他跟罗伯塔到这里来以前,是到过那边的啊。可是这个傻瓜还提到"这位小姐的提箱"! 还说留在肯洛奇。这魔鬼! 为什么他不管好他自己的事? 为什么断定他跟罗伯塔并没有结婚? 他是这样断定的么? 他们带的是两只提箱,而他带在身边的只有一只,那他为什么要提出这个问题呢? 多么奇怪! 多么无耻! 他怎么会知道? 是猜到还是怎么的? 不过,结过婚或是没有结过婚,这又有什么关系?

要是她不被打捞起来,"结过婚或是没有结过婚"不会有什么两样,不是么? 要是被打捞起来,并且发现她还没有结婚,那不是足以证明她是跟别的什么人一起走的么? 当然! 那么现在又何必为这件事担心呢?

··········

他心里很慌乱,某个念头、某个动作、某个行动,究竟有什么重要意义,他一时间也搞不清楚了,只是提着皮箱在前面带路,朝船棚码头走去。跟着,他把提箱丢到船上,问看船棚的人哪里风景最好,他想用照相机照下来。这一点问过了,毫无意义的说明也听过了,他就扶着罗伯塔上船(这时,她仿佛只是个朦胧的影子,走上了一处纯粹属于概念中的湖上一只虚拟的划子船),他自己也跟着她下到船上,坐在船中央,操起船桨来。

那平静的、玻璃似的、彩虹色的湖面,据他们俩这时看起来,都觉得与其说是像水,不如说是像油,像熔化了的玻璃,又大又重,浮在很深很深的、结结实实的地球之上,一阵阵微风吹过,多么轻飘,多么清新,多么令人陶醉,可是湖上却并没有吹起涟漪。两岸挺拔的松树多么柔和,多么浓密。到处只见一片片松林,松树又高,像尖尖的剑戟一样。松树顶上,只见远处黑黑的阿特隆达克斯山的驼峰。连一个划船的人都看不见,一所房子、一所小木屋也看不见。他想找向导提到过的那个篷帐,可是看不见。他想找说话声,或是任何什么声音。可是,除了他划船时双桨发出的噼啪声和后面两百步外、三百步外、一千步外看船棚的人跟向导谈话的声音,什么声音都没有。

"不是很寂静、很安谧么?"罗伯塔说。"这里真安静啊。我看真美,比哪个湖都要美。这些树好高,不是么? 还有这些山。我一路在想,那条路多阴凉,多清静,虽说有点颠簸。""刚才在旅馆里,你跟什么人说过话么?""怎么了,没有;你为什么问这个呀?""啊,我想你可能碰到什么人。不过,今天这里好像人并不多,不是么?""没有,湖上我简直没有看见什么人。后边弹子房里,我看见有两个男的。还有女宾休息室有个姑娘。就这几个人。这水不是很冷么?"她从船边把手伸进湖水里,追逐着他的船桨所激起的湛蓝的波纹。

"是么? 我还没有试过。"他停顿了片刻,把手伸到水里试了试,接着又划起来。

他不准备直接划到南面那个小岛去。这……太远,太早了。说不定她会觉得古怪的。最好再稍微耽一会儿。再留点时间盘算盘算,再留点时间逛逛。罗伯塔会想到要吃午饭(她的午饭!)西面一里外,有一片很美的洲渚。他们不妨到那里去,先吃了东西再说,也可以说是她先吃了再说,因为他今天不想吃。然后……然后……

………………

然后又到了水上,离岸约摸有五百英尺光景,船荡向湖心。他只是无目的地摸弄手里结实而有分量的小照相机。接着,在此时此地,很害怕似的往四周张望。因为,这一刻……这一刻……不管他自己怎么打算,这正是他总想躲避,却又紧逼着他的时刻。而且岸上没有说话声,没有人影,没有声息。没有路,没有小木屋,没有烟! 而且,这是他,或者可以说是别的什么一直跟他计划好的那个时刻。这一时刻,现在马上要决定他的命运了! 是行动的时刻——生死存亡的时刻! 现在,啊,他只要突然猛烈地侧向这一边或是另一边,跳起来,跳向左舷或是右舷,把船打翻。再不然,要是这样还不中用,就使劲摇晃船身,要是罗伯塔太啰唆,就拿起手里的照相机或是他右手中那支空着的船桨打她一下。这是做得到的,这是做得到的。既迅速,又简单,只要他这时能有此心肠,也可以说,只要他没有心肠,事后,他可以很快地游开,游向自由,游向成功,当然喽,游向桑德拉和幸福,游向他从没有领略过的更伟大更甜蜜的人生。

只是他为什么还在等待啊?

到底他是怎么一回事呢?

为什么他还在等待啊?

在这个毁灭一切的时刻,正迫切需要行动的时刻,意志、勇气、仇恨、狂怒,突然瘫痪了。罗伯塔在船尾她那个座位上盯着他那张惶惑而扭歪了、变了色,可又显得软弱、甚至神志错乱的脸。这张脸,并不是突然变得发怒、凶暴、狰狞,而只是突然变得慌乱,总之是充分表明了内心的斗争正在相持不下,一方面是害怕(这是生理化学上对死的一种反抗,对足以造成横死的暴行的一种反抗),另一方面是被逼得走投无路,蠢蠢欲动,要干,要干,要干,而自己却又在强行压制这种愿望。不过此时此地,这斗争暂时还胜负未定,一股逼着他干的强大力量,跟逼着他别干的力量,两股力量,势均力敌。

就在这时,他那对眼睛,眼珠愈睁愈大,愈加惨白;他的脸、他的身子、他的手在发僵,在蜷缩,他坐在那里僵僵地一动不动,他心里交战不下时那发呆的神气,越来越预兆着不祥。不过说老实话,倒并不是预兆着要悍然诉诸暴行,而是预兆着马上要昏过去,或是马上要痉挛。

罗伯塔突然察觉到这一切多么异怪,感觉到一种丧失理性的狂乱,再不然就是生理上、心理上恍恍惚惚的状态。跟这里的风景比起来,形成了这么异怪、这么令人痛心的对照。她于是叫起来:"怎么了,克莱德! 克莱德! 怎么回事? 你到底怎么了? 你样子好……好怪……好……怎么了,过去从没有见过你这样啊。怎么回事?"接着突然站起来,确切些说,是俯向前面,然后沿着平整的船龙骨爬过来,想要走拢到他身边,因为他那样子好像就要往船舱里倒,再不然就倒向一侧,然后跌下水去。克莱德一面马上感觉到:他自己失败得多惨,在这么一种场合,他多么懦怯,多么没有能耐;一面心底的愤恨即刻涌起来,不只是恨他自己,而且恨罗伯塔,恨她那一股力量,也可以说是恨这样阻挠他动手的那股生命的力量。可是又怎么也害怕。不愿意干,只愿意说,说他永远永远,永远永远,决不跟她结婚。说即便她告发他,他也绝不跟她一起离开这里,跟她结婚。说他爱的是桑德拉,只愿意黏住她;可就是连这些也没有能耐说出口来。就只是冒火,慌乱,横眉瞪眼。

接着,当她爬近他身边,想用一只手拉住他的手,并且从他手里接过照相机放到船上时,他使劲把她一推。不过即便是在这么一个时刻,他也绝没有存别的什么心、只是想摆脱她,别让她碰到他的身子,不要听她的恳求,不要她那抚慰的同情,不要跟她这个人照面,永远永远……天啊!

可是(照相机他还是下意识地抓得紧紧的),推她时用力太猛,不只是照相机打到她的嘴唇、鼻子、下巴,而且推得她往后倒向左舷,船身就歪向水边。接着,他被她的尖叫声吓慌了(一方面因为船歪了,一方面因为她的鼻子和嘴唇都破了),就站起身来,一半是想帮她或是挽她坐好,一半是想为这无心的一击向她表示歉意。可就这么一来;船就整个翻了,他自己跟罗伯塔立刻掉进水里。而正当她掉下水,第一次冒出头来的时候,船一翻,左舷撞在她的头上,她那狂乱、歪扭的脸正朝着克莱德,而他这时候却已经把身子稳住了。她既疼痛,又害怕,实在又被弄昏了,满怀恐惧,又莫名其妙。她生平最怕水,现在又掉进水里,又给他这么意外而全然无心地一击。

"救命啊,救命啊!"

"啊,天啊,我要淹死了,我要淹死了。救命啊! 啊,天啊!"

"克莱德! 克莱德!"

跟着,他耳朵边又响起那个声音!

"可是你,在这非常急迫的时刻,这……这……这不是你一向盘算着、盼望着的事么……现在你看吧! 虽说你害怕,你胆小,这……这……给你办好了。一件意外……一件意外……你无心的一击,就免得你再干你想干而又没有胆量去干的事了! 既然这是一件意外,现在你就不必去救,难道你现在还想过去救她,再一次自投罗网,遭受那些大大小小的惨痛失败么? 不是你已经给痛苦折磨得够受了,而现在这件事就使你解脱了么? 你也可以去救她。可是,你也可以不去救她! 你看,她怎样在挣扎啊。她被弄昏了。她自己是没有力量救她自己的;要是你现在游到她身边,那她这么慌乱、害怕,可能把你也拖到死路上去。可是你想活啊! 而让她活下去,那从此以后,你的一生就不值得活了。就只等片刻,等几秒钟! 等一下……等一下……别管她求救多么可怜。然后就……然后就……可是,啊! 看吧。好了。她现在正往下沉了。你永远永远,永远永远见不到活着的她了……永远永远。而且,你自己的帽子正浮在水面上,就跟你盼望的一模一样。船上还有她那绊住了桨架的面纱。随它去。不是可以表明这是一件意外么?"除这以外,什么都没有……几阵水波……这奇异的景象多么宁静,多么肃穆。接着,那只古怪、轻蔑、嘲弄、孤单的鸟再一次鸣叫起来。

吉特,吉特,吉特,卡……阿……阿……阿!
吉特,吉特,吉特,卡……阿……阿……阿!

外国文学作品与史料选（下册）

现实主义文学

吉特,吉特,吉特,卡……阿……阿……阿!

这只魔鬼似的鸟在那根枯枝上鸣叫——那只怪鸟。

接着,罗伯塔的呼叫声还在他耳边,还有她那对眼睛最后狂乱、惨白、恳求的神色还在他的眼前,克莱德就有气无力、阴沉地、茫然地游到岸上。

还有那个念头:不管怎么说,他并没有真正谋杀她。没有,没有。为了这一点,谢天谢地。他没有。不过(他登上附近的湖岸,抖掉衣服上的水),他杀人了吗? 还是没有杀? 不是他不肯去救她么? 而且他也许能把她救起来啊。而且使她失足落水,尽管是意外,实实在在还是他的过错,不是么? 可是……可是……

这天傍晚,昏暗、寂静。就在这隐蔽的树林深处,一个僻静的地方,就只他一个人:浑身滴水,干干的提箱在他身边。克莱德站在那里,一面等待,一面设法把身子弄干。不过,在这段时间当中,他把没有用过的照相机三脚架从提箱边取下来,在树林深处找到一株隐蔽的枯树,藏了起来。有什么人看见么? 有什么人在张望么? 他跟着又回来,可又不知道哪个方向对!

他必须往西走,然后往南。他决不能迷失了方向啊! 可是那只鸟老是在叫,好刺耳,令人心惊肉跳。还有那一片昏暗,虽然夏夜星斗满天。一个年轻人在一座没有人烟的黑林子里往前走,头上戴着一顶干草帽,手里提着一只皮箱,匆匆地,可是小心翼翼地……向南……向南走去。

选自《美国的悲剧》,许汝祉译,外国文学出版社,1988

老人与海（节选）

[美国]海明威

又一转的时候,他几乎把它拽到身边了,但是鱼又摆正了身子慢慢地游开去。

老头儿想:鱼啊,你要把我给弄死啦。话又说回来,你是有这个权利的。兄弟,我从来没见过一件东西比你更大,更好看,更沉着,更崇高了。来,把我给弄死吧。管它谁弄死谁。

他想:现在你脑子糊涂啦。你应该让你的脑子清醒。让你的脑子清醒,才知道怎样去忍受,像一个男子汉。或者,像一条鱼似的。

"清醒过来吧,脑子,"他说话的声音几乎连自己也听不出来,"清醒过来吧。"

鱼又转了两个圈儿,还是那个老样子。

老头儿想:我摸不透。他已经到了每次都感觉到自己要垮下来的时候了。

他想:我摸不透,但我还要试验一下。

他又试验了一下,把鱼拉转过来的时候,他觉得自己真的垮了。那条鱼又摆正了身子,然后慢慢地游开了,它的大尾巴还在空中摆来摆去。

这时老头儿虽然双手已经软弱无力,而他所能看见的只是一眨眼就过去的闪光,但他又下了决心:我还要试它一试。

他又试了一遍,还是跟以前一样。"那么,"他想,这时他还没动手就觉得垮了,"我再来试一遍吧。"

他忍住一切的疼痛,抖擞抖擞当年的威风,把剩下的力气统统拼出来,用来对付鱼在死亡以前的挣扎。那条鱼朝他身边游来了,轻轻地来到他的身边,嘴几乎碰到了船身的外板。它开始从船旁边过去,它,那么长,那么高,那么宽,银光闪闪的,还围着紫色的条纹,在海水里没有尽头地伸展了开去。

老头儿放下了钓丝,把它踩在脚底下,然后把鱼叉高高地举起,举到不能再高的高度,同时使出全身力气,比他刚才所集聚的更多的力气,把鱼叉扎进正好在那大胸鳍后面的鱼腰里,那个胸鳍高高地挺在空中,高得齐着一个人的脸膛。他觉得铁叉已经扎进鱼身了,于是他靠在叉把上面,把鱼叉扎得更深一点,再用全身的重量把它推进去。

接着,鱼又生气勃勃地作了一次死前的挣扎。它从水里一跳跳到天上去,把它的长、宽、威力和美,都显示了出来。它仿佛悬在空中,悬在船里老头儿的头上。然后它轰隆一声落到水里,把浪花溅满了老头儿一身,溅满了整个一条船。

老头儿觉得头昏眼花,看不清楚东西了。但他松开了鱼叉上的绳子,让它从他的皮破肉烂的手里慢慢地滑下去。当他看得清楚的时候,他看见那条鱼仰身朝天,银花花的肚皮翻到上面来。鱼叉的把子露在外面,和鱼的前背构成了一个角度,这时海水被它心里流出的血染成了殷红的颜色,先是在一英寻多深的蓝色的海水里黑得像一座浅滩,然后又像云彩似的扩散了开去。那条鱼是银白色的,一动也不动地随着海浪漂来漂去。

老头儿用他闪烁的眼光定睛地望了一眼。他把鱼叉的绳子在船头的短桩上绕了两圈,然后用双手捧着头。

"要教我的脑子清醒,"他靠着船头的木板,"我是一个累乏了的老头儿。但我已经杀死了这个鱼兄弟,现在我得干辛苦的活儿了。"

他想:现在我得准备套索和绳子,把它绑在船旁边。虽然只有我们两个,即使为了装它而弄得船漫了水又舀出去,这只小船还是盛不了它。我应该安排一切,然后把它拖到跟前来,绑好,竖上桅杆,挂起帆把船开回去。

他动手去拖鱼,想把它拖到船跟前,好用一根绳子从它鳃里穿进去,再从嘴里拉出来,把它的头绑在船头上。他想:我想看看它,碰碰它,摸摸它。他想,它是我的财产啊。然而我想摸摸它并不是为了这个。他想，当我第二次拿着鱼叉的把子往里推的时候，我已经碰到它的心了。现在把它拉到跟前来吧，绑紧它，用一个套索拴住它的尾巴，另一个套索拴住它的腰，把它捆在船边。

"动手干活吧，老家伙。"他说，他喝了一点儿水，"仗虽然打完，还有好多辛苦的活儿得干呢。"

他抬头望一望天，然后又去看一看他的鱼。他把太阳留意地观察了一番。他想：还不过是晌午，贸易风也正刮起。现在这些钓丝都没用处了。回家以后，我要跟孩子把它们接起来。

"来吧，鱼。"他说。可是鱼偏不到他跟前来。它反而躺在海里翻滚，老头儿只好把小船划到它面前去。

等他划到鱼的旁边，教鱼头靠着船头的时候，他真想不到鱼有这么大。他把鱼叉上的绳子从船头的短桩上解开，打鱼鳃里穿进去，再打鱼嘴里拉出来，在它的长吻上绕了一道，又打另一边的鱼鳃里穿进去，再在长吻上绕了一道，把双股的绳子打了个结子，拴在船头的短桩上。然后，他把绳子割断，又走到船稍去，用绳子套住鱼的尾巴。鱼已经从原来的紫色和银白色变成了纯粹的银白色，身上的条纹跟尾巴一样现出了淡紫色，条纹比伸开五指的人的一只手还要宽些。鱼的眼睛孤零零地凸出来，像是潜望镜里的镜头，又像作礼拜行列中的圣徒。

"要杀死它只有这个办法。"老头儿说。喝了水以后，他现在觉得好些了，他知道他不会垮下去，他的头脑也是清醒的。他想：看它那副模样，足有一千五百多磅。也许还要重些。假如可以净得那重量的三分之二，卖它三角钱一磅，该赚多少钱啊？

"我需要一支铅笔来算一算，"他说，"我的头脑不怎么清醒。不过我想老狄马吉奥今天会拿我的事儿当他的体面。我没鸡眼。可是我的手跟脊梁可真够受啦。"他想：我不懂什么叫鸡眼。也许我们有鸡眼还不知道吧。

他把绑鱼的绳子系在船头、船艄和中间的坐板上。那条鱼可真大，活像小船旁边绑着一只比它大得多的船。他割下一段绳，又把鱼的下巴颏跟长吻绑在一起，使它的嘴不会张开，好让船尽可能走得平平稳稳的。然后，他竖起桅杆，用绳索拴住那根给他当作鱼钩的棍子和下桁，他挂上了带补丁的帆。船开始移动了，他半躺在船梢向西南方驶去。

他不需要指南针告诉他西南方在哪儿。他只需要感觉到贸易风和帆的牵引。他想：我倒不如放一根带匙钩的小钓丝到海里去，弄点东西上来吃吃喝喝，好润润嘴。但他找不到匙钩，他的沙丁鱼也都腐烂了。所以他在船经过的时候用鱼叉钩上一块黄黄的马尾藻，把上面一些小虾抖到船的外板上去。小虾有十来多个，它们跳来撞去，像沙蚤一样。老头儿用拇指和食指把它们的头掐掉，然后送进嘴里,连壳带尾巴嚼下去。这些小虾虽然小得可怜,但他知道它们都很滋养,味道也挺不坏的。

老头儿的瓶子里还有两口水,他把小虾吃下去以后喝了半口。虽然船旁边的那条鱼给了不少的累赘,这只船走得还算很好,他把舵柄夹在胳肢窝里掌着舵。他看得见那条鱼。他只消看一看他的手,把脊背放在船艄上碰一碰,就会晓得这是千真万确的事儿,不是一场梦。有一个时候,在事情快临了时,他的心情坏极了,他也以为或许这是一场梦。后来他看见鱼从水里跳出,没有落下来以前一动也不动地悬在半空里,他觉得这里面一定有很大的奥妙,所以他不相信。虽然他现在看得跟往常一样的清楚,那时他是看不清楚的。

现在他知道鱼果真在他身旁,他的双手和脊背的疼痛都证明他不是在作梦。他想,手很快就会痊愈的。我已经让手上的血流干净了,盐水会把它们治好的。真正的海湾里面的黑黝黝的海水,实际上就是最好的药品。我现在应该做的就是要让脑子清醒。我的手已经干完了它们的活儿,我们的船走得很好。看它闭住嘴,尾巴一上一下地伸得挺直,我俩真像亲兄弟一样在大海里飘着。这时他的脑子又有点儿糊涂了,他想:是它在带我走呢,还是我在带它走?如果我把它放在后面,牵着它,那倒是没有问题的。要是鱼给放在船上,它的什么体面都丢掉了,那也没有问题。可是老头儿跟它是并排地拴在一道,飘在海上的,所以老头儿想,让它带我走吧,只要它高兴。我不过手段比它高明些,何况它对我又没有恶意。

他们在海里走得很顺当,老头儿把手泡在咸咸的海水里,想让脑子清醒,头上有高高的积云,还有很多的卷云,因此老头儿知道还要刮一整夜的小风。老头儿不断地望着鱼,想弄明白是不是真有这回事。这是第一条鲨鱼朝它扑来的前一个钟头。

鲨鱼的出现不是偶然的。当一大股暗黑色的血沉在一英里深的海里然后又散开的时候,它就从下面水深的地方蹿上来。它游得那么快,什么也不放在眼里,一冲出蓝色的水面就涌现在太阳光下。然后它又钻进水里去,嗅出了臭迹,开始顺着船和鱼所走的航线游来。

有时候鲨鱼也迷失了臭迹,但很快就嗅出来,或者嗅出一点儿影子,于是紧紧顺着这条航线游。这是一条巨大的鲭鲨,生来就跟海里游速最快的鱼一般快。它周身的一切都美,只除了上下颚。它的脊背蓝蓝的像是旗鱼的脊背。肚子是银白色,皮是光滑的,漂亮的。它生得跟旗鱼一样,不同的是它那巨大的两颚,游得快的时候两颚紧闭起来。它在水面下游,高耸的脊鳍像刀子似的一动也不动地插在水里。在它紧闭的双嘴唇里,八排牙齿全部向内倾斜着。跟寻常大多数鲨鱼不同,它的牙齿不是角锥形的,像爪子一样缩在一起的时候,形状就如同人的手指头。那些牙齿几乎跟老头儿的手指头一般长，两边都有剃刀似的锋利的刃子。这种鱼天生要吃海里一切的鱼，尽管那些鱼游得那么快，身子那么强，战斗的武器那么好，除掉它没有任何的鱼敌得过。现在，它嗅出了新的臭迹，加快游起来，它的蓝色的脊鳍划开了水面。

老头儿看见它来到，知道这是一条毫无畏惧而且为所欲为的鲨鱼。他把鱼叉准备好，用绳子系住，眼也不眨地望着鲨鱼向前游来。绳子短了，少去割掉用来绑鱼的那一段。

老头儿现在头脑清醒，正常，有坚强的决心，但是希望不大。他想：能够撑下去就太好啦。看见鲨鱼越来越近的时候，他向那条死了的大鱼望了一眼。他想：这也许是一场梦。我不能够阻止它来害我，但是也许我可以捉住它。"Dentuso①"，他想：去你妈的吧。

鲨鱼飞快地逼近船后边。它去咬那条死鱼的时候，老头儿看见它的嘴大张着，看见它在猛力朝鱼尾巴上面的肉里咬进去的当儿，那双使人惊奇的眼睛和咬得格嘣格嘣的牙齿。鲨鱼的头伸出水面，脊背也正在露出来，老头儿用鱼叉攮到鲨鱼头上的时候，他听得出那大鱼身上皮开肉绽的声音。他攮进的地方，是两只眼睛之间的那条线和从鼻子一直往上伸的那条线交叉的一点。事实上并没有这两条线。有的只是那又粗大又尖长的蓝色的头，两只大眼，和那咬得格嘣嘣的、伸得长长的、吞噬一切的两颚。但那儿正是脑子的所在，老头儿就朝那一个地方扎进去了。他鼓起全身的气力，用他染了血的手把一杆锋利无比的鱼叉扎了进去。他向它扎去的时候并没有抱着什么希望，但他抱有坚决的意志和狠毒无比的心肠。

鲨鱼在海里翻滚过来。老头儿看见它的眼珠已经没有生气了，但是它又翻滚了一下，滚得自己给绳子缠了两道。老头儿知道它是死定了，鲨鱼却不肯承认。接着，肚皮朝上，尾巴猛烈地扑打着水面，两颚格嘣嘣地响着，像一只快艇一样在水面上破浪而去。海水给它的尾巴扑得白浪滔天，绳一拉紧，它的身子四分之三就脱出了水面，那绳不住地抖动，然后突然扎断了。老头儿望着鲨鱼在水面上静静地躺了一会儿，后来它就慢慢地沉了下去。

"它咬去了大约四十磅，"老头儿高声说。他想：他把我的鱼叉连绳子都带去啦，现在我的鱼又淌了血，恐怕还有别的鲨鱼会窜来呢。

他不忍朝死鱼多看一眼，因为它已经给咬得残缺不全了。鱼给咬住的时候，他真觉得跟自己身受的一样。

他想：能够撑下去就太好啦。这要是一场梦多好，但愿我没有钓到这条鱼，

———
① 一种最凶猛的鲨鱼的名字。

独自躺在床上的报纸上面。

"可是人不是生来要给人家打败的,"他说,"人尽可被毁灭,可是不会肯吃败仗的。"他想:不过这条鱼给我弄死了,我倒是过意不去。现在倒霉的时刻就要来到,我连鱼叉也丢啦。"Dentuso"这个东西,既残忍,又能干,既强壮,又聪明。可我比它更聪明。也许不吧,他想:也许我只是比它多了个武器吧。

选自《老人与海》,海观译,上海译文出版社,1979

一个人的遭遇(节选)

[俄罗斯]肖洛霍夫

"有两个星期,我除了睡就是吃。他们每次给我吃得很少,但是次数很多,不然,如果让我尽量吃的话,我会胀死的,这可是医生说的。我完全养足了力气。可是过了两个星期,却什么东西也吃不下了。家里没有回信来,说实话,我开始发愁了。根本不想吃东西,晚上也睡不着觉,各种古里古怪的念头尽在脑子里转……第三个星期,我收到从沃罗涅日来的一封信。但那不是伊琳娜写的,而是我的邻居,木匠伊凡·季莫斐耶维奇写的。唉,但愿老天爷不要让人家也收到这样的信!……他告诉我说,还是在一九四二年六月里,德国人轰炸飞机厂,一颗重型炸弹落在我的房子上。伊琳娜和两个女儿正巧在家里……唉,他写道,连她们的影子都没有找到,在原来的房子那儿只留下一个深深的坑……当时我没有把信念到底。我的眼前一片漆黑,心缩成一团,怎么也松不开来。我倒在床上,躺了一会儿,才又把信念完了。那邻居写道,轰炸的时候阿纳托利在城里。晚上他回到村子里,瞧了瞧弹坑,连夜又回城里去了。临走以前对邻居说,他将请求志愿上前线。就是这样。

"等到我心松开了,血在耳朵里冲击的时候,就想起我的伊琳娜在车站上怎样跟我难舍难分。这么看来,她那颗女人的心当时就预感到,我跟她再也不能在这个世界上见面了。可我当时却推了她一下……有过家,有过自己的房子,这一切都是多年来慢慢经营起来的,可这一切都在刹那间给毁了,只留下我一个人。我想:'我这悲惨的生活会不会是一场梦呢?'在俘房营里,我差不多夜夜——当然是在梦中——跟伊琳娜,跟孩子们谈话,鼓励他们说:我会回来的,我的亲人,不要为我悲伤吧;我很坚强,我能活下去的,我们又会在一块儿的……原来,两年来我是一直在跟死人谈话呀?!"

讲话的人沉默了一会儿,接着低低地用另一种声音断断续续地说:

"嗯,老兄,咱们来抽支烟吧,我憋得喘不过气来了。"

我们抽起烟来。在春水泛滥的树林里,啄木鸟响亮地啄着树干。和煦的春风依旧那么懒洋洋地吹动干燥的赤杨花,云儿依旧那么像一张张白色的满帆在碧蓝的天空中飘翔,可是在这默默无语的悲怆时刻里,那生气蓬勃、万物苏生的广漠无垠的世界,在我看来也有些两样了。

沉默很难受,我就问道:

"那么后来呢?"

"后来吗?"讲话的人勉强回答说,"后来我从上校那儿得到了一个月的假期,一个星期以后就来到了沃罗涅日了。我走到我们一家住过的那地方。一个很深的弹坑,灌满了黄浊的水,周围的野草长得齐腰高……一片荒凉,像坟地一样静。唉,老兄,我实在难受极了! 站了一会儿,感到穿心的悲痛,又走回火车站。在那边我连一小时也待不下去,当天就回到了师里。

"不过,过了三个月,我又像太阳从乌云里出来那样喜气洋洋啦:阿纳托利找到了。他从前线寄了一封信给我,看样子是从另一条战线寄来的。我的通信处,他是从邻居伊凡·季莫斐耶维奇那儿打听来的。原来,他先进了炮兵学校,他的数学才能在那边正巧用得着。过了一年毕业了,成绩优良,去到前线,而信就是从前线写来的。他说,已经获得大尉的称号,指挥着一个四十五毫米炮的炮兵连,得过六次勋章和许多奖章。一句话,各方面都比做老子的强多啦。我又为他感到骄傲得了不得! 不论怎么说,我的亲生儿子当上大尉和炮兵连长了,这可不是开玩笑的! 而且还得了那么多光荣的勋章。尽管他老子只开开'斯蒂贝克'(美国造的一种大卡车),运运炮弹和别的军需品,但那没有关系。老子这一辈子已经完了,可是他,大尉的日子还在后面哪。

"夜里醒来,我常常作着老头儿的梦:等到战争一结束,我就给儿子娶个媳妇,自己就住在小夫妻那儿,干干木匠活儿,抱抱小孙子。一句话,尽是些老头儿的玩意儿。可是,就连这些梦想也完全落空啦。冬天里我们一刻不停地进行反攻,彼此就没工夫常常写信。等到战事快要结束,一天早晨,在柏林附近我寄了一封短信给阿纳托利,第二天就收到回信。这时候我才知道,我跟儿子打两条不同的路来到了德国首都附近,而且两人间的距离很近。我焦急地等待着,巴不得立刻能跟他见面。哎,见是见到了……五月九日早晨,就是胜利的那一天,我的阿纳托利被一个德国狙击兵打死了……

"那天下午,连指挥员把我叫了去。我抬头一看,他的旁边坐着一个我不认识的炮兵中校。我走进房间,他也站了起来,好像看见一个军衔比他高的人。我的连指挥员说:'索科洛夫,找你。'说完,他自己却向窗口转过身去。一道电流刺透我的身体,我忽然产生一种不祥的预感。中校走到我的跟前,低低地说:'坚强些吧,父亲! 你的儿子,索科洛夫大尉,今天在炮位上牺牲了。跟我一块儿

去吧!'

　　"我摇摇晃晃,勉强站住脚跟。现在想起来,连那些都像作梦一样,跟中校一起坐上大汽车,穿过堆满瓦砾的街道;还模模糊糊地记得兵士的行列和铺着红丝绒的棺材。想起阿纳托利,唉,老兄,就像此刻看见你一样清楚。我走到棺材旁边。躺在里面的是我的儿子,但又不是我的儿子。我的儿子是个肩膀狭窄、脖子细长、喉结很尖的男孩子,总是笑嘻嘻的;但现在躺着的,却是一个年轻漂亮、肩膀宽阔的男人,眼睛半开半闭,仿佛不在看我,而望着我所不知道的远方。只有嘴角上仍旧保存着一丝笑意,让我认出他就是我的儿子小托利……我吻了吻他,走到一旁。中校讲了话。我的阿纳托利的同志们、朋友们,擦着眼泪,但是我没有哭,我的眼泪在心里枯竭了。也许正因为这个缘故吧,我的心才疼得那么厉害。

　　"我在远离故乡的德国土地上,埋葬了我那最后的欢乐和希望。儿子的炮兵连鸣着礼炮,给他们的指挥员送丧。我的心里仿佛有样东西断裂了……我失魂落魄地回到自己的部队里。不久我复员了。上哪儿去呢?难道回沃罗涅日吗?决不!我想起在乌留平斯克住着一个老朋友,他还是冬天里因伤复员的,曾经邀我到他那儿去过。我一想起他,就动身到乌留平斯克去。

　　"我那个朋友和他的老婆住在城郊,自己有一所房子,却没有孩子。他虽然有些残疾,但仍旧在一个汽车队里当司机,我在那边找了个工作,就搬到他们的家里去住,他们很热情地招待我。我们把各种货物运到各个区里,秋天又被调去运输粮食。就在这时候我认识了我的新儿子。哪,就是在沙地上玩着的那一个。

　　"有时候,开了长途回来,到了城里,第一件事就是到茶馆去吃些什么,当然啰,也免不了喝这么一百克解解疲劳。说实话,我又迷上这鬼玩意儿啦……有一次就在茶馆附近看见这个小家伙,第二天又看见了。可真是个脏小鬼;脸上溅满西瓜汁,尽是灰土,头发蓬乱,脏得要命,可是他那双小眼睛啊,却亮得像雨后黑夜的星星!他那么惹我喜爱,说也奇怪,从此我就开始想念他了,开了长途回来,总是急于想看见他。他就是在茶馆附近靠人家给他的东西过活的——人家给他什么,他就吃什么。

　　"第四天,我从国营农场装了一车粮食,一直拐到茶馆那儿,我的小家伙正巧在那边,坐在台阶上,摆动一双小脚,显然,他是饿了。我从车窗里伸出头来,向他叫道:'喂,万尼亚!快坐到车上来吧,我带你到大谷仓里去,再从那儿回来吃中饭。'他听到我的叫声,身子哆嗦了一下,跳下台阶,爬上踏脚板,悄悄地说:'叔叔,你怎么知道我叫万尼亚呢?'同时圆圆地睁着那一双小眼睛,看我怎样回答他。嗯,我就对他说,我是一个见过世面的人,什么都知道。

　　"他从右边走了过来,我打开车门,让他坐在旁边,开动车子。他是个很活泼的小家伙，却不知怎的忽然沉默起来，想了一会儿，一双眼睛不时从他那两条向上鬈曲的长睫毛下打量我，接着叹了一口气，这样的一个小雏儿，可已经学会叹气了。难道他也应该来这一套吗？我就问他说：'万尼亚，你的爸爸在哪儿啊？'他喃喃地说：'在前线牺牲了。''那么妈妈呢？''我们来的时候妈妈在火车里给炸死了。''你们是从哪儿来的呀？''我不知道，我不记得……''你在这儿一个亲人也没有吗？''一个也没有。''那你夜里睡在哪儿呢？''走到哪儿，睡到哪儿。'

"这时候，我的眼泪怎么也忍不住了。我就一下子打定主意：'我们再也不分开了！我要领他当儿子。'我的心立刻变得轻松和光明些了。我向他俯下身去，悄悄地问：'万尼亚，你知道我是谁吗？'他几乎无声地问：'谁？'我又同样悄悄地说：'我是你的爸爸。'

"天哪，这一说可说出什么事来啦！他扑在我的脖子上，吻着我的腮帮、嘴唇、脑门儿，同时又像一只鹊一样，响亮而尖利地叫了起来，叫得连车仓都震动了：'爸爸！我的亲爸爸！我知道的！我知道你会找到我的！一定会找到的！我等了那么久，等你来找我！'他贴在我的身上，全身哆嗦，好像风里的一棵小草。我的眼睛里像是上了雾，我也全身打战，两手发抖……我当时居然没有放掉方向盘，真是怪事！但我还是不由得冲到水沟里，弄得发动机也熄火了。在眼睛里的雾没有消散以前，我不敢再开，生怕撞在什么人身上。就这么停了有五分钟的样子，我的好儿子还一直紧紧地贴住我，全身哆嗦，一声不响。我用右手抱住他，轻轻地把他压在我的胸口上，同时用左手掉转车子，回头向家里开去。我哪儿还顾得上什么谷仓呢？根本把它给忘了。

"我把车子抛在大门口，双手抱起我的新儿子，把他抱到屋子里。他用两只小手钩住我的脖子，一直没有松开。他又把他的小脸蛋，贴在我那没有刮过的腮帮上，好像黏住了一样。我就是这样把他抱到屋子里。主人夫妇俩正巧都在家里。我走进去，向他们眨眨眼，神气活现地说：'你们瞧，我可找到我的万尼亚了！好人们，接待我们吧！'他们这对没有孩子的夫妇，一下子就明白是怎么一回事，马上跑来跑去，忙了起来。我却怎么也不能把儿子从我的身上放下。好容易总算把他哄下了。我用肥皂给他洗了手，让他在桌子旁边坐下。女主人给他在盘子里倒了菜汤，看他怎样狼吞虎咽地吃着，看得掉下眼泪来。她站在火炉旁，用围裙擦着眼泪。我的万尼亚看见她哭，跑到她跟前，拉拉她的衣襟说：'姊姊，你哭什么呀？爸爸在茶馆旁边把我找到了，大家都应该高高兴兴，可您还哭。'她呀，听了这话，哭得更厉害，简直全身都哭湿啦！

"吃过饭，我带他到理发店去，给他理了个发；回到家里，又亲自给他在洗衣盆里洗了个澡，用一条干净的毯子把他包起来。他抱住我，就这样在我的手里睡着了。我小心翼翼地把他放在床上，把车子开到大谷仓，卸了粮食，又把车子开到停车处,然后连忙跑到铺子里去买东西。我给他买了一条小小的呢裤子,一件小衬衫,一双凉鞋和一顶草帽。当然啰,这些东西不但尺寸不对,质料也不合用。为了那条裤子,我还挨了女主人的一顿骂。她说:'你疯啦,这么热的天气叫孩子穿呢裤子!'说完就把缝纫机拿出来放在桌上,在箱子里翻了一通。过了一小时,她就给我的万尼亚缝好一条充绒短裤和一件短袖子的白衬衫。我跟他睡在一块儿,好久以来头一次安安静静地睡着了。不过夜里起来了三四次。我一醒来,看见他睡在我的胳肢窝下,好像一只麻雀栖在屋檐下,我的心里可乐了,简直没法用言语来形容!我尽量不翻身,免得把他弄醒,但还是忍不住,悄悄地坐起来,划亮一根火柴,瞧瞧他的模样儿……

"我天没亮就醒了,不明白为什么感到那么气闷?原来是我这个儿子从被单里滚出来,伸开手脚,横躺在我的身上,一只小脚正巧压在我的喉咙上。跟他一块儿睡很麻烦,可是习惯了,没有他又觉得冷清。夜里,他睡熟了,我一会儿摸摸他的身体,一会儿闻闻他的头发,我的心就轻松了,变软了,要不它简直给忧伤压得像石头一样了……

"开头他跟我一起坐在车子上跑来跑去,后来我明白了,那样是不行的。我一个人需要些什么呢?一块面包,一个葱头,一撮盐,就够我这样的士兵饱一整天了。可是跟他一起,事情就不同:一会儿得给他弄些牛奶,一会儿得给他烧个鸡蛋,又不能不给他弄个热菜。但工作可不能耽搁。我硬着心肠,把他留在家里,托女主人照顾。结果他竟一直哭到黄昏。到了黄昏,就跑到大谷仓来接我,在那边一直等到深夜。

"开头一个时期,我跟他一块儿很吃力。有一次,天还没断黑我们就躺下睡觉了,因为我在白天干活干得很累,他平时像小麻雀一样叽叽喳喳说个不停,这次却不知怎的忽然不作声了。我问他说:'乖儿子,你在想什么呀?'他却眼睛盯住天花板,反问我说:'爸爸,你把你那件皮大衣放到哪儿去啦?'我这一辈子不曾有过什么皮大衣呀!我想摆脱他的纠缠,就说:'留在沃罗涅日了。''那你为什么找了我这么久哇?'我回答他说:'唉,乖儿子,我在德国,在波兰,在整个白俄罗斯跑来跑去,到处找你,可你却在乌留平斯克。''那么,乌留平斯克离德国近吗?波兰离我们的家远不远?'在睡觉以前我们就这样胡扯着。

"老兄,你以为关于皮大衣,他只是随便问问的吗?不,这都不是没有缘故的。这是说,他的生父从前穿过这样的大衣,他就记住了。要知道,孩子的记性,好比夏天的闪光!突然燃起,刹那间照亮一切,又熄灭了。他的记性就像闪光,有时候突然发亮。

"也许,我跟他在乌留平斯克会再待上一年,可是十一月里我闯了祸:我在泥泞地上跑着,在一个村子里我的车子滑了一下,这时候正巧有条牛走过,就给撞倒了。嗯，当然啰，娘儿们大叫大嚷，人们跑拢来，交通警察也来了，他拿走了我的司机执照，虽然我再三请求他原谅，还是没有用。牛站起来，摇摇尾巴，跑到巷子里去了，可我却失去了执照。冬天就干了一阵木匠活儿，后来跟一个朋友通信——他是我过去的战友，也是你们省里的人，在卡沙里区当司机——他请我到他那儿去，他来信说，我可以先去当半年木工，以后可以在他们的省里领到新的开车执照。哪，我们父子俩现在就是要到卡沙里去。

"说句实话，就是不发生这次撞牛的事，我也还是要离开乌留平斯克的。这颗悲愁的心可不让我在一个地方长待下去。等到我的万尼亚长大些，得送他上学了，到那时我也许会安定下来，在一个地方落户。可现在还要跟他一块儿在俄罗斯的地面上走走。"

"他走起来很吃力吧？"我说。

"其实他很少用自己的脚走，多半是我让他骑在肩上，扛着他走的；如果要活动活动身体，他就从我的身上爬下来，在道路旁边跳跳蹦蹦跑一阵，好比一只小山羊。这些，老兄，倒没什么，我跟他不论怎么总可以过下去的，只是我的心荡得厉害，得换一个活塞了……有时候，心脏收缩和绞痛得那么厉害，眼睛里简直一片漆黑。我怕有一天会在睡着的时候死去，把我的小儿子吓坏。此外，还有一件痛苦的事：差不多天天夜里我都梦见死去的亲人。而梦见得最多的是：我站在带刺的铁丝网后面，他们却在外边，在另外一边……我跟伊琳娜、跟孩子们天南地北谈得挺起劲，可是刚想拉开铁丝网，他们就离开我，就在眼前消失了……奇怪得很，白天我总是显得挺坚强，从来不叹一口气，不叫一声'哎哟'，可是夜里醒来，整个枕头总是给泪水湿透了……"

这当儿树林里传来了我那个同志的叫声和划桨声。

这个陌生的，但在我已经觉得很亲近的人，站了起来，伸出一只巨大的、像木头一样坚硬的手：

"再见，老兄，祝你幸福！"

"祝你到卡沙里一路平安。"

"谢谢。喂，乖儿子，咱们坐船去。"

男孩子跑到父亲跟前，挨在他的右边，拉住父亲的棉袄前襟，在迈着阔步的大人旁边急急地跑着。

两个失去亲人的人，两颗被空前强烈的战争风暴抛到异乡的沙子……什么东西在前面等着他们呢？我希望：这个俄罗斯人，这个具有不屈不挠的意志的人，能经受一切，而那个孩子，将在父亲的身边成长，等到他长大了，也能经受一切，并且克服自己路上的各种障碍，如果祖国号召他这样做的话。

我怀着沉重的忧郁，目送着他们……本来，在我们分别的时候可以平安无事,可是,万尼亚用一双短小的腿连跳带蹦地跑了几步,忽然向我回过头来,挥动一只嫩红的小手。刹那间,仿佛有一只柔软而尖利的爪子抓住了我的心,我慌忙转过脸去。不,在战争几年中白了头发、上了年纪的男人,不仅仅在梦中流泪;他们在清醒的时候也会流泪。这时重要的是能及时转过脸去。这时最重要的是不要伤害孩子的心,不要让他看到,在你的脸颊上怎样滚动着吝啬而伤心的男人的眼泪……

选自《苏联当代文学作品选》,草婴译,北京师范大学出版社,1988

日瓦戈医生(节选)

[俄罗斯]帕斯捷尔纳克

重返瓦雷金诺

八

日瓦戈四周笼罩着一种幸福、洋溢着甜美生活的气息。那恬静淡黄的灯光洒在白纸上,墨水水面上浮动着一个金黄的光斑。窗外是蔚蓝色的严冬之夜。他想看看外面的景色,便走进旁边一间又冷又黑的房间,朝窗外望去。一轮明月似乎在雪地上洒下一层黏糊糊的银光,像蛋白又像白漆。这个冰冷凄清之夜的美是无法形容的。日瓦戈的心情十分平静,他回到明亮温暖的房间,提笔写起来。

他写的字十分稀疏,因为他希望笔迹能表达出手的灵活,不失去原来的样子,不至于呆板、僵硬。他写下了他记得最清楚的一些诗作并慢慢作了修改,其中有《圣诞星》、《冬夜》以及许多后来遗忘、丢弃并已无法找到的作品。

他写完这些诗之后,开始写当年已经动笔但搁置未完成的旧作。他在充分揣摸这些诗的意境之后,续写下去,但他并不希望马上写完。后来他愈写愈有劲,竟开始写新的诗作来。

他写下两三节喷涌而出的诗句和他自己也为之惊讶的比喻之后,完全沉浸在诗境中,感到所谓的灵感要来了。支配创作的力量对比仿佛成了主要的。支配创作的主要不是人,不是他要表达的内心情感,而是他用以表达内心情感的语言。作为美和思想的存身和寄托处的语言,竟自己开始替人思索、说话,完全变为音乐,不是外在的音响,而是一种雄浑的心潮的奔驰。这时,滔滔的诗句宛如移石转磨的滚滚急流,遵循自身的规律,顺理就势,创造出各种诗格和韵律以及其他许多更重要的格式,但这些格式迄今尚未被世人所知,因而也未曾获得名称。

日瓦戈这时感到，在创作中主要的不是他自己，而是高踞于他之上的一种驾驭他的力量，也就是良好的思维状态与诗情。他觉得自己不过是使创作能够进行的凭借和支点而已。

想到这里，他感到一阵轻松，他不再责备自己，对自己不满，他不再自惭形秽。他回头看了看四周。

他看到雪白的枕头上熟睡的拉莉萨和卡秋莎的面容。洁净的被褥、洁净的房间和他们那纯洁的面容同洁净的夜色、白雪、星、月汇成一股浪波，涌入日瓦戈的心田，使他感到人生的欢欣与光洁，他不禁流下幸福的泪水。

"我的主啊！主啊！"他几乎要低语起来。"这一切都是给我的呀！凭什么要给我这么多？你怎么竟让我走近你，在你的丰饶的土地上、在你的星光下漫步，让我倾倒在这个不顾一切地爱着我，虽然不幸但却毫无怨尤的最可爱的人儿的脚下？"

当日瓦戈推开稿纸离开书桌时，已是凌晨三时。他从远离尘世的冥想世界回到现实生活中，他感到幸福、健壮、安详。突然，在这万籁俱寂的凌晨时刻，一阵凄凉悲戚的声音从窗外传进他的耳鼓。

他又走进旁边那间没有灯的屋子，想看个究竟。但在他工作时，窗上已结了冰霜，外面什么也看不清楚。他拉开门口挡风的地毯卷，披上大衣，走出门去。

在皎洁的月光下，雪地上那闪烁的银光使他睁不开眼睛。起先他什么也看不清。过了不久，他听到远处传来一阵悠长凄厉的悲号声；这时他看到峡谷那边的空地边上有四个长长的影子，大小和连字符号差不多。四条狼并排站在那里，面对着房子，正昂头朝着月亮或米库利增家房子银光闪闪的窗子在嗥叫。四条狼一动不动站了一会儿，等日瓦戈看出来那是狼，四条狼便像狗一样夹起尾巴跑开了，好像知道日瓦戈已经认出了它们。没等他看清楚它们的去向，它们就已经无影无踪了。

"不祥之兆！"他想道。"怎么竟碰上这些东西！难道狼窝就在这附近？说不定就在峡谷里。真可怕！糟糕的是萨姆杰维亚托夫那匹黄骠马在马棚里。它们一定是闻出了马的气味。"

他决定暂时不跟拉莉萨提这件事，免得她害怕。他回到屋里，关上大门和过道之间的几扇门，把门缝隙堵好，走到桌旁。

九

……日瓦戈由于睡眠不足，感到头痛脑胀。头脑里迷迷糊糊，像是有点醉意，浑身酸痛无力，但他仍然感到愉快。他焦急地等待夜晚的降临，以便继续昨夜的写作。

朦胧的睡意为他做好了一半的准备工作。周围的一切像蒙上了一层阴影，他的思想也仿佛被罩上了薄雾。朦胧的睡意使一切都变得很模糊，但接着一切愈来愈淡，他的头脑也愈来愈清楚。一天下来，疲惫的空虚就好像杂乱的初稿，为夜间的写作做了必要的准备。

他丝毫不顾自己的疲惫，什么都要动一动，什么事都要做一做。一切都在变化，慢慢变成新的样子。

日瓦戈感到他在瓦雷金诺久留的愿望是无法实现的，他和拉莉萨离别的时刻已在眼前，他肯定会失去她，从而也就失去生活的情趣以至生命。一种痛楚感在隐隐折磨着他的心。然而更难熬的是等待夜晚的降临，他期望把心头的痛楚倾吐在纸上，使人人都一洒同情之泪。

这一整天他都在念念不忘的狼，此时已经不是月下雪地上的几只了，而是变成了一个狼的概念，变成了一种要把他和拉莉萨置于死地或将他们逐出瓦雷金诺的凶恶势力。这个恐怖的念头在他脑海里不断发展，到傍晚时候，他竟感到似乎看到一种可怕的怪兽的爪印，似乎峡谷中藏着一条巨龙，那条巨龙一心要吸他的血，还窥视着拉莉萨。

夜晚降临了。日瓦戈和昨夜一样点亮了桌上的油灯。拉莉萨和卡秋莎上床比昨晚要早。

那天夜里他写的东西有两种：一种是修改过的旧诗作，誊抄得非常工整、清晰；另一种是新作，写得十分潦草，涂涂抹抹，有缩写词，还有省略号，很难辨认。

他在重读这些草稿时，往往感到失望。夜间这些诗稿曾使他感动得泫然泪下，觉得有些地方写得非常成功，简直是神来之笔，但此刻他觉得这些自以为成功的诗行十分生硬牵强，因而怏怏不乐。

他一生都在追求独特的风格，要求自己的诗明白、淡雅，仍用那些人人熟悉的形式作外壳，在形式上没有明显区别，他一生都希望自己能创造出一种严谨、朴实的笔法，使读者或听者在不知不觉中掌握诗的内容；他一生孜孜以求的是一种不尚浮华、平易近人的风格。此刻，当他发现距离这一目标尚远时，心里惶恐起来。

⋯⋯⋯⋯⋯⋯

他没觉察拉莉萨已下了床走到他的桌旁。她穿着拖到脚跟的长睡衣，看上去又瘦又高。她面容苍白，神色慌张；当她走到日瓦戈身旁时，他吃了一惊。她伸出双手，低声问道：

"你听见了吗？有一条狗在吠叫，也许是两条。太可怕了，这可不是什么好事！咱们好歹捱到天亮。天一亮就走，一定走。这里我一分钟也不能再待了。"

他劝了好久，过了一个小时，拉莉萨才算平静下来，又睡着了。日瓦戈走到门外，那几只狼比头一天晚上更近，后来又是一眨眼便消失得无影无踪，比头一天晚上更快。它们挤在一起，日瓦戈来不及看清是几只，只觉得比上次多。

选自《日瓦戈医生》，力冈、冀刚译，漓江出版社，1986

现当代欧美诗歌

20世纪欧美诗歌大体包括传统诗歌、现代主义诗歌和后现代主义诗歌等部分。传统诗歌坚持诗歌的艺术规范和美学观念。现代诗歌具有极其强烈的反传统倾向。后现代主义诗歌的概念相对比较抽象,难有确切的概念,但是在许多方面逐步脱离现代派所确定的方向,如自白派诗人对自我的表现和对内心的探索等,是在一定意义上的对传统浪漫主义及其传统价值的理性复归。

20世纪,在诗学思想和诗歌形式上发生了一系列剧变。一方面,传统的诗歌形式仍然被继承和发展,另一方面,也有一些作家进行诗歌形式的大胆开拓和创新,还有一些诗人在继承传统的基础上进行探索和创新。而且,有一些重要的诗人,如T. S.艾略特、帕斯捷尔纳克等,兼有各种诗歌流派的特征,但是他们并不属于任何流派,他们善于汲取各种诗歌流派的精华,服务于自己的创作。

T. S.艾略特是英国20世纪影响最大的诗人,其作品《荒原》被认为是现代诗歌的里程碑,它运用了蒙太奇的剪辑手法和拼贴技法,旁征博引,典故丰富,将古今交融,多种语言并列,意象怪诞,象征含义丰富。这首诗体现了一次大战后人们精神上的失落感,对理性科学的怀疑,对传统道德文化的失望,对人的异化的担忧。荒原乃是现代世界受到战争摧毁后一片废墟的象征写照。《空心人》写出现代西方人的灵魂空虚,他们没有思想,像稻草人一样。老鼠、地窖、碎玻璃等意象,描写了一个荒凉、死寂的世界。

现当代欧美诗歌除了象征主义和意象主义、表现主义、未来主义、超现实主义之外,还有多种其他诗歌流派,如美国自白派、英国运动派、俄罗斯高声派和低语派等。

美国自白派诗歌,作为美国50年代中期到60年代的一个成就突出的诗歌流派,是对20世纪上半叶美国诗坛上占统治地位的现代主义诗歌及其理论的一个反叛。尤其是对意象派诗歌和艾略特的学院派诗风及其影响甚远的"非个性化"诗歌理论的一个反叛。

在现当代欧美诗歌中,还有一些诗人坚持用传统艺术手法进行诗歌创作。其中较重要的作家有俄罗斯的布宁,英国的哈代以及美国的弗罗斯特等。

荒 原（节选）

[英国]T. S.艾略特

一 死者的葬礼

四月是最残忍的月份，在死去的
土地里哺育着丁香，混合着
记忆和欲望，又让春雨
拨动着沉闷的根芽。
冬天使我们温暖，把大地
覆盖在健忘的雪里，用干枯的
球茎喂养着一个小小的生命。
夏天令人吃惊，从施坦博格西吹来
一场阵雨；我们在柱廊下暂避，
太阳出来继续赶路，走进霍夫加登，
喝咖啡，闲聊了一个小时。
我根本不是俄国人，生在立陶宛，纯德国血统。
我们幼年时，住在大公爵那里——
我表兄家，他带我出去滑雪橇，
我很害怕。他说，玛丽
玛丽，紧紧抓住。于是我们滑下去。
在山上，你感到自由自在。
大半个夜里，我读书，冬天到南方去。
什么树根牢牢抓着大地，什么树枝
从这片乱石的垃圾堆中长出？ 人子呵，
你说不出，也猜不到，因为你只知道
一堆破碎的意象，那儿阳光灼热，
枯树没有荫凉，蟋蟀的叫声也不让人宽心，
干石间没有流水的声音。 只是
在这块红岩下有影子
（走进这块红岩的影子中吧），
我要让你看一样东西，既不同于
早晨你身后迈着大步的影子，

又不同于黄昏你身前迎你而来的影子；
我要让你在一把尘土中看到恐惧。
清新的风啊
吹回故乡，
我的爱尔兰小孩
你流连在何方？
"一年前你先赠给我风信子；
他们叫我风信子女郎。"
——可是当我们从风信子花园，回来晚了，
你双臂抱满，头发打湿，我张不开
口，我的眼睛也不管用，我不死，
也不活，什么都不知道，
注视着光亮的中心那一片寂静
空虚而荒凉是那大海。
索斯特利斯夫人，著名女相士
患了重感冒，可仍然是
欧洲人所尽知的最有智慧的女人，
她带着一副邪恶的纸牌。这里，她说，
是你的牌，那淹死的腓尼基水手。
（这些珍珠曾是他的眼睛，看！）
这是贝拉多纳，岩石的夫人，
一个机敏善变的夫人。
这是带着三根杖的人，这是"转轮"，
这是那独眼的商人，这张牌
上面一片空白，是他藏在背上
不许我看见的东西。我找不到
"那被绞死的人"，害怕水里的死亡。
我看见一群人，绕着圈子行走
谢谢你，如果你看到埃奎通夫人，
告诉她我自己带着那张占星天宫图：
这年头人就得这么小心。
没有实体的城，
在冬日拂晓的黄雾下，
一群人流过伦敦桥，那么多人

我没想到死亡毁了那么多人，

叹息，又短又稀，吐了出来，

每个人的目光都固定在自己脚前。

流上山，流下威廉王大街，

直到圣玛丽沃尔诺斯教堂，那里报时的钟声

敲响九点的最后一下那阴惨的一声。

在那儿我看见一个熟人，我叫住他："斯坦森！"

你曾同我一起在迈里的船上！

去年你在花园里种下的尸体

抽芽了吗？今年它会开花吗？

还是突来的寒霜扰乱了它的苗床？

呵，把这"狗"赶远些，它是人的朋友，

不然它会用爪子再把它刨出来！

你！虚伪的读者！——我的同类，——我的弟兄！

选自《中外现代抒情名诗鉴赏辞典》，陈敬容主编，刘象愚译，学苑出版社，1989

空 心 人

[英国]T. S.艾略特

库尔兹先生——他死了①
给老盖伊一文钱吧②

一

我们是空心人

我们是填塞起来的人

靠在一起

脑袋瓜装一包草。唉！

当我们窃窃私语

---

① 库尔兹是康拉德的著名中篇小说《黑暗的心》的主人公，他在小说结尾时死去。

② 盖伊指英国历史上著名的火药爆炸案主角盖伊·福克斯，英国有风俗每年该日焚烧盖伊·福克斯纸像，而孩子们假装乞讨，喊着这句话。

我们干燥的嗓音

平静而无意义

像风吹干草

或是干燥的地窖里

耗子在碎玻璃上跑

有形无式，有影无色，

瘫痪的力量，不动的姿势；

那些眼光直朝前地跨

进死亡的另一个国土的人

万一记得我们——也不像迷路的

狂暴的灵魂，而仅仅

是空心人

填塞起来的人。

二

在梦中，在死亡的梦幻之国

我不敢遇见的眼睛

并没有出现

在那里，眼睛只是

破碎的圆柱上的阳光

在那里，是摇曳的树

而嗓音混合在

风的歌声中

比渐渐暗淡的星

更加遥远，更加庄严。

让我别再走近

死神的梦幻之国

让我也穿起这些

特意的伪装

老鼠外套，乌鸦皮，交叉的棍子

在田野里

跟风一样行动

不能再走近——

三

这是死去的土地
这是仙人掌的土地
在这里竖立着
石头雕像，在渐渐暗淡的
星光之中，他们接受
死人手臂的哀求。

就像这样
在死亡的另一个国土
独自醒来时
正值我们
因柔情而战栗
而嘴唇准备
吻祈祷书也吻碎石。

四

眼睛不在这里
这星星死亡的山谷
这空虚的山谷
我们失去了的天国的破牙床
眼睛不在这里
在这最后一个相会地点
我们摸到一齐
一言不发
会集在这涨水的河流岸边

一无所见，除非
眼睛重新出现
好像永恒的星辰
好像死亡的晦冥之国里
那复瓣的玫瑰
那是空心人的
唯一希冀

五

在这里我们围绕着多刺的梨
多刺的梨多刺的梨
在这里我们围绕着多刺的梨
在大清早五点。①

就在思想
和现实之间
就在行动
和动作之间
落下了影子
因为天国属于你
就在概念
和创造之间
就在情绪
和反应之间
落下了影子
生命可真长

就在愿望
和痉挛之间
就在潜力
和存在之间
就在本质
和后果之间
落下了影子
因为天国属于你

因为是你的
生命是
因为是你的这

---

① "多刺的梨"指仙人掌,荒漠中唯一的植物,这段诗是戏仿一首儿歌:"我们围着桑树跳舞,在冰冷的早上。"

世界正如此告终
世界正如此告终
世界正如此告终
没有一声轰隆，①只剩一声唏嘘。

选自《新编外国现代作品选》（第1编），郑克鲁、董衡巽主编，赵毅衡译，上海学林出版社，2008

雪夜林边小立

[美国]弗罗斯特

我想我认识树林的主人，
他家住在林外的农村；
他不会看见我暂停此地，
欣赏他披上雪装的树林。

我的小马准抱着个疑团：
干吗停在这儿，不见人烟，
在一年中最黑的晚上，
停在树林和冰湖之间。

它摇了摇颈上的铃铎，
想问问主人有没有弄错。
除此以外唯一的声音
是风飘绒雪轻轻拂过。

树林真可爱，既深又黑，
但我有许多诺言不能违背，
还要赶多少路才能安睡，
还要赶多少路才能安睡。

（飞白　译）

---

① 暗指火药爆炸案，意思是现代人无此魄力。

没有走的路

[美国]弗罗斯特

金黄的林中有两条岔路，
可惜我作为一名过客，
不能两条都走，我久久踌躇，
极目遥望一条路的去处，
直到它在灌木丛中隐没。

我走了第二条，它也不坏，
而且说不定更加值得，
因为它草多，缺少人踩；
不过这点也难比较出来，
两条路踩的程度相差不多。

那天早晨两条路是一样的，
都撒满落叶，还没踩下足迹。
啊，我把第一条路留待来日！
尽管我明白：路是连着路的，
我怀疑是否还能重返旧地。

此后不论岁月流逝多少，
我提起此事总要伴一声叹息：
两条路在林中分了道，而我呢，
我选了较少人走的一条，
此后的一切都相差千里。

(飞白　译)

海　燕

[俄罗斯]高尔基

在苍茫的大海上，狂风卷集着乌云。在乌云和大海之间，海燕像黑色的闪电，在高傲地飞翔。

一会儿翅膀碰着波浪，一会儿箭一般地直冲向乌云，它叫喊着，——就在这鸟儿勇敢的叫喊声里，乌云听出了欢乐。

在这叫喊声里，——充满着对暴风雨的渴望！在这叫喊声里，乌云听出了愤怒的力量、热情的火焰和胜利的信心。

海鸥在暴风雨来临之前呻吟着，——呻吟着，它们在大海上飞窜，想把自己对暴风雨的恐惧，掩藏到大海深处。

海鸭也在呻吟着，——它们这些海鸭啊，享受不了生活的战斗的欢乐：轰隆隆的雷声就把它们吓坏了。

蠢笨的企鹅，胆怯地把肥胖的身体躲藏在悬崖底下……只有那高傲的海燕，勇敢地，自由自在地，在泛起白沫的大海上飞翔！

乌云越来越暗，越来越低，向海面直压下来，而波浪一边歌唱，一边冲向高空，去迎接那雷声。

雷声轰隆。波浪在愤怒的飞沫中呼叫，跟狂风争吼。看吧，狂风紧紧抱起一层层巨浪，恶狠狠地将它们甩到悬崖上，把这些大块的翡翠摔成尘雾和碎末。

海燕叫喊着，飞翔着，像黑色的闪电，箭一般地穿过乌云，翅膀掠起波浪的飞沫。

看吧，它飞舞着，像个精灵，——高傲的、黑色的暴风雨的精灵，——它在大笑，它又在号叫……它笑那些乌云，它因为欢乐而号叫！

从雷声的震怒里，——这个敏感的精灵，——它早就听出了困乏，它深信，乌云遮不住太阳，——是的，遮不住的！

狂风吼叫……雷声轰隆……

一堆堆乌云，像青色的火焰，在无底的大海上燃烧。大海抓住闪电的箭光，把它们熄灭在自己的深渊里。这些闪电的影子，活像一条条火蛇，在大海里蜿蜒游动，一晃就消失了。

"暴风雨！暴风雨就要来啦！"

这是勇敢的海燕，在怒吼的大海上，在闪电中间，高傲地飞翔；这是胜利的预言家在叫喊：

"让暴风雨来得更猛烈些吧！……"

（戈宝权　译）

爱　情

[俄罗斯]阿赫玛托娃

一会儿像条施展魔法的小蛇
在心灵深处蜷缩成一团，
一会儿像只可爱的鸽子
成天在白色的窗口咕咕地叫喊。

一会儿在灿烂的寒霜中闪烁，
又仿佛沉迷于紫罗兰的睡梦……
可她们总是准确而神秘地
领着你远离欢乐和宁静。

在小提琴的忧伤的祈祷中
她会如此甜蜜地痛哭，
在仍然陌生的微笑中
又能神奇地被人一眼认出。

（吴笛　译）

栖息枝头的老鹰

[英国]特德·休斯

我坐在树木的高梢，闭上了双眼。
一动也不动，在我钩状的鼻子
与钩状的爪子之间，没有虚假的梦：
不会在沉睡中排演完美的捕杀和饱餐。

高高的树木可真便利：
空气的浮力和太阳的光线，
都给我提供了优越条件：
大地的脸膛向上仰起，任我检验。

我的爪子钉在粗粝的树皮上。
花费了全部的天地万物
才造出了我的爪子和根根羽毛

我现在把乾坤用爪子抓住。

或者飞上云霄，慢慢地旋转万物，
我随心所欲地宰杀，因为全都归我。
我的身上没有诡辩法，
我的规矩就是撕碎别的头颅。

这是死神的配给。
因为我飞翔的一条道路，
直接穿过生者的骨骼。
我的权利何需争辩：

太阳在我的后面。
自我降世，什么也不曾改变。
我的眼睛不允许有任何变动。
我要让事物就这样持续下去。

选自《世界名诗导选》，吴笛编著，吴笛译，浙江大学出版社，2004

蓟

［英国］特德·休斯

不顾母牛的橡皮舌头和人们锄草的手
蓟像长而尖的刀子捅入夏天的空气中
或者冲破蓝黑色土地的压力打开缺口。

每支蓟都是复活的充满仇恨的爆发，
从衰亡了的北欧海盗的地下遗迹
抛掷上来的紧握手中的一大把

残缺武器和冰岛的霜冻。
它们像灰白的毛发和俚语的喉音。
每一支都挥舞着血的笔。

然后它们变苍老了，像人一样。
被刈倒，这就结下了仇。它们的子孙出现，

现当代欧美诗歌

戴盔披甲，在原地上厮杀过来。

选自《外国现代派作品选》（第4册），袁可嘉等选编，袁可嘉译，上海文艺出版社，1985

晨　歌

[美国] 普拉斯

爱情使你开动起来，像只胖胖的金表。
接生婆拍击你的脚掌，你赤裸裸的叫喊
在自然界的要素中占了一席之地。

我们的嗓音发出回声，放大了你的来临。
一尊新的塑像。
在通风的博物馆，你的裸体
遮蔽起我们的安全。我们茫然伫立，
像一堵堵墙壁。

我算不上你的母亲，就像一块浮云，
蒸馏出一面镜子，反射出自己
在风的手中慢慢地抹除。

你的飞蛾般的呼吸在单调的红玫瑰中间
通宵达旦地扑动，我醒来倾听：
遥远的大海涌进我的耳朵。

一声哭叫，我从床上滚下，像母牛一样笨重，
穿着花花绿绿的维多利亚式的睡衣。
你的嘴张了开来，像猫嘴一样纯净。方形的窗户

开始变白，吞噬一颗颗暗淡的星星。现在，
你试验着一把音符
清晰的元音气球般地冉冉升起。

选自《世界名诗欣赏》，吴笛著，吴笛译，浙江大学出版社，2008

黑 马

［美国］布罗茨基

黑色的穹窿也比它四脚明亮。
它无法与黑暗融为一体。

在那个夜晚，我们坐在篝火旁边，
一匹黑色的马儿映入眼底。

我不记得比它更黑的物体。
它的四脚黑如乌煤。
它黑得如同夜晚，如同空虚。
周身黑咕隆咚，从鬃到尾。
但它那没有鞍子的脊背上
却是另外一种黑暗。
它纹丝不动地伫立。仿佛沉睡酣酣。
它蹄子上的黑暗令人胆战。

它浑身漆黑，感觉不到身影。
如此漆黑，黑到了顶点。
如此漆黑，仿佛处于针的内部。
如此漆黑，就像子夜的黑暗。
如此漆黑，如同它前方的树木。
恰似肋骨间的凹陷的胸脯。
恰似地窖深处的粮仓。
我想：我们的体内是漆黑一团。

可它仍在我们眼前发黑！
钟表上还只是子夜时分。
它的腹股中笼罩着无底的黑暗。
它一步也没有朝我们靠近。
它的脊背已经辨认不清，
明亮之斑没剩下一毫一丝。
它的双眼白光一闪，像手指一弹。
那瞳孔更是令人畏惧。

它仿佛是某人的底片。
它为何在我们中间停留？
为何不从篝火旁边走开，
驻足直到黎明降临的时候？
为何呼吸着黑色的空气，
把压坏的树枝弄得瑟瑟嗖嗖？
为何从眼中射出黑色的光芒？

它在我们中间寻找骑手。

（吴笛　译）

东方文学

20世纪的东方文学有着共同的社会语境。面对西方殖民主义、帝国主义对东方人民的侵略和奴役，东方人民反帝、反殖、反抗封建统治，争取民族独立和人民解放的要求典型地反映在文学作品中。

因此，东方文学常常有着共同的文学倾向和基本的艺术手段。在很长时间内，反帝反封建成为各国文学的共同主题。在创作手法上，以现实主义手法为主，同时积极接受西方的现代思潮的影响，一些主要国家产生了有组织的文学社团，开展有组织的现代主义文学运动。

20世纪东方文学的主要代表有印度的泰戈尔、黎巴嫩的纪伯伦、日本的川端康成和大江健三郎等。

泰戈尔的作品反映了近代印度的现实生活，表现了印度人民反帝反殖反封建的斗争历程。泰戈尔重视发扬民族文化传统，又借鉴了西方文学的优秀作品。他的作品在世界文学史上占有重要的地位。他的《吉檀迦利》的基本主题是对于神的境界的追求以及达到这种境界的艰辛与欢悦。诗人表达了"热爱今生"、不断追求、不断进取的人生哲理，试图将西方启蒙主义理想的自由、平等、博爱与印度传统宗教哲学"梵我合一"结合起来，提出了"诗人的宗教"。所以，诗集既有积极意义，也存在一定的神秘主义的消极影响。

黎巴嫩作家纪·哈·纪伯伦，是阿拉伯现代小说和艺术散文的主要奠基人，20世纪阿拉伯新文学道路的开拓者之一，著有散文诗集《泪与笑》、《先知》、《沙与沫》等。纪伯伦是黎巴嫩的文坛骄子，作为哲理诗人和杰出的画家，他和泰戈尔一样都是近代东方文学走向世界的先驱，并称为"站在东西方文化桥梁上的巨人"。同时，以他为代表形成的阿拉伯文学流派——叙美派曾经全球闻名。《先知》是纪伯伦步入世界文坛的顶峰之作，作者以智者临别赠言的方式，论述了爱与美、生与死、婚姻与家庭、劳作与安乐、法律与自由、理智与热情、善恶与宗教等一系列人生和社会问题，充满比喻和哲理，富有东方色彩。

日本著名作家、"新感觉派"的代表川端康成善于心理和感情的描写，语言凝炼，文思绮丽。他的著名小说《雪国》以汤泽温泉为场景，描写了一个似乎与外界完全隔绝的世界。在白雪皑皑的世界中，在幽静美丽的环境中，抒写了主人公岛村与驹子的纯真而又虚幻的爱的追求，生动地揭示了主人公复杂的情感世界。

大江健三郎的作品描写核威胁与人类未来，残疾儿，做父亲的喜悦及烦恼，集体与个人的关系，从中阐述存在主义思想，融现实主义、心理体验、变异怪诞为一炉。《生活下降者》叙述一个本来前途似锦的年轻大学副教授，在认识到自己扮演一个"虚构的我"以后，终于回复到"现实的我"，抛弃了副教授职位和锦绣前途，与妻子离婚，成为一个"生活下降者"。他是良心发现？是与同性恋者交往后自甘堕落？还是本着自由选择的人性复归？叙述仍然采用现实主义的笔法，但在平易的文字中蕴含深奥的哲理。

吉檀迦利（节选）

[印度] 泰戈尔

3

我要唱的歌，直到今天还没有唱出。

每天我总在乐器上调理弦索。时间还没有到来，歌词也未曾填好；

只有愿望的痛苦在我心中。

花蕊还未开放；只有风从旁叹息走过。

我没有看见过他的脸，也没有听见过他的声音；我只听见他轻蹑的足音，

从我房前路上走过。

悠长的一天消磨在为他在地上铺设座位；但是灯火还未点上，我不能请他进来。

我生活在和他相会的希望中，但这相会的日子还没有来到。

4

我接到这世界节日的请柬，我的生命受了祝福。我的眼睛看见了美丽的景象，

我的耳朵也听见了醉人的音乐。

在这宴会中，我的任务是奏乐，我也尽力演奏了。

现在，我问，那时间终于来到了吗，我可以进去瞻仰你的容颜，并献上我静默的敬礼吗？

19

只要我一息尚存，我就称你为我的一切。

只要我一诚不灭，我就感觉到你在我的四周，任何事情，我都来请教你，任何时候都把我的爱献上给你。

只要我一息尚存，我就永不把你藏匿起来。

只要把我和你的旨意锁在一起的脚镣，还留着一小段，你的意旨就在我的生命中实现

——这脚镣就是你的爱。

20

这是我对你的祈求，我的主——请你铲除，铲除我心里贫乏的根源。

赐给我力量使我能轻闲地承受欢乐与忧伤。

赐给我力量使我的爱在服务中得到果实。

赐给我力量使我永不抛弃穷人也永不向上淫威屈膝。

赐给我力量使我的心灵超越于日常琐事之上。

再赐给我力量使我满怀爱意地把我的力量服从你意志的指挥。

35

在那里，心是无畏的，头也抬得高昂；

在那里，知识是自由的；

在那里，世界还没有被狭小的家园的墙隔成片段；

在那里，话是从真理的深处说出；

在那里，不懈的努力向着"完美"伸臂；

在那里，理智的清泉没有沉没在积习的荒漠之中；

在那里，心灵是受你的指引，走向那不断放宽的思想与行为——

进入那自由的天国，我的父呵，让我的国家觉醒起来吧。

（冰心　译）

先　知（节选）

［黎巴嫩］纪伯伦

论　爱

于是爱尔美差说：请给我们谈爱。

他举头望着民众，他们一时静默了。他用洪亮的声音说：

当爱向你们召唤的时候，跟随着他，虽然他的路程是艰险而陡峻。

当他的翅翼围卷你们的时候，屈服于他，虽然那藏在羽翮中间的剑刃也许会伤毁你们。

当他对你们说话的时候，信从他，

虽然他的声音会把你们的梦魂击碎，如同北风吹荒了林园。

爱虽给你加冠，他也要把你钉在十字架上。他虽栽培你，他也刈剪你。

他虽升到你的最高处，抚惜你在日中颤动的枝叶，

他也要降到你的根下，摇动你的根底的一切关节，使之归土。

如同一捆稻粟，他把你束聚起来。

他舂打你使你赤裸。

他筛分你使你脱壳。

他磨碾你直至洁白。

他揉搓你直至柔韧；

然后他送你到他的圣火上去，使你成为上帝圣筵上的圣饼。

这些都是爱要给你们做的事情，使你知道自己心中的秘密，

在这知识中你便成了"生命"心中的一屑。

假如你在你的疑惧中，只寻求爱的和平与逸乐，

那不如掩盖你的裸露，而躲过爱的筛打，

而走入那没有季候的世界，在那里你将欢笑，却不是尽量的笑悦，你将哭泣，却没有

流干眼泪。

爱除自身外无施与，除自身外无接受。

爱不占有，也不被占有。

因为爱在爱中满足了。

当你爱的时候，你不要说"上帝在我的心中"，却要说"我在上帝的心里"。

不要想你能导引爱的路程，因为若是他觉得你配，他就导引你。

爱没有别的愿望，只要成全自己。

但若是你爱，而且需求愿望，就让以下的做你的愿望吧：

溶化了你自己，像溪流般对清夜吟唱着歌曲。

要知道过度温存的痛苦。

让你对于爱的了解毁伤了你自己；

而且甘愿地喜乐地流血。

清晨醒起，以喜飏的心来致谢这爱的又一日；

日中静息，默念爱的浓欢；

晚潮退时，感谢地回家；

然后在睡时祈祷，因为有被爱者在你心中，有赞美之歌在你的唇上。

论 哀 乐

于是一妇人说：请给我们讲欢乐与悲哀。

他回答说：

你的欢乐，就是你的去了面具的悲哀。

连你那涌溢欢乐的井泉，也常是充满了你的眼泪。

不然又怎样呢？

悲哀的创痕在你身上刻的越深，你越能容受更多的欢乐。

你的盛酒的杯，不就是那曾在陶工的窑中燃烧的坏子么？

那感悦你的心神的笛子，不就是曾受尖刀挖刻的木管么？

当你欢乐的时候，深深地内顾你的心中，你就知道只不过是那曾使你悲哀的，又在使你欢乐。

当你悲哀的时候，再内顾你的心中，你就看出实在是那曾使你喜悦的，又在使你哭泣。

你们有些人说："欢乐大于悲哀。"也有人说："不，悲哀是更大的。"

我却要对你们说，他们是不能分开的。

他们一同来到，当这个和人负席的时候，要记住那个正在你床上酣眠。

真的，你是天平般悬在悲哀与欢乐之间。

只在盘中空洞的时候，你才能静止，持平。

当守库者把你提起来，称他的金银的时候，你的哀乐就必需升降了。

论 美

于是一个诗人说：请给我们说美。

他回答说：

你们到处追求美，除了她自己做了你的道路，引导着你之外，你如何能找到她呢？

除了她做了你的言语的编造者之外，你如何能谈论她呢？

冤抑的、受伤的人说："美是仁爱的，和柔的，

如同一位年轻的母亲，在她自己的光荣中半含着羞涩，在我们中间行走。"

热情的人说:"不,美是一种全能的可畏的东西。

暴风似的,撼摇了上天下地。"

疲乏的、忧苦的人说:"美是温柔的微语,在我们心灵中说话。

她的声音传达到我们的寂静中,如同微晕的光,在阴影的恐惧中颤动。"

烦躁的人却说:"我们听见她在万山中叫号。

与她的呼声俱来的,有兽蹄之声、振翼之音,与狮子之吼。"

在夜里守城的人说:"美要与晓暾从东方一同升起。"

在日中的时候,工人和旅客说:"我们曾看见她凭倚在落日的窗户上俯视大地。"

在冬日,阻雪的人说:"她要和春天一同来临,跳跃于山峰之上。"

在夏日的炎热里,刈者说:"我们曾看见她和秋叶一同跳舞,我们也看见她在发中有一堆白雪。"

这些都是他们关于美的谈说。

实际上,你却不是谈她,只是谈着你那未曾满足的需要。

美不是一种需要,只是一种欢乐。

她不是干渴的口,也不是伸出的空虚的手,

却是发焰的心,陶醉的灵魂。

她不是你能看到的形象,能听到的歌声,

却是你虽闭目时也能看见的形象,虽掩耳时也能听见的歌声。

她不是犁痕下树皮中的液汁,也不是在兽爪间垂死的禽鸟,

却是一座永远开花的花园,一群永远飞翔的天使。

阿法利斯的民众呵,在生命揭露圣洁的面容的时候的美,就是生命。但你就是生命,你也是面纱。

美是永生揽镜自照。

但你就是永生,你也是镜子。

选自《先知》,冰心译,湖南人民出版社,1982

雪 国 (节选)

[日本]川端康成

01

穿过县界长长的隧道,便是雪国。夜空下一片白茫茫。火车在信号所前停了下来。

一位姑娘从对面座位上站起身子,把岛村座位前的玻璃窗打开。一股冷空气卷袭进来。姑娘将身子探出窗外,仿佛向远方呼唤似的喊道:

"站长先生,站长先生!"

一个把围巾缠到鼻子上、帽耳耷拉在耳朵边的男子,手拎提灯,踏着雪缓步走了过来。

岛村心想:已经这么冷了吗? 他向窗外望去,只见铁路人员当作临时宿舍的木板房,星星点点地散落在山脚下,给人一种冷寂的感觉。那边的白雪,早已被黑暗吞噬了。

"站长先生,是我。您好啊!"

"哟,这不是叶子姑娘吗! 回家呀? 又是大冷天了。"

"听说我弟弟到这里来工作,我要谢谢您的照顾。"

"在这种地方,早晚会寂寞得难受的。年纪轻轻,怪可怜的!"

"他还是个孩子,请站长先生常指点他,拜托您了。"

"行啊。他干得很带劲,往后会忙起来的。去年也下了大雪,常常闹雪崩,火车一抛锚,村里人就忙着给旅客送水送饭。"

"站长先生好像穿得很多,我弟弟来信说,他还没穿西服背心呢。"

"我都穿四件啦! 小伙子们遇上大冷天就一个劲儿地喝酒,现在一个个都得了感冒,东歪西倒地躺在那儿啦。"站长向宿舍那边晃了晃手上的提灯。

"我弟弟也喝酒了吗?"

"这倒没有。"

"站长先生这就回家了?"

"我受了伤,每天都去看医生。"

"啊,这可太糟糕了。"

和服上罩着外套的站长,在大冷天里,仿佛想赶快结束闲谈似的转过身来说:"好吧,路上请多保重。"

"站长先生,我弟弟还没出来吗?"叶子用目光在雪地上搜索,"请您多多照顾我弟弟,拜托啦。"

她的话声优美而又近乎悲戚,那嘹亮的声音久久地在雪夜里回荡。

火车开动了,她还没把上身从窗口缩回来。一直等火车追上走在铁路边上的站长,她又喊道:

"站长先生,请您告诉我弟弟,叫他下次休假时回家一趟!"

"行啊!"站长大声答应。

叶子关上车窗,用双手捂住冻红了的脸颊。

这是县界的山,山下备有三辆扫雪车,供下雪天使用。隧道南北,架设了电力控制的雪崩报警线,部署了五千名扫雪工和两千名消防队的青年队员。

这个叶子姑娘的弟弟,从今冬起就在这个将要被大雪覆盖的铁路信号所工作。岛村知道这一情况以后,对她越发感兴趣了。

但是,这里说的"姑娘",只是岛村这么认为罢了。她身边那个男人究竟是她的什么人,岛村自然不晓得。两人的举动很像夫妻,男的显然有病。陪伴病人,无形中就容易忽略男女间的界限,侍候得越殷勤,看起来就越像夫妻。一个女人像慈母般地照拂比自己岁数大的男子,老远看去,免不了会被人看作是夫妻。

岛村是把她一个人单独来看的,凭她那种举止就推断她可能是个姑娘。也许是因为他用过分好奇的目光盯住这个姑娘,所以增添了自己不少的感伤。

已经是三个钟头以前的事了。岛村感到百无聊赖,发呆地凝望着不停活动的左手的食指。因为只有这个手指,才能使他清楚地感到就要去会见的那个女人。奇怪的是,越是急于想把她清楚地回忆起来,印象就越模糊。在这扑朔迷离的记忆中,也只有这手指所留下的几许感触,把他带到远方的女人身边。他想着想着,不由地把手指送到鼻子边闻了闻。当他无意识地用这个手指在窗玻璃上划道时,不知怎的,上面竟清晰地映出一只女人的眼睛。他大吃一惊,几乎喊出声来。大概是他的心飞向了远方的缘故。他定神看时,什么也没有。映在玻璃窗上的,是对座那个女人的形象。外面昏暗下来,车厢里的灯亮了。这样,窗玻璃就成了一面镜子。然而,由于放了暖气,玻璃上蒙了一层水蒸气,在他用手指揩亮玻璃之前,那面镜子其实并不存在。

玻璃上只映出姑娘一只眼睛,她反而显得更加美了。

岛村把脸贴近车窗,装出一副带着旅愁观赏黄昏景色的模样,用手掌揩了揩窗玻璃。

姑娘上身微倾,全神贯注地俯视着躺在面前的男人。她那小心翼翼的动作,一眨也不眨的严肃目光,都表现出她的真挚感情。男人头靠窗边躺着,把弯着的腿搁在姑娘身边。这是三等车厢。他们的座位不是在岛村的正对面,而是在斜对面。所以在窗玻璃上只映出侧身躺着的那个男人的半边脸。

姑娘正好坐在斜对面,岛村本是可以直接看到她的,可是他们刚上车时,她那种迷人的美,使他感到吃惊,不由得垂下了目光。就在这一瞬间,岛村看见那个男人蜡黄的手紧紧攥住姑娘的手,也就不好意思再向对面望去了。

镜中的男人,只有望着姑娘胸脯的时候,脸上才显得安详而平静。瘦弱的身体,尽管很衰弱,却带着一种安乐的和谐气氛。男人把围巾枕在头下,绕过鼻子,严严实实地盖住了嘴巴,然后再往上包住脸颊。这像是一种保护脸部的方法。但围巾有时会松落下来,有时又会盖住鼻子。就在男人眼睛要动而未动的瞬间,姑娘就用温柔的动作,把围巾重新围好。两人天真地重复着同样的动作,使岛村看着都有些焦灼。另外,裹着男人双脚的外套下摆,不时松开耷拉下来。姑娘也马上发现了这一点,给他重新裹好。这一切都显得非常自然。那种姿态几乎使人认为他俩就这样忘记了所谓距离,走向了漫无边际的远方。正因为这样,岛村看见这种悲愁,没有觉得辛酸,就像是在梦中看见了幻影一样。大概这些都是在虚幻的镜中幻化出来的缘故。

黄昏的景色在镜后移动着。也就是说,镜面映现的虚像与镜后的实物好像电影里的叠影一样在晃动。出场人物和背景没有任何联系,而且人物是一种透明的幻象,景物则是在夜霭中的朦胧暗流,两者消融在一起,描绘出一个超脱人世的象征的世界。特别是当山野里的灯火映照在姑娘的脸上时,那种无法形容的美,使岛村的心都几乎为之颤动。

在遥远的山巅上空,还淡淡地残留着晚霞的余晖。透过车窗玻璃看见的景物轮廓,退到远方,却没有消逝,但已经黯然失色了。尽管火车继续往前奔驰,在他看来,山野那平凡的姿态越是显得更加平凡了。由于什么东西都不十分惹他注目,他内心反而好像隐隐地存在着一股巨大的感情激流。这自然是由于镜中浮现出姑娘的脸的缘故。只有身影映在窗玻璃上的部分,遮住了窗外的暮景,然而,景色却在姑娘的轮廓周围不断地移动,使人觉得姑娘的脸也像是透明的。是不是真的透明呢?这是一种错觉。因为从姑娘面影后面不停地掠过的暮景,仿佛是从她脸的前面流过。定睛一看,却又扑朔迷离。车厢里也不太明亮。窗玻璃上的映像不像真的镜子那样清晰了,反光没有了。这使岛村看入了神,他渐渐地忘却了镜子的存在,只觉得姑娘好像漂浮在流逝的暮景之中。

这当儿,姑娘的脸上闪现着灯光。镜中映像的清晰度并没有减弱窗外的灯火,灯火也没有把映像抹去。灯火就这样从她的脸上闪过,但并没有把她的脸照亮。这是一束从远方投来的寒光,模模糊糊地照亮了她眼睛的周围。她的眼睛同灯火重叠的那一瞬间,就像在夕阳的余晖里飞舞的妖艳而美丽的夜光虫。

叶子自然没留意别人这样观察她。她的心全用在病人身上,就是把脸转向岛村那边,她也不会看见自己映在窗玻璃上的身影,更不会去注意那个眺望着窗外的男人。

　　岛村长时间地偷看叶子,却没有想到这样做会对她有什么不礼貌,他大概是被镜中暮景那种虚幻的力量吸引住了。也许岛村在看到她呼唤站长时表现出有点过分严肃,从那时候起就对她产生了一种不寻常的兴趣。

　　火车通过信号所时,窗外已经黑沉沉的了。在窗玻璃上流动的景色一消失,镜子也就完全失去了吸引力,尽管叶子那张美丽的脸依然映在窗上,而且表情还是那么温柔,但岛村在她身上却发现她对别人似乎特别冷漠,他也就不想去揩拭那面变得模糊不清的镜子了。

　　约莫过了半小时,没想到叶子他们也和岛村在同一个车站下了车,这使他觉得好像还会发生什么同自己有关的事似的,所以他把头转了过去。从站台上迎面扑来一阵寒气,他立即对自己在火车上那种非礼行为感到羞愧,就头也不回地从火车头前面走了过去。

　　男人攥住叶子的肩膀,正要越过路轨的时候,站务员从对面扬手加以制止。

　　转眼间从黑暗中出现一列长长的货车,挡住了他俩的身影。

　　前来招徕顾客的客栈掌柜,穿上一身严严实实的冬装,包住两只耳朵,蹬着长筒胶靴,活像火场上的消防队员。一个女子站在候车室窗旁,眺望着路轨那边,她披着蓝色斗篷,蒙上了头巾。

　　由于车上带下来的暖气尚未完全从岛村身上消散,岛村还没有感受到外面的真正寒冷。他是第一次遇上这雪国的冬天,一上来就被当地人的打扮吓住了。

　　"真冷得要穿这身衣服吗?"

　　"嗯,已经完全是过冬的装束了。雪后放晴的头一晚特别冷。今天晚上可能降到零下哩。"

　　"已经到零下了么?"

　　岛村望着屋檐前招人喜欢的冰柱,同客栈掌柜一起上了汽车。在雪天夜色的笼罩下,家家户户低矮的屋顶显得越发低矮,仿佛整个村子都静悄悄地沉浸在无底的深渊之中。

　　"难怪啰,手无论触到什么东西,都觉得特别的冷啊。"

　　"去年最冷是零下二十多度哩。"

　　"雪呢?"

　　"雪嘛,平时七八尺厚,下大了恐怕有一丈二三尺吧。"

　　"大雪还在后头啰?"

　　"是啊,是在后头呢。这场雪是前几天下的,只有尺把厚,已经融化得差不多了。"

　　"能融化掉吗?"

　　"说不定什么时候还会再来一场大的呢。"

已经是十二月上旬了。

岛村感冒总不见好,这会儿让冷空气从不通气的鼻孔一下子冲到了脑门心,清鼻涕簌簌地流个不停,好像把脏东西都给冲了出来。

"老师傅家的姑娘还在吗?"

"嗯,还在,还在。在车站上您没看见? 披着深蓝色斗篷的就是。"

"就是她? ……回头可以请她来吗?"

"今天晚上?"

"是今天晚上。"

"说是老师傅的少爷坐末班车回来,她接车去了。"

在暮景镜中看到叶子照拂的那个病人,原来就是岛村来会晤的这个女子的师傅的儿子。

一了解到这点,岛村感到仿佛有什么东西掠过自己的心头。但他对这种奇妙的因缘,并不觉得怎么奇怪,倒是对自己不觉得奇怪而感到奇怪。

岛村不知怎地,内心深处仿佛感到:凭着指头的感触而记住的女人,与眼睛里灯火闪映的女人,她们之间会有什么联系,可能会发生什么事情。这大概是还没有从暮景的镜中清醒过来的缘故吧。他无端地喃喃自语:那些暮景的流逝,难道就是时光流逝的象征吗?

滑雪季节前的温泉客栈,是顾客最少的时候,岛村从室内温泉上来,已是万籁俱寂了。他在破旧的走廊上,每踏一步,都震得玻璃门微微作响。在长廊尽头账房的拐角处,亭亭玉立地站着一个女子,她的衣服下摆铺展在乌亮的地板上,使人有一种冷冰冰的感觉。

看到衣服下摆,岛村不由得一惊:她到底还是当艺妓了么! 可是她没有向这边走来,也没有动动身子作出迎客的娇态。从老远望去,她那亭亭玉立的姿势,使他感受到一种真挚的感情。他连忙走了过去,默默地站在女子身边。女子也想绽开她那浓施粉黛的脸,结果适得其反,变成了一副哭丧的脸。两人就那么默然无言地向房间走去。

虽然发生过那种事情,但他没有来信,也没有约会,更没有信守诺言送来舞蹈造型的书。在女子看来,准以为是他一笑了之,把自己忘了。按理说,岛村是应该首先向她赔礼道歉或解释一番的,但岛村连瞧也没瞧她,一直往前走。他觉察到她不仅没有责备自己的意思,反而在一心倾慕自己。这就使他越发觉得此时自己无论说什么,都只会被认为是不真挚的。他被她慑服了,沉浸在美妙的喜悦之中,一直到了楼梯口,他才突然把左拳伸到女子的眼前,竖起食指说:

"它最记得你呢。"

"是吗?"

女子一把攥住他的指头,没有松开,手牵手地登上楼去。在被炉(日本的取暖设备。在炭炉上放个木架,罩上棉被而成)前,她把他的手松开时,一下子连脖子根都涨红了。为了掩饰这点,她慌慌张张地又抓住了他的手说:

"你是说它还记得我吗?"

他从女子的掌心里抽出右手,伸进被炉里,然后再伸出左拳说:

"不是右手,是这个啊!"

"嗯,我知道。"

她装作若无其事的样子,一边抿着嘴笑起来,一边掰开他的拳头,把自己的脸贴了上去。

"你是说它还记得我吗?"

"噢,真冷啊! 我头一回摸到这么冰凉的头发。"

"东京还没下雪吗?"

"虽然那时候你是那样说了,但我总觉得那是违心的话。要不然,年终岁末,谁还会到这样寒冷的地方来呢?"

那个时候——已经过了雪崩危险期,到处一片嫩绿,是登山的季节了。

过不多久,饭桌上就将看不见新鲜的通草果了。

岛村无所事事,要唤回对自然和自己容易失去的真挚感情,最好是爬山。于是他常常独自去爬山。他在县界区的山里待了七天,那天晚上一到温泉浴场,就让人去给他叫艺妓。但是女佣回话说:那天刚好庆祝新铁路落成,村里的茧房和戏棚也都用作了宴会场地,异常热闹,十二三个艺妓人手已经不够,怎么可能叫来呢? 不过,老师傅家的姑娘即便去宴会上帮忙,顶多表演两三个节目就可以回来,也许她会应召前来吧。岛村再仔细地问了问,女佣作了这样简短的说明:三弦琴、舞蹈师傅家里的那位姑娘虽不是艺妓,可有时也应召参加一些大型宴会什么的。这里没有年轻的,中年的倒很多,却不愿跳舞。这么一来,姑娘就更显得可贵了。虽然她不常一个人去客栈旅客的房间,但也不能说是个无瑕的良家闺秀了。

岛村认为这话不可靠,根本没有把它放在心上。约莫过了一个钟头,女佣把女子领来,岛村不禁一愣,正了正坐姿。女子拉住站起来就要走的女佣的袖子,让她依旧坐下。

女子给人的印象洁净得出奇,甚至令人想到她的脚趾弯里大概也是干净的。岛村不禁怀疑起自己的眼睛,是不是由于刚看过初夏群山的缘故。

她的衣着虽带几分艺妓的打扮,可是衣服下摆并没有拖在地上,而且只穿一件合身的柔软的单衣。唯有腰带很不相称,显得很昂贵。这副样子,看起来反而使人觉得有点可怜。

女佣趁他们俩谈起山里的事,站起来就走了。然而就连从这个村子也可以望见的几座山的名字,那女子也说不齐全。岛村提不起酒兴,女子却意外坦率地谈起自己也是生长在这个雪国,在东京的酒馆当女侍时被人赎身出来,本打算将来做个日本舞蹈师傅用以维持生计,可是刚刚过了一年半,她的恩主就与世长辞了。也许从那人死后到今天的这段经历,才是她的真正身世吧。这些她是不想马上坦白出来的。她说是十九岁。果真如此,这十九岁的人看起来倒像有二十一二岁了。岛村这才得到一点宽慰,开始谈起歌舞伎之类的事来。她比他更了解演员的艺术风格和逸事。也许她正渴望着有这样一个话伴吧,所以津津乐道。谈着谈着,露出了烟花巷出身的女人的坦率天性。她似乎很能掌握男人的心理。尽管如此,岛村一开头就把她看作是良家闺秀。加上他快一个星期没跟别人好好闲谈了,内心自然热情洋溢,首先对她流露出一种依恋之情。他从山上带来的感伤,也浸染到了女子的身上。

翌日下午,女子把浴具放在过道里,顺便跑到他的房间去玩。

她正要坐下,岛村突然叫她帮忙找个艺妓来。

“你说是帮忙?”

“还用问吗?”

“真讨厌!我作梦也没想到你会托我干这种事!”

她漠然地站在窗前,眺望着县界上的重山叠峦,不觉脸颊绯红了。

“这里可没有那种人。”

“说谎。”

“这是真的嘛。”说着,她突然转过身子,坐在窗台上,

“这可绝对不能强迫命令啊。一切得听随艺妓的方便。说真的,我们这个客栈一概不帮这种忙。你不信,找人直接问问就知道了。”

“你替我找找看吧。”

“我为什么一定要帮你干这种事呢?”

“因为我把你当做朋友嘛。以朋友相待,不向你求欢。”

“这就叫做朋友?”女子终于被激出这句带稚气的话来。接着又冒了一句:“你真了不起,居然托我办这种事。”

“这有什么关系呢?在山上身体是好起来了。可脑子还是迷迷糊糊,就是同你说话吧,心情也还不是那么痛快。”

女子垂下眼睛,默不作声。这么一来,岛村干脆露出男人那副无耻相来。她对此大概已经养成了一种通情达理、百依百顺的习惯。由于睫眉深黛,她那双垂下的眼睛,显得更加温顺,更加娇艳了。岛村望着望着,女子的脸向左右微微地摇了摇,又泛起了一抹红晕。

选自《雪国》,叶渭渠译,译林出版社,1996

生活下降者

[日本]大江健三郎

我既不是酒精中毒者也不是吸毒者,只是好说,口若悬河喋喋不休是我的天性。如果说哪一种形式最适合我的本质,那就是写小说或者写剧本。现在我对诗歌特别感兴趣,也许诗歌是最合适的形式。其实,无论诗还是别的什么形式,对我最合适相称的形式莫过于聊天。我总是处在要么聊天要么思考的状态,除此之外,任何事情都无关紧要。我有一份工作,不用费体力不用动脑子。就是监视进这条胡同里的人,如果是警察,就大声唱歌,通知我的主人。这么轻轻松松的工作。虽然报酬不算多,我已经很满意。报酬再少,我和雇主的交情还不到表示不满的程度。深夜,其实是快到天亮的时候,我可以在主人家一楼的地板间睡觉,每天还给我约一百日元的饭钱。我在这儿食宿得到保证,还有什么不满意的呢?就是下雨天有点不便,但主人允许我到他经营的弹子房的屋檐下避雨。除了被爱干净的客人和满脸不高兴地来换弹子房"纪念品"的顾客粗暴对待外,在这狭窄的屋檐下倒能思考、说话。跟谁说话?各种各样的人。跟有闲工夫的行人聊,也跟警察聊。有时候自言自语,但有更多的机会听我说话的是他们,就是编造出理由让我坐在这儿监视的他们、在我的主人手下干活的他们。如果想见他们中的某一个人,在傍晚到拂晓这一段时间里,进这条胡同就行,你立刻就知道自己正接近他们中的某一个人。很可能这是一次重要的会面,只要你是我和他们这一类人而不是敌对的欺骗的那一类人的话。昨天晚上我就亲眼看到这种重要的会面被毫不留情地践踏,那场面令人心酸落泪。

一个职工模样的男人走进胡同,他对这条胡同以及住在里面的人的内情一无所知,纯属偶然顺脚进来的。但是,只要到傍晚,不论是谁,一走进这条胡同,他们中的某一个人必定要上去搭话。这就是这条胡同和住在里面的人们的诚实性。

对这个偶然闯进胡同的职工模样的人,他们中最像职工模样的他,或者实际上白天可能也在某公司就职也显示出这种诚实性。他个子很小,愁眉苦脸,简直就像职工的基督,追上往胡同深处走去的职工模样的男人,两脚蹒跚摇摇晃晃似的站住,对他说,明确清晰地说:

"能交个朋友吗? 同性恋的朋友。"

被社会上大多数人所不理解、疏远排斥的先驱者,战战兢兢,而且忍受着难以言喻的巨大耻辱作自我介绍、寻找对象。当进胡同的男人拒绝他的希望,继续往前走去时,我悲哀这个现实世界的冷酷无情,泪水夺眶而出。横遭拒绝、深感羞耻以至于自我厌恶、丧失自信而几乎昏厥的他完全是一种悲剧。"能交个朋友吗？同性恋的朋友。"当这首滑稽丑陋的夜半歌声在胡同里回响时，我觉得所有奇虫怪兽、魑魅魍魉都从生长在阴暗墙角贫瘠泥土上的茂密草丛中或者屋檐底下站起来颤动着喉咙合唱。"能交个朋友吗？同性恋的朋友，同性恋的朋友。"希望记住这合唱的歌词，因为这也是我想谈的、对我来说是最重大事件的主旋律。

他们曾经叫我副教授。因为我以前在某公立大学文科基础系当过副教授。现在说这些没什么意义，我还是这个系最年轻的副教授。那时我只有二十八岁，与学生也就差五六岁。但我愿意在学生面前要么就是副教授要么就是毫不相干的人。我的同事有不少跟学生几乎像朋友一样打得火热。他们活着用身心模仿"进步的少壮派学者"这句话所讽刺的含义、那种含蓄暧昧的含义，而且为了解决与学生的相互关系中像附着在不毛植物地下茎上的根瘤菌那样鸡毛蒜皮的小事，耗尽体力精力，以巨大的意志四处奔走，尽心尽力。他们的周围麇集着那些像病毒一样无论什么样的硬膜都能穿透紧紧附着在肌肤上的死缠白赖的厚脸皮学生。他们疲惫困顿，想逃出这溜须拍马的包围圈，但他们已经是满载阿谀奉承的学生的一艘出海的船，由学生们来掌舵。除非船沉没，否则他们不可能恢复自由。他们绝对祈求学生不要淹死，平安地转移到其他船上。他们一心忙于照料学生，一心忙于为学生阶层的读者撰写人生指南般的文章，逐渐失去了钻研学问的时间。沉没危在旦夕。

我没有重蹈他们的覆辙。我在课堂上认真热情地讲课，尽最大的可能让那些好学用功的学生充满学院式的幻想。除此之外，我不与学生进行任何交往。我这样做可以避免出了教室仍然受到学生的束缚。我拒绝被学生敬重羡慕的斯多噶主义做法要胜过同事一筹。同时，这些进步的少壮派出于隐藏在相互诚实的外表里面的负疚感自卑感对我的自由无羁也自愧弗如。我的大学是学生运动的据点，具有强烈的学院式择优意识的、令人看不顺眼的用功学生比比皆是。他们热衷于从老师的著作中发现错误、错译，吹毛求疵大肆攻击。在他们偏执狭隘的眼睛里，我是个合格的教师。我成功地将不愿意在生活上帮助学生为此吃苦的利己主义偷梁换柱为斯多噶主义和学究主义。我比学生、同事高出一筹，因此备受学科主任教授的青睐。正如我是最年轻的副教授一样，我也会成为最年轻的教授，再升任为主任教授，成为该学科成立以来任职时间最长的主任教授，退休后担任名誉教授。我是本学科最成功的副教授。

我运用权谋术数，为通往成功之路预先下了几步棋。我绝不向大学办公室提交肤浅潦草的报告、杂乱无章的记录，给他们的工作增添麻烦，因此办公室称赞我认真负责、一丝不苟，具有出色的处理事务的能力。另外，我在金钱上也清廉自重，没有造成在外头收入颇丰的印象。

还有一层，我的妻子是本大学影响巨大地盘坚实经济充裕的名誉教授的小女儿。从这个意义上说，我也是最成功的副教授。婚后第二个月，我在学会上发表了引人注目的论文。我的关于从语音学角度探讨中世纪法语的研究论文在学会报上发表之前，就引起轰动，震撼了学会。法国文学研究界把我的论文视为具有深刻影响的实证主义研究先驱，也掀起了运用这种研究方法的热潮。我还被热心运用这种研究方法的另一所大学聘为专职讲师，签订了从下学期开始讲课的合同。这一切都放射出粉红色的光芒笼罩着我。在大学这种地方，一旦全身罩上了红光，就不会被任何人从粉红色光圈中拖出来。只要他占据了闪耀着粉红色光芒的位置，周围的人就认定他地位牢固，开始奉承。他成了大学本身的一部分。从本质上说，所有的教师都在大学这个机构里连续性地生存下去。危及大学机构本身的人本来就无法得到大学的拯救。进步的少壮派教授也是通过年轻的进步派这种形式维持着大学机构的一部分，有时他们也在激进的盲目的学生对大学机构发动攻击时起到安全阀的作用。

不管怎么说，我是一个生活中闪动着乳白色光亮、坚实地走向辉煌灿烂未来的年轻的副教授。我的故乡是九州的小山村，我是全村人的"希望"，我是山村小商人的三子。我的小学同学有的务农有的当搬运日工有的精神破灭远走他乡要么一辈子在筑丰的中小煤矿卖命要么当自卫队员。现在我的弟弟就是自卫队员，表弟就是当警察。

就我一个人在东京优秀的名牌大学当副教授，实为众人瞩目。我这个小商人的儿子在农村上学的时候，学校里学习成绩好的尽是从城市疏散来的儿童。我们说话带着浓重的乡下口音，又缺少自信心，所以总抬不起头来，结果变得沉默寡言、怯懦乖僻。而现在我在先前那些优秀的学生的故乡东京出人头地获得成功。我以前是一个撒谎骗人、察言观色、喜怒无常、自惭自愧的乡下小毛孩，如今是堂堂正正的副教授。我曾经是现在越发贫困凋敝的全家乡的"希望"，最近故乡的村中学校长和村长提出准备为我成立精神鼓励性质的后援会，有后援会的副教授！如果得以实现，我很可能成为极其特殊的副教授。

但是我还是去了一封措辞尽量冷淡的明信片予以婉拒。"希望"给家乡人们的善意一记沉重的回击。我在东京的生活，羞于把自己与故乡、老家、亲人联系在一起。我对谁感到羞耻呢？对都市、对生于名门世家的人甚至对我周围的一切存在。我想飞黄腾达，但更重要的是尽量让社会承认我目前这种地位的存在。我想把自己放在出生时口含银匙、成人后银匙做成领带别针这样的阶层上。我用岳父的钱在高级豪华的饭店举行婚礼，邀请一百多人参加，但没有把浑身上下散发着典型的"地方小商人的老婆"气息的老母亲叫来。我欺骗妻子和她家里人，说我的家庭是没落的地方名门望族。我从小就磨炼出一大撒谎骗人的拿手本领，这是幼年留给我的最大的本事。没能进京的母亲寄来一封洋溢着朴素的喜悦之情的信，我小心翼翼地背着妻子看完后付之一炬。我把字迹拙劣错字百出的信烧掉后，给妻子念了一封精心编造、一派胡言的假信。母亲的死讯让我松了一口气，终于没有让女子大学毕业的妻子见到无知无识缺少教养又老又丑又小的母亲。现在我一百个放心，流下了甜蜜的泪水，心想这恐怕要感谢冥冥中保佑我的上帝什么的。我对同样泪水流淌的妻子又随口胡编说，母亲靠用毛笔抄写全卷《源氏物语》度过战争时期。我被自己的谎言感动得又淌下泪水。

这是我为亲人流下的唯一一次眼泪。我是前途光辉灿烂的副教授。我以前是全村的"希望"，不久我将成为包含所有大学在内的全东京的"希望"。那时，我将把亲属、家乡的一切公开给我周围的人们。因为那时我是胜利者，不会对任何人感到丝毫的羞耻之心。

我是这么想的。我尽量将自己抽象化，成为准备承受任何上升任何腾飞的存在，力求避开血缘、家族史、出生地这些似无实有的制约效果。我就好比将自己的皮肤漂白后成功地闯入白人领域的黑人，我是一个黑人的叛徒。在我撒谎成性的强迫观念后面，并列着几个我小学同学的脸孔注视着我。他们在战时称为国民学校的小学读书时，都是学习成绩比我优秀的优等生，也是脸色红润、四肢发达的健康儿童。但现在他们在贫瘠穷苦的农村从事繁重的体力劳动，未老先衰，四肢干瘪，弯腰驼背，筋疲力尽。我必须抗拒这种强行把他们埋没在社会最底层的力量、农村的力量。于是我撒谎骗人、厚颜无耻，绝不干吃亏的事，最后终于登上了大都市名牌大学里最具光明前途的副教授宝座。这是我一年前的自画像。如果有人认为我像一头卑鄙无耻的狗，那就对我吐唾沫。我会对唾沫发白的米黄色的抛物线伸出我的脑袋，那也是我自己的唾沫。

我在学会获得胜利的去年初夏，觉察到某种危机感、毁灭感在体内渐渐抬头。我预感到会出现破裂的局面。我结婚才几年，在大学刚刚取得名副其实的牢靠把握的成功。就是说，我正处在通往光辉的荣誉的有序发展的阶梯上。我却莫名其妙地感到不安，同时产生某种自我嘲弄的心情。我开始学先前绝不沾口的抽烟，而且是从大学回家的时候特地跑到市中心的饭店买来椭圆形烟嘴的土耳其香烟，津津有味地练习起来。我又嘲笑自己变成这个样子。

同时，在我身上还出现某种退婴现象，忘却二十多年的小时候的事情突然恢复了记忆。我六岁上小学一年级的时候，和同学一起把死去的大红角鸮埋在学校后面的空地里。大红角鸮是大家共同养在教室里的，那天早晨突然死了，同学们都说是我喂它小石子才死的。但我不记得喂过小石子，对同学对老师都坚决否认。埋完后，要把作墓牌剩下的木屑烧掉，我一划火柴，突然觉得点燃的火柴黏在我的手指上,似乎黏了很长时间,吱吱地烧着右手大拇指和食指的皮肤。我痛得叫起来,用左手把黏在右手的火柴打落。那时候校舍正在整修,几个梯子连接一起靠在高高的屋顶上,我想顺着梯子可以爬到高高的天空。

深夜,我在书房里一边凝视着练习抽烟点燃的火柴棍上小小的火焰一边反刍。"难道我犯了什么罪吗?我给大红角鸮喂小石子,结果杀害了它,而我由于对罪孽的恐惧,把行为忘得一干二净,认为同学的揭发都是无中生有。难道不是这样的吗?我的手指紧紧捏着火柴,却以为火柴黏在手指上,这不是自己用火刑惩罚自己的手指吗?"我发现我生来还没有这样自我反省过,不禁感到心灵的震动。而且,从我攀登梯子爬上天空的想法可以看出隐藏其中的少年形态的自杀指向。我的阴暗的意识深处一直存在着火柴与梯子的结合体。

从小至今,我只追求上升运动,从山村小商人的小毛孩子到大学副教授的上升运动。我不是就一直扼杀对下降运动的欲望吗?我一边通宵为秋季开始的另一所大学专职讲师做准备,一边体验着这种新的感情纠葛。我发现对大学副教授这个职务自我嘲弄的自己,感到惶惶不安。我害怕,想克服这种不安的情绪,至少在表面上。

我只好靠安眠药和酒,也就是睡眠驱赶纠缠不休的不安、危机、破灭临近的感觉。但是,使用"驱赶"这种表达方式是不妥当的。我不但没有驱赶,反而看作通往即将来临的"陌生世界"的一条线索而喜爱。为了再次获得与这种不安情绪新鲜邂逅的机会,我的人工睡眠难道不是与不安情绪的暂别吗?但是,这种不安情绪有时的确把我逼到恐惧的极点。

有时我感到死的恐怖,但我那时感觉的不安、恐惧与死无关。有时性欲也造成我情绪不安,但是婚后性欲对我失去了重要的意义。学生时代源于性欲的不安情绪所产生的形而上学式的无可奈何的肥大肉体的不快感婚后已不复存在,性欲或者与性交有关的某些意识不能再来破坏我的秩序。性欲在我的肉体和精神里已失去破坏性的锋利,带着爱情、家庭这样迟钝的浑圆获得满足,宁静地躺卧在伦勃朗式的光线里。

但是,尽管与死、性欲无关,我的内心的确深深地震颤着不安的情绪,惶惶不安像血液集中局部一样从内心深处以无法遏制的力量翻涌上来。不安情绪使我的全部肉体、全部精神强烈勃起。如果进一步用勃起比喻的话,我的的确确将这种不安情绪的翻涌理解为勃起。哪一个小伙子不喜欢勃起?!这是生命,在我的心灵深处像地下水一样不断翻涌奔腾的不安无疑是生命力的表现。

我理解到这种不安情绪植根于我步步高升的阶梯上。我淹没在不安情绪里的那一刹那,对金光闪闪的副教授这个头衔,对用装模作样的知识分子的言行举止武装到牙齿的自己进行无以复加的自我嘲弄。当我在教室里顽固地保持对学生的内心感情绝不过问漠不关心的态度给他们讲课的时候，只要我一想到这种不安情绪，便感到无比的孤独。

我觉得为了解脱这种不安情绪，必须从高升的阶梯上下来，这样我精心构筑全副武装的秩序的城堡就会倾溃崩塌。这是绝不能允许的下降，绝不能允许的破坏。"不能这样，不能这样，啊，绝不能这样！"我经常坠入惊恐万状忐忑不安的预感。

我在去学校的电车里时常会看到一些叫我心惊肉跳的像鬼一样的人。我发现他们原来就是我从惶惶不安中完全解放出来时的自画像，但是我绝对不能接受。"他们的内心淤积着一团黄汁浸泡的污浊脏秽。如果我为了摆脱不安情绪，必须变成这个模样，变成蚕，而不是变成蝴蝶，我只会变成一个萎靡不振、口臭熏天、邋遢肮脏、厚颜无耻、醉生梦死于快感的并不年轻的行尸走肉。难道这样我就心满意足了吗？"但是，一切都黯然失色，成为嘲笑的对象。我和妻子去看话剧的时候，在地铁车站碰见一个这样的人。我悄悄问妻子有何感受。妻子一脸厌恶，用一种刻骨仇恨的眼光瞪着他。我大大地松了一口气，但立刻觉得苦恼，陷于孤独之中。

我并不想放弃前途无量的大都市的大学副教授这个现状，惶惶不安也好，自我嘲弄也好，我还不打算放弃"希望"。就在我被痛苦折磨的日子里，我的幸运不期而遇。不管是表面的也好暂时的也好，我获得了既能继续保持"希望"又能摆脱不安情绪的手段。刚放暑假没几天，幸运就从天而降。

盛夏的傍晚比白天更加闷热潮湿。我走出外文书店，打算穿过嘈杂热闹的繁华街的窄小马路。我有一种强烈的衰弱感，无法忍受直接面对西坠的太阳行走，几乎是闭着眼睛拐进稍觉平静的胡同，像逃跑一样疾步走去。走着走着，我突然发现四周没有人影。接着，我听见身后传来那一句决定一切的声音："能交个朋友吗？同性恋的朋友！"

后来，我经常带着一种奇怪的感慨想起当时我诚实坦率地回答那突如其来的怪诞荒唐的召唤"啊，很高兴能跟你交朋友！"

我回头一看，是一个脸色苍白身子消瘦的小伙子。这时，我觉得自己先前所看到的完全是一片黑暗。小伙子面带微笑，苍白的脸颊晕出鲜艳的粉红色。我一阵难受。就在这个瞬间，我清醒的意识里已经明确无误地决心跟他往胡同里走去。这个决心并非出于刚才脱口而出的回答，也许在我几乎是条件反射地脱口而出回答的时候就已经以我的全部意志下定了决心。埋葬大红角鸮的时候，就像我的手指捏着火柴忍受烧灼一样，也许在这种情况下，我的嘴唇立即表示出最正确的态度。

不一会儿，我和小伙子在具有蛹一样中间鼓起的感觉的房间里"似乎觉得生来就一直住在这房间"里，赤身裸体地躺在一起，用平静的声音交谈，重新发现自己。

发现，至少对我来说的确就是一种发现。我从未意识到自己有性变态倾向。我的任何行为都时刻意识到自己是大学副教授，但当我和他赤裸裸躺在一起的时候，我从这种意识中彻底解放出来。我躺在那里，像一个虚构的陌生人。

"你长得像知识分子，再穿着衣服那样走路，给人虚弱纤柔的感觉，可一脱光，就十分结实健壮。"小伙子冷静地低声说。

"我是在山村长大的，父亲是个小商人。所以身体才这么魁梧壮实，只是后来我自己给自己弄了个苍白无力的脑袋瓜。"我也平静地回答。

"啊，我生来第一次把自己的出生和童年原原本本地告诉一个陌生的城市人。不是自虐性的，而是心平气和的。"我一边吃惊地听着自己声调平稳的声音一边想，"我的身体一丝不挂袒露人前，让人品头论足，本应该羞得无地自容，可是……我这究竟怎么啦？"

"你做什么工作？"小伙子问。

"在区政府工作。"我说，"很合适我的工作，我很满意。"

（我真的从副教授的荣誉中解放出来。如果我真的当一个区政府的小官吏，我不会焦躁不安，不会自我嘲弄而心满意足吗？我生来第一次想象自己是一个干着任人驱使的下等工作的人。）

"不过大学毕业了吧？"

"嗯。"

"大概参加学生运动，想走一帆风顺地出人头地的路没戏了吧。区政府职员、保险公司外勤业务员里不少这样的人。"

"啊，是的。我参加过学生运动。破坏活动防止法通过的时候、内滩问题的时候，我都参加了。还有浅间山地震研究所问题的时候，我在里面待了好一阵子。我不是学运头头，是个卖命效劳的小兵。"

"那你是东京大学的了。"小伙子说，"要是在地震研究所问题那时候参加学运的话。"

"是呀，那个时候的头头现在都在工会或者禁止原子弹氢弹日本协议会里工作，还是进步运动的先锋。那个时候的逍遥派现在有的当上了大学副教授，有的在地方县政府当税务处长，飞黄腾达。就我这样哪边都靠不上的，只好给人当下手，而且书也没念好，半空吊着，一事无成。可是我不后悔不着急。那个时候我内心很充实，现在我内心照样很充实。"

我在欺骗撒谎。我在学生运动中基本上是逍遥派，没有吃过亏。什么给人当下手,这完全不符合我的绞尽脑汁用尽心机想出人头地的性格。但是,我发现我自欺欺人的声音里充满着从未有过的热情。我刚才说半空吊的区政府职员,其实说的是 A。他从大学一年级开始就一直是全学级学习最好的学生。二年级结束后,他以首屈一指的成绩转到本乡的系里。后来 A 突然积极参加学生运动,当一个摇旗呐喊的小卒。在砂川斗争中被警察揍得头破血流,从此一蹶不振,得了很严重的神经衰弱症,回北海道老家养病去了。A 家很穷,当班上有人建议募捐资助他医疗费时,学生运动的头头竟然态度冷淡,逍遥派当然漠不关心。我无耻地庆幸自己少了一个竞争对手。A 休学了几年,总算毕业了,但从此换了个人似的,变得萎靡懦弱。虽然我对半空吊的 A 到区政府工作心里隐隐作痛,但偶然在街头相遇又感到无比的优越。现在我才知道,其实我在学生时代渴望像 A 那样生活。

"我想,你是理解充实的真正含义的人,充实的生活、充实的人格。你是一个男子汉。"小伙子坦率直言内心的激动。

我也很受感动,我感动于自编自演的"虚构的我"。"虚构的我"具备与现实的我截然相反的一切要素。现实的我厚颜无耻玩弄权术而获得成功,"虚构的我"老实巴交处处吃亏,然而重要的是,现实的我也有像"虚构的我"那样生活的自由和机会。我惊愕地发现,我就是"虚构的我"! 我为什么在步步高升的阶梯上选择了强迫自我的贱鬼这种角色? 激动的心情立即产生无法回答的难题。

"我的一生都是一个沦落社会底层的人,与任何荣誉无关的人,在芸芸众生中毫无个性的人。"我的声音带着祈祷般的强烈情感,"我的一个同班同学和主任教授的女儿结了婚,自己又是副教授,前途无限光明。和他相比,我跟小爬虫一样丑陋卑贱微不足道。他平步青云,我一落千丈。但是,我绝对不会像他那样整天提心吊胆、自我嘲弄,为无知无识的乡下母亲感到羞耻。我脚踏实地。我的生活总是与自我存在本身紧密结合在一起。我的精神和肉体毫无分裂的感觉。我充实得像一头熊,无论从外面看还是从里面看,我都是一头地地道道的熊。"

"你具有农民那样的魅力。我要是大学毕业了,也像你一样,成为一头熊,这比副教授强多了。"小伙子说。

我尝到了自豪的自由的解放了的感情、得到补偿的感情。我是"虚构的我"。泪水涌出,模糊了我的眼睛。我紧紧闭着眼睛站起来,把衬衫、内裤、裤子套上我健壮的裸体。

"还记得我对你说的第一句话吗?"小伙子的声音饱含着情深意切的激动,从我紧闭泪眼的黑暗感觉中传来。

"嗯。"我说。心想他当时说的是:"能交个朋友吗? 同性恋的朋友!"

"我现在想对你说,这是人与人的爱。"小伙子说。

我在暮色昏黑中向车站走去。我是被幸福洗礼的人,也是正在逐渐恢复到那个现实的我、令人讨厌的副教授的人。"我是没有性变态倾向、夫妻生活很正常的人。但是,为了变成幸福的虚构的我,作为一种仪式,那种行为是必要的。恐怕以后也有必要。也许就在明天,我还要到那条胡同去,让小伙子和虚构的我相会。那小伙子也许是我复苏的神灵。"

神灵沙哑颤抖然而饱含深情的声音像鸽子一样从星星还没出现的黑黢黢的夜空深处降落下来。"能交个朋友吗?同性恋的朋友。能交个朋友吗?这是人与人的爱、爱、爱。"

就这样,我和他们相识、和"虚构的我"相识。这就是我在夏天的傍晚不期而遇的幸运,这就是我克服不安情绪的手段。"能交个朋友吗?同性恋的朋友。能交个朋友吗?这是人与人的爱。"

从第二天起,我就频繁出入那条胡同。我与他们中的某一个人邂逅,解除不安,通过如痴如醉地表演"虚构的我",享受转世的喜悦。暑假里,妻子和她的父亲去轻井泽的别墅避暑,我借口要到大学的图书馆和研究室查阅有关书籍资料留在东京,这使我有足够的时间去那条胡同。

我每次去那条胡同时,都万分警惕,生怕碰上我的大学的学生。我高度近视,但一去胡同,都习惯地摘下眼镜放在前胸口袋里。不戴眼镜在暮色苍茫的大街上行走固然危险,也体会到一种特殊的美。映入近视眼里的轮廓与色彩重叠渗透的风景让我异常激动,我觉得这种感动至少在这十年里对我是全新的感觉。"虚构的我"和眼睛引起的感动开始在现实的我上面投下阴影。平时,当我摘下眼镜的时候,害怕别人从我的脸上发现农村小商人的父亲那种卑微庸俗的表情的遗传,因此很仔细很挑剔地挑选可以掩饰这种遗传的眼镜框。把不戴眼镜的面孔在人前暴露无遗,这跟在人前赤身裸体有什么两样?!但是,一走进这条胡同,我的恐惧感早已飞到九霄云外。

他们十几个人在这条胡同里,他们是一个团伙盘踞在这里,现在还是如此。唯一不同的是,我爱过的那个小伙子已不在这条胡同里也不在这个人世间。这是最重要的不同。

我想起拿到写着团伙名称和宣传口号的传单时那种快乐愉快的心情。他们这个团伙叫做"高原旅行介绍所",宣传口号大概是从一个亚美尼亚作家的作品中借用来的。

心系高原,孤独的朋友哟!
来吧!

我亲爱的朋友他是这样解释这句话的：在"心系高原，孤独的朋友哟，来吧！"后面应该补充"我心系高原"。我们都很现实地眺望高原。自从跟你相识以后，我才真正懂得这一点。

为了报答他充满友谊的坦诚自白，我应该说"我也心系高原"，但我倾注最激烈的热情忘我地表演"虚构的我"的对话。

"我想过一段时间回故乡农村去。"我想起命令"虚构的我"这样回答，"我的小学同学都在种田，惨淡经营，凋敝贫穷，苦不堪言。我想应该回去鼓励鼓励他们。因为我对把自己束缚在山村狭小土地上的那些头脑萎缩僵化的农民朋友怀着深厚的友谊。我至今还觉得自己背叛了他们。我和他们流着同样的血，却不能为他们做什么事，我感到羞愧。"

"虚构的我"还继续说：

"我相信人的未来，因为在我这个无名小卒像兽类那样无声无息地死去以后，和我一样默默无闻的芸芸众生照样坚忍着活下去。我不再存在，但默默无闻的芸芸众生依然存在，人依然存在。我想，这就是未来。"

可是现实的我由于从自己的内外两面切断连接深山农村的纽带，背叛了视我为全村"希望"的那些人们。现实的我不相信人的未来，只是奸诈狡猾地一味追求现世的胜利，为此把自己置于上升的阶梯上。而胡同里"虚构的我"则是消除现实的我的不安情绪、减轻危机感压力的安全阀。我绝不会从上升的阶梯上下来。在这条胡同里，不过为允许处于上升阶梯上的人也能参加准备了宽宏大量的星期日。

我是这么想的，但"虚构的我"一旦被神灵召唤，绝不会像泡沫那样消失得无影无踪。"虚构的我"对他产生巨大的影响，"虚构的我"对他进行现实的副教授无能为力的教育。一天傍晚，我到胡同去，他不在。我告诉他的同伙我在胡同口的茶馆等他。过了一会儿，只见他脸色苍白牙龈暴露羞怒满面地进来找我。他怒气未消地说：

"刚才把一个不要脸的贱货揍了一顿。那小子三十多岁，是个作家，却匿名来见我。一会儿说自己是工人，一会儿说是做买卖的。你知道他今天对我说什么来着？他说他是牙科医生，对淫猥很感兴趣。我想到和你之间产生的人与人的爱，就无法容忍，把他揍了一顿。那小子是地地道道的下流坏子。"

其实我还在继续干着比匿名更应受到谴责的事。我不是在他面前只出现"虚构的我"的面目，并且把"虚构的我"和他之间人与人的爱当作现实的我不安情绪的安全阀吗？我羞愧得简直浑身冒冷汗，前胸口袋里的眼镜犹如压碎感情的沉重铁锤。那一天，我硬不起来，他十分在意，但原因在我。我甚至恳求他为了恢复我的机能而要采取的某种方法。当时我拼命压制想把夹在"虚构的我"与现实的我之间的无耻欺骗向他坦白相告求得宽恕的冲动,而且我无法判断进行这种痛苦努力的自己究竟是"虚构的我"还是现实的我。神灵在我的脑子里不断叫喊:"能交个朋友吗? 人与人的爱。"微不足道的人与人之间坦率诚挚的爱!

那天傍晚,我一边看着一群深灰色的大红鹞从鸽子脖颈般灰色的天空急速飞降,一边答应和他一起去我们的高原。他喜形于色。说:

"我在大学登山部活动,发现一处悬崖绝壁,两个人用结粗绳拴在一起攀登还可能活着回来,一个人爬绝对活不成。"

这时我才知道他是个大学生。于是显然来自现实的我的惶惶不安、金光闪耀的副教授的惶惶不安像大红鹞的影子一样从我的心灵深处掠过。他仍然面带微笑,我的微笑却消失了。

"我的心和你的心好像已经飞到了高原。"他怀着人与人的爱心对惭愧自欺欺人行为的副教授说,"心系高原,孤独的朋友哟,来吧!"

暑假结束,妻子从轻井泽回来。她发现一个从安眠药和威士忌中解放出来,从惊恐不安的黑暗深渊里挣扎出来的身心健康的我。在我觉得危机四伏、备受破裂毁灭的恐惧折磨那一阵子,妻子从我表面上健全光耀的副教授的眼镜深处发现存在着残酷疯狂的暴力的苗头而惶恐不安。但是,现在她的丈夫就像一个正在金光灿烂的阶梯上稳稳当当地往上奔跑的运动员,她又看到了我婚前那样的身影。妻子对我完全解除了武装,思想放松,动作也随之变得迟钝缓慢。妻子告诉我有了怀孕的征兆,我喜上心头。我很快就会在教授的位置上抚养这个优生儿。阴暗的病态的虚弱的阴影在我的生活中已经荡然无存,我和妻子的性生活健康正常。由于我和他交媾,才使我对性生活的健康形式及其本质具有客观的认识。两者相比,我和妻子的性生活就像广播操一样正经清白得毫无意义,这并没有深入意识深处,从惊恐万状的无意识的底层翻掘出污垢。我更诚心诚意地为妻子服务。"啊,我就是这样克服危机的。安全阀开始工作,破坏我上升秩序的阴暗的顽固存在的水位已经下降。我像被巨型堤坝保护的村民一样再也不怕洪水的威胁,我不再惊恐不安。"

学期刚刚开始,学校的准备尚不充分,我还能相当自由地到他们的胡同去。另外,预定秋季开始担任专职讲师的那所私立大学也推迟了开课时间,我借口研究讲义,到图书馆查资料,获得更多地去胡同的机会。

当和他在一起时,我扮演"虚构的我"角色,我就像真是他的同性恋者一样转到充满羞怯温柔纯洁深情美妙的眼睛清澄的黑暗里,切切实实地感受到在脑子里固定成形的"虚构的我"的强烈存在。像回到家里的浪荡子,躺在他的身边获得宁静和喜悦。"虚构的我"的勇气和热情通过这种应有的姿势将我在往上爬的阶梯上形形色色的人生凝缩的时间还给我。

"纳赛尔为了守卫沙漠上的火力发电站需要原始型的士兵时,我想应征,偷渡到香港。结果在那儿生了一场病,就回来了。""虚构的我"一边说一边感到情绪异常的激动和悲哀。埃及动乱的时候,我真的想这么干,但我绝不会从上升的阶梯上退下半步。我看过去成西班牙的那些法国知识分子写的文章,把自己的灵魂与他们对自我怀疑、自我卑怯的耻辱感沉浸在一起,以获得感情的平衡。其实,偷渡到香港后得了肺病又回国的也是我的同班同学 B。他也是一个半空吊,在一家三流的同业界报当记者,可还是满腔热情地打算去古巴。我虽然非常喜欢 B,但当他找我一起实施第一次计划时,我没有勇气答应。B大概认为我是个一心往上爬的胆小鬼,瞧不起我吧。尽管现在见面时他还是那样和蔼……

"虚构的我"躺在他身旁的时候觉得现实的我的生活极其单调乏味。这种感觉越来越烈,说不定甚至觉得只有活在"虚构的我"当中的时候才是真正的生存这种存在感和充实感。妻子的怀孕对"虚构的我"犹如远处隐约可闻的低声叫喊,毫无存在感。

但是,最重要的时刻是我出了胡同一段路后,掏出眼镜重新戴上那一瞬间,我从"虚构的我"回到一心往上爬的卑俗讨厌的现实的我,就像把情欲和与之相关的一切抵抗感放在妓女房间里出来的运动员,所以不会发生"虚构的我"侵蚀现实的我的某些困惑。我轻松愉快切实可靠兴高采烈地面对现实。我是现实的胜利者,双重生活被坚固无比的墙壁保护着,这堵墙壁绝不会被性变态的小伙子和胡同、市民生活的恶意所摧毁。当我的同事涉嫌染指应召女郎被警察传唤而爆出丑闻时,我却切实感觉到他们胡同的反社会性多么坚固可靠。由"虚构的我"克服危机解脱不安的现实的我正理直气壮信心十足地在通往荣誉的金光大道上阔步前进。充满希望的年轻有为的副教授在阔步前进,"虚构的我"在胡同阴暗的角落开始开拓着抵偿的道路。

私立大学下学期开课了。一个晴朗的金秋早晨,我作为专职讲师,与我当副教授所在的大学讲课不同,站在大礼堂的麦克风前开始讲授第一课。当我面对一千多名学生通过麦克风扩大了的声音讲课时,我觉得我具有巨人的喉咙。我对学生傲慢淡漠的态度获得从心理上压倒他们的效果,我实证主义的研究方法的讲课内容让他们佩服得五体投地。我成功了,我非常自豪。讲课结束时,一千多学生掌声雷动给我送行,我又一次感受到切切实实地脚踩着荣誉的上升阶梯上。出了大礼堂,正是中午。太阳在头顶光芒四射炽热燃烧,但我的眼睛里、灵魂里却有另一颗更加辉煌灿烂的太阳。我仰望天空,毫不晃眼。

身后有人叫我。我高傲地回头一看,是他。他穿着校服,但粉红的脸颊鲜润的嘴唇明亮的眼睛都黯然失色,脸色苍白两眼泪痕,一副狼狈相。如果学生们围上来听见他责怪抱怨我……我必须立即甩掉他,正拔腿要跑,他说了一句话,我停下来以完全陌生人的傲慢满足了他的要求。

"给我两万日元,我不缠你。"

他,卑鄙无耻的恐吓者走了。"虚构的我"惨遭屠杀,只剩下现实的我仪表堂堂地孤独地留在阳光普照的广场上。我突然一阵晃眼,急忙闭上眼睛。正在大红大紫走运的副教授真应该被另一个富有魅力的自由人(啊,这是他用以形容我的语言)的我所唾弃,"虚构的我"被杀戮倒在地上。在那个瞬间,他第一次与现实的我遭遇。

但是,终于有什么东西、或者好像是神出现让"虚构的我"苏醒过来。我现在一边在胡同里为他们盯梢,一边感谢这"什么东西、或者好像是神"。第二天,妻子一边看电视一边对我说:"好像是你的新的学生,一个人爬山,摔死了。"那种冒险无异于自杀行为,我从渐渐暗淡的画面上瞥了一眼他的像黑树一样的尸体,这是用宁静的声音将满腔激情对我轻轻倾诉的他的尸体。"能交个朋友吗? 同性恋的朋友。能交个朋友吗? 这是人与人的爱。"

第二天报上说,他的口袋里塞着几十张小传单,上面印着这样的句子:

心系高原,孤独的朋友哟
来吧!

我抛弃了副教授和专职讲师的位置,来到这条胡同。当我向妻子坦白自己和他的关系时,她简直不敢相信自己的耳朵,但我宣布决定与所有的大学断绝关系,她表示理解。她让我在她作人工流产后决定法律上离婚的协议书上签字。我签字盖章,于是一切都已结束。我来到这条胡同里。

妻子的双亲谴责我的自私自利,大学、学会的前辈、朋友谴责我的失足堕落,我的乡下亲属、邻居叹息、责备他们"希望"的沦落失败。我认为他们的全部谴责都是天经地义的,但我反过来把自私自利作为武器紧握手中,我的自私自利导致我的这种行为。我在步步高升的阶梯上每天自欺欺人,为了摆脱欺骗、靠近真实的自我,我必须从攀登的高处急剧下降。

当我先前的同事责问我"你认为所有大学的副教授都过着自欺欺人的生活、都必须抛弃这种生活吗"的时候,我回答说:"这只是我个人的自私自利的思想意识,对其他副教授毫无兴趣。"

"思想意识这么自私自利的人怎么那么喋喋不休呢?"对这个问题我这样回答:

"我的说话是思考的手段,当我口若悬河喋喋不休的时候,有时在对自私自利进行孤独的思考。这与艺术家甚至文学家的思维方式很相似。"但是，我深深地知道，如果我默默无闻地埋没在这条胡同里，不是自杀就是发疯，因为抵偿的道路、复苏的道路充满困难。

我想，如果我能在不久的将来超越喋喋不休的自我，进入能够发现文学形式的阶段，并且在这个阶段得到复苏，就打算写作，不仅表示对他的补偿，更为着向所有的人们倾诉衷肠。不论是诗歌是小说还是戏曲，第一句话就是："能交个朋友吗？能交个朋友吗？这是人与人的爱。"

选自《新编外国现代作品选》（第 2 编），郑克鲁、董衡巽主编，郑民钦译，上海学林出版社，2008

象征主义宣言

[法国]莫雷亚斯

　　和所有的艺术一样,文学是发展的,它以一种总会往后退的循环方式向前发展,时间的进展,环境的动乱所引起的种种不同的变化,都充实了这一发展。要引起人们注意,艺术的每一新的发展阶段与前面刚刚衰败、并不可抗拒地消逝的学派刚好相接应,这似乎并没有必要。举两个例子就足以证明:龙沙战胜了马罗的最后一批苍白无力的模仿者①;浪漫主义正是在卡西米尔·德拉维尼与埃蒂埃纳·德·汝依没有尽心保管的古典主义废墟上扬展其军旗的②。每一种艺术表现形式最终不可避免地要逐渐失去其活力,变得越来越软弱无力。抄袭、模仿使所有原来充满活力与新鲜感的东西变得干枯、萎缩;那些原来是崭新的、发自肺腑的东西也会变成机械的、公式化的陈词滥调。

　　因此,浪漫主义,在其喧闹地敲响了所有反抗的钟声,经历了沸腾的、战斗的、与荣光四射的年代以后,便失去了它的力量与魅力,丧失了大胆、英勇的气概,进入正统的行列,成为满怀疑惑、通情达理的学派。浪漫主义曾寄希望于帕尔纳斯派,希望在它光明正大而又平庸的尝试中获得假想的复苏,最后,如同一位童年即夭折的君主,他终于被自然主义所取代。严肃地说,自然主义的价值仅在于它是针对当时流行的一些小说家的平庸乏味而发出的正当而又未经深思熟虑的抗议。

　　人们必然地、不可避免地期待着一种新的艺术表现形式的诞生。经过长期酝酿之后,它已花苞绽开。所有新闻报纸上廉价的无意义的戏谑取笑,严肃的批评者的担心忧虑,公众对其漫不经心所表示的惊讶与恶劣情绪,只会一天比一天更能证实目前正在进展中的法国文学的活力。对这种演变,那些急性子的判官以一种不可解释的矛盾方式称之为颓废。请注意,所有颓废文学基本上是艰涩

---

　　① 龙沙(1524—1585),法国诗人,他刻苦学习古希腊罗马文学知识并以希腊罗马文学为借鉴,来革新法国诗歌。马罗(1496—1544),法国诗人,为法朗索瓦一世的宫廷诗人。
　　② 卡西米尔(1793—1843),法国诗人与剧作家,文笔深受假古典主义的影响。汝依(1764—1846),法国作家,崇尚法国18世纪思想,对浪漫主义运动感到迷乱,后试图跟上潮流,用浪漫主义手法创作。

冗长、怯懦而又卑下的,例如伏尔泰的悲剧都烙有这种颓废的印记。但对新的学派又能谴责他们什么呢?有什么可责备的呢?他们的过度的夸张,奇特的隐喻,颜色与线条配合和谐的崭新词汇,这一切正是复兴的特征。

我们曾建议用象征主义作为目前这一种在艺术方面具有创造精神的新的倾向的定名,只有这个名称能恰当地表明其特点。这个名称可以保留。

本文开始时曾提到,艺术发展呈现为包含了极端错综复杂的种种分岔的循环状态,要确切地指明新学派的渊源,就必须上溯到阿尔弗莱·德·维尼的某些诗,追溯到莎士比亚,追溯到神秘主义,甚或更远更早。这些问题需要一部专门论著;不过,我们可以说夏尔·波特莱尔作为目前这场文艺运动的先驱是当之无愧的;斯蒂芬·马拉美先生又冠之以神秘与难以言喻;保尔·魏尔伦先生荣幸地从诗句中搬开了在泰奥多尔·德·邦维尔神奇的手指下虽不那么坚硬、但却使人作难的绊脚石。不过"至高无上的魔力"尚未完全消失,一种执著的带着妒意的追求正在激励着新的来者。

象征主义诗歌作为"教诲、朗读技巧、不真实的感受力和客观的描述"的敌人,它所探索的是:赋予思想一种敏感的形式,但这形式又并非是探索的目的,它既有助于表达思想,又从属于思想。同时,就思想而言,决不能将它和与其外表雷同的华丽长袍剥离开来。因为象征艺术的基本特征就在于它从来不深入思想观念的本质。因此,在这种艺术中,自然景色,人类的行为,所有具体的表象都不表现它们自身,这些富于感受力的表象是要体现它们与初发的思想之间的秘密的亲缘关系。

读者对这样的美学不断斥之为晦涩难懂是不足为怪的。这有什么办法?品达的《皮托竞技胜利者颂》,莎士比亚的《哈姆莱特》,但丁的《新生》,歌德的《浮士德·第二部》,福楼拜的《圣·安东尼的诱惑》,不也都被指责为不知其所云吗?

为了精当地表达这种综合的面目,象征派需要一种原始典范及复合的文笔:纯净的未被污染的词,词义充实与词义浮华交替出现,有意识的同义迭用,神奇的省略,令人生出悬念的错格,一切大胆的与多种形式的转喻,总之是一种独创的、现代化的优美语言,沃日拉[①]、布瓦洛-戴帕莱欧[②]等人以前的精美、丰富、活

---

① 沃日拉(1585—1650),法国语法学家,他的著作《法语刍议》为法语的定型、规范作出了很大贡献。

② 布瓦洛-戴帕莱欧(1636—1711),法国诗人,文艺理论家,他的《诗艺》被认为是古典主义文学理论的经典之作。

泼的法兰西语言,法朗梭瓦·拉伯雷、菲利浦·德·康米纳①、维庸②、吕特勃夫③以及其他许多自由作家的语言,它所发射的尖刻的语汇如同特拉斯的多梭特鱼的弯曲四射的箭。④

诗歌节律:更加铿锵有力的旧格律;经过精巧安排的无秩序;经过反复推敲的犹如金子或青铜制成的盾牌那样的韵脚与变幻无穷的、玄妙的韵脚相依傍;顿挫点众多并移动的亚历山大诗体;启用某些音节的诗行,首先是由不同韵律组合成总数为七音节、九音节、十一或十三音节的诗行。

现在,请允许我向你们介绍从一部珍贵的《法兰西诗歌格律简论》中抽出的一个小小的幕间插曲,在此书中,泰奥多尔·德·邦维尔先生如同克拉罗斯的神⑤一样,无情地使米达斯的头上长出了可怕的驴耳朵。

请注意! 幕间插曲中的人物是:一位象征派的诽谤者,泰奥多尔·德·邦维尔先生,爱哈笃⑥。

第一场

诽谤者　好啊! 这些颓废派! 这么夸张! 这么混乱难懂! 我们伟大的莫里哀吟出下列诗行时,他是多么明智,他说:这被人称道的生动的文体出自优良的性格和真理。

泰奥多尔·德·邦维尔　我们伟大的莫里哀在那儿涂下了两行拙劣的诗句,这同样可以出自优良的性格。出自何种优良的性格? 出自什么真理? 表象杂乱无章,招眼的狂乱,热情奔放的夸张本身就是抒情诗的真理。过多的形象和过度的色彩,问题并不严重,我们的文学并不会因此走下坡路。在最困难的时日,例如在第一帝国时期,文学在死亡线上挣扎,并非夸张或修饰过度将文学处于绝境,而恰恰是平庸乏味扼杀了文学。趣味高雅、符合天性自然是美好的,但这些并不如人们所想象的那样对诗歌那么有用。莎士比亚的《罗密欧与朱丽叶》的文笔从头至尾都与德·玛斯加里叶侯爵的文笔同样矫揉造作;而杜西⑦简洁的文笔却由于最得体、最自然而生辉。

---

①　康米纳(1446? —1511?),路易十一的顾问与亲信,被称为法国历史上第一个政治史家。

②　维庸(1431? —1480),法国文学史上最早、最深刻的抒情诗人。

③　吕特勃夫(1230? —1285?),法国文学史上个人抒情诗的创始人之一。

④　希腊北部特拉斯地区有一种多梭特鱼,通称弓箭手,它可以自嘴中喷射水珠,将岸边植物上的昆虫打落以吞食之。

⑤　这里指阿波罗。弗里基国王米达斯在一场阿波罗与玛尔西亚斯的音乐竞赛中宣布后者为优胜者,阿波罗大怒,让米达斯的头上长出了驴耳朵。

⑥　爱哈笃,九位缪斯之一,主司爱情诗与婚礼之神。

⑦　杜西(1733—1816),法国悲剧诗人。

诽谤者　那么诗句中的顿挫，那顿挫呢！不是被你们破坏了吗！！

邦维尔　维尔海姆·戴南在他1844年发表的著名的韵律学中提出，亚历山大诗体可有十二种不同的组合，诗行中的顿挫可从第一音节以后开始，直至第十一音节以后；这就是说，事实上顿挫可以安排在亚历山大诗行的任何一个音节之后。同时，他也提出六音节、七音节、八音节、九音节、十音节的诗行，其顿挫是可变的，可以安排在诗行中不同的地方。何况，我们要敢于宣布我们要求彻底的自由，在这些复杂的问题上，只有耳朵才有决定权。人的沉沦并不总是因为太大胆，却总是因为不够大胆。

诽谤者　真可恶！不遵守韵脚交替的规则。你知道的，先生，颓废派竟允许元音重复！元——音——重复，懂吗！！

邦维尔　诗行音节中的重复元音和二合元音，这些犯禁的东西，尤其是那随意地使用阴韵与阳韵，都向天才诗人提供了千万种变幻无穷、出其不意、永不枯竭的美妙的效果，要灵活自如地运用这种复杂而智慧的诗行，一定要有才气，并有一对音乐家的耳朵。至于那些平庸无能的诗人，只要老老实实遵循那古板的法则，就可以制造出，唉，可怜啊！凑凑合合的诗句！诗的那些法则到底对谁有利？庸才，——只对他们有利！

诽谤者　然而我感到浪漫主义革命……

邦维尔　浪漫主义不是一次彻底的革命，不幸啊！雨果，这位满手血迹的胜利的赫拉克勒斯并不是一个彻底的革命者，他让一部分本该用他火焰般的利箭消灭的魔鬼幸存了下来。

诽谤者　任何革命都是狂乱。模仿雨果，这就是法国诗歌的出路。

邦维尔　当雨果将诗歌从清规戒律的桎梏中解放出来时，人们相信雨果以后的诗人会以他为榜样，要求自由，要求自己主宰自己。可是，我们身上的奴性是如此之深，新诗人并没有创新，而是争先恐后抢着抄袭与模仿雨果习用的形式，组合与顿挫。就这样，我们自己给自己套上了枷锁，从一种奴性又掉进另一种奴性中去。这就是说，在古典主义的老一套以后，又有浪漫主义的一套，顿挫、句子、韵脚都有其各自的套子。所谓套子，是把一些陈词滥调当成恒定不变的东西，在诗歌中像在其他领域一样；这意味着死亡。与此相反，我们要敢于生活下去！生活，是吸进天上的空气，而不是我们邻居所呼出的气体，哪怕这位邻居是个神。

第二场

爱哈笃　（隐身不见人影）邦维尔大师，您的《法兰西诗歌格律简论》是一部有趣的作品。不过当青年诗人在与尼古拉·布瓦洛所喂养的魔鬼浴血奋战时，人们要你参战,而您却保持沉默,邦维尔大师。

邦维尔 (梦幻状)真该死! 难道我能亵渎我作为长者与抒情诗人的职责?

(《流亡者》[①]的作者叹了一口长气,幕间插曲到此结束)

现在谈散文作品——长篇小说,中、短篇小说,故事;幻想的演变倾向与诗歌的相类似,一些表面上是异质的成分都促进了它的演变;例如斯丹达尔的似明似暗的心理学,巴尔扎克的眼睛睁得又圆又大的视觉,福楼拜的回旋的节奏鲜明的句子,埃德蒙·德·龚古尔的富有现代启示力的印象主义等。

象征主义小说的观念是:小说是多种形式的,有时,与众不同的人物在被他的幻象和气质所扭曲的环境中消亡,而唯一的真实却正蕴藏其中;有一些动作机械、外形模糊的形体在人物周围蠢动,它们是人物引起轰动与臆测的依托;人物本身则是戴上了悲剧或闹剧面具的某一类合理而完美的人性。有时,有一些表面被其周围的种种表现所规定的人群,他们时而冲突,时而停滞不动,这样交替前进,他们的演出永无落幕之日。时而,为了某一目的,个人意志得以自我表现,自我吸引,自我积累,自我扩张;然而,不管这目的达到与否,它又将它们驱散为最原始的状态。——有时,招来一些神奇的幻影,从古代的魔王到圣经中恶的化身,从印第安人与穆斯林人的智者到尼格罗曼[②],他们排场阔绰地出现在卡里邦的岩石上或是蒂塔尼亚的森林中……

象征主义(印象主义)的小说蔑视自然主义的陈腐的方法——左拉先生以其卓越的作家的本能而幸免于难——确信如下公理:客观只向艺术提供了一个极端简明的起点,象征主义将以主观变形来构成它的作品。

译自《莫雷亚斯文集》,王泰来译,伽尼尔·弗拉玛利翁出版社,1976

---

① 《流亡者》(1867),帕尔纳斯派诗人邦维尔的诗集。

② 尼格罗曼(原文为 Nigromans),疑为 Nigromant,意思是用招魂术的人。

意象主义

[英国]F.S.弗林特

关于意象主义，人们已产生了很大的好奇心。由于我在我们的书刊中找不到任何关于它的解释，我找了一个意象主义者，目的是要发现这伙人自身是否能对"这个运动"说上一些什么。我收集到这样一些事实。

意象主义者们承认他们是"后印象主义和未来主义的同时代人"，但他们与这些流派毫无共同之处。他们没有发表过一个宣言。他们不是一个革新的流派，他们唯一的努力方向是要遵循最优秀的传统写法，他们在所有时代中最优秀的作家身上找到了这个传统——萨福·卡特勒斯·维龙。他们仿佛一点也不能容忍那种不作这种努力就写出的诗。对于优秀传统的无知是无论如何都原谅不了的。他们有几条规则，只是为了满足他们自己才制定的，他们尚未将这些规则发表。这些规则是：

一、直接处理"事物"，无论是主观的还是客观的。

二、绝对不使用任何无益于呈现的词。

三、至于节奏，用音乐性短句的反复演奏，而不是用节拍器反复演奏来进行创作。

他们按照这些标准来评价诗歌，发现大多数诗是有所欠缺的。他们还有某种"意象的教条"，这一点他们不想写入文字，他们说这与公众没有关系，恐怕会引起无益的争论。

他们用以说服接近三四流的写诗者去注意他们意见的方法是：

一、他们让他看到他本人的思想已经在某古典作品中辉煌地表达了（这一流派主张要有十分深奥的学问）。

二、他们在他的眼前改写他们的诗，用十个词来取代他的五十个词。

甚至他们的反对派也承认——懊丧地——"至少他们使拙劣的诗人不能写诗了！"

我在他们中间发现一种认真的精神，对一个习惯于伦敦诗坛上那种信笔涂鸦的空气的人来说，这种精神是令人惊讶的。他们认为艺术是一切的科学，一切的宗教，一切的哲学，一切的玄学。确实，人们也许可以攻击他们为势利主义，但

意象主义

这至少是最有生气的形式的势利主义，其后面还有无穷的常识和精力。他们对自己要比对旁人严格得多。

选自《诗刊》，1913 年

意象主义者的几"不"

［美国］艾兹拉·庞德

一个意象是在一刹那间里呈现理智和情感的复合物的东西。我用"复合物"这个词，大体上用的是像哈特这样新崛起的心理学家用这个词时的专门意义，虽然我们在运用中可能不是绝对一致的。

正是这样一个"复合物"的呈现同时给予一种突然解放的感觉：那种从时间局限和空间局限中摆脱出来的自由感觉，那种当我们在阅读伟大的艺术作品时经历到的突然成长的感觉。

一个人与其在一生中写浩瀚的著作，还不如在一生中呈现一个意象。

然而，某些人认为这一切是大可争议的。当务之急是给那些初学写诗的人制定出一个几不的表，但我不能把一切都放入镶嵌图案似的否定形式之中。

首先，想一想弗林特先生的三条规则，不是作为教条——决不要把任何东西当作教条——而是当长时间深思熟虑的结果。尽管这是其他人的深思熟虑，也还是值得想一想的。

不要去管那些自己从来没写过一篇像样作品的人们的批评，想一想希腊人和戏剧家的作品，与希腊罗马时期的语法学家的理论之间的矛盾。这些理论炮制出来是为了解释作家的韵律的。

语　言

不要用多余的词，不要用不能揭示什么东西的形容词。

不要用像"充满和平的暗淡土地"这样的表达方法。它钝化意象，它将抽象与具体混在一起了，它来自作家的缺乏认识——自然的物体是自足的象征。

不要沾抽象的边，不要在平庸的诗中重讲在优秀的散文中已讲过的事，不要以为你试着把你的作品切成了行。避开了优秀散文艺术的极难的难处，就能骗得过任何一个聪明人。

专家今天厌了的一切，大众明天也会厌的。

不要以为诗的艺术比音乐的艺术要简单一些。或者当你在诗的艺术上所作出的努力还不如一个一般的钢琴教师在音乐的艺术上作出的努力时，就不要以为你能讨专家的欢心。

尽可能多地受伟大的艺术家们的影响，但要正派，要么直截了当地承认你所欠人家的好处，要么尽力把它隐藏起来。

不要让"影响"不仅仅意味着你生吞活剥了某一两个你碰巧赞美上了的诗人的某些修饰性词汇。一个土耳其战地记者最近被人逮住时，正在他的报道中挖空心思地写"鸽羽一样灰暗的"山岭，或是"珍珠一样惨白的"，我记不清了。

不要用装饰或好的装饰。

节奏和韵律

让志愿者在他们的头脑里填满他能找到的优美节奏，最好是在一种异国语言中的节奏。这样，词的意义就不大可能把他的注意力从节奏中分离开来；例如：撒克逊的咒语，希伯来的民歌，但丁的诗和莎士比亚的抒情诗——如果他能把词汇与节奏分离开来的话。让他冷冷地把歌德的抒情诗解剖成为音值，长音节和短音节，重音和轻音，元音和辅音。

一首诗并不一定是非要依赖音乐不可的，但如果它确实依赖音乐了，那就必须是能使专家听了满意的音乐。

让初学者熟悉半韵和头韵，直接的韵和延缓的韵，简单的韵和多音的韵，就像一个音乐家理应熟知和谐、对位以及他这一门艺术中所有的细节。给这些事物或其中一件事时间，无论如何也不会太多，纵然艺术家很少用得上它们也罢。

不要想象一种在散文中太沉闷的东西到了诗中就会"行"了。

不要摆弄观点——把那留给写漂亮的哲学随笔的作家们。不要描绘，记着一个画家能比你出色得多地描绘一幅风景。他对此必然也知道得更多。

当莎士比亚说到"黎明裹在一件赤褐色的斗篷中"时，他呈现了画家无法呈现的一些东西，在这行诗中没有任何可以称为描绘的东西，他在呈现。

思考一下科学家的工作方法，而不是推销一种新肥皂的广告商人的工作方法。

科学家总要到他发现了什么东西后才期望被人称为一个伟大的科学家。他一开始时是学习那些已被发现了的东西，他从这一点上向前走，他并不依靠个人的风采。他不期望他的友人为他第一年的功课喝彩。不幸的是诗歌的新生不能被关在一个实在的，让人认得出来的教室里。"滔滔者天下皆是"，"大众对诗歌漠不关心"，有什么可奇怪呢？

不要把你的材料剁成零散的抑扬格。不要把每行诗在尾上猛地停得死死，接着又猛一抖地开始第二行。让下面一行诗的开端衔接住节奏的波浪起伏，除非你需要一个绝对长的停顿，则另当别论。

简言之,像一个音乐家,一个好的音乐家那样,当你处理你艺术中与音乐有着确实的平行一段时,同样的法律统治着你,没有其他的法律来束缚你。

不用说,你的节奏结构不应该损毁你文字的形状,或它们自然的声音和意义。在一开始的时候,你不大可能会得到一个足够强的节奏结构,对它们产生太大的影响,虽然你可能会成为换行和长顿造成的种种错误停顿的牺牲品。

音乐家能依赖管弦乐队的音调和音量,你不能。和谐一词在诗中是误用了,它指的是不同音调的声音同时出现。然而,在最好的诗中有一种余音袅袅,久久留在听者的耳里,或多或少像风琴管一样起着作用。

如果一种节奏要给人欢乐,就必须在其中有一点稍微令人惊讶的成分。这不一定要是古怪或奇特的,但要用就须用得好。

参看维尔德拉克和杜末尔在《诗艺》中关于节奏的研究。

你诗中打动读者想象的眼睛的那部分在翻译成一种外国语言中不会失去什么,而那打动耳朵的部分只能为读原文的人接受。

想一想,但丁的呈现与弥尔顿的滔滔不绝相比之下是何等的精确。读华兹华斯的诗,只要你觉得那些诗似乎不是无可言喻地沉闷的话,就尽可能地读吧。

如果你要抓住事情的核心,到萨福、卡特勒斯、维龙,还有写得心应手时的海涅和不太僵硬时的高蒂埃等人的作品中去。如果你不懂这些语言,就翻出轻松的乔叟。好的散文对你没有害处,努力写好散文倒是一个不错的训练方法。

翻译是同样好的训练——如果你试图重写你自己的东西时,发现原先写下的一切"摇摇摆摆"——那要被翻译的诗的意思不可能"摇摇摆摆"。

如果你在用一个对称的形式写,不要写入了你的意思后用废话填补余下的空白。

不要试图用另一种感觉的说法来确定一种感觉,反而把这种感觉也搞混了。这常常是因为太懒,找不到确切的字的后果。这一条可能也有例外的情形。

最初的三张简单的处方将会把现在公认为标准的和古典的坏诗中的十分之九扔掉,会使你免不了犯下许多产生这种东西的罪行。

"……然而首先必须是一个诗人",就像杜末尔和维尔德拉克先生在他们的小书的最后所说的那样——《诗的技巧备注附录》。

选自《意象派诗选》,[英]琼斯编,裘小龙译,漓江出版社,1986

未来主义的创立和宣言
的
创
立
和
宣
言

未来主义的创立和宣言

[意大利]马里内蒂

　　我们——我和我的朋友们——彻夜未眠,我们的思想就像头顶上那盏盏清真寺的黄铜圆顶式吊灯一样熠熠闪光,因为我们的心在燃烧,如同灯丝放射出光芒。

　　我们践踏着祖传的惰性,在华丽的东方地毯上长久地来回踱步,在逻辑的极限内高谈阔论,同时挥笔写下许多愤激的言词。

　　我们的胸中充满巨大的自豪感,因为我们感到此刻唯有自己头脑清醒,昂首挺立,犹如面对从淡蓝色的营地里向外作敌意窥探的点点繁星而傲然屹立的灯塔和稳步前行的哨兵。陪伴我们的只有在巨轮的黑魆魆的锅炉上跳动的火焰,只有飞速奔驰的机车的通红的炉膛里飘荡出的黑色精灵,只有跌跌撞撞在城里逛游的醉汉。

　　我们突然被吓了一跳,只听见一些双层有轨电车颠簸着驶过,噪音震耳欲聋,它们五光十色,如同节日的村庄突然间被泛滥的洪水冲塌和卷走,在洪水的激流和旋涡中出没浮沉。

　　随后是更加死气沉沉的寂静。但是,正当我们倾听衰老的运河疲乏地低声祈祷,垂死的大厦站在湿漉漉的草地上把骨头弄得吱吱嘎嘎直响的时候,我们突然听到窗下的汽车像饥饿的野兽般怒吼起来。

　　"走吧,"我说,"朋友们,我们走吧! 出发!"终于,收拾起了神话和玄妙的理想! 我们看见人马星座正在升起,不久就将看到早起的天使飞来! ……应当推开生活之门,转动户枢和拔掉门闩吧! ……我们出发了! 看,最初的曙光露出地面了! 没有什么能像太阳那样用鲜红的利剑一下子就割断我们几千年的黑暗! ……

　　我们走到那三只大口喷着热气的野兽身旁,亲热地拍打它们滚烫的胸脯。我在自己的汽车里躺下,俨然是一具尸体摆在棺木里,但是我很快苏醒过来,驾驶盘像断头台上的利刀对准我的肚皮。

　　一股疯狂的劲头猛冲上来,驱使我们在像河床一样坑坑洼洼的塌陷的街道上奔跑穿行,我们无法控制自己了。无论走到哪里,从窗后透过玻璃传出的灯光都是昏暗的,令我们怀疑模模糊糊看见的东西的准确性。

我高喊:野兽只凭嗅觉就行了,嗅觉,嗅觉!

我们年轻力壮,像一只只披着黄黑色斑纹的雄狮一般,我们追赶死神,它朝着那朝气蓬勃的,泛出青紫色的广阔天空飞奔而去。

我们既没有一位想象中的情人,从云端露出华容美姿,也没有一位狠心的女皇,可以为之献上我们缩成一只大戒指似的尸身。我们要去死,倘若不是想使我们的勇气彻底发挥的愿望过分强烈的话,绝没有别的原因!

我们往前闯,撞倒了那些站在屋前门槛上的看门狗,像用烙铁熨衣领一样,把它们碾死在我们灼热的车轮之下。死神已被驯服,每次转弯都赶在我的前面,温柔地向我挥舞爪子,并且不时地倒在地上,发出尖厉的叫声,从污水坑里用泪汪汪的眼睛向我投来温和和爱抚的眼光。

让我们从理智的可憎的外壳里钻出来吧,像种子那样充满自豪地跳进大风旋转着的巨大嘴巴里去吧!……我们甘愿被陌生吞噬,并不是由于绝望,而只是为了填平愚昧无知的深渊!

我刚说完这些话,自己猛然原地转起圈子来,就像想咬住自己的尾巴的狗那样带着一股疯狂的兴奋团团转。原来我突然碰上了两个骑自行车的人,他们像两种自成其理而又互相矛盾的理论那样在我的前面互不相让,挡住了我的路,他们停在我的去路上愚蠢地争吵不休……讨厌!唉!……我急刹车,由于生气,车轮飞出去,我摔进了一条水沟里……

啊!慈母般的水沟里几乎尽是泥浆!可爱的工厂的废水沟呀!我贪婪地品尝你那含有养料的泥土,想起我的苏丹奶妈的神圣的黑乳房……当我带着一身污泥和臭气从翻倒的汽车底下爬出来时,我感到很愉快,心胸像被烙铁熨过一般地舒坦。

一群拿着渔竿的钓鱼者和腿脚肿胀的科学家们已经围在出事地点的四周议论纷纷。有些人准备好高大的支架和巨型的铁网,沉着细心地打捞我的汽车,这车活像一条搁浅的大鲨鱼。

汽车慢慢地从水沟里露出来,把它整个沉重的外壳和舒适的软坐垫像鳞片一样脱落在沟底。

人们以为我那条可爱的鲨鱼死了,可是经我的手一抚摸,它就有了生气,它苏醒了,它摆动强有力的鳍,又跑起来了!

此刻,带着满脸的工业污泥——其中混合着金属碎渣、蓝色的烟尘和汗水,我们,摔得鼻青眼肿,胳臂上缠着绷带,但是英勇无畏的气概犹存,向世界上一切热诚的人们倾诉我们的决心——

未来主义宣言

1. 我们要歌颂追求冒险的热情，劲头十足地横冲直撞的行动。

2. 英勇、无畏、叛逆，将是我们诗歌的本质因素。

3. 文学从古至今一直赞美停滞不前的思想、痴迷的感情和酣沉的睡梦，我们赞美进取性的运动、焦虑不安的失眠、奔跑的步伐、翻跟斗、打耳光和挥拳头。

4. 我们认为，宏伟的世界获得了一种新的美——速度之美，从而变得丰富多彩。一辆赛车的外壳上装饰着粗大的管子，像恶狠狠地张嘴哈气的蛇……一辆汽车吼叫着，就像踏在机关枪上奔跑，它们比萨摩色雷斯的胜利女神塑像更美。

5. 我们要歌颂手握方向盘的人类，他用理想的操纵杆指挥地球沿着正确的轨道运行。

6. 为了提高人们奋发向上的原始热情，诗人必须勇敢豪迈、热诚慷慨地献出自己的生命。

7. 离开斗争就不存在美。任何作品，如果不具备进攻性，就不是好作品。诗歌意味着向未知的力量发起猛烈的攻击，迫使它们向人匍匐臣服。

8. 我们穿过无数世纪走到了尽头！……倘若我们一心要攻破一座"不可能性"的神秘莫测的大门。那为什么还要回过头来向后看呢？时间和空间已于昨天死亡。我们已经生活在绝对之中，因为我们已经创造了无处不在的，永不停息的速度。

9. 我们要歌颂战争——清洁世界的唯一手段，我们要赞美军国主义、爱国主义、无政府主义者的破坏行为，我们要歌颂为之献身的美丽理想，我们称赞一切蔑视妇女的言行。

10. 我们要摧毁一切博物馆、图书馆和科学院，向道德主义、女权主义以及一切卑鄙的机会主义和实用主义的思想开战。

11. 我们歌颂声势浩大的劳动的人群、娱乐的人群或造反的人群；歌颂夜晚灯火辉煌的船坞和热气腾腾的建筑工地；歌颂贪婪地吞进冒烟的长蛇的火车站；歌颂用缕缕青火烟作绳索攀上白云的工厂；歌颂像身躯巨大的健将一般，横跨于在阳光下如钢刀发亮的河流上的桥梁；歌颂沿着地平线飞速航行的轮船；歌颂奔驰在铁轨上的胸膛宽阔的机车，它们犹如巨大的铁马套上了钢制的缰绳；歌颂滑翔着的飞机，它的螺旋桨像一面旗帜迎风呼啸，又像热情的人群在欢呼。

我们从意大利向全世界发出这份具有冲击力和煽动性的宣言书，宣告我们于今天创立了未来主义。我们的目的是要切除这个国家肌体上生长着的由教授、考古学家、导游者和古董商们组成的臭气熏天的痈疽。

意大利充当一个旧货市场的时期已经太长了。我们要把这个国家从数不清的博物馆中拯救出来,这些博物馆将无数的坟场墓地布满它的大地。

博物馆就是坟墓!……它们何其相似,都是素昧平生的躯体的可悲的聚会场所。博物馆是让冤家仇人或者陌生的人们互相紧挨着长眠的公共寝室!博物馆是屠杀画家和雕刻家的荒谬绝伦的屠宰场,让他们沿着竞争的墙壁,用色彩和线条互相残杀!

假如一年去朝拜一次,就像在亡灵节去扫墓那样,我同意你们去。假如每年供献一次鲜花于《蒙娜·丽莎》之前,我同意你们做……但是,我不允许人们终日徘徊在博物馆里,表现出诚惶诚恐、惆怅不已的病态的激动。为什么要自寻烦恼?为什么要受腐蚀呢?

从未见过哪一幅旧画不是代表艺术家被扭曲的梦想?艺术家们费尽心机也无法逾越重重障碍,完全表达出自己的意图……欣赏一幅古典绘画,无疑把我们的情感灌注进一具棺材里,不如勇敢地投身于创作,在实践中发挥灵感。

这样漫无边际地欣赏过去的东西毫无益处,而且使人感到疲劳、沮丧和消沉,难道你们愿意这样浪费自己宝贵的精力吗?

我告诉你们,经常拜访博物馆、图书馆和科学院(那些地方是白白葬送辛劳的墓地、扼杀梦想的刑场、登记半途而废的奋斗的簿册……)对艺术家其实是有害的。这如同家长给予一些才华卓越、胸怀大志的青年过多的监护一样有害无益。也许,对于行将就木的老人、卧床不起的病人、身陷囹圄的囚徒是另一回事,尚可回味的过去也许对他们的疾病和痛苦是一贴镇痛剂。因为对于他们来说,前途无可指望了……但是,我们不想了解过去的那一套,我们是年轻的、强壮的未来主义者!

那么来吧,手指熏焦了的快乐的纵火者们!来吧!来吧!……干起来吧!他们点燃图书馆的书架!……你们把河水引来淹没博物馆!……呵,看着那些自命不凡的古画被撕破了,褪色了,在水面上随波逐流的漂浮,是多么得开心!……你们举起镢头,斧子、铁锤,毫不手软地捣毁那些受人尊敬的城堡吧!

我们当中最年长者三十岁:因此我们至少还有十年时间来完成我们的事业。当我们四十岁时,比我们更加年轻有为、更加身手矫健的青年人将把我们像废纸一样扔进纸篓里。——我们甘愿这样!

我们的继承人将反对我们,他们将唱着自己的节奏迅急的歌曲,踏着舞步,伸开鹰爪般的手指,从远方走来,从四面八方走来,他们将在科学院的大门上像狗一样灵敏地嗅出我们腐烂的思想已经从图书馆的地下室里散发出臭气。

但是,我们并不在那里……他们最终将找到我们——在一个冬天的夜晚,在乡村的田野上,在被雨点单调地敲击着的棚顶下,他们将看见我们蹲在我们那还在振动的飞机旁边,正用我们自己现在写成的书燃烧起一堆小小的篝火,伸出双手在火上取暖，我们的身影在火光中摇曳。

他们将会团团围住我们，大叫大嚷，由于痛苦和失望而喘气不止。他们会被我们的傲气和不见衰减的狂妄激怒，在嫉恨的驱使之下，将斗胆谋害我们的性命，同时心里也会滋生出对我们的爱慕与钦佩。

坦率的、强烈的邪恶之光从他们的眼睛里迸发出来，——艺术，说到底，不能不是暴力、残酷和邪恶。

我们当中最年长者三十岁：然而我们已经浪费了财富——力量、爱情、勇气、智慧和雄心壮志等许多宝贵的东西，我们发狂似的匆匆把它们撒出去，不论多少，毫不犹豫，一鼓作气，从不间歇……你们瞧瞧我们！我们还没有结婚！我们的心脏并不感到丝毫的疲劳，因为它燃烧着一团烈火，充满仇恨，跳动迅速！……你们惊奇吗？……这符合逻辑，因为你们甚至不记得你们经历过的一切了。我们昂首屹立于世界之巅，再次向宇宙间一切星球发出我们的挑战！

你们要驳斥我们吗？……罢了！罢了！我们熟悉那一套……我们全明白！……我们那迷人而虚伪的理智告诉我们，我们是祖先们的再生和延续。——也许是吧！……就算是这样吧！……那又有什么了不起呢？我们不予理睬！……重复这些无耻谰言的人绝无好下场！……你们抬起头来听清楚！……

我们昂首屹立于世界之巅，我们再次向宇宙间一切星球发出我们的挑战！……

原载 1909 年 2 月 20 日法国《费加罗报》，吴正仪译

论现代小说①

[英国]伍尔夫

对于现代小说作任何考察，即使是最随便、最粗略地浏览一番，我们也难免会想当然地认为：这门艺术的现代实践是在过去的基础之上的某种改进。可以这样说，使用简单的工具和原始的材料，菲尔丁②成绩斐然，简·奥斯丁③更胜一筹，但是，把他们的各种机会和我们的相比，不啻有天渊之别！他们的杰作，确实有一种奇特的简朴风格。把文学创作和某种过程（例如汽车制造过程）相比拟，乍看似乎还像，仔细端详就不恰当了。在以往几个世纪中，虽然在机器制造方面我们已经学会了不少东西，在文学创作方面我们是否有所长进，可还是个疑问。我们并未比前人写得更为高明。只能这样说：我们不断地偶尔在这方面、偶尔在那方面稍有进展；但是，如果站在足够的高度来观察一下整个进展过程的轨迹，它就带有一种循环往复的趋势。毋庸赘述，我们没有权利认为自己（即使是暂时性地）处于那种优越的地位。站在平地上，挤在熙熙攘攘的人群之中，尘雾弥天，双目难睁，我们怀着艳羡的心情，回顾那些比我们更幸福的战士，他们的仗已经打赢，他们的战果如此辉煌，使我们不禁窃窃私议：他们的战斗也许不如我们的激烈吧。这可要由文学史家来裁决，他站在历史的高度，才能说明我们究竟是处于一个伟大的散文小说时代的开端，中间，还是末尾；因为我们置身于山下平原，视野不广，对情况就不甚了然。我们只知道：某种赞赏或敌对的态度，会激励我们；某些道路通向肥沃的原野，其他道路则通向不毛的荒原和沙漠；而对此稍加探讨，似乎还值得一试。

我们并非与古典作家们争论。如果说我们是和威尔斯先生、贝内特先生，高尔斯华绥先生争论，其部分原因，是由于他们人还在世，因此他们的作品就有一种仍旧鲜活、呼吸犹存、经常呈现的缺陷，使我们敢放肆地任意对待它们。确实如此：虽然我们对面这三位作家的许多贡献表示感谢，而另一方面，我们对于哈

---

① 本文发表于 1919 年，后收入伍尔夫的论文集《普通读者》。
② 亨利·菲尔丁(1707—1745)，英国小说家，其作品有《大伟人江奈生·魏尔德》《汤姆·琼斯》等。
③ 简·奥斯丁(1715—1817)，英国小说家，作品有《傲慢与偏见》《爱玛》等。

代先生和康拉德先生，却是无比感激，对于《紫色的土地》、《绿色的大厦》和《往昔的岁月与遥远的地方》的作者赫德森先生，①我们也是如此，不过程度要浅得多。威尔斯先生、贝内特先生和高尔斯华绥先生曾经激起过不少希望，又不断地令人失望。因此，我们主要是感谢他们向我们提示了他们原来可以做到而没有做到的事情，并且感谢他们指明了我们肯定不能做，然而也许同样肯定不想做的事情。一言半语，概括不了我们对他们作品的指责和不满；这些作品卷帙浩繁、品质不一、精粗杂陈，既令人钦佩，又叫人失望。如果我们想用一个词儿来说明我们的意思，我们就会说，这三位作家是物质主义者。他们之所以令我们失望，因为他们关心的是躯体而不是心灵，并且给我们留下了这样的感觉：英国小说最好还是（尽可能有礼地）背离我们，大步走开，即使走到沙漠里去也不妨，而且离开得越快，就越有利于拯救英国小说的灵魂。单用一个词儿，自然不可能一语中的、一箭三雕。就威尔斯先生而论，物质主义这个词儿显然偏离目标甚远。即使如此，这个评语也令人想起掺混在他的天才中的致命杂质，想起和他的纯净的灵感混合在一起的那一大块泥巴。在那三人中，也许正因为贝内特先生是技艺超群的能工巧匠，他也就成了最糟糕的罪魁祸首。他写起书来鬼斧神工、结构紧凑，即使是最吹毛求疵的批评家们，也感到无懈可击、无隙可乘。甚至在窗扉之间都密不透风，在板壁上面也缝隙全无。然而——如果生命却拒绝在这样的屋子里逗留，那可又怎么办？写出了《老妇谭》②，创造了乔治·肯南和埃德温·克莱汉厄③以及其他许多人物的那位作家，可以声称他已经克服了这种危险。他的人物过着丰衣足食的、甚至令人难以想象的生活。但是，还得要问一问：他们究竟是怎样生活的？他们又为什么要生活？我们好像觉得，他们甚至会抛弃了在五镇④精心建造的别墅，把越来越多的时间花在头等火车的软席车厢里，手按各种电铃和按钮，风尘仆仆地漫游四方；而他们豪华旅行的目的地，也变得越来越明确，那就是在布赖顿⑤最好的旅馆里大享其清福。可不能这样来评论威尔斯先生，说他之所以被称为物质主义者，是因为他太喜欢把他的故事编写得扎实紧凑。他太富于同情心了，不允许自己花太多时间把各种东西搞得整整齐齐、扎扎实实。他是一位纯粹出于菩萨心肠的物质主义者，把应该由政府官员来做的工作承担了起来，过多的理想和事实占据了他的心房，使他无暇顾及或者往往忽视他的人物是多么生硬粗糙。如果说威尔斯的尘世和天堂，不论现在和今后，都

---

① 威廉·亨利·赫德森(1841—1922)，英国小说家。

② 《老妇谭》(*The Old Wives Tale*)是贝内特的著名小说。

③ 肯南和克莱汉厄都是贝内特小说中的人物。

④ 五镇是贝内特小说中的地名，指英格兰中部五个生产陶瓷的市镇。

⑤ 布赖顿是英国南部著名的海滨浴场。

只是他的琼和彼得①居住之处，难道还有比这句话更加厉害的批评吗？无论他们的创造者慷慨地赋予他们什么制度和理想，他们低劣的本性，不是总会使之黯然失色吗？虽然我们深深地敬仰高尔斯华绥先生的正直和仁慈，在他的作品中，我们也还是找不到我们所寻求的东西。

如果我们把一张物质主义的标签贴到所有这些书本上去，我们的意思是说，他们写了些无关紧要的事情，他们浪费了无比的技巧和无穷的精力，去使琐屑的、暂时的东西变成貌似真实的、持久的东西。

我们必须承认，我们是有点儿吹毛求疵。有甚于此，我们还发现，要说明我们所苛求的究竟是些什么东西，以便使我们的不满情绪显得公平合理，是相当困难的。在不同的时候，我们的疑问以不同的形式出现。但是，当我们随手丢下一部刚看完的小说，这个疑问又极其固执地重新涌上心头，我们长叹一声——这究竟是否值得？其目的意义究竟何在？会不会是这样的情况：由于人类的心灵好像常常会有的那种小小的失误，当贝内特先生拿着他无比精良的器械走过来捕捉生活之时，他的方向也就偏离了一二英寸？结果，生活溜走了；而没有了生活，其他都不值一谈。不得不借助于这样一个比喻，无异于坦率地承认我的见解有点含糊暧昧，但是，如果我们不提生活，而像批评家们习以为常地那样来谈论现实，我们也不见得会使情况更好一些。既然承认所有的小说评论都有点儿含糊暧昧，我们不妨冒昧地提出这种观点：对我们来说，当前最时髦的小说②形式，往往使我们错过、而不是得到我们所寻求的东西。不论我们把这个最基本的东西称为生活还是心灵，真实还是现实，它已飘然而去，或者远走高飞，不肯再被我们所提供的如此不合身的外衣所束缚。尽管如此，我们仍旧坚持不懈地、自觉地按照一张设计图纸来依样画葫芦地构造我们三十二章的长篇巨著，而这张图纸却和我们心目中所想象的东西越来越不相像。为了证明作品故事情节的确实逼真所花的大量劳动，不仅是浪费了精力，而且是把精力用错了地方，以至于遮蔽了思想的光芒。作者似乎不是出于他的自由意志，而是在某种奴役他的、强大而专横的暴君③的强制之下，给我们提供情节，提供喜剧、悲剧、爱情和乐趣，并且用一种可能性的气氛给所有这一切都抹上香油，使它如此无懈可击，如果他笔下的人物都活了转来，他们会发现自己的穿着打扮直到每一粒纽扣都完全合乎当时流行的款式。专横的暴君的旨意得到了贯彻，小说被炮制得恰到好处。然而，由于每一页都充斥着这种依法炮制的东西，有时候（随着岁月的流逝，这种情况越

---

① 琼和彼得是威尔斯写的同名小说中的人物。

② 伍尔夫所指的时髦小说是指贝内特、威尔斯和高尔斯华绥等人的小说，而不是指现代派作品。

③ 指传统小说的清规戒律的束缚。

来越经常地发生)我们忽然感到片刻的怀疑,一阵反抗的情绪油然而生。生活难道是这样的吗? 小说非得如此不可吗?

往深处看,生活好像远非"如此"。把一个普普通通的人物在普普通通的一天中的内心活动考察一下吧,心灵接纳了成千上万个印象——琐屑的、奇异的、倏然即逝的或者用锋利的钢刀深深铭刻在心头的印象。它们来自四面八方,犹如不计其数的原子在不停地簇射;当这些原子坠落下来,构成了星期一或星期二的生活,其侧重点就和以往有所不同;重要的瞬间不在于此而在于彼。因此,如果作家是个自由人而不是奴隶,如果他能随心所欲而不是墨守成规,如果他能够以个人的感受而不是以因袭的传统作为他工作的依据,那么,就不会有约定俗成的那种情节、喜剧、悲剧、爱情的欢乐或灾难,而且也许不会有一粒纽扣是用邦德街①的裁缝所惯用的那种方式钉上去的。生活并不是一副副匀称地装配好的眼镜②;生活是一圈明亮的光环,生活是与我们的意识相始终的、包围着我们的一个半透明的封套。把这种变化多端、不可名状、难以界说的内在精神——不论它可能显得多么反常和复杂——用文字表达出来,并且尽可能少加入一些外部的杂质,这难道不是小说家的职责吗? 我们并非仅仅在吁求勇气和真诚;我们是在提醒大家:真正恰当的小说题材,和习惯赋予我们的那种信念,是有所不同的。

无论如何,我们是企图用诸如此类的方式,来说明几位青年作家的品质,这种品质使他们的作品和他们前辈的著作迥然相异,而詹姆斯·乔伊斯先生,是这批青年作家中的佼佼者。他们力求更加接近生活,更真诚地、更确切地把引起他们兴趣的、感动他们的东西保存下来。为了做到这一点,他们甚至不惜抛弃一般小说家所遵循的大部分常规。让我们按照那些原子纷纷坠落到人们心灵上的顺序把它们记录下来;让我们来追踪这种模式,不论从表面上看来它是多么不连贯、多么不一致,按照这种模式,每一个情景或细节都会在意识中留下痕迹。让我们不要想当然地认为,在公认为重大的事情中比通常以为渺小的事情中含有更为丰富充实的生活。无论什么人,只要他阅读过《一个青年画家的肖像》,或者阅读过《小评论》杂志现在刊登的、更为有趣得多的那部作品《尤利西斯》,③他就会甘冒风险提出一些诸如此类的理论,来说明乔伊斯先生的意图。从我们这方面来说,眼前只看到一个不完整的片断就妄加议论,是要担点儿风险,而不是确有把握的。然而,不论全书的整个意图是什么,它毫无疑问是极端真诚的,而按

---

① 邦德街(Bond Street)是伦敦时装店集中的一条街道。
② 原文为 gig lamps,是俚语,指眼镜。
③ 《一个青年画家的肖像》是乔伊斯的小说。《尤利西斯》是乔伊斯的名字,用"意识流"手法写成。伍尔夫撰写此文时,这部小说还在杂志上连载发表,故云:"片断。"

此意图制造出的成果,虽然我们可能认为它晦涩难解或令人不快,却无可否认是重要的。和我们称之为物质主义者的那些人相反,乔伊斯先生是精神主义者。他不惜任何代价来揭示那种内心火焰的闪光,那种内心的火焰所传递的信息在头脑中一闪而过,为了把它记载保存下来,乔伊斯先生鼓足勇气,把似乎是外来的偶然因素统统扬弃,不论它是可能性、连贯性或者诸如此类的路标(sign-posts),许多世代以来,当读者需要想象他摸不到、看不见的东西之时,这种路标就成了支持其想象力的支柱。例如,在公墓中的那个场面,它那辉煌的光彩,它那粗俗的气氛,它的不连贯性,它像电光一般突然闪现出来的重大意义,毫无疑问确实接近于内心活动的本质。无论如何,只要你初次阅读它,就难以不把它誉为杰作。如果我们所要求的是生活的本来面目,那么我们在这儿的确找到了它。如果我们想要说我们还盼望什么别的东西,如果我们想要说出为什么如此有创造性的作品还是难以和《青春》或《卡斯特桥市长》①相比拟,老实说,我们发现自己还得搜索枯肠。我们用上面那两部作品来进行比较,因为我们必须举出最高级的范例。乔伊斯的作品不能和上述名篇相媲美,是因为作者的思想相对而言比较贫乏,我们当然可以简单地就这么说,并且就此敷衍过去。但是,还是有可能把这个问题稍为进一步探索一下。我们是否可以用这种感觉来进行类比:我们觉得自己耽在一间狭窄而明亮的房间里,感到局促闭塞而不是开阔自由,因为我们不仅受到作家思想上的而且也受到他写作方式上的限制。不正是这种写作方式,把创造力给抑制住了吗?不正是由于这种写作方式,我们既不欢乐,又不舒畅,被集中限制于一个自我之中,尽管这个自我的感觉细致入微,它从来不包含或创造超出它本身之外的任何东西?也许带点教诲意味,由于侧重描述卑微猥琐之处,不是产生了一种干瘪枯燥、孤独褊狭的效果吗?或者仅仅是由于人们,特别是现代的人们,对于这种独创性的任何努力,感觉到它的缺点比说出它的长处要容易得多吗?无论如何,置身于事外来考察各种"方式",乃是一种错误。如果我们是作家的话,能够表达我们想要表达的内容的任何一种方式都是对的;如果我们是读者的话,能够使我们更接近于小说家的意图的任何一种方式也都不错。这种方式的长处,是使我们更接近于我们打算称之为"生活的本来面目"的那种东西。阅读一下《尤利西斯》,不是会使人想起有多少生活被排斥了、被忽视了吗?翻开《特立斯顿·项狄》或者甚至《潘登尼斯》②不是令人大吃一惊,因而相信生活不仅仅还有别的方面,而且是更重要的方面吗?

---

① 前者是康拉德的短篇小说;后者是哈代的长篇小说。

② 前者是英国小说家劳伦斯·斯特恩(1713—1768)的主要作品;后者是萨克雷(1811—1863)写的一部小说。

无论它可能是什么情况，当前小说家所面临的问题，我们假定它还是和过去一样，是要想方设法来自由地描述他所选择的题材。他必须有勇气公开声明；他所感觉的不再是"这一点"而是"那一点"；而他必须单从"那一点"选材，来构成他的作品，对于现代人来说，"那一点"——即兴趣的集中点——很可能就在心理学暧昧不明的领域之中。① 因此，侧重点马上和以往稍有不同，而强调了迄今为止被人忽视的一些东西。一种不同形式的轮廓，立刻就变得很有必要了；对此我们感到难以掌握，我们的前辈感到难以理解。除了现代人之外，或者说除了俄国人之外，就没有人会对契诃夫自己命名为《古雪夫》的那个短篇小说中所安排的情景感兴趣。一些俄国士兵在一艘运送他们回国的轮船上病倒了，作者给我们描写了他们零星的谈话和思想的片断。然后，其中有个士兵死了，他的尸体被搬走了。那谈话又继续进行了一段时候，直到古雪夫本人也死了，看上去"活像一条胡萝卜或白萝卜"，被扔进海中。作者把重点放在出乎意料的地方，以至于起初好像简直看不到什么重点。后来，当眼睛逐渐适应昏暗朦胧的光线并且能够分辨室内物体的形态之时，我们就看得出这个短篇是多么完美、多么深刻，而契诃夫按照他自己心目中想象的情景，多么忠实地选择了"这一点"、"那一点"以及其他细节，把它们综合在一起，构成了某种崭新的东西。但我们可不能说"这一点是喜剧"或"那一点是悲剧"，我们也拿不准这是否能称为短篇小说，因为，根据我们学过的概念，短篇小说必须简明扼要、有个结论，而这篇作品却有点儿扑朔迷离、未下结论。

对于现代英国小说最肤浅的评论，也几乎不可避免地要涉及俄罗斯的影响。而如果提起了俄国人，很可能会令人感觉到，除了他们那种小说之外，要撰文评论任何其他小说，都是白费时间。如果我们想了解灵魂和内心，那么除了"俄国"小说之外，我们还能在什么别的地方找到能与它相比的深刻性呢？ 如果我们对我们自己的物质主义感到厌倦的话，那么他们的最不足道的小说家，也天生就有一种对于人类心灵的自然的崇拜。"要学会使你自己和人们血肉相连、情同手足……但是不要用头脑来同情——因为这还容易做到——而是要出自内心，要热爱他们。"②同情别人的苦难，热爱他们，努力去达到那值得心灵竭力追求的目标，如果这一切都是神圣的话，那么在每一个俄国作家身上，我们都好像看到这种圣徒的特征。正是他们身上那种超凡入圣的品质，使我们对自己缺乏宗教热忱的浅薄猥琐感到惶恐不安，并且使我们的不少小说名著相比之下显得华而不实、玩弄技巧。如此胸怀宽大、富于同情心的俄国人的思想结论，恐怕不可避免

---

① 指潜意识的发掘和心理隐曲的披露。
② 列夫·托尔斯泰语。

是极端悲伤的。其实,我们可以更精确地说:俄罗斯的思想并无明确的结论。他们给人以一种没有答案的感觉;如果诚实地观察一下人生,那么生活提出了一个又一个问题,这些问题是不可能得到解答的、而只是一个接一个地在耳边反复回响着,直到故事结束了,那没有希望得到解答的疑问使我们充满了深深的、最后甚至可能是愤怒的绝望。也许他们是正确的。毫无疑问,他们看得比我们远,而且没有我们那种遮蔽视线的巨大障碍物。但是,也许我们也看到了一些他们所没有看到的东西,不然的话,为什么这种抗议之声和我们的忧郁情绪融合在一起呢?这种抗议之声,是另一种古老文明的声音。这种古老文明传播过来,好像已经在我们身上培养起一种去享受、去战斗而不是去受苦、去理解的本能。从斯特恩到梅瑞狄斯的英国小说,证明了我们的民族天性喜爱幽默和喜剧,喜爱人间的美、喜爱智力的活动,喜爱肉体的健美。把这两种南辕北辙极端相反的小说进行一番比较,想要推论演绎出什么结果来,是徒劳无功的,除了它们确实使我们充分领会了一种艺术具有无限可能性的观点,并且提醒我们,世界是广袤无垠的,而除了虚伪和做作之外,没有任何东西——没有一种"方式",没有一种实验,甚至是最想入非非的实验——是禁忌的。这就是这番比较演绎出来的结论,此外再也没有别的了。所谓"恰当的小说题材",是不存在的。一切都是恰当的题材,我们可以取材于每一种感情,每一种思想,每一种头脑和心灵的特性,没有任何一种知觉和观念是不适用的。如果我们能够想象一下,小说艺术像活人一样有了生命,并且站在我们中间,她肯定会叫我们不仅崇拜她、热爱她,而且威吓她、摧毁她。因为只有如此,她才能恢复其青春、确保其权威。

选自弗·伍尔夫论文集《普通读者》,瞿世镜译,霍加斯出版社,伦敦,1925

论活生生的作品之中的超现实主义（1953年）

［法国］布勒东

　　如今众所周知：超现实主义作为有组织的运动，诞生于涉及言语的一次大规模行动之中。关于这一点，须要不厌其详重申的是：口述或书面自动创作法（那是超现实主义当初首创的），在其作者的心目中是与美学标准毫不相干的。但某些作者的虚荣心却使这种标准得以立足（很快就发生了这种情况）；于是，这件事便被歪曲了，而尤有甚者，容得它存在的那种"苟延残喘"的局面便也消失了。

　　到底是怎么一回事呢？只不过是要恢复言语的诀窍，使其各要素不再沉船的残片在死寂的海洋上漂泊。为此就须使言语摆脱其愈益严重的纯粹实用的用途。也只有这样，才能予以解放，恢复它的全部力量。对言语的贬损作出坚决的反应（这在法国通过洛特亚蒙、韩波、马拉美得到了表现，而同时在英国则是通过刘易斯·卡洛尔），此后不免急遽地呈露出来。证据是：进行了意义或大或小的种种尝试，包括未来主义的"自由词藻"活动，"达达"派非常有限的自发创作以至活跃一时的"文字游戏"（它勉强可以用"语音秘方"活动联系在一起）或"禽鸟的言语"（让-皮埃尔·勃里赛、雷蒙·卢塞尔、马赛尔·杜香、罗伯特·戴诺），以及一发而不可收的"词汇革命"（詹姆士·乔依斯、E. E. 康明、亨利·米肖）——它只能导向所谓"字母主义"在造型艺术方面，事情的发展反映了同一种关切。

　　尽管它们反映了一种共同的反叛意识，反抗那完全奴化了的语言的专断横行，超现实主义草创之初的"自动写作"一举，在实质上却完全不同于乔依斯体系里的"内心独白"。换句话说，两者的基础，乃是截然不同的两种世界观。针对有意识的联想这种虚假的思潮，乔依斯代之以一种竭力从四面八方涌现的潮流，而它归根到底趋向于最近似的模仿生活（凭着这一点，他勉强滞留于艺术范畴之内。重蹈奇思异想的覆辙，不惜与已排成一字长蛇阵的自然主义、表现主义者为伍）。也是针对上述同一种潮流（粗看起来应对的规模要式微得多），"纯精神自动写作法"支配着超现实主义，它用来代替的乃是一泓泉水滚滚向前，只需对它本身作颇为深入的探索，而绝不能妄想引导它的流势，否则它就会立即枯竭。在超现实主义之前，或可预示这源泉的清澈明亮及其壮观的，不过是不大惹人注目的若干泉眼，诸如所谓"半睡眠状态"、"清醒状态"之类的说法。超现实主义的决定性行动，便是显现其源源不断之势。经验表明：很少出现生造的新词，也不曾导致句法的肢解或词汇的分离。

可见这样的安排同乔依斯的设想是大不相同的，不是再要把自由联想用于撰写文学性的作品、以便靠新颖大胆来超越前人。但由于采用多音、多义的手段，所以常常出现主观武断的东西。超现实主义充其量不过是要使自己相信：它已掌握了言语的"原料"（就如炼丹术要用一些材料一般）；由此得知从哪里可以取得这些原料，而当然用不着一而再、再而三地复制这些原料。有人感到奇怪：为什么我们这么快就放弃了自动写作的实践；所以要作如此这般的一番说明。迄今为止，主要突出的是：这种方法写出来的成品，一经对照，便会令你注目于欲念无拘无束萌生的境域，亦即奇思异想纷来沓至的境域。对于这种方法的意义及影响强调得不够，其实就是令言语恢复真正的生机。一举上溯到语义的诞生，而不是从表达出来的意思追及保留下来的符号（事实也证明，后者是行不通的）。

使这种做法变得可行、甚或使之可堪思议的，乃是历来引发神秘哲学的那种东西，即由于表达思想是一切的根源，所以"应当使名词萌发出来，如果可以这样说的话，否则它就会是虚假的"。超现实主义在诗歌和造型艺术中的主要贡献，便是充分发扬了这种"萌发"，以至于使不属于这萌发的一切，统统就变得荒唐可笑。

就像我在事后证实了的那样，在《第一次宣言》中给超现实主义所下的定义，不过是同一个传统的主要口号相"交合"，即理应："洞穿那喋喋不休、咚咚作响的理性大鼓，仔细观看那敞开的洞口"，于是便弄明白了过去不明白的那些象征性事物。

然而，在所谓导致这条道路，并可以有所发展的各个领域之中，超现实主义却从来没有无视过男女之爱这一极富魅力之点。这特别是因为——正如大家所看到的那样——超现实主义最初的探索使之走进了一个王国，在这个王国里，正是欲望在那里称王称霸。在诗歌方面，超现实主义标志着一个推究过程的终结，而这个过程的趋势是给女人以越来越重要的地位。其始端似乎是18世纪中叶。帕斯喀尔在世时即已完成了基督教的考古工作，从中产生了一个关于女人的截然不同的形象（开头随之而产生了"阴暗"的一面，如拉克洛、萨德、孟克·刘易斯的作品，等等），它体现着男子最罕见的机缘；而按照歌德晚年的想法，更应由男子充作大厦的柱石而加以维护。这个思想经历了确乎是崎岖曲折的历程，其间也经过了德国与法国的浪漫主义（诺瓦里斯、荷尔德林、克莱斯特、奈尔瓦尔、圣西门学派、维尼、司汤达、波特莱尔）。然而，虽然这个思想在19世纪末叶一再遭到打击（于斯曼、杰里等），但却摆脱了可能埋没它的种种因素，而清晰明了地出现在我们面前：闪耀着它自身的全部光辉。就超现实主义而言，只需由此上溯，甚至上溯到比我前面所说的更遥远的岁月（直到爱洛绮丝的情节，以及葡萄牙修女）。于是便可看到，在爱情之路旁，闪耀着多么耀眼的星辰！从超现实主义所持的抒情观点看来，它不能不注意到：正是在这条路上，发出了使人们摆脱自身处境的大部分的强音，并且借助于彼此呼应的作用，而焕发出了真正的激情。归根到底，这是女人的光荣，且不管她是索菲娅·冯·库恩、是迪奥姬玛、喀申·冯·赫尔布伦、奥莱丽亚，抑或是弥娜·德·汪格尔；是黑色或白色的维纳斯，抑或是"牧羊人之家"的夏娃。

这些想法旨在帮助弄醒超现实主义对于人的态度，这种态度在很长一个时期被认为是消极性的。在超现实主义的心目中，女人是被当作伟大的诺言而受到爱护和颂扬的，亦即实践了之后而依然长存的伟大语言。对于她的选中（而这只适宜于一个男人；须由每个人自己去发现），这本身即是以批判所谓灵与肉的二元论。在这方面完全可以肯定的是：肉体的爱情同精神的爱情是相互结合的。相互的吸引必定达到相当强烈的程度，才能够借着确定不移的取长补短，来实现全面的结合，包括感官与精神上的结合。当然，我们并不否认，实现这一点是会遇到重大障碍的。然而，只要我们还无负于这种追求，即我们自身并没有（即使是由于失意）损害这种爱情概念的本源，那么，在我们一生中，就不会有任何东西超乎我们对它的渴求。在这条道路上会有种种无情的挫折（而这经常是由于社会上的专断造成的，这种专断极大地限制了选择的余地，反而使全面结合的伴侣成为攻击的目标，而由外部以种种分化的力量加诸他们）；但这并不能使人们对这条道路本身产生绝望情绪。在这里，比在任何地方都更有必要恢复人之初的"阴阳一体"（这是各国传说里都提及的），并令之通过我们自己予以体现——这体现应值得追求，应是具体而微的。

性欲是一直遭到压抑的，这是由于种种禁令，使之处于混沌的，或心术不正的意识之中；但在上述的前景之中，它必然会在令人迷茫的同时，归根到底表现为极其宝贵、使人眼花缭乱的"此岸"，而人类所有关于"彼岸"的梦幻都是建立在这种欲念的无限延续之上的。

这就意味着超现实主义是蓄意背离大多数传统理论的。根据那些理论与肉体的爱情是一种幻影；热恋则更是一种可悲的陶醉——它似乎来自星光，那是创世纪里的蛇所预示的。只要这种爱情在各方面符合其热情的素质，即在极严格的意义上假定有所选择，那么它就为一个世界打开了门户——在那个世界里，就其本身的定义而言，便不复存在善恶、堕落或宗教意义上的罪过。

超现实主义对于自然界的态度，首先受到这样一个观念的支配：这便是它最初所建立的关于诗的"形象"的观念。大家知道，它认为这是一种方法——尤其是在头脑极其放松、而非高度集中的条件下，——可以获得某种火光，它将现实生活的两种要素联结在一起，而它们平常彼此相距甚远，理性是不会把它们放到一处来的。必须暂时放弃任何批判的精神，才能使两者切磋交锋。这种奇异的火花组合——当人们截获了其所产生的方式，并意识到它那无穷无尽的潜力——使头脑对于世界及其自身有了一个不那么模糊的看法。于是它便核证了这样一点（诚然还是局部的，但至少是靠着它自己）：即"上界的一切也同下界一模一样"，而且内心的一切同外界也都一模一样。于是，它面前所呈现的世界便如同一部密码，其之所以不能破译，不过是因为你不熟悉那可以令你从一方田野跳到另一方田野的柔软体操术。怎样强调也不为过分的是这样一件事：即在超现实主义世界里自由驰骋的暗喻，已经将比拟远远抛在后头。而比拟（作者所预先设计的那种）是查理·傅立叶及其门徒阿尔方斯·杜司奈尔企图在法国提倡的，尽管两种手法都赞成"对应同通"的体制，但两者实际上却有着天壤之别。①大家一定明白：并不是为了在技术上有所精进，而追求转换的速度与方便；其实只是想要叫待建立的联系产生切实的效果，为此就须完全掌握导电这一门学问。

在问题的实质方面（即人的头脑与感觉世界的关系），超现实主义同各流派的思想家们不期而遇，诸如路易-克洛德·德·圣-马丁，叔本华等，这就是说，超现实主义同他们一样认为：我们应当"按照我们自己的样子来了解自然界，而不是按照自然界的样子来了解我们自己"。然而这却并不足以使它同意这样的见解：似乎人类同其他生物相较，享有什么绝对的优势，换句话说，似乎世界在其自身已经寻得了完成——如果要算在"拟人说"的账上，这却是最无道理的命题和最显而易见的歪曲。在这方面倒毋宁说其立场与杰拉德·德·奈尔瓦尔相接近，如他在著名的十二行诗《金黄色的韵句》中所写的那样。至于说到其他的生物，人类在自己制造的阶梯上越是往下走一步，就越无法估计它们的意愿与痛苦。人类只有采取十分谦卑的态度，才能将其对自身极为有限的认识，用来为认

---

① 傅立叶关于"恋情相近论，或人类恋情的水文表"的理论，虽然被他应用得天真幼稚之极，所举的实例亦往往令人惊愕；虽如此，其中仍然不乏颇富天才之见。——原注

识自己的环境服务。①

在这方面,人类所掌握的秘诀乃是诗的直觉,这种直觉在超现实主义之中如脱缰之马一般奋勇向前,它不仅要吸收一切已知的形式,并且要大胆地创新——即须有能力包容一切结构,不管它属于已显现出来,或尚未显现的世界。只有这诗的直觉才能给我们提供线索,使我们重踏灵知的征途——那是对于超感觉的现实,对于处在永恒神秘之中的不可见之可见物的认识。

（丁世中　译）

---

① 在这方面,没有任何人比雷内·盖农说得更切当,更肯定的了;他写了《生物的多种多样王国》这本著作,其中指出:"认为人类在整个宇宙存在之中占有特别优越的地位,这是荒谬的;同样荒谬的是认为它在精神上不同于其他的生物,因为它似乎掌握了某种特权,实际上,人类的境遇乃是同其他一切生物相仿佛的一种表现形态,而此种形态之多,多到了成千上万、无穷无尽。在生存的等级表上,人类所处的地位,亦正是其天性所赋予它的位置;亦即由其规定的条件之局限性所确立的位置;而这个位置并不授诸它以任何绝对的优越性或不利性质。我们之所以有时需要特别考虑这种形态,则仅仅是由于它是我们事实上生存于其中的那个形态,它就因而为我们(但这仅仅是为我们)取得了特殊的重要性;这只是一个完全相对的、并且是偶然的观点,是我们在现时的表现形态中作为个体分子的一种观点。但我们却并不是从盖农那里抄袭了这一见解的;因为我们始终认为,这不过属于最起码的常识(但却又是歧见最多的一个问题)。"——原注

存在主义导论（节选）

[美国]考卜莱斯顿

存在主义这一名词并不代表任何一种特殊哲学系统。其实我们可以把这个名词保留给沙特的哲学，因为他明显地称他的哲学为存在主义，我们也可以不把这个名词用到马色尔的哲学上面，因为马色尔虽曾一度服膺存在主义而自称为存在主义者，可是现在他已经舍弃了这个名词。这一点也可以让我们认识下述事实，即海德格已与沙特分道扬镳，并已注意他们彼此之间哲学思想的差异了。我们更应该认清雅斯培的存在哲学（Existenz Philosophie）和海德格的存在哲学（Existenzial Philosophie）之间的不同：如果我们毫不加以分别地把〈存在主义〉这个名词用到这两个人的哲学上面的话，我们就会抹杀这个不同之点了。

但是在这里我不能只把〈存在主义〉这个名词保留给沙特的哲学。我将讨论那些一般被称为〈存在主义者〉的哲学。这些哲学家中不但包括沙特，也包括齐克果、雅斯培、海德格和马色尔。还可以包括像亚巴根诺（Abbagnano）、马劳朋地（Merleau-ponty）、柏多耶夫（Berdyaev）和卡缪那些作家们，不过在这些作家中，我只打算对卡缪多讨论一点。换句话说：我想根据传统路线来谈论那些通常在讨论存在主义著作中所讨论的哲学家们。当然，我不打算远溯至苏格拉底甚或奥古斯丁，我更不打算讨论汤玛斯哲学，虽然有些汤玛斯主义者认为汤玛斯哲学才是真正的存在主义。在这里我只想对当代存在主义哲学运动加以讨论。

我说过，在那些通常被归类为存在主义哲学家之间，有很多非常值得重视的不同之点。我希望在我一个一个地讨论这些思想家的时候，能够使大家明白他们的不同之点。但是如果人们习惯上把这些哲学家摆在一起而把他们视作一个学派的成员，不仅仅是由于误会或误解而在这些哲学家的本性上也有其客观的证明的话，那么，除了他们之间的不同点以外，就一定有某种共同的因素。这点是我希望首先加以讨论的问题。如果我们只是描述了这些哲学家们不同的思想内容以后才讨论他们之间的共同因素的话，那将会更适当；但是如果在现代哲学中有所谓存在主义运动这一个东西，而这些不同哲学系统乃是这个东西的不同结果的话，也许我们可以开始便讨论某些共同动机或主题。

首先，我不认为我们能够用"存在先于本质"这种特殊的抽象命题来划出那被视作一种普遍运动之存在主义的界限。的确,沙特曾明白表示这个命题是存在主义的主要信条,并且是所有存在主义哲学家所共同相信的信条。但是问题发生了,这个命题的意义是什么?如果它只是表示任何东西除了存在以外,便不属于任何门类或具有任何特性的话,那么这个命题便会为所有不属于存在主义的哲学家们接受。任何人如果他相信存在不是像所谓"白色"那样的一种述词的话,都会接受这个命题。但是沙特并不希望别人只在这种意义下了解这个命题。他把这个命题与无神论联在一起,他说这个命题的意义是指没有任何永恒的本质(即表现为上帝心中的"观念"之永恒本质)是先于事物之存在的。他似乎意指根本就没有什么客观的本质,因为本质是以人类的关切和选择而决定的。

根据海德格的说法,认为沙特所作的只是颠倒柏拉图宣称的命题:即本质先于存在,而这个形而上的观点与他自己的系统也就是与海德格的系统毫无关系。再说,像沙特所了解的这个"存在先于本质"的命题,既不可能为齐克果所接受,也不可能为雅斯培所接受。当然,如果这个命题的意思是说人没有任何决定其行动之先天性而只是表示人是自由的话,那么,它就可以使我们区别存在主义和性格决定论的说法。但是它不能使我们区别存在主义和其他那些也否定定命论的哲学,除非它获得某种更严格的意义。它获得的意义更严格,那么这个命题和存在主义的某种特殊支派之间的关系就越相近。

爱伦(Allen)在他的著作 *Existentialism from Within* 中:把存在主义描写为一种从行动者的立场去从事哲学活动的企图,而不是像平常一般地把存在主义描写为一种从旁观者的立场去从事哲学活动的企图。我想要暂时地考虑一下这种区别会不会帮助我们了解存在主义。

我想,我们可以借助于一些实例很容易地对这个区别的一般本性加以说明。像那些教科书中所表示的,亚里士多德的态度主要的是科学家那种非个人的态度。他是这世界的旁观者,他分析那些可以用上"原因"这两个字的许多不同感觉,他分析那些表现于事物中的基本范畴和不同的生活层次以及心理活动的不同层次。诚然,他时常也表现出另一种态度,尤其是一般通俗作品甚至在某些深奥作品的某些段落中;但是,大部分说来,他是一个非关个人切身问题的分析家和旁观者。他的著作多半是"mind"的代表,而不是具体地表现亚里士多德这整个人,没有涉及那些由于他要形成他生活历程之内在奋斗而产生的个人切身问题。相反的,齐克果之从事哲学活动,是为了解决他个人的切身问题。哲学与生活过程在某种意义下是同时并行的,也就是说前者相应于个人切身问题而产生,齐克果就是置身于这些切身问题之中,而这些切身问题是基于存在层次借选择得到解决,而不仅仅是基于抽象或理论层次得到解决的。他不像一个非关个人切身问题的分析家和旁观者一样的离开这些问题,而是像一个以其整个生命涉身其中的人一样紧紧抓住这些问题；对他来说，这些问题不仅仅是理智上好奇心的对象，而是一些他不能用纯粹超然态度来加以注意的重大问题。他不是旁观者，而是行动者。

但是，虽然在了解亚里士多德的哲学态度和齐克果的哲学态度之间的真正区别方面没有多大的困难，然而，要想确切地界说或描写这种旁观者和行动者之间的区别，也不是太容易的事。我们不能只把它当作一个热烈关切的有关问题。我们可以想象得到，在某种意义下，黑格尔是热烈关切于表现辩证的详细项目的。然而，一般看来，尤其是从齐克果的眼光看来，黑格尔是存在思想家之极端相反者。我们也不容易只借某些问题来界定这种区别，我们可拿人类不朽这个问题来做个例子。一个人可以用一种非常超然的态度来看这个问题。他研究那赞同和反对人类不朽的证明；但是他也许感到，对他个人说来，答案是没有什么重要性的。他完全以考虑纯粹数学或语言学中的问题的同样方法来考虑这问题。但是另一个人可能感到这问题的解决，对他之作为一个个体的人而言是很重要的，并感到他生命的价值以及他道德奋斗是关键所在。在某种意义上说，这问题对这两个人都是一样的。但前者是超然的并采取旁观者的态度，而后者却是非超然的，他置身其中并采取行动者的态度。当然我们可以说没有超然就没有哲学。哲学活动必然地含有对直接经验范围的超离；它含有反省的思考，思想的交流或至少交流的可能性，因此也含有普遍化。就齐克果之从事哲学活动而言，他必须要从存在的层次进到反省的层次，而就这点来说，他也变成了一个旁观者。我觉得这点是无可否认的。但是我们这里涉及的区别不是旁观者和行动者之间的区别；它是一种从旁观者立场去从事哲学活动与从行动者立场去从事哲学活动两者之间的区别。我们现在所涉及的论点是说，存在主义是一种从行动者的立场而不是从旁观者的立场去从事哲学活动的企图。这一点可能含有几个意思。第一，它是说哲学家所思考的问题，对他来说，是一个来自于他作为一个个体的人之自身存在的问题，这种个体的人是自由地决定他自己的命运的。第二，它是说这问题对他是很重要的，因为他是一个人而不仅是偶然环境的产物。

我不能说我满意于对这个区别的解释，但是我不想花费更多的时间来讨论更为精细的区别。我只想问我们能不能说存在主义者是不是真想从行动者的立场去从事哲学活动。

我想，对齐克果和马色尔来说，我们可以说他们都是关涉个人切身问题的思想家，因为他们的反省思想都是来自于他们个人的切身体验，这种个人切身体验使他们获得一种深刻的意义和重要性，并且因为他们两个人主要地都是关涉那些他们自己感到涉身于其中的问题。在齐克果的情形中，我早已说过生活过程与哲学之间的关联。我想,对马色尔而言,他的哲学也确是他自己精神历程的表现,或者说得更正确一点,是他自己精神历程的一部分。

但是,当我们转向雅斯培和沙特时,人本身和哲学之间的关联,就没有同样的明显。我不想暂时假定说这种关联是消失不见的;我似乎觉得,它根本不像在齐克果和马色尔情形中那样明显,尤以前者为然。比方说,系统化因素占有重要的地位,这种重要性在齐克果情形中是没有的。后者是一个具有热情的关系切身问题的思想家,我们只是很难想象他能占有大学里哲学讲座的地位。相反的,亚斯培却很像一位哲学教授。然而,尽管雅斯培和沙特两人的哲学思想之间有着明显的不同,可是我们发现在对人显示人是什么以及人类选择之具体可能性是什么这方面,我们发现他们两人是一致的,他们的目的是要解释和促进真正的选择。因此,即使他们不像齐克果一样的从行动者立场去从事哲学活动,但是他们之关心解释和促进真正选择却表示出他们是关涉者行动者,而不仅以旁观者的理智好奇心为满足。

至于海德格,如果我们从他在《存有与时间》中所明白宣示的意向看来,他的哲学活动似乎是旁观者的哲学活动而不是行动者的哲学活动。因为他所关心的是一种本体论的建造,他要研究和解决"存有"问题或存有的意义问题;同时他坚认他对于人所作的存在的分析是一般本体论问题讨论中的准备阶段。再者,他对真正选择和非真正选择的分析不是想劝任何人以一种特殊方式来从事选择和行动的。因此,如果我们把海德格包括在存在主义者当中,那只是附和一种由于误会和误解而来的传统说法。但是,即使他自称是一个本体论者而不是一个存在主义者,即使我们可以承认这点是他的意向,但是我们很难否认在他主题的选择以及处理它们的方式方面,海德格对他哲学的一般看法供给了充分的理由。我似乎觉得在他身上有一种强将存在主义运动的启示转变为一种本体论研究的力量,并且觉得当这点使我们必须小心仔细地区分他的哲学和亚斯培的哲学时(雅斯培和齐克果具有较密切的关系),这也证明了他的被包括在任何对存在主义思潮的一般研究中。我很怀疑,即使在将来,海德格的辩说是否可以使他脱离存在主义者的阵容。正如我所感到的,更可能的是历史学家们将在海德格哲学中发现一种像在齐克果这种思想家中所发现的存在主义与传统对"存有"所作的本体论之研究联在一起。但是我们可以承认,就从行动者立场从事哲学活动而论,这更属于一般认识的海德格,也就是说属于最有影响力而他自己加以否认的海德格哲学观点,而不属于他自以为是的海德格。

我曾提到雅斯培是关心如何显示人类选择的可能性以及促进真正选择的,我也曾提及海德格哲学中那些使他与存在主义连在一起的主题。因此,我希望省掉对行动者和旁观者之间的区别作更进一步的思考,而希望去探讨一下是否有任何思考的主题或题材可以说是存在主义者所共通的。

人们常常说存在主义者们主要是关心人的。当然，一个批评家能够立刻加以反驳说这句话与事实不符。比方说，这句话与海德格的情形就不符，因为像我们已知道的，海德格重新开始探讨"存有"的意义问题，所以，对他来说，"存有"的本体问题比人的讨论更为重要。人们也可以反驳说这句话也不符合雅斯培的情形，因为雅斯培明白宣称今天的哲学也像以往各时代的哲学一样，也是关涉"存有"的。

而这种批评确应产生：因为它显示许多重要事实，那一般法则亦即所谓存在主义者主要都是关涉于人的这种说法是易于抹杀或隐藏不见的。然而，下述情形仍然是无可否认的，即从使海德格把对于人的存在分析附属于对"存有"之意义的研究，但是在他的哲学中它还是有一种重要而优越的地位而必然引起读者们的注意。而就其被列入存在主义阵容之内而言，就是这种对人的分析证明了把他列入存在主义者之中的合理性。至于雅斯培，虽然在某种意义上说，他哲学的中心问题是超越者的肯定，然而其重要点仍然落在人的选择以及人对他自身可能性或潜能之实现上面。再者，我们可以说马色尔的思想是以人为中心的；诚然，是以关联于别人和上帝之人为中心，但仍然是以人为中心。比方说，马色尔确实不关心于如何分析表现于事物中的最普遍范畴：他不探索古代亚里士多德或近代哈特曼（Hartmann）所进行的那种本体论的思考。海德格也没有。最后，当我们接触沙特和卡缪时，我想，显然的，他们的哲学是以人为中心的。

因此，依我的看法，如果我们认识它是一种受那些随着许多一般法则而来的缺点之影响的一般法则的说，那么，所谓存在主义者主要是关心于人的那种说法是可以承认的。但是，重要的是去了解所谓存在主义者关切着人的这句话是什么意义。首先我们知道，所谓存在主义者关切的是人，并不是把人当作像其他对象一样的来看待的对象，也不能借科学方法来加以研究的。人可以把自己转变为一个对象，并可以把自己看作其他许多合成我们所谓世界并可用科学家非关个人及客观精神而以不同观点来加以研究的事物中的一种东西。比方说，人可以从生物化学家或解剖学家或心理学家或社会学家的观点去研究自己。但是尽管人能把自己客观化，然而他也是主体，这是一个事实，这个事实是从人之能够把自己客观化中表现出来。而存在主义者关切的就是这种作为主体的人。

但是这种可能也有误解的情形。因为说存在主义者关切着作为主体的人这句话的时候，可能暗示着他们是关切着人之自我封闭的自我。而这将要产生一种错误的印象。因为存在主义者们确有他们所共有的看法，就是说他们所关切的主要是《世界中的人》（Man-in-the-World）而不是笛卡儿式的自我封闭的"自我"。关于笛卡儿所谓外界的存在问题以及其他人的存在问题，海德格说，其令人反感的地方不是没有提出可以证明的证据,而是他的认为需要证据这一点(见《存有与时间》第一部一二四页——一二五页)。马色尔坚持"化身"(incarnation),具体化这个事实并集中注意力于开放性的主体之希望和爱情等的精神活动,来避免笛卡儿自封意识与外在世界之间的沟隙。沙特曾说起他的起始点是主体性。

因此,依存在主义者看来,所谓人是指一个具体的个人,不是一个抽象的认识主体。但同时也在一种特殊的面相下去看人,也就是把人看作一个自由的,自我创造和自我超越的主体。

我用"自我创造"和"自我超越"这些字眼,并不是说一个人是在我们说上帝创造有限事物那种意义下使他自己存在的,也不是说他能超出他自身皮肉之外而变成某种他自身以外的东西。人是在这种意义下创造他自己的,即他完全凭借他自己的自由,他自己的选择。而人也在这种意义之下超越他自己的,即是说,只要他是活着的时候,他就不能被视为与他的过去是同一的。由于自由的运用,他超越过去,超越那早已造成的东西。诚然,我们也可以说一棵树也超越它的过去,因为树也在发展和变化。但是就树的情形来说,它的过去以及树木本身所控制不到的其他因素共同决定它的未来。在某种意义上说,它的未来早已决定了的,但是人是可以自由地超越他的过去的重负的。

但是,如果我们认为存在主义者只像生理学家对人从事科学分析一样,对自由人作学术性的分析的话,这将是一个错误。我们之所以说明人的自由及其所含的各种意义,其目的是促进真正的选择。齐克果所注意的是作为一个存在的个体到底是什么意义,尤其注意所谓作为一个基督徒是什么意义。而他之所以如此,其目的是明了和便于选择。一个人是不是随众漂流而不应被视作一个存在的个体或者说他是不是借其自由肯定而成为他目下的情形,乃是一个只能以存在的方式而回答的问题,就是说,只能借其自由选择而问答的问题;没有任何理论工作或纯粹理智辩证的工作可以代替"选择"的。依齐克果的意见,认为可以代替的想法乃是绝对唯心论者的主要错误之一。但是,虽然理论工作不能解决人的存在问题;然而,反省思维却能够解释并便于选择。再者,根据雅斯培的看法,作为一般理论的存在主义乃是存在哲学的死亡。哲学家的任务不是告诉我们一种世界观。哲学家应该使人知道各种选择的可能性并表示出真正的选择是什么。的确,如果没有反省的思维,如果没有用普遍名词来表达的分析和叙述,便不可能有哲学;便同时哲学的目的说明人生以便从事个人所必须为他自己而作的决定和选择。如果我们从雅斯培这种有神论者转到沙特和卡缪这种无神论者,我们也发现类似的态度。因为作为哲学家的沙特,是不能决定一套普遍有效的客观价值的,他也不能告诉我们道德的选择应该是什么。但是他可以使我们明白某种选择的必然性,选择的本性以及真正选择和非真正选择之间的区别,因此我们可以知道我们将是什么人并且可以头脑清楚地从事行为。卡缪不会认为哲学家是处在一种规定个人如何在一个荒谬不可解的世界中从事行为和活动的地位中，他能够使一个人注意到这个世界的本性以及选择和行为的各种可能性。

我必须承认，如果我们重视一个哲学家替他自己的意向说话的话，那么，所谓存在主义者从事于促进真正自由的运用这种说法，却不能适用于海德格的。因为，虽然海德格在真正存在与非真正存在之间作一区别，虽然他被解释为有意促进前者，然而他曾断言这个区别纯是一个分析问题，并断言他根本不是从事说教工作。所以，如果有人坚持要把我刚才关于一般存在主义者所说话应用于海德格的话，那就会曲解他的思想。这样做的唯一理由（如果它是理由的话）如下：如果你愿意的话，你可以说，发挥最广泛影响力的就是这位作为存在主义者的海德格，这位被误解的海德格。在其有效的影响力方面，他的哲学已超出作者自己所宣称的意向之外。

但是，除了这些保留之外，我们可以说，一般说起来，存在主义是在一个特别历史时期中，自由人对抗一切威胁着或看来威胁着他作为存在主体之独特地位所采取的形式，也就是说他虽然是这世界中的一物因而是自然中的一部分，但同时也是从自然中脱颖而出的自由主体。在哲学中我们时常发现一种只把人当作"对象"，当作物质世界中一分子的趋势，尽可能把他变为这世界中每一其他对象的层次，并且解释以除去自由的意识。但是我们也发现这个趋势为一种相反的肯定所抵消，这相反的肯定不仅仅是一种断言而已，因为它要我们注意人之被抹杀或忽略的许多面相。法国哲学中的"唯心论"运动，可以说构成一种唯物论和决定论之相反的主张，并具体表现出自由人对他自己的重新肯定。但是，不仅是唯物论有吞没自由人的危险，绝对唯心论似乎也有这种可能。而这个题目特别与齐克果的情形有关。由于他的大学教育环境的关系，使他以为所谓哲学主要是指黑格尔系统；他反对黑格尔把"观念"（idea）或"绝对"抬到最高地位而牺牲个体，并反对黑格尔之坚持对立者的辩证综合。齐克果认为重要的是个体，如果说个体努力运用思想来剥夺自己的个性并没入于普遍意识或普遍理性之中，那简直是可笑的。绝对唯心论可以是作为研究对象的哲学，也可以是教授拿来讲解的哲学；但它不是与人生存在问题有密切关系的哲学。在绝对唯心论中，我们发现普遍者占着绝对支配性的地位，并发现一种藉那表现心理能力和创造力却毫不重视存在现实之智理上的技巧品，显然地超越那些明确对立者的企图。齐克果不断攻击那种把个体没入于集体或普遍者之中的企图，并不断强调变得更个体性之需要。根据他的看法，我们这个时代的特殊罪恶正是个体之不被重视。"每个时代都有其特有的堕落。我们这个堕落也许不是追求快乐或沉湎感官享受，而是对个人之一种不道德的泛神论的蔑视。"（*Concluding Unscientific Postscript*，p. 317）

当然，在现时代中，个体之被淹没，采取了绝对唯心论以外的其他方式。比方说，我们现在还看到那走向政治和社会集体主义以及强调对团体的服务而减少个人责任和对个人评价的强大趋势。存在主义，在其某些方式中，可以视为在面对这一强大趋势中一种对自由个体之重新肯定。当然，这是马克思主义者曾将沙特存在主义视作没落资产阶级的哲学，一种过时个人主义之最后挣扎的一个理由。再者，由于存在主义之强调个体，强调自由主体，所以，存在主义也是对现代文明中把个体转变为像纳税人、投票者、公仆、工程师、工会会员等社会机能或许多机能之一般趋势的反抗。马色尔曾特别对这一方面加以研究，他认为人类这种走向机能化的趋势，含有一种人类的堕落。所以，一般说来，我们可以说，存在主义代表自由人对集体或任何非人化趋势之反抗的重新肯定，在这方面说，它接近于个人主义。

在古代世界中，我们发现人们仰赖哲学作为一种生活方式，作为行为和信仰中之合理的引导。当然，我的意思不是说很多人转向哲学以求道德上的引导和宗教信仰。严肃的哲学很少是一种通俗消遣；而在任何时代，对哲学家们加以注意的人数是相当有限的。但是，即使早在希腊思想时代，我们就发现那种仰赖哲学以追求一种生活方式的趋势：我们只要想一想毕达哥拉斯"乐园"的情形，就可以知道。而在希腊罗马时期，我们发现这个趋势以斯多噶哲学和新柏拉图哲学的方式出现。前者提供一种为合理论证所支持的道德学说，后者在伦理教训之外，提供一种对世界和人生的一种深刻宗教观。

在中世纪时，情形就完全不同。基督教提供拯救之道，同时，不论人们实行不实行，人们都接受基督教的道德律以作为道德活动的规范。因此，哲学便渐渐成为纯粹学院的探讨，成为一种大学教授与他们学生们的事情。我并不是说经常如此以及只有这种情形存在；但是由于一般环境的关系，很自然的，中世纪的人不要在基督教神学和基督教道德和制欲教训之外去寻求。

但是，现代欧洲不是中世纪时代的欧洲。对基督教的信仰已经衰微了，而如尼采所说的，接着来的对基督教价值和基督教道德教训之绝对性和普遍可用性之怀疑。同时，现在我们比上一个世纪更清楚地了解我们不能希望科学为我们带来一种道德或宗教信仰。而毫不惊奇的是，至少有些人要仰赖哲学给他们提供他们所认为基督教和科学都不能给予他们的东西。不管我们是否认为存在主义满足这个需要，但是我觉得，它是各种想要这样做的哲学中的一个。

既然，像我们所知道的，存在主义特别强调自由的个人。我认为这种强调与我刚才所讨论的题目有关。

很多人发现他们很难相信上帝。有些人似乎感到上帝的不在而不感到上帝的存在。即使上帝存在，他也似乎在隐藏自己而不是显露自己。即使那些不打算说"上帝已死"或上帝观念已失去一切意义的人们，也可能感到人生和历史是在某种方式下与神相疏离的。在另一方面，虽然物质宇宙的存在是很明显的，虽然它的本性不断为自然科学显示出来，然而在某种意义上说，它是与人完全相反的，因为它无关于人的理想，希望和奋斗。它不是较早时期以地球为中心实亦以人类为中心的宇宙，而是一个人生和历史在其中表现为过渡性和偶因事件之更广大的世界。然而，如果那显然与上帝相离并置身于一个陌生世界中的人转而追求人类社会之确保的话，他就会发现一个被撕裂的社会，一个分裂而骚乱的社会。他看到一些威胁着作为自由个体的他并尽力使他屈服于压倒一切甚至支配人类心灵之暴虐的势力，而这不只是共产世界和民主世界之间的鸿沟问题而已。在民主世界本身中，不但有不同的信仰，不同的道德标准，不同的政治观念和目标，而且像我们所了解的一样，也有各种威胁着社会结构而使其崩溃的势力。人很难在自由社会中和社会传统中对那些在信仰、价值和行为方面困扰着他的各种问题，发现一个确定的答案。旧的传统似乎在动摇中，甚至在家庭中也可能显示出各种不同的忠诚。尤其是，个人已经不了解自己了。比方说，有人告诉他，他的意识生活是潜藏的下意识冲动、刺激、欲望的表现，而自我当其面对意识存在时，可能表现为不完整的。人必须去行动，但行动的目标和准则却是不明的。如果上帝存在，上帝也是隐藏不现的，物质宇宙是无关重要的，社会是分化的并且永远濒临深渊的边缘，人觉得他自己是一个不可解的谜，并且在自身中找不到任何最后的保障。他被描写为疏离的人，或疏离状态中的人。存在主义者的意向似乎特别是对这种被引导回到自己、但不能在自身中发现那些包围着他许多问题的答案之疏离的个人。比方如，雅斯培试图表示甚至在面对所有世俗希望和理想的破灭时，人如何还能肯定他与"超越者"（the transcendent）的关系。他所宣说的对象，与其说是信仰基督教的人，不如说是失去任何确定教条信仰的人。在另一方面，沙特是向那些认为"上帝已死"的人宣说他的哲学的。他是向那些不相信上帝，不相信任何绝对普遍必然道德律的人说话的，向那被引导回到自己但仍须在这个世界上从事活动和行为的个人说话的。卡缪是向那觉得世界为荒谬的人说话，是向那觉得人类历史和存在没有任何固定意义或目的但仍然面对在这个荒谬世界中从事活动问题的人说话。的确，这里海德格又是一个例外。因为，就其从事本体论的探讨和分析而论，我们可以说他是以我们所谓哲学分析中一种学院式的兴趣为哲学教授们和学生们而从事著作的。但是影响最大的海德格无疑是把人描写为"被抛入"这个世界，并面对一个被宣称上帝已"不在"的世界中真正存在与非真正存在之间的选择者的哲学家。

选自《当代哲学》，陈鼓应译

论先锋派①

[法国]尤奈斯库

看来,我是一个先锋派的剧作家了。因为既然我在这里,在这里参加先锋派戏剧的讨论会,我甚至觉得这是不可待言的,这完全是一次正式的会议。

现在,我们要问:先锋派到底是什么意思呢? 我并不是个戏剧学的博士,也不是艺术哲学的博士,只勉勉强强算作是一个人们所说的那种戏剧家。

如果我还能够对戏剧有一些看法,那么它们也特别是指我个人的戏剧而言的,因为这些看法是从我自己的创作经验中产生出来的。与其说它们是能起规范作用的,还不如说它们是描述性的。当然,我是希望我的那些规则同其他的人也应当是有关系的,因为"我们"是由大家一个个的人所组成的。

但是不管怎么说,我自认为是我自己所发现的那些戏剧规律只是暂时的,它们是不断运动的。它们随着艺术创作的激情而来,自生自灭。我还能够写出一部新的剧本,我的观点也可以完全改变。有时,我不得不自相矛盾,连自己也不知道是否还持原来的观点。

我仍然希望我自觉地或者本能地所依靠的几个根本原则不至于改变。那么,我再一次能够对你们讲的,仍然是一种完全是个人的经验。

但是,为了不至于犯太大的错误,我在到这里来以前,仍然是搜集了一些资料的。我打开了我的《拉鲁斯词典》,查了"先锋"这个词。我看到,所谓"先锋"是指"一支武装力量——陆军、海军或空军——的先头部队,其任务是为(这支武装力量)进入行动做准备"。

这样,以此类推,戏剧中的所谓先锋派应当是由进行突击的作家——有时还有进行突击的导演——的一个小组所组成的。在他们的后面,隔开一段距离,跟着是演员、作家和鼓动者们所组成的大部分。类推法可能是成立的,这就像阿尔贝雷斯继许多人之后,在他的一本题为《二十世纪的智力冒险》中所证实的那样:"由于一种从来也没有人想去加以解释(确实,要解释似乎也是很困难的)的现象,在我们这个世纪里,文学(当然,也包括艺术)的敏感性总是先于各个历史

---

① 本文是作者 1959 年 6 月在国际戏剧学会主办的赫尔辛基先锋派戏剧讨论会开幕式上的演说。

事件，后者对前者进一步作了肯定。"的确，波德莱尔、卡夫卡、皮兰德娄（"他拆开了社会、家庭和其他方面的崇高感情的结构"）和陀思妥耶夫斯基都被公正地认为是先锋作家。

因此，先锋派就应当是艺术和文化的一种先驱的现象，从这个词的字面上来讲是说得通的。它应当是一种前风格，是先知，是一种变化的方向，……这种变化终将被接受，并且真正地改变一切。这就是说，从总的方面来说，只有在先锋派取得成功以后，只有在先锋派的作家和艺术家有人跟随以后，只有在这些作家和艺术家创造出一种占支配地位的学派、一种能够被接受的文化风格并且能征服一个时代的时候，先锋派才有可能事后被承认。所以，只有在一种先锋派已经不复存在，只有在它已经变成后锋派的时候，只有在它已被"大部队"的其他部分赶上甚至超过的时候，人们才可能意识到曾经有过先锋派。这是一支向何处去的"大部队"呢？

我倾向于用"反对"、"决裂"这样的词来给先锋派下定义。当大部分作家、艺术家和思想家自以为他们是适合时代的时候，反叛作家已经意识到要反对时代了。事实上，各种思想家、艺术家或者重要人士，在某种时候，只是赞同一些僵化的形式。他们还以为是越来越牢固地安居于思想、艺术和任何一种社会秩序之中呢，他们认为是现实的东西，其实早已经开始动摇了，出现了一些裂缝，不过他们没有怀疑过罢了。事实上，迫于形势，一种制度建立之日，已是它过时之时。当一种表达形式被认识时，那它已经陈旧了。一件事情一旦说定，那就已经结束了，现实已经超过它了。它已是一个僵化的想法。一种表达方式——同样的，一种存在方式——一旦被接受或者简单地被允许，那它就已经是不能允许的了。一个先锋派的人就如同是国家内部的一个敌人，他发奋要使它解体，起来反叛它，因为一种表达形式一经确立之后，就像是一种制度似的，也是一种压迫的形式。先锋派的人是现存体系的反对者。他是现有东西的一个批评者，是现在的批评者，——而不是它的辩护士。批评过去是容易的，特别是在当局鼓励您或者容许您这样做的时候，那只是事物现状的一种固化，僵化的一种圣化，在暴政面前的卑躬屈膝，笔法的因循守旧。

但是，让我们把我们的话限制在一定的范围里。我明显地觉得我没有把问题说清楚。的确，先锋派这个词有几个意思。因此，它可以完全简单地被认为是与艺术戏剧近似的。所谓艺术戏剧，是指一种比特别是在法国被人们称作是戏剧的东西，比通俗喜剧更加文学化、更加讲究、更加大胆的戏剧。乔治·皮尔芒的看法好像就是这样，他在他1946年所出版的戏剧选中，把作家分成两类：一类是通俗喜剧，其中有罗贝尔·德·弗莱尔、弗朗索瓦·德·居雷尔，等等；另一类是先锋派，其中有克洛德-安德列·皮热、帕瑟、让·阿努伊、吉罗杜，等等，今天回过头去一看，觉得是相当有趣的，这些作家差不多都变成经典的作家了。但是，莫里斯·多内在他那个时候，还有马塔耶，也都是先锋派作家，因为他们表现出一种决裂，一种新的东西，一种反对。最后，他们加入了传统戏剧，这就是一切先锋派的归宿。无论如何，他们曾经代表了一种反对，其证据就是，这些作家在开始时受到批评界的激烈批评，批评界对他们的反对加以反对。当现实主义是戏剧生活中最通常的表现并变得过分时，先锋派作家的反对可以是对现实主义的一种对抗；而当象征主义变得过分、专横并不再体现现实的时候，先锋派可以是对某种象征主义的反对。不管怎样，被人们称之为先锋派戏剧或者新戏剧的东西，它作为一种在正式戏剧之外被承认的戏剧或者说被普遍承认的戏剧，就是这样的一种戏剧，它好像通过它的表达、探索和困难，有着一种高级的要求。

既然它的特征是由它的要求和它的困难所构成的，那么非常明显的是，它在被融合和变得易懂之前，就只能是少数人的戏剧。先锋派戏剧，或者干脆说一切新的艺术和戏剧，都是不通俗的。

一切革新的尝试受到来自各方面的因循守旧和精神上的惰性所反对，这也是必然的。很明显，并不是要一个剧作家变得不通俗，但也不是要他变得通俗。他的努力，他的创作，是应把这些一时的评论置之度外的。或者是这种戏剧永远不通俗，不被承认，那么他也就什么都没有干；或者是他的作品变得通俗了，由于环境的变化，经过了一段时间，很自然地为大多数人所承认。

今天，大家都懂得物理学和几何学的基本定律了，而这些学科在它们开始的时候，肯定是只有一些学者才能够理解的，它们从来也没有想到要把几何学和物理学变得通俗。人们肯定也不能指责他们只是在局限于一定范围的某种社会等级内表述真理，因为他们所表述的是不容置疑的客观真理。要去论述在科学和艺术之间可能存在的相似的问题，那不是我们的事。我们还都知道，在精神的这两个领域，不同是比相似来得更大的。然而，每个新的作家正是以真理的名义，去考虑战斗的。布瓦洛企图表达真理，雨果在他的《克伦威尔》的序言里，认为浪漫主义艺术是比古典主义真理更加真实和更加复杂的。现实主义和自然主义同样也企图扩展真实的范围，并揭示出新的、尚未被认识的方面。象征主义以及晚些时候的超现实主义，也同样想发现和表现隐藏着的真实。

因此，向一个作家所提出的问题，就是简简单单地让他发现真理，并且把它们讲出来。至于讲的方式，那自然是出乎意料的，因为对他来说，这讲本身就是真理。他只是为了他自己而讲出来，他是在为他自己讲的时候，才也为其他人讲的。绝不会是相反的情况。

如果我不惜一切代价，想写一些通俗的戏剧，那么我就得去冒这样的风险，那就是转述一些并不是由我个人所发现的真理，有人在别处已经向我转述了这些真理，我的已是第二手资料了。艺术家既不是教育家，也不是煽动家。戏剧创作是为了要回答精神的一种需要，这种需要的本身就够了。一棵树就是一棵树，它要成为一棵树，用不着得到我的许可。这棵树不会产生是不是这样一棵树的问题，不会产生让人承认它是棵树的问题。它不去进行自我表白。它存在着，并用它的存在本身来自我表现。它不企求得到理解。它不去赋予自己一种更易于被理解的形式，否则，它就不成其为一棵树了。它本身就是对什么是一棵树的解释。同样的，艺术作品存在于自身之中，我构思的完全是一种没有观众的戏剧。观众是自己来的，正像他们知道把树叫作树一样，认出了这是戏剧。

贝朗热的歌曲要比韩波的诗歌通俗得多，后者在当时是被认为完全不能理解的。难道因此就应当排斥韩波派的诗歌呢？欧仁·苏是非常通俗的，普鲁斯特就不是那样。他没有被理解。他不是"对所有的人"讲话的。他只是简单地贡献出他的真理，而它对文学和思想的发展却是很有益的。难道应当禁止普鲁斯特写作而仅仅推荐欧仁·苏吗？今天看来，是普鲁斯特的作品更富于真理，而欧仁·苏的作品却是空虚的。值得庆幸的是，当时没有人使用权限禁止普鲁斯特用普鲁斯特的语言进行写作。

一种景象只能用适合于它的表现手段去表达，以致它就是这种表现本身，是唯一的。

但是，通俗的东西有好有坏。有人认为"通俗"戏剧是一种为知识上贫乏的人而写的戏剧，那是不正确的。我们有一种教育的或者教训的戏剧，它是一种感化的、初级的（不是原始的，那是另一回事）戏剧，是一种政治或者一种思想意识的工具，这种戏剧起到双重的作用，即进行一些既顺从大流又毫无益处的重复。

一个艺术作品（因此，一个戏剧作品也是一样的）应当是一种真正的、最初的直观，它由于艺术家的才能和天赋不同，尽管在深度上和广度上是不一样的，但总是一种由其本身决定的最初的直观。然而，为了使得它能够产生和形成，就得让想象力去自由地驰骋，把别人的看法和次要的因素置之度外，例如作品的命运啦，它的名声啦，是否应当体现一种思想意识啦，等等。在想象力的发展中，各种涵义会自己出现，有一些有说服力，另一些则不那么令人信服。就我个人而言，我真是一点也不明白，有人怎么能够抱这样的奢望；怎么能够对所有的人讲话，怎么能得到观众的一致赞同。而在同一个等级的人里，比如这样说，一些人喜欢草莓，另一些人则爱吃干酪，有些人头痛时服用阿司匹林，还有些人胃疼时则爱用铋剂。不管怎样，我是不会因为观众是否赞同的问题而有所焦急的。或者，是的……可能……剧本一旦写成，我就要设法把它弄出去。至于他们赞同与否，那都是极为自然的事。可以肯定的是，人们从来是不能为所有的人而写作的。或者，最多不过是为大多数人而写，而在这种情况下，人们只能写一些蛊惑人心的戏剧,写一些落入俗套的戏剧。当人们想对所有的人讲话时,那实际上就是不对任何人讲,因为一般地说,那些使所有的人感兴趣的东西,就很少能够使每一个具体的人感兴趣了。况且,由于一件艺术作品本身就是一件新的东西,所以它是咄咄逼人的,本能的咄咄逼人的。它冒犯观众,冒犯大部分观众,它以奇特使观众感到愤慨,奇特本身就是一件令人愤慨的事。它不能是别的情况,因为它没有走老路,而是在荒野上单独另辟了一条新径。正是从这个意义上说,我前面才讲一件艺术作品不会是通俗的。但是,从表面上看来,新的艺术不是通俗的,这倒不是由于它的本质所造成的,而是因为它的出现是出人意料之外的。所谓通俗的戏剧,在实际上是更加不通俗的戏剧。它是从上而下,傲慢地强加下来的一种戏剧,是由领导的"显贵"所强加下来的,是由一类里手强加下来的,他们事先就知道——或者自认为知道——人民需要什么,甚至只把他们所希望人民需要的东西强加下来,让人民只能思考他们所思考的东西。不合常情的是,由于自由的艺术作品在它奇特的外表之上所具有的个人主义的性质,就使它成为唯一的是从人们的内心涌现出来的、透过人们内心的作品,唯一的真正能够表现"人民"的作品。

有人说戏剧正处在危险、危机之中,这有几方面的原因。有时,人们要剧作家去宣传和捍卫各种神学,因此他们是不自由的,人们强迫他们只能捍卫、攻击、阐明这个或者那个。他们不是些卫士,光是些棋子而已。在别的地方,束缚戏剧不是各种体系,而是习俗、恐怖、僵化的精神上的习惯和一些规定。当戏剧能够在思想上有最大自由的地方,是想象力最为活跃的地方时,那它就变成一种僵化的习俗的体系(称之为现实主义也罢,不称之为现实主义也罢)的最大约束了。人们害怕有太多的幽默(幽默,就是自由)。人们害怕思想自由,也害怕一种过于悲剧化的或者绝望的作品。乐观主义和希望是必不可少的,违者处死。有时,人们把这样的东西称之为荒诞,因为它揭露了一种语言的可笑的特点,它是没有实质内容的、枯燥无味的、由陈词滥调和标语口号所构成的;因为它揭露了事先就知道的戏剧行动。但是我,我要让一只乌龟出现在舞台上,让它变成帽子,变成歌曲,变成古代的胸甲骑兵,变成泉水。人们在剧中要敢想,这里是人们最不敢想的地方。

除了对机器房的技术可能性要有所限制之外,我不主张别的还有什么限制。人们将会说我写的是杂耍歌舞,写的是杂技。好极了,让我们和杂技合为一体吧!人们可以指责作家过于专横,但是想象力可不是专横的,它是一位启示者。如果没有思想自由的完全保证,作家就不能成其为作家,他就不能讲出一些别人还没有讲过的东西。至于我,我给自己作了规定,除了我的想象力的法则以外,别的什么法则也不承信;而既然想象力是有法则的,那么这又是一个新的证明,证明了想象力终究不是专横的。

有人说,人的特征就是他是会笑的动物;他尤其是有创造能力的动物。他把一些本来在世界中不存在的事物引起世界里来,例如:庙宇、兔棚、两轮车、火车头、交响乐、诗歌、主教座堂、香烟,等等。常常,驱使创造所有这些事物的那种实用价值只是个借口而已。活着有什么用呢? 就是为了活着。一朵花有什么用呢? 就是一朵花。一座庙宇、一个主教座堂有什么用呢? 是为了保护教徒吗? 我觉得不是的,既然庙宇已经改作他用,而人们却继续在仰慕着。庙宇是为了向我们显示建筑术的法则而服务的,而且这些法则可能正是我们的精神所显示出来的世界建筑术的法则,既然精神已经把它们认出来了。但是,戏剧如果缺少胆量,那就会自我消灭的。看来,人们并不懂得人们所创造的世界不能是假的。只有在我想写真实并只限于真实时,它才是假的,因而写的是虚假的真实。当我创造时,当我想象时,我才意识到那是真实的。没有什么比想象的结构更为明显和"合乎逻辑"的了。我甚至还可以说正是世界使我觉得它是不合理的,它变得不合理了,为我的理智所不容。只是在我的精神里,我重新找到了我一直努力使我的精神重新适应,使我的精神服从的法则。但是,这已经超过我们今天所要谈的了。

当一个作家写一部作品,比如说一部剧本,我们可以说他是清楚地或者模糊地感觉到他在进行一场战斗,如果他有什么东西要讲出来,那不是因为其他人把这件事情还没有讲明白,就是因为人们不知道怎样讲明白,他要讲点新的东西。要不然,他为什么要写作呢? 讲出他所要讲的东西,让人们接受他的世界,这本身就是战斗。一棵树要生长,就必须克服物质上的障碍。对于一个作家来说,这个物质,那是已经做了的,已经讲了的。更确切地说,他之所以写作,并不是为了赞成或者反对某件事情,他是不管这些事情的。正是从这个意义上讲,每个艺术家虽然力量有大有小,但都是一个革命者。如果他模仿,如果他抄袭,如果他只是举些例子加以说明,那他就是微不足道的。因此,好像诗人都是反对一种传统的(由于他们自身的存在,这种斗争常常是不由自主的)。

然而,如果诗人觉得语言不再能够写出真实,不再能够表达出一种真理时,他们就还要努力以一种更加激烈、更加雄辩、更加清楚、更加准确、更加合适的方式,把真实写出来,最好地表达出来。在这方面,他们努力回到已经过时的传统上去,把它现代化,使它重新获得生命。一个先锋派的剧作家可以觉得(无论如何,他有此愿望)他的戏剧比他周围那些人的写得好。因此,他的活动是一次真正的回到源头去的尝试。什么源头? 戏剧的源头。回到戏剧的内在模式上去,人们重新找到戏剧性的人物和永久而深刻的形式。

帕斯卡尔①自己找到了几何学的原理;少年时的莫扎特就自己发现了音乐的基础。当然,只有很少的艺术家才能同这两位巨人相比。然而,我觉得肯定的是,人们虽然雄辩地称某种东西为天生的戏剧,但是如果不能再对它进行一点创造,那么人们也就不能拥有它。看来,我差不多还可以肯定的是,如果所有的图书馆和博物馆在一次巨大的地壳激变中全部沉没,那么幸免于难的人迟早总会重新发现绘画、音乐和戏剧的,因为它们具有一些作用,这些作用与人的呼吸一样都是自然的、不可缺少的和本能的。那些没有发现(即便是一点点)戏剧的作用的人,因此也就不是块搞戏剧的料子。而为了能够有所发现,可能就必须要有某种的无知,某种的天真,一种从上述的天真中所产生出来的胆量,但是这种天真并不是头脑简单,这种无知并不是要取消知识,它只是吸收知识,把知识加以更新。艺术作品不是没有见解的。但是既然艺术作品是生活及其表现,那么这些见解就是从生活中来的,并不是艺术作品能产生出一些思想。相矛盾的是,新的作家正是那些竭力返回到最老的东西中去的人。这些最老的东西是,在一种要更加清楚、更加朴实、更加纯戏剧化的戏剧作品中的新的语言和主题;寻求传统,但拒绝传统主义;概括知识和创造、真实和想象、个别和普遍,——或者像人们今天所说的,个人和集体;脱离阶级,超阶级的表现手法。在说出萦绕在我脑际的一些其他的念头时,我表达了我最深刻的人道主义,超越了一切阶级的和各种心理的樊篱,自发地赶上了所有的人。我表达了我的孤独,同所有人的孤独聚在一起;我活着的快乐或者生存的奇怪心情也是所有的人都有的,——如果说现在所有的人都拒绝从其中看清自己的话。像爱尔兰作家布伦丹·贝汉的一个剧本《马丁的顾客》就是从作家独特的经验——监狱——中产生出来的。不过,我却觉得我同它是有关的,因为剧本使这个监狱变成了所有的监狱,使它变成了全世界,使它变成了所有的社会。很明显,在这座英国的监狱里,有些囚犯,也有些看守。因此,就有奴隶和主人、统治者和被统治者。一些人和另一些人被关在同一堵围墙里。囚犯们仇视他们的看守,看守们鄙视他们的囚犯。但是,囚犯们之间也互相厌恶;看守们之间也不能相互了解。如果在看守们和囚犯们之间发生一次简单的冲突,如果剧本只局限于写这场非常明显的冲突,那就没有什么新的、深刻的、富有揭示性的东西,只是写了一个粗浅的、过分简单的事实。但是通过这个剧本,贝汉让我们看清了更加复杂的现实。在这座监狱里,一个人要被处决了。将被处决的犯人没有在舞台上出现。但他在我们的意识中出现了,使我们在思想上极难摆脱掉。这就是剧中的主人公。或者更正确地说,这个主人公就是死亡。看守和囚犯共同感觉到这个死亡。作品深刻的人道主义就在于大家

———————————

① 布莱斯·帕斯卡尔(1623—1662),法国数学家、物理学家、哲学家和作家。

的，超越于看守和囚犯的区别之上的这种烦扰、这种可怕的相通的苦恼。这是一种超越于各种隔离之上的相通，一种几乎是无意识的友爱，但是作家让我们意识到了。所有的人本质上的一致，被他向我们揭示出来了。这可以帮助一切敌对的营垒互相靠近。确实，我们突然觉得囚犯们和看守们都是要死的，一个问题超过了其他所有的问题，这个问题使他们团结在一起，支配着他们。这就是一部通俗的戏剧，写了在同一个苦恼中的相通。这是一部旧戏，因为它涉及的是一个基本的和永久的问题；但这又是一部新戏，是一部局限在一个地方的戏，因为讲的是一个特定国家历史上现在的某个时刻的监狱。

本世纪初，特别是将近20年代时，在精神和人类活动的各个领域，曾出现过一个广泛的全世界的先锋派运动。在我们的智力习惯上发生了一次动荡。从克莱①到毕加索，从马蒂斯②到蒙德里安③，从主体派到抽象派的现代绘画，都表现了这次动荡、这次革命。它也出现在音乐和电影中，它还征服了建筑。哲学和心理学发生了根本的变化，科学（我谈这些是不够资格的）给我们描绘了世界的新景象。一种新的风格被创造出来并继续发展。这个时代的特点是有着统一的风格——综合了多种风格——，它相应地在建筑和诗歌、数学和音乐中都有明显的体现。比如，在凡尔赛的城堡和笛卡儿的思想中，就存在着本质的统一。从安德烈·布勒东到马雅可夫斯基、从马里内蒂④到特里斯唐·查拉或者阿波里奈的整个文学和戏剧，从印象派的戏剧到超现实主义、直到福克纳和多斯·帕索斯⑤的新近的小说，特别是纳塔丽·萨罗特和米歇尔·比托尔的最新的小说，都加入了这场更新的潮流。但是整个文学上的这些活动没有变成一种运动，而在戏剧方面好像在1930年就停止了。现在，最落后的就是戏剧了。先锋派的活动即使没有在整个文学中停止的话，那么至少在戏剧中是停止了。各种的战争、革命、纳粹主义、其他形式的暴政、教条主义，以及在其他国家中的因循守旧的僵化，现在都阻止了先锋派的发展，应当继续发展下去。至于我，我希望成为那些力图使这场运动重新发展起来的普通的创造者当中的一个。确实，这个被抛弃了的先锋派并没有过时，但它被埋葬了，老的戏剧形式又反动地卷土重来，它们有时还居然自称是新的形式呢。现在的戏剧不是我们这个时代的，它表现了一种陈旧的心理学、一种通俗的结构、一种因循守旧的审慎，以及一种现实主义——它可以说它自己不是习俗的，实际上确是如此的，它屈服于一些威胁着艺术家的

① 克莱（1879—1940），德国画家。
② 马蒂斯（1869—1954），法国画家。
③ 蒙德里安（1872—1944），荷兰画家。
④ 马里内蒂（1876—1944），意大利作家。
⑤ 多斯·帕索斯（1986—1970），美国作家。

教条。

法国电影的青年一代要比戏剧的同行们先进得多。青年一代的电影工作者是在影片资料馆和电影俱乐部里培养出来的,他们是在那里接受的教育。在那里,他们看了艺术影片、古典影片、先锋派的影片、非商业影片、非通俗影片,它们由于其非商业性质,通常是从来不在大礼堂里演的,即使在那里演也只是演一个很短的时期。

戏剧还需要(但是对它来说,也是更加困难的)这些试验的场所、这些试验的礼堂,以便逃避浅薄的公众。唉,在某些国家,还有一个危险,还有一个逃脱不掉的祸害,那就是老板。他们在那里就像些暴君。戏要卖座;而要能卖座,就必须砍掉一切大胆的地方,砍掉一切有创造精神的地方,只有这样才能不惊动任何人。有个老板要我改写我的各个剧本,让它们变得可以理解些。我问他有什么权利干预我剧本的结构问题,因为它只应当同我有关,只应当同我的导演有关。我觉得他虽然出钱演戏,但这并不能使他拥有一个对我的作品发号施令、进行修改的充分的理由。他对我宣称他是代表观众的。我回答他说,我们正是要对观众,也就是说对他,对他这个老板,作斗争呢。对他作斗争,或者不把他当回事。

我们需要一个自由的国家,这个国家对思想和艺术开放,它相信它们的存在是必要的,相信必须要有一些实验场所。一种发明或者科学理论在得到推广之前,总是要在实验场所里进行准备、试验和思考的。我要求剧作家能得到像学者一样进行他们的试验的可能。人们不能说,一项科学发现因此就是不通俗的。我不相信从我内心的深处所产生出的一些精神现实会是不通俗的。卖座率高,并不见得总是通俗的。诗人的高贵并不像一个社会等级的虚假的高贵那样是一种虚假的高贵。在法国,我们有一些引人入胜的作家,如让·热奈、贝克特、沃蒂埃、皮歇特、舍阿代、奥迪贝尔蒂、盖尔德罗德、阿达莫夫、乔治·内弗,他们在继续写作,反对季洛杜派、阿努依派、让-雅克·贝尔纳派,等等。他们还仅仅构成一些起点,预示着一种生动而自由的戏剧有可能发展起来。

所谓先锋派,就是自由。

选自《法国作家论文学》,李化译,生活·读书·新知三联书店,1984

现代主义的城市

[英国]马尔科姆·布雷德伯里

19世纪末兴起,并发展到今天的实验性现代主义文学,从许多方面来看都是城市的艺术,尤其是多语种城市的艺术。由于各种历史的原因,这些城市十分活跃,享有思想文化交流中心的盛名。其中有些既是文化都城,又是政治首府。在这些遍及欧洲的城市中,出现了新思潮、新艺术的热烈氛围,不仅吸引了本国年轻的作家和一些未来的作家,也吸引了外国的艺术家、文学旅行者和流亡者。在这些拥有咖啡馆、卡巴莱、刊物、出版商和美术馆的城市中,新的美学观点脱颖而出;几代人争论不休,各种运动竞争不已。一切新的形式和新的目标无不经过艰苦的奋战。当我们想到现代主义时,我们就不能不想到城市环境,不能不想到那些新的思想和运动,新的哲学和政治。它们波及各座城市:从世纪初到第一次世界大战早期的柏林、维也纳、莫斯科和圣彼得堡,战前的伦敦,大战期间的苏黎世、纽约、芝加哥,以及各个时期的巴黎。

当然,这些城市并不只是偶然会聚的地方。它们是新艺术产生的环境,知识界活动的中心,的确也是思想激烈冲突的主要地点。它们大多具有确定的人本主义作用,传统的文化艺术中心,以及艺术、学术和思想的活动场所。但它们也往往是新的环境,带有现代城市复杂而紧张的生活气息,这乃是现代意识和现代创作的深刻基础。文学和城市之间始终有着密切联系。城市里有文学所必需的条件:出版商、赞助者、图书馆、博物馆、书店、剧院和刊物。这里也有激烈的文化冲突以及新的经验领域:压力,新奇事物,辩论,闲暇,金钱,人事的迅速变化,来访者的人流,多种语言的喧哗,思想和风格上活跃的交流,艺术专门化的机会。作家和知识分子长期以来就厌恶城市,梦想逃避城市的罪恶,城市的散乱、速度、直接性和人的模式,这就是文化上产生深刻异议的基础,这种异议在不朽的文学形式田园诗中得到明显的表现,因为田园诗既可以是对城市的一种批判,又可以对城市的一种纯然的超脱。文化本身的形式和稳定性看来最终都与城市秩序无关。① 然而,作家和知识分子毕竟是经常进入城市的,他们好像要在那里从事某

---

① 莫顿和露西亚·怀特所著《知识分子与城市》(马萨诸塞州,剑桥,1962)中曾探讨过这一主题。

种必要的探索。探索艺术、经验、现代历史,以及怎样充分发挥他们的艺术潜力。城市的吸引力和排斥力为文学提供了深刻的主题和观点:在文学中,城市与其说是一个地点,不如说是一种隐喻。的确,对许多作家来说,如对蒲柏和约翰逊、波德莱尔和陀思妥耶夫斯基、狄更斯和乔伊斯、艾略特和庞德来说,城市似乎逐渐变成了类似于形式的东西。然而,上述名单包括的范围之广,表明城市并不只是同一个东西;形式也并不只是同一个东西。如果说现代主义是城市特有的艺术,那么这部分也是因为现代艺术家们和他们的同胞一样,热衷于现代城市的精神,即现代技术社会的精神。现代城市拥有大部分社会功能和通讯系统,大部分人口和极为发达的技术、商业、工业和智力。城市变成了文化,或变成了继文化到来之后所产生的混乱。由于城市具有现代社会作用,它不仅是一般社会秩序的中心,也是其发展变化的摇篮。

因此,现代主义艺术与既是文化博物馆又是新环境的现代城市有着特殊的关系。现代主义倾向深深根植于欧洲的文化都城。社会学家告诉我们,文化都城是具有某种功能的城市,它们是文化交流的中心,在这里,人们维护特定领域里的传统,收集信息,而且专家云集,创新也最有可能。但大多数文化都城实际上都是典型的现代城市,它既引起变化,又保持连续性。当知识分子阶层不断扩大,获得更强烈的自我意识,感到与占统治地位的社会秩序日渐离异,并日益表明对未来的态度和对变革的信念时,城市就成了思想活动的中心。在第二阶段工业革命推动下逐渐民主化和大众化的社会中,城市又是农村人口流入的主要地点,是人口增长、出现新的心理紧张状态、产生新技术和新风格的地方,充满了自由开放的空气,它们是新的政治行动和政治集团的中心。19世纪末,人们愈来愈清楚地看到,城市是整个旧的封建阶级关系和义务解体过程的一部分。这一过程又转过来影响艺术家的地位和自我形象,并激励他们从充满新思想和变化的环境中寻求美学精髓,我们常把这种新思想和变化与现代城市——即费尔狄南德·托尼斯著名定义下的“社会”①——联系起来;并非偶然的是,19世纪不仅是西方城市化的伟大世纪,而且也是作家和艺术家不再依赖庇护人、不再依赖整个读者和观众中特殊文化阶层的世纪。在这个世纪中,他们发现自己处于一种自相矛盾的状况,即一方面,他们获得了独立,另一方面又很难确定自己在社会中的地位。这就是我们今天常说的异化现象。此外,许多社会作用和地位大不相同的人们聚集于城市,使城市成为产生摩擦、变革和新意识的场所;在城市不断发展的同时,也产生了对新文化的渴望,产生了与艺术特别有关的价值和表

---

① 费尔狄南德·托尼斯:《礼俗社会和法理社会》(莱比锡,1887);查尔斯·P·鲁密特将其译成英文,书名为 Community and Association(伦敦,1955)。

现形式方面的危机感,这也是不奇怪的。在美国,可以看到迅速都市化现象的最极端的形式。现代城市有着日益增多的社会问题,它既把各阶级、各种族融合在一起,又造成明显的社会差别,既有期望,又有幻灭,它像触须般地、神秘地发展着。乔塞亚·斯特朗把现代城市称为"文明的风暴中心"。的确如此,城市创造了、又毁灭了文化和文明。这一过程在现代主义艺术的形成和解体方面,在其发展和毁灭方面都得到清晰的反映。人口众多的、不断发展的城市,亦即那种偶然的、语言繁杂的通天塔,引起了文化的混乱状态,而这种状态则以同样混乱的、偶然的和多种多样的方式表现在现代创作文章中,以及现代绘画的设计和形式之中。

现代主义艺术并不是最先达到这一点的艺术。现实主义和自然主义也有这些意识。人们可能会说,现代城市那种无法形容的偶然性与最现实主义的、最自由的、最实际的文学形式即小说的兴起有很大关系。当然,小说的许多主题——从现实主义强调新事实的支配力到自然主义强调外部环境、群众运动和各种社会势力的影响——都是对现代城市生活思想的反映。譬如,在司汤达、巴尔扎克、狄更斯、左拉、陀思妥耶夫斯基和斯蒂芬·克莱恩的作品中,我们都能看到,小说形式扩展了城市隐喻,或追求城市经验,并采取了新闻工作者、社会科学家、耽于幻想的或超现实主义的预言家和先锋派人物的态度,这些态度最能探查出城市生活中的冲突和发展的偶然性、多样性和原则。乔治·吉辛写道:"我决心待在伦敦,因为我必须努力收集新的素材。"不管从哪种意义上说,城市都是物质的,它的特征产生了艺术的形式。(左拉写道:"一种对称建立起来了。所有收集的观察材料、所有的记录组成了故事,一个故事引出另一个故事,人物被串联在一起,收尾不过是自然的、无法避免的结局而已。")但是,现代主义似乎去掉了那种"自然的、无法避免的结局",而用"不真实的"城市代替了"真实的"城市。"真实的"城市是物质支配一切的环境,这里有血汗工厂、旅馆、商店的橱窗和期望;左拉和德莱塞很形象地把它描绘为人类欲望和意志搏斗的整个战场。"不真实的"城市则是放纵和幻想、奇特地并列在一起的各种奇特自我的活动舞台;陀思妥耶夫斯基、波德莱尔、康拉德、艾略特、别雷和多斯·帕索斯把它说成是一种不定的、多元的印象。雷蒙德·威廉斯说,现代城市小说揭示了一种意识,这种意识是"强烈的,破碎的,主观的,但在其主观形式之中又包含着其他人,这些人现在与城市的建筑、噪音、景象和气味都是这单一的、急速旋转的意识里的组成部分"①。现实主义倾向于人性化,自然主义倾向于科学化,而现代主义则倾向于

---

① 雷蒙德·威廉斯:《英国小说:从狄更斯到劳伦斯》(伦敦,1970)威廉斯在他的《乡村与城市》(伦敦,1973)一书中对这个问题作了很有价值的深入探讨。

多元化和超现实化。在不少现实主义艺术中,城市是解放的前沿,是通向希望和可能性的转折点;在不少自然主义艺术中,城市是一个庞大体系,它既颤动着人的意志,又超越人的意志,它是丛林,是深渊,是战争;而在大多数现代主义艺术中,城市则是产生个人意识、闪现各种印象的环境,是波德莱尔的人群拥挤的城市,陀思妥耶夫斯基的死屋遭遇,科比埃(和艾略特)的万物混生的环境。[①]

现代主义作品强烈地倾向于浓缩城市经验,使城市小说和城市诗歌成为其主要形式之一。[②] 因此,陀思妥耶夫斯基的《死屋手记》,汉姆生的《饥饿》,詹姆斯的《卡萨玛西玛公主》,斯蒂芬·克莱恩的《玛琪》,德布林的《柏林亚历山大广场》,别雷的《圣彼得堡》,康拉德的《特务》,庞德的《休·西尔文·毛伯莱》,黑塞的《草原狼》,马雅可夫斯基的诗作,斯韦沃在德里亚斯特创作的小说,艾略特的《荒原》,哈特·克莱恩的《桥》,约翰·多斯·帕索斯的《曼哈顿换车》,维吉尼亚·吴尔夫的《达洛威夫人》,卡内蒂的《迷惑》,威廉·卡洛斯·威廉斯的《佩特森》,萨特的《恶心》都属于同一类现代主义作品。特别重要的是,他们普遍地设想我们生活其中的环境都带有使人非相信不可的城市特征,而且,正如人们经常强调的那样,城市是"按照全新的原则建立起来的生活体系"。这种设想往往把现代艺术家局限于城市范围,这并不是因为他们有现代素材,而是因为他们有现代观点。大部分现代主义艺术所采取的态度和获得的观点都出自于一种疏远感,一种流亡者的心境——疏远了本乡本土,疏远了阶级的忠诚,疏远了那些在具有内聚力的文化中起确定作用的人们的特殊义务和责任。艺术家们日益陷入城市之中,他们的状况也逐渐接近知识分子的状况。现代知识分子阶层已成为一个没有阶级的集团,他们倾向于新奇事物,试图促进意识,力求提出独立的和未来主义的总体看法。现代主义艺术家们也是如此——像史蒂芬·代达罗斯那样,他们切断了自己同家庭、民族和宗教的联系,以铸成他们尚未产生的道德心。这极大地促进了对美学的专门性探讨,对技巧和形式如醉如痴的关注,这些探讨和关注显示了一部分现代主义特色。但它也同样促进了对产生文化上新奇因素的社会环境的研究。如果说现代主义文学的一个主题是失落和离异,那么另一个主题就是艺术的解放——不仅《一位青年艺术家的肖像》中的代达罗斯,而且《儿子和情人》中的保罗·莫雷尔,《俄亥俄州温斯堡镇》中的乔治·威拉德,以及许多其他的文学主人公,在书的结尾处都从城市的角度重新进行某种自我阐

---

① 关于城市主题和城市诗歌,参阅门罗·K·斯波尔斯著《酒神与城市:20世纪诗歌中的现代主义》(纽约和伦敦,1970)。另参阅弗兰克·克莫德的论文《T.S.艾略特》,载《现代散文》(伦敦,1971)。克莫德认为,艾略特的《荒原》一诗对比了两种城市:一种是永恒的城市,另一种是《启示录》中的巴比伦。

② 关于进一步的评论,参阅本书中乔治·海德的论文《城市诗歌》和唐纳德·范格的论文《俄国现代主义小说之城》。

释——仿佛只有在灯火辉煌的、揭示存在的城市中才能进行对艺术和自我的探索，就像朱利叶斯·哈特在他的《柏林之行》一诗中所说的，在城市里，一个人"剧烈地降生于狂热生活之中"①。

这种情节就把艺术还给了城市，也把城市还给了艺术。现代主义是大城市的艺术，也就是说，它是一种团体的艺术，专家的艺术，知识的艺术，为少数具有高度审美力的人而创作的艺术。无论它带有怎样的讽刺意味和荒谬色彩，它都使人想到文明的绝对统治。的确，它不单单是城市的，而且也是世界的：在对形式的变化进行独特的美学探索中，一座城市可以通向另一座城市。作家们可能会久居一个地方，如乔伊斯久居都柏林，海明威久居柏林，海明威久密执安树林之中，但他们都从远远移居国外者的立场上看到国际性美学的发展前景。他们可能变成乔治·斯坦纳在他的《治外法权》一书中视为我们时代独有的那种现代主义作家：即"无家可归的"作家，他们感到语言本身是多种的——如过去王尔德曾用法语写了《莎乐美》，庞德曾用多种语言进行创作；又如今天的贝克特和纳博科夫不仅用几种语言创作，而且还探讨语言的本质。② 因此，迁居和流亡往往有助于现代艺术之乡成员的增加；这种艺术之乡是许多伟大作家——乔伊斯，劳伦斯，曼，布莱希特，奥登，纳博科夫——经常游历的地方。它逐渐有了自己的风景、地形、聚居地区、流亡处所——如第一次世界大战期间的苏黎世，第二次世界大战期间的纽约。作家由于流放（如俄国革命后的纳博科夫），或出于本人的计划和愿望，而加入了漫游的文化探索者的行列。创造艺术的地方可能是一个理想的遥远的城市，在那里，创造者是非常重要的，混乱是有利的，到处充满了世界精神。19世纪末，乔治·穆尔表现了一种使他的许多同时代英国人深为感动的精神：③

> 法国！这两个字在我耳际铮铮作响，在我眼前发出光芒。法国！我像船员听见了往水手高喊"前方就是陆地！"时那样，立刻从睡梦中跃起。我立即知道我应该，我必须到法国去，我要在那里生活，我愿成为法国人。我不知道何时去，怎样去，但我知道我应该去法国……

格特鲁德·斯泰因说得非常恰当："作家必须有两个国家，一个是他所属的

---

① 本书中理查德·谢帕德的论文《德国表现主义诗歌》对这一问题作了探讨。
② 乔治·斯坦纳：《治外法权：文学和语言革命论文集》（伦敦，1972）
③ 乔治·穆尔：《一个青年的自由》（伦敦，1888）。

国家,另一个是他实际生活的国家。"她补充说:"美国是我的祖国,巴黎是我的故乡。"①后者治愈了前者明显的实利主义病症,给内容以形式。文化之都是保持现代艺术家职能的学府。有时,这种学府是一个国家的首都,它吸引了内地的作家。有时,又是其他地方:柏林和巴黎吸引了斯堪的纳维亚和俄国的作家,20世纪20年代的巴黎又吸引了美国作家。我们可以绘制一些地图来表明艺术的中心和范围,表明国际文化力量的对比——与政治和经济力量的对比不同,尽管二者无疑有着错综复杂的关系。这些地图将随着美学的变化而变化:巴黎无疑是现代主义占明显支配地位的中心,是逃亡者的、宽容忍让的、波希米亚式豪放不羁的生活方式的源泉,但我们也可发现罗马和佛罗伦萨的败落,伦敦的兴衰,柏林和慕尼黑的鼎盛时期,挪威和芬兰的崛起,维也纳的光辉,这些就是现代主义地理分布上不断变化的图景中几个主要阶段,其形成的原因在于作家和艺术家的迁移,各种思潮的流动,以及重大艺术创作的爆炸。

大城市中有一些世界性的艺术区,即追求美学功能的波希米亚式豪放不羁的文人区和邻近地区:蒙特巴那斯、索霍、格林威治村。罗杰·沙特克在他研究法国先锋派的作品《宴飨的年代》中对这种状况作了简洁、恰当的说明,他说到这些村社的"世界性地方主义"②。但这些地区之所以具有世界性,是由于它们向四周扩散着影响,并与外界保持着联系,而正是由于这种有效的联系,现代主义才成为国际性运动,它不仅大大依赖于特定城市中的活动,也依赖于作家们继续他们业已开始的向众多城市的旅行。格特鲁德·斯泰因因为一九〇三年从美国移居巴黎,二十年后成为对年轻一代有巨大影响的人物;她把美国小说和立体派联系在一起。同样,斯特林堡移居南方,把斯堪的纳维亚戏剧和中欧表现主义结合起来。意象主义主要来源于战前移居伦敦的美国人,就像达达主义来源于大战期间从德国和其他各地移居苏黎世的作家那样。20世纪20年代,巴黎成为现实主义文学的超级大城,它吸引了俄国逃亡者、苏黎世的达达主义者和整整一代富有探索精神的美国青年作家。巴黎在战后虽处于经济和道德崩溃的状况,但仍然保持着青年作家所需的那种具有适当流动性的、半永久性的文化。事实上,在其混乱和连续两个方面,巴黎都成为理想的世界性城市。它文雅、宽容、狂热、活跃、激进而又有节制。从某种程度上说,在第二次世界大战之后,只有纽约才能继承巴黎的地位。但是,现代主义绝非某一个城市之功。本书稍后在论述将表明,它是许多国家和都城奋斗的产物,是智力上和美学上众多努力和情绪的结晶。

---

① 格特鲁德·斯坦因:《法国巴黎》(纽约和伦敦,1940);格特鲁德·斯泰因:《爱丽丝·B·托克拉斯自传》(伦敦,1933)。

② 罗杰·沙特克:《宴飨的年代:法国艺术,1885—1918》(伦敦,1950)。

我的作品来源于形象
——关于艺术创作的思想

[哥伦比亚]马尔克斯

　　为了能够说明我要讲的这个问题，我得从定义谈起，我不知道这样做是否过于主观了。我认为创作者的思想就是他们的世界观。因此，思想不可避免地要支配并影响艺术创作。问题是，往往有些作家、电影导演和演员对他们用以表达思想的工具信心不足，以至他们企图每迈一步都要反复交代清楚什么是他们要阐述的思想。他们创作了完美无缺的故事和章节，其目的是不让人对于他的思想有丝毫的误解。他们忽视了诸如创新及主观世界的表现这样的主要问题。遗憾的是，这种情况恰恰不断发生在称为"听命艺术"方面，而这种艺术在完成优秀的作品之前，就把创作的意图尽力表白了。就我自己来说，我并不担心这方面的问题，因为我有自己的世界观，我看到了世界，我想把自己观察到的世界和观察的方法叙述出来。我认为，我的世界观是不言自明的，而且所有这一切都必定受到思想的支配。总的来讲，那些企图在文学或其他艺术创作中要把自己思想隐藏起来的人并没有错，可是无论怎样，思想还是会被人看到的，它必定要流露出来。比如：一个法西斯分子想辩解说在作品中的某些地方表现的不是他，但人们仍会从中看到他的痕迹。我在这方面并不感到忧虑，因为人们可以从我写的东西中非常具体地观察到我的思想。我力求让自己讲述的东西真实可信，并同我的世界有联系。这样我就心满意足了，因为那里已包括了我的思想。

人物原型

　　我的故事几乎都是来源于具体的人物，而这个人物本身的结局又几乎都是与故事的结尾没有什么联系。但《埃伦蒂拉》①是例外，其中的人物原型一直原封未动地贯穿在整个故事中。这件事发生在很多年前，当时我只有十四五岁，正在中学读书。我在镇上见到了一个流动妓院。那是一个拉皮条的女人把该地区

———————————

　　①　已于 1983 年由墨西哥、法国合拍成影片，导演是巴西的路依·格拉——译注。

各个村镇主办的节目活动按时间列出清单,然后带着一群妇女——就是她的妓院,从这个镇串到那个镇。有时,她们被安置在类似马戏团那样的帐篷中,里边再隔成若干个小房间;有时只租一个很大的房间,其实也就是一个大帐篷而已。一次,我看到有一个队排得比其他的队都长,我便打听出了什么事。他们告诉我,一个店主只用一包糖的代价就糟蹋了一个不超过十一二岁的姑娘,事情大致就是如此。这个姑娘在妓院里很吃香……她真的成为那个流动妓院的名妓。看到这个现象使我甚为震惊。随着时间的推移,拉皮条的女人成了祖母……奇怪的是,我从未想过要把这个故事写成小说,因为从我一接触到这件事,就觉得它是一个视觉的故事。我一开始就认为这完全是个电影故事,不该把这个故事写成文学作品。因此,我最初写的是电影剧本,那是我写的第一个电影剧本,后来才把它改写成小说。你想想,这个工作酝酿了二十多年,从第一次提出拍电影到影片完成,前后达十二年之久。当然,是个老故事了。

改写成文学作品

《埃伦蒂拉》的电影剧本完成了四年多之后,仍未能搬上银幕。于是我便将剧本改写成小说,因为写一部小说比拍一部电影总要容易得多。有一段时间我简直绝望了。因为我始终认为这个故事是部影片,而不是文学作品,但如果老这样拖下去,这个故事就永无问世之日,这又将是一个遗憾。于是,我坐下来,开始写这个故事。但实际上我不是从文学的角度来写它,而是从电影剧本改写成文学作品。就是说,几乎所有的顺序都和从一部小说改编成电影相颠倒,因为这是把电影剧本改写成文学作品。我扪心自问,如果我必须重新写这个故事,真正地用文学的观念来写,那样是不是会有本质上的区别,我肯定会有的,并且是相当大的区别。在故事中几乎可以看到摄影机的移动、剪辑以及所有我在写电影剧本时考虑到的电影的因素。在改写成文学作品时,我没有把这些删掉,也没有削弱它。更确切地说,这是电影剧本的"文学化",而不是以文学的创作规律来写同一个故事,这就是电影与文学的区别。过去有过这样的例子,格雷厄姆·格林的《第三个人》就完全是这样的。他本人在前言中阐述了他是怎样开始,又怎样与导演(奥逊·威尔斯)共同工作,最后又如何把电影写成小说的。如果一个人看过电影又看了书,那他就会发现电影与文学两者间的巨大区别。它们之间确实也有一些相互关联之处,但它们毕竟是两种完全不同的类型。

电影的独立

我过去曾在别的场合讲过,现在再强调一下:如果电影不从文学中解脱出来,那么电影就不是一种独立的艺术,而目前这种依赖关系是非常之大的。这就是说,若是没有一个坚实的文学基础,就无法拍电影,那势必会严重影响电影的独立。这种情况在美国尤为严重。美国的导演或是绝大多数的导演甚至不能参与剧本的工作,剧本是由编剧和制片人来写的,导演只是个按照已规定好的模式去拍片的执行者而已。他几乎不可能改变写好的剧本。在欧洲,特别是在拉美电影的初期,由于生产的体制不像好莱坞那么严格,那么"专业化",所以导演有很大的独立性。可是,无论是怎么说,如果导演不具备拍摄"他的影片"的条件时——就是由他自己构思,按照自己的意图来拍摄影片,并在影片拍摄的过程中自始至终地进行创作——那么,电影就是一种从属于文学的艺术,我认为这样并不好。

不要混淆种类

不论是电影,还是文学,或者是戏剧,就它们的自身而言是不可能结合在一起的,因为它们是三种完全不同的类型,所以应该对它们加以区别。可是由于混淆了这个界限,使得每当出版一本看上去相当不错的小说时,制片人就要把它捧上天,以便拍成影片。这也如同我们某些作家一样,每当我们看到一部很好的影片,总想设法弄到它搞成小说的改写权。好莱坞有时就是那么干的。他们在签订把故事拍成影片的合同的同时,还签订将该故事改写成小说的合同。举个例子:我把一个电影文学剧本的改编权卖给了好莱坞的一位制片人,他希望在签订的合同中还包括日后以影片为依据将它改写成小说的权利。但这本书不是让我来写,而是由从事将电影改写成小说的行家来写。这对我来说是一种比艺术上的堕落还要糟糕的事情。我反对这种体制。我反对那种凡是优秀的小说就必定得搬上银幕的做法。我不知道是不是我错了,但是我不记得哪一部好影片是从一篇优秀的小说改编的;相反,我却知道很多优秀的影片是从拙劣的小说改编的。

具体到我的小说来说,我一向反对将它拍成电影,因为我对文学与电影两者间的区别有着极为清楚的概念。就拿《百年孤独》来说吧,我希望读者继续根据他们各自的方式,依照他们的爷爷、奶奶、叔叔、婶婶或者一些他们熟悉的和理想的人物来想象我书中人物的形象。他们同时都在创作我书中人物的具体形象。

我认为,在文学作品被搬上银幕后,它的韵味就会损失很多,因为银幕上的人物形象是硬加给文学作品的。当银幕形象强加给观众时,银幕上的人物形象就会告诉你:不,请注意,这个人物不是像你想象的那样,而是这样! 这个演员就是他的形象! 我认为这样就彻底毁坏了小说的文学价值。

我喜欢讲故事,这是我真正的爱好。因此,我在电影中讲,在报上讲,或者在小说里讲。但每次都是根据其类型来讲述的,我不会混淆它们。因此,我要对我从事电影导演的朋友们说:当你们要求我和你们一起将我的小说改编成电影时,我会说这不行,这是书,是文学作品,不要动它吧! 如果你们希望我来参加拍电影的话,我手头有着我认为非常适合拍电影的故事,我们可以一起工作,直接把它拍成电影。

但是,不管怎样,如果一位导演坚持要把我的文学故事改编成他的影片时,那么他只不过是继续使电影成为从属于文学的奴仆。我认为应该为反对这种作法而斗争,因为这样做对于电影是不利的。

现实主义

不久前,一位美国女作家出版了一本关于她访问萨尔瓦多的书。她在该书的开头介绍说,她刚到达萨达瓦多时,曾认为加西亚·马尔克斯是位魔幻现实主义者,后来她发现实际上马尔克斯是位社会现实主义者。

她的看法与我已讲得不想再讲了的问题是完全一致的。看上去是魔幻的东西,实际上是拉美现实的特征。我们每前进一步,都会遇到对属于其他文化的读者来说似乎是神奇的事情,而对我们来讲则是每天的现实。我还认为,这不仅涉及了我们的现实,而且也涉及了我们的思想和我们的文化。我们要相信存在着这样一种现实,这种现实同唯理主义者所划定的关于现实的界线相去甚远。唯理主义者在他们所及之处发现了正在发生的事情,甚至也看到了这些,知道这些事情存在,但他们却排斥了这些。因为这和他们的标准相违背,这样就要打破他们的界线。所以他们讲,这些现实有些神秘,需要科学的解释,其原因是他们对现实的理解方法比我们狭隘得多。我们受到各方面的影响,正像有人所讲的,我们是由世界的渣滓汇集成的。其实我们的世界是浩渺无垠的,理解能力也是极为宽广的。所以,我们能理解"现实","真正的"现实。而这在其他人看来则是不真实的,并想方设法要加以解释,于是他们就作出结论,认为这是鬼怪的现实主义或者魔幻的现实主义。而对我来说,这些就是现实主义。我自认为,我是个社会现实主义者。我不能什么也不想象,什么也不发挥。我要把所看到的一切都讲述出来。

影　响

一个人的写作能力是通过向其他作家学习而得到的。我常讲，一个人是在看书、向书本学习的过程中而学会写作的。谁也没有专门教一个人去写作，而是一些作家教了这个人。

福克纳的世界、福克纳生活的地区和他接触的文化领域有许多与我是息息相通的，至少和我喜欢叙述的天地有联系。有人忘记了福克纳实际上是位墨西哥海湾的作家，我则是加勒比海的作家，他给予我的是关于美的学问。依我看，这门学问就是研究演唱的声音，他教会了我应该用什么声音来演唱这个世界。在给福克纳授诺贝尔奖的时候，也正是我在解释他的世界以便学会自己来解释我的世界之时。可能会在我的早期作品中看出我是受了他的影响。奇怪的是，现在我不再看他的书了，因为在我创作的初期，由于需要而借鉴了他的东西，但现在我明白了，他的很多事情我已不感兴趣了。

另一位教了我应该用什么声音来歌颂加勒比，并对我帮助很大的作家是格雷厄姆·格林。他不是我们的作家，而是外来的。一位作家来到我们这里，把我们这里的情况看得一清二楚，并教会我们怎样去解释热带地区，如何认识加勒比。至于鲁尔弗……确实是我们这个天地的作家。既然如此，谈鲁尔弗就要更慎重了。《佩德罗·巴拉莫》是一部极为深刻、极为神秘、到目前为止我们谈论过的一部登峰造极的小说。鲁尔弗是我认识到的这样一位唯一的作家，他能在《佩德罗·巴拉莫》中使人感到作者是死后复活，才向我们叙述这些真实的、无法回避的印象的。我认为这一点是关键之所在。

再谈电影

我曾在选择爱好的十字路口上徘徊。我学过法律，可是后来又中断了学习。曾有一段时间我考虑过自己要当电影导演，甚至在我的生活中，学习的唯一专业就是在罗马电影实验中心学了电影导演，并学完了全部课程。可是后来我发现，这是一项相当艰难的工作，特别是因为电影不仅依赖文学，而且还在很大程度上依赖于工业器材，可是这些电影器材又不那么依赖于文学。因而我发现，一个人要想单枪匹马地拍摄电影，那真是特别困难和极为复杂的。所以，我留在简便的、孤独的文学之中。

选自《加西亚·马尔克斯研究资料》，傅郁辰译，南开大学出版社，1984

真实表现生活的历史开放体系

[苏联]德·马尔科夫

　　把社会主义现实主义定为开放的美学体系的观点,遭到了一系列文学研究家的非难。批评意见主要涉及艺术形式的问题,而且不知为什么只从一个方面来看问题:即社会主义现实主义对其他的艺术流派,其中包括现代主义的流派,及对吸取其他流派表现手法的可能性持什么态度。这样的观点确实是存在的,对此下面还要讲到。但这不是主要的。应当把社会主义现实主义方法的历史的开放性问题看得要比这广阔得多。

　　今天的社会主义艺术文化具有十分丰富的经验,给自己的理论提出了新任务。反法西斯战争中苏联人民的全世界历史性胜利、所有的进步力量在这一斗争中的联合、世界社会主义体系的建立、"第三世界"国家中深刻的社会变化,——这些就是决定着各个不同民族的人民精神生活发展的新阶段的因素。今天,许多民族的文化都同苏联文化一起,在同一个强大的社会主义思想轨道上发展着。它们都有自己的传统和自己的用艺术手段把握世界的经验。它们的实践具有高度的美学价值,是当代世界文化最重要的方向,是它的先锋队。对这种实践必须客观地进行研究。——历史的发展本身要求进行新的理论概括。这样的研究必然会使我们得出这样的结论:即公式和教条是同社会主义艺术文化的思想哲学方向根本格格不入的,——观察世界的视野的广阔性给创作个性和艺术真实性的各种不同形式的真正自由的发展,提供了保证。

　　社会主义现实主义表明自己是一个复杂的美学体系。在体系内部,它的明显有别的组成部分具有自己特殊的、意义不同的功能;很显然,它们不是彼此隔离的,而是互相联系在一起,构成一个整体。这个体系的核心,它的哲学基础,就是对世界和人的马克思列宁主义的理解;社会主义思想、社会主义人道主义、列宁的艺术党性原则——这就是它藉以真实地表现生活的实际无限可能性的一些基本的总原则。

　　在把社会主义现实主义当作一个体系,即当作一些在不同程度上互相有机地联系着的因素组成的一个明确的整体进行考察的时候,我们在对不断发展着的现实的多方面认识中,因而也是在这个体系本身的不断发展和丰富的过程中,看到了它的开放性；这个体系有其仅仅为它所固有的特点和范围，——它有别于其他的体系。或者是同别的体系例如现代主义，完全对立。因此，对于我们所讲的开放性，不能理解成消灭体系的界限，而应当把它理解为正是由于这些界限才使得自己富有生命力；破坏这个体系中各种成分的相互联系和一致，它作为一个体系也就被破坏了。其他体系的诗学成分进入社会主义现实主义的体系，一般地说，无论在理论上或实践上都是不可能的；这是一个完全消除不协调因素的过程，是根据新体系的要求根本改造这些成分的功能的过程。

社会主义现实主义，包括它的全部组成部分在内，是一个发展的灵活的体系。例如这样来看待事情的实质，似乎创作方法是静止的。一成不变的，社会主义现实主义文学艺术的艺术丰富性仿佛仅仅是形式和风格的不断增长的多样化，这是错误的。方法对客观认识世界的规律性来说是开放的，它是不断发展着的；实际上没有穷尽的认识过程在艺术中得到许许多多个性鲜明的创造性的反映。

社会主义人道主义是我们艺术方法的一个极为重要的原则。我们看人是通过他同社会的联系来看的；但这不是一种简单的对社会的依赖，而是同周围的环境互相作用。懂得历史发展的规律的人，乃是积极的活动者，是生活的创造者。这就是人在现实的各个不同领域表现出来的思想道德的丰富性的源泉。在社会主义现实主义作家的作品中，人物形象极其丰富多彩，其根源也在于此。这种建立在生活经验基础上的多样化，正是文学的丰富性和创作方法的种种可能性的标志。对于这个问题的研究，我们现在还做得很不够。A. 鲍恰罗夫在自己的一篇文章中公正地写道："……很遗憾，至今还没有一本论述肖洛霍夫、列昂诺夫、费定及其他大师们创作中的个性的观念的著作；无论就探讨这些作家的创作还是对探讨统一的社会主义现实主义方法内部的创作多样化来说，这样的研究，这样的分析，都会得出很多有益的东西。"①

一个社会主义现实主义的艺术家，他在研究生活和选择同他自己的兴趣、经验及个人喜好相近的主题方面，是完全自由的。艺术形式的独特性首先是由主题决定的，我们清楚地看到理解现实同作为把统一的创作过程的各个环节连接成一个整体的描写现实之间的生动联系。

我们都记得，例如，十月革命和国内战争的时代在苏联文学中得到那么广泛的反映。这些事件，过去和现在都吸引着艺术家们的注意力。但对待这些事件的态度——主题的选择及由此产生的描写的方面，则是不同的。A. 绥拉菲摩维支在中篇小说《铁流》中给自己提出的任务是表现人民群众的革命改造过程，即

---

① A. 鲍恰罗夫：《成为定型的时代》，《文学问题》，1976 年第 3 期，第 32 页。

人民群众从自发的、无组织的状态转变成革命的自觉战斗力量的过程。所采用的全部艺术手法都明确地服从于完成这个任务,作家描写了紧张的战斗和克服难以想象的困难的过程。我们眼见到"那无边无际乱哄哄不安的人的海洋"怎样变成了"铁流"。中篇小说的结构是独特的:它的各章一环扣一环,层层深入地描写出这一过程的各个不同阶段及其发展;作者用崇高的词汇、夸张的形容词以及整个地说是用英雄浪漫色彩表现出这一过程的发展、增长,可以说,这些就是这部作品艺术手法上的明显特征。在 A.法捷耶夫的长篇小说《毁灭》中,人们听到的是另一种音调——严峻的平凡的音调;主人公莱奋生的外貌就已经突出了这一点:他不是个"长着铁颚的人"而是看上去非常平凡的人。描写的重心移至他的内心世界。

我们举出文学上人们广泛熟悉的一些事实只是作为个别的例子,以便强调指出对待社会生活现象的各种各样的个人的立场。

历史现实的本身包含着丰富多样的思想和问题。事件和现实,作为认识的对象——它们对大家都是一样的。艺术是从确定描写的方面和主题开始的,在有关的方面和主题中其实已经勾画出表现形式的特点;这里所谓表现形式是在广泛的意义上讲的——即"内容的明确性的程度"①。认识、主题、描写手段——这是我们在生动的艺术实践中经常碰到的体系性联系的三个阶段:认识的开放性给主题的选择,也就是说给形式和风格以广阔天地……

（靳戈　译）

译后记:本文节译自苏联《文学问题》1977 年第 1 期。在这一篇文章中,作者对其"开放体系"理论作了进一步的阐述和重要补充。这里只节译文章的第三部分。

---

① J.季莫菲耶夫:《谈谈内容和形式的问题》,见 1974 年莫斯科科学出版社出版的《文艺学和语言学的当前问题》一书第 25 页。

《论无边的现实主义》序言

[法国]路易·阿拉贡

我把这本书看成一件大事。

这是由于它所说的话和说这些话的人。由于它发表的时刻和它作为对未来的保证。作为终点和起点。由于它摧毁的和许诺的东西。它的拒绝和开辟。

首先应该注意这个人：因为这是一个特定的人的书，他用自认为是正确的并且与他的行动相一致的观点、按照他行动的原则本身来讲述他的处境以及他生活和生活的情况。他不是那种由于受到圣-琼·佩斯的一首诗的感动、或者看过毕加索的一幅画就随便坐下来写作的人。这一切对于他都是带有根本性的，是与他的善恶观念、与他的生死之理和促使他站在多数受苦人一边的原因联系在一起的；他所说的从来不是由于心血来潮、感情用事而信口说的，他对己对人都负责任，确信这个领域里的谬误是其他行为里谬误的反映，他所说的是对进程的调整和对思想的论证。

对于这位我们熟悉的批评家，我们大概首先是从他所捍卫的东西、从他的言论中所包含的鉴赏力、从他的敏感性来判断他的。他在我们眼里将是正确的，因此他比我们先看到了这个或那个价值已经确定、无可否认的东西。然而他的思想观点的总和对于我们却无关紧要。几代人都读过圣勃夫①的著作，是因为他介绍了七星诗社的诗人或浪漫派作家；然而人们却忘了他是个圣西门主义者。

对罗杰·加洛蒂则不能这样。例如，对那些认为卡夫卡不是启示者的人来说，重要的是一位马克思主义者在此谈论卡夫卡，而且是这样一位马克思主义者。

这可能涉及马克思主义的本质。一切批评总是或多或少以敏感的方式属于一个总的世界观。通过占统治地位的世界观，作家同他的读者们协调一致，因此，批评家的权威就是被接受的或即将被接受的思想观点的权威。在一个特定的时代里，在一种特定的社会制度下，批评家用一个民族的语言表达在这个时代

① 圣勃夫（1804—1869），法国文学批评家。——译者。

和这种制度下的一个民族的思想观点,这就在使他说的话变得伟大的同时勾勒出它的局限。对黄金世纪的西班牙人和太阳王时代的法国人来说,美、善都是不一样的。波瓦洛①已经把他自己国家里凡是在马莱伯②之前的一切都看得一团糟,贡戈拉③能被他理解吗?莎士比亚又如何呢……虽然当时至少在世界的一部分地区流行着一种对事物的总的观念,它具有普救说的意愿,因此名叫天主教;然而就在普遍信仰的范围内,还是产生了特殊神宠说,这不仅仅是由于教会分裂、耶稣教在它所发展的国家便具有该国家的特点的原因,而且就是在同一种宗教里产生的,而圣胡安·德·拉·克鲁斯④和博叙埃⑤之间的鸿沟,并不亚于卡尔德隆⑥和拉辛的分歧。

马克思主义是这样做的第一次、或许应该说是唯一的尝试,凡是信仰它的人,必须保证永不忘记他不仅在为那些在他周围、而他也熟悉并与他处于同样的生活境况中的人说话,而且在为一切无论什么样的、可能不同于他并有着自己的变化前景的人说话。

马克思主义是根据它投下的一笔**赌注**(这要作为科学的假设来理解)说话的,对它来说,它有损于这笔赌注的一切错误,都是对人类的犯罪。

我是在一个这类错误曾绝无仅有地成为一次揭露对象的时代里写这些话的。这场揭露势必导致一切相信马克思主义的人仔细检查**他们的信仰**,我是指在一些专横的行为下他们被迫认为正确的那些思想观点。正如在上一次战争中,这个或那个阵营的人接受了暴力观念,而当和平恢复时他们自己都对暴力观念感到惊讶一样。对基督徒来说,为在政府强制下他们犯下的不人道的行为辩护并使之与自己的宗教信仰相调和,我不知道他们这样做是否正确:这不是我想进行讨论的问题,但是我很清楚,走入歧途和犯罪,没有、也不可能在马克思主义中得到正常的位置,它们是对马克思主义的歪曲、背叛和脱离。毫无疑问,正因为如此才在斯大林时代之后不久就对背离马克思主义的东西进行了前所未有的揭露。

这并不涉及对马克思主义进行一种修正,而是相反地恢复它。要结束在历史、科学和文学批评方面的教条主义的实践、专横的论据以及对那些封人嘴巴和使讨论成为不可能的种种圣书的引证。我只谈比如说文学方面,引证恩格

---

① 波瓦洛(1636—1711),法国作家、古典主义文艺理论家。——译者
② 马莱伯(1555—1628),法国诗人。——译者
③ 贡戈拉(1561—1627),西班牙诗人。文学流派"贡戈拉主义"的创始人。——译者
④ 圣胡安·德·拉·克鲁斯(1542—1591),西班牙神秘主义诗人。——译者
⑤ 博叙埃(1627—1704),法国作家、宣道者。——译者
⑥ 卡尔德隆(1600—1681),西班牙戏剧家。——译者

斯——即恩格斯给巴尔扎克以正确地位的这篇文字，便足以压倒否定巴尔扎克的东西。一些因此而自命为马克思主义者的人，就这样在艺术作品中建立了一种批评不得的等级制度，同时却忘记了如果说恩格斯没有谈起过斯丹达尔的话，那是因为没有读过他的作品。他们根本不懂得，恩格斯的**榜样**不在于**这篇文字**（即关于巴尔扎克的那段话）而是在于恩格斯对待巴尔扎克的态度；学习这个榜样，并不是背诵一段经文、而是能用恩格斯或马克思的智慧去分析另一种现象。

     *   *   *

我把这本书看成一件大事。这是由于它触及了我的生活和我的思想中的基本内容。我愿意在这里就此谈谈我个人的观点。

我一生的斗争，是表现在我之外存在的、先于我来到世界并在我消失之后仍然存在于世界的事物上的。用抽象的语言来说，这叫做现实主义，而且人们竭力不用这种我动辄流露出来的悲剧性的语调来谈论它。现实主义者是在玩一场只以他自己作赌注的一场赌博，而且他在这场赌博中自己也要受牵连。有这种志向的人，如果输了就彻底完蛋：他什么也不会留下来，而你们却很可能指望相反的东西，所有的人内心深处都有这种野心，即希望他的某种东西留下来，在他死后仍然存在，留下他的痕迹。不是有许多人把自己的名字写在树木或石块上吗？他们的悲剧就是我的悲剧。

现实主义、**现实主义者**这些词造成了混乱，或者至少是人们相当一致地给它们加上了一种含混的意义。一些十分伟大的艺术家害怕它们，然而他们都垂名后世，却只是因为他们的作品里有着现实主义的东西。例如我想到亨利·马蒂斯①：他一方面说现实是他的不可或缺的跳板，但**现实主义者**这个词从他嘴里说出来却只有贬义。词汇问题，可悲的词汇问题……你们尽可以把**现实主义者**这个词变成一种可耻的标签，我也不会放弃它。在艺术和在生活中的现实主义态度，是我的生活和我的艺术的方向。我们好几个人都是这样想的。然而在我们所处的时代里，这个词的滥用、把它赋予庸俗的（像人们对某种唯物主义所说的那样）艺术形式、出售歌片或图片的商人对它的过分使用，都极大地使这个词丧失了信誉。这对于我不是赶时髦的问题。无论我面对公开的反现实主义者，或者面对所谓的现实主义者，都不是他们和他们的叫嚷或只值两个铜板的产品能使我对现实主义的态度感到耻辱而抛弃它的。我不是天生的现实主义者，这对于我也不曾是启示的问题。现实主义成为我思想上作出的决定——一种不可逆转的决定，是由于我毕生的经验。或许有一天人们会懂得我为它作出的牺牲。

因此，今天的一本**认清**现实主义的**处境**，根据六十年左右以来人们头脑里所

---

① 马蒂斯(1869—1951)，法国画家，野兽派的主要代表。——译者

能产生的东西来重新做人它的书,对于我就不是、也不可能简单地只是一次有趣的阅读:它触及主要的东西,现实主义命运本身的东西;现实主义的命运并未一劳永逸地得到保证,而只能在不断重视新的事实的同时才能继续存在下去。这样一种现实主义——例如,一看到那些相信地球是平坦的、让太阳围绕地球旋转的人们的世界便停滞不前——算什么现实主义? 它不是会对现实的更新的探索、相对论、雷达和原子结构都同样一无所知吗? 然而,人们经常向我们提起的却正是这样**教条主义**的现实主义。明天的现实主义,即能适合那些将要求评判我们的人的现实主义,难道是一种对旧现实主义、对一些僵化的典型的模仿吗?而如果对现实的认识中产生的**震动**是来自那些不自称为现实主义者的、和故意不当现实主义者的人和作品,如马蒂斯、乔伊斯、或者雅利①的话……

我提到雅利不是完全偶然的。阿尔弗雷德·雅利的作品属于那些曾培育了我幼稚的头脑、而当时还不可能看出是什么造成了它们得以受人称颂的价值的作品。虽然现在大学生的笑闹都一目了然,然而当时我能满足于雷恩中学的哲学教师为解释于布所作的粗浅的注释吗? 幽默只是一种暂时的解释。当最近在人民国家剧院重新演出《于布王》时,今天的青年无可置疑地既像从前的我们一样为台词本身、但又在**为另外的某种东西**喝彩:某种出自历史的东西,使同样的观众欢迎《阿尔端·于依的可以阻止的高升》的可怕东西。拿我来说,作为事实的见证人,我是不会根据当代人对描绘时代的细节的一种要求来欢迎它的……人民国家剧院的于布不再像上世纪末那样受到学生的嘲笑,也不再是引起大叫"他妈的"丑剧了;作品由于不是作者想象的、而是他身后的外界形势而引起了一种真正的、使作者的视野得以百倍地扩展的共鸣。

同样的现象发生在卡夫卡身上,他描绘的世界最初被看成一种病态想象的产物。现在已变得类似于**历史现实**了。马雅可夫斯基的戏剧也有同样的现象,在他的剧本里,一九二八年和一九二九年的夸张描写已经变成了一种对官僚主义的直接讽刺;在离诗人构思它之后的三十五年变得更加有效了,变成了一种更加危险的讽刺,因为今天的波别陀诺西柯夫②们更有理由在剧中认出自己了,同时否认描写了他们的肖像这个明显的事实:

> 这在我们身上是不存在的,这不自然,是预料不到的,一点也不像。应该重写,温和些,美一些,修饰一下……

---

① 雅利(1873—1907),法国剧作家,他写有讽刺资产阶级的喜剧《于布王》。——译者
② 马雅可夫斯基的剧本《澡堂》中的人物。——译者

现实主义难道应该抱着非现实主义的偏见,抛弃一种有力地阐明现实的艺术吗? 难道它要跟那些以现实的名义要求重写、温和些、美一些、修饰一下的人站在一起吗? 不管是面对阿波利奈尔①、克洛代尔②或者勒威迪③,还是面对巴雷斯④或吉卜林⑤,这些问题便出现在头脑里,我是说出现在一个像我这样的人的头脑里。还有勃鲁盖尔⑥和戈雅⑦的绘画,同样地还有当代的巨画《格尔尼卡》⑧也向我提出这些问题。

用教条主义的惊讶一贯地抛弃一切不是表现"现实"的东西,是阉割和缩小现实主义,特别是模糊了艺术发展的一个基本问题:像通常所说的文化继承问题。因为,怎么能够抛弃那些有可能在明天成为反映历史现实的作品(福尔斯塔夫⑨、费加罗、钦差大臣、于布、波别陀诺西柯夫……),而同时又把这种做法当作马克思主义者的观点,硬说是捍卫一个民族在文化方面的遗产呢? 一种关于卡夫卡的同样简单化的观点,在对他作了多年错误的评价之后,不久前已在这个伟大作家的**社会主义的**祖国里被彻底抛弃了。这个事实清楚地表明,这样一种态度是站不住的,不能使人对人类理性的未来充满信心。这里我不想涉及最近讨论的细节,但是在这样的例子面前必须承认,关于艺术价值的**讨论**,其进行方式同战争——不管是不是内战——是完全不同的。同样,任何时候也不能设想,放弃了讨论,人类的精神会得到发展,各民族的文化会保持繁荣。讨论往往是激烈的,但这是与国家的暴力、与多数人对个人的强制所不同的另一种激烈。

无论是否现实主义者,艺术家们永远不会停止互相反对、互相否定:他们之间表面的和平永远只是表面现象。因此,谁能够谈论**意识形态的和平共处**呢? 在艺术中吗? 这是无稽之谈,完全像要把创作思想统一起来,使它们屈从于波别陀诺西柯夫们和于布们的规则的倾向一样荒唐。

在一个专横强权企图戴上科学的面具、教条主义企图摆出艺术面孔的世界上,罗杰·加洛蒂的书是一件大事。正是作为现实主义者——不要弄错,是**作为社会主义现实主义者**——我要向他的那种从容不迫的大胆致敬,我欣慰地想到,虽然在我们这里,一切都企图使年轻人像离开一个已被审理、判决、埋葬的案件

---

① 阿波利奈尔(1880—1918),法国诗人,艺术批评家。超现实主义的鼻祖。——译者
② 克洛代尔(1868—1955),法国诗人。——译者
③ 勒威迪(1889—1918),法国诗人。——译者
④ 巴雷斯(1862—1923),法国作家。——译者
⑤ 吉卜林(1885—1936),英国作家。——译者
⑥ 勃鲁盖尔(1525—1589),尼德兰画家。他的画多反映农村生活。——译者
⑦ 戈雅(1746—1828),西班牙画家。——译者
⑧ 西班牙城市名,1937年被德国空军炸毁。毕加索以此为题创作了一幅巨画。——译者
⑨ 莎士比亚历史剧《亨利第四》及喜剧《温莎的风流娘儿们》中的人物。——译者

一样离开现实主义,他们还是会从中看到艺术为改变世界作出贡献这样一种积极的思考已经开始了。

　　选自《二十世纪现实主义》,柳鸣九主编,吴岳添译,中国社会科学出版社,1992

从现实主义到现实

[法国]阿兰·罗伯-格里耶

　　所有的作家都希望成为现实主义者，从来没有一个作家自诩为抽象主义者、幻术师、虚幻主义者、幻想迷、臆造者……现实主义不是一种定义明确并使一部分小说家与另一部分对立的理论；相反，它是一面旗帜，在这面旗帜下会集着绝大多数——即使不是全部——当代小说家，这一点似乎是不容置疑的。正是现实世界吸引着当代小说家，他们都竭尽全力地创造着"现实"。

　　然而，他们之所以聚集在现实主义这面大旗下，完全不是为了并肩战斗，而是为了同室操戈。现实主义是一种意识形态，每个信奉者都利用这种意识形态来对付邻人，它还是一种品质，一种每个人都认为只有自己才拥有的品质。历史上的情况历来如此，每一个新的文学流派都是打着现实主义的旗号来攻击它以前的流派：现实主义是浪漫派反对古典派的口号，继而又成为自然主义者反对浪漫派的号角，甚至超现实主义者也自称他们只关心现实世界。在作家阵营里，现实主义就像笛卡尔的"理性"一样天生优越。

　　在此，我们应该说他们各有其理。如果说他们找不到共鸣，那是因为各人对现实的看法不同：古典派认为现实是古典的，浪漫派认为现实是浪漫的，超现实主义者则认为它是超现实的，克洛代尔认为现实是神性，加缪认为现实是荒诞的，"介入"作家认为现实首先是经济意义上的，而且是朝着社会主义发展的，各人谈的都是他所观察到的世界，而各人观察世界的方法却大相径庭。

　　因此，我们不能理解为什么文学革命都是以现实主义的名义实现的。当一种写作形式失去了它最初的活力、气魄和冲击力，而成为一种平庸的方法和经院主义——它的后继者为习惯和惰性所左右，根本不考虑遵循这一主义的必要性——时，对现实的回归意味着否定僵死的形式和探索继往开来的新形式，而对现实的挖掘只有在扬弃旧有形式之后才能继续深入下去。只要我们不认为对这个世界的探索已经穷尽了（在这种情况下，最明智的举动就是完全停止写作），我们只会希求把探索向前推进一些。问题并不在于"做得更好，而是要在求知的道路上探索，这样就必须创造新的写作形式"。

也许人们会产生这样的疑问:如果在过了一段相当长的时间后,写作又回到了一种与旧形式一样僵化的新形式主义,上述一切又有什么意义呢?这等于又回到了这样的疑问:既然必须死去以便让位于其他活着的人,那为什么要活着呢?艺术就是生活,不存在任何一劳永逸的事情。如果没有这种持续不断的探索,艺术便不可能存在,而正是这种持续的演变和革命所构成的运动才赋予艺术以永恒的魅力。

而且世界本身也在变化。一方面,在客观上,世界在许多方面已不再是它一百年前的老样子,人的物质生活、精神生活和政治生活都发生了翻天覆地的变化,我们的城市、房屋、村庄、道路的面貌也发生了相应的变更。另一方面,我们对于自己以及周围事物的认识(科学认识,包括物质科学和人的科学)也相应地经历了不同凡响的动荡。由于这两方面的原因,维系我们与世界之间的主观关系也彻底改变了。

与我们对自然认识的"进步"相联系着的现实的客观变化深刻地影响了——而且还在继续影响着——我们的哲学、形而上和道德的观念。因此,即使小说仅仅只是再现现实,至少它的现实主义基础也会与这些客观变化同步发展,否则就令人费解了。要反映出今日的现实,19世纪的小说绝不再是一个"好工具",然而,苏联评论界——比资产阶级评论界更自信地——无时无刻不在指责新小说企图放弃这个"好工具",因为只要对它进行一些细节上的改进,这个工具还能够(别人对我们这样说)向人民揭露当今世界的罪恶,并提供时髦的良方,这种细节上的改进就好像是改进一把斧头或镰刀,但是没有任何人会为了保护这一工具的形象而把联合收割机看作是镰刀的改进,更何况是另外一种与麦收毫无关系的收获机器。

然而,问题不仅仅如此。正如我们在本书的其他地方所指出的那样,小说根本就不是一种工具,它不是为一个预定的工作而设计的工具,它不是用来展示、表达在它之前或在它之外就已经存在的事物的。它不表达,它只是探索,而探索的对象正是它自己。

经院式的批评在运用"现实主义"这个词时,就已经把现实看作是在作家入场时就已经完全现成的(如果不是永远如此的话)东西,这一点在西方和共产党国家毫无差别,因此经院式的批评把作家的作用仅仅局限在"研究"和"表达"作家本人所处时代的现实上。

按照上述观点,现实主义只要求小说尊重现实,作家的才能主要体现在观察的敏锐和态度的坦诚直率上(这种直率常常表现为直言不讳)。姑且不谈社会主义现实主义对通奸和性变态的深恶痛绝，这种现实主义主要描绘的是赤裸裸的、令人难以忍受的痛苦场面（并不担心会刺激读者，多么具有讽刺意味！），它十分关注的自然是物质生活问题，特别是贫穷阶级的家庭困难。因此，工厂和贫民窟就会顺理成章地比悠闲和奢华更"现实主义"，不幸比幸福更现实主义。总之，这种现实主义是一种退化了的左拉主义，它所要给予世界的是没有矫饰的色彩和意义。

然而，当人们发现不仅每个人在这个世界中看到的都是自己的现实，而且小说正是创造这个现实的时候，上述一切都不再具有任何意义。小说创作的目的不是编年史、证明和科学报道那样提供消息情况，它的目的是构造现实。小说创作从来就不知道它寻求的是什么，不清楚自己想要说的是什么；小说创作是一种创造，创造世界，创造人，它是持久的创造和永无止境的探索。所有那些——包括政治家和其他人——只要求小说沿守陈规旧习，尤其害怕怀疑精神的人只会蔑视文学。

曾几何时，我也像其他人一样曾经是现实主义幻想的受害者。比如，在我写《窥视者》这本书的时候，我正在着迷地以精确的方式描写海鸥的飞翔和海浪的涌动，这时我恰好有一个机会去布列塔尼海岸作一次冬季短期旅行。在路上我就想：这可是一个"从现实生活中"观察事物和"唤醒我的记忆"的大好机会……可是当我看到第一只海鸥时，我发现自己错了：一方面，我看到的海鸥与我正在书中描写的海鸥关系很模糊；另一方面，这一切对我无关紧要。因为对我来说那时唯一有重要意义的海鸥是我脑子里的海鸥，这些海鸥或许是通过不同方式从外部世界而来，或许正是从布列塔尼来的，但它们在进入我的头脑中的同时已经发生了变化，变得更真实了，因为它们已经成为想象中的海鸥。

有时我被类似下列这些反对意见弄得很恼火，诸如："在生活中事情不是这样发展的"，"您的《去年在马里安巴》中的旅馆根本不存在"，"一个嫉妒的丈夫并不像您在《嫉妒》中所描写的那样行动"，"在《不朽的女人》中您描写的那位法国人在土耳其的经历不真实"，"《在迷宫里》您那位迷路的士兵的徽章戴错了地方"，如此等等。我也试图把自己的辩护词建立在现实主义基础上，因此我强调这个旅馆在主观上的存在，强调那个忐忑不安、被妻子可疑的（或者说太自然的）行为所迷惑的丈夫的直接心理真实（这种真实因此也就不适合分析）。显然，我也希望自己的小说和电影能在这种观点上站得住脚，但是我清楚地知道我意不在此，我不是要记录，而是要创造，在无所凭借的基础上建造某个东西，它无须借助任何作品之外的力量而独自挺立，这早已是福楼拜闻名已久的雄心壮志，也是当今所有小说的志向。

我们看到"逼真"和"符合典型人物"已经远远不能够作为衡量作品的标准了,而且,眼下正在发生的一切都似乎表明"虚假"——包括可能的、不可能的、假设、谎言——已成为现代小说特有的主题之一,由此产生了一种全新的叙述者:他不仅仅是一个描写他所观察到的事物的人,而且同时还是在其周围创造事物且能看到他创造的事物的人。一旦这些主人公——叙述者开始有点像传统小说中的"人物"时,他们很快就变成了谎言编撰者、精神分裂症患者和存在幻觉的人(或者是杜撰自己的故事的作家)。在此,我们要着重强调汉蒙·格诺(Raymond Quoneau)的小说的重要性,在他的小说中,情节常常是严格意义上的想象产物,情节的发展更永远是如此。

在这种新的现实主义里,真实主义已不再是问题的关键所在。无论是在世界舞台上还是在文学中,体现真实的微小细节不再引起小说家的注意;相反能真正打动小说家的东西——我们在他经历了千变万化的作品中仍可以找到——更多的是体现虚假的微小细节。

卡夫卡的日记正是如此。当卡夫卡记下在一天的几次散步中所看到的事物时,他只抓住了一些细节,这些细节不但无关紧要,而且在他看来甚至离开了它们本来的意义——也就是这些细节的真实性。在这些记录下来的细节中,从那块谁也不知为什么遗弃在路中的石头到一个行人古怪的、还没有完成的笨拙举动,这一切看起来没有任何作用和具体用意。从局部的物体和脱离了实际用途的任何到固定不动的时间、从与上下文不搭界的话语到杂乱无章的对话,所有这些多少有些虚假的声音,所有这些缺乏自然的东西在小说家的耳朵里则成了最准确的声音。

难道这就是人们称之为荒诞的东西吗?显然不是,因为,一个完全合理和普通的东西会突然以同样的明显特点在别处出现,它的出现没有原动力,其必要性也没有原因。它存在着,这就是一切。但对作家来说存在着这么一个风险:即在荒诞的怀疑过后接踵而来的形而上的危险,因为无意义、无因果性和虚空无可抵御地吸引着内心世界和超自然的东西。

在这方面,卡夫卡的遭遇极为典型。这个现实主义作家(根据我们提供的新定义:现实主义作家是在幻想的启示下创造物质世界的人)曾经也是位被其崇拜者和解释者赋予最丰富的意义——"深刻"的意义——的作家。他很快在公众眼里变成了这样一个人:佯装谈论这个世界上的事情,而其唯一的目的是让我们去发现来世的可疑存在。因此,照此看法,虽然他在小说中给我们描绘了他的村民中那个(假的)固执的土地测量员的患难经历,但他的小说的主要目的是让我们去幻想出一个神秘城堡临近和遥远的生活。当卡夫卡向我们展示约瑟夫·K走向法庭经过的办公室、楼梯和走廊时,他只是为了让我们去体会"赦免"这个神学概念，他的其他作品也被如此解释。

依据以上观点，卡夫卡的小说就会只是一些寓意小说。这些寓意小说不但会要求一种解释（这种解释能以完美无缺的方式把这些作品概述出来，直至穷尽其内容）而且，源于这个解释的意义还将彻底摧毁构成小说情节的明确的世界。这样看来，文学本身就在于永远以系统的方式讲别的东西，于是在文学中就将有两个世界：一个现时世界，一个现实世界，前者是唯一看得见的，后者是唯一重要的。小说家的作用就是充当这两个世界之间的中介人；他通过对那些看得见的事物——这些事物本身是微不足道的——以假乱真的描写来展示出隐藏在这些事物背后的"现实"。

然而，只要我们不带成见地去谈卡夫卡的小说，这种阅读向我们证实的东西则正好与上述观点相反：卡夫卡所描写的正是事物的绝对现实。对他来说，他的小说中的看得见的世界就是现实世界，而面对物体、动作和语言在小说中的突出描写，那隐藏在现实世界背后的东西（如果确有什么东西的话）便显得毫无价值。作品的幻觉效果不是产生于物体、动作和语言的起伏不定和模糊不清之中，而是产生于对它们异常清晰的描写中。总之，没有任何东西能比准确更能产生虚幻神奇的效果。卡夫卡描写的楼梯也许会引向别处，但这些楼梯摆在那儿，我们可以看到楼梯的一级级台阶，可以追踪其栏杆和铁条的细节；卡夫卡描写的灰墙也许藏着什么东西，但记忆到墙这儿就打住了，停留在龟裂的石灰墙面上和墙裂的裂缝中。即使主人公寻求的东西消失了，但他在执著的追求中所走过的路程和完成的运动才是唯一被感知的、也是唯一真实的东西。在卡夫卡的所有作品中，人与世界的关系远远不具有象征性，而常常表现为直接的、即时的关系。

不过，哲理上的深刻意义是存在的，就像存在政治的、心理的和道德的意义一样。倘若我们只是抓住这些众所周知的意义并把这些意义表达出来，就会完全违背文学的首要宗旨。而对于那些将来会被小说作品带给未来世界的意义，最明智的做法（也是最诚实、最聪明的做法）就是现在不要为之忧心。我们可以断言：二十年以来，在那些自称是卡夫卡的继承者的作品中，几乎已经没有真正的卡夫卡的意境，他们所做的只是重现卡夫卡作品的哲理内容，而忽视了大师的现实主义。

因此，剩下的就是事物的直接意义（描写的、片面的、总是有争议的），也就是未及作品的故事和轶闻趣事的意义，而深刻的（超验的）意义则是超越故事之上的。小说创作和探索的努力正是集中在这种直接意义上。这个直接意义是再也无法摆脱得了，否则故事又会占上风，甚至超验性很快又会卷土重来（因为形而上喜欢虚空，它会像烟穿入烟囱一样堕入其中），因为，在直接意义这边，人们找到的是荒诞，而荒诞在理论上就是无意义，但实际上荒诞又很快通过一种众所周知的形而上思维机制达到了一种新的超验意义,于是无穷尽的意义片断形成了一个新的意义整体,这个整体具有同样的危险性,但也是同样空洞虚无的。在直接意义这边,就只有词的声音,而没有其他任何东西。

不过,我们在上面列举的语言的不同意义层次是互相影响的。今天的生活和今天的科学已经超越了统治了数世纪的理性主义所建立的明确的二律背反,新现实主义大有可能也会摧毁某些理论上的对立。小说和所有艺术一样希望走在思想体系的前面,而不是尾随其后,所以它自然就已经在混淆一对对反义词:诸如内容—形式、客观—主观、意义—荒诞、建设—摧毁、记忆—现在、想象—现实,等等。

极右派和极左派都不厌其烦地指责这个新的艺术是不健康的、没落的、不人道的、黑色的。然而,这种评价所暗示的健康倒是一种眼光短浅、循规蹈矩和僵死的健康;所谓没落也总是与过去的事物相比较之下的没落:钢和水泥与石头相比是没落的,社会主义相对于家长式的君主制,普鲁斯特相对于巴尔扎克也莫不如此;为人类建立一种新生活的愿望更没有不人道可言;如果说这种新生活是黑色的,那也只是在人们永远只为陈旧的颜色而哭泣,而不努力去展望照亮其生活的新美景时才会如此。今天的艺术为读者和观众主要提供当今世界的一种生活方式,并邀请他们参与对未来世界的不断创造。为了达到这个目的,新小说只要求公众仍然相信文学的力量,并要求小说家不要以搞文学为耻。

有一种关于"新小说"的很流行的观点——这个观点在评论家们开始给新小说写评论文章时就出现了——认为新小说是一种会被淘汰的时髦。我们只要稍微认真地想一想,就会发现这个观点实在是荒唐之极。即便人们把这种或那种写作方法看作是一种时髦(而的确有一些追随者闻风而动,抄袭现代小说的形式,但并没有认识到其必要性,甚至根据不了解其作用,而且也没有看到这些形式的运用也是要循一定之规的),在最坏的情况下,"新小说"至多也只是时髦的交替运动,它力图使时髦在自行消退的同时又不断产生出新的时髦。小说形式的不断更新换代正是新小说所倡导的!

上述的这类对新小说的指责——淘汰的时髦、叛逆者的日渐温和、对优良传统的复归以及其他杂谈——只能被看作是一种由来已久的愿望的反映:这种愿望就是怀着坚定而绝望的心情去证明"实质上任何东西都没有改变"、"太阳下永无新事"的观点,然而,事实上,一切都处于不断变化之中,总有新事物产生。经院式的批评甚至妄图使读者相信这些小说的新技巧自然会被"永恒的"小说所吸收,它们将用来完善巴尔扎克的人物、编年史式的情节和超验人道主义的某些细节。

也许，这一天会真正到来，甚至很快就会到来。不过，一旦"新小说"开始"服务于什么东西"，无论是服务于心理分析、还是天主教小说或社会主义现实主义，它就会成为一个信号，预告创新者的一种"新新小说"又要产生了，人们还不知道这个"新新小说"除了文学本身以外，还将服务于什么。

选自《二十世纪现实主义》，柳鸣九主编，张容译，中国社会科学出版社，1992

美国六十年代的种种怪事

[美国]罗德·霍顿　赫伯特·爱德华兹

　　前面几章里,我们在介绍一系列连绵不断的文化、社会学和经济影响的过程中,已阐明时代与其产生的文学之间存在着一种相当一致的关系。然而,在60年代这个似乎极为动荡不安并产生了众多令人争论不休的新生活方式的十年中,却出现了一种奇异的文学现象。在这一时期中,大部分杰出的小说仍然继续探索一些为人熟知的主题:反实利主义、个人与系统的对立、对科技的反叛、实在的本质等。(某些极端主义小说家对语言本身的可行性提出疑问)这些主题统统发源于人们对美国超验主义的实利主义理性秩序所作出的急进质疑。与此同时,前一章中描述的那些少数派相继崛起,它们形成了许多崭新、但有时又因各自的利益而相互排斥的组织。这些组织不仅反对美国文化兼收并蓄的同化倾向,而且还各自发表了许多反映它们特有的态度、需求和愿望的作品。

　　显然,我们甚至无法制定一个文艺批评的模式,来粗略地概括这些五光十色的文学作品共有的主题、哲学观点和价值系统。两本新近发表的评论最近二十年美国小说的著作,表明了这样一个真谛:任何这种努力的形式与内容,都直接取决于研究者的批评观点、他所选择的作家以及他从每个作家的作品中选择出来的若干小说。作家在他们的创作生涯中不断成熟,获得了对生活的意义和质量的新见解,并尝试各种文学形式和写作技巧。每个作家都以自己独特的、甚至古怪的方式综合那些曾给予其影响的经历。此外,我们还应指出,自第二次世界大战以来,文学作品大量涌现,种类繁多,人们几乎无法编著一部包罗万象、内容详细的著作,对其进行概括。譬如,上面提及的两本著作,都没有将黑人小说家和剧作家的作品视为一种自成一体的文学作品(仅收了拉尔夫·艾里森的《看不见的人》*Invisible Man*);其中收录的妇女作家也寥寥无几,至于诗歌则几乎完全被忽略。

　　其实,这些对美国文学作出贡献的所谓少数派的兴起,并不像看上去那么突然。继殖民时期的女诗人安妮·布雷兹特里特之后,女作家不乏其人;独特的美籍犹太人小说在20年代便已崭露头角,而在独立战争之前,黑人便开始用各种主要的文学形式进行创作活动。至少在惠特曼之后(惠特曼真正的爱情诗是他的组诗《芦笛》。其中的许多诗歌都是在向他爱慕的某个男子倾吐衷肠，尽管这种同性恋关系从未得到清楚的表述），美国文学史中也曾出现过几位隐而不露的同性恋作家。真正在60年代才开始代表自己讲话的少数派，仅仅是美籍西语裔和美国的印第安人。

一个崭新而且具有潜在的重大意义的事实是：所有这些派别都突然抛弃了原有的虚假态度，不再遵循美国文化为它们规定的、为世人所接受的传统态度和行为准则。每个派别都对自己的作用有各自的看法，都以各自的方式与"系统"相对立，而且都有为自己伸张正义的决心。在所有这些派别中，称为"妇女解放"的运动最为激进，因为它向以男性为主的人类社会提出挑战，从而超越了对整个社会制度进行反叛的所有其他运动。不过，除了这个事实之外，所有这些派别都是"激进的"，因为它们对许多关于人类关系本质的传统观念和人类的处境共有的成分，提出了深刻的质疑。它们的结论往往使各派别之间发生龃龉，但所有这些派别的联合力量，却促使人们对它们与美国文学主流之间的关系重新作出彻底的评价。今天，哪位美国黑人在听到别人称他为汤姆叔时，能不由衷地感到愤慨呢？哪位全国妇女组织（NOW）的成员，会在小说中把女主角描绘成海明威小说中的那种典型的、对男人百依百顺的女主人公呢？又有哪位印第安人，会用现在描写牛仔和印第安人的西部片的传统模式，来创作电影剧本？这些问题的答案是不言而喻的。这些答案表明，美国"官方"文化的传统旧框框，已受到人们坚决的挑战。

此外，另一个影响整个"人类处境"的重要因素（坦纳和布赖恩特均未提及），就是托夫勒在《未来冲击》中定义和记录的那种日益加剧的文化危机。在前面的一章中，我们已概括了由超级工业社会产生的突然加速发展而导致的一些社会学、科技和文化后果。但是，托夫勒还含蓄地指出了这种加速对文学产生的深远影响。我们可以从托夫勒为"未来冲击"下的定义中，看到这种可能性：

……（未来冲击是）一种生理的和心理的痛苦，它是由人体生理的调节系统和决策过程的超载而引起的。简而言之，未来冲击就是人对过量刺激作出的反应。

托夫勒在他著作的下一章里，描述了这种普遍的过量刺激的心理影响，并将这些影响比作身体超过其调节极限时所发生的"崩裂"：

如果把我们周围那些混乱的精神崩溃的明显标志与未来冲击联系起来，我们就有更好地理解所有这些反常现象。这些现象包括：服用麻醉剂的人数的日益增多、神秘主义的兴起、反文化的破坏活动和放肆的暴力行为的不断出现、虚无主义和怀旧思故的政治主张，以及成千上万人病态的冷漠态度。

除了托夫勒指出的这些深刻的社会病症的表现外,人们不断地更换工作和居住地的现象,也对人类关系产生了不良影响。人们在一生中多次迁居到新的环境中去,这种迁徙往往伴随着行政职务的晋升。但是它却有碍于人们建立长期的友谊,不利于对某一地区的文化传统作深入的了解。因此,我们正处在一个频繁乔迁、雇人代劳的时代。

托夫勒先生本人并不反对他所认定那种超级工业国家的潜在优势。他关心的主要问题是,我们应迅速获得控制和指导这种国家所不可缺少的技术和管理技能,以努力减轻由未来冲击的病症而带来的损失。作为其中的一种损失,托夫勒列举了他称为“年轻的左翼倒退分子”的人,这些人所迷恋的是:

> ……嬉皮士和后嬉皮士亚文化群中的标语和诗歌所描绘的乡村公社和田园浪漫主义;他们赞颂切·格瓦拉①(与高山和丛林密切联系在一起,而与都市或后都市环境无缘),过分崇拜原始的前技术社会,因而也过分蔑视科学和技术。尽管他们有改变现状的炽热要求,但是至少一些左翼分子与华莱士②主义者和戈德华特③主义者一样,对过去怀有一种心照不宣的热情。

梭罗的《沃尔登》(Walden)式的理想,以及所有其他对简朴生活的赞美之词,可以休矣。托夫勒先生在考察未来冲击对整个社会所产生的潜在破坏性影响的过程中,表现出一丝不苟的严肃态度。这种态度一旦形成全国性的运动,任何倡导返璞归真的书籍都必然会被人们视为颠覆性著作。这个可能性并非虚幻的空想。一个意义如此重大的社会和文化现象,必定会对美国文学创造者们的思想和感受力产生一定的影响,这恰如在大萧条期间曾出现过一批独具特色、而且反映该时代社会问题和心理影响的小说和戏剧的情形一样。如果恰如托夫勒先生所相信的那样,我们只能前进,而且这种前进将以空前的规模耗用全社会的精力,那么人们对先前那种更简朴、而且似乎更“人道”的社会制度的怀念,至少是毫无意义的。不论将来出现何种乌托邦式的社会,人们都肯定不再有必要撰写类似《猫的摇篮》(Cat's Cradle)或《波特诺的怨诉》(Portnoy's Complaint)等

---

① 格瓦拉(Ernesto Che Guervara,1928—1967),生于阿根廷,曾担任古巴国家银行行长等职务,后提出“游击中心”理论,并辞职到世界各地组织游击活动。

② 华莱士(George Wallace,1919—1998),美国政治领袖,多次当选亚拉巴马州州长,曾强烈反对取消种族隔离。

③ 戈德华特(Barry Goldwater,1909—1998),美国政治领导人,曾于1964年参加竞选,著有《一个保守者的良心》。

小说。

但是,在最近十五年中出现的文学作品的情形又怎样呢? 由于本章篇幅有限,我们无法在此详细分析这些五光十色的文学作品。不过,在研究上文提到的一些少数派的态度和关注之前,简单地回顾一下坦纳和布赖恩特的观点,或许有助于我们找出这一时期文学的重要主题。坦纳对他研究的文学作品作出的基本结论是:总的说来,当代文学继续按照其文学传统表现美国人的经历,这个文学传统即使无法上溯到美国作为一个国家的发轫时期,也可追溯到超验主义时代。当代文学基本上是一个反权威、反实利主义的文学。它深刻地关注理想主义的英雄和他周围的堕落社会之间的冲突,反复求索实在的本质,并试图寻找个人的自由权与必要的社会约束之间的适当平衡。坦纳先生的这个观点发展了里查德·普瓦希埃的命题。普瓦希埃认为,由于美国文学缺少欧洲那种历史悠久的社会行为准则,因而它往往靠语言本身来开辟"另一个世界",似乎大部分美国作家由于某种原因,都认为对他们创造的人物来说,

> ……在这个真实的世界上,或在主宰这个世界的制度中,任何事物都不可能满足他们的愿望。特别是对库珀、麦尔维尔、詹姆斯笔下的人物来说,在他们对自己的认识中,不存在经济、社会或性的客观表现,他们往往用自己来替代整个世界。

或许,我们在此看到的,仅仅是表述理想主义和机遇这两个不可分割的力量之间斗争的另一种方式。从美国的发轫时期起,这两种基本因素的辩证关系就成为美国发展过程的一个特点。除了现代大部分主人公均带有的显然的、而且有时反复表露的"性的客观表现"外,普瓦希埃的话能在很大程度上概括美国文学。因此,坦纳著作的题目"文城",代表每个作家用文字建造的"另一个世界",这个世界一般位于、并建立在主人公的精神和感受力上。

坦纳在他著作中讨论了实在这个概念,认为实在最终存在于作家的精神之中。(显然,我们可以很容易地从此得出这样的推论:作家内心的世界或许比人们共同经验到的世界,更为"真实"、美好)坦纳并没有试图把这种美学和哲学家理论中的极端观点,应用于全部的美国作品。但是,在约翰·霍克斯的超现实主义小说和约翰·巴恩的"黑色幽默"中,我们可以找到类似的唯我论词句和自我价值观的表露。作为更为人们熟悉的证据,工商业规划中的"游戏理论"和类似埃里克·伯恩《人们的游戏》(Games People Play,1964)等书,都含蓄地表明,人们都在根据变幻不定的人为规律来扮演不同的角色,而且还认为这些规律近似"实在"。

除了上面列举的主题外,坦纳还指出了他认为普遍存在于当代美国文学中

的其他三个主题：(1)自由与控制的对立（即"他们"可能一直在暗中徘徊，等待时机篡夺政权）；(2)对无形的恐惧（关于死的梦魇或身份的丧失）；(3)对僵化和呆板的恐惧（即生活为每个人提供的无穷可能性的终结）。这些主题都是有关个人与社会对立问题的翻版，而这个问题则是由一百五十年前的美国作家师承了卢梭、而不是伏尔泰或更为人们熟悉的本杰明·富兰克林的思想。拉尔夫·沃尔多·爱默生在他的散文《论自助》(*Self Reliance*)中，将社会描绘成一个阴谋对付其每个成员的联合股票公司，因而他坚决认为，每个真正的人都应首先成为一个不信奉任何准则和规范的人。爱默生的这些话，已经成为第二次世界大战后，从拉尔多·沃尔多·艾里森到肯·克西这一批作家寻求知己的呼声。

当代文学形势的复杂性还表现在另外一个方面，即坦纳所谓的增熵感。熵是从物理学借来的一个词汇，取其字面意义而用之。熵的定义是"包括宇宙在内的任一系统不断走向混乱和沉寂的不可逆转的倾向；或这种倾向的最终状态"。正如本书"文学自然主义"一章所指出的那样，亨利·亚当斯在六十年前就提出了如下所述的历史循环理论：

> ……（历史是）物理学的一个分枝，即一系列加速发展的阶段。在这些阶段上，人首先受到本能的支配，然后进入历时愈来愈短的信仰、机械、电力以及纯思维时代。在此之后，一切都会分解为冷漠和死气沉沉的数学……

亚当斯曾预言，这个最后阶段会在1930年到来。如果考虑到近四十年来出现在的经济危机、一系列无休止的战争、人口过剩、城市衰败、全球性饥饿等众多的问题，我们便无法以亚当斯预言的时间"不准"为借口，而感到释然。

在上文提及的第二本专著，即布赖恩特的《坦率的抉择》(*The Open Decision*)中，作者用一种不同的、而且更有希望的方法，将科学理论运用于文学研究。布赖恩特认为，当代美国文学的基础和源泉，是建立在现代物理学发现基础上的关于实在的概念。布赖恩特总结了包括爱因斯坦（质量与能量能够相互转换）、马克斯·普朗克（量子理论）、海森堡（测不准原理：当我们为了"看到"电子而将一束光子对准一粒电子时，电子就从一种波转变为一种粒子），以及伯兰特·罗素（一个物质微粒是由一系列运动构成的；在与其他微粒的互相作用中，该微粒就是其内部变化的总和，而"不是某种卷入其他运动的形而上学统一体"）在内的一系列物理学家的理论，从而得出结论，认为人类的根本本质与他们体内电子的本质与他们体内电子的本质相似：

> 上面的讨论表明，现代科学为物质实在的概念带来了三个主要变化：基本粒子的易变性、"粒子"模棱两可的波粒性，以及理解这个基本"实在"或使其彻底客观化的不可能性。如果这些都是实在的特点，那么人为了获得最

高的利益,就必须信奉这些特点。……因此,易变性、模棱两可性和主观性(从某种意义上讲,它们是同义词),便成为描述人类实在的方式。

显然,这种关于人的根本本质的概念,与沃尔特·惠特曼就人的基本性质作出的天真表述相去甚远:

> 我赞美自己,为自己歌唱,
> 我的设想就是你的设想,
> 因为我拥有的每个原子
> 也同样属于你。

布赖恩特将他的论点推而广之,对基尔凯郭尔、胡塞尔、海德格尔、弗洛伊德、荣格、怀特海、萨特、加缪等人的著作作了分析,从而表明将人比拟为他体内电子的做法,必然会得出存在主义"可怕的自由"的结论——即在一个充满独特的个人的世界上,个人最终无法互相交流思想和感情,但仍被一种社会模式束缚在一起;每个人都必须作出决定,并依靠不完善的知识从事实践活动,但他必须对自己的行为负责;同时,每个人又必须以自己的方式面对死亡这个不可回避的事实。那些对这些问题作出"真诚的"反应的个人,便是那些作出了被布赖恩特称为"坦率的抉择"的人。在作出这一抉择时,这些个人能够正视任一特定境遇的无限可能性,并完全接受了这个境遇向好的或坏的方向发展的潜在可能。布赖恩特像萨特那样,接受了"死亡之神",而且还像加缪那样,接受了这样一个前提:那种认为生活是荒谬的观点是真实的,因为它是人类意识能够真正理解的唯一事实。因此他同意加缪的观点,认为"我必须维护我相信是正确的东西"。

不论是否同意布赖恩特的"关于电子的玄学",我们都会发觉,这套理论与坦纳"文城"的观点颇为相似。这两位批评家一致认为,最近二十年的美国文学描绘了一个不清楚自己身份的主要人物,这个人物往往与他赖以生存的社会价值观发生冲突,而且几乎不能在任何其他人身上发现能赋予其生活意义的慰藉和不确定的信条。也许正是由于人类处境中的这个最后的因素,埃里克·西格尔志式的浪漫主义《爱情故事》(Love Story)不论作为小说还是电影,才获得了巨大的成功,尽管严肃的小说家现在已极少编写"爱情故事"。

我们可以随便从最近二十年中的主要作家里选出几位小说家,来阐明坦纳和布赖恩特评论著作的主要观点。拉尔夫·艾里森没有姓名的主人公在《看不见的人》中奋力挣扎,试图发现他真正的身份,避免堕入虚假的"苟且偷生行为"——即那种只要给钱,就愿意扮演社会要求的各种角色的做法。约瑟夫·海勒的约萨林安(《第二十二条军规》)在身处疯狂加疯狂的战争机器中时,仍拼死维护他真正的自我。索尔·贝娄笔下的赫佐格痛苦地回顾了他认为自己一生中

美国六十年代的种种怪事

的失败之处,试图寻找更为真实的生存。诺曼·梅勒的斯蒂芬·罗杰克(《美国梦》*An American Dream*)认为他脾气恶劣的老婆正企图剥夺他的男子性,因此便将她扼死,后来他又顶住了富有的岳父的诱惑,拒绝加入一个明显与黑社会有关的电力企业联合组织。威廉·巴勒斯在他所有的著作中都以深深令人不安的笔触,描绘了文明的堕落和腐朽的梦魇,并故意打乱事物应有的连续性或连贯性,以强调现实的混乱本质。甚至连里查德·布罗廷根的《美国垂钓记》(*Trout Fishing in America*)这样一本听上去天真无邪的小说,也以半幻象式的手法描述了美国风景的玷污,以及充斥美国生活的赤裸裸的暴力。

自从第二次世界大战以来,并非所有作家都像威廉·福克纳那样,认为人类最终将获得成功,但大部分作家即使在最仁慈的时刻,也在字里行间中断言,他们所相信的美德已为美国文明所玷污。大家也许不赞成梅勒式的美国梦,但他的小说至少可使我们再次看到杰弗逊在第一次就职演说中提出的那种理想。

选自《美国文学思想背景》,房炜、盈昭庆译,人民文学出版社,1991

图书在版编目(CIP)数据

外国文学作品与史料选 / 吴笛主编. —杭州：浙
江大学出版社,2012.12(2020.7 重印)
ISBN 978-7-308-10837-9

Ⅰ. ①外… Ⅱ. ①吴… Ⅲ. ①外国文学－作品－高等
学校－教材②外国文学－文学史－史料－高等学校－教材
Ⅳ. ①Ⅰ11②Ⅰ109

中国版本图书馆 CIP 数据核字(2012)第 277005 号